HARUKI MURAKAMI
MISTER AUFZIEHVOGEL

HARUKI MURAKAMI
MISTER AUFZIEHVOGEL
ROMAN DUMONT
AUS DEM ENGLISCHEN VON
GIOVANNI BANDINI UND DITTE BANDINI

DIE ORIGINALAUSGABE ERSCHIEN 1994 UND 1995 UNTER DEM TITEL
NEJIMAKI-DORI KURONIKURU BEI SINCHOSA LTD., TOKYO UND 1997
IN DER ENGLISCHEN ÜBERSETZUNG BEI ALFRED A. KNOPF, INC., NEW YORK
© 1997 HARUKI MURAKAMI

ERSTE AUFLAGE 1998
© 1998 FÜR DIE DEUTSCHE AUSGABE: DUMONT BUCHVERLAG, KÖLN
ALLE RECHTE VORBEHALTEN
AUSSTATTUNG UND UMSCHLAG: GROOTHUIS+MALSY
UMSCHLAGFOTOGRAFIE: GEOFF SPEAR
GESETZT AUS DER ELZEVIR, DER ANTIQUE OLIVE, DER OCRB UND DER TIMES
GEDRUCKT AUF SÄUREFREIEM UND CHLORFREI GEBLEICHTEM PAPIER
SATZ: GREINER & REICHEL, KÖLN
DRUCK UND VERARBEITUNG: CLAUSEN & BOSSE, LECK
PRINTED IN GERMANY
ISBN 3-7701-4479-1

MISTER AUFZIEHVOGEL

ERSTES BUCH:
DIE DIEBISCHE ELSTER
JUNI UND JULI 1984

1
DIENSTAGS-AUFZIEHVOGEL
SECHS FINGER UND VIER BRÜSTE

Als das Telefon klingelte, war ich in der Küche, wo ich einen Topf Spaghetti kochte und zu einer UKW-Übertragung der Ouvertüre von Rossinis *Die diebische Elster* pfiff, was die ideale Musik zum Pastakochen sein dürfte.

Eigentlich wollte ich es klingeln lassen – nicht nur weil die Spaghetti fast fertig waren, sondern auch weil Claudio Abbado die Londoner Symphoniker gerade ihrem musikalischen Höhepunkt entgegenführte. Schließlich mußte ich aber nachgeben. Es hätte auch jemand sein können, der mir von einem möglichen Job erzählen wollte. Ich drehte die Flamme herunter, ging ins Wohnzimmer und hob ab.

»Zehn Minuten, bitte«, sagte eine Frau am anderen Ende.

Ich bin gut darin, Leute an der Stimme zu erkennen, aber diese kannte ich nicht.

»Wie bitte? Wen wollten Sie sprechen?«

»*Sie* natürlich. Zehn Minuten, bitte. Mehr brauchen wir nicht, um uns zu verstehen.« Ihre Stimme war tief und weich, aber ansonsten ohne besondere Kennzeichen.

»Uns zu verstehen?«

»Gefühlsmäßig.«

Ich beugte mich vor und spähte durch die Küchentür. Der Nudeltopf dampfte munter vor sich hin, und Claudio Abbado dirigierte noch immer *Die diebische Elster*.

»Tut mir leid, aber ich stecke gerade mitten im Spaghettikochen. Dürfte ich Sie bitten, später noch einmal anzurufen?«

»*Spaghetti*? Was haben Sie morgens um halb elf Spaghetti zu kochen?«

»Das geht Sie überhaupt nichts an«, sagte ich. »*Ich* entscheide, was ich esse und wann ich es esse.«

»Da haben Sie natürlich recht. Ich ruf später noch einmal an«, sagte sie, und ihre Stimme klang jetzt kühl und ausdruckslos. Ein kleiner Stimmungswechsel kann bei einer Stimme wahre Wunder bewirken.

»Moment noch«, sagte ich, bevor sie auflegen konnte. »Wenn das irgendein neuer Verkaufsgag ist, können Sie die Sache vergessen. Ich bin arbeitslos. Ich bin an nichts interessiert.«

»Keine Sorge. Ich weiß.«
»Sie wissen? Was wissen Sie?«
»Daß Sie arbeitslos sind. Das ist mir bekannt. Also gehen Sie schon, lassen Sie Ihre kostbaren Spaghetti nicht warten.«
»Wer zum Teufel – «
Sie hängte ein.
So ohne ein Ventil für meine Gefühle, starrte ich den Telefonhörer an, bis mir die Spaghetti wieder einfielen. Ich ging in die Küche zurück, drehte den Gasherd aus und goß den Inhalt des Topfes in ein Sieb. Dank des Anrufs waren die Spaghetti ein bißchen weicher als al dente, aber noch nicht unrettbar dahin. Ich fing an zu essen – und nachzudenken.
Uns verstehen? Uns in zehn Minuten gefühlsmäßig verstehen? Wovon redete die eigentlich? Vielleicht war es nur ein Telefonjux. Oder eine neue Verkaufsmasche. Auf jeden Fall hatte es nichts mit mir zu tun.
Nach dem Lunch legte ich mich wieder mit meinem Leihbücherei-Roman aufs Wohnzimmersofa und warf dem Telefon gelegentliche Seitenblicke zu. Was hätten wir in zehn Minuten voneinander verstehen sollen? Was können zwei Leute in zehn Minuten *überhaupt* voneinander verstehen? Bei näherer Überlegung schien sie sich, was diese zehn Minuten anging, bemerkenswert sicher gewesen zu sein: Es war das erste, was sie gesagt hatte. Als ob neun Minuten zu kurz und elf zu lang gewesen wären. Wie beim Spaghettikochen.
Ich konnte mich nicht mehr aufs Lesen konzentrieren. Ich beschloß, statt dessen Hemden zu bügeln. Was ich immer tue, wenn ich unruhig bin; eine alte Gewohnheit. Ich unterteile die Arbeit in zwölf exakte Schritte, wobei ich mit dem Kragen (Außenseite) anfange und mit der linken Manschette ende. Die Reihenfolge ist immer dieselbe, und ich zähle mir die einzelnen Schritte vor. Andernfalls wird's nicht richtig.
Ich bügelte drei Hemden, untersuchte sie auf Kniffe und hängte sie auf. Als ich das Bügeleisen ausgeschaltet und zusammen mit dem Bügelbrett wieder in den Flurschrank geräumt hatte, sah es in mir schon bedeutend ordentlicher aus.
Ich war auf dem Weg in die Küche, um mir ein Glas Wasser zu holen, als wieder das Telefon klingelte. Ich zögerte einen Augenblick, beschloß dann aber abzunehmen. Wenn es dieselbe Frau war, würde ich ihr sagen, ich sei am Bügeln, und auflegen.

Diesmal war es Kumiko. Die Wanduhr zeigte halb zwölf. »Wie geht's?« fragte sie.
»Gut«, sagte ich, erleichtert, die Stimme meiner Frau zu hören.
»Was machst du so?«
»Grad aufgehört zu bügeln.«
»Ist was nicht in Ordnung?« Ihre Stimme klang leicht angespannt. Sie wußte, was es bedeutete, wenn ich bügelte.
»Nein, nichts. Ich hab nur ein paar Hemden gebügelt.« Ich setzte mich und nahm den Hörer von der linken in die rechte Hand. »Was gibt's?«
»Kannst du dichten?« fragte sie.
»*Dichten*?« Dichten? Meinte sie ... dichten?
»Ich kenne den Herausgeber einer Mädchenzeitschrift. Die suchen jemand, der aus den Gedichten, die die Leserinnen einsenden, welche für die Veröffentlichung auswählt und wenn nötig redigiert. Und sie wollen, daß der Betreffende jeden Monat selbst ein kurzes Gedicht für die Titelseite schreibt. Für einen so einfachen Job ist die Bezahlung nicht schlecht. Natürlich ist das keine Ganztagsbeschäftigung. Aber sie könnten noch etwas Redaktionsarbeit dazulegen, wenn der Betreffende – «
»Einfach?« unterbrach ich sie. »He, Moment mal. Ich suche eine Stelle als Jurist, nicht als Lyriker.«
»Ich dachte, auf der Oberschule *hast* du geschrieben.«
»Klar, sicher, für die Schülerzeitung: welche Fußballmannschaft die Meisterschaft gewonnen hat oder daß der Physiklehrer die Treppe runtergefallen und im Krankenhaus gelandet ist – solche Sachen. Keine Gedichte. Ich kann nicht dichten.«
»Schon klar, aber ich rede nicht von großer Dichtung, nur was für Oberschülerinnen. Es brauchen keine Meisterwerke dabei herauszukommen. Das könntest du mit links. Meinst du nicht auch?«
»Schau, ich kann einfach keine Gedichte schreiben – weder mit links noch mit rechts. Das habe ich noch nie gemacht, und ich hab nicht vor, jetzt damit anzufangen.«
»Na schön«, sagte Kumiko mit einem Anflug von Bedauern in der Stimme. »Aber es ist nicht leicht, was im juristischen Bereich zu finden.«
»Ich weiß. Deswegen strecke ich ja auch meine sämtlichen Fühler aus. Ich müßte diese Woche eigentlich was erfahren. Wenn's nichts wird, überlege ich mir, ob ich nicht etwas anderes tun sollte.«

»Na ja, das war alles. Ach übrigens, was ist heute? Welcher Wochentag?«
Ich dachte einen Augenblick nach und sagte: »Dienstag.«
»Gehst du dann bei der Bank vorbei und zahlst die Gas- und Telefonrechnung?«
»Klar. Ich wollte sowieso grad für heute abend einkaufen gehen.«
»Was soll's denn geben?«
»Ich weiß noch nicht. Ich entscheide mich beim Einkaufen.«
Sie schwieg kurz. »Wenn ich's mir überlege«, sagte sie, auf einmal ernsthaft, »eilt's gar nicht so sehr, daß du einen Job findest.«
Darauf war ich nicht gefaßt gewesen. »Wieso nicht?« fragte ich. Hatte sich die weibliche Weltbevölkerung den heutigen Tag ausgesucht, um mich am Telefon zu verblüffen? »Früher oder später ist mit meinem Arbeitslosengeld Schluß. Ich kann nicht ewig weiter so rumhängen.«
»Stimmt schon, aber mit meiner Gehaltserhöhung und gelegentlichen Nebenjobs und unseren Ersparnissen können wir prima zurechtkommen, wenn wir ein bißchen aufpassen. Es ist nicht wirklich dringend. Geht es dir auf die Nerven, daheim zu bleiben und die Hausarbeit zu erledigen? Ich meine, geht dir dieses Leben so gegen die Natur?«
»Ich weiß nicht«, sagte ich aufrichtig. Ich wußte es wirklich nicht.
»Na, dann denk ein bißchen darüber nach«, sagte sie. »Was anderes, ist der Kater inzwischen zurück?«
Der Kater. Ich hatte den ganzen Vormittag nicht an ihn gedacht. »Nein«, sagte ich. »Noch nicht.«
»Könntest du dich bitte ein wenig in der Nachbarschaft umsehen? Er ist jetzt seit über einer Woche weg.«
Ich gab einen unverbindlichen Grunzlaut von mir und wechselte den Hörer wieder in die linke Hand. Sie fuhr fort:
»Ich bin so gut wie sicher, daß er sich bei dem leerstehenden Haus am anderen Ende der Gasse herumtreibt. Dem mit der Vogelplastik im Garten. Ich hab ihn schon mehrmals da gesehen.«
»Gasse? Seit wann gehst du auf die Gasse? Du hast nie ein Wort gesagt –«
»O je! Ich muß weg. Haufen Arbeit zu erledigen. Denk an den Kater.«
Sie legte auf. Wieder stand ich da und starrte den Hörer an. Dann legte ich ihn auf die Gabel zurück.
Ich fragte mich, was Kumiko auf der Gasse zu suchen gehabt haben mochte.

Um von unserem Haus da hinzukommen, mußte man über die Hohlblockmauer klettern. Und war das erst mal geschafft, hatte man überhaupt nichts davon, da zu sein.

Ich holte mir in der Küche ein Glas Wasser und ging dann hinaus auf die Veranda, um nach dem Freßnapf zu sehen. Das Häufchen Sardinen war seit letzten Abend nicht angerührt worden. Nein, der Kater war nicht zurückgekehrt. Ich stand da und sah unseren kleinen Garten an, in den die frühsommerliche Sonne hereinflutete. Nicht, daß unser Garten einer von der Sorte gewesen wäre, bei dessen Betrachtung man sich seelisch erquickt fühlt. Die Sonne kam täglich nur auf einen ganz kurzen Sprung vorbei, deswegen war die Erde immer schwarz und feucht, und das einzige, was wir an Gartenpflanzen besaßen, waren ein paar triste Hortensien, die in einer Ecke vor sich kümmerten – und ich mag keine Hortensien. Nicht weit vom Haus stand eine Baumgruppe, und aus ihr konnte man den mechanischen Ruf eines Vogels hören, der so klang, als zöge er eine Feder auf. Wir nannten ihn den Aufziehvogel. Kumiko hatte ihn so getauft. Wir wußten nicht, wie er wirklich hieß oder wie er aussah, aber das störte den Aufziehvogel nicht. Jeden Tag kam er zur nahen Baumgruppe und zog die Feder unserer ruhigen kleinen Welt auf.

Jetzt mußte ich mich also auf Katerjagd begeben. Ich hatte Katzen immer schon gemocht, und ich mochte diesen bestimmten Kater. Aber Katzen haben ihre eigenen Vorstellungen vom Leben. Sie sind nicht dumm. Wenn eine Katze aufhörte, bei jemandem zu wohnen, dann bedeutete das einfach, daß sie beschlossen hatte, woanders hinzugehen. Sobald sie müde und hungrig war, würde sie schon zurückkommen. Trotzdem aber würde ich mich Kumiko zuliebe auf die Suche nach unserem Kater machen müssen. Ich hatte sowieso nichts Besseres zu tun.

Meinen Job hatte ich Anfang April aufgegeben – den Juristenjob, den ich seit Ende meines Studiums gehabt hatte. Nicht, daß ich aus einem bestimmten Grund gekündigt hätte. Ich hatte nichts gegen die Arbeit. Sie war nicht gerade fesselnd, aber das Gehalt war in Ordnung und das Betriebsklima angenehm. Um's ganz offen zu sagen, war meine Funktion in der Firma die eines graduierten Laufburschen gewesen. Und ich war gut darin. Ich kann wohl sagen, daß ich eine echte Begabung für die Verrichtung von derlei praktischen Aufgaben habe. Ich merke mir Dinge schnell, bin effizient, beklage mich nie und bin ein Realist. Was auch der Grund dafür ist, daß der Seniorpartner (der Vater in dieser

Vater-und-Sohn-Anwaltssozietät), als ich sagte, ich wollte kündigen, so weit ging, mir eine kleine Gehaltsaufbesserung anzubieten.
Aber ich kündigte trotzdem. Nicht, daß die Kündigung mir ermöglicht hätte, irgendwelche besonderen Träume oder beruflichen Aussichten zu realisieren. Das letzte, wonach mir beispielsweise der Sinn gestanden hätte, wäre gewesen, mich im Haus einzuschließen und mich auf die Anwaltsprüfung vorzubereiten. Ich war sicherer denn je, daß ich kein Rechtsanwalt werden wollte; aber ich wußte auch, daß ich nicht in dieser Kanzlei und auf diesem Posten bleiben wollte. Wenn ich kündigen wollte, war jetzt der Augenblick, es zu tun. Wenn ich noch länger in der Kanzlei bliebe, würde ich dort für den Rest meines Lebens bleiben. Schließlich war ich schon dreißig.
Ich hatte Kumiko beim Abendessen gesagt, daß ich mit dem Gedanken spielte, meinen Job aufzugeben. »Ich verstehe«, war ihre einzige Reaktion gewesen. Ich wußte nicht, was sie damit meinte, aber eine Zeitlang sagte sie nichts weiter.
Ich blieb auch stumm, bis sie hinzufügte: »Wenn du kündigen möchtest, solltest du kündigen. Es ist dein Leben, und du solltest es so leben, wie du es für richtig hältst.« Nachdem sie das gesagt hatte, vertiefte sie sich darin, mit ihren Eßstäbchen Gräten aus dem Fisch zu zupfen und sie an den Rand des Tellers zu legen.
Kumiko hatte als Redakteurin einer Zeitschrift für gesunde Ernährung ein sehr ordentliches Gehalt, und gelegentlich übernahm sie von befreundeten Redakteuren anderer Zeitschriften Aufträge für Illustrationen, was einen schönen Zusatzverdienst brachte. (Sie hatte auf dem College Design studiert und ursprünglich gehofft, freischaffende Illustratorin zu werden.) Wenn ich kündigte, würde ich außerdem noch eine Zeitlang Arbeitslosenunterstützung beziehen. Was bedeutete, daß wir, selbst, wenn ich daheim bliebe und mich nur um den Haushalt kümmerte, noch genug für Extras wie Essengehen und Wäscherechnung haben würden und sich unser Lebensstil kaum ändern würde.
Also hatte ich gekündigt.

Ich war dabei, Lebensmittel in den Kühlschrank zu räumen, als das Telefon klingelte. Das Klingeln schien diesmal einen ungeduldigen Unterton zu haben. Ich hatte gerade eine Packung Tofu aufgerissen und stellte sie behutsam auf den Küchentisch, damit das Wasser nicht überschwappte. Dann ging ich ins Wohnzimmer und nahm ab.

»Inzwischen müßten Sie Ihre Spaghetti aufgegessen haben«, sagte die Frau.
»Sie haben recht. Aber jetzt muß ich die Katze suchen gehen.«
»Das kann bestimmt zehn Minuten warten. Es ist nicht wie Spaghettikochen.«
Aus irgendeinem Grund brachte ich es nicht fertig, einfach aufzulegen; etwas in ihrer Stimme bannte meine Aufmerksamkeit. »Okay, aber nicht mehr als zehn Minuten.«
»Jetzt werden wir es schaffen, uns zu verstehen«, sagte sie mit ruhiger Zuversicht. Ich spürte, wie sie es sich in einem Sessel bequem machte und die Beine kreuzte.
»Da bin ich aber gespannt«, sagte ich. »Was kann man in zehn Minuten schon groß verstehen?«
»Zehn Minuten sind vielleicht länger, als Sie glauben«, sagte sie.
»Sind Sie sicher, daß Sie mich kennen?«
»Aber natürlich. Wir sind uns schon Hunderte von Malen begegnet.«
»Wo? Wann?«
»Irgendwo, irgendwann«, sagte sie. »Aber wenn ich darauf eingehen wollte, würden zehn Minuten niemals genügen. Was zählt, ist die Zeit, die wir jetzt haben. Die Gegenwart. Meinen Sie nicht auch?«
»Vielleicht. Aber ich hätte gern irgendeinen Beweis dafür, daß Sie mich wirklich kennen.«
»Was denn für eine Art von Beweis?«
»Sagen wir, wie alt ich bin.«
»Dreißig«, antwortete sie wie aus der Pistole geschossen. »Dreißig und zwei Monate. Überzeugt?«
Das brachte mich zum Schweigen. Offensichtlich kannte sie mich wirklich, aber an ihre Stimme konnte ich mich beim besten Willen nicht erinnern.
»Jetzt sind Sie dran«, sagte sie mit verführerischer Stimme. »Versuchen Sie, sich ein Bild von mir zu machen. Anhand meiner Stimme. Stellen Sie sich vor, wie ich bin. Mein Alter. Wo ich bin. Was ich anhabe. Los.«
»Ich habe keine Ahnung«, sagte ich.
»Ach, kommen Sie schon«, sagte sie. »Versuchen Sie's.«
Ich sah auf meine Uhr. Es waren erst eine Minute und fünf Sekunden vergangen.
»Ich habe keine Ahnung«, wiederholte ich.
»Dann werde ich Ihnen eine kleine Hilfestellung geben«, sagte sie. »Ich liege auf dem Bett. Ich komme gerade aus der Dusche, und ich habe nichts an.«

Oh, stark. Telefonsex.

»Oder wäre es Ihnen lieber, wenn ich etwas anhätte? Etwas mit Spitzen. Oder Strümpfe. Würde das bei Ihnen besser wirken?«

»Das ist mir scheißegal. Machen Sie, was Sie wollen«, sagte ich. »Ziehen Sie sich was an, bleiben Sie nackt, ganz wie Sie wollen. Tut mir leid, aber ich bin an solchen Telefonspielchen nicht interessiert. Ich hab noch einen Haufen Dinge zu –«

»Zehn Minuten«, sagte sie. »Zehn Minuten werden Sie schon nicht umbringen. Sie werden's überleben. Beantworten Sie einfach meine Frage. Wollen Sie mich nackt oder mit was an? Ich habe die verschiedensten Dinge, die ich anziehen könnte. Schwarze Spitzenhöschen ...«

»Nackt ist okay.«

»Also gut. Sie wollen mich nackt.«

»Ja. Nackt. Gut.«

Vier Minuten.

»Mein Schamhaar ist noch naß«, sagte sie. »Ich habe mich nicht besonders gut abgetrocknet. Ah, ich bin so naß! Warm und feucht. Und weich. Wunderbar weich und schwarz. Berühren Sie mich.«

»Also, es tut mir leid, aber –«

»Und auch da unten. Ganz, ganz unten. Es ist so warm da unten, wie Buttercreme. So warm. Hmmm. Und meine Beine. Was glauben Sie, wie ich die Beine gerade halte? Mein rechtes Knie steht hoch, und mein linkes Bein ist gerade genug abgespreizt. Sagen wir, Fünf-nach-zehn-Stellung.«

Ich konnte an ihrer Stimme erkennen, daß sie kein Theater spielte. Sie hatte die Beine wirklich in Fünf-nach-zehn-Stellung gespreizt, und ihr Geschlecht war warm und feucht.

»Berühren Sie die Schamlippen«, sagte sie. »Laaangsam. Jetzt öffnen Sie sie. Genau so. Langsam, langsam. Liebkosen Sie sie mit den Fingern. Ganz, ganz langsam. Jetzt berühren sie mit Ihrer anderen Hand meine linke Brust. Spielen Sie mit ihr. Streicheln Sie sie. Von unten herauf. Und drücken Sie die Brustwarze ein bißchen zusammen. Jetzt noch einmal. Und noch mal. Und noch mal. Bis ich fast komme.«

Ohne ein Wort zu sagen, legte ich den Hörer auf. Ich streckte mich auf dem Sofa aus, starrte auf die Uhr und stieß einen langen, tiefen Seufzer aus. Unser Gespräch hatte nicht ganz sechs Minuten gedauert.

Zehn Minuten später klingelte das Telefon wieder, aber ich nahm nicht ab. Es klingelte fünfzehnmal. Und als es verstummte, senkte sich eine tiefe, kalte Stille über den Raum.

Kurz vor zwei kletterte ich über die Hohlblockmauer und hinunter in die Gasse – oder das, was wir »die Gasse« nannten. Es war keine Gasse im eigentlichen Sinne des Wortes, aber andererseits gab es wahrscheinlich gar kein Wort für das, was es war. Es war keine »Straße«, kein »Weg«, ja nicht einmal ein »Durchgang«. Strenggenommen sollte ein »Durchgang« ein längerer, begehbarer Zwischenraum mit einem Ein- und einem Ausgang sein, der einen, wenn man ihm folgt, irgendwohin führt. Unsere »Gasse« hatte aber weder Ein- noch Ausgang. Man konnte sie nicht einmal als Sackgasse bezeichnen: eine Sackgasse hat zumindest *ein* offenes Ende. Die Gasse war an beiden Enden zu. Die Leute des Viertels nannten sie nur in Ermangelung eines treffenderen Ausdrucks »die Gasse«. Sie war vielleicht zweihundert Meter lang und schlängelte sich zwischen den Gärten der Häuser hindurch, die sie an beiden Seiten säumten. Nirgendwo breiter als einen Meter, wies sie mehrere Stellen auf, an denen man sich seitwärts durchquetschen mußte, weil Zäune in den Weg hineinragten oder allerlei Gerümpel, das die Leute dorthin geworfen hatten, den Weg versperrte.
Von dieser Gasse erzählte man sich – ich hatte die Geschichte von meinem Onkel gehört, der uns unser Haus für einen lächerlich geringen Betrag vermietete –, sie sei ursprünglich an beiden Enden offen gewesen und habe tatsächlich als Verbindungsweg zwischen zwei Straßen gedient. Aber Mitte der fünfziger Jahre waren im Zuge des lebhaften Wirtschaftswachstums auf den leerstehenden Grundstücken beidseits des Durchgangs reihenweise neue Häuser entstanden und hatten diesen immer mehr zusammengedrückt, bis von ihm nicht viel mehr als ein schmaler Pfad übriggeblieben war. Den Leuten war es nicht recht, daß Fremde so nah an ihren Häusern und Gärten vorbeigingen, und so dauerte es nicht lange, bis ein Ende des Weges mit einem eher bescheidenen Zaun abgesperrt – oder besser gesagt, abgeschirmt wurde. Dann beschloß ein Anwohner, sein Grundstück zu erweitern, und riegelte sein Ende der Gasse mit einer Mauer aus Hohlblocksteinen ab. Gleichsam als Reaktion darauf entstand am entgegengesetzten Ende ein Stacheldrahtverhau, so daß nicht einmal mehr Hunde durchkamen. Keiner der Nachbarn beschwerte sich, da keiner von ihnen die Gasse als Durchgang benutz-

te und sich alle sogar über diesen zusätzlichen Schutz gegen Einbrecher freuten. So endete die Gasse als eine Art verlassener, ausgetrockneter Kanal: kaum mehr als eine Pufferzone zwischen zwei Häuserzeilen. Spinnen spannten im hohen Bewuchs ihre klebrigen Netze aus.

Warum hatte Kumiko einen solchen Ort aufgesucht? Ich selbst war diese »Gasse« lediglich zweimal abgegangen, und Kumiko fürchtete sich normalerweise vor Spinnen. Ach, zum Teufel – wenn Kumiko sagte, ich sollte auf die Gasse gehen und nach dem Kater suchen, dann würde ich eben auf die Gasse gehen und nach dem Kater suchen. Über alles weitere konnte ich nachdenken, wenn es soweit war. Ein paar Schritte im Freien zu tun war auf alle Fälle erheblich besser, als zu Haus herumzusitzen und darauf zu warten, daß das Telefon klingelte.

Der grelle frühsommerliche Sonnenschein übersprenkelte den Boden mit den harten Schatten der Äste, die sich über die Gasse reckten. So ohne Wind, der die Äste bewegt hätte, sahen die Schatten wie bleibende Verfärbungen aus, Muster, die sich unauslöschlich in das Pflaster eingezeichnet hatten. An diesen Ort schienen keinerlei Geräusche zu dringen. Fast konnte ich die Grashalme im Sonnenlicht atmen hören. Ein paar Wölkchen schwebten am Himmel, scharf und klar umrissen wie die Wolken auf mittelalterlichen Holzschnitten. Ich sah alles mit einer so unvorstellbaren Klarheit, daß sich mein Körper dagegen verschwommen und entgrenzt und flüssig anfühlte ... und heiß!

Ich trug ein T-Shirt, eine dünne Baumwollhose und Tennisschuhe, aber wie ich so in der Sommersonne ging, spürte ich, daß sich unter meinen Achseln und in der Vertiefung meiner Brust ein dünner Schweißfilm bildete. T-Shirt und Hose waren in einem Karton voll Sommersachen eingepackt gewesen, und als ich sie am Morgen herausgeholt hatte, war mir der scharfe Geruch von Mottenkugeln in die Nase gestiegen.

Die Häuser, die die Gasse säumten, fielen unter zwei klar unterscheidbare Kategorien: ältere Häuser und solche, die in jüngerer Zeit gebaut worden waren. Insgesamt waren die neueren Häuser kleiner und hatten entsprechend kleinere Gärten. Oft ragten die Trockenstangen in die Gasse hinein, so daß ich gelegentlich gezwungen war, mich zwischen Vorhängen von Handtüchern und Laken und Unterhemden hindurchzuschlängeln. Über manche Gartenmauern drangen deutlich die Geräusche laufender Fernsehgeräte und Klosettspülungen und der Geruch köchelnder Currygerichte.

Die älteren Häuser dagegen erweckten kaum einen Eindruck von Bewohntsein. Sie waren durch wohlplazierte Sträucher und Hecken abgeschirmt, zwischen denen ich flüchtige Ausblicke auf gepflegte Gärten erhaschte.
In der Ecke eines Gartens stand ein alter, brauner, entnadelter Weihnachtsbaum. Ein anderes Grundstück war zur Enddeponie für alle nur erdenklichen Spielsachen geworden, offenbar die Überbleibsel verschiedener Kindheiten. Es gab Dreiräder und Wurfringe und Plastikschwerter, Gummibälle und Schildkrötenfiguren und kleine Baseballschläger. Ein Garten hatte einen Basketballkorb vorzuweisen und ein anderer einen Keramiktisch, um den schöne Gartenstühle gruppiert waren. Die weißen Stühle waren mit Schmutz überkrustet, als seien sie seit Monaten oder sogar Jahren nicht mehr benutzt worden. Die Tischplatte war mit lavendelfarben Magnolienblättern bedeckt, die der Regen niedergeschlagen hatte.
Durch eine Windfangtür aus Aluminium hatte ich einen guten Einblick in ein Wohnzimmer. Ich sah eine ledergepolsterte Sitzgarnitur, einen großen Fernseher, ein Sideboard (auf dem ein Aquarium mit tropischen Fischen und zwei nicht näher erkennbare Trophäen standen) und eine dekorative Stehlampe. Der Raum sah aus wie die Kulisse eines TV-Films. Ein großer Teil eines weiteren Gartens wurde von einer riesigen Hundehütte beansprucht, aber vom Hund selbst war nichts zu sehen, und die Tür der Hütte stand offen. Das Gitter der Tür war nach außen ausgebeult, als habe sich jemand monatelang dagegengelehnt.
Das leerstehende Haus, von dem Kumiko gesprochen hatte, kam direkt nach dem Grundstück mit der riesigen Hundehütte. Ein Blick genügte, um zu erkennen, daß es unbewohnt war – und das schon seit einiger Zeit. Es war ein zweigeschossiges, verhältnismäßig neues Gebäude, aber die Fensterläden sahen stark verwittert aus, und die Gitter an den Fenstern des ersten Stocks waren mit Roststellen übersät. Zum Haus gehörte ein heimeliger kleiner Garten, in dem tatsächlich die Steinplastik eines Vogels stand. Die Plastik ruhte auf einem brusthohen Sockel und war von dichtem Unkraut umgeben. Hohe Goldrautenstengel reichten bis fast an die Füße des Vogels. Das Tier – ich hatte keine Ahnung, was für eine Art Vogel es darstellen sollte – hatte die Flügel ausgebreitet, als wollte es diese ungastliche Stätte so schnell wie möglich hinter sich lassen. Abgesehen von der Statue war der Garten vollkommen schmucklos. An der Hausmauer stand ein Stapel von alternden Plastikgartenstühlen, und daneben trug ein Azaleenbusch seine Blüten

zur Schau, deren leuchtend rote Farbe seltsam unwirklich aussah. Ansonsten überall Unkraut.

Ich lehnte mich gegen den brusthohen Maschendrahtzaun und betrachtete für eine Weile den Garten. Er hätte eigentlich ein wahres Paradies für Katzen sein müssen, aber momentan war von Katzen nichts zu sehen. Auf der Fernsehantenne hockte eine einsame Taube und untermalte die Szene mit ihrem eintönigen Ruf. Der Schatten des steinernen Vogels fiel auf das umgebende Unkraut und zersprang in tausend Scherben.

Ich holte ein Zitronenbonbon aus der Tasche, wickelte es aus und steckte es mir in den Mund. Ich hatte meine Kündigung zum Anlaß genommen, das Rauchen aufzugeben, dafür hatte ich jetzt immer eine Tüte Zitronenbonbons bei mir. Kumiko sagte, ich sei nach den Dingern süchtig und warnte mich, daß ich bald den Mund voll Karies haben würde, aber ich brauchte nun einmal meine Zitronenbonbons. Während ich dastand und den Garten betrachtete, setzte die Taube auf der Fernsehantenne ihr regelmäßiges Gegurre fort, wie ein Buchhalter, der ein Bündel Rechnungen abstempelt. Ich weiß nicht, wie lange ich so gegen den Zaun gelehnt dastand, aber ich erinnere mich, mein Zitronenbonbon auf den Boden gespuckt zu haben, als es mir, halb aufgelöst, den Mund mit seiner klebrigen Süße füllte. Ich hatte gerade den Blick auf den Schatten des Steinvogels gerichtet, als ich spürte, daß mich jemand von hinten anrief.

Ich drehte mich um und sah im Garten auf der anderen Seite der Gasse ein Mädchen stehen. Sie war klein und hatte das Haar zu einem Pferdeschwanz gebunden. Sie trug eine dunkle Sonnenbrille mit bernsteinfarbener Fassung und ein hellblaues ärmelloses T-Shirt. Die Regenzeit war gerade erst vorbei, aber es war ihr gelungen, ihren schlanken Armen einen hübschen gleichmäßigen Goldton zu verschaffen. Sie hatte eine Hand in die Tasche ihrer Shorts gesteckt. Die andere ruhte auf dem Querstab eines hüfthohen Bambus-Törchens, das sicher keine allzu stabile Stütze abgab. Wir waren keinen Meter voneinander entfernt.

»Heiß«, sagte sie zu mir.

»Stimmt, ja«, antwortete ich.

Nach diesem kurzen Meinungsaustausch stand sie einfach so da und sah mich an. Dann holte sie eine Schachtel Hope ohne Filter aus der Hosentasche, zog eine Zigarette heraus und steckte sie sich zwischen die Lippen. Sie hatte einen kleinen Mund mit einer leicht aufgeworfenen Oberlippe. Sie riß ein Streichholz an und zündete sich die Zigarette an. Als sie den Kopf zur Seite neigte, schwang ihr Haar zurück und legte ein schön geformtes Ohr bloß, so glatt wie gerade erst gemacht, von einer flaumigen Lichtkontur umgeben.

Sie schnippte das Streichholz fort und stieß aus geschürzten Lippen Rauch hervor. Dann sah sie mich an, als habe sie in der Zwischenzeit vergessen, daß ich da war. Ihre Augen konnte ich durch die dunklen, spiegelnden Gläser ihrer Sonnenbrille nicht erkennen.

»Wohnen Sie hier in der Gegend?« fragte sie.

»M-hm.« Ich wollte in die Richtung unseres Hauses zeigen, aber ich hatte auf dem Weg hierher so oft die Richtung gewechselt, daß ich nicht mehr genau wußte, wo ich war; also deutete ich schließlich aufs Geratewohl.

»Ich suche meine Katze«, erklärte ich und wischte mir eine verschwitzte Handfläche an der Hose ab. »Sie ist seit einer Woche verschwunden. Jemand hat sie irgendwo hier gesehen.«

»Was ist das für eine Katze?«

»Ein großer Kater. Braun getigert. Schwanzspitze leicht gebogen.«

»Name?«

»Noboru. Noboru Wataya.«

»Nein, nicht *Ihr* Name. Der vom Kater.«

»Das *ist* der Name meines Katers.«

»Ah! Sehr eindrucksvoll!«

»Na ja, also eigentlich ist das der Name meines Schwagers. Der Kater erinnert uns irgendwie an ihn. Wir haben den Kater nach ihm getauft, nur zum Spaß.«

»Inwiefern erinnert Sie der Kater an ihn?«

»Ich weiß nicht. Nur so im allgemeinen. Seine Art zu gehen. Und er hat so einen ausdruckslosen Blick.«

Jetzt lächelte sie zum erstenmal, wodurch sie ein ganzes Stück kindlicher aussah, als sie anfangs gewirkt hatte. Sie konnte nicht älter als fünfzehn oder sechzehn sein. Durch ihre leichte Kräuselung beschrieb ihre Oberlippe eine seltsame Aufwärtskurve. Mir war, als hörte ich eine Stimme, »Berühren Sie mich« – die Stimme der Frau am Telefon. Ich wischte mir mit dem Handrücken den Schweiß von der Stirn.

»Ein braun getigerter Kater mit gebogenem Schwanz«, sagte das Mädchen. »Hmm. Hat er ein Halsband oder so?«

»Ein schwarzes Flohhalsband.«

Sie stand zehn oder fünfzehn Sekunden nachdenklich da, die Hand noch immer auf das Gartentor gestützt. Dann ließ sie die halb gerauchte Zigarette fallen und zertrat sie unter ihrer Sandale.

»Vielleicht habe ich wirklich eine solche Katze gesehen«, sagte sie. »Ob sie einen gebogenen Schwanz hatte, weiß ich nicht, aber es war eine braune Tigerkatze, groß, und ich glaube, sie hatte ein Halsband.«

»Wann hast du sie gesehen?«

»Ja, wann *habe* ich sie gesehen? Hmm. Höchstens drei, vier Tage her. Unser Garten ist so eine Art Durchgangsstraße für die Katzen der Umgegend. Sie ziehen hier alle durch, von den Takitanis rüber zu den Miyawakis.«

Sie deutete auf das unbewohnte Haus, wo der steinerne Vogel noch immer seine Flügel ausbreitete, die hochaufgeschossene Goldraute noch immer die Frühsommersonne einfing und die Taube auf der Fernsehantenne noch immer monoton vor sich hin gurrte.

»Ich hab eine Idee«, sagte sie. »Warum warten Sie nicht hier? Alle Katzen kommen früher oder später auf dem Weg zu den Miyawakis bei uns durch. Und wenn jemand Sie hier so herumlungern sieht, ruft er bestimmt noch die Bullen. Wär nicht das erste Mal.«

Ich zögerte.

»Keine Sorge«, sagte sie. »Außer mir ist niemand da. Wir können uns in die Sonne setzen und zusammen darauf warten, daß der Kater aufkreuzt. Ich werde Ihnen helfen. Ich hab ausgezeichnete Augen.«

Ich sah auf meine Uhr. Zwei Uhr sechsundzwanzig. Das einzige, was ich bis zum Dunkelwerden noch zu erledigen hatte, war, die Wäsche hereinzuholen und das Abendessen vorzubereiten.

Ich ging durch das Tor hinein und folgte dem Mädchen über den Rasen. Sie zog das rechte Bein leicht nach. Sie machte ein paar Schritte, blieb stehen und drehte sich nach mir um.

»Ich bin von einem Motorrad hinten aus dem Sattel geworfen worden«, sagte sie, als sei es kaum der Rede wert.

Dort, wo der Rasen endete, ragte eine große Eiche empor. Unter dem Baum standen zwei stoffbespannte Liegestühle. Auf einem von beiden war ein blaues Badetuch ausgebreitet, auf dem anderen lagen eine unangebrochene Schachtel Hope

ohne, ein Aschenbecher und Feuerzeug, eine Zeitschrift und ein riesiger Ghetto-Blaster. Der Ghetto-Blaster spielte in niedriger Lautstärke Hardrock. Sie schaltete die Musik aus und räumte den Liegestuhl für mich frei, indem sie alles ins Gras fallen ließ. Vom Liegestuhl aus konnte ich in den Garten des leerstehenden Hauses sehen – auf den steinernen Vogel, die Goldraute, den Maschendrahtzaun. Das Mädchen hatte mich wahrscheinlich, so lang ich dagewesen war, beobachtet. Der Garten dieses Hauses war sehr groß. Er hatte einen breiten, abschüssigen Rasen, auf dem verstreut Gruppen von Bäumen standen. Links von den Liegestühlen bot ein ziemlich großer, betonierter Teich seinen leeren Bauch der prallen Sonne dar. Nach der grünlichen Färbung des Betons zu urteilen, war schon seit einiger Zeit kein Wasser mehr darin gewesen. Wir saßen mit dem Rücken zum Haus, das durch eine Zeile von Bäumen hindurchsah. Das Haus war weder groß noch besonders aufwendig gebaut. Nur der Garten vermittelte einen Eindruck von Größe, und er war sehr gepflegt.
»Was für ein großer Garten«, sagte ich, während ich mich umsah. »Muß ganz schöne Mühe machen, ihn in Ordnung zu halten.«
»Muß wohl.«
»Als Junge habe ich für eine Gärtnerei gearbeitet, Rasen gemäht.«
»Ah ja?« Sie interessierte sich offenbar nicht für Rasen.
»Bist du hier immer allein?« fragte ich.
»Ja. Immer. Außer morgens und abends, da kommt ein Dienstmädchen. Tagsüber bin nur ich da. Allein. Möchten Sie was Kaltes zu trinken? Wir haben Bier.«
»Nein, danke.«
»Wirklich nicht? Nur keine Hemmungen.«
Ich schüttelte den Kopf. »Gehst du nicht zur Schule?«
»Gehen Sie nicht arbeiten?«
»Hab keine Arbeit.«
»Job verloren?«
»So ungefähr. Ich hab vor ein paar Wochen gekündigt.«
»Was war das für ein Job?«
»Ich war Laufbursche in einer Anwaltskanzlei. Ich mußte Dokumente von verschiedenen Behörden holen, Material ordnen, nach Präzedenzfällen suchen, Prozesse vorbereiten – solche Sachen eben.«
»Aber Sie haben gekündigt.«

»Ja.«
»Hat Ihre Frau einen Job?«
»Hat sie.«
Die Taube von gegenüber hatte offenbar ihr Gegurre eingestellt und sich anderswohin verfügt. Plötzlich merkte ich, daß mich tiefe Stille umgab.
»Direkt da drüben ist die Stelle, wo die Katzen durchziehen«, sagte sie und deutete zum Rand des Rasens. »Sehen Sie den Müllverbrenner im Garten der Takitanis? Sie kommen an der Stelle unter dem Zaun durch, laufen durchs Gras, unter dem Tor raus und dann über den Weg zum Garten gegenüber. Sie nehmen immer dieselbe Route.«
Sie schob sich die Sonnenbrille in die Stirn, spähte aus zusammengekniffenen Augen über den Rasen hinweg, nahm dann die Brille wieder herunter und stieß dabei eine Rauchwolke aus. In der Zwischenzeit sah ich, daß sie neben dem linken Auge eine Schnittwunde von vielleicht fünf Zentimetern Länge hatte – eine Wunde, die wahrscheinlich eine bleibende Narbe hinterlassen würde. Die dunkle Sonnenbrille hatte wahrscheinlich den Zweck, die Verletzung zu verbergen. Das Gesicht des Mädchens war nicht eigentlich schön, aber es hatte etwas Anziehendes, wahrscheinlich durch die lebhaften Augen und die ungewöhnliche Form der Lippen.
»Haben Sie schon von den Miyawakis gehört?« fragte sie.
»Nein, nichts«, sagte ich.
»Das sind die, die früher in dem leerstehenden Haus wohnten. Eine sehr noble Familie. Sie hatten zwei Töchter, beide in einer privaten Mädchenschule. Herr Miyawaki war Besitzer von ein paar Familienrestaurants.«
»Warum sind sie ausgezogen?«
»Vielleicht hatte er Schulden. Es sah fast so aus, als würden sie weglaufen – haben sich eines Nachts einfach davongeschlichen. Vor ungefähr einem Jahr, würd ich sagen. Haben das Feld geräumt und das Haus dem Schimmel und den Katzen überlassen. Meine Mutter beklagt sich andauernd.«
»Sind da drüben wirklich so viele Katzen?«
Die Zigarette zwischen den Lippen, hob das Mädchen die Augen zum Himmel.
»Von jeder Sorte. Welche mit Haarausfall, welche mit nur einem Auge … und da, wo das andere Auge war, einem Klumpen von blutigem Fleisch. Kotz!«
Ich nickte.

»Ich hab eine Verwandte, die sechs Finger an jeder Hand hat. Sie ist nur ein bißchen älter als ich. Neben dem kleinen Finger hat sie noch so ein Extradings, wie einen Babyfinger. Sie kann ihn aber so weggeklappt halten, daß die meisten Leute gar nichts davon merken. Sie ist wirklich hübsch.«
Ich nickte wieder.
»Glauben Sie, das liegt in der Familie? Daß es, wie sagt man ... zur Abstammung gehört?«
»Ich weiß nicht viel über Erbanlagen.«
Sie hörte auf zu reden. Ich lutschte an meinem Zitronenbonbon und starrte unverwandt auf den Katzenpfad. Bislang hatte sich nicht eine einzige Katze blicken lassen.
»Wollen Sie wirklich nichts trinken?« fragte sie. »Ich hole mir eine Coke.«
Ich sagte, ich hätte keinen Durst.
Sie stand von ihrem Liegestuhl auf und verschwand, ihr schlimmes Bein leicht nachziehend, zwischen den Bäumen. Ich hob ihre Zeitschrift vom Gras auf und blätterte ein wenig darin herum. Zu meiner großen Überraschung sah ich, daß es ein Herrenmagazin war, eins von den Hochglanz-Monatsheften. Die Frau auf dem Aufklappfoto trug ein dünnes Höschen, durch das man den Schlitz und die Schamhaare sah. Sie saß auf einem Hocker und hielt die Beine in einem abenteuerlichen Winkel gespreizt. Seufzend legte ich das Heft zurück, verschränkte die Hände auf der Brust und konzentrierte mich wieder auf den Katzenpfad.

Es verging sehr viel Zeit, bis das Mädchen, mit einer Coke in der Hand, zurückkam. Die Hitze machte mir allmählich zu schaffen. So in der prallen Sonne, spürte ich, wie mein Gehirn zunehmend eintrübte. Das letzte, wozu ich jetzt Lust hatte, war nachzudenken.
»Sagen Sie mir eins«, nahm sie ihr Geplauder von vorhin wieder auf. »Wenn Sie in ein Mädchen verliebt wären und es stellte sich raus, daß sie sechs Finger hat, was würden Sie tun?«
»Sie an den Zirkus verkaufen«, antwortete ich.
»Ernsthaft?«
»Nein, natürlich nicht«, sagte ich. »Das sollte ein Witz sein. Ich glaube nicht, daß mich das stören würde.«
»Selbst wenn Ihre Kinder das erben könnten?«

Ich dachte einen Augenblick darüber nach.

»Nein, ich glaube wirklich nicht, daß mich das stören würde. Was würde ein Extrafinger schon ausmachen?«

»Und was, wenn sie vier Brüste hätte?«

Auch darüber dachte ich kurz nach.

»Ich weiß nicht.«

Vier Brüste? Das konnte ja ewig so weitergehen. Ich beschloß, das Thema zu wechseln.

»Wie alt bist du?« fragte ich.

»Sechzehn«, sagte sie. »Gerade geworden. Erstes Jahr Oberschule.«

»Fehlst du da schon lange?«

»Wenn ich zuviel laufe, tut mir das Bein weh. Und ich habe diese Narbe am Auge. Meine Schule ist sehr streng. Die würden wahrscheinlich ganz schön nerven, wenn sie herausbekämen, daß ich vom Motorrad gefallen bin. Also bin ich einfach ›krank‹. Ich könnte ein ganzes Jahr aussetzen. Ich hab's nicht eilig, in die nächste Klasse zu kommen.«

»Kann ich mir vorstellen«, sagte ich.

»Aber was Sie vorhin gesagt haben, daß Sie nichts dagegen hätten, ein Mädchen mit sechs Fingern zu heiraten, aber eins mit vier Brüsten schon...«

»Das habe ich nicht gesagt. Ich hab gesagt, ich weiß es nicht.«

»Warum wissen Sie's nicht?«

»Ich weiß nicht – es ist schwer, sich so was vorzustellen.«

»Können Sie sich jemand mit sechs Fingern vorstellen?«

»Klar, ich denk schon.«

»Also warum nicht mit vier Brüsten? Wo ist da der Unterschied?«

Ich dachte wieder einen Augenblick darüber nach, aber mir fiel keine Antwort ein.

»Stelle ich zu viele Fragen?«

»Sagen das die Leute zu dir?«

»Ja, manchmal.«

Ich wandte mich wieder zum Katzenpfad. Was zum Teufel hatte ich hier eigentlich verloren? Während der ganzen Zeit hatte sich nicht *eine* Katze blicken lassen. Die Hände noch immer auf der Brust verschränkt, machte ich die Augen für vielleicht dreißig Sekunden zu. Ich spürte, wie sich an verschiedenen Stellen meines Körpers Schweiß bildete. Die Sonne ergoß sich in mich mit einer seltsamen

Schwere. Jedesmal, wenn das Mädchen ihr Glas bewegte, klirrte das Eis darin wie eine Kuhglocke.
»Schlafen Sie ruhig, wenn Sie möchten«, flüsterte sie. »Ich weck Sie, wenn eine Katze aufkreuzt.«
Ohne die Augen zu öffnen, nickte ich schweigend.
Die Luft stand. Es war vollkommen still. Die Taube war längst verschwunden. Ich mußte unentwegt an die Frau am Telefon denken. Kannte ich sie wirklich? Weder ihre Stimme noch ihre Art zu sprechen hatten sich im entferntesten vertraut angehört. Aber daß sie *mich* kannte, stand außer Zweifel. Es hätte genausogut eine Szene von De Chirico sein können: der lange Schatten der Frau, der sich quer über eine leere Straße legte und sich mir entgegenreckte, aber die Frau selbst ganz woanders, an einem Ort weit jenseits der Grenzen meines Bewußtseins. Eine Glocke läutete und läutete unaufhörlich neben meinem Ohr.
»Schlafen Sie?« fragte das Mädchen mit einem so winzigen Stimmchen, daß ich nicht sicher war, ob ich es auch wirklich hörte.
»Nein, ich schlafe nicht«, sagte ich.
»Kann ich näher ran? Es ist ... einfacher, wenn ich weiter so leise spreche.«
»Mir recht«, sagte ich, die Augen noch immer geschlossen.
Sie rückte ihren Liegestuhl näher, bis er mit einem trockenen hölzernen Klack gegen meinen stieß.
Merkwürdig, die Stimme des Mädchens klang völlig verschieden, je nachdem ob ich die Augen offen oder geschlossen hatte.
»Kann ich reden? Ich bin ganz leise, und Sie brauchen nicht zu antworten. Sie dürfen sogar einschlafen. Das stört mich nicht.«
»Okay«, sagte ich.
»Wenn Leute sterben, das ist schick.«
Ihr Mund war jetzt dicht neben meinem Ohr, so daß die Worte sich zusammen mit ihrem warmen, feuchten Atem in mich einschlichen.
»Wieso das?« fragte ich.
Sie legte mir einen Finger auf die Lippen, wie um sie zu versiegeln.
»Keine Fragen«, sagte sie. »Und die Augen zulassen. Okay?«
Mein Nicken war so sparsam wie ihre Stimme.
Sie nahm den Finger von meinen Lippen und legte ihn auf mein Handgelenk.
»Ich wollte, ich hätte ein Skalpell. Ich würde das Ding aufschneiden und reinguk-

ken. Nicht die Leiche ... den Klumpen Tod. Es muß bestimmt so was geben. Etwas Rundes und Glibbriges, wie ein Softball, mit einem harten kleinen Kern von toten Nerven. Ich möchte das aus einem Toten rausholen und aufschneiden und reingucken. Ich frag mich immer, wie es wohl aussieht. Vielleicht ist es ganz hart, wie Zahnpasta, die in der Tube eingetrocknet ist. So muß es sein, meinen Sie nicht? Nein, nicht antworten. Es ist an der Außenseite glibbrig, und je tiefer man kommt, desto härter wird es. Ich möchte die Haut aufschneiden und das glibbrige Zeug rausholen, mich mit einem Skalpell und so was wie einem Spatel durcharbeiten, und je näher man an das Zentrum kommt, desto härter wird das Glibberzeugs, bis man diesen winzigen Kern erreicht. Er ist sooo winzig, wie eine kleine Kugellagerkugel, und richtig hart. So muß er sein, meinen Sie nicht?«
Sie räusperte sich ein paarmal.
»Ich denke neuerdings an nichts anderes. Muß daran liegen, daß ich jeden Tag so viel Zeit totzuschlagen habe. Wenn man nichts zu tun hat, kriegt man auf die Dauer richtig unheimlich abgefahrene Gedanken – so abgefahren, daß man ihnen gar nicht bis zu Ende folgen kann.«
Sie nahm den Finger von meinem Handgelenk und trank den Rest ihrer Cola aus. Am Klang der Eiswürfel erkannte ich, daß das Glas leer war.
»Machen Sie sich keine Gedanken wegen des Katers – ich halt nach ihm Ausschau. Ich sag's Ihnen schon, wenn Noboru Wataya aufkreuzt. Lassen Sie die Augen zu. Ich bin sicher, daß Noboru Wataya hier irgendwo in der Gegend herumspaziert. Er wird jeden Augenblick hier sein. Er ist schon auf dem Weg hierher. Ich weiß, daß er schon auf dem Weg ist: durch das Gras, unter dem Zaun durch, kleine Pause hier und da, um an den Blumen zu schnuppern – langsam, aber sicher kommt Noboru Wataya immer näher. Denken Sie so an ihn, stellen Sie ihn sich so vor.«
Ich versuchte, mir den Kater bildlich vorzustellen, aber das Beste, was ich zustande brachte, war eine verschwommene Gegenlichtaufnahme. Das Sonnenlicht, das durch meine Augenlider drang, verwirrte und verwischte meine innere Dunkelheit, was es mir unmöglich machte, eine genaue Vorstellung des Katers heraufzubeschwören. Was ich statt dessen produzierte, war ein mißglücktes Portrait, eine seltsame, verzerrte Kollage, die in bestimmten Details eine gewisse Ähnlichkeit mit dem Original aufwies, an der aber die wichtigsten Merkmale fehlten. Ich konnte mir nicht einmal vergegenwärtigen, wie der Kater aussah, wenn er ging.
Das Mädchen legte wieder den Finger auf mein Handgelenk und zeichnete mit der

Spitze ein seltsames Diagramm von unklarer Form. Gleichsam als Reaktion darauf begann sich eine neuartige – von der Dunkelheit, die ich bis zu diesem Moment gewahrt hatte, qualitativ verschiedene – Finsternis in mein Bewußtsein zu graben. Ich war wahrscheinlich am Einschlafen; ich wollte es nicht, aber ich konnte mich in keiner Weise dagegen wehren. Mein Körper fühlte sich wie ein Leichnam an – der Leichnam eines anderen –, der in der Stoffbespannung des Liegestuhls versank. In der Finsternis sah ich die vier Beine Noboru Watayas, vier lautlose braune Beine auf vier weichen Pfoten mit schwellenden gummiartigen Ballen, Beine, die unhörbar irgendwo die Erde beschritten.
Aber wo?
»Zehn Minuten, länger wird's nicht dauern«, sagte die Frau am Telefon. Nein, sie mußte sich irren. Manchmal sind zehn Minuten keine zehn Minuten. Sie können sich in die Länge ziehen oder zusammenschrumpfen. *Das* wußte ich ganz sicher.

Als ich aufwachte, war ich allein. Das Mädchen war verschwunden. Ihr Liegestuhl berührte noch immer meinen; das Handtuch und die Zigaretten und das Magazin lagen noch da, aber das Glas und der Ghetto-Blaster waren weg.
Die Sonne stand jetzt schon im Westen, und der Schatten eines Astes der Eiche war mir über die Knie gekrochen. Meine Uhr zeigte Viertel nach vier. Ich richtete mich auf und sah mich um. Breiter Rasen, trockener Teich, Zaun, steinerner Vogel, Goldraute, Fernsehantenne. Vom Kater weiterhin keine Spur. Ebensowenig vom Mädchen.
Ich richtete die Augen auf den Katzenpfad und wartete darauf, daß das Mädchen wiederkäme. Zehn Minuten verstrichen, und weder der Kater noch das Mädchen ließen sich blicken. Nichts rührte sich. Ich hatte das Gefühl, während des Schlafes entsetzlich gealtert zu sein.
Ich stand auf und sah zum Haus hinüber, aber nichts deutete auf die Anwesenheit von Menschen hin. Das Giebelfenster reflektierte den Glanz der westlichen Sonne. Ich gab es auf zu warten und ging über den Rasen zurück auf die Gasse und machte mich auf den Heimweg. Ich hatte den Kater nicht gefunden, aber ich hatte getan, was ich konnte.

Zu Hause holte ich die Wäsche herein und bereitete ein einfaches Abendessen vor. Um halb sechs klingelte das Telefon zwölfmal, aber ich nahm nicht ab. Noch lange nachdem das Klingeln verstummt war, hielt sich der Klang der Glocke im abendlichen Düster des Zimmers wie in der Luft schwebender Staub. Mit den Spitzen ihrer harten Krallen klickte die Tischuhr auf ein durchsichtiges Brett, das im Raum schwebte.

Warum konnte ich nicht ein Gedicht über den Aufziehvogel schreiben? Die Idee sagte mir zu, aber die erste Zeile wollte und wollte nicht kommen. Wie hätte auch ein Gedicht über einen Aufziehvogel Oberschülerinnen gefallen können?

Kumiko kam erst um halb acht nach Haus. Seit einem Monat kam sie immer später und später. Es war keine Seltenheit, daß es nach acht, manchmal sogar nach zehn wurde. Jetzt, wo ich zu Hause war und das Essen vorbereitete, brauchte sie sich nicht mehr so zu beeilen. Sie hatten sowieso zuwenig Mitarbeiter, und vor kurzem hatte sich einer ihrer Kollegen auch noch krank gemeldet.

»Tut mir leid«, sagte sie. »Die Arbeit wurde einfach nicht fertig, und dieses Teilzeitmädchen ist absolut unbrauchbar.«

Ich ging in die Küche und machte mich ans Kochen: in Butter sautierten Fisch, Salat und Miso-Suppe. Kumiko saß am Küchentisch und relaxte.

»Wo warst du um halb sechs?« fragte sie. »Ich hab versucht, dich anzurufen, um zu sagen, daß es spät werden würde.«

»Die Butter war alle. Ich bin noch rasch in den Laden gegangen«, log ich.

»Warst du auf der Bank?«

»Klar.«

»Und der Kater?«

»Hab ihn nicht gefunden. Ich bin zum leerstehenden Haus gegangen, wie du gesagt hattest, aber da war keine Spur von ihm zu sehen. Ich wette, er ist noch weiter gelaufen.«

Sie sagte nichts.

Als ich nach der abendlichen Dusche aus dem Badezimmer herauskam, saß Kumiko bei ausgeschaltetem Licht im Wohnzimmer. So im Dunkeln zusammengekauert, sah sie in ihrem grauen Hemd wie ein Gepäckstück aus, das man am falschen Ort abgestellt hatte.

Ich setzte mich Kumiko gegenüber auf das Sofa und frottierte mir mit einem Handtuch die nassen Haare.

Mit kaum hörbarer Stimme sagte sie: »Ich bin sicher, der Kater ist tot.«

»Sei nicht albern«, erwiderte ich. »Ich bin sicher, der amüsiert sich irgendwo königlich. Sobald er Hunger hat, kommt er wieder nach Hause. Das ist doch schon mal passiert, weißt du noch? Als wir in Koenji wohnten ...«
»Diesmal ist es anders«, sagte sie. »Diesmal irrst du dich. Ich weiß es. Der Kater ist tot. Er verwest irgendwo in einem Grastuff. Hast du dich auf dem Grundstück auch genau umgesehen?«
»Nein. Das Haus mag leer stehen, aber es gehört irgend jemandem. Ich kann da nicht einfach reinspazieren.«
»Wo hast du *dann* nach dem Kater gesucht? Ich wette, du hast es nicht mal versucht. Deswegen hast du ihn nicht gefunden.«
Ich seufzte und rubbelte mir wieder das Haar mit dem Handtuch. Ich wollte etwas sagen, aber dann merkte ich, daß Kumiko weinte. Das war verständlich: Kumiko liebte den Kater. Er war seit kurz nach unserer Heirat bei uns gewesen. Ich warf mein Handtuch im Bad in den Wäschekorb und ging dann in die Küche, um mir ein kaltes Bier zu holen. Was für ein idiotischer Tag das gewesen war – ein idiotischer Tag eines idiotischen Monats eines idiotischen Jahres.
Noboru Wataya, wo bist du? Hat der Aufziehvogel vergessen, dich aufzuziehen? Die Worte kamen mir wie Zeilen eines Gedichts in den Sinn.

> Noboru Wataya,
> Wo bist du?
> Hat der Aufziehvogel vergessen,
> Dich aufzuziehn?

Ich hatte mein Bier zur Hälfte ausgetrunken, als das Telefon zu klingeln anfing.
»Nimmst du ab?« rief ich in die Dunkelheit des Wohnzimmers.
»Ich nicht«, sagte sie. »Nimm du ab.«
»Ich hab keine Lust.«
Das Telefon klingelte immer weiter, rührte den Staub auf, der in der Dunkelheit schwebte. Keiner von uns beiden sagte ein Wort. Ich trank mein Bier, und Kumiko weinte lautlos weiter. Ich zählte zwanzig Klingelzeichen und gab es dann auf. Es hatte keinen Sinn, ewig weiterzuzählen.

2
VOLLMOND UND SONNENFINSTERNIS
VON PFERDEN, DIE IN DEN STÄLLEN STERBEN

Und ist es für einen Menschen überhaupt möglich, einen anderen vollkommen zu verstehen?

Wir können unendlich viel Zeit und Energie in den ernsthaften Versuch investieren, einen anderen Menschen kennenzulernen, aber wie weit können wir uns dessen innerstem Wesen, dessen Essenz letzten Endes nähern? Wir reden uns ein, den anderen gut zu kennen, aber wissen wir wirklich – von wem auch immer – etwas, was von Bedeutung wäre?

Eine Woche, nachdem ich meine Stelle in der Anwaltskanzlei aufgegeben hatte, fing ich an, ernsthaft über solche Dinge nachzudenken. Bis dahin hatte ich mich niemals – mein ganzes Leben lang nicht – mit derlei Fragen beschäftigt. Und warum nicht? Wahrscheinlich, weil ich schon alle Hände voll damit zu tun gehabt hatte zu leben. Ich war einfach zu beschäftigt gewesen, um über mich selbst nachzudenken.

Der Auslöser war ein triviales Ereignis, wie eben die meisten wichtigen Dinge auf der Welt geringfügige Anfänge haben. Eines Morgens, nachdem Kumiko, wie an jedem Arbeitstag, das Frühstück hinuntergeschlungen hatte und aus dem Haus gehetzt war, steckte ich die Wäsche in die Waschmaschine, machte das Bett, spülte das Geschirr und ging mit dem Staubsauger durch die Wohnung. Dann setzte ich mich mit dem Kater auf die Veranda und sah die Stelleninserate und die Sonderangebote durch. Als es Mittag wurde, aß ich und ging dann zum Supermarkt. Dort kaufte ich Lebensmittel für das Abendessen und, aus einem Regal mit Sonderangeboten, Waschmittel, Reinigungstücher und Toilettenpapier. Wieder zu Hause, bereitete ich das Abendessen vor und legte mich dann, bis Kumiko zurückkäme, mit einem Buch auf das Sofa.

Neuerdings ohne Anstellung, fand ich dieses Leben durchaus erfrischend. Nicht mehr in überfüllten U-Bahn-Zügen pendeln müssen, keine Leute mehr sehen müssen, die ich nicht sehen wollte. Und das Allerbeste war, ich konnte jedes mir passende Buch lesen, wann immer ich wollte. Ich hatte keine Ahnung, wie lange dieses entspannte Leben so weitergehen würde, aber einstweilen wenigstens, nach der ersten Woche, genoß ich es, und ich gab mir alle Mühe, nicht an die Zukunft zu denken. Dies war der einzige richtige, große Urlaub meines Lebens. Irgendwann mußte er zwangsläufig zu Ende gehen, aber bis dahin war ich fest entschlossen, ihn zu genießen.

An diesem bestimmten Abend gelang es mir allerdings nicht, mich ganz der Freude des Lesens hinzugeben, weil Kumiko sich verspätete. Sie war früher nie später als halb sieben von der Arbeit zurückgekommen, und wenn sie voraussah, daß es auch nur zehn Minuten später werden würde, informierte sie mich immer rechtzeitig. So war sie eben: fast zu gewissenhaft. Aber dieser Tag war eine Ausnahme. Sie war nach sieben noch immer nicht da, und es kam auch kein Anruf. Das Fleisch und die Gemüse waren so weit fertig, daß ich mich in dem Augenblick, da Kumiko nach Haus kam, ans Kochen machen konnte. Nicht, daß ich ein besonders lukullisches Mahl geplant hätte: Ich würde dünne Scheibchen Rindfleisch mit Zwiebeln, grünen Paprikas und Sojabohnensprossen anbraten, leicht salzen, pfeffern und mit Sojasoße und einem Schluck Bier ablöschen – ein Rezept aus meiner Junggesellenzeit. Der Reis war gar, die Miso-Suppe war warm, und die Gemüse waren geschnitten und in verschiedenen Häufchen auf einem großen Teller angerichtet, bereit für den Wok. Es fehlte nur noch Kumiko. Ich war hungrig genug, um mit dem Gedanken zu spielen, mir meine eigene Portion zu kochen und allein zu essen, aber so weit wollte ich denn doch nicht gehen. Es wäre einfach nicht anständig gewesen.

Ich saß am Küchentisch, nippte an einem Bier und knabberte ein paar leicht angeweichte Kräcker, die ich ganz hinten im Schrank gefunden hatte. Ich sah dem kleinen Zeiger der Uhr zu, wie er auf die Halbachtstellung zukroch und sie dann langsam hinter sich ließ.

Es war nach neun, als sie endlich ankam. Sie sah erschöpft aus. Ihre Augen waren blutunterlaufen: ein schlechtes Zeichen. Wenn sie rote Augen hatte, war immer etwas Schlimmes passiert.

Okay, sagte ich zu mir, bleib cool, mach kein Aufhebens und keine Szenen. Reg dich nicht auf.

»Es tut mir furchtbar leid«, sagte Kumiko. »Mit der Arbeit war es heute wie verhext. Ich wollte dich anrufen, aber ständig ist etwas anderes dazwischengekommen.«

»Macht nichts, ist schon in Ordnung, mach dir nichts draus«, sagte ich, so leichthin wie möglich. Und ich nahm es ihr auch wirklich nicht übel. Ich hatte es schon oft genug selbst erlebt. Arbeiten gehen kann ganz schön hart sein – es ist etwas grundlegend anderes, als zwei Straßen weiter zu gehen, um einer kranken Großmutter die schönste Rose aus dem Garten zu bringen und ihr bis zum Abend Gesellschaft zu leisten. Manchmal muß man mit unangenehmen Leuten unerfreuliche Dinge tun und kommt wirklich beim besten Willen nicht dazu, zu Hause anzurufen. Es würde nicht mehr als dreißig Sekunden erfordern zu sagen: »Heute komme ich später«, und es stehen überall Telefone herum, aber man schafft es einfach nicht.

Ich machte mich ans Kochen: schaltete den Gasherd ein, goß Öl in den Wok. Kumiko nahm sich ein Bier aus dem Kühlschrank und ein Glas aus dem Regal, warf einen kurzen prüfenden Blick auf die Dinge, die ich gleich in die Pfanne schütten würde, und setzte sich wortlos an den Küchentisch. Ihrer Miene nach zu urteilen, schmeckte ihr das Bier nicht.

»Du hättest ohne mich essen sollen«, sagte sie.

»Schon gut. Ich war nicht so hungrig.«

Während ich das Fleisch und das Gemüse anbriet, ging Kumiko sich frischmachen. Ich hörte, wie sie sich das Gesicht wusch und die Zähne putzte. Als sie kurz darauf aus dem Badezimmer kam, hielt sie etwas in der Hand. Es waren das Toilettenpapier und die Papiertücher, die ich im Supermarkt gekauft hatte.

»Warum hast du denn *das* Zeug gekauft?« fragte sie in entnervtem Ton.

Den Wok in der Hand, sah ich sie an. Dann sah ich auf die Schachtel mit den Tüchern und die Packung Toilettenpapier. Ich hatte nicht die blasseste Ahnung, worauf sie hinauswollte.

»Wieso? Das sind Papiertücher und Klopapier. Wir brauchen die Sachen. Nicht unbedingt sofort, aber sie werden schon nicht verschimmeln, wenn sie ein Weilchen herumstehen.«

»Nein, natürlich nicht. Aber warum mußtest du unbedingt *blaue* Tücher und *geblümtes* Klopapier kaufen?«

»Ich kann dir nicht ganz folgen«, sagte ich und bemühte mich, ruhig zu bleiben. »Sie waren im Angebot. Von blauen Papiertüchern wirst du schon keine blaue Nase kriegen. Wo ist das Problem?«

»Es *ist* ein Problem. Ich hasse blaue Papiertücher und geblümtes Klopapier. Wußtest du das nicht?«

»Nein, wußte ich nicht«, sagte ich. »Warum haßt du sie denn?«

»Woher soll ich denn wissen, warum ich sie hasse? Ich tu's eben. *Du* haßt Telefonschoner und Thermosflaschen mit Blümchenmuster und Bellbottom-Jeans mit Nieten, und wenn ich mir die Nägel maniküren lasse. *Du* kannst genausowenig sagen, warum. Es ist einfach eine Frage des Geschmacks.«

Zufällig hätte ich ihr durchaus meine Gründe für jede dieser Abneigungen auseinandersetzen können, aber natürlich tat ich es nicht. »Na gut«, sagte ich. »Es ist einfach eine Frage des Geschmacks. Aber willst du mir etwa sagen, du hättest in den sechs Jahren unserer Ehe nicht ein einziges Mal blaue Papiertücher oder geblümtes Klopapier gekauft?«

»Niemals. Nicht *ein* Mal.«

»Wirklich?«

»Ja, wirklich. Die Reinigungstücher, die ich kaufe, sind entweder weiß oder gelb oder rosa. Und ich kaufe absolut *nie* gemustertes Klopapier. Ich finde es schlicht erschütternd, daß du so lange mit mir zusammenleben kannst, ohne das zu wissen.«

Ich war nicht minder erschüttert, erfahren zu müssen, daß ich in sechs langen Jahren kein einziges Mal blaue Papiertücher oder geblümtes Klosettpapier benutzt hatte.

»Und wo wir schon dabei sind, will ich dir noch eins sagen«, fuhr sie fort. »Ich ver*abscheue* pfannengerührtes Rindfleisch mit grünen Paprikaschoten. Wußtest du das?«

»Nein, das ist mir neu«, sagte ich.

»Nun, es ist aber so. Und frag mich nicht, warum. Ich kann den Geruch der beiden Dinge, die zusammen in derselben Pfanne braten, einfach nicht ausstehen.«

»Willst du damit sagen, daß du in sechs Jahren kein einziges Mal Rindfleisch und grüne Paprikas zusammen gekocht hast?«

Sie schüttelte den Kopf. »Grüne Paprikas esse ich im Salat. Rind brate ich mit Zwiebeln. Aber ich habe noch niemals Rindfleisch und grüne Paprikas zusammen in einem Topf zubereitet.«

Ich stieß einen tiefen Seufzer aus.

»Hast du dich nie darüber gewundert?« fragte sie.

»Darüber gewundert? Es ist mir überhaupt nie aufgefallen«, sagte ich und dachte einen Augenblick lang nach, ob ich seit unserer Heirat nicht doch wenigstens einmal etwas Pfannengerührtes mit Rindfleisch und grünen Paprikaschoten gegessen hatte. Natürlich konnte ich mich unmöglich daran erinnern.

»Du lebst schon so lange mit mir zusammen«, sagte sie, »aber du nimmst mich kaum wahr. Der einzige Mensch, an den du jemals denkst, bist du.«

»Also jetzt Moment mal«, sagte ich, schaltete das Gas aus und stellte den Wok auf dem Herd ab. »Laß uns jetzt bitte nicht übertreiben. Vielleicht hast du recht. Vielleicht habe ich Dingen wie Papiertaschentüchern und Klopapier und Rindfleisch und grünen Paprikaschoten bislang wirklich nicht genügend Beachtung geschenkt. Aber das bedeutet noch lange nicht, daß ich *dich* nicht wahrgenommen hätte. Es ist mir absolut *scheiß-egal*, welche Farbe meine Papiertücher haben. Schön, mit schwarzen hätte ich wohl gewisse Probleme, aber weiß, blau – es spielt einfach keine Rolle. Das gleiche mit Rind und grünen Paprikas. Zusammen, getrennt, wen schert's? Der Akt des Pfannenrührens von Rindfleisch und grünen Paprikas könnte vom Antlitz der Erde verschwinden, und es wäre mir egal. Es hat nichts mit dir zu tun, mit deiner Essenz, mit Kumikos Kumiko-Sein. Oder habe ich unrecht?«

Anstatt mir zu antworten, putzte sie ihr Bier in zwei langen Zügen weg und starrte die leere Flasche an.

Ich kippte den Inhalt des Wok in den Mülleimer. Soviel zum Thema Rindfleisch und grüne Paprikas und Zwiebeln und Sojasprossen. Absurd. Nahrung in der einen Minute, Abfall in der nächsten. Ich machte ein Bier auf und trank aus der Flasche.

»Warum hast du das getan?« fragte sie.

»Wenn es dir so zuwider ist – «

»*Du* hättest es doch essen können.«

»Auf einmal war mir nicht mehr nach Rindfleisch mit grünen Paprikas.«

Sie zuckte die Achseln. »Ganz wie du möchtest.«

Sie legte die Arme auf den Tisch und vergrub ihr Gesicht darin. Eine Zeitlang blieb sie so sitzen. Ich konnte sehen, daß sie nicht weinte und auch nicht schlief. Ich warf einen Blick auf den leeren Wok, der auf dem Herd stand, warf einen Blick auf Kumiko und trank mein Bier aus. Verrückt. Wen scheren Klopapier und grüne Paprikas?

Aber ich ging hinüber und legte ihr die Hand auf die Schulter. »Okay«, sagte ich. »Jetzt verstehe ich. Ich werde nie wieder blaue Papiertücher oder geblümtes Klopapier kaufen. Versprochen. Ich werde das Zeug morgen zum Supermarkt zurückbringen und es umtauschen. Wenn sie es mir nicht umtauschen wollen, werde

ich es im Garten verbrennen. Ich werde die Asche ins Meer streuen. Und nie wieder Rindfleisch mit grünen Paprikas. Nie wieder. Der Geruch ist bald verflogen, und wir brauchen nie wieder daran zu denken. Okay?«
Aber sie sagte noch immer nichts. Ich wäre am liebsten ein Stündchen spazierengegangen und hätte sie bei meiner Rückkehr vergnügt und munter vorgefunden, aber ich wußte, daß ich mir da keine Hoffnungen zu machen brauchte. Diese Sache würde ich selbst in Ordnung bringen müssen.
»Schau, du bist müde«, sagte ich. »Ruh dich ein bißchen aus, und dann gehen wir eine Pizza essen. Wann haben wir das letzte Mal Pizza gegessen? Sardellen und Zwiebeln. Wir teilen uns eine. Es treibt uns schon nicht in den Ruin, ab und zu mal essenzugehen.«
Das zog auch nicht. Sie preßte ihr Gesicht weiter gegen ihre Arme.
Ich wußte nicht, was ich sonst noch hätte sagen sollen. Ich setzte mich hin und starrte sie über den Tisch hinweg an. Aus ihrem kurzen schwarzen Haar schaute ein Ohr hervor. Daran hing ein Ohrring, den ich noch nie gesehen hatte, klein, aus Gold, in Form eines Fisches. Wo konnte sie so ein Ding nur gekauft haben? Ich hätte furchtbar gern eine geraucht. Ich stellte mir vor, wie ich Zigaretten und Feuerzeug aus der Tasche zog, mir eine Filterzigarette zwischen die Lippen steckte und sie anzündete. Ich tat einen tiefen Lungenzug Luft. Der intensive Geruch von pfannengerührtem Rindfleisch mit Gemüse machte mir schwer zu schaffen. Ich war ausgehungert.
Mein Blick blieb am Wandkalender hängen. Es war ein Kalender, der die Mondphasen angab. Der Vollmond rückte näher. Natürlich: Kumikos Periode stand kurz bevor.
Erst nach meiner Heirat war mir wirklich zu Bewußtsein gekommen, daß ich ein Bewohner der Erde war, des dritten Planeten des Sonnensystems. Ich lebte auf der Erde, die Erde kreiste um die Sonne, und um die Erde wiederum kreiste der Mond. Und ob's mir gefiel oder nicht, würde das in alle Ewigkeit (oder was man gemessen an meiner Lebensspanne »Ewigkeit« nennen konnte) so weitergehen. Was mich zu dieser Erkenntnis und diesem Bewußtsein führte, war die absolute Präzision von Kumikos neunundzwanzigtägigem Menstruationszyklus. Er stimmte vollkommen mit dem Zu- und Abnehmen des Mondes überein. Und ihre Periode war immer problematisch. Ein paar Tage, bevor es losging, wurde sie regelmäßig launisch, ja sogar depressiv. So wurde ihr Zyklus zu meinem Zyklus.

Ich mußte aufpassen, daß ich nicht zur falschen Zeit des Monats unnötig Schwierigkeiten machte. Vor unserer Ehe hatte ich von den Mondphasen kaum etwas mitgekriegt. Es war wohl gelegentlich vorgekommen, daß ich den Mond am Himmel sah, aber welche Gestalt er zum jeweiligen Zeitpunkt hatte, war für mich nie von Bedeutung gewesen. Jetzt war die Gestalt des Mondes etwas, was ich unentwegt mit mir herumtrug.

Vor Kumiko war ich mit einer Reihe anderer Frauen zusammengewesen, und natürlich hatte jede von ihnen ihre Periode gehabt. Bei manchen war sie problematisch gewesen, bei manchen unkompliziert, bei manchen war sie nach drei Tagen vorbei, bei anderen dauerte sie eine Woche, bei manchen kam sie pünktlich, bei anderen konnte sie sich zehn Tage verspäten und mir einen Heidenschrecken einjagen; manche Frauen wurden unausstehlich, andere zeigten kaum eine Wirkung. Bis ich Kumiko heiratete, hatte ich allerdings noch nie mit einer Frau zusammengelebt. Bis dahin war der einzige natürliche Zyklus, den ich bewußt zur Kenntnis genommen hatte, der Wechsel der Jahreszeiten gewesen. Im Winter holte ich meinen Mantel aus dem Schrank, im Sommer war es Zeit für Sandalen. Durch die Heirat erhielt ich nicht nur eine Lebensgefährtin, sondern auch einen neuen Begriff von Zyklizität: die Phasen des Mondes. Nur einmal hatte sie, ein paar Monate lang, ihren regelmäßigen Zyklus durchbrochen, und da war sie schwanger gewesen.

»Es tut mir leid«, sagte sie und hob das Gesicht. »Ich wollte es nicht an dir auslassen. Ich bin müde, und ich bin schlecht gelaunt.«

»Ist schon in Ordnung«, sagte ich. »Mach dir keine Gedanken darüber. Du *sollst* es an jemandem auslassen, wenn du müde bist. Dann fühlst du dich besser.«

Kumiko atmete langsam, tief ein, hielt eine Weile die Luft an und atmete dann aus. »Was ist mit dir?« fragte sie.

»Was ist mit mir?«

»*Du* läßt es nie an irgend jemandem aus, wenn du müde bist. Ich schon. Woran liegt das?«

Ich schüttelte den Kopf. »Das ist mir noch nie aufgefallen«, sagte ich. »Komisch.«

»Vielleicht hast du so einen tiefen Brunnen in dir, und du schreist da ›Der König hat Eselsohren!‹ hinein, und dann ist alles in Ordnung.«

Ich dachte eine Weile darüber nach. »Vielleicht ist das so«, sagte ich.

Kumiko sah wieder die leere Bierflasche an. Sie starrte auf das Etikett und dann auf die Öffnung, und dann drehte sie den Hals zwischen den Fingern.

»Ich bekomme bald meine Periode«, sagte sie. »Das ist wohl der Grund, warum ich so schlecht gelaunt bin.«
»Ich weiß«, sagte ich. »Mach dir darüber keine Gedanken. Du bist nicht die einzige. Massenhaft Pferde sterben, wenn der Mond voll ist.«
Sie nahm die Hand von der Flasche und sah mich mit offenem Mund an.
»Also, wo hast du *das* auf einmal her?«
»Das habe ich neulich in der Zeitung gelesen. Ich wollte es dir eigentlich erzählen, aber dann hab ich's vergessen. Es war ein Interview mit irgendeinem Tierarzt. Offenbar werden Pferde unglaublich stark von den Mondphasen beeinflußt – und zwar körperlich wie seelisch. Wenn sich der Vollmond nähert, fangen ihre Gehirnwellen an, verrückt zu spielen, und alle möglichen körperlichen Symptome treten auf. In der Vollmondnacht selbst werden dann viele Pferde regelrecht krank, und ein unheimlich hoher Prozentsatz von ihnen stirbt. Warum das so ist, weiß keiner genau, aber die Statistiken beweisen, *daß* es so ist. In Vollmondnächten kommt kein Pferdearzt zum Schlafen. Da ist dauernd was los.«
»Interessant«, sagte Kumiko.
»Noch schlimmer ist allerdings eine Sonnenfinsternis – für Pferde eine absolute Katastrophe. Du kannst dir nicht im Traum vorstellen, wie viele Pferde am Tag einer totalen Sonnenfinsternis sterben. Aber egal, ich will damit nur sagen, daß genau in dieser Sekunde überall auf der Welt Pferde sterben. Verglichen damit ist es wahrlich keine Tragödie, wenn du deine Frustrationen an jemand anderem ausläßt. Also mach dir darüber keine Gedanken. Denk an die sterbenden Pferde. Stell dir vor, wie sie in irgendeiner Scheune unter dem Vollmond auf dem Stroh liegen und mit Schaum vor dem Maul röchelnd verenden.«
Einen Augenblick lang schien sie sich das wirklich vorzustellen.
»Das muß der Neid dir lassen«, sagte sie mit einem Anflug von Resignation, »du könntest wahrscheinlich jedem alles schmackhaft machen.«
»Also schön«, sagte ich. »Dann zieh dich um und laß uns eine Pizza essen gehen.«

In dieser Nacht lag ich im dunklen Schlafzimmer neben Kumiko, starrte an die Decke und fragte mich, wieviel ich von dieser Frau eigentlich wirklich wußte. Der Wecker zeigte 02.00. Sie schlief tief und fest. In der Dunkelheit dachte ich an blaue Papiertücher und gemustertes Klopapier, an Rindfleisch und grüne Paprikaschoten. Ich hatte all die Jahre mit ihr zusammengelebt, ohne auch nur zu ahnen, wie sehr sie diese Dinge haßte. Für sich genommen, waren sie ohne jede Bedeutung. Albernheiten. Dinge, über die man nur lachen konnte, über die man keine drei Worte zu verlieren brauchte. Wir hatten einen kleinen Krach gehabt, und in ein paar Tagen würden wir es schon vergessen haben.

Aber das jetzt war etwas anderes. Es quälte mich auf eine merkwürdige neue Weise, bohrte unablässig in mir wie eine dünne Fischgräte, die einem im Hals steckengeblieben ist. Vielleicht – nur vielleicht – war es weit wichtiger, als es den Anschein gehabt hatte. Vielleicht war's das: das Ende. Oder vielleicht war es auch nur der Anfang dessen, was das Ende sein würde; und ich stand auf der Schwelle zu etwas wirklich Großem, und darin lag eine Welt, die einzig Kumiko gehörte, eine riesige Welt, die ich nie kennengelernt hatte. Ich stellte sie mir als ein großes dunkles Zimmer vor. Darin stand ich mit einem Feuerzeug in der Hand, dessen schwaches Licht nur den winzigsten Teil des Raums erhellte.

Würde ich den Rest jemals sehen? Oder würde ich altern und sterben, ohne sie jemals wirklich gekannt zu haben? Wenn mich das erwartete, was hatte dann die Ehe, die ich da führte, für einen Sinn? Was hatte überhaupt mein *Leben* für einen Sinn, wenn ich es im Bett neben einer unbekannten Gefährtin verbrachte?

Das waren die Gedanken, die mir in jener Nacht durch den Kopf gingen und die mich noch lange danach von Zeit zu Zeit beschäftigten. Erst viel später erkannte ich, daß ich den Zugang zum Kern des Problems gefunden hatte.

3

MALTA KANOS HUT
SORBET-TÖNE, ALLEN GINSBERG
UND DIE KREUZRITTER

Ich war gerade beim Vorbereiten des Mittagessens, als wieder einmal das Telefon klingelte. Ich hatte zwei Scheiben Brot geschnitten, sie mit Butter und Senf bestrichen, mit Tomatenscheiben und Käse belegt, das Ganze zusammengeklappt auf das Schneidebrett gelegt und wollte es gerade entzweischneiden, als es klingelte.

Ich ließ das Telefon dreimal klingeln und schnitt das Sandwich durch, dann legte ich es auf einen Teller, wischte das Messer ab, räumte es in die Besteckschublade zurück und goß mir schließlich eine Tasse aufgewärmten Kaffee ein.

Noch immer klingelte das Telefon. Vielleicht fünfzehnmal. Ich gab es auf und nahm ab. Ich wäre am liebsten nicht rangegangen, aber es hätte schließlich Kumiko sein können.

»Hallo«, sagte eine Frauenstimme, die ich noch nie gehört hatte. Es war weder Kumikos Stimme noch die der seltsamen Frau, die mich neulich angerufen hatte, während ich Spaghetti kochte. »Wären Sie so freundlich, mir zu sagen, ob ich möglicherweise mit Herrn Toru Okada verbunden bin?« sagte die Stimme, als ob deren Eigentümerin einen Text vom Blatt ablese.

»Sind Sie«, sagte ich.

»Dem Ehemann von Kumiko Okada?«

»Richtig«, sagte ich. »Kumiko Okada ist meine Frau.«

»Und Frau Okadas älterer Bruder ist Noboru Wataya?«

»Wieder richtig«, sagte ich mit bewundernswerter Selbstbeherrschung. »Noboru Wataya ist der ältere Bruder meiner Frau.«

»Gestatten Sie, daß ich mich vorstelle: Mein Name ist Kano.«

Ich wartete darauf, daß sie weiterredete. Die plötzliche Erwähnung von Kumikos älterem Bruder hatte mich argwöhnisch gemacht. Ich nahm den Bleistift, der neben dem Telefon lag, und kratzte mich mit dem stumpfen Ende im Nacken. Fünf Sekunden oder mehr verstrichen, ohne daß die Frau etwas gesagt hätte. Ja, es war überhaupt kein Geräusch zu hören, als habe die Frau die Hand auf die Sprechmuschel gelegt und rede mit jemandem, der neben ihr stand.

»Hallo«, sagte ich, jetzt etwas beunruhigt.

»Bitte entschuldigen Sie, mein Herr«, sprudelte die Stimme der Frau hervor. »In diesem Fall muß ich Sie um Erlaubnis ersuchen, Sie zu einem späteren Zeitpunkt noch einmal anzurufen.«

»Jetzt warten Sie mal«, sagte ich. »Das ist doch – «

In diesem Augenblick wurde die Verbindung unterbrochen. Ich starrte den Hörer an und nahm ihn dann wieder ans Ohr. Kein Zweifel, die Frau hatte aufgelegt. Irgendwie unzufrieden setzte ich mich wieder an den Küchentisch, trank meinen Kaffee und aß mein Sandwich. Bis zu dem Moment, als das Telefon geklingelt hatte, hatte ich an etwas gedacht, aber jetzt konnte ich mich nicht mehr erinnern, was es gewesen war. Als ich mit der Rechten gerade das Messer hatte anlegen und das Sandwich entzweischneiden wollen, hatte ich ohne jeden Zweifel an etwas gedacht. An etwas Wichtiges, woran ich mich seit Ewigkeiten – ohne jeden Erfolg – zu erinnern versucht hatte. Genau in dem Moment, als ich das Sandwich hatte entzweischneiden wollen, war es mir eingefallen, aber jetzt war es weg. Während ich an meinem Sandwich kaute, versuchte ich mit aller Macht, es wieder zurückzuholen. Aber es kam und kam nicht. Es war in die dunkle Region meines Geistes zurückgekehrt, wo es bis zu diesem Augenblick gelebt hatte.

Ich beendete meine Mahlzeit und war am Abräumen, als das Telefon wieder klingelte. Diesmal nahm ich sofort ab.
Wieder sagte eine Frauenstimme »Hallo«, aber diesmal war es Kumiko.
»Wie geht's?« fragte sie. »Fertig gegessen?«
»M-hm. Was gab's bei dir?«
»Nichts«, sagte sie. »Keine Zeit gehabt. Ich werd mir wohl später ein Sandwich holen. Was hast du gegessen?«
Ich beschrieb ihr mein Sandwich.
»Schön«, sagte sie ohne den leisesten Anflug von Neid. »Ach, übrigens, was ich heute morgen vergessen hab, dir zu sagen. Ein Fräulein Kano wird dich anrufen.«
»Sie hat schon angerufen«, sagte ich. »Vor ein paar Minuten. Sie hat nichts anderes getan, als unsere Namen zu erwähnen – meinen und deinen und den deines Bruders – und dann aufzulegen. Hat mit keinem Wort gesagt, was sie eigentlich wollte. Was sollte das Ganze?«
»Sie hat aufgelegt?«
»Meinte, sie würde sich wieder melden.«
»Gut, und wenn sie sich wieder meldet, möchte ich, daß du alles tust, worum sie dich bittet. Es ist wirklich wichtig. Ich glaube, du wirst dich mit ihr treffen müssen.«
»Wann? Heute?«
»Was spricht dagegen? Hast du irgendwelche Pläne für den Nachmittag? Sollst du dich mit jemand treffen?«
»Nö. Keinerlei Pläne.« Gestern nicht, heute nicht, morgen nicht: überhaupt keine Pläne. »Aber wer ist diese Kano? Und was will sie von mir? Ich hätte gern wenigstens eine ungefähre Vorstellung, bevor sie wieder anruft. Wenn es um einen Job

für mich geht, der irgendwie mit deinem Bruder zusammenhängt, vergiß es. Ich will nichts mit ihm zu tun haben. Das weißt du.«
»Nein, das hat nichts mit einem Job zu tun«, sagte sie mit einem Anflug von Ärger in der Stimme. »Es geht um den Kater.«
»Den Kater?«
»Oh, tut mir leid, ich muß schleunigst weg. Da wartet jemand auf mich. Ich hätte mir eigentlich nicht die Zeit nehmen dürfen, anzurufen. Wie gesagt, ich hab noch nicht mal zu Mittag gegessen. Können wir jetzt Schluß machen? Ich meld mich wieder, sobald ich etwas Luft habe.«
»Hör mal, ich weiß, wieviel du zu tun hast, aber du kannst mich doch nicht so hängenlassen. Ich will wissen, was da läuft. Was ist mit dem Kater? Ist diese Kano – «
»Tu bitte einfach, was sie sagt, ja? Verstanden? Die Sache ist ernst. Ich möchte, daß du zu Haus bleibst und auf ihren Anruf wartest. Muß jetzt weg.«
Und weg war sie.

Als das Telefon um halb drei klingelte, machte ich gerade ein Nickerchen auf der Couch. Im ersten Moment dachte ich, es sei der Wecker. Ich streckte die Hand aus, um auf den Knopf zu drücken, aber es war kein Wecker da. Ich lag nicht im Bett, sondern auf der Couch, und es war nicht Morgen, sondern Nachmittag. Ich stand auf und ging ans Telefon.
»Hallo«, sagte ich.
»Hallo«, sagte eine Frauenstimme. Es war die Frau, die am Vormittag angerufen hatte. »Herr Toru Okada?«
»Der bin ich. Toru Okada.«
»Mein Herr, mein Name ist Kano«, sagte sie.
»Die Dame, die schon angerufen hat.«
»Das ist korrekt. Ich fürchte, ich bin schrecklich unhöflich gewesen. Aber sagen Sie, Herr Okada, hätten Sie heute nachmittag möglicherweise Zeit?«
»So könnte man sagen.«
»Nun, wäre es dann möglich – ich weiß, es ist schrecklich kurzfristig, aber glauben Sie, es wäre Ihnen unter Umständen möglich, sich mit mir zu treffen?«
»Wann? Heute? Jetzt?«
»Ja.«
Ich sah auf meine Uhr. Nicht, daß es wirklich nötig gewesen wäre – ich hatte erst

dreißig Sekunden vorher darauf geschaut –, aber zur Sicherheit. Und es war immer noch halb drei.

»Wird es eine längere Angelegenheit werden?« fragte ich.

»Nicht allzu lang, denke ich. Allerdings könnte ich mich auch irren. Zum gegenwärtigen Zeitpunkt ist es für mich schwierig, diesbezüglich eine verbindliche Aussage zu machen. Es tut mir leid.«

Wie lang die Sache auch werden würde, ich hatte keine Wahl. Kumiko hatte mir eingeschärft, zu tun, was die Frau sagte: die Sache sei ernst. Wenn sie sagte, die Sache sei ernst, dann war sie das auch, und ich sollte besser tun, was sie gesagt hatte.

»Ich verstehe«, sagte ich. »Wo sollen wir uns treffen?«

»Ist Ihnen zufällig das Pacific Hotel, gegenüber vom Shinagawa-Bahnhof, ein Begriff?«

»Zufällig ja.«

»Im Parterre gibt es einen Tea-room. Wenn es Ihnen recht wäre, würde ich Sie dort um sechzehn Uhr erwarten.«

»In Ordnung«, sagte ich.

»Ich bin einunddreißig Jahre alt, und ich werde einen roten Vinylhut tragen.«

Irre. Es hatte etwas Bizarres an sich, wie diese Frau redete, etwas, was mich vorübergehend verwirrte. Aber ich hätte nicht genau sagen können, was es so bizarr machte. Zudem gab es kein Gesetz, das einunddreißigjährigen Frauen das Tragen von roten Vinylhüten untersagt hätte.

»Na gut«, sagte ich. »Ich werde Sie sicherlich finden.«

»Ich wäre Ihnen sehr verbunden, Herr Okada, wenn Sie mir Ihrerseits irgendwelche besonderen äußeren Kennzeichen nennen wollten, anhand derer ich Sie identifizieren könnte.«

Ich versuchte, mir irgendwelche »besonderen äußeren Kennzeichen«, die ich haben mochte, einfallen zu lassen. Hatte ich überhaupt welche?

»Ich bin dreißig, eins fünfundsiebzig groß, wiege dreiundsechzig Kilo, kurzes Haar, keine Brille.« Noch während ich redete, wurde mir bewußt, daß das schwerlich besondere Kennzeichen darstellten. Im Tea-room des Pacific Hotel konnten ohne weiteres fünfzig Männer sitzen, auf die diese Beschreibung paßte. Ich war schon mal da gewesen, und es war ein großes Etablissement. Sie brauchte schon etwas Auffälligeres. Aber mir fiel nichts ein. Was nicht heißen soll, daß ich keinerlei besondere Kennzeichen gehabt hätte. Ich besaß ein handsigniertes Exemplar

von Miles Davis' *Sketches of Spain*. Ich hatte eine niedrige Ruhe-Pulsfrequenz: normalerweise siebenundvierzig und selbst bei hohem Fieber nie über siebzig. Ich war arbeitslos. Ich kannte die Namen aller Brüder Karamasow. Aber keines dieser besonderen Kennzeichen war äußerlich.
»Wie werden Sie voraussichtlich gekleidet sein?« fragte sie.
»Ich weiß nicht«, sagte ich. »Ich hab noch nicht darüber nachgedacht. Das kommt alles so plötzlich.«
»Dann kommen Sie bitte mit einer gepunkteten Krawatte«, sagte sie bestimmt. »Halten Sie es für möglich, daß Sie eine gepunktete Krawatte besitzen?«
»Ich denke schon«, sagte ich. Ich hatte einen marineblauen Schlips mit kleinen cremefarbenen Pünktchen. Kumiko hatte ihn mir vor ein paar Jahren zum Geburtstag geschenkt.
»Dann haben Sie doch bitte die Freundlichkeit, sie zu tragen«, sagte sie. »Danke, daß Sie sich bereit erklärt haben, sich um sechzehn Uhr mit mir zu treffen.« Und sie hängte ein.

Ich öffnete den Kleiderschrank und suchte nach meinem gepunkteten Schlips. Auf dem Krawattenhalter war er nicht. Ich sah in allen Schubladen nach. Ich sah im Wandschrank in allen Kartons nach. Kein gepunkteter Schlips. Es war absolut nicht möglich, daß dieser Schlips in unserem Haus sein sollte und ich ihn nicht fand. Wenn es um die Unterbringung unserer Kleidung ging, war Kumiko eine solche Perfektionistin, daß meine Krawatte sich unmöglich an einem anderen Ort befinden konnte als demjenigen, an den sie hingehörte. Und tatsächlich fand ich alles – ihre wie meine Sachen – in perfekter Ordnung vor. Meine Hemden lagen säuberlich zusammengefaltet in der dafür vorgesehenen Schublade. Meine Pullover lagen in Pappkisten, die so reichlich mit Mottenkugeln gespickt waren, daß mir, kaum daß ich den Deckel hob, die Augen brannten. Ein Karton enthielt die Sachen, die sie auf der Oberschule getragen hatte: eine marineblaue Uniform, ein geblümtes Minikleid, abgelegt wie Fotos in einem alten Album. Was hatte es für einen Sinn, solche Sachen aufzubewahren? Vielleicht hatte sie sie einfach hierher mitgenommen, weil sie nie eine passende Gelegenheit gefunden hatte, sie loszuwerden. Oder vielleicht hatte sie vor, sie nach Bangladesh zu schicken. Oder sie eines Tages einem Museum zu stiften, als Zeugnisse einer untergegangenen Volkskultur. Jedenfalls war mein gepunkteter Schlips nirgendwo zu finden.

Die Hand an der Schranktür, versuchte ich mich zu erinnern, wann ich den Schlips das letztemal getragen hatte. Es war ein ziemlich elegantes Stück, sehr geschmackvoll, aber fürs Büro ein wenig zu auffällig. Wenn ich ihn in der Kanzlei getragen hätte, dann hätte sich in der Mittagspause bestimmt jemand in Lobeshymnen darüber ergangen, wie schön die Farbe und wie schick das Ganze sei. Was so etwas wie eine Warnung gewesen wäre. In der Kanzlei, in der ich arbeitete, war es nicht gut, für die Wahl des Schlipses Komplimente gemacht zu bekommen, also hatte ich ihn dort nie getragen. Ich wählte ihn eher für private – aber etwas formelle – Anlässe: einen Konzertbesuch oder ein Abendessen in einem guten Restaurant, bei dem Kumiko wollte, daß wir uns »anständig anzogen« (nicht, daß es viele solche Anlässe gegeben hätte). Der Schlips paßte gut zu meinem marineblauen Anzug, und sie mochte ihn sehr gern. Trotzdem konnte ich mich beim besten Willen nicht erinnern, wann ich ihn zuletzt getragen hatte.

Ich ließ meine Augen noch einmal über den Inhalt des Kleiderschranks wandern und gab es dann auf. Aus dem einen oder anderen Grund war die gepunktete Krawatte verschwunden. Auch gut. Ich zog meinen marineblauen Anzug an und dazu ein blaues Hemd und einen gestreiften Schlips. Ich machte mir deswegen keine allzu großen Gedanken. Vielleicht würde sie mich nicht erkennen, aber ich brauchte lediglich nach einer Frau um die dreißig mit einem roten Vinylhut Ausschau zu halten.

Ausgehfertig angezogen, setzte ich mich auf das Sofa und starrte gegen die Wand. Es war lange her, daß ich einen Anzug getragen hatte. Normalerweise wäre dieser marineblaue Herbst-Winter-Anzug etwas zu warm für die Jahreszeit gewesen, aber gerade an diesem Tag regnete es, und die Luft war frisch. Genau diesen Anzug hatte ich an meinem letzten Arbeitstag (im April) getragen. Plötzlich kam mir der Gedanke, in einer der Taschen könnte noch etwas sein. In der Brustinnentasche fand ich eine Quittung mit Datum vom vergangenen Herbst. Es war ein Beleg für eine Taxifahrt, die ich mir von der Firma hätte erstatten lassen können. Jetzt war es dafür allerdings zu spät. Ich zerknüllte die Quittung und warf sie in den Papierkorb.

Seit meinem Abschied vor zwei Monaten hatte ich diesen Anzug nicht mehr getragen. Jetzt, nach so langer Zeit, fühlte ich mich darin wie in der Gewalt einer fremden Substanz. Er war schwer und steif und schien mit den Konturen meines Körpers nicht übereinzustimmen. Ich stand auf und ging im Zimmer umher, blieb dann vor dem Spiegel stehen und zupfte energisch an Ärmeln und Schößen, um ihn nach Möglichkeit in eine bessere Paßform zu bringen. Ich streckte die Arme aus, atmete tief ein und beugte mich vornüber, um festzustellen, ob sich vielleicht meine Figur in den letzten zwei Monaten verändert hatte. Dann setzte ich mich wieder auf das Sofa, fühlte mich aber weiterhin unbehaglich.

Bis zu diesem Frühjahr war ich täglich im Anzug zur Arbeit gefahren, ohne mir darin je merkwürdig vorzukommen. In meiner Firma herrschte eine ziemlich strenge Kleiderordnung: Selbst für kleine Angestellte wie mich war Anzug vorgeschrieben. Ich hatte nichts dabei gefunden.

Jetzt allerdings war es anders: Im Anzug auch nur auf dem Sofa zu sitzen fühlte sich wie ein unmoralischer Akt an – wie seinen Lebenslauf zu frisieren oder sich als Frau auszugeben. Niedergedrückt von einer Empfindung, die stark an ein schlechtes Gewissen erinnerte, verspürte ich eine zunehmende Atembeklemmung.

Ich ging in die Diele, holte meine braunen Schuhe aus dem Regal und zwängte mich mit Hilfe eines Schuhlöffels hinein. Sie waren mit einer feinen Staubschicht überzogen.

Wie sich herausstellte, brauchte ich die Frau gar nicht ausfindig zu machen. Sie fand mich. Im Tea-room angekommen, machte ich einen raschen Rundgang und sah mich nach dem roten Hut um. Es gab keine Frauen mit roten Hüten. Nach meiner Uhr war es zehn Minuten vor vier. Ich setzte mich, trank das Wasser, das man mir brachte, und bestellte eine Tasse Kaffee. Kaum hatte die Kellnerin meinen Tisch verlassen, als ich hinter mir eine Frau sagen hörte: »Sie müssen Herr Toru Okada sein.« Überrascht drehte ich mich um. Es war keine drei Minuten her, daß ich das Lokal abgegangen war.

Sie trug eine weiße Jacke über einer gelben Seidenbluse, und auf dem Kopf hatte sie einen roten Vinylhut. Ich stand reflexartig auf und starrte sie an. Man hätte sie mit Fug und Recht als schön bezeichnen können; zumindest war sie weitaus schöner, als ich sie mir nach ihrer Telefonstimme vorgestellt hatte. Sie hatte eine schlanke, reizende Figur und war dezent geschminkt. Sie wußte sich anzuziehen – wenn man von dem roten Hut absah. Ihre Jacke und Bluse waren elegant geschnitten. Am Revers der Jacke funkelte eine Goldbrosche, die wie eine Feder geformt war. Man hätte sie für eine Chefsekretärin halten können. Warum sie eine anson-

sten so sorgfältig komponierte äußere Erscheinung mit diesem absolut unpassenden Hut zerstörte, ging über meinen Verstand. Vielleicht trug sie ihn immer in solchen Situationen, um es den Leuten leicht zu machen, sie zu identifizieren. Dann war es keine schlechte Idee. Wenn das Ding dazu gedacht war, sie in einem Raum voller Leute auffallen zu lassen, dann erfüllte es fraglos seinen Zweck.
Sie setzte sich mir gegenüber an den Tisch, und ich nahm wieder Platz.
»Es wundert mich, daß sie mich erkannt haben«, sagte ich. »Ich konnte meine gepunktete Krawatte nirgends finden. Ich *weiß*, daß ich sie irgendwo habe, aber ich habe sie einfach nicht gefunden. Deswegen habe ich mir diese gestreifte hier umgebunden. Ich dachte mir, ich würde Sie schon erkennen, aber woher haben *Sie* gewußt, daß ich es war?«
»Natürlich habe ich gewußt, daß Sie es waren«, sagte sie und legte ihre weiße Lacklederhandtasche auf den Tisch. Sie nahm den roten Vinylhut ab und legte ihn auf die Tasche, so daß diese völlig darunter verschwand. Es kam mir so vor, als wollte sie einen Zaubertrick vorführen: wenn sie den Hut hob, wäre die Tasche weg.
»Aber ich hatte doch die falsche Krawatte an«, wandte ich ein.
»Die falsche Krawatte?« Sie sah mit verdutzter Miene auf meinen Schlips, als wollte sie sagen: Wovon redet dieser komische Kauz eigentlich? Dann nickte sie. »Es spielt keine Rolle. Machen Sie sich bitte darum keine Gedanken.«
Ihre Augen waren merkwürdig. Es fehlte ihnen unerklärlicherweise jegliche Tiefe. Es waren schöne Augen, aber sie schienen nichts anzusehen; sie waren ganz Oberfläche, wie Glasaugen. Aber selbstverständlich waren sie nicht aus Glas. Sie bewegten sich, und die Lider blinzelten.
Wie hatte sie es nur geschafft, mich unter all den Gästen dieses belebten Tearooms auszumachen? Die Tische waren fast restlos besetzt, und an vielen saßen Männer meines Alters. Ich wollte sie eigentlich um eine Erklärung bitten, aber ich hielt mich zurück. Besser keine irrelevanten Fragen aufwerfen.
Sie winkte einen vorbeigehenden Kellner heran und bestellte ein Perrier. Perrier, sagte er, führten sie nicht, aber er könne ihr Tonic-water bringen. Sie dachte einen Augenblick nach und nahm dann seinen Vorschlag an. Während sie auf ihr Tonic wartete, sprach sie kein Wort, und ich schwieg ebenfalls.
Nach einem Weilchen hob sie ihren roten Hut und öffnete den Schnappverschluß der Handtasche, die darunter lag. Der Tasche entnahm sie ein glänzendes schwar-

zes Lederetui, nicht ganz so groß wie eine Musikkassette. Es war ein Visitenkartenetui. Wie die Handtasche hatte es einen Schnappverschluß – das erste verschließbare Visitenkartenetui, das ich bis dahin gesehen hatte. Sie zog eine Karte heraus und reichte sie mir. Ich führte die Hand an die Brusttasche, um eine von meinen Visitenkarten herauszuholen, da erinnerte ich mich, daß ich überhaupt keine dabeihatte.

Ihre Visitenkarte war aus dünnem Kunststoff und schien leicht nach Weihrauch zu duften. Als ich sie mir näher an die Nase führte, wurde der Geruch deutlicher. Kein Zweifel: es war Weihrauch. Als einzige Beschriftung trug sie eine Zeile kleiner tiefschwarzer Buchstaben:

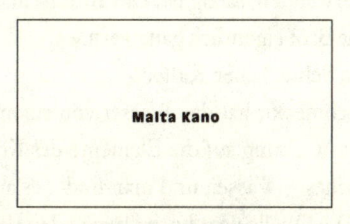

Malta Kano

Malta? Ich drehte die Karte um. Die Rückseite war leer.
Während ich noch über die tiefere Bedeutung dieser Visitenkarte rätselte, kam der Kellner und stellte ein eisgefülltes Glas vor sie, das er dann zur Hälfte mit Tonic-water aufgoß. Das Glas enthielt einen Keil Zitrone. Die Kellnerin erschien mit einer silberfarbenen Kaffeekanne auf ihrem Tablett. Sie stellte eine Tasse vor mich und goß sie mit Kaffee voll. Mit den verstohlenen Bewegungen von jemandem, der einem ein ungünstiges Horoskop zusteckt, ließ sie die Rechnung auf den Tisch gleiten und ging.
»Sie ist unbeschriftet«, sagte Malta Kano zu mir.
Ich starrte noch immer auf die Rückseite ihrer Visitenkarte.
»Nur mein Name. Meine Adresse oder Telefonnummer braucht nicht darauf zu stehen. Es ruft mich nie jemand an. Ich bin diejenige, die anruft.«
»Ich verstehe«, sagte ich. Diese sinnlose Bemerkung blieb über dem Tisch im Raum hängen wie Gullivers fliegende Insel.
Das Glas in beiden Händen haltend, nahm sie einen winzigen Schluck durch einen Strohhalm. Ein Schatten von Unmut glitt über ihr Gesicht, worauf sie das Glas beiseite schob, als habe sie jegliches Interesse daran verloren.

»Malta ist nicht mein wirklicher Name«, sagte Malta Kano. »Kano ja, aber Malta ist ein Pseudonym, das ich nach der Insel Malta gewählt habe. Sind Sie jemals auf Malta gewesen, Herr Okada?«
Ich sagte nein. Ich war niemals auf Malta gewesen und hatte auch nicht vor, in nächster Zeit nach Malta zu reisen. Es war mir noch nie in den Sinn gekommen, dorthin zu fahren. Alles, was mir zu Malta einfiel, war Herb Alperts Version von »The Sands of Malta«, ein wahrhaft gottserbärmliches Stück.
»Ich habe früher auf Malta gelebt«, sagte sie. »Drei Jahre lang. Das Wasser dort ist abscheulich. Ungenießbar. Wie verdünntes Meerwasser. Und das Brot, das sie dort backen, ist salzig. Nicht, weil sie den Teig salzen würden, sondern weil das Wasser, das sie dazu verwenden, salzig ist. Das Brot ist allerdings nicht schlecht. Ich mag das maltesische Brot eigentlich ganz gern.«
Ich nickte und trank ein Schlückchen Kaffee.
»So schlecht es auch schmeckt, hat das Wasser von einem bestimmten Ort auf Malta eine wunderbare Wirkung auf die Elemente des Körpers. Es ist ein ganz besonderes – ja mystisches – Wasser, und man findet es ausschließlich an dieser einen Stelle der Insel. Die Quelle liegt hoch oben in den Bergen, und um dorthin zu gelangen, muß man von einem Dorf im Tal aus stundenlang klettern. Das Wasser läßt sich nicht von seinem Ursprungsort wegtransportieren. Bringt man es woandershin, verliert es seine Kraft. Die einzige Möglichkeit, es zu trinken, besteht darin, seine Quelle aufzusuchen. Es wird schon in Schriften aus der Zeit der Kreuzzüge erwähnt – man nannte es ›Geistwasser‹. Allen Ginsberg ist einmal dorthin gekommen, um es zu trinken. Ebenso Keith Richards. Ich habe drei Jahre lang dort gewohnt, in dem kleinen Dorf am Fuß des Berges. Ich habe Gemüse angebaut und weben gelernt. Jeden Tag bin ich zur Quelle hinaufgestiegen und habe das besondere Wasser getrunken. Das war von 1976 bis 1979. Einmal habe ich eine ganze Woche lang nur dieses Wasser getrunken und gar nichts gegessen. Eine ganze Woche lang darf man nichts anderes zu sich nehmen als dieses Wasser. Es ist eine besondere Form der Kasteiung, die dort vorgeschrieben ist. Ich glaube, man könnte es als eine religiöse Übung bezeichnen. Auf diese Weise läutert man seinen Körper. Für mich war es eine wahrhaft wunderbare Erfahrung. So kam es, daß ich, als ich nach Japan zurückkehrte, für berufliche Zwecke das Pseudonym Malta annahm.«
»Dürfte ich wissen, was Ihr Beruf ist?«

Sie schüttelte den Kopf. »Strenggenommen ist es kein Beruf. Ich nehme kein Geld für das, was ich tue. Ich bin Beraterin. Ich spreche mit Leuten über die Elemente des Körpers. Ich stelle außerdem Forschungen über Wasserarten an, die eine wohltätige Wirkung auf die Elemente des Körpers ausüben. Um Geld brauche ich mir keine Gedanken zu machen; ich verfüge über ausreichende Mittel. Mein Vater ist Arzt, und er hat meiner jüngeren Schwester und mir als eine Art Leibrente Aktien und Grundstücke überschrieben. Ein Buchhalter verwaltet sie für uns. Sie werfen Jahr für Jahr eine anständige Rendite ab. Ich habe außerdem mehrere Bücher geschrieben, die mir ein bescheidenes zusätzliches Einkommen verschaffen. Meine Arbeit über die Elemente des Körpers ist rein gemeinnützig. Was auch der Grund dafür ist, daß meine Visitenkarte weder Adresse noch Telefonnummer aufweist. Ich bin diejenige, die anruft.«
Ich nickte, aber es war lediglich eine mechanische Kopfbewegung: Ich hatte keine Ahnung, wovon sie eigentlich sprach. Ich verstand jedes ihrer Worte, aber es war mir unmöglich, den Sinnzusammenhang zu erfassen.
Elemente des Körpers?
Allen Ginsberg?
Mir wurde zunehmend unwohler. Ich bin nicht besonders intuitiv veranlagt, aber je länger ich mit dieser Frau zusammensaß, desto deutlicher meinte ich, Unrat zu wittern.
»Sie müssen entschuldigen«, sagte ich, »aber ich frage mich, ob ich Sie bitten dürfte, mir die Sache von Anfang an, Schritt für Schritt, zu erklären. Ich habe vor wenigen Stunden mit meiner Frau gesprochen, und das einzige, was sie gesagt hat, war, daß ich mich mit Ihnen treffen und mit Ihnen über unseren verschwundenen Kater reden sollte. Um ganz ehrlich zu sein, verstehe ich nicht recht, worauf Sie mit dem, was Sie mir erzählt haben, eigentlich hinauswollen. Hat es irgend etwas mit dem Kater zu tun?«
»Durchaus, ja«, sagte sie. »Aber bevor ich darauf eingehe, Herr Okada, gäbe es da noch etwas, wovon ich Sie in Kenntnis setzen möchte.«
Noch einmal öffnete sie den Metallverschluß ihrer Handtasche und zog ein weißes Kuvert hervor. Darin befand sich ein Foto, und das reichte sie mir. »Meine Schwester«, sagte sie. Es war ein Farb-Schnappschuß von zwei Frauen. Die eine war Malta Kano, und auch auf dem Foto trug sie einen Hut – einen gelben, gestrickten Hut. Wieder paßte er herzzerreißend schlecht zu ihrer übrigen Klei-

dung. Ihre Schwester – ich ging davon aus, daß dies die jüngere Schwester war, von der sie gerade gesprochen hatte – trug ein pastellfarbenes Kleid und einen entsprechenden Hut, beides von der Art, wie sie in den frühen sechziger Jahren in Mode gewesen waren. Ich meinte mich zu erinnern, daß man solche Farben damals als »Sorbet-Töne« bezeichnet hatte. Eines war jedenfalls sicher: Diese Schwestern hatten eine Schwäche für Hüte. Die Frisur der Jüngeren war exakt diejenige von Jacqueline Kennedy zu ihrer Zeit als First Lady, starr vor Haarspray. Sie trug ein bißchen zuviel Make-up, aber man konnte sie ohne Übertreibung als schön bezeichnen. Sie mochte Anfang, Mitte Zwanzig sein. Ich gab Malta Kano das Foto zurück, und sie steckte es wieder in seinen Umschlag und diesen in die Tasche. Dann ließ sie den Verschluß zuschnappen.
»Meine Schwester ist fünf Jahre jünger als ich«, sagte sie. »Sie wurde von Noboru Wataya beschmutzt. Vergewaltigt.«
Entsetzlich. Mein erster Impuls war, schleunigst das Weite zu suchen. Aber ich konnte nicht einfach aufstehen und gehen. Ich zog ein Taschentuch aus der Tasche meines Jacketts, wischte mir damit den Mund ab und steckte es wieder zurück. Dann räusperte ich mich.
»Das ist ja schrecklich«, sagte ich. »Ich höre davon zum erstenmal, aber wenn er Ihrer Schwester wirklich wehgetan hat, möchte ich Ihnen mein tiefstes Mitgefühl aussprechen. Allerdings muß ich Ihnen sagen, daß mein Schwager und ich praktisch nichts miteinander zu tun haben. Wenn Sie also irgendeine Art von Ent–«
»Durchaus nicht, Herr Okada«, erklärte sie. »Ich mache Sie in keiner Weise dafür verantwortlich. Wenn es überhaupt jemanden gibt, der für den Vorfall verantwortlich gemacht werden kann, so bin ich es. Wegen mangelnder Achtsamkeit. Weil ich sie nicht so beschützt habe, wie es meine Pflicht gewesen wäre. Leider machten es mir gewisse Ereignisse unmöglich, dieser Pflicht nachzukommen. Solche Dinge können passieren, Herr Okada. Wie sie wissen, leben wir in einer brutalen und chaotischen Welt. Und in dieser Welt gibt es bestimmte Orte, die sogar *noch* brutaler, noch chaotischer sind. Verstehen Sie, was ich meine, Herr Okada? Was geschehen ist, ist geschehen. Meine Schwester wird sich von ihren Wunden, ihrer Beschmutzung erholen. Sie muß. Gott sei dank waren sie nicht lebensgefährlich. Wie ich meiner Schwester gesagt habe, hätte auch etwas weit, weit Schlimmeres passieren können – das Potential war da. Was mir am meisten Gedanken bereitet, sind die Elemente ihres Körpers.«

»Elemente ihres Körpers«, sagte ich. Diese »Elemente des Körpers« waren offenbar ein Lieblingsthema von ihr.
»Ich kann Ihnen nicht im einzelnen erklären, wie alle diese Umstände zusammenhängen. Es würde eine sehr lange und sehr komplizierte Geschichte werden, und ohne Ihnen damit zu nahe treten zu wollen, muß ich Ihnen sagen, Herr Okada, daß es Ihnen in diesem Stadium so gut wie unmöglich wäre, diese Geschichte vollkommen zu verstehen: eine Geschichte, die eine Welt betrifft, mit der wir uns auf professioneller Basis befassen. Ich habe Sie nicht hierher eingeladen, um diesbezüglich irgendwelche Klagen vorzubringen. Sie sind natürlich für das, was geschehen ist, in keiner Weise verantwortlich. Ich wollte Sie lediglich davon in Kenntnis setzen, daß die Elemente meiner Schwester – und mag es sich auch lediglich um einen vorübergehenden Zustand handeln – von Herrn Wataya verunreinigt worden sind. Sie und meine Schwester werden wahrscheinlich irgendwann in der Zukunft in irgendeiner Form miteinander in Berührung kommen – wie ich bereits angedeutet habe, ist sie meine Assistentin. Dann wird es wahrscheinlich von Vorteil sein, wenn Sie wissen, was zwischen ihr und Herrn Wataya vorgefallen ist, und sich im klaren darüber sind, daß derlei Dinge passieren können.«
Es entstand eine kurze Pause. Malta Kano sah mich an, als wollte sie sagen: Denken Sie bitte nach über das, was ich Ihnen gesagt habe. Also tat ich es. Ich dachte über die Tatsache nach, daß Noboru Wataya Malta Kanos Schwester vergewaltigt hatte. Über den Zusammenhang zwischen diesem Ereignis und den Elementen des Körpers. Und über den Zusammenhang zwischen diesen und dem Verschwinden unseres Katers.
»Verstehe ich Sie richtig«, fragte ich vorsichtig, »daß weder Sie noch Ihre Schwester beabsichtigen, in dieser Angelegenheit gerichtliche Schritte zu unternehmen … zur Polizei zu gehen …?«
»Nein, selbstverständlich werden wir nichts dergleichen tun«, sagte Malta Kano mit ausdruckslosem Gesicht. »Strenggenommen machen wir überhaupt niemanden für den Vorfall verantwortlich. Wir möchten lediglich eine genauere Vorstellung davon gewinnen, was zu einem solchen Ereignis geführt hat. Solange wir diese Frage nicht beantwortet haben, besteht durchaus die Möglichkeit, daß sich etwas noch Schlimmeres ereignet.«
Das zu hören, bedeutete eine gewisse Erleichterung für mich. Nicht, daß es mich im mindesten gestört hätte, wenn Noboru Wataya wegen Vergewaltigung ver-

urteilt und ins Gefängnis gesteckt worden wäre; es gab niemanden, dem ich es eher gegönnt hätte. Aber Kumikos Bruder war eine ziemlich bekannte Persönlichkeit. Seine Verhaftung und sein Prozeß hätten mit Sicherheit Schlagzeilen gemacht, und das wäre für Kumiko ein furchtbarer Schock gewesen. Wenn auch nur wegen meines eigenen Seelenfriedens war es mir lieber, wenn die Sache nicht an die große Glocke gehängt wurde.

»Glauben Sie mir«, sagte Malta Kano, »um diese Unterredung habe ich Sie ausschließlich wegen des verschwundenen Katers gebeten. Das war die Angelegenheit, in der Herr Wataya meinen Rat einholte. Frau Okada hatte sich in dieser Angelegenheit an ihn gewandt, und er wiederum wandte sich an mich.«

Das erklärte einiges. Malta Kano war eine Art Hellseherin oder Medium oder was weiß ich, und sie hatten sie nach dem Verbleib des Katers gefragt. Die Watayas fuhren auf solche Dinge ab – Wahrsagerei, »Haus-Physiognomik« und was es sonst noch so alles gab. Mir sollte es recht sein: die Leute durften glauben, was immer sie wollten. Aber warum mußte er die jüngere Schwester seiner spirituellen Beraterin vergewaltigen? Warum einen Haufen unnötigen Ärger verursachen?

»Ist das Ihr Spezialgebiet?« fragte ich. »Leuten helfen, Verlorenes wiederzufinden?«

Sie starrte mich mit diesen untiefen Augen an, Augen, die aussahen, als starrten sie ins Fenster eines unbewohnten Hauses. Ihrer Miene nach zu urteilen, hatte sie den Sinn meiner Frage gar nicht verstanden.

Ohne darauf zu antworten, sagte sie: »Sie wohnen an einem sehr sonderbaren Ort, nicht wahr, Herr Okada?«

»Tatsächlich?« sagte ich. »In welchem Sinne sonderbar?«

Statt darauf einzugehen, schob sie ihr fast unberührtes Glas Tonic noch weitere zehn, fünfzehn Zentimeter von sich. »Katzen sind sehr sensible Tiere, wissen Sie?«

Abermals senkte sich Schweigen auf uns beide.

»Unser Haus ist also sonderbar, und Katzen sind sensible Tiere«, sagte ich. »Okay. Aber wir hatten da schon lange gewohnt – wir beide und der Kater. Warum hat er gerade jetzt auf einmal beschlossen, uns zu verlassen? Warum ist er nicht schon viel früher gegangen?«

»Das kann ich Ihnen nicht sagen. Vielleicht hat sich der Fluß geändert. Vielleicht hat irgend etwas den Fluß blockiert.«

»Den Fluß?«
»Ich weiß noch nicht, ob Ihr Kater noch am Leben ist, aber in einem bin ich mir absolut sicher: Er befindet sich nicht mehr in der näheren Umgebung Ihres Hauses. In diesem Viertel werden Sie den Kater niemals finden.«
Ich nahm die Tasse auf und trank einen Schluck von meinem mittlerweile lauwarmen Kaffee. Vor den Fenstern des Tea-room ging ein feiner, nebelartiger Regen nieder; der Himmel war ganz mit dunklen, tiefhängenden Wolken bedeckt. Eine trostlose Prozession von Menschen und Schirmen strömte die Fußgängerbrücke hinauf und hinunter.
»Geben Sie mir Ihre Hand«, sagte sie.
Ich legte die Rechte mit der Handfläche nach oben auf den Tisch, da ich annahm, sie habe vor, sie zu lesen. Statt dessen streckte sie ihrerseits die Hand aus und legte sie flach auf meine. Dann schloß sie die Augen und blieb völlig still, als machte sie einem treulosen Liebhaber stumme Vorwürfe. Die Kellnerin kam und füllte meine Tasse auf, wobei sie so tat, als sähe sie nicht, was Malta Kano und ich da trieben. Von den Nachbartischen warfen uns die Leute verstohlene Blicke zu. Ich hoffte, es seien keine Bekannten von mir in der Nähe.
»Ich möchte, daß Sie sich eine Sache vorstellen, die Sie heute, bevor Sie hierhergekommen sind, gesehen haben.«
»Eine Sache?«
»Ein beliebiges Ding.«
Ich dachte an das geblümte Minikleid, das ich in Kumikos Kleiderkarton gesehen hatte. Warum mir ausgerechnet das einfiel, weiß ich nicht. Ich verfiel einfach darauf.
Wir hielten unsere Hände noch fünf Minuten lang so aneinander – fünf Minuten, die mir sehr lang vorkamen, und zwar nicht so sehr, weil die Leute mich anstarrten, sondern weil die Berührung von Malta Kanos Hand etwas Beunruhigendes an sich hatte. Es war eine kleine Hand, weder warm noch kalt. Ihre Berührung hatte weder die Intimität der Hand einer Geliebten noch die Nüchternheit einer Arzthand. Sie hatte auf mich dieselbe Wirkung wie ihre Augen, sie verwandelte mich in ein unbewohntes Haus. Ich fühlte mich leer: keine Möbel, keine Gardinen, keine Teppiche. Nur ein leeres Gefäß. Endlich zog Malta Kano ihre Hand von meiner fort und atmete mehrmals tief durch. Dann nickte sie mehrere Male.

»Herr Okada«, sagte sie, »ich glaube, Sie treten gegenwärtig in eine Phase Ihres Lebens, in der sich viele verschiedene Dinge ereignen werden. Das Verschwinden Ihres Katers ist nur der Anfang.«

»Verschiedene Dinge«, sagte ich. »Gute Dinge oder schlimme Dinge?«

Nachdenklich neigte sie den Kopf leicht zur Seite. »Gute Dinge *und* schlimme Dinge. Schlimme Dinge, die anfangs gut erscheinen, und gute Dinge, die anfangs schlimm erscheinen.«

»Ich finde, das klingt ziemlich allgemein«, sagte ich. »Können Sie mir nichts Konkreteres sagen?«

»Ja, das, was ich da sage, klingt wohl sehr allgemein«, sagte Malta Kano. »Aber schließlich, Herr Okada, sprechen wir von der Essenz der Dinge, und da kann man häufig nur in allgemeinen Begriffen sprechen. Konkrete Dinge verdienen ohne Zweifel unsere Aufmerksamkeit, doch sie sind oft kaum mehr als Trivialitäten. Nebendinge. Je weiter man versucht, in die Ferne zu blicken, desto allgemeiner werden die Wahrnehmungen.«

Ich nickte stumm – und ohne die leiseste Ahnung zu haben, wovon sie eigentlich redete.

»Gestatten Sie mir, Sie wieder anzurufen?« fragte sie.

»Sicher«, sagte ich, auch wenn ich in Wirklichkeit nicht den geringsten Wunsch verspürte, von wem auch immer angerufen zu werden. »Sicher« war so ziemlich die einzige Antwort, die ich geben konnte.

Sie nahm ihren roten Vinylhut vom Tisch, dann die Handtasche, die darunter verborgen gewesen war, und stand auf. Unsicher, wie ich darauf reagieren sollte, blieb ich sitzen.

»Eine kleine Information wenigstens kann ich Ihnen schon geben«, sagte Malta Kano zu mir herab, nachdem sie sich den Hut aufgesetzt hatte. »Sie werden Ihre gepunktete Krawatte wiederfinden, aber nicht in Ihrem Haus.«

4
HOHE TÜRME UND TIEFE BRUNNEN
(ODER FERN VON NOMONHAN)

Zu Hause fand ich Kumiko gutgelaunt vor. *Sehr* gut gelaunt. Als ich von der Verabredung mit Malta Kano zurückkam, war es schon fast sechs, so daß ich keine Zeit mehr hatte, ein richtiges Abendessen vorzubereiten. Also improvisierte ich mit dem, was ich im Kühlschrank fand, eine einfache Mahlzeit, und dazu tranken wir jeder ein Bier. Kumiko erzählte von der Arbeit, wie sie es immer tat, wenn sie gutgelaunt war: wen sie in der Redaktion gesehen hatte, was sie getan hatte, welche ihrer Kollegen talentiert waren und welche nicht. Solche Dinge.
Ich hörte zu und zeigte angemessene Reaktionen. Ich bekam nicht mehr als die Hälfte von dem mit, was sie sagte. Nicht, daß ich ihr ungern zuhörte, wenn sie über diese Dinge sprach. Unabhängig vom konkreten Gesprächsthema sah ich sie gern an, wenn sie am Eßtisch voller Enthusiasmus über ihre Arbeit redete. Das, sagte ich mir, war »zu Hause«. Jeder von uns beiden tat, was ihm an häuslichen Pflichten aufgetragen war, und tat seine Sache gut. Sie redete über ihre Arbeit, und ich hatte das Abendessen vorbereitet und hörte ihr jetzt beim Reden zu. Das wich erheblich von dem Zuhause ab, das ich mir vor der Heirat vage ausgemalt hatte, aber dies war *das Zuhause, das ich gewählt hatte*. Natürlich hatte ich auch als Kind ein Zuhause gehabt. Aber ich hatte es mir nicht ausgesucht. Ich war hineingeboren worden, hatte es als vollendete Tatsache vorgefunden. Jetzt hingegen lebte ich in einer Welt, die ich selbst bewußt gewählt hatte. Es war *mein* Zuhause. Es war vielleicht nicht vollkommen, aber meine grundsätzliche Haltung ihm gegenüber bestand darin, es mit allen Vor- und Nachteilen zu akzeptieren, weil es etwas war, was ich mir selbst ausgesucht hatte. Wenn es Probleme mit sich brachte, dann beinahe sicher solche, die ihre Ursache in mir selbst hatten.
»Also was ist mit dem Kater?« fragte sie. Ich gab ihr einen kurzen Bericht über mein Treffen mit Malta Kano im Hotel in Shinagawa. Ich erzählte ihr von meinem gepunkteten Schlips: daß im Kleiderschrank keine Spur von ihm gewesen sei. Daß Malta Kano es trotzdem geschafft habe, mich im überfüllten Tea-room ausfindig zu machen. Daß sie eine ganz eigene Art habe, sich zu kleiden und zu reden, wofür ich einige Beispiele gab. Kumiko amüsierte sich über Malta Kanos

roten Vinylhut, aber als ich mich außerstande zeigte, auf die Frage nach dem Verbleib unseres Katers eine klare Antwort zu geben, war sie zutiefst enttäuscht.

»Dann weiß sie also auch nicht, wo der Kater ist?« fragte Kumiko. »Mehr, als dir zu sagen, daß er nicht mehr in unserer Nachbarschaft ist, hat sie nicht zustande gebracht?«

»Nein, das war's in etwa«, sagte ich. Vom »blockierten Fluß« des Hauses, in dem wir wohnten, oder davon, daß das Verschwinden des Katers etwas damit zu tun haben könnte, erzählte ich ihr lieber nichts. Ich wußte, daß es Kumiko beunruhigt hätte, und was mich betraf, hatte ich nicht das geringste Bedürfnis, die Anzahl der Dinge, über die wir uns Sorgen machen konnten, noch weiter zu erhöhen. Wenn Kumiko darauf bestanden hätte, von hier wegzuziehen, weil es ein »schlechter Ort« sei, dann hätten wir ein ernstes Problem gehabt. Bei unserer derzeitigen finanziellen Situation kam ein Umzug für uns absolut nicht in Betracht.

»Das hat sie mir jedenfalls gesagt«, sagte ich. »Der Kater ist nicht mehr in dieser Gegend.«

»Heißt das, daß er nie wieder zurückkommt?«

»Ich weiß es nicht«, sagte ich. »Sie hat sich in allem sehr unbestimmt ausgedrückt. Mehr als ein paar kleine Andeutungen waren nicht aus ihr herauszuholen. Allerdings hat sie gesagt, daß sie sich wieder bei mir melden würde, wenn sie mehr erfahren sollte.«

»Glaubst du ihr?«

»Wer weiß? Mit solchen Sachen kenne ich mich nicht aus.«

Ich goß mir Bier nach und sah zu, wie der Schaum sich langsam setzte. Kumiko stützte den Ellbogen auf den Tisch und legte das Kinn in die Hand.

»Sie hat dir bestimmt gesagt, daß sie keinerlei Bezahlung oder Geschenke annimmt«, sagte sie.

»M-hm. Das ist auf jeden Fall ein Plus«, sagte ich. »Also wo ist das Problem? Sie wird uns kein Geld abnehmen, sie wird uns unsere Seele nicht rauben, sie wird die Prinzessin nicht entführen. Wir haben nichts zu befürchten.«

»Ich möchte, daß du eins begreifst«, sagte Kumiko. »Dieser Kater bedeutet mir sehr viel. Vielleicht sollte ich sagen: *uns*. Wir haben ihn in der Woche nach unserer Heirat gefunden. Zusammen. Weißt du noch?«

»Natürlich.«

»Er war so winzig klein, und völlig vom Regen durchweicht. Ich hatte dich mit

dem Regenschirm am Bahnhof abgeholt. Armes kleines Kätzchen. Wir haben ihn auf dem Heimweg gesehen – jemand hatte ihn in einen Bierkasten geworfen, in der Nähe des Spirituosenladens. Er ist meine allererste Katze. Er bedeutet mir viel, er ist etwas wie ein Symbol. Ich darf ihn nicht verlieren.«
»Mach dir keine Sorgen. Das weiß ich.«
»Also wo *ist* er dann? Er ist inzwischen seit zehn Tagen verschwunden. Deswegen habe ich ja meinen Bruder angerufen. Ich dachte, er kennt vielleicht ein Medium oder einen Hellseher oder was weiß ich – jemanden, der imstande wäre, eine entlaufene Katze zu finden. Ich weiß, daß du was dagegen hast, meinen Bruder um irgend etwas zu bitten, aber er ist in die Fußstapfen meines Vaters getreten. Er kennt sich in diesen Dingen sehr gut aus.«
»Ah ja, die Watayasche Familientradition«, sagte ich so kühl wie eine Abendbrise über einer Bucht. »Aber was haben Noboru Wataya und diese Frau eigentlich miteinander zu tun?«
Kumiko zuckte die Achseln. »Ich bin sicher, sie ist einfach jemand, den er zufällig irgendwo kennengelernt hat. Er scheint neuerdings sehr viele Beziehungen zu haben.«
»Jede Wette.«
»Er sagt, daß sie unwahrscheinliche Fähigkeiten besitzt, aber auch ganz schön seltsam ist.« Kumiko stocherte in ihren überbackenen Makkaroni herum. »Wie heißt sie noch mal?«
»Malta Kano«, sagte ich. »Sie hat auf Malta irgendwelche asketischen Übungen getrieben.«
»Genau. Malta Kano. Was hältst du von ihr?«
»Schwer zu sagen.« Ich sah auf meine Hände, die flach auf dem Tisch lagen. »Zumindest war sie nicht langweilig. Und das ist schon was. Ich meine, die Welt ist voll von Dingen, die wir nicht erklären können, und irgend jemand muß dieses Vakuum ja ausfüllen. Da ist es auf alle Fälle besser, wenn dieser Jemand kein Langweiler ist, stimmt's? Wie Herr Honda, zum Beispiel.«
Bei der Erwähnung Herrn Hondas lachte Kumiko laut auf. »Er war ein wunderbarer alter Mann, meinst du nicht auch? Ich mochte ihn unheimlich gern.«
»Ich auch«, sagte ich.

Das ganze erste Jahr nach unserer Heirat besuchten Kumiko und ich Herrn Honda regelmäßig einmal im Monat. Er war ein Spezialist für Geisterarbeit und eines der Lieblingsmedien der Familie Wataya, aber er war furchtbar schwerhörig. Selbst mit seinem Hörgerät verstand er das, was wir ihm sagten, nur mit Müh und Not. Wir mußten so laut brüllen, daß unsere Stimmen die Papierbespannung der Schiebetür zum Knattern brachten. Ich fragte mich immer, ob er bei seiner Schwerhörigkeit überhaupt verstehen konnte, was die Geister zu ihm sagten. Aber vielleicht war es auch genau umgekehrt: Je schlechter die Ohren waren, desto besser hörte man die Worte der Geister. Er hatte sein Gehör im Krieg verloren. Er hatte als Unteroffizier in Japans mandschurischer Garnison gedient, der Kwantung-Armee, und seine Trommelfelle waren geplatzt, als während einer Schlacht gegen eine sowjetisch-mongolische Einheit bei Nomonhan, an der Grenze zwischen der Äußeren Mongolei und der Mandschurei, in seiner Nähe ein Artilleriegeschoß oder eine Handgranate oder sonstwas explodiert war.

Unsere Besuche bei Herrn Honda hingen nicht etwa damit zusammen, daß wir an seine spirituellen Fähigkeiten geglaubt hätten. Ich hatte mich noch nie für derlei Dinge interessiert, und Kumiko war vom Wahrheitsgehalt solcher übernatürlichen Dinge auf jeden Fall weit weniger überzeugt als ihre Eltern und ihr Bruder. Sie hatte zwar schon einen gewissen Hang zum Aberglauben, und eine unheilkündende Weissagung konnte sie durchaus beunruhigen, aber man konnte nicht sagen, daß sie sich auf irgendeine Weise aktiv in spirituellen Dingen engagiert hätte.

Der einzige Grund, warum wir Herrn Honda aufsuchten, war der, daß ihr Vater es uns befohlen hatte. Nur unter dieser Bedingung hatte er in unsere Heirat eingewilligt. Zugegeben, es war eine ziemlich bizarre Bedingung, aber um Komplikationen zu vermeiden, hatten wir uns gefügt. Keiner von uns beiden hatte erwartet, daß wir es mit ihrer Familie leicht haben würden. Ihr Vater war Regierungsbeamter. Als jüngerer Sohn eines nicht sehr wohlhabenden Gutsbesitzers aus Niigata hatte er mit Hilfe eines Stipendiums die angesehene Tokio-Universität besucht, hatte sein Studium mit Auszeichnung abgeschlossen und mit der Zeit eine hohe Stellung im Verkehrsministerium erreicht. Das war, soweit es mich betraf, alles sehr bewundernswert. Aber wie viele Männer, die sich aus eigener Kraft so hoch hinaufgearbeitet haben, war er arrogant und selbstgerecht. Gewohnt, Befehle zu erteilen, hegte er nicht die leisesten Zweifel an der Allgemeingültigkeit der Wertmaßstäbe seiner Welt. Hierarchie bedeutete ihm alles. Er beugte sich wider-

spruchslos jeder höheren Autorität und trampelte ohne zu zögern auf seinen Untergebenen herum. Weder Kumiko noch ich glaubten, daß ein solcher Mann einen armen vierundzwanzigjährigen Niemand wie mich, ohne Stellung oder Stammbaum oder auch nur anständige Abschlußnoten oder berufliche Aussichten, als Schwiegersohn akzeptieren würde. Wir gingen davon aus, daß ihre Eltern nein sagen würden und wir dann auf eigene Faust heiraten und unser eigenes Leben führen würden, ohne je wieder etwas mit ihnen zu tun zu haben.
Trotzdem tat ich, was sich gehörte. Ich suchte Kumikos Eltern auf und bat in aller Form um die Hand ihrer Tochter. Den Empfang, der mir bereitet wurde, als kühl zu bezeichnen, wäre untertrieben – die Türen sämtlicher Kühlschränke der Welt schienen mit einem Schlag aufgeflogen zu sein.
Daß sie uns zuletzt doch – widerwillig, aber in einer fast als wundersam zu bezeichnenden Kehrtwende – ihren Segen gaben, war ausschließlich Herrn Honda zu verdanken. Er ließ sich von ihnen alles, was sie über mich in Erfahrung gebracht hatten, erzählen und erklärte schließlich, wenn ihre Tochter heiraten solle, sei ich der bestmögliche Partner für sie; und wenn sie mich zu heiraten wünsche, könne ein Verbot dieser Eheschließung nur die schrecklichsten Folgen nach sich ziehen. Kumikos Eltern hatten damals unerschütterliches Vertrauen zu Herrn Honda, und so blieb ihnen nichts anderes übrig, als mich als Schwiegersohn zu akzeptieren.
Trotzdem blieb ich immer der Außenseiter, der ungebetene Gast. Kumiko und ich besuchten sie zweimal im Monat, regelmäßig wie ein Uhrwerk, und speisten mit ihnen zu Abend. Es war jedesmal eine absolut grauenvolle Erfahrung, genau auf der Kippe zwischen sinnloser Selbstkasteiung und unmenschlicher Folter. Solang die Mahlzeit dauerte, hatte ich das Gefühl, der Eßtisch sei so lang wie eine Bahnhofshalle. Sie aßen und redeten über irgend etwas ganz hinten am anderen Ende, und ich war zu weit weg, um für sie überhaupt noch wahrnehmbar zu sein. Das ging ein Jahr so weiter, bis Kumikos Vater und ich eine heftige Auseinandersetzung hatten, worauf wir uns nie wieder sahen. Die Erleichterung, die das für mich bedeutete, grenzte an Glückseligkeit. Nichts kann einen Menschen so aufreiben wie eine sinnlose Anstrengung.
Nach unserer Heirat jedoch bemühte ich mich eine ganze Zeitlang durchaus, unsere Beziehungen erträglich zu gestalten. Und ohne Zweifel waren die Bemühungen, die mich am wenigsten kosteten, diese monatlichen Besuche bei Herrn Honda.

Alle Honorare, die Herr Honda dafür erhielt, wurden von Kumikos Vater entrichtet. Wir brauchten lediglich einmal im Monat mit einer großen Flasche Sake zu seinem Haus in Meguro hinauszupilgern, uns anzuhören, was er uns zu sagen hatte, und uns dann wieder zu verabschieden. Ganz einfach.

Wir schlossen Herrn Honda auf Anhieb in unser Herz. Er war ein lieber alter Mann, und sein Gesicht leuchtete jedesmal auf, sobald er den Sake sah, den wir ihm mitgebracht hatten. Wir mochten alles an ihm – ausgenommen vielleicht seine Angewohnheit, wegen seiner Schwerhörigkeit den Fernseher bei voller Lautstärke laufen zu lassen.

Wir besuchten ihn immer vormittags. Winters wie sommers saß er mit den Beinen in der eingelassenen Feuerstelle. Im Winter hatte er immer eine Steppdecke um die Taille gewickelt, in der sich die Wärme des Holzkohlenöfchens staute. Im Sommer hatte er weder Steppdecke noch Öfchen. Er war offenbar ein ziemlich berühmter Wahrsager, aber er führte ein sehr einfaches, ja asketisches Leben. Sein Haus war klein und die Vorhalle so winzig, daß sich darin gerade eine Person auf einmal die Schuhe auf- oder zubinden konnte. Die *tatamis*, mit denen die Zimmer ausgelegt waren, waren stark abgenutzt, und mehrere Fensterscheiben hielten nur noch durch Klebeband zusammen. Direkt nebenan befand sich eine Autoreparaturwerkstatt, in der immer jemand aus Leibeskräften brüllte. Herr Honda trug einen Kimono, der wie ein Mittelding zwischen einem Schlafrock und einer traditionellen Tagelöhnerjacke geschnitten war. Das Ding erweckte nicht den Eindruck, als wäre es in jüngerer Vergangenheit einmal gewaschen worden. Herr Honda lebte allein und hatte eine Zugehfrau, die täglich kam, um für ihn zu kochen und zu putzen. Aber aus irgendwelchen Gründen erlaubte er ihr nicht, sein Gewand zu waschen. Ein strähniger weißer Schnauzbart hing ihm über die eingefallenen Wangen.

Wenn es in Herrn Hondas Haus überhaupt etwas gab, was man als eindrucksvoll hätte bezeichnen können, so war es das riesige Farbfernsehgerät; in einem so winzigen Haus wirkte es geradezu überwältigend. Es war immer auf den staatlich subventionierten Sender NHK eingestellt. Ob dies daran lag, daß Herr Honda NHK bevorzugte oder daß er sich nicht die Mühe machen wollte, den Kanal zu wechseln, oder ob dieses Gerät überhaupt nur NHK empfing, konnte ich nicht ermitteln, aber jedenfalls sah er nie etwas anderes als NHK. Anstelle eines Ikebana oder einer Kalligraphie enthielt die Schmucknische des Empfangsraums diesen gigantischen Fernseher, und Herr Honda saß immer davor und mischte auf dem Tisch, der über der versenkten Feuerstelle stand, die Losstäbchen, während NHK unermüdlich Kochrezepte, Tips zur Pflege von Bonsais, Nachrichten und politische Diskussionen in den Raum dröhnte.

»Die Juristerei könnte das Falsche für dich sein, Söhnchen«, sagte Herr Honda eines Tages zu mir oder jemandem, der zwanzig Meter hinter mir stand.

»Könnte sie?«

»Ja, könnte sie. Das Gesetz regelt schließlich die Dinge dieser Welt. Die Welt, in der Schatten Schatten ist und Licht Licht, Yin Yin ist und Yang Yang, ich ich bin und er er. ›Ich bin ich und / Er ist er: / Herbstlicher Abend.‹ Aber *du* gehörst nicht zu dieser Welt, Söhnchen. Die Welt, zu der du gehörst, liegt über dieser oder unter dieser.«

»Was ist denn besser?« fragte ich aus reiner Neugier. »Darüber oder darunter?«

»Es ist nicht so, daß eines von beiden besser wäre«, sagte er. Nach einem kurzen Hustenanfall spuckte er einen Klumpen Schleim in ein Papiertaschentuch und musterte ihn aufmerksam, bevor er das Taschentuch zusammenknüllte und in den Papierkorb warf. »Es ist keine Frage von besser oder schlechter. Worauf es ankommt, ist, dem Fluß nicht zu widerstreben. Du steigst auf, wenn du aufsteigen sollst, und steigst ab, wenn du absteigen sollst. Wenn du aufsteigen sollst, such dir den höchsten Turm aus und kletter bis auf die Spitze. Wenn du absteigen sollst, such dir den tiefsten Brunnen und geh hinunter auf den Grund. Wenn der Fluß stockt, halt still. Wenn du dem Fluß widerstrebst, verdorrt alles. Wenn alles verdorrt, ist die Welt Finsternis. ›Ich bin er und / Er ist ich: / Frühlings-Dämmer.‹ Gib das Selbst auf, und du hast's.«

»Ist das jetzt eine dieser Gelegenheiten, wo der Fluß stockt?« fragte Kumiko.

»Wie war das?«

»IST DAS JETZT EINE DIESER GELEGENHEITEN, WO DER FLUSS STOCKT?« schrie Kumiko.

»Kein Fluß jetzt«, sagte Herr Honda vor sich hin nickend. »Jetzt gilt es stillzuhalten. Tut nichts. Seid nur vorsichtig mit Wasser. Irgendwann in der Zukunft könnte dieser junge Bursche hier im Zusammenhang mit Wasser echtes Leid erfahren. Wasser, das da fehlt, wo es sein sollte. Wasser, das da ist, wo es nicht sein sollte. Seid sehr, sehr vorsichtig mit Wasser.«

Kumiko, die neben mir saß, nickte die ganze Zeit mit dem allergrößten Ernst, aber ich konnte sehen, daß sie sich sehr zusammennehmen mußte, um nicht loszulachen.

»Was für Wasser?« fragte ich.

»Ich weiß es nicht«, sagte Herr Honda. »Wasser.«

Im Fernsehen erklärte irgendein Professor, der allgemein zu verzeichnende chaotische Gebrauch der japanischen Grammatik entspräche genau dem chaotischen Lebensstil der Menschen. »Strenggenommen können wir natürlich nicht von Chaos sprechen. Die Grammatik ist wie die Luft: Eine höhere Instanz könnte wohl versuchen, Regeln zu deren Gebrauch aufzustellen, aber die Leute werden sie nicht notwendigerweise befolgen.« Es klang interessant, aber Herr Honda redete unbeirrt weiter über Wasser.

»Ich sag's euch ehrlich, ich hab wegen Wasser gelitten«, sagte er. »In Nomonhan gab's kein Wasser. Die Front war eine einzige Katastrophe, und die Nachschubverbindungen waren abgeschnitten. Kein Wasser. Keine Essensrationen. Kein Verbandsmaterial. Keine Munition. Es war furchtbar. Die hohen Tiere in der Etappe hat nur eins interessiert: so schnell wie möglich Geländegewinne zu machen. Kein Mensch dachte an Nachschub. Drei Tage lang war ich fast völlig ohne Wasser. Wenn man einen Waschlappen über Nacht draußen ließ, hatte er sich am nächsten Morgen mit Tau vollgesogen. Dann konnte man ihn auswringen und ein paar Tropfen trinken, aber das war auch alles. Es gab einfach überhaupt kein Wasser. Es war so schlimm, daß ich sterben wollte. So durstig zu sein ist das Schlimmste, was es auf der Welt gibt. Ich war schon bereit, rauszulaufen und mir eine Kugel einzufangen. Die Männer, die einen Bauchschuß abbekamen, schrien nach Wasser. Manche von ihnen wurden vor Durst wahnsinnig. Es war die reine Hölle. Wir konnten einen breiten Fluß sehen, der direkt dort vor unseren Augen floß, mit mehr Wasser drin, als je einer hätte trinken können. Aber wir konnten nicht hin. Zwischen uns und dem Fluß war eine Linie von sowjetischen Panzern mit Flammenwerfern. Die MG-Stellungen starrten vor Läufen, wie Nadelkissen. Auf allen Anhöhen waren Scharfschützen postiert. Nachts schossen sie Leuchtraketen ab. Wir hatten nichts als 38er Infanteriegewehre und fünfundzwanzig Patronen pro Kopf. Trotzdem gingen die meisten meiner Kameraden zum Fluß. Sie haben's nicht ausgehalten. Nicht einer von ihnen ist zurückgekommen. Sie sind alle gefallen. Du siehst also: Wenn du stillhalten solltest, halt still.«

Er zog ein Papiertaschentuch heraus, schneuzte sich geräuschvoll und musterte das Resultat eingehend, bevor er das Taschentuch zerknüllte und in den Papierkorb warf.

»Es kann manchmal schwierig sein, darauf zu warten, daß der Fluß losgeht«, sagte er, »aber wenn du warten mußt, mußt du warten. In der Zwischenzeit nimm einfach an, du wärst tot.«

»Wollen Sie damit sagen, daß ich mich jetzt erst einmal totstellen sollte?« fragte ich.

»Wie war das?«

»WOLLEN SIE DAMIT SAGEN, DASS ICH MICH JETZT ERST EINMAL TOTSTELLEN SOLLTE?«

»Genau das, Söhnchen. ›Sterben ist der einzige Weg / Zu deiner Befreiung: / Nomonhan.‹«

Er redete noch eine Stunde lang so weiter über Nomonhan. Wir saßen nur da und hörten zu. Wir waren dazu abkommandiert worden, »seine Lehre zu empfangen«, aber in diesem ganzen Jahr, in dem wir ihn einmal im Monat besuchten, gab er fast nie eine »Lehre« von sich, die wir hätten »empfangen« können. Er führte selten eine Orakelbefragung durch. Das einzige, worüber er redete, war der »Zwischenfall von Nomonhan«: darüber, wie eine Artilleriegranate dem Leutnant, der neben ihm stand, den halben Schädel weggerissen hatte; wie er auf einen sowjetischen Panzer gesprungen war und ihn mit einem Molotowcocktail in Brand gesetzt hatte; wie sie einen abgeschossenen sowjetischen Piloten in die Enge getrieben und abgeknallt hatten. Alle seine Geschichten waren interessant, ja, richtig spannend, aber wie alles andere tendierten auch sie dazu, bei der achten oder neunten Wiederholung einen Teil ihrer Faszination einzubüßen. Außerdem »erzählte« er seine Geschichten nicht nur, er schrie sie. Man hätte meinen können, er stehe an einem windigen Tag am Rand einer Klippe und brüllte sie uns über einen Abgrund hinweg zu. Es war, als säße man in einem heruntergekommenen Kino in der ersten Reihe und sähe sich einen alten Kurosawa-Film an. Nachdem wir sein Haus verlassen hatten, waren wir beide eine Zeitlang selbst so gut wie taub.

Trotzdem machte es uns – oder zumindest mir – Spaß, Herrn Hondas Geschichten zu hören. Sie waren größtenteils recht blutrünstig, aber dadurch, daß sie aus dem Mund eines sterbenden alten Mannes in einem schmutzigen alten Kittel kamen, verloren die kriegerischen Details das Timbre des Realen. Sie klangen eher wie Märchen. Fast ein halbes Jahrhundert zuvor hatte Herrn Hondas Einheit im mandschurisch-mongolischen Grenzgebiet eine erbitterte Schlacht um ein kahles Stück Einöde ausgefochten. Bis ich durch Herrn Honda davon erfuhr, hatte ich so gut wie nichts über die Schlacht von Nomonhan gewußt. Und doch war es eine glorreiche Schlacht gewesen. Fast mit bloßen Händen hatten sie den überlegenen sowjetischen Panzergrenadierdivisionen verzweifelten Widerstand geboten, und sie waren zerschmettert worden. Eine Einheit nach der anderen war aufgerieben, restlos vernichtet worden. Manche Offiziere hatten ihren Truppen in eigener Verantwortung befohlen, sich zurückzuziehen, um dem sinnlosen Tod zu entgehen; sie wurden später von ihren Vorgesetzten zum Selbstmord gezwungen. Die meisten Soldaten, die in sowjetische Gefangenschaft geraten waren, weigerten sich nach dem Krieg, am Gefangenenaustausch teilzunehmen, weil sie befürchteten, wegen Feigheit vor dem Feind vor Gericht gestellt zu werden. Diese Männer düngten zuletzt mit ihren Knochen die mongolische Erde. Nach Verlust seines Gehörs ehrenhaft entlassen, wurde Herr Honda nach seiner Rückkehr in die Heimat Wahrsager.

»Es war vermutlich das beste so«, sagte er. »Wenn ich mein Gehör nicht verloren hätte, wäre ich wahrscheinlich im Südpazifik umgekommen. So ist es den meisten Soldaten ergangen, die Nomonhan überlebten. Nomonhan war eine große Blamage für die Kaiserliche Armee, also wurden die Überlebenden dorthin versetzt, wo es am wahrscheinlichsten war, daß sie sterben würden. Die Kommandeure, die die Sache mit Nomonhan verpatzt hatten, machten später Karriere im obersten Führungsstab. Ein paar von den Dreckskerlen sind nach dem Krieg sogar in die Politik gegangen. Aber die Jungs, die in der Schlacht das letzte für sie gegeben hatten, sind fast alle krepiert.«

»Inwiefern war Nomonhan eine solche Blamage für die Armee?« fragte ich. »Die Soldaten haben doch alle tapfer gekämpft, und viele von ihnen sind gefallen, oder? Warum mußten sie den Überlebenden so übel mitspielen?«

Aber Herr Honda schien meine Frage nicht gehört zu haben. Er rührte und klapperte mit seinen Losstäbchen. »Ihr solltet euch vor Wasser in acht nehmen«, sagte er.

Und damit endete die Sitzung dieses Tages.

Nach meinem Streit mit Kumikos Vater stellten wir unsere Besuche bei Herrn Honda ein. Es wäre mir unmöglich gewesen, weiterhin in sein Haus zu kommen und ihm zuzuhören und dabei zu wissen, daß mein Schwiegervater diese Stunden bezahlte; und ihn selbst zu bezahlen, hätten wir uns nicht leisten können. Wir kamen damals gerade eben über die Runden. Schließlich vergaßen wir Herrn Honda, so wie die meisten vielbeschäftigten jungen Leute dazu neigen, die meisten alten Leute zu vergessen.

In dieser Nacht mußte ich auch im Bett weiter an Herrn Honda denken. Sowohl er als auch Malta Kano hatten mir gegenüber von Wasser gesprochen. Herr Honda hatte mir eingeschärft, vorsichtig zu sein. Malta Kano hatte im Zusammenhang mit ihren Wasserforschungen auf der Insel Malta asketische Übungen getrieben. Vielleicht war es nicht mehr als ein Zufall, aber beide hatten Wasser offenbar als ein essentielles Problem betrachtet. Nun begann es, mir selbst Sorgen zu bereiten. Ich richtete meine Gedanken auf Bilder der Schlacht bei Nomonhan: die sowjetischen Panzer und Maschinengewehrstellungen und hinter ihnen der strömende Fluß. Der unerträgliche Durst. Ich konnte in der Dunkelheit das Rauschen des Flusses hören.

»Toru«, sagte Kumiko ganz leise, »bist du wach?«
»M-hm.«
»Wegen dem Schlips. Es ist mir grad eingefallen. Ich hab ihn im Dezember in die Reinigung gebracht. Er mußte gebügelt werden. Ich hab's wohl vergessen.«
»Im Dezember? Kumiko, das ist mehr als sechs Monate her!«
»Ich weiß. Und du weißt, daß das sonst nicht meine Art ist, Dinge zu vergessen. Und es war auch noch ein so schöner Schlips.« Sie legte mir die Hand auf die Schulter. »Ich hab ihn zur Reinigung am Bahnhof gebracht. Meinst du, sie haben ihn noch?«
»Ich geh morgen vorbei. Wahrscheinlich ist er noch da.«
»Meinst du? Sechs Monate sind eine lange Zeit. Die meisten Reinigungen werfen alles weg, was nach drei Monaten noch nicht abgeholt worden ist. Das dürfen sie, es ist gesetzlich so geregelt. Wie kommst du darauf, daß er noch da sein könnte?«
»Malta Kano hat gesagt, daß ich ihn wiederfinden würde. Irgendwo außerhalb des Hauses.«
Ich konnte spüren, daß sie mich im Dunkeln ansah.
»Willst du damit sagen, du glaubst, was sie sagt?«

»Ich fange gerade damit an.«
»Es dauert nicht mehr lange, und du und mein Bruder könnt euch die Hand reichen«, sagte sie mit einem Anflug von Vergnügen.
»Könnt schon sein«, sagte ich.
Nachdem Kumiko eingeschlafen war, kehrte ich in Gedanken zum Schlachtfeld von Nomonhan zurück. Die Soldaten schliefen jetzt alle. Der Himmel über uns war voller Sterne, und Millionen von Grillen zirpten. Ich konnte den Fluß hören. Ich lauschte seinem Rauschen, bis ich einschlief.

5

SÜCHTIG NACH ZITRONENBONBONS
VOGEL, DER NICHT FLIEGT,
UND BRUNNEN OHNE WASSER

Nachdem ich das Frühstücksgeschirr gespült hatte, nahm ich mein Rad und fuhr zur Reinigung am Bahnhof. Der Besitzer – ein dünner Mann von Ende Vierzig mit tiefen Runzeln auf der Stirn – hörte sich gerade eine Kassette des Percy-Faith-Orchesters an. Der Radiorecorder, ein großer JVC, an den irgendwelche zusätzlichen Baßlautsprecher angeschlossen waren, stand auf einem Regal, und neben ihm lag ein Stapel Kassetten. Das Orchester spielte das »Tara-Motiv« und holte aus den schwellenden Streichern das letzte heraus. Der Besitzer war im hinteren Teil des Ladens und pfiff zur Musik, während er mit zackigen, energischen Bewegungen ein Dampfbügeleisen über ein Hemd führte. Ich trat an den Ladentisch und erklärte mit angemessenen Entschuldigungen, ich hätte Ende vergangenen Jahres einen Schlips vorbeigebracht und vergessen, ihn wieder abzuholen. Auf seine halb-zehn-Uhr-morgendlich friedliche kleine Welt muß dies ebenso gewirkt haben wie die Ankunft eines Unglücksboten in einer griechischen Tragödie.
»Abholschein haben Sie auch keinen, nehm ich an«, sagte er mit einer seltsam distanzierten Stimme. Er redete nicht mit mir, sondern mit dem Kalender, der über dem Ladentisch an der Wand hing. Das Juni-Foto zeigte die Alpen – ein grünes Tal, weidende Kühe, eine wie gemeißelte weiße Wolke, die auf den Mont Blanc oder das Matterhorn oder sonstwas zutrieb. Dann sah er mich mit einem Gesicht an, das unmißverständlich besagte: Wenn du das verdammte Ding schon

vergessen mußtest, hättest du's gleich *ganz* vergessen sollen! Es war ein sehr direkter, beredter Blick.

»Ende des Jahres, hm? Na, is' ja toll. Über sechs Monate her. Na schön, ich seh mal nach, aber machen Sie sich bloß keine großen Hoffnungen.«

Er schaltete sein Bügeleisen aus, stellte es auf dem Bügelbrett ab und fing an, zum Titelsong von *Sommer-Insel* pfeifend, im Hinterzimmer die Regale zu durchstöbern.

In meiner Oberschulzeit war ich einmal mit meiner Freundin in *Sommer-Insel* gewesen. Die Hauptdarsteller waren Troy Donahue und Sandra Dee. Der Film lief in einem Oldie-Kino, im Doppelpack mit *Mein Schiff fährt zu dir*, mit Connie Francis in der Hauptrolle. Soweit ich mich erinnern konnte, war er ziemlich schlecht gewesen, aber als ich die Musik jetzt, dreizehn Jahre danach, in einer Reinigung hörte, fielen mir aus dieser Zeit ausschließlich schöne Erinnerungen ein.

»War's ein blauer gepunkteter Schlips?« fragte der Ladeninhaber. »Auf den Namen Okada?«

»Genau«, sagte ich.

»Sie haben Glück.«

Kaum war ich wieder zu Haus, rief ich Kumiko in der Redaktion an. »Der Schlips war noch da«, sagte ich.

»Kaum zu glauben«, sagte sie. »Schön für dich!«

Es klang künstlich, wie ein Lob für einen Sohn, der mit guten Noten nach Haus kommt. Das bereitete mir Unbehagen. Ich hätte mit dem Anruf besser bis zu ihrer Mittagspause warten sollen.

»Mir fällt ein Stein vom Herzen«, sagte sie. »Aber ich hab jemanden auf der anderen Leitung. Tut mir leid. Kannst du mittags noch mal anrufen?«

»Mach ich«, sagte ich.

Nachdem ich aufgelegt hatte, ging ich mit der Morgenzeitung auf die Veranda. Wie immer legte ich mich, die Stellenangebote vor mir ausgebreitet, auf den Bauch und las die von unverständlichen Abkürzungen wimmelnden Spalten in aller Ruhe von oben bis unten durch. Es war absolut unglaublich, wie viele verschiedene Berufe es gab, und jeder von ihnen hatte zwischen den ordentlichen Buchstabenbeeten der Zeitung seinen eigenen Platz, wie auf dem Belegungsplan eines neuen Friedhofs.

Wie jeden Morgen hörte ich den Aufziehvogel in irgendeinem Baumwipfel seine Feder aufziehen. Ich faltete die Zeitung zusammen, setzte mich auf und betrachtete, an einen Pfosten gelehnt, den Garten. Kurz darauf stieß der Vogel seinen heiseren Schrei noch einmal aus, ein langes schnarrendes Geräusch, das von der Spitze der Kiefer unseres Nachbarn herüberdrang. Ich bemühte mich, zwischen den Zweigen etwas zu erkennen, aber vom Vogel war nichts auszumachen, nur sein Schrei. Wie immer. Und damit war die Welt für einen weiteren Tag aufgezogen.

Kurz vor zehn fing es an zu regnen. Nicht stark. Man konnte nicht einmal mit Sicherheit sagen, daß es regnete, so fein waren die Tropfen, aber wenn man die Augen zusammenkniff, sah man es. Die Welt existiert in zwei Zuständen, »Regen« und »Nicht-Regen«, und es sollte eigentlich eine Trennlinie zwischen den beiden geben. Ich blieb noch eine Weile auf der Veranda sitzen und starrte auf die Linie, die es hätte geben sollen.

Was sollte ich bis zum Mittagessen mit meiner Zeit anfangen? Auf ein paar Bahnen ins nahe öffentliche Schwimmbad gehen, oder auf die Gasse und nach dem Kater suchen? Gegen den Pfosten der Veranda gelehnt, in den Garten starrend, auf den der Regen niederging, schwankte ich zwischen den zwei Möglichkeiten.

Schwimmbad.

Kater.

Der Kater siegte. Malta Kano hatte gesagt, der Kater sei nicht mehr in der Nachbarschaft. Aber an diesem Morgen verspürte ich den undefinierbaren Drang, loszuziehen und nach ihm zu suchen. Die Katerjagd war zu einem festen Bestandteil meiner täglichen Routine geworden, und außerdem würde es Kumiko vielleicht ein bißchen freuen, zu erfahren, daß ich es wenigstens versucht hatte. Ich zog meinen leichten Regenmantel an. Ich beschloß, keinen Schirm mitzunehmen. Ich zog meine Tennisschuhe an und verließ das Haus mit dem Schlüssel und ein paar Zitronenbonbons in der Manteltasche. Ich ging zum hinteren Ende des Gartens, aber gerade als ich eine Hand auf die Hohlblockmauer gelegt hatte, klingelte ein Telefon. Ich blieb reglos stehen und spitzte die Ohren, aber ich konnte nicht erkennen, ob es unser Telefon war oder das irgendeines Nachbarn. Sobald man aus dem Haus ist, klingen alle Telefone gleich. Ich gab es auf und kletterte über die Mauer.

Durch die dünnen Sohlen meiner Tennisschuhe spürte ich das weiche Gras. In der Gasse war es stiller als gewöhnlich. Ich blieb eine Weile reglos stehen und lauschte mit angehaltenem Atem, aber ich hörte nichts. Das Telefon hatte aufgehört zu klingeln. Ich hörte weder Vogelstimmen noch irgendwelche Verkehrsgeräusche. Der Himmel war mit einem vollkommen gleichförmigen Grau überstrichen. An solchen Tagen sogen die Wolken wahrscheinlich alle Geräusche von der Erdoberfläche auf. Und nicht nur Geräusche, alles mögliche andere auch. Wahrnehmungen, zum Beispiel.

Die Hände in den Taschen meines Regenmantels, tauchte ich in die enge Gasse ein. Wo Wäschetrockenstangen in den Weg hineinragten, quetschte ich mich entlang der Mauern vorbei. Bei anderen Häusern ging ich direkt unter dem Dachvorsprung durch. Auf diese Weise arbeitete ich mich lautlos durch diesen Durchgang, der an einen verlassenen Kanal erinnerte. Meine Tennisschuhe machten auf dem Gras nicht das geringste Geräusch. Das einzige, was ich während meiner kurzen Wanderung wirklich hörte, war ein Radio, das in einem Haus lief. Es kam gerade eine Ratgebersendung mit Höreranrufen. Ein Mann mittleren Alters beklagte sich beim Moderator soeben über seine Schwiegermutter. Nach den Satzfetzen, die ich mitbekam, war die Frau achtundsechzig und absolut verrückt nach Pferderennen. Als ich das Haus hinter mir gelassen hatte, wurde das Geräusch des Radios immer leiser und leiser, bis nichts mehr übrig war, als wäre dasjenige, was sich da allmählich in nichts aufgelöst hatte, nicht lediglich das Geräusch des Radios gewesen, sondern auch der Mann mittleren Alters und seine pferdebesessene Schwiegermutter, die doch beide irgendwo auf der Welt existieren mußten.

Endlich erreichte ich das verlassene Haus. Da stand es, so stumm wie immer. Vor dem Hintergrund grauer, niedriger Wolken ragte es, mit den zugenagelten Fensterläden im ersten Geschoß, wie eine düstere, verschwommene Masse auf. Es hätte ein riesiger Frachter sein können, der eines Nachts vor langer Zeit auf ein Riff gelaufen und dort endgültig aufgegeben worden war. Wäre das Gras nicht seit meinem letzten Besuch deutlich höher gewesen, hätte ich glauben können, an diesem einen Ort sei die Zeit stehengeblieben. Dank der langen Regentage leuchteten die Grashalme in einem satten Dunkelgrün, und sie verströmten diesen Geruch von Wildheit, den nur Wesen haben, die Wurzeln in die Erde versenken. Exakt im Mittelpunkt dieses Grasmeeres stand die Vogelplastik in derselben Haltung, in der ich sie zuvor gesehen hatte: die Schwingen ausgebreitet, zum Abflug bereit. Dieser Vogel würde natürlich niemals auffliegen können. Ich wußte das, und der Vogel wußte das auch. Er würde da bleiben, wo man ihn hingestellt

hatte, bis man ihn eines Tages wegkarren oder in Stücke schlagen würde. Eine andere Möglichkeit, diesen Garten zu verlassen, gab es für ihn nicht. Das einzige, was sich dort drinnen bewegte, war ein kleiner weißer Schmetterling, der, ein paar Wochen über seine Zeit hinaus, über das Gras dahinflatterte. Er kam nur zögernd voran, wie ein Suchender, der vergessen hat, wonach er sucht. Nach fünf Minuten dieser ergebnislosen Jagd verschwand der Schmetterling irgendwohin.
Ein Zitronenbonbon lutschend, lehnte ich mich gegen den Maschendrahtzaun und blickte in den Garten. Vom Kater war keine Spur zu sehen. Von nichts war eine Spur zu sehen. Der Ort wirkte wie ein stilles, stehendes Gewässer, in dem eine gewaltige Kraft den natürlichen Fluß unterbunden hatte.
Ich spürte, daß jemand hinter mir stand und fuhr herum. Aber da war niemand: nur der Zaun auf der anderen Seite der Gasse und das Törchen im Zaun, das Tor, an dem das Mädchen gestanden hatte. Aber jetzt war es zu und im Garten keine Menschenseele zu sehen. Alles war feucht und stumm. Und es ergab die Gerüche: Gras. Regen. Mein Regenmantel. Das Zitronenbonbon, halb geschmolzen, unter meiner Zunge. All das strömte in einem einzigen tiefen Atemzug zusammen. Ich blickte noch einmal in die Runde, aber es war niemand da. Als ich genau hinhörte, machte ich das gedämpfte Gewummer eines fernen Hubschraubers aus. Dort oben waren Menschen, die über den Wolken flogen. Aber auch dieses Geräusch verebbte in der Ferne, und wieder legte sich Schweigen über alles.
Der Maschendrahtzaun des leerstehenden Hauses hatte ein Tor, das gleichfalls, nicht weiter verwunderlich, aus Maschendraht bestand. Ich stieß versuchsweise dagegen. Es öffnete sich mit fast enttäuschender Leichtigkeit, als wollte es mich hineinlocken. »Kein Problem«, schien es mir zu sagen. »Komm einfach herein.« Ich brauchte die detaillierten Gesetzeskenntnisse, die ich mir im Laufe von acht Jahren angeeignet hatte, nicht groß zu bemühen, um zu wissen, daß es im Gegenteil sogar ein ziemlich ernstes Problem werden konnte. Wenn ein Nachbar mich im leerstehenden Haus sah und die Polizei benachrichtigte, würden sehr schnell Beamte auftauchen und Fragen stellen. Ich würde sagen, daß ich nach meinem Kater suchte; er sei verschwunden, und ich suchte ihn überall in der Gegend. Sie würden meine Adresse und meinen Beruf wissen wollen. Ich würde ihnen sagen müssen, daß ich arbeitslos war. Das würde sie nur um so argwöhnischer machen. Sie hätten wahrscheinlich Angst vor linksgerichteten Terroristen oder was weiß ich, wären überzeugt, linke Terroristen seien überall in Tokio am Werk, mit gehei-

men Waffenarsenalen und selbstgebastelten Bomben. Sie würden Kumiko in der Redaktion anrufen, damit sie meine Aussage bestätigte. Sie würde sich aufregen. Ach, zum Teufel. Ich ging hinein und zog das Tor hinter mir zu. Wenn irgendwas passieren mußte, dann mochte es eben passieren. Wenn irgendwas passieren *wollte*, dann mochte es eben passieren.

Ich durchquerte den Garten und sah mich dabei aufmerksam um. Es gab mehrere niedrige Obstbäume, deren Namen ich nicht wußte, und ein ordentliches Stück Rasen. Jetzt war alles hoch aufgeschossen und zugewachsen. Zwei Obstbäume waren vollständig mit häßlichen Passionsblumenranken überwuchert und sahen wie erdrosselt aus. Die Duftblütenhecke, die entlang des Zauns wuchs, war durch einen Belag von Insekteneiern in ein gespenstisches Weiß getaucht. Eine hartnäckige kleine Fliege summte eine ganze Weile neben meinem Ohr.

Ich ging an der Vogelstatue vorbei und weiter zu einem Stapel von weißen Plastikgartenstühlen, die ineinandergeschoben unter dem Dachvorsprung standen. Der oberste Stuhl war verdreckt, aber der nächstuntere sah ganz annehmbar aus. Ich staubte ihn mit der Hand ab und setzte mich darauf. Dank des hochaufgeschossenen Unkrauts zwischen mir und dem Zaun war ich von der Gasse aus nicht zu sehen, und die Dachtraufe schützte mich vor dem Regen. Ich saß und pfiff und sah zu, wie der Garten seine reichliche Gabe von feinen Regentröpfchen entgegennahm. Anfangs war ich mir gar nicht bewußt, was ich da pfiff, aber dann erkannte ich, daß es die Ouvertüre zu Rossinis *Diebischer Elster* war – dasselbe Stück, das ich gepfiffen hatte, als die merkwürdige Frau angerufen und mich beim Spaghettikochen unterbrochen hatte.

Wie ich so ganz für mich allein in diesem Garten saß, das Gras und den steinernen Vogel betrachtete, eine Melodie (schlecht) vor mich hinpfiff, hatte ich das Gefühl, ich sei in meine Kindheit zurückgekehrt. Ich war in einem geheimen Versteck, wo mich niemand sehen konnte. Das versetzte mich in eine friedvolle Stimmung. Ich bekam Lust, mit einem Stein – ein kleiner Stein hätte schon genügt – nach irgendwas zu werfen. Der steinerne Vogel gäbe ein gutes Ziel ab. Ich würde ihn gerade fest genug treffen, daß es ein leises Klack machte. Als Kind habe ich viel so allein gespielt; ich stellte eine leere Blechdose auf, nahm ordentlich Abstand und warf mit Steinen, bis die Dose voll war. Stundenlang konnte ich mich damit beschäftigen. Gerade jetzt lagen allerdings überhaupt keine Steine vor mir. Je nun. Kein Ort bietet alles, was man braucht.

Ich zog die Füße hoch, kreuzte die Beine und stützte das Kinn in die Hand. Dann schloß ich die Augen. Noch immer kein Laut. Die Dunkelheit hinter meinen Augenlidern war wie der wolkenverhangene Himmel, aber von einem etwas tieferen Grau. Alle paar Minuten kam jemand vorbei und übermalte das Grau mit einem etwas anders strukturierten Grau – einem mit Gold oder Grün oder Rot durchschossenen Ton. Ich staunte, wie viele verschiedene Sorten von Grau es gab. Die Menschen waren doch merkwürdig konstruiert. Man brauchte nur zehn Minuten lang stillzusitzen, und schon konnte man diese unglaubliche Vielfalt von Grautönen sehen.
In meinem Buch von Graufarbmustern blätternd, begann ich wieder zu pfeifen, ohne einen Gedanken im Kopf.
»He«, sagte jemand.
Ich klappte die Augen auf, lehnte mich zur Seite und reckte mich, um über die Spitzen des Unkrauts hinweg das Tor zu sehen. Es stand offen. Sperrangelweit offen. Jemand war mir hineingefolgt. Mein Herz begann zu hämmern.
»He«, sagte die Stimme noch einmal. Eine weibliche Stimme. Eine Gestalt trat hinter der Statue hervor und kam auf mich zu. Es war das Mädchen, das sich im Garten gegenüber gesonnt hatte. Sie trug dasselbe hellblaue Adidas-T-Shirt und dieselben Shorts. Wieder hinkte sie leicht beim Gehen. Die einzige Veränderung seit damals bestand darin, daß sie ihre Sonnenbrille nicht aufhatte.
»Was tun Sie hier?« fragte sie.
»Ich such nach dem Kater«, sagte ich.
»Sind Sie sicher? Sieht mir nicht danach aus. Sie sitzen einfach nur mit geschlossenen Augen da und pfeifen. Dürft nicht ganz einfach sein, auf die Art irgendwas zu finden, meinen Sie nicht?«
Ich spürte, daß ich rot wurde.
»Mir ist es ja egal«, fuhr sie fort, »aber jemand, der Sie nicht kennt, könnt Sie für'n Perversen halten oder so.« Sie hielt inne. »Sie sind doch kein Perverser, oder?«
»Wahrscheinlich nicht«, sagte ich.
Sie kam näher heran und nahm eine sorgfältige Musterung der ineinandergestellten Gartenstühle vor, suchte sich einen aus, der nicht allzu verschmutzt war, und untersuchte ihn noch einmal gründlich, bevor sie ihn auf den Boden stellte und sich darauf niederließ.

»Und pfeifen tun Sie wie der letzte Mensch«, sagte sie. »Ich kenn das Stück zwar nicht, aber es hatte überhaupt keine Melodie. Sie sind doch nicht schwul, oder?«
»Wahrscheinlich nicht«, sagte ich. »Warum?«
»Jemand hat mir mal gesagt, Schwule könnten überhaupt nicht pfeifen. Stimmt das?«
»Wer weiß? Wahrscheinlich ist das Unsinn.«
»Egal, von mir aus dürfen Sie sogar schwul oder pervers oder sonstwas sein. Übrigens, wie heißen Sie überhaupt? Ich weiß gar nicht, wie ich Sie nennen soll.«
»Toru Okada«, sagte ich.
Sie sprach sich den Namen ein paarmal vor. »Nicht grad umwerfend als Name, was?« sagte sie.
»Vielleicht nicht«, sagte ich. »Ich hab immer gefunden, er klingt irgendwie nach einem Außenminister von vor dem Krieg: Toru Okada. Na?«
»Das sagt mir gar nichts. Ich kann Geschichte nicht ausstehen. Das ist mein schlechtestes Fach. Egal, vergessen Sie's. Haben Sie keinen Spitznamen? Was Einfacheres als Toru Okada?«
Ich konnte mich nicht erinnern, je einen Spitznamen gehabt zu haben. Zu keinem Zeitpunkt meines Lebens. Woran das wohl lag? »Keinen Spitznamen«, sagte ich.
»Nichts? Bär? Oder Frosch?«
»Nichts.«
»O je«, sagte sie. »Denken Sie sich was aus.«
»Aufziehvogel«, sagte ich.
»Aufziehvogel?« fragte sie und starrte mich offenen Mundes an. »Was is'n *das*?«
»Der Vogel, der die Feder aufzieht«, sagte ich. »Jeden Morgen. Oben in den Bäumen. Er zieht die Feder der Welt auf. *Quiiiietsch*.«
Sie starrte mich weiterhin an.
Ich seufzte. »Das ist mir einfach so eingefallen«, sagte ich. »Und das ist noch nicht alles. Der Vogel fliegt jeden Tag über mein Haus weg und macht im Baum des Nachbarn *quiiiietsch*. Aber keiner hat ihn je gesehen.«
»Das ist ganz hübsch, glaub ich. Egal, ab jetzt sind Sie Mister Aufziehvogel. Sagt sich zwar auch nicht ganz leicht, aber ist um Längen besser als Toru Okada.«
»Herzlichen Dank.«
Sie zog die Füße auf den Stuhl hoch und stützte das Kinn auf die Knie.

»Was ist mit *deinem* Namen?« fragte ich.
»May Kasahara. May ... wie der Monat Mai.«
»Bist du im Mai geboren?«
»Da fragen Sie noch? Könnten Sie sich das Durcheinander vorstellen, wenn jemand, der im Juni geboren ist, May hieße?«
»Da hast du wohl recht«, sagte ich. »Ich nehm an, du bist immer noch krank geschrieben?«
»Ich hab Sie die ganze Zeit beobachtet«, sagte sie, ohne auf meine Frage einzugehen. »Von meinem Zimmer aus. Mit dem Fernglas. Ich hab Sie durch das Tor reingehen sehen. Ich hab immer ein kleines Fernglas griffbereit liegen, um zu beobachten, was auf der Gasse passiert. Da laufen alle möglichen Leute durch. Ich wette, das haben Sie nicht gewußt. Und nicht nur Leute. Auch Tiere. Was haben Sie denn die ganze Zeit hier gemacht, so ganz allein?«
»Relaxen«, sagte ich. »An die alten Zeiten denken. Pfeifen.«
May Kasahara kaute an einem Daumennagel. »Sie spinnen irgendwie«, sagte sie.
»Gar nicht. Die Leute tun das andauernd.«
»Kann sein, aber die steigen dazu nicht in ein leerstehendes Haus ein. Sie könnten doch genausogut in Ihrem eigenen Garten bleiben, wenn Sie nichts anderes vorhaben, als zu relaxen, an die alten Zeiten zu denken und zu pfeifen.«
Da war was dran.
»Egal. Noboru Wataya ist wohl nicht wieder aufgetaucht, hm?«
Ich schüttelte den Kopf. »Und du hast ihn seitdem wohl auch nicht wieder gesehen?« fragte ich.
»Nein, und ich hab richtig nach ihm Ausschau gehalten: braungestreifter Tigerkater. Schwanz an der Spitze leicht gebogen. Richtig?«
Sie zog aus der Tasche ihrer Shorts eine Schachtel Hope ohne und steckte sich mit einem Streichholz eine an. Nach ein paar Zügen starrte sie mich an und sagte: »Ihr Haar lichtet sich ein bißchen, was?«
Meine Hand fuhr automatisch an meinen Hinterkopf.
»Nicht da, Dussel«, sagte sie. »An der Stirn. Die ist höher, als sie sollte, meinen Sie nicht auch?«
»Das ist mir noch nie aufgefallen.«
»Also, *mir* schon«, sagte sie. »*Da* werden Sie eine Glatze kriegen. Ihr Haaransatz wird sich immer weiter und weiter zurückziehen: so.« Sie griff sich eine Handvoll

von ihrem eigenen Vorderhaar und hielt mir ihre nackte Stirn unter die Nase. »Sie sollten besser aufpassen.«

Ich berührte meinen Haaransatz. Vielleicht hatte sie recht. Vielleicht war er wirklich ein Stückchen zurückgegangen. Oder bildete ich mir das nur ein? Wieder was Neues, worüber ich mir Sorgen machen konnte.

»Was meinst du damit?« fragte ich. »Wie kann ich denn aufpassen?«

»Können Sie wohl nicht. Sie können gar nichts dagegen tun. Gegen Haarausfall kann man gar nichts unternehmen. Wer eine Glatze kriegen soll, der kriegt auch eine. Wenn seine Zeit gekommen ist, heißt das: dann kriegt er einfach ne Glatze. Man kann nichts dagegen tun. Die erzählen einem, daß man Haarausfall mit der richtigen Haarpflege verhindern kann, aber das ist völliger Quatsch. Gucken Sie sich doch die Penner an, die im Shinjuku-Bahnhof schlafen. Die haben alle eine richtige Matte auf dem Kopf. Meinen Sie vielleicht, die waschen sie sich täglich mit Clinique oder Vidal Sassoon oder reiben sich da Lotion X rein? Das reden Ihnen die Kosmetikhersteller nur ein, um Ihnen das Geld aus der Tasche zu ziehen.«

»Da hast du bestimmt recht«, sagte ich beeindruckt. »Aber woher kennst du dich so gut mit Glatzen aus?«

»Ich hab mal bei einer Perückenfirma gejobbt. Schon eine ganze Weile her. Ich geh ja nicht zur Schule, da hab ich haufenweise Zeit totzuschlagen. Ich hab Erhebungen durchgeführt, Fragebögen ausgefüllt, Sie wissen schon. Und so weiß ich alles über Männer mit Haarausfall. Ich bin bis obenhin voll mit Informationen.«

»Wahnsinn«, sagte ich.

»Aber wissen Sie«, sagte sie, ließ ihren Zigarettenstummel auf den Boden fallen und trat ihn aus, »in der Firma, wo ich jetzt arbeite, darf man nicht sagen, irgendwer hätte ›eine Glatze‹. Man darf nur von ›Männern mit zurückgehendem Haaransatz‹ sprechen. ›Glatze‹ ist diskriminierend. Ich hab mir mal einen Witz erlaubt und ›follikulär gehandicapte Herren‹ vorgeschlagen und, Mann, sind *die* vielleicht ausgerastet! ›Das ist überhaupt nicht komisch, junge Dame‹, haben sie gesagt. Die sind so verdammt bierernst. Wußten Sie das? Jeder auf dieser verdammten Welt ist so gottverdammt bierernst.«

Ich holte meine Zitronenbonbons heraus, steckte mir eins in den Mund und bot May Kasahara eins an. Sie schüttelte den Kopf und holte eine Zigarette heraus.

»Aber da fällt mir grad ein, Mister Aufziehvogel«, sagte sie, »Sie waren doch arbeitslos. Sind Sie's noch immer?«

»Klar doch.«

»Suchen Sie ernsthaft Arbeit?«

»Klar doch.« Kaum waren mir die Worte über die Lippen gegangen, fragte ich mich, inwieweit sie der Wahrheit entsprachen. »Beziehungsweise, ich bin mir nicht ganz sicher«, sagte ich. »Ich glaube, ich brauch Zeit. Zeit zum Nachdenken. Ich weiß selbst nicht genau, was ich brauche. Läßt sich schwer erklären.«

An einem Fingernagel kauend, sah mich May Kasahara eine Weile an. »Ich sag Ihnen was, Mister Aufziehvogel«, sagte sie. »Warum kommen Sie nicht einmal mit mir arbeiten? Für die Perückenfirma. Die zahlen nicht besonders, aber die Arbeit ist einfach, und man kann sich die Stunden so einteilen, wie man will. Was meinen Sie? Denken Sie nicht zu lange drüber nach, tun Sie's einfach. Als ne Art Luftveränderung. Das könnte Ihnen helfen, sich über ne Menge Dinge klarzuwerden.«

Da war was dran. »Da ist was dran«, sagte ich.

»Toll!« sagte sie. »Wenn ich das nächstemal hingehe, komm ich vorbei und hol Sie ab. Wo sagten Sie noch mal, wohnen Sie?«

»Hmm, das ist schwer zu sagen. Oder vielleicht auch nicht. Du läufst einfach immer weiter die Gasse lang, mit allen Zickzacks, die sie macht. Auf der linken Seite siehst du dann ein Haus mit einem roten Honda Civic in der Auffahrt. Der hat so einen Sticker an der Stoßstange: ›Mögen alle Völker in Frieden leben.‹ Unsers ist das nächste Haus, aber es hat kein Tor zur Gasse. Da ist nur eine Hohlblockmauer, und über die mußt du klettern. Sie reicht mir ungefähr bis zum Kinn.«

»Keine Sorge. Über eine Mauer von der Höhe komme ich schon drüber. Kein Problem.«

»Tut dir dein Bein nicht mehr weh?«

Mit einem leichten Seufzer stieß sie einen Schwall Rauch aus und sagte: »Keine Sorge. Es ist nichts. Ich hinke, wenn meine Eltern da sind, weil ich nicht in die Schule zurück will. Es ist nur Theater. Ich hab's mir nur inzwischen irgendwie angewöhnt. Ich tu's selbst dann, wenn keiner zuguckt, wenn ich ganz allein in meinem Zimmer bin. Ich bin eben Perfektionistin. Wie heißt es doch so schön – ›Betrüg dich selbst, um andere zu betrügen‹? Aber egal, Mister Aufziehvogel, sagen Sie, haben Sie Mumm?«

»Eigentlich nicht, nein.«

»Nie gehabt?«

»Nein, in der Richtung ist bei mir nie viel los gewesen. Wird sich wahrscheinlich auch nie ändern.«
»Wie steht's mit Neugier?«
»Neugier ist eine andere Sache. Dazu neige ich schon etwas mehr.«
»Na, meinen Sie nicht, daß Mumm und Neugier irgendwie verwandt sind?« sagte May Kasahara. »Wo Mumm ist, da ist auch Neugier, und wo Neugier ist, da ist auch Mumm. Nein?«
»Hmm, eine gewisse Verwandtschaft könnte schon bestehen«, sagte ich. »Vielleicht hast du recht. Vielleicht überlappen sich die zwei in bestimmten Fällen schon.«
»Zum Beispiel in Fällen, wo man heimlich in jemandes Garten einsteigt.«
»Ja, etwa«, sagte ich und ließ ein Zitronenbonbon auf meiner Zunge kullern. »Wenn man heimlich in jemandes Garten einsteigt, scheinen tatsächlich Mumm und Neugier im Spiel zu sein. Neugier kann manchmal den Mumm aus seinem Versteck hervorlocken, ihm vielleicht sogar einen richtigen Schubs geben. Aber Neugier verfliegt in der Regel bald. Mumm braucht Durchhaltevermögen. Neugier ist wie eine lustige Freundin, auf die man sich nicht wirklich verlassen kann. Erst bringt sie dich in Fahrt, und dann läßt sie dich sitzen, und du kannst zusehen, wie du allein klarkommst – und wieviel Mumm du aufbringst.«
Sie dachte eine Zeitlang darüber nach. »Stimmt wohl«, sagte sie. »So kann man die Sache jedenfalls auch sehen.« Sie stand auf und klopfte sich den Schmutz vom Hosenboden ihrer Shorts. Dann sah sie zu mir herunter. »Sagen Sie, Mister Aufziehvogel, würden Sie gern den Brunnen sehen?«
»Den Brunnen?« fragte ich. Den Brunnen?
»Es gibt hier einen ausgetrockneten Brunnen. Mir gefällt er. Irgendwie. Möchten Sie ihn sehen?«

Wir gingen quer durch den Garten und bogen um die Ecke des Hauses. Es war ein runder Brunnen von vielleicht einem Meter dreißig Durchmesser. Seine Öffnung war mit passend zugesägten starken Planken abgedeckt, auf die man zwei Betonblöcke gelegt hatte, damit sie nicht verrutschten. Die Brunneneinfassung war vielleicht einen knappen Meter hoch, und dicht daneben stand, wie ein Wachposten, ein einzelner alter Baum. Es war ein Obstbaum, aber was für einer, hätte ich nicht sagen können.

Wie fast alles, was zu diesem Haus gehörte, sah der Brunnen so aus, als sei er schon vor langer Zeit aufgegeben worden. Er strahlte etwas aus, als müßte er »erdrückende Starre« heißen. Vielleicht werden leblose Dinge, wenn die Menschen die Augen von ihnen abwenden, noch lebloser.

Bei näherer Untersuchung zeigte sich, daß der Brunnen tatsächlich weit älter war als alles, was ihn umgab. Er war in einer anderen Epoche angelegt worden, lange bevor das Haus entstanden war. Selbst die Holzabdeckung war eine echte Antiquität. Die Einfassung hatte man – höchstwahrscheinlich zur Verstärkung einer viel älteren Konstruktion – mit einer dicken Schicht Zement überstrichen. Der Wächter-Baum schien sich zu rühmen, viel länger als jeder andere Baum weit und breit an seinem Platz zu stehen.

Ich setzte einen Betonblock auf die Erde und entfernte einen der zwei hölzernen Halbmonde, die den Deckel bildeten. Die Hände auf den Brunnenrand gestützt, beugte ich mich vor und blickte hinein, aber ich konnte nicht bis auf den Grund sehen. Es war offensichtlich ein tiefer Brunnen, und seine untere Hälfte verschwand in der Dunkelheit. Ich schnüffelte. Es roch leicht moderig.

»Da ist kein Wasser drin«, sagte May Kasahara.

Ein Brunnen ohne Wasser. Ein Vogel, der nicht fliegen kann. Eine Gasse ohne Ausgang. Und –

May hob einen Brocken Backstein vom Boden auf und warf ihn in den Brunnen. Einen Augenblick später ertönte ein leiser trockener Schlag. Sonst nichts. Das Geräusch war durch und durch trocken, ausgedörrt, als könnte man es zwischen den Händen zerbröseln. Ich richtete mich auf und sah May Kasahara an. »Ich frage mich, warum da kein Wasser drin ist. Ist er ausgetrocknet? Hat jemand ihn zugeschüttet?«

Sie zuckte die Achseln. »Wenn man einen Brunnen zuschüttet, füllt man ihn dann nicht bis zum Rand auf? Was hat's für einen Wert, so ein trockenes Loch zu lassen? Jemand könnte reinfallen und sich was brechen. Meinen Sie nicht?«

»Ich glaub, du hast recht«, sagte ich. »Irgend etwas hat wahrscheinlich bewirkt, daß das Wasser versiegt ist.«

Plötzlich fiel mir wieder ein, was Herr Honda vor langer Zeit gesagt hatte: »Wenn du aufsteigen sollst, such dir den höchsten Turm aus und klettere bis auf die Spitze. Wenn du absteigen sollst, such dir den tiefsten Brunnen und geh hinunter auf den Grund.« Jetzt hatte ich also einen Brunnen, wenn ich mal einen brauchen sollte.

Ich beugte mich wieder über den Rand und sah, ohne irgend etwas Bestimmtes zu erwarten, in die Dunkelheit hinunter. Also, dachte ich, existiert an einem Ort wie diesem, an einem Tag wie diesem, eine so tiefe Dunkelheit. Ich räusperte mich und schluckte. Das Geräusch hallte in der Dunkelheit, als habe sich noch jemand geräuspert. Mein Speichel schmeckte nach Zitronenbonbon.

Ich deckte den Brunnen wieder ab und setzte den Betonklotz auf die Planke. Dann sah ich auf die Uhr. Fast halb zwölf. Zeit, Kumiko anzurufen.

»Ich sollte jetzt wieder nach Haus«, sagte ich.

May Kasahara runzelte leicht die Stirn. »Nur zu, Mister Aufziehvogel«, sagte sie. »Fliegen Sie heim.«

Als wir den Garten durchquerten, starrte der steinerne Vogel noch immer den Himmel aus trockenen Augen zornig an. Der Himmel seinerseits war noch immer mit seiner lückenlosen grauen Wolkendecke verhängt, aber wenigstens hatte der Regen aufgehört. May Kasahara riß eine Handvoll Gras aus und warf sie steil nach oben. Ohne den leisesten Wind, der sie hätte forttragen können, fielen ihr die Halme vor die Füße.

»Wenn man an die vielen Stunden denkt, von jetzt, bis die Sonne untergeht«, sagte sie, ohne mich anzusehen.

»Stimmt«, sagte ich. »Eine Menge Stunden.«

6

VON KUMIKO OKADAS UND NOBORU WATAYAS GEBURT

Als Einzelkind kann ich mir nur schwer vorstellen, wie sich erwachsene Geschwister fühlen müssen, wenn sie im Laufe ihres späteren Lebens als selbständige Individuen miteinander in Kontakt kommen. Kumiko zum Beispiel bekam jedesmal, wenn das Thema Noboru Wataya angeschnitten wurde, ein merkwürdiges Gesicht, als habe sie sich versehentlich etwas nicht ganz Koscheres in den Mund gesteckt – aber was dieses Gesicht *genau* bedeutete, blieb mir zwangsläufig verschlossen. Ich persönlich brachte ihrem älteren Bruder nicht das leiseste positive Gefühl entgegen. Kumiko wußte das und fand es absolut nachvollziehbar; sie war selbst weit davon entfernt, diesen Mann zu mögen. Wären ihre verwandtschaftlichen Bande nicht gewesen, hätten sie vermutlich nie auch nur ein einziges Wort miteinander gewechselt. Aber sie *waren* nun einmal Geschwister, und das machte die Sache etwas komplizierter.

Nachdem ich meine Auseinandersetzung mit ihrem Vater gehabt und jeden Kontakt mit ihrer Familie abgebrochen hatte, ergab sich für Kumiko praktisch keinerlei Anlaß mehr, Noboru Wataya zu sehen. Es war eine sehr heftige Auseinandersetzung gewesen. Ich habe im Laufe meines Lebens nicht viele Auseinandersetzungen gehabt – ich bin einfach nicht der Typ dafür –, aber wenn ich einmal anfange, dann fechte ich die Sache bis zum Ende durch. Und so war mein Bruch mit Kumikos Vater glatt und endgültig gewesen. Hinterher, nachdem ich mir alles, was ich loswerden mußte, von der Seele geredet hatte, war erstaunlicherweise nicht der mindeste Zorn in mir zurückgeblieben. Ich verspürte nur Erleichterung. Ich brauchte ihn nie wiederzusehen: Es war ein Gefühl, als sei mir eine gewaltige Last, die ich seit langem mit mir herumgeschleppt hatte, mit einemmal von den Schultern genommen. All mein Zorn und Haß waren verflogen. Ich brachte sogar ein gewisses Mitgefühl für die Schwierigkeiten auf, mit denen er im Laufe seines Lebens zu kämpfen gehabt hatte – wie dumm und abstoßend mir dieses Leben auch erscheinen mochte. Ich sagte Kumiko, daß ich ihre Eltern nie wiedersehen würde, daß sie sie aber selbstverständlich, wann immer sie wolle, ohne mich besuchen könne. Kumiko unternahm indes nicht den Versuch, sie zu sehen. »Mach dir keine Gedanken«, sagte sie. »Ich war auch nicht gerade wild auf diese Familienbesuche.«

Noboru Wataya hatte damals noch bei seinen Eltern gewohnt, aber als die Auseinandersetzung zwischen seinem Vater und mir begann, war er einfach ohne ein Wort aus dem Zimmer gegangen. Das hatte mich nicht weiter überrascht. Als Mensch war ich für ihn vollkommen bedeutungslos. Er tat sein Bestes, um den persönlichen Umgang mit mir auf das Unvermeidliche zu beschränken. Und so bestand für mich, als ich meine Besuche bei Kumikos Eltern einstellte, auch keinerlei Veranlassung mehr, Noboru Wataya zu sehen. Kumiko ihrerseits hatte zumindest keinen Grund, sich um eine Begegnung mit ihm sonderlich zu bemühen. Er war sehr beschäftigt, sie war sehr beschäftigt, und besonders nah hatten sie sich ohnehin nie gestanden.

Trotzdem rief Kumiko ihn von Zeit zu Zeit auf dem Campus an, und er rief sie von

Zeit zu Zeit in der Redaktion an (bei uns zu Hause allerdings nie). Sie erzählte mir immer von diesen Telefongesprächen, ohne näher auf deren Inhalt einzugehen. Ich fragte sie nie danach, und von sich aus informierte sie mich nur, wenn es nötig war. Es war mir völlig egal, worüber Kumiko und Noboru Wataya miteinander redeten. Was nicht heißen soll, daß ich ihr die Tatsache, *daß* sie miteinander redeten, übelgenommen hätte. Ich verstand es einfach nicht. Was konnten zwei so verschiedene Menschen einander schon zu sagen haben? Oder ermöglichte lediglich der besondere Filter der Blutsverwandtschaft diese Kontakte?

Noboru Wataya und Kumiko waren zwar Geschwister, aber es trennte sie ein Altersunterschied von neun Jahren. Ein weiterer Umstand, der das Fehlen jeglicher wahrnehmbarer Wärme zwischen den beiden erklären mochte, war die Tatsache, daß Kumiko mehrere Jahre lang bei der Familie ihres Vaters gelebt hatte.
Kumiko und Noboru waren nicht die einzigen Kinder der Watayas gewesen. Zwischen ihnen hatte es noch eine Schwester gegeben, fünf Jahre älter als Kumiko. Als Dreijährige war Kumiko aber von Tokio ins ferne Niigata geschickt worden, damit sie eine Zeitlang bei ihrer Großmutter lebe. Später erzählten die Eltern Kumiko, sie hätten so gehandelt, weil sie ein kränkliches Kind gewesen sei und sie gemeint hätten, die saubere Landluft würde ihr guttun, aber sie hatte ihnen nie recht geglaubt. Soweit sie sich erinnern konnte, war sie nie schwächlich gewesen. Sie war nie ernstlich krank gewesen, und in ihrem neuen Zuhause in Niigata sorgte sich niemand besonders um ihre Gesundheit. »Ich bin sicher, das war nur eine Ausrede«, sagte Kumiko einmal zu mir.
Bestärkt hatte sie in ihren Zweifeln etwas, was sie von einem Verwandten erfahren hatte. Offenbar hatten Kumikos Mutter und ihre Großmutter seit langem miteinander in Fehde gelegen, und die Entscheidung, Kumiko nach Niigata zu bringen, war das Resultat eines Waffenstillstands, den die beiden geschlossen hatten. Indem sie Kumiko eine Zeitlang aus der Hand gaben, hatten die Eltern den Zorn der Großmutter besänftigt, und dadurch, daß ihr ein Enkelkind überantwortet wurde, hatte die Großmutter einen greifbaren Beweis ihrer Beziehung zu ihrem Sohn (Kumikos Vater) erhalten. Kumiko war, mit anderen Worten, so etwas wie eine Geisel gewesen.
»Außerdem«, sagte Kumiko zu mir, »hatten sie schon zwei andere Kinder. Ihr drittes aufzugeben, war für sie kein großes Opfer. Nicht, daß sie vorgehabt hätten,

mich loszuwerden: Ich glaube, sie meinten einfach, es würde einem so kleinen Kind nicht allzu viel ausmachen, fortgeschickt zu werden. Sie haben wahrscheinlich nie richtig darüber nachgedacht. Es war eben die einfachste Lösung des Problems. Kannst du dir so etwas vorstellen? Ich weiß nicht warum, aber sie hatten absolut keine Ahnung, wie sich so etwas auf ein kleines Kind auswirken kann.«
Als Dreijährige kam sie zu ihrer Großmutter nach Niigata und blieb dort, bis sie sechs war. Für sich genommen war das Leben, das sie auf dem Land führte, alles andere als unglücklich oder mißraten. Ihre Großmutter war verrückt nach ihr, und Kumiko spielte viel lieber mit ihren – eher gleichaltrigen – Cousins als mit ihren eigenen Geschwistern. Als es Zeit wurde, sie einzuschulen, brachte man sie wieder nach Tokio zurück. Ihre Eltern hatten allmählich begonnen, sich wegen der langen Trennung von ihrer Tochter Gedanken zu machen und bestanden darauf, sie wieder zu sich zu nehmen, bevor es zu spät wäre. In gewissem Sinne war es allerdings schon zu spät. In den Wochen nach der Entscheidung, sie zu ihren Eltern zurückzuschicken, war Kumikos Großmutter zunehmend gereizt. Sie aß nichts mehr und machte nachts kaum noch ein Auge zu. In der einen Minute konnte sie die kleine Kumiko herzen und mit aller Kraft an sich drücken, und in der nächsten schlug sie sie mit einem Lineal auf den Arm – so fest, daß es Striemen gab. In der einen Minute erklärte sie, sie könne sie nicht fortlassen, sie wolle eher sterben, als sie zu verlieren, und in der nächsten sagte sie ihr, sie solle verschwinden, sie wolle sie nie wiedersehen. Dann hielt sie Kumiko in der denkbar schmutzigsten Ausdrucksweise vor, was für ein abscheuliches Weib ihre Mutter sei. Einmal versuchte sie sogar, sich mit einer Schere die Pulsadern zu öffnen. Kumiko verstand nicht, was um sie herum geschah. Die Situation war für sie einfach nicht zu begreifen.
Sie reagierte, indem sie sich von der Außenwelt abschottete. Sie machte die Augen zu. Sie machte die Ohren zu. Sie verschloß ihr Herz. Sie stellte jegliches Denken und Hoffen ein. Die nächsten Monate waren eine weiße Fläche. Sie erinnerte sich später an nichts, was während dieser Zeit geschehen war. Als sie aus ihrer Betäubung aufwachte, fand sie sich in einem neuen Zuhause wieder. Es war das Zuhause, in dem sie die ganze Zeit schon hätte leben sollen. Dort waren ihre Eltern, ihr Bruder und ihre Schwester. Aber es war nicht *ihr Zuhause*. Es war lediglich eine *neue Umgebung*.
Darin wurde Kumiko zu einem schwierigen, verschlossenen Kind. Es gab niemanden, dem sie hätte vertrauen, auf den sie sich bedingungslos hätte verlassen

können. Selbst in den Armen ihrer Eltern fühlte sie sich nie ganz wohl. Der Geruch der beiden war ihr fremd. Er beunruhigte sie. Manchmal war er ihr sogar regelrecht zuwider. Der einzige Mensch innerhalb der Familie, dem sie sich, mühsam, allmählich zu öffnen begann, war ihre Schwester. Ihre Eltern hofften kaum noch, je zu ihr durchzudringen; für ihren Bruder war sie kaum vorhanden. Ihre Schwester aber verstand, welche Verwirrung und Einsamkeit sich hinter ihren störrischen Launen verbarg. Sie stand Kumiko bei, wo sie nur konnte, schlief mit ihr im selben Zimmer, redete mit ihr, las ihr vor, begleitete sie zur Schule, half ihr bei den Hausaufgaben. Wenn Kumiko stundenlang in sich zusammengekauert in einer Ecke ihres Zimmers weinte, war ihre Schwester da und hielt sie in den Armen. Sie tat ihr möglichstes, um einen Zugang zu Kumikos Herz zu finden. Wäre sie nicht ein Jahr, nachdem Kumiko aus Niigata zurückgekehrt war, an Lebensmittelvergiftung gestorben, hätte sich die Situation ganz anders entwickelt.

»Wenn meine Schwester nicht gestorben wäre«, sagte Kumiko, »hätte es zu Hause ganz anders werden können. Sie war nur ein kleines Mädchen, eine Sechstkläßlerin, aber sie war das Herz dieses Hauses. Wenn sie weitergelebt hätte, wären wir vielleicht alle normaler geworden, als wir jetzt sind. Zumindest wär *ich* nicht so ein hoffnungsloser Fall. Verstehst du, was ich meine? Ich habe mich danach so schuldig gefühlt. Warum war nicht ich anstelle meiner Schwester gestorben? Ich nützte niemandem. Ich konnte niemand glücklich machen. Warum hatte *ich* nicht die eine sein können? Meine Eltern und mein Bruder wußten ganz genau, was in mir vorging, aber sie unternahmen nie einen Versuch, mich zu trösten. Ganz im Gegenteil. Sie ließen keine Gelegenheit aus, über meine Schwester zu reden: wie hübsch sie gewesen war, wie intelligent, wie gern sie jeder gehabt hatte, was für ein rücksichtsvoller Mensch sie gewesen war, wie gut sie Klavier gespielt hatte. Und dann zwangen sie *mich*, Klavierunterricht zu nehmen! *Irgend* jemand mußte ja den großen Flügel benutzen, nachdem *sie* gestorben war. Ich war nicht im mindesten daran interessiert, Klavierspielen zu lernen. Ich wußte, daß ich nie so gut würde spielen können wie sie, und auf eine weitere Möglichkeit, meinen Eltern zu beweisen, wieviel weniger ich als Mensch wert war als sie, konnte ich dankend verzichten. Ich konnte niemandes Platz einnehmen, am allerwenigsten ihren, und ich wollte es auch gar nicht erst versuchen. Aber sie hörten nicht auf mich. Sie *hörten einfach nicht zu*. Und so kommt's, daß ich den Anblick eines Klaviers noch heute nicht ertrage. Mir dreht sich alles um, wenn ich jemanden spielen sehe.«

Als Kumiko mir das erzählte, verspürte ich eine ungeheure Wut auf ihre Angehörigen. Wegen dem, was sie ihr angetan hatten. Wegen dem, was sie für sie *nicht* getan hatten. Wir waren damals noch nicht verheiratet. Wir kannten uns erst seit gut zwei Monaten. Es war an einem stillen Sonntagmorgen, und wir lagen zusammen im Bett. Sie hatte lange über ihre Kindheit gesprochen, so, als entwirrte sie einen verhedderten Faden, immer wieder innehaltend, um die Wahrheit jedes einzelnen Ereignisses, das sie zutage förderte, zu überprüfen. Es war das erste Mal, daß sie mir so viel von sich erzählte. Bis zu diesem Morgen hatte ich über ihre Familie oder ihre Kindheit so gut wie nichts gewußt. Ich wußte, daß sie ein stiller Mensch war, daß sie gern zeichnete, daß sie langes, schönes Haar hatte, daß sie zwei Leberflecke auf dem rechten Schulterblatt hatte. Und daß es mit mir ihr allererstes sexuelles Erlebnis gewesen war.
Sie weinte ein bißchen, während sie sprach. Ich konnte das durchaus verstehen. Ich hielt sie in den Armen und streichelte ihr Haar. »Wenn sie noch lebte, ich bin sicher, daß du sie lieben würdest«, sagte Kumiko. »Jeder liebte sie. Es war Liebe auf den ersten Blick.«
»Mag sein«, sagte ich. »Aber zufällig bist du diejenige, in die ich verliebt bin. Es ist im Grunde ganz einfach, weißt du. Es geht nur um dich und mich. Deine Schwester hat nichts damit zu tun.«
Eine Zeitlang lag Kumiko da und dachte nach. Sonntag morgen um halb acht: eine Zeit, wo alles gedämpft und hohl klingt. Ich hörte den Tauben zu, die über das Dach über meiner Wohnung schlurften, hörte jemanden in der Ferne seinen Hund rufen. Kumiko starrte endlos lange unverwandt an die Decke.
»Sag mal«, sagte sie schließlich, »magst du Katzen?«
»Ich bin verrückt nach den Viechern«, sagte ich. »Als Kind habe ich immer eine gehabt. Ich hab andauernd mit ihr gespielt, sie sogar mit ins Bett genommen.«
»Du Glücklicher. Ich hätte sonstwas für eine Katze gegeben, aber ich durfte nicht. Meine Mutter konnte Katzen nicht ausstehen. Ich hab's nicht *ein* Mal in meinem Leben geschafft, etwas zu bekommen, was ich wirklich wollte. Nicht *ein* Mal. Kannst du dir das vorstellen? Du machst dir keinen Begriff davon, was es heißt, so zu leben. Wenn du dich erst an ein solches Leben gewöhnt hast – nie zu bekommen, was du willst –, dann weißt du irgendwann auch nicht mehr, *was* du eigentlich willst.«
Ich nahm ihre Hand. »Mag sein, daß es für dich bislang so gewesen ist. Aber jetzt

bist du kein Kind mehr. Du hast das Recht, dir dein eigenes Leben auszusuchen. Du kannst neu anfangen. Wenn du eine Katze willst, brauchst du dir nur ein Leben auszusuchen, in dem du eine Katze haben kannst. Es ist ganz einfach. Es ist dein Recht ... richtig?«
Sie sah mir fest in die Augen. »Hmm«, sagte sie. »Richtig.« Ein paar Monate später redeten Kumiko und ich vom Heiraten.

Wenn die Kindheit, die Kumiko in diesem Haus verlebt hatte, verkrampft und schwierig gewesen war, wurde Noboru Wataya als Junge in eine andere Richtung, aber nicht minder seltsam verbogen. Die Eltern vergötterten ihren einzigen Sohn, aber sie begnügten sich nicht damit, ihn mit Zuneigung zu überschütten; sie stellten auch bestimmte Forderungen an ihn. Der Vater war fest davon überzeugt, die einzige Möglichkeit, in der japanischen Gesellschaft ein sinnvolles, befriedigendes Leben zu führen, sei, sich auf die bestmögliche Weise zu qualifizieren und jeden beiseite zu drängen, der einem auf dem Weg nach oben im Weg stand. Daran glaubte er unerschütterlich.
Ich war noch nicht lange mit seiner Tochter verheiratet, als ich dieses Glaubensbekenntnis aus seinem eigenen Mund vernahm. Alle Menschen seien *nicht* gleich erschaffen, sagte er. Das sei nur erbauliches Gewäsch, das man in der Schule beigebracht bekomme. Der politischen Organisation nach möge Japan eine Demokratie sein, zugleich aber sei es eine mörderische, kannibalische Klassengesellschaft, in der die Schwachen von den Starken aufgefressen würden, und wenn man es nicht bis ganz nach oben schaffe, habe es nicht den geringsten Sinn, in diesem Land zu leben. Man gerate unter die Räder und werde einfach zu Staub zermahlen. Stufe für Stufe für Stufe müsse man sich hinaufkämpfen. Ein solcher Ehrgeiz sei durchaus gesund. Sollten die Menschen diesen Ehrgeiz je verlieren, würde Japan untergehen. Ich behielt meine Meinung über diese Ansichten für mich. Aber mein Schwiegervater war an meiner Meinung auch nicht interessiert. Er hatte lediglich sein Credo verkündet: eine Überzeugung, die in alle Ewigkeit unverändert fortbestehen würde.
Kumikos Mutter war die Tochter eines hohen Beamten. Sie war in der besten Gegend von Tokio aufgewachsen, hatte nie etwas entbehren müssen und besaß weder die Ansichten noch die Charakterstärke, gegen die Meinung ihres Mannes zu opponieren. Soweit ich sah, hatte sie überhaupt zu nichts, was sich nicht un-

mittelbar vor ihrer Nase befand, eine Ansicht (tatsächlich war sie stark kurzsichtig). Wann immer sie in eine Situation geriet, in der sie eine Meinung zu irgend etwas in der weiteren Welt benötigte, borgte sie sich die ihres Gatten. Wäre das alles gewesen, hätte sie niemanden gestört, aber wie viele solcher Frauen litt sie an unheilbarer Prätentiosität. Bar aller eigenen, verinnerlichten Wertvorstellungen, können solche Menschen einen Standpunkt nur einnehmen, indem sie sich die Maßstäbe oder Ansichten anderer zu eigen machen. Ihr Denken ist ausschließlich von der Frage beherrscht: »Was für einen Eindruck mache ich?« Und so wurde Frau Wataya zu einer beschränkten, überspannten Person, deren Interesse einzig der beruflichen Stellung ihres Mannes und den akademischen Leistungen ihres Sohnes galt. Was außerhalb ihres engen Gesichtskreises lag, wurde für sie bedeutungslos.

Und so hämmerten die Eltern ihre fragwürdige Lebensphilosophie und ihre verbogene Weltsicht in den Kopf des jungen Noboru Wataya. Sie trieben ihn an, besorgten ihm die besten Privatlehrer, die für ihr Geld zu haben waren. Wenn er in der Schule glänzte, kauften sie ihm zur Belohnung alles, was er sich nur wünschte. Seine Kindheit war von äußerstem materiellen Luxus umgeben, aber als er in die empfindlichste, verletzlichste Phase des Lebens eintrat, hatte er keine Zeit für Freundinnen, nie Gelegenheit, mit anderen Jungen über die Stränge zu schlagen. Er mußte seine gesamte Energie darin investieren, seine Spitzenposition zu halten. Ob Noboru Wataya gern so lebte, weiß ich nicht. Kumiko wußte es ebensowenig. Es war nicht Noboru Watayas Art, seine Gefühle zu offenbaren: ihr nicht, seinen Eltern nicht und auch sonst niemandem. Er hatte ohnehin keine Wahl. Ich habe den Eindruck, daß bestimmte Denkbahnen so simpel und einseitig sind, daß sie unwiderstehlich wirken. Jedenfalls absolvierte Noboru Wataya seine Vorbereitungszeit auf einer privaten Eliteschule, belegte an der Tokio-Universität Wirtschaftswissenschaften und schloß sein Grundstudium an dieser hervorragenden Lehranstalt mit hervorragenden Noten ab.

Sein Vater hatte von ihm erwartet, er würde nach seiner Graduierung die höhere Beamtenlaufbahn einschlagen oder sich um einen leitenden Posten in einem großen Unternehmen bewerben, aber Noboru Wataya beschloß, an der Universität zu bleiben und nach akademischen Lorbeeren zu streben. Er war kein Dummkopf. Er wußte, wofür er sich am besten eignete: nicht für die reale Welt des Teamwork, sondern für eine Welt, die den disziplinierten, methodischen Einsatz von

Wissen erforderte, die den Wert des einzelnen nach dessen Fachkenntnissen und intellektuellen Fähigkeiten bemaß. Nach zwei Jahren in Yale kehrte er nach Tokio zurück und setzte dort sein Postgraduiertenstudium fort. Er beugte sich den Wünschen seiner Eltern und willigte in eine traditionell arrangierte Ehe ein, die jedoch nur zwei Jahre hielt. Nach seiner Scheidung zog er wieder zu seinen Eltern. Als ich ihn kennenlernte, war Noboru Wataya eine voll ausgebildete, abnorme Persönlichkeit, ein durch und durch widerlicher Mensch.
Knapp zwei Jahre nach meiner und Kumikos Heirat veröffentlichte Noboru Wataya ein großes, dickes Buch. Es war eine wirtschaftswissenschaftliche Studie, die von Fachausdrücken nur so wimmelte, und ich verstand beim besten Willen nicht, worauf er darin eigentlich hinauswollte. Nicht eine Seite leuchtete mir ein. Ich versuchte es, aber ich fand mich durch seine Satzungetüme einfach nicht durch. Ich konnte nicht einmal sagen, ob mein mangelndes Verständnis an der Schwierigkeit des Inhalts lag oder daran, daß das Buch schlecht geschrieben war. Die Leute vom Fach fanden es allerdings hervorragend. Ein Rezensent erklärte, dies sei »eine bahnbrechend neue Betrachtungsweise eines bahnbrechend neuen ökonomischen Konzepts«, aber das war auch so ziemlich das einzige, was ich von der Rezension verstand. Bald bemächtigten sich die Medien seiner und lancierten ihn als »Helden einer neuen Zeit«. Ganze Monographien erschienen, die sein Buch interpretierten. Zwei Termini, die er geprägt hatte, »Sexualökonomie« und »Exkretionsökonomie«, wurden zu den Schlagwörtern des Jahres. Zeitungen und Zeitschriften feierten ihn als einen der Vordenker des neuen Zeitalters. Ich konnte mir nicht vorstellen, daß auch nur einer dieser Journalisten verstanden hatte, was Noboru Wataya in seinem Buch sagte. Ich hatte sogar meine Zweifel, ob sie es überhaupt je aufgeschlagen hatten. Aber das interessierte keinen. Noboru Wataya war jung, unverheiratet und intelligent genug, um ein Buch zu schreiben, das niemand verstand.
Es machte ihn berühmt. Die Zeitschriften rissen sich um kritische Beiträge aus seiner Feder. Das Fernsehen brachte seine Kommentare zu aktuellen politischen und wirtschaftlichen Fragen. Schon bald war er ständiges Mitglied der Expertenrunde einer politischen Diskussionssendung. Diejenigen, die Noboru Wataya kannten (darunter Kumiko und ich), hätten nie gedacht, daß er das Zeug zu einer so öffentlichkeitsorientierten Tätigkeit haben könnte. Jeder hatte ihn für einen einzelgängerischen, ausschließlich an seinem engen Fachgebiet interessier-

ten Universitätsmenschen gehalten. Aber kaum hatte er in die Welt der Massenmedien hineingeschnüffelt, konnte man förmlich sehen, wie er sich die Lippen leckte. Er war gut. Er war nicht im mindesten kamerascheu; er schien sich vor laufenden Kameras sogar mehr in seinem Element zu fühlen als in der wirklichen Welt. Staunend verfolgten wir seine plötzliche Metamorphose. Der Noboru Wataya, den wir im Fernsehen sahen, trug teure Anzüge mit tadellos passenden Krawatten und schildpattgerahmte Designer-Brillen. Sein Haarschnitt entsprach der neusten Mode. Er war offensichtlich durch die Hände eines Profis gegangen. Ich hatte ihn noch nie solchen Luxus ausstrahlen sehen. Aber selbst wenn er vom Sender ausstaffiert worden war, führte er sein gestyltes Äußeres vollkommen unbefangen vor, als habe er sich sein Leben lang nie anders gekleidet. Wer ist dieser Mann? fragte ich mich, als ich ihn das erste Mal sah. Wo steckt der wirkliche Noboru Wataya?

Vor den Kameras spielte er die Rolle eines Mannes, der nicht viele Worte macht. Wurde er nach seiner Meinung gefragt, äußerte er sie schlicht, klar und prägnant. Wenn die Debatte heißzulaufen begann und alle anderen sich gegenseitig zu überschreien versuchten, blieb er gelassen. Wurde er angegriffen, hielt er sich zurück, ließ seinen Gegner ausreden und vernichtete dann dessen ganze Argumentation mit einem einzigen Satz. Er beherrschte die Kunst, den tödlichen Schlag mit sanfter Geste und lächelnder Miene auszuführen. Auf dem Bildschirm wirkte er weit intelligenter und vertrauenswürdiger als der echte Noboru Wataya. Ich weiß nicht genau, wie ihm das gelang. Als gutaussehend konnte man ihn nicht bezeichnen. Aber er war groß und schlank und wirkte kultiviert. Im Fernsehen hatte Noboru Wataya sein Wirkungsfeld gefunden. Die Massenmedien nahmen ihn mit offenen Armen auf, und er warf sich ihnen an die Brust.

Mittlerweile konnte ich ihn – gedruckt oder im Fernsehen – nicht mehr ertragen. Sicher, er war ein begabter, fähiger Mann. Das erkannte ich durchaus an. Er wußte, wie man einen Gegner mit einem Mindestmaß an sprachlichem Aufwand schnell und effektiv fertigmacht. Er hatte einen animalischen Instinkt, der ihm untrüglich verriet, woher der Wind wehte. Klopfte man aber seine mündlichen oder schriftlichen Äußerungen aufmerksam ab, merkte man, daß seinen Worten jegliche Substanz fehlte. Sie waren kein Ausdruck einer bestimmten, auf echter Überzeugung basierenden Weltanschauung. Seine Welt war ein Konstrukt aus mehreren eindimensionalen, begrifflichen Systemen. Diese Elemente konnte er

ganz nach Bedarf im Nu umgruppieren, in glänzenden – ja artistischen – intellektuellen Volten und Kombinationen. Aber für mein Empfinden war das nicht mehr als Spielerei. Wenn seine Ansichten irgendeine Konsequenz besaßen, dann war es ihr konsequenter Mangel an Konsequenz, und wenn er eine Weltanschauung vertrat, dann das Bekenntnis zu einem vollständigen Mangel an Weltanschauung. Aber gerade diese Leerstellen machten seine intellektuelle Stärke aus. Konsequenz und eine begründete Weltsicht stellten in den intellektuellen Scharmützeln, die in der zerschnipselten Zeit der Massenmedien aufflackerten, nur Ballast dar, und daß er von derlei frei war, erwies sich für ihn als großer Vorteil.
Er hatte nichts zu verteidigen, und so konnte er seine ganze Aufmerksamkeit den Kampfhandlungen selbst widmen. Er brauchte nur anzugreifen, seinen Feind niederzustrecken. Noboru Wataya war ein intellektuelles Chamäleon, das seine Farbe mit der seines jeweiligen Gegners wechselte, seine Logik den Erfordernissen des Augenblicks anpaßte und aus einem unerschöpflichen Fundus rhetorischer Kniffe schöpfte. Ich hatte keine Ahnung, wo er sich diese Techniken angeeignet hatte, aber es war offensichtlich, daß er die Kunst beherrschte, unmittelbar an die Gefühle der Medienöffentlichkeit zu appellieren. Er wußte sich einer Logik zu bedienen, welche die große Mehrheit ansprach. Und sie brauchte nicht einmal logisch zu sein: solange sie die Massen nur emotional anrührte, durfte sie auch eine Scheinlogik sein.
Mit Fachjargon zu jonglieren war eine weitere Stärke, auf die er jederzeit zurückgreifen konnte. Natürlich wußte dann kein Mensch, wovon er eigentlich sprach, aber er schaffte es stets, dem Hörer das Gefühl zu vermitteln, es sei *dessen* Schuld, wenn er es nicht kapierte. Und er führte zu allem Statistiken an. Er schüttelte sie nur so aus dem Ärmel, und sie besaßen eine unvorstellbare Überzeugungskraft, aber wenn man anschließend kurz nachdachte, fiel einem auf, daß niemand nach Watayas Quellen gefragt oder deren Zuverlässigkeit in Frage gestellt hatte.
Seine gerissenen Taktiken machten mich rasend, aber ich schaffte es nie, einem anderen zu erklären, *was* genau mich so auf die Palme brachte. Es gelang mir nie, ihn mit einer schlüssigen Argumentation zu widerlegen. Es war wie mit einem Gespenst zu boxen: jeder Schlag ging ins Leere, es gab nichts Festes, was er hätte treffen können. Erschüttert stellte ich fest, daß sich selbst umsichtige Intellektuelle von ihm angesprochen fühlten. Es ärgerte mich auf eine schwer zu erklärende Weise.

Und so kam es schließlich, daß Noboru Wataya als eine der intelligentesten Gestalten der Zeit galt. Auf Konsequenz schien niemand mehr Wert zu legen. Was die Leute in der Glotze zu sehen erwarteten, waren nur noch die Schlägereien intellektueller Gladiatoren; je mehr der Gegner blutete, desto besser. Ob der Sieger am Montag das eine und am Donnerstag das genaue Gegenteil behauptete, spielte keine Rolle.

Ich lernte Noboru Wataya kennen, kurz nachdem Kumiko und ich beschlossen hatten zu heiraten. Bevor ich ihren Vater aufsuchte, wollte ich mit ihm reden. Ich meinte, ich könne ihn als jungen, mir etwa gleichaltrigen Mann dafür gewinnen, mir bei seinem Vater den Weg zu ebnen.
»Ich glaube nicht, daß du mit seiner Hilfe rechnen solltest«, sagte Kumiko sichtlich verlegen zu mir. »Ich kann es dir nicht genau erklären, aber er ist einfach nicht der Typ dazu.«
»Na ja, früher oder später muß ich ihn ja doch kennenlernen«, sagte ich.
»Ist wohl so«, sagte Kumiko.
»Ein Versuch schadet nichts«, sagte ich. »Man kann nie wissen.«
»Mag sein«, sagte Kumiko.
Am Telefon zeigte Noboru Wataya wenig Begeisterung über die Aussicht, sich mit mir zu treffen. Wenn ich darauf bestünde, sagte er, könne er sich eine halbe Stunde für mich freimachen. Wir verabredeten uns in einem Café in der Nähe des Ochanomizu-Bahnhofs. Er war damals erst ein kleiner College-Dozent – sein Buch war noch lange nicht geschrieben, seine ästhetisch-modische Bekehrung lag noch in weiter Ferne. Die ausgebeulten Taschen seines Sportsakkos verrieten, wohin er seine Fäuste mit Vorliebe steckte. Sein Haar brauchte seit mindestens zwei Wochen einen Friseur. Sein senffarbenes Polohemd biß sich mit seinem blau-grauen Tweedjackett. Er sah aus wie ein typischer junger Assistent, für den Geld ein Fremdwort ist. Seine Augen hatten den schläfrigen Ausdruck eines Mannes, der sich gerade nach erschöpfendem wissenschaftlichen Tagewerk aus der Bibliothek geschleppt hat, aber wenn man genau hinsah, erkannte man in ihnen auch ein kaltes durchdringendes Funkeln.
Nachdem ich mich vorgestellt hatte, sagte ich, ich hätte vor, Kumiko in naher Zukunft zu heiraten. Ich bemühte mich, meine Situation so ehrlich wie möglich darzustellen. Ich arbeitete in einer Anwaltskanzlei, sagte ich, aber ich wisse, daß

das nicht der richtige Job für mich sei. Ich sei noch auf der Suche. In einer solchen Lage an Heirat zu denken könnte leichtsinnig erscheinen, sagte ich, aber ich liebte seine Schwester und sei davon überzeugt, daß ich sie glücklich machen könne. Wir könnten uns gegenseitig Kraft und Zuversicht geben.
Meine Worte zeitigten bei Noboru Wataya keine erkennbare Wirkung. Er saß mit verschränkten Armen da und hörte schweigend zu. Auch nachdem ich meine kleine Rede beendet hatte, zeigte er keinerlei Reaktion. Er schien an etwas anderes zu denken.
Ich hatte mich in seiner Gegenwart von Anfang an unbehaglich gefühlt und hatte dies auf die besondere Situation zurückgeführt. Einem wildfremden Menschen zu sagen: »Ich möchte Ihre Schwester heiraten«, würde jeden verlegen machen. Aber je länger ich ihm gegenübersaß, desto deutlicher kam ein unangenehmes Gefühl in mir auf. Es war, als wüchse einem ein säuerlich stinkender, schleimiger Fremdkörper in der Magengrube. Nicht, daß Noboru Wataya etwas Bestimmtes gesagt oder getan hätte, was mir gegen den Strich gegangen wäre. Es lag an seinem Gesicht: einfach an Noboru Watayas Gesicht. Es vermittelte mir das unerklärliche Gefühl, daß es mit einer Schicht von etwas anderem überzogen sei, von etwas Falschem. Es war nicht sein wirkliches Gesicht. Dieses Gefühl wurde ich nicht los.
Ich wäre am liebsten sonstwo gewesen. Tatsächlich spielte ich mit dem Gedanken, aufzustehen und zu gehen, aber ich wußte, daß ich die Sache zu Ende bringen mußte. Also blieb ich sitzen, nippte an meinem lauwarmen Kaffee und wartete darauf, daß er etwas sagte.
Als er endlich den Mund aufmachte, war es so, als habe er seine Stimme aus Gründen der Energieeinsparung bewußt auf die niedrigste Lautstärke eingestellt. »Um die Wahrheit zu sagen«, sagte er, »konnte ich Ihren Ausführungen weder folgen noch irgendein Interesse abgewinnen. Die Dinge, die mich interessieren, sind völlig anderer Natur und Größenordnung und dürften wiederum *Ihnen* unbegreiflich und gleichgültig sein. Um meinen Standpunkt so konzis wie möglich zu formulieren: Wenn Sie Kumiko heiraten möchten und Kumiko Sie heiraten möchte, habe ich weder das Recht noch den geringsten Grund, Ihnen Hindernisse in den Weg zu legen. Folglich werde ich Ihnen auch keine Hindernisse in den Weg legen. Ich würde es nicht einmal als theoretische Möglichkeit in Betracht ziehen. Erwarten Sie aber auch nichts weiter von mir. Und vor allem erwarten Sie von

mir nicht, daß ich auf diese Angelegenheit noch mehr Zeit vergeude, als ich bereits getan habe.«

Er sah auf seine Uhr und stand auf. Seine Stellungnahme war knapp und sachbezogen gewesen, litt weder unter Ausschmückungen noch Auslassungen. Ich hatte vollkommen klar begriffen, was er mir sagen wollte und was er von mir hielt. Und so schieden wir an jenem Tag voneinander.

Nachdem Kumiko und ich geheiratet hatten, ergaben sich eine Reihe von Situationen, die es für Noboru Wataya und mich unumgänglich machten, in unserer Eigenschaft als Schwager, wenn schon nicht eigentlich miteinander zu reden, so doch zumindest Worte zu wechseln. Wie er bereits angedeutet hatte, entbehrten wir jeglicher gemeinsamen Basis, und so mochten wir in des anderen Gegenwart noch so viele Worte von uns geben – etwas, was man ein Gespräch hätte nennen können, konnte sich daraus unmöglich entwickeln. Es war, als unterhielten wir uns in verschiedenen Sprachen. Wenn der Dalai Lama im Sterben läge und der Jazzmusiker Eric Dolphy versuchte, ihm klarzumachen, wie wichtig es sei, die Klappen der Baßklarinette je nach angestrebtem Klang mit einem anderen Öl zu behandeln, dann könnte dabei eine – und wenn auch nur geringfügig – erfolgreichere und befriedigendere Kommunikation zustande kommen als bei meinen Versuchen, mich mit Noboru Wataya zu verständigen.

Kontakte mit anderen Menschen wecken in mir nur selten länger anhaltendes emotionales Unbehagen. Ich kann mich wohl über jemanden ärgern, auch wütend über ihn werden, aber das hält nie lange vor. Ich bin imstande, mich und den anderen als Wesen aus zwei verschiedenen Sphären zu betrachten. Es ist eine Art Begabung (womit ich mich keineswegs brüsten möchte: Es ist nicht leicht zu bewerkstelligen, wenn man es also kann, *ist* es eine Art Begabung – eine besondere Fähigkeit). Wenn mir jemand auf die Nerven geht, verschiebe ich das Objekt meiner negativen Empfindungen in eine andere Seinsebene, in einen Bereich, der in keinerlei Beziehung zu mir steht. Dann sage ich mir: Schön, ich fühle mich unwohl, aber ich habe die Ursache dieses Gefühls aus dem Hier entfernt und in einen anderen Bereich verschoben, wo ich sie später in aller Ruhe analysieren und abhandeln kann. Mit anderen Worten: Ich friere meine Empfindungen ein. Wenn ich meine Gefühle später wieder auftaue, um diese Analyse vorzunehmen, kommt es zwar gelegentlich vor, daß ich sie noch immer in einem Zustand der Verwirrung vorfinde, aber das ist eher die Ausnahme. Die Zeit entzieht in der Regel den meisten Dingen ihr Gift und macht sie harmlos. Und früher oder später vergesse ich sie dann.

Durch Aktivierung dieses Systems des Gefühlsmanagements habe ich im Laufe meines bisherigen Lebens die meisten unnötigen Beunruhigungen vermieden und meine Welt relativ stabil zu halten vermocht. Daß es mir gelungen ist, ein so effektives System über so lange Zeit funktionsfähig zu halten, erfüllt mich mit einem gewissen Stolz.

Wenn ich allerdings auf Noboru Wataya stieß, weigerte sich mein System zu funktionieren. Es gelang mir einfach nicht, Noboru Wataya in eine Sphäre abzuschieben, die in keiner Beziehung zu mir stand. Und schon diese Tatsache als solche ärgerte mich tierisch. Kumikos Vater war ohne Frage ein arroganter, durch und durch unangenehmer Mensch, aber schließlich war er ein Kleingeist, der sich zeit seines Lebens an ein paar primitive Pseudoüberzeugungen geklammert hatte. So jemanden konnte ich ohne weiteres ausblenden. Nicht jedoch Noboru Wataya. Er wußte, was für ein Mensch er war. Und er hatte auch eine recht klare Vorstellung davon, was in mir vorging. Wäre ihm danach zumute gewesen, er hätte mich restlos zermalmen können. Wenn er das nicht getan hatte, dann nur, weil ich ihm vollkommen gleichgültig war. Ich war die Zeit und die Energie nicht wert, die es gekostet hätte, mich zu zermalmen. Und das brachte mich an ihm in Rage. Er war ein widerlicher Mensch, ein hohler Egoist. Aber was seine intellektuellen und sonstigen Fähigkeiten anbelangte, war er mir haushoch überlegen.

Unsere erste Begegnung hinterließ in meinem Mund einen schlechten Geschmack, der nicht wieder verschwinden wollte. Mir war, als habe mir jemand eine Handvoll Wanzen in den Rachen gestopft. Sie auszuspucken nützte nichts: ich spürte sie weiterhin im Mund. Tagelang konnte ich an nichts anderes als an Noboru Wataya denken. Ich versuchte, mich mit Konzerten und Kino abzulenken. Ich ging sogar mit den Jungs aus der Kanzlei zu einem Baseballspiel. Ich trank, und ich las die Bücher, die ich erst hatte lesen wollen, wenn ich die Zeit dafür haben würde. Aber immer saß Noboru Wataya mit verschränkten Armen da und sah mich mit diesen bösartigen Augen an, die mich in sich einzusaugen drohten wie ein bodenloser Sumpf. Das zehrte an meinen Nerven und ließ den Boden, auf dem ich stand, erbeben.

Als wir uns das nächste Mal sahen, fragte mich Kumiko nach meinem Eindruck von ihrem Bruder. Ich brachte es nicht fertig, ihr meine ehrliche Meinung zu sagen. Ich wollte sie eigentlich nach seiner Maske fragen und nach dem verborgenen »Etwas«, das sich dahinter verbarg. Ich wollte ihr alles wiedergeben, was mir im Zusammenhang mit ihrem Bruder durch den Kopf gegangen war. Doch ich sagte nichts. Ich hatte das Gefühl, daß ich es nie schaffen würde, ihr diese Dinge begreiflich zu machen, und daß ich, wenn ich nicht imstande war, mich verständlich auszudrücken, mich überhaupt nicht äußern sollte – jedenfalls nicht jetzt.

»Er ist ... anders, soviel ist sicher«, sagte ich. Ich wollte dem etwas hinzufügen, aber ich fand nicht die richtigen Worte. Sie bohrte auch nicht nach. Sie nickte lediglich stumm.

An meinen Gefühlen für Noboru Wataya änderte sich auch später nichts mehr. Er fuhr unvermindert fort, an meinen Nerven zu zehren. Es war wie ein leichtes chronisches Fieber. Ich hatte keinen Fernseher in der Wohnung, aber ein gespenstischer Zufall sorgte dafür, daß jedesmal, wenn ich irgendwo einen Blick auf ein eingeschaltetes Gerät warf, er da saß und irgendein Statement von sich gab. Wenn ich im Wartezimmer eines Arztes eine Zeitschrift durchblätterte, stieß ich mit Sicherheit auf ein Foto von Noboru Wataya und darunter auf einen Artikel, den er geschrieben hatte. Ich hatte das Gefühl, hinter jeder Ecke der erforschten Welt lauere mir Noboru Wataya auf.

Also schön, sehen wir den Tatsachen ins Gesicht. Ich haßte den Kerl.

7
DIE FRÖHLICHE REINIGUNG
UND KRETA KANO TRITT AUF

Ich brachte eine Bluse und einen Rock von Kumiko in die Reinigung am Bahnhof. Normalerweise brachte ich unsere Sachen zur Reinigung bei uns um die Ecke, nicht weil ich sie vorgezogen hätte, sondern einfach weil sie näher lag. Für Kumiko lag die Bahnhofsreinigung am Weg, und so gab sie manchmal morgens, bevor sie in den Pendlerzug stieg, dort etwas ab und nahm es abends wieder mit. Die Reinigung am Bahnhof war zwar etwas teurer, aber nach Kumikos Ansicht besser als die bei uns um die Ecke. Ihre guten Kleider brachte sie deswegen immer dorthin. Und darum beschloß ich an jenem Tag, aufs Rad zu steigen und zum Bahnhof zu fahren. Ich dachte mir, es würde ihr lieber sein, wenn ich ihre Sachen dort reinigen ließe.

Ich trug an dem Morgen eine leichte grüne Baumwollhose, meine üblichen Tennisschuhe und das gelbe Van-Halen-T-Shirt, das Kumiko von einer Plattenfirma als Werbegeschenk bekommen hatte. Wie bei meinem letzten Besuch, war der JVC-Radiorecorder laut aufgedreht. An diesem Morgen hörte sich der Ladenbesitzer eine Andy-Williams-Kassette an. Als ich hereinkam, endete gerade »Hawaiian Wedding Song«, und »Canadian Sunset« begann. Fröhlich mitpfeifend, schrieb der Besitzer mit so energischen Bewegungen wie beim letzten Mal etwas mit einem Kugelschreiber in ein Heft. Auf den Kassetten, die in einem Stapel auf dem Regal lagen, erkannte ich Namen wie Sergio Mendes, Bert Kaempfert und 101 Strings. Er war also ein Freund der leichten Kost. Mir kam plötzlich der Gedanke, daß echte Jazz-Freaks – Fans von Albert Ayler, Don Cherry, Cecil Taylor – nie eine Reinigung in einem Einkaufszentrum gegenüber von einem Bahnhof aufmachen könnten. Oder vielleicht doch. Es würde nur keine fröhliche Reinigung werden.

Als ich die grüne, blumengemusterte Bluse und den olivfarbenen Rock auf den Ladentisch legte, breitete er die Sachen zu einer kurzen Musterung aus und schrieb dann auf den Beleg »Bluse und Rock«. Er hatte eine klare, reinliche Handschrift. Ich mag Reinigungsbesitzer, die deutlich schreiben. Und wenn sie Andy Williams mögen, um so besser.

»Herr Okada, stimmt's?« Richtig, sagte ich. Er trug meinen Namen ein, riß den Durchschlag ab und reichte ihn mir. »Die Sachen sind nächsten Dienstag fertig, also vergessen Sie nicht wieder, sie abzuholen. Von Frau Okada?«

»M-hm.«

»Sehr hübsch«, sagte er.

Der Himmel war mit einer stumpfen Wolkenschicht bedeckt. Die Wettervorhersage hatte Regen angekündigt. Es war nach halb zehn, aber man sah noch immer viele Männer mit Aktentasche und aufgerolltem Regenschirm auf die Bahnhofstreppe zueilen. Verspätete Pendler. Der Morgen war warm und feucht, aber das kümmerte diese Männer nicht: Einer wie der andere waren sie ordentlich gekleidet, in Anzug, Schlips und schwarzen Schuhen. Ich sah eine Menge Männer meines Alters, aber keiner von ihnen hatte ein Van-Halen-T-Shirt an. Jeder trug die Anstecknadel seiner Firma am Revers und hatte die *Nikkei News* unter den

Arm geklemmt. Die Signalglocke läutete, und etliche von ihnen galoppierten die Treppe hinauf. Ich hatte solche Männer lange nicht mehr gesehen.
Als ich nach Hause radelte, ertappte ich mich dabei, daß ich »Canadian Sunset« pfiff.

Um elf rief Malta Kano an. »Hallo. Bin ich möglicherweise mit dem Anschluß von Herrn Toru Okada verbunden?« fragte sie.
»Ja, hier ist Toru Okada.« Ich hatte schon beim Hallo gewußt, daß es Malta Kano war.
»Mein Name ist Malta Kano. Sie waren neulich so freundlich, sich mit mir zu treffen. Dürfte ich fragen, ob Sie für heute nachmittag bereits irgendwelche Pläne haben?«
Keine, sagte ich. Ich hatte nicht mehr Pläne für den Nachmittag, als ein Zugvogel lombardfähige Vermögenswerte besitzt.
»In diesem Falle würde meine jüngere Schwester, Kreta Kano, Sie um ein Uhr aufsuchen.«
»Kreta Kano?« fragte ich mit ausdrucksloser Stimme.
»Ja«, sagte Malta Kano. »Ich glaube, ich habe Ihnen neulich ihr Foto gezeigt.«
»Ich erinnere mich natürlich an sie. Es ist nur – «
»Ihr Name ist Kreta Kano. Sie wird Sie als meine Bevollmächtigte aufsuchen. Würde es Ihnen um ein Uhr passen?«
»In Ordnung«, sagte ich.
»Sie wird pünktlich sein«, sagte Malta Kano und legte auf.
Kreta Kano?
Ich ging mit dem Staubsauger durch die Wohnung und räumte ein bißchen auf. Ich bündelte unsere alten Zeitungen und warf sie in einen Wandschrank. Ich steckte lose herumliegende Kassetten in ihre Hüllen und stellte sie neben der Stereoanlage in einer Reihe auf. Ich spülte das schmutzige Geschirr, das sich in der Küche stapelte. Dann machte ich mich selbst gesellschaftsfähig: duschen, Haarewaschen, saubere Sachen. Ich brühte frischen Kaffee auf und aß zu Mittag: ein Schinkensandwich und ein hartgekochtes Ei. Ich setzte mich aufs Sofa, blätterte im *Home Journal* und überlegte, was ich für heute abend zu essen machen könnte. Ich kreuzte das Rezept für Seetang-und-Tofu-Salat an und schrieb mir die Zutaten auf einen Einkaufszettel. Ich schaltete das Radio ein. Michael Jackson sang »Billy

Jean«. Ich dachte an die Schwestern Malta Kano und Kreta Kano. Was für Namen für zwei Schwestern! Sie klangen wie ein Komikerduo. Malta Kano. Kreta Kano. Mein Leben entwickelte sich zur Zeit eindeutig in einige neue Richtungen. Der Kater war weggelaufen. Ich hatte merkwürdige Anrufe von einer merkwürdigen Frau erhalten. Ich hatte ein seltsames Mädchen kennengelernt und angefangen, mich bei einem leerstehenden Haus herumzutreiben. Noboru Wataya hatte Kreta Kano vergewaltigt. Malta Kano hatte prophezeit, daß ich meinen Schlips wiederfinden würde. Kumiko hatte mir gesagt, ich bräuchte nicht arbeiten zu gehen.
Ich schaltete das Radio aus, legte das *Home Journal* in das Bücherregal zurück und trank noch eine Tasse Kaffee.

Schlag ein Uhr klingelte Kreta Kano an der Tür. Sie sah genauso aus wie auf dem Foto: eine kleine Frau von Anfang, Mitte Zwanzig, ein stiller Typ. Den Look der frühen sechziger Jahre hatte sie bemerkenswert gut hinbekommen. Sie trug das Haar toupiert, wie ich es auf dem Foto gesehen hatte, und unten nach außen gewellt. Das Haar war von der Stirn straff zurückgekämmt und wurde durch eine große glitzernde Spange festgehalten. Ihre Augenbrauen waren scharf mit Stift nachgezeichnet, Mascara verlieh ihren Augen geheimnisvolle Schatten, und ihr Lippenstift hatte exakt die Farbe, die damals in Mode gewesen war. Sie sah so aus, als bräuchte man ihr nur ein Mikrofon in die Hand zu drücken, damit sie »Johnny Angel« losschmetterte.
Angezogen war sie weit schlichter. An ihrer praktischen, nüchternen Kleidung war nichts exzentrisch: eine weiße Bluse, ein enger grüner Rock und so gut wie keine Accessoires. Sie hielt eine weiße Lacklederhandtasche unter dem Arm und trug spitze weiße Pumps. Die Schuhe – winzig, mit Absätzen so dünn und scharf wie Bleistiftminen – sahen wie Puppenschuhe aus. Ich hätte ihr beinahe dazu gratuliert, daß sie es auf den Dingern bis hierher geschafft hatte.
Das also war Kreta Kano. Ich bat sie herein, ließ sie auf dem Sofa Platz nehmen, wärmte den Kaffee auf und schenkte ihr eine Tasse ein. Ob sie schon zu Mittag gegessen habe, fragte ich sie. Ich fand, sie sah hungrig aus. Nein, sagte sie, sie habe noch nicht gegessen.
»Aber machen Sie sich bitte keine Mühe«, fügte sie hastig hinzu. »Ich esse mittags kaum etwas.«
»Sind Sie sicher?« fragte ich. »Ich bringe Ihnen gern ein Sandwich. Nur keine

falsche Bescheidenheit. Ich mach andauernd irgendwelche Snacks und so. Es ist wirklich überhaupt keine Mühe.«

Sie antwortete darauf mit kleinen ablehnenden Kopfbewegungen. »Es ist äußerst liebenswürdig von Ihnen, aber danke, es ist wirklich nicht nötig. Machen Sie sich bitte keine Umstände. Eine Tasse Kaffee ist mehr als genug.«

Trotzdem brachte ich für alle Fälle einen Teller Kekse mit ins Wohnzimmer. Kreta Kano aß vier davon, und zwar mit sichtlichem Genuß. Ich aß zwei und trank meinen Kaffee aus.

Nach den Keksen und dem Kaffee wirkte sie etwas entspannter.

»Ich bin heute als Beauftragte meiner älteren Schwester Malta Kano hier«, sagte sie. »Kreta ist natürlich nicht mein richtiger Name. Eigentlich heiße ich Setsuko. Den Namen Kreta habe ich angenommen, als ich anfing, als Assistentin meiner Schwester zu arbeiten. Für berufliche Zwecke. Kreta heiße ich zwar nach der Insel, aber mit Kreta habe ich eigentlich nichts zu tun. Ich bin noch nie dort gewesen. Meine Schwester hat den Namen ausgesucht, weil er zu ihrem eigenen paßte. Waren Sie zufällig schon einmal auf der Insel Kreta, Herr Okada?«

Leider nein, sagte ich. Ich sei noch nie auf Kreta gewesen und beabsichtige auch nicht, in naher Zukunft dorthin zu fahren.

»Ich würde gern einmal dorthin fahren«, sagte Kreta Kano nickend und mit todernstem Gesicht. »Kreta ist die griechische Insel, die Afrika am nächsten liegt. Es ist eine große Insel, und vor langer Zeit blühte dort eine große Kultur. Meine Schwester Malta ist auch auf Kreta gewesen. Sie sagt, es sei wunderschön dort. Der Wind ist stark und der Honig köstlich. Ich liebe Honig.«

Ich nickte. Ich mache mir nicht viel aus Honig.

»Ich habe Sie heute aufgesucht, um Sie um einen Gefallen zu bitten«, sagte Kreta Kano. »Ich würde gern eine Probe des Wassers in Ihrem Haus nehmen.«

»Des Wassers?« fragte ich. »Sie meinen, aus dem Wasserhahn?«

»Das würde genügen«, sagte sie. »Und sollte es zufällig einen Brunnen in der Nähe geben, würde ich auch daraus gern eine Wasserprobe nehmen.«

»Ich glaube nicht. Ich meine, es gibt *tatsächlich* einen Brunnen in der Umgebung, aber er befindet sich auf einem Privatgrundstück, und er ist trocken. Er spendet kein Wasser mehr.«

Kreta Kano warf mir einen undurchdringlichen Blick zu. »Sind Sie sicher?« fragte sie. »Sind Sie sicher, daß er kein Wasser mehr enthält?«

Ich erinnerte mich an das trockene Geräusch, mit dem der Ziegelbrocken, den das Mädchen in den Brunnen des leerstehenden Hauses geworfen hatte, unten aufgeprallt war. »Ja, er ist trocken, völlig. Ich bin mir absolut sicher.«

»Ich verstehe«, sagte Kreta Kano. »Sehr schön. Dann werde ich nur eine Probe des Leitungswassers nehmen, wenn Sie nichts dagegen haben.«

Ich führte sie in die Küche. Sie öffnete ihre weiße Lackledertasche und holte zwei Fläschchen von der Art heraus, wie man sie etwa für Arzneien verwendet. Sie füllte eines davon mit Wasser und schraubte den Deckel sorgfältig zu. Dann sagte sie, sie wolle auch eine Probe aus dem Hahn der Badewanne nehmen. Ich führte sie ins Badezimmer. Ohne sich an der Unterwäsche und den Strümpfen zu stören, die Kumiko dort zum Trocknen aufgehängt hatte, drehte Kreta Kano den Wasserhahn auf und füllte das zweite Fläschchen. Nachdem sie es verschlossen hatte, hielt sie es falsch herum, um sich zu vergewissern, daß es nicht tropfte. Die Schraubdeckel waren unterschiedlich gefärbt: blau für das Badewasser und grün für das Wasser aus der Küche.

Nachdem sie sich wieder auf das Wohnzimmersofa gesetzt hatte, steckte sie die beiden Fläschchen in einen kleinen Gefrierbeutel und zog dessen Reißverschluß zu. Den Beutel verstaute sie sorgfältig in ihrer weißen Lackledertasche und verschloß diese dann mit einem trockenen metallischen Schnapp. Ihre Hände bewegten sich sparsam und effizient. Sie hatte das ganz offensichtlich schon viele Male getan.

»Vielen herzlichen Dank«, sagte Kreta Kano.

»War das alles?« fragte ich.

»Für heute ja«, sagte sie. Sie strich sich den Rock glatt, schob sich die Handtasche unter den Arm und machte Anstalten aufzustehen.

»Einen Moment noch«, sagte ich einigermaßen verwirrt. Ich hatte nicht erwartet, daß sie so schnell wieder gehen würde. »Warten Sie doch bitte noch einen Moment. Meine Frau will wissen, was aus dem Kater geworden ist. Er ist mittlerweile seit fast zwei Wochen verschwunden. Wenn Sie irgend etwas wissen, wäre ich Ihnen dankbar, wenn Sie es mir sagen würden.«

Die weiße Handtasche noch immer unter den Arm geklemmt, sah mich Kreta Kano einen Augenblick lang an und nickte dann mehrmals rasch hintereinander. Wenn sie den Kopf bewegte, wippten die nach außen gerollten Enden ihres Haars mit der Beschwingtheit der frühen sechziger Jahre. Wenn sie blinzelte, bewegten sich ihre langen falschen Wimpern so träge auf und ab wie die langstieligen Fächer, die in Pharaonenfilmen die Sklaven schwingen.

»Um ehrlich zu sein, sagt meine Schwester, daß das eine längere Geschichte werden wird, als es anfangs ausgesehen hatte.«

»Eine längere Geschichte, als es ausgesehen hatte?«

Die Formulierung »eine längere Geschichte« beschwor in mir das Bild eines hohen Pfahls herauf, der einsam in einer ansonsten vollkommen leeren Wüste stand. Als die Sonne zu sinken begann, wurde der Schatten des Pfahls immer länger und länger, bis seine Spitze sich so weit entfernt hatte, daß sie mit bloßem Auge nicht mehr zu sehen war.

»Das sind ihre Worte«, fuhr Kreta Kano fort. »In dieser Geschichte wird es um mehr gehen als nur um das Verschwinden eines Katers.«

»Ich kann nicht ganz folgen«, sagte ich. »Wir bitten Sie lediglich, daß Sie uns helfen, den Kater wiederzufinden. Um mehr nicht. Wenn der Kater tot ist, würden wir das gern wissen. Warum muß es ›eine längere Geschichte‹ werden? Das verstehe ich nicht.«

»Ich ebensowenig«, sagte sie. Sie führte die Hand an die blanke Haarspange und schob sie ein Stückchen zurück. »Aber ich bitte Sie, meiner Schwester zu vertrauen. Ich will nicht behaupten, daß sie alles weiß. Aber wenn sie sagt, daß es eine längere Geschichte werden wird, können Sie sicher sein, daß es eine längere Geschichte werden wird.«

Ich nickte wortlos. Es gab nichts, was ich noch hätte sagen können.

Kreta Kano blickte mir geradewegs in die Augen und fragte in einem neuen, förmlichen Ton: »Sind Sie beschäftigt, Herr Okada? Haben Sie für den Rest des Nachmittags noch Pläne?«

Nein, sagte ich, ich hätte keine Pläne.

»Hätten Sie dann etwas dagegen, wenn ich Ihnen ein wenig von mir erzählte?« fragte Kreta Kano. Sie legte die weiße Lackledertasche neben sich auf das Sofa und legte dann die Hände, eine auf die andere, in Höhe der Knie auf ihren engen grünen Rock. Ihre Nägel waren in einem schönen Rosa lackiert. Sie trug keine Ringe.

»Bitte«, sagte ich. »Erzählen Sie mir alles, was Sie möchten.« Und so wurde der Fluß meines Lebens – wie sich bereits in dem Augenblick abgezeichnet hatte, als Kreta Kano an meiner Tür klingelte – in noch seltsamere Richtungen gelenkt.

8
KRETA KANOS LANGE GESCHICHTE
EINE UNTERSUCHUNG
ÜBER DIE NATUR DES SCHMERZES

»Ich wurde am neunundzwanzigsten Mai geboren«, begann Kreta Kano ihre Geschichte, »und am Abend meines zwanzigsten Geburtstags beschloß ich, mir das Leben zu nehmen.«

Ich setzte ihr eine neue Tasse Kaffee vor. Sie goß Sahne hinein und rührte mit einer matten Bewegung um. Kein Zucker. Ich trank meinen Kaffee wie immer schwarz. Auf dem Regal fuhr die Uhr trocken fort, die Mauern der Zeit abzuklopfen.

Kreta Kano sah mich scharf an und sagte: »Ich frage mich, ob ich ganz am Anfang beginnen sollte – wo ich geboren wurde, Kindheit, Familie und so weiter.«

»Ganz wie Sie möchten. Ich überlasse es Ihnen. Was immer Ihnen am angenehmsten ist«, sagte ich.

»Ich war das jüngste von drei Kindern«, sagte sie. »Malta und ich haben einen älteren Bruder. Mein Vater leitete eine eigene Klinik in der Kanagawa-Präfektur. Etwas, was man als häusliche Probleme bezeichnen könnte, haben wir nie gekannt. Ich wuchs in einer ganz normalen Familie auf, wie man sie überall finden kann. Meine Eltern waren sehr ernste Menschen, die fest an den Wert harter Arbeit glaubten. Sie waren recht streng mit uns, aber nachträglich würde ich sagen, daß sie uns in kleinen Dingen durchaus ein gewisses Maß an Entscheidungsfreiheit gelassen haben. Wir waren wohlhabend, aber meine Eltern hielten nichts davon, ihren Kindern Geld für irgendwelchen Unsinn zu geben. Man kann wohl sagen, daß ich recht spartanisch aufgezogen wurde.

Malta war fünf Jahre älter als ich. Sie hatte von Anfang an etwas Besonderes an sich. Sie konnte alles mögliche erraten. Sie wußte zum Beispiel, daß der Patient in Zimmer soundsoviel gerade gestorben war, oder wo genau jemand seine verlorene Brieftasche wiederfinden würde. Anfangs hatten alle ihre Freude daran, und oft fanden sie es nützlich, aber bald begann es, meine Eltern zu beunruhigen. Sie verboten ihr, vor anderen Leuten je wieder über Dinge zu reden, ›die keine erkennbar reale Grundlage hatten‹. Mein Vater mußte an seine Stellung als Direktor des Krankenhauses denken. Es durfte sich nicht herumsprechen, daß seine Tochter übernatürliche Kräfte besaß. Von dem Augenblick an waren Maltas Lippen versiegelt. Sie hörte nicht nur auf, über Dinge zu reden, ›die keine erkennbar reale Grundlage hatten‹, selbst an den gewöhnlichsten Gesprächen beteiligte sie sich nur noch selten.

Mir gegenüber allerdings öffnete sie ihr Herz. Wir standen uns schon immer sehr nah. Sie sagte: ›Du darfst nie verraten, daß ich dir das gesagt habe‹, und dann sagte sie zum Beispiel: ›Hier an der Straße wird's einen Brand geben‹, oder ›Tante Sowieso aus Setagaya wird bald kränker werden‹. Und sie irrte sich nie. Ich war noch ein kleines Mädchen, und so fand ich das alles sehr lustig. Es kam mir nie in den Sinn, mich davor zu fürchten oder es unheimlich zu finden. Solange ich zurückdenken kann, habe ich meine große Schwester immer auf Schritt und Tritt begleitet und darauf gewartet, daß ihre nächste ›Botschaft‹ kam.

Im Laufe der Jahre wurden diese besonderen Fähigkeiten stärker, aber sie wußte nicht, wie sie sie gezielt einsetzen oder fördern könnte, und das bereitete ihr große Seelenqualen. Sie hatte niemanden, den sie hätte um Rat fragen können, niemanden, der sie hätte anleiten können. Dies machte sie zu einem sehr einsamen jungen Mädchen. Sie mußte mit all ihren Problemen allein fertig werden. Sie mußte alle Antworten allein finden. Bei uns zu Hause war sie unglücklich. Nie fand sie in ihrem Herzen Frieden. Sie mußte ihre Fähigkeiten unterdrücken und verbergen. Es war so, als zöge man eine große, starke Pflanze in einem kleinen Blumentopf. Es war unnatürlich. Es war falsch. Sie wußte nur, daß sie so schnell wie möglich da heraus mußte. Sie glaubte fest daran, daß es irgendwo eine Welt, eine Lebensweise geben mußte, die richtig für sie war. Bis zum Ende der Oberschule mußte sie sich jedoch zusammennehmen.

Sie war entschlossen, nach der Schule nicht aufs College, sondern ins Ausland zu gehen. Meine Eltern hatten selbst natürlich ein ganz normales Leben geführt und waren nicht bereit, sie ziehen zu lassen. Also arbeitete meine Schwester hart, um sich das nötige Geld zu verdienen, und dann lief sie von zu Hause fort. Ihre erste Station war Hawaii. Sie lebte zwei Jahre lang auf Kauai. Irgendwo hatte sie gelesen, an der Nordküste der Insel gebe es eine Gegend mit wunderbaren Quellen. Schon damals hatte Wasser für meine Schwester eine sehr große und tiefe Bedeutung. Sie war davon überzeugt, die menschliche Existenz werde weitgehend vom Wasser bestimmt. Deswegen ließ sie sich auf Kauai nieder. Damals gab es im Landesinneren noch eine Hippiekommune, und Malta wurde zu einem Mitglied dieser Gemeinschaft. Das dortige Wasser übte einen sehr starken wohltätigen Einfluß auf ihre spirituellen Kräfte aus. Indem sie ihrem Körper dieses Wasser zuführte, gelang es ihr, zwischen ihren Kräften und ihrem physischen Leib eine ›größere Harmonie‹ herzustellen. Sie schrieb mir, wie wundervoll das sei, und ihre Briefe machten mich sehr glücklich. Doch schon bald konnte die Gegend sie nicht mehr befriedigen. Sicher, es war ein schönes, friedliches Land, und die Menschen strebten dort nach nichts anderem als nach Seelenfrieden und Freiheit von materiellen Bedürfnissen, aber sie waren zu sehr von Sex und Drogen abhängig. Meine Schwester brauchte diese Dinge nicht. Nach zwei Jahren verließ sie Kauai. Von dort ging sie nach Kanada, und nachdem sie eine Zeitlang durch den Norden der Vereinigten Staaten gereist war, zog sie weiter nach Europa. Wo immer sie hinkam, nahm sie Wasserproben, und es gelang ihr, an mehreren Orten herrliches Wasser zu finden, aber keins davon war vollkommen. Also reiste sie immer weiter. Immer wenn ihr das Geld ausging, verdiente sie sich etwas als eine Art Wahrsagerin. Sie half den Menschen, verlorene Dinge oder vermißte Personen wiederzufinden, und sie entlohnten sie dafür. Ihr wäre es lieber gewesen, das Geld nicht anzunehmen. Vom Himmel gewährte Gaben sollten nicht gegen weltliche Güter eingetauscht werden. Damals war das allerdings für sie die einzige Möglichkeit, ihren Lebensunterhalt zu bestreiten. Wo immer sie hinkam, erfuhren die Menschen von ihren Weissagungen. So fiel es ihr nicht schwer, etwas zu verdienen. In England half sie einmal sogar der Polizei bei ihren Nachforschungen. Ein kleines Mädchen wurde vermißt, und meine Schwester fand heraus, wo der Leichnam versteckt war. Sie fand auch, nicht weit davon entfernt, den Handschuh des Mörders. Der Mann wurde verhaftet und gestand die Tat. Die Zeitungen haben ausführlich darüber berichtet. Irgendwann werde ich Ihnen die Ausschnitte zeigen. Jedenfalls reiste sie so weiter durch Europa, bis sie schließlich nach Malta gelangte. Fast fünf Jahre waren vergangen, seit sie Japan verlassen hatte, und diese Insel entpuppte sich als das Ziel ihrer Suche nach Wasser. Davon müßte sie Ihnen doch eigentlich selbst erzählt haben?«

Ich nickte.

»Während ihrer Wanderungen durch die Welt schickte mir Malta regelmäßig Briefe. Natürlich kam es gelegentlich vor, daß sie mir nicht schreiben konnte, aber fast jede Woche erhielt ich einen langen Brief, in dem sie mir mitteilte, wo sie gerade war und was sie tat. Wir blieben uns weiterhin sehr nah. Selbst über so große

Entfernungen hinweg gelang es uns durch diese Briefe, an den Gefühlen der anderen teilzuhaben. Und was für wunderschöne Briefe das waren! Wenn Sie sie lesen könnten, würden Sie erkennen, welch ein wunderbarer Mensch sie ist. Durch ihre Briefe habe ich so viele verschiedene Welten, so viele interessante Menschen kennengelernt! Ihre Briefe haben mir soviel Kraft geschenkt, soviel Mut gemacht! Sie haben mir geholfen heranzuwachsen. Dafür werde ich meiner Schwester immer zutiefst dankbar sein. Ich bestreite in keiner Weise, was sie für mich getan hat, aber schließlich sind Briefe nur Briefe. Als ich die schwierigsten Jahre der Jugend durchlebte, als ich meine Schwester mehr als je zuvor gebraucht hätte, war sie immer irgendwo in weiter Ferne. Es war mir nicht möglich, die Hand auszustrecken und sie neben mir zu spüren. In unserer Familie war ich völlig allein. Isoliert. Meine Teenagerjahre waren angefüllt mit Schmerz – später werde ich Ihnen mehr von diesem Schmerz erzählen. Es gab niemanden, an den ich mich hätte wenden können, niemanden, den ich um Rat hätte fragen können. In dieser Hinsicht war ich genauso einsam, wie Malta es gewesen war. Wenn ich sie bei mir gehabt hätte, wäre mein Leben anders verlaufen. Sie hätte Worte des Rats und des Zuspruchs und des Heils für mich gehabt. Aber was hat es schon für einen Sinn, davon jetzt zu reden? So wie Malta ihren Weg allein finden mußte, so mußte ich den meinigen allein finden. Und als ich zwanzig wurde, beschloß ich, mich umzubringen.«
Kreta Kano nahm ihre Tasse und trank ihren Kaffee aus.
»Was für ein köstlicher Kaffee«, sagte sie.
»Danke«, sagte ich, so beiläufig wie möglich. »Kann ich Ihnen etwas zu essen anbieten? Ich habe vorhin ein paar Eier abgekocht.«
Nach einigem Zögern sagte sie, sie würde eines essen. Ich holte Eier und Salz aus der Küche und goß ihr Kaffee nach. In aller Ruhe machten Kreta Kano und ich uns daran, unsere Eier zu schälen, und dann aßen wir und tranken Kaffee, ohne uns zu beeilen. Während wir damit beschäftigt waren, klingelte das Telefon, aber ich nahm nicht ab. Nach fünfzehn oder sechzehn Klingelzeichen verstummte es. Kreta Kano schien das Klingeln überhaupt nicht wahrzunehmen.
Als sie ihr Ei aufgegessen hatte, holte sie ein kleines Taschentuch aus ihrer weißen Lackledertasche und tupfte sich den Mund ab. Dann zupfte sie ihren Rocksaum gerade.
»Da ich mich entschlossen hatte, meinem Leben ein Ende zu machen, fand ich, ich sollte einen Abschiedsbrief hinterlassen. Eine Stunde lang saß ich an meinem

Schreibtisch und versuchte, die Gründe für meine Entscheidung zu erläutern. Ich wollte klarstellen, daß niemand an meinem Tod schuldig war, daß die Gründe ausschließlich in mir selbst lagen. Ich wollte nicht, daß meine Familie sich für etwas verantwortlich fühlte, wofür sie nichts konnte.

Aber ich schaffte es nicht, den Brief fertigzuschreiben. Ich versuchte es immer wieder, aber jede neue Fassung erschien mir schlechter als die vorige. Wenn ich las, was ich geschrieben hatte, klang es albern, ja sogar komisch. Je ernster ich mich auszudrücken bemühte, desto lächerlicher war das Ergebnis. Am Ende beschloß ich, überhaupt nichts zu schreiben.

Ich fand, die Sache sei ganz einfach. Ich war von meinem Leben enttäuscht. Ich konnte die vielfältigen Schmerzen, die mein Leben mir verursachte, nicht länger ertragen. Zwanzig Jahre lang hatte ich diese Schmerzen erduldet. Mein Leben war nichts als eine nie versiegende Quelle des Schmerzes gewesen. Aber ich hatte mich bemüht, ihn so gut ich nur konnte zu ertragen. An der Aufrichtigkeit meiner Bemühungen, den Schmerz zu ertragen, hege ich nicht den mindesten Zweifel. Ich kann mit wohlbegründetem Stolz behaupten, daß meine Anstrengungen ihresgleichen suchten. Ich gab mich gewiß nicht kampflos geschlagen. Doch am Tag, als ich zwanzig wurde, gelangte ich zu einem einfachen Schluß: Das Leben war es nicht wert. Das Leben war es nicht wert, solch einen Kampf fortzusetzen.«

Sie verstummte und verbrachte eine Weile damit, die Ecken des weißen Taschentuchs auf ihrem Schoß adrett aufeinanderzulegen. Wenn sie nach unten sah, warfen ihre langen falschen Wimpern sanfte Schatten auf ihre Wangen.

Ich räusperte mich. Ich hatte das Gefühl, ich sollte etwas sagen, aber ich wußte nicht was, und so schwieg ich. In der Ferne hörte ich den Aufziehvogel schreien.

»Der Schmerz war die Ursache meines Entschlusses zu sterben«, sagte Kreta Kano. »Und wenn ich ›Schmerz‹ sage, dann meine ich es genauso, wie ich es sage. Nichts Seelisches oder Metaphorisches, sondern ganz einfach körperlicher Schmerz. Schlichter, gewöhnlicher, alltäglicher körperlicher – und aus diesem Grund um so intensiverer – Schmerz: Kopfschmerzen, Zahnschmerzen, Menstruationskrämpfe, Kreuzschmerzen, steife Schultern, Fieber, Muskelschmerzen, Verbrennungen, Frostbeulen, Verrenkungen, Knochenbrüche, Prellungen. Mein Leben lang habe ich weit häufiger an weit intensiveren körperlichen Schmerzen gelitten als andere Menschen. Nehmen Sie zum Beispiel meine Zähne. Sie hatten offenbar irgendeinen angeborenen Defekt. Vom Anfang bis zum

Ende des Jahres bereiteten sie mir Schmerzen. Ich konnte sie mir noch so gründlich oder häufig putzen oder mich noch so strikt aller Süßigkeiten enthalten, es nützte nichts. Alle meine Bemühungen endeten mit Karies. Um die Sache zu verschlimmern, schienen Anästhetika bei mir keine Wirkung zu haben. Zum Zahnarzt zu gehen war immer ein Alptraum. Der Schmerz war schier unbeschreiblich. Ich ängstigte mich zu Tode. Und dann fingen meine schrecklichen Monatsblutungen an. Sie waren unglaublich stark. Eine Woche lang hatte ich dann immer solche Schmerzen, als stoße mir jemand von innen einen Bohrer ins Fleisch. Ich hatte rasende Kopfschmerzen. Sie können sich wahrscheinlich keinen Begriff davon machen, Herr Okada, aber der Schmerz trieb mir buchstäblich Tränen in die Augen. Monat für Monat machte ich jeweils eine Woche lang diese unerträgliche Marter durch.

Wenn ich mit dem Flugzeug reiste, schien mir infolge der Lufdruckschwankungen der Kopf zu platzen. Der Arzt sagte, das hänge mit meinen Ohren zusammen, bei manchen Menschen sei das Innenohr so gebaut, daß es auf jede Druckveränderung überempfindlich reagiere. Das gleiche passierte mir oft im Fahrstuhl. In hohen Gebäuden darf ich nicht mit dem Aufzug fahren, der Schmerz ist so intensiv, daß es mir vorkommt, als ob mir der Kopf an mehreren Stellen aufreißt und das Blut heraussprudelt. Und dann war da noch mein Magen. Wenigstens einmal in der Woche hatte ich so scharfe, stechende Magenschmerzen, daß ich am Morgen nicht aufstehen konnte. Die Ärzte konnten nie eine Ursache finden. Manche äußerten die Vermutung, die Schmerzen seien psychisch bedingt. Aber wenn das so war, taten sie deswegen nicht weniger weh. Und so sehr ich auch litt, konnte ich doch nicht zu Hause bleiben. Wenn ich jedesmal, wenn mir etwas weh tat, nicht in die Schule gegangen wäre, dann wäre ich überhaupt nie hingegangen.

Wann immer ich gegen etwas stieß, bekam ich einen blauen Fleck. Wenn ich mich im Badezimmerspiegel sah, hätte ich in Tränen ausbrechen können. Mein Körper war so mit Blutergüssen übersät, daß ich wie ein fauler Apfel aussah. Es war mir schrecklich peinlich, mich im Badeanzug sehen zu lassen. Solange ich zurückdenken kann, bin ich deswegen auch fast nie schwimmen gegangen. Ein weiteres Problem war die unterschiedliche Größe meiner Füße. Jedesmal, wenn ich mir neue Schuhe kaufte, bereitete mir mein größerer Fuß, solang der Schuh nicht eingelaufen war, unerträgliche Schmerzen.

Wegen all dieser Probleme trieb ich fast nie Sport. In der Unterstufe schleiften mich meine Freundinnen einmal auf die Eisbahn. Ich stürzte und schlug mir die Hüfte so schlimm an, daß ich von da an jeden Winter an der Stelle entsetzliche Schmerzen hatte, als steche jemand eine große, dicke Nadel hinein. Unzählige Male stürzte ich beim Versuch, von einem Stuhl aufzustehen, vornüber zu Boden. Zudem litt ich an Verstopfung. Alle paar Tage war der Stuhlgang für mich die reine Qual. Und meine Schultern verkrampften sich schrecklich. Die Muskeln spannten sich immer mehr an, bis sie buchstäblich steinhart waren. Es tat so weh, daß ich nicht aufstehen konnte, aber das Liegen bereitete mir auch nicht weniger Schmerzen. Ich stellte mir vor, dies müßten die Qualen sein, die eine chinesische Strafe verursacht, über die ich irgendwo gelesen hatte. Sie steckten den Übeltäter für mehrere Jahre in eine enge Kiste. Wenn meine Schultern diese äußerste Verkrampfung erreichten, konnte ich kaum noch atmen.

Ich könnte stundenlang so weiterreden und Ihnen alle Schmerzen aufzählen, die ich im Laufe meines Lebens erduldet habe, aber das würde Sie nur langweilen, Herr Okada, drum will ich es damit genug sein lassen. Ich wollte Ihnen lediglich begreiflich machen, daß mein Körper so etwas wie ein Musterbuch der Schmerzen war. Ich habe jeden Schmerz erlitten, den man sich nur vorstellen kann. Ich begann zu glauben, ein Fluch laste auf mir – so ungerecht war das Leben. Ich hätte mich mit meinen Schmerzen vielleicht abfinden können, wenn die anderen Menschen ähnlich gelitten hätten, aber sie taten's nicht, und so war mein Los unerträglich. Der Schmerz war auf der Welt ungerecht verteilt. Ich versuchte, etwas über die Schmerzen der anderen zu erfahren, aber niemand wußte, was wirklicher Schmerz ist. Die Mehrzahl der Menschen leidet keine größeren Schmerzen – zumindest die meiste Zeit über nicht. Als ich das endlich begriff (ich war damals gerade auf die Oberschule gekommen), wurde ich so traurig, daß ich nicht mehr aufhören konnte zu weinen. Warum gerade ich? Warum mußte ausgerechnet *ich* eine so entsetzliche Bürde tragen? Ich wollte keinen Augenblick länger leben. Gleichzeitig aber kam mir ein anderer Gedanke. Dieser Zustand konnte nicht ewig so weitergehen. Eines Morgens würde ich aufwachen, und der Schmerz würde – unvermittelt, auf unerklärliche Weise – verschwunden sein, es würde ein neues, friedliches, schmerzfreies Leben für mich beginnen. Viel Zuversicht gab mir dieser Gedanke allerdings nicht.

Und so vertraute ich mich meiner Schwester an. Ich sagte ihr, daß ich nicht bereit sei, solche Schmerzen noch weiter zu ertragen: Was sollte ich tun? Nachdem sie

eine Zeitlang darüber nachgedacht hatte, sagte sie folgendes: ›Ich bin sicher, daß mit dir etwas nicht stimmt, aber ich weiß nicht, was es ist. Und ich weiß auch nicht, was du dagegen unternehmen könntest. Ich bin noch nicht weit genug, in solchen Dingen ein Urteil zu fällen. Ich weiß nur, daß du wenigstens bis zu deinem zwanzigsten Geburtstag warten solltest. Halt aus, bis du zwanzig wirst, und dann triff deine Entscheidung. Das dürfte das beste sein.‹
Und so beschloß ich weiterzuleben, bis ich zwanzig wäre. Aber wieviel Zeit auch verging, die Situation wurde einfach nicht besser. Im Gegenteil, der Schmerz wurde sogar noch intensiver. Das lehrte mich nur eines: ›Mit dem Wachstum des Körpers nimmt das Volumen des Schmerzes proportional zu.‹ Trotzdem ertrug ich den Schmerz noch acht Jahre lang und versuchte dabei, nur die positive Seite des Lebens zu sehen. Ich ließ niemanden ein Wort der Klage hören und bemühte mich, selbst dann noch zu lächeln, wenn der Schmerz am schlimmsten war. Ich zwang mich, nach außen hin stets heiter zu erscheinen, selbst wenn der Schmerz so intensiv war, daß ich mich kaum noch auf den Beinen halten konnte. Tränen und Klagen konnten den Schmerz schließlich nicht lindern; sie konnten nur bewirken, daß ich mich noch elender fühlte. Der Erfolg meiner Bemühungen war, daß die Menschen mich gern hatten. Sie betrachteten mich als ein ruhiges, gutartiges Mädchen. Ich genoß das Vertrauen der Erwachsenen und die Freundschaft von Gleichaltrigen. Ich hätte ein ideales Leben, eine vollkommene Jugendzeit haben können, wäre der Schmerz nicht gewesen. Aber er war immer da, wie mein Schatten. Wenn ich ihn auch nur für einen Augenblick vergaß, schlug er an einer neuen Stelle meines Körpers zu.
Auf dem College lernte ich einen Jungen kennen, und im Sommer meines ersten Jahres verlor ich meine Jungfräulichkeit. Selbst das bereitete mir – wie vorauszusehen – nichts als Schmerzen. Eine erfahrene Freundin versicherte mir, es werde aufhören, weh zu tun, sobald ich mich daran gewöhnt hätte, aber es hörte nie auf. Jedesmal, wenn ich mit ihm schlief, trieb mir der Schmerz die Tränen in die Augen. Eines Tages sagte ich meinem Freund, daß ich keinen Sex mehr haben wolle. Ich sagte zu ihm: ›Ich liebe dich, aber ich will nie wieder diese Schmerzen ertragen müssen.‹ Er sagte, er habe noch nie einen solchen Unsinn gehört. ›Du hast ein emotionales Problem‹, sagte er. ›Entspann dich, dann tut es nicht mehr weh. Dann fühlt es sich sogar *gut* an. Alle anderen tun es, also kannst du es auch. Du gibst dir einfach nicht genug Mühe. Du läßt dir alles durchgehen. Du benutzt die-

sen angeblichen Schmerz, um dein eigentliches Problem zu verstecken. Hör auf, dich selbst zu bemitleiden, das tut dir nicht gut.‹
Als ich das hörte – nach all dem, was ich jahrelang ertragen hatte – explodierte ich. ›Was weißt *du* schon von Schmerz?‹ schrie ich ihn an. ›Der Schmerz, den ich spüre, ist kein gewöhnlicher Schmerz. Ich weiß, was Schmerzen sind. Ich habe sie alle gehabt. Wenn *ich* sage, daß etwas weh tut, dann *tut es wirklich weh!*‹ Ich versuchte, ihm zu erklären, wovon ich sprach, indem ich ihm jeden einzelnen Schmerz beschrieb, den ich je verspürt hatte, aber er begriff überhaupt nichts. Es ist unmöglich, sich einen Begriff von echtem Schmerz zu machen, solange man ihn nicht selbst erlebt hat. Also war dies das Ende unserer Beziehung.
Kurze Zeit später kam mein zwanzigster Geburtstag. Zwanzig lange Jahre lang hatte ich den Schmerz ertragen in der Hoffnung, daß einmal die glückliche Wende kommen würde, aber alles war umsonst gewesen. Ich hatte das Gefühl, vollkommen gescheitert zu sein. Ich wollte, ich wäre schon früher gestorben. Der lange Aufschub hatte meine Qualen nur verlängert.«
An diesem Punkt holte Kreta Kano einmal tief Luft. Vor ihr auf dem Tisch standen die Schüssel mit den Eierschalen und ihre leere Kaffeetasse. Auf ihrem Schoß lag das Taschentuch, das sie so sorgfältig zusammengefaltet hatte. Als erinnere sie sich plötzlich an die Zeit, warf sie einen Blick auf die Uhr, die auf dem Regal stand. »Es tut mir sehr leid«, sagte sie mit trockener, leiser Stimme. »Ich wollte nicht so lange reden. Ich habe schon zuviel von Ihrer Zeit beansprucht. Ich möchte Ihnen nicht länger zur Last fallen. Ich weiß nicht, wie ich mich dafür entschuldigen kann, Sie so gelangweilt zu haben.«
Sie griff nach dem Trageriemen ihrer weißen Lackledertasche und stand vom Sofa auf.
Darauf war ich nicht gefaßt gewesen. »Einen Augenblick, bitte«, sagte ich verwirrt. Ich wollte nicht, daß sie mitten in ihrer Geschichte aufhörte. »Wenn Sie befürchten, mir meine Zeit zu stehlen, kann ich Sie wirklich beruhigen. Ich habe den ganzen Nachmittag nichts vor. Da Sie mir schon so viel anvertraut haben, warum wollen Sie nicht bis zum Ende erzählen? Sicher war das noch nicht alles.«
»Natürlich nicht«, sagte sie. Sie sah zu mir herab, beide Hände um den Riemen ihrer Handtasche geklammert. »Was ich Ihnen bislang erzählt habe, war eher nur die Einleitung.«
Ich bat sie, einen Augenblick zu warten, und ging in die Küche. Ich stellte mich vor

die Spüle und atmete zweimal tief durch. Dann holte ich zwei Gläser aus dem Schrank, legte ein paar Eiswürfel hinein und füllte sie mit Orangensaft aus dem Kühlschrank auf. Die beiden Gläser stellte ich auf ein kleines Tablett und trug sie ins Wohnzimmer. Mit all dem ließ ich mir bewußt Zeit, aber als ich ins Zimmer kam, stand sie noch immer auf demselben Fleck. Als ich allerdings die Gläser mit dem Saft auf den Tisch stellte, schien sie es sich anders zu überlegen. Sie ließ sich wieder auf dem Sofa nieder und legte die Tasche neben sich.

»Wollen Sie wirklich, daß ich Ihnen meine Geschichte bis zum Ende erzähle?« fragte sie. »Sind Sie sicher?«

»Absolut sicher«, sagte ich.

Sie trank ihren Saft zur Hälfte aus und fuhr dann mit ihrer Erzählung fort.

»Natürlich schaffte ich es nicht, mich zu töten. Wäre es mir gelungen, säße ich jetzt nicht hier und tränke mit Ihnen Orangensaft, Herr Okada.« Sie sah mir in die Augen, und ich lächelte beipflichtend zurück. »Wäre ich wie geplant gestorben, hätte dies die endgültige Lösung meiner Probleme bedeutet. Mit dem Tod hätte das Bewußtsein aufgehört, und ich hätte nie wieder Schmerzen leiden müssen. Was genau das war, was ich wollte. Leider wählte ich die falsche Methode, mich umzubringen.

Um neun Uhr am Abend des neunundzwanzigsten Mai ging ich zu meinem Bruder ins Zimmer und bat ihn, mir sein Auto zu leihen. Es war ein blitzblanker neuer Toyota MR2, und der Gedanke, mich damit fahren zu lassen, machte ihn sichtlich nicht glücklich. Aber ich kümmerte mich nicht darum. Er konnte es mir nicht abschlagen, denn ich hatte ihm Geld geliehen, damit er es sich kaufen konnte. Ich nahm die Wagenschlüssel und fuhr eine halbe Stunde durch die Gegend. Das Auto hatte erst knapp fünfzehnhundert Kilometer auf dem Tacho. Man brauchte das Gaspedal nur leicht anzutippen, und es schoß wie eine Rakete los. Es war das ideale Auto für meine Zwecke. Ich fuhr zum Stadtrand, bis hinaus zum Fluß, und dort fand ich eine massive Steinmauer von der Art, wie ich sie mir vorgestellt hatte. Es war die Gartenmauer eines großen Komplexes von Eigentumswohnungen, und sie stand am Ende einer Sackgasse. Ich sorgte dafür, daß ich eine ausreichend lange Beschleunigungsstrecke haben würde, und dann trat ich das Gaspedal bis zum Anschlag durch. Ich muß eine Geschwindigkeit von gut hundertfünfzig Stundenkilometern gehabt haben, als ich gegen die Mauer krachte und das Bewußtsein verlor.

Unglücklicherweise erwies sich die Mauer jedoch als weit weniger stabil, als sie ausgesehen hatte. Um Geld zu sparen, hatte man sie nicht richtig verankert. Die Mauer stürzte einfach ein und drückte die Schnauze des Wagens flach. Mehr passierte nicht. Weil sie so weich war, fing die Mauer die ganze Wucht des Aufpralls ab. Und als ob das noch nicht schlimm genug gewesen wäre, hatte ich in meiner Verwirrung vergessen, den Sicherheitsgurt zu lösen.

Und so entging ich dem Tod. Ich war nicht einmal ernstlich verletzt. Das Seltsamste aber war, daß ich fast keine Schmerzen verspürte. Es war geradezu unheimlich. Man brachte mich ins Krankenhaus und versorgte die eine Rippe, die ich mir gebrochen hatte. Die Polizei kam und stellte Fragen, aber ich sagte, ich könne mich an gar nichts erinnern. Ich sagte, ich müsse wohl Bremse und Gaspedal miteinander verwechselt haben, und sie glaubten mir. Ich war gerade zwanzig geworden, und ich hatte den Führerschein erst seit knapp sechs Monaten. Außerdem sah ich nicht wie eine Selbstmörderin aus. Und wer würde schon versuchen, sich mit angelegtem Sicherheitsgurt totzufahren?

Als ich aus dem Krankenhaus entlassen wurde, stand ich vor mehreren schwierigen Problemen. Zunächst einmal mußte ich die ausstehenden Raten für den MR 2 abbezahlen, den ich zu Schrott gefahren hatte. Wegen irgendeines Versehens war das Auto nicht kaskoversichert gewesen.

Jetzt, wo es zu spät war, begriff ich, daß ich besser einen ordnungsgemäß versicherten Leihwagen hätte nehmen sollen. Aber in dem Moment waren Versicherungen natürlich das letzte gewesen, woran ich dachte. Es war mir nicht in den Sinn gekommen, daß das Auto meines Bruders nicht ausreichend versichert sein könnte – oder daß es mir nicht gelingen würde, mich umzubringen. Ich war mit hundertfünfzig Stundenkilometern gegen eine Steinmauer gerast: daß ich überlebt hatte, war erstaunlich.

Kurze Zeit später bekam ich von der Eigentümergemeinschaft der Wohnanlage eine Rechnung für die Reparatur der Mauer. Sie verlangten von mir 1.364.294 Yen. Zahlbar sofort, bar auf den Tisch. Mir blieb nichts anderes übrig, als mir das Geld von meinem Vater zu leihen. Er war bereit, mir ein Darlehen in der erforderlichen Höhe zu geben, betonte aber, ich müsse es ihm wirklich zurückzahlen. Mein Vater war in Gelddingen überaus penibel. Er sagte, ich hätte den Unfall verschuldet und er erwarte von mir, daß ich das Darlehen in voller Höhe und zum vereinbarten Termin zurückzahle. Tatsächlich hatte er damals sehr wenig Geld übrig. Er plante, seine Klinik auszubauen, und hatte Probleme damit, die nötigen Mittel zusammenzubringen.

Ich dachte erneut daran, mich umzubringen. Diesmal würde ich es richtig anfangen. Ich würde vom fünfzehnten Stock des Verwaltungsgebäudes der Universität springen, so konnte ich nichts falsch machen. Ich würde ganz bestimmt sterben. Ich bereitete die Sache sorgfältig vor. Ich suchte das Fenster aus, das sich am besten eignete. Ich war bereit zu springen.

Aber dann hielt mich etwas zurück. Irgend etwas stimmte nicht, ließ mir keine Ruhe. Dieses ›Etwas‹ riß mich in der letzten Sekunde fast buchstäblich vom Abgrund zurück. Es verging allerdings noch einige Zeit, bis ich begriff, was dieses Etwas war.

Ich hatte keinerlei Schmerzen.

Seit dem Unfall hatte ich so gut wie keine Schmerzen mehr gehabt. Da ständig etwas Neues auf mich zugekommen war, hatte ich keine ruhige Minute gehabt und nicht darauf geachtet, aber der Schmerz war aus meinem Körper verschwunden. Mein Stuhlgang war normal. Meine Menstruationskrämpfe waren weg. Keine Kopf- oder Magenschmerzen mehr. Selbst die gebrochene Rippe tat so gut wie gar nicht weh. Ich hatte keine Ahnung, wie das passiert sein konnte. Aber auf einmal war ich frei von Schmerzen.

Ich beschloß, erst einmal weiterzuleben. Wenn auch nur für kurze Zeit, wollte ich doch sehen, was es bedeutete, ein Leben ohne Schmerzen zu führen. Sterben konnte ich schließlich, wann immer ich wollte.

Aber weiterzuleben bedeutete für mich, meine Schulden zurückzuzahlen. Alles in allem beliefen sie sich auf über drei Millionen Yen. Um sie zurückzahlen zu können, wurde ich Prostituierte.«

»Prostituierte?!«

»Genau«, sagte Kreta Kano, als sei überhaupt nichts dabei. »Ich brauchte kurzfristig Geld. Ich wollte meine Schulden so schnell wie möglich zurückzahlen, und das war die einzige Möglichkeit, die ich sah, das Geld zusammenzubringen. Ich brauchte keinen Augenblick darüber nachzudenken. Ich hatte ernsthaft vorgehabt zu sterben und hatte weiterhin vor, früher oder später zu sterben. Meine Neugier auf ein schmerzfreies Dasein hielt mich im Augenblick am Leben, aber es war ganz fraglos ein Leben auf Abruf. Und gemessen am Tod bedeutete es nichts für mich, meinen Körper zu verkaufen.«

»Ich verstehe, was Sie meinen«, sagte ich.

Das Eis in ihrem Orangensaft war geschmolzen, und Kreta Kano rührte mit ihrem Strohhalm ein paarmal um, bevor sie ein Schlückchen nahm.

»Darf ich Sie vielleicht etwas fragen?« sagte ich.

»Aber selbstverständlich. Bitte.«

»Haben Sie in dieser Angelegenheit Ihre Schwester nicht um Rat gebeten?«

»Zu der Zeit ging sie auf Malta ihren asketischen Übungen nach und weigerte sich, mir ihre Adresse zu schicken. Sie wollte nicht, daß ich sie in ihrer Konzentration störte. Während der ganzen drei Jahre, die sie auf Malta verbrachte, war es mir praktisch unmöglich, ihr zu schreiben.«

»Ich verstehe«, sagte ich. »Hätten Sie gern noch eine Tasse Kaffee?«

»Ja, bitte«, sagte Kreta Kano.

Ich ging in die Küche und wärmte den Kaffee auf. Während ich wartete, starrte ich auf die Abzugshaube und holte mehrmals tief Luft. Als der Kaffee fertig war, goß ich ihn in zwei saubere Tassen und trug diese zusammen mit einem Teller Schokoladenplätzchen auf einem Tablett ins Wohnzimmer. Eine Zeitlang aßen und tranken wir schweigend.

»Wie lang ist es her, daß Sie versucht haben, sich das Leben zu nehmen?« fragte ich.

»Ich war damals zwanzig. Das war also vor sechs Jahren, im Mai 1978.«

Mai 1978 war der Monat, in dem Kumiko und ich geheiratet hatten. Genau in dem Monat also, in dem wir geheiratet hatten, hatte Kreta Kano versucht, sich umzubringen, und Malta Kano war auf Malta ihren asketischen Übungen nachgegangen.

»Ich fuhr in ein Viertel, in dem es viele Bars gab, sprach den ersten Mann an, der danach aussah, handelte einen Preis aus, ging mit ihm in ein Hotel und schlief mit ihm«, sagte Kreta Kano. »Sex verursachte mir keinerlei körperliche Schmerzen mehr. Und keinerlei Vergnügen. Es war einfach nur eine körperliche Betätigung. Ebensowenig bereitete es mir Schuldgefühle, für Geld Sex zu haben. Ich war wie betäubt, in abgrundtiefe Gefühllosigkeit getaucht.

Ich verdiente auf diese Weise sehr gut – allein im ersten Monat fast eine Million Yen. Wenn es so weiterging, konnte ich binnen drei, vier Monaten meine ganzen Schulden abbezahlen. Ich kam von der Universität zurück, ging abends aus, und spätestens um zehn war ich wieder daheim. Meinen Eltern erzählte ich, daß ich als Kellnerin arbeitete, und niemand schöpfte den geringsten Verdacht. Natürlich hätten sie sich gewundert, wenn ich eine so hohe Summe auf einmal zurückgezahlt hätte, also beschloß ich, meinem Vater monatlich 100.000 Yen zu geben und den Rest beiseite zu legen.

Eines Abends aber, als ich gerade am Bahnhof Freier ansprach, packten mich zwei Männer von hinten. Ich dachte zuerst, es seien Polizisten, aber dann begriff ich, daß es Gangster waren. Sie zerrten mich in eine Seitengasse, zeigten mir eine Art Dolch und brachten mich zu ihrem Hauptquartier. Sie stießen mich in ein Hinterzimmer, rissen mir die Kleider vom Leib, hängten mich bei den Handgelenken auf und vergewaltigten mich dann einer nach dem anderen, immer und immer wieder, vor laufender Videokamera. Ich hielt die Augen die ganze Zeit geschlossen und versuchte, an nichts zu denken. Was mir nicht schwerfiel, da ich weder Schmerz noch Lust empfand.

Hinterher zeigten sie mir das Video und sagten, wenn ich nicht wollte, daß jemand das zu sehen bekäme, sollte ich mich ihrer Organisation anschließen und für sie arbeiten. Sie holten meinen Studentenausweis aus meiner Handtasche. Wenn ich mich weigerte zu tun, was sie verlangten, sagten sie, würden sie meinen Eltern eine Kopie der Kassette schicken und ihnen noch den letzten Yen abpressen. Ich hatte keine andere Wahl. Ich sagte ihnen, daß ich tun würde, was sie von mir wollten, daß es mir gleichgültig sei. Und es war mir wirklich gleichgültig. Damals war mir alles gleichgültig. Sie wiesen mich darauf hin, daß meine Einkünfte zurückgehen würden, wenn ich mich ihrer Organisation anschlösse, weil sie siebzig Prozent nahmen, aber dafür würde ich mir nicht mehr die Mühe zu machen brauchen, Freier zu suchen, und von der Polizei würde ich auch nichts mehr zu befürchten haben. Sie würden mir erstklassige Freier vermitteln. Wenn ich dagegen nicht aufhörte, wahllos Männer anzusprechen, würde man mich, früher oder später, in irgendeinem Hotelzimmer erdrosselt auffinden.

Von da an brauchte ich nicht mehr an Straßenecken zu stehen. Ich brauchte nur abends in ihre Zentrale zu kommen, und sie sagten mir, in welches Hotel ich gehen sollte. Sie vermittelten mir gute Freier, genau wie sie es versprochen hatten. Ich weiß nicht warum, aber ich wurde wie etwas Besonderes behandelt. Vielleicht lag es daran, daß ich so unschuldig aussah. Ich hatte ein kultiviertes Auftreten, das den anderen Mädchen fehlte. Wahrscheinlich gab es eine Menge Freier, die diesen nicht so professionellen Typ bevorzugten. Die anderen Mädchen hatten drei und mehr Freier am Tag, aber ich konnte mein Soll schon mit einem einzigen oder, wenn's hoch kam, mit zwei erfüllen. Die anderen Mädchen trugen Beeper bei sich und wurden von der Zentrale ganz kurzfristig in irgendwelche Absteigen geschickt, wo sie mit zwielichtigen Männern schlafen mußten. Ich dagegen hatte immer richtige Verabredungen in richtigen, erstklassigen Hotels – manchmal sogar in Privatwohnungen. Meine Freier waren in der Regel ältere Männer, selten jüngere.

Die Zentrale bezahlte mich einmal die Woche. Es war nicht so viel, wie ich als Selbständige verdient hatte, aber einschließlich der Trinkgelder, die ich von den Freiern erhielt, kam immer eine recht ordentliche Summe zusammen. Manche Freier verlangten natürlich ziemlich abwegige Sachen von mir, aber mich störte das nicht. Je abwegiger der Wunsch, desto höher das Trinkgeld. Ein paar Männer fingen an, regelmäßig nach mir zu verlangen. Solche Stammkunden waren meist recht großzügig. Ich legte mein Geld auf verschiedenen Konten an. Aber Geld bedeutete mir mittlerweile nichts mehr. Eine Zahl auf einem Stück Papier, weiter nichts. Jetzt lebte ich nur noch für eines: mir selbst zu beweisen, daß ich nichts empfand.

Ich wachte morgens auf und vergewisserte mich, daß mein Körper nichts signalisierte, was die Bezeichnung Schmerz verdient hätte. Ich öffnete die Augen, sammelte langsam meine Gedanken und überprüfte dann systematisch, von Kopf bis Fuß, jede Empfindung, die ich in meinem Körper vorfand. Ich spürte nicht den geringsten Schmerz. Bedeutete dies, daß ich keine Schmerzen hatte oder aber daß ich zwar welche hatte, sie aber nicht spürte? Ich konnte dazwischen nicht unterscheiden. Jedenfalls tat es nicht weh. Ja, genaugenommen hatte ich *überhaupt* keine Empfindungen. Nach dieser Prozedur stand ich auf, ging ins Badezimmer und putzte mir die Zähne. Dann zog ich den Pyjama aus und nahm eine heiße Dusche. Mein Körper war von einer erschreckenden Leichtigkeit, so leicht und luftig, daß er sich gar nicht wie mein Körper anfühlte. Ich fühlte mich so, als habe sich mein Geist in einem fremden Körper niedergelassen. Ich betrachtete ihn im Spiegel, aber zwischen mir und dem Körper, den ich da sah, spürte ich eine entsetzlich weite Distanz.

Ein Leben ohne Schmerzen: Genau davon hatte ich jahrelang geträumt, aber jetzt, wo ich ein solches Leben hatte, gelang es mir nicht, einen Platz für mich darin zu finden. Eine Kluft trennte mich von ihm, und das verwirrte mich zutiefst. Ich hatte das Gefühl, nicht in der Welt verankert zu sein – in dieser Welt, die ich bis dahin so inbrünstig gehaßt hatte, die ich nicht müde geworden war, der Grau-

samkeit und Ungerechtigkeit zu zeihen; dieser Welt, in der ich jedoch wenigstens gewußt hatte, wer ich war. Nun hatte die Welt aufgehört, die Welt zu sein, und ich hatte aufgehört, ich zu sein.
Ich weinte viel. Jeden Nachmittag ging ich in einen Park – in den Kaiserlichen Garten von Shinjuku oder den Yoyogi-Park –, setzte mich ins Gras und weinte. Manchmal weinte ich, laut schluchzend, ein, zwei Stunden lang. Die Passanten starrten mich an, aber das kümmerte mich nicht. Ich wünschte mir, ich wäre in jener Nacht des neunundzwanzigsten Mai wirklich gestorben, hätte meinem Leben ein Ende gemacht. Wieviel besser wäre ich dann drangewesen! Nun konnte ich nicht einmal mehr sterben. In meiner Betäubung fand ich einfach nicht die Kraft, mich umzubringen. Ich spürte nichts: keinen Schmerz, keine Freude. Jede Empfindung war aus mir verschwunden. Und ich war nicht einmal mehr ich.«
Kreta Kano atmete tief ein und hielt die Luft an. Dann hob sie ihre Kaffeetasse, starrte eine Weile hinein, schüttelte leicht den Kopf und stellte die Tasse auf ihre Untertasse zurück.
»Etwa um diese Zeit lernte ich Noboru Wataya kennen.«
»Noboru Wataya?! Als Kunden?!«
Kreta Kano nickte schweigend.
»Aber –« setzte ich an, unterbrach mich dann und überlegte, wie ich mich ausdrücken sollte. »Ich verstehe nicht ganz. Ihre Schwester erzählte mir neulich, Noboru Wataya habe Sie vergewaltigt. War das etwas anderes als das, wovon Sie jetzt sprechen?«
Kreta Kano nahm das Taschentuch von ihrem Schoß und betupfte sich noch einmal den Mund. Dann sah sie mich an. Etwas in ihren Augen berührte mein Herz auf eine Weise, die mich zutiefst beunruhigte.
»Es tut mir leid, Ihnen Umstände zu bereiten«, sagte sie, »aber könnte ich vielleicht noch eine Tasse Kaffee haben?«
»Selbstverständlich«, sagte ich. Ich stellte ihre Tasse auf das Tablett und trug sie in die Küche. Während ich darauf wartete, daß der Kaffee kochte, lehnte ich mich mit den Händen in den Taschen gegen die Spüle. Als ich mit dem Kaffee ins Wohnzimmer zurückkam, saß Kreta Kano nicht mehr auf dem Sofa. Ihre Tasche, ihr Taschentuch, jede sichtbare Spur von ihr war verschwunden. Ich sah in der Diele nach, und auch ihre Schuhe waren verschwunden.
Irre.

9
ABZUGSKANÄLE UND EINE VÖLLIG UNZUREICHENDE STROMVERSORGUNG
MAY KASAHARAS UNTERSUCHUNG ÜBER DIE NATUR VON HAARTEILEN

Am nächsten Morgen ging ich, sobald Kumiko aus dem Haus war, auf ein paar Bahnen ins Schwimmbad. Vormittags war es dort am besten, wenn man Gedränge vermeiden wollte. Wieder zu Haus, kochte ich mir einen Kaffee und setzte mich damit an den Küchentisch: Ich ließ mir Kreta Kanos seltsame unvollendete Geschichte durch den Kopf gehen und versuchte, mir jedes Ereignis ihres Lebens in der richtigen zeitlichen Abfolge ins Gedächtnis zurückzurufen. Je mehr mir wieder einfiel, desto seltsamer erschien mir die ganze Geschichte, aber bald beruhigten sich meine kreisenden Gedanken, und ich begann einzunicken. Ich ging ins Wohnzimmer, legte mich aufs Sofa und machte die Augen zu. Im nächsten Moment war ich eingeschlafen und träumte.

Ich träumte von Kreta Kano. Bevor sie auftauchte, träumte ich allerdings von Malta Kano. Sie trug einen Tirolerhut mit einer großen, grellfarbigen Feder. Es herrschte ein starkes Gedränge (ich befand mich in einem großen Saal), aber Malta Kanos Hut fiel mir sofort ins Auge. Sie saß allein an der Bar. Sie hatte ein großes Glas mit einem tropisch-bunten Cocktail vor sich stehen, aber ich konnte nicht erkennen, ob sie wirklich davon trank.

Ich trug meinen Anzug und den gepunkteten Schlips. Sobald ich Malta Kano entdeckt hatte, versuchte ich, in ihre Richtung zu gehen, aber die Menschenmenge war mir ständig im Weg. Als ich die Bar endlich erreichte, war Malta Kano verschwunden. Der tropische Cocktail stand auf dem Tresen vor ihrem mittlerweile leeren Barhocker. Ich setzte mich daneben an die Bar und bestellte einen Scotch on the rocks. Der Barkeeper fragte mich, was für einen Scotch ich haben wollte, und ich sagte Cutty Sark. Es war mir eigentlich völlig gleichgültig, welche Marke er mir einschenkte, aber Cutty Sark war die erste, die mir einfiel.

Bevor er mir meinen Drink geben konnte, spürte ich, wie eine Hand von hinten meinen Arm umfaßte, aber so behutsam, als ob der oder die Betreffende etwas berührte, was jeden Augenblick auseinanderbrechen könnte. Ich drehte mich um. Vor mir stand ein Mann ohne Gesicht. Ob er wirklich kein Gesicht hatte, konnte

ich nicht erkennen, aber die Stelle, an der sich sein Gesicht hätte befinden müssen, war in tiefen Schatten gehüllt, und was sich dahinter verbarg, konnte ich nicht sehen. »Hier entlang, Herr Okada«, sagte er. Ich versuchte, etwas zu erwidern, aber bevor ich den Mund aufmachen konnte, sagte er zu mir: »Folgen Sie mir bitte. Wir haben sehr wenig Zeit. Schnell.« Die Hand noch immer an meinem Arm, führte er mich mit raschen Schritten durch die Menge und hinaus auf einen Korridor. Widerstandslos folgte ich ihm den Korridor entlang. Schließlich kannte er meinen Namen, es war also nicht so, als ließe ich mich von einem wildfremden Menschen irgendwohin führen. Die ganze Sache hatte einen bestimmten Sinn und Zweck.
Nachdem wir eine Zeitlang den Korridor entlanggegangen waren, blieb der Gesichtslose vor einer Tür stehen. Auf dem Türschild stand die Zahl 208. »Es ist nicht abgeschlossen. Aufmachen sollten *Sie*.« Ich gehorchte und öffnete die Tür. Dahinter befand sich ein großes Zimmer; es schien zu einer Suite in einem altmodischen Hotel zu gehören. Es war ein hoher Raum, und von der Decke hing ein altmodischer Kronleuchter herab. Der Kronleuchter war nicht eingeschaltet; die einzige Lichtquelle war eine kleine Wandlampe, die eine trübe Helligkeit verbreitete. Die Vorhänge waren dicht zugezogen.
»Wenn's Whisky ist, wonach Ihnen der Sinn steht, Herr Okada«, sagte der Gesichtslose, »haben wir davon mehr als genug. Cutty Sark, nicht wahr? Trinken Sie soviel, wie Sie möchten.« Er deutete auf eine Hausbar, die neben der Tür stand, dann zog er lautlos die Tür zu und ließ mich allein. Ich blieb lange in der Mitte des Zimmers stehen und fragte mich, was ich tun sollte.
An der Wand hing ein großes Ölgemälde. Es stellte einen Fluß dar. Ich betrachtete es eine Zeitlang in der Hoffnung, mich zu beruhigen. Der Mond stand hoch über dem Fluß. Sein Licht fiel blaß auf das jenseitige Ufer, aber so unendlich blaß, daß ich keine Einzelheiten der Landschaft ausmachen konnte. Es waren nur verschwommene Umrisse, die ineinander verliefen.
Bald verspürte ich ein starkes Verlangen nach Whisky. Ich dachte, ich würde die Hausbar öffnen und mir einen Drink genehmigen, wie der Gesichtslose vorgeschlagen hatte, aber das Schränkchen ließ sich nicht öffnen. Was ich für Türen gehalten hatte, waren in Wirklichkeit geschickt gemachte Imitationen. Ich versuchte, an den verschiedenen hervorstehenden Teilen zu drücken und zu ziehen, aber das Schränkchen blieb fest verschlossen.

»Es ist nicht leicht zu öffnen, Herr Okada«, sagte Kreta Kano. Ich erkannte, daß sie dastand – und zwar in ihrem Sechziger-Jahre-Outfit. »Es muß noch etwas Zeit vergehen, bevor es sich öffnet. Heute wird es mit Sicherheit nichts mehr. Sie können sich die Mühe sparen.«
Dann streifte sie ohne Vorwarnung oder Erklärung ihre Kleider ab, so mühelos, wie man eine Erbsenschote öffnet, und stand nackt vor mir. »Wir haben sehr wenig Zeit, Herr Okada, bringen wir das so schnell wie möglich hinter uns. Es tut mir leid wegen der Hetze, aber ich habe meine Gründe. Es war schon schwer genug, hierherzukommen.« Dann trat sie nah an mich heran, öffnete meinen Hosenschlitz und holte, als wäre es die natürlichste Sache von der Welt, meinen Penis heraus. Sie schlug die Augen mit den falschen Wimpern nieder und nahm meinen Penis in den Mund. Ihr Mund war viel größer, als ich mir vorgestellt hatte. Kaum war ich drin, erigierte ich. Als sie ihre Zunge bewegte, zitterten die aufgerollten Enden ihres Haars wie in einer sanften Brise und streichelten meine Oberschenkel. Das einzige, was ich von ihr sah, waren ihr Haar und ihre falschen Wimpern. Ich setzte mich aufs Bett, und sie kniete sich hin und vergrub das Gesicht in meinem Schoß. »Hören Sie auf«, sagte ich. »Noboru Wataya kann jeden Augenblick hier sein. Ich will ihm hier nicht begegnen.«
Kreta Kano nahm den Mund von meinem Penis und sagte: »Keine Sorge. Hierfür zumindest haben wir reichlich Zeit.«
Sie ließ die Spitze ihrer Zunge über meinen Penis gleiten. Ich wollte nicht kommen, aber ich konnte es nicht zurückhalten. Es war ein Gefühl, als würde es aus mir herausgesogen. Ihre Lippen und ihre Zunge hafteten an mir wie schlüpfrige Lebewesen. Ich kam. Ich schlug die Augen auf.
Irre. Ich ging ins Badezimmer und wusch meine beschmutzte Unterhose. Dann ging ich unter die Dusche und seifte mich sorgfältig ein, um das klebrige Gefühl des Traums loszuwerden. Wie viele Jahre war es her, daß ich meinen letzten feuchten Traum gehabt hatte? Ich versuchte, mich genau zu erinnern, aber es war einfach zu lange her.
Ich stieg aus der Dusche und war noch dabei, mich abzutrocknen, als das Telefon klingelte. Es war Kumiko. Mit ihr zu reden, nachdem ich gerade einen feuchten Traum von einer anderen Frau gehabt hatte, machte mich etwas befangen.
»Du hast eine komische Stimme«, sagte sie. »Was ist los?« Ihr Gespür für derlei Dinge war beängstigend.

»Nichts«, sagte ich. »Ich hab gedöst. Du hast mich aufgeweckt.«
»Ach, wirklich?« sagte sie. Ich spürte förmlich, wie ihr Argwohn durch die Hörmuschel drang, und das machte mich natürlich erst recht verspannt.
»Egal, tut mir leid, aber heute wird's ein bißchen spät«, sagte Kumiko. »Könnte neun werden. Ich eß also in der Stadt.«
»Ist schon okay«, sagte ich. »Ich find schon was für mich. Mach dir keine Sorgen.«
»Es tut mir wirklich leid«, sagte sie. Es klang wie etwas nachträglich Überlegtes. Eine kurze Stille entstand, und dann legte sie auf.
Ich sah den Hörer ein paar Sekunden lang an. Dann ging ich in die Küche und schälte mir einen Apfel.

In den sechs Jahren, die ich mit Kumiko verheiratet war, hatte ich noch nie mit einer anderen Frau geschlafen. Was nicht heißen soll, daß ich nie Lust auf eine andere Frau verspürt oder sich nie eine Gelegenheit geboten hätte, sondern lediglich, daß ich solche Gelegenheiten nie genutzt hatte. Warum, kann ich nicht genau erklären, aber es hat wahrscheinlich damit zu tun, wie man seine Prioritäten im Leben setzt.
Einmal verbrachte ich tatsächlich die Nacht mit einer anderen Frau. Ich mochte sie, und ich wußte, daß sie mit mir geschlafen hätte. Aber am Ende habe ich es dann doch nicht getan.
Wir arbeiteten seit mehreren Jahren in der Anwaltskanzlei zusammen. Sie war wahrscheinlich zwei, drei Jahre jünger als ich. Ihre Aufgabe war, Anrufe entgegenzunehmen und die Terminkalender aller Mitarbeiter zu koordinieren, und sie machte ihre Sache gut. Sie war schnell, und sie hatte ein hervorragendes Gedächtnis. Man konnte ihr jede beliebige Frage stellen, und sie wußte prompt die Antwort: Wer gerade wo und woran arbeitete, welche Akten in welchem Schrank waren, solche Dinge. Sie kümmerte sich um sämtliche Termine. Jeder mochte sie und verließ sich auf sie. Auch persönlich standen wir uns ziemlich nah. Wir waren schon mehrmals zusammen etwas trinken gegangen. Sie war nicht direkt das, was man eine Schönheit nennen würde, aber sie gefiel mir.
Als der Augenblick kam, wo sie wegen ihrer bevorstehenden Heirat kündigte (ihr zukünftiger Mann war nach Kyushu versetzt worden, und so würde sie wegziehen müssen), luden sie mehrere Kollegen und ich auf einen letzten gemeinsamen Drink ein. Hinterher mußten wir beide denselben Zug nach Haus nehmen, und

da es spät war, begleitete ich sie bis zu ihrer Wohnung. Als wir vor der Tür standen, bat sie mich noch auf eine Tasse Kaffee herein. Ich machte mir zwar Sorgen, daß ich den letzten Zug verpassen könnte, aber ich wußte, daß wir uns wahrscheinlich nie wiedersehen würden, und außerdem würde ich vom Kaffee wieder einen klaren Kopf bekommen, was mir nur recht war, also nahm ich die Einladung an. Es war eine typische Junggesellenwohnung, mit einem Kühlschrank, der für eine einzelne Person eine Spur zu protzig war, und einer kleinen Einbau-Stereoanlage. Den Kühlschrank hatte sie von einer Freundin geschenkt bekommen. Sie zog sich im Nebenzimmer etwas Bequemeres an und kochte in der Küche Kaffee. Wir setzten uns auf den Fußboden und unterhielten uns.

Dann, als uns der Gesprächsstoff ausgegangen war, fragte sie mich, als sei es ihr plötzlich eingefallen: »Können Sie eine Sache – eine konkrete Sache – nennen, vor der Sie sich besonders fürchten?«

»Eigentlich nicht«, sagte ich nach kurzem Überlegen. Ich fürchtete mich vor allen möglichen Dingen, aber eine spezielle große Angst hatte ich nicht. »Wie steht's mit Ihnen?«

»Ich habe Angst vor Abzugskanälen«, sagte sie und schlang die Arme um ihre Knie. »Sie wissen doch, was ein Abzugskanal ist, oder?«

»So eine Art Wassergraben, nicht?« Ich hatte keine ganz klare Vorstellung davon.

»Ja, aber unterirdisch. Eine unterirdische Wasserstraße. Ein Abflußgraben mit einem Deckel drauf. Ein stockdunkler Fluß.«

»Ich verstehe«, sagte ich. »Ein Abzugskanal.«

»Ich bin auf dem Land geboren und aufgewachsen. In Fukushima. Ein Flüßchen ging direkt an unserem Haus vorbei – nicht viel mehr als ein Bach, einfach der Abflußgraben der Felder. An einem Punkt versank er im Boden und mündete in einen Abzugskanal. Ich hatte wohl mit den älteren Kindern gespielt, als es passierte – ich war erst zwei oder drei. Die anderen legten mich in ein kleines Boot und schoben es in den Bach. Das war wahrscheinlich etwas, was sie andauernd taten, aber an dem Tag hatte es geregnet, und der Bach führte viel Wasser. Das Boot riß sich los und trug mich geradewegs auf die Öffnung des Abzugskanals zu. Ich wäre glatt hineingesogen worden, wenn nicht zufällig gerade ein Bauer vorbeigekommen wäre. Bestimmt hätte man mich nie wieder gefunden.«

Sie strich sich mit dem linken Zeigefinger über den Mund, als wollte sie sich vergewissern, daß sie noch immer am Leben war.

»Ich sehe noch immer alles deutlich vor mir. Ich liege auf dem Rücken und werde vom Wasser mitgerissen. Die Seiten des Grabens ragen wie Steinmauern links und rechts in die Höhe, und über mir ist der blaue Himmel. Ein grelles, klares Blau. Ich werde von der Strömung des Flusses mitgerissen. Es rauscht und rauscht, immer schneller und schneller. Aber ich begreife nicht, was es bedeutet. Und dann, urplötzlich, da weiß ich es – daß Dunkelheit auf mich zukommt. *Echte* Dunkelheit. Bald ist sie da und versucht, mich zu verschlucken. Ich spüre, wie ein kalter Schatten beginnt, sich um mich zu legen. Das ist meine früheste Erinnerung.«

Sie trank einen Schluck Kaffee.

»Ich fürchte mich zu Tode«, sagte sie. »Ich habe eine solche Angst, daß es fast unerträglich ist. Ich fühle mich wie damals, als würde ich fortgerissen, auf dieses Etwas zu, und ich kann nicht weg.«

Sie holte eine Zigarette aus ihrer Handtasche, steckte sie sich zwischen die Lippen und gab sich mit einem Streichholz Feuer. Dann stieß sie den Rauch mit einem tiefen, langsamen Seufzer aus. Es war das erste Mal, daß ich sie rauchen sah.

»Reden Sie von Ihrer Heirat?« fragte ich.

»Genau«, sagte sie. »Von meiner Heirat.«

»Gibt's irgendein besonderes Problem?« fragte ich. »Etwas Bestimmtes?«

Sie schüttelte den Kopf. »Ich glaube nicht«, sagte sie. »Nein, eigentlich nicht. Nur viele Kleinigkeiten.«

Ich wußte nicht, was ich ihr hätte sagen sollen, aber die Situation verlangte, daß ich irgend etwas sagte.

»Jeder, der kurz vor der Heirat steht, hat wohl dieses Gefühl – mehr oder weniger stark. ›O Gott, was mach ich da nur für eine Riesendummheit!‹ Sie wären wahrscheinlich nicht normal, wenn Sie sich *nicht* so fühlen würden. Es ist schon eine schwerwiegende Entscheidung, sich jemanden auszusuchen, mit dem man den Rest seines Lebens verbringen wird. Es ist also ganz natürlich, Angst zu haben, aber *so* sehr brauchen Sie sich wieder nicht zu fürchten.«

»Das sagt sich leicht – ›Jeder hat dieses Gefühl. Es geht jedem so‹«, sagte sie.

Es war elf geworden; schon vor längerer Zeit. Ich mußte dieses Gespräch irgendwie zu einem erfolgreichen Abschluß bringen und verschwinden. Aber bevor ich etwas sagen konnte, bat sie mich plötzlich, sie festzuhalten.

»Warum?« fragte ich überrumpelt.

»Um meine Batterien wieder aufzuladen.«
»Ihre Batterien wieder aufzuladen?«
»Meinem Körper ist der Strom ausgegangen. Ich kann schon seit Tagen nicht mehr schlafen. Kaum bin ich eingenickt, wache ich wieder auf und kann dann nicht wieder einschlafen. Ich kann keinen klaren Gedanken fassen. Wenn ich in einen solchen Zustand gerate, muß jemand meine Batterien wieder aufladen. Sonst breche ich zusammen. Ich übertreibe nicht.«
Ich sah ihr argwöhnisch in die Augen und fragte mich, ob sie noch immer betrunken war, aber es waren wieder ihre normalen kühlen, klugen Augen. Sie war nicht im mindesten betrunken.
»Aber Sie heiraten doch nächste Woche. Sie können sich von ihm so lange festhalten lassen, wie Sie möchten. Jede Nacht. Dazu ist doch die Ehe da. Da wird Ihnen nie wieder der Strom ausgehen.«
»Das Problem ist *jetzt*«, sagte sie. »Nicht morgen, nicht nächste Woche, nicht nächsten Monat. Ich hab *jetzt* keine Energie mehr.«
Die Lippen fest aufeinandergepreßt, starrte sie auf ihre Füße hinunter. Sie standen vollkommen parallel nebeneinander, klein und weiß und mit zehn hübschen Zehennägeln. Sie brauchte offenbar wirklich, ernstlich jemanden, der sie festhielt, also nahm ich sie in die Arme. Es war eine sehr merkwürdige Situation. Für mich war sie lediglich eine fähige, angenehme Kollegin. Wir arbeiteten im selben Büro, erzählten uns Witze und waren ab und an zusammen etwas trinken gegangen. Aber hier, fern der Arbeitswelt, in ihrer Wohnung, so aneinandergelehnt, waren wir nichts anderes als zwei warme Klumpen Fleisch. Im Büro-Theater hatten wir die uns aufgetragenen Rollen gespielt, aber jetzt, wo wir von der Bühne abgetreten waren und unsere zeitweiligen Persönlichkeiten zurückgelassen hatten, waren wir nur noch zwei unsichere, hilflose Klumpen Fleisch, warme Fleischstücke, jedes ausgestattet mit Verdauungsapparat und Herz und Gehirn und Geschlechtsorganen. Ich hatte meine Arme um ihren Rücken geschlungen, und sie hatte ihre Brüste fest gegen meinen Brustkorb gepreßt. Sie waren größer und weicher, als ich sie mir vorgestellt hatte. Ich saß auf dem Fußboden mit dem Rücken an der Wand, und sie hing zusammengesackt an mir. Wir blieben lange in dieser Haltung, dieser wortlosen Umarmung.
»Ist es gut so?« fragte ich mit einer Stimme, die nicht wie meine klang. Es war, als spräche jemand anders für mich.

Sie sagte nichts, aber ich spürte, wie sie nickte.

Sie trug ein Sweatshirt und einen dünnen Rock, der ihr bis zu den Knien reichte, aber schon bald wurde mir klar, daß sie darunter nichts anhatte. Das verschaffte mir fast automatisch eine Erektion, und sie schien das zu merken. Ich konnte ihren warmen Atem an meinem Hals spüren.

Ich schlief dann doch nicht mit ihr. Aber ihre »Batterien« mußte ich noch eine ganze Weile weiter »aufladen« – bis zwei Uhr früh. Sie flehte mich an, bei ihr zu bleiben, bis sie eingeschlafen wäre. Ich brachte sie ins Bett und deckte sie schön zu. Aber sie blieb noch lange wach. Sie hatte ihren Pyjama angezogen, und ich hielt sie weiter in den Armen und »lud« sie »auf«. Ich spürte, wie ihre Wangen heiß wurden und ihr Herz hämmerte. Ich war mir nicht sicher, ob ich das Richtige tat, aber ich hatte keine Ahnung, wie ich sonst mit der Situation hätte umgehen sollen. Das Einfachste wäre gewesen, mit ihr zu schlafen, aber ich schaffte es irgendwie, diese Möglichkeit aus meinem Bewußtsein zu verscheuchen. Mein Instinkt riet mir davon ab, es zu tun.

»Bitte denken Sie deswegen nicht schlecht von mir«, sagte sie. »Meine Stromspannung ist einfach völlig runter, ich kann nichts dafür.«

»Keine Angst«, sagte ich. »Das verstehe ich.«

Ich wußte, ich sollte zu Hause anrufen, aber was konnte ich Kumiko schon sagen? Ich wollte nicht lügen, aber ich wußte, daß ich ihr unmöglich würde erklären können, was hier vor sich ging. Und nach einer Weile schien es sowieso keine Rolle mehr zu spielen. Was passieren sollte, würde passieren. Um zwei verließ ich ihre Wohnung, und bis ich zu Haus ankam, war es drei. Es war schwierig gewesen, ein Taxi aufzutreiben.

Kumiko schäumte natürlich vor Wut. Sie saß am Küchentisch, hellwach, und wartete auf mich. Ich sagte, ich sei mit den Jungs aus dem Büro ausgewesen, wir hätten getrunken und Mah-Jongg gespielt. Wäre es so schwierig gewesen, einmal kurz anzurufen? fragte sie. Ich hätte einfach nicht dran gedacht, sagte ich. Sie nahm mir das nicht ab, und die Lüge kam fast sofort ans Licht. Ich hatte seit Jahren kein Mah-Jongg mehr gespielt, und außerdem war ich fürs Lügen sowieso nicht geschaffen. Es endete also damit, daß ich die Wahrheit gestand. Ich erzählte ihr die ganze Geschichte von Anfang bis Ende – natürlich ohne die Passage mit der Erektion – und beteuerte, daß ich mit der Frau überhaupt nichts gemacht hatte.

Drei Tage lang sprach Kumiko kein Wort mit mir. Buchstäblich. Nicht ein einziges Wort. Sie schlief im anderen Zimmer, und sie aß allein. Das war die größte Krise, die es in unserer Ehe bis dahin gegeben hatte. Kumiko war ernstlich wütend auf mich, und ich konnte sie absolut verstehen.
Nach dreitägigem Schweigen fragte sie mich: »Was würdest *du* eigentlich denken, wenn du in meiner Situation wärst?« Das waren die allerersten Worte, die sie wieder an mich richtete. »Wenn *ich* sonntags früh um drei nach Haus gekommen wäre, ohne vorher auch nur anzurufen? ›Ich bin die ganze Zeit mit einem Mann im Bett gewesen, aber keine Angst, ich hab nichts getan, bitte glaub mir. Ich hab nur seine Batterien wieder aufgeladen. Okay, toll, laß uns frühstücken und dann schlafen gehen.‹ Willst du etwa behaupten, daß du *nicht* wütend wärst, daß du mir einfach glauben würdest?«
Ich blieb stumm.
»Und was du getan hast, war sogar *noch* schlimmer«, fuhr Kumiko fort. »Du hast mich *angelogen!* Du hast behauptet, du hättest getrunken und Mah-Jongg gespielt. Eine absolute Lüge! Wie kannst du da von mir erwarten, daß ich dir glaube, daß du nicht mit ihr geschlafen hast?«
»Es tut mir leid, daß ich dich angelogen habe«, sagte ich. »Das hätte ich nie tun dürfen. Aber ich hab nur deswegen gelogen, weil die Wahrheit so schwer zu erklären war. Ich möchte, daß du mir glaubst: Ich habe wirklich überhaupt nichts Unrechtes getan.«
Kumiko legte den Kopf auf den Tisch. Ich hatte das Gefühl, daß sich die dicke Luft allmählich aus dem Zimmer verzog.
»Ich weiß nicht, was ich sagen soll«, sagte ich. »Ich kann nichts anderes tun, als dich zu bitten, mir zu glauben.«
»In Ordnung. Wenn du willst, daß ich dir glaube, dann glaube ich dir«, sagte sie. »Aber ich will, daß *du* dir folgendes merkst: Eines Tages werde ich wahrscheinlich das gleiche tun. Und wenn es soweit ist, will ich, daß *du mir* glaubst. Das ist mein gutes Recht.«
Kumiko hatte von diesem Recht nie Gebrauch gemacht. Von Zeit zu Zeit versuchte ich mir vorzustellen, wie ich mich fühlen würde, wenn sie tatsächlich davon Gebrauch machte. Ich würde ihr wahrscheinlich glauben, aber meine Reaktion würde mit Sicherheit genauso komplex und so schwer zu verarbeiten sein, wie es ihre gewesen war. Allein die Vorstellung, daß sie so etwas ganz bewußt und vor-

sätzlich getan hatte – und wozu? Und ganz genau das gleiche mußte schließlich damals in ihr vorgegangen sein.

»Mister Aufziehvogel!« ertönte eine Stimme aus dem Garten. Es war May Kasahara.
Noch an meinen feuchten Haaren rubbelnd, ging ich hinaus auf die Veranda. Sie saß auf der Brüstung und kaute an einem Daumennagel. Sie trug dieselbe dunkle Sonnenbrille wie damals, als ich sie zum erstenmal gesehen hatte, und dazu eine cremefarbene Baumwollhose und ein schwarzes Polohemd. In der Hand hielt sie ein Klemmbrett.
»Ich bin drübergestiegen«, sagte sie und deutete auf die Hohlblockmauer. Dann klopfte sie sich den Schmutz von der Hose. »Hab angenommen, hier müßte ich richtig sein. Ich bin froh, daß es wirklich Ihr Haus ist! Stellen Sie sich vor, ich wär bei einem Wildfremden über die Mauer gestiegen!«
Sie zog ein Päckchen Hope ohne aus der Tasche und steckte sich eine an.
»Und, Mister Aufziehvogel, wie läuft's denn so?«
»Ganz gut, würd ich sagen.«
»Ich geh jetzt arbeiten«, sagte sie. »Warum kommen Sie nicht einfach mit? Wir arbeiten immer in Zweiergruppen, und es wär *sooo* viel besser, wenn ich jemand hätte, den ich kenne. So'n Neuer würde mir Löcher in den Bauch fragen – ›Wie alt bist du eigentlich? Warum bist du nicht in der Schule?‹ Das *nervt*! Oder am Ende ist er ein Perverser. Das kommt nämlich vor! Tun Sie mir den Gefallen, ja, Mister Aufziehvogel?«
»Ist das der Job, von dem du mir erzählt hast – irgend so eine Art Datenerhebung für einen Toupethersteller?«
»Genau«, sagte sie. »Man braucht nichts anderes zu tun, als von eins bis vier auf der Ginza Glatzköpfe zu zählen. Das ist einfach! Und es wär gut für Sie. So wie's aussieht, werden Sie eines Tages auch eine Glatze haben, da sollten Sie's besser abchecken, solang Sie noch Haare auf dem Kopf haben.«
»Schon, aber was ist mit dir? Kriegst du nicht die Schulbehörde auf den Hals, wenn dich jemand sieht, wie du dich mitten am Tag auf der Ginza herumtreibst und Strichlisten machst?«
»Nö. Ich sag denen einfach, das ist Feldforschung, für ne Hausarbeit in Gemeinschaftskunde. Funktioniert immer.«

Da ich keine Pläne für den Nachmittag hatte, beschloß ich mitzugehen. May Kasahara rief ihre Firma an, um uns anzukündigen. Am Telefon verwandelte sie sich in eine wohlerzogene junge Dame: Ja, Herr Soundso, ich würde gern mit ihm zusammenarbeiten, ja, das ist richtig, vielen Dank, ja, ich verstehe, ja, wir können kurz nach zwölf da sein. Ich schrieb für Kumiko ein paar Zeilen, ich würde um sechs zurücksein, für den Fall, daß sie früher heimkam, und dann machte ich mich mit May Kasahara auf den Weg.

Die Toupetfirma war in Shimbashi. In der U-Bahn erklärte mir May Kasahara, wie die Erhebung funktionierte. Wir würden uns an eine Straßenecke stellen und alle kahlköpfigen Männer (beziehungsweise solche mit zurückgehendem Haaransatz) zählen, die vorbeikamen. Dabei sollten wir sie nach dem Grad ihrer Kahlheit klassifizieren: C, solche, deren Haar sich vielleicht etwas gelichtet hatte; B, solche, denen schon viel ausgefallen war; und A, solche, die eine richtige Glatze hatten. May holte eine Broschüre aus ihrer Mappe und zeigte mir Beispiele für die drei Stadien der Entwicklung.

»Da kriegt man doch ne ziemlich gute Vorstellung, stimmt's, welche Köpfe in welche Kategorie gehören, nicht? Ich will nicht ins Detail gehen. Das würd den ganzen Tag dauern. Aber daraus wird doch ziemlich klar, was was ist, nicht?«

»Ziemlich«, sagte ich, ohne *allzu* überzeugt zu klingen.

Auf May Kasaharas anderer Seite saß ein übergewichtiger Schlips-und-Kragen-Typ – ein ganz eindeutiger Fall B –, der unentwegt mit verunsicherter Miene in die Broschüre schielte, aber sie schien nicht zu merken, wie nervös sie ihn machte.

»Meine Aufgabe ist, sie nach Klassen zu ordnen, und Sie stehen mit einem Erhebungsbogen neben mir. Je nachdem, was ich Ihnen sage, machen Sie einen Strich unter A, B oder C. Mehr ist da nicht. Ganz einfach, stimmt's?«

»Ich denk schon«, sagte ich. »Aber wozu ist eine solche Erhebung eigentlich gut?«

»Keinen Schimmer«, sagte sie. »Die machen das in ganz Tokio – in Shinjuku, Shibuya, Aoyama. Vielleicht möchten sie rauskriegen, in welchem Stadtteil es die meisten Glatzköpfe gibt? Oder sie möchten den Anteil von A-, B- und C-Typen innerhalb der männlichen Bevölkerung erfahren? Wer weiß? Die haben so viel Geld, daß sie gar nicht wissen, wohin damit. Deswegen können die das für so was rausschmeißen. Die Perückenindustrie macht riesige Gewinne. Die Angestellten kriegen *viel* höhere Bonusse als in jeder anderen Branche. Wissen Sie, warum?«

»Nein. Warum?«
»Perücken halten nicht lang. Ich wette, das haben Sie nicht gewußt: Toupets sind zwei, maximal drei Jahre lang zu gebrauchen. Je besser sie gemacht sind, desto eher taugen sie nichts mehr. Das ultimative Verbrauchsgut. Das liegt daran, daß sie so eng an der Kopfhaut sitzen: Das Haar kriegt darunter keine Luft und geht immer mehr aus. Über kurz oder lang sitzt das Ding nicht mehr hundertprozentig, und man muß sich ein neues kaufen. Und überlegen Sie mal: Angenommen, Sie würden ein Toupet tragen, und nach zwei Jahren würd's nichts mehr taugen – was würd Ihnen da durch den Kopf gehen? Würden Sie sich sagen: Okay, meine Perücke ist ausgeleiert. Die kann ich nicht mehr tragen. Aber ne neue zu kaufen wär mir zu teuer, also gehe ich ab morgen ohne zur Arbeit? Würden Sie sich *das* sagen?«
Ich schüttelte den Kopf. »Wahrscheinlich nicht«, sagte ich.
»Natürlich nicht. Wenn ein Typ erst mal anfängt, ne Perücke zu tragen, dann muß er auch weiter eine tragen. Das ist, na, sein Schicksal. Deswegen machen die Perückenhersteller ja auch so riesige Gewinne. Ich sag's nicht gern, aber die sind wie Drogendealer. Wenn die einen erst mal am Haken haben, dann haben sie einen Kunden fürs Leben. Schon mal von einem Glatzkopf gehört, dem plötzlich die Haare wieder nachgewachsen wären? Also, *ich* nicht. Für ne Perücke müssen Sie schon wenigstens ne halbe Million Yen hinblättern, für ne richtig gute vielleicht sogar eine Million. Und alle zwei Jahre brauchen Sie eine neue! Mann! Selbst 'n Auto hält länger – vier oder fünf Jahre. Und dann können Sie's in Zahlung geben!«
»Ich versteh, was du meinst«, sagte ich.
»*Und* die Perückenhersteller haben eigene Friseursalons. Sie waschen die Perücken und schneiden den Kunden die echten Haare. Ich meine, stellen Sie sich doch mal vor: Sie können sich ja nicht einfach bei einem ganz normalen Friseur in den Sessel fläzen, sich die Perücke vom Kopf rupfen und sagen ›Einmal nachschneiden, bitte‹, oder? Allein diese Läden werfen ein unheimliches Geld ab.«
»Du kennst dich ja wirklich gut aus«, sagte ich mit echter Bewunderung. Mays Platznachbar, der Schlips-und-Kragen-B-Typ, folgte sichtlich fasziniert unserer Unterhaltung.
»Klar«, sagte sie. »Die Leute im Büro mögen mich. Die erzählen mir alles. Diese Branche macht riesige Profite. Die stellen die Perücken in Südostasien und ande-

ren solchen Ländern her, wo's billige Arbeitskräfte gibt. Die beziehen sogar die Haare von dort – von Thailand oder den Philippinen. Die Frauen verkaufen den Perückenfirmen ihr Haar. In manchen Gegenden ist das die normale Methode, wie die sich ihre Mitgift verdienen. Ist schon eine verrückte Welt! Der Typ, der neben Ihnen sitzt, könnte glatt die Haare irgendeiner Indonesierin auf dem Kopf haben.«

Reflexartig sahen der B-Mann und ich uns im Wagen um und musterten unsere Mitfahrer.

In Shimbashi machten wir kurz Zwischenstation in der Zentrale der Firma, um einen Umschlag mit Erhebungsbögen und Bleistiften in Empfang zu nehmen. Diese Firma hatte angeblich den zweitgrößten Marktanteil in der Branche, aber sie war absolut unauffällig: Am Eingang war nicht einmal ein Namensschild angebracht, so daß die Kunden ganz unbefangen kommen und gehen konnten. Weder der Umschlag noch die Erhebungsbögen trugen den Namen des Unternehmens. In der Marktforschungsabteilung füllte ich ein Teilzeitkraft-Anmeldeformular aus: Name, Adresse, Ausbildungsgang und Alter. In diesen Büroräumen ging es unglaublich ruhig zu. Niemand schrie ins Telefon, niemand hämmerte mit aufgekrempelten Ärmeln auf eine Computertastatur ein. Sämtliche Mitarbeiter waren ordentlich angezogen und gingen ihrer jeweiligen Beschäftigung mit ruhiger Konzentration nach. Wie in der Zentrale eines Perückenherstellers nicht anders zu erwarten, hatte kein einziger Mann eine Glatze. Einige trugen vielleicht das Produkt ihrer Firma, aber falls ja, war es mir unmöglich, sie von den anderen zu unterscheiden. Von allen Firmen, die ich bisher kennengelernt hatte, hatte diese die merkwürdigste Atmosphäre.

Wir stiegen wieder in die U-Bahn und fuhren zur Ginza. Da wir Hunger hatten und es ohnehin noch zu früh war, gingen wir erst einmal auf einen Hamburger ins Dairy Queen.

»Sagen Sie mir mal, Mister Aufziehvogel«, sagte May Kasahara, »würden Sie ein Toupet tragen, wenn Sie eine Glatze hätten?«

»Wohl kaum«, sagte ich. »Ich hab was gegen Dinge, die Zeit kosten und Umstände machen. Wenn mir die Haare ausfielen, würde ich mich wohl damit abfinden.«

»Gut«, sagte sie und wischte sich mit einer Papierserviette den Ketchup vom Mund. »So gehört sich's. Männer mit Glatze sehen nie so schlecht aus, wie sie

sich einbilden. Für meine Begriffe ist das nichts, worüber man sich besonders aufzuregen bräuchte.«
»Wohl kaum«, sagte ich.

Die nächsten drei Stunden saßen wir neben dem Eingang der U-Bahn-Station am Wako-Gebäude und zählten die kahlköpfigen Männer, die an uns vorübergingen. Von oben auf die Köpfe hinunterzusehen, die die Treppe hinauf- und hinunterstiegen, war die zuverlässigste Methode, den jeweiligen Kahlheitsgrad zu ermitteln. May Kasahara sagte »A« oder »B« oder »C«, und ich trug es entsprechend ein. Es war offensichtlich, daß sie Übung darin hatte. Ohne ein einziges Mal zu zögern, zu stocken oder sich zu korrigieren, ordnete sie jeden Kopf rasch und präzise seiner Kategorie zu und sprach die Buchstaben leise und abgehackt aus, damit die Passanten nichts mitbekamen. Das erforderte natürlich jedesmal, wenn eine größere Gruppe von Glatzköpfen vorüberkam, ein Schnellfeuerstakkato von Buchstaben: »CCBABCA ACCBBB.« Einmal blieb ein elegant aussehender alter Herr (der selbst schön volles, schneeweißes Haar hatte) stehen, um uns bei unserer Tätigkeit zuzusehen. »Entschuldigen Sie bitte«, sagte er nach einer Weile zu mir, »aber dürfte ich Sie vielleicht fragen, was Sie beide da tun?«
»Eine Erhebung«, sagte ich.
»Was für eine Art von Erhebung?« fragte er.
»Eine soziologische«, sagte ich.
»CACABC«, sagte May Kasahara.
Der alte Herr schien nicht ganz überzeugt zu sein, aber er sah uns weiter zu, bis er es schließlich aufgab und sich entfernte.
Als die Mitsukoshi-Uhr auf der anderen Straßenseite vier Uhr zeigte, beendeten wir unsere Erhebung und gingen wieder ins Dairy Queen, um einen Kaffee zu trinken. Es war keine anstrengende Arbeit gewesen, aber mein Nacken und meine Schultern fühlten sich seltsam verspannt an. Vielleicht kam das von der verdeckten Natur der Tätigkeit, von den Schuldgefühlen, die es mir bereitete, heimlich glatzköpfige Männer zu zählen. Während unserer ganzen Rückfahrt zum Geschäftsgebäude in Shimbashi ertappte ich mich immer wieder dabei, daß ich jeden Glatzkopf, den ich in der U-Bahn sah, automatisch Kategorie A, B oder C zuordnete, wovon mir auf die Dauer fast körperlich übel wurde. Ich versuchte, damit aufzuhören, aber mittlerweile hatte sich dieser Teil meines Gehirns ver-

selbständigt und arbeitete wie aufgezogen weiter. Wir gaben die ausgefüllten Bögen ab und erhielten unseren Lohn – einen ziemlich guten Lohn für den geringen Zeit- und Energieaufwand. Ich unterschrieb eine Quittung und steckte das Geld ein. May Kasahara und ich fuhren mit der U-Bahn nach Shinjuku und stiegen dort in die Linie nach Odakyu um, die uns nach Haus brachte. Die Nachmittags-Rush-hour fing gerade an. Das war seit längerer Zeit meine erste Fahrt in einem überfüllten Zug, aber meine Wehmut hielt sich in Grenzen.

»Ganz guter Job, nicht?« fragte May Kasahara, als wir nebeneinander im Zug standen. »Leicht und nicht schlecht bezahlt.«

»Wirklich ganz gut«, sagte ich, an einem Zitronenbonbon lutschend.

»Kommen Sie nächstes Mal wieder mit? Wir könnten das einmal die Woche machen.«

»Warum nicht?« sagte ich.

»Wissen Sie was, Mister Aufziehvogel«, sagte May Kasahara nach einem kurzen Schweigen, als sei ihr plötzlich etwas eingefallen, »ich wette, wenn die Leute Angst haben, eine Glatze zu kriegen, liegt das bestimmt daran, daß sie das an den Tod erinnert. Ich meine, wenn das Haar anfängt, sich zu lichten, das muß doch ein Gefühl sein, als ob das Leben immer weniger würde ... als hätte man einen Riesenschritt in Richtung Tod gemacht, auf den letzten großen Verschleiß zu.«

Ich dachte eine Weile darüber nach. »So kann man das bestimmt auch sehen«, sagte ich.

»Wissen Sie, Mister Aufziehvogel, manchmal frag ich mich, wie es sein muß, nach und nach, über einen langen Zeitraum hinweg zu sterben. Was meinen Sie?«

Unsicher, worauf sie genau hinauswollte, wechselte ich die Hand an der Halteschlaufe und sah ihr in die Augen. »Kannst du mir ein konkretes Beispiel geben, was du damit meinst – nach und nach zu sterben?«

»Na ja ... ich weiß nicht. Man ist ganz allein im Dunkeln eingesperrt, ohne was zu essen, ohne was zu trinken, und nach und nach stirbt man ...«

»Das muß entsetzlich sein«, sagte ich. »Qualvoll. So würde ich nicht sterben wollen, wenn's sich irgendwie verhindern ließe.«

»Aber andererseits, Mister Aufziehvogel, ist nicht das ganze Leben letzten Endes so? Sind wir nicht alle irgendwo im Dunkeln eingesperrt, und man hat uns das Essen und Wasser weggenommen, und wir sterben allmählich nach und nach ab ...?«

Ich lachte. »Du bist zu jung, um so ...« – ich verwendete das englische Wort –
»... *pessimistic* zu sein!«
»Pessi-was?«
»*Pessimistic*. Das bedeutet, wenn man von allem nur die negative Seite betrachtet.«
»*Pessimistic ... pessimistic ...*« Sie sagte sich das englische Wort immer wieder vor, und dann sah sie plötzlich mit flammenden Augen zu mir auf. »Ich bin erst sechzehn«, sagte sie, »und ich weiß nicht viel von der Welt, aber *eines* weiß ich mit Sicherheit: Wenn *ich pessimistic* bin, dann sind die Erwachsenen dieser Welt, die das *nicht* sind, ein Haufen Idioten.«

10

GLÜCKLICHES HÄNDCHEN
TOD IN DER BADEWANNE
BOTE MIT ANDENKEN

In unser jetziges Haus waren wir im Herbst des zweiten Jahres unserer Ehe gezogen. Die Wohnung in Koenji, in der wir bis dahin gewohnt hatten, sollte von Grund auf renoviert werden. Wir versuchten, eine andere billige und günstig gelegene Wohnung zu finden, aber bei unserem Budget war das nicht leicht. Als mein Onkel davon hörte, schlug er uns vor, ein Haus zu beziehen, das er in Setagaya besaß. Er hatte es in seiner Jugend gekauft und zehn Jahre lang darin gewohnt. Jetzt hätte er es gern abgerissen und dafür etwas Funktionelleres hingestellt, aber die Bauvorschriften verboten ihm, dort das Haus zu bauen, das ihm vorschwebte. Er wartete darauf, daß eine unter der Hand angekündigte Lockerung der Richtlinien in Kraft träte, aber wenn er das Haus so lange leerstehen ließ, würde er die Grundsteuer zahlen müssen, und wenn er es an fremde Leute vermietete, würde er möglicherweise Schwierigkeiten haben, sie im richtigen Augenblick wieder herauszubekommen. Von uns würde er nur soviel Miete verlangen, wie die Steuern betrugen, aber im Gegenzug sollten wir uns verpflichten, binnen drei Monaten auszuziehen, wenn es so weit wäre. Das war für uns kein Problem; die Sache mit den Steuern war uns zwar nicht ganz klar, aber die Aussicht, wenn auch nur für kurze Zeit, in einem richtigen Haus zu wohnen und dafür nicht mehr zu bezahlen, als die Miete unserer (dazu noch sehr billigen) Wohnung betragen hatte, war äußerst verlockend, und wir griffen sofort zu. Das Haus war von der nächsten Station der Odakyu-Linie zwar ziemlich weit entfernt, aber es lag in einer ruhigen Wohngegend, und es hatte einen eigenen kleinen Garten. Auch wenn es uns nicht gehörte, gab es uns, sobald wir eingezogen waren, das Gefühl, nun einen richtigen »Haushalt« zu haben.

Dieser Onkel, der jüngere Bruder meiner Mutter, stellte nie irgendwelche Ansprüche an uns. Er war wohl ein ziemlich cooler Typ, aber *wie sehr* er uns in Ruhe ließ, hatte schon fast etwas Unheimliches. Jedenfalls war er mein Lieblingsverwandter. Er hatte in Tokio das College besucht und nach dem Abschluß eine Stelle als Rundfunksprecher gefunden, aber als ihm nach zehn Jahren »die Arbeit zum Hals raushing«, verließ er den Sender und eröffnete eine Bar auf der Ginza. Es war ein kleines Lokal von fast klösterlicher Schmucklosigkeit, aber schon bald genoß es unter Kennern und Liebhabern authentischer Cocktails einen sehr guten Ruf, und binnen weniger Jahre leitete mein Onkel eine ganze Reihe von Bars und Restaurants. Jedes seiner Lokale lief ausgezeichnet: offensichtlich hatte er dieses bestimmte Etwas, das man als Geschäftsmann braucht. Als ich noch auf dem College war, fragte ich ihn einmal, wie es käme, daß jedes Lokal, das er eröffnete, ein solcher Erfolg wurde. Er konnte auf der Ginza in genau denselben Räumlichkeiten, in denen ein Restaurant Pleite gemacht hatte, ein neues Restaurant genau derselben Art eröffnen und damit hervorragende Geschäfte machen. Woran lag das? Er streckte mir beide Handflächen entgegen. »Es ist meine glückliche Hand«, sagte er ohne eine Spur von Ironie. Und das war alles, was er dazu sagte.

Vielleicht hatte er wirklich eine glückliche Hand, aber er hatte auch ein besonderes Talent, fähige Mitarbeiter zu finden. Er zahlte ihnen hohe Gehälter und behandelte sie gut, und sie lohnten es ihm durch harte Arbeit. »Wenn ich weiß, daß ich den Richtigen habe, drücke ich ihm einen Packen Scheine in die Hand und laß ihn machen«, sagte er mir einmal. »Du mußt dein Geld für die Dinge ausgeben, die für Geld zu haben sind, ohne an Gewinne oder Verluste zu denken. Spar dir deine Energie für die Dinge auf, die *nicht* für Geld zu haben sind.«

Er heiratete spät. Erst als endgültig erfolgreicher Geschäftsmann von Mitte vierzig ließ er sich häuslich nieder. Seine Frau war geschieden, drei, vier Jahre jünger als er und brachte ein beträchtliches eigenes Vermögen in die Ehe ein. Mein Onkel erzählte mir nicht, wie er sie kennengelernt hatte, und ich wußte von ihr

nur, daß sie eine stille Frau aus guter Familie war. Kinder hatten sie keine. Sie hatte offenbar auch mit ihrem ersten Mann keine Kinder gehabt; das mochte der Grund für die Scheidung gewesen sein. Auf alle Fälle war mein Onkel als Mittvierziger vielleicht nicht gerade reich, aber doch wohlhabend genug, um sich nicht länger abrackern zu müssen. Zusätzlich zu den Erträgen seiner Restaurants und Bars hatte er Mieteinkünfte aus mehreren Häusern und Eigentumswohnungen, die er besaß, sowie ständige Einkünfte aus Aktienbesitz. In der Familie – durchweg achtbare, jeglicher Extravaganz abholde Geschäftsleute – wurde mein Onkel als schwarzes Schaf betrachtet, und er selbst hatte nie große Neigung gezeigt, engeren Umgang mit Verwandten zu pflegen. Als sein einziger Neffe hatte ich ihm allerdings schon immer ein wenig am Herzen gelegen, zumal nachdem meine Mutter in meinem ersten Collegejahr starb und ich mich mit meinem Vater zerstritt, der noch einmal heiratete. Als ich das einsame Leben eines armen Tokioter Studenten führte, spendierte mir mein Onkel oft ein Abendessen in einem seiner Restaurants auf der Ginza.
Er und seine Frau wohnten jetzt auf einem Hügel in Azabu in einer Eigentumswohnung, was ihnen lieber war, als sich um ein ganzes Haus kümmern zu müssen. Er hatte keinen besonders aufwendigen Lebensstil, aber ein Hobby leistete er sich: Er sammelte seltene Autos. Er hatte einen Jaguar und einen Alfa Romeo in der Garage, beides schon fast Antiquitäten und äußerst gut gepflegt, so blank wie am ersten Tag.

Als ich einmal wegen etwas anderem mit meinem Onkel telefonierte, nutzte ich die Gelegenheit, ihn zu fragen, was er über May Kasaharas Familie wisse.
»Kasahara, sagst du?« Er dachte einen Augenblick nach. »Nie von denen gehört. Ich war Junggeselle, als ich dort wohnte, mit den Nachbarn habe ich nie was zu tun gehabt.«
»Eigentlich ist es das Haus gegenüber, was mich interessiert, das leerstehende Haus auf der anderen Seite der Gasse«, sagte ich. »Ich glaube, da hat früher ein gewisser Miyawaki drin gewohnt. Jetzt ist es ringsum mit Brettern vernagelt.«
»Ach, Miyawaki. Klar, den kannte ich«, sagte mein Onkel. »Er besaß ein paar Restaurants, auch eins auf der Ginza. Ich hatte ein paarmal mit ihm geschäftlich zu tun. Seine Lokale waren nichts Besonderes, unter uns gesagt, aber alle in guter Lage. Ich hatte den Eindruck, seine Geschäfte liefen ganz ordentlich. Er war ein

netter Kerl, aber ein bißchen der Typ des verwöhnten Reicheleutekindes. Er hatte nie hart arbeiten müssen, oder er hat nie den Dreh rausbekommen oder was weiß ich, jedenfalls ist er nie richtig erwachsen geworden. Jemand hat ihn an die Börse gelockt und ihm alles abgeknöpft, was er hatte – Haus, Grundstück, Lokale, alles. Und das im übelsten Moment. Er versuchte gerade, ein neues Lokal zu eröffnen, und hatte dafür eine hohe Hypothek auf Haus und Grundstück aufgenommen. Peng! Alles weg. Hatte ein paar Töchter, glaub ich, im Collegealter.«
»Soweit ich weiß, steht das Haus seitdem leer.«
»Im Ernst? Ich wette, die Eigentumsverhältnisse sind völlig unklar und sein Vermögen ist eingefroren oder sonstwas. Du solltest aber besser die Finger davon lassen, egal, was für ein Angebot sie dir machen.«
»Wem? Mir?« Ich lachte. »Ein solches Objekt könnte ich mir nie im Leben leisten. Aber warum sagst du das?«
»Als ich damals mein Haus gekauft habe, habe ich da einen Blick reingeworfen. Mit dem Haus stimmt irgendwas nicht.«
»Du meinst, da spukt's?«
»Vielleicht nicht gerade das, aber ich habe noch nie was Gutes über das Anwesen gehört«, sagte mein Onkel. »Bis zum Ende des Krieges wohnte da ein ziemlich bekannter Militär, Oberst Wasweißich, ein richtiger Super-Eliteoffizier. Die Soldaten, die unter seinem Kommando in Nordchina kämpften, bekamen alle möglichen Auszeichnungen, aber sie haben dort schlimme Dinge getan – fünfhundert Kriegsgefangene hingerichtet, Zehntausende von Bauern gezwungen, für sie zu arbeiten, bis die Hälfte davon tot umgefallen ist, solche Sachen. Das waren jedenfalls die Geschichten, die man sich damals erzählte, ich weiß also nicht, wieviel davon stimmt. Er wurde unmittelbar vor Ende des Krieges zurückkommandiert, hat also die Kapitulation hier erlebt, und aus dem, was da ablief, konnte er sich ausrechnen, daß man ihn als Kriegsverbrecher vor Gericht bringen würde. Die Burschen, die in China durchgedreht waren – die Generäle, die Stabsoffiziere –, wurden nach und nach alle von der amerikanischen Militärpolizei abgeholt. Nun, er hatte nicht die Absicht, sich vor Gericht schleifen zu lassen. Er dachte nicht daran, sich öffentlich vorführen und anschließend aufhängen zu lassen. Da wollte er sich lieber selbst das Leben nehmen. Als er also eines Tages einen GI-Jeep vor seinem Haus halten sah, schoß er sich sofort eine Kugel durch den Kopf. Es wäre ihm zwar bestimmt lieber gewesen, sich nach guter alter Samurai-Manier den

Bauch aufzuschlitzen, aber dafür reichte die Zeit nicht mehr. Seine Frau hängte sich in der Küche auf, um ihren Mann ›in den Tod zu begleiten‹.«
»Wahnsinn.«
»Jedenfalls stellte sich heraus, daß der GI ein ganz gewöhnlicher GI gewesen war, der das Haus seiner Freundin suchte. Er hatte sich verfahren und wollte nur nach dem Weg fragen. Du weißt ja selbst, wie leicht man sich in dem Viertel verfranzen kann. Zu entscheiden, daß der Zeitpunkt zu sterben gekommen ist – das kann für niemanden leicht sein.«
»Nein, bestimmt nicht.«
»Nach dieser Sache stand das Haus für eine Weile leer, und dann kaufte es eine Schauspielerin – eine Filmschauspielerin. Der Name würde dir nichts sagen, das war lange vor deiner Zeit, und besonders berühmt ist sie nie gewesen. Sie wohnte dort, na, um die zehn Jahre lang. Nur sie und ihre Zofe. Sie war unverheiratet. Ein paar Jahre, nachdem sie dort eingezogen war, bekam sie irgendein Augenleiden. Sie sah alles nur noch verschwommen, selbst aus nächster Nähe. Aber sie war schließlich Schauspielerin; sie konnte unmöglich mit Brille arbeiten, und Kontaktlinsen waren damals noch etwas ganz Neues. Sie waren nicht besonders gut, und es benutzte sie so gut wie niemand. Also machte sie es so, daß sie vor jeder Aufnahme in die Dekoration ging und auswendig lernte, wie viele Schritte sie von A nach B zu laufen hatte. Irgendwie kam sie zurecht: Es waren ziemlich simple Filme, diese alten Shochiku-Familiendramen. Damals ging's überhaupt in allem viel lockerer zu. Eines Tages aber, nachdem sie sich den Szenenaufbau eingeprägt hatte und wieder in ihre Garderobe gegangen war, verstellte ein junger Kameramann, der nichts von der Sache wußte, die Requisiten ein kleines bißchen.«
»Oha.«
»Sie stolperte, fiel hin und konnte danach nicht mehr gehen. Und mit ihren Augen wurde es sogar noch schlimmer. Sie war praktisch blind. Es war jammerschade; sie war noch jung und hübsch. Natürlich war es aus mit ihrer Filmkarriere. Sie konnte praktisch nur noch zu Haus herumsitzen. Und dann steckte ihre Zofe eines Tages ihr ganzes Geld ein und brannte mit irgendeinem Kerl durch. Diese Zofe war der einzige Mensch gewesen, dem sie geglaubt hatte, vertrauen zu können, sie hatte sich in allem absolut auf sie verlassen, und die Frau hat ihr sämtliche Ersparnisse gestohlen, Aktien, alles. Junge, Junge, entsetzliche Geschichten gibt's! Und was glaubst du, was sie da getan hat?«

»Na ja, ein Happy-End kann diese Geschichte wohl kaum haben.«
»Nein, wohl kaum«, sagte mein Onkel. »Sie hat die Badewanne vollaufen lassen, das Gesicht ins Wasser gesteckt und sich ertränkt. Du kannst dir vorstellen, daß man schon verflucht entschlossen sein muß, um sich auf die Art umzubringen.«
»Wahrlich kein Happy-End.«
»Nein, wirklich nicht. Kurz darauf kaufte Miyawaki das Grundstück. Ich meine, es *ist* ein schönes Anwesen – jeder, der es sieht, möchte es gern haben. Die Nachbarschaft ist angenehm, das Grundstück liegt verhältnismäßig hoch und bekommt viel Sonne, der Garten ist groß. Aber Miyawaki hatte die düsteren Geschichten der Vorbesitzer gehört, also ließ er das ganze Ding abreißen, bis auf die Fundamente, und stellte ein völlig neues Haus hin. Er ließ sogar Shinto-Priester kommen und eine Reinigungszeremonie durchführen. Aber das war wohl nicht genug. Jedem, der da wohnt, passiert etwas Schlimmes. Es ist eben eine von diesen Ecken. Die gibt es einfach. Ich würd das Grundstück nicht mal geschenkt haben wollen.«

Nachdem ich im Supermarkt eingekauft hatte, legte ich mir meine Zutaten für das Abendessen zurecht. Dann holte ich die Wäsche herein, faltete sie ordentlich und räumte sie weg. Anschließend ging ich wieder in die Küche und kochte mir eine Kanne Kaffee. Es war ein schöner, ruhiger Tag, ohne irgendwelche Anrufe oder Besuche. Ich machte es mir auf dem Sofa bequem und las ein Buch. Es war niemand da, der mich bei meiner Lektüre gestört hätte. Ab und an schnarrte der Aufziehvogel hinter dem Haus. Es war fast das einzige Geräusch, das ich den ganzen Tag hörte.
Um vier klingelte jemand an der Tür. Es war der Briefträger. »Einschreiben«, sagte er und reichte mir einen dicken Umschlag. Ich nahm ihn und stempelte meinen Namen auf den Einlieferungsschein.
Es war kein gewöhnlicher Umschlag. Er bestand aus altmodischem, schwerem Reispapier, und jemand hatte sich die Mühe gemacht, meinen Namen und meine Adresse mit dem Pinsel in kräftigen schwarzen Schriftzeichen aufzumalen. Als Absender war auf der Rückseite ein gewisser Tokutaro Mamiya angegeben, wohnhaft irgendwo in der Präfektur Hiroshima. Name wie Adresse waren mir völlig unbekannt. Nach der Pinselführung zu urteilen, mußte dieser Tokutaro Mamiya schon ein älterer Mann sein. Heutzutage kann niemand mehr so schreiben.

Ich setzte mich auf das Sofa und schnitt den Umschlag mit der Schere auf. Der Brief war nicht minder altmodisch als der Umschlag: auf geglättetes Reispapier in einer Handschrift gepinselt, deren kursiver Duktus einen kultivierten Schreiber verriet. Da mir selbst diese Kultur abging, konnte ich ihn kaum entziffern. Der Satzbau entsprach in seiner extremen Förmlichkeit durchaus der kalligraphischen Form, was die Sache noch weiter komplizierte, aber mit einiger Zeit und Geduld gelang es mir, den ungefähren Inhalt zu ermitteln. Der alte Herr Honda, erfuhr ich, der Wahrsager, den Kumiko und ich vor so langer Zeit regelmäßig besucht hatten, war zwei Wochen zuvor in seinem Haus in Meguro an einem Herzschlag gestorben. Da er allein gewohnt hatte, war bei seinem Ableben niemand zugegen gewesen, aber die Ärzte glaubten, er sei rasch und ohne viel Schmerzen gestorben – vielleicht das einzig Erfreuliche an dieser traurigen Geschichte. Die Zugehfrau hatte ihn am Morgen gefunden, vornübergesackt auf den niedrigen Tisch über seinem Fußwärmer. Der Schreiber des Briefes, Tokutaro Mamiya, war als Oberleutnant in der Mandschurei stationiert gewesen und hatte, wie es das Schicksal wollte, die Gefahren des Krieges mit Korporal Oishi Honda geteilt. Jetzt hatte es Mamiya entsprechend dem dringenden Wunsch des Verblichenen auf sich genommen, die Andenken zu verteilen. Der Verblichene hatte diesbezüglich äußerst minuziöse schriftliche Anweisungen hinterlassen. »Die detaillierte und sorgfältig durchdachte letztwillige Verfügung läßt den Schluß zu, daß Herr Honda sein unmittelbar bevorstehendes Ableben vorausgeahnt hat. Sie erklärt ausdrücklich, daß der Erblasser es sich als sehr große Freude anrechnen würde, wenn Sie, Herr Toru Okada, die Güte hätten, einen bestimmten Gegenstand als Andenken an ihn anzunehmen. Ich kann mir vorstellen, wie stark Sie, Herr Okada, durch anderweitige Geschäfte beansprucht sind, aber als alter Waffengefährte des Dahingegangenen, dem selbst voraussichtlich nur noch wenige Jahre zu leben verbleiben, kann ich Ihnen versichern, daß Sie mir keine größere Freude bereiten könnten als durch die gütige Entgegennahme besagten Gegenstandes als eine kleine Erinnerung an den verstorbenen Herrn Honda.« Der Brief schloß mit der Tokioter Adresse, an der sich Herr Mamiya gegenwärtig aufhielt: c/o Mamiya in Hongo 2-chome, Stadtteil Bunkyo. Ich vermutete, daß er im Haus eines Verwandten abgestiegen war.

Meine Antwort schrieb ich am Küchentisch. Ich hatte vorgehabt, mich kurz und schlicht zu fassen, aber kaum saß ich vor der Postkarte, bekam ich keinen einzigen

normalen Satz zustande. »Ich hatte das Glück, den verstorbenen Herrn Honda zu kennen, und habe aus unserer kurzen Bekanntschaft großen Gewinn gezogen. Die Nachricht von seinem Ableben ruft in mir Erinnerungen an jene Zeit zurück. Uns trennte natürlich ein erheblicher Altersunterschied, und unsere Beziehung dauerte nur ein einziges Jahr, dennoch habe ich stets das Gefühl gehabt, daß der Verstorbene etwas an sich hatte, was die Menschen zutiefst berührte. Um ganz ehrlich zu sein, hätte ich nie zu vermuten gewagt, daß Herr Honda mich in seinem Testament ausdrücklich als Empfänger eines Andenkens erwähnen würde, noch bin ich mir sicher, ob ich überhaupt berechtigt bin, etwas aus seinem Besitz anzunehmen, doch wenn dies sein Wunsch war, werde ich ihm gewiß mit allem gebührenden Respekt willfahren. In Erwartung Ihrer geschätzten Antwort ...«
Als ich die Karte im nächsten Briefkasten einwarf, ertappte ich mich dabei, daß ich das Gedicht des alten Herrn Honda vor mich hinmurmelte: »Sterben ist der einzige Weg / Zu deiner Befreiung: / Nomonhan.«

Es war fast zehn, als Kumiko von der Arbeit heimkam. Sie hatte vor sechs angerufen, um zu sagen, daß es heute wieder spät werden würde: ich sollte ohne sie essen, und sie würde sich in der Stadt eine Kleinigkeit holen. Na gut, sagte ich und machte mir etwas Einfaches zurecht. Wieder blieb ich allein zu Haus und las ein Buch. Als sie hereinkam, sagte Kumiko, sie hätte Lust auf einen Schluck Bier. Wir teilten uns eine mittelgroße Flasche. Kumiko sah abgespannt aus. Die Ellenbogen auf dem Küchentisch, stützte sie das Kinn in die Hände und überließ es mir, die ganze Unterhaltung zu bestreiten. Sie schien in Gedanken zu sein. Ich erzählte ihr, daß der alte Herr Honda gestorben war. »Ach, wirklich?« sagte sie mit einem Seufzer. »Na ja, er kam langsam wirklich in die Jahre, und er war fast völlig taub.« Als ich allerdings sagte, daß er mir ein Andenken hinterlassen hatte, schrak sie zusammen, als sei plötzlich etwas vom Himmel gefallen.
»Dir?!« rief sie aus und runzelte die Augenbrauen.
»Ja. Schon komisch, nicht?«
»Er muß dich gemocht haben.«
»Wie sollte das möglich sein? Ich hab mich doch nie richtig mit ihm unterhalten«, sagte ich. »Zumindest hab *ich* nie viel gesagt. Und selbst, wenn ich's getan hätte, er hörte ja doch nichts. Wir haben uns einmal im Monat da hingesetzt und uns seine Geschichten angehört. Und das einzige, wovon er uns je erzählt hat, war die

Schlacht von Nomonhan: wie sie Molotowcocktails geworfen haben und welcher Panzer brannte und welcher nicht und lauter solche Sachen.«
»Frag mich nicht«, sagte Kumiko. »Er muß irgendwas an dir gefunden haben. Ich verstehe solche Leute nicht, was in deren Kopf vor sich geht.«
Danach verfiel sie wieder in Schweigen. Es war ein angestrengtes Schweigen. Ich warf einen Blick auf den Wandkalender. Bis zur ihrer Periode war's noch einige Zeit hin. Ich fragte mich, ob in der Redaktion etwas Unerfreuliches passiert sein mochte.
»Zu hart gearbeitet?« fragte ich sie.
»Ein bißchen«, sagte Kumiko, nachdem sie einen Schluck Bier genommen hatte, und starrte auf das, was in ihrem Glas verblieb. Ihre Stimme hatte einen fast herausfordernden Unterton. »Tut mir leid, daß es so spät geworden ist, aber du weißt, wie es in der Redaktion zugeht, wenn sich die Arbeit häuft. Und es ist ja auch nicht so, daß das jeden zweiten Tag passieren würde. Ich schaffe es immerhin, weniger Überstunden aufgebrummt zu bekommen als die meisten anderen. Sie wissen, daß ich einen Mann habe, der zu Haus auf mich wartet.«
Ich nickte. »Ich mach dir keine Vorwürfe«, sagte ich. »Ich weiß ja, daß du manchmal länger arbeiten mußt. Ich mach mir nur Sorgen, daß du dir vielleicht zuviel aufhalst.«
Sie blieb lange unter der Dusche. Ich trank mein Bier und blätterte eine Zeitschrift durch, die sie mitgebracht hatte.
Ich steckte die Hand in die Hosentasche und fand dort den Lohn meines kleinen Teilzeitjobs von neulich. Ich hatte die Scheine noch nicht einmal aus dem Umschlag gezogen. Noch eine Unterlassung: Kumiko nicht von diesem Job erzählt zu haben. Nicht, daß ich es vor ihr hätte verheimlichen wollen, aber ich hatte die Gelegenheit, es beiläufig zu erwähnen, verstreichen lassen, und eine andere hatte sich nicht ergeben. Je mehr Zeit verging, desto schwieriger kam es mir – aus welchen Gründen auch immer – vor, davon anzufangen. Ich hätte nur zu sagen brauchen: »Ich hab da so ein komisches sechzehnjähriges Mädchen aus der Nachbarschaft kennengelernt und einen Nachmittag lang zusammen mit ihr gejobbt, eine Erhebung für einen Perückenfabrikanten. War auch gar nicht schlecht bezahlt.« Und Kumiko hätte dazu sagen können: »Ach, wirklich? Na, ist doch schön«, und damit wäre die Sache erledigt gewesen. Oder auch nicht. Möglicherweise hätte sie auch mehr über May Kasahara wissen wollen. Sie hätte sich dar-

über ärgern können, daß ich mich mit einer Sechzehnjährigen anfreundete. Dann hätte ich ihr von May Kasahara erzählen müssen und ihr haarklein erklären, wo, wann und wie wir uns zufällig kennengelernt hatten. Ich bin bloß leider nicht sehr gut darin, systematische Erklärungen abzugeben.
Ich holte das Geld aus dem Umschlag und steckte es in meine Brieftasche. Den Umschlag zerknüllte ich und warf ihn in den Papierkorb. So entstehen also Geheimnisse, dachte ich bei mir. Nach und nach, Stückchen für Stückchen. Ich hatte nicht bewußt vorgehabt, May Kasaharas Existenz vor Kumiko geheimzuhalten. Eine so große Sache war meine Beziehung zu ihr schließlich nicht: ob ich davon erzählte oder nicht, war völlig belanglos. Sobald sie allerdings durch einen bestimmten zarten Kanal geflossen war, hatte sich ein Schleier von Geheimnistuerei um sie gelegt – was auch immer meine ursprüngliche »Absicht« gewesen sein mochte. Das gleiche war mit Kreta Kano geschehen. Ich hatte Kumiko erzählt, daß Malta Kanos jüngere Schwester hierhergekommen war, daß sie Kreta hieß, daß sie sich im Stil der frühen sechziger Jahre zurechtmachte, daß sie Proben von unserem Leitungswasser genommen hatte. Doch daß sie danach angefangen hatte, mir gegenüber erstaunliche Enthüllungen zu machen, und, bevor sie das Ende erreicht hatte, ohne ein Wort verschwunden war – das hatte ich verschwiegen. Kreta Kanos Geschichte war einfach zu verrückt gewesen: Ich hätte es nie geschafft, ihre Nuancen wiederzugeben und sie Kumiko faßbar zu machen, und so hatte ich es gar nicht erst versucht. Oder aber Kumiko hätte sich vielleicht wenig erfreut darüber gezeigt, daß Kreta Kano nach Erledigung ihres eigentlichen Auftrags noch so lange hiergeblieben war und mir alle möglichen verwirrenden persönlichen Dinge gebeichtet hatte. Und so hatte ich mit einemmal ein weiteres kleines Geheimnis.
Vielleicht hatte Kumiko gleichfalls Dinge dieser Art, die sie vor mir verheimlichte. Und wie die Lage nun war, hätte ich dann natürlich kaum das Recht gehabt, ihr Vorwürfe zu machen. Ich war mit Sicherheit der Verschlossenere von uns beiden. Sie neigte dazu zu sagen, was ihr durch den Kopf ging. Sie war einer von den Menschen, die laut denken. Ich war nicht so.
Um diese unangenehmen Grübeleien zu beenden, ging ich hinüber zum Badezimmer. Die Tür stand weit offen. Ich blieb an der Schwelle stehen und betrachtete Kumiko von hinten. Sie hatte inzwischen einen knallblauen Pyjama angezogen und rubbelte sich vor dem Spiegel die Haare trocken.

»Was einen Job für mich angeht«, sagte ich. »Ich *habe* darüber nachgedacht. Ich hab Freunde gebeten, die Ohren aufzuhalten, und ich hab's selbst bei ein paar Stellen versucht. Es *gibt* Jobs, ich kann also arbeiten, sobald ich will. Ich könnte schon morgen anfangen, ich brauche mich nur zu entscheiden. Das Problem ist, mich zu entscheiden. Ich bin einfach unsicher. Ich bin mir nicht sicher, ob es das Richtige wäre, mir wahllos irgendeinen Job herauszugreifen.«
»Deswegen sag ich dir doch die ganze Zeit, du sollst tun, wonach dir ist«, sagte sie, während sie sich im Spiegel ansah. »Du *brauchst* dir jetzt noch keinen Job zu suchen. Wenn du dir wegen des Geldes Sorgen machst, dann sind das völlig unnötige Sorgen. Wenn dir nicht wohl dabei ist, arbeitslos zu sein, wenn es dir Probleme bereitet, daß ich die einzige bin, die hier Geld verdient, während du daheimhockst und dich um die Hausarbeit kümmerst, dann tu einfach für eine Weile was – besorg dir irgendeinen Übergangsjob. Mir ist es gleich.«
»Natürlich werde ich früher oder später Arbeit finden müssen. *Ich* weiß das. *Du* weißt das. Ich kann nicht ewig weiter so herumhängen. Und ich *werde* früher oder später Arbeit finden. Es ist nur so, daß ich momentan nicht weiß, was für eine Arbeit es sein sollte. Nachdem ich in der Kanzlei aufgehört habe, dachte ich eine Zeitlang, daß ich wieder etwas mit Jura machen würde. Schließlich habe ich in der Branche einige Beziehungen. Aber jetzt kann ich mich dafür nicht mehr recht begeistern. Je mehr Zeit vergeht, desto weniger interessiert mich die Juristerei. Ich bekomme immer mehr das Gefühl, daß das einfach nicht die richtige Arbeit für mich ist.«
Kumiko sah mich im Spiegel an. Ich fuhr fort:
»Aber zu wissen, was ich *nicht* will, hilft mir nicht, mir darüber klar zu werden, *was* ich will. Wenn ich müßte, könnte ich so ziemlich alles tun. Aber ich habe keine Vorstellung, kein Bild von der *einen Sache*, die ich wirklich tun will. Das ist augenblicklich mein Problem. Ich kann das Bild nicht finden.«
»Na ja«, sagte sie, legte das Handtuch hin und wandte sich mir zu, »wenn du die Juristerei satt hast, dann laß sie doch. Vergiß einfach die Anwaltsprüfung. Mach dich nicht mit dem Gedanken verrückt, du müßtest unbedingt einen Job finden. Wenn du das Bild nicht finden kannst, dann wart eben, bis es sich von selbst einstellt. Wo ist das Problem?«
Ich nickte. »Ich wollte nur sicher sein, daß ich dir deutlich gemacht habe, was in mir vorgeht.«

»Gut«, sagte sie.
Ich ging in die Küche und spülte mein Glas aus. Sie kam aus dem Badezimmer nach und setzte sich an den Küchentisch.
»Rate mal, wer mich heute nachmittag angerufen hat«, sagte sie. »Mein Bruder.«
»Und?«
»Er überlegt sich, ob er nicht kandidieren soll. Das heißt, er ist schon so gut wie entschlossen.«
»Kandidieren?!« Das war ein solcher Schock für mich, daß ich im ersten Moment kaum ein Wort herausbrachte. »Du meinst ... für das Parlament?«
»Genau. Sie hätten gern, daß er im Wahlkreis meines Onkels, in Niigata, kandidiert.«
»Ich dachte, es wäre schon ausgemacht, daß sein Sohn sein Nachfolger wird. Er sollte seinen Direktorposten bei Dentsu, oder was weiß ich, aufgeben und wieder nach Niigata ziehen.«
Sie fing an, sich die Ohren mit einem Q-Tip zu reinigen. »So war es geplant, aber mein Cousin will nicht mitspielen. Er hat seine Familie in Tokio, und er mag seine Arbeit. Er ist nicht bereit, einen so wichtigen Posten bei der größten Werbeagentur der Welt aufzugeben und wieder in die Pampa nach Niigata zu ziehen, nur um Abgeordneter zu werden. Am meisten ist seine Frau dagegen. Sie will nicht, daß er für seine Kandidatur die Familie opfert.«
Der ältere Bruder von Kumikos Vater saß schon seit vier oder fünf Legislaturperioden als Abgeordneter des Wahlkreises Niigata im Unterhaus. Ohne direkt zur politischen Prominenz zu gehören, konnte er doch auf eine recht ansehnliche Laufbahn zurückblicken und hatte es zu irgendeinem Zeitpunkt sogar zu einem kleineren Kabinettsposten gebracht. Jetzt machten es ihm sein fortgeschrittenes Alter und ein Herzleiden allerdings unmöglich, noch einmal zu kandidieren, und das bedeutete, daß jemand anders den Wahlkreis würde übernehmen müssen. Dieser Onkel hatte zwei Söhne, aber der ältere hatte nie vorgehabt, in die Politik zu gehen, und so war es eigentlich klar gewesen, daß der jüngere die Nachfolge antreten würde.
»Jetzt sind die Leute im Distrikt auf einmal ganz wild darauf, meinen Bruder aufzustellen. Sie wollen einen jungen, tüchtigen, dynamischen Kandidaten. Jemanden, der mehrere Legislaturperioden durchstehen kann und das Zeug hat, es in der Zentralregierung zu was zu bringen. Mein Bruder hat einen bekannten

Namen, er wird die jungen Wähler gewinnen: Er ist perfekt. Sicher, er kann nicht mit den Einheimischen klönen, aber die Ortsgruppe ist einflußreich, die werden die Sache in die Hand nehmen. Und wenn er in Tokio wohnen bleiben will, ist das auch kein Problem. Er braucht sich lediglich während des Wahlkampfes dort sehen zu lassen.«

Es fiel mir schwer, mir Noboru Wataya als Parlamentsmitglied vorzustellen. »Was hältst du von der ganzen Sache?« fragte ich.

»Ich habe nichts mit ihm zu schaffen. Von mir aus kann er Abgeordneter oder Astronaut werden, wenn's ihm Spaß macht.«

»Aber warum legt er dann Wert auf deinen Rat?«

»Mach dich nicht lächerlich«, sagte sie trocken. »Er hat mich nicht um Rat gefragt. Du weißt, daß er das niemals tun würde. Er wollte mich nur auf dem laufenden halten. Als Mitglied der Familie.«

»Ach so«, sagte ich. »Aber trotzdem, wenn er ins Parlament will, dürfte es da nicht ein Problem sein, daß er geschieden und alleinstehend ist?«

»Da bin ich überfragt«, sagte Kumiko. »Ich habe keine Ahnung von Politik oder Wahlen und dem ganzen Kram. Das interessiert mich alles nicht. Aber wie dem auch sei, ich bin ziemlich sicher, daß er nie wieder heiraten wird, wen auch immer. Er hätte überhaupt nie heiraten dürfen. Es ist nicht das, was er vom Leben will. Er ist auf etwas ganz anderes aus, etwas völlig Verschiedenes von dem, was du oder ich wollen. Das weiß ich sicher.«

»Ach wirklich?«

Kumiko wickelte zwei gebrauchte Q-Tips in ein Reinigungstuch und warf sie in den Papierkorb. Dann hob sie das Gesicht und sah mich an. »Ich habe ihn einmal masturbieren sehen. Ich hab eine Tür aufgemacht, und da war er.«

»Na und? Jeder masturbiert«, sagte ich.

»Nein, du verstehst nicht«, sagte sie. Dann seufzte sie. »Das war vielleicht zwei Jahre nach dem Tod meiner Schwester. Er ging wahrscheinlich aufs College, und ich dürfte in der Dritten gewesen sein. Meine Mutter hatte hin- und hergeschwankt, ob sie die Sachen meiner Schwester verschenken oder aufbewahren sollte, und am Ende hatte sie beschlossen, sie zu behalten, und wohl gedacht, ich könnte sie später tragen. Sie hatte die Sachen in einen Karton gepackt und in einen Schrank geräumt. Mein Bruder hatte sie herausgeholt und roch daran und machte es sich dabei.«

144

Ich schwieg.

»Ich war damals bloß ein kleines Mädchen. Ich wußte nichts von Sex. Ich hatte wirklich keine Ahnung, was er da tat, aber ich spürte irgendwie, daß es etwas Unanständiges war, etwas, was ich eigentlich nicht hätte sehen dürfen, etwas viel Tieferes, als es nach außen hin aussah.« Kumiko schüttelte den Kopf.

»Weiß Noboru Wataya, daß du ihn damals gesehen hast?«

»Natürlich. Wir haben uns direkt in die Augen gesehen.«

Ich nickte. »Und was ist mit den Sachen deiner Schwester?« fragte ich. »Hast du sie später getragen, als du größer warst?«

»Machst du Witze?« sagte sie.

»Du glaubst also, daß er in deine Schwester verliebt war?«

»Ich weiß es nicht«, sagte Kumiko. »Ich bin mir nicht sicher, ob er ein sexuelles Interesse an ihr hatte, aber *irgend etwas* hatte er bestimmt, und ich hab so eine Ahnung, daß er es nie geschafft hat, von diesem Etwas loszukommen. Das meine ich, wenn ich sage, daß er überhaupt nie hätte heiraten dürfen.«

Kumiko verstummte. Lange sprach keiner von uns beiden ein Wort. Schließlich sagte sie: »Insofern könnte ich mir vorstellen, daß er irgendwelche ernsten psychischen Probleme hat. Natürlich haben wir alle irgendwo unsere größeren oder kleineren Macken, aber seine sind ein ganzes Stück schwerwiegender als alles, was du oder ich in der Hinsicht jemals haben könnten. Sie sitzen ein ganzes Stück tiefer und sind weit hartnäckiger. Und er wird nicht zulassen, daß irgend jemand diese Narben oder Schwächen, oder was immer es ist, jemals zu sehen bekommt. Niemals. Verstehst du, was ich meine? Diese Parlamentswahl – sie macht mir Sorgen.«

»Macht dir Sorgen? Wieso denn das?«

»Ich weiß auch nicht. Sie tut's einfach«, sagte sie. »Was soll's, ich bin müde. Ich kann heut nicht mehr denken. Gehen wir schlafen.«

Während ich mir die Zähne putzte, musterte ich mein Gesicht im Badezimmerspiegel. In den mittlerweile mehr als zwei Monaten seit meiner Kündigung hatte ich mich nur selten in die »Außenwelt« hinausbegeben. Ich war immer nur zwischen unseren paar Geschäften, dem Schwimmbad und unserem Haus hin und her gependelt. Abgesehen von der Ginza und dem Hotel in Shinagawa war der fernste Punkt, zu dem ich mich von zu Hause aus begeben hatte, die Reinigung am Bahnhof gewesen. Und während dieser ganzen Zeit hatte ich kaum jemanden

gesehen. Außer Kumiko waren die einzigen Leute, die ich in diesen zwei Monaten eigentlich »gesehen« hatte, Malta und Kreta Kano und May Kasahara. Es war eine enge Welt, eine Welt, die stillstand. Aber je enger diese meine Welt wurde und je deutlicher sie von Stillstand zeugte, desto mehr schien sie von Dingen und Menschen überzufließen, die man nur als seltsam bezeichnen konnte. Sie waren, wie es schien, die ganze Zeit dagewesen und hatten im Schatten darauf gewartet, daß ich aufhörte, mich zu bewegen. Und jedesmal, wenn der Aufziehvogel in meinen Garten kam, um die Welt aufzuziehen, versank sie tiefer in Chaos.
Ich spülte mir den Mund aus und betrachtete mein Gesicht noch eine Weile länger im Spiegel.
Ich kann das Bild nicht finden, sagte ich zu mir. Ich bin dreißig, ich stehe still, und ich kann das Bild nicht finden.
Als ich ins Schlafzimmer kam, war Kumiko schon eingeschlafen.

11

LEUTNANT MAMIYA TRITT AUF
WAS AUS DEM WARMEN SCHLAMM KAM
EAU DE TOILETTE

Drei Tage später rief Tokutaro Mamiya an. Morgens um halb acht. Ich saß gerade mit Kumiko am Frühstückstisch.
»Es ist mir wirklich äußerst peinlich, Sie so früh am Morgen zu belästigen. Ich hoffe sehr, ich habe Sie nicht geweckt«, sagte Herr Mamiya aufrichtig bedauernd.
Das mache überhaupt nichts, versicherte ich ihm: Ich würde jeden Morgen kurz nach sechs aufwachen.
Er dankte mir für meine Postkarte und erklärte, er habe mich erreichen wollen, bevor ich zur Arbeit aus dem Haus ging, und fügte hinzu, er wäre mir äußerst dankbar, wenn ich mich heute während meiner Mittagspause kurz mit ihm treffen könnte. Er hoffe, noch diesen Abend einen Schnellzug nach Hiroshima nehmen zu können. Er habe eigentlich vorgehabt, länger hierzubleiben, sagte er, aber es seien gewisse Ereignisse eingetreten, die seine möglichst baldige Heimkehr erforderlich machten.
Ich antwortete, daß ich gegenwärtig arbeitslos sei, daß ich den ganzen Tag Zeit

hätte und ihn treffen könne, wann immer es ihm passe, vormittags, mittags, nachmittags.

»Aber Sie werden doch zweifellos den einen oder anderen Teil des Tages bereits anderweitig verplant haben?« erkundigte er sich mit der größten Höflichkeit.

Ich erwiderte, ich hätte keinerlei Pläne.

»Hätten Sie in diesem Falle die Güte, mir zu gestatten, Sie heute vormittag um zehn Uhr in Ihrem Heim aufzusuchen?«

»Sehr gern.«

Erst als ich auflegte, wurde mir bewußt, daß ich vergessen hatte, ihm zu erklären, wie man vom Bahnhof aus zu unserem Haus gelangte. Was soll's, sagte ich mir, er hat ja die Adresse; wenn er will, findet er schon her.

»Wer war das?« fragte Kumiko.

»Der Typ, der Herrn Hondas Andenken verteilt. Er bringt mir meins im Lauf des Vormittags vorbei.«

»Im Ernst?« Sie trank einen Schluck Kaffee und strich sich Butter auf den Toast.

»Das ist sehr nett von ihm.«

»Ja, sehr.«

»Apropos«, sagte sie, »sollten wir – oder wenigstens du – nicht zu Herrn Hondas Haus gehen und ihm unseren Respekt erweisen: ein Räucherstäbchen anzünden, was weiß ich?«

»Gute Idee. Ich werde ihn danach fragen.«

Schon fast ausgehfertig, bat mich Kumiko, den Reißverschluß ihres Kleides hochzuziehen. Es war ein ziemlich enges Stück, und es gehörte schon ein wenig Fingerspitzengefühl dazu, den Reißverschluß zuzubekommen. Sie trug einen wunderschönen Duft hinter den Ohren – wie geschaffen für einen Sommermorgen. »Neues Parfüm?« fragte ich. Statt zu antworten warf sie einen Blick auf ihre Armbanduhr und strich sich das Haar zurecht.

»Bin spät dran«, sagte sie und nahm ihre Handtasche vom Tisch.

Ich hatte das kleine Zimmer aufgeräumt, in dem Kumiko zu Hause arbeitete, und wollte gerade den Papierkorb leeren, als mir ein gelbes Band auffiel, das sie weggeworfen hatte. Es lugte unter einem zerknüllten Blatt Schreibpapier und ein paar Postwurfsendungen hervor. Sein leuchtendes, schimmerndes Gelb hatte mir ins Auge gestochen. Es war ein Band, wie man es für Geschenke verwendet, mit einer kunstvollen blütenförmigen Schleife. Ich holte es aus dem Papierkorb und sah es mir genauer an. Das Band war zusammen mit Geschenkpapier des Kaufhauses Matsuya weggeworfen worden. Unter dem Papier lag eine Schachtel mit dem Christian-Dior-Signet. Das gefütterte Innere der Schachtel wies eine Vertiefung in Form einer Flasche auf. Nach der Schachtel zu urteilen, war das ein ziemlich teurer Artikel gewesen. Ich ging damit ins Bad und öffnete Kumikos Kosmetikschränkchen. Darin stand eine gerade eben angebrochene Flasche Eau de Toilette von Christian Dior, die exakt in die Aussparung der Schachtel gepaßt hätte. Ich zog den goldfarbenen Stöpsel heraus und schnupperte an dem Flakon. Es war derselbe Duft, den ich hinter Kumikos Ohren gerochen hatte.

Ich setzte mich auf das Sofa, trank den Rest meines Morgenkaffees und sammelte meine Gedanken. Offenbar hatte jemand Kumiko ein Geschenk gemacht. Ein teures Geschenk. Hatte es bei Matsuya gekauft und als Geschenk einpacken lassen. Wenn derjenige, der es getan hatte, ein Mann war, dann war es jemand, der Kumiko nahestand. Männer schenkten Frauen (besonders verheirateten Frauen) kein Eau de Toilette, wenn sie nicht eine ziemlich enge Beziehung zu ihnen hatten. Und wenn es eine Freundin gewesen war ... Aber schenkten Frauen einander Eau de Toilette? Das wußte ich nicht so genau. Eines wußte ich aber ganz genau, daß nämlich Kumiko zu dieser Zeit des Jahres keinen besonderen Grund hatte, von anderen Leuten Geschenke zu erhalten. Ihr Geburtstag war im Mai. Ebenso unser Hochzeitstag. Es war natürlich nicht auszuschließen, daß sie sich selbst eine Flasche Eau de Toilette gekauft und sie hübsch hatte einpacken lassen. Aber warum?

Ich seufzte und sah zur Decke.

Sollte ich sie direkt danach fragen? »Hast du dieses Eau de Toilette von jemandem geschenkt bekommen?« Sie würde vielleicht antworten: »Ach, das. Eins der Mädchen in der Redaktion hatte ein persönliches Problem, und ich habe ihr helfen können. Es wäre zu umständlich, dir das in allen Einzelheiten zu erklären, aber sagen wir einfach: Ich habe ihr aus der Patsche geholfen. Damit hat sie sich dann bei mir bedankt. Wunderschöner Duft, nicht? So was kostet einen Haufen Geld!«

Okay, klingt einleuchtend. Das genügt. Nicht nötig, Fragen zu stellen. Nicht nötig, sich Gedanken zu machen.

Bloß *machte* ich mir Gedanken. Sie hätte mir irgendwas davon sagen müssen. Wenn sie die Zeit gehabt hatte, in ihr Zimmer zu gehen, das Band aufzuknoten, das Geschenkpapier auseinanderzuwickeln, die Schachtel zu öffnen, das Ganze in den Papierkorb zu werfen und die Flasche in ihr Kosmetikschränkchen zu stellen, dann hätte sie es doch wohl auch schaffen können, zu mir zu kommen und zu sagen: »Guck, was mir eins der Mädchen aus der Redaktion geschenkt hat.« Sie hatte aber nichts gesagt. Vielleicht hatte sie gefunden, es sei unwichtig, sie brauche darüber kein Wort zu verlieren. Jetzt hatte es aber den dünnen Schleier von Geheimnistuerei angenommen. Das war's, was mir zu schaffen machte.

Ich starrte lange an die Decke. Ich versuchte, an etwas anderes zu denken, aber mein Kopf spielte nicht mit. Ich mußte unentwegt an Kumiko denken, an diesen Augenblick, als ich ihren Reißverschluß hochgezogen hatte: an ihren glatten weißen Rücken, an den Duft hinter ihren Ohren. Zum erstenmal seit Monaten verspürte ich das Bedürfnis, eine zu rauchen. Ich lechzte danach, mir eine Zigarette in den Mund zu stecken, sie anzuzünden und den Rauch tief in die Lunge zu ziehen. Das hätte mich etwas beruhigt. Aber ich hatte keine Zigaretten. Ich fand ein Zitronenbonbon und steckte mir das in den Mund.

Um zehn vor zehn klingelte das Telefon. Ich nahm an, es sei Leutnant Mamiya. Dieses Haus war nicht leicht zu finden. Selbst Leute, die schon mehrmals hiergewesen waren, verliefen sich manchmal. Aber es war nicht Leutnant Mamiya. Als ich abnahm, hörte ich die Stimme der rätselhaften Frau, die mich schon neulich angerufen hatte.

»Na, Süßer, lang nicht miteinander geplaudert«, sagte sie. »Wie hat's dir letztes Mal gefallen? Hab ich dich ein bißchen in Fahrt gebracht? Warum hast du denn einfach aufgelegt? Und gerade, als es anfing, interessant zu werden!«

Für den Bruchteil einer Sekunde dachte ich, sie rede von meinem feuchten Traum mit Kreta Kano. Aber das war eine andere Geschichte gewesen. Sie redete von dem Tag, als sie angerufen hatte, während ich am Spaghettikochen gewesen war.

»Tut mir leid«, sagte ich, »aber ich habe im Augenblick überhaupt keine Zeit. In zehn Minuten bekomme ich Besuch, und ich muß noch aufräumen.«

»Für jemanden, der angeblich arbeitslos ist, sind Sie ja immer wahnsinnig beschäftigt«, sagte sie mit einem sarkastischen Unterton. Das gleiche war letztes Mal passiert: Ihre Stimme hatte sich von einer Sekunde auf die andere verändert. »Mal kochen Sie Spaghetti, mal erwarten Sie Besuch. Aber das macht nichts. Wir brauchen nicht mehr als zehn Minuten. Unterhalten wir uns zehn Minuten lang, nur Sie und ich. Sobald Ihr Gast da ist, können Sie auflegen.«

Eigentlich wollte ich auflegen, ohne ein Wort zu sagen, aber ich brachte es nicht fertig. Wahrscheinlich ärgerte ich mich noch immer über Kumikos Eau de Toilette. Ich hatte wahrscheinlich das Bedürfnis, mit jemandem zu reden, und es spielte keine große Rolle, mit wem.
»Schauen Sie«, sagte ich. »Ich habe nicht die blasseste Ahnung, wer Sie sind.« Ich nahm den Bleistift, der neben dem Telefon lag, und rollte ihn, während ich sprach, zwischen den Fingern. »Sind Sie sicher, daß ich Sie kenne?«
»Natürlich kennen Sie mich. Das habe ich Ihnen doch schon letztes Mal gesagt. Ich kenne Sie, und Sie kennen mich. Bei so was würde ich doch nicht lügen. Ich habe nicht so viel Zeit zu vergeuden, daß ich wildfremde Leute anrufen würde. Sie müssen einen blinden Fleck in Ihrem Gedächtnis haben.«
»Davon weiß ich nichts. Ehrlich, obwohl –«
»Genug«, unterbrach sie mich. »Hören Sie auf, sich so viele Gedanken zu machen. Sie kennen mich, und ich kenne Sie. Die Hauptsache ist – also, sehen Sie es so: Ich werde sehr nett zu Ihnen sein. Und Sie brauchen gar nichts zu tun. Ist das nicht wunderbar? Sie brauchen gar nichts zu tun, haben keinerlei Verpflichtungen, und ich tue alles. *Alles.* Finden Sie das nicht herrlich? Also hören Sie auf, sich so viele Gedanken zu machen. Hören Sie auf, alles zu *komplizieren*. Machen Sie sich leer. Stellen Sie sich vor, Sie lägen an einem warmen Frühlingsnachmittag in schönem, weichem Schlamm.«
Ich schwieg.
»Du schläfst. Du träumst. Du liegst in schönem, warmem Schlamm. Vergiß deine Frau. Vergiß, daß du arbeitslos bist. Vergiß die Zukunft. Vergiß alles. Wir alle kommen aus dem warmen Schlamm, und dahin kehren wir alle zurück. Am Ende – ach übrigens, Herr Okada, wann haben Sie zum letztenmal mit Ihrer Frau geschlafen? Können Sie sich daran erinnern? Schon ziemlich lange her, nicht? Ja, dürfte inzwischen zwei Wochen hersein.«
»Tut mir leid, mein Besuch ist jetzt da«, sagte ich.
»*Mehr* als zwei Wochen, nicht? Ich merk's an Ihrer Stimme. Drei Wochen vielleicht?«
Ich sagte nichts.
»Aber lassen wir das«, sagte sie mit einer Stimme wie ein Handfeger, der die Lamellen einer Jalousie vom angesammelten Staub befreit. »Das betrifft nur Sie und Ihre Frau. Aber ich werde Ihnen alles geben, was Sie nur wollen. Und Sie,

Herr Okada, gehen dadurch keinerlei Verpflichtungen ein. Biegen Sie einfach um die nächste Ecke, und voilà: eine Welt, die Sie noch nie gesehen haben. Ich *habe* Ihnen doch gesagt, daß Sie einen blinden Fleck haben, oder? Sie verstehen immer noch nicht.«
Meine Hand krampfte sich um den Hörer, aber ich sagte weiterhin nichts.
»Schauen Sie sich um«, sagte sie. »Sehen Sie sich genau um, und sagen Sie mir, was da ist. Was sehen Sie?«
In diesem Augenblick klingelte es an der Tür. Erleichtert legte ich wortlos auf.

Leutnant Mamiya war ein kahlköpfiger alter Herr von ungewöhnlicher Körpergröße, der eine goldgerahmte Brille trug. Er hatte das gesunde braungebrannte Aussehen eines Mannes, der im Leben viel im Freien gearbeitet hat – ohne ein Gramm überschüssiges Fleisch auf den Knochen. Je drei tiefe Falten strahlten vollkommen symmetrisch von beiden Augenwinkeln aus, als sei er im Begriff, die Augen zusammenzukneifen, weil ihm das Licht zu grell war. Sein Alter war schwer zu schätzen, aber siebzig war er bestimmt. In seiner Jugend mußte er ein schneidiger Bursche gewesen sein, das sah man an seiner straffen Haltung und seinen sparsamen Bewegungen. Seine Sprache und sein Verhalten waren von extremer Höflichkeit, wirkten jedoch nicht übertrieben förmlich, sondern eher schnörkellos präzise. Der Leutnant wirkte wie ein Mann, der gewohnt ist, selbst Entscheidungen zu treffen und die Verantwortung dafür zu übernehmen. Er trug einen unauffälligen lichtgrauen Anzug, ein weißes Hemd und eine grau-schwarzgestreifte Krawatte. Der Stoff des nüchternen Anzugs schien für einen heißen, feuchten Junivormittag ein wenig zu dick zu sein, aber am Leutnant war nicht ein Tropfen Schweiß zu sehen. Links hatte er eine Handprothese, die in einem dünnen Handschuh aus demselben lichtgrauen Material wie der Anzug steckte. Mit diesem grauen Stoff bezogen, wirkte die Hand, wenn man sie mit der gebräunten, behaarten Rechten verglich (die momentan ein oben zusammengeknotetes Stoffbündel hielt), besonders kalt und anorganisch.
Ich führte ihn ins Wohnzimmer, bat ihn, auf der Couch Platz zu nehmen, und stellte eine Tasse grünen Tee vor ihn auf den Tisch.
Er entschuldigte sich dafür, daß er keine Visitenkarte habe. »Früher habe ich in einem ländlichen Teil der Präfektur Hiroshima an der Oberschule Gemeinschaftskunde unterrichtet, aber seit meiner Pensionierung habe ich nichts mehr

getan. Ich baue ein wenig Gemüse an, es ist nicht viel mehr als ein Hobby, nur einfache landwirtschaftliche Arbeit. Aus diesem Grunde trage ich keine Visitenkarte bei mir, wenngleich mir die grobe Unschicklichkeit meines Verhaltens bewußt ist.«

Ich hatte auch keine Visitenkarte.

»Entschuldigen Sie meine Indiskretion, Herr Okada, aber dürfte ich Sie vielleicht nach Ihrem Alter fragen?«

»Ich bin dreißig«, sagte ich.

Er nickte. Dann trank er ein Schlückchen Tee. Ich konnte mir nicht denken, was es ihm nutzen mochte zu wissen, daß ich dreißig Jahre alt war.

»Sie wohnen in einem sehr schönen, ruhigen Heim«, sagte er, wie um das Thema zu wechseln.

Ich erzählte ihm, daß es meinem Onkel gehöre und daß er es mir für sehr wenig Geld vermietet habe. Unter normalen Umständen, fügte ich hinzu, könnten wir uns mit unserem Einkommen kein halb so großes Haus leisten. Er nickte und sah sich zögernd, fast verstohlen im Zimmer um. Ich folgte seinem Beispiel. *Sehen Sie sich genau um*, hatte die Stimme der Frau befohlen. Als ich meine Umgebung auf diese neue, bewußte Weise auf mich wirken ließ, nahm ich eine gewisse Kälte darin wahr.

»Insgesamt habe ich auf dieser Reise zwei Wochen in Tokio verbracht«, sagte Leutnant Mamiya, »und Sie sind die letzte Person, der ich ein Andenken überbringe. Jetzt habe ich das Gefühl, daß ich nach Hiroshima zurückkehren kann.«

»Ich hatte gehofft, Herrn Hondas Haus aufsuchen und vielleicht ein Räucherstäbchen zu seinem Gedächtnis anzünden zu können«, sagte ich.

»Dies ist eine sehr lobenswerte Absicht, aber Herrn Hondas Haus – und jetzt auch sein Grab – befindet sich in Asahikawa, auf Hokkaido. Die Familie ist aus Asahikawa angereist, um die Dinge, die in seinem Haus in Meguro zurückgeblieben waren, zu ordnen, und jetzt ist sie wieder zurückgefahren. Es ist nichts mehr da.«

»Ich verstehe«, sagte ich. »Herr Honda lebte also allein in Tokio, fern von seiner Familie.«

»Das ist richtig. Dem ältesten Sohn, er wohnt in Asahikawa, bereitete es Sorgen, daß sein alter Vater allein in der großen Stadt lebte, und er wußte, daß es keinen sehr guten Eindruck machte. Offenbar versuchte er, seinen Vater dazu zu bewegen, zu ihm zu ziehen, aber Herr Honda lehnte es einfach ab.«

»Er hatte einen Sohn?« fragte ich etwas erstaunt. Ich hatte immer gedacht, Herr Honda stehe völlig allein auf der Welt. »Dann dürfte Herrn Hondas Frau aber schon vor längerer Zeit verstorben sein.«

»Nun, das ist eine etwas komplizierte Geschichte. Frau Honda beging nach dem Krieg mit einem anderen Mann Liebesselbstmord. Es muß 1950 oder 1951 gewesen sein. Über die näheren Umstände des Ereignisses bin ich nicht unterrichtet. Herr Honda hat nie viel darüber gesagt, und ich konnte ihn natürlich unmöglich fragen.«

Ich nickte.

»Danach kümmerte sich Herr Honda allein um die Erziehung seiner Kinder – eines Sohns und einer Tochter. Als sie alt genug waren, zog er allein nach Tokio und nahm seine Tätigkeit als Wahrsager auf – als was Sie ihn ja kennengelernt haben.«

»Was hatte er in Asahikawa denn für einen Beruf ausgeübt?«

»Er betrieb zusammen mit seinem Bruder eine Druckerei.«

Ich versuchte, mir Herrn Honda vorzustellen, wie er im Overall vor einer Druckmaschine stand und Korrekturfahnen las, aber für mich blieb er ein etwas schmutziger alter Mann in einem schmutzigen alten Kimono mit einer Gürtelschärpe, die eher zu einem Schlafgewand gepaßt hätte, der winters wie sommers mit den Beinen in der versenkten Feuerstelle saß und auf seinem niedrigen Tisch mit seinen Losstäbchen spielte.

Mit geschickten Bewegungen seiner einzigen Hand knotete Leutnant Mamiya das Stoffbündel auf, das er mitgebracht hatte. Zum Vorschein kam ein Päckchen von der Form und Größe einer Keksschachtel. Es war in braunes Packpapier eingeschlagen und mehrfach kreuz und quer verschnürt. Der Leutnant legte es auf den Tisch und schob es zu mir herüber.

»Dies ist das Andenken, das Herr Honda Ihnen durch mich zukommen lassen wollte«, sagte er.

Ich nahm das Päckchen in die Hand. Es wog praktisch nichts. Ich konnte mir beim besten Willen nicht vorstellen, was darin sein mochte.

»Soll ich es jetzt einfach auspacken?« fragte ich.

Leutnant Mamiya schüttelte den Kopf. »Es tut mir leid, aber Herr Honda äußerte den Wunsch, Sie sollten es erst öffnen, wenn Sie allein wären.«

Ich nickte und legte das Päckchen auf den Tisch zurück.

»Herr Hondas Brief«, sagte Leutnant Mamiya, »erreichte mich genau einen Tag vor seinem Tod. Er lautete etwa folgendermaßen: ›Ich werde sehr bald sterben. Ich habe nicht die geringste Furcht vor dem Tod. Dies ist die Lebensspanne, die mir vom Willen des Himmels zugeteilt wurde. Dem Willen des Himmels kann sich der Mensch nur beugen. Doch es gibt etwas, was unerledigt geblieben ist. In meinem Schrank befinden sich verschiedene Gegenstände – Dinge, die ich bestimmten Personen zugedacht hatte. Nun wird es mir anscheinend nicht mehr möglich sein, sie selbst zu übergeben. Aus diesem Grunde wäre ich Ihnen außerordentlich dankbar, wenn Sie mir den Gefallen erweisen wollten, die auf der beigefügten Liste angegebenen Andenken zu verteilen. Ich bin mir der Unbescheidenheit meiner Bitte vollkommen bewußt, hoffe aber, daß Sie die Güte haben werden, dies als den Wunsch eines Sterbenden zu betrachten und diese letzte Mühe um meinetwillen auf sich zu nehmen.‹ Ich muß gestehen, daß ich zutiefst erschüttert war, von Herr Honda einen solchen Brief zu erhalten. Ich hatte seit Jahren keinerlei Kontakt mehr mit ihm gehabt – vielleicht sechs oder sieben Jahre ohne ein Wort. Ich schrieb ihm sofort zurück, aber am selben Tag, als ich meine Antwort zur Post brachte, erreichte mich von seinem Sohn die Mitteilung, Herr Honda sei verstorben.«
Er nahm einen Schluck von seinem grünen Tee.
»Herr Honda wußte genau, wann er sterben würde«, fuhr Leutnant Mamiya fort. »Er muß einen Bewußtseinszustand erlangt haben, den ein Mensch wie ich nie zu erreichen hoffen kann. Wie Sie auf Ihrer Postkarte schrieben, hatte er etwas an sich, was die Menschen zutiefst bewegte. Ich habe das von Anfang an gespürt, als ich ihn im Sommer 1938 kennenlernte.«
»Ach, waren Sie zur Zeit des Zwischenfalls von Nomonhan in derselben Einheit wie Herr Honda?«
»Nein«, sagte Leutnant Mamiya und biß sich auf die Lippe. »Wir gehörten zu verschiedenen Einheiten – sogar verschiedenen Divisionen. Wir arbeiteten zusammen bei einer kleineren militärischen Operation, die vor der Schlacht von Nomonhan stattfand. Korporal Honda wurde später bei Nomonhan verwundet und nach Japan zurückgeschickt. Ich kam nicht nach Nomonhan. Diese Hand« – hier hob Leutnant Mamiya seine behandschuhte Linke – »verlor ich während des sowjetischen Vormarsches vom August 1945, dem Monat, als der Krieg endete. Während einer Schlacht gegen eine Panzereinheit bekam ich von einem schweren Maschinengewehr eine Kugel in die Schulter. Ich lag bewußtlos auf dem Boden,

als mir ein sowjetischer Panzer über die Hand fuhr. Ich wurde gefangengenommen, in einem Lazarett in Tschita behandelt und in ein sibirisches Gefangenenlager geschickt. Dort behielten sie mich bis 1949. Ich war insgesamt zwölf Jahre auf dem Kontinent: 1937 wurde ich dorthin abkommandiert, und während der ganzen Zeit betrat ich kein einzigesmal japanischen Boden. Meine Angehörigen glaubten, ich sei im Kampf gegen die Sowjets gefallen. Sie setzten mir auf dem Dorffriedhof einen Grabstein. Ich hatte, bevor ich Japan verließ, mit einem Mädchen aus dem Dorf eine Art Übereinkunft getroffen, aber als ich endlich zurückkehrte, war sie bereits mit einem anderen Mann verheiratet. Zwölf Jahre sind eine lange Zeit.«
Ich nickte.
»Bitte entschuldigen Sie, Herr Okada«, sagte er. »Diese Reden über alte Zeiten müssen für einen jungen Burschen wie Sie langweilig sein. Eines möchte ich allerdings doch noch hinzufügen. Und zwar, daß wir ganz gewöhnliche junge Männer waren, genau wie Sie. Ich hatte nie den Wunsch verspürt, Soldat zu werden. Mein Wunsch war, Lehrer zu werden. Kaum aber hatte ich das College verlassen, erhielt ich einen Gestellungsbefehl, wurde in die Offiziersschule gesteckt und anschließend auf den Kontinent abkommandiert, wo ich insgesamt zwölf Jahre blieb. Mein Leben ging vorüber wie ein Traum.« Leutnant Mamiya preßte die Lippen fest aufeinander.
»Wenn es Ihnen nichts ausmacht«, sagte ich nach einiger Zeit, »würde ich sehr gern erfahren, wie Sie und Herr Honda einander kennenlernten.« Ich war aufrichtig neugierig zu wissen, was für ein Mann Herr Honda vor der Zeit unserer Bekanntschaft gewesen war.
Die Hände exakt auf die Knie gelegt, saß Leutnant Mamiya da und dachte über etwas nach. Nicht, daß er sich unschlüssig gewesen wäre. Er dachte einfach nach.
»Es könnte eine lange Geschichte werden«, sagte er.
»Das macht mir nichts aus«, sagte ich.
»Ich habe sie noch niemandem erzählt. Und ich bin völlig sicher, daß Herr Honda sie gleichfalls niemandem erzählt hat. Ich sage das deswegen, weil wir ... einen Pakt schlossen ... darüber Stillschweigen zu bewahren. Aber Herr Honda ist jetzt tot. Ich bin der einzige Überlebende. Es wird niemandem schaden, wenn ich sie erzähle.«
Und so begann Leutnant Mamiya, mir seine Geschichte zu erzählen.

12
LEUTNANT MAMIYAS LANGE GESCHICHTE: 1. TEIL

In die Mandschurei, begann Leutnant Mamiya, wurde ich Anfang des Jahres 1937 geschickt. Ich war damals ein frischgebackener Leutnant, und ich wurde dem Generalstab der Kwantung-Armee zugeteilt, in Hsin-ching. Auf dem College war mein Hauptfach Geographie gewesen, und so landete ich beim Vermessungskorps, der auf kartographische Aufgaben spezialisierten Abteilung. Das war für mich ideal, da meine dortigen Dienstpflichten, um die Wahrheit zu sagen, zu den einfachsten gehörten, die man sich in der Armee überhaupt nur wünschen konnte.

Hinzu kam, daß die Lage in der Mandschurei relativ ruhig war – oder zumindest stabil. Der jüngst erfolgte Ausbruch des chinesischen Zwischenfalls hatte den Schwerpunkt der militärischen Aktivitäten von der Mandschurei in das chinesische Kernland verlagert. Die eigentliche Kriegsführung war jetzt Sache des China-Expeditionskorps, während sich die Kwantung-Armee eher einen schönen Lenz machte. Sicher, es waren noch Säuberungsaktionen gegen antijapanische Guerillaeinheiten im Gange, aber sie beschränkten sich auf das Landesinnere, und generell war das Schlimmste schon vorüber. Die mächtige Kwantung-Armee hatte nichts mehr zu tun, als in unserem neuerdings »unabhängigen« Marionettenstaat Mandschukuo für Ruhe und Ordnung zu sorgen und gleichzeitig den Norden im Auge zu behalten.

So ruhig die Lage scheinbar auch war, herrschte schließlich noch immer Krieg, und so wurden ständig Manöver abgehalten. Auch daran brauchte ich glücklicherweise nicht teilzunehmen. Sie fanden unter entsetzlichen Bedingungen statt. Die Temperatur sank bis auf vierzig, fünfundvierzig Grad unter Null. Ein falscher Schritt konnte einen das Leben kosten. Nach jedem solchen Manöver kamen Hunderte von Männern mit Erfrierungen ins Lazarett oder wurden zur Behandlung in ein Thermalbad geschickt. Hsin-ching war keine große Stadt, aber es war zweifellos ein interessanter, exotischer Ort, und wenn man sich amüsieren wollte, fehlte es dort wahrlich nicht an Gelegenheiten. Junge alleinstehende Offiziere wie ich wohnten nicht in der Kaserne, sondern in einer Art Gästehaus. Es war für mich praktisch eine Fortsetzung des Studentenlebens. Ich nahm die Dinge, wie sie kamen, und ich dachte schon, wenn meine Militärzeit bis zum Ende so weiterging – einfach ein friedlicher Tag nach dem anderen –, würde ich wahrlich keinen Grund zur Klage haben.

Es war natürlich nur ein Scheinfrieden. Direkt jenseits der Grenze unserer kleinen Oase wütete ein erbitterter Krieg. Den meisten Japanern dürfte klar gewesen sein, daß der Krieg gegen China sich über kurz oder lang in einen weglosen Sumpf verwandeln würde, aus dem wir uns nie wieder herausziehen konnten; zumindest muß dies jedem Japaner mit einem Gehirn im Kopf klar gewesen sein. Es spielte keine Rolle, wie viele Einzelschlachten wir gewannen: Japan konnte unmöglich fortfahren, ein so riesiges Land Stück für Stück zu erobern, und hoffen, die besetzten Gebiete kontrollieren zu können. Es war offensichtlich, wenn man nur einen Augenblick lang darüber nachdachte. Und tatsächlich begannen die Zahlen der Gefallenen und Verwundeten in die Höhe zu schießen. Die Beziehungen zu Amerika verschlechterten sich zusehends. Selbst in der Heimat wurden die Schatten des Krieges mit jedem Tag dunkler. Das waren damals finstere Jahre: 1937, 1938. Und dennoch, als Offizier, der in Hsin-ching seinen ruhigen Dienst versah, hätte man fast fragen mögen: »Krieg? Was für ein Krieg denn?« Jeden Abend zogen wir zechend und lachend durch die Stadt, und wir besuchten die Cafés, in denen es weißrussische Mädchen gab.

Eines Tages dann, gegen Ende April 1938, rief mich ein höherer Generalstabsoffizier zu sich und machte mich mit einem Burschen in Zivil namens Yamamoto bekannt. Yamamoto hatte kurzgeschorenes Haar und trug einen Schnurrbart. Er war nicht besonders groß. Was sein Alter anbelangt, schätzte ich ihn auf Mitte Dreißig. Am Nacken hatte er eine Narbe, die von einer Messer-, Schwert- oder sonstigen Schnittwunde hätte stammen können. Der Offizier sagte zu mir: »Herr Yamamoto ist Zivilist. Er hat von der Armee den Auftrag erhalten, die Sitten und Gebräuche der in Mandschukuo lebenden Mongolen zu erforschen. Er wird demnächst in die Hulunbuir-Steppe reisen, nicht weit von der Grenze zur Äußeren Mongolei, und wir werden ihm eine bewaffnete Eskorte mitgeben. Sie werden diesem Sonderkommando zugeteilt.« Ich glaubte ihm kein einziges Wort. Dieser Yamamoto mochte Zivilkleidung tragen, aber jeder hätte auf den ersten Blick erkannt, daß er Berufssoldat war. Der Ausdruck in seinen Augen, die Weise, wie er sprach, seine ganze Haltung: es war nicht zu übersehen. Ich dachte mir, daß er ein hochrangiger Offizier oder jemand vom Nachrichtendienst sein mußte und sich offenbar auf einer Mission befand, die es erforderlich machte, daß er seine Zugehörigkeit zur Armee verheimlichte. Die ganze Angelegenheit war mir nicht geheuer.

Drei von uns waren abkommandiert, Yamamoto zu begleiten – viel zuwenig für eine brauchbare Eskorte, aber eine größere Gruppe hätte die Aufmerksamkeit der mongolischen Soldaten erregt, die entlang der Grenze patrouillierten. Man hätte meinen können, dies sei das typische Beispiel für eine heikle Mission, die einigen wenigen handverlesenen Männern anvertraut wird, aber die Realität war weit davon entfernt. Ich war der einzige Offizier, und ich hatte keinerlei Kampferfahrung. Der einzige, auf den wir in dieser Hinsicht zählen konnten, war ein Feldwebel namens Hamano. Ich kannte ihn gut, da er dem Generalstab zugeteilt war. Er war ein harter Bursche, der sich vom gemeinen Soldaten zum Unteroffizier hinaufgedient hatte, und er hatte sich in China in mehreren Schlachten ausgezeichnet. Er war groß und unerschrocken, und ich war sicher, wenn es zum Schlimmsten kam, würden wir uns auf ihn verlassen können. Warum man auch Korporal Honda in dieses Kommando eingeschlossen hatte, war mir unbegreiflich. Wie ich, war er gerade aus der Heimat eingetroffen und hatte natürlich noch keine Kampferfahrung. Er war ein sanfter, stiller Mensch, der so aussah, als würde er bei einem Gefecht von keinerlei Nutzen sein. Hinzu kam, daß er zur Siebten Division gehörte, was bedeutete, daß der Generalstab sich die Mühe gemacht hatte, ihn eigens für diesen Auftrag anzufordern. Ein so wertvoller Soldat war er also, wenngleich mir erst viel später klar werden sollte, worin sein besonderer Wert lag.

Ich war als kommandierender Offizier der Eskorte ausgewählt worden, weil meine Hauptaufgabe die topographische Aufnahme der Westgrenze Mandschukuos im Gebiet des Flusses Chalcha sein würde. Ich sollte kontrollieren, ob unsere Karten des Distrikts alle wesentlichen Details verzeichneten. Ich hatte das Gebiet sogar schon mehrere Male überflogen. Meine Anwesenheit sollte dazu beitragen, daß die Mission glatt über die Bühne ging. Mein zweiter Auftrag bestand darin, zusätzliche topographische Daten über den Distrikt zu sammeln und so die Genauigkeit unserer Karten zu verbessern. Zwei Fliegen mit einer Klappe sozusagen. Um ganz ehrlich zu sein, waren unsere damaligen Karten dieses Abschnitts der Grenzregion zur Äußeren Mongolei, der Hulunbuir-Steppe, ziemlich primitive Angelegenheiten – kaum besser als die alten Landkarten der Mandschurenzeit. Die Kwantung-Armee hatte im Anschluß an die Gründung des Staates

Mandschukuo mehrere Vermessungen vorgenommen. Man wollte genauere Karten anfertigen, aber das zu bearbeitende Gebiet war riesig, und die westliche Mandschurei ist eine einzige endlose Wüste. Staatsgrenzen bedeuten in solch einer gewaltigen Einöde nicht viel. Die mongolischen Nomaden hatten dort jahrtausendelang gelebt, ohne je das Bedürfnis nach Grenzen zu verspüren – oder auch nur einen Begriff davon zu haben.

Die schwierige politische Situation war ein weiterer Faktor, der die Anfertigung genauerer Karten bislang verhindert hatte. Wenn wir also eigenmächtig, ohne bilaterale Absprachen, eine offizielle Karte angefertigt hätten, die unsere Vorstellung vom Grenzverlauf zeigte, so hätten wir damit einen ernsten internationalen Zwischenfall auslösen können. Sowohl die Sowjetunion als auch die Äußere Mongolei, beides Anrainer Mandschukuos, reagierten äußerst empfindlich auf Grenzverletzungen, und es war in diesem Zusammenhang bereits zu mehreren blutigen Gefechten gekommen. Zu jener Zeit war die Armee an einem bewaffneten Konflikt mit der Sowjetunion nicht im mindesten interessiert. Der Krieg mit China nahm unsere ganzen Kräfte in Anspruch, und einen ernsten Zusammenstoß mit den Sowjets hätten wir uns nicht leisten können. Wir hatten dazu weder die Divisionen noch die Panzer, die Artillerie, die Flugzeuge. Unsere vorrangigste Aufgabe war die Sicherung der Stabilität Mandschukuos, das damals noch ein relativ junges politisches Gebilde darstellte. Soweit es die Armee betraf, konnte die Festlegung der Nord- und Nordwestgrenze ruhig warten. Die Heeresleitung versuchte, Zeit zu gewinnen, indem sie die Dinge im Unbestimmten beließ. Sogar die mächtige Kwantung-Armee schloß sich dieser Sichtweise an und nahm eine abwartende Haltung ein. Das Resultat war, daß alles in einem Meer der Verschwommenheit dahintrieb.

Sollte allerdings entgegen all diesen klugen Plänen irgendein unvorhergesehenes Ereignis zum Ausbruch des Krieges führen (und genau das geschah im darauffolgenden Jahr bei Nomonhan), würden wir zum Kämpfen Karten benötigen. Und nicht lediglich gewöhnliche Landkarten, sondern echte Gefechtskarten. Um einen Krieg führen zu können, braucht man Karten, aus denen man ablesen kann, wo Truppen kampieren können, wo sich die eigene Artillerie am effektivsten postieren läßt, wie viele Tage die eigene Infanterie benötigt, um dahin zu marschieren, wo ausreichend Wasser zu finden ist, wieviel Futter man für seine Pferde mitnehmen muß: eine große Menge detaillierter Informationen. Ohne solche

Karten läßt sich einfach kein moderner Krieg führen. Was auch der Grund war, weswegen sich unsere Arbeit mit der Tätigkeit des Nachrichtendienstes überschnitt und wir in ständigem Kontakt mit der entsprechenden Sektion der Kwantung-Armee oder dem militärischen Geheimdienst in Hailar standen. Jeder kannte jeden, aber diesen Yamamoto hatte ich noch nie gesehen.

Nach fünftägigen Vorbereitungen verließen wir Hsin-ching und fuhren mit der Eisenbahn nach Hailar. Von dort fuhren wir per Lastwagen weiter, durchquerten das Gebiet des lamaistischen Khandur-Byo-Tempels und erreichten den Grenzbeobachtungsposten der Armee von Mandschukuo, der dem Fluß Chalcha am nächsten lag. Ich kann mich an die genaue Entfernung nicht mehr erinnern, aber es müssen um die dreihundert Kilometer gewesen sein. Die Region war eine Einöde, in der, soweit das Auge reichte, buchstäblich nichts zu sehen war. Eine meiner Aufgaben bestand darin, immer wieder anhand der tatsächlichen Geländeformen meine Karte zu überprüfen, aber da draußen gab es nichts, woran ich irgend etwas hätte überprüfen können, nichts, was man als ein Geländemerkmal hätte bezeichnen können. Alles, was ich sah, waren zottige, grasbewachsene Buckel, die sich ins Unendliche fortsetzten, der ununterbrochene Kreis des Horizonts und Wolken, die über den Himmel trieben. Ich hatte keinerlei Möglichkeit zu ermitteln, wo auf der Karte wir uns jeweils befanden. Ich konnte lediglich anhand unserer bisherigen Fahrzeit ungefähre Schätzungen anstellen.

Wenn man sich lautlos durch solch eine vollkommen trostlose Landschaft bewegt, kann man bisweilen der übermächtigen Halluzination erliegen, daß man sich als Individuum allmählich auflöst. Der umgebende Raum ist so unermeßlich groß, daß es zunehmend schwerer wird, ein Bewußtsein von sich selbst aufrechtzuerhalten. Ich weiß nicht, ob ich mich verständlich ausdrücke. Das Bewußtsein weitet sich immer mehr aus, bis es die ganze Landschaft ausfüllt, und wird dabei so diffus, daß man zuletzt außerstande ist, es an die eigene Körperlichkeit gebunden zu halten. Genau diese Erfahrung habe ich inmitten der mongolischen Steppe gemacht. Wie grenzenlos sie war! Man fühlte sich darin eher wie auf einem Ozean als wie in einer wüsten Landschaft. Die Sonne stieg am östlichen Horizont auf, zog ihre Bahn über den leeren Himmel und verschwand hinter dem westlichen Horizont. Das war die einzige wahrnehmbare Veränderung in unserer Umgebung. Und in der Bewegung der Sonne spürte ich etwas, was ich kaum zu benennen weiß: eine unermeßliche, kosmische Liebe.

Am Grenzposten der mandschurischen Armee stiegen wir vom Lastwagen auf Pferde um. Es stand schon alles für uns bereit: vier Reitpferde plus zwei Packpferde mit Lebensmitteln, Wasser und Waffen. Wir waren leicht bewaffnet. Ich und der Mann namens Yamamoto hatten jeder nur eine Pistole. Hamano und Honda trugen zusätzlich zur Pistole das reguläre Infanteriegewehr Modell 38 und je zwei Handgranaten.

Der faktische Führer unserer Gruppe war Yamamoto. Er traf alle Entscheidungen und erteilte uns die nötigen Anweisungen. Da er offiziell Zivilist war, schrieb das militärische Reglement vor, daß ich als Befehlshaber fungierte, aber niemand zweifelte an, daß in Wirklichkeit er das Kommando führte. Zum einen war er einfach der Typ dafür, und auch wenn ich den Leutnantsrang hatte, war ich nichts anderes als ein Schreibstubenhengst ohne jede Kampferfahrung. Soldaten erkennen sofort, wer wirkliche Autorität besitzt, und das ist derjenige, dem sie gehorchen. Abgesehen davon hatten mir meine Vorgesetzten befohlen, Yamamotos Anweisungen widerspruchslos Folge zu leisten. Mein Gehorsam sollte über die geltenden Regeln und über alle Dienstvorschriften hinausgehen.

Wir erreichten den Chalcha und folgten ihm dann in südlicher Richtung. Der Fluß war infolge der Schneeschmelze geschwollen. Wir sahen große Fische im Wasser, gelegentlich machten wir in der Ferne Wölfe aus. Mag sein, daß es keine reinrassigen Wölfe waren, sondern daß sie etwas Wildhundblut in sich hatten, aber auf jeden Fall waren sie gefährlich. Nachts mußten wir zum Schutz der Pferde immer einen Posten aufstellen. Wir sahen auch viele Vögel, größtenteils Zugvögel auf dem Weg zurück nach Sibirien. Yamamoto und ich diskutierten über die topographische Beschaffenheit des Geländes. Wir verfolgten unsere Route auf der Karte und ergänzten diese durch so viele zusätzliche Daten, wie wir anhand unserer Beobachtungen gewinnen konnten. Abgesehen von diesen Fachgesprächen wechselte Yamamoto allerdings kaum ein Wort mit mir. Er trieb sein Pferd schweigend an, aß abseits von uns anderen und schlief wortlos ein. Ich hatte den Eindruck, daß er nicht zum ersten Mal hier war. Er besaß verblüffend genaue topographische Kenntnisse und fand sich in diesem Gelände erstaunlich gut zurecht.

Nachdem wir zwei Tage lang ohne irgendwelche besonderen Vorkommnisse in südlicher Richtung geritten waren, rief mich Yamamoto beiseite und eröffnete mir, daß wir am nächsten Morgen vor Tagesanbruch den Chalcha durchqueren würden. Diese Mitteilung versetzte mir einen ungeheuren Schock. Das jenseitige Ufer war mongolisches Territorium. Selbst das Ufer, auf dem wir uns momentan befanden, war gefährliches Grenzgebiet. Sowohl die Äußere Mongolei als auch Mandschukuo erhoben Anspruch auf dieses Territorium, und dies führte immer wieder zu bewaffneten Zusammenstößen. Sollten wir auf dieser Seite Truppen der Äußeren Mongolei in die Hände fallen, dann würden uns die unterschiedlichen Ansichten, die die zwei Länder bezüglich des Grenzverlaufs hatten, eine gewisse Entschuldigung für unsere Anwesenheit liefern; zudem war zu dieser Jahreszeit, wo die Schneeschmelze eine Durchquerung des Flusses so sehr erschwerte, die Gefahr, auf mongolische Soldaten zu stoßen, eher gering. Aber das jenseitige Ufer war eine ganz andere Geschichte. Da drüben mußte man auf jeden Fall mit mongolischen Patrouillen rechnen. Wenn man uns dort aufgriff, würden wir nicht die kleinste Ausrede vorbringen können. Es würde ein eindeutiger Fall von Grenzverletzung sein, der alle möglichen politischen Probleme auslösen konnte. Wir konnten auf der Stelle erschossen werden, und unsere Regierung würde nicht einmal protestieren können. Hinzu kam, daß mein Vorgesetzter durch nichts angedeutet hatte, daß es uns gestattet sein würde, die Grenze zu überqueren. Ich *hatte* natürlich Anweisung erhalten, Yamamotos Befehlen zu gehorchen, aber ich konnte unmöglich beurteilen, ob dies auch einen so schweren Verstoß gegen das Völkerrecht wie eine Grenzverletzung einschloß. Zweitens führte der Chalcha, wie ich schon sagte, Hochwasser, und die Strömung war viel zu reißend, als daß man eine Überquerung hätte wagen können; zudem mußte das Wasser eisig kalt sein. Nicht einmal die nomadisierenden Stämme durchquerten den Fluß gern zu dieser Jahreszeit. In der Regel taten sie dies entweder im Winter, wenn der Fluß gefroren war, oder im Sommer, wenn der Wasserstand niedrig und die Wassertemperatur höher war.

Als ich ihm all das sagte, starrte mich Yamamoto einen Augenblick lang an. Dann nickte er mehrmals. »Ich verstehe Ihre Bedenken gegen eine Verletzung internationaler Grenzen«, sagte er in leicht gönnerhaftem Ton zu mir. »Es ist vollkommen natürlich, daß Sie sich als für die Sicherheit Ihrer Männer verantwortlicher Offizier Gedanken über die möglichen Konsequenzen einer solchen Aktion machen. Sie würden niemals ohne triftigen Grund das Leben Ihrer Männer aufs Spiel setzen. Ich möchte Sie aber bitten, solche Überlegungen mir zu überlassen. Ich übernehme in diesem Fall die ganze Verantwortung. Ich bin nicht befugt,

Ihnen nähere Informationen zu geben, aber diese Angelegenheit ist mit den höchsten Stellen der Armee abgesprochen worden. Was die Durchquerung des Flusses anbelangt, so stellt sie kein technisches Problem dar. Es gibt eine geheime Stelle, an der man ihn durchwaten kann. Die Armee der Äußeren Mongolei hat mehrere solche Stellen angelegt und gesichert. Ich vermute, daß Ihnen dies gleichfalls bekannt ist. Letztes Jahr bin ich um die gleiche Zeit an ebendieser Stelle in die Äußere Mongolei eingedrungen. Es besteht für Sie nicht der geringste Grund zur Sorge.«

In einem Punkt hatte er recht. Die Armee der Äußeren Mongolei, die dieses Gebiet sehr genau kannte, hatte in der Tat zur Zeit der Schneeschmelze einige wenige kleinere Kampfeinheiten auf diese Seite des Flusses geschickt. Man hatte sich dadurch vergewissert, daß es bei Bedarf möglich sein würde, ganze Regimenter überzusetzen. Und wenn *sie* den Fluß überqueren konnten, dann konnte das auch dieser Mann namens Yamamoto tun, und ebensowenig wäre es für uns übrige unmöglich hinüberzuwaten.

Wir standen jetzt an einer dieser geheimen Furten, die aller Wahrscheinlichkeit nach von der mongolischen Armee angelegt worden waren. Sorgfältig getarnt, wie sie war, hätte sie ein ahnungsloser Betrachter schwerlich bemerkt. Unter der Wasseroberfläche verlief eine durch Taue gegen die reißende Strömung gesicherte Plankenbrücke und verband die Untiefen an beiden Seiten miteinander. Der Wasserspiegel brauchte nur ein wenig zu sinken, und schon hätten Truppentransporter, Panzerspähwagen und Ähnliches mehr problemlos übersetzen können. Aufklärungsflugzeuge konnten die Brücke unmöglich entdecken. Wir hielten uns an den Sicherungsseilen fest und kämpften uns durch den reißenden Fluß. Zuerst ging Yamamoto vor, um sich zu vergewissern, daß keine mongolischen Patrouillen in der Nähe waren, dann folgten wir. Unsere Füße verloren im kalten Wasser jedes Gefühl, aber schließlich erreichten wir und unsere Pferde das jenseitige Ufer des Chalcha. Auf dieser Seite stieg die Uferböschung weit höher an, und als wir von dort oben aus zurücksahen, konnten wir meilenweit über die wüste Einöde hinwegblicken, durch die wir gekommen waren. Dies war einer der Gründe, warum die Sowjetarmee, als schließlich die Schlacht von Nomonhan ausbrach, von vornherein die günstigere Ausgangsposition hatte. Auch die Treffsicherheit des Artilleriefeuers wurde durch den Höhenunterschied erheblich verbessert. Jedenfalls erinnere ich mich an meine Verblüffung, als ich feststellte, wie verschieden die Aussicht von beiden Seiten des Flusses aus war. Ich erinnere mich auch, wie lang es dauerte, bis in die Gliedmaßen, die sich in eisigem Wasser bewegt hatten, das Gefühl zurückkehrte. Eine Zeitlang versagte sogar meine Stimme. Aber um ganz ehrlich zu sein, reichte die innere Anspannung, die aus dem Wissen herrührte, daß ich mich auf feindlichem Territorium befand, vollkommen aus, um mich die Kälte vergessen zu lassen.

Wir folgten dem Flußlauf in südlicher Richtung. Wie eine sich windende Schlange floß der Chalcha links von uns in der Tiefe dahin. Kurz nach der Durchquerung riet uns Yamamoto, alle Dienstgradabzeichen von unseren Uniformen zu entfernen, und wir folgten seiner Empfehlung. Sollten wir dem Feind in die Hände fallen, konnten solche Dinge nur Probleme verursachen. Aus demselben Grund hatte ich auch meine Offiziersstiefel ausgezogen und gegen Gamaschen ausgetauscht.

Wir schlugen am Abend gerade das Lager auf, als in der Ferne ein einzelner Reiter auftauchte und allmählich auf uns zukam. Er war ein Mongole. Die Mongolen benutzen einen ungewöhnlich hohen Sattel, wodurch es leicht ist, sie schon von weitem als solche zu erkennen. Feldwebel Hamano riß sein Gewehr hoch, als er die Gestalt näherkommen sah, aber Yamamoto verbot ihm zu schießen. Ohne ein Wort senkte Hamano langsam den Lauf seiner Waffe. Wir standen alle vier da und warteten darauf, daß der Mann näher kam. Er hatte ein sowjetisches Gewehr auf den Rücken geschnallt, und am Gürtel trug er eine Mauser. Ein Backenbart bedeckte sein Gesicht, und er trug einen Hut mit Ohrenklappen. Seine schmutzige Kleidung unterschied sich in nichts von der Tracht der Nomaden, aber an seiner Haltung erkannte man, daß er Berufssoldat war.

Der Mann saß ab und sprach Yamamoto in einer Sprache an, die ich für Mongolisch hielt. Ich beherrschte ein wenig Russisch und Chinesisch, und was er sprach, war keins von beidem, also mußte es Mongolisch sein. Yamamoto antwortete in derselben Sprache. Das machte mich sicherer denn je, daß er Nachrichtenoffizier war.

Yamamoto sagte zu mir: »Leutnant Mamiya, ich breche jetzt mit diesem Mann auf. Ich weiß nicht, wie lang ich fort sein werde, aber ich möchte, daß Sie hier auf mich warten – und selbstverständlich rund um die Uhr einen Posten aufstellen. Sollte ich in sechsunddreißig Stunden noch nicht zurück sein, erstatten Sie dem Hauptquartier Meldung darüber. Schicken Sie einen Mann über den Fluß zum

Beobachtungsposten der Armee von Mandschukuo.« Er saß auf und ritt mit dem Mongolen in Richtung Westen davon.

Wir drei richteten unser Lager fertig her und nahmen eine einfache Mahlzeit zu uns. Kochen oder überhaupt ein Lagerfeuer anzünden konnten wir nicht. In dieser riesigen Steppe, in der, so weit das Auge reichte, nur flache Sandhügel unsere Anwesenheit verbargen, hätte schon das kleinste Rauchwölkchen zu unserer Gefangennahme geführt. Wir bauten unsere Zelte möglichst niedrig im Schutz der Dünen auf und sättigten uns mit kaltem Büchsenfleisch und trockenem Zwieback. Als die Sonne hinter den Horizont gesunken war, hüllte uns die Finsternis rasch ein, und der Himmel füllte sich mit einer unglaublichen Zahl von Sternen. Während wir ausgestreckt im Sand lagen und uns von den Strapazen des Tages erholten, drang, vermischt mit dem Donnern des Chalcha, Wolfsgeheul zu uns.

Feldwebel Hamano sagte zu mir: »Da haben wir uns ja in einen ziemlichen Schlamassel gesetzt«, und ich mußte ihm recht geben. Mittlerweile kannten wir drei – Feldwebel Hamano, Korporal Honda und ich – uns schon ziemlich gut. Normalerweise hätte ein kampferprobter Unteroffizier wie Feldwebel Hamano einen unerfahrenen jungen Offizier wie mich auf Abstand gehalten und hinter der Hand ausgelacht, aber in unserem Fall lag die Sache anders. Er hatte vor meiner Hochschulbildung Respekt, und ich meinerseits achtete darauf, seine Kampferfahrung und sein praktisches Urteilsvermögen gebührend anzuerkennen und niemals den Vorgesetzten herauszukehren. Was es uns außerdem erleichterte, miteinander ins Gespräch zu kommen, war die Tatsache, daß er aus Yamaguchi stammte und ich aus einem Teil der Hiroshima-Präfektur, der nicht weit von Yamaguchi entfernt liegt. Er erzählte mir vom Krieg in China. Er war ein einfacher Soldat und hatte nur die Volksschule besucht, aber er machte sich durchaus seine Gedanken über diesen verfahrenen Krieg, der so aussah, als würde er nie ein Ende finden, und er äußerte diese Gedanken vor mir ganz offen. »Ich hab nichts gegen das Kämpfen«, sagte er. »Ich bin Soldat. Und ich hab nichts dagegen, für mein Land in der Schlacht zu sterben, denn das ist mein Beruf. Aber dieser Krieg, den wir jetzt führen, Herr Leutnant – also, der ist einfach nicht richtig. Das ist kein echter Krieg, mit einer Gefechtslinie, wo man dem Feind gegenübertritt und bis zur Entscheidung kämpft. Wir rücken vor, und der Feind läuft weg, ohne zu kämpfen. Dann ziehen die chinesischen Soldaten ihre Uniformen aus und mischen sich unter die Zivilbevölkerung, und wir wissen nicht mal mehr, wer der Feind *ist*. Also bringen wir einen Haufen unschuldige Leute um und nennen es ›mit Verrätern‹ oder ›versprengten Feindbeständen aufräumen‹, und wir requirieren Lebensmittel. Wir müssen ihnen das Essen stehlen, weil die Front so schnell vorrückt, daß die Nachschubtruppe nicht mit uns mithalten kann. Und wir müssen unsere Gefangenen töten, weil wir sie nirgendwo unterbringen können und auch keine Verpflegung für sie hätten. Das ist nicht richtig, Herr Leutnant. In Nanking haben wir ein paar fürchterliche Dinge getan. Meine eigene Einheit. Wir haben Dutzende von Menschen in einen Brunnen geworfen und dann Handgranaten auf sie fallen lassen. Ein paar Dinge, die wir getan haben, könnte ich niemand erzählen. Das eine sag ich Ihnen, Herr Leutnant: In diesem Krieg gibt es keine gerechte Sache. Es gibt nur zwei Seiten, die sich gegenseitig totschießen. Und die Leidtragenden sind die armen Bauern – die, die mit Politik oder Weltanschauung gar nichts im Sinn haben. Für die gibt es keine Kuomintang, keinen Jungen Marschall Chang, keine Achte Feldarmee. Wenn sie zu essen haben, sind sie zufrieden. Ich weiß, wie diese Menschen denken: Ich bin selbst Sohn eines armen Fischers. Die kleinen Leute schuften von früh bis spät, und das höchste, was sie erreichen können, ist, gerade eben über die Runden zu kommen. Ich kann nicht glauben, daß es Japan irgend etwas Gutes einbringen kann, diese Leute ohne den mindesten Grund umzubringen.«

Im Gegensatz zu Feldwebel Hamano hatte Korporal Honda sehr wenig von sich zu erzählen. Er war überhaupt ein stiller Bursche. Meistens hörte er unseren Gesprächen zu, ohne Kommentare beizusteuern. Aber wenn ich sage, daß er »still« war, dann soll das keineswegs heißen, daß er etwas Düsteres oder Melancholisches an sich gehabt hätte. Es ist einfach so, daß er bei Gesprächen selten die Initiative ergriff. Sicher, ich fragte mich deswegen oft, was ihn gerade beschäftigen mochte, aber er hatte nichts Unangenehmes an sich. Wenn überhaupt, so war an seiner ganzen Art etwas, was einem das Herz erweichte. Er war vollkommen heiter. Was auch passierte, stets behielt er denselben gelassenen Gesichtsausdruck. Wie ich beiläufig erfuhr, stammte er aus Asahikawa, wo sein Vater eine kleine Druckerei betrieb. Er war zwei Jahre jünger als ich, und seit er die Mittelschule verlassen hatte, hatte er, wie seine Brüder, im väterlichen Betrieb gearbeitet. Er war der jüngste von drei Brüdern; der älteste war zwei Jahre zuvor in China gefallen. Er war ein eifriger Leser, und wann immer wir eine ruhige Minute hatten, sah man ihn irgendwo zusammengerollt liegen und in einem buddhistischen Buch lesen.

Wie ich schon sagte, hatte Honda keinerlei Gefechtserfahrung, war aber dennoch – mit nur einem Jahr Ausbildung hinter sich – ein hervorragender Soldat. In jedem Zug gibt es ein, zwei solche Männer, die ihre Pflichten geduldig und ausdauernd, ohne jemals zu murren, aufs I-Tüpfelchen erfüllen. Von kräftiger Konstitution und rascher Auffassungsgabe, begreifen sie sofort, was man ihnen sagt, und erledigen ihren Auftrag auf mustergültige Weise. Honda war ein solcher Mann. Und da er als Kavallerist ausgebildet worden war, wußte er von uns dreien am besten über Pferde Bescheid; so war er es, der sich um unsere sechs Tiere kümmerte. Und *wie* er es tat, war wirklich erstaunlich. Manchmal kam es uns so vor, als verstehe er jede noch so kleine Regung der Pferde, als könne er sich vollkommen in sie einfühlen. Feldwebel Hamano erkannte sofort Korporal Hondas Fähigkeiten und übergab ihm, ohne einen Augenblick zu zögern, die Verantwortung für viele Aufgabenbereiche.

So kam es, daß wir uns für eine so bunt zusammengewürfelte Einheit schon bald außergewöhnlich gut verstanden. Und gerade weil wir keine reguläre Einheit waren, hatten unsere gegenseitigen Beziehungen nichts von dieser streng kodifizierten militärischen Förmlichkeit. Wir fühlten uns miteinander so wohl, daß man fast hätte meinen können, das Karma habe uns zusammengeführt. Und darum konnte Feldwebel Hamano mir in aller Offenheit Dinge sagen, die den Rahmen dessen, was zwischen Offizier und UO üblich ist, durchaus sprengten.

»Sagen Sie, Herr Leutnant«, fragte er mich einmal, »was halten Sie eigentlich von diesem Yamamoto?«

»Geheimdienst, jede Wette«, sagte ich. »Jemand, der so gut Mongolisch kann, muß ein Profi sein. Und er kennt dieses Gebiet wie seine Westentasche.«

»Ist auch mein Eindruck. Anfangs dachte ich, er könnte einer von diesen berittenen Strauchdieben mit Beziehungen nach ganz oben sein, aber das kann nicht sein. Ich kenne diese Typen. Die quasseln einem das Ohr ab, und die Hälfte von dem, was die einem erzählen, ist erstunken und erlogen. Und die sind schnell mit dem Finger am Abzug. Aber dieser Yamamoto ist kein Leichtgewicht. Der hat Mumm. Der hat keine Beziehungen, der ist *selbst* ein hohes Tier – ein ganz hohes. Die kann ich eine Meile gegen den Wind riechen. Ich hab was davon läuten hören, daß die Armee versucht, aus sowjetisch ausgebildeten mongolischen Soldaten eine geheime taktische Einheit zusammenzustellen, und daß die ein paar von unseren Profis eingeschleust haben, die die Operation über die Bühne bringen sollen. Er könnte was damit zu tun haben.«

Korporal Honda stand, das Gewehr in der Hand, ein Stück von uns entfernt Wache. Ich hatte meine Browning griffbereit neben mir liegen. Feldwebel Hamano hatte seine Gamaschen ausgezogen und massierte sich die Füße.

»Das sind natürlich nur Vermutungen«, fuhr Hamano fort. »Dieser Mongole, den wir gesehen haben, könnte ein sowjetfeindlicher Offizier der mongolischen Armee sein, der versucht, heimlich Kontakt zur japanischen Armee aufzunehmen.«

»Könnte sein«, sagte ich. »Aber Sie sollten besser aufpassen, was Sie sagen. Sie reden sich noch um Kopf und Kragen.«

»Ach, kommen Sie, Herr Leutnant. So dumm bin ich nicht. Das bleibt unter uns.« Über sein Gesicht ging ein breites Lächeln, dann wurde er wieder ernst. »Aber wenn das stimmt, dann ist es eine ziemlich riskante Angelegenheit. Könnte Krieg bedeuten.«

Ich nickte zustimmend. Die Äußere Mongolei war zwar offiziell ein souveränes Land, aber tatsächlich war sie eher ein Satellitenstaat der Sowjetunion. Sie unterschied sich mit anderen Worten nicht allzusehr von Mandschukuo, wo Japan die Zügel in der Hand hielt. Allerdings existierte im Land, wie jeder wußte, eine antisowjetische Opposition, und mit Hilfe geheimer Kontakte zur japanischen Armee in Mandschukuo hatten Mitglieder dieser Gruppe schon eine Reihe von Aufständen angezettelt. Der harte Kern dieser aufrührerischen Elemente rekrutierte sich aus Angehörigen der mongolischen Armee, die sich die arrogante Art der sowjetischen Militärs nicht länger gefallen lassen wollten, aus Grundbesitzern, die die zwangsweise Zentralisierung der landwirtschaftlichen Produktion ablehnten, und aus lamaistischen Priestern, von denen es über hunderttausend gab. Die einzige ausländische Macht, an die sich die antisowjetischen Kräfte um Hilfe wenden konnten, war die in Mandschukuo stationierte japanische Armee. Und offenbar fühlten sich die Mongolen uns Japanern, als Mitasiaten, näher als den Russen. Im vorausgegangenen Jahr, 1937, waren in der Hauptstadt Ulan Bator Pläne zu einer großangelegten Revolte aufgedeckt worden, und die Regierung hatte eine blutige Säuberungsaktion angeordnet. Tausende von Armeeangehörigen und lamaistischen Priestern waren als »konterrevolutionäre Elemente« und »Marionetten der japanischen Armee« hingerichtet worden, aber trotzdem schwelten antisowjetische Ressentiments hier und da weiter fort. Insofern wäre die Tatsache, daß ein japanischer Nachrichtenoffizier den Chalcha überquerte und heimlich Kontakt mit einem sowjetfeindlichen Offizier der mongolischen Armee aufnahm, nicht weiter verwunderlich gewesen. Gerade um solche Aktivitäten zu verhindern, ließ die Armee der Äußeren Mongolei ständig Wachtrupps patrouillieren und hatte einen zehn bis zwanzig Kilometer breiten Landstreifen diesseits der Grenze nach Mandschukuo zur Sperrzone erklärt, aber es war ein riesiges Gebiet, das unmöglich lückenlos überwacht werden konnte.

Selbst wenn der Aufstand gelingen sollte, war klar, daß die Sowjetarmee sofort eingreifen und versuchen würde, die konterrevolutionären Aktivitäten zu zerschlagen; wenn das aber geschah, würden die Rebellen die japanische Armee zu Hilfe rufen, was wiederum der Kwantung-Armee eine willkommene Ausrede für eine Intervention liefern würde. Die Besetzung der Äußeren Mongolei würde der sowjetischen Erschließung Sibiriens einen schweren Schlag versetzen. Mag sein, daß das Kaiserliche Hauptquartier in Tokio sich bemühte, die Bremse anzuziehen, aber eine solche Gelegenheit würde sich der ehrgeizige Generalstab der Kwantung-Armee mit Sicherheit nicht entgehen lassen. Das Ergebnis würde kein bloßer Grenzkonflikt sein, sondern ein ausgewachsener Krieg zwischen der Sowjetunion und Japan. Und wenn an der mandschurisch-sowjetischen Grenze ein solcher Krieg ausbrach, stand zu befürchten, daß Hitler mit der Besetzung Polens und der Tschechoslowakei reagieren würde. Das also war die Situation, auf die Feldwebel Hamano mit seiner Bemerkung angespielt hatte, es könnte zu einem Krieg kommen.

Am nächsten Morgen ging die Sonne auf, und Yamamoto war noch immer nicht zurück. Ich sollte die letzte Wache übernehmen. Ich borgte mir Feldwebel Hamanos Gewehr, setzte mich auf eine etwas höhere Düne und betrachtete den östlichen Himmel. Die mongolische Morgendämmerung war ein unglaubliches Schauspiel. In einem einzigen Augenblick wurde der Horizont zu einem bleichen Strich in der Finsternis, und dann stieg diese Helligkeit empor, immer höher und höher hinauf. Es war so, als habe sich ein Riese aus dem Himmel heruntergebeugt und ziehe den Vorhang der Nacht allmählich vom Antlitz der Erde. Es war ein majestätischer Anblick, weit gewaltiger, wie ich schon sagte, als ich mit meinen unzulänglichen menschlichen Sinnen zu fassen vermochte. Wie ich so dasaß und schaute, überkam mich die Empfindung, daß mein Leben selbst langsam in nichts zerging. Nirgends war eine Spur von eitlem Menschenwerk zu sehen. Dasselbe hatte sich schon aberhundertmillionenmal, aberhundert*milliarden*mal ereignet, lange bevor es auf Erden auch nur den ersten Keim von Leben gegeben hatte. Ohne mehr zu wissen, daß ich da Wache stehen sollte, gewahrte ich wie in Trance das Heraufdämmern des Tages.

Als die Sonne vollends über den Horizont gestiegen war, zündete ich mir eine Zigarette an, trank einen Schluck aus meiner Feldflasche und urinierte. Dann dachte ich an Japan. Ich stellte mir meinen Heimatort im Mai vor – den Duft der Blumen, das Plappern des Flusses, die Wolken am Himmel. Freunde von früher. Die Familie. Die weiche Süße eines warmen Reiskuchens im Eichenblatt. An sich bin ich kein großer Freund von Süßigkeiten, aber ich kann mich gut erinnern, wie sehr ich mich an diesem Morgen nach einem Reiskuchen sehnte. In dem Moment hätte ich für einen einzigen *mochi* einen halben Jahressold gegeben. Und wie ich an Japan dachte, begann ich mich zu fühlen, als habe man mich am Rand der Welt ausgesetzt. Warum mußten wir unter Einsatz unseres Lebens für dieses unfruchtbare Stück Erde kämpfen, das keinerlei militärischen oder wirtschaftlichen Wert besaß, dieses riesige Land, in dem nichts anderes gedieh als spärliche Grasbüschel und stechende Insekten? Für meine Heimat wäre auch ich bereit gewesen, zu kämpfen und zu sterben. Aber ich sah nicht ein, daß ich mein einziges, teures Leben für dieses wüste Stück Boden opfern sollte, aus dem nie ein Halm Getreide sprießen würde.

Yamamoto kehrte im Morgengrauen des folgenden Tages zurück. Auch an diesem Morgen hatte ich die letzte Wache übernommen. Den Fluß im Rücken, starrte ich gerade nach Westen, als ich das Wiehern eines Pferdes hinter mir zu hören meinte. Ich fuhr herum, konnte aber nichts sehen. Das Gewehr im Anschlag, starrte ich in die Richtung, aus der das Geräusch gekommen war. Ich schluckte, und schon das Geräusch aus meiner eigenen Kehle genügte, um mich zu erschrekken. Mein Finger zitterte am Abzug. Ich hatte noch nie in meinem Leben auf jemanden geschossen.

Doch schon wenige Sekunden später kämpfte sich über den Kamm einer Düne ein Pferd mit Yamamoto auf dem Rücken. Den Finger noch immer am Abzug, ließ ich meinen Blick über das Gelände schweifen, aber niemand sonst tauchte auf – weder der Mongole, der ihn abgeholt hatte, noch feindliche Soldaten. Ein großer weißer Mondkeil hing am östlichen Himmel wie ein verwunschener Megalith. Yamamoto schien am linken Arm verletzt zu sein. Das Taschentuch, das er darum gebunden hatte, war mit Blut befleckt. Ich weckte Korporal Honda, damit er sich des Pferdes annahm. Das Tier war über und über mit Schaum bedeckt und keuchte; es hatte offensichtlich eine lange Strecke in scharfer Gangart zurückgelegt. Hamano übernahm meine Wache, und ich holte die Erste-Hilfe-Ausrüstung, um Yamamotos Wunde zu versorgen.

»Ein glatter Durchschuß, und die Blutung hat schon aufgehört«, sagte Yamamoto. Er hatte recht: Die Kugel hatte den Knochen verfehlt und sich nur durch den Muskel gebohrt. Ich entfernte das Taschentuch, desinfizierte Ein- und Austrittswunde mit Alkohol und legte einen neuen Verband an. Er ließ die ganze Prozedur über sich ergehen, ohne ein einzigesmal zusammenzuzucken, obwohl seine Oberlippe mit einem dünnen Schweißfilm bedeckt war. Er trank gierig aus einer Feldflasche, zündete sich eine Zigarette an und atmete den Rauch mit sichtlichem Genuß ein. Dann zog er seine Browning aus dem Halfter, klemmte sie sich unter den Arm, ließ das Magazin herausschnappen und lud mit einer Hand geschickt drei Patronen nach. »Wir brechen sofort auf, Leutnant Mamiya«, sagte er. »Überqueren den Chalcha und kehren zum Beobachtungsposten der mandschurischen Armee zurück.«

Wir packten in aller Eile zusammen, bestiegen die Pferde und machten uns auf den Weg zur Furt. Ich fragte Yamamoto nicht, unter welchen Umständen oder von wem er angeschossen worden sei. Ich war nicht in der Lage, ihn danach zu fragen, und wahrscheinlich hätte er mir ohnehin keine Antwort gegeben. Momentan war mein einziger Gedanke, dieses feindliche Territorium so schnell wie möglich zu verlassen, den Chalcha zu durchqueren und die relative Sicherheit des jenseitigen Ufers zu erreichen.

Schweigend ritten wir in scharfem Trab über die grasige Ebene. Niemand sprach ein Wort, aber alle dachten dasselbe: Würden wir es über den Fluß schaffen? Wenn eine mongolische Patrouille vor uns die Brücke erreichte, würde es das Ende für uns bedeuten. Ein Gefecht konnten wir unmöglich gewinnen. Ich erinnere mich, wie mir die Achselhöhlen vor Schweiß troffen. Ich wurde überhaupt nicht wieder trocken.

»Sagen Sie, Leutnant Mamiya, sind Sie jemals angeschossen worden?« fragte mich Yamamoto nach langem Schweigen.
»Nie«, antwortete ich.
»Haben Sie schon einmal jemanden erschossen?«
»Nie«, sagte ich wieder.
Ich hatte keine Ahnung, was für einen Eindruck meine Antworten auf ihn machten, ebensowenig wußte ich, worauf er mit seinen Fragen hinauswollte.
»Hier drin befindet sich ein Dokument, das im Hauptquartier abgeliefert werden muß«, sagte er und legte die Hand auf seine Satteltasche. »Wenn es nicht zugestellt werden kann, muß es vernichtet werden – verbrannt, vergraben, was auch immer, aber es darf unter keinen Umständen in feindliche Hände gelangen. *Unter keinen Umständen.* Das hat für uns allerhöchste Priorität. Ich möchte sicher sein, daß Sie das verstanden haben. Es ist *sehr, sehr* wichtig.«
»Ich verstehe«, sagte ich.
Yamamoto sah mir in die Augen. »Wenn die Situation brenzlig wird, ist das erste, was Sie tun müssen, mich erschießen. Ohne zu zögern. Wenn ich es selbst tun kann, werde ich es tun. Aber mit dem Arm könnte es schwierig werden. In dem Fall müssen *Sie* mich erschießen. Und sehen Sie zu, daß Sie richtig treffen.«
Ich nickte schweigend.

Als wir kurz vor der Dämmerung die Furt erreichten, erwiesen sich die Ängste, die ich den ganzen Ritt über ausgestanden hatte, als nur zu begründet. Ein kleines Kommando mongolischer Soldaten hatte dort Posten bezogen. Yamamoto und ich kletterten auf eine etwas höhere Düne und beobachteten sie abwechselnd mit dem Fernglas. Es waren acht Mann – nicht allzu viele also, aber für eine Grenzpatrouille waren sie schwer bewaffnet. Ein Mann trug eine Maschinenpistole, und auf einer Bodenerhebung war ein schweres MG aufgebaut. Es war von Sandsäcken umgeben und zielte auf den Fluß. Es war offensichtlich, daß sie hier in Stellung gegangen waren, um uns daran zu hindern, das andere Ufer zu erreichen. Sie hatten ihre Zelte am Fluß aufgeschlagen und ihre zehn Pferde nicht weit davon angepflockt. Sie schienen entschlossen zu sein, dort zu bleiben, bis sie uns erwischt hatten. »Gibt es keine andere Furt, die wir benutzen könnten?« fragte ich.
Yamamoto nahm das Fernglas von seinen Augen und sah mich kopfschüttelnd an. »Es gibt eine, aber sie ist zu weit weg. Zwei Tagesritte. Wir haben nicht so viel

Zeit. Uns bleibt nichts anderes übrig, als es hier zu versuchen, egal, was es kostet.«
»Das heißt, wir gehen nachts rüber?«
»Richtig. Es ist die einzige Möglichkeit. Wir lassen unsere Pferde hier zurück. Wir erledigen den Wachposten, und die anderen werden wahrscheinlich schlafen. Keine Sorge, der Fluß wird fast jedes Geräusch übertönen. Ich kümmer mich um den Posten. Bis dahin können wir nichts unternehmen, also sollten wir am besten etwas schlafen, Kräfte sammeln, solange wir noch können.«
Wir setzten unsere Überquerungsaktion für drei Uhr früh an. Korporal Honda nahm den Pferden sämtliches Gepäck ab, führte die Tiere in sichere Entfernung und ließ sie dann frei. Wir hoben ein tiefes Loch aus und vergruben den größten Teil unserer Munitions- und Lebensmittelvorräte. Wir würden jeder lediglich eine Feldflasche, eine Tagesration, eine Schußwaffe und ein paar Patronen mitnehmen. Wenn die Mongolen uns erwischten, würden wir gegen ihre um so viel größere Feuerkraft ohnehin nichts ausrichten können, da nützte uns also auch keine zusätzliche Munition. Jetzt galt es, nach Möglichkeit auf Vorrat zu schlafen, denn wenn wir es tatsächlich auf die andere Seite schaffen sollten, würden wir eine ganze Zeitlang nicht mehr zum Ausruhen kommen. Korporal Honda würde die erste Wache übernehmen und dann von Feldwebel Hamano abgelöst werden.

Kaum hatte sich Yamamoto im Zelt ausgestreckt, schlief er ein. Offensichtlich hatte er während seiner ganzen Abwesenheit kein Auge zugetan. Neben seinem Kissen lag eine Ledermappe, in die er das wichtige Dokument gesteckt hatte. Hamano schlief kurz nach ihm ein. Wir waren alle erschöpft, aber ich war zu angespannt, um Schlaf finden zu können. Lange lag ich wach, sterbensmüde, aber außerstande einzuschlafen, weil mir immer wieder dieselben Bilder durch den Kopf gingen: wie wir den Wachposten töteten und dann, während wir den Fluß überquerten, mit Maschinengewehrfeuer bestrichen wurden. Meine Handflächen troffen von Schweiß, und in meinen Schläfen hämmerte das Blut. Ich fragte mich immer wieder, ob ich im entscheidenden Augenblick imstande sein würde, mich so zu verhalten, wie es sich für einen Offizier geziemte. Ich kroch aus dem Zelt und ging hinüber zu Korporal Honda, um ihm beim Wachdienst Gesellschaft zu leisten.

»Wissen Sie, Honda«, sagte ich, als ich mich neben ihn gesetzt hatte, »es könnte sein, daß wir hier sterben.«

»Schwer zu sagen«, erwiderte er.
Eine Zeitlang sprach keiner von uns ein Wort. Aber etwas an seiner Antwort ließ mir keine Ruhe – ein besonderer Tonfall, der einen Anflug von Unsicherheit verriet. Intuition ist noch nie meine Stärke gewesen, aber ich wußte, daß er mit seiner ausweichenden Bemerkung etwas verheimlichen wollte. Ich beschloß, ihn direkt zu fragen. »Wenn Sie mir etwas zu sagen haben, dann tun Sie sich keinen Zwang an«, sagte ich. »Das hier könnte unsere letzte Gelegenheit sein, uns je miteinander zu unterhalten, also raus damit.«
Honda strich mit der Hand über den Sand zu seinen Füßen und nagte an seiner Unterlippe. Ich sah ihm an, daß er um eine Entscheidung rang. »Herr Leutnant«, sagte er nach einer Weile. Er sah mir direkt in die Augen. »Von uns vieren werden Sie am längsten leben – weit länger, als Sie es sich vorstellen können. Sie werden in Japan sterben.«
Jetzt war es an mir, ihn anzustarren. Er fuhr fort:
»Vielleicht fragen Sie sich, woher ich das weiß, aber das kann selbst ich nicht erklären. Ich weiß es einfach.«
»Besitzen Sie übersinnliche Kräfte oder so?«
»Kann sein, obwohl mir das Wort nicht so recht zu dem zu passen scheint, was ich in mir spüre. Es klingt ein bißchen zu hochgestochen. Wie gesagt, ich weiß es einfach, das ist alles.«
»Haben Sie das schon immer gehabt?«
»Schon immer«, sagte er fest. »Auch wenn ich es verheimliche, seit ich alt genug bin, um zu begreifen, was mit mir los ist. Aber hier geht es um Leben und Tod, Herr Leutnant, und *Sie* haben mich danach gefragt, also sage ich Ihnen die Wahrheit.«
»Und was ist mit den anderen? Wissen Sie, was aus denen werden wird?«
Er schüttelte den Kopf. »Manche Dinge weiß ich, andere nicht. Aber es wäre wahrscheinlich auch für Sie besser gewesen, es nicht zu wissen, Herr Leutnant. Es ist vielleicht anmaßend, wenn jemand wie ich vor einem gebildeten Mann wie Ihnen große Worte macht, aber das Schicksal ist etwas, auf das man zurückblickt, wenn es vergangen ist, nicht etwas, was man im voraus sieht. Ich habe einige Erfahrung mit solchen Dingen. Sie nicht.«
»Aber auf alle Fälle sagen Sie, daß ich nicht hier sterben werde?«
Er hob eine Handvoll Sand auf und ließ ihn zwischen seinen Fingern hindurch-

rieseln. »So viel kann ich sagen, Herr Leutnant. Sie werden nicht hier auf dem Kontinent sterben.«

Ich hätte gern weiter über dieses Thema gesprochen, aber Korporal Honda sagte nichts mehr. Er schien in seine eigenen Betrachtungen oder Meditationen versunken zu sein. Auf sein Gewehr gestützt, starrte er auf die ungeheure Grasebene hinaus. Nichts von dem, was ich sagte, schien zu ihm durchzudringen.

Ich ging zum Zelt zurück, das geduckt im Schutz einer Düne stand, streckte mich neben Feldwebel Hamano aus und schloß die Augen. Diesmal kam der Schlaf – ein tiefer Schlaf, der mich gleichsam bei den Knöcheln packte und mich hinunterzerrte auf den Meeresgrund.

13
LEUTNANT MAMIYAS LANGE GESCHICHTE: 2. TEIL

Geweckt wurde ich vom metallischen Klacken eines Gewehrs, das entsichert wird. Es ist ein Geräusch, das kein Soldat in der Schlacht je überhören würde, nicht einmal im Schlaf. Es ist ein – wie soll ich sagen? – ein besonderes Geräusch, so kalt und schwer wie der Tod selbst. Fast instinktiv griff ich nach der Browning, die neben meinem Kissen lag, aber im selben Augenblick knallte ein Schuh so fest gegen meine Schläfe, daß mir vorübergehend die Sinne schwanden. Nachdem ich meinen Atem wieder unter Kontrolle gebracht hatte, öffnete ich die Augen gerade so weit, daß ich den Mann, der mich getreten hatte, sehen konnte. Er hatte sich hingekniet und nahm gerade meine Browning an sich. Ich hob langsam den Kopf und starrte in die Mündungen zweier Gewehre. Hinter den Gewehren standen zwei mongolische Soldaten.

Ich war sicher, daß ich in einem Zelt eingeschlafen war, aber jetzt war das Zelt verschwunden, und über mir funkelte ein Himmel voller Sterne. Ein anderer mongolischer Soldat zielte mit einer Maschinenpistole auf den Kopf Yamamotos, der neben mir lag. Er lag vollkommen reglos da, als wisse er, daß jeder Widerstand zwecklos war, und wolle deswegen keine Kräfte vergeuden. Alle Mongolen trugen lange Mäntel und Stahlhelme. Zwei von ihnen hielten starke Taschenlampen auf Yamamoto und mich gerichtet. Anfangs begriff ich nicht, was passiert war: Mein Schlaf war zu tief gewesen und der Schock zu groß. Aber der Anblick der mongolischen Soldaten und Yamamotos Gesichtsausdruck verscheuchten in mir alle Zweifel – man hatte unsere Zelte entdeckt, bevor wir die Möglichkeit gehabt hatten, den Fluß zu durchqueren.

Dann fielen mir Honda und Hamano ein, und ich fragte mich, was aus ihnen geworden sein mochte. Ich drehte ganz langsam den Kopf und versuchte, mich umzusehen, aber keiner von beiden war da. Entweder hatte man sie schon umgebracht, oder es war ihnen gelungen zu fliehen.

Das mußten die Männer der Patrouille sein, die wir am vorigen Morgen an der Furt gesehen hatten. Nur eine Handvoll Soldaten, mit einer Maschinenpistole und Gewehren bewaffnet. Das Kommando führte ein vierschrötiger UO, der einzige aus dem Haufen, der richtige Militärstiefel trug. Er bückte sich und hob die Ledermappe auf, die Yamamoto neben seinem Kopf liegen hatte. Er öffnete sie und sah hinein, dann drehte er sie verkehrtherum und schüttelte sie. Das einzige, was herausfiel, war ein Päckchen Zigaretten. Ich konnte es kaum glauben. Ich hatte mit eigenen Augen gesehen, wie Yamamoto das Dokument in die Mappe gesteckt hatte. Er hatte es aus einer Satteltasche herausgeholt, es in diese Mappe gesteckt und die Mappe neben sein Kissen gelegt. Yamamoto bemühte sich, die Fassung zu bewahren, aber ich sah, wie sich sein Ausdruck veränderte. Er hatte offensichtlich keine Ahnung, was aus dem Dokument geworden war, aber in jedem Fall mußte dessen Verschwinden eine große Erleichterung für ihn bedeuten. Wie er mir ja selbst erklärt hatte, war unsere vorrangigste Pflicht, dafür zu sorgen, daß dieses Schriftstück unter keinen Umständen in die Hände des Feindes gelangte.

Die Soldaten kippten alle unsere Habseligkeiten auf den Boden und inspizierten sie sorgfältig, aber sie fanden nichts Wichtiges. Danach zogen sie uns aus und durchsuchten unsere Taschen. Sie schlitzten mit ihren Bajonetten unsere Kleidung und unsere Tornister auf, aber sie fanden keinerlei Dokumente. Sie nahmen unsere Zigaretten und Stifte, unsere Brieftaschen und Notizbücher und Uhren und steckten alles ein. Einer nach dem anderen probierten sie unsere Schuhe an, und der, dem sie paßten, behielt sie. Die Diskussionen um die Aufteilung der Beute wurden zunehmend hitziger, aber der UO schenkte ihnen keine Beachtung. Vermutlich war es bei den Mongolen normale Praxis, Kriegsgefangenen und toten Feinden alles irgendwie Brauchbare abzunehmen. Der UO behielt nur Yamamotos Uhr und überließ es seinen Männern, sich um die übrigen Dinge zu streiten. Der Rest unserer Ausrüstung – Pistolen und Munition, Landkarten,

Kompasse und Ferngläser – kam in eine Stofftasche, die zweifellos ins Hauptquartier nach Ulan Bator geschafft werden würde.

Als nächstes fesselten sie uns, nackt, wie wir waren, mit starkem, dünnem Seil. Aus der Nähe rochen die mongolischen Soldaten wie ein Stall, der seit sehr, sehr langer Zeit nicht mehr ausgemistet worden war. Ihre zerlumpten Uniformen starrten so von Schlamm und Staub und Essensresten, daß ihre ursprüngliche Farbe nicht mehr zu erkennen war. Ihre Schuhe waren völlig durchlöchert und fielen ihnen buchstäblich in Fetzen von den Füßen. Kein Wunder, daß sie unsere wollten. Sie hatten zum größten Teil viehische Gesichter, abstoßende Zähne und langes, wirres Haar. Sie sahen eher wie berittene Banditen oder Wegelagerer aus als wie Soldaten, aber ihre sowjetischen Waffen und ihre sternförmigen Abzeichen bewiesen, daß sie zu den regulären Streitkräften der Mongolischen Volksrepublik gehörten. Für meine Begriffe ließen ihre Disziplin und ihr militärischer Geist natürlich erheblich zu wünschen übrig. Die Mongolen sind zähe, ausdauernde Einzelkämpfer, aber für die moderne, organisierte Kriegführung eignen sie sich wenig.

Die Nacht war eisig. Als ich auf die weißen Atemwolken der mongolischen Soldaten blickte, die in der Dunkelheit aufblühten und wieder verschwanden, überkam mich das Gefühl, ein skurriler Irrtum habe mich in die Szenerie eines fremden Alptraums versetzt. Ich war außerstande zu begreifen, was wirklich geschah. Es war tatsächlich ein Alptraum, aber erst später erkannte ich, daß dies nur der Anfang gewesen war, der Beginn eines Nachtmahrs gigantischen Ausmaßes.

Kurze Zeit später tauchte aus der Dunkelheit ein mongolischer Soldat auf, der etwas Schweres schleppte. Mit einem breiten Grinsen warf er seine Last neben uns auf die Erde. Es war Hamanos Leichnam. Er war barfuß: Jemand hatte ihm die Stiefel schon abgenommen. Jetzt entkleideten sie ihn und untersuchten alles, was sie in seinen Taschen fanden. Hände griffen nach seiner Uhr, seinem Geldbeutel und seinen Zigaretten. Sie teilten die Zigaretten unter sich auf und rauchten sie, während sie die Brieftasche durchsuchten. Die Ausbeute waren ein paar mandschurische Geldscheine und das Foto einer Frau, wahrscheinlich Hamanos Mutter. Der Zugführer sagte etwas und nahm das Geld an sich. Das Foto wurde achtlos fallen gelassen.

Einer der mongolischen Soldaten hatte sich offenbar von hinten an Hamano herangeschlichen, während dieser Wache stand, und ihm die Kehle durchgeschnitten. Sie waren uns zuvorgekommen und hatten mit uns das getan, was wir mit ihnen vorgehabt hatten. Hellrotes Blut floß aus dem klaffenden Schnitt, aber für eine so große Wunde war es nicht viel, was da kam; wahrscheinlich war das meiste Blut schon anderswo im Boden versickert. Einer der Soldaten zog ein Messer aus der Scheide, die er am Gürtel trug. Es hatte eine vielleicht fünfzehn Zentimeter lange, gekrümmte Klinge. Er fuchtelte damit vor meinem Gesicht herum. Ich hatte noch nie ein so seltsam geformtes Messer gesehen. Es schien zu einem ganz bestimmten Zweck gemacht zu sein. Der Soldat vollführte eine Bewegung wie beim Kehle-Durchschneiden und pfiff dabei zwischen den Zähnen. Ein paar der anderen lachten. Das Messer gehörte offenbar nicht zur regulären Ausrüstung, sondern war Privateigentum des Mannes. Alle hatten ein langes Bajonett am Gürtel, aber dieser Mann trug statt dessen ein gekrümmtes Messer, und er hatte damit offensichtlich Hamano die Kehle aufgeschlitzt. Er ließ die Klinge ein paarmal flink durch die Luft wirbeln und steckte sie dann wieder in ihre Scheide.

Ohne ein Wort und ohne den Kopf im mindesten zu bewegen, warf Yamamoto einen Blick in meine Richtung. Er dauerte nur den Bruchteil einer Sekunde, aber ich verstand sofort, was Yamamoto damit zu sagen versuchte: Glauben Sie, daß Korporal Honda es geschafft hat, sich abzusetzen? Trotz meiner Verwirrung und Panik hatte ich mich selbst schon die ganze Zeit gefragt: Wo *ist* Korporal Honda? Wenn Honda diesem plötzlichen Angriff der mongolischen Soldaten entkommen war, dann hatten wir vielleicht noch eine Chance – eine sehr dürftige Chance vielleicht, und die Frage, was Honda da draußen allein würde ausrichten können, war ziemlich entmutigend, aber eine schwache Hoffnung war immer noch besser als gar keine.

Sie ließen uns die ganze Nacht lang gefesselt im Sand liegen. Zwei Soldaten wurden zu unserer Bewachung abgestellt: einer mit der Maschinenpistole, der andere mit einem Gewehr bewaffnet. Die übrigen setzten sich in einiger Entfernung von uns auf den Boden, rauchten, redeten und lachten – jetzt offenbar entspannt, wo sie uns gefangen hatten. Weder Yamamoto noch ich sprachen ein Wort. In dieser Gegend sank die Temperatur kurz vor Sonnenaufgang selbst noch im Mai bis unter den Gefrierpunkt. Nackt, wie wir waren, hätten wir ohne weiteres erfrieren können. Aber selbst die schlimmste Kälte war nichts, verglichen mit der panischen Angst, die mich erfüllte. Ich hatte keine Ahnung, was uns bevorstand. Diese Männer waren eine einfache Patrouille: Sie waren wahrscheinlich nicht

befugt, in bezug auf uns irgendwelche Entscheidungen zu treffen. Sie mußten auf Befehle warten. Das bedeutete, daß man uns wahrscheinlich nicht sofort töten würde. Was allerdings danach geschehen würde, konnte ich unmöglich voraussagen. Yamamoto war aller Wahrscheinlichkeit nach ein Spion, und ich war zusammen mit ihm aufgegriffen worden, also würde man mich natürlich für seinen Komplizen halten. Auf alle Fälle würden wir nicht ungeschoren davonkommen.
Einige Zeit nach Sonnenaufgang drang aus dem fernen Himmel ein Geräusch wie von einem Flugzeugmotor. Schließlich kam der silberfarbene Rumpf in mein Gesichtsfeld. Es war eine Aufklärungsmaschine sowjetischer Bauart, mit dem Hoheitszeichen der Äußeren Mongolei. Das Flugzeug kreiste mehrmals über uns. Die Soldaten winkten alle, und das Flugzeug wackelte zur Antwort mit den Tragflächen. Dann landete es auf einer nahegelegenen freien Fläche und ließ Wolken von Sand aufstieben. Der Boden war hart hier, und es gab keinerlei Hindernisse, so daß es vergleichsweise leicht war, auf freiem Feld zu landen und zu starten. Es konnte durchaus sein, daß sie diese Fläche in der Vergangenheit schon häufig als Piste benutzt hatten. Einer der Soldaten saß auf und galoppierte mit zwei gesattelten Pferden am Zügel zum Flugzeug.
Als er zurückkehrte, ritten neben ihm zwei Männer, die wie hohe Offiziere aussahen. Der eine war Russe, der andere Mongole. Ich vermutete, daß die Patrouille dem Hauptquartier über Funk Meldung von unserer Gefangennahme gemacht hatte und daß die zwei Offiziere aus Ulan Bator gekommen waren, um uns zu verhören. Ich hatte gehört, die GPU sei an den letztjährigen Massenverhaftungen und Erschießungen regierungsfeindlicher Aktivisten maßgeblich beteiligt gewesen.
Beide Offiziere trugen eine untadelige Uniform und waren glattrasiert. Der Russe trug eine Art gegürteten Regenmantel. Seine Stiefel strahlten in makellosem Glanz. Er war ein magerer, aber für einen Russen nicht sehr großer Mann von vielleicht Anfang Dreißig. Er hatte eine breite Stirn, eine schmale Nase und eine fast blaßrosafarbene Haut, und er trug eine Nickelbrille. Alles in allem war das kein Gesicht, das einen nennenswerten Eindruck hinterlassen hätte. Neben dem Russen sah der kleinwüchsige, stämmige, dunkle mongolische Offizier wie ein kleiner Bär aus.
Der Mongole rief den UO zu sich, und die drei Männer redeten eine Weile miteinander. Ich nahm an, daß sich die beiden Offiziere einen detaillierten Bericht geben

ließen. Der UO holte die Tasche mit den Dingen, die sie uns abgenommen hatten, und zeigte sie den anderen. Der Russe sah sich jeden einzelnen Gegenstand sehr aufmerksam an und legte dann alles in die Tasche zurück. Er sagte etwas zum Mongolen, und der wiederum sprach mit dem UO. Dann holte der Russe ein Zigarettenetui aus seiner Brusttasche und hielt es den anderen beiden geöffnet hin. Rauchend redeten sie weiter miteinander. Während er sprach, schlug sich der Russe mehrmals mit der rechten Faust in die offene Linke. Er sah ziemlich verärgert aus. Der mongolische Offizier stand mit verschränkten Armen und einer verbissenen Miene reglos da, während der UO ab und zu den Kopf schüttelte.
Schließlich kam der russische Offizier zu uns herübergeschlendert. »Möchten Sie rauchen?« fragte er auf russisch. Wie ich schon sagte, hatte ich auf dem College Russisch gelernt und konnte einer normalen Unterhaltung ziemlich gut folgen, aber um Schwierigkeiten zu vermeiden, tat ich so, als verstünde ich nicht.
»Danke, nein«, sagte Yamamoto auf russisch. Er war gut.
»Ausgezeichnet«, sagte der sowjetische Offizier. »Es wird schneller gehen, wenn wir Russisch reden können.«
Er zog die Handschuhe aus und steckte sie in die Tasche seines Mantels. An seiner linken Hand funkelte ein schmaler Goldring. »Wie Ihnen zweifellos bewußt ist, suchen wir nach einem bestimmten Gegenstand. Einem Gegenstand, an dem uns viel liegt. Und wir wissen, daß Sie ihn haben. Fragen Sie nicht, woher wir das wissen; wir wissen es einfach. Sie haben ihn allerdings jetzt nicht bei sich. Was nach den Gesetzen der Logik bedeutet, daß Sie ihn vor Ihrer Gefangennahme versteckt haben müssen. Da drüben haben Sie ihn nicht hingeschafft.« Er deutete auf den Chalcha. »Keiner von Ihnen hat den Fluß überquert. Der Brief muß sich auf dieser Seite befinden, irgendwo versteckt. Haben Sie bis jetzt verstanden, was ich Ihnen gesagt habe?«
Yamamoto nickte. »Verstanden habe ich Sie«, sagte er, »aber von einem Brief wissen wir nichts.«
»Schön«, sagte der Russe ausdruckslos. »In diesem Falle muß ich Ihnen eine kleine Frage stellen. Was haben Sie hier gemacht? Wie Sie wissen, befinden Sie sich hier auf dem Territorium der Mongolischen Volksrepublik. Welche Veranlassung hatten Sie, in fremdes Gebiet einzudringen? Ich erwarte von Ihnen eine Erklärung.«
»Kartographische Arbeiten«, erklärte Yamamoto. »Ich bin ziviler Mitarbeiter eines Kartenherstellers, und dieser Mann hier und der, den die Soldaten getötet

haben, waren zu meinem Schutz abgestellt. Wir wußten, daß diese Seite des Flusses auf Ihrem Territorium liegt, und wir bedauern es, hier eingedrungen zu sein, aber wir hatten nicht das Gefühl, eine Grenzverletzung zu begehen. Wir wollten lediglich das Plateau auf dieser Seite besteigen, um einen besseren Überblick über das Gelände zu gewinnen.«

Ganz und gar nicht amüsiert kräuselte der russische Offizier die Lippen zu einem Lächeln. »›Wir bedauern es‹?« sagte er langsam. »Ja, natürlich. Sie wollten das Gelände vom Plateau aus betrachten. Ja, natürlich. Von einer Anhöhe aus hat man immer eine bessere Aussicht. Das klingt absolut einleuchtend.«

Eine Zeitlang sagte er nichts, sondern starrte nur auf die Wolken am Himmel. Dann richtete er den Blick wieder auf Yamamoto, schüttelte langsam den Kopf und seufzte.

»Wenn ich Ihren Worten nur Glauben schenken könnte! Wieviel besser wäre es für uns alle! Könnte ich Ihnen doch nur auf die Schulter klopfen und sagen: ›Jaja, ich verstehe, jetzt machen Sie, daß Sie auf die andere Seite des Flusses kommen, und seien Sie in Zukunft vorsichtiger.‹ Ich wünschte wirklich, ich könnte so handeln. Unglücklicherweise kann ich es nicht. Ich weiß nämlich, wer Sie sind. Und ich weiß, was Sie hier tun. Wir haben Freunde in Hailar, genauso wie Sie Freunde in Ulan Bator haben.«

Er zog seine Handschuhe aus der Tasche, faltete sie ordentlich zusammen und steckte sie wieder ein. »Ganz ehrlich, mir liegt persönlich überhaupt nichts daran, Ihnen Schmerzen zu bereiten oder Sie zu töten. Wenn Sie mir einfach den Brief aushändigten, wäre zwischen uns, soweit es mich betrifft, alles erledigt. Ich würde Ihre sofortige Freilassung anordnen. Sie könnten den Fluß überqueren und wieder nach Haus gehen. Sie haben mein Wort darauf. Alles übrige würden wir als eine rein interne Angelegenheit behandeln. Es hätte nicht das geringste mit Ihnen zu tun.«

Die östlichen Strahlen der Sonne fingen endlich an, meine Haut zu erwärmen. Es war windstill, am Himmel schwebten ein paar harte weiße Wolken.

Es folgte ein langes, langes Schweigen. Niemand sprach ein Wort. Der russische Offizier, der mongolische Offizier, die Soldaten und Yamamoto: jeder hütete seine eigene Sphäre des Schweigens. Yamamoto schien sich bereits im ersten Augenblick unserer Gefangennahme mit dem Tod abgefunden zu haben; sein Gesicht war seitdem vollkommen ausdruckslos geblieben.

»Sie beide ... werden ... so gut wie sicher ... hier sterben«, sagte der Russe langsam, Satzteil für Satzteil, als spräche er zu Kindern. »Und es wird ein grauenvoller Tod sein. Die da ...« Hier warf der Russe einen Blick auf die mongolischen Soldaten. Der Große, der die Maschinenpistole in den Händen hielt, sah mich mit einem schiefzahnigen Grinsen an. »Es macht ihnen Freude, Menschen auf möglichst komplizierte und phantasievolle Weise zu töten. Es ist, wie soll ich sagen, ihre ganz große Liebhaberei. Seit den Zeiten Dschingis Khans haben die Mongolen ihren Spaß daran, besonders grausame Methoden zu ersinnen, Menschen zu töten. Wir Russen können ein trauriges Lied davon singen. Wir wissen es vom Geschichtsunterricht her. Wir lernen in der Schule, was die Mongolen taten, als sie Rußland eroberten. Sie töteten Millionen von Menschen. Ohne jeden Grund. Sie nahmen in Kiew Hunderte von Adligen gefangen und brachten sie alle zusammen um. Kennen Sie die Geschichte? Sie sägten riesige, dicke Planken, legten die Russen darunter und veranstalteten auf dieser Plattform ein Festbankett, so daß die Russen langsam zu Tode gequetscht wurden. Normale Menschen kämen doch nie auf eine solche Idee, meinen Sie nicht auch? Die Sache erforderte viel Zeit und äußerst umständliche Vorbereitungen. Wer würde sich schon eine solche Mühe machen? Aber sie haben sie sich gemacht. Und warum? Weil es für sie eine Form von Belustigung war. Und es macht ihnen noch immer Spaß, solche Dinge zu tun. Ich habe sie einmal in Aktion gesehen. Ich dachte, ich hätte im Laufe meines Lebens schon einige fürchterliche Dinge gesehen, aber an dem Abend hat es mir, wie Sie sich vorstellen können, den Appetit verschlagen. Verstehen Sie, was ich sage? Rede ich Ihnen zu schnell?«
Yamamoto schüttelte den Kopf.
»Ausgezeichnet«, sagte der Russe. Er hielt inne und räusperte sich. »Natürlich wird das hier das zweite Mal für mich sein. Vielleicht wird sich mein Appetit bis zum Abendessen wieder einstellen. Wenn es allerdings möglich wäre, würde ich unnötiges Blutvergießen lieber vermeiden.«
Die Hände hinter dem Rücken verschränkt, sah er eine Zeitlang in den Himmel. Dann zog er seine Handschuhe hervor und warf einen Blick auf das Flugzeug. »Wunderbares Wetter«, sagte er. »Frühling. Noch ein bißchen kalt, aber fast genau richtig. Wäre es auch nur ein bißchen wärmer, würde es von Mücken wimmeln. Entsetzlichen Mücken. Ja, der Frühling ist viel besser als der Sommer.« Er holte wieder sein Zigarettenetui hervor, steckte sich eine Zigarette zwischen die

Lippen und zündete sie mit einem Streichholz an. Langsam zog er den Rauch in die Lunge, und langsam ließ er ihn wieder heraus. »Ich frage Sie jetzt noch einmal: Bleiben Sie bei Ihrer Behauptung, von dem Brief wirklich nichts zu wissen? Oder ist Ihnen inzwischen vielleicht etwas eingefallen?«

Yamamoto sagte nur ein einziges Wort: »*Njet.*«

»Schön«, sagte der Russe. »Schön.« Dann sagte er etwas auf mongolisch zum mongolischen Offizier. Der Mann nickte und bellte den Soldaten einen Befehl zu. Die trugen einige unbearbeitete Strünke herbei und machten sich daran, sie mit ihren Bajonetten zuzuspitzen, bis sie vier Pflöcke gewonnen hatten. Dann schritten sie ein großes Quadrat ab und rammten an dessen vier Ecken die Pflöcke mit Steinen in den Boden. Alle diese Vorbereitungen nahmen, wie ich schätzte, rund zwanzig Minuten in Anspruch, aber ich hatte nicht die leiseste Ahnung, wozu sie dienen sollten.

Der Russe sagte: »Für sie ist ein erlesenes Blutbad wie ein erlesenes Mahl. Je mehr Zeit sie sich für die Vorbereitungen lassen, desto genußreicher ist anschließend die eigentliche Sache. Einfach einen Mann zu töten ist kein Problem: ein Pistolenschuß, und es ist alles erledigt. Aber das wäre nicht« – und hier strich er sich mit der Fingerspitze langsam über sein glattes Kinn – »sehr interessant.«

Sie banden Yamamoto los und führten ihn zum abgesteckten Bereich. Dort fesselten sie seine Arme und Beine an die vier Pflöcke. Yamamoto lag splitternackt auf dem Boden ausgespannt; an seinem Körper waren mehrere offene Wunden zu sehen.

»Wie Sie wissen, sind diese Menschen Schäfer«, sagte der russische Offizier. »Und Schäfer ziehen aus ihren Schafen vielfältigen Nutzen: Sie essen ihr Fleisch, sie scheren ihre Wolle, sie nehmen ihnen die Haut ab. Für sie ist das Schaf das vollkommene Tier. Sie verbringen den ganzen Tag – ihr ganzes Leben – mit Schafen. Sie sind unglaublich geschickt darin, die Tiere zu häuten. Die Häute verarbeiten sie zu Zelten und Kleidungsstücken. Haben Sie jemals gesehen, wie sie ein Schaf abhäuten?«

»Jetzt töten Sie mich schon und bringen Sie die Sache hinter sich«, sagte Yamamoto.

Der Russe legte die Hände flach aneinander, und indem er sie sich langsam rieb, nickte er Yamamoto zu. »Nur keine Sorge«, sagte er. »Wir werden Sie ganz bestimmt töten. Das garantiere ich Ihnen. Es mag sich ein bißchen in die Länge ziehen, aber Sie *werden* sterben. In dem Punkt brauchen Sie sich wirklich keine Sorgen zu machen. Wir haben es nicht eilig. Wir sind in der unendlichen Steppe, es gibt hier nichts, soweit das Auge reicht. Nur Zeit. Alle Zeit der Welt. Alle Zeit, die wir brauchen. Und ich habe Ihnen noch viel zu erzählen. Jetzt zur eigentlichen Prozedur des Häutens: Jede nomadisierende Gruppe hat wenigstens einen Spezialisten – einen Profi, sozusagen –, der alles weiß, was es über das Häuten zu wissen gibt, einen Mann von fast unvorstellbarem Können. Wie er eine Haut abzieht, ist ein wahres Kunstwerk. Er tut es im Handumdrehen, so schnell und so geschickt, daß man meinen könnte, das Geschöpf, das da bei lebendigem Leib gehäutet wird, bekommt überhaupt nichts davon mit. Aber natürlich« – er holte wieder einmal das Zigarettenetui aus seiner Brusttasche, nahm es in die linke Hand und trommelte mit den Fingern der rechten darauf – »wäre es vollkommen unmöglich, so etwas nicht mitzubekommen. Wer bei lebendigem Leib gehäutet wird, leidet entsetzliche Schmerzen. Unvorstellbare Schmerzen. Und es dauert unglaublich lang, bis der Tod eintritt. Das Ende kommt schließlich durch die massiven Blutverluste, aber es braucht seine Zeit.«

Er schnippte mit den Fingern. Der mongolische Offizier trat vor. Er griff in seine Manteltasche und zog ein Messer mit Scheide heraus. Es hatte dieselbe Form wie dasjenige, mit dem der Soldat die Geste des Halsabschneidens gemacht hatte. Er zog das Messer aus der Scheide und hielt es in die Höhe. Die Morgensonne ließ die Klinge in einem stumpfen weißen Glanz erstrahlen.

»Dieser Mann ist einer von den Spezialisten, von denen ich gerade gesprochen habe«, sagte der russische Offizier. »Ich möchte, daß Sie sich sein Messer ansehen. Genau ansehen. Es ist ein ganz besonderes Messer, eigens zum Häuten entworfen und außerordentlich gut gearbeitet. Die Klinge ist so dünn und so scharf wie ein Rasiermesser. Und das technische Können, mit dem sich diese Leute ihrer Aufgabe entledigen, ist außerordentlich hoch. Schließlich ziehen sie seit Tausenden von Jahren Tieren die Haut ab. Sie können einem Mann die Haut abziehen, so wie Sie einen Pfirsich schälen würden. Wunderschön, ohne einen einzigen Kratzer. Rede ich Ihnen möglicherweise zu schnell?«

Yamamoto sagte nichts.

»Sie nehmen sich jeweils ein kleines Stück vor«, sagte der russische Offizier. »Sie müssen langsam vorgehen, wenn sie die Haut sauber, ohne Kratzer abbekommen wollen. Wenn Sie in der Zwischenzeit das Bedürfnis verspüren sollten, etwas zu sagen, dann lassen Sie es mich bitte wissen. Dann brauchen Sie nicht zu sterben. Unser Mann hier hat das schon mehrmals gemacht, und er hat bisher noch jeden zum Sprechen gebracht. Halten Sie sich das bitte gegenwärtig. Je eher wir aufhören, desto besser für uns beide.«

Das Messer in der Hand, sah der bärenhafte mongolische Offizier Yamamoto an und grinste. Bis zum heutigen Tag habe ich dieses Lächeln nicht vergessen. Ich sehe es in meinen Träumen. Ich habe es nie geschafft, es aus meinem Gedächtnis zu verbannen. Kaum war dieses Lächeln über sein Gesicht gegangen, machte er sich an die Arbeit. Während die Soldaten Yamamoto mit ihren Händen und Knien auf den Boden preßten, begann der Offizier, ihn mit der äußersten Sorgfalt zu häuten. Es war wirklich so, als würde er einen Pfirsich schälen. Ich konnte es nicht mit ansehen. Ich schloß die Augen. Als ich das tat, schlug mich einer der Soldaten mit dem Kolben seines Gewehres. Er schlug immer weiter, bis ich die Augen öffnete. Aber es spielte ohnehin kaum eine Rolle: Ob ich die Augen offen oder geschlossen hielt, ich konnte doch immer noch Yamamotos Stimme hören. Er ertrug den Schmerz ohne eine Klage – anfangs. Aber bald fing er an zu schreien. Ich hatte noch nie solche Schreie gehört: sie schienen aus einer anderen Welt zu kommen. Der Mann hatte damit den Anfang gemacht, daß er Yamamotos Schulter aufschlitzte; jetzt pellte er die Haut des rechten Armes von oben nach unten ab – langsam, sorgfältig, fast liebevoll. Wie der russische Offizier gesagt hatte, meinte man fast, einen Künstler bei der Arbeit zu sehen. Wären die Schreie nicht gewesen, hätte man nie gedacht, daß hier irgendwelche Schmerzen mit im Spiel sein könnten. Aber die Schreie verrieten, welch grauenvoller Schmerz diese Arbeit begleitete.

Schon bald hatte sich die ganze Haut von Yamamotos rechtem Arm wie eine einzige dünne Hülle abgelöst. Der Abhäuter reichte sie dem Mann, der neben ihm kniete, und der hielt sie mit den Fingerspitzen geöffnet und zeigte sie herum, damit die anderen sie sich gut ansehen konnten. Die ganze Zeit tropfte Blut von der Haut herunter. Dann nahm sich der Offizier Yamamotos linken Arm vor und wiederholte die ganze Prozedur. Danach häutete er beide Beine, schnitt den Penis und die Hoden ab und entfernte die Ohren. Dann häutete er den Kopf und das Gesicht und alles übrige. Yamamoto verlor das Bewußtsein, erlangte es wieder und verlor es erneut. Immer, wenn er ohnmächtig wurde, verstummten die Schreie, und sobald er zu sich kam, setzten sie wieder ein. Aber seine Stimme wurde allmählich schwächer, und schließlich versiegte sie vollends. Während dieser ganzen Zeit zeichnete der russische Offizier mit dem Absatz seines Stiefels bedeutungslose Zeichen in den Staub. Die mongolischen Soldaten verfolgten die Prozedur schweigend. Ihre Gesichter blieben ausdruckslos, sie verrieten weder Abscheu noch Erregung noch Erschütterung. Sie sahen mit derselben Miene zu, wie Yamamotos Haut Stück für Stück abgelöst wurde, mit der ein Spaziergänger an einer Baustelle stehenbleiben und sich die Arbeiten ansehen würde.

Bei alldem hatte ich mich ununterbrochen übergeben. Immer und immer wieder. Noch lange, nachdem ich eigentlich nichts mehr im Magen haben konnte, fuhr ich fort zu würgen. Zuletzt hielt der mongolische Offizier die Haut von Yamamotos Rumpf, sauber abgeschält, in die Höhe. Selbst die Brustwarzen waren unversehrt. Nie wieder habe ich etwas so Grauenvolles gesehen. Jemand nahm ihm die Haut ab und breitete sie zum Trocknen aus, wie wir ein Laken ausbreiten würden. Alles, was auf dem Boden zurückblieb, war Yamamotos Leichnam, ein blutiger roter Klumpen Fleisch, von dem selbst die letzte Spur von Haut entfernt worden war. Den entsetzlichsten Anblick bot das Gesicht. Zwei große weiße Augäpfel starrten aus der roten Fleischmasse hervor. Mit entblößten Zähnen klafften die Kiefer wie zu einem Schrei auseinander. Zwei kleine Löcher waren alles, was von der abgeschnittenen Nase übrigblieb. Der Boden war ein Meer von Blut.

Der russische Offizier spuckte auf den Boden und sah mich an. Dann zog er ein Taschentuch hervor und wischte sich den Mund. »Der Bursche wußte wirklich nichts, wie?« sagte er und steckte das Taschentuch wieder ein. Seine Stimme klang etwas matter als zuvor. »Wenn er etwas gewußt hätte, dann hätte er geredet. Schade. Aber nun, der Mann war ein Profi. Früher oder später hätte es zwangsläufig ein böses Ende mit ihm genommen. Was soll's – es ist nicht mehr zu ändern. Und wenn *er* nichts wußte, dann können *Sie* unmöglich etwas wissen.«

Er steckte sich eine Zigarette zwischen die Lippen und riß ein Streichholz an. »Was bedeutet, daß Sie für uns wertlos sind. Nicht wert, gefoltert zu werden. Nicht wert, als Gefangener am Leben gehalten zu werden. Wir möchten diese Angelegenheit mit der größten Diskretion erledigen. Es könnte Komplikationen geben, wenn wir Sie nach Ulan Bator brächten. Das beste wäre natürlich, Ihnen hier und jetzt eine Kugel in den Schädel zu jagen und Sie dann zu begraben oder zu verbrennen und Ihre Asche in den Chalcha zu kippen. Das wäre eine einfache Lösung. Sind Sie nicht auch meiner Meinung?« Er sah mir fest in die Augen. Ich tat weiterhin so, als verstünde ich ihn nicht. »Sie verstehen kein Russisch, nehme ich an. Es ist Zeitvergeudung, Ihnen das alles zu erklären. Was soll's. Ich könnte schließlich auch Selbstgespräche führen. Also lassen Sie mich zu Ende reden. Jedenfalls habe ich eine gute Nachricht für Sie. Ich habe beschlossen, Sie nicht zu töten. Betrachten Sie es als bescheidenen Ausdruck meines Bedauerns, Ihren Freund, wenn auch gegen meinen Willen, sinnlos getötet zu haben. Wir haben heute morgen unseren Bedarf an Töten hinlänglich gedeckt. Einmal am Tag ist mehr als genug. Und so werde ich Sie nicht töten. Vielmehr werde ich Ihnen eine Überlebenschance geben. Wenn alles gutgeht, könnten Sie hier lebend herauskommen. Natürlich ist die Wahrscheinlichkeit, *daß* es Ihnen gelingt, nicht allzu groß. Möglicherweise ist sie sogar gleich Null. Aber eine Chance ist immerhin eine Chance. Sie ist auf alle Fälle erheblich besser, als lebendig gehäutet zu werden. Sind Sie nicht auch meiner Meinung?«

Er hob die Hand und winkte den mongolischen Offizier heran. Der Mann hatte sein Messer äußerst sorgfältig mit Wasser aus einer Feldflasche gereinigt und war gerade damit fertig geworden, es an einem Wetzstein nachzuschärfen. Die Soldaten hatten die Stücke von Yamamotos Haut ausgebreitet und standen jetzt daneben und unterhielten sich. Sie schienen fachmännische Urteile über die Technik des Abhäuters zu tauschen. Der mongolische Offizier steckte sein Messer in die Scheide und dann in die Tasche seines Mantels, bevor er auf uns zukam. Er sah mir einen Augenblick lang ins Gesicht, dann wandte er sich seinem Kollegen zu. Der Russe sagte ein paar kurze Sätze auf mongolisch zu ihm, und der Mann nickte ausdruckslos. Ein Soldat brachte zwei Pferde für die Offiziere.

»Wir fliegen jetzt zurück nach Ulan Bator«, sagte der Russe zu mir. »Es ist mir äußerst unangenehm, mit leeren Händen zurückzukehren, aber da kann man nichts machen. Es kann nicht immer klappen. Ich hoffe, mein Appetit stellt sich bis zum Abendessen wieder ein, aber ich habe da meine Zweifel.«

Sie saßen auf und ritten davon. Das Flugzeug hob ab, schrumpfte zu einem Silberstäubchen am westlichen Himmel zusammen und verschwand schließlich ganz. Ich blieb allein mit den mongolischen Soldaten und ihren Pferden zurück. Sie setzten mich auf ein Pferd und banden mich am Sattel fest. Dann ritten wir in geschlossener Formation in Richtung Norden los. Mein unmittelbarer Vordermann sang die ganze Zeit mit kaum hörbarer Stimme eine eintönige Melodie. Abgesehen davon war nichts anderes zu hören als das trockene Geräusch der Pferdehufe, die Sand aufwirbelten. Ich hatte keine Ahnung, wohin sie mich brachten oder was sie mit mir vorhatten. Ich wußte nur, daß ich für sie ein überflüssiges Individuum ohne jeden Wert war. Immer und immer wieder sagte ich mir im Kopf die Worte des russischen Offiziers vor. Er hatte gesagt, daß er mich nicht töten würde. Er würde mich nicht töten, aber meine Chancen zu überleben seien verschwindend gering. Was konnte das bedeuten? Es war zu unbestimmt, als daß ich irgendeine konkrete Vermutung hätte anstellen können. Vielleicht würden sie mich zu irgendeinem grausigen Spiel benutzen. Sie würden mich nicht einfach umbringen, weil sie irgendeinen schaurigen Einfall in die Tat umsetzen und in aller Ruhe auskosten wollten.

Aber wenigstens hatten sie mich nicht getötet. Wenigstens hatten sie mich nicht, wie Yamamoto, bei lebendigem Leib gehäutet. Am Ende würde man mich vielleicht doch noch umbringen, aber nicht *so*. Einstweilen war ich am Leben; ich atmete noch. Und wenn der russische Offizier die Wahrheit gesagt hatte, würde ich nicht sofort getötet werden. Je mehr Zeit zwischen mir und dem Tod lag, desto größer wurde meine Chance zu überleben. Vielleicht war es nur eine mikroskopisch kleine Chance, aber sie war alles, woran ich mich klammern konnte.

Dann, ganz unvermittelt, flammten in meinem Gehirn die Worte Korporal Hondas wieder auf: seine seltsame Prophezeiung, ich würde nicht auf dem Kontinent sterben. Und wie ich dasaß, an den Sattel gefesselt, und die Wüstensonne auf meinen nackten Rücken brannte, ließ ich mir jede einzelne Silbe, die er gesprochen hatte, wieder und wieder im Geist zergehen. Genußvoll verweilte ich bei seinem Gesichtsausdruck, seinem Tonfall, dem Klang jedes einzelnen Wortes. Und ich beschloß, ihm aus tiefstem Herzen zu glauben. Nein, nein, ich würde mich nicht an einem solchen Ort hinlegen und sterben! Ich würde hier lebendig herauskommen! Ich würde den Boden meiner Heimat noch einmal betreten!

Nachdem wir zwei Stunden oder länger in Richtung Norden geritten waren, gelangten wir an ein lamaistisches Kultmal. Diese Steinhaufen, *obo* genannt, sind zugleich der Wohnort von Schutzgottheiten der Reisenden und wertvolle Wegweiser durch die Wüste. Hier saßen die Männer ab und lösten meine Fesseln. Zwei von ihnen nahmen mich in die Mitte, und halb führten, halb schleppten sie mich ein kurzes Stück weiter. Ich rechnete damit, daß man mich hier töten würde. An dieser Stelle befand sich ein Brunnen. Seine Öffnung war mit einer knapp einen Meter hohen Steinbrüstung eingefaßt. Sie ließen mich daneben niederknien, packten mich am Nacken und zwangen mich hineinzusehen. Ich konnte in der undurchdringlichen Finsternis nichts erkennen. Der UO mit den Stiefeln fand einen faustgroßen Stein und ließ ihn in den Brunnen fallen. Kurze Zeit später ertönte das trockene Geräusch von Stein, der auf Sand aufprallt. Der Brunnen war also offenbar ausgetrocknet. Früher einmal hatte er als Wasserstelle gedient, aber er mußte infolge einer Bewegung der unterirdischen Wasserader schon vor langem versiegt sein. Nach der Zeit zu urteilen, die der Stein bis zum Grund gebraucht hatte, war der Schacht ziemlich tief.

Der UO sah mich mit einem breiten Grinsen an. Dann zog er aus dem Lederhalfter, der an seinem Gürtel hing, eine große automatische Pistole. Er löste die Sicherung und lud mit einem lauten Klack durch. Dann setzte er mir die Mündung der Pistole an den Kopf.

Er ließ sie lange dort, aber er drückte nicht ab. Dann senkte er langsam die Waffe und deutete mit der linken Hand zum Brunnen. Ich leckte mir die trockenen Lippen und starrte auf die Pistole. Er versuchte mir folgendes zu sagen: Ich konnte zwischen zwei Möglichkeiten wählen. Ich konnte mich jetzt von ihm erschießen lassen – einfach sterben und die ganze Sache vergessen. Oder ich konnte in den Brunnen springen. Da er so tief war, konnte ich mir, wenn ich unglücklich fiel, das Genick brechen. Andernfalls würde ich auf dem Grund eines dunklen Loches langsam verschmachten. Endlich dämmerte mir, daß dies die Chance war, von der der russische Offizier gesprochen hatte. Der mongolische UO zeigte auf die Uhr, die er Yamamoto abgenommen hatte, und hielt fünf Finger in die Höhe. Er ließ mir fünf Sekunden Zeit, mich zu entscheiden. Als er bei drei angelangt war, stieg ich auf die Brunneneinfassung und sprang. Ich hatte keine andere Wahl. Ich hatte gehofft, mich an die Wand klammern und langsam hinunterklettern zu können, aber er ließ mir dazu keine Zeit. Meine Hände verfehlten die Wand, und ich stürzte ins Leere.

Die Zeit, bis ich unten aufschlug, kam mir sehr lang vor. In Wirklichkeit können es nicht mehr als ein paar Sekunden gewesen sein, aber ich weiß noch, daß mir auf dem Weg nach unten sehr viele Dinge durch den Kopf gingen. Ich dachte an meine ferne Heimatstadt. Ich dachte an das Mädchen, mit dem ich unmittelbar vor meiner Einschiffung geschlafen hatte. Ich dachte an meine Eltern. Ich erinnere mich, dankbar dafür gewesen zu sein, daß ich eine jüngere Schwester und keinen Bruder hatte: Auch wenn ich ums Leben kam, würden sie immer noch sie haben und nicht zu befürchten brauchen, daß die Armee sie ihnen wegnehmen würde. Ich dachte an in Eichenblätter gewickelte Reiskuchen. Dann schlug ich auf trockenen Boden auf und verlor für einen Augenblick das Bewußtsein. Es war ein Gefühl, als ob alle Luft in meinem Inneren schlagartig durch die Wände meines Körpers entweichen würde. Ich knallte auf den Brunnenboden wie ein Sandsack. Ich glaube, ich war wirklich nur einen Augenblick lang bewußtlos. Als ich wieder zu mir kam, spürte ich etwas wie ein feines Geniesel auf meiner Haut. Anfangs dachte ich, es sei Regen, aber ich irrte mich. Es war Urin. Die mongolischen Soldaten pinkelten alle auf mich, während ich da unten auf dem Grund des Brunnens lag. Ich blickte hinauf und sah, weit über mir, die Silhouetten der Männer, die einer nach dem anderen an den Rand der runden Öffnung traten und ihr Wasser abschlugen. Das Schauspiel hatte etwas erschreckend Unwirkliches, wie eine durch Drogen bewirkte Halluzination. Aber es war Wirklichkeit. Ich lag wirklich auf dem Grund des Brunnens, und sie besprengten mich mit wirklichem Urin. Als sie fertig waren, richtete einer von ihnen den Strahl einer Taschenlampe auf mich. Ich hörte sie lachen. Und dann verschwanden sie vom Rand des Loches. Danach versank alles in tiefem Schweigen.

Eine Zeitlang hielt ich es für das beste, mit dem Gesicht nach unten liegenzubleiben und abzuwarten, ob sie zurückkommen würden. Aber auch nachdem zwanzig, dann dreißig Minuten verstrichen waren (soweit ich es ohne eine Uhr überhaupt beurteilen konnte), tauchten sie nicht wieder auf. Sie waren offenbar davongeritten und hatten mich allein gelassen. Man hatte mich auf dem Grund eines Brunnens mitten in der Wüste verlassen. Sobald klar war, daß sie nicht zurückkehren würden, versuchte ich zunächst einmal festzustellen, ob ich irgendwelche Verletzungen davongetragen hatte. In dieser völligen Dunkelheit war das keine leichte Aufgabe. Ich konnte meinen eigenen Körper nicht sehen. Ich war außerstande, mit meinen eigenen Augen zu erkennen, in welcher Verfassung ich war. Ich konnte mich nur auf meine anderen Wahrnehmungen stützen, aber ich konnte nicht sicher sein, daß die Wahrnehmungen, die ich in der Dunkelheit hatte, die Wirklichkeit genau widerspiegelten. Ich fühlte mich getäuscht, betrogen. Es war ein sehr seltsames Gefühl.

Nach und nach aber, Stückchen für Stückchen, gewann ich ein Bild von meiner Situation. Als erstes wurde mir bewußt, daß ich außerordentliches Glück gehabt hatte. Der Boden des Brunnens war sandig und vergleichsweise weich. Wäre er es nicht gewesen, hätte ich mir bei einem Sturz aus solcher Höhe jeden Knochen im Leib gebrochen. Ich atmete einmal langsam und tief durch, dann versuchte ich mich zu bewegen. Zuerst meine Finger. Sie gehorchten, wenn auch etwas kraftlos. Dann versuchte ich, mich vom Boden hochzustemmen und mich aufzusetzen, aber das gelang mir nicht. Mein ganzer Körper fühlte sich wie taub an. Ich war bei klarem Bewußtsein, aber mit der Verbindung zwischen meinem Bewußtsein und meinem Körper stimmte etwas nicht. Mein Bewußtsein beschloß, irgend etwas zu tun, aber es gelang mir nicht, den Gedanken in Muskeltätigkeit umzusetzen. Ich gab es auf und blieb eine Zeitlang reglos in der Dunkelheit liegen.

Wie lange genau ich still dalag, weiß ich noch heute nicht. Aber nach und nach kehrte meine Körperwahrnehmung allmählich zurück. Und zusammen mit meinen übrigen Wahrnehmungen stellte sich natürlich auch die Empfindung von Schmerz ein. Intensivem Schmerz. Mein Bein war fast sicher gebrochen. Und die Schulter hatte ich mir wohl ausgekugelt oder, wenn das Glück gegen mich war, vielleicht gleichfalls gebrochen.

Ich lag reglos da und gab mich dem Schmerz hin. Ehe ich mich versah, strömten mir Tränen über die Wangen – Tränen des Schmerzes und, mehr noch, der Verzweiflung. Ich glaube nicht, daß Sie sich je werden vorstellen können, wie das ist – die vollkommene Einsamkeit, das Gefühl der Verzweiflung –, verlassen in einem tiefen Brunnen zu liegen, in der Mitte der Wüste, am Rand der Welt, in undurchdringlicher Finsternis von schrecklichen Schmerzen gepeinigt. Ich ging so weit, zu bedauern, daß der mongolische UO mich nicht einfach kurzerhand erschossen hatte. Wenn ich auf die Art gestorben wäre, dann hätten die Soldaten zumindest von meinem Tod gewußt. Wenn ich dagegen hier starb, würde es ein wirklich einsamer Tod sein, ein Tod ohne jede Bedeutung für wen auch immer, ein stummer Tod.

Ab und an hörte ich das Geräusch des Windes. Wie er über die Erdoberfläche dahinstrich, erzeugte er an der Öffnung des Brunnens ein schauriges Geräusch, ein Geräusch wie das Stöhnen einer weinenden Frau aus einer fernen Welt. Miteinander verbunden waren jene Welt und meine durch einen engen Schacht, durch den die Stimme der Frau zu mir drang – doch nur in langen, unregelmäßigen Abständen. Ich war völlig allein, in tiefer Stille und noch tieferer Finsternis ausgesetzt.

Gegen den Schmerz ankämpfend, streckte ich die Hand aus und berührte den Boden um mich herum. Der Grund des Brunnens war eben. Es war ein kleiner

Kreis, vielleicht anderthalb Meter im Durchmesser oder wenig darüber. Wie ich den Boden abtastete, stieß meine Hand plötzlich auf einen harten, scharfen Gegenstand. Erschrocken zog ich die Hand instinktiv zurück, doch dann streckte ich sie langsam, vorsichtig wieder aus. Wieder kamen meine Finger mit dem scharfen Gegenstand in Berührung. Anfangs dachte ich, es sei ein Ast, aber schon bald erkannte ich, daß ich Knochen berührte. Keine menschlichen Gebeine, die Knochen irgendeines kleinen Tieres, die – sei es durch natürlichen Zerfall, sei es infolge meines Sturzes – verstreut herumlagen. Ansonsten gab es auf dem Grund des Brunnens nichts als Sand: feinen, trockenen Sand.

Als nächstes strich ich mit der offenen Hand über die Schachtwand. Sie schien aus dünnen, flachen Steinen zu bestehen. So heiß die Oberfläche der Wüste tagsüber auch wurde, gelangte von jener Hitze nichts in diese unterirdische Welt. Die Steine hauchten eisige Kälte aus. Ich ließ die Hand über die Wand gleiten und prüfte die Fugen zwischen den Steinen. Wenn ich da Halt fand, würde ich vielleicht an die Oberfläche klettern können. Aber die Fugen erwiesen sich als zu schmal, und in meinem angeschlagenen Zustand wäre an Klettern ohnehin nicht zu denken gewesen.

Unter Aufbietung all meiner Kräfte kroch ich näher an die Wand heran und stemmte mich in eine sitzende Position hoch. Jede Bewegung ließ mein Bein und meine Schulter aufschreien, als bohrten sich Hunderte von dicken Nadeln in sie. Noch eine Zeitlang danach meinte ich bei jedem Atemzug, mein Körper würde in Stücke reißen. Ich berührte meine Schulter und spürte, daß sie heiß und geschwollen war.

Wieviel Zeit danach verging, weiß ich nicht. Aber irgendwann geschah etwas, was ich nie für möglich gehalten hätte. Das Licht der Sonne schoß durch die Brunnenöffnung herab wie eine Offenbarung. In diesem einen Moment konnte ich alles sehen, was mich umgab. Der Brunnen war bis an den Rand gefüllt mit strahlendem Licht. Einer Sturzflut von Licht. Es war eine fast erstickende Helligkeit: Ich konnte kaum atmen. Alle Dunkelheit und Kälte waren im Nu verscheucht, und warmes, sanftes Sonnenlicht umhüllte meinen nackten Körper. Selbst der Schmerz, den ich verspürte, schien vom Licht der Sonne gesegnet zu werden, und die weißen Knochen des kleinen Tieres, die neben mir lagen, schimmerten jetzt in einem warmen Licht. Diese Knochen, die ein Omen meines drohenden Schicksals hätten sein können, erschienen im Sonnenlicht eher wie ein freundlicher Gefährte. Ich konnte die Steinmauern sehen, die mich umschlossen. Solange ich in dem Licht verblieb, vermochte ich es, meine Angst, meinen Schmerz und meine Verzweiflung zu vergessen. Ich saß in dem blendenden Licht in sprachlosem Staunen. Dann verschwand das Licht wieder, so plötzlich, wie es gekommen war. Tiefe Finsternis legte sich wieder über alles. Das helle Zwischenspiel war äußerst kurz gewesen. Alles in allem dürfte es vielleicht zehn, höchstens fünfzehn Sekunden lang gedauert haben. Aufgrund des Einfallswinkels war dies ohne Zweifel die einzige Zeitspanne, während der es der Sonne im Laufe eines ganzen Tages gelang, bis auf den Boden dieses Schachts hinabzuleuchten. Die Lichtflut war versiegt, noch ehe ich ihre Bedeutung auch nur ansatzweise hatte fassen können.

Sobald das Licht verloschen war, umgab mich eine noch tiefere Finsternis als zuvor. Ich konnte mich praktisch nicht bewegen. Ich hatte kein Wasser, kein Essen, nicht einen Fetzen am Leib. Der lange Nachmittag verstrich, und die Nacht brach herein. Schlagartig fiel die Temperatur. Ich bekam kaum ein Auge zu. Mein Körper lechzte nach Schlaf, aber die Kälte zerstach mir die Haut wie mit tausend winzigen Dornen. Mir war, als erstarre mein Lebenskern und sterbe nach und nach ab. Hoch oben über mir konnte ich die eisigen Sterne am Himmel sehen, eine grauenerregende Anzahl von Sternen. Ich starrte zu ihnen hinauf, verfolgte ihre langsame Wanderung. Ihre Bewegung half mir zu erkennen, daß die Zeit noch nicht stehengeblieben war. Ich schlief kurzzeitig ein, erwachte vom Schmerz und der Kälte, schlief ein weiteres Weilchen, wachte dann wieder auf.

Endlich kam der Morgen. Allmählich begannen die scharfen Nadelstiche von Sternenlicht im Rachen des Brunnens zu verblassen. Aber auch nachdem die Sonne aufgegangen war, verschwanden die Sterne nicht gänzlich. Kaum noch wahrnehmbar, harrten sie weiterhin dort oben aus, immer weiter und weiter. Um meinen Durst zu lindern, leckte ich den Morgentau von den Steinen der Brunnenmauer. Es war natürlich nur eine winzige Menge Flüssigkeit, aber mir schmeckte sie wie eine Gnadengabe des Himmels. Mir kam zu Bewußtsein, daß ich einen ganzen Tag lang weder etwas gegessen noch getrunken hatte. Und dennoch verspürte ich keinerlei Hunger.

Ich blieb da, reglos, auf dem Grund des Lochs. Mehr konnte ich nicht tun. Nicht einmal denken konnte ich, so tief waren mein Gefühl der Verlassenheit und meine

Verzweiflung. Ich saß da und tat nichts, dachte nichts. Unbewußt aber wartete ich auf diesen Lichtstrahl, auf diese blendende Flut von Sonnenlicht, die sich für cinen winzigen Bruchteil des Tages in den Brunnenschacht ergoß. Es mußte ein Phänomen sein, das sich ziemlich genau um die Mittagszeit ereignete, wenn die Sonne ihren höchsten Punkt am Himmel erreichte und ihre Strahlen senkrecht auf die Erde sandte. Ich wartete auf die Ankunft des Lichts, auf nichts weiter. Es gab weiter nichts, worauf ich hätte warten können.

Es verging wohl eine lange Zeit. Irgendwann schlief ich ein. Als ich die Anwesenheit von etwas spürte und aufwachte, war das Licht bereits da. Ich merkte, daß ich abermals von diesem überwältigenden Licht eingehüllt wurde. Fast unbewußt breitete ich die Arme aus und empfing die Sonne in meinen offenen Händen. Sie war weit stärker, als sie das erste Mal gewesen war. Und sie blieb viel länger. Wenigstens kam es mir da so vor. Im Licht strömten Tränen aus mir hervor. Mir war, als würde sich jegliche Flüssigkeit meines Körpers in Tränen verwandeln und aus meinen Augen hervorströmen, als könnte mein ganzer Körper auf diese Weise zerschmelzen. Hätte er sich in der Seligkeit dieses überirdischen Lichts ereignen können, wäre selbst der Tod kein Feind mehr gewesen. Ja, ich spürte, daß ich mir zu sterben *wünschte*. Ich erlebte ein wunderbares Gefühl des Einsseins, ein überwältigendes Gefühl von Ganzheit. Ja, das war es: Der wahre Sinn des Lebens ruhte in diesem wenige Sekunden währenden Licht, und ich spürte, daß ich da, in diesem Augenblick, *hätte sterben sollen*.

Aber natürlich – noch ehe etwas geschehen konnte, war das Licht vergangen. Und ich war noch immer da, auf dem Grund dieses elenden Brunnens. Dunkelheit und Kälte nahmen mich wieder in Besitz, als wollten sie behaupten, daß überhaupt niemals Licht gewesen sei. Lange blieb ich da, in mich zusammengesunken, das Gesicht tränenüberströmt. Als habe mich eine unendliche Macht zerschmettert, war ich unfähig, das mindeste zu tun oder auch nur zu denken, unfähig, auch nur mein körperliches Dasein zu empfinden. Ich war ein ausgetrockneter Kadaver, der abgeworfene Panzer eines Insekts. Aber da kehrte in den leeren Raum meines Bewußtseins mit einem Mal Korporal Hondas Prophezeiung zurück: Ich würde nicht auf dem Kontinent sterben. Jetzt, da das Licht gekommen und gegangen war, vermochte ich es, an diese Weissagung zu glauben. Ich konnte jetzt an sie glauben, weil ich an einem Ort, an dem ich hätte sterben müssen, und zu einer Zeit, zu der ich hätte sterben müssen, außerstande gewesen war zu sterben.

Es war nicht so, daß ich nicht hätte sterben *wollen*: Ich *konnte* nicht sterben. Verstehen Sie, was ich sage, Herr Okada? Welche himmlische Gnade mir in jenem Moment auch zuteil geworden sein mochte, sie war für immer verloren.

An diesem Punkt der Erzählung blickte Leutnant Mamiya auf seine Uhr. »Und wie Sie sehen können«, fügte er leise hinzu, »bin ich hier.« Er schüttelte den Kopf, als versuche er, die unsichtbaren Spinnweben der Erinnerung abzustreifen. »Genau wie Herr Honda gesagt hatte, bin ich nicht auf dem Kontinent gestorben. Und von uns vieren, die wir dort waren, habe ich am längsten gelebt.«
Ich nickte wortlos.
»Entschuldigen Sie bitte, daß ich so lange geredet habe. Es muß sehr langweilig für Sie gewesen sein, einem nutzlosen alten Mann dabei zuzuhören, wie er von den alten Zeiten schwatzt.« Leutnant Mamiya änderte seine Sitzhaltung. »Du meine Güte, wenn ich noch länger bleibe, werde ich meinen Zug verpassen.«
Ich beeilte mich, ihn zurückzuhalten. »Bitte, hören Sie nicht an dieser Stelle auf«, sagte ich. »Was geschah danach noch? Ich möchte den Rest Ihrer Geschichte hören.«
Er sah mich einen Augenblick lang an.
»Wie wäre es dann damit?« fragte er. »Es wird für mich wirklich spät, also warum begleiten Sie mich nicht zur Bushaltestelle? Für eine kurze Zusammenfassung müßte die Zeit bis dahin wahrscheinlich genügen.«
Wir verließen zusammen das Haus und machten uns auf den Weg zur Haltestelle.
»Am dritten Morgen wurde ich von Korporal Honda gerettet. Er hatte in jener Nacht gespürt, daß die Mongolen kommen würden, war aus dem Zelt geschlichen und hatte sich versteckt. Er hatte das Dokument aus Yamamotos Mappe mitgenommen. Er handelte so, weil unsere vorrangigste Pflicht war, um jeden Preis dafür zu sorgen, daß das Dokument nicht in feindliche Hände geriet. Zweifellos fragen Sie sich, warum Korporal Honda, wenn er doch wußte, daß die Mongolen kamen, allein weglief, statt uns zu wecken und uns zu ermöglichen, gleichfalls zu fliehen. Die einfache Antwort ist die, daß wir in dieser Situation keinerlei Aussicht auf Erfolg hatten. Sie wußten, daß wir da waren. Sie befanden sich auf eigenem Territorium. Sie waren uns zahlenmäßig und von der Bewaffnung her weit überlegen. Es wäre für sie ein Kinderspiel gewesen, uns aufzuspüren, uns zu

töten und das Dokument an sich zu nehmen. Unter den gegebenen Umständen hatte Korporal Honda keine andere Wahl gehabt, als allein zu fliehen. Im Gefecht wäre seine Handlungsweise ein klarer Fall von Feigheit vor dem Feind gewesen, aber bei einem Spezialauftrag wie dem unseren ist die wichtigste militärische Tugend Einfallsreichtum.

Er sah alles mit an. Er sah, wie sie Yamamoto die Haut abzogen. Er sah die mongolischen Soldaten mit mir davonreiten. Aber er hatte kein Pferd mehr, und so konnte er uns nicht direkt folgen. Er mußte zu Fuß nachkommen. Er grub die Vorräte wieder aus, die wir in der Wüste versteckt hatten, und vergrub an derselben Stelle das Dokument. Dann machte er sich auf die Suche nach mir. Aber mich in dem Brunnen zu finden kostete ihn unendliche Mühe. Er wußte nicht einmal, welche Richtung wir eingeschlagen hatten.«

»Wie *hat* er denn den Brunnen gefunden?« fragte ich.

»Ich weiß es nicht«, sagte Leutnant Mamiya. »Er sagte darüber nicht viel. Er *wußte* es plötzlich einfach, würde ich annehmen. Als er mich gefunden hatte, zerriß er seine Kleidung in Streifen und knotete daraus ein langes Seil. Mittlerweile war ich praktisch bewußtlos, was es für ihn um so schwieriger machte, mich hinaufzuziehen. Dann fand er irgendwie ein Pferd und setzte mich darauf. Er brachte mich über die Dünen, über den Fluß und zurück zum Vorposten der mandschurischen Armee. Dort versorgte man meine Wunden und legte mich in einen Lastwagen, den das Hauptquartier geschickt hatte. Der brachte mich nach Hailar ins Lazarett.«

»Was wurde aus diesem Dokument oder Brief, oder was immer das war?«

»Es schlummert wahrscheinlich noch immer dort in der Erde in der Nähe des Chalcha. Für Korporal Honda und mich kam es natürlich nicht in Frage, den ganzen Weg zurück zu machen und es wieder auszugraben, und überhaupt hätten wir keinen Grund gesehen, diese Mühe auf uns zu nehmen. Wir gelangten zu dem Schluß, daß ein solches Schreiben nie hätte existieren dürfen. Wir stimmten miteinander ab, was wir der Armee erzählen würden. Wir beschlossen, komme, was da wolle, bei der Aussage zu bleiben, von irgendeinem Geheimdokument hätten wir nie etwas gehört. Andernfalls würde man uns wahrscheinlich dafür zur Rechenschaft ziehen, daß wir es nicht aus der Wüste zurückgebracht hatten. Man hielt uns – angeblich zwecks ärztlicher Behandlung – in getrennten Zimmern unter strenger Bewachung und verhörte uns täglich. Tag für Tag kamen diese hohen

Offiziere zu uns und ließen sich unsere Geschichte immer wieder von vorn erzählen. Sie stellten exakte, sehr geschickte Fragen. Aber sie schienen uns Glauben zu schenken. Ich gab ihnen einen ausführlichen Bericht meiner Erlebnisse, achtete allerdings darauf, jedes Detail auszusparen, das mit dem Dokument zusammenhing. Als sie endlich alles aufgeschrieben hatten, schärften sie mir ein, dies sei eine Angelegenheit von höchster Geheimhaltungsstufe: Sie werde in keinem offiziellen Militärbericht erscheinen, und ich dürfe vor niemandem ein Wort darüber verlieren, andernfalls müsse ich mit einer strengen Bestrafung rechnen. Zwei Wochen später wurde ich wieder auf meinen ursprünglichen Posten beordert, und ich nehme an, daß auch Korporal Honda zu seiner Einheit zurückkehrte.«
»Eins ist mir noch unklar«, sagte ich. »Warum hatte man sich überhaupt die Mühe gemacht, für diesen Auftrag Herrn Honda von einer anderen Einheit anzufordern?«
»Darüber hat er nie viel gesagt. Wahrscheinlich hatte man ihm verboten, darüber zu sprechen, und er dachte vermutlich, es sei besser für mich, wenn ich nichts wüßte. Aber nach allem, was ich im Laufe unserer Gespräche erfahren habe, würde ich annehmen, daß zwischen ihm und diesem Mann, den sie Yamamoto nannten, irgendeine engere Beziehung bestand – eine Beziehung, die mit seinen besonderen Fähigkeiten zusammenhing. Ich hatte oft gehört, innerhalb der Armee gebe es eine Einheit, die sich ausschließlich mit der Untersuchung okkulter Phänomene befaßte. Angeblich schaffte man Menschen mit solchen geistigen oder psychokinetischen Kräften aus dem ganzen Land dorthin und führte mit ihnen allerlei Experimente durch. Ich könnte mir vorstellen, daß Herr Honda Yamamoto in diesem Zusammenhang kennenlernte. Jedenfalls wäre Herr Honda ohne seine besonderen Fähigkeiten niemals imstande gewesen, mich im Brunnen zu finden und mich anschließend mit nachtwandlerischer Sicherheit zum Vorposten der Armee von Mandschukuo zu führen. Er hatte weder Karte noch Kompaß, und trotzdem fand er den kürzesten Weg dorthin, ohne sich auch nur ein einzigesmal orientieren zu müssen. Nach landläufigen Maßstäben hätte man dies als völlig unmöglich bezeichnen müssen. Ich war professioneller Kartograph, und ich hatte recht genaue geographische Vorstellungen von der Region, aber was er leistete, hätte ich niemals zustande gebracht. Diese Fähigkeiten waren es wahrscheinlich, die Yamamoto an Herrn Honda interessierten.«
Wir erreichten die Bushaltestelle und warteten.

»Einiges wird natürlich immer ein Rätsel bleiben«, sagte Leutnant Mamiya.
»Vieles ist mir bis heute nicht klar. Ich weiß noch immer nicht, wer dieser einsame mongolische Offizier war, der in der Wüste zu uns stieß. Und ich frage mich, was geschehen wäre, wenn wir es tatsächlich geschafft hätten, dieses Dokument zum Hauptquartier zu bringen. Und warum ließ uns Yamamoto nicht einfach auf dem rechten Ufer des Chalcha zurück und ging allein auf die andere Seite? Auf diese Weise hätte er sich weit ungehinderter und unauffälliger bewegen können. Vielleicht hatte er uns aber zur Ablenkung der mongolischen Patrouillen dabeihaben wollen, um bei Gefahr allein entkommen zu können. Das wäre immerhin denkbar. Vielleicht hatte Korporal Honda das von Anfang an durchschaut und sah deswegen tatenlos zu, wie die Mongolen Yamamoto abschlachteten.
Jedenfalls sollte sehr viel Zeit vergehen, ehe Korporal Honda und ich uns wieder begegneten. Wir wurden in dem Augenblick getrennt, als wir in Hailar eintrafen, und man verbot uns, miteinander ein Wort zu wechseln oder uns auch nur zu sehen. Ich hatte ihm ein letztesmal danken wollen, aber man ließ mir dazu keine Gelegenheit. Er wurde in der Schlacht von Nomonhan verwundet und nach Hause geschickt, während ich bis zum Ende des Krieges in der Mandschurei blieb und anschließend nach Sibirien kam. Es gelang mir erst Jahre später, nach meiner Rückkehr aus der Gefangenschaft, ihn ausfindig zu machen. Wir trafen uns danach noch ein paarmal, und wir blieben brieflich miteinander in Verbindung. Aber ich hatte den Eindruck, daß er es bewußt vermied, von unseren Erlebnissen am Chalcha zu sprechen, und ich selbst war auch nicht allzu begierig, darüber zu reden. Es war für uns beide einfach eine zu überwältigende Erfahrung gewesen. Wir ertrugen sie gemeinsam, indem wir *über sie schwiegen*. Können Sie sich das vorstellen?
Es ist eine sehr lange Geschichte geworden, aber eigentlich wollte ich Ihnen damit nur verständlich machen, warum ich das Gefühl habe, daß das wirkliche Leben für mich in der Tiefe dieses Brunnens, inmitten der Wüste der Äußeren Mongolei geendet haben könnte. Es kommt mir so vor, als habe ich im gleißenden Licht, das täglich gerade zehn oder fünfzehn Sekunden lang den Grund dieses Brunnens erreichte, den Wesenskern, die Essenz meines Lebens aufgezehrt, bis nichts mehr übrigblieb. So unfaßbar war mir dieses Licht. Ich kann es nicht sehr gut erklären, nur soviel kann ich aufrichtig sagen: Was immer mir seitdem begegnet ist, was immer ich seither erlebt habe, hat keinerlei Regung in meinem Herzen mehr

auszulösen vermocht. Selbst angesichts dieser grauenerregenden sowjetischen Panzereinheiten, selbst als ich meine linke Hand verlor, selbst in der Hölle der sowjetischen Gefangenenlager empfand ich nichts weiter als eine Art Benommenheit. Es mag vielleicht seltsam klingen, aber nichts davon spielte auch nur die geringste Rolle. Etwas in mir war bereits tot. Vielleicht hätte ich wirklich, wie ich es damals empfunden hatte, in diesem Licht sterben, einfach zergehen sollen. Das war der Zeitpunkt, an dem ich hätte sterben sollen. Aber wie Herr Honda vorausgesagt hatte, starb ich dort nicht. Oder vielleicht sollte ich sagen: *konnte* ich dort nicht sterben.

So kehrte ich nach Japan zurück – meiner Hand und zwölf kostbarer Jahre beraubt. Als ich in Hiroshima ankam, waren meine Eltern und meine Schwester schon lange tot. Man hatte meine kleine Schwester in eine Fabrik gesteckt, und dort war sie auch, als die Bombe fiel. Mein Vater war gerade auf dem Weg dorthin gewesen, um sie zu besuchen, und auch er verlor sein Leben. Der Schock warf meine Mutter aufs Krankenlager; nach langem Leiden starb sie 1947. Wie ich Ihnen schon sagte, war das Mädchen, mit dem ich mich heimlich verlobt hatte, inzwischen mit einem anderen Mann verheiratet und hatte zwei Kinder zur Welt gebracht. Auf dem Friedhof fand ich mein eigenes Grab. Es war mir nichts geblieben. Ich fühlte mich vollkommen leer, und ich erkannte, daß ich nicht hätte zurückkehren dürfen.

Ich kann mich kaum erinnern, wie mein Leben seitdem verlaufen ist. Ich wurde Lehrer und unterrichtete an der Oberschule Erdkunde und Geschichte, aber ich war nicht im eigentlichen Sinne des Wortes am Leben. Ich erfüllte einfach die praktischen täglichen Aufgaben, die mir aufgetragen wurden, eine nach der anderen. Ich habe nie einen wirklichen Freund gehabt, nie irgendwelche emotionalen Bindungen an meine Schüler. Ich habe nie wieder einen Menschen geliebt. Ich wußte nicht mehr, was es bedeutete, einen Menschen zu lieben. Ich schloß die Augen und sah Yamamoto, der bei lebendigem Leib gehäutet wurde. Ich träumte immer wieder davon. Immer wieder sah ich zu, wie sie ihm die Haut abschälten und ihn in einen leblosen Fleischklumpen verwandelten. Ich konnte seine herzzerreißenden Schreie hören. Ich träumte auch, ich verwese langsam, bei lebendigem Leib, auf dem Grund dieses Brunnens. Bisweilen hatte ich das Gefühl, das sei wirklich geschehen und mein jetziges Leben sei in Wirklichkeit der Traum.

Als Herr Honda mir am Ufer des Chalcha eröffnete, ich würde nicht auf dem Kontinent sterben, war ich überglücklich. Es war keine Frage von Glauben oder Nicht-

glauben: Ich wollte mich damals an irgend etwas klammern, was es auch sein mochte. Herr Honda wußte das wahrscheinlich, und er wollte mir mit seinen Worten Mut machen. Aber Glück oder Freude war mir nicht beschieden. Nach meiner Rückkehr nach Japan lebte ich wie eine leere Hülse. Wie eine leere Hülse zu leben ist kein wirkliches Leben, wie viele Jahre es auch währen mag. Das Herz und das Fleisch einer leeren Hülse bringen nichts anderes hervor als das Leben einer leeren Hülse. Das war es, was ich Ihnen begreiflich zu machen hoffte, Herr Okada.«
»Wollen Sie damit sagen«, fragte ich unsicher, »daß Sie nach Ihrer Rückkehr nach Japan nie geheiratet haben?«
»Natürlich nicht«, antwortete Leutnant Mamiya. »Ich habe keine Frau, keine Eltern und keine Geschwister. Ich bin vollkommen allein.«
Nach kurzem Zögern fragte ich: »Bedauern Sie es, Herrn Hondas Weissagung gehört zu haben?«
Jetzt war es an Leutnant Mamiya zu zögern. Nach kurzem Schweigen sah er mir offen ins Gesicht. »Vielleicht ja«, sagte er. »Vielleicht hätte er diese Worte niemals aussprechen dürfen. Vielleicht hätte ich sie niemals hören dürfen. Wie Herr Honda damals sagte, ist das Schicksal etwas, worauf man im nachhinein zurückblickt, und nichts, was man im voraus weiß. Eines glaube ich allerdings: Jetzt spielt es so oder so keine Rolle mehr. Jetzt tue ich nichts anderes, als meine Pflicht zu erfüllen, weiterzuleben.«
Der Bus erschien, und Leutnant Mamiya beehrte mich mit einer tiefen Verbeugung. Dann entschuldigte er sich dafür, meine kostbare Zeit in Anspruch genommen zu haben. »Nun, jetzt muß ich mich auf den Weg machen«, sagte er. »Ich danke Ihnen für alles. Ich bin auf alle Fälle froh, daß es mir möglich war, Ihnen Herrn Hondas Paket auszuhändigen. Das bedeutet, daß mein Auftrag endlich erledigt ist. Jetzt kann ich unbesorgt nach Haus zurückkehren.« Geschickt suchte er mit seiner rechten und seiner künstlichen Hand die erforderlichen Münzen zusammen und steckte sie in den Fahrkartenautomaten.
Ich stand da und sah dem Bus nach, bis er um die nächste Ecke bog. Als er verschwunden war, verspürte ich eine seltsame Leere in mir, eine Hilflosigkeit, wie sie ein kleines Kind empfinden mag, das in einer unbekannten Umgebung allein gelassen worden ist.
Dann ging ich nach Haus zurück, setzte mich auf die Wohnzimmercouch und öffnete das Paket, das Herr Honda mir als Andenken hinterlassen hatte. Im

Schweiße meines Angesichts entfernte ich eine sorgfältig versiegelte Lage Einschlagpapier nach der anderen, bis zuletzt eine feste Pappschachtel zum Vorschein kam. Es war eine elegante Cutty-Sark-Geschenkschachtel, aber sie war viel zu leicht, als daß sie eine Flasche Whisky hätte enthalten können. Ich öffnete sie und fand darin nichts. Sie war absolut leer. Alles, was Herr Honda mir hinterlassen hatte, war eine leere Schachtel.

ZWEITES BUCH:
VOGEL ALS PROPHET
JULI BIS OKTOBER 1984

1
SO KONKRET WIE MÖGLICH
APPETIT IN DER LITERATUR

Kumiko kam an dem Abend nicht mehr nach Hause. Ich blieb bis Mitternacht auf, las, hörte Musik und wartete auf sie, aber schließlich gab ich es auf und ging zu Bett. Ich schlief bei brennendem Licht ein. Um sechs wachte ich auf. Draußen vor dem Fenster war es schon heller Tag. Hinter dem dünnen Vorhang zwitscherten die Vögel. Neben mir im Bett war keine Spur von meiner Frau. Das weiße Kissen lag locker aufgeschüttelt da; soweit ich sehen konnte, hatte während der Nacht kein Kopf darauf geruht. Ihr frischgewaschener Sommerpyjama lag ordentlich zusammengefaltet auf dem Nachttisch. *Ich* hatte ihn gewaschen. *Ich* hatte ihn zusammengefaltet. Ich schaltete die Lampe an meiner Seite des Bettes aus und atmete tief durch, wie um den Fluß der Zeit zu regulieren.

Noch im Pyjama machte ich einen Rundgang durch das Haus. Zuerst ging ich in die Küche, dann sah ich im Wohnzimmer nach und warf einen Blick in Kumikos Zimmer. Ich probierte es im Bad und öffnete zur Sicherheit auch die Schränke. Nirgends eine Spur von ihr. Das Haus wirkte stiller als gewöhnlich. Ich hatte das Gefühl, einzig durch mein Herumlaufen die friedliche Harmonie des Ortes zu stören, und das ohne jeden vernünftigen Grund.

Mehr konnte ich nicht tun. Ich ging in die Küche, füllte den Wasserkessel und zündete das Gas an. Als das Wasser kochte, brühte ich Kaffee auf und setzte mich mit einer ersten Tasse an den Küchentisch. Dann machte ich Toast und aß dazu etwas Kartoffelsalat aus dem Kühlschrank. Das war das erste Mal seit Jahren, daß ich allein frühstückte. Ja, wenn ich's mir recht überlegte, hatten wir während unserer ganzen Ehe, wenn man von einer Geschäftsreise absah, kein einzigesmal nicht zusammen gefrühstückt. Das gemeinsame Mittagessen war häufig ausgefallen, manchmal sogar das Abendessen, nie aber das Frühstück. Was das Frühstück anging, hatten wir eine stillschweigende Übereinkunft: Es war für uns fast ein Ritual. Egal, wie spät wir schlafen gingen, wir standen immer früh genug auf, um eine richtige Morgenmahlzeit vorbereiten und sie gemeinsam in Ruhe genießen zu können.

Aber an jenem Morgen war Kumiko nicht da. Ich trank meinen Kaffee und aß meinen Toast allein, schweigend. Mein einziges Gegenüber war ein leerer Stuhl.

Ich sah ihn an und aß und dachte an das Eau de Toilette, das sie am Morgen zuvor getragen hatte. Ich dachte an den Mann, der es ihr geschenkt haben mochte. Ich stellte mir vor, daß sie jetzt irgendwo eng umschlungen mit ihm im Bett lag. Ich sah, wie seine Hände ihren nackten Körper liebkosten. Ich sah ihren porzellanenen Rücken, so wie ich ihn an dem Morgen gesehen hatte, die glatte Haut unter dem aufsteigenden Reißverschluß.

Der Kaffee schien irgendwie seifig zu schmecken. Ich wunderte mich. Kurz nach dem ersten Schluck bemerkte ich einen unangenehmen Nachgeschmack. Ich fragte mich, ob meine seelische Verfassung mir einen Streich spielte, aber der zweite Schluck schmeckte genauso. Ich leerte die Tasse in die Spüle und goß mir neuen Kaffee in eine saubere Tasse ein. Wieder der Seifengeschmack. Ich konnte mir nicht denken, woher der kommen sollte. Ich hatte die Kanne gut ausgespült, und mit dem Wasser war alles in Ordnung. Aber der Geschmack – oder Geruch – war unverkennbar: Es konnte nur Seife sein – oder höchstens noch Handlotion. Ich goß den ganzen Kaffee weg und setzte neues Wasser auf, aber es lohnte eigentlich nicht die Mühe. Ich füllte mir eine Tasse mit Leitungswasser und trank statt dessen das. Auf Kaffee hatte ich eigentlich keine rechte Lust mehr.

Ich wartete bis halb zehn, dann rief ich in Kumikos Büro an. Es meldete sich eine Frau.
»Könnte ich bitte Kumiko Okada sprechen?« fragte ich.
»Tut mir leid, aber sie scheint noch nicht dazusein.«
Ich bedankte mich und legte auf. Dann fing ich an, Hemden zu bügeln, wie ich es immer tat, wenn ich rastlos war. Als mir die Hemden ausgingen, bündelte ich alte Zeitungen und Zeitschriften, wischte die Spüle und die Schrankbretter ab, schrubbte die Toilette und die Badewanne sauber. Ich putzte die Spiegel und die Fensterscheiben mit Glasrein. Ich schraubte die Milchglasschalen der Deckenlampen ab und spülte sie. Ich zog die Laken ab und warf sie in die Waschmaschine, dann bezog ich das Bett neu.
Um elf rief ich noch einmal in der Redaktion an. Es meldete sich wieder dasselbe Mädchen, und wieder sagte sie mir, Kumiko sei noch nicht gekommen.
»Hatte sie sich heute freigenommen?« fragte ich.
»Nicht, daß ich wüßte«, sagte sie ohne eine Spur von Anteilnahme. Sie gab nur Fakten weiter.

Wenn Kumiko um elf noch immer nicht zur Arbeit erschienen war, dann stimmte etwas nicht. Die meisten Redaktionen hatten gleitende Arbeitszeit, aber das galt nicht für Kumikos Verlag. Da sie Magazine über Gesundheit und Naturkost herausgaben, hatten die Redakteure dauernd mit Leuten wie Lebensmittelherstellern, Landwirten, Ärzten zu tun – mit Leuten also, die morgens zur Arbeit fuhren und abends wieder nach Hause. Aus Rücksicht ihnen gegenüber kamen Kumiko und ihre Kollegen um Punkt neun in die Redaktion und blieben bis fünf, es sei denn, es gab einen besonderen Grund, Überstunden zu machen.

Ich legte auf, ging ins Schlafzimmer und öffnete Kumikos Kleiderschrank. Wenn sie weggelaufen wäre, hätte Kumiko doch wohl ihre Sachen mitgenommen. Ich sah die Kleider und Blusen und Röcke durch, die da hingen. Natürlich kannte ich nicht jedes einzelne Kleidungsstück, das sie besaß – ich kannte nicht einmal jedes einzelne Kleidungsstück, das *ich* besaß –, aber ich brachte oft ihre Sachen in die Reinigung und holte sie für sie ab, deswegen hatte ich eine ziemlich genaue Vorstellung davon, was sie am häufigsten trug und an welchen Sachen ihr am meisten lag, und soweit ich feststellen konnte, fehlte davon so gut wie nichts.

Im übrigen hatte sie gar keine Gelegenheit gehabt, allzuviel mitzunehmen. Ich versuchte, mich so genau wie möglich daran zu erinnern, wie sie am vorigen Morgen aus dem Haus gegangen war – was sie angehabt, welche Tasche sie dabeigehabt hatte. Das einzige, was sie mitgenommen hatte, war die Umhängetasche gewesen, die sie immer zur Arbeit mitnahm, vollgestopft mit Notizbüchern und Kosmetikartikeln und ihrer Brieftasche und Stiften und einem Stofftaschentuch und Papiertaschentüchern. Frische Sachen zum Wechseln hätten da nie hineingepaßt.

Ich sah die Schubladen ihrer Kommode durch. Accessoires, Strümpfe, Sonnenbrillen, Höschen, Baumwollhemdchen: Es war alles da, in säuberlichen Reihen geordnet. Wenn etwas verschwunden war, konnte ich es jedenfalls nicht feststellen. Höschen und Strümpfe hätte sie natürlich in ihrer Umhängetasche unterbringen können, aber wozu? Die hätte sie sich schließlich überall neu kaufen können.

Ich ging wieder ins Bad und warf noch einmal einen Blick in ihr Kosmetikschränkchen. Auch da keine sichtbare Veränderung: nur eine unübersichtliche Ansammlung von Töpfchen und Tiegelchen und Kleinkram. Ich schraubte die Flasche Eau de Toilette von Christian Dior auf und schnupperte noch einmal daran. Es roch noch genauso: der frische Duft einer weißen Blume, genau das

Richtige für einen Sommermorgen. Wieder mußte ich an Kumikos Ohren und ihren weißen Rücken denken.

Ich ging ins Wohnzimmer und legte mich aufs Sofa. Ich machte die Augen zu und lauschte. Das einzige Geräusch, das ich hören konnte, war das Geticke, mit dem die Uhr die Zeit abhakte. Weder Verkehrsgeräusche noch Vogelgezwitscher. Ich hatte keine Ahnung, was ich jetzt tun sollte. Ich beschloß, noch einmal in der Redaktion anzurufen, und kam so weit, den Hörer abzunehmen und die ersten paar Ziffern zu wählen, aber die Vorstellung, noch einmal mit diesem Mädchen reden zu müssen, entmutigte mich, und so legte ich wieder auf. Ich konnte nichts mehr tun. Ich konnte nur warten. Vielleicht war es wirklich so, daß Kumiko mich verlassen hatte – einen Grund dafür wußte ich zwar nicht, aber es war zumindest eine Möglichkeit. Aber selbst, wenn es sich so verhalten sollte, war sie nicht der Mensch, der ohne ein Wort verschwindet. Sie würde sich bemühen, mir ihre Gründe so genau wie möglich auseinanderzusetzen. Dessen war ich mir hundertprozentig sicher.

Aber dann konnte sie einen Unfall gehabt haben. Sie konnte angefahren und ins Krankenhaus gebracht worden sein. Sie konnte in diesem Moment bewußtlos sein und eine Bluttransfusion bekommen. Bei diesem Gedanken begann mein Herz zu hämmern, aber ich wußte, daß sie ihren Führerschein und ihre Kreditkarten und ihr Adressenbüchlein dabeihatte. Das Krankenhaus oder die Polizei hätten mich mittlerweile verständigt.

Ich setzte mich auf die Veranda und schaute in den Garten, aber in Wirklichkeit sah ich überhaupt nichts an. Ich versuchte nachzudenken, aber ich konnte mich auf keinen Gedanken konzentrieren. Nur eins ging mir immer und immer wieder durch den Kopf: Kumikos Rücken, als ich den Reißverschluß ihres Kleides hochgezogen hatte – ihr Rücken, und der Duft des Eau de Toilette hinter ihren Ohren. Es war schon nach eins, als das Telefon klingelte. Ich stand vom Sofa auf und nahm ab.

»Verzeihung, aber bin ich möglicherweise mit dem Anschluß von Herrn Toru Okada verbunden?« fragte eine Frauenstimme. Es war Malta Kano.

»Richtig«, sagte ich.

»Mein Name ist Malta Kano. Ich rufe wegen des Katers an.«

»Des Katers?« sagte ich etwas verwirrt. Ich hatte ihn völlig vergessen. Jetzt erinnerte ich mich natürlich wieder, aber wie an ein Ereignis, das Ewigkeiten zurücklag.

»Der Kater, den Frau Okada vermißt«, erklärte Malta Kano.
»Sicher, sicher«, sagte ich.
Malta Kano verstummte an ihrem Ende der Leitung, als versuche sie, sich über etwas schlüssig zu werden. Mein Tonfall hatte sie möglicherweise stutzig gemacht. Ich räusperte mich und nahm den Hörer in die andere Hand.

Nach einer kurzen Pause sagte Malta Kano: »Ich muß Ihnen leider sagen, Herr Okada, daß der Kater mit fast völliger Sicherheit unauffindbar bleiben wird. Ich sage es äußerst ungern, aber Sie täten am besten daran, sich mit dem Gedanken abzufinden. Er ist für immer verschwunden. Sofern keine größeren Veränderungen eintreten, wird der Kater nie wieder zurückkehren.«

»Größere Veränderungen?« fragte ich. Aber sie reagierte nicht darauf.

Malta Kano blieb lange stumm. Ich wartete darauf, daß sie irgend etwas sagte, aber so angestrengt ich auch lauschte, hörte ich von ihrem Ende der Leitung nicht den leistesten Hauch. Als ich schon zu befürchten begann, mit dem Telefon sei etwas nicht in Ordnung, fing sie wieder an zu sprechen.

»Entschuldigen Sie bitte die Ungehörigkeit meiner Frage, Herr Okada, aber gäbe es, abgesehen vom Kater, nicht noch etwas, wobei ich Ihnen behilflich sein könnte?«

Ich konnte ihr nicht sofort antworten. Den Hörer in der Hand, lehnte ich mich gegen die Wand zurück. Es dauerte etwas, bis die Worte kamen.

»Ich sehe immer noch nicht besonders klar«, sagte ich. »Ich weiß nichts mit Bestimmtheit. Ich zermartere mir den Kopf. Aber ich glaube, meine Frau hat mich verlassen.« Ich erklärte ihr, daß Kumiko am vorigen Abend nicht nach Hause gekommen und am Morgen auch nicht in der Redaktion erschienen war.

Sie schien über das Gehörte nachzudenken. »Sie machen sich zweifellos große Sorgen«, sagte sie dann. »Momentan kann ich nichts sagen, aber schon in Kürze müßte die Situation ein wenig klarer werden. Im Augenblick können Sie nichts anderes tun als warten. Es muß schwer für Sie sein, aber alles hat seine Zeit. Wie das Kommen und Gehen der Gezeiten. Daran kann niemand etwas ändern. Wenn es Zeit ist zu warten, muß man warten.«

»Schauen Sie, Fräulein Kano, ich bin Ihnen dankbar für die Mühe, die Sie sich wegen des Katers gemacht haben und so weiter, aber gerade im Augenblick bin ich nicht in der Stimmung für beruhigende Gemeinplätze. Ich weiß nicht mehr weiter. Ich weiß wirklich nicht mehr weiter. Es wird etwas Fürchterliches passieren: Ich spüre das. Aber ich weiß nicht, was ich tun soll. Ich habe nicht die blasseste Ahnung, was ich tun soll. Verstehen sie? Ich weiß nicht mal, was ich tun soll, sobald ich aufgelegt habe. Was ich jetzt brauche, sind Fakten. Konkrete Fakten. Sie können von mir aus noch so dumm und belanglos sein, ich bin mit allem zufrieden, was ich in der Hinsicht kriege – drücke ich mich verständlich aus? Ich brauche etwas, was ich sehen und anfassen kann.«

Ich hörte in der Leitung das Geräusch von etwas, das auf den Fußboden fiel: etwas nicht sehr Schweres – vielleicht eine einzelne Perle –, das auf einen Holzfußboden fiel. Dem folgte ein reibendes Geräusch, als halte jemand ein Blatt Pauspapier zwischen den Fingerspitzen und reiße einmal fest daran. Diese Bewegungen schienen sich weder allzunah am Telefon noch weit davon entfernt zu ereignen, aber sie waren für Malta Kano offenbar nicht von Interesse.

»Ich verstehe«, sagte sie in flachem, ausdruckslosem Ton. »Etwas Konkretes.«
»Genau. So konkret wie möglich.«
»Warten Sie auf einen Anruf.«
»Ich tu die ganze Zeit nichts anderes, als auf einen Anruf zu warten.«
»Sie müßten schon bald von jemandem angerufen werden, dessen Name mit O anfängt.«
»Weiß dieser Anrufer etwas über Kumiko?«
»Das kann ich nicht sagen. Ich erzähle Ihnen das nur, weil Sie gesagt haben, Sie wären mit allem zufrieden, was Sie an Fakten bekommen können. Und hier ist noch eins: In nicht allzu langer Zeit wird ein Halbmond mehrere Tage dauern.«
»Ein Halbmond?« fragte ich. »Sie meinen, der Mond am Himmel?«
»Ja, Herr Okada, der Mond am Himmel. Auf alle Fälle sollten Sie warten. Warten ist alles. Dann Aufwiederhören. Sie hören bald wieder von mir.« Und sie legte auf.

Ich holte unser Adressenbüchlein aus meinem Schreibtisch und schlug unter O nach. Es gab genau vier Namen, in Kumikos ordentlicher kleiner Handschrift eingetragen. Der erste war mein Vater, Tadao Okada. Dann kamen ein alter Kommilitone von mir, Onoda, ein Zahnarzt namens Otsuka und Omura, der Getränke- und Spirituosenhändler unseres Viertels.

Das Spirituosengeschäft konnte ich gleich ausschließen. Es war zehn Minuten zu Fuß vom Haus entfernt, und abgesehen von den seltenen Gelegenheiten, wo wir einen Kasten Bier bestellten, hatten wir mit dem Laden nichts Näheres zu tun.

Der Zahnarzt schied gleichfalls aus. Ich war zwei Jahre vorher wegen eines Backenzahns hingegangen, aber Kumiko war noch nie dort gewesen. Sie war in unserer ganzen Ehe überhaupt nie beim Zahnarzt gewesen. Meinen Freund Onoda hatte ich seit Jahren nicht mehr gesehen. Nach dem College hatte er angefangen, bei einer Bank zu arbeiten, war im zweiten Jahr in die Zweigstelle Sapporo versetzt worden und wohnte seitdem auf Hokkaido. Jetzt war er lediglich einer von den Leuten, mit denen ich Neujahrskarten tauschte. Ich konnte mich nicht erinnern, ob Kumiko ihn je kennengelernt hatte.

Damit blieb mein Vater übrig, aber daß Kumiko näher mit ihm zu tun haben sollte, war absolut unvorstellbar. Er hatte sich nach dem Tod meiner Mutter wiederverheiratet, und ich hatte ihn in all den Jahren seither nicht gesehen, ebensowenig mit ihm korrespondiert oder am Telefon gesprochen. Kumiko war ihm kein einziges Mal begegnet.

Als ich das Adressenbüchlein durchblätterte, wurde mir wieder bewußt, wie wenig wir beide mit anderen Leuten zu tun gehabt hatten. Abgesehen von ein paar nützlichen Kontakten mit Kollegen, hatten wir in den sechs Jahren unserer Ehe praktisch keinerlei nähere Beziehungen zu anderen Menschen gehabt. Wir hatten ein zurückgezogenes Leben geführt: nur Kumiko und ich.

Ich beschloß, mir zu Mittag wieder Spaghetti zu kochen. Nicht, daß ich auch nur eine Spur hungrig gewesen wäre. Aber ich konnte nicht einfach so weiter auf dem Sofa herumsitzen und darauf warten, daß das Telefon klingelte. Ich mußte mich betätigen, mußte anfangen, auf irgendein Ziel hinzuarbeiten. Ich füllte Wasser in einen Topf, zündete das Gas an, und bis es kochte, würde ich die Tomatensauce machen und mir dabei Musik anhören. Im Radio lief eine unbegleitete Violinsonate von Bach. Die Aufnahme war hervorragend, aber irgend etwas störte mich daran. Ich wußte nicht, ob es die Schuld des Violinisten war oder ob es an meiner gegenwärtigen seelischen Verfassung lag, aber ich schaltete das Radio wieder aus und kochte ohne Musik weiter. Ich erhitzte Olivenöl in einem Topf, gab Knoblauch hinein und fügte feingeschnittene Zwiebel hinzu. Als diese zu bräunen begann, gab ich die Tomaten hinzu, die ich in der Zwischenzeit kleingehackt und ausgedrückt hatte. Es tat gut, sich manuell zu betätigen, Dinge zu schneiden und zu braten. Es gab mir das greifbare Gefühl, etwas zu leisten. Ich hatte Freude an den Geräuschen und Gerüchen.

Als das Wasser kochte, salzte ich es und gab eine Faustvoll Spaghetti hinein. Ich stellte die Schaltuhr auf zehn Minuten und spülte derweil die paar Sachen, die ich schmutzig gemacht hatte. Aber selbst als die fertigen Spaghetti vor mir auf dem Teller lagen, verspürte ich keine Lust zu essen. Ich schaffte gerade eben die Hälfte und warf den Rest weg. Die übriggebliebene Sauce füllte ich in einen Behälter um und stellte sie in den Kühlschrank. Nun ja, ich hatte eben von vornherein keinen Appetit gehabt.

Mir war, als hätte ich vor langer Zeit einmal eine Geschichte gelesen, in der ein Mann andauernd ißt, während er darauf wartet, daß etwas Bestimmtes passiert. Nachdem ich mir lange den Kopf darüber zerbrochen hatte, kam ich zu dem Schluß, daß es Hemingways *In einem andern Land* gewesen sein mußte. Der Held (den Namen hatte ich vergessen) schafft es, mit dem Boot aus Italien in die Schweiz zu fliehen, und während er in einem kleinen Schweizer Ort darauf wartet, daß seine Frau niederkommt, geht er ständig ins Café gegenüber, um etwas zu trinken oder zu essen. Von der eigentlichen Handlung wußte ich so gut wie nichts mehr. Das einzige, was mir in Erinnerung geblieben war, war diese Passage gegen Ende des Buches, wo der Held sich von Mahlzeit zu Mahlzeit hangelt, während er in einem fremden Land darauf wartet, daß seine Frau ihr Kind bekommt. Daß ich mich so deutlich daran erinnerte, lag anscheinend am großen Realismus dieses Teils des Buches. Es kam mir, literarisch betrachtet, weit realistischer vor, daß die ängstliche Nervosität des Mannes diese abnorme Freßlust hervorrief, als wenn sie ihm den Appetit geraubt hätte.

Anders als *In einem andern Land* wirkte es auf mich aber keineswegs appetitanregend, in diesem stillen Haus zu sitzen und in Erwartung, daß etwas passierte, die Zeiger der Uhr zu beobachten. Und bald kam mir der Gedanke, daß meine Appetitlosigkeit von einem mir inhärenten Mangel an dieser bestimmten literarischen Realität herrühren könnte. Ich kam mir so vor, als sei ich zu einer Gestalt eines schlecht geschriebenen Romans geworden, als zerpflücke mich jemand wegen meines völligen Irrealismus. Und vielleicht war es tatsächlich so.

Es war fast zwei, als das Telefon endlich klingelte.

»Bin ich mit Okada verbunden?« fragte eine unbekannte männliche Stimme. Es war die Stimme eines jungen Mannes, leise und weich.

»Ja, sind Sie.« Meine Stimme klang dagegen eher etwas angespannt.

»Block zwei, Hausnummer sechsundzwanzig?«

»Genau.«
»Hier spricht das Spirituosengeschäft Omura. Danke, daß wir Sie schon so lange zu unseren Kunden zählen dürfen. Ich fahre jetzt gerade los, um unsere Außenstände zu kassieren, und ich wollte nur hören, ob ich gleich bei Ihnen vorbeikommen könnte.«
»Außenstände?«
»Ja. Nach unseren Unterlagen stehen noch die Zahlungen für zwei Kästen Bier und einen Kasten Saft aus.«
»Ah. Na gut. Ja, ich bin vorerst zu Hause«, sagte ich und beendete damit unser Gespräch.
Nachdem ich aufgelegt hatte, fragte ich mich, ob dieses Gespräch irgendwelche Informationen über Kumiko enthalten hatte. Aber ich konnte es drehen und wenden, wie ich wollte, es war nichts als der kurze, geschäftsmäßige Anruf eines Getränkeladens gewesen, dem ich noch Geld schuldete. Ich hatte bei denen Bier und Saft bestellt, und sie hatten die Sachen geliefert, soviel war sicher. Eine halbe Stunde später stand der Bursche vor der Tür, und ich bezahlte zwei Kästen Bier und einen Kasten Saft.
Der freundliche junge Mann lächelte, während er die Quittung ausstellte.
»Ach übrigens, Herr Okada, haben Sie von dem Unfall gehört, heute morgen am Bahnhof? Gegen halb zehn?«
»Unfall?« fragte ich bestürzt. »Wer hat einen Unfall gehabt?«
»Ein kleines Mädchen«, sagte er. »Ist von einem zurücksetzenden Lieferwagen überfahren worden. Soll auch ziemlich schwer verletzt sein. Ich bin da angekommen, als es gerade passiert war. Furchtbar, so etwas am frühen Morgen als allererstes zu sehen. Kleine Kinder machen mir eine Heidenangst: man sieht sie im Rückspiegel überhaupt nicht. Kennen Sie die Reinigung am Bahnhof? Ist direkt davor passiert. Die Leute stellen da ihre Räder ab, und die ganzen Kartons, die da aufgestapelt sind: man sieht rein gar nichts.«
Nachdem er gegangen war, hatte ich das Gefühl, ich könnte keinen Augenblick länger im Haus bleiben. Mit einemmal kam es mir drinnen furchtbar heiß und stickig, dunkel und eng vor. Ich zog mir die Schuhe an und sah zu, daß ich so schnell wie möglich an die Luft kam. Ich schloß nicht einmal hinter mir ab. Die Fenster ließ ich offen und das Küchenlicht an. Ich schlenderte durch die Straßen und lutschte an einem Zitronenbonbon. Als ich mir die Worte des jungen Ge-

tränkelieferanten noch einmal durch den Kopf gehen ließ, wurde mir allmählich bewußt, daß ich noch ein paar Sachen in der Reinigung am Bahnhof hatte. Kumikos Rock und Bluse. Der Abholschein lag zu Hause, aber wenn ich die Sachen beschrieb, würde sie mir der Mann wahrscheinlich auch so geben.
Die Gegend kam mir leicht verändert vor. Die Leute auf der Straße hatten durchweg etwas Unnatürliches, sogar Künstliches an sich. Ich musterte im Vorbeigehen jedes Gesicht und fragte mich, was das für Menschen sein mochten. In was für Häusern wohnten sie? Hatten sie Familie, und wenn, was für eine? Was für ein Leben führten sie? Schliefen sie mit anderen Frauen als ihren eigenen oder anderen Männern als ihren eigenen? Waren sie glücklich? War ihnen bewußt, wie unnatürlich und künstlich sie aussahen?
Vor der Reinigung waren die Spuren des Unfalls noch deutlich zu sehen: auf dem Pflaster die Kreideumrisse, nicht weit davon entfernt ein paar Passanten, die stehengeblieben waren und mit ernsten Mienen über den Unfall diskutierten. Im Geschäft selbst sah es wie immer aus. Derselbe schwarze Radiorecorder spielte dieselbe Art von Musik wie immer, während hinten im Raum eine altmodische Klimaanlage vor sich hinbrummte und vom Bügeleisen Dampfwolken an die Decke stiegen. Das Stück war »Ebb Tide«. Robert Maxwell, Harfe. Das Kommen und Gehen der Gezeiten. Ich dachte, wie wunderschön es wäre, wenn ich ans Meer könnte. Ich stellte mir den Geruch des Strandes vor und das Geräusch der Wellen, die sich am Ufer brachen. Möwen. Eiskaltes Bier aus der Dose.
Dem Ladenbesitzer sagte ich lediglich, ich hätte meinen Abholschein vergessen. »Ich bin ziemlich sicher, daß ich die Sachen letzten Freitag oder Samstag vorbeigebracht habe: einen Rock und eine Bluse.«
»Okada ... Okada ...«, sagte er und blätterte in einem Kollegheft. »Klar, da ist es. Eine Bluse, ein Rock. Aber Frau Okada hat die Sachen schon abgeholt.«
»Abgeholt?« fragte ich verblüfft.
»Gestern früh. Ich erinnere mich genau, wie ich sie ihr gegeben habe. Ich hab mir gedacht, daß sie wohl auf dem Weg zur Arbeit sei. Hatte auch den Abholschein dabei.«
Ich brachte kein Wort heraus. Ich konnte ihn nur anstarren.
»Fragen Sie Ihre Frau«, sagte er. »Sie hat die Sachen, Irrtum ausgeschlossen.« Er holte eine Zigarette aus der Schachtel, die auf der Registrierkasse lag, steckte sie sich zwischen die Lippen und zündete sie mit einem Feuerzeug an.

»Gestern früh?« fragte ich. »Nicht abends?«

»Ganz sicher früh. Gegen acht. Ihre Frau war der erste Kunde des Tages. So was vergeß ich nicht. He, wenn der allererste Kunde eine junge Frau ist, da kriegt man gleich gute Laune, wenn Sie wissen, was ich meine.«

Ich war außerstande, ihm ein Lächeln vorzumachen, und die Stimme, die aus mir herauskam, klang nicht wie meine eigene. »Na ja, damit wär's dann wohl erledigt. Tut mir leid, ich wußte nicht, daß sie die Sachen schon abgeholt hatte.«

Er nickte und warf mir einen kurzen Blick zu, dann drückte er die Zigarette aus, an der er höchstens zwei- oder dreimal gezogen hatte, und kehrte zu seinem Bügelbrett zurück. Ich schien irgendwie sein Interesse geweckt zu haben, als habe er mir etwas erzählen wollen, es sich dann aber doch anders überlegt. Und mir gingen alle möglichen Dinge durch den Kopf, die ich ihn eigentlich hätte fragen wollen. Wie hatte Kumiko ausgesehen, als sie ihre Sachen abgeholt hatte? Was hatte sie bei sich gehabt? Aber ich war durcheinander und furchtbar durstig. Mehr als alles andere wollte ich mich jetzt irgendwo hinsetzen und etwas Kaltes trinken. Sonst, hatte ich das Gefühl, würde ich nie wieder einen klaren Gedanken fassen können.

Von der Reinigung ging ich direkt ins Café nebenan und bestellte ein Glas Eistee. Im Lokal war es kühl, und ich war der einzige Gast. Aus kleinen Wandboxen dudelte eine Orchesterversion des Beatles-Stücks »Eight Days a Week«. Ich dachte wieder ans Meer. Ich stellte mir vor, ich ginge barfuß am Rand des Wassers den Strand entlang. Der Sand war glühend heiß, und der Wind trug den schweren Geruch der Gezeiten heran. Ich atmete tief ein und sah hinauf in den Himmel. Als ich die Hände offen ausstreckte, konnte ich auf den Handflächen die brennende Sommersonne spüren. Bald überspülte eine kalte Welle meine Füße.

Wie man es auch drehte und wendete, es war merkwürdig, daß Kumiko auf dem Weg zur Arbeit Sachen von der Reinigung abgeholt haben sollte. Zum einen hätte sie sich mit frischgebügelten Kleidungsstücken in der Hand in einen überfüllten Pendlerzug quetschen müssen. Am Abend hätte sie dann das gleiche noch einmal machen müssen. Nicht nur hätten die Sachen für sie eine zusätzliche Last bedeutet – durch die zwei Zugfahrten wären sie zudem völlig zerknittert worden. Da ich wußte, wie sehr Kumiko auf solche Dinge achtete, konnte ich mir nicht vorstellen, daß sie etwas derart Unsinniges getan haben sollte. Sie hätte nur abends nach der Arbeit kurz bei der Reinigung vorbeizugehen brauchen. Oder wenn sie damit rechnete, daß es dafür zu spät werden würde, hätte sie *mich* bitten können, die Sachen abzuholen. Es gab nur eine einzige denkbare Erklärung: Sie hatte schon gewußt, daß sie nicht nach Hause kommen würde. Sie hatte Rock und Bluse genommen und war damit irgendwohin verschwunden. So hatte sie wenigstens etwas zum Umziehen, und was sie sonst brauchen mochte, würde sie sich kaufen können. Sie hatte ihre Kreditkarten und ihre Bankcard und ihr eigenes Bankkonto. Sie konnte gehen, wohin sie wollte.

Und sie war mit jemandem zusammen – einem Mann. Sie konnte keinen anderen Grund haben, von zu Hause wegzugehen. Vermutlich.

Die Sache war ernst. Kumiko war verschwunden und hatte alle ihre Sachen und Schuhe zurückgelassen. Es hatte ihr immer Freude gemacht, sich etwas Neues zum Anziehen zu kaufen; ihre Garderobe hatte ihr immer viel bedeutet. Sie einfach so aufzugeben und mit wenig mehr, als sie am Leib trug, von zu Hause wegzugehen, hätte für sie einen nicht unerheblichen Willensakt bedeutet. Und dennoch war sie, ohne im mindesten zu zögern – wie mir jedenfalls schien –, mit nichts weiter in der Hand als einem Rock und einer Bluse aus dem Haus gegangen. Nein, ihre Garderobe war wahrscheinlich das letzte gewesen, woran sie in dem Augenblick gedacht hatte.

Ich lehnte mich auf meinem Stuhl zurück, hörte mit halbem Ohr auf die erbarmungslos sterilisierte Hintergrundmusik und stellte mir vor, wie Kumiko mit ihren Sachen, die noch in der Zellophanhülle der Reinigung auf Drahtbügeln hingen, in einen überfüllten Pendlerzug einstieg. Ich rief mir die Farbe ihres Kleides ins Gedächtnis zurück, den Duft des Eau de Toilette hinter ihren Ohren, die glatte Makellosigkeit ihres Rückens. Ich mußte erschöpft sein. Ich hatte das Gefühl, wenn ich jetzt die Augen schlösse, triebe ich einfach davon; ich würde an einem völlig anderen Ort landen.

2

KEINE GUTEN NEUIGKEITEN

Ich verließ das Café und irrte durch die Straßen. Die brütende Nachmittagshitze machte mir allmählich zu schaffen: Ich spürte Übelkeit, sogar ein Frösteln in mir aufsteigen. Aber nach Hause wollte ich jetzt auf keinen Fall. Die Vorstellung, allein in diesem schweigenden Haus auf einen Anruf zu warten, der wahrscheinlich niemals kommen würde, benahm mir den Atem.

Mir fiel nichts anderes ein, als May Kasahara zu besuchen. Ich kehrte nach Hause zurück, kletterte über die Mauer und ging die Gasse entlang bis zum Gartentörchen. Ich lehnte mich an den Zaun des leerstehenden Hauses auf der anderen Seite der Gasse und starrte in den Garten mit der Vogelplastik. Wenn ich hier so stehen blieb, würde May mich bald sehen. Abgesehen von den paar Stunden, die sie gelegentlich für die Perückenfirma arbeiten ging, war sie immer zu Hause und bewachte von ihrem Zimmer oder vom Garten aus die Gasse.

Aber May Kasahara ließ sich nicht blicken. Am Himmel war keine einzige Wolke. Die Sommersonne röstete mir den Nacken. Der schwere Geruch von Gras, der vom Boden aufstieg, füllte mir die Lunge. Ich starrte die Vogelstatue an und versuchte, über die Schicksale der Bewohner dieses Hauses nachzudenken, von denen mir mein Onkel neulich erzählt hatte. Aber das einzige, woran ich denken konnte, war das Meer: kalt und blau. Mehrmals atmete ich langsam und tief durch. Ich sah auf die Uhr. Ich war schon bereit, es für heute aufzugeben, als May Kasahara endlich herauskam. Sie schlenderte durch ihren Garten gemächlich auf mich zu. Sie trug Jeans-Shorts, ein blaues Hawaiihemd und rote Badeschlappen. Sie blieb vor mir stehen und lächelte mir durch die Sonnenbrille zu.

»Hallo, Mister Aufziehvogel. Ihren Kater gefunden – Noboru Wataya?«

»Noch nicht«, sagte ich. »Warum hat's heut so lang gedauert, bis du rausgekommen bist?«

Sie steckte die Hände in ihre Gesäßtaschen und sah sich amüsiert um. »Also, Mister Aufziehvogel, ich mag einen Haufen Freizeit haben, aber mein Lebenszweck besteht nicht darin, von früh bis spät hier Wache zu halten. Ein *paar* Dinge habe ich schon noch zu tun. Aber egal, tut mir leid. Haben Sie lang gewartet?«

»Nicht so lang. Mir ist vom Rumstehen heiß geworden.«

May Kasahara sah mir aufmerksam ins Gesicht und runzelte dann leicht die Augenbrauen. »Was ist los, Mister Aufziehvogel? Sie sehen furchtbar aus – wie grad ausgegraben. Sie sollten besser reinkommen und sich ein bißchen im Schatten ausruhen.«

Sie nahm mich bei der Hand und führte mich in ihren Garten. Dort rückte sie einen Liegestuhl in den Schatten und setzte mich darauf. Das dichte grüne Laub warf kühle Schatten, die nach Leben dufteten.

»Keine Angst, es ist wie üblich niemand da«, sagte sie. »Sie brauchen sich überhaupt keine Sorgen zu machen. Lassen Sie sich Zeit. Hören Sie auf zu denken und relaxen Sie.«
»Ich möchte dich um einen Gefallen bitten«, sagte ich.
»Schießen Sie los«, sagte sie.
»Ich möchte, daß du für mich jemanden anrufst. An meiner Stelle.«
Ich holte Notizblock und Stift heraus und schrieb die Nummer von Kumikos Büro auf. Dann riß ich das Blatt ab und reichte es ihr. Der Vinylumschlag des kleinen Notizblocks war warm und schweißfeucht. »Ich möchte nur, daß du diese Nummer anrufst und fragst, ob Kumiko Okada da ist, und falls sie nicht da ist, ob sie gestern zur Arbeit gekommen ist.«
May Kasahara nahm den Zettel und warf mit geschürzten Lippen einen Blick darauf. Dann sah sie mich an. »Schön, ich kümmer mich drum. Sie machen jetzt einfach Ihren Kopf leer und legen sich flach. Sie rühren sich *nicht* von der Stelle. Ich bin gleich wieder zurück.«
Sobald sie gegangen war, streckte ich mich wie befohlen aus und schloß die Augen. Ich war von Kopf bis Fuß in Schweiß gebadet. Als ich nachzudenken versuchte, spürte ich ein Pochen tief innen in meinem Kopf, und mir war, als hätte ich ein Knäuel Schnur in der Magengrube. Von Zeit zu Zeit befiel mich eine leichte Übelkeit. Ringsum herrschte völlige Stille. Plötzlich wurde mir bewußt, daß seit einer ganzen Weile den Aufziehvogel nicht mehr gehört hatte. Wann hatte ich ihn zum letzten Mal gehört? Wahrscheinlich vor vier oder fünf Tagen. Aber ich war mir nicht sicher. Als es mir endlich aufgefallen war, hatte er schon zu lange nicht mehr geschrien, als daß ich mich hätte erinnern können. Vielleicht war er ein Zugvogel und nur zu einer bestimmten Jahreszeit da. Wenn ich's mir recht überlegte, hatten wir erst vor einem knappen Monat angefangen, ihn zu hören. Und eine Zeitlang hatte der Aufziehvogel Tag für Tag die Feder unserer kleinen Welt aufgezogen. Das war die Jahreszeit des Aufziehvogels gewesen.
Nach zehn Minuten kam May Kasahara zurück. Sie reichte mir ein großes Glas. Als ich es in die Hand nahm, klirrte Eis darin. Das Geräusch schien aus einer fernen Welt zu mir zu dringen. Diese Welt und der Ort, an dem ich mich befand, waren durch mehrere Tore miteinander verbunden, und ich konnte das Geräusch deswegen hören, weil sie im Moment zufällig alle offenstanden, aber nur vorübergehend. Sobald sich auch nur eines von ihnen schlösse, würde das Geräusch mei-

ne Ohren nicht mehr erreichen.«»Trinken Sie«, sagte sie.»Zitronensaft in Wasser. Damit Sie wieder einen klaren Kopf bekommen.«
Ich schaffte es, die Hälfte zu trinken, und gab ihr dann das Glas zurück. Das kalte Wasser rann durch meine Kehle und drang langsam in meinen Körper, worauf mich eine heftige Welle von Übelkeit überrollte. Der verwesende Schnurballen fing an, sich zu entwirren und meine Speiseröhre hinaufzukriechen. Ich machte die Augen zu und versuchte, es vorübergehen zu lassen. Mit geschlossenen Augen sah ich Kumiko, den Rock und die Bluse in der Hand, in den Zug einsteigen. Ich dachte, es wäre vielleicht besser, mich zu übergeben. Aber ich übergab mich nicht. Ich atmete einige Male tief durch, bis das Gefühl nachließ und schließlich völlig verschwand.

»Alles in Ordnung?« fragte May Kasahara.

»Ja, alles okay«, sagte ich.

»Ich hab angerufen«, sagte sie.»Hab denen erzählt, ich wär ne Verwandte. War doch in Ordnung, oder?«

»M-hm.«

»Diese Frau, Kumiko Okada, das ist doch Missis Aufziehvogel, nicht?«

»M-hm.«

»Die haben gesagt, sie ist nicht zur Arbeit gekommen, weder heute noch gestern. Hat sich einfach ohne ein Wort abgesetzt. Jetzt sind die echt am Rotieren. Die meinten, das sähe ihr gar nicht ähnlich, so was zu machen.«

»Das stimmt. Es sieht ihr gar nicht ähnlich.«

»Ist sie seit gestern verschwunden?«

Ich nickte.

»Armer Mister Aufziehvogel«, sagte sie. Es klang, als täte ich ihr wirklich leid. Sie legte mir eine Hand auf die Stirn.»Kann ich irgend etwas für Sie tun?«

»Im Augenblick nicht«, sagte ich.»Aber danke.«

»Stört's Sie, wenn ich weiterfrage? Oder soll ich lieber nicht?«

»Frag nur«, sagte ich.»Ich weiß allerdings nicht, ob ich die Antwort weiß.«

»Ist Ihre Frau mit einem Mann durchgebrannt?«

»Ich bin mir nicht sicher«, sagte ich.»Vielleicht. Es ist möglich.«

»Aber Sie haben doch all die Jahre zusammengelebt. Wie können Sie sich da nicht sicher sein?«

Sie hatte recht. Wie konnte ich mir da nicht sicher sein?

»Armer Mister Aufziehvogel«, sagte sie noch einmal. »Ich wollte, ich könnte etwas sagen, was Ihnen hilft, aber ich weiß nichts vom Eheleben.«
Ich stand vom Liegestuhl auf. Das Stehen kostete mich weit größere Mühe, als ich erwartet hätte. »Danke für alles. Du bist mir eine große Hilfe gewesen. Jetzt muß ich gehen. Ich sollte zu Hause sein, falls eine Nachricht kommt. Es könnte jemand anrufen.«
»Sobald Sie zu Hause sind, gehen Sie unter die Dusche. Als allererstes. Okay? Dann ziehen Sie sich saubere Sachen an. Und rasieren sich.«
»Rasieren?« Ich rieb mir die Kinnlade. Es stimmte: ich hatte vergessen, mich zu rasieren. Ich hatte den ganzen Vormittag nicht daran gedacht.
»Die kleinen Dinge zählen, Mister Aufziehvogel«, sagte May Kasahara und sah mir in die Augen. »Gehen Sie nach Hause und gucken Sie einmal richtig in den Spiegel.«
»Mach ich«, sagte ich.
»Was dagegen, wenn ich später vorbeikomme?«
»Nein«, sagte ich. Dann fügte ich hinzu: »Ich würd mich freuen.«
May Kasahara nickte schweigend.

Zu Hause betrachtete ich mein Gesicht im Spiegel. Es stimmte: Ich sah furchtbar aus. Ich zog mich aus, duschte, wusch mir gründlich die Haare, rasierte mich, putzte mir die Zähne, klopfte mir After-Shave auf die Wangen und stellte mich zu einer gründlichen Musterung erneut vor den Spiegel. Ein bißchen besser als vorher, hatte ich den Eindruck. Die Übelkeit war weg. Im Kopf war mir allerdings noch ein bißchen schummrig.
Ich zog kurze Hosen und ein sauberes Polohemd an. Ich setzte mich auf die Veranda, lehnte mich an einen Pfosten und sah in den Garten, während ich meine Haare trocknen ließ. Ich versuchte, die Ereignisse der letzten Tage in die richtige Ordnung zu bringen. Zuerst einmal war da der Anruf von Leutnant Mamiya. War das gestern früh gewesen? Ja, eindeutig: gestern früh. Dann hatte Kumiko das Haus verlassen. Ich hatte den Reißverschluß ihres Kleides hochgezogen. Dann hatte ich die Schachtel vom Eau de Toilette gefunden. Dann war Leutnant Mamiya gekommen und hatte mir seine seltsamen Kriegsgeschichten erzählt: wie er von Soldaten der Äußeren Mongolei gefangengenommen und in einen Brunnen geworfen worden war. Er hatte mir ein Andenken von Herrn Honda dagelas-

sen. Eine leere Schachtel. Dann war Kumiko nicht wieder nach Hause gekommen. Sie hatte an dem Morgen ihre Sachen von der Reinigung am Bahnhof abgeholt und war anschließend irgendwohin verschwunden. Ohne in der Redaktion ein Wort zu sagen. Das war also gestern passiert.

Ich konnte kaum glauben, daß all das im Lauf eines einzigen Tages passiert sein sollte. Es war zuviel für einen Tag.

Wie ich so darüber nachdachte, begann ich, mich unglaublich schläfrig zu fühlen. Das war keine normale Müdigkeit. Es war ein intensives, übermächtiges Schlafbedürfnis. Die Schläfrigkeit war dabei, mich allen Bewußtseins zu entkleiden, so wie man einem widerstandslos Daliegenden die Kleider vom Leib streifen könnte. Ich ging, ohne nachzudenken, ins Schlafzimmer, zog mich bis auf die Unterwäsche aus und legte mich ins Bett. Ich versuchte, einen Blick auf den Wecker zu werfen, aber ich schaffte es nicht einmal, den Kopf zum Nachttisch zu wenden. Ich schloß die Augen und versank augenblicklich in tiefen, bodenlosen Schlaf.

Im Schlaf zog ich Kumikos Reißverschluß hoch. Ich konnte ihren glatten weißen Rücken sehen. Aber als ich den Reißverschluß ganz zugezogen hatte, erkannte ich, daß es nicht Kumiko war, sondern Kreta Kano. Sie und ich waren die einzigen im Raum.

Es war derselbe Raum wie im letzten Traum: ein Zimmer derselben Hotelsuite. Auf dem Tisch standen eine Flasche Cutty Sark und zwei Gläser. Daneben stand auch ein Edelstahl-Eiskübel voll Eis. Draußen auf dem Korridor ging gerade jemand vorbei und sprach dabei mit lauter Stimme. Ich verstand nicht, was er sagte. Es schien eine Fremdsprache zu sein. Von der Decke hing ein nicht eingeschalteter Kronleuchter. Das einzige Licht in dem düsteren Zimmer spendeten einige Wandlampen. Wieder hingen vor den Fenstern schwere, dicht zugezogene Vorhänge.

Kreta Kano trug eines von Kumikos Sommerkleidern: blaßblau, mit einem durchbrochenen Muster von Vögeln. Der Rock reichte ihr bis knapp über das Knie. Wie immer war sie à la Jacqueline Kennedy aufgemacht. Am linken Handgelenk trug sie zwei identische Armreifen.

»Wo haben Sie dieses Kleid her?« fragte ich. »Gehört es Ihnen?«

Kreta Kano sah mich an und schüttelte den Kopf. Als sie das tat, wippten die aufgerollten Spitzen ihrer Haare mit einer reizenden Bewegung. »Ich habe es mir

ausgeliehen. Aber keine Sorge, Herr Okada, das bereitet niemandem irgendwelche Ungelegenheiten.«
»Wo sind wir?« fragte ich.
Kreta Kano gab keine Antwort. Wie beim letzten Mal saß ich auf der Kante des Bettes. Ich trug einen Anzug und meinen gepunkteten Schlips.
»Sie brauchen sich keinerlei Gedanken zu machen, Herr Okada«, sagte Kreta Kano. »Zur Sorge besteht überhaupt kein Grund. Es wird alles gutgehen.«
Und wie beim letzten Mal zog sie wieder den Reißverschluß meiner Hose herunter, holte meinen Penis heraus und nahm ihn in den Mund. Der einzige Unterschied zum vorigen Mal bestand darin, daß sie sich nicht auszog. Sie behielt die ganze Zeit Kumikos Kleid an. Ich versuchte, mich zu bewegen, aber mein Körper schien mit unsichtbaren Fäden ans Bett gefesselt zu sein. Ich spürte, wie ich in ihrem Mund groß und hart wurde.
Ich sah, wie sich ihre falschen Wimpern und die nach außen gewellten Haarspitzen bewegten. Ihre Armreifen schlugen mit einem trockenen Geräusch aneinander. Ihre Zunge war lang und weich und schien sich um mich zu schlingen. Als ich kurz davor war zu kommen, zog Kreta Kano sich plötzlich zurück und begann, mich langsam auszuziehen. Sie nahm mir mein Jackett ab, meinen Schlips, meine Hose, mein Hemd, meine Unterwäsche, und drückte mich aufs Bett zurück. Sie selbst blieb angezogen. Sie setzte sich aufs Bett, nahm meine Hand und führte sie sich unter das Kleid. Sie hatte kein Höschen an. Meine Hand fühlte die Wärme ihrer Scheide. Sie war tief, warm und sehr schlüpfrig. Meine Finger wurden fast hineingesogen.
»Kann Noboru Wataya nicht jeden Augenblick hereinkommen?« fragte ich. »Waren Sie nicht hier mit ihm verabredet?«
Anstatt zu antworten, berührte Kreta Kano meine Stirn. »Sie brauchen sich keine Gedanken zu machen, Herr Okada. Wir werden uns um alles kümmern. Überlassen Sie alles uns.«
»*Uns?*« fragte ich, aber es kam keine Antwort.
Dann setzte sich Kreta Kano rittlings auf mich und führte mich mit der Hand in sich hinein. Sobald sie mich tief in sich hatte, begann sie, ihre Hüften langsam kreisen zu lassen. Durch ihre Bewegung strich der Saum des blaßblauen Kleides sanft über die nackte Haut meines Bauches und meiner Oberschenkel. Mit dem rings um sie ausgebreiteten Rock des Kleides sah Kreta Kano, während sie mich

ritt, wie eine weiche, riesige Morchel aus, die ihr Gesicht lautlos durch das tote Laub geschoben hatte und sich unter den schützenden Flügeln der Nacht langsam auftat. Ihre Scheide fühlte sich warm und gleichzeitig kalt an. Sie versuchte, mich zu umschlingen, mich einzusaugen und gleichzeitig auszustoßen. Meine Erektion wurde größer und härter. Ich hatte das Gefühl, ich würde gleich bersten. Es war eine höchst seltsame Empfindung, ein Gefühl, das weit über bloße sexuelle Lust hinausging. Es fühlte sich so an, als ob etwas in ihr, etwas Besonderes in ihr, sich langsam durch mein Glied in mich hineinarbeitete.

Mit geschlossenen Augen und leicht angehobenem Kinn wiegte sich Kreta Kano still vor und zurück, als ob sie träumte. Ich sah, wie ihre Brust sich unter dem Kleid mit jedem Atemzug hob und senkte. Ein paar Haare hatten sich aus ihrer Frisur gelöst und hingen ihr in die Stirn. Ich stellte mir vor, ich triebe allein inmitten eines uferlosen Meeres. Ich schloß die Augen und lauschte in der Erwartung, das Geräusch kleiner Wellen zu hören, die an mein Gesicht schwappten. Mein Körper war in lauwarmes Ozeanwasser getaucht. Ich spürte den rhythmischen Fluß der Gezeiten. Er trug mich mit sich fort. Ich beschloß, zu tun, was Kreta Kano gesagt hatte, und an nichts mehr zu denken. Ich schloß die Augen, ließ alle Kraft aus meinen Gliedern entweichen und gab mich der Strömung hin.

Auf einmal merkte ich, daß es im Zimmer dunkel geworden war. Ich versuchte, mich umzusehen, aber ich konnte kaum etwas erkennen. Die Wandlampen waren alle erloschen. Zurück blieb nur die unbestimmte Silhouette von Kreta Kanos blauem Kleid, die auf mir vor- und zurückschaukelte. »Einfach vergessen«, sagte sie, aber es war nicht Kreta Kanos Stimme. »Vergiß alles. Du schläfst. Du träumst. Du liegst in schönem, warmem Schlamm. Wir alle kommen aus dem warmen Schlamm, und dorthin kehren wir alle zurück.«

Es war die Stimme der Frau am Telefon. Die geheimnisvolle Frau am Telefon saß jetzt rittlings auf mir und vereinigte ihren Körper mit meinem. Auch sie trug Kumikos Kleid. Sie und Kreta Kano hatten die Plätze getauscht, ohne daß ich etwas bemerkt hatte. Ich versuchte zu sprechen. Ich wußte nicht, was ich zu sagen hoffte, aber zumindest versuchte ich zu sprechen. Ich war jedoch zu verwirrt, und meine Stimme gehorchte mir nicht. Alles, was ich herausbekam, war ein Schwall heißer Luft. Ich riß die Augen weit auf und versuchte, das Gesicht der Frau, die mich bestiegen hatte, zu erkennen, aber es war zu dunkel im Zimmer.

Die Frau sagte nichts weiter. Statt dessen begann sie, ihren Unterleib auf noch erregendere Weise zu bewegen. Ihr weiches Fleisch schlang sich, fast wie ein eigenständiger Organismus, mit einer sanft melkenden Saugwirkung um meine Erektion. Von hinter ihr hörte ich – oder meinte ich zu hören –, wie eine Klinke heruntergedrückt wurde. Ein weißes Aufblitzen schoß durch die Dunkelheit. Vielleicht war der Eiskübel für einen Augenblick vom Licht aus dem Korridor gestreift worden. Oder vielleicht kam das Aufblitzen von einer blanken scharfen Klinge. Aber ich konnte nicht mehr denken. Ich konnte nur noch eines tun: Ich kam.

Ich reinigte mich unter der Dusche und wusch meine samenbefleckte Unterhose mit der Hand. Irre, dachte ich. Warum mußte ich ausgerechnet in dieser schweren Zeit feuchte Träume haben?
Wieder zog ich frische Sachen an, und wieder setzte ich mich auf die Veranda und sah hinaus in den Garten. Durch dichtes grünes Laub gefiltert, tanzten überall Spritzer von Sonnenlicht. Durch eine Reihe von Regentagen gefördert, war hier und da leuchtend grünes Unkraut strotzend aufgeschossen und verlieh dem Garten einen Hauch von Verfall und Stagnation.
Wieder Kreta Kano. Zwei feuchte Träume kurz hintereinander, und beide Male war es um Kreta Kano gegangen. Nicht ein einziges Mal hatte ich daran gedacht, mit ihr zu schlafen. Ich hatte nicht mal einen Funken von Verlangen danach verspürt. Und dennoch war ich beide Male in diesem Zimmer gewesen und hatte meinen Körper mit ihrem vereinigt. Was konnte nur der Grund dafür sein? Und wer war die Telefonfrau, die ihren Platz eingenommen hatte? Sie kannte mich, und ich kannte angeblich sie. Ich ging die verschiedenen Sexualpartnerinnen, die ich im Laufe meines Lebens gehabt hatte, im Kopf durch, aber keine von ihnen war die Telefonfrau. Trotzdem, *irgend* etwas an ihr kam mir vage vertraut vor. Und gerade das machte mir so zu schaffen.
Irgendeine Erinnerung versuchte, ans Licht zu gelangen. Ich konnte sie spüren, wie sie da drinnen herumtappte und klopfte. Ich brauchte nichts als einen kleinen Hinweis. Ich brauchte nur am richtigen Fädchen zu ziehen, und alles würde sich mühelos entwirren. Das Rätsel wartete nur darauf, daß ich es löste. Aber dieses eine dünne Fädchen konnte ich einfach nicht finden.
Ich gab es auf. Nicht mehr zu denken versuchen. »Vergiß alles. Wir alle kommen aus dem warmen Schlamm, und dorthin kehren wir alle zurück.«

Es wurde sechs, und noch immer kein Anruf. Nur May Kasahara kam auf einen Sprung vorbei. Sie wolle nur einen Schluck Bier, sagte sie. Ich holte eine kalte Dose aus dem Kühlschrank, und wir teilten sie uns. Ich hatte Hunger, also legte ich Schinken und Salatblätter zwischen zwei Scheiben Brot und aß das. Als sie mich essen sah, sagte May, sie hätte gern das gleiche. Ich machte ihr auch ein Sandwich. Wir aßen schweigend und tranken unser Bier. Ich sah immer wieder auf die Wanduhr.

»Haben Sie keinen Fernseher hier?«

»Nein«, sagte ich.

Sie biß sich leicht auf die Lippe. »Hab ich mir irgendwie gedacht. Mögen Sie kein Fernsehen?«

»Kann man so nicht sagen. Ich komme gut ohne aus.«

May Kasahara ließ das eine Weile auf sich einwirken. »Wie lang sind Sie schon verheiratet, Mister Aufziehvogel?«

»Sechs Jahre«, sagte ich.

»Und Sie sind sechs Jahre lang ohne Fernseher ausgekommen?«

»M-hm. Zuerst hatten wir kein Geld, uns einen zu kaufen. Dann haben wir uns daran gewöhnt, ohne einen zu leben. So ist es angenehm ruhig.«

»Sie beide müssen glücklich gewesen sein.«

»Wie kommst du darauf?«

Sie verzog das Gesicht. »Na ja, also *ich* könnt nicht einen Tag ohne Fernsehen leben.«

»Weil du unglücklich bist?«

Darauf antwortete May Kasahara nicht. »Aber jetzt ist Kumiko weg. Jetzt sind Sie nicht mehr besonders glücklich, Mister Aufziehvogel.«

Ich nickte und trank einen Schluck Bier. »So könnte man es ausdrücken«, sagte ich. So konnte man es ausdrücken.

Sie steckte sich eine Zigarette zwischen die Lippen und riß mit geübter Bewegung ein Streichholz an. »So, Mister Aufziehvogel«, sagte sie, »jetzt will ich, daß Sie mir absolut ehrlich sagen: Finden Sie mich häßlich?«

Ich stellte mein Glas Bier hin und sah mir May Kasaharas Gesicht noch einmal an. Die ganze Zeit, während ich mit ihr geredet hatte, war ich in Gedanken halb woanders gewesen. Sie trug ein übergroßes schwarzes String-Top, das einen guten Blick auf die mädchenhaften Rundungen ihrer Brüste gewährte.

»Du bist nicht im mindesten häßlich«, sagte ich. »Soviel ist sicher. Warum fragst du?«
»Mein Freund hat früher immer gesagt, ich wär häßlich, ich hätte überhaupt keine Titten.«
»Der Junge, der die Maschine zu Bruch gefahren hat?«
»Ja, der.«
Ich sah May Kasahara an, während sie den Zigarettenrauch langsam ausatmete.
»Jungen in dem Alter sagen nun mal solche Sachen. Sie sind nicht imstande, ihre Gefühle richtig auszudrücken, und so sagen und tun sie das genaue Gegenteil. Auf die Art tun sie anderen ohne jeden Grund weh, und sich selbst auch. Jedenfalls bist du nicht im mindesten häßlich. Ich finde, du bist sehr hübsch. Soll keine Schmeichelei sein.«
May Kasahara ließ sich das eine Weile durch den Kopf gehen. Sie schnippte Asche in die leere Bierdose. »Ist Missis Aufziehvogel hübsch?«
»Hmm, das ist für mich schwer zu sagen. Manche würden sagen, ja, und manche würden sagen, nein. Es ist Geschmackssache.«
»Aha«, sagte sie. Sie trommelte mit den Fingerspitzen gegen ihr Glas, als langweile sie sich.
»Was macht denn dein Biker-Freund so?« fragte ich. »Kommt er dich nicht mehr besuchen?«
»Nein«, sagte May Kasahara und legte einen Finger an die Narbe an ihrem linken Auge. »Ich werd ihn nie wiedersehen, soviel ist sicher. Zweihundertprozentig sicher. Da würd ich meinen linken kleinen Zeh für verwetten. Aber darüber möcht ich im Augenblick lieber nicht reden. Es gibt Dinge, wissen Sie, wenn man die sagt, sind sie nicht mehr wahr. Wissen Sie, was ich meine, Mister Aufziehvogel?«
»Ich denk schon«, sagte ich. Dann warf ich einen Blick hinüber zum Telefon. Es stand nebenan auf dem Wohnzimmertisch und hüllte sich in Schweigen. Es sah aus wie ein Geschöpf aus der Tiefsee, das sich für ein unbelebtes Objekt ausgibt, dahockt und auf seine Beute wartet.
»Eines Tages, Mister Aufziehvogel, werde ich Ihnen alles über ihn erzählen. Wenn mir danach ist. Aber jetzt nicht. Ich bin jetzt einfach nicht in der Stimmung.«
Sie sah auf ihre Uhr. »Muß nach Hause. Danke für das Bier.«
Ich begleitete sie hinaus zur Gartenmauer. Ein fast voller Mond ergoß sein körniges Licht auf die Erde. Der Anblick des Vollmondes erinnerte mich daran, daß

Kumikos Periode bald einsetzen würde. Aber das ging mich wahrscheinlich nichts mehr an. Der Gedanke trieb mir einen stechenden Schmerz durch die Brust. Ich war auf seine Intensität nicht gefaßt gewesen: Er fühlte sich fast wie Kummer an.

Eine Hand auf der Mauerkrone, sah May Kasahara mich an. »Sagen Sie, Mister Aufziehvogel, Sie lieben Kumiko doch, nicht?«

»Ich denk schon.«

»Obwohl sie vielleicht mit einem Liebhaber durchgebrannt ist? Wenn sie sagen würde, sie möchte zu Ihnen zurück, würden Sie sie wieder aufnehmen?«

Ich stieß einen Seufzer aus. »Das ist eine schwierige Frage«, sagte ich. »Das könnte ich mir erst überlegen, wenn der Fall wirklich einträte.«

»Tut mir leid, ich weiß, geht mich nix an«, sagte May Kasahara und schnalzte leicht mit der Zunge. »Aber nicht sauer sein. Ich versuch nur zu lernen. Ich würd gern wissen, was es für eine Ehefrau bedeutet wegzulaufen. Es gibt alle möglichen Dinge, die ich nicht weiß.«

»Ich bin nicht sauer«, sagte ich. Dann sah ich wieder zum Vollmond auf.

»Also dann, Mister Aufziehvogel. Passen Sie auf sich auf. Ich hoffe, Ihre Frau kommt zurück und alles wird gut.« Dann schwang sich May Kasahara mit unglaublicher Leichtigkeit über die Mauer und verschwand in der Sommernacht.

Da May Kasahara gegangen war, war ich wieder allein. Ich setzte mich auf die Veranda und dachte über die Fragen nach, die sie mir gestellt hatte. Wenn Kumiko mit einem Liebhaber irgendwo hingegangen war, würde ich sie wieder aufnehmen können? Ich wußte die Antwort nicht. Ich wußte es wirklich nicht. Es gab alle möglichen Dinge, die ich nicht wußte.

Plötzlich klingelte das Telefon. Meine Hand schnappte reflexartig nach dem Hörer.

Am anderen Ende meldete sich die Stimme einer Frau. »Hier ist Malta Kano«, sagte sie. »Entschuldigen Sie bitte, daß ich Sie so häufig anrufe, Herr Okada, aber ich hatte mich gerade gefragt, ob Sie irgendwelche Pläne für den morgigen Tag haben.«

Ich hätte keine Pläne, sagte ich. Wenn ich etwas wirklich nicht hatte, dann Pläne.

»Wäre es Ihnen in diesem Falle möglich, sich um die Mittagszeit mit mir zu treffen?«

»Hat das etwas mit Kumiko zu tun?«

»Ich glaube, ja«, sagte Malta Kano vorsichtig. »Noboru Wataya wird sehr wahrscheinlich auch zu uns stoßen.«

Als ich das hörte, hätte ich beinahe den Hörer fallenlassen. »Wollen Sie damit sagen, wir treffen uns zu einem Gespräch zu dritt?«

»Ja, ich glaube, das trifft zu«, sagte Malta Kano. »Die gegenwärtige Situation macht dies erforderlich. Es tut mir leid, aber ich kann am Telefon nicht ins Detail gehen.«

»Gut. Ich verstehe«, sagte ich.

»Sollen wir uns um eins treffen? Am selben Ort wie letztes Mal: im Tearoom des Shinagawa Pacific Hotels.«

»Um ein Uhr im Tearoom des Shinagawa Pacific Hotels«, sagte ich und legte auf.

Um zehn rief May Kasahara an. Sie hatte nichts Besonderes zu sagen; sie wollte nur mit jemandem reden. Wir plauderten eine Weile über harmlose Dinge. »Sagen Sie, Mister Aufziehvogel«, sagte sie am Schluß. »Gibt's inzwischen irgendwelche guten Neuigkeiten?«

»Keine guten Neuigkeiten«, sagte ich. »Nichts.«

3

NOBORU WATAYA SPRICHT
DIE GESCHICHTE VON DEN
AFFEN DER BESCHISSENEN INSEL

Ich traf zehn Minuten zu früh im Tearoom ein, aber Noboru Wataya und Malta Kano hatten schon einen Tisch gefunden und warteten auf mich. Jetzt um die Mittagszeit herrschte im Lokal ein ziemliches Gedränge, aber ich entdeckte Malta Kano sofort. Nicht allzu viele Leute trugen an sonnigen Sommertagen rote Vinylhüte. Es mußte derselbe Hut sein, den sie am Tag unserer ersten Begegnung getragen hatte, es sei denn, sie besaß eine ganze Kollektion davon, alle von derselben Form und Farbe. Ihre Kleidung war von der gleichen geschmackvollen Schlichtheit wie das erste Mal: eine kurzärmelige Leinenjacke über einer kragenlosen Baumwollbluse. Beide Kleidungsstücke waren makellos weiß und ohne die

kleinste Knitterfalte. Keinerlei Accessoires, kein Make-up. Nur der rote Vinylhut störte den Gesamteindruck, sowohl farblich wie durch sein Material her. Als habe sie nur meine Ankunft abgewartet, nahm sie, als ich mich setzte, den Hut ab und legte ihn auf den Tisch. Neben dem Hut lag eine kleine gelbe Lederhandtasche. Malta Kano hatte irgendein Tonic Water bestellt, es aber wie das letzte Mal nicht angerührt. Die Flüssigkeit schien sich in ihrem hohen Glas unbehaglich zu fühlen, als habe sie nichts besseres zu tun, als ihre Bläschen zu produzieren.
Noboru Wataya trug eine grüne Sonnenbrille. Sobald ich mich gesetzt hatte, nahm er sie ab und starrte eine Weile lang auf die Gläser, dann setzte er die Brille wieder auf. Er trug ein augenscheinlich brandneues Polohemd und darüber ein marineblaues Baumwoll-Sportjackett. Vor ihm stand ein Glas Eistee, aber auch er hatte sein Getränk offenbar noch nicht berührt.
Ich bestellte Kaffee und nahm einen Schluck Wasser.
Niemand sprach ein Wort. Noboru Wataya schien nicht einmal meine Ankunft bemerkt zu haben. Um mich zu vergewissern, daß ich nicht plötzlich durchsichtig geworden war, legte ich eine Hand auf den Tisch, wendete sie paarmal hin und her und sah sie mir dabei an. Schließlich kam der Kellner zurück, stellte eine Tasse vor mich und goß mir Kaffee ein. Nachdem er wieder gegangen war, gab Malta Kano kleine Räusperlaute von sich, als teste sie ein Mikrofon, sagte aber immer noch nichts.
Als erster ergriff Noboru Wataya das Wort. »Ich habe sehr wenig Zeit, also machen wir es möglichst kurz und bündig.« Er schien mit der Edelstahlzuckerdose zu reden, die in der Mitte des Tisches stand, aber natürlich redete er mit mir. Die Zuckerdose war lediglich ein willkommener neutraler Mittler, an den er seine Ansprache richten konnte.
»Machen wir *was* möglichst kurz und bündig?« fragte ich kurz und bündig.
Endlich nahm Noboru Wataya seine Sonnenbrille ab, klappte sie zusammen, legte sie auf den Tisch und sah mich direkt an. Seit ich den Mann das letzte Mal gesehen und gesprochen hatte, waren über drei Jahre vergangen, aber – vermutlich dank des Umstands, daß die Medien mir sein Gesicht so oft aufgedrängt hatten – kam mir die dazwischenliegende Zeit überhaupt nicht zu Bewußtsein. Bestimmte Arten von Informationen sind wie Rauch: Sie dringen einem, ob man will oder nicht, in die Augen und den Kopf und nehmen keinerlei Rücksicht auf persönliche Vorlieben.

Gezwungen, den Mann nun in Person zu sehen, konnte ich nicht umhin zu bemerken, wie stark sich in den drei Jahren die Wirkung seines Gesichts verändert hatte. Dieses fast Stagnierende, Trübe, das er an sich gehabt hatte, war in den Hintergrund gedrängt und mit etwas Glattem, Künstlichem überdeckt worden. Noboru Wataya hatte es geschafft, sich eine neue, anspruchsvollere Maske zuzulegen – und eine sehr gut gearbeitete dazu, keine Frage: vielleicht sogar eine neue Haut. Aber was immer sie war, Maske oder Haut, ich mußte zugeben – ja, selbst *ich* mußte zugeben –, daß diese neue Oberfläche eine gewisse Attraktivität besaß. Und dann fiel es mir wie Schuppen von den Augen: Sein Gesicht anzusehen war, wie auf ein Fernsehbild zu sehen. Er redete so, wie die Leute im Fernsehen reden, und er bewegte sich so, wie die Leute sich im Fernsehen bewegen. Zwischen uns stand immer eine Glaswand. Ich saß auf dieser, er auf der anderen Seite.

»Wie Ihnen zweifellos klar sein dürfte, sind wir heute hier, um über Kumiko zu reden«, sagte Noboru Wataya. »Über Kumiko und Sie. Über Ihre Zukunft. Was Sie und Kumiko zu tun gedenken.«

»Zu tun gedenken?« sagte ich, hob meine Tasse und trank einen Schluck. »Können Sie sich etwas konkreter ausdrücken?«

Noboru Wataya sah mich mit seltsam ausdruckslosen Augen an. »Etwas konkreter? Kumiko hat sich einen Liebhaber genommen. Sie hat Sie verlassen. Sie werden kaum unterstellen, daß auch nur einer der Beteiligten diese Situation auf unbestimmte Zeit aufrechterhalten möchte. Das wäre für niemanden gut.«

»Einen Liebhaber genommen?« fragte ich.

»Jetzt bitte, einen Moment.« Malta Kano entschloß sich, an diesem Punkt zu intervenieren. »Eine Diskussion wie diese hat ihre eigene innere Ordnung. Herr Wataya, Herr Okada, es ist wichtig, systematisch vorzugehen.«

»Das sehe ich nicht so«, sagte Noboru Wataya mit völlig unlebendiger Stimme. »Das Ganze hat keine Ordnung. Was für eine Ordnung denn? Diese Diskussion hat keine.«

»Lassen Sie ihn erst mal reden«, sagte ich zu Malta Kano. »Die richtige Ordnung können wir später hineinbringen – falls es eine gibt.«

Malta Kano sah mich ein paar Sekunden lang mit leicht geschürzten Lippen an und nickte dann knapp. »Nun gut«, sagte sie. »Zuerst Herr Wataya. Bitte.«

»Kumiko hat einen anderen Mann kennengelernt«, begann er. »Und jetzt ist sie mit ihm auf und davon. Soviel steht fest. Das wiederum bedeutet, daß es für Sie kaum einen Sinn haben dürfte, weiter verheiratet zu bleiben. Zum Glück sind keine Kinder im Spiel, und unter den gegebenen Umständen braucht kein Geld den Besitzer zu wechseln. Es ist alles schnell geregelt. Kumiko läßt sich einfach aus Ihrem Familienstammbuch streichen. Sie brauchen nur Ihren Namen und Stempel unter ein paar Schriftstücke zu setzen, die ein Anwalt vorbereitet hat, und die Sache ist erledigt. Und damit keine Mißverständnisse aufkommen, möchte ich noch eins hinzufügen: Was ich hier sage, ist der definitive Standpunkt der gesamten Familie Wataya.«

Ich verschränkte die Arme und dachte eine Weile über seine Worte nach. »Ich hätte ein paar Fragen«, sagte ich. »Zunächst einmal, woher wissen Sie, daß Kumiko einen anderen Mann hat?«

»Das hat sie mir selbst gesagt«, sagte Noboru Wataya.

Darauf wußte ich nichts mehr zu sagen. Ich legte die Hände auf den Tisch und blieb stumm. Es war für mich schwer, mir vorzustellen, daß Kumiko sich in so einer persönlichen Angelegenheit an Noboru Wataya gewandt haben sollte.

»Sie hat mich vor einer Woche angerufen und gesagt, sie habe etwas mit mir zu besprechen«, fuhr Noboru Wataya fort. »Wir haben uns getroffen und unter vier Augen geredet. Dabei hat Kumiko mir eröffnet, daß sie sich mit einem Mann trifft.«

Zum erstenmal seit Monaten verspürte ich das Bedürfnis nach einer Zigarette. Natürlich hatte ich keine bei mir. Also nahm ich statt dessen einen Schluck Kaffee und stellte die Tasse mit einem lauten, trockenen Klack auf die Untertasse zurück.

»Dann ist sie von zu Hause ausgezogen«, sagte er.

»Ich verstehe«, sagte ich. »Wenn Sie es sagen, muß es stimmen. Kumiko muß einen Liebhaber gehabt haben. Und sie hat sich um Rat an Sie gewandt. Es fällt mir noch immer schwer, es zu glauben, aber ich kann mir nicht vorstellen, daß Sie mich in einer solchen Angelegenheit anlügen würden.«

»Nein, natürlich lüge ich nicht«, sagte Noboru Wataya mit dem Anflug eines Lächelns auf den Lippen.

»Ist das also alles, was Sie mir zu sagen haben? Kumiko hat mich wegen eines anderen Mannes verlassen, und deswegen sollte ich in die Scheidung einwilligen?«

Noboru Wataya antwortete mit einer einzigen knappen Nickbewegung, als bemühte er sich, Energie zu sparen. »Wie Ihnen bewußt sein dürfte, habe ich von der Idee, daß Kumiko Sie heiratete, von vornherein nichts gehalten. Ich habe nichts Aktives dagegen unternommen, weil ich der Ansicht war, die Angelegenheit gehe mich nichts an, aber jetzt wünschte ich beinahe, ich hätte es getan.« Er nahm einen Schluck Eistee und stellte sein Glas lautlos auf den Tisch zurück. Dann fuhr er fort: »Seit unserer ersten Begegnung habe ich mir aus gutem Grund keinerlei Hoffnungen gemacht, aus Ihnen könnte jemals etwas werden. Ich habe nichts gesehen, was zu solchen Hoffnungen berechtigt hätte, nichts, was auf die Möglichkeit hingedeutet hätte, daß Sie je etwas Nennenswertes zustande bringen oder sich auch nur zu einem achtbaren Menschen entwickeln würden: nichts, womit Sie aus sich oder aus was auch immer etwas hätten machen können. Ich wußte, was immer Sie anfangen würden, würde unfertig liegenbleiben, Sie würden niemals irgend etwas zu Ende bringen. Und ich hatte recht. Sie sind sechs Jahre lang mit meiner Schwester verheiratet gewesen, und was haben Sie in dieser ganzen Zeit geleistet? Nichts, richtig? In sechs langen Jahren haben Sie nichts anderes zuwege gebracht, als Ihre Stelle zu kündigen und Kumikos Leben zu ruinieren. Jetzt sind Sie arbeitslos und haben keinerlei Pläne für die Zukunft. Sie haben nichts im Kopf als Müll und Schrott.

Warum Kumiko sich überhaupt mit jemandem wie Ihnen zusammengetan hat, werde ich nie begreifen. Vielleicht fand sie den Müll und Schrott in Ihrem Kopf interessant. Aber schließlich ist Müll Müll, und Schrott ist Schrott. Sie waren von Anfang an nicht der Richtige für sie. Was keineswegs bedeuten soll, daß Kumiko perfekt wäre. Sie hat seit ihrer Kindheit, aus der einen oder anderen Ursache, durchaus auch ihre Absonderlichkeiten. Das dürfte der Grund dafür gewesen sein, daß sie sich vorübergehend zu Ihnen hingezogen fühlte. Aber das ist jetzt alles vorbei. Das Beste wird jedenfalls sein, so schnell wie möglich einen Schlußstrich unter die Angelegenheit zu ziehen. Meine Eltern und ich werden ein Auge auf Kumiko haben. Wir wollen, daß Sie sich zurückziehen. Und versuchen Sie nicht, sie zu sehen. Sie haben mit ihr nichts mehr zu tun. Jeder Einmischungsversuch Ihrerseits würde lediglich unnötige Komplikationen verursachen. Das Beste, was Sie tun können, ist, in einer neuen Umgebung ein neues Leben zu beginnen – ein Ihnen eher angemessenes Leben. Das wäre das Beste für Sie und das Beste für uns.«

Zum Zeichen, daß er geendet hatte, trank Noboru Wataya das restliche Make-up in seinem Glas aus, rief den Kellner und bestellte sich neues.

»Haben Sie sonst noch etwas zu sagen?« fragte ich.

Diesmal bestand Noboru Watayas Antwort in einem knappen, gerade angedeuteten Kopfschütteln.

»In diesem Fall«, sagte ich, zu Malta Kano gewandt, »wüßte ich gern, wie jetzt die richtige Ordnung in die Sache kommt.«

Malta Kano holte ein kleines weißes Taschentuch aus ihrer Handtasche und betupfte sich damit die Mundwinkel. Dann hob sie ihren roten Vinylhut auf und legte ihn auf ihre Tasche.

»Das alles muß für Sie sehr schockierend sein, Herr Okada«, sagte sie. »Und mir wiederum ist es, wie Sie sich vorstellen können, äußerst unangenehm, Ihnen gegenüberzusitzen, während wir über solche Dinge reden.«

Noboru Wataya warf einen Blick auf seine Uhr, um sich zu vergewissern, daß die Welt sich noch immer um ihre Achse drehte und ihn seine kostbare Zeit kostete.

»Ich sehe jetzt«, fuhr Malta Kano fort, »daß ich Ihnen die Sache so schlicht und einfach wie möglich erzählen muß. Frau Okada suchte zuerst mich auf. Sie bat mich um meinen Rat.«

»Auf meine Empfehlung hin«, warf Noboru Wataya ein. »Kumiko hat sich wegen des Katers an mich gewandt, und ich habe sie mit Frau Kano bekannt gemacht.«

»War das, bevor oder nachdem ich mich mit Ihnen getroffen habe?« fragte ich Malta Kano.

»Bevor«, sagte sie.

»In diesem Fall«, sagte ich, »dürfte die richtige Ordnung oder Reihenfolge der Ereignisse in etwa so aussehen: Kumiko erfährt durch Noboru Wataya von Ihrer Existenz und sucht Sie wegen des verschwundenen Katers auf. Dann verschweigt sie mir aus Gründen, die mir noch unklar sind, daß sie Sie bereits gesprochen hat, und arrangiert für mich ein Treffen mit Ihnen – zu dem es dann auch kommt, genau in diesem Lokal. Habe ich recht?«

»Das ist in etwa richtig«, sagte Malta Kano etwas verlegen. »Mein erstes Gespräch mit Frau Okada betraf ausschließlich den Kater. Ich konnte allerdings erkennen, daß sich hinter der Sache noch etwas mehr verbarg, weswegen ich den Wunsch äußerte, mich mit Ihnen zu treffen und direkt mit Ihnen zu sprechen. Dann ergab sich die Notwendigkeit, mich ein weiteres Mal mit Frau Okada zu treffen und ihr einige grundlegendere, persönliche Fragen zu stellen.«

»Bei welchem Anlaß Kumiko Ihnen erzählt hat, daß sie einen Liebhaber hatte.«

»Ja. Ich glaube, so verhält es sich im wesentlichen. Aufgrund meiner besonderen Lage ist es mir nicht möglich, hier mehr ins Detail zu gehen«, sagte Malta Kano.

Ich stieß einen Seufzer aus. Nicht, daß zu seufzen irgend etwas genützt hätte, aber ich hatte es im Augenblick einfach nötig. »Kumiko hatte also schon seit einiger Zeit ein Verhältnis mit diesem Mann?«

»Seit ungefähr zweieinhalb Monaten, glaube ich.«

»Zweieinhalb Monate«, sagte ich. »Wie war es nur möglich, daß es zweieinhalb Monate lang so gegangen ist, ohne daß ich etwas gemerkt habe?«

»Dies war möglich, Herr Okada, weil Sie nicht im mindesten an Ihrer Frau zweifelten.«

Ich nickte. »Das stimmt. Es ist mir nicht *ein* Mal in den Sinn gekommen. Ich wäre nie auf die Idee gekommen, daß Kumiko mich derart belügen könnte, und ich kann es noch immer nicht wirklich glauben.«

»Von den Folgen einmal abgesehen, ist die Fähigkeit, einem anderen Menschen uneingeschränktes Vertrauen entgegenzubringen, eine der schönsten Eigenschaften, die ein Mensch besitzen kann.«

»Keine leicht zu erwerbende Fähigkeit«, sagte Noboru Wataya.

Der Kellner erschien und füllte meine Tasse nach. Am Nebentisch mußte eine junge Frau gerade über irgend etwas lauthals lachen.

»Schön«, sagte ich zu Noboru Wataya, »aber was ist nun der eigentliche Zweck dieses Treffens? Warum sitzen wir drei hier zusammen? Damit ich einwillige, mich von Kumiko scheiden zu lassen? Oder hat die Sache noch einen tieferen Zweck? Was Sie vorhin gesagt haben, schien zwar eine gewisse innere Logik zu haben, aber alle wichtigen Punkte sind noch unbestimmt. Sie sagen, Kumiko hat einen Mann und ist von zu Hause ausgezogen. Also wo ist sie hin? Was tut sie dort? Ist sie allein, oder ist sie mit *ihm* zusammen? Warum hat sich Kumiko nicht mit mir in Verbindung gesetzt? Wenn's stimmt, daß sie einen anderen Mann hat, ist es aus. Aber ich glaube erst dann, daß es stimmt, wenn ich es direkt von ihr höre. Verstehen Sie, was ich meine? Die einzigen, die hier zählen, sind Kumiko und ich. Wir sind diejenigen, die miteinander reden und Entscheidungen treffen müssen. Sie haben mit der Sache nicht das geringste zu tun.«

Noboru Wataya schob sein unberührtes Glas Eistee beiseite. »Wir sind hier, um Sie von der Situation zu *unterrichten*«, sagte er. »Ich habe Frau Kano gebeten, mich zu begleiten, weil ich der Ansicht war, daß es besser sein würde, einen unbe-

teiligten Dritten dabeizuhaben. Ich weiß nicht, wer Kumikos anderer Mann ist, und ich weiß nicht, wo sie sich gegenwärtig aufhält. Kumiko ist ein erwachsener Mensch. Sie kann tun und lassen, was sie will. Aber selbst, wenn ich wüßte, wo sie ist, würde ich es Ihnen mit Sicherheit nicht sagen. Sie hat sich deswegen nicht mit Ihnen in Verbindung gesetzt, weil sie nicht mit Ihnen reden will.«
»Mit *Ihnen wollte* sie aber offenbar reden. Wieviel kann sie Ihnen schon gesagt haben? Sie beide stehen sich, soweit mir bekannt ist, nicht eben nah.«
»Wenn *Sie* beide sich so verdammt nahestanden, warum hat sie dann mit einem anderen Mann geschlafen?« sagte Noboru Wataya.
Malta Kano gab ein kleines Hüsteln von sich.
Noboru Wataya fuhr fort: »Kumiko hat mir gesagt, daß sie ein Verhältnis mit einem anderen Mann hat. Sie hat gesagt, sie möchte alles ein für allemal regeln. Ich habe ihr geraten, sich von Ihnen scheiden zu lassen. Sie hat gesagt, sie würde es sich überlegen.«
»Ist das alles?«
»Was sollte sonst noch sein?«
»Ich begreif's einfach nicht«, sagte ich. »Ich kann mir beim besten Willen nicht vorstellen, daß Kumiko sich wegen etwas so Wichtigem an Sie wenden würde. Sie sind der letzte Mensch, den sie in einer solchen Angelegenheit um Rat fragen würde. Sie würde entweder die Sache mit sich selbst ausmachen oder direkt mit mir reden. Sie muß Ihnen sonst noch etwas gesagt haben. Wenn sie unbedingt mit Ihnen persönlich reden wollte, dann muß es sich dabei um etwas anderes gedreht haben.«
Noboru Wataya ließ zu, daß die blasseste Spur eines Lächelns um seine Lippen spielte – ein dünnes kaltes Lächeln, wie eine Mondsichel, die am morgengrauen Himmel hängt. »Das meint man, wenn man sagt, jemand lasse sich die Wahrheit entschlüpfen«, sagte er leise, aber deutlich vernehmbar.
»Sich die Wahrheit entschlüpfen lassen«, sagte ich, um den Ausdruck selbst auszuprobieren.
»Sie verstehen sicherlich, was ich meine«, sagte er. »Ihre Frau schläft mit einem anderen Mann. Sie läßt Sie sitzen. Und dann versuchen Sie, jemand andern zum Sündenbock zu machen. Ich habe noch nie etwas so Idiotisches gehört. Hören Sie, ich bin nicht zu meinem Vergnügen hergekommen. Ich mußte es tun. Für mich ist es schlicht Zeitvergeudung. Ich könnte meine Zeit genausogut wegwerfen.«

Als er zu Ende geredet hatte, senkte sich tiefes Schweigen über den Tisch.
»Kennen Sie die Geschichte von den Affen der beschissenen Insel?« fragte ich Noboru Wataya.
Er schüttelte den Kopf, ohne das geringste Interesse zu verraten. »Nie davon gehört.«
»Irgendwo, weit, weit weg, liegt eine beschissene Insel. Eine Insel ohne Namen. Eine Insel, die gar keinen Namen verdient. Eine beschissene Insel von beschissener Form. Auf dieser beschissenen Insel wachsen Palmen, die gleichfalls eine beschissene Form haben. Und auf den Palmen wachsen Kokosnüsse, die einen beschissenen Geruch verströmen. In den Bäumen leben beschissene Affen, und die fressen für ihr Leben gern diese beschissen riechenden Kokosnüsse, worauf sie die stinkendste Scheiße der Welt scheißen. Die Scheiße fällt auf den Boden und bildet beschissene Scheißhügel, wodurch die beschissenen Palmen, die auf ihnen wachsen, noch beschissener werden. Es ist ein endloser Kreislauf.«
Ich trank meinen Kaffee aus.
»Wie ich hier saß und Sie ansah«, fuhr ich fort, »fiel mir plötzlich die Geschichte von dieser Scheißinsel ein. Und damit will ich sagen: Eine bestimmte Art von Beschissenheit, eine bestimmte Art von Stagnation, eine bestimmte Art von Finsternis pflanzt sich aus eigener Kraft in einem eigenen geschlossenen Kreislauf immer weiter fort. Und sobald diese Beschissenheit einen bestimmten Punkt überschritten hat, kann sie niemand mehr aufhalten – nicht einmal der Betroffene selbst.«
Noboru Watayas Gesicht zeigte keinerlei Ausdruck. Das Lächeln war verschwunden, aber kein Anflug von Verärgerung war zu erkennen. Ich sah lediglich eine kleine Falte zwischen seinen Augenbrauen, und ich konnte mich nicht erinnern, ob sie schon vorher dagewesen war.
»Verstehen Sie, worauf ich hinauswill, Herr Wataya?« fuhr ich fort. »Ich weiß *genau*, was für eine Sorte Mensch Sie sind. Sie sagen, ich sei Müll oder Schrott. Und Sie bilden sich ein, Sie könnten mich zerschmettern, wann immer Sie die Lust dazu anwandelte. Aber die Sache liegt nicht ganz so einfach. Nach Ihren Wertmaßstäben mag ich von mir aus nichts anderes als Müll und Schrott sein. Aber ich bin nicht so dumm, wie Sie glauben. Ich weiß genau, was Sie unter dieser glatten Fernsehmaske verstecken. Ich kenne Ihr Geheimnis. Kumiko kennt es, und ich kenne es: Wir wissen beide, was dahintersteckt. Wenn ich wollte, könnte

ich es der ganzen Welt erzählen. Ich könnte es ans Licht bringen. Es würde vielleicht einige Zeit erfordern, aber ich könnte es tun. Ich mag ein Niemand sein, aber zumindest bin ich kein Sandsack. Ich bin ein Mensch aus Fleisch und Blut. Wenn man mich schlägt, schlage ich zurück. Vergessen Sie das besser nicht.«

Noboru Wataya fuhr fort, mich mit diesem ausdruckslosen Gesicht anzustarren – einem Gesicht wie ein im leeren Raum schwebender Felsklotz. Was ich zu ihm gesagt hatte, war fast reiner Bluff. Ich kannte Noboru Watayas Geheimnis nicht. Daß etwas zutiefst Abnormes in ihm steckte, war nicht schwer zu erraten. Aber um was genau es sich dabei handelte, hätte ich absolut nicht sagen können. Dennoch schienen meine Worte irgendeine empfindliche Stelle getroffen zu haben. Ich konnte ihm die Wirkung vom Gesicht ablesen. Er reagierte nicht so, wie er es bei seinen Fernsehdiskussionen zu tun pflegte: weder tat er meine Worte mit einer süffisanten Bemerkung ab noch versuchte er, mich durch eine messerscharfe Argumentation zu Fall zu bringen oder durch eine brillante Eröffnung zu blenden. Er saß stumm da, ohne einen Muskel zu bewegen.

Dann begann sich in Noboru Watayas Gesicht eine äußerst merkwürdige Veränderung abzuzeichnen. Nach und nach wurde er rot. Aber dieses Rotwerden vollzog sich auf die absurdeste Weise, die man sich vorstellen kann. Manche Stellen wurden dunkelrot, während andere nur leicht erröteten, und der Rest schien eine gespenstische Blässe angenommen zu haben. Der Anblick ließ mich an einen buntscheckigen Herbstwald denken, in dem laubabwerfende und immergrüne Bäume durcheinander wachsen.

Schließlich stand Noboru Wataya wortlos auf, zog seine Sonnenbrille aus der Tasche und setzte sie auf. Sein Gesicht war noch immer mit diesen seltsamen Farbklecksen bedeckt. Sie sahen jetzt fast wie eine bleibende Zeichnung aus. Malta Kano blieb vollkommen reglos sitzen und sagte nichts. Ich selbst legte eine völlig unbeteiligte Miene an den Tag. Noboru Wataya schien etwas zu mir sagen zu wollen, entschied sich dann aber offenbar dagegen. Wortlos entfernte er sich und verschwand in der Menge.

Danach sagten Malta Kano und ich eine Zeitlang nichts. Ich fühlte mich ausgelaugt. Der Kellner kam und wollte mir Kaffee nachschenken, aber ich schickte ihn weg. Malta Kano hob ihren roten Hut vom Tisch auf und starrte ihn minutenlang an, bevor sie ihn auf den Stuhl neben sich legte.

Ich hatte einen bitteren Geschmack im Mund. Ich versuchte, ihn mit Eistee hinunterzuspülen, aber das half nichts.
Nach einer Weile ergriff Malta Kano dann das Wort. »Gefühle müssen manchmal herausgelassen werden. Andernfalls kann der Fluß innen ins Stocken geraten. Ich bin sicher, jetzt, wo Sie gesagt haben, was Sie sagen wollten, fühlen Sie sich besser.«
»Ein wenig«, sagte ich. »Aber dadurch ist nichts klarer geworden. Es hat nichts entschieden.«
»Sie mögen Herrn Wataya nicht, Herr Okada, nicht wahr?«
»Jedesmal, wenn ich mit dem Kerl rede, bekomme ich dieses Gefühl von unglaublicher innerer Leere. Jeder einzelne Gegenstand im Raum fängt an, so auszusehen, als habe er keinerlei Substanz. Alles wirkt hohl. Woran das eigentlich liegt, könnte ich Ihnen beim besten Willen nicht sagen. Aber dieses Gefühl bewirkt, daß ich am Ende Dinge sage und tue, die mir einfach nicht entsprechen. Und anschließend fühle ich mich entsetzlich. Nichts würde mich glücklicher machen, als wenn ich es einrichten könnte, daß ich ihn nie wiedersehe.«
Malta Kano schüttelte den Kopf. »Leider wird es nicht zu umgehen sein, daß Sie Herrn Wataya noch häufig begegnen. Sie werden es nicht vermeiden können.«
Sie hatte wahrscheinlich recht. So einfach konnte ich ihn nicht aus meinem Leben verbannen.
Ich hob mein Glas und trank noch einen Schluck Wasser. Wo kam dieser fürchterliche Geschmack nur her?
»Da ist nur noch eins, was ich Sie fragen möchte«, sagte ich. »Auf wessen Seite stehen Sie eigentlich? Auf Noboru Watayas Seite oder auf meiner?«
Malta Kano stützte die Ellenbogen auf den Tisch und legte die Hände vor dem Gesicht flach aneinander. »Weder noch«, sagte sie. »In diesem Fall gibt es keine Seiten. Es existieren einfach keine. Das ist keine Sache von der Art, die ein Oben und ein Unten, ein Rechts und ein Links, eine Vorder- und eine Rückseite haben, Herr Okada.«
»Klingt wie Zen«, sagte ich. »An sich ein ganz interessantes Denksystem, aber kaum dazu geeignet, irgend etwas zu erklären.«
Sie nickte. Jetzt nahm sie die aneinandergepreßten Handflächen zehn Zentimeter auseinander und richtete sie wie die Flügel einer sich öffnenden Tür auf mich. Sie hatte kleine, wohlgeformte Handteller. »Ich weiß, was ich sage, scheint nicht

allzu viel Sinn zu ergeben. Und ich mache Ihnen wegen Ihrer Verärgerung keinen Vorwurf. Aber nichts, was ich Ihnen jetzt sagen könnte, wäre für Sie von irgendeinem praktischen Nutzen. Im Gegenteil, es würde alles verderben. Sie werden den Sieg aus eigener Kraft erringen müssen. Mit Ihren eigenen Händen.«
»Wie in *Abenteuer Wildnis*«, sagte ich mit einem Lächeln. »Man wird angegriffen, man schlägt zurück.«
»So ist es«, sagte Malta Kano. »Genau.« Dann nahm sie, mit der respektvollen Sorgfalt eines Menschen, der die Habseligkeiten eines gerade Verstorbenen zusammenträgt, ihre Handtasche an sich und setzte ihren roten Vinylhut auf. Als sie sich den Hut auf dem Kopf zurechtrückte, vermittelte Malta Kano den seltsam greifbaren Eindruck, daß nun ein bestimmter Zeitabschnitt zu Ende gegangen war.

Nachdem Malta Kano gegangen war, blieb ich allein sitzen, ohne an etwas Besonderes zu denken. Ich hatte keine Ahnung, wohin ich hätte gehen oder was ich hätte tun sollen, wenn ich jetzt aufstünde. Aber natürlich konnte ich nicht ewig dableiben. Als zwanzig Minuten so verstrichen waren, zahlte ich für uns drei und verließ den Tearoom. Keiner der beiden hatte gezahlt.

4

VERLUST DER GÖTTLICHEN GNADE
PROSTITUIERTE DES GEISTES

Zu Hause fand ich im Briefkasten einen dicken Umschlag vor. Es war ein Brief von Leutnant Mamiya. Mein Name und meine Adresse waren mit den gleichen kräftigen, schönen Zeichen geschrieben wie beim letzten Mal. Ich zog mich um, wusch mir das Gesicht und ging in die Küche, wo ich zwei Gläser kaltes Wasser trank. Sobald ich wieder zu Atem gekommen war, schnitt ich den Umschlag auf. Leutnant Mamiya hatte einen Füller benutzt und an die zehn dünne Briefbögen mit winzigen Schriftzeichen gefüllt. Ich überflog die Blätter rasch und steckte sie in das Kuvert zurück. Ich war zu müde, um einen so langen Brief zu lesen; im Moment hätte ich die Konzentration dafür nicht aufgebracht. Als ich den Blick über die Zeilen gleiten ließ, sahen die handgeschriebenen Zeichen wie ein

Schwarm merkwürdiger blauer Insekten aus. Und außerdem hallte mir Noboru Watayas Stimme noch immer leise im Kopf nach.

Ich warf mich auf das Sofa und blieb lange mit geschlossenen Augen liegen, ohne an etwas zu denken. So wie ich mich im Augenblick fühlte, fiel es mir nicht schwer, an nichts zu denken. Um an nichts Bestimmtes zu denken, brauchte ich nur an vielerlei zu denken, immer nur ein bißchen auf einmal: einfach nur einen Augenblick lang an eine Sache zu denken und sie dann ins Leere schnellen zu lassen.

Es war fast fünf Uhr nachmittags, als ich mich endlich dazu aufraffte, Leutnant Mamiyas Brief zu lesen. Ich ging auf die Veranda, setzte mich mit dem Rücken gegen einen Pfosten und holte die Blätter aus dem Umschlag.

Die ganze erste Seite war mit konventionellen Floskeln gefüllt: jahreszeitlichen Glückwünschen, Danksagungen für die Einladung von neulich und Beteuerungen seines tiefsten Bedauerns, mich mit seinen endlosen Geschichten gelangweilt zu haben. Leutnant Mamiya war ohne Zweifel ein Mann, der die hohe Kunst der Höflichkeit beherrschte. Er stammte noch aus einer Epoche, in der solche Artigkeiten einen größeren Teil des täglichen Lebens ausgemacht hatten. Ich überflog diese Passage rasch und nahm mir die zweite Seite vor:

Entschuldigen Sie bitte die Weitschweifigkeit dieser Einleitung [begann der eigentliche Brief]. *Wenn ich Ihnen heute schreibe – wobei ich mir der Anmaßung meines Tuns, durch welches ich Sie mit einer unwillkommenen Mühe belaste, zutiefst bewußt bin – so aus dem alleinigen Zweck, Ihnen zu versichern, daß die Ereignisse, von denen ich Ihnen jüngst erzählte, weder meine Erfindung waren noch die fragwürdigen Reminiszenzen eines alten Mannes, sondern in jeder geschilderten Einzelheit die reine und vollkommene Wahrheit darstellen. Wie Sie wissen, endete der Krieg bereits vor sehr langer Zeit, und die Erinnerung verkümmert natürlich im Laufe der Jahre. Erinnerungen und Gedanken altern ebenso wie die Menschen. Aber bestimmte Gedanken können nicht altern, und bestimmte Erinnerungen können niemals verblassen.*

Bis zum heutigen Tag sind Sie, Herr Okada, der einzige, dem ich von alldem auch nur ein Wort erzählt habe. In den Ohren der meisten Menschen würden meine Geschichten wie die unglaubwürdigsten Lügengespinste klingen. Die Mehrzahl der Leute verwirft alles, was die Grenzen des eigenen Fassungsvermögens sprengt, als absurd und des Nachdenkens nicht wert. Ich wünschte selbst, meine Geschichten wären in der Tat nichts als unglaubwürdige Lügengespinste. Ich habe mich in all diesen Jahren nur dadurch aufrecht gehalten, daß ich mich an die schwache Hoffnung geklammert habe, diese meine Erinnerungen seien nichts als ein Traum oder eine Wahnvorstellung. Ich habe mit aller Kraft danach gestrebt, mich davon zu überzeugen, daß diese Dinge niemals geschehen sind. Aber jedesmal, wenn ich versuchte, die Erinnerungen ins Dunkel abzudrängen, kehrten sie stärker und lebhafter zurück als zuvor. Wie Krebszellen haben sich diese Erinnerungen in meinem Geist festgesetzt und in mein Fleisch gefressen.

Selbst jetzt noch ist mir jedes noch so winzige Detail mit solch entsetzlicher Klarheit gegenwärtig, daß ich meine, mich an Ereignisse zu erinnern, die sich erst gestern zugetragen haben. Ich kann den Sand und das Gras mit meinen Händen berühren; ich kann sie riechen. Ich kann die Formen der Wolken am Himmel sehen. Ich kann den trockenen, sandigen Wind an meinen Wangen spüren. Im Vergleich damit erscheinen mir eher die Ereignisse meines seitherigen Lebens wie Trugbilder aus dem Grenzbereich von Traum und Wirklichkeit.

Die Wurzeln meines Lebens – jene Dinge, von denen ich behaupten kann, daß sie einst wahrhaft mir und mir allein gehörten – vereisten oder verbrannten da draußen, in den Steppen der Äußeren Mongolei, wo es nichts gab, was den Blick gehemmt hätte, soweit das Auge reichte. Später verlor ich meine Hand in dieser erbitterten Schlacht gegen die sowjetische Panzereinheit, die über die Grenze vorstieß; erduldete in einem sibirischen Arbeitslager, im tiefsten Winter, unvorstellbare Mühsale; wurde in die Heimat zurückgeschickt und unterrichtete dreißig ereignislose Jahre lang Gemeinschaftskunde in einer ländlichen Oberschule; und lebe seither allein und bestelle das Land. Aber all diese folgenden Monate und Jahre fühlen sich für mich wie bloße Einbildung an. Es ist, als hätten sie niemals stattgehabt. In einem einzigen Augenblick springt meine Erinnerung über diese hohle Hülse von Zeit hinweg und versetzt mich wieder in die Einöde von Hulunbuir.

Was mich das Leben kostete, was mein Leben in diese leere Hülse verwandelte, war, wie ich glaube, etwas, was sich in dem Licht verbarg, das ich auf dem Grund des Brunnens sah – jenem gleißenden Sonnenlicht, das für die Dauer von zehn oder zwanzig Sekunden bis ganz hinunter auf den Grund des Brunnens drang. Es kam ohne jede Vorwarnung, und es verschwand wieder ebenso unvermittelt. Aber in jener flüchtigen Lichtflut sah ich etwas – sah ich etwas ein für allemal –, das mir danach nie wieder zu sehen vergönnt sein sollte. Und nachdem ich es gesehen hatte, war ich nicht mehr derselbe Mensch, der ich gewesen war.

Was geschah dort unten? Was bedeutete es? Selbst heute, über vierzig Jahre danach, vermag ich es nicht, diese Fragen mit auch nur annähernder Gewißheit zu beantworten. Und

so ist das, was ich sage, eine reine Hypothese, eine tentative Erklärung, die ich mir zurechtgelegt habe, ohne mich dabei auf irgendwelche logischen Voraussetzungen stützen zu können. Ich glaube jedoch fest, daß diese meine Hypothese die größtmögliche Annäherung an die Wahrheit meines Erlebnisses darstellt, die irgend jemand zu erreichen vermag.
Mongolische Soldaten hatten mich in einen tiefen trockenen Brunnen geworfen, inmitten der Steppe, ich hatte mir das Bein und die Schulter gebrochen, ich hatte weder zu essen noch zu trinken: Ich wartete einfach auf den Tod. Vorher hatte ich mit angesehen, wie ein Mensch bei lebendigem Leib abgehäutet worden war. Unter diesen besonderen Umständen hatte mein Bewußtsein, wie ich glaube, einen so zähflüssigen Zustand der Konzentration erreicht, daß, als der gleißende Lichtstrahl diese wenigen Sekunden lang herabstrahlte, ich imstande war, direkt in einen Punkt hinabzusteigen, den man als den innersten Kern meines Gewahrseins bezeichnen könnte. Jedenfalls sah ich dort unten eine Gestalt. Stellen Sie sich nur vor: Alles um mich herum ist in Licht getaucht. Ich befinde mich im Mittelpunkt einer Flut von Licht. Meine Augen können nichts sehen. Ich bin einfach von Licht eingehüllt. Aber etwas beginnt, dort zu erscheinen. Inmitten meiner momentanen Blindheit versucht etwas, Gestalt anzunehmen. Ein Etwas. Ein Etwas, das mit Leben begabt ist. Wie der Schatten während einer Sonnenfinsternis, beginnt es, sich schwarz im Licht abzuzeichnen. Aber es will mir nicht gelingen, seine Gestalt zu erkennen. Es versucht, zu mir zu kommen, versucht, mir etwas zu verleihen, was einer himmlischen Gnade sehr nahe kommt. Ich erwarte es, zitternd. Aber dann, sei es, daß es seine Meinung geändert hat, sei es, daß die Zeit nicht mehr reicht, kommt es doch nicht. Im letzten Augenblick, bevor es vollständig Gestalt annimmt, löst es sich auf und geht wieder im Licht auf. Dann verblaßt auch das Licht. Die Zeit, die das Licht hat, in den Brunnen hinabzuleuchten, ist zu Ende.
Dies geschah an zwei Tagen hintereinander. Exakt das gleiche. Etwas begann, im überflutenden Licht Gestalt anzunehmen, und verblaßte dann, ehe es einen Zustand der Vollständigkeit erreichen konnte. Dort unten im Brunnen litt ich Hunger und Durst - litt unsägliche Qualen. Doch das war letztlich ohne Bedeutung. Worunter ich auf dem Grund des Brunnens am tiefsten litt, war die Folter, außerstande zu sein, eine klare Schau jenes Etwas zu erlangen, das im Licht war: der Hunger, nicht sehen zu können, was ich sehen mußte, der Durst, nicht wissen zu können, was ich wissen mußte. Wäre nur imstande gewesen, es deutlich zu sehen, hätte es mir nichts ausgemacht, noch im selben Augenblick zu sterben. Ich empfand wirklich so. Für den unverhüllten Anblick seiner Form hätte ich alles hingegeben.

Zuletzt aber wurde mir die Form endgültig entrissen. Die Gnade erschöpfte sich, ehe sie mir zuteil werden konnte. Und wie ich schon sagte, war das Leben, das ich nach meiner Auferstehung aus jenem Loch in der Erde geführt habe, nichts als eine hohle, leere Hülse. Das ist auch der Grund, warum ich mich, als die Sowjetarmee unmittelbar vor Kriegsende in die Mandschurei einmarschierte, an die Front meldete. Auch im sibirischen Arbeitslager strebte ich bewußt danach, in die beschwerlichsten Umstände zu geraten. Doch was ich auch tat, ich konnte nicht sterben. Genau wie Korporal Honda es in jener Nacht vorausgesagt hatte, war es mir bestimmt, nach Japan zurückzukehren und ein ungewöhnlich langes Leben zu leben. Ich erinnere mich, wie glücklich mich diese Mitteilung damals machte. Doch dann entpuppte sie sich in Wahrheit als ein Fluch. Es war nicht so, daß ich nicht hätte sterben wollen: Ich konnte nicht sterben. Auch diesbezüglich hatte Korporal Honda recht gehabt: Es wäre für mich besser gewesen, es nicht zu wissen.

Als die Offenbarung und die Gnade verloren waren, war mein Leben verloren. Jene lebendigen Dinge, die einst in mir gewesen waren und die aus diesem Grunde einen gewissen Wert besessen hatten, waren jetzt tot. Nicht eines von ihnen war übriggeblieben. Sie waren alle in jenem unerbittlichen Licht zu Asche verbrannt. Die Glut dieser Offenbarung oder Gnade hatte den innersten Kern des Lebens verzehrt, der mich zu dem Menschen gemacht hatte, der ich war. Dieser Glut zu widerstehen, hatte mir die Kraft gefehlt. Und so fürchte ich mich nicht vor dem Tod. Wenn überhaupt, so würde ich meinen leiblichen Tod als eine Form der Erlösung willkommen heißen. Er würde mich aus diesem ausweglosen Kerker, von dieser Qual, ich zu sein, endgültig befreien.

Wieder habe ich Sie mit einer ungebührlich langen Erzählung behelligt. Ich bitte Sie um Vergebung. Folgendes aber, Herr Okada, möchte ich Ihnen begreiflich machen: Zu einem bestimmten Zeitpunkt verlor ich mein Leben, und seither habe ich, vierzig Jahre lang oder länger, ohne Leben weitergelebt. Kraft dieser meiner besonderen Situation bin ich zu der Überzeugung gelangt, daß das Leben etwas weit Begrenzteres ist, als jene, die sich im Zentrum seines Mahlstroms befinden, auch nur ahnen. Das Licht dringt nur für den kürzesten Augenblick – vielleicht nur sekundenlang – in den Akt des Lebendigseins ein. Hat man die Gelegenheit, dessen Offenbarung zu fassen, erst einmal verpaßt, gibt es keine zweite Chance. Dann kann es sein, daß man den Rest seines Lebens in hoffnungslosen Abgründen der Einsamkeit und der Reue zubringen muß. In dieser Dämmerwelt gibt es nichts mehr, dem man hoffnungsvoll entgegensehen könnte. Eines solchen Menschen einziges Gut ist der verdorrte Leichnam dessen, was hätte sein sollen.

Jedenfalls bin ich dankbar dafür, daß es mir vergönnt war, Sie, Herr Okada, kennenzulernen und Ihnen meine Geschichte zu erzählen. Ob sie Ihnen jemals von irgendeinem Nutzen sein wird, vermag ich nicht zu sagen. Doch ich habe das Gefühl, indem ich sie Ihnen erzählte, eine Art von Erlösung erlangt zu haben. Und mag sie auch noch so dürftig und zerbrechlich sein, besitzt jegliche Art von Erlösung für mich einen unschätzbaren Wert. Zudem kann ich beim Gedanken, daß es Herr Honda war, der mich zu ihr führte, nicht umhin, das Walten der feingesponnenen Fäden des Schicksals zu erahnen. Bitte vergessen Sie nicht, Herr Okada, daß hier jemand ist, der Ihnen seine besten Wünsche für ein glückliches weiteres Leben sendet.

Ich las den Brief ein zweites Mal aufmerksam durch und steckte ihn dann in seinen Umschlag zurück.

Leutnant Mamiyas Brief berührte mein Herz auf seltsame Weise, aber vor meinem geistigen Auge beschwor er nur undeutliche und ferne Bilder herauf. Leutnant Mamiya war ein Mann, dem ich Vertrauen und Respekt entgegenbringen konnte, und wenn er behauptete, bestimmte Dinge seien Tatsachen, dann konnte ich sie auch als Tatsachen akzeptieren. Aber in dem Moment besaß der Begriff der Tatsächlichkeit oder Wahrheit für mich nur geringe Überzeugungskraft. Was mich an dem Brief am meisten bewegte, war das Gefühl von Vergeblichkeit, das sich in den Worten des Leutnants äußerte: die Enttäuschung, nichts je zu seiner völligen Zufriedenheit beschreiben oder erklären zu können.

Ich ging in die Küche, um einen Schluck Wasser zu trinken. Dann wanderte ich ziellos durch das Haus. Im Schlafzimmer setzte ich mich aufs Bett und sah Kumikos Kleider an, die im Schrank aufgereiht hingen. Und ich dachte: Was hat mein Leben bis jetzt für einen Sinn gehabt? Ich verstand, was Noboru Wataya gemeint hatte. Meine erste Reaktion auf seine Worte war Zorn gewesen, aber ich mußte zugeben, daß er recht hatte. »Sie sind sechs Jahre lang mit meiner Schwester verheiratet gewesen«, hatte er gesagt, »und was haben Sie in dieser ganzen Zeit geleistet? Nichts, richtig? In sechs langen Jahren haben Sie nichts anderes zuwege gebracht, als Ihre Stelle zu kündigen und Kumikos Leben zu ruinieren. Jetzt sind Sie arbeitslos und haben keinerlei Pläne für die Zukunft. Sie haben nichts im Kopf als Müll und Schrott.« Ich konnte nicht umhin zuzugeben, daß seine Beurteilung zutraf. Objektiv betrachtet, hatte ich in diesen sechs Jahren nichts irgendwie Bedeutendes geleistet, und was ich im Kopf hatte, wies in der Tat eine ziemliche Ähnlichkeit mit Müll und Schrott auf. Ich war eine Null. Genau wie er gesagt hatte.

Aber stimmte es, daß ich Kumikos Leben ruiniert hatte? Lange sah ich ihre Kleider und Blusen und Röcke im Schrank an. Das waren die Schatten, die Kumiko zurückgelassen hatte. Ihrer Herrin beraubt, konnten diese Schatten nur da hängenbleiben, wo sie waren, erschlafft. Ich ging ins Bad und holte die Flasche Eau de Toilette heraus, die Kumiko von jemandem geschenkt bekommen hatte. Ich öffnete sie und roch daran. Es war der Duft, den ich an dem Morgen hinter Kumikos Ohren gerochen hatte. An dem Morgen, als sie von zu Hause weggegangen war. Langsam goß ich den ganzen Inhalt ins Waschbecken. Während die Flüssigkeit in den Abfluß rann, stieg ein starker Duft von Blumen (deren Namen ich mir erfolglos ins Gedächtnis zurückzurufen versuchte) über dem Waschbecken auf und rief Erinnerungen von grausamer Intensität wach. Eingehüllt in dieses intensive Aroma, wusch ich mir das Gesicht und putzte mir die Zähne. Dann beschloß ich, May Kasahara zu besuchen.

Wie immer blieb ich auf Höhe des Miyawakischen Hauses auf der Gasse stehen und wartete darauf, daß May Kasahara auftauchte, aber diesmal funktionierte es nicht. Ich lehnte mich gegen den Zaun, lutschte an einem Zitronenbonbon, betrachtete die Vogelplastik und dachte über Leutnant Mamiyas Brief nach. Doch bald begann es, dunkel zu werden. Nachdem ich fast eine halbe Stunde lang gewartet hatte, gab ich auf. May Kasahara war wahrscheinlich irgendwo unterwegs. Ich ging wieder die Gasse zurück und kletterte über die Mauer. Im Haus empfing mich die verstummte blasse Dunkelheit eines Sommerabends. Und Kreta Kano. Einen halluzinatorischen Augenblick lang meinte ich zu träumen. Aber nein, dies war die Fortsetzung der Wirklichkeit. In der Luft schwebte noch immer eine Spur des Eau de Toilette, das ich weggeschüttet hatte. Kreta Kano saß, die Hände auf den Knien, auf dem Sofa. Ich ging näher heran, aber als sei in ihr die Zeit selbst stehengeblieben, machte sie nicht die leiseste Bewegung. Ich schaltete das Licht ein und setzte mich ihr gegenüber in den Sessel.

»Die Tür war nicht abgeschlossen«, sagte sie schließlich. »Ich bin einfach eingetreten.«

»Es ist schon in Ordnung«, sagte ich. »Ich schließe fast nie ab, wenn ich aus dem Haus gehe.«

Sie trug eine weiße Spitzenbluse, einen malvenfarbenen Rüschenrock und große Ohrringe. Am linken Handgelenk trug sie ein Paar großer, gleicher Armreifen. Bei ihrem Anblick durchfuhr mich ein Schock. Sie unterschieden sich in nichts von denen, die sie in meinem Traum getragen hatte. Frisiert und geschminkt war sie in ihrem gewohnten Stil. Haarspray hielt ihr Haar in makelloser Ordnung, als komme sie gerade vom Coiffeur.
»Die Zeit ist knapp«, sagte sie. »Ich muß sofort wieder nach Hause. Aber es war mir wichtig, vorher mit Ihnen zu sprechen, Herr Okada. Wenn ich nicht irre, haben Sie sich heute mit meiner Schwester und Herrn Wataya getroffen.«
»Stimmt. War allerdings kein sonderlich amüsantes Treffen.«
»Gibt es nichts, was Sie mich im Zusammenhang damit fragen möchten?« fragte sie.
Andauernd kamen mir alle möglichen Leute mit allen möglichen Fragen.
»Ich wüßte gern mehr über Noboru Wataya«, sagte ich. »Ich werde einfach das Gefühl nicht los, daß ich mehr über ihn wissen *muß*.«
Sie nickte. »Ich wüßte selbst gern mehr über Herrn Wataya. Wenn ich nicht irre, sagte Ihnen meine Schwester bereits, daß er mich einmal, vor sehr langer Zeit, beschmutzt hat. Ich habe heute keine Zeit, näher darauf einzugehen, aber ich werde es bei späterer Gelegenheit noch tun. Jedenfalls wurde mir gegen meinen Willen etwas angetan. Daß ich Verkehr mit ihm haben würde, war zuvor vereinbart worden. Insofern war es keine Vergewaltigung im landläufigen Sinne des Wortes. Wohl aber *beschmutzte* er mich, und dadurch wurde ich in vielfacher Hinsicht zu einem anderen Menschen. Am Ende war ich fähig, von diesem Erlebnis zu genesen. Ja, es befähigte mich (natürlich mit Malta Kanos Hilfe), auf eine neue, höhere Ebene zu gelangen. Doch was immer auch das Endresultat gewesen sein mag, die Tatsache bleibt bestehen, daß Noboru Wataya mich damals gegen meinen Willen schändete und beschmutzte. Was er mir antat, war falsch – und gefährlich. Es bestand die reale Möglichkeit, daß ich für immer verloren wäre. Verstehen Sie, was ich meine?«
Ich verstand *nicht*, was sie meinte.
»Natürlich hatte ich auch mit Ihnen Verkehr, Herr Okada, aber das war etwas anderes: Es geschah auf die richtige Weise, mit einer richtigen Zielsetzung. Dadurch wurde ich nicht im mindesten beschmutzt.«
Ich sah sie mehrere Sekunden lang unverwandt an, als starrte ich auf eine buntfleckige Wand. »Sie hatten mit mir Verkehr?«

»Ja«, sagte sie. »Das erste Mal benutzte ich nur meinen Mund, aber beim zweiten Mal hatten wir Verkehr. Beide Male im selben Zimmer. Sie erinnern sich doch? Bei der ersten Gelegenheit hatten wir sehr wenig Zeit, wir mußten uns beeilen. Bei der zweiten Gelegenheit hatten wir mehr Muße.«
Ich war völlig außerstande, darauf etwas zu erwidern.
»Das zweite Mal trug ich das Kleid Ihrer Frau. Das blaue. Und Armreifen wie diese hier am linken Handgelenk. Ist es nicht so?« Sie streckte mir ihr linkes Handgelenk mit den zwei Armreifen entgegen.
Ich nickte.
Dann sagte Kreta Kano: »Natürlich hatten wir nicht real Verkehr. Als Sie ejakulierten, geschah es nicht in mir, körperlich, sondern in Ihrem eigenen Bewußtsein. Verstehen Sie? Es war ein erfundenes Bewußtsein. Trotzdem haben wir jetzt beide das Bewußtsein, miteinander Verkehr gehabt zu haben.«
»Und was war der Sinn der Übung?«
»Zu erkennen«, sagte sie. »Mehr – und tiefer – zu erkennen.«
Ich stieß einen Seufzer aus. Das war völlig verrückt. Andererseits hatte sie die Szene in meinem Traum unglaublich genau beschrieben. Ich zog mit dem Finger die Konturen meines Mundes nach und starrte auf die zwei Armreifen an ihrem linken Handgelenk.
»Vielleicht bin ich nicht der Hellste«, sagte ich mit trockener Stimme, »aber ich kann wirklich nicht behaupten, ich hätte alles verstanden, was Sie mir da erzählt haben.«
»In Ihrem zweiten Traum, gerade als ich mit Ihnen Verkehr hatte, nahm eine andere Frau meinen Platz ein. War es nicht so? Ich habe keine Ahnung, wer sie war. Aber dieses Ereignis hatte wahrscheinlich den Zweck, Ihnen einen bestimmten Gedanken einzugeben, Herr Okada. Das war's, was ich Ihnen mitteilen wollte.«
Ich sagte dazu nichts.
»Sie brauchen sich deswegen nicht schuldig zu fühlen, weil Sie Verkehr mit mir gehabt haben«, sagte Kreta Kano. »Schließlich bin ich eine Prostituierte, Herr Okada. Früher war ich eine Prostituierte des Fleisches, und jetzt bin ich eine Prostituierte des Geistes. Dinge gehen durch mich hindurch.«
Hier stand Kreta Kano auf, kniete sich neben mich hin und umklammerte meine Hand mit ihren beiden Händen. Sie hatte weiche, warme, sehr kleine Hände.
»Bitte halten Sie mich fest, Herr Okada. Hier und jetzt.«

Wir standen auf, und ich legte meine Arme um sie. Ich hatte ehrlich keine Ahnung, ob es richtig war, was ich da tat. Aber Kreta Kano in diesem Augenblick, an diesem Ort festzuhalten, schien zumindest kein Fehler zu sein. Ich hätte es nicht erklären können, aber das war das Gefühl, das ich hatte. Ich schlang die Arme um ihren schlanken Körper, als sei ich ein Junge bei seiner ersten Tanzstunde. Sie war eine kleine Frau. Ihr Scheitel reichte mir bis knapp unter das Kinn. Ihre Brüste preßten gegen meinen Magen. Sie lehnte ihre Wange an meine Brust. Und obwohl sie die ganze Zeit keinen Laut von sich gab, weinte sie. Ich spürte die Wärme ihrer Tränen durch mein T-Shirt. Ich schaute hinunter und sah ihr perfekt frisiertes Haar zittern. Ich kam mir vor wie in einem gut konstruierten Traum. Aber es war kein Traum.

Nachdem wir sehr lange, ohne uns zu bewegen, in dieser Haltung verharrt hatten, zog sie sich von mir zurück, als habe sie sich plötzlich an etwas erinnert. Aus einiger Distanz sah sie mich an.

»Herzlichen Dank, Herr Okada«, sagte sie. »Jetzt werde ich nach Hause gehen.«

Dafür, daß sie eben noch recht heftig geweint hatte, war ihr Make-up bemerkenswert intakt. Das Gefühl von Wirklichkeit hatte sich mit einem Mal völlig verflüchtigt.

»Kommen Sie irgendwann einmal wieder in meine Träume?« fragte ich.

»Ich weiß es nicht«, sagte sie und schüttelte sanft den Kopf. »Das kann selbst ich Ihnen nicht sagen. Aber bitte vertrauen Sie mir. Was immer passieren mag, Sie dürfen sich nicht vor mir fürchten oder das Gefühl haben, Sie müßten vor mir auf der Hut sein. Versprechen Sie mir das, Herr Okada?«

Ich antwortete mit einem Kopfnicken.

Bald darauf ging Kreta Kano heim.

Die Dunkelheit der Nacht war tiefer denn je. Mein T-Shirt war vorn völlig naß. Unfähig, Schlaf zu finden, blieb ich bis zum Morgengrauen auf. Ich war nicht müde, und ehrlich gesagt fürchtete ich mich auch vor dem Schlaf. Ich hatte das Gefühl, wenn ich einschliefe, würde ich von Treibsand erfaßt und fortgetragen in eine andere Welt, aus der ich nie wieder zurückfände. Ich blieb bis zum Morgen auf dem Sofa, trank Brandy und dachte über Kreta Kanos Geschichte nach. Selbst als die Nacht geendet hatte, schwebten Kreta Kanos Gegenwart und der Dior-Duft durchs Haus wie gefangene Geister.

5
ANSICHTEN FERNER ORTSCHAFTEN
EWIGER HALBMOND
LEITER, FEST VERANKERT

Das Telefon klingelte fast genau in dem Moment, als ich einzuschlafen begann. Ich versuchte, es zu ignorieren, aber als könne es meine Gedanken lesen, klingelte es stur weiter: zehnmal, zwanzigmal – es würde nie aufhören. Schließlich öffnete ich ein Auge und sah auf den Wecker. Kurz nach sechs. Draußen vor dem Fenster war es schon taghell. Es konnte Kumiko sein, die da anrief. Ich stand auf, ging ins Wohnzimmer und nahm den Hörer ab.

»Hallo«, sagte ich, aber der Anrufer sagte nichts. Eindeutig war jemand am anderen Ende, aber dieser Jemand schwieg. Ich blieb gleichfalls stumm. Als ich konzentriert lauschte, hörte ich ein leises Atemgeräusch.

»Wer ist da?« fragte ich, aber am andere Ende wurde weiter geschwiegen.

»Wenn es die Person ist, die hier ständig anruft, tun Sie mir einen Gefallen und versuchen Sie's ein bißchen später noch mal«, sagte ich. »Bitte kein Sex-Gerede vor dem Frühstück.«

»Die Person, die ständig anruft?« sprudelte May Kasaharas Stimme hervor. »Mit wem reden Sie denn über Sex?«

»Mit niemandem«, sagte ich.

»Mit der Frau, die Sie gestern nacht in den Armen gehalten haben? Reden Sie mit der am Telefon über Sex?«

»Nein, die ist es nicht.«

»Sagen Sie mal, Mister Aufziehvogel, mit wie vielen Frauen genau haben Sie eigentlich was laufen – neben Ihrer eigenen?«

»Das wäre eine sehr lange Geschichte«, sagte ich. »Überhaupt, es ist sechs Uhr früh, und ich hab nicht viel geschlafen. Du warst also letzte Nacht hier?«

»Und hab Sie mit ihr gesehen – eng umschlungen.«

»Das hatte weiter nichts zu bedeuten«, sagte ich. »Wie soll ich sagen? Es war etwas wie eine kleine Zeremonie.«

»Sie brauchen mir keine Ausreden aufzutischen«, sagte May Kasahara. »Ich bin nicht Ihre Frau. Das geht mich alles nichts an, aber eins möchte ich Ihnen doch sagen: Sie haben ein Problem.«

»Da magst du recht haben.«

»Ihnen geht's zur Zeit ganz schön mies, das weiß ich. Aber ich kann mir nicht helfen, ich werd das Gefühl nicht los, daß Sie sich das alles selbst eingebrockt haben. Sie haben irgendein ganz fundamentales Problem, und das zieht Ärger an wie ein Magnet. Jede Frau, die auch nur ein *bißchen* Grips hat, würde bei Ihnen schleunigst das Weite suchen.«

»Da magst du recht haben«, sagte ich noch einmal.

May Kasahara blieb an ihrem Ende der Leitung ein Weilchen stumm. Dann räusperte sie sich einmal und sagte: »Gestern abend sind Sie auf die Gasse gekommen, nicht? Haben sich lange hinter meinem Haus herumgedrückt, wie so ein Hobby-Einbrecher ... Keine Angst, ich hab Sie da gesehen.«

»Warum bist du dann nicht rausgekommen?«

»Wissen Sie, Mister Aufziehvogel, ein Mädchen hat nicht immer Lust rauszukommen. Manchmal hat sie Lust, biestig zu sein – so: Wenn der Typ warten will, dann soll er *richtig* warten.«

Ich stieß einen Grunzer aus.

»Aber trotzdem kam ich mir mies vor«, fuhr sie fort. »Also hab ich mich später den ganzen Weg bis zu Ihrem Haus geschleppt – wie eine blöde Gans.«

»Und ich umarmte grad die Frau.«

»Genau, aber hat die nicht irgendwie ne Macke? Kein Mensch zieht sich mehr so an. Und wie die erst geschminkt ist! Die leidet wohl irgendwie, na, unter ner Zeitverschiebung. Die sollte sich mal den Kopf untersuchen lassen.«

»Keine Angst«, sagte ich, »sie hat keine Macke. Die Geschmäcker sind eben verschieden.«

»Klar, sicher. Jeder kann von mir aus mit seinem Geschmack selig werden. Aber *so* weit geht kein normaler Mensch, bloß wegen dem Geschmack. Die sieht ja aus wie – was? – wie glatt aus einer alten Zeitschrift gestiegen: alles an ihr, von Kopf bis Fuß.«

Dazu sagte ich nichts.

»Sagen Sie, Mister Aufziehvogel, haben Sie mit ihr geschlafen?«

Ich zögerte einen Augenblick und sagte dann: »Nein, hab ich nicht.«

»Wirklich nicht?«

»Wirklich nicht. Eine *körperliche* Beziehung von der Art habe ich nicht mit ihr.«

»Warum haben Sie sie dann umarmt?«

»Frauen haben manchmal das Bedürfnis danach: Sie wollen umarmt werden.«
»Möglich«, sagte May Kasahara, »aber so was kann ein bißchen gefährlich sein.«
»Stimmt«, sagte ich.
»Wie heißt sie denn?«
»Kreta Kano.«
May Kasahara blieb erst einmal stumm. »Das war ein Witz, ja?« sagte sie schließlich.
»Überhaupt nicht. Und ihre Schwester heißt Malta Kano.«
»Malta!? Das kann doch unmöglich ihr richtiger Name sein!«
»Ist es auch nicht. Es ist sozusagen ihr Künstlername.«
»Was sind die beiden denn, ein Komikerduo? Oder haben die irgendwas mit dem Mittelmeerraum zu tun?«
»Eine *gewisse* Beziehung zum Mittelmeerraum besteht da schon, ja.«
»Zieht sich die Schwester wenigstens wie ein normaler Mensch an?«
»Weitgehend«, sagte ich. »Zumindest ist ihre Kleidung erheblich normaler als Kretas. Außer, daß sie immer so einen roten Vinylhut trägt.«
»Irgend etwas sagt mir, daß auch sie nicht ganz normal ist. Warum müssen Sie sich eigentlich immer unbedingt mit so abwegigen Leuten herumtreiben?«
»Also *das* wäre jetzt wirklich eine lange Geschichte. Falls sich alles irgendwann mal wieder beruhigt, kann ich sie dir vielleicht erzählen. Aber jetzt nicht. Ich bin zu durcheinander. Und alles übrige ist sogar noch mehr durcheinander.«
»Klar, sicher«, sagte sie mit einem Anflug von Argwohn in der Stimme. »Wie dem auch sei, Ihre Frau ist wohl noch nicht zurück, wie?«
»Nein, noch nicht.«
»Wissen Sie, Mister Aufziehvogel, Sie sind ein erwachsener Mann. Warum benutzen Sie nicht gelegentlich mal Ihren Kopf? Wenn Ihre Frau es sich anders überlegt hätte und letzte Nacht zurückgekommen wäre, hätte sie Sie um diese Frau gewickelt vorgefunden. Und was dann?«
»Stimmt, das wär möglich gewesen.«
»Und wenn heut früh *sie* am Telefon gewesen wäre, nicht ich, und Sie fangen da an, von Telefonsex zu reden, was hätte sie wohl *davon* gehalten?«
»Du hast recht«, sagte ich.
»Ich sag's ja, Sie haben ein Problem«, sagte sie mit einem Seufzer.
»Das stimmt, ich habe wirklich ein Problem.«

»Hören Sie endlich auf, mir dauernd recht zu geben! Es ist ja nicht so, daß sich alles in Wohlgefallen auflöst, wenn Sie nur Ihre Fehler zugeben. Ob Sie sie zugeben oder nicht, Fehler bleiben Fehler.«
»Du hast recht«, sagte ich. Sie *hatte* recht.
»Ich halt's im Kopf nicht aus!« sagte May Kasahara. »Übrigens, was wollten Sie eigentlich gestern abend? Sie wollten doch irgendwas von mir, oder?«
»Ach so, das. Schon gut.«
»Schon gut?«
»Ja. Es ist schließlich ... schon gut.«
»Mit anderen Worten, *die* hat Sie ein bißchen gedrückt, also brauchen Sie mich nicht mehr.«
»Nein, das ist es nicht. Ich hatte nur den Eindruck – «
An diesem Punkt hängte May Kasahara ein. Irre. May Kasahara, Malta Kano, Kreta Kano, die Telefonfrau und Kumiko. May Kasahara hatte recht: Ich hatte zur Zeit ein paar Frauen zuviel am Hals. Und jede einzelne von ihnen kam mit ihrem eigenen unergründlichen Problem daher.
Aber ich war zu müde zum Denken. Ich brauchte etwas Schlaf. Und anschließend würde ich etwas erledigen müssen.
Ich legte mich wieder ins Bett und schlief ein.

Als ich wieder aufgewacht war, holte ich den Rucksack aus der Schublade. Das war der, den wir für Erdbeben und andere Notfälle bereithielten, die eine Evakuierung erforderlich machen könnten. Er enthielt eine Wasserflasche, Kräcker, eine Taschenlampe und ein Feuerzeug. Das Ganze war ein Survival-Pack, das Kumiko fertig gekauft hatte, als wir in dieses Haus eingezogen waren: nur für den Fall, daß es einmal zum Großen Knall kommen sollte. Die Wasserflasche war allerdings leer, die Kräcker waren aufgeweicht, und die Batterien der Taschenlampe waren entladen. Ich füllte die Flasche mit Wasser, warf die Kräcker weg und steckte neue Batterien in die Taschenlampe. Dann ging ich zum Eisenwarenladen und besorgte mir eine von diesen Strickleitern, die es als Not-Feuerleiter zu kaufen gibt. Ich überlegte, was ich sonst noch brauchen konnte, aber es fiel mir nichts ein – außer Zitronenbonbons. Ich ging durchs Haus und machte überall die Fenster zu und die Lichter aus. Ich wollte zuerst die Haustür abschließen, aber dann überlegte ich es mir anders. Es konnte mich schließlich jemand suchen kommen, während ich

fort war. Kumiko konnte zurückkehren. Und außerdem war nichts da, was sich zu stehlen gelohnt hätte. Ich ließ einen Zettel auf dem Küchentisch liegen: »Bin für eine Weile weg. Komme wieder. T.«
Ich fragte mich, wie das für Kumiko wäre, wenn sie diesen Zettel fände. Wie würde sie darauf reagieren? Ich zerknüllte ihn und schrieb einen neuen: »Muß in einer wichtigen Angelegenheit für eine Weile weg. Bin bald zurück. Bitte warten. T.«
In Khakihose und kurzärmeligem Polohemd und mit dem Rucksack auf dem Rücken stieg ich von der Veranda in den Garten hinunter. Rings um mich her machten sich die unverwechselbaren Anzeichen des Sommers bemerkbar – der Vollversion, ohne jede Einschränkung. Die Glut der Sonne, der Duft der Brise, die Bläue des Himmels, die Gebilde der Wolken, das Zirpen der Zikaden: alles verkündete die waschechte Ankunft des Sommers. Und da war ich, einen Tornister auf dem Rücken, und erklomm die Gartenmauer und sprang auf die Gasse hinunter.
Einmal, als Junge, war ich an einem schönen Sommermorgen wie diesem von zu Hause weggelaufen. Ich konnte mich nicht erinnern, was mich zu der Entscheidung geführt hatte. Wahrscheinlich war ich sauer auf meine Eltern. Ich verließ das Haus mit einem Rucksack auf dem Rücken und meinen ganzen Ersparnissen in der Tasche. Ich hatte meiner Mutter erzählt, ich würde mit ein paar Freunden eine Wanderung machen, und hatte mir von ihr ein Lunchpaket richten lassen. Gleich hinter unserem Haus gab es gute Hügel zum Wandern, und Halbwüchsige kletterten da oft ohne Aufsicht von Erwachsenen herum. Sobald ich aus dem Haus war, stieg ich in den Bus, den ich mir ausgesucht hatte, und fuhr bis zur Endstation. Für mich war das eine fremde, ferne Stadt. Hier stieg ich in einen anderen Bus um und fuhr damit in eine andere fremde und ferne – *noch* fernere – Stadt. Ohne auch nur zu wissen, wie die Ortschaft hieß, stieg ich aus dem Bus und schlenderte durch die Straßen. Der Ort hatte nichts Besonderes an sich: Er war ein bißchen belebter als das Viertel, in dem ich wohnte, und ein bißchen mehr heruntergekommen. Es gab eine Einkaufsstraße und einen Pendlerbahnhof und ein paar kleinere Betriebe. Durch den Ort floß ein Flüßchen, und an seinem Ufer stand ein Kino. Eine Anschlagtafel verkündete, daß im Hauptprogramm ein Western lief. Um die Mittagszeit setzte ich mich auf eine Parkbank und aß meine Brote. Ich blieb bis zum frühen Abend in der Stadt, und als die Sonne zu sinken

begann, sank auch mein Mut. Das ist deine letzte Chance zurückzugehen, sagte ich mir. Wenn es erst mal ganz dunkel ist, kommst du hier vielleicht nie wieder weg. Ich fuhr mit den gleichen Bussen zurück, die mich dorthin gebracht hatten. Ich war noch vor sieben zu Hause, und niemand bekam mit, daß ich überhaupt weggelaufen war. Meine Eltern hatten die ganze Zeit geglaubt, ich sei mit den anderen Jungen auf den Hügeln.

Ich hatte dieses Erlebnis völlig vergessen. Aber in dem Moment, als ich mich mit einem Rucksack auf dem Rücken an der Mauer hochstemmte, kehrte das Gefühl zurück – die unbeschreibliche Verlassenheit, die ich verspürt hatte, als ich ganz allein inmitten fremder Straßen und fremder Menschen und fremder Häuser gestanden und zugesehen hatte, wie die Nachmittagssonne nach und nach ihre Leuchtkraft verlor. Und dann dachte ich an Kumiko: Kumiko, die irgendwohin verschwunden war und nur ihre Umhängetasche und ihren Rock und ihre Bluse von der Reinigung mitgenommen hatte. Sie hatte ihre letzte Chance zurückzukehren verpaßt. Und jetzt stand sie wahrscheinlich irgendwo ganz allein, an irgendeinem fremden, fernen Ort. Ich konnte es kaum ertragen, sie mir so vorzustellen.

Aber nein, sie konnte unmöglich allein sein. Sie mußte mit einem Mann zusammensein. Anders ergab das überhaupt keinen Sinn.

Ich hörte auf, an Kumiko zu denken.

Ich ging die Gasse entlang.

Das Gras hatte das lebendige, atmende Grün, das es während der Frühlingsregen zu haben schien, verloren und besaß jetzt das charakteristische, stumpfe Aussehen von Sommergras. Wie ich so entlangging, hüpfte aus diesen Grasbüscheln ab und zu ein grünes Heupferdchen hervor. Gelegentlich sprang sogar ein Frosch aus dem Weg. Die Gasse war zum Reich dieser kleinen Geschöpfe geworden, und ich war nichts als ein Eindringling, der daherkam, die herrschende Ordnung zu stören.

Als ich das leerstehende Haus der Miyawakis erreicht hatte, öffnete ich das Tor und trat ohne zu zögern ein. Ich watete durch das hohe Gras bis zur Mitte des Gartens, am schäbigen steinernen Vogel vorbei, der wie immer in den Himmel starrte, und bog dann schnell um die Ecke des Hauses: Ich hoffte, daß May Kasahara mich nicht hatte hereinkommen sehen.

Als ich den Brunnen erreichte, nahm ich zunächst die Steine herunter, mit denen die Abdeckung beschwert war, und entfernte dann einen der zwei hölzernen Halbkreise. Um sicherzugehen, daß noch immer kein Wasser darin war, warf ich, wie schon einmal, einen Kiesel hinein. Wie damals schlug der Kieselstein mit einem trockenen Geräusch auf dem Grund auf. Kein Wasser. Ich setzte den Rucksack ab, holte die Strickleiter heraus und band das eine Ende an den Stamm des Baumes, der neben dem Brunnen stand. Ich zog daran, so fest ich konnte, um mich zu vergewissern, daß sie halten würde. Bei so etwas konnte man nicht vorsichtig genug sein. Wenn sich der Knoten durch irgendeinen Zufall lockerte oder löste, würde ich wahrscheinlich nie wieder herauskommen.

Beide Arme voll Seil, fing ich an, die Strickleiter in den Brunnen hinabzulassen. Das ganze lange Ding ging hinein, ohne daß ich es unten den Boden berühren fühlte. Die Strickleiter konnte unmöglich zu kurz sein: ich hatte die längste gekauft, die sie überhaupt herstellten. Aber es war ein tiefer Brunnen. Ich leuchtete mit der Taschenlampe senkrecht hinein, aber ich konnte nicht erkennen, ob die Leiter den Grund erreicht hatte. Die Lichtstrahlen drangen nur bis zu einem bestimmten Punkt vor und wurden dann von der Dunkelheit verschluckt.

Ich setzte mich auf den Rand der Brunneneinfassung und lauschte. Ein paar Zikaden schrien in den Bäumen, als wetteiferten sie darin, wer die lauteste Stimme oder das größte Lungenvolumen habe. Vögel konnte ich jedoch keine hören. Ich dachte mit einiger Zuneigung an den Aufziehvogel zurück. Vielleicht hatte er keine Lust gehabt, mit den Zikaden in Wettstreit zu treten, und hatte sich deswegen an einen anderen Ort begeben.

Ich drehte meine Handflächen nach oben, der Sonne entgegen. Augenblicklich spürte ich die Wärme, als dringe mir das Licht in die Haut, als sickere es regelrecht in die Linien meiner Fingerabdrücke. Hier draußen herrschte das Licht unumschränkt. In Licht getaucht, glühte jeder Gegenstand in der leuchtenden Farbe des Sommers. Selbst Immateriellem, wie Zeit und Gedächtnis, wurde das gütige Sommerlicht zuteil. Ich steckte mir ein Zitronenbonbon in den Mund und blieb da sitzen, bis das Zuckerzeug sich ganz aufgelöst hatte. Dann riß ich noch einmal an der Leiter, um mich zu vergewissern, daß sie wirklich fest verankert war.

Auf der nachgiebigen Strickleiter in den Brunnen hinunterzuklettern war eine weit schwierigere Angelegenheit, als ich mir vorgestellt hatte. Aus einer Baumwoll-Nylon-Mischfaser geknüpft, war die Leiter zweifellos stabil, aber meine

Füße fanden auf dem Ding nur sehr schlecht Halt. Jedesmal, wenn ich mein Gewicht auf das eine oder andere Bein verlagerte, rutschten die Gummisohlen meiner Tennisschuhe ab. Ich mußte mich so krampfhaft an den Stricken festhalten, daß meine Handflächen weh zu tun begannen. Ich ließ mich langsam, vorsichtig, Sprosse für Sprosse hinab. Aber wie tief ich auch stieg, den Grund erreichte ich nicht. Mein Abstieg schien überhaupt nicht mehr enden zu wollen. Ich rief mir das Geräusch des aufschlagenden Kieselsteins ins Gedächtnis zurück: Der Brunnen *hatte* einen Boden! Was die Sache so in die Länge zog, war die Hangelei an diesem verdammt wackeligen Ding.

Als ich zwanzig Sprossen gezählt hatte, erfaßte mich eine Woge von Panik. Sie kam völlig unvermittelt, wie ein elektrischer Schlag, und ließ mich da, wo ich war, erstarren. Meine Muskeln verwandelten sich in Stein. Aus jeder Pore meines Körpers schoß Schweiß hervor, und meine Beine fingen an zu zittern. Dieser Brunnen konnte unmöglich so tief sein. Ich war mitten in Tokio. Ich befand mich in nächster Nähe des Hauses, in dem ich wohnte. Ich hielt den Atem an und lauschte, aber nichts war zu hören. Das Hämmern meines Herzens dröhnte mir so laut in den Ohren, daß ich nicht einmal mehr die Zikaden hören konnte, die oben vor sich hinkreischten. Ich atmete tief ein. Hier stand ich auf der zwanzigsten Sprosse und schaffte es weder weiter hinunterzusteigen noch wieder nach oben zu klettern. Die Luft im Brunnen war kalt und roch nach Erde. Hier unten war ein Reich für sich, ohne Verbindung zur Oberwelt, wo die Sonne so verschwenderisch leuchtete. Ich blickte nach oben zur Öffnung des Brunnens, die jetzt ganz klein geworden war. Die kreisförmige Öffnung wurde von der einen Hälfte der Abdeckung, die ich an ihrem Platz gelassen hatte, exakt halbiert. Von hier unten sah sie aus wie ein Halbmond am Nachthimmel. »Ein Halbmond wird mehrere Tage dauern«, hatte Malta Kano gesagt. Sie hatte es am Telefon *vorausgesagt*.

Irre. Und als mir dieser Gedanke durch den Kopf ging, spürte ich, wie ein wenig Kraft meinen Körper verließ. Meine Muskeln entspannten sich, und der massive Klotz Atem löste sich in meinem Inneren auf und strömte heraus.

Ich raffte mich zu einem Endspurt auf und setzte den Abstieg fort. Nur noch ein Stückchen tiefer, sagte ich mir. Nur noch ein Stückchen. Keine Angst, der Boden *kommt*. Und mit der dreiundzwanzigsten Sprosse erreichte ich ihn. Mein Fuß kam mit der Erde am Boden des Brunnens in Berührung.

Als erstes tastete ich in der Dunkelheit, noch von der Leiter aus, mit der Fußspitze die Oberfläche des Brunnenbodens ab, für den Fall, daß da unten etwas wäre, was einen schnellen Rückzug empfehlenswert machte. Nachdem ich mich vergewissert hatte, daß es da weder Wasser noch irgend etwas Verdächtiges gab, stieg ich auf den Boden hinunter. Ich setzte den Rucksack ab, tastete nach dem Reißverschluß und holte die Taschenlampe heraus. Das Licht der Lampe verschaffte mir den ersten klaren Eindruck von dem Ort. Der Boden war weder besonders hart noch besonders weich. Und glücklicherweise war die Erde trocken. Hier und da lagen ein paar Steine herum, die wahrscheinlich jemand hineingeworfen hatte. Sonst war nur noch eine alte Tüte Kartoffelchips hereingefallen. Im Licht der Taschenlampe erinnerte mich der Boden des Brunnens an die Mondoberfläche, wie ich sie vor langer, langer Zeit im Fernsehen gesehen hatte.

Die zylindrische Betonwandung des Brunnens war glatt und wies, außer einigen Polstern von moosartigem Zeug, das hier und da wuchs, kaum Unebenheiten auf. Sie ragte senkrecht in die Höhe wie ein Kamin, mit dem kleinen Licht-Halbmond weit oben an der Öffnung. Jetzt, wo ich direkt nach oben sah, begriff ich, wie tief der Brunnen wirklich war. Ich riß noch einmal an der Strickleiter. In meinen Händen fühlte sie sich fest und zuverlässig an. Solange sie an ihrem Platz blieb, konnte ich, wann immer ich wollte, auf die Erdoberfläche zurückkehren. Dann tat ich einen tiefen Atemzug. Wenn man von einem leichten Schimmelgeruch absah, war die Luft in Ordnung. Das war meine größte Sorge gewesen. In blinden Schächten zirkuliert die Luft nicht, und auf dem Boden von trockenen Brunnen können sich Giftgase sammeln, die aus der umgebenden Erde heraussickern. Früher hatte ich einmal in der Zeitung von einem Brunnenbauer gelesen, der auf dem Grund eines Brunnens durch Methangas ums Leben gekommen war.

Aufatmend setzte ich mich, mit dem Rücken an der Wand, auf den Brunnenboden. Ich schloß die Augen und ließ meinem Körper Zeit, sich an die Umgebung zu gewöhnen. Na gut, dachte ich: da wäre ich also auf dem Grund eines Brunnens.

6
VERMÄCHTNISSE
VON QUALLEN
ETWAS WIE EIN GEFÜHL VON DISTANZ

Ich saß im Dunkeln. Weit über mir schwebte wie ein Zeichen von irgend etwas der vollkommene Halbmond aus Licht, den die Brunnenabdeckung umriß, und dennoch drang von all dem Licht dort oben nicht ein Strahl bis hinunter auf den Grund.

Mit der Zeit gewöhnten sich meine Augen etwas mehr an die Dunkelheit. Bald konnte ich ganz schwach die Umrisse meiner Hand erkennen, wenn ich sie mir dicht vors Gesicht hielt. Allmählich begannen auch andere Dinge in meiner Umgebung, ihre jeweilige unbestimmte Gestalt anzunehmen, wie furchtsame Tierchen, die in den kleinsten nur vorstellbaren Schritten aus der Reserve traten. Aber so sehr sich meine Augen auch an sie gewöhnen mochten, hörte die Dunkelheit doch nie auf, Dunkelheit zu sein. Sobald ich etwas zu fixieren versuchte, verlor es seine Bestimmtheit und wühlte sich lautlos in die umgebende Dunkelheit ein. Vielleicht hätte man das hier als »bleiche Dunkelheit« bezeichnen können, aber so bleich sie auch sein mochte, besaß sie doch eine eigene spezifische Dichte, die mitunter eine bedeutsamere Dunkelheit enthielt als wirklich totale Finsternis. In ihr konnte man etwas sehen. Und gleichzeitig sah man überhaupt nichts.

Hier in dieser Dunkelheit, die ein so seltsames Gefühl von Bedeutsamkeit vermittelte, gewannen meine Erinnerungen schon bald eine Kraft, die sie noch niemals besessen hatten. Die fragmentarischen Bilder, die sie in mir heraufbeschworen, waren noch in den kleinsten Details von einer so leuchtenden Plastizität, daß ich meinte, sie mit Händen greifen zu können. Ich schloß die Augen und holte die Zeit von vor acht Jahren zurück, als ich Kumiko kennengelernt hatte.

Es passierte im Wartezimmer der Universitätsklinik in Kanda. Ich mußte damals fast täglich ins Krankenhaus, um mit einem reichen Klienten zu arbeiten, der seinen Nachlaß regeln wollte. Sie kam täglich zwischen den Vorlesungen, um ihre Mutter zu besuchen, die wegen eines Zwölffingerdarmgeschwürs dort lag. Kumiko trug immer Jeans oder einen kurzen Rock und einen Pullover und hatte das Haar zu einem Pferdeschwanz gebunden. Manchmal kam sie mit Mantel, manchmal auch nicht, je nachdem wie das Frühnovemberwetter war. Sie hatte eine Umhängetasche, und unter dem Arm trug sie immer ein paar Bücher, die nach Universität aussahen, sowie einen Skizzenblock.

An dem Nachmittag, als ich zum allerersten Mal ins Krankenhaus kam, war Kumiko schon da. Sie trug flache schwarze Schuhe und saß, in ein Buch vertieft, mit übereinandergeschlagenen Beinen auf dem Sofa. Ich setzte mich ihr gegenüber hin und sah alle fünf Minuten auf meiner Uhr nach, wie lange ich noch zu warten haben würde: Mein Termin mit dem Klienten war aus Gründen, die mir mitzuteilen man nicht für nötig befunden hatte, um anderthalb Stunden verschoben worden. Kumiko hob die Augen kein einziges Mal von ihrem Buch. Sie hatte sehr hübsche Beine. Ihr Anblick hellte meine Stimmung ein wenig auf. Ich ertappte mich dabei, daß ich mich fragte, wie es wohl sein mochte, ein so hübsches (oder zumindest äußerst intelligentes) Gesicht und so tolle Beine zu haben.

Nachdem wir uns mehrmals im Warteraum getroffen hatten, begannen Kumiko und ich, gelegentlich ein paar Worte miteinander zu wechseln – etwa, wenn wir Zeitschriften tauschten, die wir ausgelesen hatten, oder Obst aus einem Geschenkkorb aßen, den jemand ihrer Mutter mitgebracht hatte. Wir langweilten uns zu Tode und hatten beide das Bedürfnis, uns mit jemand Gleichaltrigem zu unterhalten.

Kumiko und ich empfanden gleich von Anfang an etwas füreinander. Es war nicht dieses plötzliche, heftige Gefühl, das zwei Leute schon bei der ersten Begegnung wie ein elektrischer Schlag treffen kann, sondern etwas Ruhigeres und Sanfteres, wie zwei Lichtlein, die nebeneinander durch eine ungeheure Dunkelheit ziehen und sich nach und nach, kaum merklich, immer näher kommen. Als wir uns häufiger zu sehen begannen, hatte ich weniger das Gefühl, jemand Neues kennengelernt zu haben, als vielmehr einem lieben alten Freund zufällig wiederbegegnet zu sein. Bald waren mir die kurzen, zerstückelten Unterhaltungen, die wir im Krankenhaus zwischen allerlei anderen Dingen unterbrachten, nicht mehr genug. Ich wünschte, ich könnte mich mit ihr in einer anderen Umgebung treffen, irgendwo, wo wir zur Abwechslung einmal wirklich würden miteinander reden können. Schließlich beschloß ich eines Tages, sie um ein Rendezvous zu bitten.

»Ich glaube, wir könnten beide eine Luftveränderung gebrauchen«, sagte ich. »Warum verschwinden wir hier nicht einfach und gehen irgendwohin, wo es weder Patienten noch Klienten gibt?«

Kumiko dachte kurz darüber nach und sagte dann: »Ins Aquarium?«
Und so fand unser erstes Rendezvous im Aquarium statt. Kumiko brachte ihrer Mutter an jenem Sonntagvormittag frische Sachen ins Krankenhaus und holte mich anschließend im Wartezimmer ab. Es war ein warmer, heiterer Tag, und Kumiko trug ein schlichtes weißes Kleid und darüber eine blaßblaue Strickjacke. Schon damals fiel mir immer auf, wie gut sie sich anzog. Sie konnte in das unscheinbarste Kleidungsstück schlüpfen und es mit den einfachsten Mitteln – indem sie die Ärmel ein wenig aufrollte oder den Kragen ein wenig anders legte – in etwas Atemberaubendes verwandeln. Sie hatte da eine besondere Begabung. Und ich sah, daß sie ihre Garderobe mit einer Aufmerksamkeit behandelte, die fast an Liebe grenzte. Jedesmal, wenn ich mit ihr zusammen war und neben ihr herging, ertappte ich mich dabei, daß ich voll Bewunderung auf ihre Kleidung starrte. Ihre Blusen waren nie im mindesten zerknittert, die Falten ihrer Röcke hingen vollendet ebenmäßig herab. Alles Weiße, was sie trug, sah blütenfrisch aus. Ihre Schuhe waren niemals verdellt oder staubig. Wenn ich sah, was sie trug, konnte ich mir leicht vorstellen, daß ihre Blusen und Pullover säuberlich zusammengefaltet und aufgereiht in den Schubladen ihrer Kommode lagen, ihre Röcke und Kleider in Zellophan verpackt im Schrank hingen. (Und wie ich nach unserer Heirat feststellen konnte, verhielt es sich tatsächlich so.)
Diesen ersten gemeinsamen Nachmittag verbrachten wir im Aquarium des Zoos von Ueno. Das Wetter war so schön, daß ich dachte, es könnte vielleicht mehr Spaß machen, durch den Zoo selbst zu schlendern, und als wir im Zug nach Ueno saßen, schlug ich das Kumiko auch vor, aber sie hatte sich offensichtlich in den Kopf gesetzt, ins Aquarium zu gehen. Nun, wenn sie das wollte, dann sollte es mir recht sein. Im Aquarium gab es eine besondere Quallenausstellung, und wir sahen sie uns von Anfang bis Ende an und bewunderten die seltenen Exemplare, die da aus allen Teilen der Welt zusammengetragen worden waren. Zitternd schwebten sie durch ihre Becken – von fingerspitzengroßen Wattebäuschchen bis hin zu Monstern von einem Meter Durchmesser. Für einen Sonntag war das Aquarium nicht gerade überlaufen, ja, es war dort eigentlich leer. An so einem herrlichen Tag wären jedem Giraffen und Elefanten lieber gewesen als Quallen.
Ich sagte Kumiko zwar nichts davon, aber ich konnte Quallen auf den Tod nicht ausstehen. Als Junge war ich beim Schwimmen im Ozean häufig von Quallen ver-

brannt worden. Einmal war ich allein weit hinausgeschwommen und war in einen ganzen Schwarm hineingeraten. Ehe ich begriff, was ich da gemacht hatte, war ich umzingelt. Das schleimige, kalte Gefühl der Tiere an meiner Haut habe ich nie wieder vergessen. Im Zentrum dieses Strudels von Quallen überfiel mich ein unfaßliches Entsetzen, als sei ich in bodenlose Finsternis hinabgezerrt worden. Aus irgendeinem Grund wurde ich nicht verbrannt, aber in meiner Panik verschluckte ich eine ganze Menge Salzwasser. Und das erklärt, warum ich die Quallenausstellung nach Möglichkeit lieber übersprungen und mir statt dessen irgendwelche normalen Fische angeschaut hätte, wie Makrelen oder Schollen.

Kumiko dagegen war völlig fasziniert. Sie blieb vor jedem einzelnen Becken stehen, lehnte sich über das Geländer und rührte sich nicht mehr von der Stelle, als habe sie das Phänomen Zeit aus ihrem Bewußtsein getilgt. »Sehen Sie sich die hier an«, sagte sie dann zu mir. »Ich hatte gar nicht gewußt, daß es so leuchtend pinkfarbige Quallen gibt. Und sehen Sie doch, wie anmutig sie schwimmen. Sie wabbeln einfach immer so weiter, bis sie durch jeden Ozean der Welt gekommen sind. Sind sie nicht wundervoll?«

»Sicher, schon.« Aber je länger ich mich zwang, mit ihr zusammen Quallen anzustarren, desto deutlicher fühlte ich, wie sich mir die Brust zusammenschnürte. Ehe ich mich versah, hatte ich aufgehört, Kumiko irgendwelche Antworten zu geben, und konzentrierte mich nur noch darauf, das Kleingeld in meiner Tasche zu zählen, immer wieder von vorn, oder wischte mir die Mundwinkel mit dem Taschentuch ab. Ich betete unablässig darum, daß wir das letzte Quallenbecken erreichen möchten, aber die Dinger nahmen einfach kein Ende. Die Vielfalt der Quallen, die die Weltmeere bevölkern, war erdrückend. Ich schaffte es, eine halbe Stunde durchzuhalten, aber die Anspannung weichte mir das Gehirn zunehmend auf. Als es schließlich über meine Kräfte ging, weiter so ans Geländer gelehnt neben Kumiko herumzustehen, entfernte ich mich ein paar Schritte und ließ mich auf eine Bank sacken. Kumiko kam herüber und fragte mich sichtlich besorgt, ob mir schlecht sei. Ich antwortete wahrheitsgemäß, vom Anblick der Quallen werde mir ganz schwindlig.

Sie sah mir mit ernster Miene in die Augen. »Das stimmt«, sagte sie. »Ich kann es an Ihren Augen erkennen, sie sind ganz unscharf geworden. Nicht zu glauben – bloß vom Quallen Ansehen!« Sie nahm mich beim Arm und führte mich aus dem düsteren, klammen Aquarium ans Sonnenlicht.

Wir setzten uns in den angrenzenden Park. Ich atmete langsam und tief durch, und nach zehn Minuten hatte ich es geschafft, in einen normalen psychischen Zustand zurückzukehren. Die kräftige Herbstsonne übergoß alles mit ihren wohltuenden Strahlen, und das knochentrockene Laub der Ginkgo-Bäume raschelte leise auf, sobald sich eine Brise regte. »Wieder alles in Ordnung?« fragte Kumiko, nachdem einige Minuten vergangen waren. »Sie sind schon ein komischer Typ. Wenn Sie Quallen so sehr verabscheuen, warum haben Sie es nicht gleich gesagt, statt zu warten, bis Ihnen schlecht davon wird?«

Der Himmel war hoch und wolkenlos, der Wind tat gut, die Menschen, die ihren Sonntag im Park verbrachten, hatten alle glückliche Gesichter. Ein hübsches, schlankes Mädchen führte einen großen, langhaarigen Hund spazieren. Ein alter Mann mit einem Filzhut sah seiner Enkelin beim Schaukeln zu. Mehrere Paare saßen, wie wir, auf Parkbänken. Irgendwo in der Ferne übte jemand Tonleitern auf dem Saxophon.

»Warum haben Sie eine solche Schwäche für Quallen?« fragte ich.

»Ich weiß nicht. Ich finde sie wahrscheinlich nett«, sagte sie. »Aber als ich mich vorhin richtig auf sie konzentriert habe, ist mir etwas aufgegangen. Was wir vor uns sehen, ist nur ein winziger Ausschnitt der Welt. Wir haben uns angewöhnt zu denken, das *sei* die Welt, aber das stimmt ja überhaupt nicht. Die wirkliche Welt ist weit dunkler und tiefer, und der größte Teil davon ist von Quallen und solchem Getier bevölkert. Diesen ganzen Rest lassen wir einfach unter den Tisch fallen. Ist es nicht so? Zwei Drittel der Erdoberfläche ist Ozean, und mit bloßem Auge können wir davon nur die Oberfläche sehen: die Haut. Von dem, was sich unter der Haut abspielt, wissen wir praktisch nichts.«

Danach machten wir einen langen Spaziergang. Um fünf sagte Kumiko, sie müsse ins Krankenhaus zurück, also begleitete ich sie dorthin. »Danke für den schönen Tag«, sagte sie, als wir uns trennten. In ihrem Lächeln lag ein ruhiges Leuchten, das vorher nicht dagewesen war. Als ich es sah, erkannte ich, daß ich es im Laufe des Tages geschafft hatte, ihr ein bißchen näherzukommen – wofür ich mich zweifellos bei den Quallen bedanken konnte.

Es folgten weitere Verabredungen. Kumikos Mutter wurde aus dem Krankenhaus entlassen, und ich hatte mit meinem Klienten alles besprochen, was für die Abfassung seines Testaments erforderlich war, aber wir trafen uns jetzt regel-

mäßig einmal die Woche und gingen ins Kino oder in ein Konzert oder machten einen Spaziergang. Bei jeder Begegnung kamen wir uns ein Stückchen näher. Es machte mir Freude, mit ihr zusammenzusein, und wenn wir uns zufällig berührten, verspürte ich ein Flattern in der Brust. Oft fiel es mir schwer, mich auf die Arbeit zu konzentrieren, wenn das Wochenende heranrückte. Ich war mir sicher, daß Kumiko mich mochte. Schließlich hätte sie sich sonst nicht jedes Wochenende mit mir getroffen.
Trotzdem hatte ich es nicht eilig, meine Beziehung zu Kumiko zu vertiefen. Ich spürte in ihr so etwas wie eine leichte Unsicherheit. Was es genau war, hätte ich nicht sagen können, aber es äußerte sich gelegentlich in dem, was sie sagte oder tat. Ich fragte sie irgend etwas, und bevor sie antwortete, trat eine Pause ein – nur ein winziges Zögern, aber in diesem fast unmerklichen Innehalten spürte ich so etwas wie einen Schatten.
Der Winter kam und dann das neue Jahr. Wir trafen uns weiter regelmäßig jede Woche. Ich fragte sie nach jenem Etwas, und sie sagte nie ein Wort darüber. Wir trafen uns, gingen irgendwo essen und unterhielten uns über harmlose Dinge.
Eines Tages faßte ich mir ein Herz und sagte: »Sie *müssen* einen Freund haben, oder irre ich mich?«
Kumiko sah mich einen Augenblick lang an und fragte: »Wie kommen Sie darauf?«
»Nur so eine Ahnung«, sagte ich. Wir schlenderten durch den winterlich kahlen und verlassenen Kaiserlichen Garten von Shinjuku.
»Was für eine Ahnung?«
»Ich weiß nicht. Ich hab irgendwie das Gefühl, daß Sie mir etwas sagen möchten. Wenn's Ihnen möglich ist, sollten Sie es tun.«
Ihr Ausdruck schwankte minimal – kaum merklich. Sie mochte einen Augenblick der Unsicherheit gehabt haben, aber ihre Entscheidung dann war ganz eindeutig.
»Danke, daß Sie danach gefragt haben«, sagte sie, »aber es gibt nichts Bestimmtes, worüber ich unbedingt reden möchte.«
»Meine Frage haben Sie aber noch nicht beantwortet.«
»Ob ich einen Freund habe?«
»M-hm.«
Kumiko blieb stehen. Dann streifte sie sich die Handschuhe ab und steckte sie in ihre Manteltasche. Sie nahm meine unbehandschuhte Hand in ihre. Ihre Hand

war warm und weich. Als ich den Druck ihrer Finger erwiderte, hatte ich das Gefühl, ihre Atemzüge würden kleiner und weißer.

»Können wir jetzt in deine Wohnung gehen?« fragte sie.

»Klar«, sagte ich, etwas überrumpelt. »Die macht allerdings nicht viel her.«

Ich wohnte damals in Asagaya, in einem Einzimmerapartment mit einer winzigen Küche und einem Klo und einer Dusche von der Größe einer Telefonzelle. Es lag im ersten Stock und ging nach Süden, mit Blick auf den Lagerhof einer Baufirma. Die Südlage war der einzige Pluspunkt der Wohnung. Lange saßen Kumiko und ich, an die Wand gelehnt, nebeneinander in der Flut von Sonnenlicht.

An dem Tag schlief ich zum ersten Mal mit ihr. Ich war sicher, daß sie es gewollt hatte. In gewissem Sinne war sie es, die mich verführte. Nicht, daß sie irgend etwas explizit Verführerisches gesagt oder getan hätte. Aber als ich die Arme um ihren nackten Körper legte, wußte ich ohne jeden Zweifel, daß sie es darauf angelegt hatte. Ihr Körper war weich und bot keinerlei Widerstand.

Das war Kumikos erstes sexuelles Erlebnis. Danach sagte sie lange Zeit nichts. Ich versuchte mehrmals, ein Gespräch mit ihr anzufangen, aber sie gab keine Antwort. Sie duschte, zog sich an und setzte sich wieder ins Sonnenlicht. Ich hatte keine Ahnung, was ich ihr sagen sollte. Ich setzte mich einfach zu ihr in die Pfütze aus Sonnenlicht und sagte nichts. Gemeinsam rückten wir periodisch ein Stückchen weiter und folgten der Sonne die Wand entlang. Als es Abend wurde, sagte Kumiko, sie müsse jetzt gehen. Ich begleitete sie nach Hause.

»Bist du sicher, daß du mir nicht etwas sagen willst?« fragte ich sie im Zug noch einmal.

Sie schüttelte den Kopf. »Mach dir keine Gedanken«, murmelte sie.

Ich kam nie wieder darauf zu sprechen. Kumiko hatte sich schließlich aus freien Stücken entschieden, mit mir zu schlafen, und wenn sie wirklich etwas mit sich herumtrug, was sie mir nicht sagen konnte, dann würde sich die Sache im Laufe der Zeit wahrscheinlich von selbst erledigen.

Wir trafen uns auch danach jede Woche, und nun machten wir dann in der Regel auch einen Abstecher in meine Wohnung. Wenn wir uns in den Armen hielten und einander berührten, begann sie, mehr und mehr von sich zu erzählen, von den Dingen, die sie erlebt hatte, von den Gedanken und Gefühlen, die diese Erlebnisse in ihr wachgerufen hatten. Und ich begann die Welt, so wie Kumiko sie sah, zu verstehen. Ich merkte auch, daß es mir zunehmend leichter fiel, mit Kumiko über die Welt zu reden, so wie ich sie sah. Ich liebte sie sehr, und sie sagte, sie wolle immer bei mir bleiben. Wir warteten, bis sie ihr Collegestudium abgeschlossen hatte, und dann heirateten wir.

Wir führten eine glückliche Ehe und hatten keine nennenswerten Probleme. Und doch gab es Zeiten, wo ich nicht umhinkonnte zu spüren, daß es in Kumiko einen Bereich gab, zu dem ich keinen Zutritt hatte. Sie konnte beispielsweise mitten im belanglosesten – oder auch leidenschaftlichsten – Gespräch ohne jede Vorwarnung verstummen; ganz unvermittelt und ohne jeden Grund (zumindest ohne einen mir erkennbaren Grund). Es war, als spazierte man die Straße entlang und fiele unversehens in eine Grube. Ihr Schweigen hielt nie sehr lange an, aber danach war sie immer für eine ganze Weile irgendwie nicht richtig da.

Als ich das erste Mal in Kumiko eindrang, nahm ich ein seltsames Zögern war. Kumiko hätte bei diesem ersten Mal – für sie das erste Mal überhaupt – nichts als Schmerz empfinden müssen, und tatsächlich verriet ihr verkrampfter Körper, daß sie Schmerzen litt, doch das war nicht der einzige Grund für das Zögern, das ich zu spüren meinte. Da war noch eine merkwürdige Abgeklärtheit, ein Gefühl des Getrenntseins, der Distanz, ich weiß auch nicht genau, wie ich es nennen soll. Ich wurde von dem bizarren Gedanken überfallen, der Körper, den ich in den Armen hielt, sei nicht der Körper der Frau, die ich bis vor wenigen Augenblicken neben mir gehabt und mit der ich zärtliche Worte gewechselt hatte: Ohne daß ich etwas gemerkt hatte, war ein Schalter umgeklickt, und ein fremder Körper hatte ihren Platz eingenommen. Ich hielt sie in den Armen, und meine Hände fuhren fort, ihren Rücken zu streicheln. Das Gefühl, ihren schmalen glatten Rücken zu berühren, übte eine fast hypnotische Wirkung auf mich aus, und dennoch schien Kumikos Rücken gleichzeitig irgendwo weit fort von mir zu sein. Solange sie in meinen Armen lag, hätte ich schwören können, Kumiko sei ganz woanders und denke an etwas ganz anderes, und der Körper, den ich festhielt, sei lediglich ein zeitweiliger Stellvertreter. Das könnte auch der Grund dafür gewesen sein, daß es, obwohl ich sehr erregt war, so lange dauerte, bis ich kam.

Dieses befremdliche Gefühl hatte ich nur bei unserem ersten Geschlechtsverkehr. Danach hatte ich den Eindruck, daß sie mir viel näher sei und körperlich weit empfindlicher reagiere. Ich gelangte zu der Überzeugung, dieses anfängliche Gefühl der Distanz habe damit zusammengehangen, daß es für sie das erste sexuelle Erlebnis überhaupt gewesen war.

Während ich meine Erinnerungen durchforschte, griff ich gelegentlich nach der herabhängenden Strickleiter und gab ihr einen Ruck, um mich zu vergewissern, daß sie sich nicht gelöst hatte. Ich wurde einfach die Angst nicht los, sie könnte jeden Augenblick herunterfallen. Jedesmal wenn mir, da unten in der Dunkelheit, dieser Gedanke kam, wurde mir ganz unbehaglich zumute. Ich hörte sogar mein Herz hämmern. Nach etlichen – vielleicht zwanzig oder dreißig – Überprüfungen beruhigte ich mich allmählich etwas. Schließlich hatte ich die Leiter sehr sorgfältig am Baum festgebunden. Sie konnte sich nicht einfach so lösen.
Ich sah auf meine Uhr. Die Leuchtzeiger standen auf kurz vor drei. Drei Uhr nachmittags. Ich sah nach oben. Die halbmondförmige Lichttafel hing noch immer an ihrer Stelle; die Erdoberfläche war von blendendem Sommerlicht überflutet. Ich malte mir einen Bach aus, der im Sonnenlicht funkelte, und grüne Blätter, die in der Brise zitterten. Da oben herrschte das Licht unumschränkt, und dennoch existierte nur ein kleines Stück tiefer, hier unten, eine solche Dunkelheit. Man brauchte nur an einer Strickleiter ein paar Meter unter die Erde zu klettern, und schon erreichte man eine so tiefe Dunkelheit.
Ich zog noch ein weiteres Mal an der Leiter, um wirklich sicher zu sein, daß sie fest verankert war. Dann lehnte ich den Kopf an die Wand und schloß die Augen. Irgendwann überwältigte mich der Schlaf, wie eine allmählich steigende Flut.

7
ERINNERUNGEN UND DIALOG
ÜBER DIE SCHWANGERSCHAFT
EMPIRISCHE UNTERSUCHUNG ÜBER DEN SCHMERZ

Als ich aufwachte, hatte die halbmondförmige Öffnung des Brunnens die tiefe Bläue des Abends angenommen. Nach meiner Uhr war es halb acht. Neunzehn Uhr dreißig. Was bedeutete, daß ich viereinhalb Stunden hier unten gelegen und geschlafen hatte.
Hier auf dem Grund des Brunnens war es kühl. Beim Hinunterklettern war ich wahrscheinlich zu nervös und aufgeregt gewesen, um mir Gedanken über die Lufttemperatur zu machen; jetzt aber registrierte meine Haut eine unangenehme Kühle. Während ich mir die nackten Arme warmrieb, wurde mir bewußt, daß ich

besser daran getan hätte, im Rucksack etwas zum Überziehen mitzunehmen. Ich war gar nicht auf den Gedanken gekommen, daß auf dem Grund des Brunnens eine andere Temperatur herrschen könnte als auf der Erdoberfläche.

Nun umgab mich vollkommene Finsternis. Sosehr ich meine Augen auch anstrengte, konnte ich nicht das geringste erkennen. Ich konnte nicht sehen, wo meine eigene Hand war. Ich tastete die Wand ab, bis ich die Leiter fühlte, und ruckte einmal daran. Sie war noch immer fest an der Oberwelt verankert. Die Bewegung meiner Hand schien die Dunkelheit ins Wanken zu bringen, aber das konnte auch eine Sinnestäuschung gewesen sein.

Es war ein äußerst seltsames Gefühl, nicht imstande zu sein, meinen eigenen Körper zu sehen, obwohl ich doch wußte, daß er dasein mußte. Als ich vollkommen reglos so im Dunkeln saß, kam mir die Gewißheit, daß ich tatsächlich existierte, immer mehr abhanden. Um dem entgegenzuwirken, räusperte ich mich ab und zu oder rieb mir mit der Hand über das Gesicht. Auf diese Weise konnten meine Ohren die Existenz meiner Stimme überprüfen, meine Hand die Existenz meines Gesichts und mein Gesicht die Existenz meiner Hand.

Trotz dieser Gegenmaßnahmen begann mein Körper immer mehr an Dichte und Schwere zu verlieren, wie Sand, der nach und nach von fließendem Wasser fortgespült wird. Ich hatte das Gefühl, als fände in meinem Inneren ein erbittertes wortloses Tauziehen statt, ein Ringen, bei dem mein Bewußtsein meinen Körper langsam, aber sicher in sein Territorium zerrte. Die Dunkelheit störte das richtige Gleichgewicht zwischen den beiden. Mir kam der Gedanke, daß mein Körper nur eine provisorische Hülle sei, die durch Umordnen der Zeichen, die man Chromosomen nennt, für mein Bewußtsein angefertigt worden war. Eine weitere Umordnung der Zeichen, und ich würde mich in einem völlig anderen Körper wiederfinden. »Prostituierte des Geistes« hatte Kreta Kano sich genannt. Es fiel mir nicht mehr schwer, diesen Ausdruck zu akzeptieren. Ja, es war möglich, daß wir uns im Geist paarten und ich in der Wirklichkeit kam. In wirklich tiefer Finsternis waren die seltsamsten Dinge möglich.

Ich schüttelte den Kopf und bemühte mich, mein Bewußtsein wieder in meinen Körper zu bringen.

Ich preßte im Dunkeln die Fingerspitzen der einen Hand gegen die Fingerspitzen der anderen – Daumen gegen Daumen, Zeigefinger gegen Zeigefinger. Die Finger meiner rechten Hand bestätigten die Existenz der Finger meiner linken

Hand, und die Finger meiner Linken bestätigten die Existenz der Finger meiner Rechten. Dann atmete ich mehrmals langsam und tief. Also schön, genug über das Bewußtsein nachgedacht. Denk über die Wirklichkeit nach. Denk über die reale Welt nach. Die Welt des Körpers. Deswegen bin ich überhaupt hier. Um über die Wirklichkeit nachzudenken. Am besten über die Wirklichkeit nachdenken, hatte ich mir überlegt, ließe sich, wenn man sich so weit wie möglich von ihr zurückzog – an einen Ort wie den Grund eines Brunnens etwa. »Wenn du absteigen sollst, such dir den tiefsten Brunnen und geh hinunter auf den Grund«, hatte Herr Honda gesagt. Gegen die Wand gelehnt, sog ich langsam die modrige Luft in meine Lungen.

Wir heirateten ohne jede Zeremonie. Wir hätten uns gar keine leisten können, und wir wollten uns nicht ihren Eltern zu Dank verpflichtet fühlen müssen. Unser gemeinsames Leben so beginnen zu können, wie es unseren Möglichkeiten entsprach, war uns weit wichtiger als eine Zeremonie. Eines frühen Sonntagmorgens gingen wir aufs Standesamt, weckten, als wir am Sonntagsschalter klingelten, den diensthabenden Beamten und ließen uns als Eheleute eintragen. Später gingen wir in ein französisches Luxusrestaurant von der Art, die wir uns normalerweise beide nicht leisten konnten, bestellten eine Flasche Wein und aßen ein Menü mit drei Gängen. Das genügte uns.

Zum Zeitpunkt unserer Heirat hatten wir praktisch keinerlei Ersparnisse (von meiner Mutter hatte ich zwar ein wenig Geld geerbt, aber ich hatte mir fest vorgenommen, es nur in einem wirklichen Notfall anzurühren) und so gut wie keine Möbel. Zukunftsaussichten hatten wir ebenfalls so gut wie keine. Ohne Zulassung als Anwalt brauchte ich mir keine Hoffnungen zu machen, es in der Kanzlei, in der ich arbeitete, je zu was zu bringen, und Kumiko arbeitete bei einem winzigen, unbekannten Verlag. Wenn sie gewollt hätte, hätte sie nach dem Abschlußexamen mit Hilfe ihres Vaters eine viel bessere Stellung bekommen können, aber der Gedanke, sich an ihn zu wenden, behagte ihr nicht, und sie hatte sich lieber etwas auf eigene Faust gesucht. Trotzdem waren wir nicht etwa unzufrieden. Wir waren stolz darauf, über die Runden zu kommen, ohne daß sich irgend jemand in unser Leben einmischte.

Es war für uns beide nicht leicht, aus nichts etwas aufzubauen. Wie die meisten Einzelkinder hatte ich eine Vorliebe für Alleingänge. Wenn es darum ging, etwas

Wichtiges zu erreichen, machte ich es am liebsten allein. Mich mit anderen Leuten absprechen und ihnen meine Vorstellungen begreiflich machen zu müssen erschien mir wie eine gewaltige Verschwendung von Zeit und Energie, wo es doch viel leichter war, allein zu arbeiten, ohne ein Wort zu reden. Und Kumiko hatte nach dem Verlust ihrer Schwester ihrer Familie gegenüber ihr Herz verschlossen und war so aufgewachsen, als stünde sie völlig allein auf der Welt. Sie hatte nie bei ihren Eltern oder ihrem Bruder Rat gesucht. In dieser Hinsicht waren wir uns also sehr ähnlich.

Trotzdem lernten wir es beide nach und nach, unseren Körper und unseren Geist in den Dienst dieser neu geschaffenen Entität zu stellen, die wir »unser Zuhause« nannten. Wir übten, gemeinsam zu denken und zu empfinden. Wir bemühten uns, mit Dingen, die einem von uns beiden widerfuhren, gemeinsam fertig zu werden, als mit etwas, das uns beide betraf. Manchmal funktionierte es und manchmal auch nicht. Aber wir hatten Freude an diesem neuen, ungewohnten Prozeß von Versuch und Irrtum. Und selbst heftige Zusammenstöße konnten wir in den Armen des anderen rasch wieder vergessen.

Im dritten Jahr unserer Ehe wurde Kumiko schwanger. Dies war ein gewaltiger Schock für uns – oder zumindest für mich –, da wir es mit der Empfängnisverhütung immer sehr genau genommen hatten. Es mußte in einem unbedachten Augenblick passiert sein; wir konnten uns zwar nicht denken, welcher Augenblick es gewesen sein konnte, aber es gab keine andere Erklärung. Auf alle Fälle konnten wir uns ein Kind finanziell einfach nicht leisten. Kumiko war gerade erst in ihren Redaktionsjob reingekommen und wollte ihn wenn irgend möglich auch behalten. In einem so kleinen Verlag war an so großartige Sozialleistungen wie Mutterschaftsurlaub schlicht nicht zu denken. Wenn eine Mitarbeiterin ein Kind haben wollte, hatte sie keine andere Wahl als zu kündigen. Wenn Kumiko das getan hätte, wäre uns – zumindest eine Zeitlang – nur mein Gehalt geblieben, und davon hätten wir beim besten Willen nicht leben können.

»Für dieses Mal müssen wir wohl passen«, sagte Kumiko mit ausdrucksloser Stimme zu mir, nachdem der Arzt ihr das Untersuchungsergebnis mitgeteilt hatte.

Sie hatte wahrscheinlich recht. Wie man die Sache auch betrachtete, war das die vernünftigste Schlußfolgerung. Wir waren jung und auf die Elternrolle nicht im mindesten vorbereitet. Sowohl Kumiko als auch ich brauchten noch Zeit für uns selbst. Wir mußten uns unser eigenes Leben aufbauen: das hatte höchste Priorität. Später würden wir noch mehr als genug Gelegenheiten haben, Kinder in die Welt zu setzen.

In Wirklichkeit aber wollte ich nicht, daß Kumiko abtreiben ließ. In meinem zweiten College-Jahr hatte ich einmal ein Mädchen geschwängert. Ich hatte sie dort kennengelernt, wo ich nebenher jobbte. Sie war ein nettes Mädchen, ein Jahr jünger als ich, und wir kamen gut miteinander aus. Wir mochten uns natürlich, aber ernste Absichten hatten wir beide nicht, und die Chancen, daß wir es je miteinander ernst meinen würden, waren gleich Null. Wir waren einfach zwei einsame junge Leute, die jemanden brauchten, an dem sie sich zeitweilig festhalten konnten.
Wie es zu ihrer Schwangerschaft gekommen war, stand zweifelsfrei fest. Ich benutzte immer ein Kondom, aber das eine Mal hatte ich keines mehr. Als ich es ihr sagte, zögerte sie ein paar Sekunden lang und sagte dann: »Was soll's, ich glaub, es ist heute sowieso ungefährlich.« Das eine Mal hatte gereicht.
Ich konnte es gar nicht richtig glauben, daß ich »ein Mädchen geschwängert« haben sollte, aber es war mir klar, daß eine Abtreibung der einzig mögliche Weg war. Ich kratzte das Geld zusammen und begleitete sie in die Klinik. Wir fuhren mit dem Vorortzug in ein Städtchen in Chiba, wo ein Arzt praktizierte, dessen Namen sie von einer Freundin bekommen hatte. Wir stiegen an einer Station aus, von der ich noch nie etwas gehört hatte, und sahen Tausende absolut identischer kleiner Häuschen, die sich, eins ans andere gequetscht, über das hügelige Land bis zum Horizont hindehnten. Das waren riesige Neubausiedlungen, die in den letzten Jahren für jüngere Firmenangestellte, die sich die Mieten Tokios nicht leisten konnten, aus dem Boden gestampft worden waren. Der Bahnhof war brandneu, und gleich gegenüber erstreckten sich riesige überflutete Reisfelder – die größten, die ich bis dahin je gesehen hatte. Die Straßen waren mit Reklametafeln von Immobilienmaklern gesäumt.
Das Wartezimmer der Klinik war überfüllt mit dickbäuchigen jungen Frauen, von denen die meisten im vierten oder fünften Ehejahr gewesen sein dürften und jetzt endlich dazu kamen, sich in ihrem überschuldeten Vororthäuschen ans Kinderkriegen zu machen. Der einzige jüngere Mann weit und breit war ich. Sämtliche schwangeren Damen starrten mit dem größten Interesse – und ohne das

geringste Anzeichen von Sympathie – in meine Richtung. Jeder hätte auf den ersten Blick erkannt, daß ich ein College-Student war, der seine Freundin versehentlich geschwängert hatte und mit ihr wegen einer Abtreibung hier war.
Nach dem Eingriff kehrten das Mädchen und ich nach Tokio zurück. Um diese Uhrzeit – es war später Nachmittag – war der stadteinwärts fahrende Zug so gut wie leer. Ich entschuldigte mich bei dem Mädchen. In diesen Schlamassel, sagte ich, sei sie ausschließlich durch meine Gedankenlosigkeit geraten.
»Nimm's nicht so schwer«, sagte sie. »Immerhin hast du mich in die Klinik begleitet, und du hast die Abtreibung bezahlt.«
Kurze Zeit später trennten wir uns, und so habe ich nie erfahren, was aus ihr wurde, aber die Angelegenheit lag mir noch sehr lange auf der Seele – selbst dann noch, als wir nichts mehr miteinander zu tun hatten. Jedesmal, wenn ich an diesen Tag zurückdachte, schoß mir dasselbe Bild durch den Kopf: dieses Wartezimmer, zum Bersten voll mit schwangeren jungen Frauen, deren Augen eine solche Gewißheit ausstrahlten. Und jedesmal durchfuhr mich wieder der Gedanke, daß ich sie nie hätte schwängern dürfen.
Um mich zu trösten – um *mich* zu trösten! –, zählte sie mir während der Rückfahrt alles auf, was den Eingriff so unproblematisch gemacht hatte. »Es ist gar nicht so schlimm, wie du glaubst«, sagte sie. »Es ist schnell vorbei, und es tut auch nicht weh. Man zieht sich einfach aus und legt sich da hin. Klar, ein bißchen peinlich ist es wohl schon, aber der Arzt war nett und die Schwestern auch. Natürlich haben sie mir eine kleine Moralpredigt gehalten, haben gemeint, ich sollte in Zukunft besser aufpassen. Also mach dir keine Vorwürfe. Es ist zum Teil auch meine Schuld. Ich hab ja schließlich gesagt, es würde klargehen, stimmt's? Also Kopf hoch.«
Trotzdem hatte ich während der ganzen langen Zugfahrt hinaus nach Chiba und dann wieder zurück nach Tokio das Gefühl gehabt, ich sei ein anderer Mensch geworden. Selbst noch nachdem ich sie nach Hause begleitet hatte und in mein Zimmer zurückgekehrt war, um mich aufs Bett zu legen und an die Decke zu starren, konnte ich die Veränderung spüren. Ich war ein neues »Ich«, und ich konnte nie wieder zu dem werden, der ich vorher gewesen war. Was mir zu schaffen machte, war das Bewußtsein, meine Unschuld verloren zu haben. Es war nicht das Gefühl, im moralischen Sinne unrecht gehandelt zu haben, auch kein bloßes schlechtes Gewissen. Ich wußte, daß ich einen schrecklichen Fehler begangen hatte, aber ich

bestrafte mich nicht etwa dafür. Es ging um eine *physische Tatsache*, durch keinerlei Strafe anzugehen, der ich mich nüchtern und logisch würde stellen müssen.

Als ich erfuhr, daß Kumiko schwanger war, fiel mir als allererstes das Bild dieses Wartezimmers voll von schwangeren jungen Frauen ein. Oder besser gesagt, der besondere Geruch, der dort in der Luft gehangen hatte. Ich hatte keine Ahnung, was für ein Geruch das gewesen sein mochte – ja, ob es überhaupt ein realer Geruch gewesen war. Vielleicht war es auch nur etwas *wie* ein Geruch gewesen. Als die Sprechstundenhilfe den Namen aufgerufen hatte, war das Mädchen langsam von dem harten, vinylbezogenen Stuhl aufgestanden und direkt auf die Tür des Behandlungszimmers zugegangen. Unmittelbar bevor sie aufgestanden war, hatte sie mich mit dem Anflug eines Lächelns bedacht – oder mit dem, was von einem Lächeln übriggeblieben war, nachdem sie es sich anders überlegt hatte.

Ich wußte, daß es für uns unrealistisch gewesen wäre, ein Kind zu bekommen, aber ich wollte andererseits auch nicht, daß Kumiko abtreiben ließ. Als ich ihr das sagte, entgegnete sie: »Das haben wir doch schon alles durchgesprochen. Wenn ich jetzt ein Kind bekomme, ist für mich mit der Arbeit Schluß, und du mußt einen besser bezahlten Job finden, um mich und das Baby zu ernähren. Wir könnten uns dann nicht mehr das kleinste Extra leisten. Den geringsten Wunsch könnten wir uns nicht mehr erfüllen. Von jetzt an wären unsere Möglichkeiten, realistisch betrachtet, gleich Null. Kämst *du* damit klar?«

»Ja«, sagte ich. »Ich glaube schon, daß ich damit klarkäme.«

»Wirklich?«

»Wenn ich mich ernsthaft dazu entschließen würde, könnte ich wahrscheinlich Arbeit finden – bei meinem Onkel etwa: Er sucht jemanden. Er will ein neues Lokal eröffnen, aber er kann keinen finden, dem er die Leitung anvertrauen würde. Ich bin sicher, ich würde bei ihm eine Menge mehr verdienen als in der Kanzlei. Es hätte zwar nichts mit Jura zu tun, aber na und? Was ich jetzt tue, ist auch nicht gerade mein Traumberuf.«

»Du würdest also ein Restaurant leiten?«

»Ich bin sicher, ich würd's hinkriegen, wenn ich mir Mühe gäbe. Und für Notfälle habe ich die kleine Erbschaft von meiner Mutter. Verhungern würden wir schon nicht.«

Kumiko schwieg und dachte lange nach; sie kniff dabei die Augen ein wenig zu-

sammen, eine der mimischen Gewohnheiten, die ich an ihr mochte.«»Heißt das, daß du ein Kind haben möchtest?« fragte sie.
»Ich weiß nicht«, sagte ich. »Ich weiß, daß du schwanger bist, aber es ist mir noch nicht so richtig bewußt geworden, daß ich Vater werden könnte. Und ich weiß nicht, wie sich unser Leben verändern würde, wenn wir ein Kind hätten. Du magst deine Arbeit, und mir scheint, es wäre falsch, sie dir wegzunehmen. Auf der einen Seite glaube ich, daß wir mehr Zeit füreinander bräuchten, andererseits glaube ich auch, daß ein Kind unsere Welt erweitern würde. Ich weiß nicht, was richtig ist. Ich hab einfach diese starke Abneigung dagegen, daß du abtreiben läßt. Ich kann dir also keine Garantien geben. Ich bin mir in nichts von alldem hundertprozentig sicher, und ich habe keine Patentlösungen. Ich hab nur dieses Gefühl.«
Kumiko dachte eine Weile darüber nach und rieb sich ab und zu den Bauch. »Sag mal«, sagte sie. »Was glaubst du, warum ich schwanger geworden bin? Irgendeine Idee?«
Ich schüttelte den Kopf. »Eigentlich nicht. Wir haben immer aufgepaßt. Das war genau die Art von Problem, die ich unbedingt vermeiden wollte. Drum hab ich keine Ahnung, wie das passiert sein kann.«
»Du meinst nicht, daß ich dich betrogen haben könnte? Ist dir die Möglichkeit nie in den Sinn gekommen?«
»Nie.«
»Warum nicht?«
»Ich weiß auch nicht. Ich kann nicht behaupten, ich hätte einen sechsten Sinn oder so, aber was das angeht, bin ich mir sicher.«
Wir saßen am Küchentisch und tranken Wein. Es war spät nachts und absolut still. Kumiko machte die Augen schmal und starrte auf den letzten Schluck Wein, der noch in ihrem Glas war. Sie trank so gut wie nie, aber wenn sie nicht einschlafen konnte, genehmigte sie sich ein Glas Wein. Es wirkte bei ihr immer. Ich trank nur, um ihr Gesellschaft zu leisten. Etwas so Vornehmes wie richtige Weingläser hatten wir nicht. Wir tranken aus kleinen Biergläsern, die wir beim Spirituosenhändler unseres Viertels gratis bekamen.
»*Hast* du mich betrogen?« fragte ich, plötzlich besorgt.
Kumiko lächelte und schüttelte den Kopf. »Sei nicht albern. Du weißt, daß ich so etwas nie tun würde. Ich habe das nur als theoretische Möglichkeit erwähnt.«
Dann wurde sie wieder ernst und stützte die Ellenbogen auf den Tisch. »Aber

manchmal weiß ich selbst nicht. Ich kann nicht sagen, was wirklich ist, und was nicht ... welche Dinge wirklich passiert sind, und welche Dinge nicht ... Aber nur *manchmal*.«
»Ist das jetzt eines dieser *Manchmale?*«
»Na ja, irgendwie schon. Passiert dir das nie?«
Ich dachte ein Weilchen darüber nach. »Ich kann mich jedenfalls an keinen konkreten Fall erinnern, nein«, sagte ich.
»Wie soll ich's ausdrücken? Da ist irgendwie eine Lücke zwischen dem, was ich für wirklich halte, und dem, was wirklich wirklich ist. Ich krieg so ein vages Gefühl, als ob da irgendeine Kleinigkeit wäre ... wie zum Beispiel, daß ein Einbrecher im Haus ist, in einem Schrank versteckt ... und von Zeit zu Zeit kommt das Gefühl raus und schmeißt jede Ordnung oder Logik durcheinander, die ich mir zurechtgelegt habe. So wie ein Magnet eine Maschine dazu bringen kann, völlig verrückt zu spielen.«
»Irgendeine Kleinigkeit? Ein Einbrecher?« sagte ich. »Na, das nenne ich wirklich vage!«
»Es *ist* vage. Wirklich«, sagte Kumiko und trank dann ihren Wein aus.
Ich sah sie eine Zeitlang an. »Und du glaubst, daß zwischen dieser ›irgendeinen Kleinigkeit‹ und der Tatsache, daß du schwanger bist, irgendein Zusammenhang besteht?«
Sie schüttelte den Kopf. »Nein, ich sage nicht, daß die zwei Dinge miteinander zusammenhängen oder nicht miteinander zusammenhängen. Es ist einfach, daß ich mir manchmal nicht so richtig sicher über die Ordnung der Dinge bin. Mehr will ich damit gar nicht sagen.«
In ihren Worten hatte zunehmend Ungeduld mitgeschwungen. Es war der Augenblick gekommen, diese Diskussion zu beenden. Es war nach ein Uhr nachts. Ich beugte mich über den Tisch und nahm ihre Hand.
»Weißt du«, sagte Kumiko, »mir wär's eigentlich lieber, du würdest mich die Sache selbst entscheiden lassen. Es ist mir klar, daß uns das beide wesentlich betrifft. Es ist mir wirklich klar. Aber dieses eine Mal möchte ich, daß du die Entscheidung *mir* überläßt. Es tut mir leid, daß ich meine Gedanken und Gefühle nicht besser in Worte fassen kann.«
»Grundsätzlich bin ich der Meinung, daß du das Recht hat, diese Entscheidung zu treffen«, sagte ich, »und ich respektiere dieses Recht.«

»Ich glaube, es ist noch ungefähr ein Monat Zeit, sich das überlegen. Wir haben ausgiebig miteinander darüber geredet, und jetzt, denk ich, habe ich eine ziemlich genaue Vorstellung davon, wie du zu der Sache stehst. Überlaß jetzt also das Denken mir. Reden wir für eine Weile nicht mehr darüber.«

Ich war auf Hokkaido, als Kumiko abtreiben ließ. Die Firma schickte ihre Laufburschen sonst nie auf richtige Geschäftsreisen, aber in diesem Fall war niemand anders abkömmlich gewesen, und so wurde ich nach Norden abkommandiert. Ich sollte einen Aktenkoffer voller Unterlagen abliefern, den Empfängern eine einfache Erklärung geben, mir die Aushändigung der Unterlagen quittieren lassen und direkt wieder zurückfahren. Die Unterlagen waren zu wichtig, als daß man sie der Post oder einem Kurierdienst hätte anvertrauen können. Da alle Abendmaschinen nach Tokio ausgebucht waren, würde ich in Sapporo im Hotel übernachten müssen. An jenem Tag ging Kumiko allein zum Arzt und ließ abtreiben. Sie rief mich nach zehn im Hotel an und sagte: »Ich hab's heute nachmittag machen lassen. Tut mir leid, dich so vor vollendete Tatsachen zu stellen, aber da ist ein Termin kurzfristig frei geworden, und ich dachte, es wäre für uns beide leichter, wenn ich die Entscheidung treffe und die Sache selbst erledige, während du fort bist.«
»Mach dir keine Gedanken«, sagte ich. »Was immer du für richtig hältst.«
»Ich hab dir noch mehr zu sagen, aber im Augenblick kann ich das nicht. Ich glaube, ich werd's dir irgendwann erzählen müssen.«
»Wir können reden, wenn ich wieder da bin.«
Nach dem Telefongespräch zog ich den Mantel an und ging hinaus auf die Straßen von Sapporo. Es war erst Anfang März, und die Fahrbahn war überall von hohen Schneewällen gesäumt. Die Luft war so kalt, daß sie fest weh tat, und der Atem kam in weißen Wolken heraus, die sich im Nu wieder auflösten. Die Passanten trugen dicke Mäntel, Handschuhe und bis zum Kinn gewickelte Schals, und tappten vorsichtig die vereisten Bürgersteige entlang. Taxis fuhren hin und her und kratzten mit ihren Spikesreifen über den Straßenbelag. Wenn ich die Kälte nicht mehr aushielt, kehrte ich auf ein paar schnelle Kurze in einer Bar ein und setzte dann meine Wanderung fort.

Ich war sehr lange unterwegs. Immer wieder kam etwas Schnee herunter, aber es war hauchzarter Schnee, wie eine Erinnerung, die in der Ferne verblaßt. Die zweite Bar, in der ich einkehrte, lag unter Straßenniveau. Wie sich herausstellte, war es ein viel größeres Lokal, als man vom Eingang her erwartet hätte. Neben der Bar befand sich eine kleine Bühne, und auf dieser war ein schlanker Mann mit Brille, der Gitarre spielte und sang. Er saß mit gekreuzten Beinen auf einem Metallstuhl und hatte einen Gitarrenkasten zu seinen Füßen.

Ich setzte mich an die Bar, trank und hörte halb auf die Musik. Zwischen den einzelnen Stücken erklärte der Mann, es seien alles seine eigene Sachen. Er dürfte Ende Zwanzig gewesen sein, hatte ein Gesicht ohne besondere Kennzeichen und trug eine Brille mit schwarzem Kunststoffgestell. Gekleidet war er in Jeans, hohe Schnürstiefel und ein kariertes Arbeitshemd aus Flanell, das ihm lose um die Taille hing. Die Art von Musik war schwer zu definieren – etwas, was man früher vielleicht »Folk« genannt hätte, aber eine japanische Version von Folk. Einfache Akkorde, einfache Melodien, einfältige Texte. Nicht gerade die Sorte Musik, für die ich mich eigens auf die Beine machen würde.

Normalerweise hätte ich auf solches Geplinker nicht weiter geachtet. Ich hätte meinen Whisky getrunken, meine Rechnung bezahlt und wäre gegangen. Aber an jenem Abend war ich völlig durchgefroren und hatte nicht die mindeste Absicht, wieder ins Freie zu gehen, ehe ich mich gründlich aufgewärmt hätte. Ich trank einen Kurzen und bestellte einen zweiten. Ich machte keine Anstalten, Mantel oder Schal auszuziehen. Als der Barkeeper fragte, ob ich einen Imbiß wolle, ließ ich mir etwas Käse geben und aß eine Scheibe. Ich versuchte nachzudenken, aber ich brachte irgendwie meinen Kopf nicht dazu, richtig zu funktionieren. Ich wußte nicht einmal, worüber ich eigentlich nachdenken wollte. Ich war ein unbewohnter Raum. Innen erzeugte die Musik nur einen trockenen, hohlen Widerhall.

Als der Mann seine Darbietung beendet hatte, wurde hier und da geklatscht, weder übermäßig begeistert noch ausschließlich der Form halber. Im Lokal saßen nicht mehr als zehn bis fünfzehn Gäste. Der Typ stand auf und verneigte sich. Er schien irgendwelche witzigen Bemerkungen von sich zu geben, denn ein paar der Gäste lachten. Ich rief den Barkeeper heran und bestellte meinen dritten Whisky. Dann endlich zog ich meinen Mantel und meinen Schal aus.

»Damit ist meine heutige Vorstellung beendet«, erklärte der Sänger. Er schien innezuhalten und den Blick über den Raum schweifen zu lassen. »Aber einigen von Ihnen dürften meine Lieder heute abend nicht gefallen haben. Für Sie möchte ich eine kleine Zugabe geben. Ich mache das nicht häufig, also sollten Sie sich glücklich schätzen.«

Er legte sein Instrument auf den Boden und holte aus dem Gitarrenkasten eine einzelne dicke weiße Kerze. Er zündete sie mit einem Streichholz an, ließ etwas Wachs auf einen Teller tropfen und stellte die Kerze darauf. Dann hielt er, wie ein griechischer Philosoph anzusehen, den Teller in die Höhe. »Könnte man die Beleuchtung bitte etwas herunterdrehen?« Einer der Angestellten dimmte die Beleuchtung ein wenig. »Ein bißchen dunkler, wenn's Ihnen nichts ausmacht.« Jetzt wurde es im Lokal viel dunkler, und die Kerzenflamme war deutlich zu sehen. Die Hände um mein Whiskyglas gelegt, um es anzuwärmen, hielt ich die Augen unverwandt auf den Mann und seine Kerze gerichtet.

»Wie Ihnen selbstverständlich allen bekannt ist«, fuhr der Mann mit leiser, aber durchdringender Stimme fort, »erleiden wir im Laufe unseres Lebens vielfältige Schmerzen. Körperliche Schmerzen und seelische Schmerzen. Ich weiß, daß ich in meinem Leben Schmerz in vielen verschiedenen Erscheinungsformen erlitten habe, und ich bin sicher, das gleiche gilt für Sie. Ebenso sicher bin ich aber, daß es Ihnen in den meisten Fällen sehr schwer gefallen sein dürfte, einem anderen Menschen die Realität dieses Schmerzes zu vermitteln: ihn mit Worten auszudrücken. Man sagt, verstehen könne jeder nur den Schmerz, den er selbst empfindet. Aber ist das wirklich wahr? Ich zumindest glaube nicht, daß das zutrifft. Wenn wir jemanden sehen, mit eigenen Augen sehen, der wirklich leidet, erleben wir seinen Schmerz manchmal durchaus als den unsrigen. Das ist die Kraft des Einfühlungsvermögens. Drücke ich mich klar aus?«

Er unterbrach sich und sah sich noch einmal im Raum um.

»Der Grund, warum Leute für andere Leute Lieder singen, ist deren Wunsch, das Einfühlungsvermögen der anderen wachzurufen, aus der engen Hülse des eigenen Ich auszubrechen und ihren Schmerz und ihre Freude mit anderen zu teilen. Das ist natürlich nicht leicht zu bewerkstelligen. Und daher möchte ich Ihnen, als eine Art Experiment, zu einem einfacheren, körperlicheren Einfühlungserlebnis verhelfen.«

Im Lokal war es jetzt totenstill, alle Augen hingen wie gebannt an der Bühne. Inmitten dieser Stille starrte der Mann ins Leere, wie um eine Kunstpause einzulegen oder sich in einen Zustand geistiger Konzentration zu versetzen. Dann hielt er ohne ein Wort seine linke Hand über die brennende Kerze. Ganz langsam führte er die offene Handfläche immer näher und näher an die Flamme heran. Einer der Zuschauer gab ein Geräusch wie einen Seufzer oder ein Stöhnen von sich.

Man konnte sehen, wie die Spitze der Flamme die Handfläche des Mannes verbrannte. Man konnte beinahe das Fleisch brutzeln hören. Eine Frau stieß einen kleinen spitzen Schrei aus. Alle übrigen starrten nur in sprachlosem Entsetzen. Der Mann ertrug den Schmerz mit qualvoll verzerrtem Gesicht. Was zum Teufel war das hier? Warum mußte er etwas so Idiotisches, etwas so Sinnloses tun? Ich spürte, wie ich einen trockenen Mund bekam. Nach fünf oder sechs Sekunden nahm der Mann die Hand langsam von der Flamme weg und stellte den Teller mit der Kerze auf den Boden. Dann faltete er die Hände und drückte die rechte und die linke Handfläche fest aneinander.

»Wie Sie heute abend gesehen haben, meine Damen und Herren, kann sich Schmerz buchstäblich ins Fleisch eines Menschen einbrennen«, sagte der Mann. Seine Stimme klang genau wie zuvor: ruhig, besonnen, kühl. Auf seinem Gesicht war keine Spur der ausgestandenen Qual zurückgeblieben. Im Gegenteil, an deren Stelle war ein schwaches Lächeln getreten. »Und Ihnen allen ist es gelungen, den offensichtlichen Schmerz so zu spüren, als wäre es Ihr eigener gewesen. Das ist die Kraft des Einfühlungsvermögens.«

Langsam nahm der Mann die gefalteten Hände auseinander. Zwischen ihnen kam ein dünnes rotes Halstuch zum Vorschein, das er auseinanderfaltete, damit es jeder sehen konnte. Dann streckte er die offenen Hände dem Publikum entgegen. Sie waren nicht im mindesten verbrannt. Es folgte eine kurze Stille, und dann machten die Leute ihrer Erleichterung durch tosenden Applaus Luft. Die Beleuchtung wurde hochgedreht, und an die Stelle der atemlosen Spannung, die den Raum erfüllt hatte, trat lebhaftes Geplauder. Als sei das Ganze überhaupt nicht passiert, legte der Mann seine Gitarre in den Kasten, stieg von der Bühne herunter und verschwand.

Als ich meine Rechnung bezahlte, fragte ich das Mädchen an der Kasse, ob der Mann oft da sänge und ob er das Kunststück regelmäßig vorführe.

»Ich bin nicht sicher«, sagte sie. »Soweit ich weiß, war das eben sein erster Auftritt hier. Ich hatte bis heute noch nie von ihm gehört. Und niemand hat mir gesagt, daß er Zaubertricks vorführt. Aber war das nicht unglaublich? Ich wüßte wirklich gern, wie er das macht. Ich wette, im Fernsehen hätte er einen Bombenerfolg.«

»Das stimmt«, sagte ich. »Es sah ganz so aus, als würde er sich wirklich verbrennen.«

Ich ging zurück zum Hotel, und kaum hatte ich mich ins Bett gelegt, sprang mich der Schlaf an, als habe er die ganze Zeit nur darauf gewartet. Während ich ins Nichts versank, dachte ich an Kumiko, aber sie schien sehr weit weg zu sein, und danach konnte ich überhaupt nichts mehr denken. In meinem Bewußtsein blitzte das Gesicht des Mannes auf, der sich die Hand verbrannte. Er schien sich wirklich zu verbrennen, fand ich. Und dann schlief ich ein.

8
DIE WURZEL DES VERLANGENS
IN ZIMMER 208
DURCH DIE WAND GEHEN

Vor Tagesanbruch hatte ich auf dem Grund des Brunnens einen Traum. Aber es war kein Traum. Es war irgend etwas anderes, was zufällig die Form eines Traums angenommen hatte.
Ich ging allein vor mich hin. Auf dem Bildschirm eines großen Fernsehgeräts, das sich in der Mitte eines saalartigen Foyers befand, war das Gesicht Noboru Watayas zu sehen. Seine Rede hatte gerade erst angefangen. Noboru Wataya trug einen Tweedanzug, ein gestreiftes Hemd und eine marineblaue Krawatte. Seine Hände lagen gefaltet auf dem Tisch vor ihm, und er sprach in die Kamera. Hinter ihm hing eine große Weltkarte an der Wand. Im Foyer mußten sich über hundert Menschen befinden, und jeder einzelne von ihnen unterbrach, was er gerade tat, und hörte ihm mit ernstem Gesicht zu. Noboru Wataya war im Begriff, etwas anzukündigen, was über das Schicksal des Volkes entscheiden würde.
Auch ich blieb stehen und sah auf den Bildschirm. Mit geübter – aber vollkommen aufrichtiger – Stimme sprach Noboru Wataya zu Millionen für ihn unsichtbarer Menschen. Dieses unerträgliche Etwas, das ich immer spürte, wenn ich ihm gegenübersaß, war jetzt an irgendeinem geheimen, der Wahrnehmung entrückten Ort verborgen. Er sprach auf seine einzigartig überzeugende Weise: die sorgfältig kalkulierten Pausen, die sonore Stimme, die Differenziertheit des Mienenspiels – alles erzeugte einen wirkungsvollen Eindruck von Realität. Noboru Wataya schien mit jedem Tag als Redner vollkommener zu werden. Das konnte ich ihm nicht absprechen, so leid es mir auch tat.

»Und damit sehen Sie, meine Freunde«, sagte er gerade, »daß alles zugleich kompliziert und einfach ist. Dies ist das Grundprinzip, das die Welt regiert, dies dürfen wir niemals vergessen. Dinge, die kompliziert erscheinen – und die auch tatsächlich kompliziert *sind* –, sind äußerst einfach, was die ihnen zugrundeliegenden Motive anbelangt. Es geht letztlich immer nur darum, *wonach wir suchen*. Die Motivation ist sozusagen die Wurzel des Verlangens. Die Hauptsache ist, die Wurzel zu finden. Setzen Sie den Spaten an, durchstoßen Sie die komplizierte Oberfläche der Wirklichkeit. Und graben Sie in die Tiefe. Graben Sie dann *noch* ein Stück tiefer, bis Sie schließlich die äußerste Spitze der Wurzel erreichen. Wenn Sie sich nur daran halten« – und hier deutete er mit einer emphatischen Geste auf die Landkarte – »wird sich zuletzt alles aufklären. So und nur so funktioniert die Welt. Die Dummköpfe schaffen es nie, sich von der scheinbaren Komplexität loszureißen. Sie tappen im dunkeln, suchen verzweifelt nach dem Ausgang und sterben, bevor es ihnen gelungen ist, auch nur das geringste von der Funktionsweise der Welt zu begreifen. Sie haben jede Orientierung verloren; sie könnten ebensogut im Wald verirrt sein oder auf dem Grund eines Brunnens sitzen. Und sie haben jede Orientierung deswegen verloren, weil sie die grundlegenden Prinzipien nicht begreifen. Sie haben nichts im Kopf als Müll und Schrott. Sie begreifen nichts. Nicht das geringste. Sie können Vorn nicht von Hinten, Oben nicht von Unten, Norden nicht von Süden unterscheiden. Und das ist auch der Grund, weswegen sie sich niemals aus der Dunkelheit befreien können.«

Hier hielt Noboru Wataya inne, damit seine Worte sich im Bewußtsein seiner Zuhörerschaft setzen konnten.

»Aber vergessen wir solche Leute«, fuhr er dann fort. »Wenn jemand unbedingt die Orientierung verlieren möchte, ist das Beste, was Sie und ich tun können, ihn machen zu lassen. Wir haben Wichtigeres zu tun.«

Je länger ich zuhörte, desto wütender wurde ich, bis ich den Punkt erreichte, wo ich fast an meiner Wut erstickte. Er gab vor, zur breiten Öffentlichkeit zu sprechen, aber in Wirklichkeit sprach er nur zu mir. Und er mußte irgendein unredliches, abartiges Motiv dafür haben, doch das war sonst niemandem klar. Und genau aus diesem Grund war Noboru Wataya auch imstande, das gigantische System des Fernsehnetzes auszunutzen, um mir geheime Botschaften zu übermitteln. Ich ballte die Faust in der Tasche, aber ich hatte keinerlei Möglichkeit, meiner Wut Luft zu machen. Und meine Unfähigkeit, diese Wut irgend jemandem im Raum mitzuteilen, rief in mir ein tiefes Gefühl von Isoliertheit hervor. Das Foyer war voll von Menschen, die sich angestrengt bemühten, jedes Wort mitzubekommen, das Noboru Wataya sprach. Ich durchquerte den Raum und hielt auf einen Korridor zu, der zu den Gästezimmern führte. Dort stand der gesichtslose Mann. Als ich näher kam, sah er mich mit seinem gesichtslosen Gesicht an. Dann stellte er sich mir lautlos in den Weg.

»Das ist der falsche Zeitpunkt«, sagte er. »Sie haben hier jetzt nichts zu suchen.« Aber der tiefe, aufwühlende Schmerz, den mir Noboru Wataya zufügte, trieb mich jetzt weiter. Ich streckte die Hand aus und schob den gesichtslosen Mann beiseite. Er wankte wie ein Schatten und fiel um.

»Ich sage das nur zu Ihrem Besten«, rief er mir hinterher, und seine Worte bohrten sich mir, wie Schrapnellkugeln, einzeln in den Rücken. »Wenn Sie auch nur einen Schritt weitergehen, werden Sie nie wieder zurückfinden. Haben Sie verstanden?« Ich ignorierte ihn und ging mit raschen Schritten weiter. Jetzt fürchtete ich mich vor nichts. Ich brauchte Klarheit. Ich hatte jede Orientierung verloren, aber es konnte nicht ewig so bleiben.

Ich ging einen vertraut wirkenden Korridor entlang. Ich nahm an, der Mann ohne Gesicht würde mir folgen und versuchen, mich aufzuhalten, aber als ich mich umdrehte, sah ich niemanden kommen. Der lange, gewundene Korridor war von identischen Türen gesäumt. An jeder Tür stand eine Nummer, aber an die Nummer des Zimmers, zu dem man mich das letzte Mal geführt hatte, konnte ich mich nicht mehr erinnern. Ich war sicher, daß ich die Nummer damals bewußt wahrgenommen hatte, aber so sehr ich mich auch bemühte, sie fiel mir nicht wieder ein, und jede einzelne Tür zu öffnen kam natürlich nicht in Frage.

Ich irrte den Korridor entlang, hinauf und hinunter, bis ich an einem Zimmerkellner vorbeikam, der ein Tablett trug. Auf dem Tablett befanden sich eine unangebrochene Flasche Cutty Sark, ein Eiskübel und zwei Gläser. Ich ließ den Kellner vorbeigehen und folgte ihm dann. Ab und zu warf das blankpolierte Tablett hell aufblitzend das Licht einer Deckenlampe zurück. Der Kellner sah sich kein einziges Mal um. Das Kinn entschlossen eingezogen, ging er zielstrebig, mit gleichmäßig rhythmischen Schritten seines Weges. Mitunter pfiff er ein paar Takte Musik. Es war die Ouvertüre zur *Diebischen Elster*, die Stelle, an der die Trommeln einsetzen. Er war gut.

Es war ein langer Korridor, aber solange ich dem Kellner auch folgte, niemand begegnete mir. Schließlich blieb der Kellner vor einer Tür stehen und klopfte dreimal leise an. Nach einigen Sekunden öffnete jemand die Tür, und der Kellner trug das Tablett hinein. Ich preßte mich gegen die Wand, hinter einer großen, chinesisch anmutenden Vase verborgen, und wartete darauf, daß der Kellner wieder herauskam. Die Zimmernummer war 208. Natürlich! Wie hatte sie mir nur bis jetzt nicht wieder einfallen können?
Der Kellner ließ sich viel Zeit. Ich warf einen Blick auf meine Uhr, aber irgendwann waren die Zeiger stehengeblieben. Ich musterte die Blumen in der Vase und roch jeden einzelnen Duft. Die Blumen schienen erst wenige Augenblicke zuvor aus einem Garten hierhergebracht worden zu sein, so vollkommen frisch waren sie, so makellos in ihren Farben und Düften. Sie hatten wahrscheinlich noch nicht gemerkt, daß man sie von ihren Wurzeln abgeschnitten hatte. Ein winziges geflügeltes Insekt hatte sich in das Herz einer roten Rose mit dicken, fleischigen Blütenblättern hineingearbeitet.
Es verstrichen fünf Minuten oder mehr, ehe der Kellner, jetzt mit leeren Händen, wieder aus dem Zimmer herauskam. Mit eingezogenem Kinn wie zuvor schlug er den Weg ein, den er gekommen war. Sobald er hinter einer Kurve verschwunden war, ging ich zur Tür. Ich hielt den Atem an und lauschte. Aber nicht das geringste Geräusch war zu hören, nichts, was dafür gesprochen hätte, daß jemand im Zimmer war. Ich faßte mir ein Herz und klopfte. Dreimal. Leise. Wie der Kellner es getan hatte. Doch niemand antwortete. Ich ließ ein paar Sekunden verstreichen und klopfte erneut dreimal, diesmal ein wenig kräftiger als vorher. Wieder keine Antwort.
Als nächstes versuchte ich es mit dem Türknauf. Ich drehte ihn herum, und die Tür ging lautlos nach innen auf. Anfangs sah es im Zimmer stockfinster aus, aber ein wenig Licht drang doch herein, an den schweren Vorhängen vorbei. Mit Mühe konnte ich gerade eben das Fenster, einen Tisch und ein Sofa ausmachen. Dies war das Zimmer, in dem ich mich mit Kreta Kano gepaart hatte. Es war eine Suite: hier das Wohnzimmer und hinten das Schlafzimmer. Auf dem Tisch waren die schwachen Umrisse der Cutty-Sark-Flasche, der Gläser und des Eiskübels zu erkennen. Als ich die Tür öffnete, hatte das Edelstahlgefäß das Licht aus dem Korridor aufgefangen und einen messerscharfen Blitz zurückgeworfen. Ich trat in die Dunkelheit ein und drückte die Tür leise hinter mir zu. Die Luft im Zimmer

war warm und mit dem schweren Duft von Blumen geschwängert. Ich hielt den Atem an und lauschte, die linke Hand noch am Knauf, damit ich die Tür bei Bedarf jederzeit öffnen konnte. Irgendwo mußte hier jemand sein. Jemand hatte beim Zimmerservice den Whisky, das Eis und die Gläser bestellt und hatte den Kellner hereingelassen.

»Lassen Sie das Licht aus«, sagte eine Frauenstimme. Sie kam aus dem Schlafzimmer. Ich erkannte sie sofort. Es war die Stimme der geheimnisvollen Frau, die mich mit diesen seltsamen Anrufen verfolgt hatte. Ich ließ den Knauf los und ging langsam auf die Stimme zu. Die Dunkelheit des Hinterzimmers tendierte eher zu undurchdringlicher Finsternis als diejenige im vorderen Zimmer. Ich stand in der Tür zwischen den beiden Räumen und bemühte mich, etwas zu erkennen. Ich hörte das Rascheln von Bettlaken. Ein schwarzer Schatten bewegte sich in der Dunkelheit. »Lassen Sie es dunkel«, sagte die Frauenstimme.

»Keine Sorge«, sagte ich. »Ich schalte das Licht schon nicht ein.«

Ich hielt mich am Türrahmen fest.

»Sind Sie allein hergekommen?« fragte die Frau. Sie klang leicht ermüdet.

»Natürlich«, sagte ich. »Ich dachte mir, daß ich Sie hier finden würde. Sie oder Kreta Kano. Ich muß wissen, wo Kumiko ist. Ich meine, alles hat mit diesem ersten Anruf von Ihnen angefangen. Sie haben die Büchse der Pandora geöffnet. Danach passierte eine seltsame Sache nach der anderen, bis schließlich Kumiko verschwunden ist. Deswegen bin ich hier. Allein. Ich weiß nicht, wer Sie sind, aber Sie haben so etwas wie einen Schlüssel in der Hand. Habe ich recht?«

»Kreta Kano?« fragte die Frau in vorsichtigem Ton. »Nie von ihr gehört. Ist sie auch hier?«

»Ich weiß nicht, wo sie ist. Aber ich habe sie mehr als einmal hier getroffen.«

Jeder Atemzug, den ich tat, war mit dem starken Geruch von Blumen befrachtet. Die Luft war dicht und schwer. Irgendwo in diesem Zimmer stand eine Vase voll Blumen. Irgendwo in dieser selben Dunkelheit atmeten sie, wiegten sich. In der blumenduftenden Dunkelheit schwand mein Körperempfinden dahin. Ich hatte das Gefühl, mich in ein winziges Insekt verwandelt zu haben. Jetzt kämpfte ich mich durch die Blütenblätter einer riesigen Blume. Klebriger Nektar, Pollen und weiche Haare erwarteten mich. Sie bedurften meines Eindringens, meines Daseins.

»Als allererstes«, sagte ich zu der Frau, »möchte ich erfahren, wer Sie eigentlich sind. Sie sagen, ich kenne Sie, und ich habe mich mit allen Mitteln an Sie zu erinnern versucht, aber ohne jeden Erfolg. Wer *sind* Sie?«
»Wer *bin* ich?« sprach mir die Frau nach wie ein Papagei, aber ohne jeden Hohn. »Ich möchte etwas trinken. Seien Sie so nett und machen Sie zwei on the rocks. Sie leisten mir doch Gesellschaft?«
Ich ging zurück ins Wohnzimmer, öffnete die unangebrochene Flasche Whisky, tat Eis in die Gläser und goß zwei Drinks ein. So im Dunkeln nahm das einige Zeit in Anspruch. Ich trug die Drinks ins Schlafzimmer. Die Frau sagte, ich solle einen auf den Nachttisch stellen. »Und Sie setzen sich in den Sessel am Fußende des Bettes.«
Ich tat wie geheißen: stellte ein Glas auf den Nachttisch und ließ mich, meinen Drink in der Hand, in einen Polstersessel sinken, der ein Stück von ihr entfernt stand. Meine Augen hatten sich vielleicht etwas mehr an die Dunkelheit gewöhnt; ich konnte Schatten erkennen, die sich undeutlich bewegten. Die Frau schien sich im Bett aufgesetzt zu haben. Dann verriet das Klimpern von Eis, daß sie trank. Auch ich nahm einen Schluck Whisky.
Sie sprach lange kein Wort. Je länger das Schweigen andauerte, desto stärker schien der Blumengeruch zu werden.
»Wollen Sie wirklich wissen, wer ich bin?« fragte die Frau.
»Deswegen bin ich hier«, sagte ich, aber meine Stimme hallte in der Dunkelheit beklommen.
»Sie sind eigens hierher gekommen, um meinen Namen zu erfahren?«
Statt zu antworten, räusperte ich mich, aber auch dieses Geräusch erzeugte einen seltsamen Nachhall.
Die Frau ließ das Eis in ihrem Glas ein paarmal klirren. »Sie möchten wissen, wie ich heiße«, sagte sie, »aber leider kann ich es Ihnen nicht sagen. Ich kenne Sie sehr gut. Sie kennen mich sehr gut. Aber *ich* kenne mich nicht.«
Ich schüttelte in der Dunkelheit den Kopf. »Das kapier ich nicht. Und ich hab das Rätselraten satt. Ich brauche etwas Konkretes, etwas Greifbares. Fakten. Etwas, was ich als Hebel benutzen kann, um die Tür aufzustemmen. *Das* will ich.«
Die Frau schien sich einen Seufzer aus dem Innersten ihres Körpers zu wringen. »Toru Okada, ich möchte, daß *Sie* meinen Namen herausfinden. Aber nein: Sie brauchen ihn ja gar nicht herauszufinden. *Sie wissen ihn schon.* Sie brauchen nichts

anderes zu tun, als sich an ihn zu erinnern. Wenn Sie auf meinen Namen kommen, dann kann ich diesen Ort verlassen. Dann kann ich Ihnen sogar helfen, Ihre Frau zu finden: Ihnen helfen, Kumiko Okada zu finden. Wenn Sie Ihre Frau finden wollen, dann strengen Sie sich an und sehen Sie zu, daß Sie meinen Namen herausfinden. *Das* ist der Hebel, den Sie benötigen. Sie haben keine Zeit, weiter im dunkeln zu tappen. Mit jedem Tag, an dem Sie ihn nicht herausfinden, rückt Kumiko Okada weiter von Ihnen ab.«
Ich stellte mein Whiskyglas auf den Boden. »Sagen Sie mir eins«, sagte ich, »wo sind wir hier? Wie lang sind Sie schon hier? Was tun Sie hier?«
»Sie müssen jetzt gehen«, sagte die Frau, als sei ihr plötzlich bewußt geworden, was sie da tat. »Wenn *er* Sie hier findet, gibt's Ärger. Er ist noch gefährlicher, als Sie glauben. Er könnte Sie töten. Das würde ich ihm ohne weiteres zutrauen.«
»Wer ist dieser ›er‹?«
Die Frau gab keine Antwort, und ich wußte nichts weiter zu sagen. Ich war mit meiner Weisheit am Ende. Nichts rührte sich im Zimmer. Die Stille war tief und dicht und erstickend. Mein Kopf fühlte sich an, als hätte ich Fieber. Das konnte von den Pollen kommen. Mit der Luft vermischt, drangen die mikroskopischen Körnchen in meinen Kopf und peitschten meine Nerven auf.
»Sagen Sie mir, Toru Okada«, sagte die Frau mit plötzlich veränderter Stimme; ihr Ton konnte von einem Augenblick auf den anderen umschlagen; jetzt war er mit der dichten, schweren Luft des Zimmers eins geworden. »Glauben, daß Sie irgendwann einmal Lust haben könnten, mich wieder in den Armen zu halten? Daß Sie Lust haben könnten, in mich einzudringen? Daß Sie Lust haben könnten, mich überall zu küssen? Sie können mit mir alles tun, was Sie wollen, das wissen Sie doch. Und ich werde alles tun, was Sie wollen ... alles ... Dinge, die Ihre Frau ... Kumiko Okada ... nie für Sie tun würde. Ich werde es Ihnen so gut machen, daß Sie es nie wieder vergessen. Wenn Sie – «
Ohne jede Vorwarnung klopfte es an der Tür. Es war das harte, präzise Geräusch eines Nagels, der mit einem einzigen Hammerschlag ins Holz getrieben wird – ein ominöses Geräusch in der Dunkelheit.
Aus dem Dunkel griff die Hand der Frau nach mir und schloß sich um meinen Arm. »Hier entlang«, flüsterte sie. »Schnell.« Ihre Stimme hatte jetzt nichts Träumerisches mehr. Es klopfte wieder: zwei Schläge von exakt gleicher Stärke. Plötzlich fiel mir ein, daß ich die Tür nicht verriegelt hatte.

»Beeilen Sie sich«, sagte sie. »Sie müssen hier raus. Das hier ist der einzige Weg.«
Ich ließ mich von der Frau durch die Dunkelheit ziehen. Ich konnte hören, wie der Türknauf sich leise drehte. Das Geräusch jagte mir Gänsehaut über den Rücken. Im selben Augenblick, als das Licht aus dem Korridor die Dunkelheit durchdrang, schlüpften wir in die Wand. Sie hatte die Konsistenz einer gewaltigen Masse kalter Gelatine; ich preßte die Lippen fest aufeinander, um nichts davon in den Mund zu bekommen. Mir schoß der Gedanke durch den Kopf: Ich gehe durch die Wand! Um von einem Ort zu einem anderen zu gelangen, ging ich durch die Wand. Und trotzdem kam es mir, noch während es geschah, wie die natürlichste Sache der Welt vor.
Ich spürte, wie sich die Zunge der Frau in meinen Mund schob. Warm und weich, erkundete sie jede Ritze und schlang sich dann um meine Zunge. Der schwere Geruch von Blütenblättern rieb sich an den Wänden meiner Lungen. Tief unten in meinen Lenden verspürte ich das dumpfe Bedürfnis zu kommen. Ich kniff die Augen zu und kämpfte dagegen an. Einen Augenblick später spürte ich eine intensive Hitze an meiner rechten Wange. Es war ein merkwürdiges Gefühl. Ich spürte keinen Schmerz, nur, daß es an dieser Stelle heiß war. Ich konnte nicht erkennen, ob die Hitze von außen kam oder aus meinem Inneren hervorbrodelte. Bald war alles fort: die Zunge der Frau, der Blumengeruch, das Bedürfnis zu kommen, die Hitze an meiner Wange. Und ich ging durch die Wand. Als ich die Augen öffnete, befand ich mich auf der anderen Seite – auf dem Grund eines tiefen Brunnens.

9

BRUNNEN UND STERNE
WIE DIE LEITER VERSCHWAND

Kurz nach fünf Uhr morgens war der Himmel schon hell, aber dennoch sah ich oben eine Menge Sterne. Es war genau so, wie Leutnant Mamiya mir erzählt hatte: Vom Grund eines Brunnens aus kann man am hellichten Tag Sterne sehen. In die vollkommene Halbmondscheibe Himmel waren säuberlich, wie Proben von seltenen Mineralien, schwach glimmende Sterne eingebettet.
Erst einmal hatte ich – als Fünft- oder Sechstkläßler, beim Zelten mit ein paar Freunden auf der Kuppe eines Berges – so viele Sterne gesehen, daß der ganze

Himmel davon ausgefüllt gewesen war. Es hatte fast so ausgesehen, als könnte der Himmel jeden Augenblick unter der Last all dieser Dinger einbrechen und herunterkrachen. Noch nie hatte ich solch einen unglaublichen Himmel voller Sterne gesehen. Als einziger noch wach und außerstande einzuschlafen, war ich aus dem Zelt gekrochen, hatte mich auf die Erde gelegt und den Himmel betrachtet. Ab und an zog eine Sternschnuppe eine helle Bogenspur über das Firmament. Doch je länger ich schaute, desto unruhiger machte es mich. Es gab einfach zuviel Sterne, und der Himmel war zu groß und zu tief: ein riesiges, überwältigendes fremdartiges Gebilde, das mich ringsum umgab, mich umhüllte und fast schwindelig machte. Bis zu diesem Moment hatte ich immer geglaubt, die Erde, auf der ich stand, sei ein fester Körper, der für immer bestehen würde. Oder besser gesagt, ich hatte mir nie irgendwelche Gedanken darüber gemacht. Ich hatte es einfach stillschweigend vorausgesetzt. Tatsächlich aber war die Erde ein kümmerlicher Gesteinsbrocken, der in einer kleinen Ecke des Weltalls dahintrieb: ein zeitweiliger Boden-unter-den-Füßen in der ungeheuren Leere des Raums. Sie konnte schon morgen – und wir alle mit ihr – durch ein augenblickhaftes Aufblitzen von irgend etwas oder durch eine geringfügige Verschiebung im Energiezustand des Universums fortgeblasen werden. Unter diesem atemberaubenden Himmel voller Sterne traf mich die Ungewißheit meiner eigenen Existenz mit der Gewalt eines Rammbocks (obwohl ich es natürlich nicht so formulierte). Für einen Jungen war das eine überwältigende Entdeckung.

Vom Grund eines Brunnens aus zu den Sternen der Frühe emporzublicken war eine eigentümliche Erfahrung, ganz anders als der Anblick des vollbesternten Himmels vom Gipfel eines Berges aus: als ob mein Geist – mein Ich – mein ganzes Sein – durch mein enges Fenster mit jedem einzelnen dieser Sterne dort oben am Himmel unauflöslich verbunden sei. Ich empfand ihnen gegenüber innige Vertrautheit: Das waren *meine* Sterne, für niemanden sichtbar außer mir, hier unten im dunklen Brunnen. Ich nahm sie als mein eigen an, und sie überschütteten mich ihrerseits mit Energie und Wärme.

Wie die Zeit weiterrückte und der Himmel zunehmend unter die Gewalt der hellen Sommermorgensonne geriet, tilgten sich die Sterne einer nach dem anderen langsam aus meinem Gesichtsfeld. Sie gingen dabei äußerst behutsam vor, und ich verfolgte diesen Tilgungsprozeß aufmerksam, mit weit offenen Augen. Die Sommersonne löschte jedoch nicht jeden Stern vom Himmel; einige der stärksten blieben zurück. Wie hoch die Sonne auch stieg, sie harrten hartnäckig aus und weigerten sich zu verschwinden. Das freute mich sehr: Abgesehen von einer gelegentlich vorüberziehenden Wolke waren die Sterne die einzigen Objekte, die ich von da unten aus sehen konnte.

Ich hatte im Schlaf geschwitzt, und jetzt erkaltete der Schweiß allmählich und ließ mich frösteln. Ich schauderte mehrmals. Der Schweiß rief mir dieses stockdunkle Hotelzimmer und die Telefonfrau ins Gedächtnis zurück. In meinen Ohren hallten noch die Worte, die sie gesprochen hatte – jedes einzelne von ihnen –, und das Geräusch des Anklopfens. In meiner Nase hielt sich noch der seltsam schwere Blumenduft. Und noch immer redete Noboru Wataya hinter seiner Fernsehmattscheibe. Diese Eindrücke dauerten trotz der inzwischen verflossenen Zeit unvermindert fort. Und das lag daran, *daß es kein Traum gewesen war*, wie mir meine Erinnerung sagte.

Selbst als ich vollends wach war, spürte ich an meiner rechten Wange noch eine intensive Wärme. Darein mischte sich jetzt auch ein leichter Schmerz, als sei meine Haut mit grobem Sandpapier aufgeschürft worden. Ich preßte die Hand auf die Stelle, doch das linderte weder die Hitze noch den Schmerz. Auf dem Grund des dunklen Brunnens, ohne einen Spiegel, war es mir unmöglich zu ermitteln, was mit meiner Wange los war.

Ich streckte die Hand aus und berührte die Wand, tastete ihre Oberfläche mit den Fingerspitzen ab und preßte dann eine Zeitlang die offene Hand dagegen, aber ich fand nichts Auffälliges: Es war eine ganz gewöhnliche Betonwand. Ich ballte die Hand und klopfte ein paarmal dagegen; die Wand war hart, ausdruckslos und leicht feucht. Ich hatte noch immer eine deutliche Erinnerung an das seltsame, glitschige Gefühl, das ich verspürt hatte, als ich durch sie hindurchgegangen war – als schiebe man sich durch eine Masse von Gelatine.

Ich tastete im Rucksack nach der Feldflasche und trank einen Schluck Wasser. Ich hatte jetzt einen ganzen Tag lang nichts gegessen. Allein bei diesem Gedanken überfiel mich quälender Hunger, aber schon bald begann er in stumpfer Empfindungslosigkeit zu versickern und verschwand allmählich ganz. Ich führte wieder die Hand an mein Gesicht und versuchte, die Länge meiner Bartstoppeln abzuschätzen. Meine Kinnlade war mit einem Eintagsbart bedeckt. Kein Zweifel: Es war ein ganzer Tag vergangen. Aber meine eintägige Abwesenheit wirkte sich wahrscheinlich auf niemanden aus; vermutlich hatte kein Mensch bemerkt, daß ich fort war. Ich konnte vom Antlitz der Erde verschwinden, und die Erde würde sich weiterdrehen, ohne auch nur zu zucken. Alles war furchtbar kompliziert, gewiß, doch eines war klar: niemand brauchte mich.

Wieder hob ich den Kopf und sah zu den Sternen empor. Nach und nach beruhigte ihr Anblick mein pochendes Herz. Dann fiel mir ein, die Wand nach der Leiter abzutasten. Da, wo sie hätte sein sollen, traf meine Hand auf nichts. Ich fühlte eine breite Fläche mit der größten Sorgfalt ab, aber da war keine Leiter. An dem Ort, wo sie hingehörte, existierte sie nicht mehr. Ich atmete tief durch, riß die Taschenlampe aus dem Rucksack und knipste sie an. Von der Leiter war nichts zu sehen. Ich stand auf und leuchtete den Boden ab, dann die Wandung über mir, soweit der Lichtstrahl reichte. Die Leiter war nirgends. Kalter Schweiß kroch mir wie ein lebendiges Etwas an den Seiten des Brustkorbs herunter. Die Taschenlampe glitt mir aus der Hand, fiel zu Boden und ging beim Aufprall aus. Das war ein Zeichen. In diesem Augenblick rastete mein Bewußtsein aus: Es war ein Sandkorn, das von der umgebenden Finsternis verschlungen wurde. Mein Körper hörte auf zu funktionieren, als habe man den Stecker herausgezogen. Über mich kam vollkommenes Nichts.

Es dauerte vielleicht ein paar Sekunden, bis ich wieder zu mir kam. Meine Körperfunktionen kehrten schrittweise zurück. Ich beugte mich hinunter und hob die Taschenlampe auf – sie lag zu meinen Füßen –, klopfte ein paarmal darauf und schaltete sie wieder ein. Das Licht kehrte anstandslos zurück. Ich mußte mich beruhigen und meine Gedanken ordnen. Angst und Panik würden nichts helfen. Wann hatte ich die Leiter zum letztenmal überprüft? Gestern, spät nachts, kurz bevor ich eingeschlafen war. Ich hatte mich vergewissert, daß sie da war, und war erst dann beruhigt eingeschlafen. Ein Irrtum war ausgeschlossen. Die Leiter war verschwunden, während ich geschlafen hatte. Man hatte sie hinaufgezogen. Entfernt.

Ich schaltete die Taschenlampe wieder aus und lehnte mich an die Wand. Dann schloß ich die Augen. Meine erste Wahrnehmung war Hunger. Er rollte aus der Ferne, wie eine Woge, auf mich zu, brandete lautlos über mich hinweg und verlief sich dann. Als er verschwunden war, stand ich hohl da, leer wie ein ausgeweidetes Tier. Nachdem die anfängliche Panik vorüber war, verspürte ich weder Grauen noch Verzweiflung. Seltsamerweise empfand ich in diesem Moment nichts als eine Art von Resignation.

Aus Sapporo zurückgekehrt, nahm ich Kumiko in die Arme und tröstete sie. Sie fühlte sich verloren und verwirrt. Sie hatte sich den Tag frei genommen. »Ich hab letzte Nacht kein Auge zugetan«, sagte sie. »In der Klinik war genau zum richtigen Zeitpunkt ein Termin frei, und da hab ich die Entscheidung allein getroffen.« Nachdem sie das gesagt hatte, weinte sie ein bißchen.

»Jetzt ist es vorbei«, sagte ich. »Es hat keinen Zweck, noch länger daran zu denken. Wir haben es durchgesprochen, und so ist es eben ausgegangen. Wenn es noch etwas gibt, worüber du reden möchtest, dann tu's am besten hier und jetzt. Danach vergessen wir das Ganze. Denken nicht mehr daran. Du hast am Telefon gesagt, du wolltest mir noch etwas sagen.«

Kumiko schüttelte den Kopf. »Laß nur«, sagte sie. »Du hast recht. Vergessen wir die ganze Sache.«

So lebten wir eine Zeitlang weiter, bemüht, Kumikos Schwangerschaftsabbruch mit keinem Wort zu erwähnen. Aber das war nicht einfach. Wir konnten uns über etwas völlig anderes unterhalten, und plötzlich verstummten wir beide abrupt. Am Wochenende gingen wir oft ins Kino. Im Dunkeln konnte es sein, daß wir uns auf den Film konzentrierten, aber ebensogut konnte es sein, daß wir an Dinge dachten, die überhaupt nichts mit dem Film zu tun hatten, oder daß wir einfach dem Kopf Ruhe gönnten und an gar nichts dachten. Oft wußte ich, daß Kumiko neben mir an etwas anderes dachte. Ich spürte es.

Nach dem Kino gingen wir noch in irgendein Lokal und tranken ein Bier oder aßen eine Kleinigkeit. Manchmal wußten wir nicht, worüber wir reden sollten. So ging es sechs Wochen lang – sechs sehr lange Wochen, nach deren Ablauf Kumiko zu mir sagte: »Was hieltest du davon, wenn wir morgen wegfahren würden, einen kleinen Urlaub machen, nur wir beide? Morgen ist Freitag: Wir können bis Sonntag wegbleiben. Ab und zu braucht der Mensch so etwas.«

»Ich weiß, was du meinst«, sagte ich lächelnd, »aber ich hab so meine Zweifel, ob bei mir im Büro jemand auch nur das Wort Urlaub kennt.«

»Dann meld dich eben krank. Sag, du hast die Grippe oder sonstwas. Ich mach's genauso.«

Wir fuhren mit dem Zug nach Karuizawa. Ich hatte dieses Ziel ausgesucht, weil Kumiko gesagt hatte, ihr schwebe ein ruhiger Ort im Gebirge vor, wo wir nach Herzenslust spazierengehen könnten. Im April war dort keine Saison; das Hotel war wie ausgestorben, die meisten Geschäfte hatten geschlossen, aber genau das wollten wir. Wir taten nichts anderes als laufen, jeden Tag, von morgens bis abends.

Kumiko brauchte volle anderthalb Tage, bis sie ihre Gefühle herauslassen konnte. Und als es soweit war, saß sie fast zwei Stunden lang weinend im Hotelzimmer. Ich sagte die ganze Zeit über nichts, hielt sie nur in den Armen und ließ sie weinen. Dann endlich fing sie an zu erzählen, nach und nach, fragmentweise. Von der Abtreibung. Wie sie sich dabei gefühlt hatte. Von ihrem extremen Gefühl von Verlust. Wie allein sie sich gefühlt hatte, während ich auf Hokkaido gewesen war – und daß sie das, was sie getan hatte, nur habe tun können, während sie sich so allein fühlte.

»Und versteh mich nicht falsch«, sagte sie am Ende. »Ich bereue nicht, was ich getan habe. Es war die einzige Möglichkeit. Das ist mir absolut klar. Aber was wirklich weh tut, ist, daß ich dir alles erzählen möchte – restlos alles – und nicht kann. Ich kann's einfach nicht. Ich kann dir nicht genau erklären, wie ich empfinde.«

Kumiko strich ihr Haar hoch, so daß ein kleines, wohlgeformtes Ohr sichtbar wurde, und schüttelte leicht den Kopf.

»Es ist nicht so, daß ich es dir verheimlichen möchte. Ich hab durchaus vor, es dir irgendwann zu erzählen. Du bist der einzige Mensch, dem ich es überhaupt erzählen *kann*. Aber jetzt geht es einfach nicht. Ich kann's nicht in Worte fassen.«

»Etwas von früher?«

»Nein, das ist es nicht.«

»Laß dir so viel Zeit, wie du brauchst«, sagte ich. »Bis du bereit bist. Zeit ist so ziemlich das einzige, wovon wir jede Menge haben. Ich werd hier bei dir sein. Es hat gar keine Eile. Ich möchte nur, daß du eins nie vergißt: Was immer in dir ist – was es auch sei, solang es nur dir gehört – werde ich als meins akzeptieren. Das ist etwas, worüber du dir niemals Sorgen zu machen brauchst.«

»Ich dank dir«, sagte sie. »Ich bin so froh, daß ich dich geheiratet habe.«

Aber wir hatten nicht so viel Zeit, wie ich geglaubt hatte. Was genau hatte Kumiko nur nicht in Worte fassen können? Hatte es etwas mit ihrem Verschwinden zu tun? Wenn ich damals versucht hätte, es aus ihr herauszuholen, dann hätte ich sie vielleicht nicht verloren. Aber nein, schloß ich, nachdem ich darüber nachgegrübelt hatte: Ich hätte sie niemals dazu zwingen können. Sie hatte gesagt, sie könne es nicht in Worte fassen. Was immer es war, es war über ihre Kräfte gegangen.

»He, da unten! Mister Aufziehvogel!« brüllte May Kasahara. Aus meinem leichten Schlaf heraus meinte ich, eine Stimme im Traum zu hören. Aber es war kein Traum. Als ich aufsah, war da May Kasaharas Gesicht, klein und fern. »Ich weiß, daß Sie da unten sind! Na los, Mister Aufziehvogel! Antworten Sie!«

»Ich bin hier«, sagte ich.

»Warum in aller Welt? Was treiben Sie da unten?«

»Nachdenken«, sagte ich.

»Kapier ich nicht. Warum müssen Sie in einen Brunnen steigen, um nachzudenken? Das muß doch wahnsinnig Scheiße sein!«

»So kann man sich richtig konzentrieren. Es ist dunkel und kühl und still.«

»Machen Sie so was häufig?«

»Nein, nicht häufig. Ich hab's noch nie gemacht – so in einen Brunnen zu steigen.«

»Und, funktioniert's? Hilft's Ihnen beim Nachdenken?«

»Ich weiß noch nicht. Ich bin noch am Experimentieren.«

Sie räusperte sich. Das Geräusch hallte laut bis zum Grund des Brunnens herab.

»Ach übrigens, Mister Aufziehvogel, ist Ihnen aufgefallen, daß die Leiter weg ist?«

»Na klar«, sagte ich. »Schon vor einem Weilchen.«

»Wußten Sie, daß ich es war, die sie raufgezogen hat?«

»Nein, das wußte ich nicht.«

»Na, was haben Sie denn geglaubt, wer's getan hat?«

»Ich hatte keine Ahnung«, sagte ich aufrichtig. »Ich weiß nicht, wie ich es sagen soll, aber auf den Gedanken war ich eigentlich überhaupt nicht gekommen – daß jemand sie weggenommen haben könnte. Um ehrlich zu sein, dachte ich, sie sei einfach verschwunden.«

May Kasahara verstummte. Dann sagte sie mit einem lauernden Unterton, als glaube sie, meine Worte enthielten etwas wie eine Falle: »Einfach verschwunden. Hmm. Was meinen Sie mit ›einfach verschwunden‹? Daß sie ganz von selbst ... einfach so ... verschwunden wär?«

»Vielleicht, ja.«

»Wissen Sie was, Mister Aufziehvogel, das ist vielleicht ein komischer Augenblick, um damit anzufangen, aber Sie sind schon ganz schön verrückt. Es gibt nicht allzuviele Leute in der Gegend, die so verrückt sind wie Sie. Wußten Sie das?«

»Ich find mich nicht so verrückt«, sagte ich.
»Wie kommen Sie dann darauf, daß Leitern einfach verschwinden können?«
Ich rieb mir mit beiden Händen über das Gesicht und versuchte, meine ganze Aufmerksamkeit auf diese Unterhaltung mit May Kasahara zu konzentrieren.
»*Du* hast sie hochgezogen, stimmt's?«
»Natürlich. Es gehört nicht besonders viel Gehirnschmalz dazu, sich das auszurechnen. *Ich* war's. Ich hab mich nachts hier rausgeschlichen und hab die Leiter hochgezogen.«
»Aber warum?«
»Warum nicht? Haben Sie eine Ahnung, wie viele Male ich gestern zu Ihrem Haus gepilgert bin? Ich wollte, daß Sie wieder mit mir arbeiten gehen. Sie waren natürlich nicht da. Dann hab ich Ihren Zettel in der Küche gefunden. Also hab ich mich hingesetzt und gewartet, richtig lange, aber Sie sind nicht aufgetaucht. Da hab ich mir dann gedacht, Sie könnten vielleicht wieder beim verlassenen Haus sein. Ich bin also hin, und der Brunnen war halb aufgedeckt, und die Leiter hing da runter. Trotzdem bin ich gar nicht auf die Idee gekommen, daß Sie da unten sein könnten. Ich dachte bloß, irgendein Arbeiter oder sonstwer wär dagewesen und hätte seine Leiter dagelassen. Ich meine, wie viele Leute setzen sich schon auf den Grund eines Brunnens, wenn sie nachdenken wollen?«
»Da ist was dran«, sagte ich.
»Jedenfalls, da hab ich mich also nachts rausgeschlichen und bin zu Ihrem Haus gegangen, aber Sie waren immer noch nicht da. Na, und da ist mir der Geistesblitz gekommen. Daß Sie vielleicht unten im Brunnen sein könnten. Nicht, daß ich die leiseste Ahnung gehabt hätte, was Sie da unten treiben sollten, aber wie gesagt, Sie sind schließlich ziemlich verrückt. Ich bin zum Brunnen und hab die Leiter hochgezogen. Ich wette, *da* ha'm Se das Muffensausen gekriegt.«
»Ja, da hast du recht.«
»Haben Sie da unten irgendwas zu essen oder zu trinken?«
»Ein bißchen Wasser. Zu essen habe ich nichts mitgenommen. Drei Zitronenbonbons hab ich allerdings.«
»Wie lang sind Sie schon da unten?«
»Seit gestern – seit dem späten Vormittag.«
»Sie müssen hungrig sein.«
»Ich denk schon.«

»Müssen Sie nicht pinkeln oder so?«

Jetzt, wo sie davon redete, wurde mir bewußt, daß ich, seit ich hier heruntergestiegen war, nicht ein Mal gepinkelt hatte. »Eigentlich nicht«, sagte ich. »Ich eß und trink zur Zeit nicht viel.«

»Wissen Sie was, Mister Aufziehvogel? Ich könnte Sie da unten sterben lassen, wenn mir danach wäre. Ich bin der einzige Mensch, der weiß, daß Sie da unten sind, und ich bin diejenige, die die Strickleiter versteckt hat. Ist Ihnen das klar? Wenn ich jetzt einfach gehen würde, würden Sie als Leiche enden. Sie könnten schreien, aber niemand würde Sie hören. Niemand käme auf die Idee, daß Sie auf dem Grund des Brunnens sind. Ich wette, es würd keinem auffallen, daß Sie überhaupt weg sind. Sie haben keine Kollegen, die Sie vermissen würden, und Ihre Frau ist durchgebrannt. Früher oder später würd jemand wohl schon merken, daß Sie verschwunden sind, und Sie bei der Polizei als vermißt melden, aber bis dahin wären Sie tot, und man würde Ihre Leiche niemals finden.«

»Du hast bestimmt recht. Wenn dir danach wäre, könntest du mich hier unten sterben lassen.«

»Und, was ist das für ein Gefühl?«

»Ein erschreckendes«, sagte ich.

»Sie klingen nicht erschrocken.«

Ich rieb mir noch immer die Wangen. Das hier waren meine Hände und meine Wangen. Ich konnte sie im Dunkeln nicht sehen, aber sie waren noch da: Mein Körper existierte noch. »Das liegt daran, daß mir das noch nicht richtig zu Bewußtsein gekommen ist«, sagte ich.

»Na, also *mir* schon«, sagte May Kasahara. »Ich wette, es ist ein ganzes Stück einfacher, jemand umzubringen, als die Leute glauben.«

»Hängt wahrscheinlich von der Methode ab.«

»Es wär so einfach! Ich bräuchte Sie einfach nur hier sitzenzulassen. Ich bräuchte gar nichts zu tun. Denken Sie mal drüber nach, Mister Aufziehvogel. Stellen Sie sich nur vor, wie sehr Sie leiden würden, so stückchenweise zu sterben, an Hunger und Durst, da unten im Dunkeln. Es wär kein leichter Tod.«

»Da hast du bestimmt recht«, sagte ich.

»Sie glauben mir noch nicht so richtig, was, Mister Aufziehvogel? Sie trauen mir nicht zu, daß ich etwas so Grausames tun würde.«

»Ich weiß es wirklich nicht«, sagte ich. »Es ist nicht so, daß ich es dir zutrauen oder daß ich es dir nicht zutrauen würde. Es kann alles passieren. Die Möglichkeit besteht – das glaube ich.«

»Ich rede nicht von Möglichkeit«, sagte sie mit der kältesten Stimme, die man sich vorstellen kann. »He, ich hab eine Idee. Ist mir grad eben eingefallen. Sie haben sich doch die Mühe gemacht, da runterzuklettern, um in Ruhe nachdenken zu können. Wie wär's, wenn ich dafür sorgen würde, daß Sie sich *noch* besser auf Ihre Gedanken konzentrieren können?«

»Wie denn?« fragte ich.

»Wie? Na, so«, sagte sie und legte die fehlende Hälfte der Brunnenabdeckung zurück. Jetzt war die Dunkelheit vollkommen.

10
MAY KASAHARA ÜBER TOD UND EVOLUTION
WAS WOANDERSHER STAMMT

Ich kauerte in vollkommener Dunkelheit. Ich sah nichts anderes als Nichts. Und ich war Teil dieses Nichts. Ich schloß die Augen und lauschte dem Geräusch meines Herzens, dem Geräusch des Blutes, das durch meinen Körper kreiste, den blasebalgartigen Kontraktionen meiner Lungen, dem Geschiebe und Gewoge meiner ausgehungerten Eingeweide. In der tiefen Dunkelheit vergrößerte sich jede Bewegung, jedes Pochen ins Gigantische. Das war mein Körper: mein Fleisch. Aber hier in der Dunkelheit war er befremdlich grob und materiell.
Bald stahl sich mein Bewußtsein aus meinem materiellen Körper.
Ich sah mich als den Aufziehvogel, der durch den Sommerhimmel flog, sich irgendwo auf dem Ast eines riesigen Baumes niederließ, die Feder der Welt aufzog. Wenn es wirklich keinen Aufziehvogel mehr gab, würde jemand anders seine Pflichten übernehmen müssen. Irgend jemand würde an seiner Stelle die Feder der Welt aufziehen müssen; andernfalls würde die Feder ablaufen und der fein abgestimmte Mechanismus zum Stillstand kommen. Der einzige allerdings, dem aufgefallen zu sein schien, daß der Aufziehvogel verschwunden war, war ich.
Ich gab mir die größte Mühe, aus dem Rachen heraus den Ruf des Aufziehvogels nachzuahmen. Es klappte nicht. Ich brachte nur ein sinnloses, häßliches Geräusch zustande, wie von zwei sinnlosen, häßlichen Dingen, die sich aneinander

reiben. Nur der echte Aufziehvogel konnte das richtige Geräusch produzieren. Nur der Aufziehvogel konnte die Feder der Welt so aufziehen, wie es sich gehörte.

Dennoch beschloß ich, als ein stimmloser Aufziehvogel, der die Feder der Welt nicht aufzuziehen verstand, durch den Sommerhimmel zu fliegen – was sich als ziemlich einfach erwies. War man erst einmal oben, brauchte man nur mit den Flügeln im richtigen Winkel zu schlagen, um Richtung und Höhe zu korrigieren. Mein Körper eignete sich die Kunst im Nu an und trug mich mühelos im Fluge, wohin ich immer wollte. Ich betrachtete die Welt aus der Warte des Aufziehvogels. Sobald ich genug vom Fliegen hatte, ging ich auf einen Ast nieder und spähte durch das grüne Laub auf Dächer und Straßen hinab. Ich beobachtete, wie Menschen sich über den Erdboden bewegten und den Geschäften des Lebens nachgingen. Leider konnte ich allerdings meinen eigenen Körper nicht sehen. Das lag daran, daß ich den Aufziehvogel noch nie gesehen hatte und nicht wußte, wie er aussah.

Lange Zeit – wie lang wohl? – blieb ich der Aufziehvogel. Aber der Aufziehvogel zu sein brachte mich keinen Schritt weiter. Die Fliegerei machte natürlich Spaß, aber ich konnte nicht ewig nur Spaß haben. Ich hatte noch etwas zu erledigen hier unten, in der Dunkelheit auf dem Grund des Brunnens. Ich hörte auf, der Aufziehvogel zu sein, und wurde wieder ich.

Ihren zweiten Besuch stattete mir May Kasahara kurz nach drei ab. Als sie den Brunnen halb aufdeckte, ergoß sich von oben eine Flut von Licht herein – der blendende Glanz eines Sommertages. Um meine mittlerweile an völlige Finsternis gewöhnten Augen zu schützen, schloß ich die Lider und hielt den Kopf für eine Weile gesenkt. Beim bloßen Gedanken an Licht tränten mir die Augen.
»Hallo da unten, Mister Aufziehvogel«, sagte May Kasahara. »Leben Sie noch? Mister Aufziehvogel? Antworten Sie, wenn Sie noch am Leben sind.«
»Ich bin am Leben«, sagte ich.
»Sie müssen hungrig sein.«
»Ich denke schon.«
»Immer noch bloß ›ich denke schon‹? Dann dauert's wohl noch ne Weile, bis Sie verhungert sind. Verhungernde sterben nicht so leicht, solang sie Wasser haben.«
»Das stimmt wahrscheinlich«, sagte ich, und die Unsicherheit in meiner Stimme

hallte im Brunnen wider. Der Hall verstärkte wahrscheinlich jede noch so leise Regung, die in der Stimme mitschwang.

»Ich weiß, daß es stimmt«, sagte May Kasahara. »Ich hab heute morgen ein bißchen in der Bibliothek recherchiert. Alles über Hunger und Durst. Wußten Sie eigentlich, Mister Aufziehvogel, daß jemand mal einundzwanzig Tage unter der Erde gelebt hat? Während der Russischen Revolution.«

»Ernsthaft?« sagte ich.

»Er muß ganz schön gelitten haben.«

»Aber wirklich.«

»Er hat's überlebt, aber ihm sind sämtliche Haare und Zähne ausgefallen. Ratzekahl. Auch wenn er's überlebt hat, muß es fürchterlich gewesen sein.«

»Aber wirklich.«

»Aber auch wenn Sie Ihre Zähne und Haare verlieren sollten, könnten Sie mit einem anständigen Toupet und Gebiß wahrscheinlich ein ziemlich normales Leben führen.«

»Ja, zumal Perücken und Kunstgebisse seit der Russischen Revolution gewaltige Fortschritte gemacht haben. Das könnte die Sache schon etwas erleichtern.«

»Wissen Sie, Mister Aufziehvogel ...« sagte May Kasahara und räusperte sich.

»Was?«

»Wenn die Menschen ewig lebten – wenn sie nie älter würden – wenn sie einfach immer weiter in dieser Welt leben könnten, niemals sterben, nie krank werden – glauben Sie, die würden sich noch die Mühe machen, über irgendwas ernsthaft nachzudenken, so wie wir's jetzt tun? Ich meine, wir denken über so ziemlich alles nach, mehr oder weniger – Philosophie, Psychologie, Logik. Religion. Literatur. Ich denk irgendwie, wenn's so was wie den Tod gar nicht gäbe, dann würden so komplizierte Gedanken und Ideen gar nicht in die Welt kommen. Ich meine – «

May Kasahara unterbrach sich und blieb eine Weile stumm, und so lange hing ihr »ich meine« in der Dunkelheit des Brunnens wie ein abgehacktes Gedankenfragment. Vielleicht wollte sie mittlerweile gar nichts mehr sagen. Oder vielleicht mußte sie erst einmal überlegen, was als nächstes kam. Ich hielt einfach den Kopf gesenkt und wartete schweigend darauf, daß sie fortfuhr. Mir ging es durch den Kopf, daß May Kasahara, wenn sie mich gleich umbringen wollte, dies ganz mühelos tun konnte. Sie brauchte nur einen großen Stein in den Brunnen fallenzulassen. Wenn sie es ein paarmal versuchte, würde mir früher oder später mit Sicherheit einer auf den Kopf fallen.

»Ich meine ... jedenfalls glaube ich, daß ... die Menschen deswegen ernsthaft darüber nachdenken müssen, was es für sie bedeutet, hier und jetzt zu leben, *weil* sie wissen, daß sie irgendwann sterben. Stimmt's? Wer würde sich schon Gedanken über den Sinn des Lebens machen, wenn er einfach ewig weiterleben würde? Warum sollte man dann überhaupt auf die Idee kommen? Oder selbst *wenn* jemand auf die Idee käme, würde er sich wahrscheinlich einfach sagen: ›Was soll's, dafür hab ich noch mehr als genug Zeit. Ich kann ja irgendwann später drüber nachdenken.‹ Aber wir können nicht bis später warten. Wir müssen gleich jetzt in dieser Sekunde darüber nachdenken. Ich könnte morgen nachmittag von einem Laster überfahren werden. Und Sie, Mister Aufziehvogel: Sie könnten verhungern. Eines schönen Morgens in drei Tagen könnten Sie tot auf dem Grund des Brunnens liegen. Verstehen Sie? Niemand weiß, was passieren wird. Also brauchen wir den Tod, um uns höherzuentwickeln. Denke ich wenigstens. Der Tod ist ein riesiges, strahlendes Etwas, und je größer und strahlender es ist, desto mehr müssen wir uns über alle möglichen Dinge den Verstand verrenken.«

May Kasahara hielt inne.

»Sagen Sie mal, Mister Aufziehvogel ...«

»Was?«

»Da unten im Dunkeln – haben Sie sich schon Gedanken über Ihren Tod gemacht? Darüber, wie Sie da unten sterben würden?«

Ich mußte erst einen Augenblick über ihre Frage nachdenken. »Nö«, sagte ich. »Das ist eine Sache, über die ich nicht nachgedacht habe.«

»*Warum* denn nicht?« fragte May Kasahara mit unterschwelliger Abscheu, als spräche sie mit einem mißgestalteten Tier. »Warum *haben* Sie nicht darüber nachgedacht? Sie sehen Ihrem Tod doch buchstäblich ins Auge. Ich mach keine Witze. Ich hab's Ihnen schon gesagt – *ich* entscheide, ob Sie leben oder sterben.«

»Du könntest einen Stein fallen lassen.«

»Einen Stein? Wovon reden Sie eigentlich?«

»Du könntest dir einen großen Stein besorgen und ihn auf mich drauffallen lassen.«

»Na ja, klar, das könnt ich wohl.« Aber die Idee schien ihr nicht zu gefallen. »Jedenfalls, Mister Aufziehvogel, Sie müssen am Verhungern sein. Es wird nur immer schlimmer und schlimmer werden. Und bald geht Ihnen das Wasser aus. Also, wie können Sie da *nicht* an den Tod denken? Finden Sie das etwa nicht verrückt?«

»Tja, ich schätze, irgendwie verrückt ist's schon«, sagte ich. »Aber ich hab die ganze Zeit an andere Dinge gedacht. Wenn ich erst mal richtig Hunger habe, werd ich wahrscheinlich auch über den Tod nachdenken. Ich hab schließlich noch drei Wochen Zeit, bis ich sterbe, richtig?«

»Wenn Sie *Wasser* haben«, sagte May Kasahara. »So war das bei diesem Russen. Der war irgendein Großgrundbesitzer oder so. Die Rote Garde hat ihn in einen alten Bergwerksschacht geworfen, aber da sickerte Wasser durch die Wand, und das hat er aufgeleckt, und so ist er am Leben geblieben. Er saß in völliger Dunkelheit, genau wie Sie. Aber Sie haben nicht besonders viel Wasser, nicht?«

»Nein«, sagte ich wahrheitsgemäß. »Ist nur noch ein bißchen übrig.«

»Dann sollten Sie besser sparsam damit umgehen«, sagte May Kasahara. »Trinken Sie kleine Schlückchen. Und denken Sie in aller Ruhe nach. Über den Tod. Darüber, daß Sie am Sterben sind. Sie haben ja noch viel Zeit.«

»Warum liegt dir eigentlich so viel daran, daß ich über den Tod nachdenke? Was hast du davon?«

»Nix hab ich davon«, gab May Kasahara scharf zurück. »Wie kommen Sie darauf, daß ich was davon haben könnte, daß *Sie* über Ihren Tod nachdenken? Es ist *Ihr* Leben. Es hat nichts mit mir zu tun. Ich bin bloß ... interessiert.«

»Aus Neugier?«

»Ja. Aus Neugier zu erfahren, wie Menschen sterben. Was das für ein Gefühl ist zu sterben. Darauf bin ich neugierig.«

May Kasahara verstummte. Als das Gespräch abbrach, strömte tiefe Stille in den Raum um mich herum, als habe sie nur auf diese Gelegenheit gewartet. Ich hätte gern das Gesicht gehoben und nach oben geschaut. Um festzustellen, ob May Kasahara von hier unten aus zu sehen war. Aber das Licht war zu grell. Ich war mir sicher, es hätte mir die Augen ausgebrannt.

»Es gibt da was, was ich dir sagen möchte«, sagte ich.

»Okay. Schießen Sie los.«

»Meine Frau hatte einen Liebhaber«, sagte ich. »Zumindest bin ich mir da ziemlich sicher. Ich hab nichts davon gemerkt, aber monatelang, während sie noch mit mir zusammenlebte, ging sie mit diesem Typ ins Bett. Ich konnte es anfangs gar nicht glauben, aber je mehr ich darüber nachgedacht habe, desto sicherer bin ich mir geworden. Im nachhinein erkenne ich jetzt, daß es alle möglichen kleinen Indizien gegeben hat. Sie kam zu den verrücktesten Uhrzeiten nach Hause, oder sie zuckte zusammen, wenn ich sie anfaßte. Aber ich war nicht imstande, die Zeichen zu deuten. Ich vertraute ihr. Ich habe nie gedacht, sie könnte ein Verhältnis haben. Ich bin einfach nicht auf die Idee gekommen.«

»Stark«, sagte May Kasahara.

»Also ist sie eines Tages einfach aus dem Haus gegangen und nicht mehr zurückgekommen. Wir haben an dem Morgen zusammen gefrühstückt, und sie ist aus dem Haus gegangen wie immer. Sie hatte nicht mehr bei sich als ihre Handtasche, und von der Reinigung hat sie noch einen Rock und eine Bluse abgeholt. Und das war's. Kein Abschied. Keine zwei Zeilen. Nichts. Kumiko war weg. Hat alle ihre Sachen zurückgelassen – Kleider und alles. Und sie kommt wahrscheinlich nie wieder hierher zurück – zu mir zurück. Nicht freiwillig jedenfalls. Soviel weiß ich.«

»Ist sie jetzt mit dem anderen Typ zusammen, Ihrer Ansicht nach?«

»Ich weiß es nicht«, sagte ich kopfschüttelnd. Als mein Kopf sich langsam durch die Luft bewegte, fühlte sie sich wie eine Art von schwerem Wasser an, abzüglich des wässerigen Gefühls. »Wahrscheinlich sind sie zusammen.«

»Und jetzt sind Sie also am Boden zerstört, Mister Aufziehvogel, und deswegen sind Sie in den Brunnen gestiegen.«

»Natürlich war ich am Boden zerstört, als ich begriffen habe, was los war. Aber deswegen bin ich nicht hier. Ich lauf nicht vor der Wirklichkeit weg. Ich brauchte, wie gesagt, einen Ort, wo ich allein sein und mich auf mein Denken konzentrieren konnte. Wo und wie ist meine Beziehung zu Kumiko schiefgelaufen? Das begreife ich eben nicht. Womit ich nicht behaupten will, bis dahin sei alles ideal gewesen. Ein Mann und eine Frau, beide zwischen zwanzig und dreißig, von sehr verschiedenem Naturell, lernen sich zufällig kennen und ziehen zusammen ... Es gibt kein Ehepaar auf der Welt, das nicht sein Päckchen Probleme hätte, aber ich dachte, wir kämen im Prinzip gut miteinander aus, und was es an kleineren Problemen gab, würde sich mit der Zeit schon von selbst erledigen. Da habe ich mich jedoch getäuscht. Ich habe offenbar die ganze Zeit etwas Wichtiges übersehen, etwas wirklich Grundlegendes falsch gemacht. Um darüber nachzudenken, bin ich hergekommen.«

May Kasahara sagte nichts. Ich schluckte einmal.

»Ich weiß nicht, ob du das nachvollziehen kannst: Als wir heirateten, vor sechs Jahren, versuchten wir, uns eine brandneue Welt zu schaffen – wie wenn man auf einem leeren Grundstück ein neues Haus baut. Wir hatten eine ganz klare Vorstellung von dem, was wir wollten. Solange wir nur zusammensein konnten, brauchten wir kein tolles Haus oder sonstwas, nur einen Schutz vor dem Wetter. Darüber hinaus brauchten wir nichts. Besitz hätte nur gestört. Es kam uns alles so einfach vor. Hast du je dieses Gefühl gehabt – daß du an einen völlig anderen Ort gehen und jemand vollkommen anderes werden möchtest?«

»Klar«, sagte May Kasahara. »Das Gefühl hab ich andauernd.«

»Na ja, und das haben wir eben versucht zu tun, als wir heirateten. Ich wollte aus mir raus: aus dem Ich heraus, das bis dahin existiert hatte. Und mit Kumiko war's das gleiche. In unserer neuen Welt versuchten wir, uns neue Ichs zuzulegen, die besser zu dem passen würden, was wir tief in unserem Inneren waren. Wir glaubten, wir könnten auf eine Weise leben, die genauer zu den Individuen paßte, die wir waren.«

Anscheinend verlagerte May Kasahara ihren Schwerpunkt im Licht ein wenig; ich spürte ihre Bewegung. Sie schien darauf zu warten, daß ich weiterredete, aber im Moment hatte ich nichts mehr zu sagen. Mir fiel nichts ein. Der Klang meiner Stimme im Betonrohr des Brunnens hatte mich ermüdet.

»Kannst du damit irgend etwas anfangen?« fragte ich.

»Klar doch.«

»Und was hältst du davon?«

»Also bitte, ich bin schließlich noch nicht erwachsen. Ich hab keinen Schimmer von der Ehe. Ich weiß nicht, was sich Ihre Frau dabei gedacht hat, als sie angefangen hat, mit einem anderen Mann rumzumachen, oder als sie Sie verlassen hat. Aber nach dem, was Sie mir grad erzählt haben, würd ich sagen, daß Sie irgendwie von vornherein eine falsche Vorstellung hatten. Wissen Sie, was ich meine, Mister Aufziehvogel? Wovon Sie grad geredet haben ... ich weiß nicht, *in echt* kriegt das niemand hin. Ich mein, so Sachen wie ›Okay, jetzt schaff ich mir ne völlig neue Welt‹ oder ›Okay, jetzt schaff ich mir ein völlig neues Ich‹. Das ist jedenfalls meine Meinung. Man *glaubt* vielleicht, daß man sich eine neue Welt oder ein neues Ich geschaffen hat, aber das alte Ich ist die ganze Zeit weiter da, direkt unter der Oberfläche, und da braucht nur irgendwas zu passieren, und schwupp, steckt es

den Kopf raus und sagt: ›Hallo.‹ Das scheint Ihnen irgendwie nicht klar zu sein. Sie sind irgendwo anders geschaffen worden. Und selbst diese *Idee*, die Sie da haben, sich selbst neu zu schaffen: Selbst *die* ist woanders entstanden. Soviel weiß selbst *ich*, Mister Aufziehvogel. Sie sind doch ein Erwachsener, oder? Wie kommt's, daß Sie das nicht kapieren? Das ist ein *ernstes Problem*, wenn Sie mich fragen. Und genau dafür werden Sie bestraft – von allen möglichen Dingen: von der Welt, die Sie versucht haben loszuwerden, oder vom Ich, das Sie versucht haben loszuwerden. Verstehen Sie, was ich sagen will?«
Ich schwieg und starrte in die Dunkelheit, die meine Füße umgab. Ich wußte nicht, was ich sagen sollte.
»Okay, Mister Aufziehvogel«, sagte sie leise. »Jetzt denken Sie mal schön. Denken Sie. Denken Sie.«
Der Deckel schob sich an seinen Platz, und die Brunnenöffnung war wieder verschlossen.

Ich holte die Feldflasche aus dem Rucksack und schüttelte sie. Das leise Gluckern hallte in der Dunkelheit; vielleicht noch viertel voll. Ich lehnte den Kopf an die Wand und schloß die Augen. May Kasahara hatte wahrscheinlich recht. Diese Person, dieses Selbst, dieses Ich war irgendwo anders geschaffen worden. Alles kam von woandersher, und es würde woanders hingehen. Ich war lediglich eine Schleuse für die Person namens »Ich«.
So viel weiß selbst *ich*, Mister Aufziehvogel. Wie kommt's, daß Sie das nicht kapieren?

11
HUNGER ALS SCHMERZ
KUMIKOS LANGER BRIEF
VOGEL ALS PROPHET

Ich schlief ein paarmal ein und wachte ebensooft wieder auf. Es waren kurze, unruhige Schlafschübe, wie im Flugzeug. Jedesmal, wenn der Tiefschlaf kommen wollte, schreckte ich davor zurück und wachte auf; jedesmal, wenn das volle Wachbewußtsein kommen wollte, nickte ich wieder ein, in endloser Wiederholung. So ohne jeden Lichtwechsel eierte die Zeit dahin wie ein Karren mit ausgeschlagener Achse. Meine verkrampfte, unnatürliche Haltung raubte meinem Körper die Ruhe. Bei jedem Aufwachen sah ich auf die Uhr. Die Zeit schleppte sich mit schwerem, ungleichmäßigem Schritt dahin.

Da ich nichts Besseres zu tun hatte, nahm ich immer wieder die Taschenlampe und richtete ihren Strahl wahllos irgendwohin – auf den Boden, auf die Schachtwand, auf die Brunnenabdeckung. Was ich da sah, war immer derselbe Boden, dieselbe Wand, dieselbe Brunnenabdeckung. Die Schatten, die der wandernde Lichtstrahl warf, schwankten, streckten sich und schrumpften, schwollen an und zogen sich zusammen. Wenn ich davon genug hatte, vertrieb ich mir die Zeit damit, daß ich mein Gesicht abtastete, jeder Linie und Furche nachging, meine Züge neu erforschte und versuchte, mir ihre Form einzuprägen. Bis dahin hatte ich mich nie für die Form meiner Ohren interessiert. Wenn mich jemand aufgefordert hätte, meine Ohren zu zeichnen – oder auch nur grob zu skizzieren –, wäre ich ratlos gewesen. Jetzt hingegen hätte ich jede Vertiefung und Windung präzise wiederzugeben vermocht. Ich fand es merkwürdig, wie verschieden die zwei Ohren waren; ich hatte keine Ahnung, woran das lag und welche Auswirkung dieser Mangel an Symmetrie haben mochte (irgendeine Auswirkung hatte er wahrscheinlich).

Meine Uhr zeigte sieben Uhr achtundzwanzig. Seit ich hier unten war, mußte ich an die zweitausendmal auf die Uhr gesehen haben. Jetzt war es sieben Uhr achtundzwanzig abends, soviel war sicher; bei einem Ballspiel wäre es jetzt Ende des dritten oder Anfang des vierten Viertels. Als Kind saß ich oft hoch oben auf der Außenfeldtribüne und sah dem Sommertag zu, wie er versuchte, nicht zu Ende zu gehen. Die Sonne war hinter dem westlichen Horizont verschwunden, aber das Abendrot war noch strahlend und schön. Die Scheinwerfer warfen ihre langen Schatten über das Spielfeld, als wollten sie auf etwas hinweisen. Kurz nachdem das Spiel angefangen hatte, wurde mit äußerster Behutsamkeit erst ein, dann ein zweiter Scheinwerfer eingeschaltet. Dennoch kam vom Himmel noch soviel Licht, daß man hätte Zeitung lesen können. Die Erinnerung an des langen Tages Glanz blieb an der Tür stehen, um der Sommernacht den Zutritt zu verwehren. Doch geduldig und beharrlich errang die künstliche Beleuchtung allmählich ihren lautlosen Sieg über das Sonnenlicht und zauberte eine Flut festlicher Farben hervor. Das leuchtende Grün des Spielfelds, die schöne schwarze Erde, die frisch darauf gezeichneten weißen Linien, der schimmernde Klarlack an den Schlägern von Spielern, die darauf warteten, ihren Platz auf der Gummiplatte einzunehmen, der Zigarettenrauch, der in die Lichtbalken stieg (und an windstillen Tagen aussah, als wären wandernde Seelen auf der Suche nach jemandem, der sie einlassen würde) – all dies zeichnete sich nach und nach mit überwältigender Klarheit ab. Die jungen Bierverkäufer hoben ihre Hände ins Licht und ließen zwischen ihre Finger gesteckte Banknoten aufleuchten. Die Zuschauer erhoben sich von den Bänken, um die Bahn eines hohen Flugballs zu verfolgen, und ihre Stimmen flogen mit ihm auf in den Himmel oder zerflossen zum Seufzen. Kleine Vogelschwärme zogen, unterwegs zu ihren Schlafplätzen, seewärts vorüber. Das war das Stadion abends um halb acht.

Ich dachte an die Baseballspiele, die ich im Laufe der Jahre gesehen hatte. Einmal, als ich noch klein war, waren die Saint Louis Cardinals zu einem Freundschaftsspiel nach Japan gekommen. Das hatte ich mit meinem Vater von einem Innenfeldplatz aus gesehen. Vor dem Spiel hatten sich die Cardinals mit Körben voll signierter Tennisbälle entlang der Außenlinie aufgestellt und die Bälle, so fest sie konnten, in die Tribünen geschleudert. Die Zuschauer hatten alle wie verrückt versucht, einen für sich zu ergattern, aber ich war einfach auf meinem Platz geblieben, ohne mich zu rühren, und ehe ich mich versah, hatte ich einen Ball auf dem Schoß gehabt. Es war ein magisches Ereignis gewesen: seltsam und unerwartet.

Ich sah wieder auf die Uhr. Sieben Uhr sechsunddreißig. Seit dem letzten Nachsehen waren acht Minuten vergangen. Nur acht Minuten. Ich nahm mir die Uhr vom Handgelenk und hielt sie ans Ohr. Sie tickte einwandfrei. Ich zuckte in der Dunkelheit die Schultern; mein Zeitgefühl spielte mir allmählich komische Streiche. Ich beschloß, eine Weile nicht mehr auf die Uhr zu sehen. Vielleicht hatte ich nichts anderes zu tun, aber so oft auf die Uhr zu sehen war nicht gesund. Trotzdem kostete es mich ungeheure Anstrengung, mich zu beherrschen und nicht nachzusehen. Es war eine ähnliche Qual wie damals, als ich das Rauchen aufgegeben hatte. Von dem Augenblick an, als ich mir vornahm, nicht mehr an die Zeit zu denken, konnte mein Verstand an nichts anderes denken. Es war so etwas wie ein innerer Widerspruch, eine Bewußtseinsspaltung. Je mehr ich mich bemühte, die Zeit zu vergessen, desto mehr war ich gezwungen, an sie zu denken. Noch ehe es mir bewußt wurde, wanderten meine Blicke zu meinem linken Handgelenk, zur Uhr. Jedesmal, wenn das passierte, wandte ich das Gesicht ab, schloß die Augen

und kämpfte gegen das zwanghafte Bedürfnis an, nachzusehen. Schließlich nahm ich die Uhr ab und steckte sie in den Rucksack. Selbst dann gab mein Denken nicht auf und stöberte jetzt im Rucksack nach der Uhr, die dort fortfuhr, die Zeit abzuticken.
Und so floß die Zeit, uhrzeigerlos, weiter durch die Dunkelheit: Zeit, ungeteilt und ungemessen. Hatte sie erst einmal ihre Bezugspunkte verloren, hörte die Zeit auf, eine kontinuierliche Linie zu sein, und verwandelte sich in eine formlose Flüssigkeit, die sich willkürlich ausdehnte und zusammenzog. Innerhalb dieser besonderen Zeit schlief ich ein und wachte auf, schlief ich ein und wachte auf und gewöhnte mich allmählich an ein Leben ohne Uhren. Ich erzog meinen Körper dazu zu erkennen, daß ich keine Zeit mehr brauchte. Doch schon bald überfiel mich eine enorme Ängstlichkeit. Sicher, ich hatte mich von der gedankenlosen Angewohnheit befreit, alle fünf Minuten auf die Uhr zu sehen, doch kaum war der zeitliche Bezugsrahmen verschwunden, begann ich mich zu fühlen, als wäre ich mitten in der Nacht vom Deck eines fahrenden Schiffs in den Ozean gestürzt. Niemand hörte meine Schreie, und der Dampfer fuhr unbeirrt geradeaus weiter, immer weiter und weiter, bis er fast verschwunden war.
Ich gab den Kampf auf. Ich holte die Uhr aus dem Rucksack und band sie mir wieder um. Sie zeigte Viertel nach sechs. Wahrscheinlich morgens. Als ich das letzte Mal auf die Uhr gesehen hatte, war es sieben Uhr sechsunddreißig gewesen. Neunzehn Uhr sechsunddreißig. Es erschien realistisch anzunehmen, daß seither elf Stunden vergangen waren. Dreiundzwanzig Stunden konnten es kaum gewesen sein. Aber sicher konnte ich das nicht wissen. Was ist der wesentliche Unterschied zwischen elf und dreiundzwanzig Stunden? Wieviele es auch sein mochten – elf oder dreiundzwanzig –, mein Hunger hatte erheblich zugenommen. Die Empfindung ähnelte nicht im mindesten der vagen Vorstellung, die ich mir früher von einem heftigen Hungergefühl gemacht hatte. Ich hatte angenommen, Hunger sei ein Gefühl von Leere. Statt dessen ähnelte er eher reinem körperlichen Schmerz – durch und durch körperlich und völlig unmittelbar, als würde man erstochen oder erdrosselt. Und dieser Schmerz war ungleichmäßig. Es mangelte ihm an Stetigkeit; er nahm wie eine Flutwelle zu, bis ich am Rande der Ohnmacht stand, und zog sich dann langsam wieder zurück.
Um mich von diesen peinigenden Hungeranfällen abzulenken, versuchte ich, meine Gedanken auf etwas anderes zu konzentrieren. Aber an ernsthafte geistige

Tätigkeit war nicht mehr zu denken. Gedankenfetzen trieben mir ins Bewußtsein und verschwanden dann wieder so plötzlich, wie sie gekommen waren. Wann immer ich einen von ihnen zu packen versuchte, schlüpfte er mir durch die Finger wie ein schleimiges, amorphes Tier.

Ich stand auf, streckte mich und atmete tief durch. Jeder einzelne Teil meines Körpers tat weh. Jeder Muskel und jedes Gelenk schrie gequält auf, weil es sich so lange in einer verkrampften Position befunden hatte. Ich reckte mich langsam in die Höhe und machte dann ein paar Kniebeugen, aber nach zehn davon wurde mir schwindlig. Ich setzte mich wieder auf den Boden des Brunnens und schloß die Augen. Mir dröhnten die Ohren, und mein Gesicht war schweißüberströmt. Ich wollte mich an irgend etwas festhalten, aber es war nichts zum Festhalten da. Ich verspürte Brechreiz, aber es war nichts in mir, was ich hätte erbrechen können. Ich atmete ein paarmal tief durch, in der Hoffnung, wenn ich frische Luft in meinen Körper ließ und meinen Kreislauf in Schwung brachte, würden auch meine Gedanken etwas klarer werden, aber der Nebel in meinem Geist wollte sich nicht lichten. Mein Körper ist jetzt ganz schwach, dachte ich, ja, ich versuchte, es laut auszusprechen – »Mein Körper ist jetzt ganz schwach« –, aber mein Mund schaffte es kaum, die Worte zu formen. Wenn ich nur die Sterne sehen könnte, dachte ich, aber ich konnte keine Sterne sehen. May Kasahara hatte dem Brunnen den Mund verschlossen.

Ich nahm an, May Kasahara würde irgendwann im Laufe des Vormittags zum Brunnen zurückkommen, aber sie kam nicht. An die Wand gelehnt, verbrachte ich die ganze Zeit mit Warten darauf, daß sie erschien. Die Übelkeit verließ mich den ganzen Vormittag nicht, und mein Bewußtsein hatte nicht mehr die Kraft, sich auf einen beliebigen Gedanken zu konzentrieren, und sei es nur für kurze Zeit. Die Hungerkrämpfe kamen und gingen, die Dunkelheit, die mich umgab, wurde dichter und dünner, und mit jeder neuen Welle verschwand ein weiteres Stück meiner Konzentrationsfähigkeit wie die Einrichtung eines unbewohnten Hauses, die Einbrecher Stück für Stück hinausschaffen.

Der Mittag kam und ging, und May Kasahara tauchte nicht auf. Ich schloß die Augen und versuchte zu schlafen, in der Hoffnung, daß ich vielleicht von Kreta Kano träumen würde, aber mein Schlaf war für Träume zu flach. Nicht lange, nachdem ich jeden Versuch aufgegeben hatte, mich auf das Denken zu konzentrieren, begannen mich allerlei Erinnerungsfragmente heimzusuchen. Sie kamen lautlos an, wie Wasser, das eine unterirdische Höhle auffüllt. Orte, an denen ich gewesen war, Menschen, die ich kennengelernt hatte, Wunden, die ich empfangen hatte, Gespräche, die ich geführt, Dinge, die ich gekauft oder verloren hatte: ich konnte mich an all das sehr lebhaft und verblüffend detailliert erinnern. Ich dachte an Häuser und Wohnungen, in denen ich gewohnt hatte. Ich dachte an ihre Fenster und Schränke und Möbel und Lampen. Ich dachte an Lehrer und Professoren, die ich gehabt hatte, von der Grundschule bis zum College. Die wenigsten dieser Erinnerungen, wenn überhaupt welche, hingen irgendwie miteinander zusammen. Sie waren akribisch genau und bedeutungslos und kamen ohne jede chronologische Ordnung. Gelegentlich unterbrach eine weitere peinigende Welle von Hunger meine Reminiszenzen; aber jede einzelne Erinnerung war unglaublich lebhaft und erschütterte mich körperlich mit der Gewalt eines Tornados.

Ich saß so da und sah meinem Bewußtsein bei seiner Erinnerungstätigkeit zu, bis es einen Zwischenfall wiedererstehen ließ, der sich drei, vier Jahre zuvor in der Kanzlei zugetragen hatte. Es war ein dummer, unsinniger Vorfall gewesen, aber je mehr Zeit ich damit zubrachte, mir seine absurden Details zu vergegenwärtigen, desto ärgerlicher wurde ich, bis die Verärgerung in regelrechte Wut umschlug. Die Wut, die mich packte, war so heftig, daß sie alles übrige auslöschte – meine Erschöpfung, meinen Hunger, meine Ängste – und ich anfing zu beben und zu keuchen. Mein Herz hämmerte hörbar, und die Wut überschwemmte meinen Kreislauf mit Adrenalin. Es war ein Streit gewesen, der mit einem belanglosen Mißverständnis begonnen hatte. Der andere Typ hatte mir ein paar Unverschämtheiten an den Kopf geworfen, und ich hatte ihm meinerseits die Meinung gesagt, aber dann hatten wir beide erkannt, wie unbedeutend die ganze Sache war, und hatten uns entschuldigt, womit die Angelegenheit erledigt gewesen war. Solche Sachen passieren eben: Man ist im Streß, man ist müde, und da rutscht einem ein unbedachtes Wort heraus. Ich hatte die ganze Sache einfach vergessen. Aber da unten im pechschwarzen Dunkel des Brunnens, fernab von der Wirklichkeit, erwachte die Erinnerung mit brennender Eindringlichkeit wieder zum Leben. Ich konnte ihre Hitze an meiner Haut spüren, hören, wie sie mein Fleisch brutzeln ließ. Warum hatte ich auf eine so empörende Bemerkung mit so schwächlichen Worten reagiert? Jetzt fiel mir plötzlich alles ein, was ich dem Kerl hätte sagen sollen. Ich feilte an meiner Replik, wetzte sie, und je schärfer sie wurde, desto mehr geriet ich in Rage.

Dann verschwand der Dämon, von dem ich besessen gewesen war, mit einem Mal, und all das wurde bedeutungslos. Warum mußte ich solche uralten Erinnerungen wieder aufwärmen? Wozu sollte das gut sein? Der andere hatte den ganzen Streit wahrscheinlich längst vergessen. *Ich* hatte ihn bis zu diesem Moment ganz gewiß vergessen. Ich atmete tief durch, ließ die Schultern hängen und den Körper in die Dunkelheit zurücksinken. Ich versuchte, mich einer anderen Erinnerung zuzuwenden, aber mit dieser brennenden Wut war auch mein Vorrat an Gedächtnisbildern aufgebraucht. Mein Kopf war nun so leer wie mein Magen.

Und ehe ich mich versah, führte ich Selbstgespräche, murmelte Gedankensplitter vor mich hin, die mir gar nicht bewußt waren. Ich konnte nichts dagegen tun. Ich hörte meinen Mund Worte artikulieren, aber ich verstand so gut wie nichts von dem, was ich da sagte. Mein Mund bewegte sich von allein, automatisch, warf lange Wortketten in die Dunkelheit, Ketten von Wörtern, deren Bedeutung ich nicht zu fassen bekam. Sie kamen aus einer Dunkelheit hervor und wurden von der nächsten verschluckt. Mein Körper war nichts als ein leerer Tunnel, eine Rohrleitung zur Beförderung der Wörter von dort nach hier. Es waren zweifellos Fragmente von Gedanken, aber von Gedanken, die sich außerhalb meines Bewußtseins ereigneten.

Was war hier los? Gingen mir langsam die Nerven durch? Ich sah auf die Uhr. Sie zeigte drei Uhr zweiundvierzig. *Wahrscheinlich* drei Uhr zweiundvierzig am Nachmittag. Ich malte mir aus, wie das Licht an einem Sommernachmittag um drei Uhr zweiundvierzig aussah; ich sah mich selbst in diesem Licht. Ich spitzte die Ohren nach irgendwelchen Geräuschen, aber es gab keine: kein Zikadenzirpen, keinen Vogelgesang, keine Kinderstimmen. Vielleicht hatte der Aufziehvogel, während ich hier unten im Brunnen saß, die Feder nicht aufgezogen, und die Welt hatte aufgehört, sich zu bewegen. Nach und nach war das Federwerk abgelaufen, und an einem bestimmten Punkt hatte jegliche Bewegung – das Fließen der Flüsse, das Flirren des Laubs, der Flug der Vögel am Himmel – aufgehört.

Was trieb May Kasahara? Warum kam sie nicht? Sie hatte sich schon sehr lange nicht mehr blicken lassen. Mir schoß der Gedanke durch den Kopf, ihr könnte etwas Schlimmes zugestoßen sein – ein Verkehrsunfall etwa. Das hieße, daß es niemanden mehr auf der Welt gab, der wußte, daß ich hier unten war. Und daß ich auf dem Grund des Brunnens wirklich eines langsamen Todes sterben würde.

Ich beschloß, die Dinge anders zu sehen. May Kasahara war nicht so unvorsichtig. Sie würde sich nicht so einfach überfahren lassen. Sie war jetzt wahrscheinlich in ihrem Zimmer, spähte von Zeit zu Zeit mit ihrem Fernglas in diesen Garten herüber und stellte sich vor, wie ich hier unten im Brunnen saß. Sie tat das mit Absicht: ließ mir bewußt genug Zeit, Angst zu bekommen, mich verlassen zu fühlen. Das war meine Vermutung. Und wenn sie absichtlich so viel Zeit verstreichen ließ, dann hatte sie großen Erfolg mit ihrem Plan. Ich hatte wirklich Angst. Ich fühlte mich wirklich verlassen. Jedesmal, wenn es mir durch den Kopf ging, daß ich ohne weiteres hier im Dunkeln langsam verfaulen könnte, nahm mir die Angst buchstäblich den Atem. Je mehr Zeit verging, desto matter würde ich werden, bis meine Hungerkrämpfe stark genug wären, um mich zu töten. Doch ehe das geschähe, verlöre ich vielleicht die Fähigkeit, meine Bewegungen zu koordinieren. Selbst wenn jemand die Strickleiter herunterließe, würde ich es vielleicht nicht mehr schaffen hinaufzusteigen. Vielleicht würden mir alle Haare und Zähne ausfallen.

Dann fiel mir ein, ich sollte mir wegen der Luft Sorgen machen. Ich war mittlerweile seit zwei Tagen auf dem Grund dieser tiefen, engen Betonröhre, und obendrein war deren Öffnung dicht verschlossen. Eine Ventilation fand praktisch nicht statt. Auf einmal kam mir die Luft um mich herum schwer und drückend vor. Ich konnte nicht feststellen, ob die Phantasie mit mir durchging oder ob die Luft wirklich, des fehlenden Sauerstoffs wegen, drückend geworden war. Um das herauszufinden, machte ich mehrere tiefe Atemzüge, aber je tiefer ich atmete, desto schlimmer fühlte ich mich. Angstschweiß schoß mir aus allen Poren. Kaum hatte ich angefangen, mir über die Luft Gedanken zu machen, drängte sich der Tod als etwas Reales und unmittelbar Bevorstehendes in meine Seele. Wie stilles schwarzes Wasser stieg er höher und höher und sickerte in jeden Winkel meines Bewußtseins. Bisher hatte ich an die Möglichkeit des Hungertodes gedacht, und bis da wäre es noch lang hin gewesen. Viel schneller würde die Sache ablaufen, wenn mir der Sauerstoff ausging.

Was würde das für ein Gefühl sein, zu ersticken? Wie lange würde es dauern? Würde es ein langsamer, qualvoller Prozeß sein, oder würde ich allmählich das Bewußtsein verlieren und sterben, als schliefe ich ein? Ich stellte mir vor, wie May Kasahara zum Brunnen kam und mich tot vorfand. Sie würde ein paarmal zu mir hinunterrufen, und wenn keine Antwort kam, würde sie annehmen, ich schliefe,

und ein paar Steinchen in den Brunnen fallen lassen. Aber ich würde nicht wieder aufwachen. Dann würde sie begreifen, daß ich tot war.
Ich wollte um Hilfe rufen. Ich wollte schreien, daß ich hier drinnen eingesperrt war. Daß ich Hunger hatte. Daß die Luft immer schlechter wurde. Ich fühlte mich so, als sei ich wieder zum hilflosen kleinen Kind geworden. Ich war aus einer Laune heraus fortgelaufen und würde nie wieder nach Hause finden. Ich hatte den Weg vergessen. Das war ein Traum, den ich schon unzählige Male gehabt hatte. Es war der Alptraum meiner Jugend gewesen – mich zu verirren, den Weg zurück nach Hause nicht mehr zu finden. Ich hatte diese Alpträume seit Jahren völlig vergessen. Aber jetzt, auf dem Grund dieses tiefen Brunnens, wurden sie wieder grauenvoll lebendig. Die Zeit verlief im Dunkeln rückwärts und wurde von einer andersgearteten Zeit verschlungen.
Ich holte die Feldflasche aus dem Rucksack, schraubte den Deckel auf und ließ mir – mit äußerster Vorsicht, um keinen einzigen Tropfen zu verschütten – eine kleine Menge Wasser in den Mund fließen. Lange behielt ich es dort, kostete die Feuchtigkeit aus und schluckte es dann so langsam wie nur möglich. Als mir das Wasser durch die Kehle rann, drang ein lautes Geräusch daraus hervor, als sei ein harter, schwerer Gegenstand zu Boden gefallen, aber es war nur das Geräusch, das ich erzeugte, als ich ein paar Tropfen Wasser schluckte.

»Herr Okada!«
Jemand rief mich. Ich hörte die Stimme im Schlaf. »Herr Okada! Herr Okada! Bitte wachen Sie auf!«
Es klang wie Kreta Kano. Ich schaffte es, die Augen zu öffnen, aber das änderte nichts. Ich war noch immer von Dunkelheit umgeben und konnte nicht das mindeste sehen. Es gab keine klare Grenze zwischen Schlaf und Wachsein. Ich versuchte, mich aufzurichten, aber ich hatte nicht genügend Kraft in den Fingern. Mein Körper fühlte sich kalt und stumpf an, verschrumpelt wie eine Gurke, die man zu lange hinten im Kühlschrank vergessen hat. Mein Denken war eng umhüllt von Erschöpfung und Schwäche. Ist mir egal, mach, was du willst, dann kriege ich eben wieder im Geist einen Ständer und komme in der Wirklichkeit. Na los, wenn du das wirklich willst. Benebelt wartete ich darauf, daß ihre Hände meinen Gürtel lösten. Aber Kreta Kanos Stimme kam von irgendwo weit oben.
»Herr Okada! Herr Okada!« rief sie. Ich schaute nach oben und sah, daß die

Brunnenabdeckung zur Hälfte geöffnet war und darüber ein schöner besternter Himmel glitzerte, ein Himmel in der Form eines Halbmondes.

»Ich bin hier!«

Ich richtete mich auf und schaffte es, auf die Füße zu kommen. Ich sah nach oben und rief noch einmal: »Ich bin hier!«

»Herr Okada!« sagte die *wirkliche* Kreta Kano. »Sind Sie da unten?«

»Ja, ich bin hier!«

»Wie ist denn *das* passiert?«

»Das ist eine lange Geschichte.«

»Es tut mir leid, ich kann Sie nicht besonders gut hören. Könnten Sie etwas lauter sprechen?«

»Das ist eine lange Geschichte!« rief ich. »Ich erzähl sie Ihnen, sobald ich hier raus bin. Im Augenblick kann ich nicht sehr laut reden.«

»Ist das *Ihre* Strickleiter hier oben?«

»Ja.«

»Wie haben Sie die nur hier hinaufbekommen? Haben Sie sie geworfen?«

»Natürlich nicht!« Warum hätte ich so etwas tun sollen? Wie hätte ich so etwas tun *können?* »Natürlich nicht! Jemand hat sie raufgezogen, ohne mir was davon zu sagen.«

»Aber damit wäre es für Sie unmöglich geworden, wieder herauszukommen!«

»Natürlich«, sagte ich so geduldig, wie ich konnte. »Genau das ist ja auch passiert. Ich kann hier nicht raus. Würden Sie mir also einen Gefallen tun und die Leiter herunterlassen? Dann *kann* ich raus.«

»Ja, natürlich. Sofort.«

»Moment mal! Bevor Sie sie runterlassen, könnten Sie nachsehen, ob sie auch am Baumstamm befestigt ist? Sonst – «

Aber sie gab keine Antwort. Es schien niemand mehr da zu sein. Ich starrte so konzentriert wie nur möglich auf die Brunnenöffnung, aber ich sah niemanden. Ich holte die Taschenlampe aus dem Rucksack und richtete ihren Strahl nach oben, aber das Licht erfaßte keine menschliche Gestalt. Was es allerdings sichtbar werden ließ, war die Strickleiter: Sie hing da, wo sie hingehörte, als wäre sie die ganze Zeit da gewesen. Ich stieß einen tiefen Seufzer aus, und dabei spürte ich, wie ein harter Knoten im Innersten meines Körpers sich lockerte und dahinschmolz.

»Hallo! Kreta Kano!« schrie ich, aber es kam weiterhin keine Antwort. Meine Uhr zeigte sieben nach eins. Sieben nach eins in der Nacht natürlich. Soviel verrieten mir die Sterne, die hoch über mir funkelten. Ich streifte mir den Rucksack über, holte einmal tief Atem und machte mich an den Aufstieg. Die wackelige Strickleiter war schwierig zu erklimmen. Bei jeder Anstrengung knirschte und jammerte jeder Muskel, jeder Knochen und jedes Gelenk in meinem Körper. Ich tat einen vorsichtigen Schritt nach dem anderen, und bald lag in der Luft, die mich umgab, ein Hauch von Wärme, dann ein deutlicher Duft nach Gras. Nun erreichten mich die Laute von Insekten. Ich bekam die Kante der Brunnenumrandung zu fassen, und mit einer letzten Anstrengung stemmte ich mich hoch und kollerte fast auf die weiche Oberfläche der Erde. Das war's: Ich war wieder oben. Eine Zeitlang blieb ich einfach auf dem Rücken liegen und dachte an nichts. Ich sah hinauf in den Himmel und sog unersättlich die Luft tief in meine Lungen – die dichte, lauwarme Luft einer Sommernacht, frisch nach Leben duftend. Ich konnte die Erde riechen, das Gras riechen. Der Geruch allein erzeugte das Gefühl, meine Handflächen würden sanft die Erde und das Gras berühren. Ich hätte sie am liebsten mit beiden Händen gepackt und verschlungen.

Am Himmel waren nun keine Sterne mehr zu sehen: nicht ein einziger. Sichtbar waren die Sterne nur vom Grund eines Brunnens aus. Da oben am Himmel hing einzig ein fast voller, fettleibiger Mond.

Wie lange ich da liegenblieb, hätte ich nicht sagen können. Lange tat ich nichts anderes, als auf meinen Herzschlag zu lauschen. Ich hatte das Gefühl, ich könnte ewig so weiterleben, ohne etwas anderes zu tun, als meinem Herzschlag zu lauschen. Doch schließlich erhob ich mich vom Boden und sah mich um. Es war niemand da. Der Garten dehnte sich in die Nacht, und die Vogelplastik starrte wie immer in den Himmel. In May Kasaharas Haus war es völlig dunkel. Lediglich eine Quecksilberdampflampe brannte in ihrem Garten und warf ihr fahles, ausdrucksloses Licht bis zu der ausgestorbenen Gasse. Wohin konnte Kreta Kano nur verschwunden sein?

Jedenfalls war das Vordringlichste jetzt, nach Hause zu gehen – nach Hause zu gehen, etwas zu trinken, etwas zu essen und mich schön lang unter die Dusche zu stellen. Wahrscheinlich stank ich entsetzlich. Als allererstes mußte ich diesen Geruch loswerden. Dann mußte ich etwas in meinen leeren Magen bekommen. Alles andere konnte warten.

Ich nahm den gewohnten Weg nach Hause, aber die Gasse kam mir verändert vor, fremd. Vielleicht wegen dieses seltsam nackten Mondlichts stachen die Anzeichen von Stagnation und Verfall ungewohnt deutlich hervor, und ich roch etwas wie das verwesende Fleisch toter Tiere und ganz eindeutig den Gestank von Kot und Urin. In vielen Häusern waren die Leute noch auf und unterhielten sich oder aßen, während der Fernseher lief. Aus einem Fenster trieb der Geruch von fettigem Essen heran und stiftete in meinem Magen und Hirn Unheil. Ich kam an einer ächzenden Klimaanlage vorbei und bekam einen Schwall lauwarmer Luft ab. Ich hörte das Geräusch einer Dusche und sah in einem Badezimmerfenster den verschwommenen Schatten eines Körpers.

Es gelang mir, mich an der Mauer hinter meinem Haus hochzuziehen, und ich ließ mich in den Garten fallen. Von hier aus sah das Haus pechschwarz aus; fast schien es den Atem anzuhalten. Es veströmte keinerlei Wärme oder Geborgenheit mehr. Es sollte das Haus sein, in dem ich tagein, tagaus mein Leben lebte, doch jetzt war es nur ein leeres Gebäude ohne jede Spur von Menschlichkeit. Wenn ich allerdings überhaupt ein Zuhause hatte, in das ich zurückkehren konnte, dann war es hier.

Ich stieg auf die Veranda und schob die Glastür auf. Die so lange eingeschlossene Luft war schwer und abgestanden. Es roch nach einer Mischung aus überreifem Obst und Insektenspray. Der Zettel, den ich auf dem Küchentisch zurückgelassen hatte, lag noch immer da. Das Geschirr, das ich gespült hatte, befand sich noch in derselben Anordnung auf dem Abtropfgestell. Ich nahm daraus ein Glas, füllte es immer wieder mit Leitungswasser und trank und trank. Der Kühlschrank hatte nichts Besonderes zu bieten – eine zufällige Ansammlung von Resten und angebrochenen Lebensmitteln: Eier, Schinken, Kartoffelsalat, Auberginen, Kopfsalat, Tomaten, Tofu, Frischkäse, Milch. Ich schüttete Cornflakes in einen Napf, goß etwas Milch darüber und aß. Ich hätte einen wölfischen Hunger haben müssen, aber beim Anblick der realen Lebensmittel im Kühlschrank verspürte ich kaum Lust zu essen. Eher war ich sogar ein wenig angewidert. Dennoch aß ich, um den Schmerz in meinem leeren Magen zu betäuben, nach den Cornflakes noch ein paar Kräcker. Sie weckten nicht im mindesten meinen Appetit.

Ich ging ins Bad, zog mich nackt aus und stopfte alle meine Sachen in die Waschmaschine. Dann stellte ich mich unter die heiße Dusche, schrubbte mich von Kopf bis Fuß und wusch mir die Haare. Kumikos Nylon-Duschhaube hing noch immer an der Wand. Ihr besonderes Shampoo war da, ihre Pflegespülung und die Plastikbürste, die sie beim Haarewaschen benutzte. Ihre Zahnbürste. Ihre Zahnseide. Alles sah noch genauso aus, wie bevor sie gegangen war. Die einzige Veränderung, die ihre Abwesenheit bewirkte, war diese eine schlichte Tatsache: Kumiko war nicht mehr da.

Ich stellte mich vor den Spiegel und musterte mein Gesicht. Es war mit schwarzen Stoppeln bedeckt. Nach kurzem Zögern beschloß ich, mich nicht zu rasieren. Wenn ich mich jetzt rasierte, würde ich mich wahrscheinlich schneiden. Bis morgen früh konnte ich damit auf jeden Fall warten; ich brauchte niemanden zu sehen. Ich putzte mir die Zähne, spülte mir mehrmals den Mund und verließ das Bad. Dann öffnete ich eine Bierdose, holte Tomaten und Kopfsalat aus dem Kühlschrank und machte mir einen Salat. Nachdem ich den gegessen hatte, begann ich, ein gewisses Bedürfnis nach mehr zu verspüren, also holte ich mir Kartoffelsalat heraus, verteilte ihn zwischen zwei Scheiben Brot und aß das. Ich sah nur ein einzigesmal auf die Uhr. Wie viele Stunden war ich unten im Brunnen gewesen? Doch beim bloßen Gedanken an Zeit bekam ich rasende Kopfschmerzen. Nein, ich wollte nicht an Zeit denken. Die Zeit war etwas, worüber ich im Augenblick auf keinen Fall nachdenken wollte.

Ich ging auf die Toilette und pinkelte lange mit geschlossenen Augen; es wollte überhaupt nicht mehr aufhören. Ich befürchtete schon, ich könnte im Stehen ohnmächtig werden. Dann ging ich ins Wohnzimmer, legte mich aufs Sofa und starrte zur Decke. Es war ein höchst sonderbares Gefühl: Mein Körper war müde, aber mein Geist war hellwach. Ich fühlte mich nicht im geringsten schläfrig.

Plötzlich fiel mir ein, ich sollte im Briefkasten nachsehen. Jemand konnte mir geschrieben haben, während ich im Brunnen saß. Ich ging zur Haustür und stellte fest, daß ein Brief gekommen war. Auf dem Umschlag stand kein Absender, aber die Handschrift vorn war eindeutig die von Kumiko: kleine, mit äußerster Sorgfalt ausgeführte – fast gemalte – Schriftzeichen, mit großer Sorgfalt aneinandergereiht wie zu einem Muster. Eine zeitaufwendige Art zu schreiben, aber sie konnte es nicht anders. Ich sah sofort nach dem Poststempel. Er war verschmiert und kaum leserlich, aber es gelang mir, das Zeichen *taka* und möglicherweise noch *matsu* zu entziffern. Takamatsu in der Kagawa-Präfektur? Soweit ich wußte, kannte Kumiko niemanden in Takamatsu. Wir waren noch nie dort gewesen, und

sie hatte auch nie davon erzählt, daß sie die Fähre nach Shikoku genommen habe oder über die neue Brücke gefahren sei. Von Takamatsu war in keinem unserer Gespräche je die Rede gewesen. Vielleicht hieß es doch nicht Takamatsu.
Jedenfalls ging ich mit dem Brief in die Küche, setzte mich an den Tisch und öffnete den Umschlag mit der Schere – vorsichtig, um die Blätter darin nicht zu zerschneiden. Um mich zu beruhigen, trank ich einen Schluck von dem Bier, das noch übrig war.

»Es muß ein Schock für Dich gewesen sein, als ich so plötzlich und ohne ein Wort verschwunden bin«, hatte Kumiko mit ihrer gewohnten blauschwarzen Montblanc-Tinte geschrieben. Das Papier war das dünne Standard-Briefpapier, das es überall zu kaufen gab.

Ich wollte Dir eigentlich schon früher schreiben und alles der Reihe nach erklären, aber ich habe viel darüber nachgegrübelt, wie ich meine Gefühle am besten ausdrücken und Dir meine Situation begreiflich machen könnte, und so verging die Zeit. Ich habe deswegen ein sehr schlechtes Gewissen Dir gegenüber.
Mittlerweile ahnst Du vielleicht, daß ich mich mit einem Mann traf. Ich hatte mit ihm ein sexuelles Verhältnis, das fast drei Monate dauerte. Er war jemand, den ich durch meine Arbeit kennengelernt hatte, jemand, den Du überhaupt nicht kennst. Es spielt auch kaum eine Rolle, wer er war. Ich werde ihn nie wiedersehen. Zumindest für mich ist es vorbei. Vielleicht ist Dir das ein gewisser Trost. Oder auch nicht.
War ich in ihn verliebt? Diese Frage kann ich beim besten Willen nicht beantworten. Sie kommt mir überhaupt belanglos vor. War ich in Dich verliebt? Das kann ich ohne Zögern beantworten: Ja. Ich bin immer sehr froh darüber gewesen, daß ich Dich geheiratet habe, und ich bin es noch immer. Warum, könntest Du jetzt fragen, habe ich Dich dann betrogen und bin, um die Sache noch schlimmer zu machen, von zu Hause fortgelaufen? Ich habe mir diese Frage selbst immer wieder gestellt, schon während es passierte: Warum muß ich das tun?
Ich kann es beim besten Willen nicht erklären. Ich habe nie den geringsten Wunsch verspürt, mir einen Liebhaber zu nehmen oder einen Seitensprung zu machen. Das war das letzte, woran ich gedacht hätte, als ich anfing, mich mit ihm zu treffen. Wir waren uns ein paarmal im Zusammenhang mit der Arbeit begegnet, und auch wenn wir beide merkten, daß wir ganz gut miteinander reden konnten, war das Äußerste, was danach passierte, eine gelegentliche Bemerkung am Telefon, die über das rein Berufliche hinaus-

ging. Er war viel älter als ich, hatte Frau und Kinder und wirkte auf mich als Mann nicht sonderlich attraktiv: Ich wäre nie auf die Idee gekommen, mich mit ihm einzulassen.

Was nicht heißen soll, daß ich nicht von Zeit zu Zeit daran gedacht hätte, es Dir heimzuzahlen. Es machte mir noch immer ziemlich zu schaffen, daß Du einmal eine Nacht mit einer gewissen Frau verbracht hast. Als Du sagtest, Du hättest nichts mit ihr gehabt, habe ich Dir geglaubt, aber das allein machte die Sache noch lange nicht wieder gut; so habe ich es empfunden. Aber dennoch habe ich kein Verhältnis angefangen, um es Dir heimzuzahlen. Ich erinnere mich, daß ich einmal zu Dir gesagt habe, ich würde es tun, aber das war nur eine Drohung. Ich habe mit ihm geschlafen, weil ich mit ihm schlafen wollte. Weil ich es nicht ertragen hätte, nicht mit ihm zu schlafen. Weil ich außerstande war, mein sexuelles Verlangen zu unterdrücken.

Nachdem wir uns eine Zeitlang nicht gesehen hatten, trafen wir uns wieder in einer beruflichen Angelegenheit. Danach gingen wir zusammen essen und anschließend noch auf einen Drink in irgendein anderes Lokal. Da ich ja keinen Alkohol vertrage, habe ich nur – aus Höflichkeit – ein Glas Orangensaft ohne einen Tropfen Alkohol darin getrunken. Was danach geschah, hatte also mit Alkohol nichts zu tun. Wir haben nur zusammen gegessen und uns unterhalten. Dann aber haben wir uns zufällig berührt, und von diesem Augenblick an konnte ich an nichts anderes denken, als daß ich in seinen Armen liegen wollte. In dem Moment, als wir uns berührten, wußte ich, daß er meinen Körper begehrte, und er schien zu spüren, daß ich seinen begehrte. Es war eine völlig irrationale, übermächtige elektrische Spannung, die zwischen uns entstand. Mir war, als sei der Himmel auf mich herabgestürzt. Meine Wangen glühten, mein Herz hämmerte, und ich hatte ein schweres, schmelzendes Gefühl unterhalb der Taille. Es war so intensiv, daß ich kaum aufrecht auf dem Barhocker sitzen konnte. Anfangs begriff ich nicht, was in mir vorging, aber bald erkannte ich, daß es Lust war. Ich hatte ein so unbändiges Verlangen nach ihm, daß ich kaum noch atmen konnte. Ohne daß einer von uns als erster den Vorschlag gemacht hätte, gingen wir in das nächste Hotel und stürzten uns wie Wilde in den Sex.

Wahrscheinlich tu ich Dir weh, wenn ich es so klipp und klar sage, aber ich glaube, daß ein ehrlicher, detaillierter Bericht auf lange Sicht das Beste ist. Es mag hart für Dich sein, aber ich möchte, daß Du den Schmerz erträgst und weiterliest.

Was ich mit ihm tat, hatte mit »Liebe« so gut wie nichts zu tun. Ich wollte nichts, als in seinen Armen liegen und ihn in mir haben. Noch nie in meinem Leben hatte ich ein so überwältigendes Bedürfnis nach einem Männerkörper verspürt. Ich hatte in Romanen von »unerträglichem Verlangen« gelesen, aber bis zu dem Tag habe ich mir nie richtig vorstellen können, was darunter zu verstehen sei.

Warum dieses Bedürfnis so plötzlich in mir erwachte, warum es nicht mit Dir, sondern mit jemand anderem passierte, kann ich nicht sagen. Aber es wäre völlig unmöglich gewesen, dieses Verlangen zu unterdrücken, und ich versuchte es auch gar nicht. Bitte glaube mir: Es kam mir nicht ein einziges Mal, nicht für einen Augenblick, in den Sinn, daß ich Dir damit in irgendeiner Weise untreu würde. Was ich in diesem Hotelbett mit ihm erlebte, grenzte an Wahnsinn. Um ehrlich zu sein, so gut hatte sich für mich in meinem ganzen Leben noch nie etwas angefühlt. Nein, so einfach war es nicht: Es fühlte sich nicht nur gut an. Mein Körper wälzte sich in heißem Schlamm. Meine Seele sog sich mit Wollust voll, bis sie fast explodierte – und dann explodierte sie wirklich. Es war ein Wunder, eines der wundervollsten Dinge, die mir je passiert sind.

Und dann habe ich es, wie Du weißt, die ganze Zeit geheimgehalten. Du hast nie gemerkt, daß ich ein Verhältnis hatte. Du hast mir nie mißtraut, nicht einmal, als ich spät heimzukommen begann. Ich bin sicher, daß Du mir völlig vertraut hast. Du glaubtest, ich könnte Dir nie untreu werden. Und daß ich Dein Vertrauen so schmählich mißbrauchte, bereitete mir keinerlei Schuldgefühle. Ich rief Dich vom Hotelzimmer aus an und sagte, ich würde mich der Arbeit wegen verspäten. Ich häufte eine Lüge auf die andere, aber darunter litt ich nicht. Es kam mir wie die natürlichste Sache der Welt vor. Mein Herz brauchte das Leben mit Dir. Das Zuhause, das ich mit Dir teilte, war der Ort, an den ich gehörte. Es war die Welt, zu der ich gehörte. Mein Körper aber hatte dieses unüberwindliche Bedürfnis nach Sex mit ihm. Ich war zur Hälfte hier und zur Hälfte dort. Ich wußte, daß irgendwann zwangsläufig der Bruch käme, aber einstweilen hatte ich das Gefühl, dieses Doppelleben werde ewig so weitergehen. Hier führte ich mit Dir ein friedliches Leben, dort hatte ich mit ihm besinnungslosen Sex.

Ich möchte, daß Du zumindest eines begreifst. Es hatte nie etwas damit zu tun, daß Du etwa ein schlechterer Liebhaber als er oder sexuell nicht anziehend gewesen wärst, oder daß es mir langweilig geworden wäre, mit Dir zu schlafen. Es war einfach so, daß mein Körper während jener Zeit diesen heftigen, unüberwindlichen Hunger verspürte. Es war mir unmöglich, ihm zu widerstehen. Warum solche Dinge passieren, weiß ich nicht; ich kann nur sagen, daß es passiert ist. Während der Wochen, die das Verhältnis dauerte, dachte ich ein paarmal daran, auch mit Dir zu schlafen. Es erschien mir Dir gegenüber unfair, daß ich mit ihm schlief und mit Dir nicht. Aber ich hatte aufgehört, in Deinen Armen auch nur das geringste zu empfinden. Du mußt es gemerkt haben. Fast zwei

Monate lang habe ich mir alle möglichen Ausreden ausgedacht, um jeden sexuellen Kontakt mit Dir zu vermeiden.

Eines Tages aber bat er mich, Dich seinetwegen zu verlassen. Wir paßten so gut zusammen, meinte er, daß kein Grund bestünde, warum wir nicht zusammenleben sollten. Er werde seine Familie verlassen, sagte er. Ich bat ihn um Bedenkzeit. Aber als ich später an jenem Abend im Zug saß und auf dem Weg nach Hause war, wurde mir klar, daß ich für ihn nichts mehr empfand. Ich verstehe es selbst nicht, aber in dem Augenblick, als er mich bat, bei ihm zu bleiben, verschwand dieses besondere Etwas in mir, als sei ein starker Wind aufgekommen und habe es weggeblasen. Mein Verlangen nach ihm war spurlos verschwunden.

Damit fingen meine Schuldgefühle Dir gegenüber an. Nichts dergleichen hatte ich, wie gesagt, empfunden, solange dieses brennende Verlangen nach ihm in mir gewesen war, meine einzige Empfindung war Freude darüber gewesen, daß Du von alldem nichts merktest. Ich dachte, ich könnte mir alles erlauben, solange Du nichts davon mitbekämst. Meine Beziehung zu ihm gehörte zu einer völlig anderen Welt als meine Beziehung zu Dir. Als mein Verlangen jedoch verflog, wußte ich nicht mehr, wo ich war.

Ich habe mich von jeher für einen ehrlichen Menschen gehalten. Sicher, ich habe meine Fehler. Aber wo es um wichtige Dinge ging, hatte ich noch nie jemanden belogen oder mir selbst etwas vorgemacht. Ich hatte Dir noch nie etwas verheimlicht; darauf war ich immer ein wenig stolz gewesen. Aber dann habe ich Dir, ohne eine Spur von Schuldgefühlen zu empfinden, monatelang diese fatalen Lügen erzählt.

Und diese Tatsache begann mich zu quälen. Sie gab mir das Gefühl, ein hohler, bedeutungsloser, nichtswürdiger Mensch zu sein. Was ich wahrscheinlich auch wirklich bin. Aber da ist noch etwas anderes, was mir noch immer zu schaffen macht, nämlich: Wie kam ich plötzlich dazu, ein so heftiges, abnormes sexuelles Verlangen nach einem Mann zu verspüren, den ich nicht einmal liebte? Das kann ich einfach nicht begreifen. Wäre dieses Verlangen nicht gewesen, würde ich noch immer mein glückliches Leben mit Dir führen. Und dieser Mann wäre noch immer ein netter Bekannter, mit dem man gelegentlich ein bißchen plaudern kann. Aber dieses Gefühl, diese unglaubliche, überwältigende Lust, hat alles eingerissen, was wir im Laufe der Jahre aufgebaut hatten. Sie hat mir alles genommen: Sie hat mir Dich genommen, das Zuhause, das wir uns gemeinsam geschaffen hatten, und meine Arbeit. Warum mußte so etwas geschehen?

Nach meiner Abtreibung vor drei Jahren sagte ich Dir, da wäre etwas, was ich Dir sagen müßte. Erinnerst Du Dich? Vielleicht hätte ich es tun sollen. Vielleicht hätte ich Dir alles erzählen, Dir mein Herz öffnen sollen, bevor sich die Dinge so entwickelten. Wenn ich es getan hätte, wäre das alles vielleicht nie passiert. Aber jetzt, wo es passiert ist – selbst jetzt glaube ich nicht, daß ich imstande wäre, Dir zu sagen, was ich damals empfand. Und zwar deswegen, weil ich das Gefühl habe, sobald ich es in Worte gefaßt hätte, wäre alles noch endgültiger zerstört, als es jetzt schon ist. Und darum bin ich zu der Überzeugung gelangt, am besten sei es, wenn ich das Ganze für mich behielte und verschwände.

Es tut mir leid, Dir das sagen zu müssen, aber Tatsache ist, daß ich mit Dir nie wirklich sexuelles Vergnügen empfinden konnte, weder vor noch nach unserer Heirat. Ich fand es wunderschön, wenn Du mich in den Armen hieltest, aber empfunden habe ich dabei nie mehr als ein verschwommenes, fernes Gefühl, das fast zu jemand anderem zu gehören schien. Du bist daran nicht im mindesten schuld. Für meine Unfähigkeit, etwas zu empfinden, war einzig und allein ich verantwortlich. Es gab da irgendeine Blockade in mir, die alle sexuellen Empfindungen in Schach hielt. Als diese Blockade aus mir völlig unbegreiflichen Gründen durch den Sex mit jenem Mann hinweggefegt wurde, wußte ich nicht mehr, was ich tun sollte.

Zwischen Dir und mir ist immer etwas sehr Inniges und Zartes gewesen; es war von Anfang an da. Aber jetzt ist es für immer verloren. Dieses vollkommene Ineinandergreifen von Zahnrädern, dieses mythische Etwas, ist zerstört. Weil ich es zerstört habe. Oder genauer gesagt, weil irgend etwas mich dazu gebracht hat, es zu zerstören. Es tut mir entsetzlich leid, daß dies passiert ist. Nicht jeder hat das Glück, eine solche Chance zu bekommen, wie ich sie mit Dir hatte. Ich hasse dieses Etwas, das all dies verursacht hat. Du kannst Dir nicht vorstellen, wie sehr ich es hasse. Ich will wissen, was genau es ist. Ich muß wissen, was genau es ist. Ich muß seine Wurzeln ausfindig machen und darüber zu Gericht sitzen und es bestrafen. Ob ich tatsächlich die Kraft dazu haben werde, kann ich nicht sagen. Eines allerdings ist sicher: dies ist allein mein Problem. Es hat nichts mit Dir zu tun.

Ich möchte Dich jetzt nur noch um eines bitten: Kümmere Dich nicht mehr um mich. Versuche bitte nicht, mich zu finden. Vergiß mich einfach, gewöhne dich an den Gedanken, ein neues Leben anzufangen. Was meine Familie anbelangt, werde ich das einzig Richtige tun: Ich werde ihnen schreiben und erklären, daß dies alles meine Schuld ist, daß Du nicht die geringste Verantwortung trägst. Sie werden Dir keine Schwierigkeiten machen. Das Scheidungsverfahren wird recht bald eingeleitet werden, glaube ich. Das wird das Beste für uns beide sein. Erhebe also bitte keinen Einspruch. Erteile einfach Dein Einverständnis. Was die Kleider und anderen Dinge angeht, die ich dagelassen habe – es tut mir leid, aber wirf sie bitte einfach weg oder spende sie für irgendeinen wohltätigen Zweck. All das gehört nun zur Vergangenheit. Ich habe nicht das Recht, jetzt irgend etwas von dem, was ich in meinem Leben mit Dir benutzt habe, weiterzubenutzen. Leb wohl.

Ich las den Brief noch einmal von Anfang bis Ende durch und steckte ihn wieder in den Umschlag. Dann holte ich noch eine Dose Bier aus dem Kühlschrank und trank sie aus.
Wenn Kumiko vorhatte, die Scheidung einzureichen, dann hatte sie vorerst nicht die Absicht, sich umzubringen. Das erleichterte mich ein wenig. Dann aber stieß ich auf die Tatsache, daß ich seit fast zwei Monaten mit niemandem mehr geschlafen hatte. Wie Kumiko in ihrem Brief schrieb, hatte sie sich während dieser ganzen Zeit dagegen gesträubt, mit mir zu schlafen. Sie habe Symptome einer leichten Blasenentzündung, hatte sie gesagt, und der Arzt habe ihr geraten, eine Zeitlang auf Geschlechtsverkehr zu verzichten. Und natürlich hatte ich ihr geglaubt. Ich hatte keinen Grund gehabt, es nicht zu tun.
Während dieser zwei Monate hatte ich zwar im Traum – oder in einer Welt, für die mein Wortschatz keine andere Bezeichnung als »Traum« enthielt – mit Frauen sexuelle Kontakte gehabt: mit Kreta Kano und mit der Telefonfrau. Aber es war nun, wo ich darüber nachdachte, zwei Monate her, daß ich zuletzt mit einer wirklichen Frau in der wirklichen Welt geschlafen hatte. Auf dem Sofa ausgestreckt, starrte ich auf meine über der Brust gefalteten Hände und dachte an das letzte Mal, als ich Kumikos Körper gesehen hatte. Ich dachte an die weiche Kurve ihres Rückens, als ich den Reißverschluß ihres Kleides hochgezogen hatte, und an den Duft von Eau de Toilette hinter ihren Ohren. Wenn allerdings das, was sie in ihrem Brief schrieb, die unumstößliche Wahrheit war, dann würde ich wahrscheinlich nie wieder mit Kumiko schlafen. Sie hatte es mit solcher Entschiedenheit und Unwiderruflichkeit gesagt: wie konnte es da anderes sein als die unumstößliche Wahrheit?
Je länger ich über die Möglichkeit nachdachte, daß meine Beziehung zu Kumiko endgültig der Vergangenheit angehörte, desto mehr begann ich, die sanfte Wärme dieses Körpers zu vermissen, der mir einst gehört hatte. Ich hatte es immer schön gefunden, mit ihr zu schlafen. Natürlich hatte ich es schön gefunden, bevor wir geheiratet hatten, aber selbst nachdem ein paar Jahre vergangen waren und die

anfängliche Erregung sich ein wenig gelegt hatte, hatte ich den Sex mit Kumiko weiterhin sehr genossen. Ihr schlanker Rücken, ihr Nacken, ihre Beine, ihre Brüste – ich konnte mich lebhaft erinnern, wie jede Partie von ihr sich angefühlt hatte. Ich konnte mich an alles erinnern, was ich für sie und sie für mich während unserer sexuellen Vereinigungen getan hatten.

Nun hatte Kumiko ihren Körper jedoch mit dem eines mir unbekannten Mannes vereinigt – und das mit einer Leidenschaftlichkeit, die ich mir kaum vorstellen konnte. Sie hatte eine Lust entdeckt, die ihr der Sex mit mir nie hatte geben können. Während sie es mit ihm tat, hatte sie sich wahrscheinlich so gekrümmt und gewunden, daß das Bett gebebt hatte, und hatte so laut gestöhnt, daß man sie im Nebenzimmer hören konnte. Sie hatte mit ihm wahrscheinlich Dinge getan, die sie mit mir nie getan hätte. Ich ging zum Kühlschrank, holte mir ein Bier heraus und trank es. Dann aß ich ein bißchen Kartoffelsalat. Da mir nach Musik war, schaltete ich das Radio ein und wählte einen Klassiksender. Den Ton stellte ich leise. »Ich bin heute so müde«, hatte Kumiko etwa gesagt, »ich bin einfach nicht in der Stimmung. Tut mir leid. Ehrlich.« Und ich hatte geantwortet: »Ist schon okay, kein Problem.« Als Tschaikowskys Serenade für Streicher geendet hatte, brachten sie ein kleines Stück, das nach Schumann klang. Es kam mir bekannt vor, aber ich konnte mich nicht an den Titel erinnern. Als es vorbei war, sagte die Sprecherin, es sei die Nummer sieben aus Schumanns *Waldszenen* gewesen, betitelt »Vogel als Prophet«. Ich stellte mir vor, wie Kumiko unter dem anderen Mann die Hüften kreisen ließ, die Beine anzog, die Fingernägel in seinen Rücken bohrte, das Laken besabberte. Die Radiosprecherin erläuterte, Schumann habe eine phantastische Szene um einen geheimnisvollen Vogel geschaffen, der im Wald lebt und die Zukunft voraussagt.

Was hatte ich je über Kumiko gewußt? Ich quetschte die Bierdose geräuschlos in der Faust zusammen und warf sie in den Müll. Konnte es wahr sein, daß die Kumiko, die ich zu verstehen geglaubt hatte, die Kumiko, die ich in den Armen gehalten und mit der ich in all den Jahren unserer Ehe immer wieder meinen Körper vereinigt hatte – daß diese Kumiko nicht mehr als die oberflächlichste Schicht der *Person* Kumiko gewesen war, gerade so, wie der größere Teil dieser Welt in Wirklichkeit dem Reich der Quallen angehört? Und falls ja, was war mit diesen sechs Jahren, die wir miteinander verbracht hatten? Was waren sie gewesen? Was hatten sie bedeutet?

Ich las Kumikos Brief gerade ein weiteres Mal, als das Telefon klingelte. Bei dem Geräusch sprang ich wie gestochen vom Sofa auf. Wer konnte bloß um zwei Uhr nachts anrufen? Kumiko? Nein, sie würde nie hier anrufen. Wahrscheinlich May Kasahara. Sie hatte mich aus dem Garten des leerstehenden Hauses herauskommen sehen und beschlossen, sich bei mir zu melden. Oder möglicherweise auch Kreta Kano; sie wollte erklären, warum sie verschwunden war. Es konnte die Telefonfrau sein. Vielleicht wollte sie mir irgendeine Botschaft übermitteln. May Kasahara hatte recht gehabt: Ich hatte wirklich eine Spur zu viele Frauen am Hals. Ich wischte mir mit einem Handtuch, das in der Nähe lag, den Schweiß vom Gesicht, und als ich bereit war, nahm ich den Hörer ab. »Hallo«, sagte ich. »Hallo«, kam die Stimme vom anderen Ende. Es war nicht die von May Kasahara. Auch nicht Kreta Kanos Stimme oder die Stimme der rätselhaften Frau. Es war Malta Kano.

»Hallo«, sagte sie, »bin ich mit Herrn Okada verbunden? Mein Name ist Malta Kano. Ob Sie sich wohl noch an mich erinnern?«

»Natürlich. Sehr gut sogar«, sagte ich und versuchte, das Hämmern meines Herzens zu beschwichtigen. Wie hätte ich mich nicht an sie erinnern können?

»Ich muß Sie um Verzeihung dafür bitten, daß ich Sie zu so später Stunde anrufe. Es liegt allerdings so etwas wie ein Notfall vor. Mir war vollkommen bewußt, welch eine grobe Belästigung es darstellen und wie sehr ich Sie damit verärgern würde, aber ich sah mich dennoch genötigt, Sie anzurufen. Es tut mir entsetzlich leid.«

Sie brauche sich keine Sorgen zu machen, versicherte ich ihr; ich sei ohnehin noch auf und fühlte mich nicht im mindesten belästigt.

12

BEIM RASIEREN ENTDECKT
BEIM AUFWACHEN ENTDECKT

»Der Grund, weswegen ich Sie zu so später Stunde anrufe, Herr Okada, ist, daß ich das Gefühl hatte, ich sollte Sie so bald wie irgend möglich erreichen«, sagte Malta Kano. Als ich ihr zuhörte, hatte ich den Eindruck, daß sie jedes einzelne Wort sorgfältig auswählte und nach streng logischen Prinzipien zu wohlgeordneten Sätzen aneinanderfügte – wie sie es immer tat. »Wenn Sie nichts dagegen

haben, Herr Okada, würde ich Ihnen, Ihr freundliches Einverständnis vorausgesetzt, einige Fragen stellen. Darf ich beginnen?«
Den Hörer in der Hand, ließ ich mich auf dem Sofa nieder. »Nur zu, fragen Sie, was Sie möchten«, sagte ich.
»Sind Sie in den vergangenen zwei Tagen vielleicht außer Haus gewesen, Herr Okada? Ich habe immer wieder versucht, Sie telefonisch zu erreichen, aber Sie schienen nie dazusein.«
»Tja, schon – ja, ich war nicht da. Ich brauchte einen Tapetenwechsel. Ich wollte für eine Weile allein sein, um ein wenig nachdenken zu können. Es gibt eine Menge Dinge, über die ich nachdenken muß.«
»Ja, Herr Okada, dessen bin ich mir vollauf bewußt. Ich kann mir vorstellen, wie Sie sich fühlen. Eine neue Umgebung kann sehr hilfreich sein, wenn man ruhig und systematisch über etwas nachdenken möchte. In diesem Fall jedoch, Herr Okada – und ich weiß, daß meine Frage so klingen wird, als versuchte ich, mich in Ihre Privatangelegenheiten einzumischen –, waren Sie möglicherweise *sehr* weit fort?«
»Nun ja, so weit auch wieder nicht«, sagte ich bewußt unbestimmt. Ich wechselte den Hörer von der linken in die rechte Hand. »Wie soll ich es formulieren? Ich war an einem ziemlich abgeschiedenen Ort, aber ich kann wirklich nicht ins Detail gehen. Ich habe da meine Gründe. Und ich bin erst vor kurzem zurückgekommen – ich bin zu müde für lange Erklärungen.«
»Natürlich, Herr Okada. Ich verstehe. Jeder hat seine Gründe. Ich werde nicht weiter in Sie dringen. Sie müssen wirklich sehr müde sein: ich merke es Ihrer Stimme an. Machen Sie sich bitte meinetwegen keine Gedanken. Ich sollte Sie um eine solche Uhrzeit wirklich nicht mit so vielen Fragen belästigen. Es tut mir schrecklich leid. Wir können uns über diese Sache sicher in einem passenderen Moment unterhalten. Ich weiß, daß es schrecklich ungehörig von mir war, Ihnen eine so persönliche Frage zu stellen, aber ich habe es nur getan, weil ich in den vergangenen Tagen befürchtet habe, es könnte Ihnen etwas sehr Schlimmes zugestoßen sein.«
Ich versuchte, etwas Angemessenes zu entgegnen, aber das Geräuschlein, das aus meiner Kehle herauskam, klang weniger wie eine Entgegnung als wie das Keuchen eines Wassertiers, das etwas in den falschen Hals bekommen hatte. *Etwas sehr Schlimmes*, dachte ich. Welche von den Dingen, die mir zur Zeit passierten,

waren schlimm und welche nicht? Welche waren okay, und welche waren nicht okay?
»Ich danke Ihnen, daß Sie sich solche Sorgen um mich machen«, sagte ich, sobald ich meine Stimmbänder wieder zum Funktionieren gebracht hatte, »aber im Moment geht's mir soweit ganz gut. Ich kann nicht behaupten, daß mir etwas Gutes passiert wäre, aber etwas besonders Schlimmes ist mir auch nicht zugestoßen.«
»Ich bin froh, das zu hören.«
»Ich bin einfach nur müde«, fügte ich hinzu.
Malta Kano brachte ein zierliches kleines Räuspern an. »Übrigens, Herr Okada, dürfte ich Sie wohl fragen, ob Ihnen im Laufe der letzten Tage irgendeine größere physische Veränderung aufgefallen ist?«
»Eine physische Veränderung? An mir?«
»Ja, Herr Okada. Irgendeine Veränderung an Ihrem Körper.«
Ich hob das Gesicht und musterte mein Spiegelbild in der Glasscheibe der Verandatür, aber ich konnte nichts erkennen, was man eine körperliche Veränderung hätte nennen können. Unter der Dusche hatte ich mich sehr gründlich von oben bis unten abgeschrubbt, aber auch da war mir nichts aufgefallen. »An was für eine Veränderung dachten Sie denn?«
»Ich habe keine Ahnung, um was es sich handeln könnte, aber es müßte eigentlich jedem, der Sie sieht, ins Auge springen.«
Ich legte meine linke Hand offen auf den Tisch und starrte die Innenseite an, aber es war meine gewohnte Handfläche. Sie hatte sich in keiner für mich erkennbaren Weise verändert. Weder war sie auf einmal mit Blattgold überzogen, noch waren zwischen den Fingern Schwimmhäute gewachsen. Sie war weder schön noch häßlich. »Was meinen Sie damit: es müßte jedem, der mich sieht, ins Auge springen? So etwas wie Flügel, die mir aus dem Rücken sprießen?«
»Es könnte etwas in der Art sein«, sagte Malta Kano in ihrem gewohnt ruhigen Ton. »Natürlich wäre das nur *eine* von vielen Möglichkeiten.«
»Natürlich«, sagte ich.
»Nun, ist Ihnen eine solche Veränderung aufgefallen?«
»Eigentlich nicht. Jedenfalls bis jetzt noch nicht. Ich meine, wenn mir auf einmal Flügel gewachsen wären, müßte ich es ja wohl bemerken, meinen Sie nicht?«
»Natürlich«, sagte Kreta Kano. »Aber seien Sie vorsichtig, Herr Okada. Den eigenen Zustand zu erkennen, ist nicht so einfach. Man kann sich zum Beispiel

nicht mit den eigenen Augen direkt ins Gesicht sehen. Man hat keine andere Wahl, als sich im Spiegel sein Spiegelbild anzusehen. Aus Gewohnheit *glauben* wir, das Abbild entspreche der Wirklichkeit, aber das ist auch alles.«
»Ich werde vorsichtig sein«, sagte ich.
»Da wäre noch etwas, wonach ich Sie gern fragen würde, Herr Okada. Seit einiger Zeit gelingt es mir nicht mehr, den Kontakt zu meiner Schwester Kreta herzustellen – genauso, wie ich den Kontakt zu Ihnen verloren hatte. Es mag ein Zufall sein, aber ich finde es sehr sonderbar. Und so habe ich mich gefragt, ob Ihnen möglicherweise etwas über die Hintergründe davon bekannt ist.«
»Kreta Kano?«
»Ja«, sagte Malta Kano. »Fällt Ihnen in diesem Zusammenhang irgend etwas ein?«
Nein, sagte ich, mir fiele nichts ein. Ich hätte keinen konkreten Grund dafür angeben können, aber ich hatte das Gefühl, es wäre vorläufig besser, Malta Kano nichts davon zu sagen, daß ich erst vor kurzem mit Kreta Kano persönlich gesprochen hatte und daß sie unmittelbar danach verschwunden war. Es war nur so ein Gefühl.
»Kreta machte sich Sorgen, weil der Kontakt zu Ihnen abgerissen war, Herr Okada. Gestern abend ging sie aus und sagte, sie wolle Ihr Haus aufsuchen und sehen, was sie dort herausfinden könne, aber sie ist noch immer nicht zurück, trotz der späten Stunde. Und aus irgendeinem Grund spüre ich ihre Präsenz nicht mehr.«
»Ich verstehe. Falls sie hier vorbeikommen sollte, sage ich ihr also, sie möge sich sofort mit Ihnen in Verbindung setzen«, sagte ich.
Malta Kano blieb eine Zeitlang stumm. »Um Ihnen die Wahrheit zu sagen, Herr Okada, ich mache mir um Kreta Sorgen. Wie Sie wissen, fällt unsere Arbeit durchaus aus dem Rahmen des Gewöhnlichen. Aber Kreta ist in den Regeln jener Welt nicht so bewandert wie ich. Womit ich nicht sagen will, sie sei nicht begabt. Im Gegenteil, sie ist sogar sehr begabt, Aber sie ist an ihre Gabe noch nicht ganz akklimatisiert.«
»Ich verstehe.«
Wieder schwieg Malta Kano. Dieses Schweigen dauerte länger als das vorige. Ich spürte eine gewisse Unentschlossenheit bei ihr.
»Hallo, sind Sie noch da?« fragte ich.
»Ja, Herr Okada, ich bin noch da«, erwiderte sie.

»Wenn ich Kreta sehe, sage ich ihr ganz bestimmt, sie möge sich mit Ihnen in Verbindung setzen«, sagte ich noch einmal.

»Vielen herzlichen Dank«, sagte Malta Kano. Und nachdem sie sich abermals für den nächtlichen Anruf entschuldigt hatte, legte sie auf. Ich legte ebenfalls auf und sah dann noch einmal mein Spiegelbild in der Glasscheibe an. Dann kam mir der Gedanke: Vielleicht werde ich nie wieder mit Malta Kano sprechen. Dies konnte der letzte Kontakt gewesen sein, den ich je mit ihr haben würde. Sie konnte endgültig aus meinem Leben verschwinden. Ich hatte keinen bestimmten Grund, das zu denken; es war nur ein Gefühl, das mich überkam.

Plötzlich fiel mir die Strickleiter ein. Ich hatte sie im Brunnen hängenlassen. Wahrscheinlich wäre es das Klügste, sie so schnell wie möglich zurückzuholen. Wenn jemand sie da fand, konnte es Probleme geben. Und dann war da noch Kreta Kanos plötzliches Verschwinden – zuletzt hatte ich sie am Brunnen gesehen.

Ich steckte die Taschenlampe ein, zog Schuhe an, stieg hinunter in den Garten und kletterte erneut über die Mauer. Dann folgte ich der Gasse bis zum leerstehenden Haus. May Kasaharas Haus war stockdunkel. Nach meiner Uhr ging es auf drei zu. Ich betrat den Garten des verlassenen Hauses und ging geradewegs zum Brunnen. Die Strickleiter war noch immer unten am Baumstamm verankert und hing in den Brunnen hinab, der noch halb aufgedeckt war.

Etwas bewegte mich dazu, in den Brunnen hineinzuspähen und in einer Art Bühnenflüstern Kreta Kanos Namen zu rufen. Es kam keine Antwort. Ich zog die Taschenlampe heraus und leuchtete in den Schacht. Der Strahl reichte nicht bis zum Grund hinunter, aber ich hörte ein ganz leises Stöhnen. Ich rief noch einmal.

»Schon gut, ich bin hier«, sagte Kreta Kano.

»Was in aller Welt tun Sie denn bloß nur an so einem Ort?« fragte ich leise.

»Was ich *tue*? Das gleiche, was *Sie* hier getan haben, Herr Okada«, erwiderte sie, hörbar erstaunt. »Ich denke nach. Es ist wirklich ein idealer Ort zum Nachdenken, nicht war?«

»Tja, ist es wohl«, sagte ich. »Aber Ihre Schwester hat vorhin bei mir angerufen. Sie macht sich große Sorgen um Sie. Es ist mitten in der Nacht, und Sie sind noch immer nicht zu Hause, und sie sagt, daß sie Ihre Präsenz nicht spüren kann. Ich soll Sie bitten, sich sofort mit ihr in Verbindung zu setzen, falls ich etwas von Ihnen höre.«

»Ich verstehe. Nun, danke, daß Sie sich hierherbemüht haben.«

»Nicht der Rede wert, Kreta Kano. Könnten Sie mir den Gefallen tun, da rauszukommen? Ich muß mit Ihnen sprechen.«

Sie gab keine Antwort.

Ich knipste die Taschenlampe aus und steckte sie wieder ein.

»Warum kommen Sie nicht hier herunter, Herr Okada? Wir könnten hier beide gemütlich sitzen und reden.«

Es wäre vielleicht keine schlechte Idee, dachte ich, wieder hinunterzuklettern und mit Kreta Kano zu reden, aber dann dachte ich an die modrige Dunkelheit auf dem Grund des Brunnens und bekam ein beklommenes Gefühl im Magen.

»Nein, tut mir leid, aber ich steige da nicht wieder runter. Und Sie sollten auch besser rauskommen. Jemand könnte wieder die Leiter raufziehen. Und die Luft ist verbraucht.«

»Ich weiß. Aber ich möchte noch ein Weilchen hier unten bleiben. Machen Sie sich meinetwegen keine Sorgen.«

Solange Kreta Kano nicht gedachte, aus dem Brunnen herauszukommen, konnte ich gar nichts unternehmen.

»Als ich mit Ihrer Schwester am Telefon gesprochen habe, habe ich ihr nicht gesagt, daß ich Sie hier gesehen hatte. Ich hoffe, das war richtig so. Ich hatte irgendwie das Gefühl, es wäre besser, nichts zu sagen.«

»Das war richtig«, sagte Kreta Kano. »Sagen Sie meiner Schwester bitte nicht, daß ich hier bin.« Nach einem Augenblick fügte sie hinzu: »Ich möchte nicht, daß sie sich meinetwegen Sorgen macht, aber manchmal brauche auch ich eine Gelegenheit nachzudenken. Ich komme heraus, sobald ich fertig bin. Und jetzt wäre ich gern allein, wenn es Ihnen nichts ausmacht. Ich werde Ihnen keinerlei Ungelegenheiten bereiten.«

Ich beschloß, sie vorerst allein zu lassen und wieder nach Hause zu gehen. Ich konnte ja am Morgen zurückkommen und nach ihr schauen. Sollte May Kasahara im Laufe der Nacht die Leiter noch einmal heraufziehen, würde ich schon eine Möglichkeit finden, Kreta Kano aus dem Brunnen herauszuhelfen. Ich ging nach Hause, zog mich aus und legte mich ins Bett. Ich nahm das Buch, das ich zuletzt gelesen hatte, und schlug die Seite auf, bis zu der ich gekommen war. Ich meinte, ich sei viel zu aufgedreht, um sofort einschlafen zu können, aber noch ehe ich zwei Seiten gelesen hatte, merkte ich, daß ich eindöste. Ich klappte das Buch zu, schaltete das Licht aus und war im nächsten Moment fest eingeschlafen.

Als ich aufwachte, war es halb zehn vormittags. Besorgt um Kreta Kano, zog ich mich an, ohne mir erst das Gesicht zu waschen, und lief durch die Gasse zu dem leerstehenden Haus. Die Wolken hingen tief am Himmel, und die feuchte Morgenluft schien baldigen Regen anzukündigen. Die Strickleiter war vom Brunnen verschwunden. Jemand mußte sie vom Baumstamm losgebunden und fortgeschafft haben. Beide Hälften der Brunnenabdeckung lagen, jede mit einem Stein beschwert, dicht aneinandergerückt an ihrem Platz. Ich öffnete eine Seite, spähte in den Brunnen hinunter und rief Kreta Kanos Namen. Es kam keine Antwort. Ich versuchte es noch ein paarmal und ließ nach jedem Ruf ein wenig Zeit verstreichen. Für den Fall, daß sie vielleicht schlief, warf ich ein paar Steinchen hinein, aber es schien sich niemand mehr auf dem Grund des Brunnens zu befinden. Kreta Kano war wahrscheinlich am frühen Morgen herausgeklettert, hatte die Leiter losgebunden und sie mitgenommen. Ich deckte den Brunnen wieder zu und ging.
Als ich wieder auf der Gasse stand, lehnte ich mich an den Zaun des verlassenen Hauses und beobachtete eine Zeitlang May Kasaharas Haus. Ich dachte, vielleicht würde sie mich da sehen und herauskommen, wie sonst auch immer, aber sie ließ sich nicht blicken. Ringsum herrschte eine vollkommene, atemlose Stille – keine Menschen, keinerlei Geräusche, nicht einmal das Zirpen einer Zikade. Ich vertrieb mir die Zeit damit, daß ich mit der Fußspitze den Boden oberflächlich aufscharrte. Die Umgebung fühlte sich irgendwie verändert an, ungewohnt – als sei während der Zeit, die ich unten im Brunnen verbracht hatte, die alte Wirklichkeit dieses Ortes von einer neuen verdrängt und vollständig ersetzt worden. Irgendwo tief innen hatte ich dieses Gefühl schon, seit ich aus dem Brunnen gestiegen und nach Hause gegangen war.
Ich kehrte nach Hause zurück, ging ins Bad und putzte mir die Zähne. Mein Gesicht war von mehrtägigen Stoppeln bedeckt; ich sah aus wie ein eben geretteter Schiffbrüchiger. Dies war das erste Mal in meinem Leben, daß ich meinen Bart so lang hatte wachsen lassen. Ich spielte mit der Idee, ihn richtig wachsen zu lassen, aber nach kurzer Überlegung beschloß ich doch, ihn abzurasieren. Aus irgendeinem Grund erschien es mir einfach besser, das Gesicht zu behalten, das ich gehabt hatte, als Kumiko verschwunden war.
Ich weichte meinen Bart mit einem heißen Handtuch auf und bedeckte mein Gesicht mit einer dicken Schicht Rasierschaum. Dann fing ich an, mich – langsam und vorsichtig, um mich nicht zu schneiden – zu rasieren: erst das Kinn, dann die

linke Wange, dann die rechte. Ich war mit der rechten Wange fast fertig, als ich im Spiegel etwas sah, was mich zusammenfahren ließ. Es war ein blauschwarzer Fleck. Zuerst meinte ich, ich hätte mich versehentlich irgendwo schmutzig gemacht. Ich wischte mir die letzten Reste von Rasierschaum aus dem Gesicht, seifte mich gründlich ein und rieb die betreffende Stelle mit dem Waschlappen, aber der Fleck ging nicht ab. Er schien tief in die Haut eingedrungen zu sein. Ich fuhr mit dem Finger darüber. An dieser einen Stelle fühlte sich die Haut ein kleines bißchen wärmer an als mein übriges Gesicht, aber ansonsten hatte ich dort keine auffällige Empfindung. Es war ein Mal. Ich hatte ein Mal auf der Wange, an genau der Stelle, an der ich im Brunnen dieses Hitzegefühl gehabt hatte.

Ich näherte mein Gesicht dem Spiegel und untersuchte das Mal mit größter Sorgfalt. Es befand sich direkt unterhalb meines rechten Jochbeins und war etwa so groß wie die Handfläche eines Neugeborenen. Es war von einem Blau, das ins Schwarze spielte, wie die blauschwarze Tinte von Montblanc, die Kumiko immer benutzte.

Eine mögliche Erklärung war, daß es sich um eine allergische Reaktion handelte. Vielleicht war ich im Brunnen mit etwas in Berührung gekommen, was einen Ausschlag hervorrief – wie Lack das manchmal tut. Aber was konnte es da unten, auf dem Grund des Brunnens, schon gegeben haben, das so wirkte? Ich hatte jeden Winkel mit der Taschenlampe abgesucht und nichts anderes gefunden als den Boden aus Erde und die Betonwand. Und erzeugten denn Allergien oder Ausschläge überhaupt jemals so deutlich umrissene Flecken?

Eine leichte Panik befiel mich. Für ein paar Augenblicke verlor ich jede Orientierung, wie wenn einen am Strand eine große Welle überrollt und umherwirbelt. Der Waschlappen fiel mir aus der Hand. Ich warf den Papierkorb um und stieß mir den Fuß an irgend etwas an, und die ganze Zeit murmelte ich bedeutungslose Silben vor mich hin. Dann schaffte ich es, mich wieder zu fassen; ich lehnte mich gegen das Waschbecken und begann, ruhig darüber nachzudenken, wie ich mit dieser Situation umgehen sollte.

Das Beste, was ich vorläufig tun konnte, war abzuwarten. Zu einem Arzt konnte ich immer noch gehen. Vielleicht war es ja etwas Vorübergehendes, das von selbst wieder heilen würde, wie ein Lackausschlag. Es war binnen weniger Tage entstanden, also konnte es auch ebensoschnell wieder verschwinden. Ich ging in die Küche und kochte mir Kaffee. Ich hatte Hunger, aber jedesmal, wenn ich versuch-

te, etwas zu essen, verflüchtigte sich mein Appetit wie das Wasser einer Fata Morgana.
Ich legte mich aufs Sofa und sah dem Regen zu, der inzwischen eingesetzt hatte. Von Zeit zu Zeit ging ich ins Bad und sah in den Spiegel, konnte aber keine Veränderung feststellen. Das Mal hatte diesen Bereich meiner Wange mit einem tiefen, dunklen – fast schönen – Blau durchdrungen.
Ich konnte mir nur eine einzige Ursache für diese seltsame Erscheinung vorstellen: meinen Gang durch die Wand, an der Hand der Telefonfrau, am Ende meiner traumähnlichen Halluzination im Brunnen vor Tagesanbruch. Die Frau hatte mich durch die Wand gezogen, um uns vor dem gefährlichen *Jemand* in Sicherheit zu bringen, der die Tür geöffnet hatte und im Begriff war, das Zimmer zu betreten. In dem Moment, als ich durch die Wand gegangen war, hatte ich Hitze an der Wange verspürt – an genau der Stelle, wo ich jetzt dieses Mal hatte. Natürlich war damit noch lange nicht geklärt, welcher ursächliche Zusammenhang zwischen meinem Durch-die-Wand-Gehen und dem Entstehen eines Mals auf meinem Gesicht bestehen sollte.
Der Mann ohne Gesicht hatte mich im Hotelfoyer angesprochen. »Das ist der falsche Zeitpunkt«, hatte er mich gewarnt. »Sie haben hier jetzt nichts zu suchen.« Aber ich hatte seine Warnung ignoriert und war weitergegangen. Ich war wütend auf Noboru Wataya, wütend über meine Verwirrung. Und daß ich dieses Mal bekommen hatte, war vielleicht die Folge davon.
Vielleicht war das Mal ein Zeichen, das mir dieser seltsame Traum, oder was immer es gewesen sein mochte, eingebrannt hatte. *Das war kein Traum*, sagte man mir durch das Mal: *Es ist wirklich passiert. Und von nun an wirst du jedesmal, wenn du in den Spiegel schaust, gezwungen sein, dich daran zu erinnern.*
Ich schüttelte den Kopf. Zu viele Dinge blieben ungeklärt. Das einzige, was ich wirklich begriff, war, daß ich nichts begriff. In meinem Kopf setzte ein dumpfer, pochender Schmerz ein. Ich konnte nicht mehr denken. Ich verspürte nicht den geringsten Drang, irgend etwas zu tun. Ich trank einen Schluck lauwarmen Kaffee und sah weiter dem Regen zu.

An jenem Nachmittag rief ich meinen Onkel an, um ein bißchen zu plaudern. Ich mußte mit jemandem reden – egal, mit wem –, um etwas gegen dieses Gefühl zu unternehmen, daß ich aus der wirklichen Welt herausgerissen wurde.

Als er fragte, wie es Kumiko gehe, sagte ich, gut, und ließ es dabei bewenden. Sie sei auf einer kurzen Geschäftsreise, fügte ich hinzu. Ich hätte ihm erzählen können, was wirklich passiert war, aber die Ereignisse der letzten Zeit in eine für einen Außenstehenden nachvollziehbare Ordnung zu bringen, wäre mir unmöglich gewesen. Ich konnte sie nicht einmal selbst ganz nachvollziehen – wie sollte ich sie da jemand anderem erklären? Ich beschloß, meinem Onkel die Wahrheit vorläufig zu verschweigen.

»Du hast doch früher in diesem Haus hier gewohnt, nicht?« fragte ich.

»Sicher«, sagte er. »Sechs oder sieben Jahre lang. Wart mal ... gekauft habe ich es mit fünfunddreißig, und ich habe da gewohnt, bis ich zweiundvierzig war. Sieben Jahre. Nach meiner Heirat bin ich in diese Eigentumswohnung umgezogen. Dort habe ich die ganze Zeit allein gewohnt.«

»Ich hab mich nur gerade gefragt – ist dir, während du hier gewohnt hast, irgend etwas Schlimmes passiert?«

»Etwas Schlimmes? Wie zum Beispiel was?«

»Wie zum Beispiel, daß du krank geworden bist oder daß du dich von einer Frau getrennt hast oder so.«

Mein Onkel brach in herzhaftes Gelächter aus. »Ich habe mich von mehr als nur einer Frau getrennt, soviel ist sicher. Aber nicht bloß, solange ich da gewohnt habe. Nein, so was würde ich auch nicht als etwas besonders Schlimmes bezeichnen. War keine dabei, um die's mir leid getan hätte, wenn ich ehrlich sein soll. Was Krankheiten angeht ... hmm. Nein, ich glaube nicht. Ich habe mir eine kleine Wucherung am Nacken entfernen lassen, aber das ist so ziemlich alles, woran ich mich erinnern kann. Der Friseur hatte sie entdeckt und gemeint, ich sollte sie mir zur Sicherheit wegmachen lassen. Also bin ich zum Arzt gegangen, aber es stellte sich als harmlos heraus. Das war das erste Mal, daß ich zum Arzt gegangen bin, solange ich in dem Haus wohnte – und das letzte. Meine Krankenkasse sollte mir Rabatt geben!«

»Also keinerlei schlechte Erinnerungen an das Haus?«

»Nö, überhaupt keine«, sagte mein Onkel, nachdem er einen Augenblick lang nachgedacht hatte. »Aber was ist denn auf einmal los?«

»Ach, nichts eigentlich«, sagte ich. »Kumiko war neulich bei einer Wahrsagerin, und die hat ihr anscheinend die Ohren über das Haus vollgeredet – daß es Unglück bringen soll und solche Sachen«, log ich. »Ich halte das zwar für Unfug, aber ich hab versprochen, dich danach zu fragen.«

»Hmm. Wie heißt das noch mal? ›Haus-Physiognomik‹? Ich hab von solchen Dingen keine Ahnung. Aber ich hab in dem Haus gewohnt, und mein Eindruck ist, daß es sauber ist, da ist alles in Ordnung. Mit Miyawakis Haus ist es natürlich eine andere Geschichte, aber eures ist ja ein ganzes Stück davon entfernt.«
»Was für Leute haben denn hier gewohnt, nachdem du ausgezogen bist?«
»Laß mich mal nachdenken: Nach mir hat drei Jahre lang ein Oberschullehrer mit seiner Familie da gewohnt, und dann fünf Jahre lang ein junges Paar. Er hat irgendein Unternehmen gehabt, aber ich weiß nicht mehr, was für eines. Ich kann nicht beschwören, daß jeder in dem Haus glücklich und zufrieden gewesen ist: um die Verwaltung hat sich ein Makler gekümmert. Ich habe meine Mieter nie zu Gesicht bekommen, und ich weiß auch nicht, warum sie jeweils ausgezogen sind, aber ich habe nie was davon gehört, daß einem von ihnen etwas Schlimmes zugestoßen wäre. Ich hab einfach angenommen, daß es ihnen da irgendwann ein bißchen zu eng wurde und sie beschlossen haben, sich ein eigenes Haus zu bauen, so was in der Art eben.«
»Jemand hat mir mal gesagt, der Fluß dieses Hauses wäre blockiert worden. Klingelt bei dir da irgendwas?«
»Der Fluß ist blockiert worden?«
»Ich weiß auch nicht, was das heißen soll«, sagte ich. »Mir wurde das nur gesagt hat.«
Mein Onkel dachte eine Weile lang darüber nach. »Nein, dazu fällt mir nichts ein. Aber die Gasse an beiden Enden abzusperren könnte eine schlechte Idee gewesen sein. Wenn man's recht überlegt, ist eine Straße ohne Ein- oder Ausgang schon eine seltsame Sache. Die Grundbestimmung von Dingen wie Straßen und Flüssen ist zu fließen. Wenn man sie abriegelt, stagnieren sie.«
»Ich versteh, was du meinst«, sagte ich. »Aber da ist noch was anderes, was ich dich fragen muß. Hast du hier in der Gegend je den Ruf des Aufziehvogels gehört?«
»Aufziehvogel?« sagte mein Onkel. »Was ist denn das?«
Ich erklärte ihm mit wenigen Worten, was es mit dem Aufziehvogel auf sich hatte: daß er einmal am Tag zum Baum hinterm Haus kam und diesen Federaufzieh-Schrei ausstieß.
»Das ist mir neu«, sagte er. »Ich hab so einen Vogel noch nie gesehen oder gehört. Ich interessiere mich für Vögel, und ich hab schon immer auf ihre Stimmen geach-

tet, aber das ist das erste Mal, daß ich von so was höre. Du meinst, es könnte etwas mit dem Haus zu tun haben?«

»Nein, eigentlich nicht. Ich war nur neugierig, ob du je was davon gehört hattest.«

»Weißt du, wenn du über solche Dinge wirklich Genaueres erfahren willst – über die Leute, die nach mir da gewohnt haben, und so weiter –, solltest du dich mit dem alten Ichikawa unterhalten, dem Makler gegenüber vom Bahnhof. Immobilien Satagaya Dai-ichi heißt die Firma. Sag ihm, ich hätte dich geschickt. Er hat sich jahrelang für mich um dieses Haus gekümmert. Er wohnt seit Ewigkeiten in dem Viertel, und er könnte dir absolut alles erzählen, was du wissen möchtest. Er ist derjenige, von dem ich die Geschichte von Miyawakis Haus habe. Das ist einer von diesen alten Leuten, die für ihr Leben gern plaudern. Du solltest mal bei ihm vorbeischauen.«

»Danke. Das werd ich tun«, sagte ich.

»Was anderes, was macht die Jobsuche?«

»Bis jetzt noch nichts. Um ehrlich zu sein, habe ich mich bisher nicht sonderlich angestrengt. Kumiko arbeitet, und ich mach den Haushalt, und einstweilen kommen wir zurecht.«

Mein Onkel schien ein paar Augenblicke lang über etwas nachzudenken. Dann sagte er: »Wenn's je dazu kommt, daß ihr's nicht mehr schafft, laß es mich wissen. Ich kann dir vielleicht behilflich sein.«

»Danke«, sagte ich. »Mach ich.« Und damit endete unser Gespräch.

Ich spielte mit dem Gedanken, den alten Immobilienmakler anzurufen und ihn nach der Geschichte dieses Hauses und den Leuten zu fragen, die vor mir hier gewohnt hatten, aber es kam mir lächerlich vor, über solchen Unsinn auch nur nachzudenken. Ich beschloß, die ganze Sache zu vergessen.

Der Regen fiel den ganzen Nachmittag mit derselben sanften Beharrlichkeit weiter und machte die Dächer der Häuser naß, machte die Bäume in den Gärten naß, machte die Erde naß. Ich aß zu Mittag Toast und eine Suppe und verbrachte den Rest des Nachmittags auf dem Sofa. Ich wäre gern einkaufen gegangen, aber der Gedanke an das Mal auf meinem Gesicht machte mich unsicher. Ich bedauerte, daß ich mir den Bart nicht hatte stehen lassen. Im Kühlschrank hatte ich noch Gemüse, und im Schrank waren ein paar Dosen. Ich hatte Reis, und ich hatte Eier. Wenn ich meine Ansprüche etwas herunterschraubte, hatte ich noch für zwei, drei Tage zu essen.

Ich lag auf dem Sofa und dachte an gar nichts. Ich las ein Buch; ich hörte mir eine Kassette mit klassischer Musik an; ich starrte hinaus in den Regen, der auf den Garten fiel. Vielleicht infolge der langen Phase allzu konzentrierten Nachdenkens in der Dunkelheit des Brunnens schien meine zerebrale Leistungsfähigkeit ihren absoluten Tiefststand erreicht zu haben. Sobald ich versuchte, über irgend etwas ernsthaft nachzudenken, verspürte ich einen dumpfen Schmerz im Schädel, als würde mein Kopf zwischen den Backen eines gepolsterten Schraubstocks zusammengedrückt. Wenn ich versuchte, mich an irgend etwas zu erinnern, schien jeder Muskel und jeder Nerv in meinem Körper vor Anstrengung zu knirschen. Ich hatte das Gefühl, mich in den Blechmann aus dem *Zauberer von Oz* verwandelt zu haben: alle meine Gelenke waren verrostet und mußten dringend geölt werden.

Ab und zu ging ich auf die Toilette und überprüfte den Zustand des Mals in meinem Gesicht, aber es blieb unverändert. Es war weder geschrumpft noch größer, dunkler oder blasser geworden. Irgendwann fiel mir auf, daß ich auf der Oberlippe noch ein paar Bartstoppeln hatte. Ich war über die Entdeckung des Mals auf meiner rechten Wange so verwirrt gewesen, daß ich vergessen hatte, mich zu Ende zu rasieren. Ich wusch mir noch einmal das Gesicht, trug Rasierschaum auf und entfernte die letzten Stoppeln.

Im Laufe meiner gelegentlichen Wanderungen zum Spiegel dachte ich an das, was Malta Kano am Telefon gesagt hatte: daß ich vorsichtig sein sollte; daß wir uns angewöhnt hätten zu *glauben*, das Bild im Spiegel entspreche der Wirklichkeit. Um sicherzugehen, ging ich ins Schlafzimmer und betrachtete mein Gesicht in dem großen Spiegel, vor dem sich Kumiko immer anzog. Aber das Mal war noch da. Es wurde nicht etwa nur von dem anderen Spiegel vorgetäuscht.

Abgesehen von dem Mal konnte ich keine körperliche Anomalie an mir feststellen. Ich maß meine Temperatur, aber sie war wie immer. Außer daß ich für jemanden, der fast drei Tage lang nichts gegessen hatte, recht wenig Hunger hatte und daß ich ab und zu eine leichte Übelkeit verspürte (wahrscheinlich die Fortsetzung derjenigen, die ich im Brunnen wahrgenommen hatte), war ich körperlich völlig in Ordnung.

Der Nachmittag verging ruhig. Das Telefon klingelte kein einzigesmal. Es kamen keine Briefe. Niemand kam die Gasse entlang. Keine Stimmen von Nachbarn störten die Stille. Keine Katzen durchquerten den Garten, keine Vögel kamen und riefen. Gelegentlich zirpte eine Zikade, aber nicht so eindringlich wie sonst. Kurz vor sieben wurde ich hungrig und machte mir aus Dosen und Gemüse ein Abendessen zurecht. Ich hörte mir zum erstenmal seit Ewigkeiten wieder die Abendnachrichten im Radio an, aber in der Welt war nichts Besonderes passiert. Ein paar Jugendliche waren bei einem Verkehrsunfall ums Leben gekommen, als der Fahrer ihres Wagens bei einem Überholmanöver auf der Schnellstraße die Kontrolle über das Fahrzeug verloren hatte und gegen eine Wand gerast war. Gegen den Leiter und das Personal der Zweigstelle einer größeren Bank wurde wegen illegaler Darlehensgeschäfte polizeilich ermittelt. Eine sechsunddreißigjährige Hausfrau aus Machida war auf offener Straße von einem jungen Mann mit einem Hammer erschlagen worden. Aber das waren alles Ereignisse aus einer anderen, fernen Welt. Das einzige, was sich in meiner Welt ereignete, war der Regen, der im Garten fiel. Lautlos. Sanft.

Als die Uhr neun zeigte, zog ich vom Sofa ins Bett um, und nach einem Kapitel des Buches, das ich zu lesen begonnen hatte, schaltete ich das Licht aus und schlief ein.

Mitten in einem Traum schreckte ich aus dem Schlaf hoch. Ich konnte mich nicht erinnern, was im Traum passiert war, aber es mußte etwas Aufwühlendes gewesen sein, denn mir hämmerte das Herz. Im Zimmer war es noch stockdunkel. Nach dem Aufwachen wußte ich eine Zeitlang nicht, wo ich mich befand. Es dauerte eine ganze Weile, bis ich begriff, daß ich in meinem eigenen Haus war, in meinem eigenen Bett. Der Wecker zeigte, daß es kurz nach zwei war. Daß mein Schlaf-Wach-Rhythmus derart durcheinandergeraten war, lag wahrscheinlich am Aufenthalt im dunklen Brunnen. Als sich meine Verwirrung gelegt hatte, verspürte ich Harndrang. Das war wahrscheinlich das Bier, das ich am Abend getrunken hatte. Ich hätte lieber weitergeschlafen, aber da war nichts zu machen. Als ich mich in die Notwendigkeit geschickt hatte und mich im Bett aufsetzte, streifte meine Hand die Haut der Person, die neben mir schlief. Das war für mich nicht weiter überraschend; da schlief Kumiko ja immer. Ich war daran gewöhnt, daß jemand neben mir schlief. Dann aber kam mir zu Bewußtsein, daß Kumiko nicht mehr bei mir war. Sie war von zu Haus ausgezogen. *Jemand anders schlief neben mir.*
Ich hielt den Atem an und schaltete die Nachttischlampe ein. Es war Kreta Kano.

13
DIE FORTSETZUNG VON KRETA KANOS GESCHICHTE

Kreta Kano war splitternackt. Zu meiner Seite des Bettes gewandt, lag sie schlafend da, hatte nichts an, nicht einmal eine Decke, und zeigte mir zwei wohlgeformte Brüste, zwei kleine rosige Brustwarzen und, unter einem vollkommen flachen Bauch, ein schwarzes Schamhaardreieck, das aussah wie eine schattierte Fläche in einer Zeichnung. Ihre Haut war sehr weiß und schimmerte wie neu. Ohne mir im mindesten erklären zu können, wieso sie da war, starrte ich weiter ihren schönen Körper an. Sie hielt die Knie eng zusammen und leicht angewinkelt, und ihre Schenkel lagen vollkommen parallel aufeinander. Ihr Haar fiel vornüber und bedeckte halb das Gesicht, so daß ich ihre Augen nicht sehen konnte, aber sie schlief offensichtlich tief und fest: Als ich die Nachttischlampe eingeschaltet hatte, war sie nicht im mindesten zusammengezuckt, und ihr Atem ging ruhig und gleichmäßig. Ich selbst war jetzt allerdings hellwach. Ich holte eine dünne Sommerdecke aus dem Schrank und breitete sie über ihr aus. Dann schaltete ich die Lampe aus, ging, im Pyjama, wie ich war, in die Küche und setzte mich für eine Weile an den Tisch.

Mir fiel mein Mal wieder ein. Die Stelle an meiner Wange fühlte sich noch immer etwas warm an. Keine Frage, es war noch da – ich brauchte nicht erst im Spiegel nachzusehen. Das war keines von den Wehwehchen, die über Nacht von selbst verschwinden. Ich dachte daran, sobald es draußen hell wurde, im Telefonbuch die Nummer eines Dermatologen in meiner Nähe herauszusuchen; aber was sollte ich antworten, wenn der Arzt mich fragte, was ich für die mögliche Ursache des Flecks hielte? Ich war zwei oder drei Tage lang in einem Brunnen gewesen. Nein, das hatte nichts mit meiner Arbeit oder sonstwas zu tun gehabt; ich war da nur hinuntergestiegen, um ein bißchen nachzudenken. Ich hatte gemeint, der Grund eines Brunnens sei dafür ein ganz geeigneter Ort. Nein, Lebensmittel hatte ich keine mitgenommen. Nein, der Brunnen befand sich nicht auf meinem eigenen Grund und Boden; er gehörte zu einem anderen Haus. Einem leerstehenden Haus bei mir in der Nähe. Ich war ohne Erlaubnis hineingegangen.

Ich seufzte. Das konnte ich natürlich nie jemandem erzählen.

Ich stützte die Ellbogen auf den Tisch, und ohne daß ich es eigentlich wollte, kreisten meine Gedanken mit einem Mal sehr plastisch und detailliert um Kreta

Kanos nacktem Körper. Sie schlief tief und fest in meinem Bett. Ich dachte an das eine Mal, als ich mich im Traum mit ihr vereinigt hatte; sie hatte Kumikos Kleid getragen. Ich meinte noch immer die Glätte ihrer Haut zu spüren, das Gewicht ihres Körpers. Ohne eine gründliche, schrittweise Untersuchung dieses Ereignisses würde ich nicht den Punkt ermitteln können, an dem die Wirklichkeit endete und das Unwirkliche begann. Die Wand, die diese beiden Sphären voneinander trennte, hatte sich aufzulösen begonnen. Zumindest in meiner Erinnerung existierten Wirkliches und Unwirkliches offenbar mit gleichem Gewicht und gleicher Lebendigkeit nebeneinander. Ich hatte mich mit Kreta Kano körperlich vereinigt und es zugleich nicht getan.

Um diesen Wirrwarr von sexuellen Bildern aus dem Kopf zu bekommen, mußte ich zum Waschbecken gehen und mir kaltes Wasser ins Gesicht spritzen. Kurz darauf sah ich zu Kreta Kano hinein. Sie schlief noch immer fest. Sie hatte sich die Decke bis zur Taille hinuntergeschoben. Von da, wo ich stand, sah ich nur ihren Rücken. Er erinnerte mich an Kumikos Rücken, so wie ich ihn zum letzten Mal gesehen hatte. Jetzt, wo ich darüber nachdachte, wurde mir bewußt, daß Kreta Kanos Figur der von Kumiko verblüffend ähnelte. Diese Ähnlichkeit war mir bisher nur deswegen nicht aufgefallen, weil ihre Haare, und ihr Kleidergeschmack und ihre Weise, sich zu schminken, so grundverschieden waren. Sie waren von gleicher Größe und hatten anscheinend ungefähr das gleiche Gewicht. Wahrscheinlich trugen sie dieselbe Konfektionsgröße.

Ich nahm meine eigene Sommerdecke mit ins Wohnzimmer, legte mich aufs Sofa und schlug mein Buch auf. Es war ein historisches Werk, das ich aus der Bücherei ausgeliehen hatte. Es handelte von der japanischen Verwaltung der Mandschurei vor dem Krieg und der Schlacht gegen die Sowjets bei Nomonhan. Leutnant Mamiyas Geschichte hatte mein Interesse an den Ereignissen auf dem Kontinent während dieser Periode geweckt, und ich hatte mir mehrere Bücher zu dem Thema ausgeliehen. Jetzt allerdings hatte ich mich noch keine zehn Minuten in die detailreiche Darstellung vertieft, als ich schon am Einschlafen war. Ich legte das Buch auf den Fußboden, um meine Augen ein paar Sekunden lang auszuruhen, aber ich versank noch bei brennendem Licht in tiefen Schlaf.

Ein Geräusch aus der Küche weckte mich. Als ich nachsehen ging, fand ich dort Kreta Kano vor, die gerade das Frühstück vorbereitete. Sie trug ein weißes T-Shirt und blaue Shorts; beides von Kumiko.

»Wo sind Ihre Sachen?« fragte ich von der Tür aus.

»Ach, es tut mir leid. Sie haben noch geschlafen, da habe ich mir erlaubt, etwas von der Garderobe Ihrer Frau auszuleihen. Ich weiß, das war schrecklich dreist von mir, aber ich hatte nichts anzuziehen«, sagte Kreta Kano, ohne mir mehr als das Gesicht zuzuwenden. In der Zwischenzeit hatte sie wieder ihr gewohntes Aussehen angenommen, mit Frisur und Make-up im Stil der sechziger Jahre; nur die falschen Wimpern fehlten.

»Nein, das ist kein Problem«, sagte ich. »Ich möchte nur wissen, was mit Ihren Sachen passiert ist.«

»Ich habe sie verloren«, sagte sie schlicht.

»Verloren?«

»Ja. Ich habe sie irgendwo verloren.«

Ich trat in die Küche und sah, an den Tisch gelehnt, zu, wie Kreta Kano ein Omelett zubereitete. Mit geschickten Bewegungen schlug sie Eier auf, fügte Gewürze hinzu und rührte das Ganze schaumig.

»Das heißt also, Sie sind nackt hergekommen?«

»Ja, das ist richtig«, sagte Kreta Kano, als sei das die natürlichste Sache von der Welt. »Ich war vollkommen nackt. Das wissen Sie doch, Herr Okada. Sie haben mich zugedeckt.«

»Stimmt schon«, murmelte ich. »Aber ich wüßte doch gern, wo und wie Sie Ihre Sachen verloren haben und wie Sie es geschafft haben, nackt hierherzukommen?«

»Das weiß ich ebensowenig wie Sie«, sagte Kreta Kano und rüttelte die Pfanne, um das Omelett zusammenzuklappen.

»Das wissen Sie ebensowenig wie ich«, wiederholte ich.

Kreta Kano ließ das Omelette auf einen Teller gleiten und garnierte es mit ein paar frisch gedünsteten Brokkoli-Röschen. Toast hatte sie auch gemacht, und sie stellte ihn zusammen mit dem Kaffee auf den Tisch. Ich holte die Butter, das Salz und den Pfeffer. Dann setzten wir uns wie ein frischverheiratetes Paar einander gegenüber an den Frühstückstisch.

In diesem Augenblick erinnerte ich mich an mein Mal. Kreta Kano hatte keinerlei Überraschung gezeigt, als sie mich angesehen hatte, und sie hatte mich auch nicht danach gefragt. Ich griff mir an die Stelle und spürte, daß sie, wie gehabt, ein wenig warm war.

»Tut das weh, Herr Okada?«
»Nein, überhaupt nicht«, sagte ich.
Kreta Kano sah mir eine Weile ins Gesicht. »Es sieht aus wie ein Mal«, sagte sie.
»Ich finde auch, daß es wie ein Mal aussieht«, sagte ich. »Ich überlege mir, ob ich es nicht besser einem Arzt zeigen sollte.«
»Mir kommt das nicht wie etwas vor, womit ein Arzt etwas anfangen könnte.«
»Sie könnten recht haben«, sagte ich. »Aber ich kann es nicht einfach ignorieren.«
Die Gabel in der Hand, dachte Kreta Kano einen Augenblick nach. »Wenn Sie Einkäufe oder andere Dinge zu erledigen haben, könnte ich das für Sie tun. Sie können zu Hause bleiben, so lange Sie mögen, wenn es Ihnen unangenehm ist, unter Leute zu gehen.«
»Danke für das Angebot, aber Sie haben doch bestimmt eigenes zu tun, und ich kann auch nicht ewig hier eingeschlossen bleiben.«
Auch darüber dachte Kreta Kano eine Weile nach. »Malta Kano wüßte wahrscheinlich, was man dagegen tun könnte.«
»Würde es Ihnen dann etwas ausmachen, sich meinetwegen mit ihr in Verbindung zu setzen?«
»Malta Kano setzt sich mit anderen Leuten in Verbindung, aber sie erlaubt anderen Leuten nicht, sich mit ihr in Verbindung zu setzen.« Kreta Kano biß in ein Stück Brokkoli.
»Aber *Sie* dürfen sich doch bestimmt mit ihr in Verbindung setzen, oder?«
»Natürlich. Wir sind Schwestern.«
»Na schön, warum können Sie sie dann nicht das nächste Mal, wenn Sie mit ihr sprechen, wegen meines Mals fragen? Oder Sie könnten sie bitten, sich mit mir in Verbindung zu setzen.«
»Es tut mir leid, aber das kann ich nicht. Es ist mir nicht erlaubt, mich im Auftrag von Dritten an meine Schwester zu wenden. Das ist sozusagen eine Regel, die wir haben.«
Ich butterte meinen Toast und stieß einen Seufzer aus. »Wollen Sie damit sagen, wenn ich mit Malta Kano etwas zu besprechen habe, kann ich nur darauf warten, daß *sie* sich mit mir in Verbindung setzt?«
»Genau das will ich sagen«, sagte Kreta Kano und nickte. »Aber was dieses Mal angeht; solange es nicht weh tut oder juckt, würde ich Ihnen raten, es einfach für

eine Weile zu vergessen. Ich lasse mich nie von solchen Dingen aus der Ruhe bringen. Und Sie sollten sich davon auch nicht aus der Ruhe bringen lassen, Herr Okada. Manchmal bekommt man einfach solche Dinge.«
»Da hab ich meine Zweifel.«
Danach aßen wir mehrere Minuten lang schweigend weiter. Es war inzwischen eine ganze Weile her, daß ich mit jemand anderem zusammen gefrühstückt hatte, und dieses Frühstück schmeckte auch ganz besonders köstlich. Kreta Kano schien sich zu freuen, als ich es ihr sagte.
»Aber was Ihre Sachen angeht ...« sagte ich.
»Stört es Sie, daß ich, ohne zu fragen, Kleidungsstücke Ihrer Frau angezogen habe?« fragte sie sichtlich besorgt.
»Nein, überhaupt nicht. Es ist mir gleichgültig, was Sie von Kumikos Sachen anziehen. Sie hat sie schließlich hiergelassen. Mir bereitet nur Kopfzerbrechen, wie Sie Ihre eigenen Sachen verlieren konnten.«
»Und nicht nur meine Kleider. Meine Schuhe auch.«
»Also, wie ist das passiert?«
»Ich kann mich nicht erinnern«, sagte Kreta Kano. »Ich weiß nur so viel, daß ich in Ihrem Bett aufgewacht bin und nichts anhatte. Was davor passiert ist, daran kann ich mich nicht erinnern.«
»Aber Sie sind doch in den Brunnen gestiegen, oder? Nachdem ich gegangen war?«
»Daran erinnere ich mich. Und ich bin da unten eingeschlafen. Aber von da an erinnere ich mich an nichts mehr.«
»Das heißt, Sie können sich überhaupt nicht daran erinnern, wie Sie aus dem Brunnen herausgekommen sind?«
»Nicht im mindesten. In meinem Gedächtnis ist da eine Lücke.« Kreta Kano hielt beide Zeigefinger ungefähr zwanzig Zentimeter voneinander entfernt in die Höhe. Wieviel Zeit das darstellen sollte, war mir allerdings nicht klar.
»Dann erinnern Sie sich vermutlich auch nicht, was Sie mit der Strickleiter gemacht haben, oder? Die ist nämlich weg.«
»Von der Leiter weiß ich nichts. Ich kann mich nicht einmal erinnern, ob ich sie überhaupt benutzt habe, um aus dem Brunnen zu steigen.«
Ich starrte eine Weile auf die Kaffeetasse in meiner Hand. »Hätte Sie was dagegen, mir Ihre Fußsohlen zu zeigen?« fragte ich.

»Nein, ganz und gar nicht«, sagte Kreta Kano. Sie setzte sich auf den Stuhl neben dem meinen und streckte die Beine in meine Richtung aus, damit ich ihre Füße von unten sehen konnte. Ich nahm ihre Fesseln in je eine Hand und untersuchte ihre Sohlen. Sie waren vollkommen sauber: schön geformt und absolut makellos – keine Risse, kein Schlamm, rein gar nichts.

»Kein Schlamm, keine Risse«, sagte ich.

»Aha«, sagte Kreta Kano.

»Gestern hat es den ganzen Tag geregnet. Wenn Sie Ihre Schuhe irgendwo verloren hätten und von dort zu Fuß hierhergekommen wären, müßten Sie irgendwelche Schlammspuren an den Füßen haben. Und Sie müssen durch den Garten hereingekommen sein. Aber Ihre Füße sind sauber, und es ist nirgendwo Schlamm in der Wohnung.«

»Aha.«

»Was bedeutet, daß Sie von nirgendwo barfuß hierhergelaufen sind.«

Kreta Kano neigte den Kopf leicht zur Seite und machte ein beeindrucktes Gesicht. »Das ist alles logisch unanfechtbar«, sagte sie.

»Es mag logisch unanfechtbar sein, aber es bringt uns keinen Schritt weiter«, sagte ich. »Wo haben Sie Ihre Schuhe und Kleider verloren, und wie sind Sie von dort hierhergekommen?«

Kreta Kano schüttelte den Kopf. »Ich habe keine Ahnung«, sagte sie.

Während sie an der Spüle stand und konzentriert das Geschirr spülte, blieb ich am Küchentisch sitzen und dachte über das Ganze nach. Natürlich hatte ich genausowenig eine Ahnung.

»Passiert Ihnen so was häufig – daß Sie sich nicht mehr erinnern können, wo Sie gewesen sind?« fragte ich.

»Es ist nicht das erste Mal, daß mir so etwas passiert ist – daß ich mich nicht erinnern kann, wo ich gewesen bin oder was ich getan habe. Es geschieht nicht häufig, aber von Zeit zu Zeit schon. Einmal habe ich auch ein paar Kleidungsstücke verloren. Aber dies ist das erstemal, daß ich meine gesamte Kleidung und meine Schuhe und alles verloren habe.«

Kreta Kano drehte das Wasser ab und wischte mit einem Geschirrtuch über den Tisch.

»Übrigens, Kreta Kano«, sagte ich, »Sie haben mir ihre Geschichte noch gar nicht zu Ende erzählt. Letztes Mal waren Sie gerade mittendrin, als Sie verschwunden sind. Wissen Sie noch? Wenn Sie nichts dagegen haben, würde ich gern den Rest auch noch hören. Sie haben mir erzählt, wie Sie in die Hände der Gangster geraten sind und als Prostituierte für sie arbeiten mußten, aber Sie haben mir nicht erzählt, was passiert ist, nachdem Sie Noboru Wataya kennengelernt und mit ihm geschlafen haben.«

Kreta Kano lehnte sich an die Spüle und sah mich an. Wassertropfen rannen ihr die Finger hinab und fielen auf den Fußboden. Ihre Brustwarzen zeichneten sich deutlich durch das weiße T-Shirt ab und weckten in mir eine lebhafte Erinnerung an den nackten Körper, den ich vergangene Nacht gesehen hatte.

»Also gut. Ich erzähle Ihnen alles, was danach passierte. Jetzt gleich.«

Kreta Kano setzte sich wieder mir gegenüber an den Tisch.

»Daß ich mitten in meiner Geschichte gegangen bin, Herr Okada, lag daran, daß ich an dem Tag noch nicht bereit war, alles zu erzählen. Ich hatte meine Geschichte angefangen, weil ich wirklich der Überzeugung war, daß ich Ihnen so ehrlich wie möglich schildern sollte, was mir widerfahren ist. Dann aber fand ich mich außerstande, bis ganz zu Ende zu erzählen. Sie müssen schockiert gewesen sein, als ich so plötzlich verschwand.«

Kreta Kano legte die Hände auf den Tisch und sah mich offen an, während sie sprach.

»Na ja, schockiert war ich schon, obwohl ... es nicht das Schockierendste war, was mir in letzter Zeit passiert ist.«

»Wie ich Ihnen schon sagte, war der allerletzte Freier, den ich als Prostituierte des Körpers hatte, Noboru Wataya. Als ich ihn dann zum zweiten Mal traf, als Malta Kanos Klienten, erkannte ich ihn sofort wieder. Es wäre mir unmöglich gewesen, ihn zu vergessen. Ob er sich auch an mich erinnerte, kann ich nicht sagen. Herr Wataya ist kein Mensch, der seine Gefühle zeigt.

Aber lassen Sie mich die Dinge in der richtigen Reihenfolge darstellen. Zunächst werde ich Ihnen erzählen, wie ich Noboru Wataya als Freier hatte. Das war vor rund sechs Jahren.

Wie ich Ihnen schon sagte, befand ich mich damals in einem Zustand, in dem ich keinerlei Wahrnehmung von Schmerz hatte. Und nicht nur von Schmerz: Ich hatte überhaupt keine Sinneswahrnehmungen. Ich lebte in einer abgrundtiefen

Betäubung. Natürlich will ich damit nicht sagen, ich sei *buchstäblich* außerstande gewesen, irgend etwas sinnlich wahrzunehmen – ich wußte schon, wenn etwas warm oder kalt war oder Schmerz verursachte. Aber diese Sinneseindrücke erreichten mich gewissermaßen aus der Ferne, aus einer Welt, die nichts mit mir zu tun hatte. Darum widerstrebte es mir auch nicht, für Geld mit Männern sexuell zu verkehren. Was mir jemand auch antun mochte, die Empfindungen, die ich hatte, gehörten nicht zu mir. Mein empfindungsloser Körper war nicht mein Körper.

Jetzt lassen Sie mich überlegen – ich habe Ihnen schon erzählt, daß ich von Gangstern in den Prostitutionsring gepreßt wurde. Wenn sie mir sagten, ich solle mit Männern schlafen, tat ich es, und wenn sie mir Geld gaben, nahm ich es. So weit war ich gekommen.«

Ich nickte ihr zu.

»An dem Tag sagten sie mir, ich solle mich in ein bestimmtes Zimmer im fünfzehnten Stock eines Hotels in der City begeben. Der Freier hatte den ungewöhnlichen Namen Wataya. Ich klopfte an die Tür, trat über die Schwelle und sah den Mann auf dem Sofa sitzen. Er hatte sich offenbar vom Zimmerservice Kaffee bringen lassen und davon getrunken, während er ein Buch las. Er trug ein grünes Polohemd und eine braune Baumwollhose. Sein Haar war kurz geschnitten, und er trug eine Brille mit braunem Gestell. Vor ihm auf dem Couchtisch befanden sich seine Tasse, eine Kaffeekanne und das Buch. Er hatte offenbar sehr konzentriert gelesen: In seinen Augen war noch eine gewisse Erregung zu erkennen. Seine Gesichtszüge waren nicht weiter bemerkenswert, aber diese Augen strahlten eine Energie aus, die schon fast unheimlich war. Als ich sie zum ersten Mal sah, dachte ich für einen Augenblick, ich hätte mich im Zimmer geirrt. Aber ich hatte mich nicht geirrt. Der Mann forderte mich auf, hereinzukommen und die Tür abzuschließen.

Noch vom Sofa aus ließ er den Blick wortlos über meinen Körper gleiten. Von Kopf bis Fuß. Das geschah fast immer, wenn ich zu einem Freier ins Zimmer trat. Die meisten Männer betrachteten mich abschätzend. Entschuldigen Sie die Frage, Herr Okada, aber haben Sie jemals eine Prostituierte gekauft?«

Ich verneinte.

»Es ist, als würden sie eine Ware begutachten. Es dauert nicht lange, bis man sich daran gewöhnt hat, so angesehen zu werden. Sie zahlen schließlich Geld für einen Körper, da ist es verständlich, daß sie die gelieferte Ware prüfen möchten. Aber dieser Mann sah mich auf andere Weise an. Er schien durch mein Fleisch hindurchzusehen, auf etwas jenseits davon. Sein Blick bereitete mir ein Unbehagen, als wäre ich halb durchsichtig.

Ich war vermutlich etwas verwirrt: Ich ließ meine Handtasche fallen. Als sie auf dem Fußboden aufschlug, machte sie ein Geräusch, aber ich war in einem so entrückten Zustand, daß ich mir vorübergehend kaum bewußt war, was ich getan hatte. Dann beugte ich mich hinunter, um die Tasche wieder aufzuheben. Die Schließe hatte sich beim Aufprall geöffnet, und ein paar meiner Kosmetika waren herausgefallen. Ich hob meinen Augenbrauenstift auf, meinen Lippenbalsam und ein Fläschchen Eau de Toilette und steckte alles wieder in meine Tasche. Er hielt diese Augen die ganze Zeit auf mich gerichtet.

Als ich alle meine Sachen vom Fußboden aufgelesen und wieder in der Tasche verstaut hatte, forderte er mich auf, mich auszuziehen. Ich fragte ihn, ob ich vorher duschen dürfe, da ich ziemlich stark transpiriert hätte. Es war ein heißer Tag, und in der U-Bahn hatte ich geschwitzt. Er sagte, das störe ihn nicht. Er habe nicht viel Zeit. Er wolle, daß ich mich sofort ausziehe.

Als ich nackt war, forderte er mich auf, mich bäuchlings auf das Bett zu legen, was ich auch tat. Er befahl mir, stillzuliegen, die Augen geschlossen zu halten und zu schweigen, solange ich nicht angesprochen würde.

Er setzte sich völlig angezogen neben mich. Mehr tat er nicht: Er setzte sich hin. Er berührte mich mit keinem Finger. Er saß nur da und sah auf meinen nackten Körper herab. Dabei blieb es ungefähr zehn Minuten lang, während ich regungslos, Gesicht nach unten, dalag. Ich konnte spüren, wie sich seine Blicke mit fast schmerzhafter Intensität in meinen Nacken, meinen Rücken, mein Gesäß und meine Beine bohrten. Mir kam der Gedanke, er sei vielleicht impotent. Gelegentlich kommen solche Freier vor. Sie kaufen eine Prostituierte, lassen sie sich ausziehen und sehen sie an. Manche ziehen die Frau aus und machen es sich dann in ihrer Gegenwart selbst. Alle möglichen Männer gehen zu Prostituierten, aus allen möglichen Gründen. Ich nahm einfach an, er sei einer von diesen.

Nach einer Weile aber streckte er die Hände aus und begann, mich zu berühren. Seine zehn Finger bewegten sich über meinen Körper, von den Schultern zum Rücken, vom Rücken zum Gesäß, als seien sie nach etwas auf der Suche. Das war kein Vorspiel. Ebensowenig war es natürlich eine Massage. Seine Finger bewegten sich mit äußerster Sorgfalt über meinen Körper, als zögen sie eine Route auf einer Landkarte nach. Und während er mein Fleisch berührte, schien er die ganze Zeit nachzudenken – nicht im landläufigen Sinne des Wortes, sondern mit größter Konzentration *ernsthaft* über irgend etwas *nachzudenken*.

In der einen Minute schienen seine Finger ziellos hierhin und dorthin zu wandern, und in der nächsten hielten sie inne und blieben lange an einer bestimmten Stelle liegen. Es fühlte sich an, als kämen die Finger ganz von allein nach anfänglicher Unschlüssigkeit zur Gewißheit. Drücke ich mich verständlich aus? Jeder einzelne Finger schien ein lebendiges, denkendes Wesen zu sein, mit einem eigenen Willen. Es war ein sehr seltsames Gefühl. Seltsam und beunruhigend.

Und dennoch wurde ich durch die Berührung seiner Finger sexuell erregt – zum ersten Mal in meinem Leben. Bis ich Prostituierte geworden war, hatte Sex mir nichts als Schmerzen bereitet. Der bloße Gedanke daran hatte mich mit Furcht erfüllt – Furcht vor den Schmerzen, die ich, wie ich wußte, würde erdulden müssen. Nachdem ich Prostituierte geworden war, geschah gerade das Gegenteil: Ich spürte überhaupt nichts. Ich hatte keine Schmerzen mehr, aber auch keine andere Empfindung. Ich seufzte und gab vor, erregt zu sein, um dem Freier Vergnügen zu bereiten, aber es war alles Theater, Teil meines Gewerbes. Als *er* mich allerdings berührte, waren meine Seufzer echt. Sie drangen aus den innersten Tiefen meines Körpers hervor. Ich merkte, daß etwas in mir angefangen hatte, sich zu bewegen, als verschiebe sich mein Schwerpunkt und wandere innerhalb meines Körpers erst hierhin, dann dorthin.

Schließlich hörte der Mann auf, seine Finger zu bewegen. Er ließ die Hände an meiner Taille liegen und schien nachzudenken. Durch seine Fingerspitzen hindurch spürte ich, daß er sich ins Gleichgewicht brachte, seine Atmung regulierte. Dann begann er, sich zu entkleiden. Ich hielt weiter die Augen geschlossen und das Gesicht im Kissen vergraben und wartete ab, was als nächstes käme. Als er nackt war, zog er mir Arme und Beine weit auseinander.

Im Zimmer war es fast beängstigend still. Das einzige Geräusch war das leise Rauschen der Klimaanlage. Der Mann selbst erzeugte fast keine wahrnehmbaren Geräusche; ich konnte ihn nicht einmal atmen hören. Er legte mir beide Hände flach auf den Rücken. Ich erschlaffte. Sein Penis berührte meine Gesäßbacken, war aber immer noch weich.

In diesem Augenblick klingelte das Telefon auf dem Nachttisch. Ich öffnete die Augen und drehte den Kopf zurück, um das Gesicht des Mannes zu sehen, aber er nahm offenbar keine Notiz vom Telefon. Es klingelte acht-, neunmal, dann verstummte es. Wieder wurde es im Zimmer vollkommen still.«

Hier hielt Kreta Kano inne und atmete ein paarmal bewußt. Sie blieb stumm, die Augen auf ihre Hände gerichtet. »Es tut mir leid«, sagte sie, »aber hätten Sie etwas dagegen, wenn ich eine kleine Pause mache?«

»Ganz und gar nicht«, sagte ich. Ich goß mir Kaffee nach und nahm einen Schluck. Sie trank ihr kaltes Wasser. Gut zehn Minuten saßen wir da, ohne ein Wort zu sagen.

»Seine Finger setzten sich wieder in Bewegung und berührten jeden Winkel meines Körpers«, fuhr Kreta Kano fort, »ausnahmslos jeden Winkel. Ich verlor die Fähigkeit zu denken. Meine Ohren dröhnten vom Geräusch meines eigenen Herzens, das heftig, aber merkwürdig langsam schlug. Ich konnte nicht mehr an mich halten. Ich schrie laut auf, wieder und wieder, bei jeder seiner Liebkosungen. Ich versuchte, meine Stimme zu zügeln, aber sie gehorchte mir nicht: Jemand anders bediente sich ihrer, um zu stöhnen und zu schreien. Ich fühlte mich so, als hätte sich jede Schraube in meinem Körper gelöst. Dann, nach sehr langer Zeit, während ich weiterhin mit dem Gesicht nach unten lag, steckte er mir etwas von hinten hinein. Ich weiß bis heute nicht, was es war. Es war riesig und hart, aber es war nicht sein Penis – was das angeht, bin ich mir sicher. Und ich weiß noch, daß ich dachte, ich hätte recht gehabt: Er war tatsächlich impotent.

Was immer er in mich hineinsteckte, es ließ mich zum ersten Mal seit meinem mißglückten Selbstmordversuch wieder Schmerz empfinden – wirklichen, intensiven Schmerz, der mir und niemandem sonst gehörte. Wie soll ich es formulieren? Der Schmerz war fast absurd intensiv, als reiße mein physisches Ich von innen heraus entzwei. Und doch, so grauenvoll es sich auch anfühlte, ich wand mich ebenso vor Wollust wie vor Schmerz. Lust und Schmerz waren eins – verstehen Sie, was ich meine? Der Schmerz beruhte auf Lust und die Lust auf Schmerz. Ich mußte beides als ein einziges, unteilbares Ganzes hinnehmen. Inmitten dieses Schmerzes und dieser Lust zerriß mein Fleisch immer mehr. Ich konnte nichts dagegen unternehmen. Dann geschah etwas höchst Unheimliches. Zwischen den zwei glatt auseinandergerissenen Hälften meines physischen Ichs kam ein Ding hervorgekrochen, das ich nie zuvor gesehen oder berührt hatte. Wie groß es war, konnte ich nicht erkennen, aber es war so naß und so glitschig wie ein neugeborenes Baby. Ich hatte absolut keine Ahnung, was es war. Es war schon immer in mir

gewesen, und doch war es etwas, wovon ich nichts gewußt hatte. Dieser Mann hatte es aus mir hervorgeholt.
Ich wollte wissen, was es war. Ich wollte es mit meinen eigenen Augen sehen. Es war schließlich ein Teil von mir, und ich hatte ein Recht, es zu sehen. Aber das war unmöglich. Ich wurde von der Sturzflut von Wollust und Schmerz fortgerissen. Auf reine Körperlichkeit reduziert, konnte ich nur noch schreien und sabbern und haltlos mit den Hüften kreisen. Sogar die Augen zu öffnen, war mir unmöglich. Dann erreichte ich den sexuellen Höhepunkt – wenngleich es sich eher anfühlte, als würde ich von einer hohen Klippe hinuntergestürzt. Ich schrie und hatte das Gefühl, jedes Stück Glas im Zimmer gehe in Scherben. Es war nicht nur ein Gefühl: Ich sah und hörte die Fensterscheiben und Trinkgläser in winzige Splitter zerspringen und fühlte sie auf mich herabregnen. Dann wurde mir entsetzlich übel. Mir schwand das Bewußtsein, und mein Körper erkaltete. Ich weiß, es muß merkwürdig klingen, aber ich fühlte mich, als sei ich zu einem Napf kalten Haferbrei geworden – ganz klebrig und klumpig, und die einzelnen Klumpen pochten, langsam und maßlos, mit jedem Schlag meines Herzens. Ich erkannte dieses Pochen wieder: ich hatte es schon früher erlebt. Und ich brauchte auch nicht lang, um mich zu entsinnen. Ich erkannte darin jenen dumpfen, tödlichen, niemals endenden Schmerz wieder, den ich vor meinem mißglückten Selbstmordversuch unablässig gespürt hatte. Und, wie eine Brechstange, war der Schmerz dabei, den Deckel meines Bewußtseins aufzustemmen – ihn mit unwiderstehlicher Gewalt aufzustemmen und den zu Gallert gewordenen Inhalt meines Gedächtnisses hervorzuzerren, ohne jegliche Beteiligung meines Willens. So seltsam es klingen mag, es war, als sähe eine Tote ihrer eigenen Autopsie zu. Verstehen Sie? Mir war, als sähe ich von einem erhöhten Punkt aus zu, wie mein Körper aufgeschnitten und ein schleimiges Organ nach dem anderen aus mir herausgezogen wurde.
Ich blieb weiter liegen, ins Kissen sabbernd, von Krämpfen geschüttelt und außerstande, meine Ausscheidungen zurückzuhalten. Ich wußte, ich sollte versuchen, mich zu beherrschen, aber ich hatte jegliche Herrschaft über mich verloren. Jede Schraube in meinem Körper hatte sich nicht nur gelöst, sondern war auch herausgefallen. Mit meinem umnebelten Hirn erkannte ich in unglaublicher Klarheit, wie allein und wie ohnmächtig ich wirklich war. Alles kam aus mir hervorgesprudelt. Konkrete wie immaterielle Dinge wurden zu Flüssigkeit und flossen wie Speichel oder Urin aus meinem Fleisch heraus. Ich wußte, ich hätte es

nicht zulassen, nicht erlauben dürfen, daß mein ureigenstes Selbst auf diese Weise vergossen wurde und für immer verlorenging, aber ich hatte keine Möglichkeit, den Ausfluß zu stillen. Ich konnte nur zusehen, wie es geschah. Ich habe keine Ahnung, wie lang es so weiterging. Es war, als seien all meine Erinnerungen, all mein Bewußtsein ausgelaufen. Alles, was in mir gewesen war, war jetzt außerhalb von mir. Zuletzt fiel Dunkelheit wie ein schwerer Vorhang herab und hüllte mich ein. Und als ich das Bewußtsein wiedererlangte, war ich ein anderer Mensch.«
Hier verstummte Kreta Kano und sah mich an.
»Das also ist damals geschehen«, sagte sie leise.
Ich sagte nichts. Ich wartete auf den Rest ihrer Geschichte.

14
KRETA KANOS NEUER AUFBRUCH

Kreta Kano fuhr mit ihrer Geschichte fort.
»Danach fühlte ich mich ein paar Tage lang so, als sei mein Körper zerfallen. Wenn ich ging, hatte ich nicht das Gefühl, daß meine Füße tatsächlich den Boden berührten. Wenn ich aß, hatte ich nicht das Gefühl, tatsächlich etwas zu kauen. Wenn ich stillsaß, hatte ich das entsetzliche Gefühl, daß mein Körper entweder unaufhaltsam hinabstürzte oder an einem riesigen Ballon unaufhaltsam emporschwebte in den unendlichen Raum. Ich war nicht mehr imstande, die Bewegungen oder Empfindungen meines Körpers mit meinem Ich in Verbindung zu bringen. Sie ereigneten sich nach eigenem Gutdünken, ohne Rücksicht auf meinen Willen, ohne Ordnung oder Ausrichtung. Und dennoch wußte ich keinen Weg, Ruhe in dieses Chaos zu bringen. Ich konnte nur darauf warten, daß sich mit der Zeit alles von selbst wieder legen würde. Ich blieb von morgens bis abends in meinem Zimmer eingeschlossen, aß kaum etwas und erzählte meiner Familie lediglich, ich fühlte mich nicht wohl.
So verging eine gewisse Zeit – drei, vier Tage, würde ich sagen. Und dann beruhigte sich plötzlich alles, als wäre ein wütender Sturm durchgebraust und dann weitergezogen. Ich sah mich um und betrachtete mich selbst, und ich erkannte, daß ich ein neuer Mensch geworden war, von Grund auf verschieden von dem, der ich bis dahin gewesen war. Das war mein drittes Ich. Mein erstes Ich war dasjenige

gewesen, das in der endlosen Hölle des Schmerzes gelebt hatte. Mein zweites Ich war dasjenige gewesen, das in einem Zustand schmerzfreier Gefühllosigkeit gelebt hatte. Das erste war ich in meinem ursprünglichen Zustand gewesen, außerstande, das schwere Joch des Schmerzes von meinem Nacken abschütteln. Und als ich doch versuchte, es abzuschütteln – das heißt, als ich den Versuch unternahm, mich zu töten, und scheiterte –, wurde ich zu meinem zweiten Ich: einem vorläufigen, einem Zwischen-Ich. Sicher, der physische Schmerz, der mich bis dahin gepeinigt hatte, war verflogen, aber mit ihm hatten sich auch alle übrigen Empfindungen in dunstige Ferne verzogen. Mein Lebenswille, meine physische Lebenskraft, meine Konzentrationsfähigkeit und die übrigen seelischen Kräfte – all das war zusammen mit dem Schmerz verschwunden. Nachdem ich diese seltsame Übergangszeit hinter mir gelassen hatte, schlüpfte ein vollkommen neues ›Ich‹ hervor. Ob dies dasjenige ›Ich‹ war, das ich von Anfang an hätte sein sollen, vermochte ich noch nicht zu sagen. Wohl aber ahnte ich – wie vage und unbestimmt auch immer –, daß ich mich wenigstens auf dem richtigen Weg befand.«
Kreta Kano hob den Blick und sah mich an, als wolle sie meinen Eindruck von ihrer Geschichte erfahren. Ihre Hände ruhten noch immer auf dem Tisch.
»Sie wollen also sagen«, sagte ich, »daß dieser Mann Ihnen ein neues Ich gab, verstehe ich Sie richtig?«
Kreta Kano nickte. »Vielleicht tat er das wirklich«, sagte sie. Ihr Gesicht war so ausdruckslos wie der Grund eines ausgetrockneten Teiches. »Dadurch, daß ich von diesem Mann gestreichelt und festgehalten und dazu gebracht wurde, zum ersten Mal in meinem Leben eine so unfaßbar intensive geschlechtliche Lust zu empfinden, machte ich eine gewaltige physische Veränderung durch. Warum das geschah und warum es ausgerechnet *dieser Mann* auslösen mußte, ist mir unbegreiflich. Was immer sich dabei abgespielt haben mag, die Tatsache bleibt bestehen, daß ich mich am Ende dieses Prozesses in einem vollkommen neuen Gefäß wiederfand. Und als ich den Zustand tiefer Verwirrung, den ich gerade geschildert habe, erst einmal hinter mir gelassen hatte, bemühte ich mich, dieses neue Selbst als etwas Wahreres zu akzeptieren – und wenn auch nur aus dem Grunde, daß es mir ermöglicht hatte, mich aus dem erstickenden Gefängnis jener enormen Betäubung zu befreien.
Dennoch verfolgte mich noch lange Zeit danach ein übler Nachgeschmack, wie ein dunkler Schatten. Jedesmal, wenn ich mich an seine zehn Finger erinnerte,

jedesmal, wenn ich mich an das Ding erinnerte, das er in mich hineingesteckt hatte, jedesmal, wenn ich mich an dieses schleimige, formlose Etwas erinnerte, das aus mir herausgekommen war (oder sich so angefühlt hatte, als käme es aus mir heraus), verspürte ich ein schreckliches Unbehagen. Vage verspürte ich Zorn – und Verzweiflung – und wußte damit in keiner Weise umzugehen. Ich versuchte, jenen Tag aus meinem Gedächtnis zu tilgen, aber es war mir unmöglich, weil der Mann etwas in meinem Körper *aufgebrochen* hatte. Das Gefühl, aufgebrochen worden zu sein, wollte mich einfach nicht wieder verlassen, und unauflöslich damit verknüpft war die Erinnerung an diesen Mann und zugleich das deutliche Bewußtsein, beschmutzt worden zu sein. Es war ein widersprüchliches Gefühl. Verstehen Sie? Die Transformation, die ich durchgemacht hatte, war ohne Zweifel etwas in sich Richtiges und Wahres, aber sie war von etwas Schmutzigem herbeigeführt worden, etwas Unrichtigem und Falschem. Dieser Widerspruch – diese innere Spaltung – sollte mich noch lange Zeit quälen.«

Wieder starrte Kreta Kano auf ihre Hände hinab.

»Nach diesem Ereignis hörte ich auf, meinen Körper zu verkaufen. Es war unsinnig geworden.« Kreta Kanos Gesicht blieb ausdruckslos.

»Sie konnten einfach so aufhören?« fragte ich.

Sie nickte. »Einfach so«, sagte sie. »Ich sagte niemandem etwas, hörte einfach auf, mich zu verkaufen, aber daraus entstanden keine Probleme. Es war fast enttäuschend einfach. Ich hatte angenommen, sie würden mich zumindest anrufen, und bereitete mich innerlich auf diesen Tag vor, aber er kam nie. Ich habe nie wieder etwas von ihnen gehört. Sie kannten meine Adresse. Sie kannten meine Telefonnummer. Sie hätten mir drohen können. Aber es geschah nichts.

Und so wurde ich, zumindest nach außen hin, wieder zu einem ganz normalen Mädchen. Mittlerweile hatte ich meinen Eltern alles zurückgezahlt, was ich ihnen schuldete, und noch eine erhebliche Summe beiseite gelegt. Mein Bruder hatte sich von dem Geld, das ich ihm gegeben hatte, ein neues Auto gekauft, mit dem er seine Zeit vergeuden konnte, aber er hätte sich niemals vorstellen können, was ich getan hatte, um das Geld für ihn aufzubringen.

Ich brauchte Zeit, um mich an mein neues Ich zu gewöhnen. Was für ein Wesen war dieses Ich? Wie funktionierte es? Was empfand es – und wie? Ich mußte jeden einzelnen dieser Punkte durch eigene Anschauung in Erfahrung bringen, mir einprägen und abspeichern. Verstehen Sie, was ich meine? Praktisch alles, was ich in mir gehabt hatte, war ausgeflossen und verloren. Ich war vollkommen neu, aber auch vollkommen leer. Diese Leere mußte ich nach und nach füllen. Ich mußte dieses Etwas, das ich ›Ich‹ nannte, mit meinen eigenen Händen *erschaffen* – oder besser gesagt, *die Dinge* erschaffen, *die mich ausmachten.*

Ich war zwar noch immer als Studentin eingeschrieben, aber ich hatte nicht die Absicht, an die Universität zurückzugehen. Ich verließ morgens das Haus, ging in einen Park und saß den ganzen Tag allein auf einer Bank, ohne irgend etwas zu tun. Oder ich schlenderte die Parkwege auf und ab. Wenn es regnete, ging ich in die Bibliothek, legte ein Buch vor mich auf den Tisch und tat so, als würde ich lesen. Manchmal verbrachte ich den ganzen Tag im Kino oder stieg in die Yamanote-Linie und fuhr im Kreis um die Stadt, immer wieder rundherum. Ich hatte das Gefühl, mutterseelenallein durch eine pechschwarze Leere zu treiben. Es gab niemanden, an den ich mich ratsuchend hätte wenden können. Wäre meine Schwester Malta dagewesen, hätte ich ihr mein Herz ausschütten können, aber damals lebte sie ja auf der fernen Insel Malta in Klausur und trieb ihre asketischen Übungen. Ich wußte ihre Adresse nicht. Ich hatte keine Möglichkeit, mich mit ihr in Verbindung zu setzen. Und so mußte ich diese Probleme völlig aus eigener Kraft lösen. Kein Buch erklärte die Erfahrung, die ich gemacht hatte. Doch so allein ich auch war, unglücklich war ich nicht. Ich konnte mich an mir selbst festhalten. Wenigstens *hatte* ich jetzt ein Ich, an das ich mich klammern konnte.

Mein neues Ich war wieder imstande, Schmerz zu empfinden, wenn auch nicht mehr mit der früheren Intensität. Ich konnte ihn spüren, aber zugleich hatte ich gelernt, wie ich ihm entfliehen konnte. Das heißt, ich war imstande, mich von dem physischen Wesen, das den Schmerz erlebte, loszulösen. Verstehen Sie? Ich war fähig, mich in ein physisches und ein nichtphysisches Wesen aufzuspalten. Vielleicht klingt es schwierig, wenn ich es so beschreibe, aber sobald man die Methode beherrscht, ist es ganz einfach. Wenn der Schmerz zu mir kommt, verlasse ich meine Physis. Das ist genau so, wie wenn man still und leise ins Nebenzimmer verschwindet, sobald man jemanden kommen sieht, dem man nicht begegnen möchte. Es gelingt mir auf eine ganz natürliche Weise. Ich erkenne, daß Schmerz in meinen Körper gelangt ist; ich spüre das Vorhandensein des Schmerzes; aber ich bin nicht da. Ich bin im Nebenzimmer. Und so kann mich der Schmerz nicht mehr unterjochen.«

»Und Sie können sich jederzeit, ganz nach Belieben, so von sich selbst lösen?«

»Nein«, sagte Kreta Kano nach kurzem Nachdenken. »Anfangs konnte ich das überhaupt nur, wenn mein Körper physischen Schmerz empfand. Schmerz war der Auslöser für diese Abspaltung meines Bewußtseins. Später dann, mit Malta Kanos Hilfe, lernte ich, es bis zu einem gewissen Grad willentlich zu tun. Aber das war viel später.
Bald darauf erhielt ich einen Brief von Malta Kano. Sie schrieb, sie habe eine dreijährige Ausbildung, der sie sich auf Malta unterzogen hatte, endlich abgeschlossen, und werde noch in derselben Woche nach Japan zurückkehren. Sie habe vor, sich nun endgültig in Japan niederzulassen. Die Aussicht, sie wiederzusehen, machte mich überglücklich. Wir waren fast acht Jahre lang voneinander getrennt gewesen. Und wie gesagt, Malta war der einzige Mensch auf der Welt, dem ich ohne Scheu alles erzählen konnte, was ich im Herzen mit mir herumtrug,.
Gleich am Tag ihrer Rückkehr nach Japan erzählte ich Malta alles, was mir widerfahren war. Sie hörte sich meine lange, seltsame Geschichte bis zum Ende an, ohne einen Kommentar, ohne eine einzige Frage. Und als ich fertig war, stieß sie einen tiefen Seufzer aus und sagte: ›Ich weiß, ich hätte bei dir sein sollen, hätte dich während dieser ganzen Zeit behüten sollen. Aus irgendeinem Grund habe ich nicht begriffen, daß du so ernste Probleme hattest. Vielleicht lag das daran, daß du mir einfach zu nah bist. Aber wie dem auch sei, es gab Dinge, die ich tun mußte. Es gab Orte, die ich aufsuchen mußte, und zwar allein. Ich hatte keine Wahl.‹
Ich sagte ihr, sie dürfe sich keine Vorwürfe machen. Das seien schließlich *meine* Probleme, und es gehe mir auch langsam, aber sicher besser. Sie dachte eine Weile schweigend darüber nach und sagte dann: ›Alles, was du durchgemacht hast, seitdem ich Japan verließ, ist schmerzlich und bitter für dich gewesen, aber wie du selbst sagst, hast du dich dabei Schritt für Schritt auf den richtigen Zustand zubewegt. Das Schlimmste ist vorbei, und es wird nie wieder zurückkehren. Solche Dinge werden dir nie mehr widerfahren. Es wird nicht leicht sein, aber wenn erst einmal eine gewisse Zeit vergangen ist, wird es dir gelingen, vieles zu vergessen. Ohne ein wahres Selbst kann der Mensch aber nicht weiterleben. Es ist wie der Boden, auf dem wir stehen. Ohne diesen Boden können wir nichts aufbauen.
Eines darfst du allerdings niemals vergessen, und zwar, daß dein Körper von diesem Mann beschmutzt worden ist. Das hätte niemals geschehen dürfen. Du hättest dir für immer abhanden kommen können; du hättest dazu verurteilt sein können, auf ewig durch Nichts zu irren. Glücklicherweise war deine damalige

Seinsweise *rein zufällig* nicht dein wahres, ursprüngliches Ich, und so hatte deine Erfahrung die umgekehrte Wirkung. Statt dich gefangenzunehmen, befreite sie dich aus deinem Übergangsstadium. Daß es so ablief, war reines Glück. Die Beschmutzung besteht aber weiter in dir fort, und irgendwann wirst du dich ihrer entledigen müssen. Das ist etwas, was ich dir nicht abnehmen kann. Ich kann dir nicht einmal sagen, wie du das tun kannst. Du wirst die Methode selbst herausfinden und sie selbst anwenden müssen.‹

Dann gab mir meine Schwester meinen neuen Namen: Kreta Kano. Nach meiner Neugeburt, sagte sie, bräuchte ich auch einen neuen Namen. Er gefiel mir auf Anhieb. Dann begann Malta Kano, mich als Medium zu benutzen. Unter ihrer Anleitung lernte ich, mein neues Ich besser und besser zu steuern und den Körper vom Geist zu sondern. Zum erstenmal in meinem Leben konnte ich Frieden finden. Natürlich kam ich an mein wahres Ich noch nicht ganz heran; dazu fehlte mir noch zuviel. Doch jetzt hatte ich in Malta Kano eine Gefährtin an meiner Seite, jemanden, auf den ich mich verlassen konnte, der mich verstand und mich akzeptierte. Sie wurde meine Führerin und Beschützerin.«

»Aber dann sind Sie Noboru Wataya wiederbegegnet, nicht wahr?«

Kreta Kano nickte. »Das ist richtig«, sagte sie. »Ich bin Noboru Wataya wiederbegegnet, Anfang März dieses Jahres. Über fünf Jahre waren vergangen, seit ich von ihm genommen worden war, meine Transformation durchlebt und dann begonnen hatte, mit Malta Kano zusammenzuarbeiten. Wir standen einander wieder gegenüber, als er zu uns ins Haus kam, um Malta zu sprechen. Wir wechselten kein Wort miteinander. Ich sah ihn nur ganz kurz im Eingangsflur, aber dieser eine Moment genügte, um mich erstarren zu lassen, als hätte mich ein Blitz getroffen. Er war *dieser Mann* – der letzte, der mich gekauft hatte. Ich rief Malta beiseite und sagte ihr, das sei der Mann, der mich beschmutzt habe. ›Gut‹, sagte sie. ›Mach dir keine Sorgen, überlaß alles mir. Laß dich nicht blicken. Sorg dafür, daß er dich nicht sieht.‹ Ich tat wie geheißen. Und darum weiß ich auch nicht, worüber er und Malta Kano dann gesprochen haben.«

»Was könnte Noboru Wataya nur von Malta Kano gewollt haben?«

Kreta Kano schüttelte den Kopf. »Es tut mir leid, Herr Okada, ich habe keine Ahnung.«

»Die Leute kommen doch in der Regel zu Ihnen ins Haus, weil sie etwas wollen, nicht wahr?«

»Ja.«
»Um was für Dinge geht es denn dabei?«
»Um alle möglichen Dinge.«
»Aber welcher Art? Können Sie mir ein Beispiel geben?«
Kreta Kano biß sich kurz auf die Lippe. »Verlorene Dinge. Ihr Schicksal. Die Zukunft. Alles.«
»Und Sie beide wissen etwas über diese Dinge?«
»Ja. Nicht über alles, aber die meisten Antworten sind hier drinnen«, sagte Kreta Kano und zeigte auf ihre Schläfe. »Man braucht nur hineinzugehen.«
»Als würde man auf den Grund eines Brunnens steigen?«
»Ja, genau so.«
Ich stützte die Ellbogen auf den Tisch und schöpfte tief Luft.
»Wenn ich darf, würde ich Sie jetzt gern etwas fragen. Sie sind ein paarmal in meinen Träumen erschienen. Das haben Sie bewußt getan. Was geschah, haben Sie willentlich herbeigeführt. Habe ich recht?«
»Ja«, sagte Kreta Kano. »Es war ein Willensakt. Ich bin in Ihr Bewußtsein getreten und habe meinen Körper mit Ihrem vereinigt.«
»So etwas können Sie tun?«
»Ja. Das ist eine meiner Funktionen.«
»Sie und ich haben unsere Körper in meinem Geist vereinigt.« Als ich mich diese Worte aussprechen hörte, war mir, als hätte ich gerade ein kühnes surrealistisches Gemälde an eine weiße Wand gehängt. Und dann, als betrachtete ich das Bild aus einigem Abstand, um mich zu vergewissern, daß es auch nicht schief hing, sagte ich noch einmal: »Sie und ich haben unsere Körper in meinem Geist vereinigt. Aber ich habe Sie beide nie um etwas gebeten. Ich habe nie auch nur mit dem Gedanken gespielt, Sie irgend etwas für mich herausfinden zu lassen. Richtig? Wie kommen Sie also dazu, so etwas eigenmächtig zu tun?«
»Weil Malta Kano mir den Auftrag dazu gegeben hat.«
»Was im Klartext bedeutet, daß Malta Kano Sie als Medium benutzt hat, um in meinem Geist herumzustöbern. Was hat sie da drin gesucht? Antworten für Noboru Wataya? Oder für Kumiko?«
Kreta Kano sagte eine Zeitlang nichts. Sie wirkte verlegen. »Ich weiß es nicht genau«, sagte sie. »Man hat mir keine näheren Informationen gegeben. Auf die Weise kann ich als Medium spontaner fungieren. Meine einzige Aufgabe ist,

fremdes Bewußtsein durch mich hindurchströmen zu lassen. Dem, was ich dort finde, eine Bedeutung zuzuweisen, ist Malta Kanos Aufgabe. Aber bitte glauben Sie mir, Herr Okada: Malta Kano ist grundsätzlich auf Ihrer Seite. Ich hasse Noboru Wataya schließlich, und Malta Kanos erste Sorge gilt mir. Sie hat es *um Ihretwillen* getan, Herr Okada. Davon bin ich überzeugt.«

Kreta Kano ging in unseren Supermarkt einkaufen. Ich gab ihr Geld und riet ihr, zum Ausgehen etwas Konventionelleres anzuziehen. Sie nickte und ging in Kumikos Zimmer, wo sie eine weiße Baumwollbluse und einen geblümten Rock anzog.
»Stört es Sie auch nicht, Herr Okada, wenn ich Kleider Ihrer Frau anziehe?«
Ich schüttelte den Kopf. »In ihrem Brief stand, ich solle alles fortgeben. Es stört niemanden, wenn Sie ihre Sachen anziehen.«
Genau wie ich erwartet hatte, paßte ihr alles wie angegossen – es war fast unheimlich. Sie hatte sogar dieselbe Schuhgröße; Kreta Kano ging in einem Paar von Kumikos Sandalen aus dem Haus. Der Anblick von Kreta Kano in Kumikos Kleidern gab mir wieder einmal das Gefühl, die Wirklichkeit wechsle die Richtung, so wie ein riesiges Passagierschiff schwerfällig einen neuen Kurs einschlägt.
Als Kreta Kano das Haus verlassen hatte, legte ich mich aufs Sofa und starrte gedankenleer in den Garten. Dreißig Minuten später kam sie im Taxi zurück, mit drei Einkaufstüten voller Lebensmittel beladen. Dann machte sie mir Eier mit Schinken und einen Sardellensalat.
»Sagen Sie, Herr Okada, interessieren Sie sich für Kreta?« fragte Kreta Kano völlig übergangslos, als wir gegessen hatten.
»Für Kreta?« sagte ich. »Sie meinen die Insel Kreta, im Mittelmeer?«
»Ja.«
»Ich weiß nicht.« Ich schüttelte den Kopf. »Sagen wir, ist nicht so, daß ich mich *nicht* für sie interessieren würde. Ich hab nie groß darüber nachgedacht.«
»Hätten Sie Lust, mit mir nach Kreta zu fahren?«
»Mit Ihnen nach Kreta zu fahren?« echote ich.
»Ich würde Japan gern für eine Weile verlassen. Darüber habe ich im Brunnen die ganze Zeit nachgedacht, nachdem Sie gegangen waren. Seit dem Tag, an dem mir Malta den Namen Kreta gab, war mir klar, daß ich irgendwann einmal gern nach Kreta reisen würde. Um mich darauf vorzubereiten, habe ich viele Bücher über die

Insel gelesen. Ich habe sogar Griechisch gelernt, damit ich mich dort verständigen könnte, wenn die Zeit gekommen wäre. Ich verfüge über ganz ansehnliche Ersparnisse, die uns erlauben würden, dort eine ganze Zeitlang zu leben. Um Geld bräuchten Sie sich keine Gedanken zu machen.«

»Weiß Malta Kano, daß Sie erwägen, nach Kreta zu gehen?«

»Nein. Ich habe ihr nichts davon gesagt, aber ich bin mir sicher, daß sie keine Einwände dagegen hätte. Sie wäre wahrscheinlich der Meinung, es würde mir guttun. Sie hat mich während der letzten fünf Jahre als Medium benutzt, aber das soll nicht heißen, daß sie mich lediglich *aus*genutzt hätte wie ein Werkzeug. Sie hat es auch getan, um mir bei meiner Genesung zu helfen. Sie glaubt, indem sie die Bewußtseine oder Ichs vieler verschiedener Menschen durch mich hindurchleitet, wird sie ermöglichen, daß ich ein sicheres Gefühl für mein eigenes Ich gewinne. Verstehen Sie? Es erschließt mir gewissermaßen mittelbar die Erfahrung, wie es sich anfühlt, ein selbstbestimmtes Ich zu haben.

Wenn ich es mir recht überlege, habe ich noch nicht ein einzige Mal in meinem ganzen Leben zu jemandem klar gesagt: ›Ich will das und das tun.‹ Ja, ich habe nicht einmal je *gedacht:* ›Ich will das und das tun.‹ Vom Augenblick meiner Geburt an kreiste mein ganzes bewußtes Leben um den Schmerz. Mein einziger Lebenszweck bestand darin, einen Weg zu finden, mit heftigem Schmerz zu koexistieren. Und als ich zwanzig wurde und der Schmerz nach meinem Versuch, mich zu töten, verschwand, trat eine tiefe, tiefe Empfindungslosigkeit an dessen Stelle. Ich war wie eine wandelnde Leiche. Ich war von einem dichten Schleier aus Ungefühl umhüllt. Ich hatte nichts – keinen Funken – von dem, was man einen eigenen Willen hätte nennen können. Und dann, als Noboru Wataya meinen Körper schändete und meinen Geist aufbrach, erhielt ich mein drittes Ich. Aber selbst da war ich noch nicht ich selbst. Ich hatte nur erreicht, mir die notwendige Hülse für ein Ich anzueignen – nur ein Gefäß dafür. Und als ein Gefäß ließ ich, unter Malta Kanos Anleitung, viele Selbste durch mich hindurchgehen.

So habe ich also die sechsundzwanzig Jahre meines Lebens verbracht. Stellen Sie sich das doch bitte vor: Sechsundzwanzig Jahre lang war ich nichts. Das ist die Erkenntnis, die mich wie ein Blitz durchfuhr, als ich allein im Brunnen saß und nachdachte. Während dieser langen Zeit, begriff ich, war die Person namens ›Ich‹ in Wirklichkeit überhaupt nichts gewesen. Ich war nichts als eine Prostituierte. Eine Prostituierte des Körpers. Eine Prostituierte des Geistes.

Jetzt allerdings versuche ich, die bewußte Herrschaft über mein neues Ich zu gewinnen. Ich bin weder ein Gefäß noch ein Durchgangsmedium. Ich versuche, mich hier auf der Welt anzusiedeln.«
»Ich verstehe, was Sie mir da sagen, aber warum wollen Sie mit *mir* nach Kreta fahren?«
»Weil es für uns beide gut sein könnte: für Sie, Herr Okada, und für mich«, sagte Kreta Kano. »Zur Zeit besteht für keinen von uns beiden eine Notwendigkeit, *hier* zu sein. Und wenn dies so ist, wäre es besser für uns, nicht hier zu sein, meine ich. Sagen Sie, Herr Okada, haben Sie etwas Bestimmtes vor, das sie ausführen müssen – einen Plan, was Sie von nun an tun wollen?«
»Das einzige, was ich tun *muß*, ist, mit Kumiko zu sprechen. Bevor wir uns nicht gegenüberstehen und sie mir sagt, daß unser gemeinsames Leben wirklich beendet ist, kann ich nichts anderes tun. Wie ich es allerdings anstellen soll, sie zu finden, ist mir noch schleierhaft.«
»Aber *wenn* Sie sie finden und Ihre Ehe, wie Sie sagen, ›beendet‹ ist, würden Sie es dann in Betracht ziehen, mit mir nach Kreta zu fahren? Früher oder später müßten wir beide doch ohnehin etwas Neues beginnen«, sagte Kreta Kano und sah mir in die Augen. »Mir scheint, auf die Insel Kreta zu fahren, wäre kein schlechter Anfang.«
»Ganz und gar nicht«, sagte ich. »Ein bißchen abrupt vielleicht, aber kein schlechter Anfang.«
Kreta Kano lächelte mich an. Wenn ich es mir recht überlegte, war es das erste Mal überhaupt, daß sie das getan hatte. Es gab mir das Gefühl, daß sich die Weltgeschichte endlich doch ein wenig in die richtige Richtung zu bewegen begann.
»Wir haben noch Zeit«, sagte sie. »Selbst wenn ich mich beeile, werde ich mindestens zwei Wochen für meine Vorbereitungen brauchen. Bitte, nutzen Sie diese Zeit, Herr Okada, um darüber nachzudenken. Ich weiß nicht, ob ich Ihnen irgend etwas geben kann. Im Augenblick habe ich eher das Gefühl, ich hätte überhaupt nichts zu geben. Ich bin buchstäblich leer. Ich fange gerade erst an, dieses leere Gefäß nach und nach mit Inhalt zu füllen. Was ich Ihnen geben kann, Herr Okada, bin ich selbst – wenn Sie meinen, das genüge Ihnen. Ich glaube, wir können einander helfen.«
Ich nickte. »Ich werde darüber nachdenken«, sagte ich. »Es freut mich sehr, daß Sie mir dieses Angebot gemacht haben, und ich glaube, es wäre großartig, wenn

wir zusammen nach Kreta fahren könnten. Das meine ich ehrlich. Aber ich muß über eine Menge Dinge nachdenken, und eine Menge Dinge muß ich klären.«
»Und wenn Sie am Ende sagen, Sie möchten nicht nach Kreta fahren, seien Sie unbesorgt. Ich werde nicht gekränkt sein. Es wird mir leid tun, aber ich möchte Ihre ehrliche Antwort haben.«

Kreta Kano verbrachte auch die folgende Nacht in meinem Haus. Als die Sonne unterging, lud sie mich zu einem Spaziergang in den nächsten Park ein. Ich beschloß, meinen blauen Fleck zu vergessen und mich aus dem Haus zu trauen. Was hatte es auch schon für einen Sinn, sich wegen so etwas verrückt zu machen? Wir spazierten eine Stunde lang durch den schönen Sommerabend, dann gingen wir wieder nach Hause und aßen.
Nach unserem Abendessen sagte Kreta Kano, sie wolle mit mir schlafen. Sie sagte, sie wolle mit mir körperlichen Sex haben. Das kam so plötzlich, daß ich nicht wußte, was ich tun sollte, und genau das sagte ich ihr auch: »Das kommt so plötzlich. Ich weiß nicht, was ich tun soll.«
Kreta Kano sah mir in die Augen und sagte: »Völlig unabhängig davon, ob Sie mit mir nach Kreta fahren oder nicht, Herr Okada, möchte ich, daß Sie mich einmal – nur ein einziges Mal – als Prostituierte nehmen. Ich möchte, daß Sie meinen Körper kaufen. Hier. Heute nacht. Es wird mein letztes Mal sein. Danach werde ich keine Prostituierte mehr sein, weder eine des Körpers noch eine des Geistes. Auch den Namen Kreta Kano werde ich ablegen. Aber um das tun zu können, brauche ich einen deutlich sichtbaren Schlußpunkt, etwas, das besagt: ›Hier ist es zu Ende.‹«
»Ich kann verstehen, daß Sie einen solchen Scklußpunkt haben wollen, aber warum müssen Sie dazu mit mir schlafen?«
»Begreifen Sie denn nicht, Herr Okada? Indem ich mit Ihrer wirklichen Person schlafe, indem ich meinen Körper in der Wirklichkeit mit Ihrem vereinige, will ich durch Sie hindurchgehen, durch diese Person namens Herr Okada. Dadurch will ich mich von dem Gefühl von Beschmutzung befreien, das in mir ist. Das wird der Schlußpunkt sein.«
»Nun, es tut mir leid, aber ich kaufe keine Körper.«
Kreta Kano biß sich auf die Lippe. »Wie wäre es dann damit: statt Geld geben Sie mir ein paar Kleidungsstücke Ihrer Frau. Und Schuhe. Wir setzen das als Preis für meinen Körper fest. Das müßte doch gehen, oder? Dann bin ich gerettet.«

»Gerettet. Sie meinen, dadurch werden Sie von dem Schmutz befreit, den Noboru Wataya in Ihnen hinterlassen hat?«

»Ja, genau das meine ich«, sagte Kreta Kano.

Ich starrte sie an. Ohne falsche Wimpern wirkte ihr Gesicht viel kindlicher. »Verraten Sie mir eins«, sagte ich, »wer ist dieser Noboru Wataya wirklich? Er ist der Bruder meiner Frau, aber ich kenne ihn so gut wie gar nicht. Was geht in seinem Kopf vor? Was will er? Mit Sicherheit weiß ich eigentlich nur, daß wir uns hassen, er und ich.«

»Noboru Wataya ist ein Mensch, der zu einer Welt gehört, die das genaue Gegenteil der Ihren darstellt«, sagte Kreta Kano. Dann schien sie nach den richtigen Worten zu suchen, um fortfahren zu können. »In einer Welt, in der Sie gegenwärtig alles verlieren, Herr Okada, gewinnt Noboru Wataya alles. In einer Welt, in der Sie abgelehnt werden, wird er akzeptiert. Und ebenso umgekehrt. Darum haßt er Sie so sehr.«

»Das begreif ich nicht. Was kann es für ihn schon für eine Rolle spielen, ob ich überhaupt existiere? Er ist berühmt, er ist mächtig. Verglichen mit ihm bin ich eine absolute Null. Warum nimmt er sich die Zeit und macht sich die Mühe, ausgerechnet *mich* zu hassen?«

Kreta Kano schüttelte den Kopf. »Haß gleicht einem langen, dunklen Schatten. Wo er eigentlich herkommt, weiß in den meisten Fällen nicht einmal der Mensch, auf den er fällt. Haß ist wie ein zweischneidiges Schwert. Wenn man den anderen schneidet, schneidet man sich selbst. Je brutaler man auf den anderen einhaut, desto brutaler haut man auf sich selbst ein. Haß kann oft tödlich sein. Aber es ist nicht leicht, sich davon zu befreien. Seien Sie bitte vorsichtig, Herr Okada. Haß ist sehr gefährlich. Nichts auf der Welt ist so schwer auszumerzen, wenn er erst einmal im Herzen Wurzel gefaßt hat.«

»Und die konnten Sie spüren, nicht wahr? Die Wurzel des Hasses in Noboru Watayas Herz.«

»Ja, ich habe sie gespürt. Ich spüre sie immer noch«, sagte Kreta Kano. »Das ist es, was meinen Körper zerrissen, was mich beschmutzt hat, Herr Okada. Und darum will ich es nicht zulassen, daß er mein letzter Freier gewesen ist. Verstehen Sie?«

In dieser Nacht ging ich mit Kreta Kano ins Bett. Ich zog ihr Kumikos Sachen aus und vereinigte meinen Körper mit ihrem. Bedächtig und sanft. Es fühlte sich an wie eine Fortsetzung meines Traums, als würden wir die Handlungen, die ich im

Traum mit Kreta Kano vollzogen hatte, in der Wirklichkeit genau wiederholen. Ihr Körper war wirklich und lebendig. Aber etwas fehlte: das deutliche Gefühl, daß dies tatsächlich geschah. Mehrmals befiel mich die Illusion, ich sei mit Kumiko, nicht mit Kreta Kano zusammen. Ich war mir sicher, im Augenblick des Kommens würde ich aufwachen. Aber ich wachte nicht auf. Ich kam in Kreta Kano. Es war die Wirklichkeit. Die wahre Wirklichkeit. Aber jedesmal, wenn ich dies als Tatsache zur Kenntnis nahm, fühlte sich die Wirklichkeit ein bißchen weniger wirklich an. Die Wirklichkeit löste sich allmählich auf und rückte, Schrittchen für Schrittchen, von der Wirklichkeit ab. Aber Wirklichkeit war es doch.

»Herr Okada«, sagte Kreta Kano, die Arme um meinen Körper geschlungen, »lassen Sie uns zusammen nach Kreta fahren. Das hier ist nicht mehr der richtige Ort für uns: für Sie nicht und für mich nicht. Wir müssen nach Kreta. Wenn Sie hierbleiben, wird Ihnen etwas Schlimmes geschehen. Ich weiß es. Ich bin mir dessen sicher.«

»Etwas Schlimmes?«

»Etwas sehr, sehr Schlimmes«, prophezeite Kreta Kano – mit leiser, aber durchdringender Stimme, wie der Prophet-Vogel, der im Wald lebt.

15
DAS EINZIG SCHLIMME, DAS JE IN MAY KASAHARAS HAUS PASSIERT IST
MAY KASAHARA ÜBER DIE GLIBBRIGE WÄRMEQUELLE

»Hallo, Mister Aufziehvogel«, sagte die Frauenstimme. Ich preßte mir den Hörer ans Ohr und sah auf die Uhr. Vier Uhr nachmittags. Als das Telefon geklingelt hatte, hatte ich schweißgebadet auf dem Sofa gelegen und geschlafen. Es war ein kurzes, unerquickliches Nickerchen gewesen. Und nun war mir das körperliche Gefühl davon zurückgeblieben, während ich schlief, habe die ganze Zeit jemand auf mir gesessen. Wer immer es gewesen war, er hatte gewartet, bis ich eingeschlafen war, hatte sich auf mich draufgesetzt und war, kurz bevor ich aufwachte, wieder aufgestanden und gegangen.

»Hal-looo«, gurrte die Frauenstimme leise, fast flüsternd. Der Schall schien auf dem Weg zu mir Schichten besonders dünner Luft passieren zu müssen.»Hier ist May Kasahara ...«

»Na?« versuchte ich zu sagen, aber mein Mund bewegte sich noch nicht so, wie ich wollte. Der Laut, der herauskam, mag wie ein Stöhnen geklungen haben.

»Was machen Sie denn gerade?« fragte sie anzüglich.

»Nichts«, sagte ich und nahm die Sprechmuschel vom Mund, um mich zu räuspern. »Nichts. Dösen.«

»Hab ich Sie geweckt?«

»Sicher. Ist aber schon okay. War nur ein Nickerchen.«

May Kasahara schien für einen Moment zu zögern. Dann sagte sie: »Wie wär's, Mister Aufziehvogel: kommen Sie zu mir rüber?«

Ich schloß die Augen. In der Dunkelheit schwebten Lichter in verschiedenen Farben und Formen.

»Nichts dagegen«, sagte ich.

»Ich bin im Garten und sonne mich, also kommen Sie einfach hinten rein.«

»Okay.«

»Sagen Sie, Mister Aufziehvogel, sind Sie auf mich sauer?«

»Weiß ich nicht genau«, sagte ich. »Jedenfalls geh ich jetzt unter die Dusche und zieh mich um, und dann komm ich rüber. Ich möchte mit dir über etwas reden.«

Ich duschte kurz kalt, um einen klaren Kopf zu bekommen, wusch mich dann heiß und drehte zum Abschluß wieder auf Kalt. Dadurch wurde ich zwar wach, aber mein Körper fühlte sich weiterhin dumpf und schwer an. Immer wieder bekam ich ein Zittern in den Beinen, und während des Duschens mußte ich mehrmals nach der Handtuchstange greifen oder mich auf den Wannenrand setzen. Vielleicht war ich doch erschöpfter, als ich angenommen hatte.

Nachdem ich aus der Dusche gestiegen war und mich abgetrocknet hatte, putzte ich mir die Zähne und sah mich im Spiegel an. Das dunkelblaue Mal prangte nach wie vor auf meiner rechten Wange, nicht dunkler und nicht heller als zuvor. Meine Augäpfel waren mit einem Netz haarfeiner Äderchen überzogen, und unter den Augen hatte ich dunkle Ringe. Meine Wangen sahen eingefallen aus, und meine Haare mußten geschnitten werden. Ich sah aus wie eine frische Leiche, die gerade wieder zum Leben erwacht war und sich aus dem Grab herausgebuddelt hatte.

Ich zog ein T-Shirt und kurze Hosen an, dann setzte ich meine Sonnenbrille und eine Mütze auf. Draußen auf der Gasse merkte ich, daß die Hitze des Tages noch längst nicht vorüber war. Alles oberirdische Leben – alles Sichtbare – lechzte nach einem plötzlichen Regenguß, aber am Himmel war nicht der Schatten einer Wolke. Eine Decke von heißer, stehender Luft lastete auf der Gasse. Wie immer war sie verlassen. Gut so. So entsetzlich, wie ich aussah, und an einem so heißen Tag hatte ich nicht die geringste Lust, jemandem über den Weg zu laufen.

Im Garten des unbewohnten Hauses glotzte der steinerne Vogel, wie stets, erhobenen Schnabels wütend in den Himmel. Er sah weit schäbiger aus als beim letzten Mal, verwitterter. Und sein Blick wirkte schärfer. Er schien fest auf etwas äußerst Deprimierendes am Himmel zu starren. Wäre es ihm nur möglich gewesen, hätte der Vogel den Blick gern abgewandt, aber mit seinen versteinerten Augen hatte er keine andere Wahl als weiter hinzugucken. Das hohe Unkraut um die Skulptur herum verharrte reglos wie der Chor in einer griechischen Tragödie, der atemlos darauf wartet, daß ein Orakel ergeht. Auf dem Dach stieß die Fernsehantenne ihre Silberfühler apathisch in die erdrückende Hitze. Unter dem harten Sommerlicht lag alles ausgetrocknet und entkräftet da.

Nachdem ich einen längeren prüfenden Blick in den Garten des leerstehenden Hauses geworfen hatte, betrat ich May Kasaharas Garten. Die Eiche warf einen kühl anmutenden Schatten auf den Rasen, aber May Kasahara zog offenbar die pralle Sonne vor. Sie lag rücklings auf einem Liegestuhl, in einem unglaublich winzigen, schokoladenfarbenen Bikini: drei kleinen Flicken, die von ein paar dünnen Schnüren zusammengehalten wurden. Ich konnte nicht umhin, mich zu fragen, ob jemand in so einem Ding tatsächlich schwimmen könne. Sie trug dieselbe Sonnenbrille, die sie bei unserer ersten Begegnung aufgehabt hatte, und ihr Gesicht war mit dicken Schweißtropfen gesprenkelt. Unter ihrem Liegestuhl hatte sie ein weißes Badetuch, eine Tube Sonnencreme und ein paar Zeitschriften. Zwei Sprite-Dosen, wovon die eine anscheinend als Aschenbecher diente, standen in Reichweite. Auf dem Rasen lag ein Gartenschlauch mit Sprinkler; niemand hatte sich die Mühe gemacht, ihn nach der letzten Benutzung wieder aufzurollen. Als ich näher kam, setzte sich May Kasahara auf und drehte das Radio leiser. Sie war viel brauner als beim letzten Mal. Dies war nicht die gewöhnliche Bräune, wie man sie sich bei einem Wochenende am Meer holt. Ihr gesamter Körper, von Kopf bis Fuß, war appetitlich geröstet. Anscheinend tat sie den ganzen Tag nichts anderes, als sich zu sonnen – und hatte es zweifellos auch während der ganzen Zeit getan, als ich im Brunnen gesessen hatte. Ich ließ den Blick kurz durch den Garten schweifen. Alles sah noch ziemlich genauso aus wie vorher: Der Rasen war noch immer gepflegt, der Teich noch immer leer und so sichtlich ausgedörrt, daß man vom bloßen Hinschauen Durst bekam.

Ich setzte mich neben sie auf den zweiten Liegestuhl und holte ein Zitronenbonbon aus der Tasche. Das Papierchen war aufgrund der Hitze an der Zuckerglasur festgeklebt.

May Kasahara sah mich eine Zeitlang an, ohne etwas zu sagen. »Was ist denn mit Ihnen passiert, Mister Aufziehvogel? Was haben Sie da für ein Mal im Gesicht? Das ist doch ein Mal, nicht?«

»Ich denk schon. Aber ich weiß nicht, wie es passiert ist. Ich hab hingesehen – und da war es.«

May Kasahara stützte sich auf einen Ellbogen und starrte mir ins Gesicht. Sie wischte sich die Schweißtropfen ab, die sich neben ihrer Nase gebildet hatten, und schob sich die Sonnenbrille zurecht. Ihre Augen waren hinter den dunklen Gläsern kaum zu sehen.

»Sie haben überhaupt keine Ahnung? Keinen Schimmer, wo oder wie das passiert sein könnte?«

»Nein.«

»Gar keinen?«

»Ich bin aus dem Brunnen gestiegen, und kurz danach habe ich in den Spiegel gesehen, und da war es. Ehrlich.«

»Tut's weh?«

»Es tut nicht weh, und es juckt auch nicht. Es fühlt sich allerdings ein bißchen warm an.«

»Sind Sie bei einem Arzt gewesen?«

Ich schüttelte den Kopf. »Wäre wahrscheinlich reine Zeitvergeudung.«

»Wahrscheinlich«, sagte May Kasahara. »Ich kann Ärzte auch nicht ausstehen.«

Ich nahm Mütze und Sonnenbrille ab und wischte mir mit meinem Taschentuch den Schweiß von der Stirn. Mein graues T-Shirt war unter den Armen schon schwarz vor Schweiß.

»Starker Bikini«, sagte ich.

»Danke.«

»Sieht aus wie aus Resten zusammengeflickt: die optimale Ausnutzung unserer begrenzten Rohstoffreserven.«

»Wenn niemand da ist, nehm ich das Oberteil ab.«
»Soso«, sagte ich.
»Nicht, daß drunter viel zu sehen wäre«, sagte sie, als wolle sie sich entschuldigen. Es stimmte schon, die Brüste in ihrem Bikinioberteil waren noch klein und wenig entwickelt. »Bist du in dem Ding je geschwommen?« fragte ich.
»Noch nie. Ich kann gar nicht schwimmen. Und Sie, Mister Aufziehvogel?«
»Doch, ich kann schwimmen.«
»Wie weit?«
»Weit.«
»Zehn Kilometer?«
»Wahrscheinlich ... Niemand zu Hause?«
»Sind gestern alle weggefahren, in unser Sommerhaus nach Izu. Sie wollen das Wochenende über baden. ›Alle‹ heißt meine Eltern und mein kleiner Bruder.«
»Du nicht?«
Sie zuckte kaum merklich die Achseln. Dann holte sie ihre Hope ohne und Streichhölzer aus den Falten des Badetuchs und steckte sich eine Zigarette an.
»Sie sehen grauenvoll aus, Mister Aufziehvogel.«
»Natürlich seh ich grauenvoll aus – nach mehreren Tagen auf dem Grund eines Brunnens, mit fast nichts zu essen und zu trinken, wer sähe da nicht grauenvoll aus?«
May Kasahara nahm die Sonnenbrille ab und wandte mir das Gesicht zu. Sie hatte noch immer diesen tiefen Schnitt neben dem Auge. »Sagen Sie, Mister Aufziehvogel – sind Sie sauer auf mich?«
»Weiß ich nicht genau. Ich hab noch an tausend andere Dinge zu denken, bevor ich Zeit habe, auf dich sauer zu sein.«
»Ist Ihre Frau zurück?«
Ich schüttelte den Kopf. »Sie hat mir einen Brief geschrieben. Sie sagt, sie kommt nie wieder zurück.«
»Armer Mister Aufziehvogel«, sagte May Kasahara. Sie setzte sich auf, beugte sich ein wenig herüber und legte mir die Hand leicht auf das Knie. »Armer, armer Mister Aufziehvogel. Wissen Sie, Mister Aufziehvogel, vielleicht glauben Sie mir's nicht, aber ich hatte wirklich vor, sie ganz zum Schluß aus dem Brunnen zu retten. Ich wollte Ihnen nur ein bißchen angst machen, Sie ein bißchen quälen. Ich wollte sehen, ob ich Sie so weit bringen könnte, daß Sie schreien. Ich wollte sehen,

wie lang es dauern würde, bis Sie so fertig wären, daß Ihnen Ihre Welt abhanden kommt.«

Ich wußte nicht, was ich darauf antworten sollte, also nickte ich nur.

»Haben Sie geglaubt, daß ich's ernst meinte, als ich gesagt hab, ich würd Sie da unten sterben lassen?«

Statt gleich zu antworten, rollte ich das Zitronenbonbonpapier zu einem Kügelchen zusammen. Dann sagte ich: »Ich war mir wirklich nicht sicher. Du klangst, als ob du's ernst meintest, aber zugleich auch so, als versuchtest du nur, mir angst zu machen. Wenn du unten in einem Brunnen sitzt und redest mit jemandem oben, passiert etwas Komisches mit der Akustik: Du bekommst dann den Ausdruck der Stimme des anderen nicht mehr mit. Aber letzten Endes geht es gar nicht darum, was von beidem stimmt. Ich meine, die Wirklichkeit setzt sich irgendwie aus verschiedenen Schichten zusammen. Vielleicht hattest du also in der *einen* Wirklichkeit ernsthaft vor, mich zu töten, aber in der *anderen* nicht. Es hängt davon ab, welche Wirklichkeit *du* herausgreifst, und welche *ich*.«

Ich steckte mein Bonbonpapierkügelchen in die Öffnung einer Sprite-Dose.

»Würden Sie mir einen Gefallen tun, Mister Aufziehvogel?« sagte May Kasahara und deutete auf den Gartenschlauch im Gras. »Könnten Sie mich damit abspritzen? Es ist sooo heiß! Wenn ich mich nicht richtig naß mache, verbrutzelt mir noch das Hirn.«

Ich stand von meinem Liegestuhl auf und ging zu dem blauen Plastikschlauch. Als ich ihn vom Rasen aufhob, fühlte er sich warm und schlapp an. Ich griff hinter die Büsche und drehte den Hahn auf. Zuerst kam das heiße Wasser, das die Sonne im Schlauch aufgewärmt hatte, aber dann kühlte es immer mehr ab und spritzte schließlich ganz kalt heraus. May Kasahara legte sich auf den Rasen, und ich richtete einen schönen starken Strahl auf sie.

Sie schloß die Augen und gab ihren Körper dem Wasser hin. »Ah, fühlt sich das toll an! Das sollten Sie auch machen, Mister Aufziehvogel.«

»Das hier ist kein Badeanzug«, sagte ich, aber May Kasahara schien die Abkühlung wirklich zu genießen, und die Hitze war so groß, daß ich nicht widerstehen konnte. Ich zog mein durchgeschwitztes T-Shirt aus, beugte mich vor und ließ mir das kalte Wasser über den Kopf laufen. Da ich schon dabei war, trank ich auch einen Schluck: Das Wasser war kalt und köstlich.

»Sag mal, ist das Brunnenwasser?« fragte ich.

»Klar! Es wird hochgepumpt. Fühlt sich toll an, nicht? So schön kalt. Man kann's auch trinken. Wir haben einen vom Gesundheitsamt kommen lassen, und der hat eine Analyse gemacht und gesagt, das Wasser sei in völlig Ordnung, man fände in Tokio fast nirgendwo sonst so sauberes Wasser. Er hat echt gestaunt. Aber trotzdem trauen wir uns nicht so richtig, es zu trinken. Bei all den Häusern, die hier so dicht zusammen stehen, kann man nie wissen, was da mal reinläuft.«

»Aber findest du das nicht seltsam? Der Brunnen der Miyawakis ist knochentrocken, und eurer hat so viel gutes, frisches Wasser. Dabei liegen sie nur ein paar Meter auseinander. Wie kommt's zu diesem Unterschied?«

»Ja, stimmt«, sagte May Kasahara und legte den Kopf schief. »Vielleicht hat irgend etwas bewirkt, daß der unterirdische Fluß seinen Lauf ein klein wenig geändert hat, so daß *ihr* Brunnen ausgetrocknet ist und unserer nicht. Woran genau das liegt, weiß ich natürlich nicht.«

»Ist in eurem Haus schon mal etwas Schlimmes passiert?« fragte ich.

May Kasahara verzog das Gesicht und schüttelte den Kopf. »Das einzig Schlimme, was in den letzten zehn Jahren in diesem Haus passiert ist, ist, daß es hier so verdammt stinklangweilig ist!«

May Kasahara trocknete sich ab und fragte, ob ich ein Bier wollte. Ich sagte ja. Sie ging ins Haus und kam mit zwei kalten Dosen Heineken zurück. Sie trank die eine, ich die andere.

»Nun, Mister Aufziehvogel, was haben Sie für Pläne? Wie soll's jetzt weitergehen?«

»Ich hab mich noch nicht recht entschieden«, sagte ich. »Aber wahrscheinlich gehe ich hier weg. Könnte sogar sein, daß ich ins Ausland gehe.«

»Ins Ausland? Wohin denn da?«

»Nach Kreta.«

»Nach Kreta? Hat das etwa was mit dieser Kreta Dingsbums zu tun?«

»Irgendwas, ja.«

May Kasahara dachte einen Augenblick lang darüber nach.

»Und war's diese Kreta Dingsbums, die Sie aus dem Brunnen gerettet hat?«

»Kreta Kano«, sagte ich. »Ja, sie.«

»Sie haben jede Menge Freunde, was, Mister Aufziehvogel?«

»Eigentlich gar nicht. Wenn überhaupt, bin ich eher dafür berühmt, daß ich so wenig Freunde habe.«

»Trotzdem, ich würd gern wissen, wie Kreta Kano rausgefunden hat, daß Sie unten im Brunnen waren. Sie hatten doch niemand was davon gesagt, daß Sie da reinwollten, oder? Also wie hat sie rausgekriegt, wo Sie waren?«
»Weiß ich nicht«, sagte ich.
»Aber jedenfalls fahren Sie nach Kreta, ja?«
»Ich hab mich noch nicht entschieden. Es ist nur eine Möglichkeit. Zuerst muß ich die Sache mit Kumiko klären.«
May Kasahara steckte sich eine Zigarette in den Mund und zündete sie an. Dann berührte sie mit der Spitze ihres kleinen Fingers den Schnitt neben ihrem Auge.
»Wissen Sie, Mister Aufziehvogel, so ziemlich die ganze Zeit, wo Sie im Brunnen waren, hab ich mich hier draußen gesonnt. Ich hab den Garten des verlassenen Hauses beobachtet und mich rösten lassen und an Sie gedacht, wie Sie auf dem Grund des Brunnens am Verhungern waren und sich dem Tod immer mehr näherten, Schrittchen für Schrittchen. Ich war die einzige, die wußte, daß Sie da unten saßen und nicht wieder rauskonnten. Und wie ich darüber nachdachte, hab ich unheimlich klar gespürt, was Sie empfanden: den Schmerz und den Streß und die Angst. Verstehen Sie? Auf die Weise hab ich's geschafft, gaaanz nah an Sie ranzukommen! Ich hätte Sie wirklich nicht sterben lassen. Das ist die Wahrheit. Ehrlich. Aber ich wollte noch weiter gehen, bis an den äußersten Rand. Bis zu dem Punkt, wo Sie anfangen würden, auseinanderzufallen und vor Angst auszurasten, und es keinen Augenblick länger aushalten würden. Ich war wirklich sicher, das wäre das Beste – für mich und für Sie.«
»Ich werd dir mal was sagen«, sagte ich. »Ich glaube, wenn du wirklich bis an den äußersten Rand gegangen wärst, hättest du vielleicht auch den letzten Schritt tun wollen. Kann sein, daß es viel einfacher gewesen wäre, als du meinst. Wenn du so weit gegangen wärst, wäre nur noch ein letzter Schubs nötig gewesen. Und anschließend hättest du dir dann gesagt, es sei das Beste gewesen – für mich und für dich.« Ich nahm einen Schluck Bier.
May Kasahara kaute auf ihrer Lippe herum und dachte eine Zeitlang darüber nach. »Sie könnten recht haben«, sagte sie. »Da bin ich mir selbst nicht sicher.«
Ich trank meinen Bier aus und stand auf. Dann setzte ich die Sonnenbrille auf und schlüpfte in mein naßgeschwitztes T-Shirt. »Danke für das Bier.«
»Wissen Sie, Mister Aufziehvogel«, sagte May Kasahara, »gestern abend, nachdem meine Leute zum Sommerhaus gefahren waren, da bin ich in den Brunnen

gestiegen. Ich bin da insgesamt fünf oder vielleicht sechs Stunden drin geblieben, hab einfach nur still dagesessen.«
»Dann hast also du die Strickleiter weggenommen.«
»Ja«, sagte May Kasahara und runzelte leicht die Brauen. »Ich war's.«
Ich schaute auf den breiten Rasen. Aus der vollgesogenen Erde stieg Dampf auf, der die Luft wie vor Hitze flimmern ließ. May Kasahara steckte den Stummel ihrer Zigarette in eine leere Sprite-Dose.
»Während der ersten paar Stunden hab ich nichts Besonderes gespürt. Klar, es hat etwas genervt, so völlig im Stockdunkeln zu sitzen, aber ich hab nicht richtig Angst gehabt oder so. Ich bin keins von diesen Durchschnittsmädchen, die gleich wegen jeder Kleinigkeit loskreischen. Aber ich wußte, daß es nicht einfach nur dunkel war. Sie sind tagelang da unten gewesen, Mister Aufziehvogel. Sie wissen, daß da unten gar nichts ist, wovor man Angst haben müßte. Aber nach ein paar Stunden wußte ich immer weniger, wer ich war. Wie ich da unten ganz still in der Dunkelheit saß, hab ich gespürt, daß irgend etwas in mir – in meinem Körper – immer größer und größer wurde. Es fühlte sich an, als würde dieses *Ding* in mir wachsen, wie die Wurzeln eines Baums in einem Topf, und wenn es groß genug wäre, würde es mich sprengen. Das wäre dann mein Ende, wie wenn der Topf in eine Million Stücke zerplatzt. Was immer dieses Ding ist, solang ich unter der Sonne war, blieb es brav in mir drin, aber in der Dunkelheit irgendwie sog es eine besondere Nahrung auf oder so, und es fing an, *sooo* schnell zu wachsen, daß man echt Angst bekam. Ich hab versucht, es unten zu halten, aber ich hab's nicht geschafft. Und *da* hab ich dann richtig Angst gekriegt. Ich hab so unheimlich Angst gekriegt wie noch nie in meinem ganzen Leben. Dieses Ding in mir, dieses glibbrige weiße Ding, wie so'n Klumpen Fett, machte sich breit, machte sich *in mir* breit, fraß mich auf. Am Anfang war dieses glibbrige Ding ganz klein gewesen, Mister Aufziehvogel.«
May Kasahara verstummte für eine kleine Weile und starrte auf ihre Hände, als rufe sie sich ins Gedächtnis zurück, was sie in dieser Nacht erlebt hatte. »Ich hatte *wirklich* Angst«, sagte sie. »Ich glaub, das war genau das, was ich *Ihnen* gewünscht hatte. Ich glaub, ich hatte gewollt, daß Sie dieses Geräusch hören: wie das Ding Sie auffrißt.«
Ich ließ mich auf dem Liegestuhl nieder und betrachtete May Kasaharas Körper, den der winzige Bikini kaum verhüllte. Sie war sechzehn, aber sie hatte die Figur einer Dreizehn- oder Vierzehnjährigen. Ihre Brüste und Hüften waren noch

längst nicht voll entwickelt. Ihr Körper erinnerte mich an diese Zeichnungen, die mit einem absoluten Minimum an Linien auskommen und dabei einen unglaublich realen Eindruck vermitteln. Zugleich aber hatte sie etwas an sich, was sie uralt wirken ließ.

Dann fiel mir ganz unvermittelt ein, sie zu fragen: »Hast du je das Gefühl gehabt, von etwas beschmutzt worden zu sein?«

»Beschmutzt?« Sie sah mich aus leicht zusammengekniffenen Augen an. »Meinen Sie körperlich? Meinen Sie, na ja, vergewaltigt?«

»Körperlich. Geistig. Egal.«

May Kasahara sah an ihrem Körper hinunter, dann richtete sie den Blick wieder auf mich. »Körperlich – nein. Ich meine, ich bin noch Jungfrau. Ein Junge durfte mich mal befummeln. Aber nur durch die Kleider.«

Ich nickte.

»Geistig, hmm, weiß ich nicht genau. Mir ist nicht ganz klar, was das heißen soll, geistig beschmutzt zu werden.«

»Mir ebensowenig«, sagte ich. »Die Frage ist nur, ob du das *Gefühl* hast, es wär dir passiert. Wenn du das Gefühl nicht hast, dann bedeutet das wahrscheinlich, daß du auch nicht beschmutzt worden bist.«

»Warum fragen Sie eigentlich?«

»Weil ein paar von den Leuten, die ich kenne, dieses Gefühl haben. Und das verursacht alle möglichen Probleme und Komplikationen. Aber ich möchte dich was fragen. Warum denkst du andauernd an den Tod?«

Sie steckte sich eine Zigarette zwischen die Lippen und riß geschickt ein Streichholz mit nur einer Hand an. Dann setzte sie ihre Sonnenbrille wieder auf.

»Wollen Sie damit sagen, daß Sie nicht sonderlich oft an den Tod denken, Mister Aufziehvogel?«

»Ich *denke* natürlich an den Tod. Aber nicht andauernd. Nur ab und an. Wie die meisten Leute.«

»Ich meine folgendes, Mister Aufziehvogel«, sagte May Kasahara. »Jeder kommt mit etwas anderem als Kern seiner Existenz auf die Welt. Und dieses Etwas, dieses Ding, was immer es ist, ist dann so was wie die Wärmequelle, die jeden von innen her in Betrieb hält. Ich hab natürlich auch eins. Wie jeder andere Mensch auch. Aber manchmal gerät's mir außer Kontrolle. Es bläht sich auf oder schrumpft in mir zusammen, und es rüttelt mich durch. Was ich wirklich möchte, wär, einen Weg finden, dieses Gefühl einem anderen mitzuteilen. Aber ich schaff's anscheinend nicht. Der andere kapiert's einfach nicht. Natürlich könnte das Problem auch darin liegen, daß ich es nicht besonders gut erkläre, aber *ich* glaube, das liegt daran, daß der andere nicht besonders gut zuhört. Er *tut* so, als würde er zuhören, aber er tut's nicht wirklich. Also reg ich mich manchmal auf, und dann tu ich verrückte Dinge.«

»Verrückte Dinge?«

»Wie zum Beispiel, na, Sie im Brunnen einzusperren oder, wenn ich hinten auf einem Motorrad sitze, dem Typ am Lenker die Augen zuzuhalten.«

Als sie das sagte, berührte sie die Narbe neben ihrem Auge.

»Und so ist der Motorradunfall passiert?« fragte ich.

May Kasahara warf mir einen fragenden Blick zu, als habe sie nicht mitbekommen, was ich gesagt hatte. Aber eigentlich mußte jedes meiner Worte sie erreicht haben. Den Ausdruck in ihren Augen konnte ich durch die dunklen Gläser nicht erkennen, aber über ihrem Gesicht schien sich Betäubung auszubreiten, wie Öl auf einer glatten Wasserfläche.

»Was ist aus dem Typ geworden?« fragte ich.

Die Zigarette zwischen den Lippen, fuhr May Kasahara fort, mich anzusehen. Oder besser gesagt, sie fuhr fort, mein Mal anzusehen. »Muß ich diese Frage beantworten, Mister Aufziehvogel?«

»Nicht, wenn du nicht willst. Du hast mit dem Thema angefangen. Wenn du nicht drüber reden willst, dann laß es.«

May Kasahara wurde ganz still. Sie konnte sich offenbar nicht entscheiden. Dann füllte sie ihre Lunge mit Zigarettenrauch und ließ ihn langsam wieder heraus. Mit müden Bewegungen streifte sie ihre dunkle Brille ab und wandte das Gesicht, die Augen fest geschlossen, zur Sonne. Während ich sie ansah, bekam ich das Gefühl, der Fluß der Zeit ströme immer langsamer – als ob die Feder der Zeit allmählich am Ablaufen sei.

»Er ist gestorben«, sagte sie endlich, mit ausdrucksloser Stimme, als habe sie sich mit irgend etwas abgefunden.

»Gestorben?«

May Kasahara klopfte die Asche von ihrer Zigarette ab. Dann hob sie ihr Handtuch auf und wischte sich den Schweiß vom Gesicht, immer wieder, immer wieder. Schließlich sagte sie, als erinnerte sie sich plötzlich an eine Aufgabe, die ihr ent-

fallen war, abgehackt und sachlich: »Wir fuhren ziemlich schnell. Ist nicht weit von Enoshima passiert.«
Ich sah sie wortlos an. Sie hielt in jeder Hand ein Ende des Badetuchs und preßte es sich von beiden Seiten gegen die Wangen. Weißer Rauch stieg von der Zigarette auf, die sie zwischen den Fingern hielt. In der windstillen Luft stieg der Rauch steil in die Höhe, wie ein Miniaturrauchsignal. Sie konnte sich offenbar nicht entscheiden, ob sie lachen oder weinen sollte; zumindest sah sie für mein Empfinden so aus. Sie schwankte auf der dünnen Linie, die die eine Möglichkeit von der anderen trennte, aber am Ende fiel sie nach keiner Seite. May Kasahara ordnete ihre Mimik, legte das Handtuch ins Gras und zog an ihrer Zigarette. Es war schon fast fünf, aber nichts deutete darauf hin, daß die Hitze nachließ.
»Ich habe ihn umgebracht«, sagte sie. »Natürlich nicht mit Absicht. Ich wollte nur an die Grenze gehen. Wir haben andauernd so Sachen gemacht. Es war wie ein Sport. Ich hab ihm auf der Maschine beim Fahren die Augen zugehalten oder ihn gekitzelt. Aber es ist nie was passiert. Bis zu dem Tag ...«
May Kasahara hob das Gesicht und sah mich an.
»Jedenfalls, Mister Aufziehvogel, nein, ich hab nicht das Gefühl, beschmutzt worden zu sein. Ich wollte nur nach Möglichkeit an dieses glibbrige Ding rankommen. Ich wollte es austricksen, es dazu bringen, daß es aus mir herauskommt, und es dann zu Brei schlagen. Man muß wirklich an die Grenze gehen, wenn man es rauslocken will. Das ist die einzige Möglichkeit. Man muß ihm einen wirklich guten Köder hinhalten.« Sie schüttelte langsam den Kopf. »Nein, ich glaube nicht, daß ich beschmutzt worden bin. Aber gerettet worden bin ich auch nicht. Momentan gibt's niemand, der mich retten könnte, Mister Aufziehvogel. Die Welt erscheint mir völlig leer. Alles, was ich um mich herum sehe, sieht unecht aus. Das einzige, was nicht unecht ist, ist dieses glibbrige Ding in mir.«
Lange saß May Kasahara regungslos da und atmete in kurzen, regelmäßigen Atemzügen. Sonst war nichts zu hören, weder Vogel- noch Insektenlaute. Eine entsetzliche Stille legte sich über den Garten, als wäre die Welt auf einmal wirklich leer.
May Kasahara wandte sich auf ihrem Liegestuhl zu mir um. Sie schien sich plötzlich an etwas erinnert zu haben. Jetzt war jeder Ausdruck aus ihrem Gesicht verschwunden, als habe man sie gründlich gewaschen. »Sagen Sie mal, Mister Aufziehvogel, haben Sie mit dieser Kreta Dingsbums geschlafen?«

Ich nickte.

»Werden Sie mir aus Kreta schreiben?« fragte May Kasahara.

»Klar doch. Wenn ich fahre.«

»Wissen Sie, Mister Aufziehvogel«, sagte sie nach einem gewissen Zögern, »es könnte sein, daß ich demnächst wieder in die Schule gehe.«

»Aha, dann hast du also deine Meinung über die Schule geändert?«

Sie zuckte leicht mit der Schulter. »Ist eine andere. In die alte Schule kriegt mich keiner wieder rein. Die neue ist ziemlich weit weg von hier. Das heißt, ich sehe Sie wahrscheinlich sowieso eine Weile nicht mehr.«

Ich nickte. Dann holte ich ein Zitronenbonbon aus der Tasche und steckte es mir in den Mund. May Kasahara wandte den Blick ab und zündete sich eine Zigarette an.

»Verraten Sie mir eins, Mister Aufziehvogel, macht's eigentlich Spaß, mit einem Haufen verschiedener Frauen zu schlafen?«

»Das gehört nicht hierher.«

»Klar, hab ich irgendwie schon mal gehört.«

»Genau«, sagte ich, aber dann fiel mir nichts mehr ein.

»Ach, vergessen Sie's. Aber wissen Sie, Mister Aufziehvogel: daß ich mich zuletzt doch entschlossen hab, wieder in die Schule zu gehen, liegt daran, daß ich Sie kennengelernt habe. Im Ernst.«

»Wieso das?« fragte ich.

»Ja, wieso das?« sagte May Kasahara. Dann kniff sie die Augen zusammen und sah mich an. »Vielleicht wollte ich wieder in eine normalere Welt zurück. Aber wirklich, Mister Aufziehvogel, es hat echt Spaß mit Ihnen gemacht. Im Ernst. Ich meine, Sie sind so ein total normaler Typ, aber Sie machen so *un*normale Dinge. Und Sie sind so – hm – unberechenbar. Deswegen ist es keine Spur langweilig gewesen, mit Ihnen zusammenzusein. Sie haben keine Ahnung, wie gut mir das getan hat. Sich nicht zu langweilen bedeutet, nicht über einen Haufen Scheiß nachdenken zu müssen, stimmt's? Also, was das angeht, bin ich froh, daß Sie da waren. Aber, ehrlich gesagt, hat's mich auch nervös gemacht.«

»In welcher Hinsicht?«

»Na ja, wie soll ich sagen? Wenn ich Sie mir so ansehe, hab ich manchmal das Gefühl, ich weiß nicht, als ob Sie richtig verbissen gegen etwas kämpfen – *meinetwegen*. Ich weiß, das klingt komisch, aber wenn das passiert, hab ich das Gefühl, daß ich ganz auf Ihrer Seite bin, mit Ihnen schwitze. Verstehen Sie, was ich meine? Sie wirken immer so cool, egal, was passiert, es geht Sie nichts an, aber Sie sind in Wirklichkeit gar nicht so. Auf Ihre Weise kämpfen Sie so verbissen, wie Sie können, auch wenn man's Ihnen nicht ansieht. Sonst wären Sie ja wohl auch nicht in den Brunnen gestiegen, richtig? Aber egal, natürlich kämpfen Sie nicht für mich. Sie stolpern andauernd über Ihre eigenen Füße, während Sie wie irre versuchen, dieses große Was-auch-immer niederzuringen, und all das nur, um Kumiko zu finden. Also hat's überhaupt keinen Wert, daß ich mich Ihretwegen so abschwitze. Das weiß ich alles, aber trotzdem werd ich das Gefühl nicht los, daß Sie *doch* für mich kämpfen, Mister Aufziehvogel – daß Sie wahrscheinlich, während Sie um Kumiko kämpfen, gleichzeitig irgendwie auch für eine Menge anderer Leute kämpfen. Und vielleicht wirken Sie darum manchmal wie ein absoluter Idiot. Find ich, Mister Aufziehvogel. Aber wenn ich Ihnen dabei zusehe, werd ich ganz verkrampft und nervös, und am Ende fühle ich mich total ausgelaugt. Ich meine, es sieht ganz so aus, als könnten Sie unmöglich gewinnen. Wenn ich bei dem Fight wetten müßte, würd ich auf Ihre Niederlage wetten. Tut mir leid, aber so ist das nun mal. Ich mag Sie sehr, aber ich will nicht pleite gehen.«

»Ich versteh das vollkommen.«

»Ich will nicht dabei zusehen, wie Sie untergehen, und ich will Ihretwegen nicht noch mehr schwitzen, als ich schon geschwitzt hab. Drum hab ich beschlossen, in eine etwas normalere Welt zurückzukehren. Aber wenn ich Sie nicht hier getroffen hätte – hier, vor diesem leerstehenden Haus –, glaube ich nicht, daß sich die Dinge so entwickelt hätten. Ich wäre nie auf die Idee gekommen, wieder zur Schule zu gehen. Ich würde weiter in einer nicht-ganz-normalen Welt herumhängen. So gesehen, liegt's alles nur an Ihnen, Mister Aufziehvogel. Sie sind nicht *völlig* unnütz.«

Ich nickte. Es war das erste Mal seit langer Zeit, daß jemand etwas Nettes über mich gesagt hatte.

»Kommen Sie mal her, Mister Aufziehvogel«, sagte May Kasahara. Sie richtete sich auf ihrem Liegestuhl auf.

Ich stand von meinem auf und ging zu ihr hinüber.

»Setzen Sie sich hier hin, Mister Aufziehvogel«, sagte May Kasahara.

Ich gehorchte und setzte mich neben sie.

»Zeigen Sie mir Ihr Gesicht, Mister Aufziehvogel.«

Sie starrte mich eine Zeitlang unverwandt an. Dann legte sie eine Hand auf mein Knie und preßte die andere flach auf das Mal an meiner Wange.
»Armer Mister Aufziehvogel«, sagte May Kasahara ganz, ganz leise. »Ich weiß, daß Sie sich alle möglichen Dinge aufhalsen werden. Noch bevor Sie auch nur was davon merken. Und Sie werden überhaupt keine Wahl haben. So wie ein Feld den Regen hinnimmt. Und jetzt machen Sie die Augen zu, Mister Aufziehvogel. Richtig fest zu. Wie zugeklebt.«
Ich machte die Augen fest zu.
May Kasahara führte ihre Lippen an mein Mal – ihre Lippen, so klein und schmal wie eine sehr gute Nachahmung. Dann öffnete sie diese Lippen und fuhr mit der Zunge über mein Mal – ganz langsam, ohne ein Fleckchen auszulassen. Die Hand, die sie auf mein Knie gelegt hatte, blieb die ganze Zeit da liegen. Das warme, feuchte Gefühl ihrer Berührung erreichte mich aus weiter Ferne, von noch weiter her, als wenn es alle Weltgefilde durchquert hätte. Dann nahm sie meine Hand und führte sie an ihre Wunde neben dem Auge. Ich streichelte die zentimeterlange Narbe. Als ich es tat, drangen die Wellen ihres Bewußtseins pulsierend durch meine Fingerspitzen und in mich hinein – zarte Schwingungen von Sehnsucht. Jemand sollte dieses Mädchen in die Arme nehmen und festhalten, dachte ich. Wahrscheinlich jemand anders als ich. Jemand, der ihr etwas zu geben hat.
»Wiedersehen, Mister Aufziehvogel. Bis zum nächsten Mal, irgendwann.«

16

DIE EINFACHEN DINGE
VORNEHME RACHE
DAS DING IM GITARRENKASTEN

Am nächsten Tag rief ich meinen Onkel an und sagte ihm, ich würde möglicherweise in ein paar Wochen aus dem Haus ausziehen. Ich entschuldigte mich dafür, daß ich ihn damit so überrumpelte, erklärte aber, der Grund sei, daß Kumiko mich genauso ohne Vorwarnung verlassen habe. Es hatte keinen Zweck mehr, die Sache zu verheimlichen. Ich sagte ihm, daß sie geschrieben hatte, sie komme nicht mehr zurück, und daß ich eine Zeitlang wegwolle, aber für wie lange, könne ich noch nicht sagen. Auf meine summarische Erklärung folgte am anderen Ende der

Leitung ein nachdenkliches Schweigen. Meinem Onkel schien etwas durch den Kopf zu gehen. Dann sagte er: »Was dagegen, wenn ich an einem der nächsten Tage auf einen Besuch vorbeikomme? Ich würde mir gern mit eigenen Augen ansehen, was da los ist. Und ich war mittlerweile schon ziemlich lang nicht mehr in dem Haus.«

Mein Onkel kam am übernächsten Abend vorbei. Er schaute auf mein Mal, sagte aber nichts dazu; wahrscheinlich wußte er nicht, was. Er hatte mir eine Flasche guten Scotch mitgebracht und eine Packung Fischpasteten, die er in Odawara gekauft hatte. Wir setzten uns auf die Veranda, aßen die Pasteten und tranken Whisky.

»Was für ein Genuß, wieder einmal auf einer Veranda zu sitzen«, sagte mein Onkel und nickte mehrmals. »Unsere Eigentumswohnung hat natürlich keine. Manchmal vermisse ich dieses Haus richtig. Auf einer Veranda gerät man in ganz besondere Stimmung, die man sonst nirgendwo findet.«

Eine Zeitlang saß er nur so da und betrachtete den Mond, eine schlanke weiße Mondsichel, die aussah, als sei sie gerade erst fertiggeschliffen worden. Daß einfach so ein Ding tatsächlich noch immer am Himmel schweben konnte, kam mir fast wie ein Wunder vor.

Dann fragte mein Onkel ganz beiläufig: »Wie kommst du zu diesem Mal?«

»Ich weiß es wirklich nicht«, sagte ich und nahm einen großen Schluck Whisky. »Auf einmal war es da. Vielleicht vor einer Woche? Ich wollte, ich könnt's besser erklären, aber ich weiß einfach nicht, wie.«

»Bist du damit zum Arzt gegangen?«

Ich schüttelte den Kopf.

»Ich will meine Nase nicht in Angelegenheiten stecken, die mich nichts angehen, aber so viel darf ich vielleicht sagen: Du solltest dich wirklich hinsetzen und dir ernsthaft überlegen, was dir am wichtigsten ist.«

Ich nickte. »Ich *habe* darüber nachgedacht«, sagte ich. »Aber es ist alles so kompliziert und ineinander verheddert. Ich schaffe es irgendwie nicht, die einzelnen Dinge auseinanderzubekommen und mir eine Sache nach der anderen vorzunehmen. Ich weiß nicht, wie man Dinge entwirrt.«

Mein Onkel lächelte. »Weißt du, was ich glaube? Ich glaube, du solltest damit den Anfang machen, daß du über die einfachsten Dinge nachdenkst, und dich von da

aus weiter vorarbeiten. Du könntest dich zum Beispiel irgendwo an eine Straßenecke stellen und dir tagein, tagaus die Leute ansehen, die da vorbeigehen. Du bist nicht in Eile, irgendwelche Entscheidungen zu treffen. Es mag dich hart ankommen, aber manchmal mußt du einfach innehalten und dir Zeit nehmen. Du solltest dich darin üben, die Dinge mit deinen eigenen Augen zu betrachten, bis sich etwas herausschält. Und scheu dich nicht, dafür Zeit zu investieren. Sich viel Zeit für etwas zu nehmen, kann die raffinierteste Form von Rache sein.«
»Rache?! Was meinst du denn mit ›Rache‹? Rache an wem?«
»Das wirst du bald genug verstehen«, sagte mein Onkel lächelnd.

Alles in allem saßen wir eine gute Stunde trinkend auf der Veranda. Dann erklärte mein Onkel, er sei schon zu lange geblieben, stand auf und ging. Wieder allein, ging ich zurück auf die Veranda, lehnte mich mit dem Rücken gegen einen Pfosten und schaute in den mondbeschienenen Garten hinaus. Eine Zeitlang gelang es mir, in der reinen Luft des Realitätssinns, oder was immer mein Onkel da zurückgelassen hatte, tief durchzuatmen, und zum ersten Mal seit sehr langer Zeit fühlte ich mich wirklich erleichtert.
Nach wenigen Stunden aber begann diese Atmosphäre sich zu verflüchtigen, und wieder einmal hüllte mich so etwas wie ein Mantel blassen Kummers ein. Am Ende war ich wieder in meiner Welt, und mein Onkel war in seiner.

Mein Onkel hatte gesagt, ich sollte als erstes über die wirklich einfachen Dinge nachdenken, aber es gelang mir nicht, zwischen Einfachem und Schwierigem zu unterscheiden. Und so stieg ich am nächsten Morgen, sobald die Rush-hour vorbei war, in den Zug nach Shinjuku. Ich hatte beschlossen, mich einfach hinzustellen und mir die Gesichter der Leute anzusehen. Ich wußte nicht, ob das irgend etwas nützen würde, aber es war wahrscheinlich besser, als nichts zu tun. Wenn es ein Beispiel für etwas Einfaches war, sich die Gesichter der Leute anzusehen, bis man es leid wurde, dann konnte es nicht schaden, das einmal auszuprobieren. Wenn es gut lief, gab es mir womöglich einen Hinweis darauf, worin die »einfachen« Dinge für mich bestanden.
Am ersten Tag verbrachte ich zwei geschlagene Stunden auf der niedrigen Backsteinmauer, die das erhöhte Blumenbeet vor dem Shinjuku-Bahnhof umgab. Aber das Gedränge war einfach zu groß, und die Leute gingen viel zu schnell vor-

bei. Ich schaffte es nicht, mir auch nur ein einziges Gesicht richtig anzusehen. Obendrein kam, als ich eine Weile dagesessen hatte, ein Stadtstreicher zu mir herüber und fing ein großes Palaver an. Ein Polizist kam mehrere Male vorbei und warf mir argwöhnische Blicke zu. Also verließ ich den überfüllten Bahnhofsvorplatz und beschloß, mir eine Stelle zu suchen, die sich für die beschauliche Beobachtung von Passanten besser eignete.

Ich ging durch die Fußgängerunterführung auf die Westseite des Bahnhofs, und nachdem ich eine Weile umhergeschlendert war, fand ich einen kleinen gekachelten Platz, unmittelbar vor der Glasfassade eines Hochhauses. Dort gab es eine kleine Plastik und ein paar hübsche Bänke, so daß ich mich hinsetzen und mir die Passanten ansehen konnte, solange ich wollte. Sie waren dort bei weitem nicht so zahlreich wie vor dem Haupteingang des Bahnhofs, und es gab hier auch keine Obdachlosen mit Schnapsflaschen in der Tasche. Dort verbrachte ich den Tag, begnügte mich mittags mit ein paar Doughnuts und Kaffee aus *Dunkin' Donuts* und fuhr wieder nach Hause, bevor der Feierabendverkehr einsetzte.

Anfangs fielen mir – dank der Prägung, die ich durch die Arbeit mit May Kasahara erhalten hatte – nur Männer mit zurückgehendem Haaransatz ins Auge. Ehe ich mich versah, blieb mein Blick an einer Glatze hängen, und ich hatte den dazugehörigen Mann auch schon als A, B oder C klassifiziert. Wenn das so weiterging, hätte ich genausogut May Kasahara anrufen und mich mit ihr verabreden können, wieder Erhebungen für den Toupethersteller durchzuführen.

Nachdem aber ein paar Tage vergangen waren, merkte ich, daß es mir mit einemmal gelang, einfach dazusitzen und die Gesichter der Leute zu betrachten, ohne an irgendwas zu denken. Die meisten Passanten auf diesem Platz waren Männer und Frauen, die in den Büros des Hochhauses arbeiteten. Die Männer trugen weißes Hemd, Krawatte und Aktenkoffer, die Frauen fast alle Stöckelschuhe. Darüber hinaus sah ich Kunden und Gäste der Geschäfte und Restaurants des Hochhauses, Familien auf dem Weg zur Aussichtsplattform und ein paar Leute, die unterwegs von Punkt A nach Punkt B einfach hier vorüberkamen. Hier gingen die meisten Passanten nicht sehr schnell. Ich sah sie mir einfach alle an, ohne klare Absicht. Gelegentlich gab es Leute, die aus dem einen oder anderen Grund mein Interesse erregten, und dann konzentrierte ich mich auf ihr Gesicht und folgte ihnen mit dem Blick.

Jeden Morgen stieg ich um zehn, nach der Rush-hour, in den Zug nach Shinjuku,

setzte mich auf dem Platz auf meine Bank und blieb bis vier Uhr dort, fast ohne etwas anderes zu tun, als die Gesichter der Leute zu betrachten. Nachdem ich das eine Zeitlang gemacht hatte, merkte ich, daß ich auf diese Weise – indem ich meine Augen auf ein vorüberziehendes Gesicht nach dem anderen richtete – meinen Kopf völlig leer machen konnte, als entkorkte ich eine Flasche. Ich sprach mit niemandem, und niemand sprach mit mir. Ich dachte an nichts, ich empfand nichts. Oft hatte ich das Gefühl, ich sei Teil der steinernen Bank geworden.
Einmal sprach mich freilich doch jemand an – eine schlanke, gutgekleidete Frau mittleren Alters. Sie trug ein leuchtend rosafarbenes, enganliegendes Kleid, eine dunkle Sonnenbrille mit Schildpattgestell und einen weißen Hut, und sie hatte eine weiße, geflochtene Handtasche unter dem Arm. Sie hatte hübsche Beine und trug teuer aussehende, makellos weiße Ledersandalen. Ihr Make-up war etwas dick aufgetragen, aber nicht so sehr, daß es unangenehm gewirkt hätte. Sie fragte mich, ob ich irgendwie in Schwierigkeiten sei. Ganz und gar nicht, erwiderte ich. Ich sehe Sie, glaube ich, jeden Tag hier, sagte sie. Dann fragte sie mich, was ich eigentlich täte. Ich sagte, ich sähe mir die Gesichter der Leute an. Sie fragte, ob ich das mit einer bestimmten Absicht täte, und ich sagte nein.
Sie setzte sich neben mich, holte eine Schachtel Virginia Slims aus ihrer Handtasche und zündete sich mit einem kleinen goldenen Feuerzeug eine an. Sie bot mir eine an, aber ich schüttelte den Kopf. Dann nahm sie ihre Brille ab und blickte mir wortlos ins Gesicht. Genauer gesagt, sie blickte auf das Mal in meinem Gesicht. Ich meinerseits sah ihr in die Augen, konnte in ihnen aber keinerlei Regung entdecken. Ich sah lediglich zwei dunkle Pupillen, die anscheinend ihren Dienst verrichteten, wie es sich gehörte. Die Frau hatte eine kleine spitze Nase. Ihre Lippen waren schmal und sehr sorgfältig geschminkt. Es fiel mir schwer, ihr Alter zu schätzen, aber ich tippte auf Mitte vierzig. Auf den ersten Blick wirkte sie jünger, aber die Linien neben ihrer Nase deuteten auf eine gewisse Ermüdung hin.
»Haben Sie Geld?« fragte sie.
Darauf war ich nicht gefaßt gewesen. »Geld? Was meinen Sie damit, ob ich Geld habe?«
»Ich frage nur: Haben Sie Geld? Oder sind Sie abgebrannt?«
»Nein. Im Moment bin ich nicht abgebrannt«, sagte ich.
Sie zog den Mund leicht nach einer Seite, als wäge sie ab, was ich gesagt hatte, und konzentrierte weiterhin ihre ganze Aufmerksamkeit auf mich. Dann nickte sie.

Und dann setzte sie die Sonnenbrille wieder auf, ließ ihre Zigarette auf den Boden fallen, erhob sich anmutig und glitt davon, ohne einen Blick in meine Richtung. Verblüfft folgte ich ihr mit den Augen, bis sie zwischen den Passanten verschwand. Vielleicht war sie ein bißchen verrückt. Aber ihr makelloses Äußeres sprach eigentlich dagegen. Ich trat ihre weggeworfene Zigarette aus, und dann ließ ich den Blick langsam über meine Umgebung wandern, die sich jedoch als angefüllt mit der normalen Wirklichkeit erwies. Menschen gingen von einem Ort zum anderen, jeder mit einem bestimmten Zweck. Ich wußte nicht, wer sie waren, und sie wußten nicht, wer ich war. Ich atmete tief durch und wandte mich wieder meiner Aufgabe zu, die Gesichter dieser Menschen zu betrachten, ohne einen Gedanken im Kopf.

Insgesamt saß ich elf Tage dort. Jeden Tag holte ich mir Doughnuts und Kaffee und tat ansonsten nichts anderes, als die Gesichter der Passanten zu beobachten. Abgesehen von der bedeutungslosen kurzen Unterhaltung mit der gutangezogenen Frau sprach ich während der ganzen elf Tage mit niemandem ein Wort. Ich tat nichts Besonderes, und ich erlebte auch nichts Besonderes. Aber selbst nach diesem elftägigen Vakuum war ich außerstande, zu irgendeinem Entschluß zu kommen. Ich irrte noch immer in einem unübersichtlichen Labyrinth umher, unfähig, das einfachste Problem zu lösen.

Dann aber, am Abend des elften Tages, geschah etwas sehr Seltsames. Es war ein Sonntag, und ich war länger dageblieben und hatte länger Gesichter beobachtet als sonst. Die Menschen, die am Sonntag nach Shinjuku kamen, waren anders als das werktägliche Publikum, und außerdem gab es keine Rush-hour. Mir fiel ein junger Mann mit einem schwarzen Gitarrenkasten ins Auge. Er war von durchschnittlicher Körpergröße. Er trug eine Brille mit schwarzem Kunststoffgestell, hatte schulterlanges Haar, war von Kopf bis Fuß in Jeansstoff gekleidet und trottete in abgewetzten Turnschuhen dahin. Ohne nach links oder rechts zu schauen, ging er mit nachdenklichem Ausdruck in den Augen an mir vorbei. Als ich ihn sah, stutzte ich. Mein Herz setzte einen Schlag aus. *Den kenne ich*, dachte ich. Ich hab ihn schon mal irgendwo gesehen. Aber es dauerte ein paar Sekunden, bis ich mich wieder erinnerte, wer er war – der Sänger, den ich in jener Nacht in der Bar in Sapporo gesehen hatte. Kein Zweifel, er war's.

Ich sprang von meiner Bank auf und eilte ihm nach. Gemächlich, wie er ging, war es nicht schwierig, ihn einzuholen. Als ich zehn Schritte hinter ihm war, paßte ich meine Geschwindigkeit der seinen an. Ich erwog, ob ich ihn ansprechen sollte. Ich würde etwa sagen: »Sie haben doch vor drei Jahren in Sapporo gesungen, nicht? Ich hab Sie dort gehört.« »Ach, wirklich?« würde er sagen. »Herzlichen Dank.« Und was dann? Sollte ich dann etwa sagen: »Meine Frau hatte an dem Tag abtreiben lassen. Und vor nicht allzu langer Zeit hat sie mich verlassen. Sie ging mit einem anderen Mann ins Bett«? Ich beschloß, ihm einfach zu folgen und abzuwarten, was passieren würde. Vielleicht würde mir unterwegs eine bessere Strategie einfallen.

Er entfernte sich vom Bahnhof, ging an der langen Reihe von Hochhäusern vorbei, überquerte die Ome-Schnellstraße und schlug die Richtung nach Yoyogi ein. Er schien tief in Gedanken zu sein. Offenbar kannte er sich in dieser Gegend gut aus; kein einziges Mal zögerte er oder sah sich um. Er ging immer in demselben Tempo weiter, das Gesicht unverwandt nach vorn gerichtet. Ich folgte ihm und dachte dabei an den Tag von Kumikos Abtreibung. Sapporo, Anfang März. Der Boden war hartgefroren, und ab und an rieselten ein paar Schneeflocken herab. Ich war wieder auf diesen Straßen, die Lungen voll von gefrorener Luft. Ich sah den weißen Atem aus den Mündern der Leute quellen.

Und dann begriff ich: da hatte alles begonnen, sich zu ändern. Ja, eindeutig. Das war ein Wendepunkt gewesen. Danach hatte der Fluß um mich herum Anzeichen von Veränderung erkennen lassen. Nachträglich betrachtet, war die Abtreibung für uns beide ein Ereignis von einschneidender Bedeutung gewesen; doch damals hatte ich seine wahre Bedeutung nicht erkennen können. Ich war viel zu sehr vom *Ereignis* der Abtreibung abgelenkt gewesen, und dabei mochte das eigentlich Wichtige etwas ganz anderes gewesen sein.

Ich mußte es tun, hatte sie gesagt. *Ich wußte irgendwie, daß es das Richtige war, das Beste für uns beide. Aber da ist noch etwas anderes, etwas, wovon du nichts weißt, etwas, was ich noch nicht in Worte fassen kann. Ich will dir nichts verheimlichen. Es ist nur, daß ich mir nicht sicher bin, ob es etwas Wirkliches ist. Und deswegen kann ich es noch nicht in Worte fassen.*

Damals war sie sich nicht sicher gewesen, ob dieses *Etwas* wirklich war. Und dieses *Etwas* hatte zweifellos eher mit der Schwangerschaft als mit der Abtreibung zusammengehangen. Vielleicht hatte es etwas mit dem Kind in ihrem Bauch zu tun gehabt. Was konnte es gewesen sein? Was hatte sie dermaßen verwirrt? Hatte sie ein Verhältnis mit einem anderen Mann gehabt und wollte sein Kind nicht austragen? Nein, das war ausgeschlossen. Sie hatte selbst gesagt, daß es ausgeschlossen war. Es war mein Kind gewesen, so viel war sicher. Aber trotzdem, da war *etwas* gewesen, das sie mir nicht hatte sagen können. Und dieses *Etwas* hing untrennbar mit ihrem Entschluß zusammen, mich zu verlassen. Damit hatte alles angefangen. Aber worin das Geheimnis bestand, was da verheimlicht worden war – ich hatte nicht die leiseste Ahnung. Ich war der einzige, der verlassen worden war, der einzige, der im dunkeln tappte. Mit Sicherheit wußte ich nur eins: Solange ich es nicht schaffte, das Geheimnis um dieses *Etwas* zu lüften, würde Kumiko nicht zu mir zurückkehren. Allmählich spürte ich, wie sich eine stille Wut in meinem Körper staute, eine Wut auf dieses *Etwas*, das mir verborgen blieb. Ich reckte mich, atmete tief ein und beschwichtigte mein hämmerndes Herz. Dennoch breitete die Wut sich weiter aus und sickerte, wie Wasser, lautlos in jeden Winkel meines Körpers. Es war eine kummerdurchtränkte Wut. Es gab nichts, wogegen ich sie hätte schmettern können, nichts, was ich tun konnte, um sie zu verscheuchen.

Der Mann ging mit demselben gleichmäßigen Schritt immer weiter. Er überquerte die Gleise der Odakyu-Linie, durchquerte einen Block von Geschäften, einen shintoistischen Tempel, ein Labyrinth von Gassen. Ich ging ihm nach und paßte meinen Abstand den jeweiligen Gegebenheiten an, um zu verhindern, daß er mich bemerkte. Und es war offensichtlich, daß er mich nicht bemerkt hatte. Er drehte sich kein einziges Mal um. Dieser Mann hatte eindeutig etwas an sich, was ihn von gewöhnlichen Leuten unterschied. Nicht nur drehte er sich kein einzigesmal um; er sah auch kein einziges Mal nach rechts oder links. Er war so vollkommen gesammelt: woran konnte er nur denken? Oder dachte er vielmehr an überhaupt nichts?

Bald betrat der Mann ein stilles Viertel mit verlassenen Straßen, die von zweigeschossigen Holzhäusern gesäumt wurden. Die Straße war eng und krumm, und dicht aneinandergedrängt standen auf beiden Seiten die heruntergekommenen Häuser. Wie wenig Menschen es hier gab, war schon fast unheimlich. Mehr als die Hälfte der Gebäude standen leer. Die Türen der unbewohnten Häuser waren mit Brettern vernagelt, und Schilder kündigten irgendwelche geplanten Baumaßnahmen an. Hier und da klafften, wie Zahnlücken, unbebaute Grundstücke, voll von Sommerunkraut und mit Maschendraht umzäunt. Wahrscheinlich war geplant, das ganze Viertel in naher Zukunft abzureißen und ein paar neue Hochhäuser

hinzustellen. Der winzige Vorplatz eines der wenigen bewohnten Häuser war mit Töpfen von Winden und anderen Blumen vollgestellt. Ein Dreirad lag umgekippt auf der Seite, und am Fenster des Obergeschosses trockneten ein Handtuch und ein Kinderbadeanzug. Überall lagerten Katzen, unter den Fenstern, im Hauseingang, und musterten mich aus müden Augen. Trotz der hellen frühabendlichen Stunde war keine Menschenseele zu sehen. Ich konnte mich in dieser Gegend nicht orientieren; ich wußte nicht, wo Norden und wo Süden war. Vermutlich befand ich mich irgendwo in dem Dreieck zwischen Yoyogi, Sendagaya und Harajuku, aber sicher war ich mir nicht.
Es war auf jeden Fall ein vergessener Teil der Stadt. Man hatte ihn wahrscheinlich übersehen, weil die Straßen so eng waren, daß Autos kaum durchkamen. Die Hände der Immobilienmakler waren noch nicht bis hierher gelangt. Als ich das Viertel betrat, hatte ich das Gefühl gehabt, die Zeit sei um zwanzig oder dreißig Jahre zurückgedreht worden. Mir wurde bewußt, daß der ununterbrochene Verkehrslärm irgendwann verebbt und jetzt vollkommen verstummt war. Seinen Gitarrenkasten in der Hand, hatte sich der Mann zielstrebig durch das Gewirr von Straßen bewegt, bis er nun ein größeres Holzhaus erreichte. Er öffnete die Haustür, trat ein und drückte die Tür hinter sich zu. Soweit ich erkennen konnte, war sie nicht abgeschlossen gewesen.
Ich blieb eine Zeitlang stehen. Meine Uhr zeigte zwanzig nach sechs. Ich lehnte mich gegen den Maschendrahtzaun des unbebauten Grundstücks auf der gegenüberliegenden Straßenseite und betrachtete das zweigeschossige Gebäude. Es war ein typisches traditionelles Mietshaus; das verrieten die Eingangstür und die Anordnung der Zimmer. In meiner Studentenzeit hatte ich eine Zeitlang in einem solchen Haus gewohnt. Ein Schuhregal im Flur, eine Gemeinschaftstoilette, eine winzige Küche; und die Mieter waren ausschließlich Studenten und alleinstehende Arbeiter gewesen. Dieses Haus hier erweckte allerdings nicht den Eindruck, als wohne überhaupt jemand darin. Kein Geräusch war zu hören, nichts rührte sich. Die Plastikfurniertür trug kein Namensschild. Da, wo es sich offenbar einmal befunden hatte, war eine längliche helle Stelle. Trotz der anhaltenden Nachmittagshitze waren alle Fenster des Hauses fest geschlossen und die Vorhänge zugezogen.
Dieses Mietshaus war vermutlich, ebenso wie die benachbarten Gebäude, zum baldigen Abriß bestimmt, und es wohnte niemand mehr darin. Aber wenn dem so

war, was hatte dann der Mann mit dem Gitarrenkasten hier zu suchen? Ich erwartete, daß bald irgendwo ein Fenster aufgeschoben würde, aber nichts regte sich. Ich konnte nicht ewig auf dieser menschenleeren Gasse herumstehen. Ich ging hinüber zur Haustür und drückte dagegen. Ich hatte mich nicht getäuscht: Sie war nicht abgeschlossen und ging widerstandslos nach innen auf. Ich blieb einen Augenblick auf der Schwelle stehen und versuchte, mir einen ersten Eindruck zu verschaffen, aber in dem düsteren Flur konnte ich kaum etwas erkennen. Wegen der geschlossenen Fenster war die Luft heiß und abgestanden. Der modrige Geruch erinnerte mich an die Luft auf dem Grund des Brunnens. In dieser Hitze lief mir der Schweiß nur so aus den Achselhöhlen. Ein Schweißtropfen kitzelte mich hinter dem Ohr. Nach kurzem Zögern trat ich ein und drückte die Tür geräuschlos hinter mir zu. Ich hatte vor, anhand der Namensschilder (falls es solche gab) an den Briefkästen oder am Schuhregal festzustellen, ob noch jemand hier wohnte, aber bevor ich das tun konnte, merkte ich, daß da jemand war. Jemand beobachtete mich.

Gleich rechts von der Eingangstür stand ein hohes Schuhregal oder etwas in der Art, und der *Jemand* stand unmittelbar dahinter, wie um sich zu verstecken. Ich hielt den Atem an und spähte in das warme Zwielicht. Der da stand, war der junge Mann mit dem Gitarrenkasten. Er stand offenbar hinter dem Schuhregal versteckt, seit er hereingekommen war. Das Herz hämmerte mir bis hinauf in die Kehle. Was tat er da? Auf mich warten? »Hallo«, brachte ich mühsam heraus. »Ich wollte Sie eigentlich fragen –«
Aber ich hatte die Worte kaum ausgesprochen, als etwas gegen meine Schulter knallte. Fest. Ich wußte nicht, was geschah. Im ersten Moment spürte ich lediglich eine betäubende körperliche Erschütterung. Verwirrt wie ich war, rührte ich mich nicht von der Stelle. Aber schon in der nächsten Sekunde begriff ich, was los war. Behende wie ein Affe war der Mann hinter dem Schuhregal hervorgesprungen und hatte mir mit einem Baseballschläger einen Schwinger verpaßt. Während ich im Schock dastand, holte er wieder aus und schlug noch einmal zu. Ich versuchte auszuweichen, aber zu spät. Diesmal traf das Holz meinen linken Arm. Für einen Augenblick verlor ich darin jede Empfindung. Ich verspürte keinen Schmerz, überhaupt nichts. Es war, als hätte sich der ganze Arm einfach in nichts aufgelöst. Aber ehe ich mich versah, trat ich reflexartig nach dem Mann. Ich hatte nie eine richtige Kampfsportausbildung gehabt, aber auf der Oberschule hatte mir ein

Freund, der ziemlich gut Karate konnte, ein paar Grundtechniken beigebracht. Tag für Tag hatte er mich Tritte üben lassen – nichts Großartiges: Wir hatten nur geübt, so fest und so hoch und so gerade wie möglich zu treten. Das sei im Notfall die allernützlichste Fertigkeit überhaupt, hatte er gesagt. Und er hatte recht gehabt. Ganz darauf konzentriert, seinen Schläger zu schwingen, hatte der Mann offenbar nicht mit der Möglichkeit gerechnet, daß er einen Tritt abkriegen könnte. Ebenso kopflos wie er, hatte ich völlig aufs Geratewohl – und auch nicht besonders fest – getreten, aber der Schreck raubte ihm offensichtlich den Atem. Mit erhobenem Schläger hielt er in seiner Bewegung inne, als habe in diesem Moment die Zeit ausgesetzt, und starrte mich mit leerem Blick an. Ich nutzte die Gelegenheit aus und versetzte ihm einen besser gezielten und kräftigeren Tritt in den Unterleib, und als er vor Schmerz zusammenklappte, riß ich ihm den Schläger aus den Händen. Dann trat ich ihm fest in die Rippen. Er versuchte, mein Bein zu packen, also trat ich ihn noch einmal. Und dann noch einmal, immer auf dieselbe Stelle. Dann schmetterte ich ihm den Schläger auf den Oberschenkel. Er stieß einen erstickten Schrei aus und fiel zu Boden.
Zuerst hatte ich ihn aus purer Angst getreten, nur um zu verhindern, selbst von ihm geschlagen zu werden. Kaum lag er aber auf dem Boden, spürte ich, daß sich meine Panik in Wut verwandelte. Sie war noch immer da, die stille Wut, die in meinem Körper aufgewallt war, als ich im Gehen über Kumiko nachgedacht hatte. Plötzlich freigesetzt, loderte sie jetzt unkontrollierbar auf und schlug in etwas um, das unbändigem Haß zum Verwechseln ähnelte. Wieder ließ ich den Schläger auf den Oberschenkel krachen. Dem Mann lief Speichel aus dem Mundwinkel. Meine Schulter und mein linker Arm begannen da, wo er mich getroffen hatte, dumpf zu pochen. Der Schmerz fachte meine Wut nur noch mehr an. Das Gesicht des Mannes war schmerzverzerrt, aber er bemühte sich trotzdem, wieder auf die Beine zu kommen. Ich konnte meinen linken Arm nicht bewegen, also warf ich den Schläger hin und beugte mich über den Mann und schmetterte ihm meine rechte Faust ins Gesicht. Wieder und wieder schlug ich zu. Ich schlug ihm so lange ins Gesicht, bis die Finger meiner rechten Hand erst taub wurden und dann anfingen zu schmerzen. Ich wollte ihn besinnungslos prügeln. Ich packte ihn am Hals und schmetterte seinen Kopf auf den Holzfußboden. Ich war noch nie in meinem Leben in eine Schlägerei verwickelt gewesen. Ich hatte noch nie jemanden mit voller Kraft geschlagen. Aber jetzt konnte ich nichts tun, als zuzu-

schlagen, und ich schien damit gar nicht mehr aufhören zu können. Mein Verstand befahl mir aufzuhören: Jetzt war es genug. Auch nur ein bißchen mehr wäre zuviel. Der Mann konnte ja gar nicht mehr aufstehen. Aber ich konnte nicht aufhören. Jetzt waren zwei Ichs da, begriff ich. Ich hatte mich geteilt, und *dieses* »Ich« hatte die Fähigkeit eingebüßt, das andere »Ich« zu bremsen. Ein heftiger Schauder durchfuhr meinen Körper.

Dann wurde mir bewußt, daß der Mann lächelte. Noch während ich auf ihn einschlug, lächelte der Mann mich an – je mehr ich auf ihn einschlug, desto mehr ging sein Lächeln in die Breite, bis er schließlich, aus Nase und Mund Blut verströmend, am eigenen Speichel erstickend, ein hohes, dünnes Lachen ausstieß. Er muß verrückt sein, dachte ich, und ich hörte auf, ihn zu boxen, und richtete mich auf.

Ich schaute mich um und sah, seitlich ans Schuhregal gelehnt, den Gitarrenkasten stehen. Ich ließ den Mann, der noch immer lachte, da liegen und ging zum Gitarrenkasten. Ich legte ihn auf den Boden, öffnete die Verschlüsse und klappte den Deckel auf. Es war nichts drin. Er war absolut leer – keine Gitarre, keine Kerzen. Der Mann sah mich lachend und hustend an. Ich konnte kaum atmen. Mit einemmal wurde die heiße, feuchte Luft dieses Hauses unerträglich. Der Geruch nach Moder, das Gefühl meines eigenen Schweißes auf meiner Haut, der Geruch von Blut und Speichel, mein Haß und meine Wut: alles ging plötzlich über meine Kräfte. Ich riß die Tür auf, stürzte ins Freie und zog die Tür wieder hinter mir zu. Wie zuvor war weit und breit keine Menschenseele zu sehen. Das einzige Lebewesen war eine große braune Katze, die, ohne Notiz von mir zu nehmen, langsam das unbebaute Grundstück durchquerte.

Ich wollte verschwinden, bevor mich irgend jemand sah. Ich war mir nicht sicher, in welche Richtung ich gehen sollte, aber ich marschierte einfach los, und schon bald stieß ich auf eine Bushaltestelle mit dem Schild »Zum Shinjuku-Bahnhof«. Ich hoffte, es werde mir bis zur Ankunft des nächsten Busses gelingen, meine Atmung zu beruhigen und meine Gedanken zu ordnen, aber ich schaffte keins von beidem. Wieder und wieder sagte ich mir: Ich hatte doch nur versucht, mir die Gesichter der Leute anzusehen! Ich hatte mir einfach die Gesichter der Passanten angesehen, genau wie mein Onkel es gesagt hatte. Ich hatte einfach nur versucht, die simpelsten Komplikationen in meinem Leben zu entwirren, nichts sonst. Als ich in den Bus einstieg, drehten sich die Fahrgäste nach mir um. Einer nach dem

anderen warf mir den gleichen erschrockenen Blick zu und wandte dann die Augen ab. Ich nahm an, das liege an dem Mal auf meiner Wange. Es verging einige Zeit, bis ich begriff, daß es eher an den Blutspritzern auf meinem weißen Hemd lag (größtenteils Blut aus der Nase des Mannes) und an dem Baseballschläger, den ich noch immer mit beiden Händen umklammert hielt.
Schließlich schleppte ich den Schläger bis nach Hause mit und warf ihn dort in einen Schrank.
In dieser Nacht blieb ich wach, bis die Sonne aufging. Die Stellen an meiner Schulter und meinem linken Arm, wo der Mann mich getroffen hatte, schwollen an und sandten Wellen von Schmerz durch meinen Körper, und meine rechte Faust bewahrte noch immer das Gefühl, Schlag auf Schlag auf Schlag auf den Mann einzudreschen. Mir wurde bewußt, daß die Hand noch immer zur Faust geballt war, steinhart und zum Kampf bereit. Ich versuchte, sie zu entspannen, aber sie verweigerte den Gehorsam. Und was den Schlaf anging, war es weniger so, daß ich nicht schlafen konnte, als daß ich nicht wollte. Wenn ich in meinem gegenwärtigen Zustand eingeschlafen wäre, hätten mir entsetzliche Träume bevorgestanden. Um mich zu beruhigen, setzte ich mich an den Küchentisch, trank Schluck um unverdünnten Schluck von dem Whisky, den mein Onkel dagelassen hatte, und hörte mir eine Kassette mit ruhiger Musik an. Ich hatte das Bedürfnis, mit jemandem zu reden. Ich hatte das Bedürfnis, jemandes Stimme zu hören. Ich stellte das Telefon auf den Tisch und starrte es stundenlang an. Ruf mich bitte an, ruf mich bitte irgend jemand an, ganz egal wer – und wenn's die geheimnisvolle Telefonfrau gewesen wäre; es war mir gleichgültig. Es hätte das schmutzigste und belangloseste Gerede sein können, das widerlichste und beängstigendste Gespräch. Es spielte keine Rolle. Ich wollte nur, daß jemand mit mir redete.
Aber das Telefon klingelte nicht. Ich trank die verbliebene halbe Flasche Scotch aus, und als der Himmel hell geworden war, kroch ich ins Bett und schlief ein. Bitte mach, daß ich nicht träume, bitte mach, daß mein Schlaf leer bleibt, und wenn auch nur für heute.
Aber natürlich träumte ich doch. Und erwartungsgemäß wurde es ein grauenvoller Traum. Der Mann mit dem Gitarrenkasten kam darin vor. Ich tat in dem Traum dasselbe, was ich in der Wirklichkeit getan hatte – ich folgte ihm, öffnete die Eingangstür des Mietshauses, wurde vom Schläger getroffen und prügelte, prügelte, prügelte auf den Mann ein. Aber danach ging es anders weiter. Kaum

hatte ich aufgehört, auf ihn einzuschlagen und war aufgestanden, als der Mann, sabbernd und irrsinnig lachend, wie er es in Wirklichkeit getan hatte, ein Messer aus der Tasche zog – ein kleines, scharf aussehendes Messer. Die Klinge fing das schwache Abendlicht ein, das durch die Gardinen drang, und warf einen an Knochen gemahnenden weißen Schimmer zurück. Aber der Mann benutzte das Messer nicht, um mich anzugreifen. Er zog sich vielmehr völlig aus und fing dann an, sich seine Haut abzuschälen, als sei es die Haut eines Apfels. Er arbeitete rasch und lachte dabei die ganze Zeit aus vollem Hals. Das Blut sprudelte aus ihm hervor und bildete auf dem Fußboden eine bedrohliche schwarze Lache. Mit der rechten Hand schälte er sich die Haut des linken Arms ab, und mit seiner blutigen geschälten linken Hand schälte er die Haut seines rechten Arms ab. Am Ende war er ein einziger knallroter Klumpen Fleisch, aber selbst dann noch fuhr er fort, aus dem dunklen Loch seines klaffenden Mundes zu lachen, während sich die weißen Augäpfel krampfartig in der blutigen Fleischmasse wälzten. Bald begann die abgeschälte Haut des Mannes, gleichsam als Reaktion auf sein widernatürlich lautes Lachen, über den Fußboden auf mich zuzuglitschen. Ich versuchte fortzulaufen, aber meine Beine rührten sich nicht. Die Haut erreichte meine Füße und fing an, an mir emporzukriechen. Sie schob sich über meine eigene Haut, haftete an mir wie ein blutdurchtränkter Überzug. Der schwere Geruch von Blut war überall. Bald waren meine Beine, mein Rumpf, mein Gesicht vollständig von einer dünnen Membran bedeckt – von der Haut des Mannes. Dann konnten meine Augen nichts mehr sehen, und das Gelächter des Mannes hallte in der hohlen Dunkelheit wider. An diesem Punkt wachte ich auf.

Ich war von Angst und Verwirrung überwältigt. Für eine Weile verlor ich sogar die Gewißheit, daß ich existierte. Meine Finger zitterten. Doch zugleich wußte ich, daß ich zu einem Schluß gelangt war.

Ich konnte nicht – durfte nicht – fortlaufen, weder nach Kreta noch sonstwohin. Ich mußte Kumiko zurückholen. Ich mußte sie mit meinen eigenen Händen in *diese Welt* zurückziehen. Weil es mein Ende bedeuten würde, wenn ich es nicht tat. Diese Person, dieses Individuum, zu dem ich »Ich« sagte, würde verloren sein.

DRITTES BUCH:
DER VOGELFÄNGER
OKTOBER BIS DEZEMBER 1985

1
DER AUFZIEHVOGEL IM WINTER

Zwischen dem Ende dieses seltsamen Sommers und dem Herannahen des Winters ging mein Leben unverändert weiter. Jeder einzelne Tag brach ohne Vorkommnisse an und endete, wie er begonnen hatte. Im September regnete es viel. Der Oktober brachte mehrere warme, schweißklebrige Tage. Vom Wetter abgesehen gab es kaum etwas, was einen Tag vom anderen unterschieden hätte. Ich übte mich darin, meine Aufmerksamkeit auf das Wirkliche und Nützliche zu konzentrieren. Ich ging fast jeden Tag ins Hallenbad und schwamm lange, unternahm ausgedehnte Spaziergänge, bereitete mir täglich drei Mahlzeiten zu.
Dennoch durchfuhr mich die Einsamkeit von Zeit zu Zeit wie ein stechender Schmerz. Selbst das Wasser, das ich trank, selbst die Luft, die ich atmete, fühlten sich dann wie lange scharfe Nadeln an. Die Seiten eines Buches, das ich in den Händen hielt, nahmen den bedrohlich metallischen Glanz von Rasierklingen an. Um vier in der Frühe, wenn die Welt schwieg, konnte ich die Wurzeln der Einsamkeit durch mich hindurchkriechen hören.

Und doch, ein paar Leute ließen mich einfach nicht in Ruhe – Leute aus Kumikos Familie, die mir Briefe schrieben. Kumiko könne nicht mit mir verheiratet bleiben, erklärten sie, folglich müsse ich sofort in die Scheidung einwilligen. Das würde angeblich sämtliche Probleme lösen. Die ersten paar Briefe versuchten, in geschäftsmäßigem Ton Druck auf mich auszuüben. Als ich nicht antwortete, probierten sie es mit offenen Drohungen, und zuletzt verlegten sie sich aufs Bitten. Alle hatten dasselbe im Sinn.
Schließlich rief Kumikos Vater an.
»Ich sage nicht, daß ich absolut gegen eine Scheidung bin«, sagte ich. »Aber zuerst will ich Kumiko sehen und mit ihr sprechen, und zwar allein. Wenn sie mich davon überzeugen kann, daß sie es so will, dann willige ich in die Scheidung ein. Aber nur unter dieser Voraussetzung.«
Ich wandte mich zum Küchenfenster und sah zu dem dunklen, bis in die Ferne regenschwangeren Himmel auf. Seit vier Tagen regnete es ununterbrochen in eine nasse, schwarze Welt.
»Kumiko und ich haben alles durchgesprochen, bevor wir zu heiraten beschlossen

haben, und wenn wir diese Ehe beenden, will ich, daß es auf die gleiche Weise geschieht.«

Kumikos Vater und ich argumentierten noch eine Zeitlang aneinander vorbei und gelangten nirgendwohin – oder zumindest zu keinem Ergebnis.

Es blieben noch mehrere offene Fragen. Wollte sich Kumiko wirklich von mir scheiden lassen? Und hatte sie ihre Eltern gebeten, darauf hinzuwirken, daß ich mein Einverständnis gab? »Kumiko sagt selbst, daß sie Sie nicht sehen will«, hatte mir ihr Vater erklärt, ebenso wie ihr Bruder. Das war wahrscheinlich nicht völlig aus der Luft gegriffen. Kumikos Eltern waren sich gewiß nicht zu schade, gewisse Dinge zu ihren Gunsten auszulegen, aber soweit ich es beurteilen konnte, war es nicht ihre Art, glatt etwas zu erfinden. Sie waren Realisten, im guten wie im schlechten Sinne. Und wenn ihr Vater die Wahrheit gesagt hatte, bedeutete dies dann, daß Kumiko jetzt bei ihnen »Unterschlupf gefunden« hatte?

Das konnte ich nicht glauben. Schon seit frühester Kindheit hatte Kumiko für ihre Eltern und ihren Bruder alles mögliche empfunden, aber gewiß keine Zuneigung. Jahrelang hatte sie sich abgeplagt, um von ihnen unabhängig zu bleiben. Es war durchaus möglich, daß Kumiko beschlossen hatte, mich zu verlassen, weil sie einen Liebhaber hatte. Auch wenn ich die Erklärung, die sie mir in ihrem Brief gegeben hatte, nicht vorbehaltlos akzeptieren konnte, wußte ich, daß das nicht völlig ausgeschlossen war. Absolut unannehmbar aber war für mich, daß Kumiko von mir schnurstracks zu ihnen – oder in irgendeine Wohnung, die sie ihr eingerichtet hatten – gegangen sein sollte und daß sie mit mir nur über diese Leute kommunizierte.

Je länger ich darüber nachdachte, desto weniger verstand ich das Ganze. Eine Möglichkeit war, daß Kumiko einen seelischen Zusammenbruch erlitten hatte und nicht mehr imstande war, für sich selbst zu sorgen. Eine andere war, daß sie gegen ihren Willen irgendwo festgehalten wurde. Ich verbrachte mehrere Tage damit, eine Vielzahl von Fakten, Äußerungen und Erinnerungen immer wieder anders zu kombinieren, bis ich schließlich alle Erwägungen aufgeben mußte. Spekulationen brachten mich nicht einen Schritt weiter.

Der Herbst neigte sich dem Ende zu, und in der Luft hing schon ein Hauch von Winter. Wie immer zu dieser Zeit des Jahres harkte ich im Garten das tote Laub zusammen und stopfte es in Vinylsäcke. Ich lehnte eine Leiter ans Dach und entfernte die Blätter aus den Regenrinnen. Im kleinen Garten des Hauses, das ich bewohnte, gab es keine Bäume, aber der Wind wehte von den ausladenden Laubbäumen der beiden Nachbarsgärten Blätter in Hülle und Fülle herbei. Die Arbeit störte mich nicht. Ich sah zu, wie die welken Blätter in der Nachmittagssonne herabschwebten, und damit verging die Zeit. Ein großer Baum im Nachbarsgarten zur Rechten trug leuchtend rote Beeren. Ganze Vogelschwärme fielen darüber her und tschilpten um die Wette. Es waren buntgefiederte Vögel, die mit ihren kurzen, spitzen Rufen die Luft zerstachen.

Ich überlegte, wie ich am besten mit Kumikos Sommersachen verfahren sollte. Ich konnte sie einfach wegwerfen, wie Kumiko es in ihrem Brief vorgeschlagen hatte. Aber ich erinnerte mich, wie liebevoll sie jedes einzelne Kleidungsstück gepflegt hatte. Und es war nicht so, daß ich keinen Platz gehabt hätte, um die Sachen aufzubewahren. Ich beschloß, sie erst einmal da zu lassen, wo sie waren.

Doch jedesmal, wenn ich den Schrank öffnete, wurde ich mit Kumikos Abwesenheit konfrontiert. Die Kleider, die da hingen, waren die Hüllblätter von etwas, das einmal gewesen war. Ich wußte, wie Kumiko in diesen Kleidern ausgesehen hatte, und an manche davon knüpften sich besondere Erinnerungen. Zuweilen ertappte ich mich dabei, daß ich auf der Bettkante saß und auf die Reihen von Kleidern, Blusen oder Röcken starrte. Ich wußte dann nie, wie lang ich schon so dagesessen hatte; es konnten zehn Minuten oder auch eine Stunde gewesen sein.

Wenn ich da saß und ein Kleid anstarrte, stellte ich mir manchmal einen mir unbekannten Mann vor, der Kumiko daraus heraushalf. Seine Hände streiften das Kleid ab, dann zogen sie ihr die Unterwäsche aus. Sie liebkosten ihre Brüste und drückten ihre Oberschenkel auseinander. Ich sah diese Brüste und Schenkel in ihrer weißen Weichheit vor mir, und ich sah die Hände des anderen Mannes, die sie berührten. Ich wollte an solche Dinge nicht denken, aber ich hatte nicht die Wahl. Sie waren wahrscheinlich wirklich passiert. Ich mußte mich an solche Vorstellungen gewöhnen. Ich konnte die Wirklichkeit nicht einfach beiseite schieben.

Von Zeit zu Zeit erinnerte ich mich an die Nacht, in der ich mit Kreta Kano geschlafen hatte, aber die Erinnerung daran war seltsam verschwommen. Ich hatte sie in jener Nacht in meinen Armen gehalten und meinen Körper immer wieder mit dem ihren vereinigt: das war eine unbestreitbare Tatsache. Aber im Verlauf der Wochen schwand das Gefühl von Gewißheit mehr und mehr. Es gelang mir nicht mehr, konkrete Bilder von ihrem Körper heraufzubeschwören oder von den verschiedenen Weisen, auf die er sich mit meinem vereinigt hatte. Wenn überhaupt, waren die Erinnerungen an das, was ich davor im Geist – in der Unwirklichkeit – mit ihr getan hatte, weit lebhafter als die Erinnerungen an die Wirklichkeit jener Nacht. Das Bild, wie Kreta Kano in jenem seltsamen Hotelzimmer, in Kumikos blauem Kleid rittlings auf mir saß, drängte sich mir immer und immer wieder mit verblüffender Klarheit ins Bewußtsein.

Anfang Oktober starb Noboru Watayas Onkel, der im Unterhaus den Wahlkreis Niigata vertreten hatte. Kurz nach Mitternacht erlitt er in seinem Krankenhausbett in Niigata einen Herzinfarkt, und trotz aller Bemühungen der Ärzte war er noch vor dem Morgen tot. Man hatte natürlich schon lange mit seinem Tod gerechnet, und die Parlamentswahlen standen kurz bevor, und so machten sich die Anhänger des Onkels unverzüglich daran, Noboru Wataya nach ihrem vorab gefaßten Plan, den Wahlkreis zuzuschanzen. Die Stimmenfangmaschinerie des verblichenen Abgeordneten funktionierte auf gut konservativer Grundlage bestens. Falls nichts Unvorhergesehenes eintrat, hatte Noboru Wataya den Wahlsieg so gut wie in der Tasche.

Als ich in der Bücherei den Zeitungsartikel las, fiel mir als erstes ein, daß die Watayas von nun an alle Hände voll zu tun haben würden. An Kumikos Scheidung würden sie nun am letzten denken.

Der schwarzblaue Fleck in meinem Gesicht nahm weder ab noch zu. Er rief weder Fieber noch Schmerzen hervor. Nach und nach vergaß ich sogar, daß ich ihn hatte. Ich gab mir keine Mühe mehr, ihn zu verbergen, indem ich mir eine Sonnenbrille aufsetzte oder einen Hut mit tief heruntergezogener Krempe trug. Gelegentlich wurde ich wieder daran erinnert, wenn die Leute mich in den Geschäften anstarrten oder bemüht wegsahen, aber selbst diese Reaktionen störten mich nach einer Weile nicht mehr. Damit, daß ich ein Mal im Gesicht hatte, schadete ich keinem. Ich sah es mir jeden Morgen beim Waschen und Rasieren an, aber ich konnte keine Veränderung feststellen; es blieb in seiner Größe, Farbe und Form stets gleich. Die Anzahl der Personen, die eine gewisse Besorgnis über das plötzliche Erscheinen eines Mals auf meiner Wange zum Ausdruck brachten, belief sich auf exakt vier: der Besitzer der Reinigung am Bahnhof, mein Friseur, der junge Mann vom Getränkehandel Omura und die Frau am Schalter unserer Leihbücherei. Auf jede entsprechende Bemerkung reagierte ich mit einer überdrüssigen Miene und einer vagen Erklärung, wie: »Ich hatte einen kleinen Unfall.« Worauf die Leute »ach du liebe Zeit« oder »schlimm, schlimm« murmelten, als wollten sie sich dafür entschuldigen, daß sie überhaupt damit angefangen hatten.

Mit jedem Tag, der verging, schien ich mich mehr von mir zu entfernen. Wenn ich eine Weile auf meine Hand starrte, bekam ich allmählich das Gefühl, ich sähe durch sie hindurch. Ich redete mit kaum jemandem. Niemand schrieb mir oder rief mich an. Im Briefkasten fand ich nur Strom- und ähnliche Rechnungen und Reklamesendungen, und der größte Teil der Reklame waren an Kumiko adressierte Modekataloge voll bunter Fotos von Frühlingskleidern, -blusen und -röcken. Es wurde ein kalter Winter, aber manchmal vergaß ich, die Heizung einzuschalten, denn ich war mir nicht sicher, ob die Kälte wirklich war oder nur in mir herrschte. Ich drückte den Schalter immer erst, nachdem mich ein Blick auf das Zimmerthermometer davon überzeugt hatte, daß es wirklich kalt war, aber es änderte nichts: die Kälte, die ich verspürte, blieb unverändert.

Ich schrieb an Leutnant Mamiya und berichtete ihm in groben Zügen, wie es mir in den letzten Monaten ergangen war. Es war nicht auszuschließen, daß es ihn eher peinlich als freudig berühren würde, diesen Brief zu erhalten, aber mir fiel niemand anders ein, dem ich hätte schreiben können. Genau so lautete auch die Entschuldigung, mit der ich meinen Brief begann. Dann teilte ich ihm mit, daß Kumiko mich an demselben Tag verlassen hatte, an dem er bei mir gewesen war, daß sie seit einigen Monaten mit einem anderen Mann geschlafen hatte, daß ich fast drei Tage lang in einem Brunnen gesessen und nachgedacht hatte, daß ich jetzt ganz allein in diesem Haus wohnte und daß Herrn Hondas Andenken lediglich eine leere Whiskyschachtel gewesen war.

Eine Woche später erhielt ich Leutnant Mamiyas Antwort.

Wenn ich ehrlich sein soll, sind meine Gedanken seit unserer letzten Begegnung mit fast befremdlicher Beharrlichkeit um Ihre Person gekreist. Ich verließ damals Ihr Haus mit dem Gefühl, daß wir eigentlich hätten weiterreden, sozusagen voreinander »alles herauslassen« sollen, und daß es nicht dazu kam, hat mich seither mit nicht geringem

Bedauern erfüllt. Leider war es wegen einer dringenden Angelegenheit unumgänglich, daß ich noch an demselben Abend nach Hiroshima zurückkehrte. Insofern war es mir in gewissem Sinne eine große Freude, Ihren Brief zu empfangen. Ich frage mich, ob es nicht überhaupt Herrn Hondas Absicht gewesen sein könnte, uns beide miteinander zusammenzubringen. Vielleicht meinte er, es wäre gut für mich, Sie kennenzulernen, und gut für Sie, mich kennenzulernen. Die Verteilung der Andenken könnte durchaus ein bloßer Vorwand gewesen sein, um mich zu Ihnen zu schicken. Dies könnte auch die leere Schachtel erklären. In diesem Fall hätte das Andenken an Herrn Honda in meinem Besuch bei Ihnen bestanden.
Es hat mich zutiefst erstaunt zu erfahren, daß Sie sich längere Zeit in einem Brunnen aufgehalten haben, da ich mich selbst noch immer stark zu Brunnen hingezogen fühle. Wenn man bedenkt, wie knapp ich seinerzeit dem Tod entronnen bin, sollte man annehmen, mein Bedarf an Brunnen wäre endgültig gedeckt, aber ganz im Gegenteil: noch heute kann ich an keinem Brunnen vorbeigehen, ohne hineinzublicken. Und wenn sich herausstellt, daß er ausgetrocknet ist, verspüre ich den Drang, hinunterzuklettern. Wahrscheinlich hege ich noch immer die Hoffnung, daß mir da unten etwas begegnen würde – daß ich, wenn ich nur hineinstiege und lange genug wartete, einem gewissen Etwas begegnen könnte. Natürlich erwarte ich nicht, daß es mir mein Leben zurückgibt. Nein, für derlei Hoffnungen bin ich viel zu alt. Was ich zu finden hoffe, ist der Sinn des Lebens, das ich verloren habe. Was raubte es mir, und warum? Ich will die Antworten auf diese Fragen wissen. Und ich würde so weit gehen zu sagen, daß ich als Preis für diese Antworten sogar in Kauf nähme, noch hoffnungsloser verloren zu sein, als ich bereits bin. Ja, ich wäre gern bereit, eine solche Bürde auf mich zu nehmen und für die Dauer der mir verbleibenden Lebensjahre, wie viele es auch sein mögen, klaglos zu tragen.
Es hat mich aufrichtig betrübt zu erfahren, daß Ihre Frau Sie verlassen hat, doch ich sehe mich außerstande, Ihnen in dieser Angelegenheit irgendwelche Ratschläge zu geben. Zu lange schon lebe ich ohne die Wärme der Liebe oder einer Familie, als daß ich befugt wäre, in derlei Fragen das Wort zu ergreifen. Sollten Sie allerdings auch nur die leiseste Neigung in sich verspüren, noch eine Weile auf ihre Rückkehr zu warten, dann – dessen bin ich mir gewiß – täten Sie wahrscheinlich gut daran, dort zu bleiben, wo Sie sind, und weiter zu warten. Das ist zumindest meine bescheidene Meinung. Mir ist vollkommen bewußt, wie hart es sein muß, allein weiter in einem Haus zu wohnen, aus dem ein geliebter Mensch ausgezogen ist, aber nichts auf der Welt ist so grausam wie der trostlose Zustand, nichts mehr zu haben, worauf man hoffen könnte.

Wenn möglich, würde ich gern irgendwann in naher Zukunft nach Tokio kommen und Sie wiedersehen, doch leider bereitet mir ein Bein gegenwärtig leichtere Beschwerden, und die Behandlung wird eine gewisse Zeit in Anspruch nehmen. Seien Sie bitte meiner besten Wünsche und Grüße versichert.

Manchmal stieg ich über die Gartenmauer und ging die gewundene Gasse entlang bis zu der Stelle, wo einst das verlassene Haus der Miyawakis gestanden hatte. In dreiviertellangem Mantel und Schal stapfte ich vermummt durch das tote Wintergras der Gasse. Kurze Böen von frostigem Winterwind pfiffen über mir in den Stromleitungen. Das Haus war vollständig abgerissen worden, und nun umgab ein hoher Plankenzaun das Grundstück. Ich konnte durch die Ritzen im Zaun hineinschauen, doch da drinnen gab es nichts zu sehen – kein Haus, keine Terrasse, keinen Brunnen, keine Bäume, keine Fernsehantenne, keine Vogelplastik: nur ein flaches schwarzes Stück kalt aussehender Erde, von den Ketten einer Planierraupe festgewalzt, und ein paar vereinzelte Unkrautbüsche. Es fiel mir schwer zu glauben, daß es dort auf diesem Grundstück einmal einen tiefen Brunnen gegeben hatte und daß ich in ihn hineingestiegen war.
Ich lehnte mich gegen den Zaun und sah hinauf zu May Kasaharas Haus, zum ersten Stock, wo ihr Zimmer lag. Aber sie war nicht mehr da. Sie würde nie wieder herauskommen und sagen: »Hallo, Mister Aufziehvogel.«

An einem bitterkalten Nachmittag Mitte Februar schaute ich bei Immobilien Satagaya Dai-ichi vorbei, dem Maklerbüro am Bahnhof, von dem mir mein Onkel erzählt hatte. Als ich hereinkam, sah ich als erstes eine Empfangssekretärin mittleren Alters. In der Nähe des Eingangs standen mehrere Schreibtische, aber sie waren unbesetzt, als seien alle Makler zu Besichtigungsterminen unterwegs. In der Mitte des Raums glühte hellrot ein großer Gasbrenner. Auf einem Sofa in einem kleinen Empfangsbereich im hinteren Teil saß ein schmächtiger alter Mann, in eine Zeitung vertieft. Ich fragte die Sekretärin, ob ich wohl Herrn Ichikawa sprechen könne. »Das bin ich«, sagte der alte Mann und sah zu mir herüber. »Was kann ich für Sie tun?«
Ich stellte mich als Neffe meines Onkels vor und erwähnte, daß ich in einem der Häuser meines Onkels wohnte.
»Ich verstehe«, sagte der alte Mann und legte die Zeitung beiseite. »*Sie* sind also

Herrn Tsurutas Neffe!« Er klappte seine Lesebrille zusammen und musterte mich von Kopf bis Fuß. Was für einen Eindruck ich auf ihn machte, konnte ich nicht erkennen. »Kommen Sie herein, kommen Sie herein. Darf ich Ihnen eine Tasse Tee anbieten?«

Ich sagte, er möge sich keine Umstände machen, aber entweder hörte er mich nicht, oder er ignorierte meine Ablehnung. Er ließ die Empfangssekretärin Tee zubereiten. Sie brauchte dazu nicht lange, aber bis wir uns gegenübersaßen und unseren Tee tranken, war der Ofen ausgegangen, und im Zimmer wurde es spürbar kühl. An der Wand hing ein Katasterplan des Viertels; etliche Häuser waren mit Bleistift oder Filzschreiber markiert. Daneben hing ein Kalender mit van Goghs berühmter Brücke: ein Bankkalender.

»Ich habe Ihren Onkel seit einer ganzen Weile nicht mehr gesehen. Wie geht es ihm?« fragte der alte Mann nach einem Schluck Tee.

»Gut, glaube ich. Er hat wie immer viel zu tun. Ich sehe ihn selbst nicht oft«, sagte ich.

»Es freut mich zu hören, daß es ihm gut geht. Wie viele Jahre ist es wohl her, daß ich ihn zuletzt gesehen habe? Ich weiß nicht – zumindest kommt es mir wie Jahre vor.« Er holte eine Zigarette aus der Tasche seines Jacketts, und nachdem er augenscheinlich sorgfältig gezielt hatte, zündete er mit energischem Schwung ein Streichholz an. »Ich habe ihm das Haus seinerzeit vermittelt, und ich habe es auch lange für ihn verwaltet. Es ist jedenfalls schön zu hören, daß er viel zu tun hat.«

Der alte Herr Ichikawa dagegen wirkte alles andere als vielbeschäftigt. Ich vermutete, daß er schon halb im Ruhestand war und nur gelegentlich ins Büro kam, um langjährige Kunden zu betreuen.

»Und, wie gefällt es Ihnen im Haus? Keine Probleme?«

»Nein, überhaupt keine«, sagte ich.

Der alte Mann nickte. »Das ist gut. Es ist ein hübsches Anwesen. Vielleicht nicht sehr groß, aber es wohnt sich dort angenehm. Den Bewohnern ist es immer gut ergangen. Ihnen auch?«

»Ja, so weit ganz gut«, sagte ich zu ihm. Zumindest bin ich noch am Leben, sagte ich mir. »Aber ich würde Sie gern etwas fragen. Mein Onkel meint, Sie wüßten über dieses Viertel besser Bescheid als jeder andere.«

Der alte Mann schmunzelte. »*Wenn* ich etwas kenne, dann dieses Viertel«, sagte er. »Ich handle hier seit bald vierzig Jahren mit Immobilien.«

»Wonach ich Sie fragen wollte, ist das Haus der Miyawakis, hinter unserem. Es ist abgerissen worden, wie Sie vielleicht wissen.«
»Ja, ich weiß«, sagte der alte Mann und schürzte die Lippen, als kramte er in den Schubladen seines Gedächtnisses. »Es ist letzten August verkauft worden. Sie haben es *endlich* geschafft, die ganzen Probleme mit Banken und Grundbuchamt und Nachlaßgericht zu regeln, und haben sofort inseriert. Ein Spekulant hat es gekauft, um das Haus abzureißen und das Grundstück zu verkaufen. Ein Haus kann noch so gut sein, wenn es so lange leersteht, geht es nicht mehr weg. Natürlich waren die Käufer nicht von hier. Kein Ortsansässiger würde mit dem Anwesen etwas zu tun haben wollen. Kennen Sie die Geschichten?«
»Ja, mein Onkel hat mir davon erzählt.«
»Dann wissen Sie auch, wovon ich spreche. Wahrscheinlich hätten wir es übernehmen und an jemanden verkaufen können, der nichts von der Sache weiß, aber das ist nicht unsere Art, Geschäfte zu machen. Solche Sachen hinterlassen einen schlechten Nachgeschmack.«
Ich nickte beipflichtend. »Und wer hat es dann gekauft?«
Der alte Mann runzelte die Brauen und schüttelte den Kopf, dann nannte er mir den Namen einer bekannten Immobilienfirma. »Sie haben wahrscheinlich keinerlei Recherchen angestellt, haben einfach sofort zugegriffen, als sie die Lage und den Preis sahen, haben sich wohl einen schnellen Profit versprochen. Aber das wird nicht so einfach sein.«
»Sie haben's nicht verkaufen können?«
»Sie standen ein paarmal kurz davor«, sagte der alte Mann und verschränkte die Arme. »Der Kauf eines Grundstücks ist keine Kleinigkeit. Es ist eine Investition fürs Leben. Die Kunden sind vorsichtig. Wenn man ein bißchen nachgräbt, kommen immer irgendwelche Geschichten zum Vorschein, und in diesem speziellen Fall ist nicht eine einzige gute darunter. Wenn ein normaler Mensch so was hört, springt er sofort ab. Hier in der Gegend kennen die meisten Leute die Geschichten über dieses Haus.«
»Was verlangt die Firma?«
»Was sie verlangt?«
»Für das Grundstück, auf dem früher das Haus der Miyawakis stand.«
Der alte Herr Ichikawa sah mich mit einer Miene an, die zeigte, daß ich seine Neugier geweckt hatte. »Also lassen Sie mich nachdenken. Das Grundstück hat etwas

über zweiunddreißig Ar. Nicht ganz hundert *tsubo*. Der Marktpreis käme auf anderthalb Millionen Yen pro *tsubo*. Ich meine, es ist erstklassiges Bauland – wunderbare Umgebung, Südlage. Anderthalb Millionen, kein Problem, selbst bei der gegenwärtig flauen Marktlage. Man müßte vielleicht ein Weilchen warten, aber bei der Lage bekäme man den Preis schon raus. *Normalerweise*. Aber an dem Miyawaki-Grundstück ist nichts normal. Das bleibt liegen, egal, wie lang man wartet. Also muß der Preis runtergehen. Er ist schon bei eins Komma eins Millionen pro *tsubo* angelangt, also mit ein bißchen Handeln könnten Sie das ganze Areal wahrscheinlich für glatte hundert Millionen bekommen.«
»Meinen Sie, der Preis wird noch weiter fallen?«
Der alte Mann nickte einmal entschieden. »Natürlich. Auf neunhunderttausend pro *tsubo* mit Leichtigkeit. Das ist das, was sie selbst gezahlt haben. So langsam machen sie sich ernsthafte Sorgen. Sie wären mehr als froh, wenn sie auch nur ihren Einsatz wieder herausbekämen. Ich weiß nicht, ob sie noch weiter runtergehen würden. Wenn sie in einen Liquiditätsengpaß gerieten, würden sie sich vielleicht mit einem Verlust abfinden. Ansonsten können sie es sich leisten zu warten. Ich weiß einfach nicht, was in dieser Firma intern abläuft. Eins weiß ich allerdings: daß es ihnen schon leid tut, das Objekt gekauft zu haben. Mit diesem Grundstück wird keiner glücklich.« Er schnippte die Asche seiner Zigarette in den Aschenbecher.
»Auf dem Grundstück befindet sich doch ein Brunnen, oder?« fragte ich. »Wissen Sie irgend etwas darüber?«
»Hmm, tja, ein Brunnen ist da wohl«, sagte Herr Ichikawa. »Ein tiefer Brunnen. Aber ich glaube, sie haben ihn zugeschüttet. Schließlich war er trocken. Nutzlos.«
»Haben Sie eine ungefähre Vorstellung, wann er ausgetrocknet ist?«
Er starrte eine Zeitlang mit verschränkten Armen zur Decke. »Das ist *lange* her. Ich kann mich, ehrlich gesagt, nicht erinnern, aber ich bin mir sicher, gehört zu haben, daß er irgendwann vor dem Krieg noch Wasser hatte. Er muß nach dem Krieg versiegt sein. Wann genau, weiß ich nicht. Aber ich weiß, daß er trocken war, als die Schauspielerin da eingezogen ist. Es wurde damals viel darüber diskutiert, ob man den Brunnen zuschütten sollte oder nicht. Aber dann hat nie jemand etwas unternommen. Wäre wohl ein zu großer Aufwand gewesen.«
»Der Brunnen auf dem Grundstück der Kasaharas, direkt auf der anderen Seite der Gasse, hat noch immer viel Wasser – gutes Wasser, habe ich gehört.«

»Durchaus möglich, durchaus möglich. Die Brunnen in der Gegend haben schon immer wohlschmeckendes Wasser geliefert. Hat mit dem Boden zu tun. Aber wissen Sie, Wasseradern sind eine heikle Angelegenheit. Es ist nicht selten, daß man an einer Stelle Wasser findet und gleich nebenan keinen Tropfen. Interessieren Sie sich für den Brunnen aus einem bestimmten Grund?«
»Um ehrlich zu sein, ich möchte dieses Stück Land kaufen.«
Der alte Mann hob den Blick und fixierte mich. Dann führte er seine Teetasse an die Lippen und nahm einen Schluck. »Sie möchten dieses Stück Land kaufen?«
Ich antwortete mit einem schlichten Nicken.
Der alte Mann holte eine weitere Zigarette aus seinem Päckchen und klopfte sie auf der Tischplatte fest. Statt sie anzuzünden, behielt er sie dann aber lediglich zwischen den Fingern. Er fuhr sich mit der Zunge über die Lippen. »Lassen Sie mich noch einmal betonen, daß das ein sehr problembeladenener Fleck Erde ist. Niemandem – und ich meine, *überhaupt* niemandem – ist es da je gut ergangen. Ist Ihnen das auch klar? Der Preis kann noch so tief in den Keller gehen, ein guter Kauf wird dieses Grundstück nie. Sie wollen es trotzdem haben?«
»Ja, ich will es trotzdem, trotz allem, was ich darüber weiß. Aber lassen Sie mich eins sagen: Ich habe nicht genug Geld, um das Grundstück zu kaufen, egal, wie tief der Preis unter den Marktwert fällt. Aber ich bin fest entschlossen, das Geld zusammenzubringen, auch wenn es eine Weile dauern wird. Deswegen möchte ich über etwaige neue Entwicklungen auf dem laufenden bleiben. Könnte ich mich darauf verlassen, daß Sie mich benachrichtigen, wenn der Preis sich ändert oder wenn ein Interessent auftaucht?«
Eine Zeitlang starrte der alte Mann nur gedankenverloren auf seine unangezündete Zigarette. Dann räusperte er sich einmal kurz und sagte: »Machen Sie sich keine Sorgen, Sie haben Zeit. Ich kann Ihnen garantieren, daß sich für das Objekt so bald kein Käufer findet. Die bleiben darauf sitzen, bis sie es praktisch verschenken, und damit ist so bald nicht zu rechnen. Lassen Sie sich also für die Finanzierung ruhig so viel Zeit, wie Sie brauchen. *Wenn Sie es wirklich haben wollen.*«
Ich gab ihm meine Telefonnummer. Der alte Mann trug sie in ein schweißfleckiges schwarzes Adressenbüchlein ein. Nachdem er das Büchlein wieder in die Tasche seines Jacketts gesteckt hatte, sah er mir eine Zeitlang in die Augen und richtete dann den Blick auf das Mal an meiner Wange.

Der Februar endete, und der März war schon halb vorüber, als die Eiseskälte endlich etwas nachzulassen begann. Aus dem Süden wehten warme Winde herauf. Die Bäume trieben Knospen, und im Garten zeigten sich neue Vögel. Bald konnte ich mich an warmen Tagen wieder für eine Weile auf die Veranda setzen und in den Garten sehen. Eines Abends erhielt ich einen Anruf von Herrn Ichikawa. Das Miyawaki-Grundstück sei noch immer nicht verkauft, sagte er, und der Preis sei etwas heruntergegangen.

»Ich habe es Ihnen ja gesagt, daß das so schnell nicht weggehen wird«, fügte er mit einem Anflug von Stolz hinzu. »Keine Sorge, von nun an geht der Preis langsam, aber sicher in den Keller. Und wie läuft's bei Ihnen so? Kommt das Geld allmählich zusammen?«

Um acht Uhr an demselben Abend wusch ich mir gerade das Gesicht, als ich feststellte, daß mein Mal sich leicht fiebrig anfühlte. Wenn ich den Finger darauf legte, nahm ich eine Wärme wahr, die ich bis dahin nie bemerkt hatte. Auch die Farbe wirkte intensiver als sonst, fast mit einem Stich ins Violette. Kaum atmend, starrte ich lange in den Spiegel – so lange, daß ich anfing, mein Gesicht als etwas nicht zu mir Gehöriges zu sehen. Das Mal versuchte, mir etwas zu sagen: Es wollte etwas von mir. Ich starrte weiter auf dieses mein Ich hinter dem Spiegel, und dieses Ich fuhr fort, wortlos durch den Spiegel auf mich zurückzustarren.

Ich muß diesen Brunnen haben. Was auch passieren mag, ich muß diesen Brunnen haben.

Das war der Schluß, zu dem ich gelangt war.

2
ENDE DES WINTERSCHLAFS
EINE WEITERE VISITENKARTE
DIE NAMENLOSIGKEIT DES GELDES

Mit Wollen allein würde ich das Grundstück natürlich nicht in meinen Besitz bringen. Der Geldbetrag, den ich nach realistischer Schätzung würde aufbringen können, belief sich auf knapp über Null. Ich hatte noch einen kleinen Rest vom Erbe meiner Mutter, aber auch der würde schon bald völlig aufgebraucht sein. Ich hatte kein Einkommen und besaß nichts, was ich als Sicherheit hätte anbieten können. Und keine Bank der Welt würde jemandem wie mir aus reiner Menschenfreundlichkeit Geld leihen. Wollte ich aus Nichts Geld machen, würde ich schon zu Magie greifen müssen. Und zwar bald.

Eines Morgens spazierte ich zum Bahnhof und kaufte zehn fortlaufend numerierte Lose der Fünfzig-Millionen-Yen-Lotterie. Mit Hilfe von Reißzwecken tapezierte ich damit einen Teil der Küchenwand und sah sie mir jeden Tag an. Manchmal saß ich eine geschlagene Stunde auf einem Stuhl und starrte die Lose angestrengt an, als erwartete ich, daß plötzlich ein nur für mich sichtbarer Geheimkode aus ihnen hervorleuchten würde. Nachdem es mehrere Tage lang so weitergegangen war, kam mir der Gedanke: *Ich werde nie in der Lotterie gewinnen.* Schon bald war diese Einsicht zur Gewißheit gereift. Die Probleme würden sich todsicher nicht so leicht lösen lassen – nicht einfach dadurch, daß ich ein paar Lotterielose kaufte und auf die Ziehung wartete. Ich würde mir das Geld schon durch eigene Anstrengung beschaffen müssen. Ich zerriß die Lose und warf sie in den Müll. Dann stellte ich mich vor den Waschbeckenspiegel und spähte in seine Tiefen. Es *muß* einen Weg geben, sagte ich zu dem Ich-im-Spiegel, aber natürlich kam keine Antwort.

Als ich genug davon hatte, allein mit meinen Gedanken im Haus eingesperrt zu bleiben, fing ich an, längere Spaziergänge durch das Viertel zu machen. Drei, vier Tage lang setzte ich diese ziellosen Wanderungen fort, und als ich von dem Viertel genug hatte, stieg ich in den Zug nach Shinjuku. Der Impuls, in die Stadt zu fahren, kam mir ganz plötzlich, als ich zufällig am Bahnhof vorbeiging. Manchmal, dachte ich, hilft eine neue Umgebung beim Nachdenken. Zudem wurde mir bewußt, daß ich schon sehr lange nicht mehr Zug gefahren war. Ja, als ich mein Geld in den Fahrkartenautomaten einwarf, verspürte ich die leichte Nervosität, die man häufig empfindet, wenn man etwas Ungewohntes tut. Wann war ich noch zuletzt in der Stadt gewesen? Wohl damals, als ich vom Westeingang des Shinjuku-Bahnhofs aus dem Mann mit dem Gitarrenkasten gefolgt war – vor über sechs Monaten.

Der Anblick des Gewimmels im Shinjuku-Bahnhof machte mich ganz wirr. Der Menschenstrom raubte mir den Atem und bereitete mir sogar etwas Herzklopfen – und jetzt war nicht einmal Rush-hour! Anfangs hatte ich Mühe, mir einen Weg durch das Gedränge von Körpern zu bahnen. Es war weniger eine Menschenmenge als ein reißender Strom – eine entfesselte Flut von der Art, die ganze Häuser zum Einsturz bringt und mit sich fortspült. Ich war erst ein paar Minuten gelaufen, als ich das Bedürfnis verspürte, meine Nerven zu beruhigen. Ich ging in ein Café am Boulevard und setzte mich an einen Tisch an einem der großen Fenster. Zu dieser späten Vormittagsstunde war das Café nicht besonders voll. Ich bestellte eine Tasse Schokolade und betrachtete, ohne mir dessen ganz bewußt zu sein, die Leute, die draußen vorbeigingen.

Ich merkte kaum, wie die Zeit verging. Es mochten fünfzehn, vielleicht zwanzig Minuten verstrichen sein, als mir bewußt wurde, daß meine Augen jedem blitzenden Mercedes, Jaguar und Porsche gefolgt waren, der sich den verstopften Boulevard entlanggequält hatte. Im frischen vormittäglichen Licht nach einer Regennacht funkelten diese Autos mit fast schmerzendem Glanz, wie Symbole für irgend etwas. Sie waren absolut makellos. *Diese Typen haben Geld*. Ein solcher Gedanke war mir bislang noch nie gekommen. Ich sah mein Spiegelbild in der Glasscheibe an und schüttelte den Kopf. Dies war das erste Mal in meinem Leben, daß ich verzweifelt Geld brauchte.

Als sich das Café um die Lunchzeit zu füllen begann, beschloß ich, einen Spaziergang zu machen. Ich hatte kein bestimmtes Ziel: ich wollte nur durch die Stadt schlendern, die ich so lang nicht mehr gesehen hatte. Ich ging die Straßen entlang und achtete nur darauf, daß ich nicht mit entgegenkommenden Passanten zusammenstieß. Ich bog nach rechts oder links ab oder ging geradeaus, je nachdem wie die Ampeln standen oder wonach mir gerade war. Die Hände in den Taschen, konzentrierte ich mich auf den körperlichen Akt des Gehens – von den Boulevards mit ihren Reihen von Kaufhäusern und langen Schaufensterfronten zu den Seitengassen mit ihren knallig dekorierten Pornoläden, zu den belebten Straßen, wo Kino neben Kino stand, durch den stillen Hof eines Shinto-Schreins und zurück auf die Boulevards. Es war ein warmer Nachmittag, und fast jeder zweite Passant hatte seinen Mantel zu Hause gelassen. Die gelegentliche Brise fühlte sich zur Abwechslung wieder angenehm an. Ehe ich mich's versah, befand ich mich in einer vertrauten Umgebung. Ich sah auf die Kacheln unter meinen Füßen, auf die kleine Plastik und auf das hohe gläserne Gebäude, das wuchtig vor mir emporragte. Ich stand in der Mitte des kleinen Platzes vor dem Hochhaus – genau da, wo ich im letzten Sommer immer hingegangen war, um die Passanten zu beobachten, wie mein Onkel mir geraten hatte. Elf Tage lang hatte ich das getan, und am Ende war ich dem verrückten Mann mit dem Gitarrenkasten in dieses merkwürdige Mietshaus gefolgt, wo er mit dem Baseballschläger auf mich losgegangen war. Meine ziellose Wanderung durch Shinjuku hatte mich wieder an genau denselben Ort zurückgeführt.

Wie damals kaufte ich mir bei Dunkin' Donuts einen Kaffee und ein Doughnut und setzte mich damit auf die Bank. Ich saß da und betrachtete die Gesichter der Passanten, und das versetzte mich in eine zunehmend entspanntere und friedlichere Stimmung. Ich fühlte mich unerklärlich gut, als hätte ich eine gemütliche Nische gefunden, von der aus ich die Leute beobachten konnte, ohne selbst von ihnen gesehen zu werden. Es war sehr lange her, daß ich mir Gesichter so aufmerksam angesehen hatte. Und nicht nur Gesichter, ging mir auf: Während all dieser vergangenen Monate hatte ich mir so gut wie nichts angesehen – richtig angesehen, jedenfalls. Ich saß aufrecht auf der Bank und vertiefte mich ins Ansehen. Ich sah die Menschen an, ich sah die Hochhäuser an, die rings emporragten, ich sah den Frühlingshimmel an, der durch die aufgerissenen Wolken herableuchtete, ich sah die bunten Plakatwände an, ich hob eine Zeitung auf, die in der Nähe herumlag, und sah sie an. Als der Abend nahte, schienen die Dinge allmählich ihre Farbigkeit wiederzugewinnen.

Am nächsten Morgen nahm ich wieder den Zug nach Shinjuku. Ich setzte mich auf dieselbe Bank und sah die Gesichter der Leute an, die an mir vorübergingen. Wieder holte ich mir zu Mittag ein Doughnut und einen Kaffee. Bevor die abendliche Rush-hour einsetzte, stieg ich wieder in den Zug und fuhr nach Haus zurück. Ich bereitete mir ein Abendessen vor, trank ein Bier und hörte mir im Radio Musik an. Am folgenden Tag tat ich wieder genau dasselbe. Auch an dem Tag ereignete sich nichts. Ich machte keine Entdeckungen, löste keine Rätsel, beantwortete keine Fragen. Wohl aber hatte ich das unbestimmte Gefühl, mich, ganz langsam, einem Punkt zu nähern. Diese Bewegung, diese allmählich wachsende Nähe nahm ich jedesmal wahr, wenn ich mich im Spiegel über dem Waschbecken betrachtete. Mein Mal war leuchtender gefärbt als je zuvor, wärmer als je zuvor. Mein Mal lebt, sagte ich mir. So wie ich lebe, lebt auch mein Mal.

Tagein, tagaus wiederholte ich die Übung, genau wie im vergangenen Sommer: Kurz nach zehn nahm ich den Zug in die Stadt, setzte mich auf dem Vorplatz des Hochhauses auf die Bank und sah den ganzen Tag lang, ohne einen Gedanken im

Kopf, die Passanten an. Von Zeit zu Zeit rückten die wirklichen Geräusche aus meiner Umgebung von mir ab und verstummten. Dann hörte ich nichts anderes als das tiefe, ruhige Rauschen von fließendem Wasser. Ich dachte an Malta Kano. Dem Geräusch von Wasser lauschen – sie hatte davon gesprochen. Wasser war ihr Leitmotiv. Aber ich konnte mich nicht mehr erinnern, was Malta Kano über das Geräusch von Wasser gesagt hatte. Ebensowenig konnte ich mich ihres Gesichts entsinnen. Lediglich an das Rot ihres Vinylhuts erinnerte ich mich. Warum hatte sie bloß immer diesen roten Vinylhut getragen?
Dann aber kehrten die Außengeräusche allmählich wieder zurück, und wieder wandte ich meinen Blick den Gesichtern der Leute zu.

Am Nachmittag meines achten Tages in der Stadt sprach mich eine Dame an. Einen leeren Kaffeebecher in der Hand, sah ich in dem Moment gerade in eine andere Richtung. »Verzeihung«, sagte sie. Ich wandte mich um und hob den Blick zum Gesicht der Dame, die vor mir stehengeblieben war. Es war dieselbe Frau mittleren Alters, der ich letzten Sommer begegnet war – der einzige Mensch, der mich während meiner ganzen Zeit auf dem Platz angesprochen hatte. Ich hätte nie gedacht, daß wir uns je wiedersehen würden, aber als sie mich jetzt ansprach, erschien es mir wie der natürliche Abschluß einer mächtigen fließenden Bewegung. Wie damals war die Dame äußerst gut gekleidet, sowohl, was die Qualität der einzelnen Kleidungsstücke, als auch, was den Geschmack anbelangte, mit dem sie kombiniert waren. Sie trug eine Sonnenbrille aus dunklem Schildpatt, eine rauchblaue Jacke mit gepolsterten Schultern und einen roten Flanellrock. Ihre Bluse war aus Seide, und am Revers ihrer Jacke funkelte eine schön gearbeitete Goldbrosche. Ihre roten Pumps waren von schlichtem Design, aber von dem, was sie dafür bezahlt haben mußte, hätte ich mehrere Monate leben können. Mein Outfit war dagegen wie immer eine mittlere Katastrophe: die Baseballjacke, die ich mir in meinem ersten Collegejahr gekauft hatte, ein graues Sweatshirt mit ausgeleierter Halsöffnung, ausgefranste Jeans und ehemals weiße, inzwischen eher undefinierbarfarbene Tennisschuhe.
Trotz unserer kontrastierenden Aufmachung nahm sie neben mir Platz, schlug die Beine übereinander und holte, ohne ein Wort zu sagen, eine Schachtel Virginia Slims aus ihrer Handtasche. Wie letzten Sommer bot sie mir eine an, und wieder lehnte ich ab. Sie steckte sich eine Zigarette zwischen die Lippen und zündete

sie sich mit einem länglich-schlanken goldenen Feuerzeug von Radiergummigröße an. Dann nahm sie die Sonnenbrille ab, steckte sie in die Tasche ihrer Jacke und starrte mir in die Augen, als suche sie eine Münze, die ihr in einen seichten Teich gefallen war. Ich musterte meinerseits ihre Augen. Es waren seltsame Augen, sehr tief, aber ohne jeden Ausdruck.

Sie kniff die Lider leicht zusammen und sagte: »So. Sie sind wieder da.«

Ich nickte.

Ich beobachtete den Rauch, der von der Spitze ihrer dünnen Zigarette aufstieg und mit dem Wind verwehte. Sie drehte sich um und musterte die uns umgebende Szenerie, als wollte sie sich ein eigenes Bild von dem machen, was ich mir von der Bank aus angesehen hatte. Was sie sah, schien sie allerdings nicht weiter zu interessieren; sie richtete den Blick wieder auf mich. Lange starrte sie mein Mal an, dann meine Augen, meine Nase, meinen Mund und dann wieder mein Mal. Ich hatte das Gefühl, daß sie mich eigentlich am liebsten wie einen Hund auf einer Ausstellung gemustert hätte: mir die Lippen auseinandergezogen, um meine Zähne zu prüfen, mir in die Ohren hineingeschaut, und was Hundekenner sonst noch tun.

»Ich glaube, jetzt könnte ich Geld gebrauchen«, sagte ich.

Sie blieb einen Augenblick lang stumm. »Wieviel?«

»Achtzig Millionen Yen müßten eigentlich reichen.«

Sie wandte die Augen von meinen ab und starrte blicklos in den Himmel, als stellte sie ein paar Kalkulationen an: Mal sehen, wenn ich das von da nehme und dies von hier dorthin verschiebe ... Währenddessen betrachtete ich aufmerksam ihr Make-up – den Lidschatten, so blaß wie der Schatten eines Gedankens, die Bogenlinie ihrer Wimpern, von der zarten Anmut eines Symbols.

»Das ist kein kleiner Betrag«, sagte sie und verzog ihre Lippen leicht in die Diagonale.

»*Ich* würde ihn als riesig bezeichnen.«

Ihre Zigarette war erst zu einem Drittel aufgeraucht, als sie sie auf das Pflaster fallen ließ und sorgfältig mit ihrem hochhackigen Schuh austrat. Dann holte sie aus ihrer schmalen Handtasche ein ledernes Visitenkartenetui heraus und drückte mir eine Karte in die Hand.

»Kommen Sie morgen nachmittag um Punkt vier Uhr zu dieser Adresse«, sagte sie.

Die Adresse – ein Bürogebäude im reichen Akasaka-Distrikt – war das einzige, was auf der Karte stand. Kein Name. Ich drehte die Karte um und sah auf die Rückseite, aber sie war leer. Ich führte sie mir an die Nase, aber sie roch nach nichts. Es war nur eine normale weiße Karte.
»Kein Name?« sagte ich.
Sie lächelte zum erstenmal und schüttelte anmutig den Kopf. »Ich denke, Sie brauchen Geld. Hat Geld einen Namen?«
Ich fiel in ihr Kopfschütteln ein. Geld hatte natürlich keinen Namen. Und wenn es einen hätte, dann wäre es kein Geld mehr. Was Geld seine wahre Bedeutung verlieh, war seine nachtschwarze Anonymität, seine atemberaubende Austauschbarkeit.
Sie stand von der Bank auf. »Können Sie also um vier da sein?«
»Wenn ich komme, drücken Sie mir dann Geld in die Hand?«
»Mal sehen«, sagte sie mit einem Lächeln um die Augenwinkel, wie Windmuster im Sand. Sie musterte noch einmal die umgebende Szenerie, dann strich sie sich mit einer flüchtigen Handbewegung den Rock glatt.
Schon nach wenigen raschen Schritten war sie im strömenden Menschenfluß verschwunden. Ich betrachtete weiter die Zigarette, die sie ausgetreten hatte, den Lippenstiftfleck am Filtermundstück. Das leuchtende Rot erinnerte mich an Malta Kanos Vinylhut.
Wenn ich einen Vorteil hatte, dann war es die Tatsache, daß ich nichts zu verlieren hatte. Vermutlich.

3

WAS IN DER NACHT GESCHAH

Mitten in der Nacht hörte der Junge das scharfkantige Geräusch. Er wachte auf, streckte die Hand nach der Stehlampe aus, und als sie brannte, setzte er sich auf und sah sich im Zimmer um. Die Wanduhr zeigte kurz vor zwei. Der Junge konnte sich nicht vorstellen, was zu dieser nachtschlafenden Zeit auf der Welt passieren mochte.
Dann erklang das Geräusch noch einmal – von draußen vor dem Fenster, so viel war sicher. Es klang, als zöge jemand eine riesige Feder auf. Wer konnte mitten in

der Nacht eine Feder aufziehen? Nein, Moment: es war, *als würde* jemand eine Feder aufziehen, aber es war keine richtige Feder. Es war der Ruf eines Vogels. Der Junge trug einen Stuhl ans Fenster und kletterte darauf. Er zog die Vorhänge zurück und öffnete das Fenster einen Spaltbreit. Mitten am Himmel hing ein riesiger weißer Mond, der Vollmond des Spätherbstes, und übergoß den Garten mit seinem Licht. Die Bäume da draußen erschienen dem Jungen jetzt, nachts, ganz anders als am Tage. Sie hatten nichts von ihrer gewohnten Freundlichkeit. Die immergrüne Eiche sah fast ärgerlich aus, wie sie in den gelegentlichen Windstößen zitterte und ein unangenehmes Knarren von sich gab. Die Steine im Garten sahen weißer und glatter als gewöhnlich aus und starrten ungerührt in den Himmel wie die Gesichter von Toten.

Der Schrei des Vogels schien aus der Kiefer zu kommen. Der Junge lehnte sich aus dem Fenster und sah nach oben, aber aus diesem Blickwinkel blieb der Vogel hinter den wuchtig ausladenden Ästen des Baums verborgen. Der Junge wollte wissen, wie der Vogel aussah. Er wollte sich seine Färbung und Form einprägen, damit er ihn am nächsten Morgen in seiner Bild-Enzyklopädie finden konnte. Vor Wissensdrang war er inzwischen völlig wach. Vögel, Fische und andere Tiere in seiner Enzyklopädie nachzuschlagen war seine größtes Vergnügen. Die großen, dicken Bände füllten ein ganzes Regalbrett in seinem Zimmer. Er war noch nicht auf der Grundschule, aber er konnte bereits lesen.

Nachdem der Vogel die Feder mehrere Male hintereinander aufgezogen hatte, verstummte er. Der Junge fragte sich, ob wohl noch jemand außer ihm den Schrei gehört haben mochte. Hatten sein Vater und seine Mutter ihn gehört? Seine Großmutter? Wenn nicht, konnte er ihnen am Morgen alles erzählen: Ein Vogel, der *genauso* klingt wie eine Feder, die aufgezogen wird, saß letzte Nacht um zwei in der Kiefer. Wenn er es bloß schaffen würde, ihn zu sehen! Dann könnte er allen sagen, wie er hieß.

Aber der Vogel ließ nichts mehr von sich hören. Er wurde so stumm wie ein Stein, hoch oben in den Ästen der in Mondlicht getauchten Kiefer. Bald wehte ein kalter Wind ins Zimmer, als wolle er den Jungen vor irgend etwas warnen. Der Junge erschauderte und schloß das Fenster. Das da, das wußte er, war ein besonderer Vogel, keiner von der Sorte, die sich ohne Scheu den Menschen zeigt, wie ein Spatz oder eine Taube. Die meisten Nachtvögel seien listig und vorsichtig, hatte der Junge in seiner Enzyklopädie gelesen. Der Vogel wußte wahrscheinlich, daß

er nach ihm Ausschau hielt. Solange er darauf wartete, daß sich der Vogel zeigte, würde er nie hervorkommen. Der Junge fragte sich, ob er auf die Toilette gehen sollte. Das hieße, den langen, dunklen Korridor entlangzugehen. Nein, er würde sich einfach wieder ins Bett legen. So dringend war es nicht, es konnte ohne weiteres bis morgen früh warten.
Der Junge schaltete das Licht aus und machte die Augen zu, aber der Gedanke an den Vogel in der Kiefer hielt ihn wach. Das helle Mondlicht quoll unter den Vorhängen herein: Es war wie eine Einladung. Als der Aufziehvogel noch einmal schrie, sprang der Junge aus dem Bett. Diesmal ohne das Licht einzuschalten, streifte er sich eine Strickjacke über den Pyjama und kletterte auf den Stuhl. Er schob die Vorhänge einen winzigen Ritz auseinander und spähte in die Krone der Kiefer hinauf. So würde der Vogel nicht merken, daß der Junge da war.

Was der Junge diesmal allerdings sah, waren die Silhouetten zweier Männer. Er schnappte nach Luft. Die Männer knieten wie zwei schwarze Schatten am Fuß der Kiefer. Beide waren dunkel angezogen. Einer hatte nichts auf dem Kopf, der andere schien einen Filzhut zu tragen. Warum sind diese fremden Männer mitten in der Nacht hier in unserem Garten? fragte sich der Junge. Warum bellte der Hund nicht nach ihnen? Vielleicht sollte er es sofort seinen Eltern sagen. Aber die Neugier hielt ihn am Fenster fest. Er wollte sehen, was die Männer da taten.
Dann plötzlich schrie der Aufziehvogel wieder. Mehrmals stieß er seinen langgezogenen knarrenden Ruf in die Nacht. Die Männer schienen aber keine Notiz davon zu nehmen. Sie ruckten und rührten sich nicht und schauten nicht nach oben. Sie knieten weiter, einander zugewandt, am Fuß der Kiefer. Anscheinend unterhielten sie sich leise über irgend etwas, aber da die Äste das Mondlicht abhielten, konnte der Junge ihre Gesichter nicht sehen. Wenig später standen beide Männer im selben Augenblick auf. Der eine war gut zwanzig Zentimeter größer als der andere. Beide waren dünn, und der große (der mit dem Hut) trug einen langen Mantel. Der Kleine trug irgendwelche enger anliegenden Sachen.
Der kleinere Mann näherte sich der Kiefer, blieb da stehen und sah in das Geäst hinauf. Nach einer Weile begann er, den Stamm zu tätscheln und mit beiden Händen zu umfassen, als prüfe er ihn; dann schwang er sich urplötzlich daran hoch. Völlig mühelos (so schien es jedenfalls dem Jungen) kletterte er nun wie ein Zirkusakrobat den Baum hinauf. Der Junge kannte diesen Baum wie einen alten

Freund. Er wußte, daß es kein kleines Kunststück war, an ihm hochzuklettern. Sein Stamm war glatt und rutschig, und bis ziemlich weit oben war nichts, woran man sich festhalten konnte. Aber warum kletterte der Mann mitten in der Nacht auf den Baum? Versuchte er, den Aufziehvogel zu fangen? Der große Mann stand am Fuß des Baumes und sah nach oben. Kurz darauf verschwand der kleine Mann aus dem Blickfeld. Ab und an raschelten die Zweige, was bedeutete, daß er offenbar weiter die hohe Kiefer hinaufkletterte. Der Aufziehvogel würde ihn bestimmt kommen hören und wegfliegen. Der Mann war vielleicht ein guter Kletterer, aber der Aufziehvogel würde sich nicht so einfach fangen lassen. Mit etwas Glück würde es dem Jungen aber vielleicht gelingen, den Aufziehvogel beim Losfliegen kurz zu sehen. Er hielt den Atem an und wartete auf das Geräusch von Flügelschlägen, aber es kam und kam nicht, und ebensowenig ließ sich ein Schrei vernehmen.

Sehr lange war kein Geräusch zu hören und keine Bewegung zu sehen. Alles war in das weiße, unwirkliche Licht des Mondes getaucht, der den Garten wie den nassen Grund eines Meeres erscheinen ließ, dessen Wasser gerade mit einem Schlag weggezaubert worden war. Gebannt starrte der Junge weiter die Kiefer und den zurückgebliebenen großen Mann an. Er hätte den Blick beim besten Willen nicht von der Szene losreißen können. Von seinem Atem beschlug die Fensterscheibe; draußen mußte es kalt sein. Die Hände in die Hüften gestemmt, stand der große Mann so reglos da, als sei er an der Stelle festgefroren, und sah nach oben. Der Junge stellte sich vor, daß der Mann sich wegen seines kleineren Gefährten Sorgen machte, daß er darauf wartete, daß der andere seinen Auftrag erledigte und dann wieder aus der Kiefer heruntergestiegen käme. Es wäre auch nicht verwunderlich, wenn der Mann sich Sorgen machte: Der Junge wußte, daß es noch schwieriger war, den hohen Baum hinunter- als hinaufzuklettern. Dann aber schritt der große Mann ganz plötzlich in die Nacht hinaus, als habe er das ganze Vorhaben aufgegeben.
Der Junge hatte das Gefühl, als einziger übriggeblieben zu sein. Der kleine Mann war im Geäst der Kiefer verschwunden, und der große war irgendwoandershin gegangen. Der Aufziehvogel blieb stumm. Der Junge überlegte, ob er seinen Vater wecken sollte; aber der würde ihm diese Geschichte doch nie glauben, das wußte er. »Du hast bestimmt wieder geträumt«, würde sein Vater sagen. Es stimmte, der

Junge träumte oft, und er hielt seine Träume oft für Wirklichkeit, aber egal, was irgend jemand sagen würde: Das hier *war* wirklich – der Aufziehvogel und die zwei Männer in Schwarz. Sie waren bloß auf einmal verschwunden, das war alles. Sein Vater würde ihm schon glauben, wenn er ihm ganz genau erzählte, was passiert war.

In diesem Moment fiel es dem Jungen ein: Der kleine Mann ähnelte sehr seinem Vater. Natürlich war er kleiner als der Vater des Jungen, aber sonst glich er ihm in allem: im Körperbau, in den Bewegungen. Aber nein, sein Vater wäre nie imstande, so auf einen Baum zu klettern. So gewandt und kräftig war er nicht. Je länger der Junge darüber nachdachte, desto verwirrter wurde er.

Der große Mann kehrte zum Baum zurück. Jetzt hatte er etwas in den Händen – eine Schaufel und eine große Stofftasche. Er setzte die Tasche ab und begann, nah am Fuß des Baumes zu graben. Die Schaufel stach mit einem scharfen, klaren Geräusch in die Erde. Jetzt müssen doch alle aufwachen, dachte der Junge. Es war so ein lautes, klares Geräusch!

Aber niemand wachte auf. Der Mann grub unbeirrt weiter, er schien keinen Gedanken darauf zu verschwenden, daß ihn jemand hören könnte. Er war zwar lang und dünn, aber – nach der Art, wie er die Schaufel führte, zu urteilen – weit kräftiger, als er aussah. Er arbeitete mit ruhigen, sparsamen Bewegungen. Als das ausgehobene Loch so groß war, wie er es haben wollte, lehnte der Mann die Schaufel an den Baum und blieb mit gesenktem Blick da stehen. Er sah nicht ein einziges Mal nach oben, als habe er den Mann, der auf den Baum geklettert war, völlig vergessen. Im Moment interessierte er sich offenbar einzig und allein für das Loch. Das mißfiel dem Jungen; *er* wäre wegen des Mannes im Baum besorgt gewesen.

An der Menge von Erde, die der Mann herausgeschaufelt hatte, sah der Junge, daß das Loch nicht allzu tief sein konnte – er selbst hätte wohl nicht viel mehr als knietief darin gestanden. Der Mann schien mit Form und Größe der Grube zufrieden zu sein. Er beugte sich über die Tasche und holte behutsam einen schwärzlichen, in Stoff gewickelten Gegenstand daraus hervor, der offenbar weich und schlaff war; so hielt ihn der Mann jedenfalls. Vielleicht war der Mann dabei, eine Leiche in dem Loch zu vergraben. Bei diesem Gedanken fing das Herz des Jungen an zu rasen. Aber das eingewickelte Ding war nicht größer als eine Katze. Falls es sich um einen Menschen handelte, konnte es nur ein Säugling sein.

Aber warum muß er so etwas unbedingt in *meinem Garten* begraben? dachte der Junge. Er schluckte den Speichel, der sich, ohne daß er es gemerkt hatte, in seinem Mund angesammelt hatte. Das laute Glucksen, das er dabei machte, ließ ihn erschrocken zusammenfahren. Vielleicht war es so laut gewesen, daß der Mann draußen es hatte hören können.

Als habe ihn das Schlucken des Jungen aufgeweckt, schrie in diesem Augenblick der Aufziehvogel los und zog eine noch größere Feder als vorhin auf: *Schnaaarrr. Schnaaarrr.*

Als der Junge diesen Schrei hörte, wußte er intuitiv, daß gleich etwas sehr Wichtiges passieren würde. Ohne es zu merken, biß er sich auf die Lippe und kratzte sich an den Armen. Er wußte, daß er das alles niemals hätte sehen dürfen. Aber jetzt war es zu spät; jetzt war es ihm nicht mehr möglich, die Augen von der Szene loszureißen. Gefesselt von dem seltsamen Schauspiel, das sich in seinem Garten entrollte, öffnete er den Mund und preßte die Nase gegen die kalte Fensterscheibe. Inzwischen hatte er jede Hoffnung aufgegeben, daß noch jemand aus seiner Familie aufstehen würde. *Es würde sowieso niemand aufwachen, egal, wieviel Lärm die da draußen veranstalten. Ich bin der einzige Mensch überhaupt, der diese Geräusche hören kann. Das war von Anfang an so.*

Der große Mann bückte sich und legte das in schwarzen Stoff gehüllte Ding mit größter Vorsicht in die Grube. Dann richtete er sich zu seiner vollen Größe auf und starrte darauf hinunter. Der Junge konnte nicht erkennen, was für ein Gesicht der Mann unter der Krempe seines Hutes machte, aber er schien irgendwie verbissen oder sogar feierlich dreinzuschauen. Ja, es muß eine Art Leiche sein, dachte der Junge. Bald darauf gelangte der Mann zu einem Entschluß; er griff nach der Schaufel und machte sich daran, die Grube zu füllen. Als er damit fertig war, trat er die Erde vorsichtig fest und strich sie glatt. Dann stellte er die Schaufel an den Stamm und ging, die Stofftasche in der Hand, mit langsamen Schritten davon. Er sah kein einziges Mal zum Baum hoch. Und der Aufziehvogel schrie kein einziges Mal mehr.

Der Junge drehte sich um und sah auf die Wanduhr. Mit zusammengekniffenen Augen erkannte er im Dunkeln gerade eben, daß es halb drei war. Zehn Minuten lang spähte er noch durch den Ritz im Vorhang auf die Kiefer, für den Fall, daß sich da draußen etwas rührte, aber mit einemmal befiel ihn eine unüberwindliche Müdigkeit, als senke sich ein schwerer Eisendeckel auf seinen Kopf. Er hätte gern gewußt, was aus dem kleinen Mann im Baum und dem Aufziehvogel werden würde, aber er schaffte es einfach nicht, die Augen länger aufzuhalten. Mit Müh und Not konnte er sich noch die Strickjacke abstreifen, dann buddelte er sich in die Decken und schlief ein.

4
NEUE SCHUHE KAUFEN
HEIMKEHR

Von der U-Bahn-Station Akasaka ging ich eine belebte Straße entlang, die, von Restaurants und Bars gesäumt, zuletzt sanft anstieg. Dort lag das Bürogebäude. Es war ein unauffälliges Haus, weder alt noch neu, weder groß noch klein, weder elegant noch heruntergekommen. Einen Teil des Erdgeschosses nahm ein Reisebüro ein, in dessen großen Schaufenstern zwei Plakate hingen, das eine von Mykonos, das andere von einer Straßenbahn in San Francisco. Beide Plakate waren im Laufe ihres langen Schaufensterdienstes verblaßt. Hinter der Glasscheibe arbeiteten emsig drei Firmenangestellte; sie telefonierten oder tippten auf Computertastaturen. Um die Zeit totzuschlagen, bis es Punkt vier wäre, tat ich so, als sähe ich mir die Plakate an und beobachtete die Büroszene. Aus irgendeinem Grund schienen Mykonos wie auch San Francisco Lichtjahre entfernt zu sein von dort, wo ich stand.
Je länger ich das Gebäude betrachtete, desto mehr fiel mir auf, wie nichtssagend es aussah, als habe als Bauplan die Bleistiftskizze eines kleinen Kindes gedient, dem man gesagt hatte, es solle ein Haus zeichnen, oder als habe man es bewußt so gestaltet, daß es sich möglichst wenig von seiner Umgebung abhob. So sehr ich auf dem Weg hierher auch die Augen offengehalten hatte, ich wäre beinahe an dem Haus vorbeigegangen: so unscheinbar war es. Der unauffällige Haupteingang befand sich unmittelbar neben der Tür des Reisebüros. Als ich die Namensschilder überflog, gewann ich den Eindruck, daß die Geschäftsräume zum größten Teil kleinere mittelständische Unternehmen beherbergten – Anwaltspraxen, Architekten, Importeure, Zahnärzte. Einige Firmenschilder waren so blank, daß ich mich darin spiegeln konnte, aber dasjenige, das zu Suite 602 gehörte, hatte mit zunehmendem Alter eine unbestimmte Farbe angenommen. Die Dame hatte

ihr Geschäft offenbar schon seit einiger Zeit hier. Die Aufschrift lautete »Akasaka Mode-Design«. Das Alter des Firmenschildes reichte aus, ein gut Teil meiner Bedenken zu zerstreuen.

Zwischen dem Eingang und dem Fahrstuhl befand sich eine verschlossene Glastür. Ich klingelte bei 602 und sah mich nach der Überwachungskamera um, die mein Bild, wie ich vermutete, zu einem Monitor übertrug. In der oberen Ecke des Eingangs war ein kleines, kameraähnliches Gerät angebracht. Kurz darauf ertönte der Türsummer, und ich trat ein.

Mit dem völlig schmucklosen Aufzug fuhr ich in den sechsten Stock und fand auf dem völlig schmucklosen Korridor nach ein paar Augenblicken des Suchens die Tür von 602. Nachdem ich mich vergewissert hatte, daß auf dem Türschild tatsächlich »Akasaka Mode-Design« stand, drückte ich einmal ganz kurz auf den Klingelknopf.

Geöffnet wurde die Tür von einem schlanken jungen Mann mit kurzen Haaren und äußerst regelmäßigen Gesichtszügen. Er war der vielleicht bestaussehende Mann, den ich in meinem ganzen Leben gesehen hatte. Aber noch mehr als sein Aussehen fesselte seine Kleidung meine Aufmerksamkeit. Er trug ein Hemd von fast buchstäblich blendendem Weiß und eine feingemusterte, dunkelgrüne Krawatte. Die Krawatte war nicht nur für sich genommen sehr elegant, sie war auch zu einem tadellosen Knoten geschlungen, wie man ihn so formvollendet nur in einem Journal für Herrenmode zu sehen erwarten würde. Ich wäre nie imstande gewesen, einen so schönen Knoten zu binden, und ich fragte mich, wie er das fertigbrachte. War es eine angeborene Begabung oder das Resultat disziplinierter Übung? Seine Hose war dunkelgrau, und er trug braune Halbschuhe mit Troddeln. Alles sah brandneu aus, als habe er es vor wenigen Minuten zum allerersten Mal angezogen.

Er war etwas kleiner als ich. Um seine Lippen spielte der Anflug eines Lächelns, als habe er gerade einen Witz gehört und lächele nun auf vollkommen natürliche Weise. Und es war gewiß kein ordinärer Witz gewesen: eher eine feine scherzhafte Bemerkung, wie sie der Außenminister während einer Gartenparty vor dreißig Jahren – zum entzückten Kichern aller Umstehenden – gegenüber dem Kronprinzen hätte fallenlassen können. Ich machte Anstalten, mich vorzustellen, aber er gab mir mit einem leichten Kopfschütteln zu verstehen, ich bräuchte nichts zu sagen. Er hielt mir die Tür auf und ließ mich eintreten, dann warf er einen raschen

Blick den Flur hinauf und hinunter und schloß die Tür wieder – alles ohne ein Wort zu sagen. Mit leicht zusammengekniffenen Augen sah er mich an, als entschuldigte er sich dafür, daß er wegen des nervösen schwarzen Panthers, der neben ihm schlief, nicht reden könne. Was nicht heißen soll, *daß* ein schwarzer Panther neben ihm schlief: es wirkte nur so.

Ich stand jetzt in einem Empfangszimmer mit einer behaglich aussehenden Ledersitzgarnitur, einem altmodischen hölzernen Kleiderständer und einer Stehlampe. An der gegenüberliegenden Wand befand sich eine Tür, die anscheinend ins nächste Zimmer führte. Neben der Tür stand, dem Raum zugekehrt, ein schlichter Schreibtisch aus Eiche, auf dem ein großer Computer thronte. Das Tischchen, das vor dem Sofa stand, hätte gerade eben einem Telefonbuch Platz geboten. Ein freundlicher blaßgrüner Teppich bedeckte den Fußboden. Aus unsichtbaren Lautsprechern drangen leise die Klänge eines Haydn-Quartetts. An den Wänden hingen einige reizvolle Drucke von Blumen und Vögeln. Man sah auf den ersten Blick, daß dies ein makelloser Raum war, ohne die leiseste Spur von Unordnung. An einer Wand befestigte Regale enthielten Stoffmuster und Modezeitschriften. Die Einrichtung war weder luxuriös noch neu, aber von der erwärmenden Behaglichkeit des Altvertrauten.

Der junge Mann führte mich zum Sofa, dann ging er um den Schreibtisch herum und setzte sich, mir zugewandt. Mit offen erhobenen Händen bedeutete er mir, mich ein kleines Weilchen zu gedulden. Statt zu sagen: »Tut mir leid, daß Sie warten müssen«, lächelte er mir leicht zu, und statt zu sagen: »Es wird nicht lange dauern«, hielt er einen Finger in die Höhe. Sichtlich beherrschte er die Kunst, sich ganz ohne Worte verständlich zu machen. Zum Zeichen, daß ich verstanden hatte, nickte ich einmal. Zu sprechen wäre mir in seiner Gegenwart ungehörig und vulgär vorgekommen.

So behutsam wie einen zerbrochenen Gegenstand nahm er ein Buch in die Hand, das neben dem Computer lag, und schlug es da auf, wo er offenbar zu lesen aufgehört hatte. Es war ein dickes schwarzes Buch ohne Schutzumschlag, so daß ich den Titel nicht ausmachen konnte. Von dem Augenblick an, in dem er es aufschlug, sah man, daß sich der junge Mann vollkommen auf sein Buch konzentrierte. Er schien vergessen zu haben, daß ich überhaupt da war. Ich hätte auch gern etwas zu lesen gehabt, um mir die Wartezeit zu verkürzen, aber es war nichts da. Ich schlug die Beine übereinander, machte es mir auf dem Sofa bequem und

hörte Haydn zu (obwohl ich im Ernstfall nicht hätte beschwören können, daß es wirklich Haydn war). Es war hübsch, aber Musik von der Sorte, die sich im selben Augenblick, wo sie aus dem Lautsprecher dringt, in Luft aufzulösen scheint. Außer dem Computer befanden sich auf dem Schreibtisch des jungen Mannes ein gewöhnliches schwarzes Telefon, eine Stiftablageschale und ein Kalender.
Ich trug praktisch das gleiche wie am Tag davor – Baseballjacke, Kapuzensweatshirt, Jeans und Tennisschuhe. Bevor ich aus dem Haus gegangen war, hatte ich mir einfach das erste gegriffen, was mir in die Hände geraten war. In diesem makellosen, ordentlichen Zimmer, in Gegenwart dieses makellosen, gutaussehenden jungen Mannes sahen meine Tennisschuhe ganz besonders dreckig und abgelatscht aus. Nein, sie *waren* dreckig und abgelatscht, undefinierbar grau, die Absätze praktisch nicht mehr vorhanden, das Obermaterial völlig durchlöchert. Die Schuhe hatten eine Menge durchgemacht und sich mit tödlicher Sicherheit stets mit allem vollgesogen, was ihnen in den Weg gekommen war. Seit einem Jahr hatte ich sie jeden Tag getragen, war damit unzählige Male über die Gartenmauer geklettert, war bei meinen Spaziergängen auf der Gasse gelegentlich in Hundescheiße getreten, war damit in den Brunnen gestiegen. Kein Wunder, daß sie dreckig und abgelatscht waren. Seit ich gekündigt hatte, war ich nie auf die Idee gekommen, mir Gedanken darüber zu machen, was für Schuhe ich anhatte. Als ich sie jedoch so eingehend musterte, wurde mir erneut eindringlich bewußt, wie allein ich war, wie weit die Welt mich hinter sich gelassen hatte. Es war an der Zeit, mir ein neues Paar Schuhe zu kaufen. Diese hier waren einfach nicht mehr tragbar.
Bald darauf erreichte das Haydn-Stück sein Ende – ein abruptes und unordentliches Ende. Nach einer kurzen Pause begann irgendein Cembalostück von Bach (obwohl ich ebensowenig hätte schwören können, daß es wirklich Bach war). Ich schlug die Beine einmal so und einmal so übereinander. Das Telefon klingelte. Der junge Mann markierte die Stelle, bis zu der er gelesen hatte, mit einem Zettel, schob das Buch beiseite und nahm den Hörer ab. Er hielt ihn sich ans Ohr und nickte knapp. Er richtete die Augen auf seinen Schreibtischkalender und kreuzte etwas mit einem Bleistift an. Dann hielt er den Hörer nah an die Schreibtischplatte und schlug zweimal mit den Knöcheln auf das Holz, als klopfe er an eine Tür. Danach legte er auf. Das Telefonat hatte an die zwanzig Sekunden gedauert, und der junge Mann hatte nicht ein Wort gesprochen. Ja, seitdem er mich hereingelassen hatte, war nicht ein Laut über seine Lippen gekommen. *Konnte* er nicht spre-

chen? Taub war er mit Sicherheit nicht; schließlich war er ans Telefon gegangen und hatte sich angehört, was am anderen Ende gesagt worden war.
Eine Zeitlang saß er nur so da und starrte wie in Gedanken auf sein Telefon. Dann stand er geräuschlos auf, ging um seinen Schreibtisch herum, kam geradewegs auf mich zu und setzte sich neben mich. Dann legte er seine Hände vollkommen parallel auf seine Knie. Es waren schlanke, feingliedrige Hände – wie bei seinem Gesicht auch nicht anders zu erwarten. Ein paar Fältchen waren an seinen Knöcheln und Fingergelenken schon zu sehen; Finger ohne Falten gibt es einfach nicht: Wenigstens ein paar davon brauchen sie, um sich bewegen und beugen zu können. Aber an seinen Fingern gab es davon nicht viele – nicht mehr als das notwendige Minimum. Ich betrachtete seine Hände so unauffällig, wie ich konnte. Dieser junge Mann, dachte ich, muß der Sohn der Dame sein. Seine Hände gleichen ihren. Als mir dieser Gedanke erst einmal gekommen war, fielen mir weitere Ähnlichkeiten auf: die kleine, etwas spitze Nase, die kristalline Klarheit der Augen. Das angenehme Lächeln hatte wieder begonnen, um seine Lippen zu spielen, es erschien und verschwand auf so natürliche Weise wie eine dem Spiel der Wellen preisgegebenen Höhle am Meer. Kurz darauf erhob er sich so geschmeidig, wie er sich neben mich gesetzt hatte, und seine Lippen bildeten lautlos die Worte: »Hier entlang, bitte.« Trotz des fehlenden Tons war mir klar, was er sagen wollte. Ich stand auf und folgte ihm. Er öffnete die innere Tür und führte mich hindurch.
Hinter der Tür befanden sich eine kleine Küche mit einem Waschbecken und jenseits davon ein weiterer Raum, dem Empfangszimmer, in dem ich gesessen hatte, recht ähnlich, jedoch eine Nummer kleiner. An einer Seite stand ein gut gealtertes Ledersofa von der gleichen Art wie dort, das Fenster hatte die gleiche Form; auch der Teppich war von gleicher Farbe wie der andere. Die Mitte des Raums nahm ein großer Arbeitstisch ein, auf dem übersichtlich Scheren, Schachteln mit Nähutensilien, Bleistifte und Musterbücher angeordnet lagen. Zwei Schneiderpuppen standen im Raum. Das Fenster war nicht nur mit einer Jalousie versehen, sondern außerdem mit Gardinen und Tuchvorhängen, beides dicht zugezogen. Die Deckenbeleuchtung war ausgeschaltet, und so herrschte im Zimmer ein Zwielicht wie an einem bewölkten Abend. An der Stehlampe neben dem Sofa brannte nur eine Glühbirne. Auf dem Couchtisch stand eine Vase mit Gladiolen. Die Blumen waren frisch, als habe man sie erst vor wenigen Augenblicken ge-

schnitten, und das Wasser in der Vase war klar. Die Musik war in diesem Zimmer nicht zu hören, und an den Wänden hingen weder Bilder noch Uhren.

Mit einer weiteren stummen Geste forderte der junge Mann mich auf, auf dem Sofa Platz zu nehmen. Sobald ich mich seiner Anweisung entsprechend auf die (nicht minder behaglichen) Polster gesetzt hatte, holte er aus seiner Hosentasche so etwas wie eine Schwimmbrille und spannte sie vor meinen Augen. Es *war* eine Schwimmbrille, eine einfache Schutzbrille aus Gummi und Plexiglas, ganz wie diejenige, die ich beim Schwimmen im Hallenbad benutzte. Wozu er sie hier hervorgeholt hatte, war mir allerdings nicht klar. Völlig schleierhaft sogar.

»Haben Sie keine Angst«, sagte der junge Mann zu mir. Strenggenommen »sagte« er überhaupt nichts. Er bewegte nur entsprechend die Lippen und dazu – sehr sparsam – die Hände. Trotzdem verstand ich genau, was er mir sagte. Ich nickte.

»Legen Sie die bitte an. Nehmen Sie sie nicht selbst wieder ab. Ich werde es tun. Sie dürfen sich auch nicht bewegen. Haben Sie verstanden?«

Wieder nickte ich.

»Ich tue Ihnen nichts zuleide. Keine Sorge, es wird Ihnen nichts passieren.«

Ich nickte.

Der junge Mann trat hinter das Sofa und hielt mir die Brille vor die Augen. Er streifte mir das Gummiband über den Kopf und schob die Augenschalen so zurecht, daß die Schaumgummiringe dicht um meine Augen schlossen. Diese Schwimmbrille unterschied sich von derjenigen, die ich zu benutzen pflegte, nur darin, daß ich nicht durch sie hindurchsehen konnte. Die Plastikgläser waren dick mit irgend etwas überstrichen worden. Eine totale, künstlich erzeugte Finsternis umgab mich. Ich konnte nicht das geringste sehen. Ich hatte keine Ahnung, wo die Stehlampe leuchtete. Es kam mir so vor, als wäre ich selbst mit einer dicken Schicht von irgend etwas überstrichen worden.

Wie um mir Mut zu machen, legte der junge Mann mir leicht die Hände auf die Schultern. Er hatte schlanke, zarte Finger, aber sie waren nicht im mindesten zerbrechlich. Sie besaßen die selbstsichere Präsenz von Pianistenfingern, die auf der Tastatur ruhen, und ich spürte, daß sie Wohlwollen ausströmten – oder wenn nicht eigentlich Wohlwollen, so doch etwas sehr Ähnliches. »Es wird Ihnen nichts geschehen. Keine Sorge«, teilten sie mir mit. Ich nickte. Dann verließ er den Raum. Im Dunkeln hörte ich, wie seine Schritte sich entfernten, und dann das Geräusch einer Tür, die sich öffnete und schloß.

Nachdem der junge Mann gegangen war, blieb ich eine Zeitlang in derselben Haltung sitzen. Die Dunkelheit, in der ich saß, war eigentümlich. Daß ich nichts sehen konnte, entsprach ganz dem, was ich auf dem Grund des Brunnens erfahren hatte, sonst aber besaß diese Dunkelheit eine gewisse Qualität, die sie zu etwas völlig anderem machte. Sie war ohne Richtung oder Tiefe, ohne Gewicht und Griffigkeit. Konkretheit. Sie war weniger Dunkelheit als vielmehr ein Nichts. Man hatte mich nur vorübergehend künstlich blind gemacht. Ich spürte, daß meine Muskeln sich verspannten, daß mein Mund und meine Kehle trocken wurden. Was erwartete mich? Aber dann erinnerte ich mich an die Berührung der Hände des jungen Mannes. Keine Sorge, hatten sie mir gesagt. Aus einem mir unklaren Grund hatte ich das Gefühl, ich könne diesen »Worten« glauben.
Im Zimmer war es so absolut still, daß mich, als ich den Atem anhielt, der Eindruck überkam, die Welt sei in ihrer Bewegung erstarrt und alles werde über kurz oder lang von Wasser verschlungen werden und in ewige Tiefen versinken. Doch nein, die Welt bewegte sich offenbar noch, denn bald darauf öffnete eine Frau die Tür und trat ein.
Daß es eine Frau war, erkannte ich am zarten Duft ihres Parfüms. Das war kein Duft, den ein Mann tragen würde. Es war wahrscheinlich ein teures Parfüm. Ich versuchte, mich an den Duft zu erinnern, aber ich war mir nicht sicher. Seit man mich meines Augenlichts beraubt hatte, war auch mein Geruchssinn gestört, merkte ich. Sicher wußte ich nur, daß das Parfüm, das ich jetzt roch, ein anderes war als dasjenige der gutangezogenen Dame, die mich hierherbeordert hatte. Ich hörte das leise Rascheln von Kleidern, als die Frau das Zimmer durchquerte und anmutig rechts von mir auf dem Sofa Platz nahm. Die Leichtigkeit, mit der sie sich auf die Sofapolster niederließ, verriet, daß sie zierlich war.
Nun starrte sie mich an. Ich spürte, daß ihr Blick sich auf mein Gesicht konzentrierte. Auch wenn man nichts sieht, kann man tatsächlich spüren, daß jemand einen ansieht, erkannte ich. Ohne sich im mindesten zu bewegen, sah mich die Frau lange weiter an. Ich spürte ihr langsames, sanftes Atmen, hörte jedoch nicht das leiseste Geräusch. Ich blieb in derselben Haltung sitzen, mit dem Gesicht nach vorn. Das Mal an meiner Wange fühlte sich fiebrig an; seine Farbe war wahrscheinlich intensiver als gewöhnlich. Schließlich streckte die Frau die Hand aus und legte ihre Fingerspitzen auf mein Mal – sehr behutsam, als inspizierte sie etwas Kostbares, Zerbrechliches. Dann begann sie, das Mal zu streicheln.

Ich wußte weder, wie ich darauf reagieren sollte, noch welche Reaktion man von mir erwartete. Die Wirklichkeit war mir sehr fern. Ich fühlte mich seltsam losgelöst, als versuchte ich, von einem fahrenden Fahrzeug auf ein zweites zu springen, das sich mit anderer Geschwindigkeit bewegte. Ich existierte im leeren Raum zwischen den beiden, wie ein leerstehendes Haus. Ich war nun ein leerstehendes Haus, genau wie einst das Haus der Miyawakis. Diese Frau war in das leerstehende Haus gekommen und ließ ihre Hände aus unbekannten Gründen über sämtliche Wände und Pfeiler gleiten. Was immer ihr Motiv sein mochte – als das leerstehende Haus, das ich war (und ich war das und sonst nichts), konnte ich nichts dagegen unternehmen (*brauchte* ich nichts dagegen zu unternehmen). Sobald mir dieser Gedanke durch den Kopf gegangen war, gelang es mir, mich ein wenig zu entspannen.

Die Frau sagte nichts. Vom Rascheln ihrer Kleider abgesehen, herrschte im Zimmer tiefe Stille. Die Frau fuhr mit den Fingerkuppen über meine Haut, als versuche sie, eine winzige Geheimschrift zu entziffern, die vor Ewigkeiten darin eingraviert worden war.

Schließlich hörte sie auf, mein Mal zu liebkosen. Sie stand auf, trat hinter mich und benutzte jetzt statt der Finger ihre Zunge. Genau wie May Kasahara es im letzten Sommer im Garten getan hatte, leckte sie über mein Mal, jedoch auf weit erwachsenere Weise als May Kasahara damals. Wie ihre Zunge sich bewegte und an mir haftete, war weitaus raffinierter. Mit wechselndem Druck, mit überraschenden Bewegungen und aus immer neuen Richtungen kostete sie mein Mal, sog daran und reizte es. Unterhalb der Gürtellinie verspürte ich ein heißes, feuchtes Pochen. Ich wollte keine Erektion; das wäre zu absurd. Aber ich konnte es nicht verhindern.

Krampfhaft bemühte ich mich, mein Bild von mir mit dem des leerstehenden Hauses zu verschmelzen. Ich stellte mir mich als Pfeiler vor, als Wand, als Decke, als Stein, Fußboden, Dach, Fenster, Tür. Es schien mir das Vernünftigste zu sein, was ich tun konnte.

Ich schließe die Augen und trenne mich von diesem meinem Körper mit den schmutzigen Tennisschuhen, der grotesken Schwimmbrille, der tölpelhaften Erektion. Es ist gar nicht so schwierig, sich vom Körper zu lösen. Es macht mich viel gelassener, erlaubt mir, das Unbehagen abzustreifen, das ich verspüre. Ich bin ein unkrautüberwucherter Garten, ein flugunfähiger steinerner Vogel, ein trockener Brunnen. Ich weiß, daß sich in diesem leerstehenden Haus, das ich bin, eine Frau aufhält. Ich kann sie nicht sehen, aber das stört mich nicht mehr. Wenn sie hier drinnen etwas sucht, kann ich es ihr ruhig auch geben.

Der Ablauf der Zeit wird zunehmend unklarer. Bei all den verschiedenen Arten von Zeit, die mir hier zur Verfügung stehen, verliere die Übersicht darüber, welche ich gerade verwende. Mein Bewußtsein kehrt nach und nach in meinen Körper zurück, und dafür scheint die Frau hinauszugehen. Sie verläßt den Raum ebenso leise, wie sie ihn betreten hat. Das Rascheln von Kleidern. Der flirrende Duft von Parfüm. Das Geräusch einer Tür, die sich öffnet, dann schließt. Ein Teil meines Bewußtseins ist weiterhin dort, als ein leeres Haus. Gleichzeitig bin ich weiterhin hier, auf diesem Sofa, als »ich«. Ich überlege: Was soll ich jetzt tun? Was von beiden die Wirklichkeit ist, kann ich nicht entscheiden. Nach und nach scheint sich das Wort »hier« in meinem Innern zu spalten. Ich bin hier, aber ich bin auch hier. Beides erscheint mir gleichermaßen wirklich. Auf dem Sofa sitzend, versenke ich mich in diese seltsame Spaltung.

Bald darauf öffnete sich die Tür, und jemand trat ins Zimmer. An den Schritten erkannte ich, daß es der junge Mann war. Er trat hinter mich und nahm mir die Schutzbrille ab. Im Zimmer war es dunkel, das einzige Licht kam von der einen Birne der Stehlampe. Ich rieb mir mit den Handballen die Augen, um sie wieder an die wirkliche Welt zu gewöhnen. Der junge Mann trug jetzt eine Anzugjacke. Ihr dunkles, ins Grünliche spielende Grau paßte perfekt zum Ton seiner Krawatte. Mit einem sanften Lächeln nahm er mich beim Arm, half mir aufzustehen und führte mich zur der Tür gegenüber. Er öffnete sie, und ein Badezimmer wurde sichtbar. Darin befand sich eine Toilette und hinter dieser eine kleine Duschkabine. Der Deckel der Toilette war zugeklappt, und der junge Mann bedeutete mir, ich solle mich daraufsetzen, während er die Dusche andrehte. Er wartete, bis das Wasser warm herauskam, dann forderte er mich mimisch auf, eine Dusche zu nehmen. Er packte ein neues Stück Seife aus und reichte es mir. Dann ging er hinaus und schloß die Tür. Warum sollte ich duschen? Ich verstand es nicht.
Als ich mich auszog, verstand ich es dann doch. Ich hatte in meine Unterhose ejakuliert. Ich stellte mich unter den heißen Wasserstrahl und wusch mich mit der neuen grünen Seife, spülte das Sperma aus meinem Schamhaar. Dann trat ich aus

der Duschkabine und trocknete mich mit einem großen Handtuch ab. Neben dem Handtuch lagen ein Paar Boxershorts, ein T-Shirt von Calvin Klein, noch in der Zellophanverpackung und in meiner Größe. Vielleicht hatten sie damit gerechnet, daß ich in die Unterhose ejakulieren würde. Eine Zeitlang starrte ich mich im Spiegel an, aber mein Kopf funktionierte nicht richtig. Ich warf meine beschmutzte Unterwäsche in einen Papierkorb und schlüpfte in die reine, weiße, neue Unterhose, in das reine, weiße, neue T-Shirt. Dann stieg ich in meine Jeans und streifte mir das Sweatshirt über den Kopf. Ich zog meine Socken und meine schmutzigen Tennisschuhe an und zuletzt meine Baseballjacke. Dann verließ ich das Badezimmer.

Der junge Mann erwartete mich draußen und führte mich in das erste Wartezimmer zurück.

Der Raum sah unverändert aus. Auf dem Schreibtisch lag dasselbe aufgeschlagene Buch, und daneben stand der Computer. Namenlose klassische Musik rieselte aus den Lautsprechern. Der junge Mann ließ mich auf dem Sofa Platz nehmen und brachte mir ein Glas eisgekühltes Mineralwasser. Ich trank das Glas zur Hälfte aus. »Ich bin irgendwie müde«, sagte ich. Die Stimme klang nicht wie meine eigene, ich hatte auch überhaupt nicht vorgehabt, so etwas zu sagen. Die Worte hatten sich ganz von selbst eingestellt, ohne Mitwirkung meines Willens. Und doch, es war eindeutig meine Stimme.

Der junge Mann nickte. Er zog ein weißes Kuvert aus der Innentasche seines Jacketts und ließ es in die Innentasche meiner Baseballjacke gleiten. Dann nickte er noch einmal. Ich sah nach draußen. Der Himmel war dunkel, und die Straße strahlte im Licht der Leuchtreklamen, der Fenster von Bürogebäuden, der Laternen und Autoscheinwerfer. Die Vorstellung, auch nur einen Augenblick länger in diesem Raum zu bleiben, wurde mir unerträglich. Ohne ein Wort stand ich auf, durchquerte das Zimmer, öffnete die Tür und ging hinaus. Der junge Mann blieb neben seinem Schreibtisch stehen und sah mir nach, aber er schwieg weiterhin und unternahm keinen Versuch, mich aufzuhalten.

Die Flut der heimkehrenden Pendler hatte den Akasaka-Bahnhof in einen brodelnden Hexenkessel verwandelt. Nicht in der Stimmung, mir die schlechte Luft der U-Bahn anzutun, beschloß ich, zu Fuß zu gehen, so weit ich kommen würde.

Ich ging am Palast für ausländische Würdenträger vorbei zum Yotsuya-Bahnhof. Dann ging ich den Shinjuku-Boulevard entlang und kehrte in ein kleines, nicht allzu belebtes Lokal ein, um ein Glas Bier zu trinken. Beim ersten Schluck merkte ich, wie hungrig ich war; also bestellte ich mir eine Kleinigkeit zu essen. Ich sah auf meine Uhr und stellte fest, daß es fast sieben war. Wenn ich es mir allerdings recht überlegte, war mir die Uhrzeit egal.
Irgendwann merkte ich, daß in der Innentasche meiner Jacke etwas steckte. Ich hatte den Umschlag, den mir der junge Mann ganz zum Schluß gegeben hatte, völlig vergessen. Es war ein normales weißes Kuvert, aber als ich es in der Hand hielt, war es viel schwerer, als es aussah. Es war nicht nur schwer, sondern hatte etwas sonderbar Gewichtiges, als stecke etwas darin, was den Atem anhielt. Nach einem Moment der Unschlüssigkeit riß ich den Umschlag auf – früher oder später würde ich es ohnehin tun müssen. Darin befand sich ein säuberliches Bündel von Zehntausend-Yen-Scheinen, brandneuen, makellos glatten Zehntausend-Yen-Scheinen. Sie sahen überhaupt nicht echt aus, so neu waren sie, obwohl mir kein Grund einfiel, warum sie *nicht* hätten neu sein sollen. Es waren insgesamt zwanzig Banknoten. Ich zählte sie zur Sicherheit ein zweitesmal. Ja, kein Zweifel: zwanzig Scheine. Zweihunderttausend Yen.
Ich schob das Geld wieder in den Umschlag und den Umschlag in meine Tasche. Dann nahm ich die Gabel vom Tisch und starrte sie ohne Grund an. Als erstes kam mir in den Sinn, daß ich mir von dem Geld ein neues Paar Schuhe kaufen würde. Das brauchte ich am dringendsten. Ich zahlte und ging wieder auf den Shinjuku-Boulevard hinaus, wo es ein großes Schuhgeschäft gab. Ich suchte mir ganz gewöhnliche blaue Turnschuhe aus und sagte dem Verkäufer meine Größe, ohne mich nach dem Preis zu erkundigen. Wenn sie paßten, sagte ich, würde ich sie gleich anbehalten. Der Verkäufer (der vielleicht auch der Besitzer war) fädelte weiße Schnürsenkel durch die Ösen beider Schuhe und fragte: »Was darf ich mit Ihren alten Schuhen tun?« Ich sagte, er könne sie wegwerfen, aber dann überlegte ich es mir anders und sagte, ich würde sie mit nach Hause nehmen.
Er schenkte mir ein reizendes Lächeln. »Für ein Paar guter, alter Schuhe hat man immer noch Verwendung, auch wenn sie ein bißchen mitgenommen sind«, sagte er, wie um mir zu verstehen zu geben, daß er es tagtäglich mit so schmutzigen Schuhen zu tun habe. Er legte die alten Schuhe in den Karton, dem er die neuen entnommen hatte, und steckte den Karton in eine Einkaufstüte. In ihrer neuen

Schachtel sahen die alten Tennisschuhe aus wie kleine Tierleichen. Ich zahlte mit einem der knisternd neuen Zehntausend-Yen-Scheine aus dem Kuvert und erhielt ein paar weniger neue Tausend-Yen-Scheine zurück. Ich nahm die Tüte mit den alten Schuhen, stieg in den Zug nach Odakyu und fuhr nach Hause. Von heimkehrenden Pendlern umgeben, hielt ich mich an der Schlaufe fest und dachte an die neuen Sachen, die ich anhatte – neue Unterhose, neues T-Shirt und neue Schuhe.

Wieder zu Hause, setzte ich mich wie gewohnt an den Küchentisch, trank ein Bier und hörte mir Musik im Radio an. Dann wurde mir bewußt, daß ich gern mit jemandem geredet hätte – über das Wetter, über die Dummheit der Politiker; über was auch immer. Ich wollte einfach nur mit jemandem reden, aber mir fiel beim besten Willen niemand ein, kein Mensch, mit dem ich hätte reden können. Nicht mal der Kater war da.

Am nächsten Morgen musterte ich beim Rasieren wie gewohnt das Mal auf meinem Gesicht. Ich konnte keinerlei Veränderung feststellen. Ich setzte mich auf die Veranda und verbrachte zum ersten Mal seit langem wieder den ganzen Tag damit, den Garten zu betrachten. Es war ein schöner Morgen, ein schöner Nachmittag. Das Laub der Bäume flirrte in der Frühlingsbrise.

Ich holte das Kuvert mit den neunzehn Zehntausend-Yen-Scheinen aus der Jakkentasche und legte es in meine Schreibtischschublade. Es lag mir noch immer merkwürdig schwer in der Hand. Dieses Gewicht schien etwas zu bedeuten, aber ich kam nicht darauf, was es war. Mit einemmal begriff ich, daß es mich an etwas erinnerte. Was ich getan hatte, erinnerte mich an irgend etwas. Ich starrte gebannt auf den Umschlag in der Schublade und versuchte, mich zu entsinnen, aber es gelang mir einfach nicht.

Ich schloß die Schublade, ging in die Küche und machte mir einen Tee, und als ich an der Spüle stand und ihn trank, da fiel es mir ein. Was ich gestern getan hatte, glich der Arbeit, die Kreta Kano als Callgirl getan hatte. Man geht zu einem angegebenen Ort, schläft mit jemandem, den man nicht kennt, und wird bezahlt. Ich hatte nicht wirklich mit der Frau geschlafen (nur in die Hose ejakuliert), aber sonst war es das gleiche. Ich brauchte eine bestimmte Summe, und um sie zu bekommen, hatte ich jemandem meinen Körper angeboten. Darüber dachte ich nach, während ich meinen Tee trank. In der Ferne bellte ein Hund. Kurz danach hörte ich ein kleines Propellerflugzeug. Aber ich bekam meine Gedanken nicht auf einen Punkt. Wieder ging ich auf die Veranda und sah auf den Garten, der in der Nachmittagssonne lag. Als ich davon genug hatte, betrachtete ich meine Handflächen. Sich vorzustellen, daß *ich* zur Prostituierten geworden war! Wer hätte je gedacht, daß ich einmal meinen Körper verkaufen würde? Oder daß ich mir von dem Geld als erstes neue Turnschuhe kaufen würde?

Ich hatte das Bedürfnis, uneingezäunte Luft zu atmen, und so beschloß ich, einkaufen zu gehen. Meine neuen Turnschuhe an den Füßen, ging ich die Straße entlang. Ich hatte das Gefühl, diese neuen Schuhe hätten mich in einen neuen Menschen verwandelt, völlig verschieden von dem, der ich bisher gewesen war. Auch das Straßenbild und die Gesichter der Leute, an denen ich vorüberkam, sahen verändert aus. Im Supermarkt kaufte ich Gemüse, Eier und Milch, Tintenfisch und ungemahlenen Kaffee und bezahlte mit den Scheinen, die man mir am Abend zuvor im Schuhgeschäft herausgegeben hatte. Es drängte mich, der rundgesichtigen Matrone an der Kasse zu erzählen, daß ich dieses Geld am Tag zuvor verdient hatte, indem ich meinen Körper verkaufte. Ich hatte zweihunderttausend Yen verdient. Zweihunderttausend Yen! In der Kanzlei, in der ich früher gearbeitet hatte, hätte ich wie ein Sklave schuften und einen Monat lang jeden Tag Überstunden machen können, und wäre mit kaum mehr als hundertfünfzigtausend Yen nach Haus gekommen. Das hätte ich der Frau gern gesagt. Aber natürlich sagte ich nichts. Ich händigte ihr das Geld aus und erhielt eine Papiertüte voller Lebensmittel dafür.

Eines war sicher: Die Dinge kamen endlich in Bewegung. Das sagte ich mir, als ich, die Einkaufstüte an die Brust gedrückt, heimwärts schlenderte. Jetzt brauchte ich mich nur noch gut festzuhalten, damit ich nicht abgeworfen wurde. Wenn ich das schaffte, würde ich vielleicht irgendwohin gelangen – zumindest irgendwo*anders*hin.

Meine Vorahnung hatte mich nicht getäuscht. Als ich zu Hause ankam, begrüßte mich der Kater. Als ich die Haustür aufschloß, stieß er ein lautes Miau aus, als habe er schon den ganzen Tag auf mich gewartet, und kam mir entgegen, den Schwanz mit der geknickten Spitze hoch erhoben. Es war Noboru Wataya, der seit fast einem Jahr Vermißte. Ich setzte die Einkaufstüte ab und nahm ihn mit Schwung in die Arme.

5
EIN ORT, DEN SIE ERRATEN KÖNNEN, WENN SIE WIRKLICH GANZ, GANZ SCHARF NACHDENKEN
(MAY KASAHARAS STANDPUNKT: 1)

Hallo, Mister Aufziehvogel.

Ich wette, Sie glauben, ich hocke irgendwo in einem Klassenzimmer mit einem aufgeschlagenen Schulbuch vor der Nase und pauke wie eine ganz normale Schülerin. Klar, als wir uns das letzte Mal gesehen haben, hab ich Ihnen gesagt, ich würde auf »eine andere Schule« gehen, also wär's ganz normal, wenn Sie das annähmen. Und Tatsache ist, ich bin auf eine andere Schule gegangen, ein privates Mädcheninternat, weit, weit weg, ein richtig schickes, mit großen sauberen Zimmern wie im Hotel und einer Cafeteria, wo man alles zu essen bekam, was man nur wollte, mit großen, funkelnagelneuen Tennisplätzen und einem Swimmingpool, also natürlich auch entsprechend teuer: ein Internat für reiche Mädchen. Für schwererziehbare reiche Mädchen. Sie können sich's ja vorstellen – eine oberpiekfeine geschlossene Lernanstalt in den Bergen. Ringsum lief eine hohe Mauer mit Stacheldraht oben drauf, und es gab so ein riesiges Eisentor, das nicht mal Godzilla persönlich eingetreten gekriegt hätte, und Wachleute, die wie die Zombies rund um die Uhr ums Haus stapften – weniger, damit keiner von draußen reinkam, als damit niemand von drinnen entwischte.

Jetzt werden Sie mich bestimmt fragen: »Was gehst du denn an so einen fürchterlichen Ort, wenn du weißt, daß es da so fürchterlich ist?« Und Sie haben natürlich recht, aber ich hatte keine andere Wahl. Ich wollte vor allen Dingen eins: von zu Haus wegkommen, aber nach dem ganzen Ärger, den ich verursacht hatte, war das die einzige Schule, die »die Gnade« hatte, mich aufzunehmen. Also hab ich mir fest vorgenommen, die Zähne zusammenzubeißen und die Sache durchzustehen. Aber es war echt fürchterlich da! Man sagt, etwas sei »ein Alptraum«, aber das war noch schlimmer. Ich hatte dort wirklich Alpträume – jede Nacht –, und ich wachte pitschnaßgeschwitzt auf, aber trotzdem wäre es mir lieber gewesen, ich hätte weitergeträumt, denn meine Alpträume waren immer noch um Längen besser als die Wirklichkeit in dem Bunker. Ich wüßte gern, ob Sie eine Ahnung haben, wie das ist, Mister Aufziehvogel. Ich wüßte gern, ob Sie jemals so in der Patsche gesessen haben.

Und so bin ich dann nur ein Halbjahr in diesem Luxushotel/Knast/Internat geblieben. Als ich in den Frühlingsferien nach Haus gekommen bin, habe ich meinen Eltern klipp und klar gesagt, wenn ich da wieder hinmuß, bring ich mich um. Ich stopf mir drei Tampons in den Hals und trink eimerweise Wasser; ich schneid mir die Pulsadern auf; ich mach einen Köpper vom Dach der Schule. Und es war mir absolut ernst. Das war kein Witz. Meine Eltern haben beide zusammengenommen so viel Phantasie wie ein Laubfrosch, aber sie wußten – aus Erfahrung –, daß es keine leere Drohung ist, wenn ich so rede.
Na, also jedenfalls bin ich dahin nicht wieder zurück. Den ganzen März bis in den April rein bin ich nicht aus dem Haus gegangen, hab gelesen, ferngesehen und einfach Löcher in die Luft gestarrt. Und hundertmal am Tag hab ich gedacht, ich möchte Mister Aufziehvogel sehen. Ich hätte mich am liebsten auf die Gasse geschlichen, wär über den Zaun gesprungen und hätt mich richtig schön lang mit Ihnen unterhalten. Aber das ging nicht so einfach. Das wär bloß ein zweiter Aufguß des Sommers gewesen. Also hab ich von meinem Zimmer aus die Gasse beobachtet und mich dauernd gefragt: Was treibt Mister Aufziehvogel jetzt wohl? Der Frühling breitet sich still und leise über die ganze Welt aus, und in dieser Welt ist auch Mister Aufziehvogel drin, aber was passiert in seinem Leben? Ist Kumiko zu ihm zurückgekehrt? Was läuft mit diesen komischen Frauen: Malta Kano und Kreta Kano? Ist Kater Noboru Wataya wieder zurück? Ist das Mal von Mister Aufziehvogels Backe verschwunden ...?
Nach einem Monat von diesem Leben hab ich's nicht mehr ausgehalten. Ich weiß nicht, wie oder wann das passiert ist, aber für mich ist dieses Viertel jetzt nur noch »Mister Aufziehvogels Welt«, und wenn ich da drin bin, bin ich bloß »ich in Mister Aufziehvogels Welt«. Und das ist nicht nur so dahergesagt. Sie können natürlich nichts dafür, aber trotzdem ... Also mußte ich mir meinen eigenen Platz finden.
Ich hab drüber nachgedacht und gedacht und gedacht, und plötzlich wußte ich, wo ich hinmußte.

(Tip) Das ist ein Ort, den Sie erraten können, wenn Sie wirklich ganz, ganz scharf nachdenken. Wenn Sie sich richtig anstrengen, kommen Sie drauf, wo ich bin. Es ist keine Schule, es ist kein Hotel, es ist kein Krankenhaus, es ist kein Gefängnis, es ist kein Haus. Es ist so was wie ein ganz besonderer Ort ganz weit weg. Es ist ... ein Geheimnis. Vorläufig wenigstens.

Ich bin wieder im Gebirge, und wieder läuft eine Mauer um das Ganze (aber keine so riesig hohe), und es gibt ein Tor und einen netten alten Mann, der das Tor bewacht, aber man kann ein und aus gehen, wann man will. Es ist ein riesiges Stück Land, mit eigenen Wäldchen und einem Teich, und wenn man bei Sonnenaufgang einen Spaziergang macht, sieht man einen Haufen Tiere: Löwen und Zebras und – nein, war ein Witz, aber man kann süße kleine Tiere sehen, wie Dachse und Fasane. Es gibt ein Wohnheim, und da wohne ich.

Ich schreibe diesen Brief in einem winzigen Zimmerchen an einem winzigen Schreibtisch vor einem winzigen Bett unter einem winzigen Hängeregal neben einem winzigen Schrank, wovon nichts die allerkleinste Verzierung hat und alles auf die allerschlichteste Zweckdienlichkeit ausgelegt ist. Auf dem Schreibtisch befinden sich eine Leuchtstofflampe, eine Teetasse, das Schreibpapier für diesen Brief und ein Wörterbuch. Ehrlich gesagt benutz ich das Wörterbuch so gut wie nie. Ich mag Wörterbücher einfach nicht. Ich mag nicht, wie sie aussehen, und ich mag nicht, was drin steht. Immer wenn ich ein Wörterbuch benutze, verzieh ich das Gesicht und denke: Wer braucht denn so was zu wissen? Leute wie ich kommen mit Wörterbüchern nicht besonders gut aus. Angenommen, ich schlag »Transition« nach, und da steht: »Phase des Wechsels zu etwas anderem, neuem, in ein anderes Stadium«». Ich denke: Na und? Das hat nix mit mir zu tun. Wenn ich also ein Wörterbuch auf meinem Schreibtisch seh, dann ist das für mich so, als würde ich irgendeinen fremden Hund sehen, der gerade einen Kackekringel auf unseren Rasen setzt. Aber egal, ich hab mir ein Wörterbuch gekauft, weil ich dachte, wenn ich Ihnen schreibe, Mister Aufziehvogel, muß ich vielleicht ab und zu was nachschlagen. Außerdem habe ich ein Dutzend Bleistifte, alle angespitzt und ordentlich in einer Reihe nebeneinander hingelegt. Sie sind nagelneu. Ich hab sie grad im Schreibwarengeschäft gekauft – extra, um Ihnen zu schreiben (ich sag das nicht, damit Sie sich gebauchpinselt fühlen oder so: Frisch gespitzte, funkelnagelneue Bleistifte sind einfach was Hübsches, finden Sie nicht?). Außerdem hab ich einen Aschenbecher und Zigaretten und Streichhölzer. Ich rauch nicht mehr so viel wie früher, nur ab und zu, um in eine andere Stimmung zu kommen (wie jetzt zum Beispiel). Das ist also alles, was auf meinem Schreibtisch liegt. Der Schreibtisch steht vor einem Fenster, und am Fenster sind Gardinen. Die Gardinen haben ein süßes Blümchenmuster – nicht, daß ich die ausgesucht hätte oder so: Die gehören zum Fenster dazu. Dieses Blümchenmuster ist das einzige, was hier nicht total schlicht und einfach aussieht. Das hier ist das ideale Zimmer für ein Mädchen meines Alters – oder vielleicht auch nicht. Nein, es ist eher eine humane Mustergefängnis-

zelle für jugendliche Ersttäter. Im Regal steht mein Radiorekorder (der große – wissen Sie noch, Mister Aufziehvogel?), und ich hör mir grad Bruce Springsteen an. Es ist Sonntagnachmittag, und alle anderen sind ausgegangen, um sich zu amüsieren, und so ist niemand da, der sich beschwert, wenn ich die Lautstärke voll aufdrehe.

Das einzige Vergnügen, das ich mir zur Zeit gönne, ist, am Wochenende in den nächsten Ort zu fahren und in einem Plattenladen die Musikkassetten zu kaufen, die ich grad haben will. (Bücher kauf ich mir so gut wie keine. Wenn ich was Bestimmtes lesen will, kann ich es in unserer kleinen Bücherei ausleihen.) Mit meiner Zimmernachbarin komm ich inzwischen ganz gut aus. Sie hat sich einen Gebrauchtwagen gekauft, und so kann ich mit ihr mitfahren, wenn ich in die Stadt möchte. Und wissen Sie was? Ich hab damit fahren gelernt. Hier gibt's so viel Platz, da kann ich üben, so viel ich will. Ich hab zwar noch keinen Führerschein, aber fahren kann ich schon ganz gut.

Aber um ehrlich zu sein, abgesehen vom Kassettenkaufen ist's kein besonderes Vergnügen, in den Ort fahren. Alle sagen, einmal die Woche müßten sie hier raus, sonst würden sie durchdrehen, aber mein Ausgleich ist, hierzubleiben, wenn alle anderen weg sind, und mir meine Lieblingsmusik anzuhören. Einmal bin ich mit meiner Freundin zu so einer Art gemischtem Doppel ausgegangen, im Auto. Nur um's mal auszuprobieren. Sie ist aus der Gegend, drum kennt sie einen Haufen Leute. Mein Typ war soweit ganz nett, ein Collegestudent, aber ich weiß nicht, da sind noch immer alle möglichen Dinge, die ich nicht richtig auf die Reihe kriege, gefühlsmäßig, mein ich. Es ist so, als wären alle anderen da draußen, weit weg, aufgereiht wie Puppen in einer Schießbude, und zwischen mir und den Puppen hängen lauter durchsichtige Vorhänge.

Ehrlich gesagt, als wir uns in dem Sommer immer getroffen haben, Mister Aufziehvogel, als wir am Küchentisch gesessen und geredet und Bier getrunken haben und so, da hab ich mir immer überlegt: Was würd ich tun, wenn Mister Aufziehvogel sich plötzlich auf mich stürzen und versuchen würde, mich zu vergewaltigen? Ich hatte keine Ahnung, was ich dann tun würde. Natürlich hätte ich mich gesträubt und gesagt: »Nein, Mister Aufziehvogel, das dürfen Sie nicht!« Aber gleichzeitig hätte ich auch gedacht, daß ich Ihnen erklären müßte, warum es falsch wäre und warum Sie das nicht tun dürften, und je mehr ich darüber nachgedacht hätte, desto mehr wäre ich durcheinander gekommen, und in der Zwischenzeit wären Sie wahrscheinlich damit fertig gewesen, mich zu vergewaltigen. Mein Herz hämmerte immer wie verrückt, wenn ich daran dachte, und ich fand die ganze Sache ziemlich unfair. Ich wette, Sie haben nie die leiseste Ahnung gehabt, daß mir solche Gedanken durch den Kopf gingen. Finden Sie das idiotisch? Wahrscheinlich schon.

Ich meine, es ist ja auch wirklich idiotisch. Aber damals habe ich diese Dinge absolut, total hundertprozentig ernst genommen. Und das ist, glaub ich, auch der Grund, warum ich damals die Strickleiter aus dem Brunnen rausgezogen und den Deckel draufgesetzt hab, während Sie da unten drinsaßen, um Sie gewissermaßen wegzusperren. Auf die Art würde kein Mister Aufziehvogel mehr da sein, und ich würde mich eine Zeitlang nicht mehr mit diesen Gedanken herumzuärgern brauchen.
Aber es tut mir leid. Ich weiß, ich hätte Ihnen (oder sonstwem) das nie antun dürfen. Aber manchmal kann ich nicht anders. Ich weiß dann ganz genau, was ich da tue, aber ich kann's einfach nicht lassen. Das ist mein größter Fehler.
Ich glaube nicht, daß Sie mich jemals vergewaltigen würden, Mister Aufziehvogel. Das ist mir jetzt irgendwie klar. Nicht, daß Sie das niemals, unter keinen Umständen, tun würden (ich meine, niemand weiß wirklich sicher, was mal passieren wird), aber vielleicht, daß Sie das zumindest nicht tun würden, um mich durcheinanderzubringen. Ich weiß nicht genau, wie ich es formulieren soll, aber das ist das Gefühl, das ich so habe.
OK, genug von Vergewaltigungen.
Jedenfalls, auch wenn ich mit einem Jungen ausgehen würde, wär ich einfach nicht imstande, mich gefühlsmäßig zu konzentrieren. Ich würde lächeln und plaudern, und mein Kopf wäre irgendwo ganz woanders, wie ein Luftballon, bei dem die Schnur gerissen ist. Ich würde an lauter nicht zur Sache gehörige Dinge denken. Ich weiß nicht, vielleicht ist es letztlich nur so, daß ich noch eine Weile allein bleiben will. Und ich will meinen Gedanken freien Lauf lassen. In diesem Sinne bin ich wohl noch immer »auf dem Weg der Besserung«.
Ich meld mich bald wieder. Das nächste Mal kann ich wahrscheinlich auf dies und das ein bißchen näher eingehen ...

PS: Bevor der nächste Brief kommt, versuchen Sie zu erraten, wo ich bin und was ich tue.

6
MUSKAT UND ZIMT

Der Kater war von der Nase bis zur Schwanzspitze mit Klümpchen von eingetrocknetem Schlamm bedeckt, sein Fell war zu Büscheln verklebt, als habe er sich lange im Matsch gewälzt. Als ich ihn hochnahm und gründlich untersuchte, schnurrte er angeregt. Er war vielleicht ein bißchen abgemagert, sonst aber sah er aus wie damals, als ich ihn zuletzt gesehen hatte: sein Gesicht, sein Körper, sein Fell waren unverändert. Seine Augen waren klar, und er hatte keine Verletzungen. Er wirkte gewiß nicht wie ein Kater, der ein Jahr lang verschollen gewesen war; eher so, als habe er gerade mal eine heiße Nacht hinter sich.
Ich gab ihm auf der Veranda zu fressen: einen Teller mit den Tintenfischstücken, die ich im Supermarkt gekauft hatte. Er war sichtlich ausgehungert. Er verputzte die Fischstücke mit solcher Gier, daß er sich ab und zu verschluckte und einzelne Stückchen wieder auf den Teller spie. Ich fand unter der Spüle den Wassernapf des Katers und füllte ihn bis zum Rand. Er trank ihn fast leer. Nachdem das erledigt war, begann er, sein schlammverkrustetes Fell zu lecken, doch dann fiel ihm anscheinend plötzlich wieder ein, daß ich da war; er sprang mir auf den Schoß, kringelte sich zusammen und schlief ein.
Der Kater schlief mit den Vorderpfoten unter dem Körper, das Gesicht in seinen Schwanz geschmiegt. Anfangs schnurrte er noch laut, dann aber immer leiser, bis er schließlich verstummte und, völlig wehrlos, in tiefen Schlaf versank. Ich saß in einer sonnigen Ecke der Veranda und streichelte ihn sanft, um ihn nicht zu wecken. Ich hatte schon sehr lange nicht mehr daran gedacht, wie sich der Kater anfühlte, so warm und weich. So viele Dinge waren mir geschehen, daß ich das Verschwinden des Katers fast vergessen hatte. Aber als ich dieses kleine weiche Geschöpf nun auf dem Schoß hielt, das voll Vertrauen in mich schlief, wurde mir ganz warm ums Herz. Ich legte die Hand auf die Brust des Katers und fühlte sein Herz schlagen. Der Puls war schwach und schnell, aber sein Herz tickte die Zeit, die diesem kleinen Körper zugeteilt war, mit dem gleichen unermüdlichen Ernst ab wie meines.
Wo war dieser Kater nur ein Jahr lang gewesen? Was hatte er getrieben? Warum hatte er sich jetzt auf einmal entschlossen zurückzukommen? Und wo waren die Spuren seiner verlorenen Zeit? Nur zu gern hätte ich ihm all diese Fragen gestellt. Hätte er mir nur antworten können!

Ich holte ein altes Kissen auf die Veranda und legte den Kater darauf. Er war so schlapp wie ein Armvoll Wäsche. Als ich ihn aufhob, gingen seine Augen einen Schlitzbreit auf, und er öffnete den Mund, gab aber keinen Laut von sich. Er rollte sich auf dem Kissen zusammen, gähnte und schlief wieder ein. Als ich mich vergewissert hatte, daß er bequem lag, ging ich in die Küche und räumte die Lebensmittel, die ich eingekauft hatte, an ihren Platz. Das Tofu, das Gemüse und den restlichen Tintenfisch legte ich in die jeweiligen Kühlschrankfächer. Dann warf ich einen Blick auf die Veranda. Der Kater schlief noch immer in derselben Haltung. Wir hatten ihn immer Noboru Wataya genannt, weil sein Blick an den von Kumikos Bruder erinnerte, aber das war nur ein kleiner Scherz unter uns gewesen, nicht der richtige Name des Katers. Tatsächlich hatten wir sechs Jahre verstreichen lassen, ohne ihm einen Namen zu geben.

Doch Scherz hin oder her, Noboru Wataya war kein Name für einen Kater, der *unser* Kater war. Der echte Noboru Wataya war im Laufe dieser sechs Jahre einfach zu übermächtig geworden, zu allgegenwärtig – besonders, seit er ins Parlament gewählt worden war. Dem Kater diesen Namen für den Rest seines Lebens aufzuhalsen, kam überhaupt nicht in Frage. Solange er in diesem Haus blieb, würde er einen neuen Namen brauchen, einen eigenen – und je eher er ihn erhielt, desto besser. Es mußte ein einfacher, griffiger, realistischer Name sein, etwas, das man sehen und anfassen konnte, etwas, das einen den Klang und die Bedeutung des Namens Noboru Wataya vergessen ließ.

Ich holte den Teller herein, auf dem sich der Tintenfisch befunden hatte. Er sah wie frisch gespült und abgetrocknet aus. Dem Kater hatte seine Mahlzeit offenbar geschmeckt. Ich freute mich, daß ich auf die Idee, Tintenfisch zu kaufen, gerade an dem Tag gekommen war, den sich der Kater für seine Heimkehr ausgesucht hatte; es kam mir wie ein gutes Omen vor – gut für mich wie für den Kater. Ja, das war's: Ich würde ihn »Oktopus« nennen. Ich kraulte ihn hinter den Ohren und setzte ihn von der Veränderung in Kenntnis: »Du bist nicht mehr Noboru Wataya«, sagte ich. »Von nun an heißt du Oktopus.« Ich hätte es am liebsten in die Welt hinausgeschrien.

Ich setzte mich neben Kater Oktopus auf die Veranda und las ein Buch, bis die Sonne allmählich unterging. Der Kater schlief so fest, als habe man ihn mit Schlägen betäubt. Seine ruhiges Atmen gemahnte an einen fernen Blasebalg, der seinen Körper langsam, im Takt des Geräusches, hob und senkte. Ab und zu streckte ich die Hand aus, um seine Wärme zu spüren und mich zu vergewissern, daß er wirklich da war. Es war herrlich, das tun zu können: die Hand auszustrecken und etwas zu berühren, etwas Warmes zu spüren. Ich hatte das Gefühl richtig vermißt.

Oktopus war am nächsten Morgen noch da. Er war nicht verschwunden. Als ich aufwachte, schlief er neben mir, mit ausgestreckten Beinen auf der Seite liegend. Er mußte während der Nacht aufgewacht sein und sich geputzt haben. Vom Schlamm und den verklebten Haarbüscheln war nichts mehr zu sehen. Fast war er wieder der Alte; er hatte schon immer ein schönes Fell gehabt. Ich hielt ihn eine Weile in den Armen, dann machte ich ihm sein Frühstück und gab ihm frisches Wasser. Danach entfernte ich mich ein Stück von ihm und versuchte, ihn bei seinem neuen Namen zu rufen: »Oktopus.« Schließlich, beim dritten Versuch, drehte er sich nach mir um und miaute einmal leise.
Jetzt war es Zeit, daß ich meinen neuen Tag begann. Der Kater war zu mir zurückgekehrt, und ich mußte meinerseits zusehen, daß ich ein wenig vorankam. Ich duschte und bügelte ein frisch gewaschenes Hemd. Ich zog eine Baumwollhose und meine neuen Turnschuhe an. Der Himmel war diesig und bedeckt, aber es war nicht besonders kalt. Ich beschloß, mich mit einem dickeren Pullover zu begnügen und den Mantel zu Hause zu lassen. Wie gewohnt nahm ich den Zug nach Shinjuku, ging durch die Unterführung zum Westausgang des Bahnhofs und weiter zu dem kleinen Platz und setzte mich auf meine gewohnte Bank.

Die Dame tauchte kurz nach drei auf. Anscheinend erstaunte es sie nicht, mich zu sehen, und ich war nicht überrascht, als sich näherte. Unsere Begegnung wirkte vollkommen natürlich. Als sei alles im voraus abgesprochen gewesen, wechselten wir keine Begrüßungen. Ich hob ein wenig den Kopf, und sie sah mich mit leicht zuckenden Lippen an.
Sie trug eine frühlingshafte orangefarbene Baumwollbluse, einen engen topasbraunen Rock und kleine goldene Ohrringe. Sie setzte sich neben mich und holte wie immer eine Packung Virginia Slims aus ihrer Handtasche, steckte sich eine Zigarette in den Mund und zündete sie sich mit einem schlanken goldenen Feuerzeug an. Diesmal wußte sie, daß sie mir keine anzubieten brauchte. Nachdem sie, offenbar tief in Gedanken, zwei, drei entspannte Züge getan hatte, ließ sie die

Zigarette auf den Boden fallen, als prüfe sie die Schwerkraftverhältnisse des Tages. Dann klopfte sie mir aufs Knie, sagte »Kommen Sie mit« und stand auf. Ich trat ihre Zigarette aus und folgte ihr. Sie winkte ein vorbeifahrendes Taxi heran und stieg ein. Ich setzte mich neben sie. Dann nannte sie sehr deutlich eine Adresse im eleganten Stadtteil Aoyama an und sagte danach nichts mehr, bis uns der Fahrer durch den dichten Verkehr bis zum Aoyama-Boulevard manövriert hatte. Ich sah mir die Sehenswürdigkeiten Tokios an, die am Fenster vorüberzogen. Es gab mehrere neue Gebäude, die ich noch nie gesehen hatte. Die Dame holte ein Notizbüchlein aus ihrer Handtasche und schrieb mit einem kleinen goldenen Stift etwas hinein. Ab und zu warf sie einen Blick auf ihre Uhr, als überprüfe sie einen Zeitplan. Die Uhr war in ein goldenes Armband eingelassen. All die kleinen Accessoires, die sie bei sich hatte, schienen aus Gold zu sein. Oder verwandelten sie sich vielmehr in dem Augenblick, da sie von ihr berührt wurden, in Gold? Sie ging mit mir in eine Boutique auf dem Omote Sando, die exklusive Marken führte. Dort suchte sie zwei Anzüge für mich aus, beide aus einem dünnen Material, der eine blaugrau, der andere dunkelgrau. Das waren Anzüge, die ich in der Kanzlei nicht hätte tragen können; sie *fühlten* sich sogar teuer *an*. Die Dame gab keinerlei Erklärungen, und ich verlangte keine. Ich tat einfach, was man mir sagte. Das Ganze erinnerte mich an sogenannte experimentelle Filme, die ich auf dem College gesehen hatte. Solche Filme erklärten nie, was in ihnen geschah. Erklärungen waren verpönt als ein Übel, das die filmische Wirklichkeit nur zerstören konnte. Sicher, so konnte man denken, so konnte man die Dinge sehen, aber als wirklicher, lebendiger Mensch in eine solche Welt einzutauchen, war für mich ein befremdliches Gefühl.
Ich bin von durchschnittlicher Statur, und so brauchte an den Anzügen bis auf die Länge der Ärmel und Hosenbeine nichts geändert zu werden. Die Dame suchte drei elegante Hemden und zu jedem eine passende Krawatten aus, dann zwei Gürtel und ein halbes Dutzend Paar Socken. Sie zahlte mit einer Kreditkarte und ordnete an, daß alles an meine Adresse geliefert würde. Sie schien eine sehr genaue Vorstellung davon zu haben, wie ich aussehen sollte; sie brauchte beim Auswählen der Sachen keinen Augenblick nachzudenken. Ich hätte länger gebraucht, um mir auch nur in einem Schreibwarenladen einen neuen Radiergummi auszusuchen. Aber ich mußte zugeben, daß sie, was Kleidung anging, einen ganz erstaunlich guten Geschmack hatte. Jedes Hemd und jede Krawatte, auf die sie

scheinbar wahllos deutete, paßten in Farbton und Stil so perfekt zusammen, als habe sie die Stücke nach langer, sorgfältiger Überlegung ausgewählt. Zudem waren die Kombinationen, für die sie sich entschied, nicht im mindesten alltäglich.
Als nächstes führte sie mich in ein Schuhgeschäft und kaufte mir zwei zu den Anzügen passende Paar Schuhe. Auch das ging im Handumdrehen. Wieder bezahlte sie mit einer Kreditkarte und ordnete an, die Sachen sollten zu mir nach Hause geschickt werden. Das kam mir zwar für zwei Paar Schuhe wie ein übertriebener Aufwand vor, aber so war sie es offenbar gewöhnt, Einkäufe zu erledigen: schnell aussuchen, mit einer Kreditkarte zahlen und sich die Ware liefern lassen.
Von dort gingen wir in ein Uhrmachergeschäft und wiederholten das Spiel. Sie kaufte mir eine stilvolle, elegante Uhr mit einem zu den Anzügen passenden Krokodillederarmband, und wieder brauchte sie kaum zu überlegen. Der Preis lag irgendwo bei fünfzig-, sechzigtausend Yen. Ich besaß eine billige Plastikuhr, aber die war ihr offenbar nicht gut genug. Wenigstens die Uhr ließ sie nicht nach Hause liefern. Sie ließ sie sich als Geschenk einpacken und reichte sie mir ohne ein Wort.
Als nächstes führte sie mich in einen Frisiersalon für Damen und Herren. Der Raum sah aus wie ein Ballettstudio, mit blanken Parkettböden und ganz mit Spiegeln bedeckten Wänden. Es gab fünfzehn Friseursessel, und überall war ein Kommen und Gehen von geschäftigen Hair-Stylisten mit Scheren und Haarbürsten und was weiß ich nicht alles in den Händen. Wohlplaziert standen hier und da Topfpflanzen auf dem Fußboden, und aus zwei an der Decke befestigten schwarzen Bose-Boxen rieselten die leisen Klänge eines dieser weitschweifigen Keith-Jarrett-Soli. Ich wurde unverzüglich zu einem Sessel geführt; die Dame mußte von einem der Geschäfte aus, in denen wir gewesen waren, einen Termin für mich vereinbart haben. Sie erteilte dem dünnen Mann, der mir die Haare schneiden würde, genauste Instruktionen. Offenkundig kannten sie einander. Während er aufmerksam ihren Anweisungen lauschte, fixierte er mein Gesicht im Spiegel mit einer Miene, als musterte er eine Schüssel voller Bohnenfäden, die er gleich würde essen müssen. Er hatte ein Gesicht wie der junge Solschenizyn. Die Dame sagte zu ihm: »Bis Sie fertig sind, bin ich wieder zurück«, und verließ den Salon mit raschen Schritten.
Während er mir die Haare schnitt, sagte der Mann sehr wenig – »Bitte hier entlang«, als es Zeit für meine Haarwäsche war, »Verzeihung«, als er mir Haar-

schnipsel abbürstete. Wenn er sich gelegentlich entfernte, streckte ich eine Hand unter dem Frisierumhang hervor und berührte den Fleck auf meiner rechten Wange. Dies war das erste Mal überhaupt, daß ich ihn in einem fremden Spiegel sah, außerhalb meiner eigenen vier Wände. Die wandhohen Spiegel reflektierten die Bilder vieler Leute, darunter auch meines. Und in meinem Gesicht prangte dieses leuchtend blaue Mal. Auf mich wirkte es nicht häßlich oder unsauber. Es war schlicht ein Teil von mir, etwas, was ich würde akzeptieren müssen. Von Zeit zu Zeit spürte ich, wie jemand darauf blickte – das Spiegelbild davon ansah. Aber es gab im Spiegel zu viele Gesichter, als daß ich hätte sagen können, wer da gerade hinschaute. Ich spürte einfach, daß fremde Blicke auf mein Mal gerichtet waren.

Nach einer halben Stunde war mein Haarschnitt fertig. Meine Haare, die ich seit meiner Kündigung immer länger hatte wachsen lassen, waren jetzt wieder kurz. Ich setzte mich auf einen der Stühle, die entlang der Wand standen, hörte mir Musik an und las in einer Zeitschrift, die mich beide nicht interessierten, bis die Dame zurückkam. Meine neue Frisur schien ihr zu gefallen. Sie nahm einen Zehntausend-Yen-Schein aus ihrem Portemonnaie, zahlte und führte mich hinaus. Dort blieb sie stehen und betrachtete mich – genau so, wie ich den Kater inspiziert hatte –, von Kopf bis Fuß, als wolle sie feststellen, ob sie noch etwas vergessen hatte. Anscheinend fehlte nichts. Dann warf sie einen Blick auf ihre goldene Uhr und gab so etwas wie ein Seufzen von sich. Es war fast sieben.

»Gehen wir essen«, sagte sie. »Werden Sie Appetit haben?«

Ich hatte zum Frühstück eine Scheibe Toast und zu Mittag ein Doughnut gegessen. »Wahrscheinlich«, sagte ich.

Sie führte mich in ein nahegelegenes italienisches Restaurant. Dort schien man sie zu kennen. Ohne ein Wort führte man uns nach hinten an einen ruhigen Tisch. Kaum hatte ich mich ihr gegenübergesetzt, befahl sie mir, alles auf den Tisch zu legen, was ich in den Hosentaschen hatte. Ich gehorchte, ohne etwas zu sagen. Meine Wirklichkeit schien sich von mir abgelöst zu haben und schweifte jetzt irgendwo in der Nähe umher. Hoffentlich findet sie mich wieder, dachte ich. In meinen Taschen befand sich nichts Besonderes: Schlüsselbund, Taschentuch, Brieftasche. Die Dame betrachtete das Ganze ohne erkennbares Interesse, dann nahm sie die Brieftasche in die Hand und sah hinein. Sie enthielt ungefähr fünfeinhalbtausend Yen in Scheinen, eine Telefonkarte, eine Bankcard und

meinen Hallenbadausweis, und das war's. Nichts Außergewöhnliches. Nichts, was irgendjemanden dazu bringen könnte, daran zu schnuppern, ein Zentimetermaß daranzuhalten, es zu schütteln, in Wasser zu tauchen oder gegen das Licht zu halten. Die Dame gab mir die Brieftasche mit unveränderter Miene zurück.
»Ich möchte, daß Sie morgen in die Stadt fahren und sich ein Dutzend Taschentücher, ein neues Portemonnaie und eine Schlüsseltasche kaufen«, sagte sie. »Das schaffen Sie bestimmt auch allein. Und wann haben Sie sich das letzte Mal neue Unterwäsche gekauft?«
Ich dachte einen Augenblick nach, aber ich konnte mich nicht erinnern. »Ich kann mich nicht erinnern«, sagte ich. »Es muß wohl eine Weile hersein, aber ich bin ein ziemlicher Sauberkeitsfanatiker, und für einen Mann, der allein wohnt, halte ich meine Wäsche ziemlich – «
»Schon gut. Ich möchte, daß sie sich ein Dutzend Unterhemden und Slips kaufen.«
Ich nickte, ohne etwas zu sagen.
»Bringen Sie mir einfach die Quittung. Ich bezahle alles. Und achten Sie darauf, daß Sie das Beste kaufen, was es jeweils gibt. Ich werde auch Ihre Wäscherechnungen übernehmen. Tragen Sie kein Hemd mehr als einmal, ohne es vorher in die Wäscherei zu geben. In Ordnung?«
Ich nickte wieder. Der Typ von der Reinigung am Bahnhof würde sich freuen, das zu hören. Aber –, dachte ich, um diese konzise, kraft Oberflächenspannung an der Fensterscheibe haftende Konjunktion alsbald zu einem korrekten, vollständigen Satz zu erweitern: »Aber warum tun Sie das alles – mich vollständig neu einkleiden, mir Friseur und Wäscherechnung bezahlen?«
Sie gab mir keine Antwort. Statt dessen holte sie eine Virginia Slim aus ihrer Handtasche und steckte sie sich in den Mund. Ein hochgewachsener Kellner mit regelmäßigen Gesichtszügen tauchte aus dem Nichts an ihrer Seite auf und gab ihr routiniert Feuer; er riß das Streichholz mit einem sauberen, trockenen, ja appetitanregenden Geräusch an. Dann reichte er uns die Speisekarten. Sie warf jedoch nicht einmal einen Blick hinein und sagte zu dem Kellner, er könne sich die Mühe sparen, ihr die Tagesgerichte aufzuzählen. »Bringen Sie mir einen Salat und ein Brötchen und irgendeinen Fisch mit weißem Fleisch. Auf dem Salat nur ein paar Tropfen Dressing und einen Hauch Pfeffer. Und ein Glas Mineralwasser, ohne Eis.« Ich hatte keine Lust, mir die Karte anzusehen. »Für mich das gleiche«,

sagte ich. Der Kellner verneigte sich knapp und entschwand. Meine Wirklichkeit tat sich offenbar noch immer schwer, mich ausfindig zu machen.

Ich unternahm einen weiteren Versuch, ihr eine Erklärung abzulocken. »Ich frage aus reiner Neugier – ich möchte Sie gewiß nicht kritisieren, nachdem Sie mir all die Sachen gekauft haben, aber ist es wirklich den ganzen Aufwand an Zeit und Geld und Mühe wert?«

Sie gab noch immer keine Antwort.

»Ich bin einfach nur neugierig«, sagte ich noch einmal.

Wieder keine Antwort. Sie war zu sehr damit beschäftigt, das Ölgemälde an der Wand zu betrachten, als daß sie auf meine Frage hätte antworten können. Das Bild stellte eine italienische Landschaft dar, nahm ich an, mit einer wohlgestutzten Kiefer und mehreren rötlichen Bauernhäusern am Fuß der Hügel. Die Häuser waren alle klein, aber freundlich. Ich fragte mich, was für Leute in solchen Häusern wohnen mochten: wahrscheinlich ganz normale Leute, die ein ganz normales Leben führten. Keiner von ihnen mußte sich mit unergründlichen Frauen herumschlagen, die aus dem Nichts auftauchten und ihnen Anzüge und Schuhe und Uhren kauften. Keiner von ihnen mußte sich den Kopf darüber zerbrechen, welch ungeheure Beträge er benötigen würde, um einen ausgetrockneten Brunnen zu erstehen. Bei dem Gedanken an Leute, die in einer so normalen Welt lebten, erwachte in mir der Neid. Neid ist kein Gefühl, das ich sehr oft empfinde, aber die Szene auf dem Gemälde löste dieses Gefühl in überraschendem Maße aus. Hätte ich doch nur in diesem Augenblick in das Bild steigen können! Hätte ich doch nur in eines dieser Bauernhäuser hineinspazieren, ein Gläschen Wein trinken und dann in die Federn kriechen und ohne einen Gedanken im Kopf einschlafen können!

Bald darauf kam der Kellner und stellte vor die Dame und mich je ein Glas Mineralwasser. Sie drückte ihre Zigarette im Aschenbecher aus.

»Warum fragen Sie mich nicht etwas anderes?« sagte sie.

Während ich mir eine andere Frage überlegte, nahm sie einen Schluck von ihrem Mineralwasser.

»War dieser junge Mann im Büro in Akasaka Ihr Sohn?« fragte ich.

»Natürlich«, antwortete sie, ohne zu zögern.

»Kann er nicht sprechen?«

Die Dame schüttelte den Kopf. »Er hat von Anfang an nicht viel gesprochen, aber

dann, ganz plötzlich, mit sechs, ist er völlig verstummt. Er benutzte seine Stimme überhaupt nicht mehr.«
»Gab es einen Grund dafür?«
Diese Frage überhörte sie. Ich versuchte, mir eine andere auszudenken. »Wenn er nicht redet, wie kann er sich dann um die Geschäfte kümmern?«
Sie runzelte kaum merklich die Stirn. Sie hatte meine Frage nicht überhört, aber offenbar hatte sie nicht die Absicht, sie zu beantworten.
»Ich wette, Sie haben alles ausgesucht, was er trägt, von Kopf bis Fuß. So wie Sie es bei mir gemacht haben.«
»Ich mag es nicht, wenn Leute das Falsche tragen. Das ist alles. Ich kann es einfach nicht ertragen – nicht *tolerieren*. Ich will, daß wenigstens die Menschen in meiner Umgebung so gut wie möglich gekleidet sind. Ich will, daß alles an ihnen gut aussieht, gleichgültig, ob es nun sichtbar ist oder nicht.«
»Dann wird Ihnen mein Blinddarm wahrscheinlich nicht gefallen«, sagte ich. Das war als Witz gemeint.
»Bereitet Ihnen das Aussehen Ihres Blinddarms Sorgen?« fragte sie und sah mir dabei vollkommen ernst ins Gesicht. Ich bereute meinen Witz.
»Nein, im Moment nicht«, sagte ich. »Das war nur so dahergesagt, als Beispiel.«
Sie ließ ihren forschenden Blick noch eine Weile auf mir ruhen – wahrscheinlich dachte sie über meinen Wurmfortsatz nach.
»Jedenfalls möchte ich einfach, daß die Leute in meiner Umgebung richtig aussehen, selbst wenn ich das aus eigener Tasche finanzieren muß. Mehr steckt nicht dahinter. Zerbrechen Sie sich also darüber nicht den Kopf. Ich tue das ausschließlich für mich. Unordentliche Kleidung ist mir zutiefst, geradezu körperlich zuwider.«
»So wie ein Musiker es nicht ertragen kann, wenn jemand falsch spielt?«
»So ähnlich.«
»Kleiden Sie dann jeden in Ihrer Umgebung auf Ihre Kosten ein?«
»Das könnte man sagen. Nicht, daß ich besonders viele Leute um mich hätte. Ich meine, es mag mich stören, was die Leute tragen, aber ich kann nicht allen Menschen auf der Welt ihre Kleidung kaufen, nicht wahr?«
»Alles hat seine Grenzen«, sagte ich.
»Genau.«

Bald kamen unsere Salate, und wir begannen zu essen. Wie die Dame es gewünscht hatte, wies jeder Salat nicht mehr als ein paar Tropfen Dressing auf – so wenige, daß man sie an einer Hand hätte abzählen können.
»Möchten Sie mich sonst noch etwas fragen?« fragte sie.
»Ich wüßte gern Ihren Namen«, sagte ich. »Ich meine, es wäre hilfreich, wenn Sie einen Namen oder sonstwas hätten, was ich benutzen könnte.«
Ein paar Augenblicke lang knabberte sie stumm an einem Radieschen. Dann bildete sich eine tiefe Falte zwischen ihren Augenbrauen, als habe sie soeben aus Versehen etwas Bitteres in den Mund genommen. »Wozu sollten Sie meinen Namen brauchen? Sie werden mir bestimmt keine Briefe schreiben. Namen sind irrelevant – bestenfalls.«
»Aber wenn ich Sie zum Beispiel einmal von hinten rufen muß? Dazu müßte ich Ihren Namen schon wissen.«
Sie legte ihre Gabel auf den Teller und betupfte sich mit ihrer Serviette den Mund. »Das leuchtet mir ein«, sagte sie. »Es ist mir noch nie in den Sinn gekommen, aber Sie haben recht. In einer solchen Situation könnten Sie durchaus meinen Namen brauchen.«
Lange saß sie nachdenklich da. Während sie nachdachte, aß ich meinen Salat.
»Fassen wir zusammen: Sie brauchen einen Namen, den Sie zum Beispiel verwenden können, um mich von hinten zu rufen, nicht wahr?«
»Ja.«
»Also braucht es nicht mein richtiger Name zu sein, nicht wahr?«
Ich nickte.
»Ein Name, ein Name ... was für eine Art von Namen würde sich am besten eignen?«
»Etwas Einfaches, etwas, was sich leicht rufen läßt, würde ich sagen. Wenn möglich etwas Konkretes, etwas Reales, eine *Sache*, die man anfassen und sehen kann. Dann wäre er leicht zu merken.«
»Zum Beispiel?«
»Zum Beispiel nenne ich meinen Kater Oktopus. Ich habe ihn erst gestern so getauft.«
»Oktopus«, sagte sie laut, wie um den Klang des Wortes zu prüfen. Eine Weile starrte sie auf die Salz- und Pfefferstreuer, die auf dem Tisch standen, blickte dann wieder zu mir auf und sagte: »Muskat.«

»Muskat?«

»Ist mir gerade eingefallen. So können Sie mich nennen, wenn Sie nichts dagegen haben.«

»Nein, überhaupt nichts. Und wie soll ich Ihren Sohn nennen?«

»Zimt.«

»*Petersilie, Salbei, Rosmarin und Thymian*«, sagte ich mit dem Anflug einer Melodie.

»Muskat Akasaka und Zimt Akasaka. Nicht schlecht, finden Sie nicht?«

Muskat Akasaka und Zimt Akasaka: Wie schockiert wäre May Kasahara gewesen, wenn sie erfahren hätte, daß ich solche Leute kennengelernt hatte! »Um Himmelswillen, Mister Aufziehvogel, können Sie sich denn nicht zur Abwechslung mal mit etwas normaleren Leuten einlassen?« Stimmt, warum eigentlich nicht, May Kasahara? Das war eine Frage, die ich nicht beantworten konnte.

»Übrigens, im letzten Jahr habe ich zwei Frauen kennengelernt, die Malta Kano und Kreta Kano hießen«, sagte ich. »Was zur Folge hatte, daß mir alle möglichen Dinge passiert sind. Sie sind allerdings beide nicht mehr da.«

Muskat nickte knapp, äußerte sich aber nicht.

»Sie sind einfach irgendwohin verschwunden«, fügte ich matt hinzu. »Wie Tau an einem Sommermorgen.« Oder wie ein Stern im Morgengrauen.

Sie führte mit der Gabel etwas zum Mund, das wie Chicorée aussah. Dann streckte sie ruckartig, als sei ihr plötzlich ein vor langer Zeit gegebenes Versprechen wieder eingefallen, die Hand nach ihrem Glas aus und nahm einen Schluck Wasser.

»Sie wüßten doch sicher gern, was es mit dem Geld auf sich hat? Dem Geld, das Sie vorgestern erhalten haben? Oder irre ich mich?«

»Nein, ich wüßte wirklich gern, was es damit auf sich hat.«

»Ich habe nichts dagegen, es Ihnen zu erzählen, aber es könnte eine sehr lange Geschichte werden.«

»Eine, die mit dem Dessert zu Ende wäre?«

»Wahrscheinlich nicht«, sagte Muskat Akasaka.

DAS GEHEIMNIS DES SELBSTMÖRDERHAUSES

Setagaya, Tokio

Das Geheimnis des Selbstmörderhauses
Wer hat nach Familien-Selbstmord verhextes Grundstück gekauft? Was spielt sich in Nobelviertel ab?
[Aus *The —— Weekly*, 7. Oktober]

Die Anwohner nennen dieses Anwesen in Setagaya, —— 2-chome, das »Selbstmörderhaus«. Das in einem ruhigen Villenviertel gelegene 3250 Quadratmeter große Areal wäre mit seiner sonnigen Hanglage ein Baugrundstück, wie man es sich nicht schöner wünschen könnte, nur sind sich die Insider alle einig: Sie würden es nicht geschenkt haben wollen, und zwar aus einem schlichten Grund: jeder Eigentümer dieses Anwesens hat einen schrecklichen Tod gefunden. Wie unsere Recherchen ergaben, haben sich seit dem Beginn der Showa-Ära im Jahre 1926 nicht weniger als sieben Bewohner dieses Anwesens das Leben genommen, die meisten von ihnen durch Erhängen oder Ersticken.

[Einzelheiten zu den Selbstmorden ausgelassen]

Scheinfirma kauft verhextes Bauland

Das jüngste einer Kette von tragischen Ereignissen, die man kaum noch als zufällig bezeichnen kann, ist das grausige Ende der Familie von Kojiro Miyawaki [Foto], des Besitzers der bekannten Kette von Dachterrassen-Grills mit Hauptniederlassung auf der Ginza. Wegen einer erdrückenden Schuldenlast verkaufte Miyawaki vor zwei Jahren alle seine Restaurants und meldete Konkurs an, wurde aber anschließend von mehreren Gäubigern mit Beziehungen zum organisierten Verbrechen unter Druck gesetzt. Im Januar dieses Jahres schließlich erdrosselte Miyawaki in einem Gasthaus in Takamatsu seine vierzehnjährige Tochter Yukie im Schlaf, worauf er und seine Frau Natsuko sich mit Stricken erhängten, die sie zu diesem Zweck mitgebracht hatten. Von der älteren Miyawaki-Tochter, zum damaligen Zeitpunkt College-Studentin, fehlt seither jede Spur.

Als Miyawaki das Anwesen im April 1972 erwarb, wußte er von den ominösen Gerüchten, die sich darum rankten, tat sie jedoch mit einem Lachen ab und erklärte: »Das waren alles nur Zufälle.« Nachdem er das Grundstück erworben hatte, ließ er das seit langem leerstehende Haus abreißen und das Gelände planieren. Um auf Nummer Sicher zu gehen, rief er einen Shinto-Priester hinzu, damit dieser dort etwa noch umgehende böse Geister exorzisierte, und gab erst danach grünes Licht für den Bau seines neuen, zweigeschossigen Hauses.

Danach ging zunächst alles gut. Die Familie führte ein harmonisches Leben. Nachbarn bestätigen, daß die Miyawakis einen zufriedenen Eindruck machten und die Töchter immer fröhlich und vergnügt wirkten. Nach zehn Jahren aber nahm das Schicksal der Familie plötzlich diese katastrophale Wendung.

Miyawaki büßte das Haus, das er als Sicherheit verpfändet hatte, bereits im Herbst 1983 ein, aber Streitigkeiten unter den Gläubigern um den Vorrang ihrer Ansprüche verhinderten längere Zeit dessen Veräußerung. Erst im Sommer letzten Jahres kam es zu einem gerichtlichen Vergleich, der den Verkauf des Grundstücks ermöglichte. Zunächst wurde das Land von einer großen Tokioter Immobilienfirma, —— Grund und Bau, weit unter Marktwert gekauft. Die Firma ließ das Haus der Miyawakis abreißen und versuchte, das Grundstück als Bauland zu verkaufen. Die erstklassige Lage lockte viele Interessenten an, aber jeder zog sich wieder zurück, sobald er von dem Fluch erfuhr, der auf dem Grundstück lastet. Dazu Herr M., Leiter der Verkaufsabteilung von —— Grund und Bau:

»Ja, natürlich hatten wir von den schlimmen Geschichten um das Anwesen gehört, aber schließlich ist es ein einmaliges Objekt, und heutzutage herrscht eine so starke Nachfrage nach erstklassigen Immobilien, daß wir annahmen, wenn wir den Preis nur niedrig genug ansetzen, würde sich schon ein Käufer finden. Wir waren zu optimistisch. Es hat sich nichts gerührt, seit wir es zum ersten Mal angeboten haben. Der Preis interessiert die Leute nicht – sobald sie die Geschichten hören, springen sie ab. Und wenn das kein schlechtes Timing ist: Im Januar haben auch die armen Miyawakis Selbstmord begangen, und in allen Zeitungs- und Fernsehberichten war natürlich vom Grundstück die Rede. Offen gesagt, wir wußten nicht mehr, was wir damit machen sollten.«

Im April dieses Jahres fand das Grundstück endlich einen Abnehmer. »Fragen Sie mich bitte nicht nach dem Namen des Käufers oder nach dem Preis«, sagt Herr M., und so sind nähere Informationen nur schwer zu erhalten, aber Gerüchten aus Maklerkreisen zufolge soll —— Grund und Bau gezwungen gewesen sein, das Objekt für einen Betrag abzugeben, der weit unter dem ursprünglich geforderten lag. Besser einen größeren Verlust hinzunehmen, als weiter Bankzinsen für ein unverkäufliches Grundstück zahlen zu müssen. »Die Käufer wußten selbstverständlich genau, worauf sie sich einließen«, betont Herr M. »Wir pflegen unsere Kunden nicht zu täuschen. Wir haben von Anfang an mit offenen Karten gespielt. Bei Vertragsabschluß war den Käufern die gesamte Vorgeschichte des Objekts bekannt.«

Was uns zur Frage führt, wer sich freiwillig ein solch verhextes Grundstück kauft. Unsere Nachforschungen erwiesen sich jedoch als unerwartet schwierig. Laut Grundbuch-Eintrag ist der neue Eigentümer eine im Stadtbezirk Minato ansässige Gesellschaft mit Namen Akasaka Research, die sich nach eigenen Angaben mit »Wirtschaftsforschung und Anlageberatung« befaßt und als beabsichtigte Nutzung des erworbenen Grundstücks »Errichtung von neuer Unternehmenszentrale« angegeben hat. Die »Unternehmenszentrale« wurde tatsächlich im Frühling dieses Jahres errichtet, aber das Unternehmen selbst hat sich als eine typische »Briefkastenfirma« entpuppt. Wir haben die im Grundbuch angegebene Adresse in Akasaka 2-chome aufgesucht, fanden dort aber an der Tür

440

eines Apartments in einem kleineren Gebäude mit Eigentumswohnungen nur ein kleines Firmenschild »Akasaka Research« vor, und auf unser Klingeln hat niemand reagiert.

Strenge Sicherheitsvorkehrungen

Die gegenwärtige »ehemalige Miyawaki-Villa« ist von einer hohen Mauer umgeben – weit höher als die jedes anderen Hauses im Viertel. Zusätzlich soll ein wuchtiges schwarzes Eisengitter Neugierige auf Distanz halten (siehe Foto), und eine Überwachungskamera sichert die Zufahrt. Wir haben geklingelt, aber ohne jedes Resultat. Aussagen der Nachbarn zufolge soll sich das elektrische Tor mehrmals am Tag öffnen und einen schwarzen Mercedes 500 SEL mit getönten Scheiben hineinoder herauslassen, aber sonst weist nichts darauf hin, daß jemand das Grundstück betritt oder verläßt, und es dringen auch nie irgendwelche Geräusche nach außen.

Die Bauarbeiten begannen im Mai, aber sie fanden durchweg hinter hohen Zäunen statt, weswegen die Nachbarn keinerlei Angaben zum Aussehen des Hauses machen können. Die Bauarbeiten wurden in der unglaublich kurzen Zeit von insgesamt zweieinhalb Monaten abgeschlossen. Ein Mitarbeiter eines örtlichen Catering-Unternehmens, das Mahlzeiten auf die Baustelle lieferte, erzählte uns: »Das Gebäude selbst war ständig hinter ausgespannten Planen versteckt, also kann ich eigentlich nichts Genaues sagen, aber es war mit Sicherheit kein großes Haus – nur ein Geschoß, Typ Betonklotz, ganz schlicht. Ich weiß noch, ich habe mir damals gesagt: Sie bauen anscheinend so eine Art Luftschutzbunker. Es sah nicht aus wie ein normales Haus, in dem normale Leute wohnen – dazu war's zu klein und hatte zuwenig Fenster. Aber es war auch kein Bürogebäude. Eine Landschaftsgärtnerei hat dann hier und da auf dem Grundstück ein paar wirklich eindrucksvolle Bäume gepflanzt. Der Garten dürfte eine ganze Menge gekostet haben.«

Wir haben alle größeren Landschaftsgärtnereien im Raum Tokio angerufen und konnten schließlich diejenige ausfindig machen, die auf dem Grundstück der »ehemaligen Miyawaki-Villa« gearbeitet hat, aber der Besitzer konnte uns nichts über die Identität seines Auftraggebers sagen. Die Baufirma habe der Gärtnerei einen Plan des Gartens und eine schriftliche Bestellung über ein gutes Sortiment größerer, schön gewachsener Bäume geschickt. »Unser Kostenvoranschlag war hoch, aber sie haben ihn anstandslos akzeptiert und nicht versucht zu handeln.«

Der Landschaftsgestalter erzählte uns außerdem, während der Arbeiten am Garten sei eine Brunnenbaufirma beauftragt gewesen, einen tiefen Brunnen zu graben.

»Sie haben in einer Ecke des Gartens ein Gerüst aufgebaut, um die Erde nach oben zu schaffen. Ich pflanzte damals gerade ganz in der Nähe einen Dattelpflaumenbaum und konnte mir die Sache genau ansehen. Sie gruben einen alten Brunnen wieder aus, der zugeschüttet worden war. Die Betonröhre war noch vorhanden. Sie kamen recht schnell voran, weil der Schacht erst in letzter Zeit aufgefüllt worden war. Seltsamerweise sind sie aber nicht auf Wasser gestoßen. Ich meine, es war von vornherein ein trockener Brunnen, und sie haben nur den letzten Zustand wiederhergestellt, deswegen konnten sie auch kein Wasser finden. Ich weiß nicht, es war irgendwie merkwürdig – als hätten sie einen bestimmten Grund für das gehabt, was sie da taten.«

Leider ist es uns nicht gelungen, die Firma ausfindig zu machen, die den Brunnen gegraben hat, wohl aber konnten wir ermitteln, daß der Mercedes 500 SEL Eigentum einer größeren Auto-Leasing-Firma mit Hauptsitz im Chiyoda-Bezirk ist und daß das Fahrzeug im Juli für ein Jahr von einer Gesellschaft aus dem Stadtbezirk Minato geleast wurde. Die Leasing-Firma konnte uns den Namen ihres Kunden nicht nennen, aber unter den gegebenen Umständen dürfte es sich dabei mit hoher Wahrscheinlichkeit um Akasaka Research handeln. Am Rande sei angemerkt, daß die jährlichen Leasingkosten für einen Mercedes 500 SEL —— Yen schätzungsweise betragen. Die Firma bietet jeden Wagen mit Chauffeur an, aber wir konnten nicht ermitteln, ob der besagte 500 SEL mit oder ohne Fahrer geleast wurde.

Die Leute in der Nachbarschaft waren nicht sonderlich darauf erpicht, über das »Selbstmörderhaus« zu reden. Die Einwohner dieses Viertels pflegen offenbar untereinander keine engen Kontakte, und die meisten möchten wahrscheinlich in nichts hineingezogen werden. Herr A., ein Nachbar, sagte uns:

»Als sie hier eingezogen sind, habe ich anfangs die Augen offengehalten und mir so meine Gedanken über die Leute gemacht, aber ich bin sicher, es sind weder Gangster noch irgendeine politische Organisation, dazu gehen da viel zuwenig Leute ein und aus. Ich werde nicht schlau aus der Sache. Zwar sind die Sicherheitsvorkehrungen schon ziemlich auffällig, aber ich persönlich sehe keinen Grund, mich zu beklagen, und ich glaube auch nicht, daß sich einer der übrigen Nachbarn dadurch belästigt fühlt. Es ist auf jeden Fall besser so, als dieses leerstehende Haus zu haben, mit all den unheimlichen Gerüchten.«

Trotzdem wüßten wir gern, wer der neue Eigentümer ist und wie dieser »Mister X« das Anwesen nutzt. Aber das »Selbstmörderhaus« gibt sein Geheimnis nicht preis.

8

UNTEN IM BRUNNEN

Ich steige die in der Brunnenwand verankerte stählerne Sprossenleiter hinab und taste, unten angelangt, im Dunkeln nach dem Schläger, den ich hier immer an die Wand gelehnt zurücklasse – nach jenem Schläger, den ich seinerzeit, ohne es zu merken, aus dem Haus mitgenommen hatte, in das ich dem Mann mit dem Gitarrenkasten gefolgt war. Den zerkratzten alten Schläger in der Dunkelheit auf dem Grund des Brunnens zu berühren erfüllt mich mit einem seltsamen Gefühl von Frieden. Zudem hilft es mir, mich zu konzentrieren.

Sobald ich den Schläger gefunden habe, schließe ich die Hände fest um den Griff, wie ein Baseballspieler, der das Schlagmal betritt, und vergewissere mich so, daß es *mein* Schläger ist. Anschließend überprüfe ich, ob sich hier unten in der Dunkelheit, in der es nichts zu sehen gibt, auch nichts verändert hat. Ich lausche angestrengt nach irgend etwas Neuem; ich atme tief die Luft ein; ich scharre mit der Schuhsohle am Boden; ich klopfe mit der Spitze des Schlägers ein paarmal leicht gegen die Wand, um ihre Härte zu prüfen. Das alles sind Rituale, die nur den Zweck haben, mich zu beruhigen. Der Grund des Brunnens ist wie der Meeresgrund; hier unten bleiben die Dinge ganz still, sie wahren ihre ursprüngliche Form, Tag für Tag, wie unter ungeheuren Druck.

Hoch oben über mir schwebt eine runde Scheibe Licht: der Abendhimmel. Während ich zu ihm aufschaue, denke ich an die oktoberabendliche Welt, in der »die Leute« wohl gerade den Geschäften ihres Lebens nachgehen. In diesem blassen Herbstlicht hasten sie Straßen entlang, kaufen ein, bereiten das Abendessen vor, besteigen Pendlerzüge, die sie nach Haus bringen sollen. Und sie denken (wenn sie überhaupt denken), diese Dinge seien zu selbstverständlich, als daß es sich lohnte, darüber nachzudenken – genau wie ich früher dachte (beziehungsweise nicht dachte). Sie werden unter dem vagen Begriff »Leute« zusammengefaßt, und auch ich habe früher zu diesen Namenlosen gehört. Geduldig und geduldet leben sie miteinander unter diesem Licht, und solange sie vom Licht umhüllt sind, muß eine Art von Nähe entstehen, ob nun für immer oder nur für einen Augenblick. Ich allerdings bin keiner mehr von ihnen. Sie sind da oben, auf dem Antlitz der Erde; ich bin hier unten, auf dem Grund eines Brunnens. Ihnen gehört das Licht, während ich dabei bin, es zu verlieren. Mitunter befällt mich das Gefühl, ich könnte nie wieder in jene Welt zurückfinden, nie wieder den Frieden erleben, vom Licht umhüllt zu sein, nie wieder den weichen Körper des Katers an mich drücken dürfen. Und dann verspüre ich einen dumpfen Schmerz in der Brust, als würde da in mir etwas totgedrückt.

Während ich jedoch mit der Gummisohle meines Tennisschuhs die weiche Erde auf dem Grund des Brunnens aufscharre, rücken alle Szenen der Erdoberfläche in die Ferne. Der Wirklichkeitssinn weicht zurück und wird durch die Enge des Brunnens ersetzt, die mich umfängt. Hier unten im Brunnen ist es warm und still, und das Erdinnere streichelt sanft meine Haut. Der Schmerz in mir vergeht wie die Kräuselungen eines Wasserspiegels. Der Ort nimmt mich an, und ich nehme den Ort an. Ich halte den Schläger fester. Ich schließe die Augen, öffne sie dann wieder und blicke steil nach oben.

Ich ziehe an dem Seil, um mit Hilfe eines Systems von Flaschenzügen, das der geschickte junge Zimt für mich konstruiert hat, den Brunnendeckel zu verschließen. Die Dunkelheit ist nun vollkommen. Der Mund des Brunnens ist verschlossen und alles Licht verschwunden. Nicht einmal das gelegentliche Geräusch des Windes ist jetzt mehr zu hören. Der Bruch zwischen »den Leuten« und mir ist nunmehr absolut. Ich habe nicht einmal eine Taschenlampe bei mir – das ist so etwas wie ein Glaubensbekenntnis. Ich will »ihnen« damit zeigen, daß ich versuche, die Dunkelheit ganz zu akzeptieren.

Ich setze mich auf die Erde, lehne den Rücken an die Betonwand, umklammere den Schläger, der aufrecht zwischen meinen Knien steht, und lausche mit geschlossenen Augen dem Schlag meines Herzens. Natürlich bräuchte ich hier unten in der Dunkelheit die Augen gar nicht zu schließen, aber ich tue es dennoch. Die Augen zu schließen hat eine Bedeutung, ob nun im Dunkeln oder im Licht. Ich atme mehrmals tief durch und lasse meinem Körper Zeit, sich an diesen tiefen, dunklen zylindrischen Raum zu gewöhnen. Der Geruch hier unten ist der gleiche wie immer, die Luft fühlt sich an meiner Haut wie immer an. Der Brunnen war eine Zeitlang zugeschüttet, aber die Luft hier ist seltsamerweise noch die gleiche wie zuvor. Mit ihrem Anflug von Moder und Feuchtigkeit riecht sie genauso wie damals, als ich zum ersten Mal hier hinuntergestiegen bin. Es gibt hier unten keine Jahreszeiten. Nicht einmal die Zeit existiert.

Ich trage immer meine alten Tennisschuhe und meine Plastikuhr – diejenige, die ich am Arm hatte, als ich zum ersten Mal in den Brunnen stieg. Wie der Schläger, wirken sie beruhigend auf mich. Ich vergewissere mich im Dunkeln, daß diese Gegenstände sich in engem Kontakt mit meinem Körper befinden. Ich vergewissere mich, daß ich nicht von mir getrennt bin. Ich öffne die Augen, und nach einiger Zeit schließe ich sie wieder. Das hat den Zweck, den Druck der Dunkelheit in mir demjenigen der mich umgebenden Dunkelheit anzugleichen. Es vergeht Zeit. Schon bald verliere ich, wie immer, die Fähigkeit, zwischen den beiden Arten von Dunkelheit zu unterscheiden. Ich weiß nicht mehr, ob meine Augen offen oder geschlossen sind. Das Mal an meiner Wange fiebert leicht. Ich weiß, daß es einen kräftigeren Violett-Ton annimmt.

In den beiden sich zunehmend vermengenden Dunkelheiten konzentriere ich mich auf mein Mal und denke an das Zimmer. Ich versuche, mich von mir zu lösen, wie ich das jedesmal tue, wenn ich mit den Frauen zusammen bin. Ich versuche, aus diesem meinem schwerfälligen Körper, der hier unten im Dunkeln kauert, herauszukommen. Jetzt bin ich nichts als ein leerstehendes Haus, ein verlassener Brunnen. Ich versuche auszusteigen, die Fahrzeuge zu wechseln, von einer Wirklichkeit in eine andere, sich verschieden schnell bewegende Realität zu springen, und halte dabei den Schläger fest umklammert.

Jetzt trennt mich nur noch eine einzige Wand von dem seltsamen Zimmer. Es müßte mir gelingen, durch diese Wand zu gehen. Ich müßte es schaffen – aus eigener Kraft und mittels der Kraft dieser tiefen Dunkelheit hier drinnen.

Wenn ich den Atem anhalte und mich konzentriere, gelingt es mir zu sehen, was sich in dem Zimmer befindet. Ich selbst befinde mich nicht darin, aber ich erkenne, was es ist – die Hotelsuite: Zimmer 208. Schwere Vorhänge verhüllen die Fenster. Im Zimmer ist es dunkel. In einer Vase steht ein üppiger Blumenstrauß, und sein aufreizender Geruch hängt schwer in der Luft. Neben der Tür befindet sich eine große Stehlampe, aber ihre Glühbirne ist weiß und tot wie der Mond der Frühe. Dennoch, wenn ich unverwandt schaue, beginne ich nach einer Weile in dem Rest von Licht, das irgendwie doch in den Raum dringt, die Umrisse von Gegenständen zu erkennen – so wie sich die Augen im Kino allmählich an die Dunkelheit gewöhnen. Auf dem kleinen Tisch in der Mitte des Zimmers steht eine gerade erst angebrochene Flasche Cutty Sark. Der Eiskübel enthält (nach den scharfen, klaren Kanten zu urteilen) frisch gebrochene Eisstücke, und jemand hat das Glas, das da steht, mit einem Scotch on the rocks gefüllt. Ein Edelstahltablett auf dem Tisch bildet einen stillen kalten Weiher. Es ist unmöglich, die Tageszeit zu schätzen. Es könnte Morgen, Abend, oder auch tiefe Nacht sein. Oder vielleicht kennt dieser Ort einfach keine Zeit. Auf dem Bett im hinteren Raum der Suite liegt eine Frau. Ich höre, wie sie sich zwischen den Laken bewegt. Das Eis in ihrem Glas klirrt angenehm. In der Luft schwebende winzige Pollenkörnchen erbeben von dem Geräusch wie lebende Organismen. Jede winzige Schallwelle, die die Luft durchkräuselt, läßt weitere Stäubchen plötzlich zum Leben erwachen. Die bleiche Dunkelheit öffnet sich dem Pollen, und der Pollen, der Dunkelheit einverleibt, verstärkt deren Dichte. Die Frau führt ihr Whiskyglas an die Lippen, gestattet einigen wenigen Tropfen, ihre Kehle hinabzuperlen, und

dann versucht sie, mich anzusprechen. Im Schlafzimmer ist es dunkel. Außer der undeutlichen Bewegung von Schatten kann ich nichts erkennen. Aber die Frau hat mir etwas zu sagen. Ich warte darauf, daß sie spricht. Ich warte darauf, ihre Worte zu hören.
Sie sind da.

Wie ein Pappmaché-Vogel, der an einem Pappmaché-Himmel hängt, sehe ich die Zimmer von oben. Ich vergrößere den Bildausschnitt, ziehe mich zurück und überblicke das Ganze, dann zoome ich heran, um die Details zu vergrößern. Natürlich ist jedes Detail von großer Bedeutung. Ich nehme mir jedes einzelne vor, untersuche seine Form, Farbe und Beschaffenheit. Zwischen einem Detail und dem anderen besteht keinerlei Verbindung, keinerlei Wärme. Im Moment ist meine einzige Tätigkeit eine mechanische Bestandsaufnahme von Details. Es ist einen Versuch wert. Ebenso wie früher oder später Wärme und Feuer entstehen, wenn man Steine oder Stöckchen aneinanderreibt, nimmt nach und nach eine zusammenhängende Wirklichkeit Gestalt an. Es funktioniert nach demselben Prinzip, wie durch das Aneinanderreihen zufälliger Laute eine einzelne Silbe entsteht, durch monotone Wiederholung des zunächst bedeutungslos Erscheinenden.
Ich spüre, wie dieser schwache Zusammenhang in den fernsten Tiefen der Dunkelheit an Festigkeit zunimmt. Ja, das ist es, so wird's gehen. Es ist sehr ruhig hier, und »sie« haben meine Anwesenheit noch nicht bemerkt. Ich fühle, daß die Wand, die mich von jenem Ort trennt, schmilzt, zu einer geleeartigen Masse wird. Ich halte den Atem an. *Jetzt!*
Doch in dem Augenlick, in dem ich den Schritt auf die Wand zu mache, ertönt ein hartes Pochen, als wüßten sie, was ich vorhabe. Jemand schlägt gegen die Tür. Es ist das Klopfgeräusch, das ich schon einmal gehört habe, ein herrisches Hämmern, als versuche jemand, einen Nagel glatt durch die Wand zu treiben. Der Rhythmus ist wieder der gleiche: zwei Schläge, Pause, zwei Schläge. Die Frau hält hörbar den Atem an. Der schwebende Pollen erzittert, und die Dunkelheit verschiebt sich mit einem Ruck. Das brutale Geräusch rammt die Öffnung zu, endlich begonnen hatte, sich vor mir aufzutun.
So läuft es *jedesmal* ab.

Und wieder bin ich in meinem Körper und sitze auf dem Grund des Brunnens, den Rücken gegen die Wand gelehnt, die Hände um den Baseballschläger. Langsam spüren meine Hände wieder, wie die Welt »diesseits« sich anfühlt; es ist, wie wenn ein verschwommenes Bild allmählich schärfer wird. Ich spüre den Film von Schweiß auf meinen Handflächen. Das Herz hämmert mir in der Kehle. Das Geräusch jenes harten, weltdurchbohrenden Klopfens hallt mir lebhaft in den Ohren nach, und ich höre noch, wie sich im Dunkeln der Türknauf langsam dreht. Jemand (oder etwas) da draußen ist dabei, die Tür zu öffnen, will eintreten, doch genau in diesem Augenblick verflüchtigen sich alle Bilder. Die Wand ist so hart wie eh und je, und ich werde auf diese Seite zurückgeschleudert.

Im Dunkeln klopfe ich mit dem Ende des Schlägers die gegenüberliegende Wand ab – noch dieselbe harte, kalte Betonwand. Ich bin in einem Zylinder aus Zement eingeschlossen. Diesmal hätte ich's beinah geschafft, sage ich mir. Langsam komme ich der Sache näher. Da bin ich mir sicher. Irgendwann durchbreche ich die Barriere und gelange »hinein«. Ich schlüpfe in das Zimmer, und wenn der Schlag kommt, stehe ich gewappnet da. Aber wie lange wird es noch dauern, bis es soweit ist? Und wieviel Zeit bleibt mir noch?

Zugleich fürchte ich mich vor dem Augenblick, in dem es wirklich geschieht. Denn dann werde ich mich dem stellen müssen, was da ist, was es auch sein mag. Noch eine Zeitlang kauere ich weiter in der Dunkelheit. Erst muß mein Herz sich beruhigen. Erst muß ich behutsam die Hände vom Griff des Schlägers schälen. Bevor ich mich erheben, auf der Erde des Brunnenbodens stehen, dann die stählerne Leiter hinauf an die Oberfläche steigen kann, brauche ich noch etwas Zeit, und mehr Kraft.

9

DER ANGRIFF AUF DEN TIERPARK
(ODER: EIN STÜMPERHAFTES MASSAKER)

Muskat Akasaka erzählte die Geschichte der Tiger, Leoparden, Wölfe und Bären, die eines erbärmlich heißen Nachmittags im August 1945 von Soldaten erschossen wurden. Sie erzählte mit der Strenge und Klarheit eines Dokumentarfilms, der auf eine grellweiße Leinwand projiziert wird. Sie ließ nichts unbestimmt. Und doch hatte sie es nicht mit eigenen Augen gesehen. Während es geschah, stand sie auf Deck eines Transportschiffs, das aus der Mandschurei geflohene japanische Siedler zurück in die Heimat brachte. Was sie tatsächlich gesehen hatte, war das Auftauchen eines amerikanischen Unterseebootes.

Wie alle übrigen Passagiere, waren sie und die anderen Kinder aus dem unerträglichen Schwitzbad des Stauraums geflohen und hatten sich an die Reling gestellt, um die sanfte Brise zu genießen, die über die ruhige, glatte See dahinstrich, als das U-Boot mit einemmal, als sei es Teil eines Traums, aufgestiegen war. Zuerst durchbrachen Funk- und Radarantenne und Sehrohr die Wasseroberfläche. Dann tauchte der Kommandoturm auf und pflügte eine rauschende Kielspur durchs Wasser. Und schließlich hatte die triefende Stahlmasse ihre anmutige Nacktheit vollständig der Sommersonne dargeboten. Obwohl das Objekt nach Form und Beschaffenheit nichts als ein U-Boot sein konnte, sah es wie ein symbolisches Zeichen aus – oder eine unbegreifliche Metapher.

Das Unterseeboot fuhr eine Zeitlang neben dem Schiff her, als belaure es seine Beute. Bald öffnete sich eine Luke, und ein Matrose, dann noch einer und noch einer stiegen langsam, fast träge hinaus aufs Deck. Vom Deck des Kommandoturms aus musterten die Offiziere das Transportschiff minuziös durch riesige Ferngläser, deren Objektive hie und da im Sonnenlicht aufblitzten. Das Schiff war voller Zivilisten auf der Heimreise nach Japan; es hatte den Hafen von Sasebo als Ziel. Frauen und Kinder bildeten die Mehrzahl der Passagiere: Angehörige japanischer Beamter der Marionettenregierung von Mandschukuo und leitender Angestellter der japanisch kontrollierten Südmandschurischen Eisenbahn, die vor dem Chaos, das nach der unmittelbar bevorstehenden Niederlage Japans ausbrechen würde, zurück in die Heimat flohen. Dem sicheren Grauen zogen sie das Risiko, auf offener See von einem amerikanischen Unterseeboot angegriffen zu werden, vor – hatten es zumindest bis zu diesem Augenblick vorgezogen.

Die U-Boot-Offiziere vergewisserten sich offenbar, daß der Transporter unbewaffnet war und nicht von Marinetruppen begleitet wurde. Die Amerikaner hatten nichts zu befürchten. Sie besaßen inzwischen auch die uneingeschränkte Lufthoheit. Okinawa war gefallen, und auf japanischem Boden verblieben nur noch wenige Kampfflugzeuge, wenn überhaupt welche. Kein Grund zur Panik: die Zeit arbeitete für die Amerikaner. Ein Bootsmann bellte einen Befehl, und drei Matrosen betätigten die Kurbeln der Drehlafette, bis die Bordkanone auf das Transportschiff zielte. Zwei weitere Besatzungsmitglieder öffneten die Hinterdeckstuke und wuchteten schwere Artilleriegeschosse für die Kanone herauf. Wieder andere Besatzungsmitglieder luden mit geübten Bewegungen ein Maschinengewehr, das sie auf einem erhöhten Teil des Decks hinter dem Kommandoturm aufgebaut hatten. Auf Angriff vorbereitet, trugen sämtliche Besatzungsmitlieder Stahlhelme, obwohl einige von ihnen vom Gürtel aufwärts nackt waren und fast die Hälfte kurze Hosen trugen. Wenn Muskat ganz genau hinsah, konnte sie leuchtende Tätowierungen auf ihren Armen erkennen. Wenn sie ganz genau hinsah, konnte sie überhaupt viel erkennen.

An Geschützen besaß das Unterseeboot lediglich eine Bordkanone und ein Maschinengewehr, aber die waren mehr als ausreichend, um den zum Transportschiff umgebauten, rostigen alten Frachter zu versenken. Das Unterseeboot verfügte nur über eine begrenzte Anzahl von Torpedos, und die mußten für den Fall einer Begegnung mit bewaffneten Geschwadern aufgespart werden (falls Japan solche noch besaß). Das war eine eiserne Regel.

Muskat klammerte sich an die Reling und sah zu, wie das schwarze Rohr der Bordkanone langsam in ihre Richtung schwenkte. Die glühende Sommersonne hatte das eben noch triefende Geschütz in wenigen Augenblicken getrocknet. Eine so riesige Kanone hatte Muskat noch nie gesehen. In Hsin-ching hatte sie häufig eine Art Feldhaubitze der japanischen Armee gesehen, aber die war im Vergleich zu der riesigen Bordkanone des U-Boots nichts gewesen. Das U-Boot signalisierte dem Frachter mit dem Blinkgerät: *Beidrehen. Schiff wird versenkt. Alle Passagiere sofort in die Rettungsboote.* (Muskat konnte die Lichtsignale natürlich nicht entschlüsseln, aber im nachhinein begriff sie alles genau.) An Bord des Frachters, der auf Anordnung der Armee inmitten der Kriegswirren in aller Eile, lediglich durch minimale Umbauten, zum Transportschiff umfunktioniert worden war, gab es nicht genug Rettungsboote. Tatsächlich gab es nur zwei Boote für über fünfhundert Passagiere und Besatzungsmitglieder. Schwimmwesten oder Rettungsringe waren an Bord kaum vorhanden.

An die Reling geklammert, starrte Muskat mit angehaltenem Atem gebannt auf das stromlinienförmige U-Boot. Der Stahlrumpf glänzte wie neu, ohne den winzigsten Rostfleck. Sie sah die weiß aufgemalten Ziffern am Kommandoturm, die Radarantenne, die darüber kreiste. Sie sah den strohblonden Offizier mit dunkler

Brille. Dieses Unterseeboot ist vom Grund des Ozeans aufgetaucht, um uns alle zu töten, dachte sie, aber daran ist nichts ungewöhnlich, das könnte jederzeit passieren. *Es hat nichts mit dem Krieg zu tun; es könnte jedem überall passieren.* Alle meinen, es passiert wegen des Krieges. Aber das stimmt nicht. Der Krieg ist nur *eines von den Dingen, die passieren können.*
Angesichts des Unterseeboots und seiner riesigen Kanone empfand Muskat keine Furcht. Ihre Mutter schrie ihr ständig etwas zu, aber die Worte ergaben keinen Sinn. Dann spürte sie, wie jemand sie bei den Handgelenken packte und sie wegzuziehen versuchte. Aber ihre Hände klammerten sich weiter an der Reling fest. Das dröhnende Stimmengewirr ringsum wich immer mehr, als drehte jemand ein Radio leiser. Ich bin so müde, dachte sie. So müde. Warum bin ich nur so müde? Sie schloß die Augen, und ihr Bewußtsein schoß davon, ließ das Deck weit hinter sich.

Muskat sah japanische Soldaten, die den weitläufigen Zoo abgingen und jedes Tier erschossen, das Menschen gefährlich werden konnte. Der Offizier gab das Kommando, und die Geschosse der Gewehre Modell 38 durchschlugen die glatte Haut eines Tigers und zerfetzten seine Eingeweide. Der Sommerhimmel war blau, und aus den umgebenden Bäumen regneten die Schreie der Zikaden wie ein plötzlicher Schauer herab.
Die Soldaten sprachen kein Wort. Aus ihren sonnenverbrannten Gesichtern war alles Blut gewichen, so daß sie wie Bildnisse auf antiken Urnen aussahen. In ein paar Tagen – spätestens, in einer Woche – würde das Hauptkontingent der sowjetischen Heeresgruppe Fernost Hsin-ching erreichen. Es bestand keine Möglichkeit, den Vormarsch aufzuhalten. Bereits seit Beginn des Krieges waren die Elitetruppen und das ehemals reichliche Gerät der Kwantung-Armee zur Unterstützung der sich ständig verlängernden Südfront abgezogen worden, und jetzt lag der größere Teil von beiden auf dem Grund des Meeres oder verrottete in den Tiefen des Dschungels. Es gab keine Panzer mehr. Es gab keine Panzerabwehrkanonen mehr. Die Lkws für den Truppentransport waren bis auf einige wenige defekt, und es gab keine Ersatzteile. Durch eine allgemeine Mobilmachung wäre noch immer eine beträchtliche Erhöhung der Truppenstärke zu erreichen gewesen, aber es gab nicht einmal genügend alte Gewehre, um jeden Mann zu bewaffnen, auch nicht genügend Munition, um jedes Gewehr zu laden. Und so war aus

der großen Kwantung-Armee, dem »Bollwerk des Nordens«, ein Papiertiger geworden. Die Verlegung der stolzen sowjetischen Panzerdivisionen, die das deutsche Heer vernichtend geschlagen hatten und nun, gut ausgerüstet und kampfbereit, auf dem Schienenweg in Fernost eintrafen, war beinahe abgeschlossen. Der Zusammenbruch Mandschukuos stand unmittelbar bevor.

Jeder wußte das, und am allerbesten wußten es die Generäle der Kwantung-Armee. Und so zogen sie das Hauptkontingent der Streitkräfte weit hinter die Front zurück, womit sie die kleinen Grenzgarnisonen und die zivilen japanischen Siedler praktisch sich selbst überließen. Diese unbewaffneten Bauern wurden von der Sowjetarmee, die zu schnell vorrückte, um Gefangene machen zu können, abgeschlachtet. Viele Frauen zogen der drohenden Vergewaltigung den Massenselbstmord vor – oder wurden dazu gezwungen. Die Grenzgarnisonen verschanzten sich im Betonbunker »Festung für die Ewigkeit« und leisteten erbitterten Widerstand, aber ohne Nachschub und Rückendeckung, wie sie waren, wurden sie von der sowjetischen Übermacht aufgerieben. Etliche Angehörige des Generalstabs und andere hochrangige Offiziere sorgten dafür, daß sie in das neue Hauptquartier in Tonghua, nahe der koreanischen Grenze, »verlegt« wurden, und der Marionettenkaiser Henry Pu Yi und seine Angehörigen packten ihre Siebensachen und flohen per Privatzug aus der Hauptstadt. Die meisten chinesischen Soldaten der Armee von Mandschukuo, die den Auftrag hatte, die Hauptstadt zu verteidigen, desertierten, sobald sie erfuhren, daß die Sowjets die Grenze überquert hatten, oder aber sie meuterten und erschossen ihre japanischen Offiziere. Sie dachten nicht daran, im Kampf gegen die weit überlegene sowjetische Streitmacht ihr Leben für Japan hinzugeben.

In Folge dieser miteinander zusammenhängenden Entwicklungen geriet die Hauptstadt von Mandschukuo, die »Besondere Neue Hauptstadt, Hsin-ching«, die der moderne japanische Staat zu seinem Ruhm mitten in der Wildnis erbaut hatte, in ein seltsames politisches Vakuum. Zur Vermeidung unnötigen Blutvergießens, meinten die hohen chinesischen Beamten von Mandschukuo, solle Hsin-ching zur offenen Stadt erklärt und kampflos übergeben werden, aber die Kwantung-Armee lehnte dies ab.

Die zum Zoo abkommandierten Soldaten hatten sich mit ihrem Schicksal abgefunden. In wenigen Tagen würden sie im Kampf gegen die Sowjetarmee ihr Leben lassen, nahmen sie an (in Wirklichkeit sollten sie nach der Entwaffnung zur Zwangsarbeit – und im Falle von dreien unter ihnen, zum Sterben – in sibirische Kohlenbergwerke geschickt werden). Sie konnten nur noch darum beten, daß ihr Tod nicht allzu qualvoll sein würde. Keiner von ihnen hatte Lust, unter den Ketten eines langsam vorrückenden Panzers zermalmt, in einem Schützengraben von Flammenwerfern geröstet zu werden oder mit einer Kugel im Bauch zu verenden. Da war es besser, einen Schuß in den Kopf oder ins Herz abzubekommen. Aber zunächst mußten sie diese Zootiere töten.

Wenn irgend möglich, sollten sie die Tiere mit Gift töten, um die wenigen Patronen, die sie noch hatten, nicht zu vergeuden. So jedenfalls lauteten die Instruktionen, die der für die Operation verantwortliche junge Leutnant von seinem Vorgesetzten erhalten hatte; dem Zoo, hatte es geheißen, sei bereits eine ausreichende Menge Gift zugeteilt worden. Der Leutnant führte acht vollbewaffnete Männer zum Zoo – vom Hauptquartier aus ein zwanzigminütiger Spaziergang. Seit Beginn der sowjetischen Invasion waren die Tore des Tiergartens geschlossen geblieben, und vor dem Haupteingang standen zwei Soldaten mit aufgepflanztem Bajonett Wache. Der Leutnant zeigte ihnen seinen Befehl und führte seine Männer hinein.

Der Zoodirektor bestätigte, daß er die Anordnung erhalten habe, im Notfall alle größeren Raubtiere zu »liquidieren« und dazu Gift zu verwenden, allerdings, erklärte er, sei die Giftlieferung niemals eingetroffen. Als der Leutnant das hörte, wußte er erst einmal nicht weiter. Er war Buchhalter, der Zahlmeisterei zugeteilt, und bevor er zu diesem Sondereinsatz von seinem Schreibtisch im Hauptquartier weggeholt worden war, hatte er noch niemals einen Trupp Männer unter sich gehabt. Er hatte seine Dienstpistole aus der Schublade hervorkramen müssen, und da er sie seit Jahren nicht mehr geputzt und geölt hatte, war er nicht einmal sicher, daß sie funktionierte.

»So ist das immer mit der Verwaltungsarbeit, Herr Leutnant«, sagte der Zoodirektor, ein mehrere Jahre älterer Mann, der ihn mit einem Anflug von Mitgefühl ansah. »Die Dinge, die man braucht, sind nie da.«

Zwecks näherer Erörterung der Sachlage rief der Direktor den leitenden Veterinär des Zoos zu sich, und dieser erklärte dem Leutnant, der Zoo verfüge nur über eine sehr geringe Menge Gift, wahrscheinlich nicht einmal genug, um ein Pferd zu töten. Der Tierarzt war ein großgewachsener, gutaussehender Enddreißiger mit einem blauschwarzen Fleck von der Größe und Form einer Säuglingshand auf der rechten Wange. Ein Muttermal, nahm der Leutnant an.

Der Leutnant rief vom Büro des Zoodirektors aus das Hauptquartier an und bat um weitere Instruktionen, aber seit die Sowjets vor mehreren Tagen die Grenze überquert hatten, befand sich das Hauptquartier der Kwantung-Armee in höchst chaotischem Zustand, und die meisten hochrangigen Offiziere waren verschwunden. Die wenigen verbliebenen hatten alle Hände voll damit zu tun, Stöße von wichtigen Dokumenten im Hof zu verbrennen oder Truppen zum Stadtrand zu führen und sie Panzersperrgräben ausheben zu lassen. Der Major, der dem Leutnant seine Befehle erteilt hatte, war nirgends aufzutreiben. Und so hatte der Leutnant keine Ahnung, wo sie das benötigte Gift herbekommen sollten. Wer mochte in der Kwantung-Armee für Gift zuständig gewesen sein? Sein Anruf wurde von einer Abteilung zur nächsten weitergeleitet, bis sich schließlich ein Oberst des Sanitätskorps meldete und den Leutnant anschnauzte: »Sie dämlicher Kerl! Das ganze gottverdammte Land geht den Bach runter, und sie kommen mir mit einem gottverdammten *Scheißzoo*?! Wen schert das denn?«

Ja, wen, dachte der Leutnant. Ihn selbst mit Sicherheit nicht. Mit niedergeschlagener Miene legte er den Hörer auf und beschloß, die Hoffnung auf Gift zu vergessen. Jetzt standen ihm zwei Möglichkeiten zur Auswahl. Er konnte es sich überhaupt aus dem Kopf schlagen, irgendwelche Tiere zu töten, und mit seinen Männern abrücken, oder sie konnten die Sache mit Kugeln erledigen. Mit beidem würde er gegen seine Befehle verstoßen, aber am Ende entschied er sich fürs Schießen. So würde man ihn später vielleicht wegen Vergeudung wertvoller Munition zusammenstauchen, aber zumindest hätte er den Zweck seines Auftrags – die gefährlicheren Tiere zu »liquidieren« – erfüllt. Wenn er sich andererseits dazu entschloß, die Tiere nicht zu töten, konnte er wegen Befehlsverweigerung vor ein Kriegsgericht gestellt werden. Es war zwar sehr die Frage, ob in diesem Stadium des Krieges überhaupt noch Kriegsgerichtsverhandlungen stattfinden würden, aber Befehl war schließlich Befehl. Solange die Armee noch existierte, mußten ihre Befehle auch ausgeführt werden.

Wenn's möglich wäre, würde ich lieber keine Tiere töten, sagte sich der Leutnant ehrlich. Aber dem Zoo gingen die Futtervorräte aus, und die meisten Tiere (besonders die großen) litten bereits an Unterernährung. Die Situation konnte nur noch schlimmer werden – jedenfalls bestimmt nicht besser. Vielleicht tat man den

Tieren sogar einen Gefallen, wenn man sie erschoß – das war wenigstens ein schneller, sauberer Tod. Und sollten im Verlauf schwerer Gefechte oder Luftangriffe ausgehungerte Tiere in die Straßen der Stadt entkommen, wäre eine Katastrophe unvermeidlich.

Der Direktor übergab dem Leutnant die Liste der zur »Notliquidierung« bestimmten Tiere, die er auf Anweisung des Hauptquartiers erstellt hatte, sowie einen Plan des zoologischen Gartens. Der Tierarzt mit dem Mal an der Wange und zwei chinesische Arbeiter sollten das Exekutionskommando begleiten. Der Leutnant warf einen Blick auf die Liste und stellte zu seiner Erleichterung fest, daß sie kürzer war, als er erwartet hatte. Unter den zur »Liquidierung« bestimmten Tieren fand er allerdings auch zwei Indische Elefanten. Elefanten? dachte der Leutnant und runzelte die Stirn. Wie zum Teufel sollen wir Elefanten töten?

So wie der Zoo angelegt war, würden sie als erstes die Tiger »liquidieren«. Die Elefanten würde man sich auf alle Fälle zuletzt vornehmen. Aus der Informationstafel am Tigerkäfig ging hervor, daß das Pärchen in der Mandschurei, im Großen Chingan, gefangen worden war. Der Leutnant teilte jedem Tiger vier Männer zu und gab Befehl, auf das Herz zu zielen – wo sich das befand, war ihm freilich ebenso ein Rätsel wie vieles andere. Ach was, wenigstens *eine* Kugel würde schon ins Schwarze treffen. Als acht Männer gleichzeitig ihre 38er Gewehre mit einem ominösen trockenen Klacken durchluden, schlug die ganze Atmosphäre des Ortes um. Die Tiger standen bei dem Geräusch auf. Zwischen den Gitterstäben hindurch starrten sie die Soldaten wütend an und brüllten markerschütternd auf. Vorsichtshalber zog der Leutnant seine automatische Pistole aus dem Halfter und entsicherte sie. Zur Beruhigung räusperte er sich. Das ist gar nichts, versuchte er sich einzureden. Jeder tut so etwas, andauernd.

Die Soldaten knieten sich hin, zielten sorgfältig, und auf das Kommando des Leutnants hin drückten sie ab. Der Rückstoß knallte ihnen den Kolben gegen die Schulter, und einen Augenblick lang war ihr Kopf wie leergewischt. Das Gebell der gleichzeitig abgefeuerten Schüsse hallte durch den verlassenen Zoo, prallte von Gebäude zu Gebäude, von Wand zu Wand, fetzte durch Baumbestände, jagte wie ferner Donner über Wasserflächen hinweg und trieb jedem, der es hörte, einen Dolch ins Herz. Die Tiere hielten den Atem an. Sogar die Zikaden verstummten. Noch lange, nachdem das Echo des Gewehrfeuers verhallt war, herrschte vollkommene Stille. Als habe ihnen ein unsichtbarer Riese mit einer gigantischen Keule einen Schlag verpaßt, machten die Tiger einen Satz in die Luft und landeten einen Augenblick später mit dumpfem Aufprall auf dem Käfigboden. Blut erbrechend, wanden sie sich im Todeskampf. Die Soldaten hatten es nicht geschafft, die Tiger mit einem einzigen Feuerstoß zu erledigen. Aus ihrer Trance gerissen, luden sie durch und zielten erneut.

Um sich zu vergewissern, daß beide Tiger wirklich tot waren, schickte der Leutnant einen seiner Männer in den Käfig. Sie sahen zwar tot aus – die Augen geschlossen, die Fänge entblößt, die Leiber vollkommen reglos. Aber es war wichtig, sich Gewißheit zu verschaffen. Der Tierarzt schloß den Käfig auf, und der junge Soldat (er war gerade erst zwanzig geworden) trat furchtsam ein, mit aufgepflanztem Bajonett sichernd. Er gab ein ziemlich komisches Bild ab, aber niemand lachte. Er verpaßte dem Hinterteil des einen Tigers einen leichten Tritt mit dem Stiefelabsatz. Das Tier rührte sich nicht. Der Soldat trat noch einmal, jetzt ein bißchen fester, gegen dieselbe Stelle. Der Tiger war ohne jeden Zweifel tot. Der andere Tiger (das Weibchen) lag ebenso still da. Der junge Soldat war in seinem Leben noch nie in einem Zoo gewesen, hatte noch nie einen echten Tiger gesehen. Zum Teil deshalb konnte er nicht recht glauben, daß sie es gerade geschafft hatten, einen echten, lebendigen Tiger zu erlegen. Er hatte lediglich das Gefühl, an einen Ort, der nichts mit ihm zu tun hatte, geschleift und dort gezwungen worden zu sein, eine Tat zu begehen, die nichts mit ihm zu tun hatte. Er stand in einem Meer von schwarzem Blut und starrte entgeistert auf die Tigerleichen hinunter. Tot sahen sie viel größer aus als lebendig. Wie ist das nur möglich? fragte er sich verblüfft.

Der Zementboden des Käfigs verströmte den durchdringenden Gestank des Harns der Großkatzen, und mit diesem mischte sich der warme Geruch von Blut. Weiteres Blut sprudelte aus den Löchern, die die Kugeln in die Körper der Tiger gerissen hatten, und bildete eine klebrige schwarze Pfütze um seine Füße. Auf einmal fühlte das Gewehr in seiner Hand sich schwer und kalt an. Er hätte es am liebsten fortgeworfen, sich vornübergebeugt und alles, was er im Magen hatte, auf den Fußboden gespuckt. Was wäre das für eine Erleichterung gewesen! Aber Erbrechen kam nicht in Frage – der Zugführer hätte ihm die Schnauze eingeschlagen. (Natürlich ahnte dieser Soldat nicht, daß ihm siebzehn Monate später in einem Bergwerk in der Nähe von Irkutsk eine sowjetische Wache mit einer Schaufel den Schädel zertrümmern würde.) Er wischte sich mit dem Rücken des Handgelenks den Schweiß von der Stirn. Das Gewicht des Stahlhelms machte ihm zu schaffen. Wie endlich zu neuem Leben erwacht, begann eine Zikade zu zirpen, dann noch eine. Bald mischten sich in ihr Gezirpe die Rufe eines Vogels – eindringliche Laute, als würde eine Feder aufgezogen: *Schnaaarr. Schnaaarr.* Der junge Soldat war als Zwölfjähriger mit seiner Familie aus einem Bergdorf auf Hokkaido fortgezogen und über das Japanische Meer gefahren, und gemeinsam hatten sie seither den Boden eines Grenzdorfs in Bei'an bestellt, bis er vor einem Jahr eingezogen worden war. Daher kannte er alle Vögel der Mandschurei, aber einen, der so rief, hatte er noch nie gehört. Vielleicht war es ein Vogel aus einem fernen Land, der in einem anderen Teil des Zoos in seinem Käfig schrie. Aber der Ruf schien eher von oben zu kommen, aus der Krone eines nahen Baumes. Der Soldat drehte sich um und spähte in die Richtung des Geräusches, konnte aber nichts entdecken. Eine mächtige, dichtbelaubte Ulme verdunkelte den Boden mit ihrem kühlen, scharfumrissenen Schatten.

Der Soldat blickte zum Leutnant hinüber, als erwarte er weitere Anweisungen. Der Offizier nickte, befahl ihm, aus dem Käfig herauszukommen, und entfaltete wieder den Plan des Zoos. Das wären also die Tiger gewesen. Als nächstes nehmen wir uns die Leoparden vor. Dann vielleicht die Wölfe. Um die Bären müssen wir uns auch noch kümmern. Über die Elefanten zerbrechen wir uns erst den Kopf, wenn die anderen erledigt sind, dachte er. Und dann wurde ihm bewußt, wie heiß es war. »Verschnaufpause«, sagte er zu seinen Männern. »Trinkt einen Schluck Wasser.« Sie tranken aus ihren Feldflaschen. Dann schulterten sie ihre Gewehre, stellten sich in Marschordnung auf und zogen in Richtung Leopardenkäfig. Hoch oben in einem Baum zog der unbekannte Vogel mit dem eindringlichen Ruf immer weiter seine Feder auf. Die kurzärmligen Militärhemden der Männer waren an Brust und Rücken schwarz vor Schweiß. Während dieser Trupp vollbewaffneter Soldaten dahinmarschierte, hallte das Scheppern aller möglichen Metallgegenstände durch den menschenleeren Zoo. Die an den Gitterstäben ihrer Käfige hängenden Affen zerrissen die Luft mit unheilkündenden Schreien, hektische Warnungen an alle übrigen Tiere des Zoos, und jedes fiel auf seine eigene, charakteristische Weise in den Chor ein. Die Wölfe schickten langgezogene Heultöne gen Himmel, die Vögel steuerten wildes Flügelschlagen bei, irgendwo warf sich ein großes Tier mit voller Wucht gegen das Gitter seines

Käfigs, wie um zu drohen. Ein faustförmiger Wolkenklumpen tauchte aus heiterem Himmel auf und verbarg für eine Weile die Sonne. An diesem Augustnachmittag dachten alle – Menschen, Tiere – an den Tod. Heute würden die Männer Tiere töten; morgen würden sowjetische Truppen die Männer töten. Wahrscheinlich.

Wir saßen uns stets am selben Tisch im selben Restaurant gegenüber und unterhielten uns. Sie war dort Stammgast, und natürlich übernahm immer sie die Rechnung. Der rückwärtige Teil des Restaurants bestand aus kleinen Nischen, so daß man von keinem Tisch aus hören konnte, was an einem anderen geredet wurde. Pro Abend und Tisch wurde jeweils nur eine Reservierung entgegengenommen, und so konnten wir uns so lange unterhalten, wie wir wollten – bis das Lokal schloß –, ohne von jemandem gestört zu werden; selbst die Kellner kamen nur an den Tisch, um ein Gericht zu servieren oder wieder abzuräumen. Muskat bestellte immer eine Flasche Burgunder eines bestimmten Jahrgangs und ließ immer die halbe Flasche stehen.

»Ein Vogel, der eine Feder aufzieht?« fragte ich und sah von meinem Teller auf.

»Ein Vogel, der eine Feder aufzieht?« wiederholte Muskat genau in meinem Tonfall; dann kräuselte sie ein wenig die Lippen. »Das verstehe ich nicht. Wovon reden Sie?«

»Haben Sie nicht gerade von einem Vogel gesprochen, der eine Feder aufzieht?« Sie schüttelte langsam den Kopf. »Hmm. Nicht, daß ich wüßte. Ich glaube *nicht*, daß ich irgend etwas von einem Vogel gesagt habe.«

Es war hoffnungslos, merkte ich. So ging es immer, wenn sie ihre Geschichten erzählte. Ich fragte sie auch nicht nach dem Mal.

»Dann sind Sie also in der Mandschurei geboren?« fragte ich.

Wieder schüttelte sie den Kopf. »Geboren bin ich in Yokohama. Wir zogen in die Mandschurei, als ich drei war. Mein Vater lehrte an einem veterinärmedizinischen Institut, aber als die Stadtverwaltung von Hsin-ching für den neuen Zoo, der dort gebaut werden sollte, einen leitenden Veterinär aus Japan anforderte, meldete er sich freiwillig für den Posten. Meine Mutter war dagegen, sie wollte das geregelte Leben und die Sicherheit, die sie in Japan hatten, nicht aufgeben und ans Ende der Welt ziehen, aber mein Vater bestand darauf. Vielleicht wollte er seine Fähigkeiten in einem größeren und offeneren Land als Japan auf die Probe stellen. Ich war noch so klein, daß es keine Rolle spielte, wo ich war, aber ich fand es herrlich, im Zoo zu wohnen. Es war ein wunderbares Leben. Mein Vater roch immer nach den Tieren. All die verschiedenen Tiergerüche vermischten sich zu einem einzigen, und jeden Tag war er ein wenig anders, wie wenn man bei einem Parfüm den Anteil der einzelnen Ingredienzien verändern würde. Wenn er abends nach Haus kam, kletterte ich ihm auf den Schoß, und dann mußte er stillsitzen, während ich an ihm schnupperte.

Dann aber nahm der Krieg eine schlimme Wende, und wir waren dort nicht mehr sicher, also beschloß mein Vater, meine Mutter und mich nach Japan zurückzuschicken, bevor es zu spät wäre. Zusammen mit vielen anderen fuhren wir mit dem Zug von Hsin-ching nach Korea, wo ein besonderes Schiff auf uns wartete. Mein Vater blieb in Hsin-ching. Als ich ihn zum letztenmal sah, stand er in der Bahnhofshalle und winkte uns nach. Ich streckte den Kopf aus dem Fenster und sah ihn immer kleiner und kleiner werden, bis er zuletzt im Menschengewühl auf dem Bahnsteig verschwand. Kein Mensch weiß, was aus ihm geworden ist. Ich nehme an, er wurde von den Sowjets gefangengenommen und zur Zwangsarbeit nach Sibirien geschickt und starb dort, wie so viele andere. Wahrscheinlich liegt er in irgendeinem kalten, einsamen Stück Erde, in einem namenlosen Grab.

Ich erinnere mich noch immer an jede Einzelheit des Zoos von Hsin-ching. Ich kann ihn mir vollständig ins Gedächtnis zurückrufen – jeden Weg, jedes Tier. Wir wohnten in der Dienstwohnung des Chefveterinärs auf dem Tiergartengelände. Alle Tierpfleger kannten mich, und sie ließen mich überallhin, wohin ich wollte, selbst an Feiertagen, an denen der Zoo geschlossen war.

Muskat schloß die Augen, um sich die Szenerie ins Bewußtsein zurückzurufen. Ich wartete schweigend darauf, daß sie mit ihrer Erzählung fortfuhr.

»Trotzdem könnte ich nicht beschwören, daß der Zoo *wirklich* so war, wie ich ihn in Erinnerung habe. Wie soll ich es ausdrücken? Manchmal habe ich das Gefühl, die Erinnerung ist einfach *zu* lebhaft, verstehen Sie? Und wenn ich erst einmal anfange, so zu denken ... Je länger ich darüber nachdenke, desto weniger kann ich sagen, inwieweit diese lebhaften Bilder Wirklichkeit waren und wieviel davon meiner Phantasie entstammt. Ich fühle mich dann so, als wäre ich in ein Labyrinth geraten. Ist Ihnen das auch schon mal passiert?«

Es war mir noch nie passiert. »Wissen Sie, ob es den Zoo in Hsin-ching noch gibt?« fragte ich.

»Da bin ich mir nicht sicher«, sagte Muskat und berührte die Spitze ihres Ohrrings. »Ich habe einmal gehört, er sei nach dem Krieg geschlossen worden, aber ob er noch immer geschlossen ist, könnte ich nicht sagen.«

Sehr lange blieb Muskat Akasaka der einzige Mensch auf der Welt, mit dem ich reden konnte. Wir trafen uns ein-, zweimal in der Woche, setzten uns im Restaurant einander gegenüber und unterhielten uns. Nach mehreren solchen Begegnungen hatte ich entdeckt, daß sie eine ganz ausgezeichnete Zuhörerin war. Sie begriff rasch, und sie verstand es, den Fluß der Erzählung durch geschickt eingeworfene Fragen und Kommentare in bestimmte Bahnen zu lenken.

Um ihr Unbehagen zu ersparen, achtete ich vor jedem unserer Treffen peinlich darauf, daß meine Kleidung sauber und sorgfältig zusammengestellt war. Ich zog ein blütenreines Hemd an, frisch aus der Reinigung, und wählte die Krawatte aus, die am besten dazu paßte. Meine Schuhe waren stets blankgeputzt und ohne ein Stäubchen. Wenn sie mich sah, musterte sie mich zunächst von Kopf bis Fuß mit der Miene eines Küchenchefs, der Gemüse aussucht. Wenn ihr irgend etwas mißfiel, ging sie schnurstracks mit mir in eine Boutique und kaufte mir den passenden Artikel. Wenn möglich, mußte ich ihn dann an Ort und Stelle gegen den beanstandeten austauschen. Was Kleidung anging, gab sie sich mit nichts weniger als dem Vollkommenen zufrieden.

In Folge davon wuchs meine Garderobe. Langsam, aber stetig, drangen neue Anzüge, neue Jacketts und neue Hemden in das Territorium ein, in dem einst Kumikos Röcke und Kleider unumschränkt geherrscht hatten. Binnen kurzem wurde es im Schrank eng. Also faltete ich Kumikos Sachen zusammen, legte sie, mit Mottenkugeln gespickt, in Kartons und verstaute sie in einem Abstellraum. Wenn sie je zurückkam, würde sie sich bestimmt fragen, was in aller Welt in ihrer Abwesenheit vorgefallen war.

Ich brauchte lange, um Muskat die Sache mit Kumiko nach und nach zu erklären – daß ich sie retten und zurückholen mußte. Sie stützte den Ellbogen auf den Tisch und das Kinn in die Hand und sah mich eine Weile an.

»Und von *wo* müssen Sie Kumiko retten? Hat der Ort vielleicht einen Namen?«

Ich suchte im Raum nach Worten; aber im Raum waren sie nicht. Ebensowenig unter der Erde. »Irgendwo ganz weit weg«, sagte ich.

Muskat lächelte. »Das erinnert mich irgendwie an die *Zauberflöte*. Sie wissen

schon: Mozart. Mit Hilfe einer Zauberflöte und eines magischen Glockenspiels müssen sie da eine Prinzessin retten, die irgendwo weit weg in einem Schloß gefangengehalten wird. Ich liebe diese Oper. Ich weiß nicht, *wie* viele Male ich sie schon gesehen habe. Ich kenne den Text auswendig: ›Ich Vogelfänger bin bekannt bei Alt und Jung im ganzen Land.‹ Papageno. Schon mal gesehen?«
Ich schüttelte den Kopf. Ich hatte *Die Zauberflöte* noch nie gesehen.
»In der Oper werden der Prinz und der Vogelfänger von drei Kindern, die auf einer Wolke reiten, zum Schloß geführt. Aber eigentlich geht es um einen Kampf zwischen dem Reich des Tages und dem Reich der Nacht. Das Reich der Nacht versucht, dem Reich des Tages die Prinzessin zu entreißen. Nach einigen Verwicklungen wissen die Helden nicht mehr, welche Seite wohl die ›richtige‹ ist – wer gefangengehalten wird und wer nicht. Natürlich bekommt der Prinz am Ende die Prinzessin, Papageno bekommt Papagena, und die Bösen stürzen in die Hölle.« Muskat strich mit dem Finger über den Rand ihres Glases. »Aber Sie haben im Moment weder einen Vogelfänger noch eine Zauberflöte oder ein wundertätiges Glockenspiel.«
»Aber ich habe einen Brunnen«, sagte ich.

Immer, wenn ich vom Reden müde wurde oder mit meiner Geschichte nicht mehr weiterkam, weil mir die Worte fehlten, gönnte mir Muskat eine Pause und erzählte weiter von ihrer Kindheit und Jugend, und ihre Geschichten erwiesen sich als viel länger und verschlungener als meine. Im Gegensatz zu mir zwang sie ihren Geschichten auch keine bestimmte Ordnung auf, sondern sprang von Thema zu Thema, wie ihre Stimmung es ihr gerade eingab. Ohne ein Wort der Erklärung kehrte sie die chronologische Abfolge der Ereignisse um oder rückte plötzlich jemanden in den Mittelpunkt des Geschehens, den sie noch nie erwähnt hatte. Um zu erraten, in welche Phase ihres Lebens die Episode, die sie gerade erzählte, gehörte, war ich gezwungen, scharfsinnige Deduktionen anzustellen – und selbst das nützte in manchen Fällen nichts. Sie schilderte Ereignisse, die sie mit eigenen Augen gesehen hatte, und daneben solche, die sie keineswegs miterlebt hatte.

Sie töteten die Leoparden. Sie töteten die Wölfe. Sie töteten die Bären. Die Bären zu erschießen dauerte am längsten. Selbst nachdem sie Dutzende von Gewehrkugeln abbekommen hatten, warfen sich die beiden gewaltigen Tiere noch gegen die Stangen ihres Käfigs und brüllten die Männer geifernd und mit entblößten Zähnen an. Anders als die Raubkatzen, die ihr Schicksal bereitwilliger hingenommen hatten (so hatte es zumindest ausgesehen), schienen die Bären außerstande zu sein, die Tatsache zu begreifen, daß sie getötet wurden. Darum vielleicht brauchten sie länger als notwendig, um sich von jenem vorübergehenden Zustand zu lösen, den man Leben nennt. Als es den Soldaten endlich gelungen war, in den Bären alle Lebenszeichen auszulöschen, waren sie so erschöpft, daß sie sich kaum noch auf den Beinen halten konnten. Der Leutnant legte den Sicherungshebel seiner Pistole wieder um und wischte sich mit seiner Mütze über die schweißnasse Stirn. In der tiefen Stille, die dem Gemetzel folgte, versuchten mehrere Soldaten ihre Beschämung zu verbergen, indem sie geräuschvoll auf den Boden spuckten. Überall zu ihren Füßen lagen leere Patronenhülsen, verstreut wie Zigarettenstummel. Ihre Ohren dröhnten noch vom Geknatter der Gewehre. Der junge Soldat, den siebzehn Monate später in einem Kohlenbergwerk bei Irkutsk ein sowjetischer Soldat erschlagen würde, wandte die Augen von den Bärenleichen ab und atmete mehrmals tief durch. Er bemühte sich verzweifelt, die Übelkeit, die ihm schon in der Kehle saß, wieder zurückzudrängen.

Am Ende brachten sie die Elefanten dann doch nicht um. Als sie den Tieren gegenüberstanden, ließ sich nicht übersehen, daß sie einfach zu groß waren, daß sich die Gewehre der Soldaten vor ihnen wie alberne Spielzeuge ausmachten. Der Leutnant überlegte eine Weile und beschloß dann, die Elefanten in Frieden zu lassen. Als die Männer das hörten, seufzten sie erleichtert auf. So seltsam es auch klingen mag – aber vielleicht klingt es gar nicht so seltsam –, sie dachten in diesem Moment alle das gleiche: daß es viel leichter sei, Menschen auf dem Schlachtfeld zu töten als eingesperrte Tiere, auch wenn man auf dem Schlachtfeld am Ende selbst getötet werden konnte.

Die Tiere, nun nur noch Kadaver, wurden von den chinesischen Arbeitern aus den Käfigen geschleift, auf Karren geladen und in ein leeres Lagerhaus geschafft. Dort wurden sie, nach Art und Größe sortiert, nebeneinander auf den Boden gelegt. Nachdem der Leutnant die Operation als beendet betrachten konnte, kehrte er in das Büro des Zoodirektors zurück und ließ sich die nötigen Papiere unterschreiben. Dann formierten sich die Soldaten und marschierten mit dem gleichen metallischen Geklirr, mit dem sie gekommen waren, geschlossen davon. Die chinesischen Arbeiter spritzten mit Wasserschläuchen die schwarzen Blutflecken vom

Boden der Käfige und schrubbten mit Bürsten die Fetzen von Tierfleisch ab, die hier und da an den Wänden klebten. Als das erledigt war, fragten die Arbeiter den Tierarzt mit dem blauschwarzen Mal auf der Wange, wie er mit den Tierkadavern zu verfahren gedenke. Der Arzt wußte nicht, was er darauf antworten sollte. Normalerweise rief er, wenn ein Tier im Zoo starb, einen Fachmann und überließ die Sache ihm. Aber jetzt, da sich die Hauptstadt auf einen blutigen Kampf vorbereitete und jeder verzweifelt versuchte, als erster aus dieser todgeweihten Stadt herauszukommen, konnte man nicht einfach irgendwo anrufen und hoffen, daß sofort jemand gelaufen kam und Tierkadaver beseitigte. Andererseits war Hochsommer, und die Kadaver würden sehr schnell in Verwesung übergehen. Schon jetzt waren sie schwarz von Fliegen. Am besten wäre es gewesen, sie zu vergraben – was eine langwierige Arbeit gewesen wäre, selbst wenn der Zoo über die nötigen Maschinen verfügt hätte. Aber mit den begrenzten Mitteln, die ihnen jetzt zur Verfügung standen, eine Grube auszuheben, die alle Kadaver aufnehmen konnte, war völlig unmöglich.

Da sagten die chinesischen Arbeiter zum Tierarzt: Herr Doktor, wenn Sie uns erlauben, die toten Tiere so mitzunehmen, wie sie sind, kümmern *wir* uns darum. Wir haben viele Freunde, die uns helfen werden, und wir wissen ganz genau, wo wir die Sache erledigen können. Wir schaffen sie aus der Stadt raus und beseitigen sie restlos. Sie werden keine Schererein bekommen. Aber als Gegenleistung möchten wir die Felle und das Fleisch haben. Vor allem das Bärenfleisch: Man wird es uns aus den Händen reißen. Bestimmte Teile vom Bären und vom Tiger sind gut als Arznei – sie werden teuer gehandelt. Und obwohl es jetzt zu spät ist: Es wäre besser gewesen, wenn man nur auf den Kopf der Tiere gezielt hätte. Dann wären die Felle eine ganze Menge mehr wert. Die Soldaten waren solche Anfänger! Wenn Sie es uns nur gleich überlassen hätten, wir hätten es nicht so stümperhaft gemacht. Der Tierarzt ging auf den Handel ein. Er hatte keine andere Wahl. Schließlich war es *ihr* Land.

Bald darauf erschienen zehn Chinesen mit mehreren leeren Karren. Sie schleiften die Tierkörper aus dem Lager heraus, stapelten sie auf die Karren, zurrten sie fest und deckten sie mit Strohmatten ab. Sie wechselten dabei kaum ein Wort miteinander. Ihre Gesichter waren völlig ausdruckslos. Als sie die Wagen fertig beladen hatten, zogen sie sie fort. Die alten Karren ächzten unter der Last der Tiere. Und so endete das Massaker – das stümperhafte Massaker, wie die Chinesen es genannt hatten – von Zootieren, an einem heißen Augustnachmittag. Zurück blieben nur mehrere saubere – leere – Käfige. Noch immer in heller Aufregung, kreischten sich die Affen weiter in ihrer unverständlichen Sprache allerlei Dinge zu. Die Dachse trabten in ihrem engen Käfig rastlos hin und her. Die Vögel schlugen verzweifelt mit den Flügeln, daß ringsum Federn flogen. Und die Zikaden sägten ihren unablässigen Gesang.

Nachdem die Soldaten das Gemetzel beendet hatten und zum Hauptquartier zurückgekehrt waren, und nachdem die letzten beiden chinesischen Arbeiter, vor ihre mit Tierleichen beladenen Karren gespannt, irgendwohin verschwunden waren, breitete sich im Zoo die Atmosphäre eines leergeräumten Hauses aus. Der Tierarzt setzte sich auf den Rand eines trockenen Springbrunnens, sah zum Himmel hinauf und betrachtete den Pulk von scharf konturierten Wolken, die da oben vorüberschwebten. Dann lauschte er den Zikaden. Der Aufziehvogel hatte aufgehört zu rufen, aber das fiel dem Tierarzt nicht auf. Er hatte den Aufziehvogel überhaupt nicht gehört. Der einzige, der ihn gehört hatte, war der arme junge Soldat, der später in einem sibirischen Kohlenbergwerk erschlagen werden würde. Der Tierarzt zog ein schweißfeuchtes Päckchen Zigaretten aus seiner Brusttasche, steckte sich eine in den Mund und zündete ein Streichholz an. Als er die Flamme an die Zigarette führte, merkte er, daß seine Hand zitterte – so sehr, daß er drei Streichhölzer verbrauchte, ehe die Zigarette brannte. Nicht, daß er ein emotionales Trauma erlitten hätte. Eine große Anzahl von Tieren war in kurzer Zeit vor seinen Augen »liquidiert« worden, und dennoch empfand er unerklärlicherweise keine besondere Erschütterung oder Trauer oder Wut. Ja, er empfand eigentlich fast nichts. Er war nur schrecklich ratlos.
Er blieb eine Weile da sitzen, sah dem Rauch zu, der sich von seiner Zigarette in die Höhe kräuselte, und versuchte, sich über seine Gefühle klarzuwerden. Er starrte auf seine Hände, die da in seinem Schoß lagen, dann schaute er wieder zu den Wolken am Himmel. Die Welt, die er vor Augen hatte, sah aus wie immer. Er konnte keine Zeichen von Veränderung feststellen. Und doch hätte es eine deutlich andere Welt sein müssen als diejenige, die er bis dahin gekannt hatte. Schließlich war die Welt, in der er jetzt lebte, eine Welt, in der Bären und Tiger und Leoparden und Wölfe »liquidiert« worden waren. Am Morgen hatten diese Tiere noch existiert, aber jetzt, um vier Uhr nachmittags, hatten sie aufgehört zu

existieren. Sie waren von Soldaten massakriert worden, und nicht einmal ihre toten Körper waren mehr vorhanden.

Es hätte eine klare Trennung, eine Kluft zwischen diesen zwei verschiedenen Welten geben sollen. Es *mußte* eine solche Kluft geben. Aber er fand sie nicht, die Welt erschien ihm genauso wie immer. Was ihn jedoch am meisten verblüffte, war der Mangel an Empfindungen, den er in sich feststellte.

Plötzlich wurde ihm bewußt, wie erschöpft er war. Wenn er es sich recht überlegte, hatte er in der Nacht zuvor kaum geschlafen. Wie wunderbar das wäre, dachte er, wenn ich mir im Schatten eines Baumes ein kühles Plätzchen suchen könnte, mich ausstrecken und schlafen, und wenn auch nur für eine Weile – nicht mehr denken, in das stille Dunkel der Bewußtlosigkeit versinken. Er warf einen Blick auf seine Uhr. Er mußte Futter für die überlebenden Tiere beschaffen. Er mußte den Pavian behandeln, der hohes Fieber hatte. Es gab tausend Dinge, die er tun mußte. Aber noch dringender mußte er jetzt schlafen. Über alles weitere konnte er sich später Gedanken machen.

Der Tierarzt ging in das angrenzende Waldstück und legte sich an einer Stelle, wo ihn niemand bemerken würde, ins Gras. Das schattige Gras fühlte sich kühl und angenehm an. Der Geruch erinnerte ihn wohlig an seine Kindheit. Ein paar große mandschurische Heuschrecken hüpften mit einem schönen, kräftigen Surren über sein Gesicht hinweg. Er zündete sich im Liegen eine weitere Zigarette an und stellte zu seiner Befriedigung fest, daß seine Hände nicht mehr so stark zitterten. Er sog den Rauch tief in die Lunge und stellte sich vor, wie die Chinesen irgendwo all den gerade getöteten Tieren die Haut abzogen und das Fleisch zerlegten. Er hatte schon oft Chinesen bei einer solchen Arbeit gesehen und wußte, daß sie sich dabei alles andere als stümperhaft anstellten. In wenigen Augenblicken wurde ein Tier in Haut, Fleisch, Innereien und Knochen verwandelt, als ob diese Bestandteile ursprünglich völlig separate Einheiten gewesen und nur zufällig für kurze Zeit zusammengekommen wären. Wenn ich von meinem Nickerchen aufwache, sind die Fleischstücke bestimmt schon auf dem Markt. Da hast du die Wirklichkeit: schnell und effizient. Er riß eine Handvoll Gras aus und spielte eine Weile mit den weichen Halmen. Dann drückte er seine Zigarette aus und stieß mit einem tiefen Seufzer allen Rauch aus seiner Lunge. Als er die Augen schloß, klangen die Flügel der Heuschrecken in der Dunkelheit viel lauter. Der Tierarzt verfiel der Illusion, riesige Heuschrecken, so groß wie Ochsenfrösche, hüpften um ihn herum.

Vielleicht ist die Welt wie eine Drehtür, schoß es ihm noch durch den Kopf, als sein Bewußtsein schon verblaßte. Und in welchem Sektor man landete, hing einfach davon ab, wo der Fuß zufällig auftrat. In einem Sektor gab es Tiger, in einem anderen jedoch keine. Vielleicht war es wirklich so simpel. Und zwischen dem einen und dem anderen Sektor bestand keine logische Kontinuität. Und genau aufgrund dieses Fehlens jeglicher logischen Kontinuität bedeuteten Entscheidungen nicht sehr viel. War das nicht der Grund, warum er die Kluft zwischen der einen und der anderen Welt nicht spüren konnte? Aber weiter kam er mit seinen Gedanken nicht. Noch tiefer zu denken ging über seine Kräfte. Die Erschöpfung lastete schwer und erstickend auf ihm, wie eine durchweichte Decke. Es kamen ihm keine Gedanken mehr, und er lag einfach nur da, atmete den Duft des Grases ein, lauschte dem Sirren der Heuschreckenflügel und spürte durch die Haut hindurch die dichte Membran aus Schatten, die ihn überzog.
Und endlich wurde sein Bewußtsein in den tiefen Schlaf des Nachmittags gesogen.

Das Transportschiff hatte, wie befohlen, die Maschinen gestoppt und war bald auf dem Ozean zum Stillstand gekommen. Seine Chance, ein so schnelles, modernes Unterseeboot abzuhängen, hätte eins zu zehntausend betragen. Die Bordkanone und das Maschinengewehr des U-Boots zielten noch immer auf das Transportschiff, die Mannschaft war gefechtsbereit. Dennoch schwebte eine seltsame Gelassenheit über den beiden Schiffen. Die Besatzung des U-Boots stand in voller Sicht aufgereiht an Deck und beobachtete den Transporter mit einer Miene, als hätte man endlos Zeit. Viele Matrosen hatten sich nicht einmal die Mühe gemacht, den Stahlhelm aufzusetzen. Es war fast völlig windstill an diesem Sommernachmittag, und jetzt, da beide Maschinen gestoppt hatten, war nichts als das träge Klatschen zu vernehmen, mit dem die Wellen gegen die Rümpfe der zwei Schiffe schlugen. Der Transporter signalisierte dem Unterseeboot: »Dies ist ein Transportschiff voll unbewaffneter Zivilisten. Wir haben weder Kriegsgerät noch Armeeangehörige an Bord. Wir haben zu wenig Rettungsboote.« Darauf antwortete das U-Boot brüsk: »Nicht unser Problem. Evakuiert oder nicht, aber in exakt zehn Minuten wird das Feuer eröffnet.« Damit endete der Signalaustausch zwischen den Schiffen. Der Kapitän des Transporters beschloß, seine Passagiere nicht über den Stand der Dinge zu informieren. Was hätte es auch

genutzt? Mit viel Glück würden ein paar von ihnen vielleicht davonkommen, aber die meisten würden mit diesem elenden Pott auf den Grund des Meeres gerissen werden. Der Kapitän hätte sich allzugern einen letzten Drink gegönnt, aber die Whiskyflasche – ein guter alter Scotch, den er sich für besondere Gelegenheiten aufsparte – lag in seiner Kajüte, in einer Schreibtischschublade, und ihm blieb nicht mehr die Zeit, sie zu holen. Er nahm die Mütze ab und sah zum Himmel, in der Hoffnung, dort werde wundersamerweise ein Geschwader von japanischen Kampfflugzeugen auftauchen. Aber es war wohl kein Tag für Wunder. Der Kapitän hatte sein möglichstes getan. Er dachte wieder an seinen Whisky.
Als die zehnminütige Gnadenfrist fast abgelaufen war, entstand auf dem Deck des U-Boots eine unerklärliche Unruhe. Die auf dem Kommandodeck aufgereihten Offiziere wechselten hastig Worte miteinander, und einer der Offiziere stieg aufs Hauptdeck hinunter und rannte, Kommandos brüllend, zwischen den Matrosen hin und her. Wo er hinkam, breiteten sich unter den gefechtsbereiten Männern konzentrische Wellen von Bewegung aus. Ein Matrose schüttelte weitausholend den Kopf und hämmerte mit der geballten Faust auf das Rohr der Bordkanone. Ein anderer nahm seinen Stahlhelm ab und starrte zum Himmel hinauf. Das Verhalten der Männer hätte Wut, Freude oder Enttäuschung bedeuten können. Die Passagiere des Transportschiffes konnten nicht erraten, was da vor sich ging oder worauf das alles hinauslaufen würde. Wie das Publikum einer Pantomime, zu der es kein Programmheft gab (die aber eine äußerst wichtige Botschaft enthielt), verfolgten sie mit angehaltenem Atem jede Bewegung der Matrosen und hofften, darin irgendeinen Hinweis zu entdecken. Schließlich begannen die Wellen der Erregung, die unter den Matrosen entstanden waren, sich wieder zu legen, und auf einen Befehl von der Kommandobrücke hin wurden in aller Eile die Granaten wieder aus dem Bereich der Bordkanone entfernt. Die Männer betätigten die Kurbeln und schwenkten das Kanonenrohr vom Transportschiff weg, bis es wieder genau zum Bug des U-Boots zeigte, dann verschlossen sie das grauenerregende schwarze Loch der Mündung. Die Granaten wurden wieder unter Deck geschafft, und die Besatzung rannte zu den Luken. Ganz anders als zuvor, taten sie jetzt alles mit größter Eile und Effizienz: ohne Geplauder und überflüssige Bewegungen.
Die Maschinen des U-Boots sprangen mit abruptem Donnern an, und fast im selben Moment heulte die Sirene das Signal: »Alle Mann unter Deck!« Das Unter-

seeboot setzte sich in Bewegung, und schon einen Augenblick später tauchte es ab und wühlte eine große Fläche Meeres schaumig, als habe es kaum so lange warten können, bis die Männer unter Deck und die Luken dicht waren. Eine Membran aus Meerwasser zog sich über das lange, schmale Deck von Bug bis achtern, der Kommandoturm glitt steil hinab, zerschnitt das dunkelblaue Wasser, und zuletzt tauchten die Antenne und das Sehrohr unter, als wollten sie mit einem Ruck jede Spur ihrer Anwesenheit löschen. Kurze, nervöse Wellen störten noch eine Zeitlang die Oberfläche des Meeres, aber bald legten sich auch sie, und zurück blieb nur die ruhige, nachmittägliche See.

Auch nachdem das U-Boot – mit derselben verblüffenden Plötzlichkeit, die sein Erscheinen gekennzeichnet hatte – wieder abgetaucht war, starrten die Passagiere gebannt auf die unendliche Wasserfläche und rührten sich nicht vom Fleck. Nicht einer von ihnen räusperte sich. Der Kapitän gewann seine Geistesgegenwart wieder und erteilte dem Navigationsoffizier einen Befehl, den dieser wiederum an den Maschinenraum weitergab, und nach einem längeren Anfall von Geknirsche und Geratter sprang die uralte Maschine schließlich an, wie ein Hund, den sein Herr mit einem Tritt aus dem Schlaf gerissen hat.

Mit angehaltenem Atem erwartete die Besatzung des Transportschiffs jeden Augenblick einen Torpedoangriff. Die Amerikaner konnten einfach ihre Pläne geändert und sich gesagt haben, daß es weit effektiver und bequemer wäre, das Schiff zu torpedieren, als sich mit einem zeitraubenden Artilleriebeschuß aufzuhalten. Das Schiff fuhr einen engen Zickzackkurs, und der Kapitän und der Navigationsoffizier suchten mit dem Fernglas die Meeresoberfläche nach der tödlichen weißen Kielspur eines Torpedos ab. Aber es kam kein Torpedo. Zwanzig Minuten, nachdem das U-Boot unter den Wellen verschwunden war, begannen die Menschen endlich, sich von dem Todesfluch zu befreien, der auf ihnen gelastet hatte. Anfangs konnten sie es noch nicht recht glauben, aber nach und nach begriffen sie, daß es die Wahrheit war: sie waren dem Schlund des Todes entronnen. Nicht einmal der Kapitän konnte sich erklären, warum die Amerikaner den Angriff so plötzlich abgeblasen hatten. Was konnte sie nur veranlaßt haben, ihre Pläne zu ändern? (Erst später wurde klar, daß wenige Augenblicke, bevor das Feuer eröffnet worden wäre, ein Funkspruch vom Hauptquartier eingegangen war, daß außer im Falle eines Angriffs alle Kampfhandlungen einzustellen seien. Die japanische Regierung hatte den Alliierten telegraphiert, sie akzeptiere die

Potsdamer Erklärung und sei zur bedingungslosen Kapitulation bereit.) Von der unerträglichen Anspannung befreit, brachen mehrere Passagiere dort, wo sie standen, auf dem Deck zusammen und stimmten ein lautes Wehgeschrei an, aber die meisten konnten weder lachen noch weinen. Mehrere Stunden – zum Teil sogar mehrere Tage lang – blieben sie völlig geistesabwesend, horchten nur dem Dorn eines langen, gewundenen Alptraums nach, der sich unbarmherzig in ihre Lunge, ihr Herz, ihr Rückenmark, ihr Gehirn, ihren Schoß bohrte.

Während all das geschah, blieb die kleine Muskat Akasaka, tief und fest eingeschlafen, in den Armen ihrer Mutter. Sie schlief zwanzig Stunden durch, als habe man sie bewußtlos geschlagen. Ihre Mutter rief und klatschte ihr auf die Wangen, aber ohne jedes Resultat. Sie hätte ebensogut auf den Grund des Meeres gesunken sein können. Die Intervalle zwischen ihren Atemzügen wurden länger und länger, und ihr Puls verlangsamte sich immer mehr. Ihr Atmen war kaum noch hörbar. Doch als das Schiff in Sasebo einlief, wachte sie unvermittelt auf, als habe eine gewaltige Kraft sie wieder in diese Welt zurückgezerrt. Und so wurde Muskat nicht selbst Zeugin des abgebrochenen Angriffs und des Verschwindens des amerikanischen U-Bootes. Sie erfuhr alles erst viel später, von ihrer Mutter.

Als der Frachter endlich in den Hafen von Sasebo tuckerte, war es kurz nach zehn am Morgen des 16. August, des Tages nach dem Nichtangriff. Im Hafen herrschte eine unheimliche Stille, und niemand kam heraus, um das Schiff zu begrüßen. Nicht einmal in der Flakstellung, die die Hafeneinfahrt sicherte, waren Lebenszeichen festzustellen. Die Sommersonne durchglühte mit stummer Inbrunst die Erde. Die ganze Welt schien von tiefer Lähmung befallen zu sein, und manche Passagiere an Bord hatten das Gefühl, sie seien versehentlich im Totenreich gelandet. Nach jahrelangem Aufenthalt in der Fremde konnten sie das Land ihrer Ahnen nur noch stumm anstarren. Am 15. August um zwölf Uhr mittags hatte der Kaiser im Rundfunk verkündet, daß der Krieg zu Ende war. Sechs Tage zuvor war die nahegelegene Stadt Nagasaki von einer einzigen Atombombe ausgelöscht worden. Das Phantomreich Mandschukuo versank bereits in den Nebeln der Vergangenheit. Und zufällig in den falschen Sektor der Drehtür geraten, würde der Tierarzt mit dem Mal auf der Wange das Schicksal Mandschukuos teilen.

10
JETZT ALSO ZUM NÄCHSTEN PROBLEM
(MAY KASAHARAS STANDPUNKT: 2)

Hallo mal wieder, Mister Aufziehvogel.
Haben Sie inzwischen überlegt, wo ich sein und was ich hier tun könnte, wie ich's Ihnen am Ende von meinem letzten Brief aufgetragen habe? Ist Ihnen irgendwas dazu eingefallen?
Was soll's, ich geh wohl einfach mal davon aus, daß Sie nicht die leiseste Ahnung haben – was sicherlich auch stimmt.
Also bringe ich's hinter mich und sag's Ihnen am besten direkt.
Ich arbeite in – sagen wir – einer ganz bestimmten Fabrik. Einer großen Fabrik. Sie liegt in einer ganz bestimmten Provinzstadt – oder besser gesagt, in den Bergen am Rand einer ganz bestimmten Provinzstadt, von der aus man das Japanische Meer sieht. Lassen Sie sich vom Wort »Fabrik« nicht in die Irre führen. Es ist nichts von der Art, wie Sie sich's bestimmt vorstellen: eine von diesen machomäßigen Angelegenheiten voll von riesigen supermodernen Maschinen, die vor sich hinrattern, mit laufenden Fließbändern und qualmenden Schornsteinen. Sie ist groß, das schon, aber die Anlage ist über ein großes Areal verteilt, und sie ist hell und leise. Sie produziert überhaupt keinen Qualm. Ich hätte früher nie gedacht, daß es auf der Welt so ausgedehnte, weitläufige Fabriken gibt. Die einzige andere Fabrik, die ich je gesehen hab, war die Bonbonfabrik in Tokio, die wir in der Grundschule einmal besichtigt haben, und das einzige, was ich davon noch weiß, ist, daß es da fürchterlich laut und eng war und die Leute mit trübsinniger Miene vor sich hinackerten. Für mich war eine »Fabrik« also immer wie so ein Bild im Geschichtsbuch zum Thema »Industrielle Revolution«.
Die Leute, die hier arbeiten, sind fast alles Mädchen. In der Nähe gibt's ein separates Gebäude, ein Labor, wo Männer in weißen Kitteln in der Produktentwicklung arbeiten und immer wahnsinnig ernst und wichtig gucken, aber die machen nur einen sehr kleinen Teil der Belegschaft aus. Alle übrigen sind Mädchen, so zwischen sechzehn, siebzehn und Anfang zwanzig, und vielleicht siebzig Prozent von ihnen wohnen auf dem Fabrikgelände in firmeneigenen Wohnheimen, so wie ich. Jeden Morgen mit dem Bus oder dem Auto vom nächsten Ort hier rauszufahren ist verflucht mühsam, und die Wohnheime sind hübsch. Die Gebäude sind neu, die Zimmer sind alle Einzel-, das Essen ist gut und man kann sich aussuchen, was man will, es ist alles da, was man braucht, und

wenn man bedenkt, was was man alles geboten bekommt, zahlt man für Essen und Wohnen wirklich wenig. Es gibt einen beheizten Swimmingpool und eine Bücherei, und wenn man will (ich will aber nicht), kann man Sachen wie Teezeremonie und Ikebana lernen, und man kann sogar alle möglichen Mannschaftssportarten treiben, und so ziehen viele Mädchen, die als Pendlerinnen angefangen haben, früher oder später in ein Wohnheim. Alle fahren am Wochenende wieder nach Haus, um bei ihren Angehörigen zu essen oder ins Kino zu gehen, oder sich mit ihrem Freund zu treffen und so, und deswegen verwandelt sich der Laden jeden Samstag in eine leere Ruine. Es sind hier nicht allzu viele wie ich, ohne Familie, zu der sie übers Wochenende fahren können. Aber wie gesagt, ich mag die weite, hohle, leere Atmosphäre, die am Wochenende herrscht. Ich kann den ganzen Tag lesen oder schön laut Musik hören oder über die Hügel wandern, oder, wie jetzt, am Schreibtisch sitzen und Ihnen schreiben, Mister Aufziehvogel.
Die Mädchen, die hier arbeiten, sind alles Einheimische – das heißt, Bauerntöchter. Na ja, vielleicht nicht jede einzelne von ihnen, aber größtenteils sind es glückliche, gesunde, optimistische, hart arbeitende Mädchen. Hier in dieser Präfektur gibt's nicht sehr viele große Betriebe, deswegen sind die Mädchen früher, wenn sie mit der Mittelschule fertig waren, in die Stadt gezogen und haben sich dort einen Job gesucht. Das Ergebnis war, daß die Jungs, die hier im Ort blieben, niemand zum Heiraten fanden, was das Problem mit dem Bevölkerungsschwund noch weiter verschlimmert hat. Also hat sich der Gemeinderat zusammengesetzt und hat verschiedenen Unternehmen dieses große Gelände angeboten, damit sie hier eine Fabrik bauten und die Mädchen nicht mehr wegzuziehen bräuchten. Ich finde, das war eine tolle Idee. Ich meine, überlegen Sie doch mal, die haben sogar jemand wie mich dazu gekriegt, hier in die Pampa rauszuziehen! Wenn sie also mit der Schule fertig sind (oder vorher abgehen, wie ich), dann kommen alle Mädchen in die Fabrik arbeiten und sparen ihren Lohn, und wenn sie alt genug sind, heiraten sie und kündigen und kriegen ein paar Blagen und werden zu fetten Walroßkühen, die eine wie die andere aussieht. Natürlich gibt's ein paar, die auch nach der Heirat weiterarbeiten, aber die meisten hören auf.
Damit müßten Sie eigentlich von dem Laden hier eine ganz gute Vorstellung haben. Okay?

Jetzt lautet also die nächste Frage für Sie: Was stellen sie in dieser Fabrik her?

Tip: Wir beide haben mal zusammen einen Job gemacht, der was damit zu tun hatte. Wissen Sie noch? Wir sind auf die Ginza und haben eine Erhebung gemacht. Ach, kommen Sie schon. Sogar Sie müßten das inzwischen kapiert haben, Mister Aufziehvogel! Erraten! Ich arbeite in einer Perückenfabrik! Überrascht?

Ich hab Ihnen schon erzählt, daß ich nach sechs Monaten von diesem Luxushotel/Knast/Internat weg bin und nur zu Haus rumgehangen habe, wie ein Hund mit einem Gipsbein. Und dann ist mir ganz plötzlich die Fabrik der Perückenfirma eingefallen. Ich hab mich an was erinnert, was mir mein Chef in der Firma mal gesagt hatte, nur zum Spaß eigentlich, daß sie nie genug Mädchen für die Fabrik hätten und daß sie mich jederzeit vom Fleck weg anstellen würden, wenn ich mal Lust bekäme, da zu arbeiten. Er hatte mir sogar eine Broschüre von dem Laden gezeigt, und ich weiß noch, daß ich gedacht habe, daß die Fabrik echt cool aussah und ich bestimmt nichts dagegen hätte, da mal zu jobben. Mein Chef sagte, die Mädchen würden alle manuell arbeiten: per Hand Haare in die Toupets knüpfen. Eine Perücke ist in der Herstellung sehr aufwendig, nicht wie so ein Aluminiumtopf, den man einfach eins, zwei, drei zurechtstanzen kann. Um eine Qualitätsperücke herzustellen, muß man feine Bündelchen von echten Haaren ganz, ganz vorsichtig einknüpfen, ein Bündelchen auf einmal. Wird Ihnen nicht schon bei der bloßen Vorstellung ganz anders? Ich meine, was glauben Sie, wie viele Haare ein Mensch auf dem Kopf hat? Das geht in die Hunderttausende! Und um eine Perücke zu machen, muß man die alle per Hand einsetzen, so wie man Schößlinge in ein Reisfeld setzt. Aber keins der Mädchen hier beklagt sich über die Arbeit. Die stört sie nicht, weil wir hier im Schneeland sind, wo es bei den Bauernfrauen schon immer Brauch war, während des langen Winters feine Handarbeiten zu machen, um etwas Geld dazuzuverdienen. Und das soll auch der Grund sein, warum die Firma sich gerade diese Gegend für ihre Fabrik ausgesucht hat.

Ehrlich gesagt, Handarbeit dieser Art hat mich nie gestört. Ich weiß, daß ich nicht danach aussehe, aber ich kann sogar ganz schön gut nähen. Meine Lehrerinnen waren immer schwer beeindruckt. Das glauben Sie mir nicht? Ist aber die reine Wahrheit! Deswegen ist mir die Idee gekommen, daß es mir Spaß machen könnte, einen Teil meines Lebens als Fabrikmädchen in den Bergen zu verbringen, meine Hände von morgens bis abends beschäftigt zu halten und die ganze Zeit an nichts Beunruhigendes zu denken. Die Schule hing mir zum Hals raus, aber mir graute auch vor der Vorstellung, einfach nur rumzu-

hängen und mich von meinen Eltern durchfüttern zu lassen (und ich bin sicher, denen graute vor der Vorstellung genauso), aber es gab eben nichts, was wirklich der Traum meiner schlaflosen Nächte gewesen wäre, und je mehr ich darüber nachgedacht hab, desto mehr sah's so aus, als würde mir nichts anderes übrigbleiben, als in dieser Fabrik arbeiten zu gehen.

Ich hab meine Eltern dazu gebracht, daß sie für mich bürgten, und meinen Chef, daß er mir einen Empfehlungsbrief geschrieben hat (die waren mit meinen Erhebungsbögen immer sehr zufrieden), ich hab mein Vorstellungsgespräch in der Firmenzentrale erfolgreich hinter mich gebracht, und schon die Woche drauf hatte ich meine sämtlichen Siebensachen gepackt (na ja, mehr als meine Klamotten und meinen Rekorder hab ich auch gar nicht mitgenommen). Ich hab ganz allein den Intercity genommen, bin in einen süßen kleinen Bummelzug umgestiegen, der in die Berge fährt, und zu guter Letzt bin ich in diesem verschlafenen Kaff angekommen. Aber da kam ich mir echt wie am Ende der Welt vor. Ich war sooo down, als ich aus dem Zug gestiegen bin! Ich hab gedacht: Was hab ich mir da bloß eingebrockt! Aber dann war's doch nicht so schlimm: Ich bin jetzt seit einem halben Jahr hier, es hat keine besonderen Probleme gegeben, und ich hab mich ganz gut eingelebt.

Ich weiß nicht, wie das kommt, aber ich hab mich schon immer für Perücken interessiert. Oder vielleicht sollte ich besser sagen, die haben mich schon immer »fasziniert«, so wie manche Typen von Motorrädern fasziniert sind. Wissen Sie, vorher war mir das gar nicht so richtig klar, aber als ich angefangen hab, diesen Marktforschungsjob zu machen, und auf einmal diese ganzen Glatzköpfe (oder wie die Firma sagt: »Männer mit zurückgehendem Haaransatz«) zu sehen bekam, da ist mir echt bewußt geworden, wie viele Typen von der Art es auf der Welt gibt! Nicht, daß ich gefühlsmäßig eine besondere Beziehung, so oder so, zu Männern mit Glatze (oder zurückgehendem Haaransatz) hätte. In dem Sinne, daß sie mir besonders »gefallen« oder »nicht gefallen« würden. Nehmen wir zum Beispiel Sie, Mister Aufziehvogel. Selbst wenn Sie weniger Haare auf dem Kopf hätten als jetzt (und bald werden Sie weniger haben), würde sich an meinen Gefühlen Ihnen gegenüber nicht das Allergeringste ändern. Das einzige, was ich empfinde, wenn ich einen Mann mit zurückgehendem Haaransatz sehe, ist dieses Gefühl, von dem ich Ihnen, glaub ich, schon mal erzählt hab, daß das Leben immer weniger wird. Also, das ist wirklich etwas, was mich interessiert!

Ich hab mal gehört, daß man mit einem bestimmten Alter (ich weiß nicht mehr, ob's neunzehn war oder zwanzig oder was) den Höhepunkt seines Wachstums erreicht, und danach fängt der Körper an abzubauen. Wenn dem so ist, dann ist die Tatsache, daß einem die Haare ausfallen und schütter werden, einfach nur ein bestimmter Aspekt dieses »Abbauens« des Körpers. Da ist überhaupt nichts Ungewöhnliches daran. Vielleicht ist es ganz normal und natürlich. Wenn damit irgendwas nicht in Ordnung ist, dann ist es der Umstand, daß manche Typen schon jung eine Glatze kriegen und andere überhaupt nie. Also, wenn ich eine Glatze hätte, dann fänd ich das ganz schön unfair. Ich meine, das ist doch ein Körperteil, der wirklich ins Auge springt! Selbst ich kann nachvollziehen, wie sich Glatzköpfe fühlen, und dabei betrifft mich das Problem ja persönlich überhaupt nicht!

In den meisten Fällen ist der Mensch mit Haarausfall in keinster Weise dafür verantwortlich, ob das Volumen an Haar, das er verliert, größer oder kleiner ist als bei irgend jemand anderem. Als ich da jobbte, hat mir mein Chef mal gesagt, daß es zu neunzig Prozent an den Genen liegt, ob jemand eine Glatze kriegt oder nicht. Ein Mann, der von seinem Großvater und Vater ein Haarausfall-Gen geerbt hat, dem gehen früher oder später die Haare aus, egal, was er dagegen unternimmt. Der Spruch »Wo ein Wille ist, ist auch ein Weg«, trifft bei Glatzköpfigkeit einfach nicht zu. Wenn die Zeit gekommen ist, wo das Gen aufsteht und sagt: »Also gut, Jungs, bringen wir die Sache über die Bühne« (das heißt, falls Gene aufstehen und »Bringen wir die Sache über die Bühne« sagen können), dann bleibt den Haaren nichts anderes übrig als auszufallen. Das ist doch unfair, oder etwa nicht? Also, ich finde ja.

Jetzt wissen Sie also, daß ich hier draußen in dieser Fabrik bin, weit weit weg von wo Sie sind, und jeden Tag hart arbeite. Und Sie wissen von meinem tiefen persönlichen Interesse am Toupet und dessen Herstellung. Jetzt werde ich Ihnen etwas eingehender von meinem Leben und meiner Arbeit hier erzählen.
Ach was, vergessen Sie's. Tschüs.

IST DIESE SCHAUFEL EINE WIRKLICHE SCHAUFEL?
(WAS IN DER NACHT GESCHAH: 2)

Nachdem er tief eingeschlafen war, hatte der Junge einen lebhaften Traum. Er wußte allerdings, daß es ein Traum war, und das war ihm ein gewisser Trost. *Ich weiß, daß das ein Traum ist, also war das, was vorher passiert ist, kein Traum. Es ist wirklich, wirklich passiert. Ich sehe den Unterschied zwischen jetzt und vorher.*
In seinem Traum war der Junge in den Garten gegangen. Es war noch immer mitten in der Nacht, und er war allein. Er hob die Schaufel auf und fing an, das Loch, das der große Mann zugefüllt hatte, wieder aufzugraben. Der Mann hatte die Schaufel an den Stamm der Kiefer gelehnt zurückgelassen. Das frisch zugeschüttete Loch wieder aufzugraben war eigentlich gar nicht so anstrengend, aber schon vom Aufnehmen der schweren Schaufel kam der Junge ganz außer Atem. Und er hatte keine Schuhe an. Seine Fußsohlen waren eisig kalt. Trotzdem gab er nicht auf, sondern schnaufte und schaufelte immer weiter, bis er das Stoffbündel, das der Mann vergraben hatte, wieder freigelegt hatte.
Der Aufziehvogel war verstummt. Der Mann, der auf den Baum gestiegen war, war nicht wieder heruntergekommen. Die Nacht war so still, daß es dem Jungen fast in den Ohren weh tat. Der Mann war offenbar einfach verschwunden. *Aber schließlich ist das ein Traum*, dachte der Junge. Es war *kein* Traum, daß der Aufziehvogel gerufen hatte und der Mann, der wie sein Vater aussah, auf den Baum geklettert war. Diese Dinge waren wirklich passiert. Also konnte es zwischen dem hier und dem dort gar keine Verbindung geben. Aber trotzdem war's komisch: Da war er nun in einem Traum und grub das wirkliche Loch auf. Wie sollte er da unterscheiden können, was ein Traum war und was keiner? War diese Schaufel eine wirkliche Schaufel? Oder eine Traumschaufel?
Je länger er nachdachte, desto weniger begriff er. Also hörte der Junge auf nachzudenken und widmete seine ganze Kraft dem Lochgraben. Endlich berührte die Schaufel das Stoffbündel.
Jetzt wurde der Junge sehr vorsichtig und achtete darauf, daß er das Bündel nicht beschädigte, während er es vollständig freilegte. Dann kniete er sich hin und hob es aus dem Loch. Am Himmel war keine einzige Wolke, und es war niemand da, der das feuchte Licht des Vollmondes, das sich auf den Boden ergoß, abgehalten

hätte. Im Traum war er frei von Angst. Das Gefühl, das ihn machtvoll beherrschte, war Neugier. Er öffnete das Bündel und fand darin ein menschliches Herz. Er erkannte seine Form und Farbe nach der Abbildung, die er in seiner Enzyklopädie gesehen hatte. Das Herz war noch frisch und lebendig und bewegte sich, wie ein erst vor kurzem ausgesetzter Säugling. Sicher, es trieb kein Blut durch seine durchtrennte Arterie, aber es pochte noch immer kräftig. Der Junge hörte ein lautes Hämmern in seinen Ohren, aber das war das Geräusch seines eigenen Herzens. Das begrabene Herz und das Herz des Jungen pochten und pochten vollkommen im Gleichtakt, als hielten sie Zwiesprache miteinander.

Der Junge beruhigte seine Atmung und sagte sich entschieden: »Du hast keine Angst davor. Es ist einfach ein menschliches Herz, mehr nicht. Genau wie in der Enzyklopädie. Jeder hat so eins. *Ich* habe so eins.« Mit ruhigen Händen wickelte der Junge das schlagende Herz wieder in den Stoff, legte es in das Loch zurück und bedeckte es vollständig mit Erde. Die Erde strich er mit seinem nackten Fuß glatt, damit niemand erkennen konnte, daß da ein Loch gewesen war, und die Schaufel stellte er wieder so an den Baum, wie er sie vorgefunden hatte. Der Boden war nachts wie Eis. Der Junge zog sich am Fenstersims hoch und kehrte in sein warmes, freundliches Zimmer zurück. Er wischte sich über dem Papierkorb den Lehm von den Füßen, damit er die Laken nicht schmutzig machte, und wollte schon ins Bett kriechen. Aber da merkte er, daß schon jemand darin lag. Jemand schlief in seinem Bett, unter seinen Decken, an seinem Platz.

Mit einemmal böse, schlug der Junge die Decke zurück. »He, du, raus da!« wollte er den Schlafenden anfahren, »Das ist *mein* Bett!« Aber es kam kein Ton aus ihm heraus, denn der, den er im Bett vorgefunden hatte, war er selbst. Er lag schon in seinem Bett und schlief, ruhig atmend. Der Junge blieb erstarrt stehen, er fand keine Worte. Wenn ich hier schon schlafe, wo soll dann *dieses* »ich« schlafen? Zum erstenmal empfand der Junge nun Angst, eine Angst, die ihm wie Eiseskälte bis ins Innerste drang. Er wollte schreien, aus Leibeskräften losschreien, so daß sein schlafendes Ich und auch sonst jeder im Haus aufwachte. Aber seine Stimme tat einfach nicht mit. So krampfhaft er sich auch bemühte, er brachte keinen Ton heraus. Nicht den geringsten Laut. Also packte er sein schlafendes Ich bei der Schulter und schüttelte es so fest, wie er nur konnte. Aber der schlafende Junge wachte einfach nicht auf.

Mehr konnte er nicht tun. Der Junge zog seine Wolljacke aus und warf sie auf den

Boden. Dann schob er sein anderes, schlafendes Ich unter Aufbietung all seiner Kraft von der Mitte des Bettes weg und drückte sich selbst auf das bißchen Platz, das ihm bis zur Kante blieb. Er mußte sich hier einen Platz sichern. Sonst konnte es passieren, daß er aus dieser Welt, in die er gehörte, hinausgestoßen wurde. Eingeengt und ohne Kissen, wie er war, fühlte sich der Junge trotzdem, kaum daß er sich hingelegt hatte, unglaublich müde. Er konnte nicht mehr denken. Im nächsten Moment war er tief eingeschlafen.

Als der Junge am nächsten Morgen aufwachte, lag er in der Mitte des Bettes, allein. Sein Kopf lag wie immer auf dem Kissen. Er richtete sich langsam auf und sah sich um. Auf den ersten Blick wirkte das Zimmer unverändert. Da waren derselbe Schreibtisch, dieselbe Kommode, derselbe Schrank, dieselbe Stehlampe wie immer. Die Wanduhr zeigte zwanzig nach sechs. Aber der Junge wußte, daß irgend etwas nicht stimmte. Es mochte alles wie immer aussehen, aber das hier war nicht das Zimmer, in dem er letzte Nacht eingeschlafen war. Die Luft, das Licht, die Geräusche, die Gerüche, alles war ein ganz kleines bißchen anders als vorher. Anderen wäre es vielleicht nicht aufgefallen, aber der Junge spürte es. Er schlug die Decke zurück und sah an sich herunter. Er hielt die Hände in die Höhe und bewegte die Finger, einen nach dem anderen. Sie bewegten sich, wie sie sollten. Und seine Beine bewegten sich. Nichts tat ihm weh oder juckte. Er schlüpfte aus dem Bett und ging auf die Toilette. Als er gepinkelt hatte, stellte er sich vor das Waschbecken und betrachtete im Spiegel sein Gesicht. Er zog die Pyjamajacke aus, stellte sich auf einen Stuhl und betrachtete das Spiegelbild seines hellhäutigen kleinen Körpers. Er fand nichts Ungewöhnliches.
Dennoch war irgend etwas anders. Er fühlte sich so, als sei sein Ich in ein neues Gefäß gesteckt worden. Er merkte, daß er sich an diesen seinen neuen Körper noch nicht ganz gewöhnt hatte. Irgend etwas an diesem hier, spürte er, paßte einfach nicht zu seinem ursprünglichen Ich. Plötzlich überkam ihn Hilflosigkeit, und er versuchte, nach seiner Mutter zu rufen, aber das Wort wollte nicht aus seiner Kehle kommen. Seine Stimmbänder waren nicht imstande, die Luft in Schwingung zu versetzen, als sei das Wort »Mutter« überhaupt aus der Welt verschwunden. Der Junge brauchte nicht lang, um zu begreifen, daß nicht *das Wort* verschwunden war.

MS GEHEIMNISVOLLE HEILUNG

Die Welt des Showgeschäfts und das Okkulte
[Aus *The —— Monthly*, November]

[...] Diese okkulten Heilmethoden, die bei unseren Unterhaltungskünstlern der letzte Schrei zu sein scheinen, werden in der Regel durch Mundpropaganda bekannt, aber in manchen Fällen erinnern sie eher an die Praktiken gewisser Geheimorganisationen.
Nehmen wir zum Beispiel »M«, heute 33. Debütierte vor zehn Jahren als Nebendarstellerin in einer TV-Serie, von Publikum und Kritik gut aufgenommen, seitdem Hauptrollen in Film und Fernsehen, vor sechs Jahren Heirat mit erfolgreichem jungem Grundstücksspekulanten, keinerlei Probleme während der ersten beiden Ehejahre. Seine Geschäfte gingen gut, und sie glänzte in mehreren Filmrollen. Aber dann gerieten der Dinnerclub und die Boutique, die er nebenbei in ihrem Namen betrieb, in Zahlungsschwierigkeiten, und er fing an, ungedeckte Schecks auszustellen, für die sie haftbar gemacht wurde. M war nie darauf erpicht gewesen, ins Geschäftsleben einzusteigen, aber ihr Mann wollte unbedingt expandieren und hatte sie mit mehr oder weniger sanftem Druck zum Mitspielen bewogen. Einer Theorie zufolge wurde der Mann Opfer eines abgekarteten Schwindels. Hinzu kam, daß Ms Beziehungen zu ihren Schwiegereltern von jeher ziemlich frostig gewesen waren.
Bald gab es Klatsch über die Probleme, die M mit ihrem Mann hatte, und es dauerte nicht lange, bis die beiden sich trennten.

Vor zwei Jahren wurde ihre Ehe, nachdem sie mit Hilfe eines Schiedsgerichts ihre finanzielle Situation geregelt hatten, rechtskräftig aufgelöst, aber danach begannen sich bei M Anzeichen einer schweren Depression bemerkbar zu machen, die sie schließlich zwangen, sich in therapeutische Behandlung zu begeben. Ihre Karriere schien damit beendet zu sein. Wie uns ein Mitarbeiter ihres damaligen Studios verriet, litt M seit ihrer Scheidung unter schweren Wahnvorstellungen. Sie ruinierte sich mit Antidepressiva die Gesundheit, und schließlich hieß es über sie einhellig: »Als Schauspielerin ist sie erledigt.« Unser Gewährsmann erklärte: »Sie hatte die Konzentrationsfähigkeit verloren, die man zum Spielen einfach braucht, es war erschütternd, und wie sie äußerlich verfiel. Daß sie von ihrem Wesen her ein ernster Mensch war, dessen Grübeleien bisweilen fast selbstzerstörerische Formen annehmen konnten, machte die Situation auch nicht gerade besser. Wenigstens hatte sie nach der Scheidung eine sehr anständige Abfindung bekommen, und so konnte sie es sich leisten, eine Weile nicht zu arbeiten.«
Eine entfernte Verwandte von M – aber *de facto* gleichsam ihre zweite Mutter – war mit einem bekannten Politiker und ehemaligen Minister verheiratet. Durch sie lernte M eine Geistheilerin kennen, die ausschließlich für eine sehr kleine, exklusi-

ve Klientel arbeitete. Ein Jahr lang suchte M ihrer Depression wegen diese Frau regelmäßig auf, aber worin die Behandlung genau bestand, weiß niemand. M selbst hat sich nie dazu geäußert. Was es auch gewesen sein mag, es scheint gewirkt zu haben. Schon nach relativ kurzer Zeit konnte M auf die Antidepressiva verzichten, was zur Folge hatte, daß die seltsame Aufgeschwemmtheit, die das Medikament verursacht hatte, rasch abklang, ihr Haar seine Fülle zurückgewann und ihre ganze Schönheit wiederhergestellt war. Ihr psychischer Zustand besserte sich ebenso rasch, und langsam kehrte sie wieder zur Schauspielerei zurück. An diesem Punkt stellte sie ihre Besuche bei der Geistheilerin ein.

Im Oktober dieses Jahres aber, gerade als die Erinnerung an ihren Alptraum zu verblassen begann, brachen die Symptome ganz plötzlich und ohne jeden erkennbaren Anlaß wieder aus. Der Zeitpunkt hätte für M kaum ungünstiger sein können: Es fehlten nur noch wenige Tage bis zum Beginn der Dreharbeiten zu ihrem nächsten Film, und in ihrem gegenwärtigen Zustand hätte sie unmöglich spielen können. M setzte sich sofort mit der Heilerin in Verbindung und bat um Behandlung, aber die Frau erklärte ihr, sie praktiziere nicht mehr. »Es tut mir leid«, sagte sie, »aber ich kann nichts für Sie tun. Ich bin nicht mehr dazu imstande. Ich habe meine Kraft verloren. Es *gäbe* zwar jemanden, an den ich Sie verweisen könnte, aber Sie müßten sich zu absolutem Stillschweigen verpflichten. Wenn Sie darüber zu irgend jemandem auch nur *ein einziges Wort* verlieren, werden Sie es bereuen. Ist das klar?«

Offenbar wurde M angewiesen, sich an einen bestimmten Ort zu begeben, von wo aus sie zu einem Mann mit einem bläulichen Mal im Gesicht geführt wurde. Der etwa dreißigjährige Mann sprach, solange sie dort war, kein einziges Wort, aber seine Behandlungsmethode soll »unglaublich wirkungsvoll« gewesen sein. M wollte nicht verraten, wieviel sie für die Sitzung bezahlt hat, aber die »Konsultationsgebühr« dürfte recht ansehnlich gewesen sein.

Folgendes soll M einem »sehr engen« Freund über die geheimnisvolle Behandlung anvertraut haben: M mußte sich zunächst in »einem bestimmten Hotel in der City« einfinden, wo sie einen jungen Mann traf, der den Auftrag hatte, sie zu dem Heiler zu bringen. Sie verließen das Hotel in »einem großen schwarzen Wagen«, der in einem reservierten Bereich der Tiefgarage geparkt hatte, und fuhren zu dem Ort, wo die Behandlung stattfand. Was die Behandlung als solche anbelangt, haben unsere Nachforschungen allerdings nichts ergeben. M soll ihrem Freund gesagt haben: »Diese Leute besitzen unglaubliche Kräfte. Wenn ich mein Versprechen brechen würde, könnte mir etwas Schreckliches zustoßen.«

M hat diesen Ort nur ein einziges Mal aufgesucht, und sie hat seither keine Anfälle mehr erlitten. Wir haben versucht, durch ein persönliches Gespräch mit M näheres über die Behandlung und die geheimnisvolle Frau in Erfahrung zu bringen, aber erwartungsgemäß hat es die Schauspielerin abgelehnt, uns zu empfangen. Wie aus gut unterrichteter Quelle zu erfahren war, meidet diese »Organisation« normalerweise Kontakte zum Showgeschäft und konzentriert sich vielmehr auf die verschwiegeneren Kreise von Politik und Wirtschaft. Unsere Beziehungen zur Unterhaltungsbranche haben bislang keine weiteren Informationen erbracht …

13

DER MANN, DER WARTETE
WAS NICHT ABZUSCHÜTTELN WAR
KEIN MENSCH IST EIN EILAND

Es war nach acht Uhr, und alles war dunkel, als ich die Hintertür öffnete und auf die Gasse hinaustrat. Ich mußte mich seitwärts hindurchquetschen. Das weniger als einen Meter hohe Törchen war so geschickt in die Ecke des Zauns eingebaut, daß man von außen nichts bemerkte. Die Gasse tauchte, wie immer erhellt vom kalten weißen Licht der Quecksilberlampe im Garten von May Kasaharas Haus, aus der Nacht auf.

Ich ließ die Tür zuschnappen und tauchte in die Gasse ein. Durch immer neue Zäune hindurch erhaschte ich flüchtige Einblicke in Eßzimmer oder Wohnzimmer, wo Leute zu Tisch saßen oder fernsahen. Essensgerüche wehten aus Küchenfenstern und Abzugsventilatoren in die Gasse. Ein Junge übte auf seiner Elektrogitarre mit heruntergedrehter Lautstärke einen schnellen Lauf. Hinter einem Fenster im ersten Stock saß ein kleines Mädchen am Schreibtisch und machte mit ernstem Gesicht seine Hausaufgaben. Ein Ehepaar ließ die ganze Gasse an seiner hitzigen Auseinandersetzung teilhaben. Ein Baby schrie. Ein Telefon klingelte. Die Wirklichkeit schwappte in die Gasse wie Wasser aus einem überfüllten Becken – als Geräusch, als Geruch, als Bild, als Bitte, als Entgegnung. Ich trug wie immer meine Tennisschuhe, um beim Gehen keine Geräusche zu machen. Meine Schritte durften weder zu schnell noch zu langsam sein. Es war wichtig, keine Aufmerksamkeit zu erregen, zu verhindern, daß diese »Wirklichkeit« meine vorübergehende Anwesenheit bemerkte. Ich kannte jeden Knick des Weges, jedes Hindernis. Selbst bei völliger Dunkelheit konnte ich die Gasse entlangschleichen, ohne irgendwo anzustoßen. Als ich schließlich auf Höhe meines Hauses angelangt war, blieb ich stehen, sah mich um und kletterte über die niedrige Mauer. Das Haus kauerte stumm in der Dunkelheit wie der Panzer eines riesigen Tieres. Ich schloß die Küchentür auf, schaltete das Licht ein und wechselte das Wasser für den Kater. Ich holte eine Dose Katzenfutter aus dem Schrank und öffnete sie. Oktopus hörte das Geräusch und tauchte aus dem Nichts auf. Er rieb ein paarmal den Kopf an meinem Bein und machte sich dann über sein Futter her. Während er mit Essen beschäftigt war, holte ich mir ein kaltes Bier aus dem Kühlschrank.

Abendessen gab es in der »Zentrale« – Zimt machte mir immer etwas zurecht –, und so aß ich hier höchstens einmal einen Salat oder eine Scheibe Käse. Zwischen zwei Schlucken Bier nahm ich den Kater auf den Schoß und bestätigte mir mit meinen Händen, wie warm und weich er war. Nachdem wir den Tag an verschiedenen Orten zugebracht hatten, bestätigten wir uns gegenseitig die Tatsache, daß wir wieder zu Haus waren.

Als ich heute abend jedoch aus den Schuhen schlüpfte und die Hand nach dem Schalter für das Küchenlicht ausstreckte, spürte ich, daß da jemand war. Ich hielt in der Bewegung inne und lauschte, leise einatmend, in die Dunkelheit. Ich hörte nichts, nahm aber einen leichten Tabakgeruch wahr. Es war jemand im Haus, jemand, der darauf gewartet hatte, daß ich zurückkäme, jemand, der sich – wahrscheinlich nach längerem inneren Ringen – erst vor wenigen Augenblicken eine Zigarette angezündet hatte. Er hatte nur ein paar Züge geraucht und anschließend gelüftet, aber der Geruch war geblieben. Die Haustür war noch abgeschlossen, und aus meinem Bekanntenkreis rauchte nur Muskat Akasaka – die, wenn sie mich hätte sprechen wollen, kaum im Dunkeln gewartet hätte.
Instinktiv streckte ich in der Dunkelheit die Hand nach dem Schläger aus. Aber er war nicht mehr da. Jetzt befand er sich auf dem Grund des Brunnens. Mein Herz hatte angefangen, ein unheimliches Geräusch zu machen, als wäre es aus meiner Brust gesprungen und klopfe jetzt direkt neben meinem Ohr. Ich bemühte mich, ruhig weiterzuatmen. Wahrscheinlich brauchte ich den Schläger gar nicht. Wenn jemand mir etwas antun wollte, würde er kaum hier herumsitzen. Trotzdem juckten mir die Handflächen vor Bereitschaft. Meine Hände verlangten danach, den Schläger zu spüren. Oktopus tauchte irgendwo aus der Dunkelheit auf und fing wie gewöhnlich an, zu maunzen und seinen Kopf an meinem Bein zu reiben. Aber er war nicht so hungrig wie sonst, das erkannte ich an seinen Lauten. Ich streckte die Hand aus und schaltete das Küchenlicht an.
»Tut mir leid, aber ich hab mir erlaubt, der Katze ihr Futter zu geben«, sagte der Mann, der im Wohnzimmer auf dem Sofa saß, mit einem leichten Singsang in der Stimme. »Ich hab sehr lang auf Sie gewartet, Herr Okada, und die Katze lief mir dauernd über die Füße und miaute, also hab ich – ich hoffe, es war in Ordnung – im Schrank nachgeguckt und eine Dose Katzenfutter gefunden und sie ihr gegeben. Ich sag's Ihnen ehrlich, ich kann mit Katzen nicht besonders gut.«

Er machte keinerlei Anstalten aufzustehen. Ich sah ihn an, wie er dasaß, und sagte nichts.

»Das war bestimmt ein ziemlicher Schock für Sie – jemanden in Ihrem Haus vorzufinden, der im Dunkeln auf Sie wartet. Tut mir leid. Wirklich. Aber wenn ich Licht gemacht hätte, wären Sie vielleicht nicht reingekommen. Ich will Ihnen gar nichts tun, glauben Sie mir, Sie brauchen mich also nicht so anzusehen. Ich müßte mich nur ein bißchen mit Ihnen unterhalten.«

Er war kleinwüchsig und steckte in einem Anzug. Solange er saß, war es schwer zu schätzen, aber er dürfte allerhöchstens anderthalb Meter groß gewesen sein. Er war zwischen fünfundvierzig und fünfzig und sah wie eine pummelige kleine Kröte mit Glatze aus – nach May Kasaharas Klassifikationssystem ein eindeutiges A. Über den Ohren hatte er zwar noch ein paar Büschel Haare, aber durch die seltsamen schwarzen Sprenkel, die sie bildeten, sprang die kahle Fläche darüber nur um so mehr ins Auge. Seine große Nase schien, danach zu urteilen, wie sie sich mit jedem geräuschvollen Atemzug blasebalgartig blähte und zusammenzog, ziemlich verstopft zu sein. Auf dieser Nase saß eine Nickelbrille mit dick aussehenden Gläsern. Er hatte eine Art, bestimmte Wörter so auszusprechen, daß sich seine Oberlippe schürzte und einen Mundvoll schiefer, tabakfleckiger Zähne sichtbar werden ließ. Fraglos war er einer der häßlichsten Menschen, die mir je über den Weg gelaufen sind. Und nicht bloß körperlich häßlich: Es ging etwas Klebrig-Unheimliches von ihm aus, das ich nicht in Worte fassen konnte – ein solches Gefühl hat man sonst nur, wenn einem im Dunkeln plötzlich ein großes, vielbeiniges Kerbtier über die Hand läuft. Er sah weniger wie ein realer Mensch aus als wie ein Überbleibsel aus einem längst vergessenen Alptraum.

»Hätten Sie was dagegen, wenn ich rauche?« fragte er. »Ich hab mir vorhin alle Mühe gegeben, aber ohne eine Zigarette rumzusitzen und zu warten ist eine Quälerei. Es ist eine sehr schlechte Angewohnheit.«

Da ich nicht gleich etwas herausbrachte, nickte ich lediglich. Der seltsam aussehende Mann holte eine filterlose Peace aus der Tasche seines Jacketts, steckte sie sich zwischen die Lippen und strich mit einem lauten trockenen, kratzenden Geräusch ein Streichholz an. Als die Zigarette brannte, hob er die leere Katzenfutterdose auf, die zu seinen Füßen auf dem Boden stand, und ließ das Streichholz hineinfallen. Er hatte als Aschenbecher also die Dose benutzt. Während er den Rauch mit sichtlichem Genuß einatmete, zog er seine dicken Augenbrauen zu einer einzigen zottigen Linie zusammen und stieß wiederholt ein leises, wollüstiges Stöhnen aus. Jeder Zug, den er machte, ließ die Spitze seiner Zigarette hellrot aufleuchten wie glühende Kohle. Ich öffnete die Verandatür und ließ frische Luft herein. Es fiel ein leichter Regen. Ich konnte es weder hören noch sehen, aber ich merkte es am Geruch, daß es regnete.

Der Mann trug einen braunen Anzug, ein weißes Hemd und einen roten Schlips, alles gleich billig anzusehen und gleichermaßen abgetragen. Die Farbe des Anzugs erinnerte an eine uralte Rostlaube, der ein unbegabter Amateur einen neuen Anstrich verpaßt hat. Die tiefen Knitterfalten an Hose und Jackett sahen so unabänderlich wie Schluchten auf einem Luftbild aus. Das weiße Hemd war vergilbt und stand kurz davor, vorn an der Brust einen Knopf zu verlieren. Mit dem nicht zugeknöpften, schiefsitzenden Kragen wirkte es außerdem um ein, zwei Nummern zu klein. Der Schlips, auf dem ein merkwürdiges Muster von mißgebildetem Ektoplasma prangte, sah aus, als habe er ihn seit der Zeit der Osmond Brothers nicht mehr abgenommen. Jeder hätte auf den ersten Blick erkannt, daß dies ein Mann war, der dem Phänomen »Kleidung« keinerlei Beachtung schenkte. Er trug das, was er trug, einzig aus dem Grund, daß er nun einmal gezwungen war, irgend etwas anzuziehen, bevor er sich unter Menschen begab – als sträube er sich letztlich dagegen, überhaupt bekleidet zu sein. Er könnte auch durchaus vorgehabt haben, dieselben Sachen tagaus, tagein zu tragen, bis sie ihm in Fetzen vom Leib fielen – wie ein Hochlandbauer, der seinen Esel von früh bis spät schindet, bis er ihm eines Tages tot zusammenbricht.

Als er seinen Nikotinbedarf offenbar fürs erste gedeckt hatte, stieß er einen Seufzer der Erleichterung aus und zog eine seltsame Grimasse, die irgendwo zwischen einem Lächeln und einem süffisanten Grinsen anzusiedeln war. Dann machte er den Mund auf.

»Jetzt hätte ich fast vergessen, mich vorzustellen. Normalerweise bin ich nicht so unhöflich. Ushikawa ist mein Name. Also *ushi* wie ›Stier‹ und *kawa* wie ›Fluß‹. Ganz leicht zu merken, finden Sie nicht? Alle nennen mich Ushi. Komisch: Je öfter ich das höre, um so mehr fühle ich mich wie ein echter Stier. Ich empfinde sogar eine gewisse Seelenverwandtschaft, wenn ich mal irgendwo einen Stier auf der Weide sehe. Namen sind schon eine komische Sache, finden Sie nicht, Herr Okada? Nehmen Sie zum Beispiel Okada. Das ist ein hübscher, sauberer Name: ›Hügel-Feld‹. Manchmal wünschte ich mir, ich hätte so einen normalen Namen, aber leider kann man sich seinen Nachnamen ja nicht aussuchen. Ist man erst einmal als Ushikawa auf die Welt gekommen, bleibt man Ushikawa bis ans Lebensende, ob's einem paßt oder nicht. Ich werd schon seit dem Kindergarten Ushi genannt. Da ist nichts gegen zu machen. Wenn einer Ushikawa heißt, können Sie Gift drauf nehmen, daß ihn sofort jeder Ushi nennt, hab ich recht? Es heißt doch immer, daß der Name die Sache beschreibt, für die er steht, aber ich frag mich, ob es nicht in Wirklichkeit andersrum ist: Die Sache paßt sich mehr und mehr ihrem Namen an. Wie auch immer, ich bin also der Ushikawa, und wenn Ihnen danach ist, nennen Sie mich ruhig Ushi. Ich hab nichts dagegen.«

Ich ging in die Küche und holte mir ein Bier aus dem Kühlschrank. Ushikawa bot ich keins an. Schließlich hatte ich ihn nicht hereingebeten. Ich sagte nichts und trank mein Bier, und Ushikawa sagte nichts und tat einen tiefen Zug an seiner Zigarette. Ich setzte mich nicht in den Sessel, der ihm gegenüberstand, sondern blieb an einen Pfosten gelehnt stehen und sah auf den Mann hinab. Schließlich drückte er seinen Stummel in der leeren Katzenfutterdose aus und sah zu mir auf.

»Sie fragen sich bestimmt, wie ich hier reingekommen bin, Herr Okada. Stimmt's? Sie sind sicher, daß Sie die Tür abgeschlossen hatten. Und tatsächlich *war* sie abgeschlossen. Aber ich hab einen Schlüssel. Einen richtigen Schlüssel. Sehen Sie, da ist er.«

Er steckte eine Hand in die Jackentasche, zog einen Schlüsselring mit einem einzelnen Schlüssel heraus und hielt ihn, für mich sichtbar, in die Höhe. Keine Frage, er sah wie der Schlüssel zu diesem Haus aus. Aber was meine Aufmerksamkeit erregte, war die Schlüsseltasche. Sie sah genauso aus wie die von Kumiko: eine schlichte, grüne, lederne Schlüsseltasche mit einem Ring, der sich auf eine ungewöhnliche Weise öffnen ließ.

»Das ist schon der richtige«, sagte Ushikawa. »Wie Sie sehen. Und das Täschchen gehört Ihrer Frau. Nur damit keine Mißverständnisse entstehen: Das hat mir Ihre Frau, Kumiko, selbst gegeben. Ich hab es ihr nicht etwa gestohlen oder mit Gewalt abgenommen.«

»Wo ist Kumiko?« fragte ich. Meine Stimme klang irgendwie nicht ganz wie sie selbst.

Ushikawa nahm seine Brille ab, schien den Trübheitsgrad der Gläser zu überprüfen und setzte sie dann wieder auf. »Ich weiß ganz genau, wo sie ist«, sagte er. »Schließlich hab ich ein Auge auf sie.«

»›Ein Auge auf sie?‹«

»Verstehen Sie mich jetzt bitte nicht falsch. Ich meine das nicht so. Keine Sorge«, sagte Ushikawa mit einem Lächeln. Als er lächelte, ging sein Gesicht asymmetrisch auseinander, und seine Brille stellte sich schief. »Sehen Sie mich bitte nicht so böse an. Ich helfe ihr nur ein bißchen, das gehört zu meinen Aufgaben – Besorgungen erledigen, was grad so anfällt. Ich bin einfach der Laufbursche. Sie wissen doch, daß sie nicht aus dem Haus kann.«

»›Nicht aus dem Haus kann‹?« wiederholte ich.

Er zögerte einen Moment und fuhr sich mit der Zunge kurz über die Lippen. »Na ja, dann wissen Sie es vielleicht doch nicht. Ist schon in Ordnung. Ich kann auch gar nicht mit Sicherheit sagen, ob sie nicht aus dem Haus *kann* oder nicht aus dem Haus *will*. Sie möchten sicher mehr wissen, Herr Okada, aber stellen Sie mir bitte keine Fragen. Ich bin selbst nicht in alle Einzelheiten eingeweiht. Aber es besteht für Sie überhaupt kein Grund zur Sorge. Sie wird nicht gegen ihren Willen festgehalten. Ich meine, das ist hier schließlich kein Film oder Roman. Wir könnten so was ja gar nicht.«

Ich stellte meine Bierdose behutsam auf den Boden. »Wie auch immer – vielleicht verraten Sie mir endlich, was Sie hier eigentlich wollen.«

Nachdem er sich mehrmals mit gespreizten Händen auf die Knie geklopft hatte, nickte Ushikawa einmal emphatisch-abgehackt. »Ah, ja. Das habe ich ganz vergessen zu sagen, nicht? Da stelle ich mich erst so umständlich vor, und dann vergesse ich, Ihnen zu sagen, wozu ich überhaupt hier bin! Das ist schon immer einer meiner größten Fehler gewesen: endlos irgendwas Blödes daherzuquasseln und die Hauptsache zu vergessen. Kein Wunder, daß ich ständig was falsch mache! Also schön, jetzt kommt's, besser spät als nie: Ich arbeite für den älteren Bruder Ihrer Frau, Kumiko. Ushikawa ist mein Name – aber das habe ich Ihnen ja schon gesagt, von wegen Ushi und so. Ich arbeite für Dr. Noboru Wataya als eine Art Privatsekretär – allerdings nicht als die Sorte ›Privatsekretär‹, die ein Abgeordneter vielleicht normalerweise hat. Nur eine bestimmte Sorte Mensch, eine höhere Sorte Mensch, kann ein echter ›Privatsekretär‹ sein. Das Wort deckt ein breites Spektrum unterschiedlichster Typen ab. Ich meine, es gibt Privatsekretäre, und es gibt Privatsekretäre, und ich komme der zweiten Sorte so nah, wie man überhaupt nur kommen kann. Ich bin ganz unten – ich meine, ganz, ganz weit unten. Wenn es überall Geister gibt, dann bin ich einer von den kleinen, dreckigen, die irgend-

wo im Bad oder im Klo in der allerletzten Ecke sitzen. Aber ich klage nicht, ich klage nicht. Stellen Sie sich doch nur vor, was aus Dr. Watayas Saubermann-Image werden würde, wenn sich ein solcher Schmuddeltyp in die Öffentlichkeit wagte! Nein, die, die vor die Kameras treten, müssen schon geschniegelte, intelligent aussehende Typen sein, keine glatzköpfigen Zwerge. ›Hallo Leute, ich bin's, Dr. Watayas Privat-seck-rett-tärr.‹ Zum Schießen! Stimmt's, Herr Okada?«
Ich ließ ihn schwatzen und sagte kein Wort.
»*Ich* erledige für den Herrn Doktor also die unsichtbaren Jobs, die ›Schattenjobs‹ sozusagen, die, die nicht für die Öffentlichkeit bestimmt sind. Ich bin der Untergrundmusiker. Solche Jobs sind meine Spezialität. Wie diese Angelegenheit mit Frau Kumiko. Aber nicht, daß Sie mich jetzt falsch verstehen: Sie müssen nicht denken, ein Auge auf sie zu haben wär nur so eine Idiotenbeschäftigung für den letzten kleinen Handlanger. Wenn ich diesen Eindruck erweckt haben sollte, dann tät's mir fürchterlich leid: Nichts könnte weniger zutreffen. Ich meine, Frau Kumiko ist schließlich das allereinzigste, liebste Schwesterlein vom Herrn Doktor. Ich empfinde es als eine hohe Ehre, eine so wichtige Aufgabe übernehmen zu dürfen, das müssen Sie mir glauben!
Ach, übrigens, auf die Gefahr hin, furchtbar unzivilisiert zu erscheinen, aber meinen Sie, ich könnte ein Bier haben? Vom vielen Reden habe ich einen ziemlichen Durst gekriegt. Wenn Sie nichts dagegen haben, hol ich mir einfach eins. Ich weiß, wo es ist. Während ich gewartet habe, war ich so frei, einen Blick in den Kühlschrank zu werfen.«
Ich nickte ihm zu. Ushikawa ging in die Küche und holte sich ein Bier aus dem Kühlschrank. Dann setzte er sich wieder aufs Sofa und trank, mit sichtlichem Genuß, direkt aus der Flasche. Sein riesiger Adamsapfel zuckte über dem Knoten seines Schlipses wie irgendein niederes Tier.
»Ich will Ihnen mal was sagen, Herr Okada, ein kaltes Bier am Ende des Tages ist das Beste, was einem das Leben zu bieten hat. Da gibt's so pingelige Leute, die meinen, wenn Bier zu kalt ist, dann schmeckt's nicht, aber ich bin da völlig anderer Meinung. Das erste Bier sollte so kalt sein, daß man überhaupt gar nichts schmeckt. Das zweite sollte ein bißchen weniger kalt sein, aber dieses erste muß bei mir wie flüssiges Eis sein. Ich möchte es so kalt haben, daß mir davon die Schläfen weh tun. Das ist natürlich nur mein ganz persönlicher Geschmack.«
Noch immer an den Pfosten gelehnt, nahm ich meinerseits einen weiteren

Schluck. Die Lippen zu einem geraden Strich zusammengekniffen, musterte Ushikawa ein paar Sekunden lang das Zimmer.

»Ich muß schon sagen, Herr Okada, für einen Mann ohne Frau halten Sie wirklich Ordnung. Ich bin sehr beeindruckt. Ich selbst bin ein absolut hoffnungsloser Fall, muß ich zu meiner Schande gestehen. Meine Bleibe ist eine Katastrophe, eine Müllkippe, ein Saustall. Ich hab die Badewanne seit einem Jahr oder länger nicht geschrubbt. Vielleicht habe ich vergessen zu erwähnen, daß mich meine Frau auch verlassen hat. Vor fünf Jahren. Deswegen kann ich Ihnen ein gewisses Mitgefühl entgegenbringen, Herr Okada, oder, um Mißverständnissen vorzubeugen, sagen wir einfach: Ich kann mir vorstellen, wie Sie sich fühlen. Natürlich war meine Situation eine ganz andere als Ihre. Es war ganz natürlich, daß meine Frau mich verlassen hat. Ich war der schlechteste Ehemann, den man sich vorstellen kann. Ich kann ihr also keinen Vorwurf machen, im Gegenteil, ich muß sie sogar bewundern, daß sie es überhaupt so lang mit mir ausgehalten hat. Ich hab sie geschlagen. Sonst niemanden: sie war die einzige, die ich vermöbeln konnte. Sie sehen ja selbst, was für ein Schwächling ich bin. Ich hab den Mut einer Wanze. Außerhalb des Hauses bin ich jedem in den Arsch gekrochen; die Leute haben mich Ushi genannt und mich rumkommandiert, und ich bin nur um so tiefer gekrochen. Und wenn ich nach Haus kam, hab ich's an meiner Frau ausgelassen. Hä hä hä – ganz schön mies, was? Und ich wußte, wie mies ich war, aber ich konnt nichts dagegen tun. Das war wie eine Krankheit. Ich hab ihr in die Schnauze gehauen, bis sie nicht wiederzuerkennen war. Und nicht bloß geschlagen hab ich sie: Ich hab sie gegen die Wand geknallt und ihr eine reingetreten, sie mit heißem Tee begossen, ihr Gegenstände an den Kopf geschmissen – was Sie sich nur vorstellen können. Die Kinder haben versucht, mich zu bremsen, und da habe ich eben sie geschlagen. Kleine Kinder: sieben, acht Jahre alt. Und ihnen nicht bloß mal eine geknallt: Ich hab sie mit allem verdroschen, was mir in die Hände kam. Ich war ein absoluter Teufel. Ich versuchte mich zu bremsen, aber es ging nicht. Ich konnte mich nicht beherrschen. Nach einer bestimmten Zeit sagte ich mir immer, du hast genug Schaden angerichtet, jetzt mußt du aufhören, aber ich konnte nicht aufhören. Sehen Sie, was für ein Ungeheuer ich war? Vor fünf Jahren also, als meine Tochter fünf war, da hab ich ihr den Arm gebrochen – einfach durchgeknackst. Und da hat's meiner Frau endgültig gereicht, und sie hat beide Kinder genommen und mich sitzenlassen. Ich hab sie seitdem nicht wiedergesehen.

Nicht mal was von ihnen gehört. Aber was kann ich schon tun? Es ist meine eigene Schuld.«

Ich entgegnete nichts. Der Kater kam zu mir herüber und miaute kurz, als fühlte er sich nicht genügend beachtet.

»Wie auch immer, tut mir leid, ich wollte Sie nicht mit diesen ganzen langweiligen Einzelheiten behelligen. Sie müssen sich schon fragen, ob ich mit meinem heutigen Besuch eigentlich einen bestimmten Zweck verfolge. Nun, so ist es in der Tat. Ich bin nicht zum Plaudern hergekommen, Herr Okada. Der Herr Doktor – das heißt also, Dr. Wataya – hat mir befohlen, Sie aufzusuchen. Jetzt werde ich Ihnen verraten, was genau er mir gesagt hat, also hören Sie bitte zu.

Erstens – Dr. Wataya wäre nicht abgeneigt, seine Einstellung gegenüber einer Beziehung zwischen Ihnen und Frau Kumiko neu zu überdenken. Mit anderen Worten: Sollten Sie beide zu dem Entschluß kommen, daß Sie Ihre frühere Beziehung wieder aufnehmen möchten, würde er keine Einwände dagegen erheben. Momentan hat Frau Kumiko nicht die Absicht, also würde sich vorläufig nichts ändern, aber sollten Sie sich kategorisch gegen eine Scheidung aussprechen und erklären, so lange warten zu wollen, wie es eben dauern mag, so könnte er das akzeptieren. Er wird nicht weiter auf der Scheidung bestehen, wie er es in der Vergangenheit getan hat, und so hätte er auch nichts dagegen, wenn Sie sich – sollten Sie Frau Kumiko irgend etwas mitteilen wollen – meiner Dienste als Boten bedienen wollten. Mit anderen Worten, keine Kraftproben wegen jeder Kleinigkeit mehr: eine Wiederaufnahme der diplomatischen Beziehungen, sozusagen. Das ist der erste Punkt meines Auftrags. Was halten Sie davon, Herr Okada?«

Ich ließ mich auf dem Fußboden nieder und streichelte dem Kater den Kopf, aber ich sagte nichts. Ushikawa sah mich und den Kater eine Zeitlang an, dann fuhr er fort:

»Nun ja, Herr Okada, natürlich können Sie nichts sagen, solang Sie nicht alles gehört haben, was ich zu sagen habe. Also schön, dann werde ich auch den Rest erzählen. Hier kommt der zweite Punkt. Jetzt wird's ein bißchen kompliziert, fürchte ich. Es hängt mit dem Artikel ›Das Selbstmörderhaus‹ zusammen, der in einer bestimmten Wochenzeitschrift erschienen ist. Ich weiß nicht, ob Sie ihn gelesen haben, Herr Okada, aber er ist äußerst interessant. Gut geschrieben. ›Verhextes Grundstück in Nobelviertel von Setagaya. Viele Menschen sind dort im Laufe der Jahre eines unnatürlichen Todes gestorben. Wer ist der geheimnisvolle Mann, der das Anwesen gekauft hat? Was spielt sich hinter dem hohen Zaun ab? Rätsel über Rätsel ...‹

Wie auch immer, Dr. Wataya hat den Artikel gelesen, und ihm ist aufgegangen, daß das ›Selbstmörderhaus‹ ganz in der Nähe Ihres Hauses liegt, Herr Okada. Da begann der Verdacht an ihm zu nagen, daß Sie irgend etwas damit zu tun haben könnten. Also ging er der Sache nach ... oder sollte ich besser sagen: der nichtswürdige Ushikawa nahm sich die Freiheit, mit seinen Stummelbeinchen der Sache nachzugehen, und – bingo! – da liefen Sie, Herr Okada, genau wie er es vorausgesagt hatte, doch tatsächlich Tag für Tag diesen Schleichpfad lang zu diesem Haus, immer hin und her, und hatten offensichtlich eine ganze Menge mit dem zu tun, was da drinnen ablief. Ich muß sagen, ich war zutiefst verblüfft über diesen Beweis von Dr. Watayas messerscharfer Intelligenz.

Bislang hat es nur diesen einen Artikel gegeben, keine Fortsetzung, aber wer weiß? Eingeschlafene Hunde sind leicht wieder aufzuwecken. Ich meine, das ist ja eine ganz schön faszinierende Story. Folglich ist Dr. Wataya *ziemlich* nervös. Was, wenn der Name seines Schwagers in irgendeinem unerfreulichen Zusammenhang genannt würde? Denken Sie doch nur an den Skandal, der da ausbrechen könnte! Schließlich ist Dr. Wataya der Mann des Tages. Das wäre für die Medien ein gefundenes Fressen. Und dann ist da noch diese komplizierte Geschichte mit Ihnen und Frau Kumiko. Man würde die Sache völlig unnötig aufbauschen. Ich meine, jeder hat etwas, was er lieber nicht an die große Glocke gehängt wissen möchte, habe ich recht? Ganz besonders, wenn es um private Angelegenheiten geht. Schließlich und endlich befindet sich Dr. Watayas politische Laufbahn gegenwärtig in einer äußerst heiklen Phase. Er muß sich jeden Schritt genaustens überlegen, bis er soweit ist, daß er richtig loslegen kann. Deswegen möchte er Ihnen ein kleines Geschäft vorschlagen, das er sich da überlegt hat. Wenn Sie, Herr Okada, alle Kontakte zum ›Selbstmörderhaus‹ abbrechen, dann wird er die Möglichkeit, Sie und Frau Kumiko wieder zusammenzubringen, einer ernsthaften und wohlwollenden Prüfung unterziehen. Das wär's auch schon. Wie finden Sie das, Herr Okada? Habe ich die Sache klar genug dargestellt?«

»Wahrscheinlich«, sagte ich.

»Also, was meinen Sie dann dazu? Wie stehen Sie zu dem Ganzen?«

Ich kraulte den Kater am Nacken und dachte eine Weile nach. Dann sagte ich: »Ich kapier das nicht. Wie ist Noboru Wataya nur auf die Idee gekommen, daß ich irgend etwas mit dem Haus zu tun haben könnte? Wie hat er die Verbindung hergestellt?«

Ushikawas Gesicht zerfloß wieder zu einem überbreiten Lächeln, aber seine Augen blieben so kalt wie Glas. Er zog ein zerdrücktes Päckchen Zigaretten aus der Tasche und gab sich mit einem Streichholz Feuer. »Ah, Herr Okada, Sie stellen so schwierige Fragen. Vergessen Sie nicht, ich bin nur ein armseliger Bote. Eine hirnlose Brieftaube. Ich trage Zettelchen hin und her. Ich denke, Sie verstehen, was ich meine. So viel kann ich allerdings sagen: Der Herr Doktor ist kein Idiot. Er weiß seine grauen Zellen zu benutzen, und er hat so etwas wie einen sechsten Sinn, etwas, was gewöhnliche Leute nicht haben. Und vielleicht darf ich Ihnen noch eins sagen, Herr Okada: Er hat Macht, wirkliche Macht, die er in dieser Welt ausüben kann, und sie wird von Tag zu Tag größer. Das sollten Sie besser nicht vergessen. Sie haben vielleicht Ihre Gründe, ihn nicht zu mögen – und mir soll es recht sein, das geht mich gar nichts an –, aber die Dinge haben sich längst über das bloße Stadium von Mögen und Nichtmögen hinaus entwickelt. Ich möchte, daß Sie das begreifen.«

»Wenn Noboru Wataya so mächtig ist, warum verbietet er der Zeitschrift nicht einfach, weiter solche Artikel zu veröffentlichen? Das wäre doch ein ganzes Stück einfacher.«

Ushikawa lächelte. Dann tat er einen tiefen Zug an seiner Zigarette.

»Mein lieber, lieber Herr Okada, solche Dinge dürfen Sie nicht einmal im Scherz sagen. Wir beide leben schließlich in Japan, in einem der allerdemokratischsten Staaten der Welt. Richtig? Das ist hier keine Diktatur, mit nichts wie Bananenplantagen und Fußballplätzen weit und breit. Egal, wieviel Macht ein Politiker in diesem Land haben mag – die Veröffentlichung eines Zeitschriftenartikels zu unterdrücken ist keine Kleinigkeit. Es wäre viel zu gefährlich. Man könnte es wohl schaffen, die Chefetage zu schmieren, aber irgend jemand geht dabei immer leer aus. Und der könnte um so mehr Lärm schlagen. Wenn es um eine so heiße Story geht, ist es einfach nicht klug zu versuchen, den Leuten das Maul zu stopfen. Das ist die Wahrheit.

Und ganz im Vertrauen, es könnten auch noch ein paar gemeingefährliche Spieler in die Sache verwickelt sein, Typen, von denen Sie, Herr Okada, nicht die blasseste Vorstellung haben. Sollte dies der Fall sein, wäre am Ende nicht lediglich unser lieber Herr Doktor betroffen. Und wenn's dazu käme, würden schlagartig *ganz*

andere Saiten aufgezogen. Das ließe sich mit einem Zahnarztbesuch vergleichen. Bislang befinden wir uns in dem Stadium, wo der Arzt an einer Stelle herumstochert, an der das Novocain noch gut wirkt. Weswegen sich auch keiner beklagt. Aber es dauert nicht mehr lange, und der Bohrer trifft auf einen Nerv, und dann geht jemand an die Decke. Jemand könnte ernstlich böse werden. Verstehen Sie, was ich meine? Ich versuche nicht, Sie einzuschüchtern, aber der alte Ushikawa hier wird einfach das Gefühl nicht los, daß Sie langsam, aber sicher auf ein gefährliches Terrain gezogen werden und das nicht einmal merken.«
Ushikawa war anscheinend endlich zum springenden Punkt gekommen.
»Sie wollen damit sagen, ich sollte besser aussteigen, bevor mir etwas zustößt?« fragte ich.
Ushikawa nickte. »Was Sie da tun, ist, wie mitten auf der Autobahn Fangen spielen, Herr Okada. Das ist ein sehr gefährliches Spiel.«
»Wozu erschwerend hinzukommt, daß es Noboru Wataya Ungelegenheiten bereiten könnte. Wenn ich also jetzt aus dem Spiel aussteige, bringt er mich mit Kumiko in Verbindung.«
Ushikawa nickte noch einmal. »Das trifft die Sache ziemlich genau.«
Ich nahm einen Schluck Bier. Dann sagte ich: »Zuallererst möchte ich eins klarstellen. Ich werde Kumiko zurückholen, aber ich werde es selbst tun, ohne die Hilfe Noboru Watayas. Ich will seine Hilfe nicht. Und in einem haben Sie ganz bestimmt recht: Ich mag Noboru Wataya nicht. Aber wie Sie selbst sagen, ist das hier keine Frage von Mögen oder Nichtmögen. Es ist etwas Grundlegenderes. Es ist nicht so, daß ich ihn lediglich nicht mögen würde: Ich kann das Faktum seiner Existenz nicht akzeptieren. Und deswegen weigere ich mich, irgendwelche Geschäfte mit ihm zu machen. Seien Sie bitte so freundlich und richten Sie ihm das aus. Und betreten Sie nie wieder dieses Haus ohne meine Erlaubnis. Das ist *mein* Haus und keine Lobby oder Wartehalle.«
Ushikawa kniff die Augen zusammen und starrte mich eine Zeitlang durch seine Brillengläser an. Seine Augen blieben völlig unbewegt. Wie schon vorher, waren sie bar jeglicher Emotion. Nicht, daß sie ausdruckslos gewesen wären. Aber alles, was sich darin ausdrückte, war nur für den Augenblick hineingelegt. Jetzt hob er seine unverhältnismäßig große rechte Hand gespreizt in die Höhe, als wollte er feststellen, ob es regne.
»Ich verstehe vollkommen«, sagte er. »Ich habe nie erwartet, daß es leicht würde,

und daher überrascht mich Ihre Antwort nicht sonderlich. Nebenbei gesagt, bin ich sowieso nicht leicht zu überraschen. Ich verstehe Ihre Gefühle, und ich bin froh, daß die Karten jetzt offen auf dem Tisch liegen, ohne langes Rumgedrucks, einfach ein schlichtes Ja oder Nein. Das macht es für alle Beteiligten leichter. Das letzte, was ich als Brieftaube gebrauchen kann, ist eine von diesen verwickelten Antworten, aus denen kein Mensch schlau wird! Davon kriegt man schon viel zu viele zu hören! Ich will mich bestimmt nicht beklagen, aber ich hab's anscheinend tagaus, tagein nur mit Sphinxen zu tun, die mir Rätsel aufgeben. Dieser Job ist nichts für meine Gesundheit, kann ich Ihnen sagen. Bei einem solchen Leben kann man ganz leicht tückisch werden. Verstehen Sie, was ich meine, Herr Okada? Man wird argwöhnisch, wittert ständig irgendwelche Hintergedanken, schafft es nie, etwas klipp und klar für bare Münze zu nehmen. Das ist ganz schlimm, Herr Okada, ganz schlimm.

Also schön dann, Herr Okada, ich werde den Herrn Doktor davon in Kenntnis setzen, daß Sie ihm eine klare Antwort gegeben haben. Aber machen Sie sich keine Hoffnungen, daß die Angelegenheit damit erledigt sein könnte. *Sie* möchten vielleicht mit der ganzen Sache nichts mehr zu tun haben, aber so einfach ist das nicht. Ich werde Sie wahrscheinlich noch einmal aufsuchen müssen. Es tut mir leid, daß ich's Ihnen zumuten muß, sich mit so einem häßlichen, dreckigen kleinen Burschen abzugeben, aber bitte, versuchen Sie sich wenigstens an das Faktum *meiner* Existenz zu gewöhnen. Ich habe persönlich nicht das geringste gegen Sie, Herr Okada. Ehrlich. Aber für die nächste Zeit werde ich, ob's Ihnen paßt oder nicht, eins der Dinge sein, die Sie nicht einfach beiseite schieben können. Ich weiß, das muß merkwürdig klingen, aber versuchen Sie bitte, meine Person so zu betrachten. Eines kann ich Ihnen allerdings versprechen. Ich werde Ihr Haus nie wieder eigenmächtig betreten. Sie haben völlig recht: das ist wirklich kein Benehmen. Ich sollte mich eigentlich hinknien und darum betteln, daß man mich einläßt. Diesmal hatte ich keine andere Wahl. Versuchen Sie, mich zu verstehen. Ich bin nicht immer so rücksichtslos. Auch wenn's nicht so aussieht, bin ich doch ein Mensch wie jeder andere. Von nun an werde ich mich auch benehmen wie alle anderen und mich telefonisch anmelden. Dann müßte es doch gehen, nicht? Ich werde es einmal klingeln lassen, dann auflegen, dann wieder anrufen. So wissen Sie, daß ich es bin, und Sie können sich sagen: ›Ach, das ist schon wieder dieser dämliche Ushikawa‹, bevor sie abnehmen. Aber *nehmen* Sie ab. Sonst werde ich keine

andere Wahl haben, als wieder selber aufzuschließen. Mir persönlich wäre es lieber, wenn ich das nicht tun müßte, aber ich werde fürs Spuren bezahlt, wenn also mein Boß ›Hopp!‹ sagt, dann muß ich eben springen. Sie verstehen.«
Ich erwiderte nichts. Ushikawa drückte das, was von seiner Zigarette noch übrig war, auf dem Boden der Katzenfutterdose aus und warf dann, als sei ihm etwas plötzlich wieder eingefallen, einen Blick auf seine Uhr. »Nein, so was – jetzt sehen Sie doch nur, wie spät es ist! Erst komme ich hier reingeplatzt, dann quassle ich Sie in Grund und Boden und trink Ihnen Ihr Bier weg. Bitte entschuldigen Sie. Wie ich schon sagte, wartet zu Hause niemand auf mich, wenn ich also mal jemanden zum Reden finde, rede ich mich fest. Traurig, finden Sie nicht? Ich will Ihnen was sagen, Herr Okada, allein zu leben ist auf die Dauer nichts. Wie heißt es doch so richtig: ›Kein Mensch ist ein Eiland.‹ Oder war's ›Müßiggang ist aller Laster Anfang‹?«
Nachdem er sich irgendwelchen imaginären Staub vom Schoß gewischt hatte, stand Ushikawa langsam auf.
»Sie brauchen sich nicht zu bemühen«, sagte er. »Schließlich bin ich von selber reingekommen; da komme ich auch von selber raus. Und keine Sorge, ich schließ ab. Nur noch ein letzter Rat, Herr Okada, auch wenn er Ihnen vielleicht nicht gefallen wird: Es gibt Dinge auf dieser Welt, von denen man besser nichts wissen sollte. Natürlich sind das gerade die Dinge, die die Leute am ehesten wissen wollen. Ist schon komisch. Ich weiß, das klingt sehr allgemein ... Wann wir uns wohl wiedersehen? Ich hoffe, die Dinge stehen dann besser. Aber nun gute Nacht.«

Der leise Regen fiel die ganze Nacht weiter und hörte erst gegen Morgen allmählich auf, aber die klebrige Gegenwart dieses seltsamen kleinen Mannes und der Geruch seiner filterlosen Zigaretten blieben so lang im Haus zurück wie die hartnäckige Feuchtigkeit.

14
ZIMTS SELTSAME ZEICHENSPRACHE
DAS MUSIKALISCHE OPFER

»Kurz vor seinem sechsten Geburtstag hörte Zimt für immer auf zu sprechen«, sagte Muskat zu mir. »Es war das Jahr, in dem er hätte eingeschult werden sollen. Im Februar hörte er plötzlich auf zu sprechen. Und so seltsam es klingen mag, wir merkten erst am späten Abend, daß er den ganzen Tag über nichts gesagt hatte. Sicher, sehr gesprächig war er nie gewesen, aber trotzdem ... Als ich endlich merkte, was los war, tat ich alles Menschenmögliche, um ihn zum Sprechen zu bewegen. Ich redete auf ihn ein, ich schüttelte ihn; nichts half. Er war wie versteinert. Ich wußte nicht, ob er plötzlich die Fähigkeit zu sprechen verloren hatte oder von sich aus beschlossen hatte, nicht mehr zu sprechen. Und ich weiß es bis heute nicht. Aber er hat nie wieder ein Wort gesagt – hat nie wieder einen Laut von sich gegeben. Er schreit nicht, wenn er Schmerzen hat, und man kann ihn kitzeln, aber er lacht nie so, daß man es hört.«

Muskat brachte ihren Sohn zu mehreren Hals-Nasen-Ohren-Ärzten, aber keiner von ihnen konnte die Ursache feststellen – nur, daß es nichts Organisches war. *Hören* konnte Zimt einwandfrei; nur sprach er nicht. Alle Ärzte gelangten zu dem Schluß, der Zustand müsse psychisch bedingt sein. Muskat brachte ihn zu einem befreundeten Psychiater, aber auch der war außerstande, eine Ursache für Zimts hartnäckiges Schweigen zu finden. Er führte mit dem Kind einen Intelligenztest durch, aber hier war alles in Ordnung. Ja, Zimt hatte sogar einen ungewöhnlich hohen IQ, stellte sich heraus. Der Arzt fand bei ihm auch keine Hinweise auf emotionale Probleme. »Hat er möglicherweise einen Schock erlebt?« fragte der Psychiater Muskat. »Versuchen Sie, sich zu erinnern. Könnte er etwas Abnormales miterlebt haben oder zu Hause mißhandelt worden sein?« Aber Muskat fiel nichts ein. An einem Tag war ihr Sohn noch in jeder Hinsicht normal gewesen: Er hatte normal gegessen, hatte sich normal mit ihr unterhalten, war zu seiner gewohnten Zeit ins Bett gegangen und ohne Schwierigkeiten eingeschlafen. Und am nächsten Morgen war er in eine Welt tiefen Schweigens versunken. Zu Hause hatte es keinerlei Probleme gegeben. Der Junge wuchs unter den allzeit wachsamen Augen von Muskat und ihrer Mutter auf, und keine von beiden hatte je die Hand gegen ihn erhoben. Schließlich erklärte der Arzt, man könne nichts anderes tun, als ihn beobachten und hoffen, daß sich etwas ergäbe. Solange man die Ursache nicht kenne, gebe es keine Möglichkeit, ihn zu behandeln. Muskat sollte Zimt einmal die Woche vorbeibringen und sich unterdessen überlegen, was geschehen sein könnte. Es sei auch möglich, daß er irgendwann spontan wieder zu sprechen anfangen würde, wie jemand, der aus einem Traum erwacht. Sie könnten nur abwarten. Sicher, das Kind spreche nicht, aber sonst sei mit ihm alles in Ordnung ... Und so warteten sie, aber Zimt tauchte nie wieder an die Oberfläche seines tiefen Ozeans des Schweigens.

Mit einem leisen Summen des Elektromotors schwang das Tor um neun Uhr früh langsam einwärts auf, und Zimts Mercedes 500 SEL rollte in die Einfahrt. Die Antenne des Autotelefons ragte wie ein soeben gesprossenes Fühlhorn aus der Heckscheibe. Ich spähte durch einen Spalt der Jalousie. Der Wagen sah wie ein riesiger, furchtloser Wanderfisch aus. Die brandneuen schwarzen Reifen zogen einen lautlosen Bogen über die Betonfläche und kamen an der vorgesehenen Stelle zum Stehen. Sie zogen jeden Morgen exakt dieselbe Bogenlinie und blieben immer, mit einer täglichen Abweichung von wahrscheinlich nicht mehr als fünf Zentimetern, an exakt derselben Stelle stehen.
Ich trank gerade den Kaffee, den ich mir vor wenigen Minuten aufgegossen hatte. Der Regen hatte aufgehört, aber der Himmel war mit grauen Wolken bedeckt, und der Boden war noch schwarz und kalt und naß. Die Vögel huschten auf der Suche nach Würmern über den Boden und stießen dabei spitze Schreie aus. Nach kurzer Pause öffnete sich die Fahrertür, und Zimt stieg aus. Er trug eine Sonnenbrille. Nach einem raschen Blick in die Runde nahm er die Brille ab und ließ sie in die Brusttasche gleiten. Dann schloß er die Wagentür. Das knappe Geräusch, mit dem die Tür des großen Mercedes ins Schloß fiel, war absolut unverwechselbar. Für mich bezeichnete dieses Geräusch den Beginn eines weiteren Tages in der Zentrale.
Ich hatte den ganzen Morgen über Ushikawas Besuch nachgedacht und mich gefragt, ob ich Zimt erzählen sollte, daß Ushikawa in Noboru Watayas Auftrag versucht hatte, mich dazu zu bewegen, daß ich mich aus den Aktivitäten in diesem Haus zurückzog. Am Ende beschloß ich allerdings, ihm nichts zu sagen – einstweilen jedenfalls. Diese Sache mußten Noboru Wataya und ich unter uns ausmachen. Ich wollte keinen Dritten dabeihaben.

Zimt hatte wie immer einen eleganten Anzug an. Alle seine Anzüge waren von bester Qualität, maßgeschneidert und tadellos sitzend. Sie waren gewöhnlich recht konservativ geschnitten, aber an ihm wirkten sie jugendlich, als verwandelten sie sich durch Zauberei in die allerneueste Mode.
Natürlich trug er eine neue Krawatte, eine, die zum heutigen Anzug paßte. Auch sein Hemd und seine Schuhe kannte ich noch nicht. Seine Mutter, Muskat, hatte ihm wahrscheinlich alles ausgesucht, wie sie es immer tat. Seine ganze Erscheinung war ebenso tadellos wie der Mercedes, den er fuhr. Jeden Morgen erfüllte mich sein Anblick aufs neue mit Bewunderung – ja, ich könnte sogar sagen, er rührte mich an. Was für ein Geschöpf mochte sich nur unter diesem vollkommenen Äußeren verbergen?

Zimt holte zwei Einkaufstüten voll Lebensmitteln und anderen Dingen aus dem Kofferraum und betrat mit ihnen die Zentrale. Wie er sie an die Brust gedrückt hielt, sahen selbst diese gewöhnlichen Papiertüten aus dem Supermarkt elegant und originell aus. Vielleicht hielt er sie auf eine besondere Art. Oder vielleicht lag es auch an etwas Wesentlicherem. Als er mich sah, leuchtete sein ganzes Gesicht auf. Es war ein wundervolles Lächeln, als sei er nach einer langen Wanderung durch tiefen Wald gerade auf eine besonnte Lichtung getreten. »Guten Morgen«, sagte ich zu ihm. »Guten Morgen«, sagte er zu mir zwar nicht, bewegte aber entsprechend die Lippen. Jetzt holte er die Lebensmittel aus den Tüten und räumte sie in den Kühlschrank, wie ein intelligentes Kind, das sich neu erworbenes Wissen systematisch einprägt. Die anderen Vorräte räumte er in die Schränke. Dann leistete er mir bei einer Tasse Kaffee Gesellschaft. Wir saßen uns am Küchentisch gegenüber – genau so, wie Kumiko und ich es vor langer Zeit jeden Morgen getan hatten.

»Schließlich lief es darauf hinaus, daß Zimt keinen einzigen Tag in einer Schule verbrachte«, sagte Muskat. »Normale Schulen wollten ein Kind, das nicht redete, nicht aufnehmen, und ich hatte das Gefühl, es wäre falsch, ihn auf eine reine Behindertenschule zu schicken. Auch wenn ich nicht wußte, warum er nicht sprechen konnte, wußte ich doch, daß es einen anderen Grund hatte als bei anderen Kindern. Und außerdem zeigte er nie den geringsten Wunsch, zur Schule zu gehen. Am liebsten schien er allein zu Haus zu bleiben, zu lesen oder Musik zu hören, oder mit dem Hund, den wir damals hatten, im Garten zu spielen. Manchmal ging er auch spazieren, aber ohne große Begeisterung, denn er war nicht gern unter Kindern seines Alters.«

Muskat lernte Zeichensprache und unterhielt sich auf diese Weise mit Zimt. Wenn die Zeichensprache nicht ausreichte, unterhielten sie sich schriftlich. Eines Tages aber merkte sie, daß sie und ihr Sohn sich ausgezeichnet verständigen konnten, auch ohne sich solcher Hilfsmittel zu bedienen. Die leiseste Geste oder Veränderung der Miene genügte, und sie wußte genau, war er dachte oder wollte. Von da an bereitete ihr Zimts Stummheit keine allzu großen Sorgen mehr. Mit Sicherheit stellte sie kein Hindernis für den geistigen Austausch zwischen Mutter und Sohn dar. Sie fand den Mangel an sprachlicher Kommunikation natürlich von Zeit zu Zeit ein wenig unpraktisch, aber es ging nie über ein Unbehagen hinaus, und in gewissem Sinne bewirkte gerade dieses Unbehagen eine Läuterung und Verfeinerung ihrer Kommunikation.

Wenn sie etwas Zeit erübrigen konnte, unterrichtete Muskat Zimt in Lesen, Schreiben und Rechnen. Darüber hinaus brauchte sie ihm nicht viel beizubringen. Er liebte Bücher, und mit ihrer Hilfe brachte er sich selbst alles bei, was er wissen mußte. Muskat war weniger seine Lehrerin als diejenige, die für ihn die Bücher aussuchte. Er liebte die Musik und wollte Klavier spielen lernen, aber nachdem er sich unter Anleitung eines professionellen Klavierlehrers in wenigen Monaten die Grundbegriffe der Fingertechnik angeeignet hatte, machte er allein, nur mit Lehrbüchern und Tonbandaufnahmen, weiter und war schon bald für sein Alter technisch sehr weit fortgeschritten. Am liebsten spielte er Bach und Mozart, und wenn man von Poulenc und Bartok absah, zeigte er wenig Neigung, über die Romantiker hinauszugehen. Während seiner ersten sechs Studienjahre beschränkten sich seine Interessen auf Lesen und Musik, aber als er das Gymnasiastenalter erreichte, wandte er sich den Fremdsprachen zu und lernte erst Englisch und dann Französisch. Beide Sprachen brachte er sich in nur sechs Monaten so weit bei, daß er einfache Bücher lesen konnte. Natürlich hatte er nie die Absicht, eine der beiden Sprachen zu sprechen; ihm ging es nur darum, Bücher lesen zu können. Eine andere Lieblingsbeschäftigung von ihm war, an komplizierten Apparaturen herumzubasteln. Er kaufte sich das nötige Werkzeug und Material und baute Radios und Röhrenverstärker zusammen, und er vergnügte sich damit, Uhren auseinanderzunehmen und zu reparieren.

Jeder in seiner Umgebung – das heißt, seine Mutter, sein Vater und seine Großmutter (Muskats Mutter) – gewöhnte sich rasch an die Tatsache, daß er nicht sprach, und empfand es bald nicht mehr als unnatürlich oder anomal. Nach ein paar Jahren hörte Muskat auf, ihren Sohn zum Psychiater zu bringen. Die wöchentlichen Sitzungen änderten ohnehin nichts an seinen »Symptomen«, und wie der Arzt gleich zu Beginn erkannt hatte, fehlte ihm außer der Fähigkeit zu sprechen überhaupt nichts. Im Gegenteil, er war ein fast vollkommenes Kind. Soweit Muskat sich erinnern konnte, hatte sie ihn nie zwingen müssen, irgend etwas zu tun, noch ihn schelten müssen, weil er etwas getan hätte, was er nicht tun durfte. Er entschied selbst, was er zu tun hatte, und tat es dann, tadellos, auf seine Weise. Er war so verschieden von anderen, gewöhnlichen Kindern, daß auch nur der Versuch, ihn mit ihnen zu vergleichen, absurd angemutet hätte. Er war zwölf, als seine Großmutter starb (ein Ereignis, über das er tagelang, lautlos, weinte), und von da an übernahm er es zu kochen, die Wäsche zu waschen und zu putzen, während seine Mutter arbeitete. Muskat wollte nach dem Tod ihrer Mutter eine Haushälterin einstellen, aber Zimt war strikt dagegen. Es durfte ihm keine fremde Person ins Haus kommen und die gewohnte Ordnung stören. Und so erledigte von nun an Zimt den Haushalt, und zwar mit einem hohen Grad an Präzision und Disziplin.

Zimt sprach zu mir mit seinen Händen. Er hatte die schlanken, wohlgeformten Finger seiner Mutter geerbt; lang, aber nicht zu lang. Er hielt sie nah an sein Gesicht und bewegte sie ohne das leiseste Zögern, und sie übermittelten mir wie eigenständige, vernunftbegabte Lebewesen seine Botschaften.
»Heute nachmittag um zwei kommt eine Klientin. Das ist für heute alles. Bis dahin sind Sie frei. Ich erledige jetzt, was ich noch zu tun habe, und in einer Stunde fahre ich los, hole die Dame ab und bringe sie her. Laut Wetterbericht wird es den ganzen Tag bedeckt sein. Sie können auch schon vor Sonnenuntergang einige Zeit im Brunnen verbringen, ohne Ihren Augen zu schaden.«
Wie Muskat gesagt hatte, bereitete es mir keinerlei Schwierigkeiten, die Worte zu verstehen, die mir seine Finger übermittelten. Obwohl ich die Zeichensprache nicht beherrschte, fiel es mir leicht, seinen komplizierten, fließenden Bewegungen zu folgen. Vielleicht lag es an Zimts Fähigkeit, das Gemeinte vollkommen natürlich zum Ausdruck zu bringen – so wie auch ein in einer fremden Sprache aufgeführtes Theaterstück den Zuschauer zu bewegen vermag. Oder vielleicht

meinte ich auch nur, ich verfolgte seine Fingerbewegungen, tat es aber in Wirklichkeit gar nicht. Möglicherweise waren die tanzenden Finger nichts als eine dekorative Fassade, und ich betrachtete, halb ohne es zu merken, irgendeinen anderen Aspekt des sich dahinter verbergenden Gebäudes. Immer, wenn wir uns am Frühstückstisch gegenübersaßen und miteinander plauderten, bemühte ich mich, die Grenze zwischen der Fassade und dem Hintergrund auszumachen, aber es wollte mir nie so recht gelingen, als ob sich die Demarkationslinie, wie immer sie auch beschaffen sein mochte, fortwährend verschöbe und veränderte.

Nach unseren kurzen Unterhaltungen – oder Gedanken-Übertragungen – zog Zimt immer sein Jackett aus, hängte es auf einen Bügel, steckte sich die Krawatte vorn ins Hemd und machte sich ans Putzen oder Kochen. Während er arbeitete, ließ er auf einer Kompakt-Stereoanlage Musik laufen. Eine Woche lang hörte er sich etwa ausschließlich geistliche Musik von Rossini an, eine andere Woche Vivaldis Konzerte für Blasinstrumente, und spielte dieselben Stücke so oft hintereinander ab, daß ich sie am Ende auswendig kannte.

Zimt arbeitete mit einer bewundernswerten Geschicklichkeit und Sparsamkeit der Bewegungen. Anfangs hatte ich ihm regelmäßig meine Hilfe angeboten, aber er hatte dazu nur gelächelt und den Kopf geschüttelt. Und als ich eine Zeitlang mit angesehen hatte, wie er die Hausarbeit erledigte, erkannte ich, daß alles weit reibungsloser vonstatten gehen würde, wenn ich mich völlig heraushielt. Von da an achtete ich nur darauf, daß ich ihm nicht im Weg stand. Während er seine vormittäglichen Hausarbeiten erledigte, saß ich zumeist auf dem Sofa im »Anproberaum« und las ein Buch.

Die Zentrale war kein großes Haus, und sie enthielt nur das absolut notwendige Mindestmaß an Einrichtungsgegenständen. Da niemand dort wohnte, wurde es dort auch nie besonders schmutzig oder unordentlich. Dennoch saugte Zimt jeden Tag bis in die kleinste Ecke, staubte Möbel und Regale ab, putzte die Fenster, wachste den Tisch, wischte die Lampen ab und stellte jeden Gegenstand wieder an seinen Platz. Er räumte die Teller in den Geschirrschrank und ordnete die Kochtöpfe nach der Größe, faltete Tischdecken und Handtücher peinlich Kante auf Kante, drehte die Henkel der Kaffeetassen alle in dieselbe Richtung, korrigierte die Position der Seife auf dem Waschbecken und wechselte die Handtücher, selbst wenn sie sichtlich kein einziges Mal benutzt worden waren. Dann füllte er den Müll in eine Tüte, verschloß sie und trug sie hinaus. Er stellte sämtliche

Uhren nach seiner Armbanduhr (die, ich hätte darauf wetten können, nie um mehr als drei Sekunden falsch ging). Wenn er im Laufe der Arbeit etwas fand, das auch nur im geringsten verrückt war, stellte er es mit präzisen und eleganten Bewegungen wieder an seinen richtigen Platz. Ich konnte ihn auf die Probe stellen und etwa eine Uhr auf dem Regal um einen Zentimeter nach links verschieben, und am nächsten Morgen würde er sie mit Sicherheit wieder um einen Zentimeter nach rechts rücken.

Nichts von alldem wirkte bei Zimt zwanghaft; er schien lediglich das Natürliche und »Richtige« zu tun. Vielleicht hatte er in sich ein klares Bild davon, wie die Welt – oder zumindest diese unsere kleine Welt hier – eigentlich »zu sein hatte«, so daß es ihm so natürlich wie das Atmen vorkam, sie in diesem Idealzustand zu halten. Vielleicht betrachtete er seine Tätigkeit nur als eine minimale Hilfestellung, mit die er die Dinge in ihrem angeborenen, unbändigen Streben unterstützte, wieder zu ihrer ursprünglichen Form zurückzukehren.

Zimt bereitete Essen vor, stellte es in den Kühlschrank und zeigte mir, was für mich für heute mittag bestimmt war. Ich dankte ihm. Dann stellte er sich vor den Spiegel, zog seine Krawatte gerade, inspizierte sein Hemd und schlüpfte in seine Anzugjacke. Schließlich formte er mit den Lippen lächelnd ein »auf Wiedersehen«, sah sich noch ein letztesmal um und verließ das Haus. Am Steuer des Mercedes sitzend, schob er eine Kassette mit klassischer Musik in die Stereoanlage, drückte auf die Taste der Fernsteuerung, die das Tor öffnete, und fuhr in exakt demselben Bogen, den er bei seiner Ankunft beschrieben hatte, auf die Straße hinaus. Sobald der Wagen passiert hatte, schloß sich das Tor wieder. Eine Tasse Kaffee in der Hand, spähte ich wie vorhin durch einen Spalt der Jalousie. Die Vögel machten nicht mehr so viel Radau wie vor Zimts Ankunft. Ich sah, daß die tiefhängenden Wolken an manchen Stellen aufgerissen und die Fetzen vom Wind fortgetragen worden waren, aber darüber dehnte sich eine weitere, dickere Wolkenschicht.

Ich setzte mich an den Küchentisch, stellte meine Tasse ab und betrachtete das Zimmer, dem Zimts Hände eine so schöne Ordnung aufgeprägt hatten. Es sah aus wie ein großes dreidimensionales Stillleben, das nur vom leisen Ticken der Uhr gestört wurde. Die Zeiger der Uhr standen auf zwanzig nach zehn. Ich sah den Stuhl an, auf dem Zimt zuvor gesessen hatte, und fragte mich wieder, ob es richtig gewesen war, ihm nichts von Ushikawas gestrigem Besuch zu erzählen. Konnte es nicht das gegenseitige Vertrauen, das mittlerweile zwischen Zimt und mir oder Muskat und mir entstanden sein mochte, beeinträchtigen?

Ich zog es jedoch vor, erst einmal abzuwarten und zu beobachten, wie sich die Dinge entwickeln würden. Was störte Noboru Wataya eigentlich so sehr an dem, was ich hier tat? Auf welchen seiner Schwänze trat ich ihm damit? Und was für Gegenmaßnahmen würde er ergreifen? Wenn es mir gelang, die Antworten auf diese Fragen zu finden, käme ich vielleicht seinem Geheimnis ein Stückchen näher. Und damit würde ich vielleicht auch Kumikos Aufenthaltsort ein Stückchen näher kommen.

Als der kleine Zeiger der Uhr (der Uhr, die Zimt an ihren richtigen Platz gerückt hatte, einen Zentimeter nach rechts) die Elf erreicht hatte, ging ich hinaus in den Garten, wo der Brunnen auf mich wartete.

»Zimt war noch klein, als ich ihm die Geschichte vom U-Boot und dem Zoo erzählte – ihm erzählte, was ich August 1945 vom Deck des Transportschiffs aus gesehen hatte, und wie die japanischen Soldaten die Tiere im Zoo meines Vaters erschossen hatten, während ein amerikanisches U-Boot mit seiner Kanone auf uns zielte und sich darauf vorbereitete, uns zu versenken. Ich hatte diese Geschichte lange für mich behalten und sie niemandem erzählt. Ich war schweigend durch das düstere Labyrinth geirrt, das sich zwischen Wahn und Wirklichkeit erstreckte. Als jedoch Zimt geboren wurde, kam mir der Gedanke, daß er der einzige war, dem ich meine Geschichte erzählen konnte. Und so fing ich an, sie ihm, selbst als er noch gar nichts verstehen konnte, immer und immer wieder zu erzählen, flüsternd fast, ihm alles zu erzählen, woran ich mich erinnern konnte, und während ich sprach, erstanden all die Szenen in leuchtenden Farben vor mir, als hätte ich einen Deckel aufgestemmt und sie herausgelassen.

Als er zu sprechen anfing, verlangte Zimt immer wieder, daß ich ihm die Geschichte erzählte. Ich muß sie ihm hundert-, zweihundert-, fünfhundertmal erzählt haben, aber ohne dabei jedesmal dasselbe zu wiederholen. Jedesmal verlangte Zimt, daß ich eine andere kleine Episode ausführte, die in der Haupthandlung enthalten war. Er wollte jeweils einen anderen Ast desselben Baumes kennenlernen. Ich folgte der Verzweigung, nach der er fragte, und erzählte ihm *den* Teil der Geschichte. Und so wuchs die Geschichte und wuchs immer weiter.

Auf diese Weise schufen wir uns unser eigenes komplexes System von Mythen. Verstehen Sie? Wir gaben uns völlig der Geschichte hin, die wir uns jeden Tag wieder erzählten. Stundenlang redeten wir über die Namen der Tiere im Zoo, über den Glanz ihres Fells oder die Farbe ihrer Augen, über die verschiedenen Gerüche, die in der Luft hingen, über die Namen und Gesichter der einzelnen Soldaten, über deren Herkunft und Kindheit, über ihre Gewehre und das Gewicht ihrer Munition, über ihre Ängste und ihren Durst, über die Form der Wolken, die am Himmel trieben ...

Während ich Zimt die Geschichte erzählte, sah ich alle Farben und Formen klar und deutlich vor mir, und es gelang mir, das, was ich sah, in Worte zu fassen – in genau die Worte, die ich brauchte – und ihm dadurch alles zu vermitteln. In jede Richtung ging es endlos weiter. Es gab immer weitere Details, die sich zusätzlich einfügen ließen, und die Geschichte gewann immer mehr an Tiefe und Weite und Raum.«

Muskat lächelte, als sie von diesen lang zurückliegenden Tagen sprach. Ich hatte noch nie ein so natürliches Lächeln auf ihrem Gesicht gesehen.

»Eines Tages aber endete es doch«, sagte sie. »An diesem Februarmorgen, an dem Zimt zu sprechen aufhörte, hörte auch unser gemeinsames Geschichtenerzählen auf.«

Muskat verstummte kurz, um sich eine Zigarette anzuzünden.

»Jetzt weiß ich, was damals geschah. Seine Worte verirrten sich in dem Labyrinth, sie wurden von der Welt der Geschichten verschlungen. Irgend etwas, das *aus diesen Geschichten herauskam*, raubte ihm die Zunge. Und ein paar Jahre später brachte dasselbe Etwas meinen Mann um.«

Der Wind hatte seit dem Morgen an Stärke zugenommen und trieb eine schwere graue Wolke nach der anderen in einer geraden Linie nach Osten. Die Wolken sahen wie stumme Wanderer aus, unterwegs zum Rand der Welt. Ab und zu stöhnte der Wind in den kahlen Ästen der Bäume wortlos auf. Ich blieb am Brunnen stehen und sah hinauf zum Himmel. Auch Kumiko sah jetzt wahrscheinlich gerade zu ihm auf. Das fiel mir ohne besonderen Grund ein. Es war nur so ein Gefühl, das ich hatte.

Ich stieg die Leiter hinunter, und als ich den Grund des Brunnens erreicht hatte, zog ich an dem Seil, das den Deckel verschloß. Nach zwei, drei tiefen Atemzügen ergriff ich den Schläger und ließ mich behutsam in der Dunkelheit nieder. In völliger Dunkelheit. Ja, das war die Hauptsache. Der Schlüssel war diese unbefleckte Dunkelheit. Es war wie in einer Kochsendung im Fernsehen. »Ist das jetzt klar? Das Geheimnis *dieses* Rezeptes ist völlige Dunkelheit. Achten Sie darauf, daß Sie die undurchdringlichste Sorte verwenden, die Sie überhaupt bekommen.« Und den stärksten Schläger, den Sie in die Hände kriegen, fügte ich hinzu und lächelte kurz in der Dunkelheit.

Ich spürte eine gewisse Wärme an meinem Mal. Sie verriet mir, daß ich dem Kern der Dinge ein Stückchen näher rückte. Ich schloß die Augen. In meinen Ohren hallten noch die Klänge der Musik, die Zimt heute morgen während der Arbeit immer wieder gehört hatte. Es war Bachs »Musikalisches Opfer«, und ich hatte es noch im Kopf, wie das Summen einer Menschenmenge unter der Kuppel eines hohen, gewölbten Zuschauerraums. Schließlich aber senkte sich Stille herab und begann, sich in die Windungen meines Gehirns einzugraben, Schicht für Schicht, Falte für Falte, wie ein Insekt, das seine Eier ablegt. Ich öffnete die Augen und schloß sie dann wieder. Die innere und die äußere Dunkelheit begannen ineinanderzufließen, und ich trat allmählich aus mir hinaus, aus dem Gefäß, das mich umfaßte.

Wie jedesmal.

15

DAS KÖNNTE DIE ENDSTATION SEIN
(MAY KASAHARAS STANDPUNKT: 3)

Hallo mal wieder, Mister Aufziehvogel.
Letztes Mal bin ich so weit gekommen, daß ich Ihnen erzählt habe, daß ich hier in dieser Perückenfabrik arbeite, weit weg, in den Bergen, zusammen mit einem Haufen hiesiger Mädchen. Das hier ist jetzt die Fortsetzung.
In letzter Zeit geht mir der Gedanke nicht aus dem Kopf, daß, ich weiß auch nicht ... wie die Leute so arbeiten, von früh bis spät, irgendwie verrückt ist. Haben Sie das noch nie komisch gefunden? Ich meine, ich tu hier nichts als die Arbeit, die mir meine Bosse geben, und tu sie so, wie sie mir sagen, daß ich sie tun soll. Ich brauche überhaupt nicht nachzudenken. Es ist so, als würde ich mein Gehirn vor Arbeitsbeginn im Spind einschließen

und nach Feierabend wieder rausholen. Ich sitz sieben Stunden am Tag an einem Werktisch und knüpfe Haare in eine Stoff-Kopfhaut, dann eß ich in der Cafeteria zu Abend, geh in die Wanne, und schlafen muß ich natürlich wie jeder andere auch, und so bleibt mir von den vierundzwanzig Stunden des Tages praktisch so gut wie nichts übrig. Und weil ich von der Arbeit so kaputt bin, verbringe ich das bißchen »Freizeit«, das ich hab, damit, daß ich völlig groggy rumliege. Ich hab überhaupt keine Zeit, mich hinzusetzen und über was nachzudenken. Natürlich brauche ich am Wochenende nicht zu arbeiten, aber dann muß ich Wäsche waschen und mein Zimmer putzen, eben alles tun, was ich die Woche über hab liegenlassen, und manchmal fahr ich in den Ort, und eh man sich's versieht, ist das Wochenende schon wieder rum. Ich hatte mir mal vorgenommen, Tagebuch zu führen, aber ich hatte nichts zu schreiben, da hab ich's nach einer Woche wieder gesteckt. Ich meine, ich tu einfach nur immer wieder das gleiche, tagein, tagaus.

Aber troztdem – aber trotzdem – stört's mich nicht im allergeringsten, daß ich jetzt nur Teil der Arbeit bin, die ich tue. Ich fühle mich nicht im mindesten meinem Leben entfremdet. Wenn überhaupt, dann hab ich manchmal sogar das Gefühl, daß ich dadurch, daß ich mich so auf meine Arbeit konzentriere, mich mit der geistlosen Entschlossenheit einer Ameise konzentriere, Schritt für Schritt näher an mein »wirkliches Ich« herankomme. Ich weiß nicht, wie ich's sagen soll, aber es ist, als käme ich durch dieses Nichtüber-mich-selbst-Nachdenken näher an den Kern meines Ichs heran. Das war's, was ich mit »irgendwie verrückt« gemeint habe.

Ich bringe alles, was ich habe, in diesen Job ein. Ich will nicht protzen, aber ich bin einmal sogar »Arbeiterin des Monats« geworden. Ich hab's Ihnen ja gesagt, ich seh vielleicht nicht danach aus, aber ich bin wirklich gut in Handarbeit. Bei der Arbeit tun wir uns in Teams zusammen, und jedes Team, bei dem ich bisher mitgemacht hab, hat seine Produktion gesteigert. Ich helf zum Beispiel den langsameren Mädchen, sobald ich meinen Teil der Arbeit erledigt habe, und so Sachen. Deswegen bin ich jetzt bei den anderen Mädchen beliebt. Können Sie sich das vorstellen? Ich, beliebt! Wie auch immer, was ich Ihnen nur sagen wollte, Mister Aufziehvogel, ist, daß ich von meinem ersten Tag in dieser Fabrik an nichts anderes getan hab als arbeiten, arbeiten, arbeiten. Wie eine Ameise. Wie der Dorfschmied. Hab ich mich soweit klar ausgedrückt?

Wie auch immer, der Raum, wo ich eigentlich arbeite, ist echt verrückt. Er ist riesig, wie ein Hangar, mit einem großen, hohen Dach und überall offen. Hundertfünfzig Mädchen sitzen da aufgereiht und arbeiten. Ist schon ein Bild für die Götter. Natürlich hätten die nicht unbedingt so eine Mammuthalle hinzustellen brauchen. Wir bauen schließlich keine U-Boote oder sonstwas. Die hätten uns genausogut in getrennten Räumen unterbringen können. Aber vielleicht haben sie gedacht, es würde unser Zusammengehörigkeitsgefühl stärken und unsere Unternehmenstreue steigern, wenn sie so viele Leute in einem einzigen Raum arbeiten lassen. Oder vielleicht ist es so auch nur für die Bosse bequemer, weil sie uns mit einem Blick allesamt im Auge behalten können. Ich wette, die wenden bei uns dingsbums-psychologische Methoden an. Wir sind in Teams eingeteilt, und jedes sitzt um einen Werktisch von der Sorte wie die, an denen man im Biounterricht Frösche seziert, und eines der älteren Mädchen sitzt als Teamchefin am Kopfende. Man darf reden, solange man die Hände in Bewegung hält (ich meine, man kann einfach nicht den ganzen Tag lang nur dasitzen und pfriemeln und die Klappe halten), aber wenn man zu laut redet oder lacht oder sich zu sehr auf die Unterhaltung konzentriert, dann kommt die Teamchefin rüber und runzelt die Stirn und sagt: »Okay, Yumiko, und jetzt wollen wir ein bißchen mehr die Hände und weniger den Mund bewegen. Mir scheint, du bleibst zurück.« Deswegen flüstern wir alle nur miteinander wie die Einbrecher in der Nacht.

Die berieseln uns mit Musik. Der Musikstil variiert je nach der Tageszeit. Wenn Sie auf Barry Manilow oder Air Supply stehen, dann könnt's Ihnen hier gefallen.

Ich brauch ein paar Tage, um eine »meiner« Perücken fertigzustellen. Die genaue Zeit hängt natürlich von der Qualität des jeweiligen Objekts ab, aber grundsätzlich ist die Zeit, die man für die Herstellung einer Perücke braucht, in Tagen zu bemessen. Zuerst teilt man die Stoffhaut in Karos ein, und dann bepflanzt man ein Karo nach dem anderen mit Haaren. Das ist aber keine Fließbandarbeit, wie in der Fabrik im Charlie-Chaplin-Film, wo man eine Schraube anzieht, und schon kommt die nächste; jede Perücke ist »mein Werk«. Immer, wenn ich mit einer fertig bin, würde ich sie am liebsten signieren und das Datum drauf schreiben. Aber ich tu's natürlich nicht: die Bosse würden ausrasten. Trotzdem ist es ein hübsches Gefühl zu wissen, daß irgendwo da draußen auf der Welt jemand die Perücke auf dem Kopf hat, die ich gemacht habe. Das gibt mir ein Gefühl von, ich weiß nicht, Verbundenheit.

Aber das Leben ist schon merkwürdig. Wenn mir vor drei Jahren jemand gesagt hätte: »In drei Jahren wirst du in einer Fabrik in den Bergen sitzen und zusammen mit einem Haufen junger Landpomeranzen Perücken machen«, dann hätte ich ihm ins Gesicht gelacht. Ich hätt's mir niemals vorstellen können. Und was die Frage angeht, was ich in weiteren drei Jahren tun werde: auch darauf weiß keiner die Antwort. Wissen Sie vielleicht, *was Sie in drei Jahren tun werden, Mister Aufziehvogel? Ich bin sicher, Sie wissen's nicht. Was sag ich überhaupt: drei Jahre! Ich würde das ganze Geld, das ich hier verdient hab, darauf verwetten, daß Sie nicht mal wissen, was Sie in einem Monat tun werden! Die Mädchen hier wissen allerdings ganz genau, wo sie in drei Jahren sein werden. Oder zumindest meinen sie, daß sie das wissen. Sie meinen, daß sie das ganze Geld, das sie hier verdienen, sparen, nach ein paar Jahren den Richtigen finden und eine glückliche Ehe führen werden.*

Die Typen, die diese Mädchen heiraten werden, sind größtenteils Bauernsöhne oder Jungs, die mal den Laden ihres Vaters erben werden, oder Jungs, die in einem der kleinen Betriebe hier in der Gegend arbeiten. Wie ich schon sagte, herrscht hier ein chronischer Mangel an jungen Frauen, deshalb gehen die weg wie die warmen Semmeln. Da müßte man schon ziemlich Pech haben, um sitzenzubleiben, und so finden sie früher oder später alle jemanden zum Heiraten. Das ist schon was. Und wie ich im letzten Brief gesagt hab, kündigen die meisten, wenn sie heiraten. Die Arbeit in der Perückenfabrik ist für sie nur eine Zwischenstation, eine Möglichkeit, die paar Jahre zwischen dem Ende der Schule und dem Heiraten zu überbrücken – wie ein Zimmer, wo sie reinkommen, ein Weilchen bleiben, und dann gehen.

Nicht nur stört das die Perückenfirma nicht; es scheint ihr sogar lieber zu sein, wenn die Mädchen nur ein paar Jahre hier arbeiten und, sobald sie heiraten, kündigen. Es ist ein ganzes Stück unkomplizierter, eine häufig wechselnde Belegschaft zu haben, als sich mit Lohnerhöhungen und Altersversorgung und Gewerkschaften und was weiß ich nicht alles rumärgern zu müssen. Um die paar Mädchen, die das Zeug zur Teamchefin haben, kümmert sich die Firma ein bißchen mehr, aber die anderen, gewöhnlichen Mädchen sind für sie einfach nur Verbrauchsmaterial. Deswegen besteht zwischen den Mädchen und der Firmenleitung die stillschweigende Übereinkunft, daß sie nach kurzer Zeit heiraten und gehen. Wenn sich die Mädchen also vorstellen sollen, was in drei Jahren sein wird, dann gibt's nur zwei Möglichkeiten: Entweder werden sie dann noch hier arbeiten, während sie sich nach einem Gespons umtun, oder sie werden schon gekündigt haben, um zu heiraten. Simpler geht's wohl kaum!

Es ist einfach keine da, die sich wie ich sagt: Ich weiß nicht, was in drei Jahren passieren wird. Sie sind allesamt fleißig und gewissenhaft. Keine schludert oder beklagt sich über die Arbeit. Gelegentlich hör ich die eine oder andere über das Essen in der Cafeteria meckern, aber das ist auch schon alles. Natürlich reden wir hier von Arbeit, also kann's unmöglich rund um die Uhr Spaß machen; kann schon vorkommen, daß eine gelegentlich

ihre Stunden von neun bis fünf absitzt, weil sie nun mal muß, obwohl sie viel lieber den Tag blaumachen würde, aber zum größten Teil, glaube ich, haben sie Spaß an der Arbeit. Das muß daran liegen, daß sie wissen, daß es nur um eine begrenzte Zeit geht, wie eine Hängebrücke zwischen der einen und der anderen Welt. Deswegen wollen sie sich, solange sie hier sind, so gut wie möglich amüsieren. Schließlich ist das hier für sie nur eine Durchgangsstation.
Aber nicht für mich. Für mich ist das hier keine Überbrückung oder Transitzeit oder sonstwas. Ich hab nicht die leiseste Ahnung, wie es von hier aus weitergehen wird. Für mich könnte das die Endstation sein, verstehen Sie? Also macht mir die Arbeit hier strenggenommen auch keinen Spaß. Ich versuche lediglich, die Arbeit in jeder nur möglichen Hinsicht zu akzeptieren. Wenn ich eine Perücke mache, denk ich an nichts anderes als daran, diese Perücke zu machen. Ich bin total bei der Sache – so sehr, daß ich richtig ins Schwitzen gerate.

Ich weiß nicht genau, wie ich's sagen soll, aber in letzter Zeit denk ich irgendwie manchmal an den Jungen, der bei dem Motorradunfall getötet wurde. Ehrlich gesagt, hab ich früher nicht gerade oft an ihn gedacht. Vielleicht hatte der Schock vom Unfall mein Gedächtnis oder wasweißich irgendwie ins Abartige verdreht, denn Tatsache ist, daß ich mich immer nur an seine abartigen Seiten erinnerte: wie er unter den Armen gestunken hat, oder was für ein völliger Hohlkopf er war, oder wie er immer versuchte, mir seine Finger in die abwegigsten Stellen zu stecken. Aber ab und zu fällt mir auch etwas Nicht-so-schlechtes über ihn ein. Besonders wenn mein Kopf ganz leer ist und ich einfach nur Haare in eine Stoffhaut pflanze, dann fallen mir aus heiterem Himmel solche Dinge ein. Ja, stimmt, denk ich dann, so war er. Die Zeit läuft wohl nicht der Reihe nach ab, wie? – so A, B, C, D? Die läuft einfach, wie sie grad Lust hat.

Darf ich ganz ehrlich zu Ihnen sein, Mister Aufziehvogel? Ich meine, wirklich ganz, ganz, ganz ehrlich? Manchmal hab ich sooolche Angst! Ich wach mitten in der Nacht auf und bin ganz allein, Hunderte von Kilometern weg von allen, die ich kenne, und es ist stockdunkel, und ich hab nicht die blasseste Ahnung, wie die Zukunft für mich werden wird, und ich krieg eine solche Angst, daß ich schreien möchte. Passiert Ihnen das manchmal auch, Mister Aufziehvogel? Wenn es passiert, versuche ich mich daran zu erinnern, daß ich doch mit anderen in Verbindung stehe – mit anderen Dingen und anderen Leuten. Ich geb mir die allergrößte Mühe, ihre Namen im Kopf aufzulisten. Auf der

Liste stehen natürlich einmal Sie, Mister Aufziehvogel. Und die Gasse und der Brunnen und der Dattelpflaumenbaum und lauter solche Sachen. Und die Perücken, die ich hier mit meinen eigenen Händen gemacht habe. Und die ganzen Bruchstücke und Kleinigkeiten, die ich von dem Jungen noch weiß. Diese ganzen Kleinigkeiten (obwohl Sie nicht einfach nur eine von diesen Kleinigkeiten sind, Mister Aufziehvogel, aber wie auch immer ...), die helfen mir, nach und nach wieder »hierher« zurückzukommen. Und dann tut es mir auf einmal leid, daß ich meinem Freund nie erlaubt hab, mich nackt zu sehen oder mich zu berühren. Damals war ich eisern dagegen, daß er mich anfaßte. Manchmal, Mister Aufziehvogel, denk ich, daß ich für den Rest meines Lebens Jungfrau bleiben möchte. Ganz im Ernst. Was meinen Sie dazu?
Tschüs, Mister Aufziehvogel. Ich hoffe, Kumiko kommt bald zurück.

16

DES DASEINS MÜH' UND BÜRDE
DIE WUNDERLAMPE

Abends um halb zehn klingelte das Telefon. Es klingelte einmal, verstummte und fing dann wieder an. Das mußte Ushikawas Signal sein.
»Hallo, Herr Okada«, sagte Ushikawas Stimme. »Hier ist Ushikawa. Ich bin grad in Ihrer Gegend und dachte, ich könnte vorbeischauen, wenn's Ihnen recht wäre. Ich weiß, es ist spät, aber es gäbe da etwas, worüber ich mit Ihnen gern persönlich gesprochen hätte. Was meinen Sie? Es hat mit Frau Kumiko zu tun, da dachte ich, es könnte Sie interessieren.«
Während ich Ushikawa zuhörte, malte ich mir seinen Gesichtsausdruck aus. Er lächelte selbstzufrieden, die Lippen geschürzt, die schmutzigen Zähne bloßgelegt, als wollte er sagen: Ich weiß genau, das ist ein Angebot, das Sie nicht ablehnen können; und leider Gottes hatte er recht.

Er brauchte exakt zehn Minuten bis zu mir. Er trug dieselben Sachen, die er drei Tage vorher angehabt hatte. Ich konnte mich täuschen, aber zumindest trug er dieselbe Art von Anzug und Hemd und Schlips: schmuddelig und knittrig und ausgebeult. Diese erbarmungswürdigen Kleidungsstücke sahen so aus, als habe man sie gezwungen, einen ungerecht hohen Anteil an den Mühen und Bürden

des Daseins auf sich zu nehmen. Wenn es möglich gewesen wäre, auf irgendeinem karmischen Wege als Ushikawas Kleidung wiedergeboren zu werden und dabei die Garantie zu haben, daß man in der *nächsten* Reinkarnation der erlesensten Herrlichkeiten teilhaftig werden würde – ich hätte trotzdem dankend abgelehnt.
Nachdem er um Erlaubnis gebeten hatte, holte sich Ushikawa ein Bier aus dem Kühlschrank, vergewisserte sich, daß die Flasche seinen Vorstellungen von Kälte entsprach, und goß dann den Inhalt in ein Glas, das er auf der Ablage gefunden hatte. Wir setzten uns an den Küchentisch.
»Also schön«, sagte Ushikawa. »Im Interesse einer Zeitersparnis werde ich auf allen Small talk verzichten und gleich zum geschäftlichen Teil kommen. Sie möchten gern mit Frau Kumiko reden, stimmt's, Herr Okada? Persönlich. Unter vier Augen. Ich glaube, das wollen Sie schon seit einer ganzen Weile. Mehr als alles andere. Hab ich recht?«
Ich dachte darüber nach. Beziehungsweise, ich schwieg ein paar Augenblicke lang, als dächte ich darüber nach.
»Natürlich würde ich gern mit ihr reden, wenn es möglich wäre.«
»Es ist nicht unmöglich«, sagte Ushikawa leise und nickte mit dem Kopf.
»Aber daran sind bestimmte Bedingungen geknüpft ...?«
»Daran sind *keine* Bedingungen geknüpft.« Ushikawa nahm einen Schluck. »Wohl aber möchte ich Ihnen heute abend einen neuen Vorschlag unterbreiten. Hören Sie sich bitte an, was ich zu sagen habe, und denken Sie ernsthaft darüber nach. Dieses Angebot ist vollkommen unabhängig davon, ob Sie mit Frau Kumiko sprechen oder nicht.«
Ich sah ihn an, ohne etwas zu sagen.
»Also zunächst einmal, Herr Okada – Sie haben doch das Grundstück samt Haus von einer bestimmten Gesellschaft gemietet, nicht wahr? Das ›Selbstmörderhaus‹, meine ich. Sie zahlen dafür monatlich einen ziemlich hohen Geldbetrag. Sie haben allerdings keinen gewöhnlichen Mietvertrag, sondern einen mit der Option, das Objekt in ein paar Jahren zu kaufen. Richtig? Ihr Vertrag ist natürlich eine rein privatrechtliche Vereinbarung, und so erscheint Ihr Name nirgendwo in amtlichen Unterlagen – was ja auch der Sinn der Übung ist. De facto sind Sie allerdings der Eigentümer des Anwesens, und die Mietzahlungen, die Sie leisten, erfüllen denselben Zweck wie Hypothekentilgungen. Der Gesamtbetrag, den Sie für das Ganze, einschließlich Haus, zu entrichten haben, beläuft

sich auf – lassen Sie mich mal nachdenken – über den Daumen gepeilt, achtzig Millionen Yen, richtig? Bei dem gegenwärtigen Tempo müßten Sie es schaffen, das Anwesen in nicht ganz zwei Jahren vollständig abzubezahlen und damit auch de jure zu dessen Eigentümer zu werden. Das ist *äußerst* eindrucksvoll! Sehr schnelle Arbeit! Meine Gratulation.«
Ushikawa sah mich Bestätigung heischend an, aber ich blieb stumm.
»Fragen Sie mich bitte nicht, woher ich das alles so genau weiß. Wenn man nur tief genug gräbt, findet man immer, was man sucht – vorausgesetzt, man weiß, wo man graben soll. Und ich habe auch eine ziemlich genaue Vorstellung davon, wer hinter dieser Scheinfirma steckt. Also *das* war schon ein ziemliches Stück Arbeit! Ich mußte dafür durch ein wahres Labyrinth kriechen. Es war so, als würde man nach einem gestohlenen Auto suchen, das umgespritzt worden ist und neue Reifen und neue Sitzbezüge bekommen hat, und bei dem die Seriennummer vom Motor abgefeilt worden ist. Die haben ihre Spuren ausgezeichnet verwischt. Das sind echte Profis. Aber jetzt weiß ich ziemlich genau, was da läuft – wahrscheinlich genauer als Sie, Herr Okada. Ich wette, Sie haben nicht mal eine Ahnung, *wem* Sie eigentlich das Geld zurückzahlen, stimmt's?«
»Das stimmt. Geld trägt kein Namensschildchen.«
Ushikawa lachte. »Sie haben vollkommen recht, Herr Okada. Geld trägt *kein* Namensschildchen. Sehr gut formuliert! Das muß ich mir aufschreiben. Aber schließlich, Herr Okada, laufen die Dinge nicht immer so, wie man es gern hätte. Nehmen Sie zum Beispiel die Jungs vom Finanzamt. Die sind nicht besonders helle. Steuern können die nur aus Sachen rausquetschen, *die* ein Namensschildchen tragen. Und so spucken die sich in die Hände und pappen überall, wo keine Schildchen sind, welche drauf. Und nicht nur Namen: auch Nummern. Die könnten ebensogut Roboter sein, so emotionslos, wie sie an die Sache rangehen. Aber genau darauf basiert ja diese unsere freiheitlich-kapitalistische Grundordnung ... Was uns zwingend zu dem Schluß führt, daß das Geld, von dem Sie und ich gerade reden, *durchaus* einen Namen hat, und einen ganz ausgezeichneten Namen dazu.«
Während Ushikawa redete, betrachtete ich seinen Kopf. Je nach Einfallswinkel zauberte das Licht ein paar ziemlich merkwürdige Dellen in seine Kopfhaut.
»Keine Sorge«, sagte er lachend. »Es wird schon kein Steuerbeamter hier aufkreuzen. Und selbst *wenn* er hier aufkreuzte – bei dem Labyrinth, durch das er sich durcharbeiten müßte, würde er zwangsläufig irgendwo gegenknallen. Bums!

Der würde sich nur eine riesige Beule einhandeln. Und schließlich und endlich ist das Ganze für ihn nur ein Job: Er hat keine Lust, sich dabei weh zu tun. Wenn er sein Geld bekommen kann, dann macht er es lieber auf die bequeme als auf die harte Tour: je bequemer, desto besser. Solange er bekommt, was er will, ist alles in Ordnung. Jeder normale Mensch wird sich für die bequeme Tour entscheiden, und ganz besonders, wenn sein Chef ihm sagt, er soll's so machen. Ich hab gefunden, was ich gefunden habe, weil *ich* es war, der gesucht hat. Ich möchte ja nicht angeben, aber ich bin gut. Ich seh vielleicht nicht so aus, aber ich bin wirklich gut. Ich weiß, wie man Beulen vermeidet. Ich weiß, wie man sich im Stockfinstern die Straße langschleicht, ohne irgendwo gegenzuknallen.

Aber, um die Wahrheit zu sagen, Herr Okada (und ich weiß, Sie sind jemand, dem ich wirklich alles anvertrauen kann): Nicht einmal ich weiß, was Sie in dem Haus da eigentlich treiben. Ich *weiß*, daß die Leute, die Sie dort aufsuchen, ein Heidengeld bezahlen. Also müssen Sie etwas ganz Besonderes für sie tun, etwas, was ihnen so viel wert ist. So weit ist die Sache also klar wie Kloßbrühe. Aber *was* genau Sie da eigentlich tun, und warum Sie so versessen auf dieses bestimmte Stück Land sind, *das* ist mir schleierhaft. Das sind die zwei wichtigsten Punkte in der ganzen Angelegenheit, aber sie sind gleichzeitig auch die zwei verstecktesten, wie der Mittelpunkt vom Aushängeschild eines Handlesers. Das bereitet mir Kopfzerbrechen.«

»Im Klartext: Das bereitet Noboru Wataya Kopfzerbrechen«, sagte ich.

Statt zu antworten, fing Ushikawa an, an dem verfilzten Gestrüpp über seinen Ohren zu zupfen.

»Das bleibt jetzt bitte unter uns, Herr Okada, aber ich muß gestehen, daß ich Sie wirklich bewundere. Soll keine Schmeichelei sein. Das mag jetzt komisch klingen, aber im Prinzip sind Sie ein wirklich ganz gewöhnlicher Bursche. Oder um es noch krasser zu formulieren: Sie haben überhaupt nichts Besonderes an sich. Nehmen Sie's jetzt bitte nicht krumm, ist nicht bös gemeint. Aber was Ihre bürgerliche Angepaßtheit anbelangt, da stimmt's schon. Aber jetzt, wo ich Ihnen persönlich gegenübersitze und so mit Ihnen rede, da finde ich Sie – wie Sie sich schlagen – wirklich sehr, sehr eindrucksvoll. Ich meine, man braucht sich doch bloß anzusehen, wie Sie's fertiggebracht haben, einen Mann wie Dr. Wataya aufzurütteln! Deswegen bin ich ja auch nur die Brieftaube. Ein *ganz* gewöhnlicher Mensch brächte das nicht fertig.

Und das gefällt mir so an Ihnen. Das sage ich wirklich ganz ehrlich. Ich mag der letzte Abschaum sein, aber was solche Dinge anbelangt, lüge ich nicht. Und die Meinung, die ich von Ihnen habe, ist auch nicht so ganz objektiv. Wenn Sie als angepaßter Bürger nichts Besonderes sind, bin *ich* noch hundertmal schlimmer. Ich bin nur ein ungebildeter Hohlkopf aus miesesten Verhältnissen. Mein Vater war ein Mattenflechter aus Funabashi, ein Alkoholiker, ein echter Mistkerl. Ich hab mir immer gewünscht, er würde verrecken und mich in Ruhe lassen, so elend ging's mir als Kind, und zu guter – oder schlechter – Letzt ist mein Wunsch auch in Erfüllung gegangen. Danach habe ich erlebt, was *wirkliches* Bilderbuch-Elend bedeutet. Ich hab keine einzige angenehme Erinnerung aus meiner Kindheit, weder Vater noch Mutter haben je ein freundliches Wort für mich übriggehabt. Kein Wunder, daß ich schlecht geworden bin! Durch die Mittelschule habe ich mich irgendwie durchgemogelt, aber danach kam für mich nur noch die harte Schule des Lebens. Hab mich eben so durchgeschlagen. Deswegen habe ich auch eine gewisse Abneigung gegen Leute aus der Oberschicht oder höhere Beamtentypen. Na schön: Ich hab einen Haß auf die. Werden gleich mit eingebautem roten Teppich geboren, kriegen eine hübsche Frau ab, selbstzufriedene Scheißkerle allesamt. Ich mag Burschen wie Sie, Herr Okada, die sich alles selbst aufgebaut haben.«

Ushikawa riß ein Streichholz an und zündete sich eine neue Zigarette an.

»Das halten Sie aber nicht ewig durch. Früher oder später ist der Saft raus. Das ist bei jedem so. So sind die Menschen nun mal geschaffen. Entwicklungsgeschichtlich gesprochen, hat der Mensch gerade erst gestern gelernt, auf zwei Beinen zu laufen und sich mit komplizierten Gedanken in Schwierigkeiten reinzumanövrieren. Also keine Sorge: Ihnen geht schon noch die Puste aus. Ganz besonders in der Welt, mit der Sie fertig zu werden versuchen: da geht jedem die Puste aus. Da laufen einfach zu viele kitzlige Sachen drin ab, zu viele Möglichkeiten, in Schwierigkeiten zu geraten. Das ist eine Welt, die überhaupt nur aus kitzligen Sachen *besteht*. Ich arbeite in dieser Welt seit der Zeit von Dr. Watayas Onkel, und jetzt hat der Herr Doktor sie geerbt, mit dem gesamten lebenden und toten Inventar. Früher hab ich mir meine Brötchen mit ziemlich riskanten Sachen verdient. Wenn ich so weitergemacht hätte, wäre ich jetzt im Gefängnis – oder tot. Ohne Scherz. Der Onkel vom Herrn Doktor hat mich gerade noch rechtzeitig aufgelesen. Diese Schweinsäuglein hier haben also eine verdammte Menge gesehen. Jedem geht in dieser Welt die Puste aus: Amateur, Profi, spielt keine Rolle, bei allen ist früher oder später der Saft raus, alle holen sich eine blutige Nase, die Guten wie die Bösen, einer wie der andere. Deswegen sieht jeder zu, daß er ein bißchen was auf die hohe Kante legt, eine kleine Versicherung abschließt. Hab ich selbst auch gemacht, der Ushi-aus-der-Gosse. Auf die Art braucht man nicht zu verhungern, wenn der Saft mal raus ist. Wenn man ganz allein ist und nirgendwo hingehört, braucht man nur ein einziges Mal auf die Nase zu fallen und ist weg vom Fenster. Erledigt.

Vielleicht sollte ich Ihnen das nicht sagen, Herr Okada, aber Sie sind reif zum Umfallen. Das ist so sicher wie sonstwas. So steht's in meinem Buch, in dicken schwarzen Lettern, nur ein paar Seiten weiter: ›TORU OKADA UNMITTELBAR VOR ZUSAMMENBRUCH.‹ Das ist die reine Wahrheit. Ich versuche nicht, Ihnen Angst einzujagen. Was diese Welt anbelangt, sind meine Prognosen weit verläßlicher als die Wettervorhersage im Fernsehen. Womit ich eigentlich nur folgendes sagen will: Irgendwann kommt für jeden der richtige Zeitpunkt zum Aussteigen.«

Hier klappte Ushikawa den Mund zu und sah mich an. Dann fuhr er fort:

»Also hören wir jetzt mit diesem gegenseitigen Aufdenzahnfühlen auf, Herr Okada, und reden wir Tacheles ... Womit wir zum Ende einer sehr langen Einleitung kommen und ich Ihnen das Angebot unterbreiten kann, wegen dem ich gekommen bin.«

Ushikawa legte beide Hände auf den Tisch. Dann fuhr er sich mit der Zunge über die Lippen.

»Sagen wir also, ich habe Ihnen gerade empfohlen, sich von diesem Grundstück zu trennen und aus dem Geschäft auszusteigen. Aber vielleicht können Sie nicht aussteigen – selbst wenn Sie wollten. Vielleicht sitzen Sie fest, bis Sie das Darlehen zurückgezahlt haben.« Ushikawa unterbrach sich und warf mir einen forschenden Blick zu. »Wenn Geld das Problem ist, können wir Ihnen helfen. Wenn Sie achtzig Millionen Yen brauchen, kann ich Ihnen achtzig Millionen Yen bringen, hübsch ordentlich gebündelt. Das sind *achttausend* Zehntausend-Yen-Scheine. Sie können Ihre verbleibende Schuld tilgen und den Rest einstecken, rein netto steuerfrei. Und dann fängt das Lotterleben an! Na, wie fänden Sie das?«

»Und damit gehen Grundstück und Haus in Noboru Watayas Besitz über? Ist das die Idee dabei?«

»Vermutlich ja, wie die Dinge nun mal zu laufen pflegen. Allerdings wird man sich wohl noch um eine ganze Menge lästiger Details und Papierkram kümmern müssen...«

Ich ließ mir sein Angebot durch den Kopf gehen. »Wissen Sie, Ushikawa, das ist mir wirklich zu hoch. Ich verstehe einfach nicht, warum Noboru Wataya so versessen darauf ist, mich aus diesem Grundstück herauszubekommen. Was will er denn damit anfangen, wenn es ihm erst einmal gehört?«

Ushikawa rieb sich langsam mit der offenen Hand über die Wange. »Tut mir leid, Herr Okada, über solche Einzelheiten weiß ich nichts. Wie ich Ihnen eingangs sagte, bin ich nur eine dumme Brieftaube. Mein Herr sagt mir, was ich tun soll, und ich tu's. Und die meisten Aufträge, die er mir gibt, sind unerfreulicher Natur. Wenn ich früher die Geschichte von Aladdin gelesen habe, hat mir der Geist immer leid getan, wie der sich für andere schinden mußte, aber ich hätte mir nie träumen lassen, daß es mir später mal genauso ergehen würde. Das ist eine traurige Geschichte, kann ich Ihnen sagen. Aber schließlich ist alles, was ich Ihnen gesagt habe, eine Botschaft, die ich zu überbringen hatte. Sie stammt von Dr. Wataya. Die Entscheidung liegt bei Ihnen. Also was sagen Sie? Was für eine Antwort soll ich zurückbringen?«

Ich sagte nichts.

»Natürlich brauchen Sie Bedenkzeit. Das ist völlig in Ordnung. Wir können Ihnen Bedenkzeit geben. Ich erwarte von Ihnen nicht, daß Sie sich jetzt sofort, auf der Stelle, entscheiden. Ich würde Ihnen *furchtbar* gern sagen: Lassen Sie sich so viel Zeit, wie Sie wollen, aber ich fürchte, so flexibel können wir nicht sein. Erlauben Sie mir nur, folgendes zu sagen, Herr Okada. Hören Sie sich meine persönliche Meinung an. Ein hübsches fettes Angebot wie dieses bleibt nicht ewig auf dem Tisch liegen. Sie könnten grad einen Augenblick wegsehen, und Sie sehen wieder hin, und schwupp, ist es vielleicht weg. Es könnte sich in Luft auflösen, wie der Beschlag auf einer Fensterscheibe. Denken Sie also bitte ernsthaft darüber nach – aber denken Sie schnell. Ich meine, es ist kein schlechtes Angebot. Verstehen Sie, was ich meine?«

Ushikawa seufzte und sah auf seine Uhr. »O weh, o weh – ich muß los. Ich fürchte, ich hab Ihre Gastfreundschaft wieder über Gebühr beansprucht. Hab mir wieder ein Bierchen schmecken lassen. Und wie üblich hab ich die ganze Konversation allein bestritten. Tut mir aufrichtig leid. Das mag wie eine Ausrede klingen, aber

ich weiß nicht, wenn hier ankomme, fühle ich mich anscheinend immer sofort wie zu Haus. Sie haben ein gemütliches Heim, Herr Okada. Daran muß es liegen.«
Ushikawa stand auf und trug sein Glas, seine Bierflasche und seinen Aschenbecher zur Spüle.
»Sie hören bald wieder von mir, Herr Okada. Und ich werde alles Nötige in die Wege leiten, damit Sie mit Frau Kumiko reden können, das verspreche ich Ihnen. Sie können damit schon in allernächster Zukunft rechnen.«

Als Ushikawa gegangen war, öffnete ich die Fenster und ließ den angesammelten Zigarettenrauch hinaus. Dann trank ich ein Glas Wasser. Ich setzte mich auf das Sofa und kraulte Kater Oktopus, der es sich auf meinem Schoß bequem gemacht hatte. Ich stellte mir vor, wie Ushikawa, kaum daß er durch meine Tür getreten war, seine Verkleidung ablegte und zu Noboru Wataya zurückflog. Idiotische Vorstellung.

17

DER ANPROBERAUM
EIN NACHFOLGER

Über die Frauen, die sie aufsuchten, wußte Muskat nichts. Keine von ihnen erzählte je etwas über sich, und Muskat stellte nie irgendwelche Fragen. Die Namen, unter denen sie ihre Termine vereinbarten, waren offensichtlich erfunden. Aber um sie alle schwebte dieser besondere Duft, der durch das Zusammenspiel von Geld und Macht entsteht. Die Frauen selbst kehrten ihre Stellung nie heraus, aber Muskat erkannte an Stil und Sitz ihrer Kleidung, daß sie aus privilegierten Kreisen stammten.
Aus Rücksicht auf die ausgeprägte Sorge ihrer Klientinnen um die Wahrung ihrer Privatsphäre mietete sie Räume in einem Bürogebäude in Akasaka – einem unauffälligen Gebäude in einem unauffälligen Viertel. Nach sorgfältigem Überlegen beschloß sie, darin ein Modeatelier einzurichten. Sie war tatsächlich einmal Modedesignerin gewesen, und niemand würde es verdächtig finden, wenn eine ganze Reihe von Frauen bei ihr ein- und ausgingen. Ihre Klientinnen waren Damen von etwa Mitte dreißig bis Mitte fünfzig. Sie stattete die Räume mit Stoff-

proben, Entwürfen und Modezeitschriften aus, besorgte die Utensilien, Arbeitstische und Schneiderpuppen, die zu einem Modeatelier gehörten, und ging sogar so weit, ein paar Modelle zu entwerfen, um dem »Atelier« ein authentisches Gepräge zu verleihen. Den kleineren der beiden Räume bestimmte sie zum Anproberaum. Ihre Klientinnen sollten in diesen »Anproberaum« geführt werden, und auf dem Sofa würde Muskat bei ihnen die nötigen »Änderungen« vornehmen.

Die Liste ihrer Klientinnen wurde von der Frau des Besitzers eines großen Kaufhauses zusammengestellt. Diese Frau hatte aus ihrem großen Bekanntenkreis eine handverlesene Anzahl vertrauenswürdiger Kandidatinnen ausgewählt, denn sie meinte, das Risiko von Skandalen lasse sich nur dann ausschließen, wenn Muskat einen exklusiven Club gründete. Andernfalls würde sich die Sache in Windeseile herumsprechen. Allen der Mitgliedschaft für würdig befundenen Frauen wurde eingeschärft, sie dürften Außenstehenden niemals etwas über die an ihnen vorgenommenen »Änderungen« mitteilen. Nicht nur waren es Frauen von großer Diskretion, sie wußten auch, daß man sie sofort aus dem Club ausschließen würde, wenn sie ihr Versprechen brachen.

Jede Klientin ließ sich telefonisch einen Termin für eine »Änderung« geben und wußte, daß sie zur vereinbarten Zeit kommen konnte, ohne befürchten zu müssen, einer anderen Klientin zu begegnen oder auf sonst eine Weise kompromittiert zu werden. Die Honorare – deren Höhe die Kaufhausbesitzersgattin festgelegt hatte – wurden sofort und bar bezahlt; sie waren weit höher, als Muskat je für vertretbar gehalten hätte, aber das erwies sich nie als hinderlich. Ausnahmslos jede Frau, an der Muskat einmal eine »Änderung« vorgenommen hatte, kam wieder. »Sie brauchen sich wegen des Geldes keine Gedanken zu machen«, erklärte die Frau des Kaufhausbesitzers Muskat. »Je mehr diese Frauen bezahlen, desto sicherer fühlen sie sich.« Muskat ging dreimal die Woche in ihr »Atelier« und nahm eine »Änderung« pro Tag vor. Das war ihr Limit.

Als Zimt sechzehn war, wurde er Assistent seiner Mutter. Mittlerweile war es für Muskat schwierig geworden, die gesamte Administration allein zu bewältigen, aber die Vorstellung, einen Fremden einzustellen, behagte ihr nicht. Als sie ihren Sohn nach längerem Zaudern fragte, ob er ihr nicht bei ihrer Arbeit helfen wolle, sagte er sofort zu, ohne sich auch nur zu erkundigen, worin denn ihre Arbeit eigentliche bestehe. Von nun an fuhr er jeden Morgen um zehn ins Atelier (mit dem Taxi, da er es nicht ertrug, mit anderen Leuten in einem Bus oder U-Bahn-

Wagen zusammen zu sein), putzte und wischte Staub, rückte alles wieder an seinen Platz, stellte frische Blumen in die Vasen, kochte Kaffee, kaufte ein, was nötig war, sorgte für eine leise Untermalung mit klassischer Musik und führte die Bücher.
Schon bald war Zimt aus dem Atelier nicht mehr wegzudenken. Gleichgültig, ob eine Klientin erwartet wurde oder nicht, bezog er jeden Tag in Anzug und Krawatte am Schreibtisch im Wartezimmer seinen Posten. Keine Klientin beklagte sich je darüber, daß er nicht sprach. Praktische Probleme erwuchsen daraus keine, ja es war den Klientinnen sogar lieber so. Zimt war derjenige, der ihre Anrufe entgegennahm, wenn sie um einen Termin baten. Sie schlugen einen Tag und eine Uhrzeit vor, und er klopfte zur Antwort auf die Tischplatte: einmal für »nein« und zweimal für »ja«. Diese Prägnanz gefiel den Frauen. Er war ein Jüngling von so klassischer Schönheit, daß man ihn, in Stein gehauen, im Museum hätte ausstellen können, und im Gegensatz zu vielen anderen gutaussehenden junge Männern verdarb er den ersten Eindruck nie, wenn er den Mund öffnete. Die Frauen sprachen mit ihm, wenn sie kamen und wenn sie gingen, und er antwortete stets mit einem Lächeln und einem Kopfnicken. Diese »Gespräche« taten den Frauen gut: Sie befreiten sie von den Spannungen, die sie aus ihrer Welt mitbrachten, und linderten die Befangenheit, die sie nach ihren »Änderungen« verspürten. Und offenbar bereitete es auch Zimt, der sonst jeden Kontakt mit Fremden zu meiden suchte, kein Unbehagen, mit den Frauen in Berührung zu kommen.
Als er achtzehn wurde, machte Zimt den Führerschein. Muskat besorgte ihm einen freundlichen Fahrlehrer, der ihm Privatunterricht gab, aber Zimt hatte schon jedes nur erhältliche Lehrbuch durchgearbeitet und sich jede Einzelheit eingeprägt. Ihm fehlte nur noch die Fahrpraxis, die nun einmal kein Buch vermitteln konnte, und die eignete er sich binnen weniger Tage an. Sobald er den Führerschein hatte, nahm er sich die Gebrauchtwagenangebote vor und kaufte sich einen Porsche Carrera. Als Anzahlung investierte er alles, was er mit der Arbeit bei seiner Mutter verdient hatte (und wovon er nie etwas für seinen Lebensunterhalt hatte ausgeben müssen). Er überholte den Motor, bestellte per Postversand alle nötigen Ersatzteile, zog neue Reifen auf und machte den Wagen insgesamt rennreif. Dann fuhr er damit allerdings immer nur dieselbe kurze, ständig überfüllte Strecke von seiner Wohnung in Hiroo zum Atelier in Akasaka und zurück, tagaus, tagein – mit einer Spitzengeschwindigkeit von selten über siebzig Stundenkilometern. Ein weltweit seltenes Dasein für einen Porsche 911.

Muskat übte ihre Tätigkeit über sieben Jahre lang aus und verlor während dieser Zeit nur drei Klientinnen: Die erste kam bei einem Verkehrsunfall ums Leben; die zweite wurde wegen eines kleineren Verstoßes gegen die Regeln auf Dauer ausgeschlossen; und die dritte zog im Zusammenhang mit der Arbeit ihres Mannes »weit weg«. An ihre Stelle traten vier neue Klientinnen, wieder lauter faszinierende Frauen mittleren Alters mit echten Modellkleidern und falschen Namen. Die Arbeit als solche änderte sich während der sieben Jahre nicht. Muskat nahm weiterhin an ihren Klientinnen »Änderungen« vor, und Zimt hielt weiterhin das Atelier sauber, führte die Bücher und fuhr seinen Porsche. Es war keinerlei Fortschritt, keinerlei Rückschritt zu verzeichnen, nur das allmähliche Älterwerden aller Beteiligten. Muskat ging auf die Fünfzig zu, und Zimt wurde zwanzig. Zimt schien Freude an seiner Arbeit zu haben, aber Muskat litt unter einem immer stärker werdenden Gefühl der Ohnmacht. Jahr um Jahr »änderte« sie immer wieder das »Etwas«, das jede ihrer Klientinnen in sich trug. Sie begriff nie ganz, was sie eigentlich für sie tat, aber sie fuhr fort, ihr Bestes zu tun. Die »Etwasse« allerdings verschwanden nie endgültig. Muskat konnte sie nicht ausmerzen; ihre Heilkräfte erreichten nie mehr, als die Aktivität des »Etwas« für eine Weile zu bremsen. Binnen weniger (in der Regel drei bis höchstens zehn) Tage kam jedes von ihnen wieder zum Vorschein, und auch wenn sie kurzfristig scheinbar immer wieder zurückgingen, war es nicht zu übersehen, daß sie auf lange Sicht wuchsen – wie Krebsgeschwüre. Muskat konnte spüren, wie sie unter ihren Händen wuchsen. Sie sagten zu ihr: Du vergeudest deine Zeit; was du auch tust, am Ende gewinnen wir doch. Und sie hatten recht. Muskat hatte keine Hoffnung, je zu siegen. Sie konnte den Vormarsch der »Etwasse« lediglich verlangsamen, ihren Klientinnen ein paar Tage Frieden schenken.

Muskat fragte sich oft: »Haben es auch andere Frauen? Tragen etwa alle Frauen auf der Welt dieses ›Etwas‹ in sich? Und warum sind alle, die hierherkommen, Frauen mittleren Alters? Habe ich vielleicht auch ein ›Etwas‹ in mir?«

Aber eigentlich wollte Muskat die Antworten auf ihre Fragen gar nicht wissen. Sicher war nur, daß die Umstände sich irgendwie verschworen hatten, sie nicht mehr aus ihrem Anproberaum herauszulassen. Es gab Menschen, die sie brauchten, und solange sie gebraucht wurde, konnte sie nicht hinaus. Zuweilen wurde ihr Gefühl von Ohnmacht abgrundtief und übermächtig, und dann fühlte sie sich wie eine leere Hülse. Sie nutzte sich ab, ging in einem dunklen Nichts unter. Wäh-

rend solcher Phasen vertraute sie sich ihrem schweigsamen Sohn an, und Zimt lauschte dann aufmerksam den Worten seiner Mutter und nickte. Er sagte nie etwas, aber so zu ihm zu sprechen gab ihr ein seltsames Gefühl von Frieden. Sie spürte dann, daß sie nicht ganz allein war, und nicht völlig machtlos. Merkwürdig, dachte sie: Ich heile andere, und Zimt heilt mich. Aber wer heilt Zimt? Ist er ein schwarzes Loch, das alles Leid und alle Einsamkeit aufzusaugen vermag? Einmal – und nur dieses eine Mal – hatte sie ihm die Hand auf die Stirn gelegt, wie sie es tat, wenn sie an ihren Klientinnen »Änderungen« vornahm, und versucht, sein Inneres zu erforschen. Aber sie hatte nichts gespürt.
Bald wurde Muskat bewußt, daß sie sich danach sehnte, ihren Beruf aufzugeben. »Ich habe nicht mehr viel Kraft übrig. Wenn ich so weitermache, bin ich über kurz oder lang völlig ausgebrannt. Dann bleibt mir überhaupt nichts mehr.« Aber es herrschte weiter ein dringender Bedarf an ihren »Änderungsarbeiten«. Sie brachte es nicht über sich, ihre Klientinnen nur des eigenen Wohlbefindens wegen im Stich zu lassen.
Im Sommer dieses Jahres fand Muskat einen Nachfolger. In dem Augenblick, da sie das Mal auf der Wange des jungen Mannes sah, der in Shinjuku vor einem Hochhaus saß, wußte sie es.

18
EINE DUMME LAUBFROSCHTOCHTER
MAY KASAHARAS STANDPUNKT: 4)

Hallo mal wieder, Mister Aufziehvogel.
Es ist halb drei Uhr nachts. Alle meine Zimmernachbarinnen schlafen tief und fest, aber ich kann heute nacht nicht schlafen, drum bin ich noch auf und schreibe Ihnen diesen Brief. Ehrlich gesagt, schlaflose Nächte sind bei mir ungefähr so häufig wie magersüchtige Sumokämpfer. Normalerweise schlafe ich anstandslos ein, wenn es Zeit dafür ist, und wenn ich aufwachen soll, wache ich einfach auf. Ich hab natürlich einen Wecker, aber ich benutze ihn fast nie. Alle Jubeljahre einmal passiert's aber doch: Ich wach mitten in der Nacht auf und kann nicht wieder einschlafen.
Ich hab mir vorgenommen, am Schreibtisch zu sitzen und an diesem Brief zu schreiben, bis ich müde werde, und deswegen weiß ich nicht, ob das ein langer oder ein kurzer Brief

wird. Natürlich weiß ich das auch sonst, wenn ich Ihnen schreibe, erst dann, wenn der Brief fertig ist.

Wie auch immer, wenn ich mir anseh, wie die meisten Leute so vor sich hinleben (ein paar Ausnahmen wird's wohl geben), hab ich den Eindruck, die bilden sich ein, die Welt oder das Leben (oder was auch immer) wäre ein Ort, wo es im Prinzip immer logisch und folgerichtig zugeht (oder zugehen sollte). Wenn ich mich mit meinen Zimmernachbarinnen unterhalte, habe ich oft dieses Gefühl. Zum Beispiel, wenn irgendwas passiert – ob ein großes Ereignis, das Auswirkungen für die ganze Bevölkerung hat, oder etwas Kleines, Persönliches – dann heißt es gleich: »Ach, na ja, sicher, das lag daran, daß undsoweiter undsoweiter«, und in den meisten Fällen sehen das alle ein und sagen: »Ja, sicher, stimmt«, aber ich kapier das einfach nicht. »A ist soundso, und deswegen ist B passiert.« Ich meine, das erklärt doch rein gar nichts. Das ist, wie wenn man ein Schälchen Reispuddingmix in die Mikrowelle schiebt und auf den Knopf drückt, und wenn's klingelt, zieht man die Folie ab, und da hat man seinen Reispudding. Ich meine, was passiert in der Zwischenzeit – nachdem man auf den Knopf gedrückt hat und bevor die Mikrowelle klingelt? Man kann ja nicht erkennen, was unter der Folie abläuft. Vielleicht verwandelt sich der Instant-Reispudding im Dunkeln, wenn niemand zusieht, zuerst in Nudelauflauf und wird erst danach wieder zu Reispudding. Wir meinen, es wär absolut natürlich, Reispudding zu bekommen, wenn wir Reispuddingmix in die Mikrowelle geschoben haben und der Timer klingelt, aber für meine Begriffe ist das nur eine Mutmaßung. Ich wär irgendwie erleichtert, wenn's gelegentlich vorkäme, daß man Reispuddingmix in die Mikrowelle tut und es klingelt und man macht das Ding auf und da ist Nudelauflauf drin. Das wär wahrscheinlich ein ziemlicher Schock, klar, aber ich weiß nicht, ich glaub, ich wäre gleichzeitig auch irgendwie erleichtert. Oder zumindest wär ich nicht so geschockt, weil sich das eben andererseits ein ganzes Stück wirklicher anfühlen würde.

Warum »wirklicher«? Ich hätte sehr, sehr arge Schwierigkeiten, wenn ich Ihnen das logisch, in Worten, erklären müßte, aber wenn Sie zum Beispiel mein Leben nehmen und einmal richtig darüber nachdenken, wie es im einzelnen abgelaufen ist, dann merken Sie, daß dieser Ablauf so gut wie nichts an sich hat, was man »folgerichtig« nennen könnte. Zuallererst einmal ist es ein absolutes Rätsel, wie zwei so stinklangweilige Laubfrösche wie meine Eltern eine Tochter wie mich kriegen konnten. Ich weiß, es klingt ein bißchen komisch, wenn ich das jetzt sage, aber ich bin ein ganzes Stück ernsthafter als die beiden zusammengenommen. Ich bild mir nichts drauf ein oder so: ich stell nur eine

Tatsache fest. Ich will damit nicht sagen, ich wär auch nur einen Deut besser als sie, aber ich bin eben ein ernsthafterer Mensch. Wenn Sie sie kennenlernen würden, Mister Aufziehvogel, wüßten Sie sofort, was ich meine. Diese Leute glauben, die Welt sei so kohärent und erklärbar wie die Grundrißzeichnung eines neuen Hauses in einer Luxusneubausiedlung, man bräuchte also nur alles logisch und folgerichtig zu machen, und am Ende würde alles richtig herauskommen. Deswegen regen die sich so auf und werden traurig und wütend, wenn ich nicht so bin.

Warum bin ich als Kind von solchen totalen Volltrotteln auf die Welt gekommen? Und warum bin ich nicht selbst zu einer dummen Laubfroschtochter geworden, wo mich doch diese Leute aufgezogen haben? So weit ich zurückdenken kann, hab ich mir darüber den Kopf zerbrochen. Aber ich kann's mir einfach nicht erklären. Ich hab das Gefühl, daß es einen guten Grund dafür geben müßte, aber ich finde den Grund nicht. Und es gibt noch massenhaft andere Dinge, für die's keine logische Erklärung gibt. Zum Beispiel: »Warum hassen mich alle?« Ich hab überhaupt nichts verbrochen. Ich hab einfach ganz normal vor mich hingelebt. Aber dann auf einmal hab ich gemerkt, daß keiner mich mochte. Das begreife ich nicht.

Und so hat eine unzusammenhängende Tatsache zu der nächsten unzusammenhängenden Tatsache geführt, und auf die Weise sind alle möglichen Dinge passiert. Zum Beispiel hab ich den Jungen mit dem Motorrad kennengelernt, und wir haben diesen blöden Unfall gehabt. So wie ich mich dran erinnere – beziehungsweise wie diese Dinge und Tatsachen in meinem Kopf aneinandergereiht sind –, gibt's da kein »Dies ist soundso passiert, deswegen ist das zwangsläufig soundso passiert«. Jedesmal wenn der Timer klingelt und ich den Deckel abziehe, find ich was, das ich noch nie gesehen habe.

Ich hab keine Ahnung, was mit mir passiert, und eh ich mich verseh, gehe ich nicht mehr zur Schule und häng nur noch zu Hause rum, und da lerne ich Sie kennen, Mister Aufziehvogel. Nein, vorher führe ich noch Erhebungen für eine Perückenfirma durch. Aber warum eine Perückenfirma? Das ist noch so ein Rätsel. Ich kann mich nicht erinnern. Vielleicht hab ich mir beim Unfall den Kopf angeschlagen, und mein Gehirn ist irgendwie durcheinandergerüttelt worden. Oder vielleicht hat der psychische Schock wegen der Sache angefangen, alle möglichen Erinnerungen zuzudecken, so wie ein Eichhörnchen eine Nuß versteckt und dann nicht mehr weiß, wo es sie vergraben hat. (Haben Sie das schon mal gesehen, Mister Aufziehvogel? Ich ja. Als ich klein war. Ich fand das dumme Eichhörnchen tooodkomisch! Ich wär nie auf die Idee gekommen, daß mir ganz genau das gleiche passieren würde.)

Na wie auch immer, ich hab also angefangen, Erhebungen für die Perückenfirma durchzuführen, und davon kommt diese ganz große Schwäche für Perücken, die ich habe, als wären die mein Schicksal oder was. Also: wo soll da bitteschön der Zusammenhang sein? Warum Perücken und nicht Strümpfe oder Reiskellen? Wenn es Strümpfe oder Reiskellen gewesen wären, dann würde ich jetzt auch nicht in einer Perückenfabrik schuften. Stimmt's? Und wenn ich nicht diesen blöden Motorradunfall verursacht hätte, dann hätte ich Sie in dem Sommer wahrscheinlich auch nicht auf der Gasse getroffen und kennengelernt, und wenn Sie mich nicht kennengelernt hätten, dann hätten Sie wahrscheinlich nie was vom Brunnen der Miyawakis erfahren, also hätten Sie auch nicht das Mal auf der Wange gekriegt, und Sie wären auch nicht in diese ganzen seltsamen Geschichten reingeraten ... jedenfalls wahrscheinlich nicht. Wenn ich darüber nachdenke, kann ich mich nur fragen: »Wo in aller Welt ist auch nur der geringste logische Zusammenhang?«

Ich weiß nicht – vielleicht gibt's zwei verschiedene Sorten von Leuten auf der Welt, und für die einen ist die Welt dieser völlig logische Reispudding-Ort, und für die anderen ist sie dieses zufällige Nudelauflauf-Kuddelmuddel. Ich wette, wenn meine laubfröschigen Eltern Reispuddingmix in die Mikrowelle täten und, wenn's klingelt, Nudelauflauf herausbekämen, dann würden die sich einfach sagen: »Na so was, wir müssen aus Versehen Nudelauflauf reingetan haben«, oder sie würden den Nudelauflauf rausholen und würden versuchen sich einzureden: »Das hier sieht wie Nudelauflauf aus, aber in Wirklichkeit ist es Reispudding.« Und wenn ich ihnen aus reiner Menschenfreundlichkeit zu erklären versuchte, daß es manchmal eben vorkommt, daß man Reispudding reintut und Nudelauflauf herausbekommt, dann würden sie mir das nicht glauben. Sie würden wahrscheinlich einfach nur sauer werden. Verstehen Sie, was ich Ihnen zu sagen versuche, Mister Aufziehvogel?

Wissen Sie noch, wie ich damals Ihr Mal geküßt habe? Ich hab seither, seit ich mich letzten Sommer von Ihnen verabschiedet hab, die ganze Zeit dran denken müssen, wie eine Katze, die dem Regen zusieht, und ich hab mich immer wieder gefragt, was das alles sollte. Wenn ich ehrlich sein soll, glaube ich nicht, daß ich das erklären kann. Mag sein, daß ich irgendwann in der Zukunft, vielleicht in zehn oder zwanzig Jahren, wenn wir da eine Gelegenheit haben, darüber zu reden, und wenn ich erwachsener und ein ganzes Stück intelligenter bin als jetzt – daß ich's dann schaffe zu erklären, was das bedeutete. Im Moment aber fürchte ich, daß mir, so leid's mir tut, einfach die Fähigkeit oder der Grips fehlt, das in die richtigen Worte zu fassen.

Eins kann ich Ihnen allerdings ganz ehrlich gestehen, Mister Aufziehvogel, und zwar, daß ich Sie ohne das Mal auf dem Gesicht lieber mag. Nein; Moment mal; das ist nicht fair. Sie haben sich das Mal nicht absichtlich zugelegt. Vielleicht sollte ich besser sagen, daß Sie auch ohne das Mal gut genug für mich sind. Ist es das? Nein, das trifft die Sache überhaupt nicht.
Jetzt kommt, was ich vermute, Mister Aufziehvogel. Dieses Mal schenkt Ihnen vielleicht bald etwas Wichtiges. Aber gleichzeitig raubt es Ihnen auch bestimmt etwas. Irgendwie so eine Art von Tauschgeschäft. Und wenn das so weitergeht, daß jeder Ihnen was wegnimmt, dann nutzen Sie sich ab und werden immer weniger, bis schließlich nichts mehr von Ihnen übrigbleibt. Und deswegen, ich weiß nicht ... was ich eigentlich sagen will, ist, daß sich für mich nichts ändern würde, wenn Sie diese Sache nicht hätten.
Manchmal denk ich, daß ich hier jeden Tag sitze und Perücken mache, liegt daran, daß ich damals Ihr Mal geküßt habe. Weil ich das damals getan habe, hab ich mich entschlossen, von da wegzuziehen, so weit wie möglich von Ihnen wegzukommen. Es ist mir klar, daß ich Ihnen damit vielleicht web tu, daß ich das sage, aber ich glaub, es wirklich so. Trotzdem war das gleichzeitig auch der Grund, warum ich's zu guter Letzt geschafft habe, den Ort zu finden, wo ich hingehöre. Deswegen bin ich Ihnen in gewissem Sinne dankbar, Mister Aufziehvogel. Ist aber wohl kein besonderes Vergnügen, wenn einem jemand »in gewissem Sinne« dankbar ist, wie?
So, Mister Aufziehvogel, jetzt habe ich das Gefühl, daß ich so ziemlich alles gesagt hab, was ich Ihnen zu sagen hatte. Es ist fast vier. Um halb acht muß ich aufstehen, also schaffe ich es vielleicht noch, drei Stunden-und-ein-bißchen Schlaf zu bekommen. Ich hoffe, ich kann gleich einschlafen. Jedenfalls mache ich für heute hier Schluß. Ade, Mister Aufziehvogel. Sagen Sie bitte ein kleines Gebet, damit ich einschlafen kann.

19
DAS UNTERIRDISCHE LABYRINTH
ZIMTS ZWEI TÜREN

»In dem Haus gibt's einen Computer, nicht wahr, Herr Okada? Ich weiß allerdings nicht, wer ihn benutzt«, sagte Ushikawa.
Es war neun Uhr abends, und ich saß am Küchentisch, den Telefonhörer am Ohr.
»Gibt's«, sagte ich und ließ es dabei bewenden.
Ushikawa schniefte. »Das hab ich im Zuge meiner üblichen Schnüffeleien herausbekommen«, sagte er. »Natürlich ziehe ich aus der Tatsache, daß Sie da einen Computer haben, keinerlei Folgerungen oder Schlüsse. Heutzutage braucht jeder, der auch nur entfernt mit dem Kopf arbeitet, einen Computer. Das ist nicht weiter merkwürdig.
Aber um's kurz zu machen, mir ist irgendwie der Einfall gekommen, daß es praktisch wäre, wenn ich mich über den Computer mit Ihnen in Verbindung setzen könnte. Also hab ich mir die Sache näher angeschaut, aber verdammt, das ist ein ganzes Stück komplizierter, als ich es mir vorgestellt hatte. Über eine normale Telefonnummer läßt sich die Verbindung nicht herstellen. *Und* man braucht ein besonderes Paßwort, um anschließend reinzukommen. Kein Paßwort, und die Tür bleibt zu. Damit war die Sache für mich gestorben.«
Ich blieb stumm.
»Verstehen Sie mich jetzt bitte nicht falsch, Herr Okada. Ich versuch bestimmt nicht, mich in Ihren Rechner einzuschleichen und da drin rumzuspielen. Ich habe nichts derartiges vor. Bei den ganzen Sicherungen, die Sie da eingebaut haben, könnte ich sowieso nie im Leben irgendwelche Daten rausholen – selbst wenn ich wollte. Nein, darum ist es mir nie gegangen. Ich wollte lediglich versuchen, ein Gespräch zwischen Ihnen und Frau Kumiko zu arrangieren. Sie wissen doch, ich hatte Ihnen versprochen, daß ich mein Bestes tun würde, um Ihnen ein Gespräch unter vier Augen mit ihr zu ermöglichen. Es ist lang her, daß sie Ihr Haus verlassen hat, und es wäre nicht gut, die Dinge weiter so in der Schwebe zu lassen. So wie die Sache jetzt aussieht, wird Ihr Leben wahrscheinlich nur immer verrückter und verworrener werden. Es ist immer besser, wenn man sich zusammensetzt und offen über alles redet. Andernfalls können leicht Mißverständnisse entstehen,

und Mißverständnisse machen alle Beteiligten unglücklich ... Wie auch immer, in dem Sinne hab ich jedenfalls auf Frau Kumiko eingeredet. Ich habe alles getan, was in meiner Macht stand.
Aber ich habe es einfach nicht geschafft, sie umzustimmen. Sie hat immer wieder erklärt, daß sie nicht mit Ihnen reden will – nicht einmal am Telefon (denn ein persönliches Treffen kam für sie überhaupt nicht in Frage). *Nicht einmal am Telefon!* Ich war mit meinem Latein am Ende. Ich hatte es auf jede nur erdenkliche Weise probiert, aber ihr Entschluß stand fest. Wie ein Felsblock.«
Ushikawa hielt inne, um mir Gelegenheit zu einem Kommentar zu geben, aber ich sagte nichts.
»Trotzdem konnte ich nicht einfach ihre Weigerung hinnehmen und den Rückzug antreten. Wenn ich damit anfangen würde, könnte ich mich bei Dr. Wataya auf was gefaßt machen! Die andere Seite kann ein Felsblock oder eine Wand sein, aber früher oder später finde ich den einen klitzekleinen möglichen Kompromiß. Das ist unser Job: diesen möglichen Kompromiß zu finden. Wenn die anderen Ihnen den Kühlschrank nicht verkaufen wollen, dann bringen Sie sie dazu, Ihnen zumindest ein bißchen Eis zu verkaufen. Also hab ich mir das Gehirn zermartert und nach einem Weg gesucht, die Sache irgendwie doch durchzuziehen. Das macht uns ja erst zu Menschen, sag ich mir immer – die Fähigkeit, auf eine Million verschiedener Einfälle zu kommen. Und so ist dem beschränkten Ushikawa ganz plötzlich auch eine *gute* Idee eingefallen: wie wenn die Wolken plötzlich aufreißen und ein Stern hindurchscheint. ›Das ist es!‹ hab ich mir gesagt. ›Warum können wir nicht ein Bildschirmgespräch organisieren?‹ Sie wissen schon: über die Tastatur Worte auf den anderen Bildschirm schreiben. *Sie* können doch so was, Herr Okada, oder?«
In der Kanzlei hatte ich oft am Computer gearbeitet – Präzedenzfälle recherchiert, Informationen für Klienten ausfindig gemacht, per E-Mail korrespondiert. Und auch Kumiko hatte bei ihrer Arbeit einen Computer benutzt. Die Zeitschrift, die sie redaktionell betreute, besaß umfangreiche Datenbanken mit Rezepten und Nährstoffanalysen. »Das würde nicht mit jedem x-beliebigen PC funktionieren«, fuhr Ushikawa fort, »aber mit unserem Rechner und dem, den Sie da haben, müßte eine ziemlich flotte Übertragungsgeschwindigkeit zu erreichen sein. Frau Kumiko sagt, auf *die* Art wäre sie bereit, sich mit Ihnen zu unterhalten. Zu größeren Zugeständnissen konnte ich sie nicht bewegen. Botschaften

in Echtzeitmodus auszutauschen wäre aber *fast* dasselbe, wie miteinander zu reden. Das ist der äußerste und einzige Kompromiß, den ich herausschlagen konnte. Das nenne ich wirklich, Weisheit aus einem Affen wringen. Was sagen Sie dazu? Vielleicht reißt die Idee Sie nicht gerade vom Hocker, aber ich mußte mir buchstäblich das Gehirn ausquetschen, um drauf zu kommen. Ich *kann* Ihnen sagen – ist schon harte Arbeit, mit einem Gehirn, das man nicht mal hat, so angestrengt zu denken!«

Schweigend wechselte ich den Hörer in die linke Hand.

»Hallo? Herr Okada? Hören Sie mir zu?«

»Ich höre Ihnen zu«, sagte ich.

»Also schön: Das einzige, was ich von Ihnen bräuchte, ist das Paßwort, um in Ihren Rechner reinzukommen. Dann kann ich ein Gespräch zwischen Ihnen und Frau Kumiko in die Wege leiten. Was sagen Sie dazu?«

»Ich würde sagen, dem stehen ein paar praktische Probleme im Weg.«

»Ach ja? Und die wären?«

»Also zunächst einmal, wie kann ich sicher sein, daß der Benutzer am anderen Ende wirklich Kumiko ist? Wenn man sich über den Monitor unterhält, kann man weder seinen Gesprächspartner sehen noch dessen Stimme hören. Es könnte ebensogut jemand anders an der Tastatur sitzen und behaupten, er sei Kumiko.«

»Ich verstehe, was Sie meinen«, sagte Ushikawa beeindruckt. »Das hatte ich nicht bedacht. Aber ich bin sicher, daß sich da irgend etwas machen ließe. Ich möchte Ihnen bestimmt nicht schmeicheln, aber es ist gut, an alles mit einer gewissen Skepsis anzugehen, seine Zweifel zu haben. ›Ich zweifle, also bin ich.‹ Also schön, wie wär's dann damit: Als allererstes stellen Sie eine Frage, die nur Frau Kumiko beantworten könnte. Ich meine, Sie haben mehrere Jahre lang als Mann und Frau zusammengelebt; da muß es doch ein paar Dinge geben, die nur Sie beide wissen können.«

Ushikawas Vorschlag klang vernünftig. »Das ginge wahrscheinlich«, sagte ich, »aber ich kenne das Paßwort nicht. Ich hab diesen Rechner kein einziges Mal angerührt.«

Muskat hatte mir einmal erzählt, daß Zimt jeden Quadratzentimeter Speicher seines Computers nach seinen eigenen Vorstellungen konfiguriert hatte. Er hatte eine komplexe Datenbank erstellt und sie durch ein geheimes Kennwort und eine Reihe weiterer geschickt eingerichteter Schranken vor jedem unbefugten Zugriff gesichert. Wenn er die Finger auf der Tastatur hatte, war Zimt der absolute Herrscher über dieses dreidimensionale unterirdische Labyrinth. Er kannte jeden seiner verschlungen miteinander kommunizierenden Gänge und konnte mit einem einzigen Tastendruck beliebig zwischen ihnen hin- und herspringen. Ein uneingeweihter Eindringling (das heißt also, jeder außer Zimt selbst) hätte laut Muskat Monate gebraucht, um sich an den Alarmvorrichtungen und Fallen vorbei durch dieses Labyrinth hindurchzuarbeiten. Nicht, daß der in der Zentrale installierte Computer für sich genommen so besonders gewesen wäre: Er hatte mehr oder weniger die gleichen Leistungsmerkmale wie der PC im Bürogebäude in Akasaka. Beide waren allerdings mit dem Großrechner vernetzt, den Mutter und Sohn bei sich zu Haus hatten. In dem hatte Zimt zweifellos die persönlichen Daten von Muskat' Klientinnen gespeichert – und ebenso zweifellos auch seine komplizierte doppelte Buchführung –, aber ich konnte mir durchaus vorstellen, daß er in dem Computer noch einiges mehr hütete als nur die Geheimnisse, die sich im Laufe der Jahre im Zusammenhang mit seiner und Muskat' Tätigkeit angesammelt hatten.

Was mich zu dieser Annahme verleitete, war die konzentrierte Hingabe, die Zimt gelegentlich im Umgang mit seinem Rechner an den Tag legte, wenn er in unserer Zentrale war. Normalerweise schloß er sich in seinem kleinen Büro ein, aber ab und zu ließ er die Tür einen Spalt offen, und dann konnte ich ihn – nicht ohne gewisse Schuldgefühle, als spionierte ich seine Intimsphäre aus – bei der Arbeit beobachten. Er und sein Computer schienen sich in einem fast erotischen Einklang zu bewegen. Nach einem ersten Stakkatolauf von Tastenanschlägen hielt er inne und starrte auf den Bildschirm, die Lippen, je nachdem, sichtlich unzufrieden verzogen oder zum Anflug eines Lächelns gekräuselt. Manchmal berührte er, scheinbar tief in Gedanken, eine einzelne Taste, dann noch eine, dann noch eine; und manchmal ließ er die Finger mit der ganzen Energie eines Pianisten, der eine Etüde von Liszt spielt, über die Tastatur rasen. Wenn er mit seiner Maschine wortlos Zwiesprache hielt, schien er durch den Bildschirm seines Monitors hindurch in eine andere, ihm innig vertraute Welt zu spähen. Ich wurde dann das Gefühl nicht los, daß sich die Wirklichkeit für ihn nicht so sehr in der irdischen Welt als in seinem unterirdischen Labyrinth ereignete. Vielleicht besaß Zimt in jener anderen Welt eine klare, volltönende Stimme, mit der er wortgewandt sprach und hörbar lachte und weinte.

»Könnte ich nicht statt dessen von hier aus auf Ihren Computer zugreifen?« fragte ich Ushikawa. »Dann würden Sie kein Paßwort benötigen.«
»Nein, das würde nicht funktionieren. Vielleicht würden Ihre Übertragungen hier ankommen, aber die von hier ausgehenden nicht bei Ihnen. Das Problem ist das Paßwort – das Sesam-öffne-dich. Ohne das läuft gar nichts. Die Tür bleibt für den Wolf verschlossen, wie sehr er seine Stimme auch zu verstellen versucht. Er kann klopfen und sagen: ›Hallo, ich bin's, euer Freund Kaninchen‹, aber wenn er das Paßwort nicht kennt, kann er bis in alle Ewigkeit warten. Wir haben es hier mit einer eisernen Jungfrau zu tun.«
Ushikawa ließ an seinem Ende der Leitung ein Streichholz aufzischen und zündete sich eine Zigarette an. Ich stellte mir seine schief-und-krummen gelben Zähne und seine schlaffen Lippen vor.
»Das Paßwort besteht aus drei alphanumerischen Zeichen. Nachdem die Aufforderung erschienen ist, hat man zehn Sekunden Zeit, es einzugeben. Nach der dritten falschen Eingabe wird der Zugang endgültig verweigert und der Alarm geht los. Nicht, daß da irgendwelche Sirenen losheulen würden oder so was, aber der Wolf hinterläßt seine Fußspuren, so daß man weiß, daß er da war. Ganz schön clever, was? Bei sechsundzwanzig Buchstaben und zehn Ziffern ergeben sich praktisch unendlich viele Kombinationsmöglichkeiten. Man muß das Paßwort schon wissen, anders ist nichts zu wollen.«
Ich dachte eine Weile darüber nach, ohne etwas zu erwidern.
»Irgendwelche brauchbaren Ideen, Herr Okada?«

Sobald Zimt am folgenden Nachmittag mit der Klientin im Fond des Mercedes abgefahren war, ging ich in sein kleines Arbeitszimmer, setzte mich an den Computer und betätigte den Netzschalter. Der Bildschirm leuchtete in einem kühlen Blau auf und zeigte lediglich die Aufforderung:
Geben Sie binnen zehn Sekunden das Paßwort ein.
Ich gab das Drei-Buchstaben-Wort ein, das ich mir zurechtgelegt hatte:
Zoo
Der Computer piepte einmal und gab eine Fehlermeldung aus:

Falsches Paßwort.
Geben Sie binnen zehn Sekunden das Paßwort ein.
Auf dem Bildschirm begann der Countdown. Ich drückte auf die Shift-Taste und gab noch einmal dieselben Buchstaben ein:
ZOO
Wieder wurde mir der Zugang verweigert:
Falsches Paßwort.
Geben Sie binnen zehn Sekunden das richtige Paßwort ein.
Bei nochmaliger falscher Eingabe erfolgt automatische Zugangsverweigerung.
Wieder begann auf dem Bildschirm der Countdown. Diesmal verwendete ich nur Kleinbuchstaben. Es war meine letzte Chance.
zoo
Anstelle einer Fehlermeldung erschien jetzt ein Menü mit der Aufforderung:
Wählen Sie eines der folgenden Programme.
Ich atmete langsam aus und ließ dann den Cursor die lange Liste von Programmen hinunterlaufen, bis ich die Option »Kommunikations-Software« erreichte. Hier drückte ich die linke Maustaste.
Wählen Sie eines der folgenden Programme.
Ich wählte »Terminal/Chat-Modus« und klickte die Maustaste.
Geben Sie binnen zehn Sekunden das Paßwort ein.
Wenn Zimt an dieser Stelle eine neue Sicherung eingebaut hatte, dann mußte es sich um eine wichtige Verzweigung innerhalb des Systems handeln. Und wenn sie wichtig war, dann mußte auch das Paßwort ein wichtiger Begriff sein. Als zusätzliche Erschwerung verlangte das Eingabefeld diesmal nach einer *sechs*stelligen alphanumerischen Zeichenkette. Ich tippte:
U-Boot
Im Dialogfenster erschien die Meldung:
Falsches Paßwort.
Geben Sie binnen zehn Sekunden das richtige Paßwort ein.
Der Countdown begann: **10, 9, 8** ...
Ich probiere es wieder mit der Schreibweise, die auch beim erstenmal funktioniert hatte:
u-boot

Auf dem Bildschirm erschien ein neues Dialogfenster:
Geben Sie die Rufnummer ein.
Ich verschränkte die Arme und kostete kurz den Anblick dieser neuen Eingabeaufforderung aus. Nicht schlecht. Es war mir gelungen, zwei Türen in Zimts Labyrinth zu öffnen. Nein, ganz und gar nicht schlecht. Mit »zoo« und »u-boot« würde ich zurechtkommen. Ich klickte auf »Abbrechen«, kehrte zum Hauptmenü zurück und wählte »Beenden«; es öffnete sich ein letztes Dialogfenster mit den Optionen:
Protokoll der Sitzung in Cache-Ordner speichern? J/N (J)
Wie Ushikawa mir eingeschärft hatte, wählte ich »N«, um zu vermeiden, daß irgendwelche Spuren meiner Anwesenheit zurückblieben.
Der Bildschirm erlosch lautlos. Ich wischte mir den Schweiß von der Stirn. Nachdem ich mich vergewissert hatte, daß Tastatur und Maus exakt so lagen, wie ich sie vorgefunden hatte, verließ ich den jetzt kalten Monitor.

20

MUSKATS GESCHICHTE

Muskat Akasaka brauchte mehrere Monate, um mir die Geschichte ihres Lebens zu erzählen. Es war eine lange, lange Geschichte voller Einschübe und Abschweifungen, und so ist das, was ich hier aufzeichne, eine stark vereinfachte (wenngleich nicht unbedingt kurze) Zusammenfassung des Ganzen. Ich kann nicht guten Gewissens behaupten, daß sie die Essenz von Muskats Geschichte enthält, aber zumindest sollte sie eine ungefähre Vorstellung von bestimmten wichtigen Ereignissen vermitteln, die sich in entscheidenden Phasen von Muskats Lebens zutrugen.

Bei ihrer Flucht aus der Mandschurei nach Japan hatten Muskat und ihre Mutter an Wertsachen nur den Schmuck mitnehmen können, den sie am Körper trugen. Von der Hafenstadt Sasebo fuhren sie nach Yokohama und kamen bei der Familie der Mutter unter, die dort seit langem eine Import-Export-Firma mit Hauptgeschäftsverbindungen nach Taiwan besaß. Vor dem Krieg ein florierendes Unternehmen, hatte die Firma, als Japan Taiwan verlor, den größten Teil seiner Kunden

eingebüßt. Der Vater starb an einem Herzleiden, und der zweite Sohn der Familie, der in der Firma die Nummer zwei gewesen war, kam bei einem der allerletzten Luftangriffe des Krieges ums Leben. Der älteste Sohn gab seine Stelle als Lehrer auf und übernahm die Leitung des Familienunternehmens, aber das Leben eines Geschäftsmanns hatte ihm nie behagt, und es gelang ihm nicht, die Firma wieder in Schwung zu bringen. Die Familie besaß noch ihr behagliches Haus mit dem großen Garten, aber dort während der mageren Nachkriegsjahre als überzählige Esser leben zu müssen, war für Muskat und ihre Mutter alles andere als angenehm. Sie waren ständig bemüht, den Verwandten möglichst wenig zur Last zu fallen – nahmen sich bei den Mahlzeiten grundsätzlich weniger als die anderen, standen jeden Morgen früher als die anderen auf, übernahmen einen größeren Anteil an den Hausarbeiten. Jahrelang trug die junge Muskat nur abgelegte Kleidungsstücke ihrer älteren Cousinen – Handschuhe, Socken, selbst Unterwäsche. Zum Schreiben benutzte sie die Bleistiftstummel, die andere fortwarfen. Schon das allmorgendliche Aufwachen war eine Tortur für sie. Beim bloßen Gedanken, daß ein neuer Tag begann, wurde ihr eng ums Herz.
Muskat wollte aus diesem Haus fortziehen und mit ihrer Mutter irgendwo allein wohnen – in bitterer Armut vielleicht, aber dafür frei von diesem ständigen moralischen Druck. Ihre Mutter jedoch unternahm nie den Versuch fortzuziehen. »Meine Mutter war immer ein aktiver Mensch gewesen«, sagte Muskat, »aber seit unserer Flucht aus der Mandschurei war sie nur noch eine leere Hülse. Es war, als habe sich alle Kraft, die sie zum Weiterleben benötigte, aus ihr verflüchtigt.« Zu nichts konnte sie sich mehr aufraffen. Ihr einziger Lebensinhalt bestand jetzt darin, Muskat immer und immer wieder von der glücklichen Vergangenheit zu erzählen, die hinter ihnen lag. Und so blieb es Muskat überlassen, auf eigene Faust nach Mitteln und Wegen zum Weiterleben zu suchen.
Muskat hegte zwar keine Abneigung gegen das Lernen, nur interessierten sie die meisten Fächer nicht, die auf der Oberschule angeboten wurden. Sie konnte sich nicht vorstellen, daß es ihr irgend etwas nützen würde, sich den Kopf mit Geschichtsdaten, mit Regeln der englischen Grammatik oder geometrischen Formeln vollzustopfen. Ihr alles beherrschender Wunsch war, etwas Praktisches zu lernen und so schnell wie möglich unabhängig zu werden. Von ihren Klassenkameradinnen und deren unbekümmerter Freude am Schulalltag trennte sie eine tiefe Kluft.

Das einzige, was sie wirklich interessierte, war Mode. Von früh bis spät kreisten ihre Gedanken um Kleidung. Nicht, daß sie es sich hätte leisten können, sich chic anzuziehen: Sie mußte sich damit begnügen, die Modezeitschriften, die sie irgendwie ergattern konnte, immer von neuem durchzusehen und Hefte mit Skizzen von Kleidern zu füllen, die sie entweder ähnlich in den Zeitschriften gesehen hatte oder sich selbst ausdachte. Sie wußte nicht, was sie an eleganter Kleidung eigentlich so gefesselt hatte. Vielleicht, sagte sie, kam es daher, daß sie als Kind in der Mandschurei immer mit der damals umfangreichen Garderobe ihrer Mutter gespielt hatte. Ihre Mutter war eine echte Kleidernärrin gewesen; sie hatte mehr Kimonos und Kleider besessen, als sie in all ihren Truhen und Schränken unterbringen konnte, und die kleine Muskat hatte sie in jedem unbeaufsichtigten Augenblick hervorgeholt und liebevoll berührt. Bei ihrer Abreise hatten sie die meisten dieser Kleider und Kimonos in der Mandschurei zurücklassen müssen, und die wenigen, die sie in ihre Rucksäcke hatten stopfen können, hatten sie unterwegs gegen Lebensmittel eintauschen müssen. Jedesmal hatte ihre Mutter das als nächstes zu opfernde Stück vor sich ausgebreitet und seufzend von ihm Abschied genommen.

»Kleider zu entwerfen war meine kleine Geheimtür in eine andere Welt«, sagte Muskat, »in eine Welt, die nur mir gehörte. In dieser Welt war Phantasie alles. Je genauer ich mir vorstellen konnte, was ich mir vorstellen wollte, desto weiter konnte ich die Wirklichkeit hinter mir lassen. Und das Schönste daran war, daß es nichts kostete. Es war völlig umsonst. Es war herrlich! Mir schöne Kleider vorzustellen und die Vorstellungen auf Papier zu übertragen war für mich allerdings mehr als nur eine Möglichkeit, der Wirklichkeit zu entfliehen und in Träumen zu schwelgen. Ich brauchte es, um weiterleben zu können. Es war für mich so natürlich und so selbstverständlich wie das Atmen, drum nahm ich an, es erginge allen anderen ebenso. Als ich begriff, daß es allen anderen *nicht* so erging – ja, daß sie beim besten Willen nicht dazu imstande gewesen wären –, sagte ich mir: ›Ich bin anders als die anderen, also werde ich auch ein anderes Leben führen müssen als die anderen.‹«

Muskat verließ die Oberschule und wechselte auf eine Fachschule für Schneiderei. Auf ihre inständigen Bitten hin verkaufte ihre Mutter eines der letzten Schmuckstücke, die ihr geblieben waren. Der Erlös ermöglichte es Muskat, zwei Jahre lang Nähen, Zuschneiden, Zeichnen und andere nützliche Fertigkeiten zu erlernen. Nach der Abschlußprüfung mietete sie sich eine kleine Wohnung und lebte von nun an allein. Sie jobbte als Kellnerin und übernahm kleine Näh- und Strickarbeiten, um sich die Ausbildung zur Modedesignerin zu finanzieren. Und als sie dieses Studium abgeschlossen hatte, gelang es ihr, eine Stelle in der Entwurfsabteilung eines Herstellers von anspruchsvoller Konfektion zu bekommen. Niemand zweifelte daran, daß sie kreatives Talent besaß. Nicht nur konnte sie gut zeichnen – die Ideen, die sie zu Papier brachte, waren originell und von einem ganz eigenen Stilempfinden geprägt. Sie hatte eine sehr genaue Vorstellung von dem, was sie schaffen wollte, und es war nie etwas Entlehntes, sondern stets ihre ganz eigene Schöpfung, und stets ging es völlig natürlich aus ihr hervor. Bis in die winzigsten Details beharrte sie auf ihrer jeweiligen Vision, mit der Unbeirrbarkeit eines Lachses, der einen breiten Fluß bis zur Quelle hinaufschwimmt. Zum Schlafen hatte sie keine Zeit. Sie liebte ihren Beruf und träumte nur von dem Tag, da sie sich als selbständige Modedesignerin würde etablieren können. Nie kam sie auf den Gedanken, Vergnügen außerhalb der Arbeit zu suchen: sie hatte nicht einmal eine Ahnung von den Dingen, die andere zu ihrem Vergnügen trieben.

Schon bald erkannten ihre Vorgesetzten die hohe Qualität ihrer Arbeit und begannen, sich für ihre extravaganten, schwungvollen Entwürfe zu interessieren. Damit endeten ihre Lehrjahre, und ihr wurde die Leitung einer eigenen kleinen Abteilung anvertraut – eine höchst ungewöhnliche Beförderung.

Jahr für Jahr konnte Muskat glänzende Leistungen vorweisen. Ihr Talent und ihre Energie erregten nicht nur innerhalb der Firma, sondern in der ganzen Branche immer größere Aufmerksamkeit. Die Modebranche war eine exklusive, aber zugleich auch gerechte Welt, eine Welt, die vom freien Wettbewerb regiert wurde. Der Erfolg eines Designers oder einer Designerin wurde durch einen einzigen Faktor bestimmt: die Anzahl der Vorbestellungen, die für die von ihm oder ihr entworfenen Modelle vor jeder Saison eingingen. Es konnten nie Zweifel daran bestehen, wer »gewonnen« und wer »verloren« hatte: Die Zahlen sagten alles. Muskat hatte nie das Gefühl, mit anderen zu konkurrieren, aber ihre Erfolgsbilanz sprach eine unmißverständliche Sprache.

Bis zu ihrem siebenundzwanzigsten Lebensjahr widmete Muskat ihre gesamte Energie und Aufmerksamkeit der Arbeit. Sie lernte durch ihren Beruf viele Menschen kennen, und mehrere Männer interessierten sich für sie, aber diese Beziehungen blieben stets oberflächlich und waren nur von kurzer Dauer. Es gelang

Muskat nie, für lebendige Menschen ein tieferes Interesse aufzubringen. Ihr Bewußtsein war angefüllt mit Bildern von Kleidern, und die Skizzen eines Mannes berührten sie weit nachhaltiger, als es der Mann selbst jemals vermocht hätte.

Mit siebenundzwanzig aber lernte Muskat auf einer Neujahrsparty der Textilbranche einen merkwürdig aussehenden Mann kennen. Zwar waren seine Gesichtszüge durchaus ebenmäßig, aber sein Haar war ein einziger Urwald, und seine Nase und sein Kinn besaßen die kantige Härte von Steinwerkzeugen. Er sah eher wie ein religiöser Scharlatan als wie ein Modeschöpfer aus. Er war ein Jahr jünger als Muskat, spindeldürr und hatte unergründlich tiefe Augen, aus denen er die Leute mit einem aggressiven Blick anstarrte, der eigens dazu einstudiert zu sein schien, jeden in Verlegenheit zu bringen. Doch in diesen Augen konnte Muskat ihr eigenes Spiegelbild erkennen. Damals war jener Mann noch ein zwar vielversprechender, aber unbekannter Modedesigner, und sie sahen sich zum ersten Mal. Gehört hatte sie natürlich schon von ihm. Er habe ein einzigartiges Talent, hieß es, aber er sei arrogant, egozentrisch und streitsüchtig, und fast niemand habe etwas für ihn übrig.

»Wir waren verwandte Seelen«, sagte sie. »Beide auf dem Kontinent geboren. Auch er war nach dem Krieg mit nichts als dem, was er auf dem Leib trug, nach Japan zurückverfrachtet worden – in seinem Fall aus Korea. Sein Vater war Berufssoldat gewesen, und die Nachkriegsjahre bedeuteten für die beiden eine Zeit bitterster Armut. Er hatte seine Mutter schon sehr früh verloren – sie war an Typhus gestorben –, daher wohl seine spätere Leidenschaft für Frauenkleidung. Er war begabt, aber mit Menschen konnte er einfach nicht umgehen. Da entwarf er also Damenmode, und kaum geriet er in die Nähe einer Frau, wurde er rot und benahm sich unmöglich. Mit anderen Worten: Wir waren beide versprengte Schafe, die den Kontakt zur Herde verloren hatten.«

Sie heirateten im folgenden Jahr, 1963, und das Kind, das ihnen im Frühling des Jahres darauf (des Jahres der Olympischen Spiele von Tokio) geboren wurde, war Zimt. »Der Name war doch Zimt, oder?« Kaum war Zimt geboren, holte Muskat ihre Mutter ins Haus, damit die sich um ihn kümmerte. Sie selbst mußte von früh bis spät arbeiten und hatte keine Zeit, sich um Babys zu kümmern. So wurde Zimt vornehmlich von seiner Großmutter großgezogen.

Muskat war sich auch später nie ganz sicher, ob sie ihren Mann je wirklich – als Mann – geliebt hatte. Um das beurteilen zu können, fehlte ihr der Maßstab, und das gleiche galt umgekehrt auch für ihren Mann. Was sie zusammengeführt hatte, war die Macht des Zufalls und ihre gemeinsame Passion für Modedesign gewesen. Dennoch waren ihre ersten zehn Ehejahre für beide eine fruchtbare Zeit. Gleich nach der Heirat kündigten sie beide und eröffneten ihr eigenes Modeatelier in einem kleinen, nach Westen gehenden Gebäude direkt hinter dem Aoyama-Boulevard. Die Räume dort, schlecht ventiliert und ohne Klimaanlage, wurden im Sommer so heiß, daß den beiden vor Schweiß der Bleistift aus den Fingern glitt. Anfangs gingen die Geschäfte nicht gerade gut. Muskat wie auch ihr Mann waren in geschäftlichen Dingen von erschütternder Ahnungslosigkeit, was zur Folge hatte, daß sie von skrupellosen Leuten in der Branche leicht übervorteilt wurden; oder sie ließen sich aus Unkenntnis der üblichen Vorgehensweise Bestellungen entgehen oder leisteten sich unvorstellbar elementare Fehler. Ihre Schulden erreichten schließlich eine solche Höhe, daß ihnen kein anderer Ausweg zu bleiben schien, als bei Nacht und Nebel zu verschwinden. Die Wende kam, als Muskat zufällig einen fähigen und integren Manager kennenlernte, der ihr Talent erkannte und ihnen seine Dienste anbot. Von da an entwickelte sich die Firma so gut, daß ihnen alle früheren Schwierigkeiten schon bald wie ein böser Traum vorkamen. Die Absatzzahlen verdoppelten sich von Jahr zu Jahr, bis aus der ehemals kleinen Firma schließlich 1970 ein märchenhaft erfolgreiches Unternehmen geworden war – ein so erfolgreiches, daß sogar das arrogante, unnahbare junge Paar, das dieses Unternehmen aus dem Nichts geschaffen hatte, nur staunen konnte. Sie stellten weitere Mitarbeiter ein, zogen in ein großes Gebäude am Boulevard um und eröffneten in so mondänen Vierteln wie der Ginza, Aoyama und Shinjuku eigene Boutiquen. Ihre Entwürfe erschienen immer häufiger in den Medien, und ihre Kollektionen wurden weithin bekannt.

Als die Firma eine bestimmte Größe erreicht hatte, veränderte sich die Art und Weise, wie Muskat und ihr Mann sich die Aufgaben teilten. Auch wenn das Entwerfen und Fertigen von Kleidung einerseits als kreativer Prozeß gelten konnte, war es doch, anders als die Bildhauerei oder die Schriftstellerei, auch ein Geschäft, von dem das Schicksal vieler Menschen abhing. Man konnte nicht einfach in seinem Kämmerlein bleiben und entwerfen, wonach einem gerade der Sinn stand.

Jemand mußte an die Öffentlichkeit treten und das »Gesicht« des Unternehmens repräsentieren; und dies wurde um so notwendiger, je mehr das Geschäftsvolumen zunahm. Einer von ihnen würde sich auf Parties und Modenschauen sehen lassen müssen, dort kurze Reden halten, mit den Gästen plaudern und den Medienleuten Interviews geben. Muskat hatte nicht die Absicht, diese Rolle zu übernehmen, und so mußte ihr Mann in den sauren Apfel beißen. Menschenscheu, wie er war, empfand er diese Aufgabe anfangs als Tortur. Vor Fremden zu reden bereitete ihm die größten Schwierigkeiten, und von jeder solchen Veranstaltung kam er erschöpft zurück. Nach einem halben Jahr allerdings stellte er fest, daß er unter diesem Leben zunehmend weniger litt. Er war noch immer kein großer Redner oder Causeur, aber nun reagierten die Leute auf sein brüskes und verlegenes Verhalten anders als in seinen jüngeren Jahren; jetzt fanden sie es offenbar anziehend. Sie verstanden seine kurz angebundene Art (die von seinem introvertierten Wesen herrührte) nicht mehr als Zeichen verächtlicher Arroganz, sondern als Ausdruck eines sympathischen, leicht weltfremden Künstlertums an. Er begann diese neue Situation, in der er sich auf einmal befand, sogar zu genießen, und schon bald wurde er als kulturelle Leitgestalt seiner Zeit gefeiert.

»Sie haben seinen Namen wahrscheinlich schon gehört«, sagte Muskat. »Aber in Wirklichkeit stammten die Modelle inzwischen zu zwei Dritteln von mir. Seine kühnen, originellen Ideen hatten in der Branche eingeschlagen, und er hatte davon schon mehr als genug produziert, um uns für eine ganze Weile zu versorgen. Meine Aufgabe bestand darin, diese Ideen auszuarbeiten und eigentlich erst zu realisieren. Wie groß das Unternehmen auch wurde, wir stellten nie andere Designer ein. Unsere Mitarbeiterzahlen wuchsen, aber die entscheidende Arbeit machten wir weiterhin selbst. Wir wollten nichts anderes, als die Kleider zu machen, die uns vorschwebten, ohne uns den Kopf darüber zu zerbrechen, welche Leute sie anschließend wohl kaufen würden. Wir verzichteten auf Marktforschung, Kostenkalkulation oder strategische Planung. Wenn wir uns entschlossen hatten, etwas so und so zu machen, dann entwarfen wir es auch genau so, verwendeten die besten Materialien, die wir bekommen konnten, und nahmen uns für die Fertigung so viel Zeit, wie wir brauchten. Was andere Modehäuser in zwei Schritten machen konnten, machten wir in vier. Wo sie drei Meter Stoff nahmen, verarbeiteten wir vier. Wir prüften persönlich jedes einzelne Stück, das unser

Atelier verließ. Was wir nicht verkauften, vernichteten wir. Discountpreise gab es bei uns nicht. Wir waren natürlich alles andere als billig. Die Branche hielt uns für verrückt, aber unsere Kreationen wurden zu einem Symbol dieser Ära, auf einer Stufe mit Peter Max, Woodstock, Twiggy, *Easy Rider* und so weiter. Was machte es uns damals Spaß, Kleider zu entwerfen! Wir konnten uns die wildesten Phantasien leisten, und unsere Kunden zogen begeistert mit. Es war ein Gefühl, als wären uns gewaltige Schwingen gewachsen und wir könnten hinfliegen, wohin wir nur wollten.«

Doch gerade als die Firma richtig in Schwung kam, begannen Muskat und ihr Mann sich auseinanderzuleben. Selbst wenn sie Seite an Seite arbeiteten, spürte sie gelegentlich, daß sein Herz in weiter Ferne umherschweifte. Seine Augen hatten jenen hungrigen Glanz von einst verloren. Die Anfälle von Jähzorn, in denen er früher häufig mit Gegenständen um sich geworfen hatte, kamen jetzt fast nicht mehr vor. Statt dessen ertappte sie ihn oft dabei, wie er, anscheinend in Gedanken versunken, ins Leere starrte. Außerhalb des Ateliers wechselten sie kaum noch ein Wort miteinander, und die Zahl der Nächte, in denen er überhaupt nicht mehr nach Haus kam, nahm zu. Muskat spürte, daß es jetzt mehrere Frauen in seinem Leben gab, aber das bereitete ihr keinen Kummer. Sie hielt es für unvermeidlich, da sie seit langem (vor allem, weil Muskat jedes sexuelle Bedürfnis verloren hatte) nicht mehr miteinander schliefen.

Im Spätherbst 1975, als Muskat vierzig und Zimt elf war, wurde Muskats Mann ermordet. Sein entsetzlich verstümmelter Leichnam wurde in einem Hotelzimmer in Akasaka aufgefunden. Das Zimmermädchen fand ihn, als es um elf mit dem Hauptschlüssel öffnete, um das Zimmer aufzuräumen. In der Toilette sah es aus wie in einem Schlachthaus. Der Leichnam war fast bis auf den letzten Tropfen ausgeblutet, außerdem waren Herz, Magen, Leber, beide Nieren und die Bauchspeicheldrüse verschwunden, als habe der Mörder diese Organe herausgeschnitten und in Plastiktüten oder ähnlichen Behältern mitgenommen. Der Kopf war vom Rumpf abgetrennt und so auf den Klosettdeckel gesetzt worden, daß das völlig zerfetzte Gesicht nach vorn sah. Der Mörder hatte offenbar zuerst den Kopf abgetrennt und zerschnitten und hatte sich anschließend an die Organentnahme gemacht.

Diese fachgerechte Ausweidung eines Menschen mußte äußerst scharfe Werkzeuge und ein hohes Maß an technischem Können erfordert haben. Mehrere Rippen hatten herausgesägt werden müssen – eine zeitraubende und blutige Angelegenheit. Vollkommen rätselhaft war, warum sich der Täter eine solche Mühe gemacht hatte.

An diesen Festtagen hatte ein ständiges Kommen und Gehen von Gästen geherrscht, und so konnte sich der Empfangschef nur noch daran erinnern, daß Muskats Mann am Abend davor um zehn in Begleitung einer Frau angekommen war und sich auf sein Zimmer im elften Stock begeben hatte. Seine Begleiterin sei eine hübsche, etwa dreißigjährige Frau gewesen, nicht sehr groß und in einem roten Mantel. Außer einer kleinen Handtasche habe sie nichts bei sich gehabt. Das Bett wies Spuren von Geschlechtsverkehr auf. Bei den Haaren und Sekreten, die sich auf den Laken fanden, handelte es sich um Schamhaare und Sperma des Ermordeten. Das Zimmer war voller Fingerabdrücke, doch gerade, daß es so viele waren, machte sie für die Ermittlungsarbeit unbrauchbar. Der kleine Lederkoffer des Ermordeten enthielt nur frische Unterwäsche, ein paar Toilettenartikel, eine Mappe mit berufsbezogenen Unterlagen und eine Zeitschrift. In seiner Brieftasche befanden sich noch über hunderttausend Yen in bar und mehrere Kreditkarten, aber ein Notizbuch, das er bei sich gehabt haben mußte, war verschwunden. Spuren eines Kampfes waren in dem Zimmer nicht festzustellen.

Die Polizei überprüfte den gesamten Bekanntenkreis des Opfers, aber eine Frau, die der Beschreibung des Empfangschefs entsprochen hätte, wurde nicht gefunden. Die wenigen Frauen, welche die Ermittlungsbeamten überhaupt ausfindig machen konnten, hatten keinen Anlaß zu Haß oder Eifersucht, und alle hatten sie ein solides Alibi. Es gab eine ganze Reihe von Leuten aus der Modebranche (eine Branche, die ohnehin nicht gerade für ihre herzliche Atmosphäre berühmt ist), die eine Abneigung gegen ihn hatten, aber anscheinend hatte keiner ihn ausreichend gehaßt, um ihn zu töten, und mit Sicherheit besaß niemand die Fertigkeiten, die erforderlich waren, um sechs Organe aus einem Körper herauszuschneiden.

Selbstverständlich berichtete die Presse über die Ermordung eines so bekannten Modeschöpfers ausführlich – und nicht ohne eine gewisse Sensationslust –, aber um den Medienrausch, der um einen so bizarren Mordfall sonst ausgebrochen wäre, zu verhindern, sorgte die Polizei dafür, daß keine Informationen über die

Organentnahme nach außen drangen. Zudem übte das exklusive Hotel offenbar einen gewissen Druck aus, damit es mit der Affäre möglichst wenig in Verbindung gebracht wurde. Und somit berichteten die Medien kaum mehr, als daß der Modeschöpfer in einem der Zimmer des Hotels erstochen worden sei. Eine Zeitlang ging das Gerücht um, es sei »etwas Abnormes« im Spiel gewesen, aber Genaueres drang nie an die Öffentlichkeit. Die Polizei führte eine umfangreiche Untersuchung durch, aber der Mörder wurde nie gefaßt, und kein Motiv zeichnete sich je ab.
»Dieses Hotelzimmer ist wahrscheinlich immer noch versiegelt«, sagte Muskat.

Im Frühling des darauffolgenden Jahres verkaufte Muskat die Firma – komplett mit Boutiquen, Lagerbestand und Markennamen – an ein großes Textilunternehmen. Als der Anwalt, der die Verhandlungen geführt hatte, Muskat den Vertrag zur Unterschrift vorlegte, setzte sie ohne ein Wort ihren Stempel darauf, mit kaum mehr als einem flüchtigen Blick auf die Kaufsumme.
Als Muskat die Firma einmal aufgegeben hatte, stellte sie fest, daß sich ihre Leidenschaft für das Entwerfen restlos verflüchtigt hatte. Der heftige Strom von Verlangen, der einst den Sinn ihres Lebens ausgemacht hatte, war versiegt. Wenn sie gelegentlich noch einen Auftrag annahm, führte sie ihn mit Routine eines erstklassigen Profis aus, aber ohne eine Spur von Freude. Es war, als äße sie etwas völlig Fades. Sie hatte das Gefühl, man habe *ihr* die inneren Organe herausgerissen. Für diejenigen, die ihre frühere Energie und Kreativität erlebt hatten, war Muskat noch immer ein legendäre Gestalt, und aus diesem Kreise kamen auch weiterhin immer wieder Angebote, aber mit Ausnahme einiger weniger, die anzunehmen sie sich verpflichtet fühlte, lehnte sie alle ab. Auf Empfehlung ihres Steuerberaters investierte sie ihr Geld in Aktien und Immobilien, und ihr Vermögen nahm in diesen Jahren des Wirtschaftswachstums weiter zu.
Nicht lange, nachdem sie die Firma verkauft hatte, starb ihre Mutter an einem Herzleiden. An einem heißen Augustnachmittag besprengte die alte Damen gerade den Vorplatz des Hauses, als sie plötzlich klagte, sie »fühle sich gar nicht gut«. Sie legte sich hin und schlief, beunruhigend laut schnarchend, ein paar Stunden, und kurz darauf war sie tot. Muskat und Zimt hatten nun niemanden mehr auf der Welt. Für über ein Jahr schloß Muskat sich im Haus ein, lag den ganzen Tag auf dem Sofa und starrte hinaus in den Garten, als versuchte sie, all die

Unruhe und Friedlosigkeit ihres bisherigen Lebens wieder wettzumachen. Sie aß kaum etwas und schlief täglich zehn Stunden. Zimt, der unter normalen Umständen nun auf die höhere Schule gekommen wäre, kümmerte sich anstelle seiner Mutter um den Haushalt, spielte in seinen Arbeitspausen Sonaten von Mozart und Haydn und brachte sich mehrere Sprachen bei.

Diese fast leere, stille Phase ihres Lebens dauerte schon ein Jahr, als Muskat durch Zufall entdeckte, daß sie eine besondere »Kraft« besaß: eine seltsame Fähigkeit, die ihr bis dahin nicht bewußt gewesen war. Vielleicht war sie in ihr aufgetaucht, sagte Muskat sich, um das Vakuum zu füllen, das die Leidenschaft für das Modedesign hinterlassen hatte. Und tatsächlich wurde diese Kraft zu ihrem neuen Beruf – zu einem Beruf, den sie sich nicht ausgesucht hatte.

Die erste Nutznießerin ihrer seltsamen Kraft war die Frau eines Kaufhausbesitzers, eine gescheite, vitale Frau, die in ihrer Jugend Opernsängerin gewesen war. Sie hatte Muskats Talent schon erkannt, als diese erst eine kleine Modezeichnerin gewesen war, und hatte wohlwollend über ihren Werdegang gewacht. Ohne die Unterstützung dieser Dame wäre Muskats Firma vielleicht schon kurz nach der Gründung eingegangen. Als nun die Hochzeit der Tochter dieser Frau bevorstand, erklärte sich Muskat der besonderen Beziehung wegen bereit, bei der Auswahl und Abstimmung der Garderoben von Mutter und Tochter zu helfen – eine Aufgabe, die ihr wenig Mühe bereitete.

Plaudernd warteten Muskat und die Dame gerade darauf, daß die Tochter wieder aus der Anprobe herauskäme, als die Dame ganz unvermittelt die Hände an den Kopf preßte und kraftlos auf die Knie sank. Erschrocken fing Muskat sie auf und begann, ihr die rechte Schläfe zu reiben. Sie tat dies ganz unwillkürlich, ohne nachzudenken, aber sie hatte noch kaum die Hand bewegt, da spürte sie darunter »ein Etwas«, als könne sie in einer Stofftasche einen Gegenstand tasten

Verwirrt schloß Muskat die Augen und versuchte, an etwas anderes zu denken. Was ihr in den Sinn kam, war der Zoo in Hsin-ching – der Zoo an einem Tag, an dem er für Besucher geschlossen war und sie ganz allein darin umherspazierte, was nur ihr als der Tochter des Chefveterinärs erlaubt war. Das war die glücklichste Zeit ihres Lebens gewesen: damals hatte sie sich behütet und geliebt und bestätigt gefühlt. Es war ihre früheste Erinnerung. Der leere Zoo. Sie dachte an die Gerüche, an das gleißende Licht und an die Form jeder einzelnen Wolke, die am Himmel schwebte. Allein ging sie von Käfig zu Käfig. Es war Herbst, der Himmel war hoch und klar, und Schwärme von mandschurischen Vögeln flatterten von Baum zu Baum. Dies war ihre ursprüngliche Welt gewesen, eine Welt, die in vielerlei Hinsicht für immer verloren war. Sie wußte nicht, wieviel Zeit so verstrich, schließlich aber richtete die Dame sich wieder auf und entschuldigte sich bei Muskat. Sie sei noch immer etwas durcheinander, aber ihre Kopfschmerzen, sagte sie, seien offenbar verschwunden. Ein paar Tage darauf erhielt Muskat zu ihrer Verblüffung ein weit höheres Honorar, als sie für die geleistete Arbeit erwartet hatte.

Etwa einen Monat nach diesem Vorfall rief die Frau des Kaufhausbesitzers Muskat an und lud sie zum Lunch in ein Restaurant ein. Nach dem Essen schlug die Dame vor, noch ein wenig zu ihr zu gehen. In ihrem Haus angelangt, sagte sie zu Muskat: »Würde es Ihnen etwas ausmachen, mir noch einmal die Hand aufzulegen, wie Sie es neulich getan haben? Ich möchte da etwas überprüfen.« Muskat sah keinen Grund, ihr diese Bitte abzuschlagen. Sie setzte sich neben die Frau und legte ihr die flache Hand auf die Schläfe. Wieder spürte sie dasselbe »Etwas«, das sie schon beim ersten Mal wahrgenommen hatte. Jetzt konzentrierte sie sich ganz darauf, um eine klarere Vorstellung von seiner Form zu gewinnen, aber die Form begann, sich zu winden und zu verändern. *Es ist lebendig!* Muskat erschrak. Sie schloß die Augen und richtete ihre Gedanken auf den Zoo von Hsin-ching. Das fiel ihr nicht schwer; sie brauchte sich dazu nur die Geschichte, die sie Zimt erzählt, und die Szenen, die sie ihm geschildert hatte, wieder ins Gedächtnis zu rufen. Ihr Bewußtsein verließ ihren Körper, durchschweifte eine Zeitlang die Räume zwischen Erinnerung und Erzählung und kehrte schließlich zurück. Als sie wieder zu sich kam, ergriff die Dame ihre Hand und dankte ihr. Muskat stellte keine Fragen zu dem, was soeben vorgefallen war, und von sich aus sagte die Frau nichts dazu. Wie beim vorigen Mal verspürte Muskat eine leichte Müdigkeit, und ihre Stirn war mit einem dünnen Schweißfilm bedeckt. Als sie sich verabschiedete, dankte ihr die Dame dafür, daß sie sich die Zeit für den Besuch genommen habe, und versuchte, ihr ein Kuvert mit Geld in die Hand zu drücken, doch Muskat weigerte sich – höflich, aber bestimmt –, ihn anzunehmen. »Das ist nicht mein Beruf«, sagte sie, »und außerdem haben Sie mir beim letzten Mal viel zuviel gegeben.« Die Dame bestand nicht weiter darauf.

Ein paar Wochen später machte sie Muskat mit einer weiteren Frau bekannt. Diese Frau war Mitte Vierzig, sie war klein und hatte stechende, tiefliegende Augen. Sie war außerordentlich gut gekleidet, trug aber außer einem silbernen Ehering keinerlei Accessoires. An der Atmosphäre, die sie um sich verbreitete, war sofort zu erkennen, daß sie jemand Besonderes war. Die Frau des Kaufhausbesitzers hatte Muskat erklärt: »Sie möchte, daß Sie für sie das gleiche tun, was Sie für mich getan haben. Lehnen Sie es bitte nicht ab, und wenn sie Ihnen Geld gibt, sagen Sie nichts, nehmen Sie es einfach. Auf längere Sicht wird das für Sie wichtig werden – und für mich.«

Muskat zog sich mit der Frau in ein abgelegenes Zimmer zurück und legte ihr die Hand auf die Schläfe. In dieser Frau steckte ein »Etwas« anderer Art; es war stärker als dasjenige in der Frau des Kaufhausbesitzers, und seine Bewegungen waren heftiger. Muskat schloß die Augen, hielt den Atem an und versuchte, die Bewegung zu bändigen. Sie erhöhte ihre Konzentration und vertiefte sich intensiver in ihre Erinnerungen. Sie grub in den kleinsten Nischen, die sie dort vorfand, und leitete die Wärme ihrer Erinnerungen in das »Etwas«.

»Und ehe ich mich versah«, sagte Muskat, »war dies zu meinem neuen Beruf geworden.« Sie erkannte, daß ein mächtiger Fluß sie erfaßt hatte. Und als Zimt alt genug war, wurde er der Assistent seiner Mutter.

DAS GEHEIMNIS DES SELBSTMÖRDERHAUSES: 2

Setagya, Tokio:

Die Leute vom Selbstmörderhaus
Der Schatten der Macht:
Etwas Zwielicht ins Dunkel

Eine unglaublich geschickte Tarnung – Welches Geheimnis verbirgt sich dahinter?
[Aus *The —— Weekly*, 21. November]

Wie schon in unserer Ausgabe vom 7. Oktober berichtet, existiert in einem ruhigen Wohnviertel von Setagaya ein Haus, das in der Umgebung als das »Selbstmörder-Haus« bekannt ist. Alle, die je darin gewohnt haben, sind von schweren Schicksalsschlägen heimgesucht worden und haben sich zuletzt das Leben genommen – in der Mehrzahl der Fälle durch Erhängen.
[Zusammenfassung des ersten Artikels ausgelassen]
Unsere Nachforschungen haben eine einzige unumstößliche Tatsache zutage gefördert: daß sich am Ende jeder Spur, der wir bei unserem Versuch, die Identität des neuen Eigentümers des »Selbstmörder-Hauses« zu ermitteln, nachgegangen sind, eine Mauer des Schweigens erhebt. Es ist uns zwar gelungen, die Firma, die das Haus gebaut hat, ausfindig zu machen, aber jeder Versuch, von dieser Seite Informationen zu erhalten, blieb erfolglos. Die Scheingesellschaft, über die der Kauf abgewickelt wurde, ist im juristischen Sinne hundertprozentig sauber und unangreifbar. Die Transaktion wurde offenbar mit so akribischer Sorgfalt geplant und über die Bühne gebracht, daß man einen guten Grund dahinter vermuten darf.
Ein weiteres interessantes Detail ist die Kanzlei, die an der Gründung der fraglichen Scheingesellschaft mitgewirkt hat. Wie unsere Nachforschungen ergaben, wurde besagte Kanzlei vor fünf Jahren als eine Art »Subunternehmen« einer in politischen Kreisen wohlbekannten Wirtschaftsprüfungs- und Steuerberatungsfirma gegründet. Die renommierte Sozietät hat mehrere solche – zur Wahrnehmung bestimmter Aufgabenbereiche konzipierte – »Subunternehmen«, die im Gefahrenfall wie ein Eidechsenschwanz abgestoßen werden können. Gegen die Steuerberatungsfirma selbst ist bislang noch nie ermittelt worden, aber laut einem politischen Reporter einer namhaften Tageszeitung ist »ihr Name schon im Zusammenhang mit etlichen politischen Skandalen aufgetaucht, weswegen die Behörden sie natürlich im Auge behalten«. Somit liegt auf der

Hand, daß der neue Bewohner des »Selbstmörder-Hauses« in näherer Beziehung zu einem einflußreichen Politiker stehen dürfte. Die hohen Mauern, die strengen Sicherheitsvorkehrungen und modernsten elektronischen Überwachungseinrichtungen, der geleaste schwarze Mercedes, die geschickt aufgezogene Scheingesellschaft: all das läßt vermuten, daß eine hochgestellte politische Persönlichkeit in die Angelegenheit verwickelt sein muß.

Strengste Geheimhaltung

Unser Nachrichtenteam hat eine Zählung der Ein- und Ausfahrten des schwarzen Mercedes in das, beziehungsweise aus dem »Selbstmörder-Haus« vorgenommen. Während der zehntägigen Beobachtungsperiode fuhr der Wagen insgesamt einundzwanzigmal auf das ummauerte Grundstück, im Durchschnitt also täglich nicht ganz zweimal. Dabei zeichnete sich schon bald ein Muster ab. Erstens fuhr der Wagen jeden Tag um neun Uhr früh hinein und um halb elf wieder heraus. Der Fahrer war immer sehr pünktlich, die täglichen Schwankungen betrugen nie mehr als fünf Minuten. Zweitens wurde der Wagen darüber hinaus zu sehr unterschiedlichen Zeiten gesichtet. Die meisten Beobachtungen dieser zweiten Kategorie erfolgten zwischen dreizehn und fünfzehn Uhr, aber hier variierten die Ein- und Ausfahrtzeiten beträchtlich. Erhebliche Schwankungen waren auch hinsichtlich der jeweiligen Dauer dieser Besuche zu verzeichnen: von weniger als zwanzig Minuten bis hin zu einer vollen Stunde.

Ausgehend von diesen Fakten sind wir zu den folgenden Hypothesen gelangt:
1. Die regelmäßigen vormittäglichen Anfahrten: Sie lassen vermuten, daß jemand zum Haus »pendelt«. Um wen es sich bei dem »Pendler« handeln könnte, ist allerdings aufgrund der dunklen Verglasung des Wagens nicht zu erkennen.
2. Die unregelmäßigen nachmittäglichen Anfahrten: Sie lassen vermuten, daß Gäste das Haus aufsuchen, wobei die Besuchszeiten wohl auf deren Wünsche abgestimmt werden. Ob diese »Gäste« einzeln oder zu mehreren kommen, läßt sich nicht ermitteln.
3. Nachts scheinen im Haus keinerlei Aktivitäten stattzufinden. Es ist nicht einmal klar, ob dort überhaupt jemand wohnt. Von außerhalb der Mauer ist nicht zu erkennen, ob nach Einbruch der Dunkelheit Lichter eingeschaltet werden.

Ein weiterer wichtiger Punkt: Während unserer ganzen zehntägigen Beobachtungszeit hat außer dem schwarzen Mercedes nichts und niemand das Tor des Anwesens passiert: weder andere Pkws noch irgendwelche Fußgänger. Es bedarf keines besonderen Scharfsinns, um zu erkennen, daß hier etwas sehr Seltsames im Gang ist. Der Bewohner des Hauses verläßt niemals das Grundstück, weder um einzukaufen noch um spazierenzugehen. Alle Besucher kommen und gehen ausschließlich in dem Mercedes mit den getönten Scheiben. Mit anderen Worten: *Sie wollen unter allen Umständen vermeiden, gesehen zu werden.* Was könnte der Grund dafür sein? Warum ist ihnen die absolute Geheimhaltung dessen, was sie da drinnen tun, solche Mühen und Kosten wert?

Am Rande sei hier noch angemerkt, daß

das Anwesen außer dem Tor zur Straße keine Eingänge besitzt. Hinter dem Grundstück verläuft eine enge Gasse, aber sie führt nirgendwohin. Betreten oder verlassen läßt sich diese Gasse nur durch eingezäunte Privatgrundstücke. Nach Auskunft der Nachbarn benutzt sie zur Zeit niemand, was zweifellos auch der Grund dafür ist, daß der neue Eigentümer des »Selbstmörderhauses« beim Bau der hohen, festungsartigen Umfassungsmauer auf eine Hintertür verzichtet hat.

Während der zehntägigen Beobachtungszeit haben mehrere Personen, offenbar Zeitschriftenwerber oder Vertreter, am Tor geklingelt, jedoch erfolglos. Falls jemand im Haus war, kann man annehmen, daß er sich einer am Tor installierten Überwachungskamera bedient, um unerwünschte Besucher von vornherein zu erkennen. Während der ganzen Zeit wurde weder Post noch irgendeine Expreß-Sendung zugestellt.

Aus diesen Gründen bestand der einzige uns verbleibende Weg, unsere Recherchen fortzuführen, darin, den Mercedes zu verfolgen und sein Fahrtziel zu ermitteln. Den auffälligen, langsam fahrenden Wagen im Stadtverkehr im Auge zu behalten bereitete uns keine Schwierigkeiten, aber in Akasaka, an der Einfahrt in die Tiefgarage eines Luxushotels, war für uns Endstation: Ein uniformierter Wachmann hielt uns auf, und da wir die erforderliche Zugangsberechtigung nicht vorweisen konnten, war es uns nicht möglich, dem Mercedes in die Garage zu folgen. Das fragliche Hotel ist Schauplatz mehrerer internationaler Kongresse, weswegen – neben vielen ausländischen Showgrößen – auch etliche weitere prominente Persönlichkeiten zu seinen regelmäßigen Gästen zählen. Zu deren Sicherheit und zur Wahrung ihrer Privatsphäre ist das VIP-Parkdeck von der normalen Gästegarage getrennt; darüber hinaus sind mehrere Aufzüge – ohne äußere Stockwerksanzeige – für die ausschließliche Benutzung durch VIPs reserviert. Dadurch haben diese besonderen Gäste die Möglichkeit, völlig unbeobachtet im Hotel ein und aus zu gehen. Der Mercedes parkt offenbar auf einem der VIP-Stellplätze. Der kurzen, sorgsam abgewogenen Auskunft der Hotelleitung zufolge werden diese besonderen Stellplätze »normalerweise« nur an ausgewählte Firmen – zu besonderen Tarifen und nach einem »eingehenden Background-Check« – vermietet; nähere Angaben, sei es zu den Nutzungsbedingungen, sei es zu den Nutzern selbst, waren nicht zu erhalten.

Das Hotel verfügt über eine Einkaufspassage, mehrere Cafés und Restaurants, vier Hochzeitssäle und drei große Konferenzräume, was zur Folge hat, daß hier ununterbrochen, Tag und Nacht, Hunderte von Menschen ein und aus gehen. An einem solchen Ort die Identität der Passagiere des schwarzen Mercedes zu ermitteln ist also ohne behördliche Vollmacht absolut unmöglich. Die Passagiere könnten von der VIP-Garage aus einen der reservierten Aufzüge nehmen, auf jedem beliebigen Stockwerk aussteigen und sich unbemerkt unter die Menge mischen. Aus all dem dürfte deutlich werden, daß wir es hier mit einem lückenlosen System der Geheimhaltung zu tun haben. Das Wenige, was wir ermitteln konnten, läßt einen fast exzessiven Einsatz von Geld und politischer Macht erahnen. Wie aus den Ausführungen der Hotelleitung klar hervorgeht, ist es alles andere als leicht, einen dieser VIP-Stellplätze zu mieten. Mit ein Grund für die »eingehenden Background-Checks« dürften die zum Schutz im Hotel

absteigender ausländischer Würdenträger aufgestellten strengen Sicherheitsstandards sein; daraus folgt logisch, daß unser geheimnisvoller Mister X über einigen politischen Einfluß verfügen muß. Eine dicke Brieftasche würde mit Sicherheit nicht ausreichen – obwohl sich von selbst versteht, daß sie eine unabdingbare Voraussetzung darstellt.
[Hier ausgelassen: Spekulationen darüber, ob das Anwesen möglicherweise von einer religiösen Organisation mit einem mächtigen Förderer aus der Welt der Politik benutzt wird]

22
QUALLEN AUS DER GANZEN WELT
METAMORPHOSEN

Ich setze mich zur vereinbarten Zeit an Zimts Computer und rufe nach Eingabe der zwei Paßwörter das Kommunikationsprogramm auf. Dann tippe ich die Rufnummer ein, die Ushikawa mir gegeben hat. Es wird fünf Minuten dauern, bis die Verbindung hergestellt ist. Während ich warte, nippe ich an dem Kaffee, den ich mir vorher aufgegossen habe, und bemühe mich, meine Atmung zu beruhigen. Aber der Kaffee ist fad, und die Luft, die ich atme, hat einen strengen, metallischen Beigeschmack.

Endlich piept der Computer, und auf dem Bildschirm erscheint die Meldung, daß die Verbindung hergestellt ist und die Kommunikation beginnen kann. Ich gebe ein, daß die Verbindungsgebühren zu Lasten des Angerufenen gehen sollen. Wenn ich darauf achte, daß kein Protokoll dieser Terminal-Sitzung gespeichert wird, müßte es mir eigentlich gelingen, vor Zimt zu verheimlichen, daß ich seinen Computer benutzt habe (obwohl ich mir da keineswegs sicher bin: Dies ist schließlich *sein* Labyrinth; ich bin hier ein rechtloser Fremder).

Es vergeht weit mehr Zeit, als ich erwartet hatte, aber endlich erscheint die Meldung, daß der Angerufene sich bereit erklärt hat, die Gebühren zu übernehmen. Hinter diesem Bildschirm, am anderen Ende des Kabels, das sich durch die dunkle Unterwelt Tokios schlängelt, könnte Kumiko sein. Auch sie könnte, mit den Händen auf einer Tastatur, vor einem Bildschirm sitzen. Tatsächlich sehe ich aber nichts als meinen Monitor, der da vor mir steht und ein leises elektronisches Fiepen von sich gibt. Ich klicke mit der Maus den »Send«-Knopf an und gebe die Worte ein, die ich mir schon unzählige Male im Kopf zurechtgelegt habe.

>Ich möchte dich etwas fragen. Es ist keine besonders
intelligente Frage, aber ich brauche einen Beweis, daß
es wirklich du bist, die da schreibt. Folgendes: Als
wir uns zum erstenmal verabredet haben, noch lange vor
unserer Heirat, sind wir ins Aquarium gegangen. Ich
möchte von dir wissen, was dich dort damals am meisten
fasziniert hat.
Ich klicke das Symbol für »Absenden« an und schalte dann auf Empfang.
Nach einer kurzen Stille kommt die Antwort an. Es ist eine kurze Antwort.
>Quallen. Quallen aus der ganzen Welt.↵
Meine Frage und die Antwort stehen in den beiden Hälften des waagrecht geteilten Bildschirms untereinander. Ich starre eine Zeitlang darauf. Quallen aus der ganzen Welt. ↵ Es muß Kumiko sein. Die wirkliche Kumiko. Diese Erkenntnis erfüllt mich allerdings lediglich mit Schmerz. Es ist ein Gefühl, als würden mir die Eingeweide herausgerissen. *Warum können wir nur auf diese Weise miteinander kommunizieren?* Aber im Augenblick habe ich keine andere Wahl, als mich damit abzufinden. Und so fange ich an zu tippen.
>Zuerst die gute Neuigkeit: Der Kater ist in diesem
Frühjahr zurückgekehrt. Ganz aus heiterem Himmel. Er
war ein bißchen abgemagert, aber gesund und unversehrt. Seitdem hat er sich nicht mehr aus dem Haus gerührt. Ich weiß, daß ich dich vorher hätte fragen sollen, aber ich habe ihm einen neuen Namen gegeben.
Oktopus. Wie Tintenfisch. Wir kommen prima miteinander
aus. Das dürfte doch eine gute Nachricht sein, oder?↵
Es folgt eine Pause. Ich kann nicht entscheiden, ob es eine normale, durch diese Form der Kommunikation bedingte Verzögerung ist oder ob Kumiko schweigt.
>Es freut mich sehr zu hören, daß der Kater noch am Le-
ben ist! Ich hatte mir Sorgen um ihn gemacht.↵
Ich merke, daß mein Mund trocken geworden ist, und befeuchte ihn mir mit einem Schluck Kaffee. Dann fange ich wieder an zu tippen.
>Jetzt zu den schlechten Neuigkeiten. Ja — abgesehen
von der Tatsache, daß der Kater zurück ist, scheint es
überhaupt nur schlechte Neuigkeiten zu geben. Zunächst

einmal ist es mir noch immer nicht gelungen, auch nur
ein einziges Rätsel zu lösen.
Ich lese noch einmal durch, was ich geschrieben habe, und tippe dann weiter.
Erstes Rätsel: Wo bist du jetzt? Was tust du da? Warum
versteckst du dich weiter vor mir? Warum willst du mich
nicht sehen? Gibt's dafür einen bestimmten Grund? Ich
meine, es gibt soviel Dinge, über die wir persönlich,
unter vier Augen, sprechen müßten. Meinst du nicht
auch?↵
Sie braucht einige Zeit, um darauf zu antworten. Ich stelle mir vor, wie sie vor der Tastatur sitzt, an ihrer Lippe nagt und nachdenkt. Endlich fängt der Cursor an, entsprechend der Bewegung ihrer Finger über den Bildschirm zu laufen.
>Alles, was ich dir zu sagen hatte, habe ich damals in
dem Brief geschrieben. Ich möchte vor allem eins: daß
du begreifst, daß ich in vielerlei Hinsicht nicht mehr
die Kumiko bin, die du kanntest. Leute ändern sich aus
den verschiedensten Gründen, und in manchen Fällen bewirkt die Veränderung, daß sie schlecht werden. Das
ist der Grund, warum ich dich nicht sehen will. Und das
ist der Grund, warum ich nicht zu dir zurück will.
Der Cursor bleibt stehen und sucht, auf der Stelle blinkend, nach Worten. Ich fixiere ihn zehn Sekunden lang, zwanzig Sekunden lang, und warte darauf, daß er neue Worte auf dem Bildschirm erscheinen läßt. *Die Veränderung bewirkt, daß sie schlecht werden?*
Ich möchte dich bitten, mich so bald wie nur irgend
möglich zu vergessen. Das beste für uns beide wäre
überhaupt, wenn du die Scheidungspapiere unterschreiben und ein völlig neues Leben beginnen würdest. Es
spielt keine Rolle, wo ich jetzt bin oder was ich tue.
Was zählt, ist nur, daß du und ich — aus welchen Gründen auch immer — bereits zu zwei völlig verschiedenen
Welten gehören. Und es besteht keine Möglichkeit, daß
wir je wieder zu dem werden könnten, was wir früher
einmal waren. Versuche bitte zu begreifen, wie weh es

mir tut, mit dir auf diese Weise »reden« zu müssen. Du kannst dir wahrscheinlich gar nicht vorstellen, wie sehr es mir das Herz zerreißt.↵

Ich lese Kumikos Worte noch mehrere Male durch. Ich kann in ihnen nicht die leiseste Spur von Unsicherheit entdecken, nichts, was darauf hindeuten würde, daß sie etwas anderem als einer abgrundtiefen, schmerzlichen Überzeugung entspringen. Sie hat sie sich wahrscheinlich schon unzählige Male, immer und immer wieder, im Kopf zurechtgelegt. Aber trotzdem muß ich einen Weg finden, diese undurchdringliche Mauer, hinter der sie sich verschanzt, zu erschüttern – sie zumindest ein wenig ins Wanken zu bringen. Ich lege die Finger wieder auf die Tasten.

>Was du sagst, ist ziemlich vage und für mich schwer zu begreifen. Du sagst, du seist »schlecht geworden«, aber was bedeutet das konkret? Ich verstehe es einfach nicht. Tomaten werden schlecht. Fisch wird schlecht. Das kann ich verstehen. Tomaten werden matschig, und Fisch fängt an zu stinken. Aber was soll das heißen, daß du »schlecht geworden« bist? Ich verbinde damit keinerlei Vorstellung. Du hast in deinem Brief geschrieben, daß du mit einem anderen Mann geschlafen hast, aber könnte dich das etwa »schlecht werden« lassen? Ja, natürlich war es ein Schock für mich. Aber es reicht doch wohl nicht ganz, um einen Menschen »schlecht werden« zu lassen, würde ich meinen.↵

Es folgt eine lange Pause. Ich fange schon an zu befürchten, Kumiko sei irgendwohin verschwunden. Dann aber beginnen ihre Buchstaben wieder über den Bildschirm zu rieseln.

>Du magst recht haben, aber es steckt noch mehr dahinter.

Es folgt ein weiteres tiefes Schweigen. Sie wählt ihre Worte mit Bedacht, zieht sie eins nach dem anderen aus einer Schublade hervor.

Das ist nur ein einzelner Aspekt der Sache. »Schlecht werden« ist ein Prozeß, der sich über eine längere Zeitspanne hinzieht. Es ist etwas, was im voraus, ohne

mich, entschieden worden ist, irgendwo in einem stockdunklen Zimmer, von jemand anderem. Als ich dich kennenlernte und heiratete, hatte ich das Gefühl, als eröffnete sich mir mit einemmal ein ganzes Spektrum von neuen Möglichkeiten. Ich hoffte, es würde mir gelingen, durch irgendein Schlupfloch zu entfliehen. Aber es war wohl nur eine Illusion. Für alles gibt es Vorzeichen, und das ist auch der Grund, warum ich damals, als der Kater verschwunden ist, so verzweifelt versucht habe, ihn wiederzufinden.
Ich starre unverwandt auf den Bildschirm, aber noch immer erscheint kein »Senden«-Zeichen. Mein Rechner ist weiterhin im Empfangsmodus. Kumiko überlegt sich ihre weiteren Worte. »Schlecht werden« ist ein Prozeß, der sich über eine längere Zeitspanne hinzieht. Was versucht sie mir zu sagen? Ich konzentriere meine gesamte Aufmerksamkeit auf den Bildschirm, aber ich finde dort nichts anderes als eine Art unsichtbare Wand. Wieder sprudeln die Buchstaben los und reihen sich auf dem Bildschirm aneinander.
Ich möchte, daß du nach Möglichkeit so von mir denkst: daß ich langsam an einer unheilbaren Krankheit sterbe — einer Krankheit, die bewirkt, daß sich mein Gesicht und mein Körper nach und nach zersetzen. Das ist natürlich nur ein Bild. Mein Gesicht und mein Körper zersetzen sich nicht wirklich. Aber es kommt der Wahrheit schon ziemlich nah. Und deswegen möchte ich nicht, daß du mich siehst. Ich weiß, daß eine so verschwommene Metapher nicht ausreichen wird, um dir die Situation, in der ich mich befinde, in allen Einzelheiten begreiflich zu machen. Ich rechne nicht damit, daß sie dich von der Wahrheit meiner Worte überzeugen wird. Es tut mir wirklich entsetzlich leid, aber das ist einfach die einzige Erklärung, die ich dir geben kann. Du kannst nichts anderes tun, als sie akzeptieren.↵
Eine unheilbare Krankheit.

Ich vergewissere mich, daß ich im Übertragungsmodus bin, und fange an zu tippen.
>Wenn du möchtest, daß ich deine Metapher akzeptiere, von mir aus, kein Problem. Aber eines kann ich einfach nicht begreifen. Selbst einmal angenommen, du bist wirklich, wie du sagst, »schlecht geworden« und du leidest wirklich an »einer unheilbaren Krankheit«, warum mußtest du damit ausgerechnet zu Noboru Wataya gehen? Warum bist du nicht hier bei mir geblieben? Warum sind wir nicht zusammen? War nicht genau das der Zweck unserer Heirat?↵
Schweigen. Fast spüre ich sein Gewicht und seine Härte in meinen Händen. Ich falte die Hände auf dem Schreibtisch und atme mehrmals tief ein und aus. Dann kommt die Antwort.
>Ich bin ganz einfach deswegen hier, weil das hier der richtige Ort für mich ist — ob's mir paßt oder nicht. Das ist der Ort, an den ich gehöre. Ich habe keine andere Wahl, kein Recht, etwas anderes zu wollen. Selbst wenn ich dich sehen wollte, wäre es mir nicht möglich. Glaubst du etwa, ich WILL dich nicht sehen?
Einen leeren Augenblick lang scheint sie den Atem anzuhalten. Dann setzen sich ihre Finger wieder in Bewegung.
Quäle mich also bitte nicht weiter damit. Wenn du überhaupt etwas für mich tun kannst, dann das: vergessen, daß ich überhaupt existiere, und zwar so schnell wie möglich. Nimm diese Jahre, die wir miteinander verlebt haben, und wirf sie aus deinem Gedächtnis, als hätten sie niemals existiert. Ein für allemal: Das ist das Beste, was du tun kannst — für uns beide. Das ist meine feste Überzeugung. ↵
Darauf antworte ich:
>Du sagst, du willst, daß ich alles vergesse. Du sagst, du willst, daß ich dich in Ruhe lasse. Aber trotzdem höre ich, wie du mich gleichzeitig aus irgendeinem

Winkel dieser Welt um Hilfe anflehst. Diese Stimme ist schwach und fern, aber in stillen Nächten kann ich sie deutlich hören. Es IST deine Stimme: ich bin mir völlig sicher. Ich kann die Tatsache akzeptieren, daß eine Kumiko mit all ihrer Macht versucht, sich von mir loszureißen, und sie mag dafür ihre Gründe haben. Aber es gibt eine andere Kumiko, und die versucht ebenso verzweifelt, zu mir zu gelangen. Das ist wirklich meine feste Überzeugung. Was du mir jetzt auch sagen magst — ich muß an die Kumiko glauben, die meine Hilfe will und versucht, zu mir zu gelangen. Was du mir auch sagst, wie legitim deine Gründe auch sein mögen, ich kann dich niemals einfach so vergessen, ich kann all die Jahre, die wir miteinander verbracht haben, niemals aus meinem Gedächtnis streichen. Ich kann's nicht, weil sie wirklich passiert sind: Sie sind ein Teil meines Lebens, und ich kann sie unmöglich einfach so auslöschen. Das wäre dasselbe, als wollte ich mich auslöschen. Ich muß wissen, was für einen Grund — was für einen nachvollziehbaren Grund es geben könnte, so etwas zu tun. ↵

Es verstreicht eine weitere leere Periode. Ich spüre ihr Schweigen durch den Monitor. Wie schwerer Rauch kriecht es durch eine Ecke des Bildschirms herein und wabert über den Fußboden. Ich kenne Kumikos Schweigen. Ich habe es im Laufe unseres gemeinsamen Lebens unzählige Male beobachtet, unzählige Male erlebt. Sie sitzt mit angehaltenem Atem vor dem Bildschirm und runzelt in äußerster Konzentration die Brauen. Ich nehme meine Tasse und trinke einen Schluck kalten Kaffee. Dann halte ich, die leere Tasse in den Händen, gleichfalls den Atem an und starre auf den Bildschirm, wie Kumiko es gerade tut. Wir beide hängen durch die schweren Bande des Schweigens, die durch die Trennwand zwischen unseren zwei Welten verlaufen, unauflöslich miteinander zusammen. Wir brauchen einander mehr als sonst etwas auf der Welt: ich spüre es mit absoluter Gewißheit.

>Ich weiß nicht. ↵

>Also, ICH weiß es.
Ich stelle meine Kaffeetasse ab und tippe so schnell, wie ich kann, als wollte ich die flüchtige Zeit beim Schwanz erhaschen.
Folgendes weiß ich: Ich weiß, daß ich einen Weg dorthin finden will, wo du bist — du, die Kumiko, die von mir gerettet werden will. Was ich leider noch NICHT weiß, ist, wie ich dorthin gelangen kann und was mich da erwartet. Seitdem du mich verlassen hast, ist mein Leben eine einzige Nacht, als habe man mich in völlige Dunkelheit gestürzt. Langsam, aber sicher nähere ich mich allerdings dem Kern, dem Ort, wo sich der Kern der Dinge befindet. Ich wollte, daß du das weißt. Ich nähere mich allmählich dem Ort, wo du bist, und ich habe vor, noch näher heranzukommen. ↵
Die Hände auf der Tastatur, warte ich auf ihre Antwort.
>Ich verstehe kein Wort.
Kumiko tippt diese Worte und beendet dann unser Gespräch:
Leb wohl. ↵

Auf dem Bildschirm erscheint die Meldung, daß der andere Teilnehmer aus der Leitung gegangen ist. Unser Gespräch ist beendet. Trotzdem starre ich weiter auf den Monitor, warte darauf, daß irgend etwas passiert. Vielleicht überlegt es sich Kumiko noch einmal und geht wieder online. Vielleicht fällt ihr noch etwas ein, was sie zu sagen vergessen hat. Aber sie kommt nicht wieder. Nach zwanzig Minuten gebe ich es auf. Ich speichere die Datei und gehe dann in die Küche, um ein Glas kaltes Wasser zu trinken. Ich leere für eine Weile mein Bewußtsein, stehe vor dem Kühlschrank und atme gleichmäßig ein und aus. Eine schreckliche Stille scheint sich auf alles gesenkt zu haben. Es kommt mir so vor, als warte die Welt gespannt auf meinem nächsten Gedanken. Aber ich kann nichts denken. Tut mir leid, aber ich kann einfach nichts denken.
Ich setze mich wieder an den Computer und lese unsere ganze Unterhaltung noch einmal aufmerksam von Anfang bis Ende durch: was ich gesagt habe, was sie gesagt hat, was ich dazu gesagt habe, was sie wieder dazu gesagt hat. Es steht noch alles da auf der leuchtenden Mattscheibe, eindringlich, schwarz auf weiß sozusa-

gen. Während meine Augen den Reihen von Zeichen folgen, die sie geschrieben hat, kann ich ihre Stimme hören. Ich erkenne das Steigen und Fallen ihrer Stimme, die feinen Tonunterschiede und Pausen. Der Cursor blinkt am Ende der letzten Zeile mit der Regelmäßigkeit eines Herzschlags, wartet mit angehaltenem Atem darauf, daß das nächste Wort abgeschickt wird. Aber es gibt kein nächstes Wort.
Nachdem ich mir die ganze Unterhaltung unauslöschlich ins Gedächtnis eingeprägt habe (da ich zu dem Schluß gekommen bin, daß ich sie besser nicht ausdrucken sollte), klicke ich auf das Kästchen »Kommunikationsmodus beenden«. Ich beantworte die Frage, ob das Protokoll der Sitzung im Cache-Ordner gespeichert werden soll, mit »nein«, und nachdem ich mich vergewissert habe, daß es tatsächlich nicht geschehen ist, drücke ich auf den Netzschalter. Der Computer piept, und der Monitor verlischt. Das monotone mechanische Hintergrundsummen versinkt in der Stille des Zimmers wie ein lebendiger Traum, den die Hand des Nichts hinweggerissen hat.

Ich weiß nicht, wieviel Zeit seitdem vergangen ist. Aber als mir wieder bewußt wird, wo ich bin, merke ich, daß ich auf meine Hände starre, die vor mir auf dem Tisch liegen. Sie tragen die Spuren langen, unverwandten Angestarrtwordenseins.
»**Schlecht werden**« **ist ein Prozeß, der sich über eine längere Zeitspanne hinzieht.**
Wie lang ist eine solche Zeitspanne?

23

SCHAFE ZÄHLEN
WAS IM MITTELPUNKT DES KREISES IST

Ein paar Tage nach Ushikawas erstem Besuch hatte ich Zimt gebeten, mir jedesmal, wenn er in die Zentrale käme, eine Zeitung mitzubringen. Es war an der Zeit, daß ich die Verbindung zur äußeren Wirklichkeit herstellte. Man mag sich noch so sehr dagegen sträuben und wehren – wenn es an der Zeit ist, schnappt die Welt zu.

Zimt hatte genickt, und von da an kam er jeden Tag mit drei Zeitungen an.
Ich sah sie jeden Morgen nach dem Frühstück durch. Ich hatte schon so lange keine Zeitung mehr in der Hand gehabt, daß sie mir jetzt ganz fremd erschienen – kalt und leer. Vom anregenden Geruch der Druckerschwärze bekam ich Kopfweh, und die tiefschwarzen kleinen Horden von Schriftzeichen schienen mir in die Augen zu stechen. Alles, das Layout und die Schriftart der Schlagzeilen und der Ton der Texte, kam mir unnatürlich und falsch vor. Immer wieder mußte ich die Zeitung aus der Hand legen, die Augen schließen und einen Seufzer ausstoßen. Früher konnte das unmöglich so gewesen sein. Zeitunglesen mußte ein weit alltäglicheres Erlebnis für mich gewesen sein, als es das jetzt war. Was hatte sich an den Zeitungen so sehr geändert? Oder vielmehr: Was hatte sich an *mir* so sehr geändert?
Nachdem ich die Zeitungen eine Zeitlang regelmäßig gelesen hatte, wurde mir in Hinblick auf Noboru Wataya eines klar: daß er dabei war, sich eine noch sicherere gesellschaftliche Position aufzubauen. Während er einerseits als aufstrebendes neues Mitglied des Repräsentantenhauses ein ehrgeiziges politisches Programm verfolgte, gab er zugleich als Zeitschriftenkolumnist und regelmäßiger TV-Kommentator unentwegt öffentliche Stellungnahmen ab. Überall stieß ich auf seinen Namen. Aus einem mir völlig unerfindlichen Grund hörten sich die Leute tatsächlich an, was er von sich gab – und zwar mit zunehmender Begeisterung. Obwohl auf der politischen Bühne noch ein unbeschriebenes Blatt, wurde er bereits als einer der jungen Politiker gehandelt, von denen man Großes erwarten durfte. Bei einer Umfrage, die eine Frauenzeitschrift durchgeführt hatte, war er zum populärsten Politiker des Landes gewählt worden. Er wurde als »intellektueller Aktivist« gefeiert: ein neuer, noch nie gesichteter Typus von intelligentem Politiker.
Immer wenn ich kein Wort mehr über aktuelle Ereignisse und Noboru Watayas prominente Rolle in denselben verkraften konnte, wandte ich mich meiner wachsenden Sammlung von Büchern über Mandschukuo zu. Zimt brachte mir seit einiger Zeit alles mit, was er zum Thema finden konnte. Doch selbst da konnte ich Noboru Watayas Schatten nicht entrinnen. An diesem Tag kroch er aus den Seiten eines Buches über logistische Probleme hervor. Mein Bibliotheksexemplar war nur ein einzigesmal, kurz nach Erscheinen des Buches im Jahre 1978, ausgeliehen und umgehend wieder zurückgegeben worden. Vielleicht interessierten sich für logistische Probleme in Mandschukuo nur Bekannte von Leutnant Mamiya.

Laut dem Verfasser hatte sich die Kaiserliche Armee Japans bereits 1920 theoretisch mit der Möglichkeit befaßt, als Vorbereitung auf einen Krieg gegen die Sowjets einen riesigen Vorrat an Winterausrüstung anzulegen. Da die Armee noch nie in so extremer Kälte wie während eines sibirischen Winters gekämpft hatte, wurde ihre angemessene Ausstattung als vordringlich eingestuft. Sollten Grenzstreitigkeiten plötzlich zur Kriegserklärung gegen die Sowjetunion führen (was damals keineswegs ausgeschlossen war), wäre die Armee nicht in der Lage gewesen, einen Winterfeldzug durchzustehen. Aus diesem Grund wurde eine Gruppe von Generalstabsoffizieren mit der Aufgabe betraut, Pläne für einen hypothetischen Krieg gegen die Sowjetunion auszuarbeiten, während die Logistikabteilung die vorhandenen Möglichkeiten untersuchen sollte, Winterkleidung für die kämpfende Truppe zu beschaffen. Um einen realistischen Eindruck von wirklicher Kälte zu erhalten, fuhren die Offiziere in den hohen Norden, auf die Insel Sachalin – selbst lange Zeit Gegenstand eines Konflikts mit dem Zarenreich und dann mit der Sowjetunion –, und testeten die Effektivität wärmeisolierender Stiefel und Mäntel und Unterwäsche an einer echten Kampfeinheit. Sie führten Versuche mit der damals in der Sowjetunion verwendeten Winterausrüstung und mit den während des Rußlandfeldzugs von der napoleonischen Armee benutzten Uniformen durch und gelangten zu dem Schluß, daß die japanische Armee mit ihrer gegenwärtigen Ausrüstung keinen Winter in Sibirien würde überstehen können. Zwei Drittel der an der Front kämpfenden Fußtruppe würden durch Erfrierungen außer Gefecht gesetzt werden, schätzten sie. Die damals von der Armee benutzte Überlebensausrüstung war für den etwas milderen nordchinesischen Winter konzipiert, und zudem war sie in völlig unzureichender Stückzahl vorrätig. Die Expertengruppe errechnete die Anzahl von Schafen, die erforderlich wäre, um die für die Ausstattung von zehn Divisionen notwendige warme Winterkleidung herzustellen (wobei der Witz die Runde machte, die Offiziere seien vor lauter Schafezählen nicht mehr zum Schlafen gekommen), und gaben in ihrem Abschlußbericht dazu die geschätzte Menge an technischen Einrichtungen an, die für die Verarbeitung der Wolle erforderlich wären.
Allein mit den auf den japanischen Inseln gehaltenen Schafen würde sich im Falle wirtschaftlicher Sanktionen oder gar einer Blockade ein längerer Krieg gegen die Sowjetarmee in den nördlichen Territorien eindeutig nicht führen lassen; daher – so hieß es im Bericht – war es für Japan zwingend, sowohl für einen gesicherten

Nachschub an Wolle (und Kaninchen- und anderen Fellen) aus der mandschurisch-mongolischen Region als auch für die Bereitstellung der notwendigen technischen Einrichtungen zu deren Verarbeitung zu sorgen. Der Mann, der 1932, unmittelbar nach Einsetzung der dortigen Marionettenregierung, zur Sondierung der Lage nach Mandschukuo entsandt wurde, war ein junger Technokrat, der gerade die Militärakademie mit Hauptfach Logistik abgeschlossen hatte; sein Name war Yoshitaka Wataya.

Yoshitaka Wataya! Das konnte nur Noborus Onkel gewesen sein. Es gab nicht gerade viele Watayas auf der Welt, und der Name Yoshitaka beseitigte den letzten Zweifel.

Sein Auftrag lautete, zu errechnen, wieviel Zeit es erfordern würde, in Mandschukuo einen solchen konstanten Nachschub an Wolle zu organisieren. Yoshitaka Wataya nahm sich dieses Problem der Kaltwetterkleidung als einen Modellfall für moderne Logistik vor und führte eine erschöpfende Analyse durch.

Während seines Aufenthalts in Mukden ließ sich Yoshitaka Wataya bei Generalleutnant Kanji Ishiwara einführen und trank und diskutierte mit ihm die ganze Nacht.

Kanji Ishiwara. Ein weiterer Name, der mir vertraut war. Noboru Watayas Onkel hatte mit Kanji Ishiwara in Verbindung gestanden, dem Rädelsführer des sogenannten »mandschurischen Zwischenfalls«, des inszenierten chinesischen Angriffs auf japanische Truppen, der Japan ein Jahr zuvor den Vorwand dazu geliefert hatte, die Mandschurei in Mandschukuo zu verwandeln – und der sich im nachhinein als der erste Akt eines fünfzehnjährigen Krieges erweisen sollte.

Ishiwara hatte den Kontinent kreuz und quer bereist und war nicht nur zu der Überzeugung gelangt, daß ein regulärer Krieg gegen die Sowjetunion unvermeidlich war, sondern auch, daß der Schlüssel zum Sieg in diesem Krieg in der Stärkung von Japans logistischer Position durch rasche Industrialisierung des neu gegründeten Kaiserreichs Mandschukuo und der Schaffung einer von Importen unabhängigen Wirtschaft lag. Er setzte Yoshitaka Wataya seine Ansicht beredt und leidenschaftlich auseinander. Er sprach sich auch nachdrücklich dafür aus, Mandschukuos Agrar- und Viehwirtschaft durch die Ansiedlung japanischer Bauern zu systematisieren und auf ein höheres Ertragsniveau zu bringen.

Ishiwara war der Meinung, Japan dürfe Mandschukuo nicht in eine weitere japanische Kolonie, wie Korea und Taiwan, verwandeln, sondern sollte es statt dessen zu einer neuen, mustergültigen asiatischen Nation machen. Was seine Einschätzung der Tatsache anging, daß Mandschukuo letztlich als logistische Basis für den Krieg gegen die Sowjetunion – und sogar gegen die Vereinigten Staaten und England – dienen würde, bewies Ishiwara allerdings einen bewundernswerten Realismus. Er war davon überzeugt, Japan sei mittlerweile die einzige asiatische Nation, die das notwendige militärische und wirtschaftliche Potential besaß, den unausweichlichen Krieg (oder, wie er ihn nannte, die »Endschlacht«) gegen den Westen zu führen, und die übrigen asiatischen Staaten hätten die Pflicht, im Interesse ihrer eigenen Befreiung vom Westen mit Japan zu *kooperieren*. Kein anderer Offizier der Kaiserlichen Armee konnte damals mit Ishiwaras Kombination von profundem Interesse an Logistik und umfassender Bildung aufwarten. Die meisten anderen japanischen Offiziere taten die Logistik als eine »weibische« Disziplin ab und vertraten vielmehr die Überzeugung, der richtige »Weg« für die »Krieger seiner Majestät« bestehe darin, so schlecht ausgerüstet sie auch sein mochten, mit tapferer Selbstaufgabe zu fechten; wahrer Kriegsruhm sei nur durch die Überwindung eines zahlenmäßig und waffentechnisch weit überlegenen, mächtigen Feindes zu erringen. Den Feind schlagen und »so schnell vorrükken, daß der Nachschub nicht Schritt halten kann«: das sei der Weg der Ehre.

Für Yoshitaka Wataya, den überzeugten Technokraten, war das barer Unsinn. Einen langen Krieg ohne gründliche logistische Absicherung anzufangen war seiner Ansicht nach glatter Selbstmord. Die Sowjets hatten durch Stalins Fünfjahresplan intensiver Wirtschaftsentwicklung ihre militärische Schlagkraft beträchtlich erhöht und ihre Streitkräfte von Grund auf modernisiert. Die fünf blutigen Jahre des Ersten Weltkriegs hatten die Wertvorstellungen der alten Welt zerstört, und die panzergestützte Kriegführung hatte die europäischen Begriffe von Strategie und Logistik revolutioniert. Da Yoshitaka Wataya zwei Jahre lang in Berlin stationiert gewesen war, hegte er nicht den leisesten Zweifel an der Wahrheit dieser Aussagen, aber der größte Teil des japanischen Militärs hatte den Rausch des schon fast dreißig Jahre zurückliegenden Sieges im Russisch-Japanischen Krieg noch immer nicht überwunden.

Yoshitaka Wataya kehrte als überzeugter Bewunderer von Ishiwaras Argumenten und Weltanschauung – und nicht zuletzt von dessen charismatischer Persönlichkeit – nach Japan zurück und blieb viele Jahre lang mit ihm in engem Kontakt. Er besuchte Ishiwara häufig, selbst noch, nachdem der verdiente Offizier aus der

Mandschurei abberufen und mit dem Kommando über die isolierte Festung von Maizuru betraut worden war. Yoshitaka Wataya legte seinen exakten und äußerst detaillierten Bericht über die Schafzucht und Wollverarbeitung in Mandschukuo schon kurz nach seiner Rückkehr nach Japan dem Hauptquartier vor und erhielt dafür hohes Lob. Infolge der katastrophalen japanischen Niederlage bei Nomonhan, im Jahr 1939, und der zunehmend verschärften wirtschaftlichen Sanktionen seitens der USA und Großbritanniens begann die Militärführung jedoch, ihre Aufmerksamkeit nach Süden zu verlagern, und die Arbeit der Analytikergruppe, die einen hypothetischen Krieg gegen die Sowjetunion führte, verlief sich bald darauf im Sande. Natürlich war ein nicht unwesentlicher Faktor bei der Entscheidung, die Schlacht von Nomonhan im Frühherbst zu beenden und nicht zuzulassen, daß sie sich zu einem regelrechten Krieg auswuchs, der Abschlußbericht der Gruppe, dem zufolge »wir bei unserem gegenwärtigen Stand der Vorbereitungen nicht in der Lage wären, einen Winterfeldzug gegen die Sowjetunion zu führen«. Sobald die Herbstwinde zu wehen begannen, befahl die Kaiserliche Heeresleitung – mit einem für die sonst krankhaft um die Wahrung ihres Gesichts besorgte japanische Armee erstaunlichen Realismus –, alle Kampfhandlungen einzustellen, und überließ die unfruchtbare Hulunbuir-Steppe nach entsprechenden diplomatischen Verhandlungen den Truppen der Äußeren Mongolei und der Sowjetunion. In einer Fußnote wies der Verfasser darauf hin, daß Yoshitaka Wataya unter Mac Arthurs Militärregierung von der Bekleidung öffentlicher Ämter ausgeschlossen gewesen war und eine Zeitlang in seiner Heimatstadt Niigata ein zurückgezogenes Leben geführt hatte; nach Ende der Okkupationszeit aber von der Konservativen Partei dazu überredet worden war, bei den Parlamentswahlen zu kandidieren, und nach zwei Legislaturperioden im Oberhaus in das Unterhaus gewechselt war. In seinem Arbeitszimmer hatte eine Kalligraphie Kanji Ishiwaras an der Wand gehangen.
Ich hatte keine Ahnung, wie Noboru Watayas Onkel als Abgeordneter gewesen war oder was er als Politiker geleistet hatte. Einmal hatte er ein Ministeramt bekleidet, und in seinem Wahlkreis schien er großen Einfluß besessen zu haben, aber in der nationalen Politik hatte er nie eine führende Rolle gespielt. Und jetzt hatte sein Neffe, Noboru Wataya, sein politisches Erbe angetreten.

Ich legte das Buch beiseite, verschränkte die Arme hinter dem Kopf und starrte durch das Fenster in die ungefähre Richtung des Eingangstores. Bald würde sich das Tor öffnen, und der Mercedes würde, mit Zimt am Steuer, hereinfahren. Er würde eine weitere »Klientin« mitbringen. Diese »Klientinnen« und mich verband das Mal an meiner Wange. Zimts Großvater (Muskats Vater) und mich verband gleichfalls das Mal an meiner Wange. Zimts Großvater und Leutnant Mamiya verband die Stadt Hsin-ching. Leutnant Mamiya und den hellsichtigen Herrn Honda verband die geheime Expedition in das mandschurisch-mongolische Grenzgebiet, und Kumiko und ich hatten Herrn Hondas Bekanntschaft durch Noboru Watayas Familie gemacht. Leutnant Mamiya und mich verbanden unsere Erlebnisse in unserem jeweiligen Brunnen – seiner in der Mongolei, meiner im Garten des Hauses, in dem ich mich gerade befand. Gleichfalls auf diesem Anwesen hatte früher ein Offizier gewohnt, der in China stationiert gewesen war. Alle diese miteinander zusammenhängenden Personen bildeten gleichsam einen Kreis, in dessen Mittelpunkt sich die Mandschurei der Vorkriegszeit, das ostasiatische Festland und der kurze Krieg von 1939 bei Nomonhan befanden. Aber warum Kumiko und ich in diese historische Kette von Ursachen und Wirkungen hineingezogen worden waren, konnte ich mir einfach nicht erklären. Alle diese Ereignisse hatten sich lange vor Kumikos und meiner Geburt zugetragen.

Ich setzte mich an Zimts Schreibtisch und legte die Hände auf die Tastatur. Als meine Fingerspitzen die Tasten berührten, lebte in ihnen die Erinnerung an meine Unterhaltung mit Kumiko wieder auf. Ich hatte keine Zweifel, daß diese Computer-Unterhaltung von Noboru Wataya »abgehört« worden war. Er versuchte dadurch, etwas herauszufinden. Er hatte uns mit Sicherheit nicht aus reiner Herzensgüte ermöglicht, auf diese Weise miteinander zu kommunizieren. Er und seine Männer hatten höchstwahrscheinlich versucht, sich über die Terminalverbindung Zugang zu Zimts Rechner zu verschaffen, um so die Geheimnisse dieses Hauses auszuspionieren. Aber das bereitete mir kein Kopfzerbrechen. Die Abgründe des Computers waren die Abgründe von Zimts Geist. Und diese Leute ahnten nicht einmal, welch unauslotbare Tiefen sie dort erwarteten.

24
DAS SIGNAL SCHALTET AUF ROT
DER LANGE ARM STRECKT SICH AUS

Als Zimt am nächsten Morgen um neun ankam, war er nicht allein. Auf dem Beifahrersitz saß seine Mutter, Muskat Akasaka. Sie war seit über einem Monat nicht mehr in der Zentrale gewesen. Auch das letzte Mal war sie unangemeldet mit Zimt gekommen, hatte mit mir gefrühstückt und geplaudert und war nach einer knappen Stunde wieder gegangen.

Zimt hängte sein Anzugjackett auf und begab sich – zu den Klängen eines Händelschen Concerto grosso (das er seit drei Tagen immer wieder abspielte) in die Küche, um für seine Mutter, die noch nicht gefrühstückt hatte, Tee und Toast zuzubereiten. Sein Toast war immer so perfekt wie in einem Werbespot. Dann setzten Muskat und ich uns an den kleinen Tisch und tranken Tee, während Zimt wie gewohnt die Küche aufräumte. Muskat aß nur eine Scheibe gebutterten Toast. Draußen fiel ein kalter, mit Graupeln vermischter Regen. Muskat sagte nicht viel, und ich sagte nicht viel – gerade ein paar Bemerkungen über das Wetter. Sie schien allerdings etwas auf dem Herzen zu haben; das erkannte ich an ihrem Gesicht und ihrer Sprechweise. Sie zupfte von ihrem Toast briefmarkengroße Stückchen ab und steckte sie sich, jeweils nur eines, in den Mund. Hin und wieder sahen wir hinaus in den Regen, als sei er ein gemeinsamer alter Freund.

Als Zimt mit der Küche fertig war und zu putzen begann, führte mich Muskat in den »Anproberaum«. Das Zimmer war eine exakte Reproduktion des »Anproberaums« im Bürogebäude in Akasaka, nach Größe und Form nahezu gleich. Auch hier hingen vor dem Fenster Gardinen und Vorhänge, die selbst mitten am Tag nur ein trübes Zwielicht einließen. Die Vorhänge waren nie länger als zehn Minuten am Tag aufgezogen, während Zimt das Zimmer aufräumte. Auch hier gab es ein Ledersofa, einen Couchtisch mit Blumen in einer Glasvase und eine hohe Stehlampe. In der Mitte des Raums stand ein großer Arbeitstisch, auf dem sich eine Schere, Stoffreste, eine mit Nadeln und Garnrollen gefüllte Holzschachtel, Bleistifte, ein Skizzenblock (der sogar ein paar richtige Zeichnungen enthielt) und mehrere professionelle Utensilien befanden, deren Name und Verwendungszweck ich nicht kannte. An der Wand hing ein hoher Ankleidespiegel, und eine Ecke des Zimmers war durch einen Wandschirm abgetrennt, hinter dem man sich umziehen konnte. Die Klientinnen, die unsere Zentrale aufsuchten, wurden immer in dieses Zimmer geführt.

Warum Zimt und seine Mutter es für nötig gehalten hatten, in diesem Haus eine exakte Replik des ursprünglichen »Anproberaums« einzurichten, war mir schleierhaft. Hier war eine solche Tarnung überhaupt nicht notwendig. Vielleicht hatten sie (und ihre Klientinnen) sich so sehr an das Aussehen des »Anproberaums« in Akasaka gewöhnt, daß sie sich kein anderes Interieur mehr vorstellen konnten. Natürlich hätten sie genausogut zurückfragen können: »Was ist denn gegen einen Anproberaum einzuwenden?« Und was immer sein tieferer Sinn sein mochte, mir gefiel er. Er war der »Anproberaum«, nicht einfach irgendein Zimmer, und umgeben von diesen Modedesignerutensilien fühlte ich mich seltsam geborgen. Es war eine unwirkliche Umgebung, aber keine unnatürliche.

Muskat ließ mich auf dem Ledersofa Platz nehmen und setzte sich dann neben mich.

»Also. Wie fühlen Sie sich?« fragte sie.

»Nicht schlecht«, antwortete ich.

Muskat trug ein leuchtend grünes Kostüm. Der Rock war kurz und die Jacke bis zum Hals mit großen, sechseckigen Knöpfen besetzt, wie eine dieser alten Nehru-Jacken. Die Schultern waren mit baguettebrötchenförmigen Polstern unterlegt. Dieser Look erinnerte mich an einen Science-fiction-Film, den ich vor vielen Jahren gesehen hatte. Er hatte in der nahen Zukunft gespielt, und alle Frauen hatten Kostüme wie dieses getragen und in einer futuristischen Stadt gewohnt.

An den Ohren trug Muskat große Plastikdinger von genau derselben Farbe wie das Kostüm. Es war ein völlig ungewöhnliches, tiefes Grün, das aus mehreren Farben gemischt zu sein schien, deswegen nahm ich an, daß die Ohrringe eine Spezialanfertigung waren, eigens für die Kombination mit dem Kostüm in Auftrag gegeben. Oder vielleicht verhielt es sich auch genau umgekehrt: Das Kostüm war eigens für die Ohrringe angefertigt worden – wie wenn man eine Wandnische genau in den Maßen eines Kühlschranks mauert. Vielleicht nicht die schlechteste Weise, die Dinge zu betrachten, dachte ich. Bei ihrer Ankunft hatte Muskat trotz des Regens eine Sonnenbrille aufgehabt, und die Gläser waren fast mit Sicherheit grün gewesen. Auch ihre Strümpfe waren grün. Heute war offensichtlich Grüntag.

Mit ihren gewohnten fließenden Bewegungen zog Muskat eine Zigarette aus der Handtasche, steckte sie sich in den Mund und zündete sie, ohne die Lippen mehr

als unbedingt erforderlich zu schürzen, mit ihrem Feuerzeug an. Wenigstens das war nicht grün: es war das teuer aussehende, schlanke goldene Feuerzeug, das sie immer benutzte. Es harmonierte freilich ausgezeichnet mit dem Grün. Dann schlug Muskat ihre grünbestrumpften Beine übereinander. Nach einem aufmerksam prüfenden Blick auf ihre Knie zupfte sie ihren Rock zurecht. Dann sah sie mir, als sei es eine Fortsetzung ihrer Knie, ins Gesicht.
»Nicht schlecht«, wiederholte ich. »Wie immer.«
Muskat nickte. »Sie sind nicht müde? Haben nicht das Gefühl, daß Sie ein wenig Erholung bräuchten?«
»Nein, eigentlich nicht. Ich glaube, ich habe mich an die Arbeit gewöhnt. Sie geht mir jetzt ein ganzes Stück leichter von der Hand als zu Anfang.«
Muskat erwiderte darauf nichts. Der Rauch ihrer Zigarette stieg, wie das magische Seil eines indischen Fakirs, schnurgerade zur Decke auf und wurde dort vom Gebläse der Klimaanlage aufgesogen. Soweit ich wußte, war dieser Ventilator der leiseste und leistungsfähigste der Welt.
»Wie geht es *Ihnen?*« fragte ich.
»Mir?«
»Sind *Sie* müde?«
Muskat sah mich an. »Sehe ich müde aus?«
Tatsächlich hatte sie auf mich von dem Moment an, als unsere Blicke sich begegnet waren, müde gewirkt. Als ich ihr das sagte, stieß sie einen kurzen Seufzer aus.
»In einer Zeitschrift, die heute herausgekommen ist, war wieder ein Artikel über dieses Haus – aus der Serie ›Das Geheimnis des Selbstmörderhauses‹. Klingt wie der Titel eines Horrorfilms.«
»Das ist der zweite, nicht?« sagte ich.
»Ja«, sagte Muskat. »Und vor nicht allzu langer Zeit hat ein anderes Magazin einen thematisch damit zusammenhängenden Artikel gebracht, aber zum Glück ist der Zusammenhang anscheinend niemandem aufgefallen. *Bislang.*«
»Steht da irgend etwas Neues drin? Über *uns?*«
Sie beugte sich zum Aschenbecher vor und drückte ihre Zigarette aus. Dann antwortete sie mit einem leichten Kopfschütteln. Ihre grünen Ohrringe flatterten wie Schmetterlinge im Frühling.
»Eigentlich nicht«, sagte sie und hielt dann kurz inne. »Wer wir sind, was wir hier tun: das weiß noch niemand. Ich lasse Ihnen die Zeitschrift da, dann können Sie

das nachlesen, wenn es Sie interessiert. Aber ich wollte Sie eigentlich nach etwas anderem fragen, etwas, was mir neulich jemand zugeflüstert hat: daß Sie einen Schwager haben sollen, der ein bekannter junger Politiker ist. Stimmt das?«
»Leider Gottes ja«, sagte ich. »Der Bruder meiner Frau.«
»Das heißt, der Bruder der Frau, die Sie verlassen hat?«
»Genau.«
»Ich frage mich, ob er Wind davon bekommen hat, was Sie hier tun.«
»Er weiß, daß ich jeden Tag hierherkomme und daß ich hier *irgend etwas* tue. Er hat jemanden Nachforschungen anstellen lassen. Ich glaube, es hat ihm zugesetzt, nicht zu wissen, was ich hier treibe. Aber ich glaube nicht, daß er bislang schon mehr herausbekommen hat.«
Muskat dachte eine Zeitlang über meine Antwort nach. Dann hob sie das Gesicht und sah mich an. »Sie mögen diesen Schwager nicht besonders, wie?«
»Nicht besonders, nein.«
»Und er mag Sie nicht.«
»Um's vorsichtig auszudrücken.«
»Und jetzt zerbricht er sich darüber den Kopf, was Sie hier tun. Warum?«
»Wenn sich herausstellen sollte, daß sein Schwager in irgendwelche dunklen Machenschaften verwickelt ist, könnte das einen Skandal um ihn auslösen. Schließlich steht er im Rampenlicht der Öffentlichkeit. Es ist wohl nur natürlich, daß er sich um derlei Dinge Gedanken macht.«
»Dann dürfte er also nicht derjenige sein, der den Medien Informationen über dieses Haus zuspielt?«
»Um ganz ehrlich zu sein, ich weiß nicht, was Noboru Wataya im Schilde führt. Aber ich kann mir beim besten Willen nicht vorstellen, daß er etwas davon haben könnte, der Presse Informationen zuzuspielen. Es dürfte weit eher in seinem Interesse liegen, daß überhaupt nichts an die Öffentlichkeit dringt.«
Lange saß Muskat stumm da und drehte das schlanke goldene Feuerzeug immer wieder zwischen ihren Fingern. Es sah aus wie eine goldene Windmühle an einem Tag mit wenig Wind.
»Warum haben Sie uns von diesem Schwager nichts erzählt?« fragte Muskat.
»Nicht nur Ihnen nicht. Ich bemühe mich, ihn vor niemandem zu erwähnen«, sagte ich. »Wir haben uns von Anfang an nicht leiden können, und mittlerweile sind wir praktisch so weit, daß wir uns hassen. Ich habe Ihnen seine Existenz

nicht verheimlicht. Ich sah nur keine Veranlassung, die Sache zur Sprache zu bringen.«

Muskat stieß einen etwas längeren Seufzer aus. »Sie hätten es uns sagen sollen.«

»Vielleicht«, sagte ich.

»Sie können sich sicher vorstellen, was hier auf dem Spiel steht. Unsere Klientinnen kommen aus den höchsten Kreisen von Politik und Wirtschaft. Es sind *mächtige* Leute. Und *berühmte* Leute. Ihre Intimsphäre *muß* geschützt werden. Das wissen Sie.«

Ich nickte.

»Zimt hat eine ganze Menge Zeit und Mühe aufgewandt, um das komplizierte lückenlose System zu konstruieren, das unsere Sicherheit gewährleistet – ein Labyrinth von Scheingesellschaften, aufwendig getarnte Geschäftsbücher, eine völlig anonyme Parkbucht in der Tiefgarage dieses Hotels in Akasaka, genau geregelter ›Publikumsverkehr‹, strenge Kontrolle von Einnahmen und Ausgaben, Entwurf und Ausstattung dieses Hauses: all das geht auf ihn zurück. Bislang hat alles fast genau so funktioniert wie vorausberechnet. Natürlich kostet es eine Menge, ein solches System aufrechtzuerhalten, aber Geld spielt für uns keine Rolle. Die Hauptsache ist, daß die Frauen, die zu uns kommen, sich darauf verlassen können, daß sie hier *absolut* sicher sind.«

»Sie wollen also damit sagen, daß diese Sicherheit im Augenblick untergraben wird.«

»Ja, leider.«

Muskat holte eine Zigarette aus ihrer Schachtel, behielt sie aber dann lange in der Hand, ohne sie anzuzünden.

»Und um die Sache noch schlimmer zu machen, habe ich diesen ziemlich bekannten Politiker zum Schwager, was das Risiko eines Skandals erhöht.«

»Genau«, sagte Muskat und schürzte leicht die Lippen.

»Und wie schätzt Zimt die Lage ein?«

»Er sagt nichts. Stumm wie eine Auster auf dem Grund des Meeres. Er hat sich in sich selbst vergraben, hat die Tür verriegelt und denkt ernsthaft nach.«

Muskat sah mir unverwandt in die Augen. Endlich schien sie sich an die Zigarette zu erinnern, die sie in der Hand hielt, und zündete sie an. Dann sagte sie: »Ich denke noch immer häufig daran – an meinen Mann, und wie er umgebracht wurde. Warum mußten sie ihn ermorden? Warum mußten sie das ganze Hotelzimmer mit Blut beschmieren und ihm die Organe herausreißen und sie mitnehmen? Ich kann mir einfach keinen Grund vorstellen, aus dem jemand so etwas tut. Mein Mann war gar nicht der Typ umgebracht zu werden, und gar auf so ungewöhnliche Weise.

Aber der Tod meines Mannes ist nicht das einzige. All diese unerklärlichen Dinge und Ereignisse in meinem Leben – diese Leidenschaft für das Modedesign, die in mir aufwallte und dann mit einemmal verschwand; Zimts plötzliches Verstummen; die Art und Weise, wie ich in diesen seltsamen Beruf, den wir hier ausüben, hineingerutscht bin – es wirkt auf mich so, als sei all das von Anfang scharfsinnig programmiert gewesen, mit dem Ziel, mich genau dahin zu manövrieren, wo ich jetzt bin. Ich werde diesen Gedanken einfach nicht los. Ich habe das Gefühl, als würde jeder meiner Schritte von einem unglaublich langen Arm gesteuert, der von irgendwo weit weg bis hierher reicht, und als sei mein ganzes Leben nicht mehr gewesen als ein geeigneter Kanal für all diese Dinge und Ereignisse.«

Aus dem Nebenzimmer drang das leise Geräusch des Staubsaugers herüber. Zimt erledigte auf seine konzentrierte, systematische Weise die Hausarbeit.

»Haben Sie dieses Gefühl jemals gehabt?« fragte mich Muskat.

»Ich habe nicht das Gefühl, in was auch immer ›hineinmanövriert worden‹ zu sein«, sagte ich. »Ich bin jetzt hier, weil es für mich notwendig war, hier zu sein.«

»Damit sie die Zauberflöte blasen und Kumiko wiederfinden können?«

»Genau.«

»Sie haben etwas, wonach Sie suchen«, sagte sie und schlug ihre grünbestrumpften Beine langsam andersherum übereinander. »Und alles hat seinen Preis.«

Ich blieb stumm.

Schließlich teilte mir Muskat ihre Entscheidung mit. »Wir haben beschlossen, eine Zeitlang keine Klientinnen mehr hierherzubringen. Es war Zimts Beschluß. Durch die verschiedenen Artikel und jetzt den Auftritt Ihres Schwagers hat das Signal von Gelb auf Rot gewechselt. Wir haben gestern alle weiteren Termine abgesagt, angefangen mit dem heutigen.«

»Wie lang wird ›eine Zeitlang‹ sein?«

»So lang, wie Zimt brauchen wird, um die Löcher im System zu stopfen, und bis wir sicher sein können, daß die Krise vollkommen überwunden ist. Tut mir leid, aber wir wollen keine Risiken eingehen – *keinerlei* Risiken. Zimt wird weiterhin jeden Tag herkommen, aber es wird keine Klientinnen mehr geben.«

Als Zimt und Muskat aufbrachen, hatte der Morgenregen aufgehört. Ein halbes Dutzend Spatzen badeten in einer Pfütze, die sich auf der Auffahrt gebildet hatte. Als Zimts Mercedes verschwunden war und das automatische Tor sich geschlossen hatte, setzte ich mich ans Fenster und starrte in den bewölkten Winterhimmel, vor dem sich die Äste der Bäume abzeichneten. Muskats Worte fielen mir wieder ein: »ein unglaublich langer Arm, der von irgendwo weit weg bis hierher reicht«. Ich stellte mir diesen Arm vor, wie er sich aus den dunklen, tiefhängenden Wolken herunterstreckte – wie eine Illustration in einem gruseligen Bilderbuch.

25

DREIECKIGE OHREN
SCHLITTENGLÖCKCHEN

Den ganzen verbleibenden Tag las ich weiter über Mandschukuo. Es eilte nicht, daß ich nach Hause zurückkehrte. Da ich angenommen hatte, es werde spät werden, hatte ich Oktopus am Morgen eine Zweitagesration Trockenfutter hingestellt. Es schmeckte ihm vielleicht nicht sonderlich, aber zumindest würde er nicht verhungern. Dadurch wurde die Vorstellung, mich nach Haus zu schleppen, noch weniger verlockend. Ich beschloß, mich lieber hinzulegen und ein Nickerchen zu machen. Ich holte eine Decke und ein Kissen aus dem Schrank, machte mir im Anproberaum das Sofa zurecht und schaltete das Licht aus. Dann legte ich mich hin, schloß die Augen und begann, an Oktopus zu denken. Ich wollte einschlafen, während ich an den Kater dachte. Er immerhin war zu mir *zurückgekehrt*. Er hatte es geschafft, von irgendwo weit weg zu mir zurückzukehren. Das mußte ein gutes Zeichen sein. Während ich mit geschlossenen Augen dalag, dachte ich an die weichen Zehenballen des Katers, an seine kalten, dreieckigen Ohren, seine rosige Zunge. In meiner Vorstellung hatte sich Oktopus zusammengekringelt und schlief ruhig und fest. Ich spürte seine Wärme unter meiner Hand. Ich konnte seinen regelmäßigen Atem hören. Ich war viel nervöser als gewöhnlich, aber dennoch versank ich schon bald in einen tiefen, traumlosen Schlaf.
Ich erwachte mitten in der Nacht. Ich meinte, irgendwo weit weg Schlittenglöckchen gehört zu haben, wie im Hintergrund eines Weihnachtsliedes.
Schlittenglöckchen?

Ich setzte mich auf dem Sofa auf und tastete auf dem Couchtisch nach meiner Uhr. Die Leuchtzeiger standen auf halb zwei. Ich mußte fester geschlafen haben, als ich erwartet hatte. Reglos saß ich da und horchte angestrengt, aber das einzige Geräusch, das ich hörte, war das leise, trockene Pochen meines Herzens. Vielleicht hatte ich mir die Schlittenglöckchen nur eingebildet. Vielleicht hatte ich doch geträumt. Trotzdem beschloß ich, einen Rundgang durch das Haus zu machen. Ich schlüpfte in meine Pantoffeln und schlurfte in die Küche. Als ich das Zimmer verließ, wurde das Geräusch deutlicher. Es klang wirklich wie Glöckengeläut, und es schien aus Zimts Arbeitszimmer zu kommen. Eine Weile blieb ich vor der Tür stehen und lauschte, dann klopfte ich an. Vielleicht war Zimt zurückgekommen, während ich schlief. Aber es kam keine Antwort. Ich öffnete die Tür einen Spaltbreit und sah hinein.

Etwa in Hüfthöhe schwebte ein rechteckiges weißliches Leuchten in der Dunkelheit. Es war das Leuchten des Monitors, und das Glöckchengeläut war das wiederholte Piepsen des Rechners (ein neues Piepsen, das ich noch nie gehört hatte). Der Computer rief nach mir. Wie magnetisch angezogen setzte ich mich vor den leuchtenden Bildschirm und las die Meldung:

Sie haben nun Zugang zum Ordner »Die Aufziehvogel-Chronik«. Wählen Sie ein Dokument(1–16).

Irgend jemand hatte den Computer eingeschaltet und einen Ordner mit dem Namen »Die Aufziehvogel-Chronik« aufgerufen. Außer mir durfte eigentlich niemand in der Zentrale sein. Konnte jemand den Rechner von außerhalb eingeschaltet haben? Falls ja, konnte es nur Zimt gewesen sein. *»Die Aufziehvogel-Chronik«?*

Der Computer fuhr fort, das helle, muntere Geräusch, wie von Schlittenglöckchen, von sich zu geben, als sei es der Weihnachtsmorgen. Er schien mich zu drängen, eine Wahl zu treffen. Nach einigem Zögern wählte ich ohne einen besonderen Grund die Nummer 8. Augenblicklich verstummte das Geläut, und auf dem Bildschirm öffnete sich ein Dokument wie ein Makimono, das vor meinen Augen entrollt wurde.

DIE AUFZIEHVOGEL-CHRONIK NR. 8
(ODER: EIN ZWEITES STÜMPERHAFTES MASSAKER)

Der Tierarzt wachte vor sechs auf. Nachdem er sich das Gesicht mit kaltem Wasser gewaschen hatte, bereitete er sich sein Frühstück. Im Sommer ging die Sonne zeitig auf, und die meisten Tiere des Zoos waren schon wach. Durch das offene Fenster drangen ihre Stimmen und, mit der Brise, ihre Gerüche ins Zimmer, womit der Tierarzt wußte, wie das Wetter war, ohne hinaussehen zu müssen. Dies gehörte zu seinen allmorgendlichen Gepflogenheiten; zuerst lauschte er und atmete die Morgenluft ein. Auf diese Weise rüstete er sich für den neuen Tag.
Der heutige Tag hätte jedoch anders sein müssen als der gestrige. Er *mußte* anders sein. So viele Stimmen und Gerüche waren seither verschwunden! Die Tiger, die Leoparden, die Wölfe, die Bären: alle waren am Nachmittag zuvor von Soldaten liquidiert worden. Jetzt, nach dem Schlaf einer Nacht, schienen diese Ereignisse Teil eines lange zurückliegenden trägen Alptraums zu sein. Aber der Tierarzt wußte, daß sie wirklich stattgefunden hatten. Seine Ohren schmerzten noch dumpf vom Donnern der Gewehre, die die Soldaten abgefeuert hatten. Es konnte kein Traum gewesen sein. Es war jetzt August, man schrieb das Jahr 1945, er befand sich in der Stadt Hsin-ching, und die Sowjettruppen, die erst vor wenigen Tagen in das Land eingefallen waren, rückten unaufhaltsam von Stunde zu Stunde näher. Das war die Wirklichkeit – so wirklich wie das Waschbecken und die Zahnbürste, die er vor sich sah.
Das Trompeten der Elefanten ließ ihn innerlich aufatmen. Ach ja – die Elefanten hatten überlebt. Zum Glück hatte der junge Leutnant, dem der Zug unterstellt gewesen war, so viel menschliches Empfinden gehabt, die Elefanten von der Liste zu streichen, dachte der Tierarzt, während er sich das Gesicht wusch. Seitdem er in die Mandschurei gekommen war, hatte er unzählige sture, fanatische junge Offiziere aus der Heimat getroffen, und die Erfahrung hatte ihn jedesmal erschüttert. Die meisten von ihnen waren Bauernsöhne, die in der Wirtschaftskrise der dreißiger Jahre aufgewachsen waren und die bitterste Armut erlebt hatten, während ihnen ein größenwahnsinniger Nationalstolz in den Schädel gehämmert wurde. Sie führten jede Anordnung, wie hanebüchen sie auch sein mochte, gedanken- und widerspruchslos aus. Hätte man ihnen im Namen des Kaisers

befohlen, einen Tunnel quer durch die Erde bis nach Brasilien zu graben, sie hätten sich eine Schaufel gegriffen und sich an die Arbeit gemacht. Manche Leute nannten das »Reinheit«, aber der Tierarzt hatte dafür andere Bezeichnungen. Als Sohn eines Stadtarztes in der relativ liberalen Atmosphäre der zwanziger Jahre aufgewachsen, konnte der Tierarzt diese jungen Offiziere nicht verstehen. Ein paar Elefanten mit kleinkalibrigen Waffen zu erschießen sollte eigentlich ein ganzes Stück einfacher sein, als einen Tunnel quer durch die Erde nach Brasilien zu graben, aber der Leutnant, der das Erschießungskommando befehligt hatte, war anscheinend trotz seines leichten ländlichen Akzents ein normalerer Mensch als die anderen jungen Offiziere, die der Tierarzt bis dahin kennengelernt hatte – kultivierter und vernünftiger. Der Tierarzt hatte es daran gemerkt, wie der junge Mann sprach und sich verhielt.

Jedenfalls waren die Elefanten nicht erschossen worden, und der Tierarzt sagte sich, daß er wahrscheinlich dankbar dafür sein sollte. Auch die Soldaten mußten froh gewesen sein, daß diese Pflicht ihnen erspart blieb. Die chinesischen Arbeiter mochten die Begnadigung bedauert haben – immerhin war ihnen dadurch eine Menge Fleisch und Elfenbein durch die Lappen gegangen.

Der Tierarzt brachte Wasser in einem Kessel zum Kochen, machte seinen Bart mit einem heißen Handtuch weicher und rasierte sich. Dann nahm er sein einsames Frühstück ein: Tee, Toast und Butter. Die Lebensmittelrationen waren in der Mandschurei alles andere als ausreichend, aber im Vergleich mit denen an anderen Orten konnte man sie noch fast als üppig bezeichnen. Das war sowohl für ihn selbst als auch für die Tiere erfreulich. Zwar nahmen die Tiere die Kürzung ihrer Futterrationen sichtlich übel, aber die hiesige Situation war immer noch erheblich besser als in den Zoos in der Heimat, wo es bereits überhaupt kein Futter mehr gab. Niemand konnte wissen, was die Zukunft bringen würde, aber vorläufig wenigstens brauchten Menschen wie Tiere noch nicht bedrohlich zu darben.

Er fragte sich, wie es seiner Frau und seiner Tochter ergehen mochte. Wenn alles planmäßig verlaufen war, hatte ihr Zug mittlerweile Pusan erreicht. Dort wohnte sein Cousin, der bei der Eisenbahn arbeitete, und bis sie an Bord des Schiffes, das sie nach Japan bringen würde, gehen konnten, würden die Frau und die Tochter des Tierarztes bei der Familie des Cousins bleiben. Der Arzt vermißte es, sie morgens beim Aufwachen zu sehen. Er vermißte es, sie munter plaudern zu hören, während sie den Frühstückstisch deckten. Eine hohle Stille herrschte im Haus.

Dies war nicht mehr das Heim, das er liebte, der Ort, an den er gehörte. Und dennoch konnte er nicht umhin, zugleich eine gewisse seltsame Freude darüber zu empfinden, daß er allein in dieser leeren Amtswohnung zurückgeblieben war; jetzt konnte er sich der unerbittlichen Macht des Schicksals öffnen und sie in seinen Knochen spüren, in seinem Fleisch.

Im Schicksal an sich bestand die tödliche Krankheit des Arztes. Soweit er sich zurückerinnern konnte, hatte er das beunruhigend klare Bewußtsein gehabt, als Individuum unter der Kontrolle einer äußeren Macht zu stehen. Die Ursache davon mochte das leuchtend blaue Mal an seiner rechten Wange sein. Als Kind hatte er dieses Mal gehaßt: dieses körperliche Zeichen, das er und nur er zu tragen verdammt war. Jedesmal, wenn die anderen Kinder ihn deswegen hänselten oder Fremde ihn anstarrten, wäre er am liebsten gestorben. Hätte er sich dieses Stück seiner selbst doch nur mit einem Messer wegschneiden können! Aber mit den Jahren hatte er es nach und nach gelernt, dieses Mal, das nie wieder aus seinem Gesicht verschwinden würde, zu akzeptieren. Und das hatte ihm vielleicht geholfen, in allen Fragen, die mit dem Schicksal zusammenhängen, eine Haltung stiller Resignation anzunehmen.

Die meiste Zeit über spielte die Macht des Schicksals wie ein leiser eintöniger Grundbaß vor sich hin und färbte nur die Ränder seines Lebens. Nur selten wurde er an ihre Existenz erinnert. In längeren Abständen aber, wenn sich das Gleichgewicht verschob (und wovon das Gleichgewicht regiert wurde, hatte er nie herausgefunden: er konnte in diesen Schwankungen keinerlei Gesetzmäßigkeit erkennen), nahm die Kraft zu und stürzte ihn in eine Resignation, die an Lähmung grenzte. In solchen Zeiten hatte er keine andere Wahl, als alles loszulassen und sich dem Fluß zu ergeben. Er wußte aus Erfahrung, daß nichts, was er tun oder denken konnte, die Situation verändern würde. Das Schicksal forderte seinen Anteil, und solange es diesen Anteil nicht bekam, wich es nicht von der Stelle. Davon war er aus tiefstem Herzen überzeugt.

Nicht, daß er ein passiver Mensch gewesen wäre; im Gegenteil, er war entschlußfreudiger als die meisten und setzte seine Entschlüsse immer konsequent in die Tat um. In seinem Beruf war er hervorragend: ein Tierarzt von außerordentlichem Können, ein unermüdlicher Lehrer. Möglicherweise mangelte ihm ein gewisser schöpferischer Funke, aber während des Studiums hatte er immer ausgezeichnete Noten erhalten und war zum Sprecher seines Jahrgangs gewählt worden. Auch am Arbeitsplatz wurden seine überragenden Fähigkeiten anerkannt, und jüngere Kollegen sahen respektvoll zu ihm auf. Er war mit Sicherheit kein »Fatalist« im landläufigen Sinne des Wortes. Und dennoch hatte er in seinem ganzen Leben niemals die unerschütterliche Gewißheit verspürt, allein und völlig aus sich heraus zu einer Entscheidung gelangt zu sein. Er hatte immer das Gefühl, das Schicksal habe ihn gezwungen, sich so zu entscheiden, daß es in dessen Pläne paßte. Verflog erst die momentane Befriedigung, kraft seines freien Willens einen Entschluß gefaßt zu haben, erkannte er, daß alles schon im voraus entschieden worden war und daß eine geschickt als freier Wille getarnte äußere Macht ihm lediglich Köder hingeworfen hatte, damit er sich so verhielt, wie er sich verhalten sollte. Die einzigen Entscheidungen, die er je völlig selbständig gefällt hatte, betrafen triviale Dinge, die, näher betrachtet, eigentlich keinerlei Entscheidung erforderten. Er fühlte sich wie ein nominelles Staatsoberhaupt, das nichts anderes tat, als auf Geheiß eines Regenten, der alle wirkliche Macht im Reich innehatte, das königliche Siegel auf irgendwelche Dokumente zu setzen – genau wie der Kaiser dieses Marionettenkaiserreichs Mandschukuo.

Der Arzt liebte seine Frau und seine Tochter. Sie waren das Wunderbarste, was ihm je im Leben widerfahren war – besonders seine Tochter, die er mit einer an Besessenheit grenzenden Liebe liebte. Für diese beiden hätte er, ohne zu zögern, sein Leben hingegeben. Tatsächlich hatte er sich dies schon häufig vorgestellt, und die Todesarten, die er ihretwegen im Geist erlitten hatte, schienen ihm die süßesten zu sein, die man sich vorstellen konnte. Zugleich aber kam es oft vor, daß er von der Arbeit heimkam, seine Frau und Tochter sah und bei sich dachte: Diese Menschen sind schließlich gesonderte, in sich abgeschlossene Individuen, zu denen ich keinerlei Verbindung habe. Sie waren etwas anderes, etwas, wovon er nicht wirklich Kenntnis hatte, etwas, was an einem ganz anderen Ort, weit weg von ihm, existierte. Und jedesmal, wenn er dieses Gefühl hatte, kam ihm der Gedanke, daß er keinen dieser beiden Menschen selbst gewählt hatte – was ihn jedoch nicht hinderte, sie bedingungslos und ohne den leisesten Vorbehalt zu lieben. Dies erschien dem Arzt wie ein großes Paradoxon, ein unauflöslicher Widerspruch, eine gewaltige Falle, die man ihm in seinem Leben gestellt hatte.

Seitdem er aber allein in seiner Amtswohnung im Zoo zurückgeblieben war, hatte sich seine Welt in etwas weit Schlichteres, weit einfacher zu Verstehendes verwandelt. Er brauchte nur noch an das Wohlergehen der Tiere zu denken. Seine

Frau und Tochter waren nicht mehr da. Einstweilen bestand keine Notwendigkeit, an sie zu denken. Der Tierarzt und sein Schicksal waren unter sich.
Und vor allem das Schicksal, die gewaltige Macht des Schicksals, lenkte im August 1945 die Geschicke der Stadt Hsin-ching – nicht die Kwantung-Armee, nicht die Sowjetarmee, nicht die Truppen der Kommunisten noch diejenigen der Kuomintang. Es war für jeden überdeutlich, daß hier das Schicksal regierte und daß der Wille des einzelnen nicht zählte. Das Schicksal hatte am vorigen Tag die Elefanten verschont und die Tiger, Leoparden, Wölfe und Bären unter die Erde gebracht. Was würde es jetzt begraben, was verschonen? Das waren Fragen, die niemand beantworten konnte.
Der Arzt verließ seine Dienstwohnung, um die Vormittagsfütterung vorzubereiten. Er war davon ausgegangen, daß niemand mehr zur Arbeit erscheinen würde, aber in seinem Büro erwarteten ihn zwei chinesische Jungen. Er kannte sie nicht. Es waren dunkelhäutige, magere Dreizehn- bis Vierzehnjährige mit den lauernden Augen wilder Tiere. »Die haben uns gesagt, wir sollen Ihnen helfen«, sagte der eine Junge. Der Arzt nickte. Er fragte, wie sie hießen, aber sie gaben keine Antwort. Ihre Gesichter blieben ausdruckslos, als hätten sie die Frage nicht gehört. Diese Jungen waren offensichtlich von den Chinesen geschickt worden, die bis zum Tag zuvor im Zoo gearbeitet hatten. Wahrscheinlich hatten diese Leute inzwischen in Voraussicht der kommenden Ereignisse jeglichen Kontakt zu den Japanern abgebrochen, nahmen aber an, daß man Kinder nicht zur Rechenschaft ziehen würde. Die Jungen hatten sie als ein Zeichen guten Willens geschickt. Die Arbeiter wußten, daß er die Tiere unmöglich allein versorgen konnte.
Der Tierarzt gab jedem Jungen zwei Plätzchen und trug ihnen dann auf, ihm bei der Fütterung der Tiere zu helfen. Sie zogen mit einem maultierbespannten Karren von Käfig zu Käfig, schütteten jedem Tier sein spezielles Futter vor und wechselten sein Trinkwasser. Die Käfige zu reinigen kam nicht in Frage. Mehr als sie kurz mit dem Schlauch abzuspritzen, um den Kot fortzuschwemmen, konnten sie nicht tun. Schließlich war der Zoo geschlossen: Kein Mensch würde sich beschweren, wenn es ein bißchen stank.
Wie sich herausstellte, wurde die Arbeit durch das Fehlen der Tiger, Leoparden, Bären und Wölfe beträchtlich erleichtert. Die Versorgung von großen Raubtieren war schon eine umständliche Angelegenheit – und nicht ungefährlich. So be-

drückt sich der Arzt auch fühlte, als sie an den leeren Käfigen vorbeikamen, er konnte sich doch einer gewissen Erleichterung nicht erwehren. Diese Arbeit blieb ihm erspart.

Sie begannen um acht und waren nach zehn fertig. Dann verschwanden die Jungen ohne ein Wort. Die harte körperliche Arbeit hatte den Tierarzt erschöpft. Er ging in das Verwaltungsgebäude zurück und meldete dem Zoodirektor, daß die Tiere gefüttert worden waren.

Kurz vor zwölf kam der junge Leutnant, an der Spitze derselben acht Soldaten, die er am Vortag dabeigehabt hatte, zum Zoo zurück. Wieder vollbewaffnet, erzeugten sie beim Marschieren ein metallisches Klirren, das sie schon von weitem ankündigte. Wieder waren ihre Hemden schwarz von Schweiß, und wieder sägten die Zikaden in den Bäumen. Heute aber kamen die Soldaten nicht, um Tiere zu töten. Der Leutnant salutierte vor dem Direktor und sagte: »Wir müssen wissen, über wie viele einsatzbereite Wagen und Zugtiere der Zoo verfügt.« Der Direktor teilte ihm mit, daß sie genau ein Maultier und einen Karren hatten. »Vor zwei Wochen haben wir unseren einzigen Lastwagen und zwei Pferde abgeliefert«, setzte er hinzu. Der Leutnant nickte und kündigte an, daß er gemäß Befehl des Hauptquartiers der Kwantung-Armee das Maultier und den Karren requirieren werde.

»Einen Moment«, warf der Tierarzt ein. »Wir brauchen beides, um die Tiere zweimal am Tag füttern zu können. Unsere einheimischen Arbeiter sind alle verschwunden. Ohne Maultier und Wagen werden uns die Tiere verhungern. Selbst *mit* kommen wir mit der Arbeit kaum zu Rande.«

»Wir kommen alle kaum zu Rande«, sagte der Leutnant. Seine Augen waren blutunterlaufen, und sein Gesicht war mit Bartstoppeln bedeckt. »Unsere vordringlichste Aufgabe ist, die Stadt zu verteidigen. Sie können die Tiere notfalls immer noch freilassen. Um die gefährlichen Fleischfresser haben wir uns ja schon gekümmert. Die übrigen stellen kein Sicherheitsrisiko dar. Tut mir leid, aber das sind militärische Befehle. Sie werden sich irgendwie behelfen müssen.«

Der Leutnant machte der Diskussion ein Ende, indem er seinen Männern befahl, Maultier und Karren zu holen. Als sie gegangen waren, sahen der Tierarzt und der Zoodirektor einander an. Der Direktor nahm einen Schluck Tee, schüttelte den Kopf und sagte nichts.

Vier Stunden später kehrten die Soldaten mit dem Maultier und dem Wagen zurück. Eine schmutzige Leinwandplane bedeckte die aufgehäufte Ladung des Wagens. Das Maultier ächzte, am ganzen Körper mit Schaum bedeckt, unter der Nachmittagshitze und dem Gewicht des vollbeladenen Wagens. Die acht Soldaten ließen mit aufgepflanzten Bajonetten vier Chinesen vor sich her marschieren – junge Männer, vielleicht zwanzig Jahre alt, in Baseballkleidung und mit hinter dem Rücken gefesselten Händen. Die blauen Flecke in ihren Gesichtern verrieten, daß sie brutal verprügelt worden waren. Das rechte Auge eines der Männer war fast zugeschwollen, und das Trikot eines anderen war von dem Blut, das von seinen aufgeplatzten Lippen floß, leuchtend rot befleckt. Auf der Vorderseite der Trikots stand nichts geschrieben, aber man sah an kleinen rechteckigen Stellen, daß dort Namensschildchen abgerissen worden waren. Auf dem Rücken trugen sie die Zahlen 1, 4, 7 und 9. Der Tierarzt konnte sich beim besten Willen nicht erklären, warum vier junge Chinesen in einer so kritischen Zeit Baseballkleidung trugen oder warum sie so übel zusammengeschlagen worden waren und jetzt von japanischen Soldaten hierhergebracht wurden. Die Szene wirkte vollkommen irreal – wie der Phantasie eines geisteskranken Malers entsprungen.
Der Leutnant fragte den Zoodirektor, ob er Spitzhacken und Schaufeln habe, die er ihnen leihen könnte. Der junge Offizier sah mittlerweile sogar noch bleicher und abgespannter aus als vorher. Der Tierarzt führte ihn und seine Männer zum Werkzeugschuppen, der sich hinter dem Verwaltungsgebäude befand. Der Leutnant suchte zwei Spitzhacken und zwei Schaufeln für seine Männer aus. Dann bat er den Tierarzt mitzukommen, ließ seine Männer zurück und betrat das Wäldchen, das jenseits der Straße begann. Der Tierarzt folgte ihm. Bei jedem Schritt des Leutnants spritzten riesige Heuschrecken aus dem Weg. In der Luft hing der Geruch von Sommergras. In das ohrenbetäubende Gekreisch der Zikaden mischten sich von Zeit zu Zeit, wie ferne Warnsignale, die scharfen Trompetentöne der Elefanten.
Der Leutnant ging, ohne etwas zu sagen, immer tiefer in den Wald hinein, bis sich zwischen den Bäumen eine Lichtung auftat. Hier hatte eigentlich ein »Streichelzoo« für Kinder entstehen sollen, doch als die zunehmend kritischere militärische Situation zur Verknappung aller Baumaterialien geführt hatte, war die Ausführung des Plans auf unbestimmte Zeit verschoben worden. Auf einem kreisförmigen Areal waren alle Bäume gefällt worden, und die Sonne tauchte

diesen Teil des Waldes in goldenes Rampenlicht. Der Leutnant blieb in der Mitte des Kreises stehen und sah sich aufmerksam um. Dann bohrte er den Stiefelabsatz in die nackte Erde.

»Wir werden hier für eine Weile unser Lager aufschlagen«, sagte er, kniete sich hin und nahm eine Handvoll Erde auf.

Der Tierarzt nickte. Er hatte zwar keine Ahnung, warum sie in einem Zoo kampieren mußten, aber er beschloß, nicht nachzufragen. Hier in Hsin-ching hatte ihn die Erfahrung gelehrt, Militärs nie Fragen zu stellen. Mit Fragen erreichte man nur, daß man sie ärgerlich machte, und eine direkte Antwort bekam man ohnehin nie.

»Als erstes graben wir hier ein großes Loch«, sagte der Leutnant, als redete er mit sich selbst. Er stand auf und zog ein Päckchen Zigaretten aus seiner Hemdtasche. Er steckte sich eine zwischen die Lippen, bot dem Tierarzt eine an, dann gab er sich und ihm mit einem Streichholz Feuer. Um dem Schweigen einen Inhalt zu geben, konzentrierten sich beide Männer auf das Rauchen. Wieder fing der Leutnant an, mit dem Stiefel im Boden herumzuscharren. Er zeichnete so etwas wie ein Diagramm in die Erde, dann wischte er es wieder aus. Endlich fragte er den Tierarzt: »Wo sind Sie geboren?«

»In Kanagawa«, sagte der Arzt. »In einer Kleinstadt namens Ofuna, nicht weit vom Meer.«

Der Leutnant nickte.

»Und wo sind Sie her?« fragte der Tierarzt.

Statt zu antworten, kniff der Leutnant die Augen zusammen und betrachtete den Rauch, der zwischen seinen Fingern nach oben stieg. Nein, es lohnt sich nie, einem Soldaten Fragen zu stellen, sagte sich der Tierarzt noch einmal. Sie stellen selbst gern Fragen, aber sie geben einem nie eine Antwort. Die würden einem nicht mal die Uhrzeit sagen.

»Da gibt's ein Filmstudio«, sagte der Leutnant.

Es dauerte ein paar Sekunden, bis der Tierarzt begriff, daß der Leutnant von Ofuna redete. »Das stimmt. Ein großes Studio. Ich bin allerdings nie drin gewesen.«

Der Leutnant ließ den Rest seiner Zigarette auf den Boden fallen und trat ihn aus. »Ich hoffe, Sie schaffen es wieder dahin zurück«, sagte er. »Natürlich gibt es zwischen hier und Japan einen Ozean zu überqueren. Wir werden wahrscheinlich

alle hier sterben.« Während er sprach, hielt er den Blick auf den Boden gerichtet.
»Sagen Sie mir eins, Herr Doktor, haben Sie Angst vor dem Tod?«
»Ich schätze, das hängt davon ab, wie man stirbt«, sagte der Tierarzt nach kurzem Nachdenken.
Der Leutnant hob den Blick und sah den Tierarzt an, als sei plötzlich seine Neugier erwacht. Er hatte offenbar eine andere Antwort erwartet. »Sie haben recht«, sagte er. »Das hängt tatsächlich davon ab, wie man stirbt.«
Eine Zeitlang sprachen beide kein Wort. Der Leutnant sah so aus, als könnte er auf der Stelle im Stehen einschlafen. Offensichtlich war er völlig erschöpft. Eine besonders große Heuschrecke flog wie ein Vogel über sie hinweg und verschwand mit lautem Flügelgesurr in einem fernen Grasdickicht. Der Leutnant warf einen Blick auf seine Uhr.
»Zeit anzufangen«, sagte er zu niemand Bestimmtem. Und dann zum Tierarzt: »Ich möchte Sie bitten, noch eine Weile hierzubleiben. Es kann sein, daß ich Sie um einen Gefallen bitten muß.«
Der Tierarzt nickte.

Die Soldaten führten die chinesischen Gefangenen zur Lichtung und banden ihnen die Hände los. Der Korporal zeichnete mit einem Baseballschläger – wozu ein Soldat so einen Schläger bei sich hatte, war dem Tierarzt ein weiteres Rätsel – einen großen Kreis auf dem Boden und befahl den Gefangenen auf japanisch, ein tiefes Loch in der Größe des Kreises zu graben. Schweigend fingen die Männer in Baseballtrikot an, mit Spitzhacke und Schaufel zu graben. Die Hälfte der Soldaten hielt bei ihnen Wache, während die übrigen sich unter die Bäume legten. Sie schienen ein verzweifeltes Schlafbedürfnis zu haben; kaum hatten sie sich, in voller Montur, auf dem Boden ausgestreckt, fingen sie auch schon zu schnarchen an. Die vier Soldaten, die wach blieben, behielten die Grabenden im Auge, das Gewehr auf die Hüfte gestützt, das Bajonett aufgepflanzt und einsatzbereit. Der Leutnant und der Korporal beaufsichtigten abwechselnd die Arbeit, während der jeweils andere ein Schläfchen unter den Bäumen machte.
In weniger als einer Stunde hatten die vier chinesischen Gefangenen ein Loch von knapp vier Metern Durchmesser und vielleicht anderthalb Metern Tiefe ausgehoben. Einer der Männer bat auf japanisch um Wasser. Der Leutnant nickte, und ein Soldat brachte einen vollen Eimer. Reihum schöpften die vier Chinesen mit einer

Kelle Wasser und tranken gierig. Sie tranken fast den ganzen Eimer leer. Ihre Trikots waren schwarz von Blut, Schlamm und Schweiß.

Der Leutnant befahl zwei Soldaten, den Karren zum Rand der Grube zu ziehen. Der Korporal riß die Plane mit einem Ruck herunter, und auf der Ladefläche wurden vier aufeinandergestapelte Tote sichtbar. Sie trugen die gleichen Baseballtrikots wie die Gefangenen und waren dem Anschein nach gleichfalls Chinesen. Sie waren offenbar erschossen worden, und ihre Kleidung war mit schwarzen Blutflecken übersät. Über den Leichen zog sich bereits ein Schwarm großer Aasfliegen zusammen. Der Arzt schätzte nach dem Trockenheitsgrad des Blutes, daß sie seit etwa vierundzwanzig Stunden tot sein mußten.

Der Leutnant befahl den vier Chinesen, die Leichen in das frisch ausgehobene Loch zu werfen. Ohne ein Wort, mit ausdruckslosen Gesichtern, zogen die Männer die Leichen vom Karren und warfen sie eine nach der anderen in die Grube. Jede Leiche landete mit einem dumpfen Aufprall. Die Zahlen auf den Trikots der Toten lauteten 2, 5, 6 und 8. Der Tierarzt prägte sie sich ein.

Als die vier Chinesen alle Leichen in die Grube geworfen hatten, fesselten die Soldaten sie je an einen Baum. Der Leutnant hielt das Handgelenk in die Höhe und fixierte mit grimmiger Miene seine Uhr. Dann hob er den Blick und starrte eine Zeitlang einen Punkt am Himmel an, als suche er dort irgend etwas. Er sah wie ein Bahnhofsvorsteher aus, der auf dem Perron steht und auf einen hoffnungslos verspäteten Zug wartet. In Wirklichkeit hielt er aber nach überhaupt nichts Ausschau. Er ließ einfach nur ein bestimmtes Quantum Zeit verstreichen. Als das erledigt war, wandte er sich zum Korporal und befahl ihm mit knappen Worten, drei der vier Gefangenen (Nummer 1, 7 und 9) mit dem Bajonett zu töten.

Drei Soldaten wurden für die Aufgabe ausgewählt und vor den drei Chinesen postiert. Die Soldaten sahen bleicher aus als die Männer, die sie gleich töten würden. Die Chinesen sahen zu erschöpft aus, um noch auf irgend etwas zu hoffen. Der Korporal bot jedem von ihnen eine Zigarette an, aber sie lehnten ab. Er steckte die Zigaretten wieder in die Brusttasche seines Hemdes.

Der Leutnant forderte den Tierarzt auf mitzukommen und entfernte sich ein Stück von den Soldaten. »Sie sollten sich das jetzt genau ansehen«, sagte er. »Das ist auch eine Art zu sterben.«

Der Tierarzt nickte. Der Leutnant sagt das nicht zu mir, dachte er. Er sagt das zu sich selbst.

Mit sanfter Stimme erklärte der Leutnant: »Sie zu erschießen wäre die einfachste und effizienteste Methode, sie zu töten, aber wir haben Befehl, keine einzige Patrone zu vergeuden – und ganz gewiß nicht auf Chinesen. Wir sollen unsere Munition für die Russen aufsparen. Also werden wir sie eben mit dem Bajonett erstechen, aber das ist nicht so einfach, wie es klingt. Apropos, Herr Doktor, hat man Ihnen beim Militär beigebracht, mit einem Bajonett umzugehen?«

Der Arzt erklärte, als Kavallerieveterinär sei er nicht im Bajonettkampf ausgebildet worden.

»Nun, die richtige Methode, einen Mann mit dem Bajonett zu töten, geht folgendermaßen: Zuerst sticht man unter dem Rippenbogen zu – hier.« Der Leutnant deutete auf seinen eigenen Rumpf, auf einen Punkt knapp über dem Magen. »Dann beschreibt man mit der Spitze einen weiten, tiefen Kreis in seiner Bauchhöhle, um die inneren Organe zu zerschnitzeln. Dann stößt man nach oben und sticht ins Herz. Man kann dem Mann das Ding nicht einfach so reinstecken und erwarten, daß er stirbt. Wir bekommen das während der Grundausbildung eingebleut. Der Bajonettkampf Mann gegen Mann ist neben Nachtangriffen *der* Stolz der Kaiserlichen Armee – vor allem, weil er erheblich billiger ist als Panzer und Flugzeuge und Kanonen. Man kann das noch so lange üben, aber was man dabei absticht, ist schließlich eine Strohpuppe und kein Mensch. Sie blutet nicht, sie schreit nicht, ihr fallen keine Eingeweide heraus. Die Soldaten da haben noch nie auf diese Weise einen Menschen getötet. Ebensowenig wie ich.«

Der Leutnant sah den Korporal an und nickte ihm zu. Der Korporal bellte sein Kommando, und die drei Soldaten nahmen ruckartig Haltung an. Dann traten sie einen halben Schritt zurück und stießen, jeder auf den ihm zugeteilten Gefangenen zielend, ihre Bajonette vor. Einer der jungen Männer (Nummer 7) knurrte etwas auf chinesisch, was wie ein Fluch klang, und spie herausfordernd aus, aber der Speichel erreichte den Boden nicht mehr, sondern schlierte nur an der Brust seines Baseballtrikots herunter.

Als das nächste Kommando ertönte, rammten die drei Soldaten ihre Bajonette mit voller Wucht in die Chinesen. Dann rührten sie, wie der Leutnant es beschrieben hatte, mit den Klingen in den Eingeweiden der Männer herum und stießen abschließend mit der Spitze aufwärts. Die Chinesen schrien nicht sehr laut – es waren eher tiefe Schluchzer als eigentliche Schreie, als entließen die Männer allen Atem, der in ihren Körpern verblieben war, gleichzeitig aus einer einzigen Öff-

nung. Die Soldaten zogen ihre Bajonette heraus und traten einen Schritt zurück. Der Korporal bellte noch einmal seinen Befehl, und die Soldaten wiederholten die ganze Prozedur – zustechen, herumrühren, aufwärtsstoßen, herausziehen. Der Tierarzt verfolgte das Schauspiel in stummer Verblüffung, übermannt von dem Gefühl, er zerreiße in zwei Stücke. Er war gleichzeitig der Stecher und der Erstochene. Er spürte sowohl den Stoß, mit dem das Bajonett in den Körper seines Opfers eindrang, als auch den Schmerz seiner eigenen zerfetzten Organe.
Die Chinesen brauchten zum Sterben weit länger, als er erwartet hätte. Ihre aufgeschlitzten Körper ergossen unglaubliche Mengen Blut auf die Erde, aber selbst mit zerschnetzelten Eingeweiden zuckten sie noch eine ganze Weile vor sich hin. Der Korporal schnitt mit seinem Bajonett die Seile, mit denen die Männer an die Bäume gefesselt waren, durch und befahl dann den Soldaten, die nicht an der Hinrichtung teilgenommen hatten, mitzuhelfen, die zusammengesackten Körper zur Grube zu schleifen und hineinzuwerfen. Auch diese Leichen erzeugten einen dumpfen Aufschlag, aber der Arzt wurde den Eindruck nicht los, daß das Geräusch anders klang als dasjenige, das die ersten Leichen erzeugt hatten – wahrscheinlich, weil diese hier noch nicht ganz tot waren.
Jetzt war nur noch der junge chinesische Gefangene mit der Nummer 4 auf dem Trikot übrig. Die drei leichenblassen Soldaten rupften von irgendwelchen Pflanzen, die zu ihren Füßen wuchsen, große Blätter ab und machten sich daran, ihre blutigen Bajonette abzuwischen. An den Klingen haftete nicht nur Blut, sondern auch seltsam gefärbte Körperflüssigkeiten und Fleischfetzen. Die Männer verbrauchten viele Blätter, ehe die Bajonette wieder in ihrem ursprünglichen nacktmetallischen Glanz erstrahlten.
Der Tierarzt konnte nicht begreifen, warum man diesen einen Mann, Nummer 4, am Leben gelassen hatte, aber er hatte nicht vor, irgendwelche Fragen zu stellen. Der Leutnant holte sich eine weitere Zigarette heraus und steckte sie sich an. Dann bot er dem Tierarzt eine an; dieser nahm sie schweigend entgegen, steckte sie sich zwischen die Lippen und gab sich selbst mit einem Streichholz Feuer. Seine Hand zitterte nicht, aber er hatte jedes Gefühl darin verloren, als trüge er dicke Handschuhe.
»Diese Männer waren Kadetten der Kaiserlichen Militärakademie von Mandschukuo«, sagte der Leutnant. »Sie haben sich geweigert, sich an der Verteidigung von Hsin-ching zu beteiligen. Letzte Nacht haben sie ihre japanischen Aus-

bilder getötet und zu fliehen versucht. Wir haben sie während der Nachtpatrouille erwischt, haben vier von ihnen an Ort und Stelle erschossen und die anderen vier gefangenommen. Zwei weitere konnten in der Dunkelheit entkommen.« Der Leutnant rieb sich mit der flachen Hand über die Bartstoppeln. »Sie hatten versucht, in Baseballkleidung zu fliehen. Vermutlich hatten sie sich gedacht, daß man sie als Deserteure festnehmen würde, wenn man sie in ihrer Militäruniform sah. Oder vielleicht befürchteten sie, daß es ihnen übel ergehen würde, wenn sie in ihren Mandschukuo-Uniformen kommunistischen Truppen in die Hände fielen. Wie auch immer, außer den Kadettenuniformen gab es in der Kaserne nichts anderes anzuziehen als die Trikots der Baseballmannschaft der Militärakademie. Also haben sie die Namensschildchen abgerissen und versucht, in dieser Kluft durchzukommen. Ich weiß nicht, ob Ihnen das bekannt ist, aber die Kadettenschule hatte eine hervorragende Mannschaft. Sie sind häufig zu Freundschaftsspielen nach Taiwan und Korea gefahren. Der Bursche da« – und hier deutete der Leutnant auf den Mann, der noch an den Baum gefesselt war – »war der Mannschaftskapitän und bester Schlagmann des Teams. Wir glauben, daß er derjenige war, der die Flucht organisiert hat. Er hat die zwei Ausbilder mit einem Schläger getötet. Die Ausbilder wußten, daß es Unruhe in der Kaserne gab, und dachten nicht daran, Waffen an die Kadetten auszugeben, außer im äußersten Notfall. Aber an die Baseballschläger haben sie nicht gedacht. Sie haben beide den Schädel eingeschlagen bekommen. Wahrscheinlich waren sie auf der Stelle tot. Zwei Homeruns wie aus dem Bilderbuch. Das ist der Schläger.«
Der Leutnant befahl dem Korporal, ihm den Schläger zu bringen. Dann gab er ihn an den Tierarzt weiter. Der Arzt nahm ihn in beide Hände und hielt ihn aufrecht vor sein Gesicht, wie das ein Spieler tut, wenn er das Schlägerfeld betritt. Es war ein ganz gewöhnlicher Schläger, nicht besonders gut gearbeitet, mit rauher Oberfläche und ungleichmäßiger Maserung. Schwer war er allerdings, und gut eingespielt. Der Griff war schwarz von Schweiß. Er sah nicht wie ein Schläger aus, mit dem man letzhin zwei Menschen umgebracht hatte. Nachdem der Tierarzt einen Eindruck vom Gewicht des Dings bekommen hatte, reichte er es wieder dem Leutnant, der seinerseits ein paar sichtlich gekonnte, lockere Rundschläge ausführte.
»Spielen Sie Baseball?« fragte der Leutnant den Tierarzt.
»Als Junge andauernd.«

»Jetzt zu erwachsen dafür?«

»Mit Baseball ist es für mich vorbei«, sagte der Tierarzt, und er hatte schon die Frage auf der Zunge: »Und wie steht's mit Ihnen, Herr Leutnant?«, aber er schluckte sie wieder hinunter.

»Ich habe den Befehl, diesen Burschen mit demselben Schläger, den er benutzt hat, totzuschlagen«, sagte der Leutnant mit einer trockenen Stimme und klopfte dabei mit der Spitze des Schlägers auf den Boden. »Auge um Auge, Zahn um Zahn. Ganz im Vertrauen gesagt, halte ich das für einen schwachsinnigen Befehl. Was zum Teufel soll's uns bringen, diese Leute zu töten? Wir haben keine Flugzeuge mehr, wir haben keine Kriegsschiffe, unsere besten Soldaten sind tot. Irgendeine besondere neuartige Bombe hat im Bruchteil einer Sekunde Hiroshima vom Erdboden ausradiert. Man wird uns entweder aus der Mandschurei hinausjagen oder uns alle umbringen, und China wird wieder den Chinesen gehören. Wir haben schon eine ganze Menge Chinesen getötet, und ein paar Leichen mehr machen den Kohl auch nicht mehr fett. Aber Befehl ist Befehl. Ich bin Soldat, und ich muß Befehlen gehorchen. Gestern haben wir die Tiger und Leoparden getötet, und heute müssen wir diese Burschen töten. Schauen Sie also gut zu, Herr Doktor. Das ist auch eine Art zu sterben. Als Arzt sind Sie an Klingen, Blut und Gedärme wahrscheinlich gewöhnt, aber wie jemand mit einem Baseballschläger totgeschlagen wird, haben Sie bisher wahrscheinlich noch nicht gesehen.«

Der Leutnant befahl dem Korporal, den Spieler mit der Nummer 4, den Spitzenschlagmann, an den Rand der Grube zu führen. Sie fesselten ihm wieder die Hände hinter dem Rücken, dann legten sie ihm eine Augenbinde an und befahlen ihm, sich auf den Boden zu knien. Er war ein großer, kräftig gebauter junger Mann mit Oberarmen von der Stärke durchschnittlicher Oberschenkel. Der Leutnant rief einen jungen Soldaten zu sich und reichte ihm den Schläger. »Töte ihn damit«, sagte er. Der junge Soldat nahm erst Haltung an und salutierte, bevor er den Schläger entgegennahm, aber nachdem er ihn mit beiden Händen gepackt hatte, blieb er nur weiter stehen, wie vor den Kopf geschlagen. Die Vorstellung, einen Chinesen mit einem Baseballschläger totzuknüppeln, schien sein Fassungsvermögen zu übersteigen.

»Hast du schon mal Baseball gespielt?« fragte der Leutnant den jungen Soldaten (derselbe, dem später in einem Bergwerk in der Nähe von Irkutsk eine sowjetische Wache den Schädel mit einer Schaufel zertrümmern würde).

»Nein, nie, Herr Leutnant«, erwiderte der Soldat mit lauter Stimme. Sowohl das Dorf auf Hokkaido, wo er auf die Welt gekommen war, als auch das mandschurische Dorf, in dem er aufgewachsen war, waren so arm gewesen, daß keine Familie sich den Luxus eines Baseballschlägers oder -balls hätte leisten können. Die Spiele seiner Kindheit hatten darin bestanden, über die Felder zu laufen, Libellen zu fangen und mit Stöcken zu fechten. Er hatte noch nie in seinem Leben Baseball gespielt oder auch nur einem Spiel zugesehen. Das war das erste Mal überhaupt, daß er ein Schlagholz in der Hand hielt.

Der Leutnant zeigte ihm, wie er den Schläger halten mußte, und brachte ihm die Grundbegriffe der Schwungtechnik bei, indem er sie ihm ein paarmal vorführte. »Siehst du? Es kommt nur auf die Hüfte an«, knurrte er mit zusammengebissenen Zähnen. »Du holst aus und rotierst dann aus der Hüfte. Das Ende des Schlägers schwingt ganz von selbst durch. Kapiert? Wenn du dich zu sehr darauf konzentrierst, den Schläger zu schwingen, tun die Arme die ganze Arbeit und der Schlag hat weniger Wucht. Schwing aus der Hüfte.«

Der Soldat schien den Ausführungen des Leutnants nicht ganz folgen zu können, aber er legte wie befohlen seine schwere Ausrüstung ab und übte eine Zeitlang das Durchschwingen. Alle schauten ihm zu. Der Leutnant legte seine Hände um die des Soldaten, um dessen Griffhaltung zu korrigieren. Er war ein guter Lehrer. Es dauerte nicht lange, und die Rundschläge des Soldaten zersäbelten, wenn auch etwas unelegant, pfeifend die Luft. Was ihm an Technik fehlte, machte der junge Soldat, der sein Leben lang auf einem Bauernhof gearbeitet hatte, durch Muskelkraft wett.

»Das genügt wohl«, sagte der Leutnant und wischte sich mit seiner Mütze den Schweiß von der Stirn. »Also schön, sieh jetzt zu, daß du es mit einem guten, sauberen Rundschlag erledigst. Laß ihn nicht leiden.«

Was er eigentlich sagen wollte, war: »Die Sache ist mir genauso zuwider wie dir. Wer zum Teufel ist bloß auf so eine idiotische Idee gekommen? Jemanden mit einem Baseballschläger umzubringen ...« Aber ein Offizier hätte unmöglich so zu einem gemeinen Soldaten reden können.

Der Soldat stellte sich hinter dem Chinesen auf, der mit verbundenen Augen auf der Erde kniete. Als der Soldat die Arme hob, warfen die kräftigen Strahlen der sinkenden Sonne den langen dicken Schatten des Schlägers auf die Erde. Es ist unheimlich, dachte der Tierarzt. Der Leutnant hatte recht: Ich habe noch nie

gesehen, wie ein Mensch mit einem Baseballschläger getötet wird. Lange hielt der junge Soldat den Schläger in die Höhe. Der Arzt sah, wie dessen Spitze zitterte. Der Leutnant nickte dem Soldaten zu. Tief einatmend holte der Soldat aus und schmetterte dann den Schläger mit all seiner Kraft gegen den Hinterkopf des chinesischen Kadetten. Er machte seine Sache erstaunlich gut. Er schwang genau so aus der Hüfte, wie der Leutnant es ihm beigebracht hatte, das Markenschildchen des Schlägers traf exakt hinter dem Ohr des Mannes auf, und der Schläger schwang mustergültig durch. Der Schädel zerbarst mit einem dumpfen Krachen. Der Mann selbst gab keinen Laut von sich. Sein Körper hing einen Augenblick lang in einer merkwürdigen Pose in der Luft und kippte dann vornüber. Er blieb mit der Wange auf der Erde liegen, aus einem Ohr blutend. Er rührte sich nicht. Der Leutnant sah auf seine Uhr. Den Schläger noch immer umklammert, starrte der junge Soldat mit offenem Mund ins Leere.
Der Leutnant war ein sehr penibler Mensch. Er wartete eine volle Minute ab. Als er sicher war, daß der junge Chinese sich nicht mehr rührte, sagte er zum Tierarzt: »Könnten Sie mir einen Gefallen tun und nachsehen, ob er auch wirklich tot ist?«
Der Tierarzt nickte, ging zu dem jungen Chinesen hinüber, kniete sich hin und nahm ihm die Binde ab. Die Augen des Mannes waren weit aufgerissen, mit nach oben gerollten Pupillen, und aus seinem Ohr floß hellrotes Blut. Hinter seinen halboffenen Zähnen war die Zunge zu sehen, die verknäuelt in der Mundhöhle lag. Durch den Keulenhieb war der Nacken in einem unnatürlichen Winkel abgeknickt. Die Nasenlöcher des Mannes hatten dicke Blutpfropfe ausgestoßen, die jetzt schwarze Flecken auf der trockenen Erde bildeten. Eine besonders wachsame – und große – Fliege hatte sich bereits in ein Nasenloch gebuddelt, um darin Eier abzulegen. Nur um sicher zu gehen, nahm der Tierarzt das Handgelenk des Mannes und suchte nach dem Puls. Es war kein Puls da – mit Sicherheit nicht da, wo er hätte sein sollen. Der junge Soldat hatte diesen kräftigen Mann mit einem einzigen Schlägerhieb – ja mit seinem ersten Schlägerhieb überhaupt – aus dem Leben befördert. Der Tierarzt blickte zum Leutnant hinüber und bedeutete ihm durch ein Nicken, daß der Mann ganz zweifellos tot sei. Nachdem er seinen Auftrag erledigt hatte, wollte er sich gerade wieder langsam aufrichten, als es ihm so vorkam, als habe die Sonne, die auf seinen Rücken brannte, mit einemmal an Intensität gewonnen.
In genau diesem Augenblick setzte sich der junge chinesische Schlagmann mit

der Trikotnummer 4, wie gerade aus dem Schlaf erwacht, ruckartig auf. Zielstrebig und ohne das leiseste Zögern – so schien es jedenfalls den Zuschauenden – packte er den Tierarzt beim Handgelenk. Das Ganze dauerte nur den Bruchteil einer Sekunde. Der Tierarzt konnte es nicht begreifen: Dieser Mann war tot, er war sich völlig sicher. Doch dank eines einzigen, letzten Tropfens Leben, der aus dem Nichts hervorgequollen war, umklammerte der Mann jetzt das Handgelenk des Arztes mit der Kraft einer stählernen Schraubzwinge. Die Augen bis zum äußersten aufgerissen, die Pupillen weiter starr nach oben gerichtet, fiel der Mann vornüber in die Grube und riß den Arzt mit sich in die Tiefe. Der Arzt stürzte auf ihn und hörte im Landen, wie unter seinem Gewicht eine Rippe des Mannes brach. Trotzdem ließ der chinesische Baseballspieler sein Handgelenk nicht los. Die Soldaten sahen alles mit an, waren aber zu verblüfft, um sich auch nur von der Stelle zu rühren. Der Leutnant fand als erster die Geistesgegenwart wieder und sprang in das Loch. Er zog die Pistole aus dem Halfter, setzte dem Chinesen die Mündung an den Kopf und drückte zweimal ab. Es ertönten zwei scharfe, ineinanderfließende Schüsse, und in der Schläfe des Mannes klaffte ein großes schwarzes Loch. Jetzt war alles Leben aus ihm geschwunden, aber noch immer weigerte er sich, das Handgelenk des Arztes loszulassen. Der Leutnant kniete sich hin und machte sich, die Pistole in einer Hand, an die mühselige Aufgabe, die Finger der Leiche einen nach dem anderen aufzustemmen. Der Tierarzt lag in der Grube, umgeben von acht stummen chinesischen Leichen in Baseballtrikots. Da unten im Loch klang das Kreischen der Zikaden ganz anders als über der Erde.
Als der Tierarzt endlich aus der Klaue des Toten befreit worden war, zogen die Soldaten ihn und den Leutnant aus dem Grab. Der Tierarzt hockte sich ins Gras und atmete mehrmals tief ein und aus. Dann sah er auf sein Handgelenk. Die Finger des Mannes hatten fünf leuchtend rote Male hinterlassen. Mitten an diesem heißen Augustnachmittag spürte der Tierarzt, wie ihm eine eisige Kälte bis ins Innerste kroch. Diese Kälte werde ich nie wieder los, dachte er. Dieser Mann hat wirklich, ernstlich versucht, mich – wohin auch immer – mitzunehmen.
Der Leutnant sicherte die Pistole wieder und steckte sie sorgfältig in das Halfter zurück. Das war das erste Mal überhaupt gewesen, daß er auf einen Menschen geschossen hatte. Aber er versuchte, nicht daran zu denken. Der Krieg würde wenigstens noch ein Weilchen dauern, und es würden weiter Menschen sterben. Grübeleien konnte er sich für später aufsparen. Er wischte sich die verschwitzte

rechte Handfläche an der Hose ab und befahl dann den Soldaten, die nicht an der Exekution beteiligt gewesen waren, die Grube zuzuschaufeln. Ein riesiger Schwarm Fliegen hatte den Leichenhaufen bereits in Besitz genommen.

Den Schläger fest umklammert, stand der junge Soldat noch immer wie vom Donner gerührt da. Er schaffte es einfach nicht, die Hände zu öffnen. Der Leutnant und der Korporal ließen ihn in Ruhe. Er hatte den Eindruck erweckt, als habe er das ganze bizarre Schauspiel mit angesehen – den »toten« Chinesen, der plötzlich den Tierarzt beim Handgelenk gepackt hatte, die beiden, die ins Grab gefallen waren, den Leutnant, der hineingesprungen und dem Chinesen den Fangschuß gegeben hatte, und jetzt die anderen Soldaten, die die Grube zuschütteten. Aber tatsächlich hatte er nichts davon mitbekommen. Er hatte dem Aufziehvogel gelauscht. Wie am vorigen Nachmittag saß der Vogel irgendwo in der Krone eines Baumes und machte dieses *schnaarrr, schnaarrr*, als ziehe er eine Feder auf. Der Soldat sah nach oben und versuchte zu lokalisieren, woher die Schreie kamen, aber von dem Vogel war nichts zu sehen. Er verspürte eine gewisse Übelkeit in der Kehle, aber längst nicht so schlimm wie gestern.

Während er dem Aufziehen der Feder lauschte, sah der junge Soldat vor sich Fragmente eines Bildes nach dem anderen aufleuchten und wieder verblassen. Nach der Entwaffnung durch die Sowjets würde der junge Zahlmeister-Leutnant den Chinesen übergeben und für seine Verantwortung an diesen Hinrichtungen aufgehängt werden. Der Korporal würde in einem sibirischen Konzentrationslager an der Pest sterben: Man würde ihn in eine Quarantänebaracke werfen und da einfach sterben lassen, obwohl er in Wirklichkeit lediglich aus Unterernährung zusammengebrochen war und sich keineswegs die Pest zugezogen hatte – jedenfalls nicht, bevor er in diese Baracke kam. Der Tierarzt mit dem Mal im Gesicht würde binnen Jahresfrist bei einem Unfall ums Leben kommen. Obwohl Zivilist, würde er von den Sowjets wegen Kollaboration mit dem Militär zur Zwangsarbeit in ein anderes sibirisches Lager geschickt werden. Er würde in einem sibirischen Kohlenbergwerk in einem tiefen Schacht arbeiten und dort, von einem plötzlichen Wassereinbruch überrascht, zusammen mit vielen Soldaten ertrinken. *Und ich ...*, dachte der junge Soldat, den Schläger in den Händen, aber seine eigene Zukunft konnte er nicht sehen. Er konnte nicht einmal sehen, was sich vor seinen eigenen Augen ereignete. Jetzt schloß er die Augen und lauschte dem Ruf des Aufziehvogels.

Ganz unvermittelt dachte er dann an den Ozean – den Ozean, den er vom Deck des Schiffes aus gesehen hatte, auf welchem er von Japan in die Mandschurei gekommen war. Bis dahin hatte er den Ozean noch nie gesehen, und auch danach nie wieder. Das war vor acht Jahren gewesen. Er konnte sich noch immer an den salzigen Geruch der Luft erinnern. Der Ozean war eines der grandiosesten Dinge, die er in seinem Leben gesehen hatte – größer und tiefer, als er es sich je vorgestellt hatte. Je nach Zeit und Ort und Witterung wechselte der Ozean seine Farbe, Gestalt und Stimmung. Er erweckte eine tiefe Traurigkeit im Herzen des Jungen, und zugleich schenkte er seinem Herzen Trost und Frieden. Würde er ihn je wiedersehen? Er lockerte seinen Griff und ließ den Schläger fallen. Der Schläger prallte mit einem trockenen Geräusch auf dem Boden auf. Nachdem der Schläger seinen Händen entglitten war, nahm seine Übelkeit ein wenig zu.

Der Aufziehvogel schrie immer weiter, aber niemand außer ihm konnte den Ruf hören.

Hier endete die »Die Aufziehvogel-Chronik Nr. 8«.

27

ZIMTS MISSING LINKS

Hier endete die »Die Aufziehvogel-Chronik Nr. 8«.

Ich schloß das Dokument, kehrte zum übergeordneten Menü zurück und klickte »Die Aufziehvogel-Chronik Nr. 9« an. Ich wollte die Fortsetzung der Geschichte lesen. Aber statt eines neuen Dokuments erschien auf dem Bildschirm die Meldung:

```
Zugriff verweigert. »Die Aufziehvogel-Chronik Nr. 9«
unterliegt Kode R24.
Wählen Sie ein anderes Dokument.
Ich wählte Nummer 10, aber mit dem gleichen Ergebnis.
Zugriff verweigert. »Die Aufziehvogel-Chronik Nr. 10«
unterliegt Kode R24.
```

Wählen Sie ein anderes Dokument.
Das gleiche passierte mit Nr. 11 – und mit allen übrigen Dokumenten, einschließlich Nr. 8. Ich hatte keine Ahnung, was dieser »Kode R24« war, aber offensichtlich blockierte er jetzt den Zugriff auf alles. In dem Augenblick, als ich »Die Aufziehvogel-Chronik Nr. 8« geöffnet hatte, hätte ich wahrscheinlich genausogut jedes andere Dokument aufrufen können, aber sobald Nr. 8 geöffnet und wieder geschlossen worden war, waren sämtliche Türen versperrt. Vielleicht gestattete dieses Programm nicht, auf mehr als ein Dokument pro Sitzung zuzugreifen.
Ich saß vor dem Computer und fragte mich, was ich als nächstes tun sollte. Aber es gab nichts, was ich als nächstes hätte tun können. Dies war eine exakt geordnete Welt, die in Zimts Kopf entworfen worden war und nach den von ihm aufgestellten Gesetzen funktionierte. Ich kannte die Spielregeln nicht. Also gab ich jeden weiteren Versuch auf und schaltete den Computer aus.

Zweifellos war »Die Aufziehvogel-Chronik Nr. 8« eine Geschichte, die Zimt geschrieben hatte. Unter dem Titel »Die Aufziehvogel-Chronik« hatte er sechzehn Geschichten in den Computer eingegeben, und zufällig hatte ich Nr. 8 ausgewählt und gelesen. Nach der Länge dieser einen zu urteilen hätten sechzehn solche Geschichten im Druck ein ziemlich dickes Buch ergeben.
Was konnte die Bezeichnung »Nr. 8« bedeuten? Das Wort »Chronik« im Titel besagte wahrscheinlich, daß die Geschichten chronologisch zusammenhingen, so daß Nr. 8 auf Nr. 7 folgte, Nr. 9 auf Nr. 8, und so weiter. Das war eine plausible Annahme, aber sie mußte nicht zutreffen. Die Geschichten konnten ebensogut in einer anderen Reihenfolge angeordnet sein; sie konnten sogar rückwärts verlaufen, von der Gegenwart in die Vergangenheit. Nach einer noch kühneren Hypothese konnte es sich auch um sechzehn verschiedene, parallel erzählte Versionen ein und derselben Geschichte handeln. Auf alle Fälle war diejenige, die ich ausgewählt hatte, die Fortsetzung der Geschichte, die ich von Zimts Mutter, Muskat, her kannte: die Geschichte von den Soldaten, die im August 1945 Tiere des Zoos von Hsin-ching getötet hatten. Sie spielte im selben Zoo, am darauffolgenden Tag, und wieder war die Hauptperson Muskats Vater, Zimts Großvater, der namenlose Tierarzt.
Ich hatte keine Möglichkeit festzustellen, wieviel von der Geschichte der Wahrheit entsprach. War sie ganz Zimts Erfindung, oder beruhten einzelne Passagen

auf tatsächlichen Ereignissen? Muskat hatte mir gesagt, »kein Mensch« wisse, was mit ihrem Vater geschehen sei, nachdem sie ihn zuletzt gesehen habe. Das hieß, daß die Geschichte nicht vollständig wahr sein konnte. Gleichwohl war denkbar, daß gewisse Einzelheiten auf historischen Tatsachen beruhten. Es war möglich, daß in den Wirren der allerletzten Kriegstage eine Reihe von Kadetten der Offiziersanwärterschule der Armee von Mandschukuo auf dem Gelände des Zoos von Hsin-ching exekutiert und begraben worden waren und daß die Sowjets den für die Operation verantwortlichen japanischen Offizier nach dem Krieg hingerichtet hatten. Fälle von Fahnenflucht und Rebellion waren in der Armee von Mandschukuo zu jener Zeit durchaus keine Seltenheit gewesen; und auch wenn die Vorstellung, die ermordeten chinesischen Kadetten hätten Baseballkleidung getragen, recht merkwürdig war, konnte auch das der Fall gewesen sein. Wenn Zimt diese Fakten kannte, konnte er sie mit dem Bild, das er von seinem Großvater hatte, verknüpft und *seine eigene* Geschichte erfunden haben.
Aber warum hatte Zimt diese Geschichten geschrieben? Und warum *Geschichten*? Warum hatte er nicht eine andere Darstellungsform gewählt? Und warum hatte er es für nötig befunden, im Titel das Wort »Chronik« zu verwenden? Ich saß im Anproberaum auf dem Sofa und dachte über diese Dinge nach, während ich einen Buntstift zwischen den Fingern zwirbelte.
Um Antworten auf meine Fragen zu finden, hätte ich wahrscheinlich alle sechzehn Geschichten lesen müssen, aber bereits nach dem ersten Lesen von Nr. 8 hatte ich eine – wenn auch vage – Ahnung, worum es Zimt bei seinem Schreiben ging. Er befand sich auf der Suche nach dem Sinn seines Daseins. Und er hoffte, ihn zu finden, indem er die Ereignisse erkundete, die seiner Geburt vorausgegangen waren.
Hierzu mußte er die weißen Flecken in der Vergangenheit, an die er mit eigenen Händen nicht herankam, irgendwie auffüllen. Indem er mit Hilfe ebendieser Hände eine Geschichte erzählte, versuchte er, die fehlenden Bindeglieder zu schaffen. Aus den Geschichten, die er von seiner Mutter unzählige Male gehört hatte, leitete er weitere Geschichten ab, mit denen er versuchte, die rätselhafte Gestalt seines Großvaters vor einem neuen Hintergrund wiederaufleben zu lassen. Aus den Erzählungen seiner Mutter hatte er den Leitgedanken übernommen, dem er in seinen eigenen Geschichten unverändert folgte: die Annahme nämlich, *daß das Reale nicht unbedingt wahr und die Wahrheit nicht unbedingt real sein muß*.

Die Frage, welche Elemente einer Geschichte auf Tatsachen beruhten und welche nicht, war für Zimt wahrscheinlich nicht wesentlich. Wichtig war für Zimt nicht die Frage, was sein Großvater *getan hatte*, sondern was er *hätte getan haben können*. Die Antwort auf diese Frage erfuhr Zimt, sobald es ihm gelang, die jeweilige Geschichte zu erzählen.

Seine Geschichten verwendeten »Aufziehvogel« als Leitmotiv, und sehr wahrscheinlich führten sie die Erzählung in Form einer Chronik (oder vielleicht auch *nicht* in Form einer Chronik) bis in die Gegenwart weiter. Aber der Begriff »Aufziehvogel« war nicht Zimts Schöpfung. Er war ein Ausdruck, den seine Mutter, Muskat, unbewußt gebraucht hatte, als sie mir in dem Restaurant in Aoyama, in dem wir uns immer zum Essen trafen, eine Geschichte erzählt hatte. Damals hatte Muskat mit einiger Sicherheit nicht gewußt, daß man mir den Spitznamen »Mister Aufziehvogel« gegeben hatte. Was bedeutete, daß ich durch irgendeine zufällige Verknüpfung von Umständen mit Muskats und Zimts Geschichte zusammenhing.

Freilich konnte ich mir da nicht sicher sein. Muskat könnte *doch* gewußt haben, daß ich »Aufziehvogel« genannt wurde. Das Wort könnte ihre Geschichte (oder vielmehr *ihrer beider* Geschichte) beeinflußt haben, könnte sich bei ihr eingeschlichen haben, ohne daß ihr dies bewußt wurde. Möglicherweise existierte diese Mutter und Sohn gemeinsam gehörende Geschichte nicht nur in einer einzigen fixierten Fassung, sondern verwandelte und entwickelte sich immer weiter, wie jede mündlich tradierte Geschichte.

Ob nun zufällig hineingeraten oder nicht, der »Aufziehvogel« spielte in Zimts Geschichte eine wichtige Rolle. Der Ruf dieses Vogels war nur für bestimmte, besondere Menschen vernehmbar, und sie wurden durch ihn unvermeidlich ins Verderben geführt. Dann aber bedeutete der menschliche Wille nichts, gerade so, wie es der Tierarzt offenbar stets empfunden hatte. Die Menschen waren nichts als mechanische Puppen mit einem Uhrwerk im Rücken, die auf einen Tisch gestellt wurden und sich auf vorgeschriebene Weise in vorgeschriebenen Bahnen bewegten, ohne daran etwas ändern zu können. Fast alle, die sich in Hörweite des Aufziehvogelrufs befanden, waren zum Scheitern verurteilt, verloren. Die meisten von ihnen stürzten über die Tischkante und starben.

Sehr wahrscheinlich hatte Zimt mein Gespräch mit Kumiko »abgehört«. Vermutlich entging ihm nichts von dem, was sich in seinem Computer tat. Er hatte wahrscheinlich abgewartet, bis ich fertig war, und mir dann die Geschichte aus der »Aufziehvogel-Chronik« vorgesetzt. Das war weder zufällig noch aus einer Laune heraus geschehen. Zimt hatte den Rechner mit einer ganz bestimmten Absicht gesteuert und hatte mir *eine* Geschichte gezeigt. Er hatte mir außerdem die Information zugespielt, daß es möglicherweise ein ganzes Netz von Geschichten gab. Ich streckte mich auf dem Sofa aus und starrte im Halbdunkel zur Decke des Anproberaums. Die Nacht war tief und drückend, die Umgebung quälend still. Die weiße Decke sah wie eine dicke Eiskappe aus, die man dem Zimmer aufgesetzt hatte.

Zimts Großvater, der namenlose Tierarzt, und ich hatten eine Reihe ungewöhnlicher Dinge gemeinsam – ein Mal im Gesicht, einen Baseballschläger, den Schrei des Aufziehvogels. Und dann war da noch der Leutnant, der in Zimts Geschichte vorkam: Er erinnerte mich an Leutnant Mamiya. Leutnant Mamiya war zu jener Zeit ebenfalls im Hauptquartier der Kwantung-Armee in Hsin-ching stationiert gewesen. Der wirkliche Leutnant Mamiya hatte allerdings nicht in der Zahlmeisterei gearbeitet, sondern im Vermessungskorps gedient, und nach dem Krieg war er auch nicht gehängt worden (das Schicksal hatte ihm den Tod versagt), sondern war nach Japan zurückgekehrt, nachdem er im Gefecht die linke Hand verloren hatte. Trotzdem wurde ich das Gefühl nicht los, daß der Offizier, der die Hinrichtung der chinesischen Kadetten geleitet hatte, Leutnant Mamiya gewesen war. Zumindest hätte es mich nicht im geringsten gewundert, wenn er es gewesen *wäre*.

Dann war da noch das Problem mit den Baseballschlägern. Zimt wußte, daß ich auf dem Grund des Brunnens einen Schläger hatte. Daraus folgte, daß sich das Bild des Schlägers auf dieselbe Weise in seine Geschichte eingeschlichen haben konnte wie der Begriff »Aufziehvogel«. Doch selbst wenn es so war, blieb da noch ein Aspekt des Schlägermotivs, der sich nicht so einfach erklären ließ: der Mann mit dem Gitarrenkasten, der mich im Flur des verlassenen Mietshauses mit dem Schläger angegriffen hatte. Jener Mann, der in einer Bar in Sapporo vorgeführt hatte, wie er sich über einer Kerzenflamme die Handfläche verbrannte, und der mich später mit dem Schläger geschlagen hatte, nur damit ich anschließend *ihn* damit schlüge. Er hatte mir den Schläger *ausgeliefert*.

Und schließlich, warum war mir ein Mal von derselben Farbe und Form ins Gesicht gebrannt worden, wie Zimts Großvater eines gehabt hatte? Kam auch das nur darum in ihrer Geschichte vor, weil sich meine Anwesenheit in sie »eingeschlichen« hatte? Hatte der wirkliche Tierarzt denn überhaupt ein Mal im Gesicht getragen? Aber Muskat hatte es doch gewiß nicht nötig, ein solches Detail zu erfinden, als sie mir ihren Vater beschrieb. Was es ihr ermöglicht hatte, mich auf den Straßen von Shinjuku zu »finden«, war ja gerade dieses Mal gewesen, das ihr Vater und ich gemeinsam hatten. Alles hing miteinander zusammen, jedoch auf so komplizierte Weise wie ein dreidimensionales Puzzle – ein Puzzle, in dem die Wahrheit nicht unbedingt real sein mußte und das Reale nicht unbedingt wahr.

Ich stand vom Sofa auf und ging wieder in Zimts kleines Arbeitszimmer. Dort setzte ich mich an den Computer, stützte die Ellenbogen auf die Schreibtischplatte und starrte auf den Bildschirm. *Zimt war wahrscheinlich da drinnen.* Da drinnen lebten und atmeten seine lautlosen Worte in Form von Geschichten. Sie konnten denken und suchen, wachsen und Wärme abgeben. Aber der Bildschirm vor mir blieb so tief tot wie der Mond und verbarg Zimts Worte in einem Dschungellabyrinth. Weder der Bildschirm des Monitors noch, hinter diesem, Zimt selbst versuchten, mir mehr zu sagen, als mir bereits gesagt worden war.

28
AUF HÄUSER IST EINFACH KEIN VERLASS
(MAY KASAHARAS STANDPUNKT: 5)

Wie geht's, Mister Aufziehvogel?
In meinem letzten Brief hab ich am Schluß geschrieben, ich hätte Ihnen so ziemlich alles gesagt, was ich Ihnen sagen wollte – ganz so, als wär's das nun gewesen. Wissen Sie noch? Anschließend hab ich allerdings noch ein bißchen nachgedacht und ich fand allmählich, ich sollte doch noch ein bißchen mehr schreiben. Und so krabble ich hier mitten in der Nacht rum wie eine Kakerlake, setz mich an meinen Schreibtisch und schreib Ihnen wieder.

Ich weiß nicht warum, aber neuerdings denke ich ziemlich viel über die Miyawakis nach – die armen Miyawakis, die früher in diesem verlassenen Haus wohnten, bis ihnen dann die Schuldeneintreiber auf die Pelle rückten und sie alle auf und davon sind und sich umgebracht haben. Ich bin ziemlich sicher, ich hab irgendwo was davon gelesen, daß nur die älteste Tochter überlebt hat und jetzt keiner weiß, wo sie ist ... Ob ich am Arbeiten bin oder in der Kantine oder in meinem Zimmer und hör mir Musik an und lese ein Buch, schwupp, kommt mir das Bild dieser Familie in den Kopf. Nicht, daß es mich verfolgen würde oder sonstwas, aber sobald sich eine Öffnung auftut (und mein Kopf hat jede Menge Öffnungen!), schleicht es sich rein und bleibt da ein Weilchen, so wie Rauch von einem Lagerfeuer durchs Fenster reinwehen kann. Seit einer Woche oder so passiert mir das andauernd.

Ich hab seit meiner Geburt in unserem Haus an der Gasse gewohnt und bin mit dem Haus der Miyawakis vor der Nase aufgewachsen. Mein Fenster sieht genau darauf. Als ich in die Schule kam, hab ich ein eigenes Zimmer bekommen. Da hatten die Miyawakis schon ihr neues Haus gebaut und wohnten darin. Ich konnte immer den einen oder anderen von ihnen im Haus oder im Garten sehen –, an schönen Tagen tonnenweise Wäsche am Trocknen, die zwei Mädchen, die lauthals nach ihrem großen schwarzen deutschen Schäferhund riefen (wie hieß der noch mal?). Und wenn die Sonne unterging, gingen im Haus die Lichter an, so daß es richtig warm und gemütlich aussah, und später gingen die Lichter eins nach dem anderen aus. Das ältere Mädchen bekam Klavierunterricht, das jüngere spielte Violine (das ältere war älter als ich, das jüngere jünger). An Geburtstagen und Weihnachten veranstalteten sie Parties und so, und ein Haufen Freunde kamen, und es war lustig da und immer was los. Wer das Haus erst gesehen hat, als es schon eine leere Ruine war, kann sich gar nicht vorstellen, wie es früher einmal war.

An den Wochenenden habe ich immer Herrn Miyawaki gesehen, wie er Bäume stutzte und so – es machte ihm anscheinend Spaß, alle möglichen Arbeiten selbst zu erledigen, Dinge, die Zeit kosten, wie die Regenrinnen säubern oder mit dem Hund Gassi gehen oder das Auto auf Hochglanz bringen. Ich werd nie kapieren, wieso manche Leute Spaß an solchen Sachen haben, die sind doch so was von ätzend, aber die Leute sind wohl verschieden, und ich schätze, in jeder Familie sollte es wenigstens einen von der Sorte geben. Alle in der Familie liefen Ski, und so haben sie jeden Winter ihre Skier aufs Dach dieses Luxusschlittens geschnallt und sind losgefahren und machten alle Gesichter, als stünde ihnen ein wahnsinniges Vergnügen bevor (ich persönlich kann Skilaufen auf den Tod nicht ab, aber egal).

Wahrscheinlich klingt das jetzt so richtig nach einer typischen, normalen, glücklichen Familie, aber ganz genau das waren sie: eine typische, normale, glückliche Familie. Es war überhaupt nichts an ihnen, wo man hätte die Augenbrauen heben müssen und sagen: »Ja ja, schön und gut, aber was ist zum Beispiel damit?«
Die Leute in der Nachbarschaft flüsterten immer untereinander: »Also ich würde in so einem verhexten Haus nicht für Geld wohnen wollen«, aber die Miyawakis führten dort ein so friedliches Leben. Das hätte ein gerahmtes Bild sein können, ohne ein Staubkörnchen drauf. Sie waren genau die Leute, die in Kitschromanen am Ende »glücklich lebten immerdar«. Zumindest schienen sie zehnmal so glücklich immerdar zu leben wie meine Familie. Und die zwei Mädchen kamen mir immer richtig nett vor, wenn ich sie draußen getroffen habe. Ich hab mir oft gewünscht, ich hätte solche Schwestern wie sie. Die ganze Familie schien ständig am Lachen zu sein – Hund eingeschlossen.
Ich hätte mir nie vorstellen können, daß so was möglich sein würde, daß man eines Tages blinzelt, und alles ist vorbei. Aber ganz genau so war's. Eines Tages ist mir aufgefallen, daß die ganze Familie – und der deutsche Schäferhund mit – verschwunden war, als hätte sie ein Windstoß gerade eben fortgeweht und hätte nur das Haus stehenlassen. Eine Zeitlang – vielleicht eine Woche lang – merkte keiner in der Nachbarschaft was davon, daß die Miyawakis verschwunden waren. Anfangs kam es mir schon komisch vor, daß abends die Lichter nicht mehr angingen, aber ich hab mir gedacht, daß sie eben wieder mal irgendwohin gefahren sein mußten. Dann hat meine Mutter gehört, wie irgendwelche Leute sagten, die Miyawakis schienen »flüchtig zu sein«. Ich weiß noch, wie ich sie gefragt habe, was das hieß. Heutzutage sagen wir dazu wohl einfach »abgehauen«. Aber wie man's auch nennen will: Kaum waren die Leute, die bis dahin da gewohnt hatten, verschwunden, hat das Haus ein total anderes Gesicht bekommen. Es war fast unheimlich. Ich hatte noch nie vorher ein leerstehendes Haus gesehen, und so wußte ich auch nicht, wie ein gewöhnliches leerstehendes Haus aussieht, aber ich hatte mir wohl vorgestellt, daß es ein irgendwie trauriges, erledigtes Aussehen haben würde, wie ein verlassener Hund oder die abgeworfene Haut einer Zikade. Aber das Haus der Miyawakis war kein bißchen so. Es sah nicht im mindesten »erledigt« aus. In dem Moment, wo die Miyawakis raus sind, hat es diese Unschuldsengelmiene gekriegt, so à la: »Miyawaki? Nie gehört.« Wenigstens fand ich, daß es so aussah. Wie ein dummer, undankbarer Köter. Kaum waren sie weg, hat es sich in dieses total selbstgenügsame, leerstehende Haus verwandelt, das nicht das allergeringste mehr mit dem glücklichen Leben der Familie Miyawaki am Hut hatte. Das hat mich richtig wütend gemacht! Ich meine,

das Haus muß doch genau so glücklich wie der Rest der Familie gewesen sein, solange die Miyawakis da wohnten. Es hat sich bestimmt gefreut, so hübsch geputzt und gepflegt zu werden, und überhaupt hätte es gar nicht erst existiert, wenn Herr Miyawaki nicht so nett gewesen wäre, es zu bauen. Finden Sie nicht auch? Auf Häuser ist einfach kein Verlaß.

Wie das Haus später aussah, wissen Sie so gut wie ich, Mister Aufziehvogel. Verlassen, mit niemand, der drin wohnte, und von oben bis unten voller Vogelkacke und alles. Jahrelang war das das einzige, was ich durch mein Fenster zu sehen bekam, wenn ich an meinem Schreibtisch saß und lernte – oder so tat, als würd ich lernen. Ob die Sonne schien, ob es regnete oder schneite oder ein Taifun durchfegte: jeden Tag war's da, direkt vor meinem Fenster, und so konnte ich's gar nicht vermeiden, es jedesmal zu sehen, wenn ich rausschaute. Und so komisch das auch klingt: wie die Jahre vergingen, versuchte ich immer weniger, es zu übersehen. Ich konnte (und tat's auch!) ganze Stunden am Stück mit dem Ellbogen auf meinem Schreibtisch dasitzen und nichts anderes tun, als dieses leerstehende Haus anschauen. Ich weiß nicht – vor gar nicht so langer Zeit war da immer ein Lachen gewesen, und blütenweiße Wäschestücke hatten im Wind geflattert wie in einem Werbespot für Waschpulver (ich würde nicht grad sagen, daß Frau Miyawaki »abnorm« war oder so, aber sie hat gern Wäsche gewaschen – weit lieber als die meisten normalen Leute). Das alles war mit einem Schlag verschwunden, der Garten war voller Unkraut, und es war niemand mehr da, der sich an die glücklichen Tage der Familie Miyawaki erinnert hätte. Ich fand das sooo merkwürdig!

Damit Sie mich richtig verstehen: nicht, daß ich mit den Miyawakis besonders dick befreundet gewesen wäre. Genaugenommen habe ich kaum je ein Wort mit einem von ihnen gewechselt, außer »Tag« auf der Straße. Aber weil ich jeden Tag so viel Zeit damit verbracht und so viel Energie darin investiert hatte, sie von meinem Fenster aus zu beobachten, hatte ich das Gefühl, als wäre die ganze Fröhlichkeit und das Glück der Familie zu einem Teil von mir geworden. Sie kennen das doch, wenn in der Ecke eines Familienfotos jemand zu sehen ist – gerade eben –, der da überhaupt nichts zu suchen hat. Und so hab ich manchmal so das Gefühl, als ob ein Teil von mir zusammen mit den Miyawakis »flüchtig« wäre und einfach verschwunden. Ist wohl ganz schön verrückt, was, das Gefühl zu haben, ein Teil von einem wär weg, weil er zusammen mit Leuten »geflohen« ist, die man kaum kennt?

Da ich schon mal angefangen habe, Ihnen eine verrückte Sache zu erzählen, kann ich Ihnen genausogut eine andere sagen. Also, die ist jetzt aber wirklich verrückt!
Neuerdings habe ich manchmal das Gefühl, daß ich mich in Kumiko verwandelt habe. Ich bin in Wirklichkeit Missis Aufziehvogel, und ich bin Ihnen aus irgendeinem Grund weggelaufen, halte mich hier in den Bergen versteckt und arbeite in einer Perückenfabrik. Aus allen möglichen komplizierten Gründen bin ich gezwungen, zur Tarnung den Namen »May Kasahara« zu benutzen und diese Maske zu tragen und so zu tun, als wäre ich nicht Kumiko. Und Sie sitzen einfach so da auf dieser traurigen kleinen Veranda, die Sie haben, und warten darauf, daß ich zurückkomme. Ich weiß auch nicht – ich hab wirklich dieses Gefühl.
Sagen Sie mal, Mister Aufziehvogel, werden Sie je von solchen Wahnvorstellungen verfolgt? Nicht, um mich interessant zu machen oder so, aber ich schon. Andauernd. Manchmal, wenn sie richtig schlimm sind, verbringe ich den ganzen Arbeitstag eingehüllt in eine Wolke des Wahns. Natürlich brauche ich nur diese einfachen Handbewegungen zu tun, deswegen behindert es mich nicht bei der Arbeit, aber die anderen Mädchen gucken mich manchmal ganz komisch an. Oder vielleicht rede ich laut mit mir selbst und sag irgendwelche verrückten Sachen. Das ist mir furchtbar unangenehm, aber es nützt nichts, wenn ich versuche, dagegen anzukämpfen. Wenn eine Wahnvorstellung kommen will, dann kommt sie, wie die Periode. Und man kann sie nicht einfach an der Haustür abfangen und sagen: »Tut mir leid, ich hab heut zu tun, versuch's später noch mal.« Wie auch immer, ich hoffe, es stört Sie nicht, Mister Aufziehvogel, daß ich manchmal so tue, als wär ich Kumiko. Ich tu's nicht mit Absicht.

So langsam werd ich richtig, richtig, richtig müde. Ich werd jetzt drei, vier Stunden schlafen – ich meine, wie ein Stein –, dann aufstehen und von Morgen bis Abend hart arbeiten. Ich werde zusammen mit den anderen Mädchen ein ordentliches Tagespensum schaffen und mich dabei mit irgendeiner harmlosen Musik berieseln lassen. Machen Sie sich bitte keine Sorgen um mich. Ich krieg immer noch alles mögliche gut hin, selbst wenn ich gerade mitten in einer Wahnvorstellung stecke. Und auf meine Weise sage ich kleine Gebete für Sie und hoffe, daß für Sie alles gut ausgeht, daß Kumiko zurückkommt und Sie wieder Ihr ruhiges, glückliches Leben führen können.
Ade.

DIE GEBURT EINES LEERSTEHENDEN HAUSES

Am nächsten Morgen wurde es neun, dann zehn, ohne daß Zimt aufgetaucht wäre. Noch nie war etwas Derartiges passiert. Seitdem ich hier zu »arbeiten« begonnen hatte, war er noch nie nur einen Tag ausgeblieben. Jeden Morgen Punkt neun schwang das Tor auf, und der funkelnde Mercedes-Stern erschien. Dieser gleichzeitig nüchterne und theatralische Auftritt von Zimt markierte für mich stets eindeutig den Beginn eines neuen Tages. Ich hatte mich an diese feste tägliche Routine gewöhnt, so wie die Menschen sich an die Schwerkraft oder den atmosphärischen Druck gewöhnen. Zimts pedantische Pünktlichkeit war von einer gewissen Wärme, etwas daran ging über das mechanisch Voraussagbare hinaus und wirkte tröstlich und ermutigend auf mich. Und darum glich ein Morgen ohne Zimts Erscheinen einem gut ausgeführten Landschaftsbild, dem jede Perspektive fehlte.

Ich gab es auf, auf ihn zu warten, verließ das Fenster und schälte mir als Ersatz für ein Frühstück einen Apfel. Dann sah ich in Zimts Arbeitszimmer nach, ob es vielleicht eine Computer-Nachricht gab, aber der Bildschirm war so tot wie immer. Nun blieb mir nichts anderes übrig, als Zimts Beispiel zu folgen und bei Barockmusik Wäsche zu waschen, Staub zu saugen und Fenster zu putzen. Um die Zeit totzuschlagen, tat ich jeden einzelnen Handgriff bewußt langsam und bedächtig und ging sogar so weit, in der Küche die Blätter des Abzugsventilators sauber zu wischen, aber die Zeit wollte und wollte dennoch nicht vergehen.

Um elf hatte ich nichts mehr zu tun, also legte ich mich im Anproberaum aufs Sofa und gab mich dem trägen Fluß der Zeit hin. Ich versuchte, mir einzureden, Zimt sei durch irgendeinen kleinen Zwischenfall aufgehalten worden. Vielleicht hatte er eine Autopanne oder war in einen besonders zähen Stau geraten. Aber ich wußte, daß das nicht stimmen konnte. Ich hätte mein letztes Hemd darauf verwettet. Zimts Auto würde niemals eine Panne haben, und er kalkulierte mögliche Staus immer ein. Außerdem hatte er ein Autotelefon, mit dem er mich in einem unvorhergesehenen Notfall hätte anrufen können. Nein, Zimt war nicht hier, weil er *beschlossen* hatte, nicht zu kommen.

Kurz vor eins versuchte ich, in Muskats Atelier in Akasaka anzurufen, aber niemand nahm ab. Ich versuchte es noch einmal und noch einmal, aber immer mit demselben Ergebnis. Dann probierte ich es in Ushikawas Büro, aber da hörte ich lediglich die automatische Ansage: »Dieser Anschluß ist zur Zeit nicht erreichbar.« Das war merkwürdig. Ich hatte ihn erst vor zwei Tagen unter dieser Nummer angerufen. Ich gab es auf, ging in den Anproberaum zurück und legte mich wieder aufs Sofa. Auf einmal sah es so aus, als habe alles sich in den letzten zwei Tagen verschworen, den Kontakt zu mir zu kappen.

Ich stellte mich wieder ans Fenster und spähte durch die Gardinen. Zwei unternehmungslustig dreinschauende kleine Wintervögel waren in den Garten gekommen und guckten jetzt von einem Zweig aus großäugig in die Gegend. Dann schien sie plötzlich alles da zu langweilen, und sie flogen davon. Sonst rührte sich weit und breit nichts. Die Zentrale fühlte sich an wie ein seit neustem leerstehendes Haus.

Fünf Tage lang ging ich nicht wieder hin. Aus irgendeinem Grund hatte ich offenbar jeden Antrieb verloren, in den Brunnen zu steigen. Bald würde ich den Brunnen auch noch verlieren. Ohne Klientinnen konnte ich die Zentrale noch höchstens zwei Monate halten, da hätte ich den Brunnen also eigentlich nach Kräften ausnutzen sollen, solange er noch mir gehörte. Aber ich fühlte mich wie gelähmt. Der ganze Ort kam mir mit einemmal falsch und unnatürlich vor.

Ziellos streifte ich umher, ohne zur Zentrale zu gehen. Nachmittags fuhr ich nach Shinjuku, setzte mich auf meine gewohnte Bank auf dem Platz westlich des Bahnhofs und schlug irgendwie die Zeit tot, aber Muskat ließ sich nicht blicken. Einmal fuhr ich zu ihrem Atelier in Akasaka, klingelte am Aufzug und starrte in die Überwachungskamera, aber nichts rührte sich. Ich war bereit aufzugeben. Muskat und Zimt hatten offensichtlich beschlossen, jede Verbindung zu mir abzubrechen. Dieses seltsame Mutter-Sohn-Gespann hatte das sinkende Schiff verlassen und sicherere Gefilde aufgesucht. Der heftige Kummer, den mir diese Einsicht bereitete, überraschte mich. Ich fühlte mich wie von meiner eigene Familie im Stich gelassen.

30
MALTA KANOS SCHWANZ
BORIS DER MENSCHENSCHINDER

In meinem Traum (aber ich wußte nicht, daß es ein Traum war) saß ich Malta Kano an einem Tisch gegenüber und trank Tee. Der rechteckige Raum war so lang und so breit, daß man nicht von einem Ende zum anderen sehen konnte, und in ihm standen, in vollkommen geraden Reihen angeordnet, fünfhundert oder mehr quadratische Tische. Wir saßen als einzige an einem der Tische in der Mitte. Unter der Decke (sie war so hoch wie die eines buddhistischen Tempels) verliefen unzählige schwere Querbalken, und von diesen hingen, wie Blumenampeln, dicht an dicht, Gegenstände herab, die wie Toupets aussahen. Bei genauerem Hinsehen erkannte ich, daß es echte menschliche Kopfhäute waren; ich konnte es an dem schwarzen Blut an ihren Unterseiten erkennen. Es waren frisch abgenommene Skalps, die man zum Trocknen an den Deckenbalken aufgehängt hatte. Ich befürchtete, das noch frische Blut könnte in unseren Tee tropfen. Überall um uns herum tröpfelte es wie blutige Regentropfen herab, und das Geräusch hallte in dem höhlenartigen Saal. Nur die Skalps direkt über unserem Tisch schienen schon so weit getrocknet zu sein, daß von ihnen kein Blut mehr tropfte.
Der Tee war siedend heiß. Auf unseren Untertassen lagen neben den Teelöffeln je drei grellgrüne Zuckerwürfel. Malta Kano ließ zwei davon in ihren Tee fallen und rührte um, aber die Würfel wollten sich nicht auflösen. Ein Hund tauchte aus dem Nichts auf und setzte sich neben unseren Tisch. Er hatte das Gesicht von Ushikawa. Es war ein großer Hund, mit einem gedrungenen, schwarzen Körper, aber vom Hals aufwärts war er Ushikawa, nur daß das zottige schwarze Fell auch auf Gesicht und Kopf wuchs. »Na, wenn das nicht Herr Okada ist«, sagte der hundegestaltige Ushikawa. »Und sehen Sie sich das nur an: Haare wie ein junger Gott. Sie sind in dem Augenblick gesprossen, wo ich mich in einen Hund verwandelt habe. Unglaublich. Ich hab jetzt viel größere Eier als vorher, und meine ständigen Magenschmerzen sind weg. Und sehen Sie: Keine Brille! Keine Kleider! Was bin ich glücklich! Ich kann's gar nicht glauben, daß ich nicht schon früher auf die Idee gekommen bin. Wäre ich doch nur schon vor langer Zeit ein Hund geworden! Wie steht's mit Ihnen, Herr Okada? Warum versuchen Sie's nicht auch mal?«

Malta Kano nahm ihren verbleibenden Zuckerwürfel und schleuderte ihn nach dem Hund. Der Würfel schlug in Ushikawas Stirn ein und ließ tintenschwarzes Blut hervorquellen, das über Ushikawas Gesicht herabrann. Ushikawa schien das keine Schmerzen zu bereiten. Noch immer lächelnd hob er wortlos den Schwanz und spazierte von dannen. Es stimmte: Seine Hoden waren aberwitzig groß.

Malta Kano trug einen Trenchcoat. Er war bis oben zugeknöpft, aber der zarte Duft nach nackter Frauenhaus verriet mir, daß sie darunter nichts trug. Natürlich hatte sie ihren roten Vinylhut auf. Ich hob meine Tasse und nahm einen Schluck Tee, aber er schmeckte nach gar nichts. Er war heiß, sonst nichts.

»Ich bin so froh, daß Sie kommen konnten«, sagte Malta Kano. Sie klang aufrichtig erleichtert. Jetzt, wo ich sie zum erstenmal seit längerem wieder hörte, kam ihre Stimme mir etwas heiterer vor als früher. »Ich habe tagelang versucht, Sie telefonisch zu erreichen, aber Sie scheinen nie zu Haus gewesen zu sein. Ich machte mir allmählich schon Sorgen, es könnte Ihnen etwas zugestoßen sein. Gott sei Dank ist mit Ihnen alles in Ordnung. Was für eine Erleichterung es war, Ihre Stimme zu hören! Wie dem auch sei, ich muß mich dafür entschuldigen, daß ich so lange nichts von mir habe hören lassen. Ich kann jetzt nicht auf alles eingehen, was mir seither widerfahren ist, besonders nicht am Telefon, drum werde ich nur die wichtigsten Punkte zusammenfassen. Die Hauptsache ist, daß ich die ganze Zeit über auf Reisen gewesen bin. Ich bin erst vor einer Woche zurückgekommen. Herr Okada? Herr Okada? Können Sie mich hören?«

»Ja, ich kann Sie hören«, sagte ich, und erst da wurde mir bewußt, daß ich einen Telefonhörer ans Ohr hielt. Auch Malta Kano hatte, auf ihrer Seite des Tisches, einen Hörer in der Hand. Ihre Stimme klang so, als käme sie, über eine schlechte internationale Verbindung, von sehr weit her.

»Ich war die ganze Zeit im Ausland, auf der Mittelmeerinsel Malta. Eines Tages kam mir ganz plötzlich der Gedanke: ›Ach ja! Ich muß nach Malta und zu seinem Wasser zurück! Die Zeit dafür ist gekommen!‹ Das geschah unmittelbar, nachdem ich zum letztenmal mit Ihnen gesprochen habe, Herr Okada. Erinnern Sie sich an das Gespräch? Ich war damals auf der Suche nach Kreta. Wie dem auch sei, ich hatte wirklich nicht vor, so lange im Ausland zu bleiben – ich hatte an etwa zwei Wochen gedacht. Und das ist der Grund, weswegen ich mich nicht mit Ihnen in Verbindung gesetzt habe. Ich habe kaum jemandem Bescheid gesagt, bin einfach ins Flugzeug gestiegen, mit kaum mehr als den Kleidern, die ich am Leib

trug. Dort angekommen, sah ich mich allerdings außerstande, wieder abzureisen. Sind Sie jemals auf Malta gewesen, Herr Okada?«
Ich verneinte. Vor einigen Jahren, erinnerte ich mich, hatte ich mit ebendieser Person nahezu das gleiche Gespräch geführt.
»Herr Okada? Herr Okada?«
»Ja, ich bin noch da«, sagte ich.
Mir war, als gäbe es etwas, was ich Malta Kano erzählen mußte, aber es fiel mir nicht ein. Nachdem ich den Kopf zur Seite gelegt und eine Weile darüber nachgedacht hatte, wußte ich es endlich wieder. Ich nahm den Hörer in die andere Hand und sagte: »Ach ja, da ist etwas, weswegen ich Sie schon lange anrufen wollte. Der Kater ist zurückgekommen.«
Nach vier, fünf Sekunden Schweigen sagte Malta Kano: »Der Kater ist zurückgekommen?«
»Ja. Da uns mehr oder weniger die Katersuche anfangs zusammengeführt hat, fand ich, ich sollte es Ihnen sagen.«
»Wann ist der Kater zurückgekommen?«
»In diesem Frühjahr. Seither ist er bei mir geblieben.«
»Ist Ihnen an seinem Aussehen irgend etwas aufgefallen? Irgendeine Veränderung seit der Zeit vor seinem Verschwinden?«
Veränderung?
»Wenn ich's mir recht überlege, kam es mir im ersten Moment irgendwie so vor, als sei die Form seines Schwanzes ein bißchen anders gewesen«, sagte ich. »Als ich den Kater zur Begrüßung gestreichelt habe, hatte ich den Eindruck, sein Schwanz sei früher etwas stärker gebogen gewesen. Aber ich könnte mich irren. Ich meine, er war fast ein Jahr lang weg.«
»Und Sie sind sicher, daß es derselbe Kater ist?«
»Absolut sicher. Ich habe diesen Kater sehr lange gehabt. Ich würde es merken, wenn es nicht derselbe wäre.«
»Ich verstehe«, sagte Malta Kano. »Nun, es tut mir leid, aber ich muß Ihnen sagen, daß ich den richtigen Schwanz des Katers hier bei mir habe.«
Malta Kano legte den Telefonhörer auf den Tisch, dann stand sie auf und zog ihren Mantel aus. Wie ich vermutet hatte, trug sie darunter nichts. Ihre Brüste und ihr Schamhaar glichen denen Kreta Kanos. Den roten Vinylhut nahm sie nicht ab. Sie drehte sich um und kehrte mir den Rücken zu. Und tatsächlich: über

ihrem Gesäß war ein Katzenschwanz befestigt. Er war, ihrer Körpergröße entsprechend, viel länger und dicker als das Original, aber von gleicher Form wie der Schwanz von Oktopus. Er hatte an der Spitze den gleichen scharfen Knick, nur wirkte dieser hier viel echter als der meines Katers.
»Sehen Sie bitte genau hin«, sagte Malta Kano. »Das ist der echte Schwanz des Katers, der verschwunden war. Derjenige, den der Kater jetzt hat, ist eine Imitation. Er mag auf den ersten Blick genauso aussehen, aber wenn Sie ihn aufmerksam betrachten, werden Sie feststellen, daß er anders ist.«
Ich streckte die Hand nach ihrem Schwanz aus, aber sie wedelte ihn mit einer peitschenden Bewegung aus meiner Reichweite. Dann sprang sie, immer noch nackt, auf einen der Tische. Auf meine ausgestreckte Hand fiel von der Decke ein Tropfen Blut. Er war von dem gleichen intensiven Rot wie Malta Kanos Vinylhut.
»Kreta Kanos Baby heißt Korsika, Herr Okada«, sagte Malta Kano von ihrem Tisch aus und zuckte nervös mit dem Schwanz.
»Korsika?«
»›Kein Mensch ist ein Eiland.‹ *Das* Korsika«, meldete sich der schwarze Hund, Ushikawa, von irgendwoher.
Kreta Kanos Baby?
Ich wachte schweißgebadet auf.

Seit sehr langem hatte ich keinen so langen, plastischen und zusammenhängenden Traum mehr gehabt. Und einen so seltsamen. Nachdem ich aufgewacht war, pochte mein Herz noch eine ganze Weile, fuhr mein Herz fort, laut und vernehmlich zu schlagen. Ich nahm eine heiße Dusche und zog einen frischen Pyjama an. Es war kurz nach ein Uhr nachts, aber ich konnte nicht mehr einschlafen. Um mich zu beruhigen, holte ich aus der hintersten Ecke des Küchenschranks eine alte Flasche Brandy hervor, goß mir ein Glas ein und trank es aus.
Dann ging ich ins Schlafzimmer, um nach Oktopus zu sehen. Der Kater lag zusammengerollt unter der Steppdecke und schlief. Ich streifte die Decke zurück und nahm den Schwanz des Katers prüfend in die Hand. Ich fuhr mit den Fingern daran entlang und versuchte mich zu erinnern, wie weit genau die Spitze abgeknickt gewesen war, bis sich der Kater ärgerlich reckte und dann wieder einschlief. Ich hätte nicht mehr schwören können, daß dies genau derselbe Schwanz war, den der Kater besessen hatte, als er noch Noboru Wataya hieß. Irgendwie kam mir der

Schwanz an Malta Kanos Po weit eher wie der echte Katzenschwanz von Noboru Wataya vor. Ich erinnerte mich noch deutlich an die Form und Farbe, die er im Traum gehabt hatte.

Kreta Kanos Baby heißt Korsika, hatte Malta Kano in meinem Traum gesagt.

Am nächsten Tag entfernte ich mich nicht weit vom Haus. Ich deckte mich im Supermarkt am Bahnhof mit Lebensmitteln ein und richtete mir ein Mittagessen. Dem Kater gab ich ein paar große frische Sardinen. Am Nachmittag ging ich ins Hallenbad. Es waren nicht viele Leute da. Wahrscheinlich waren alle mit Vorbereitungen für das Neujahrsfest beschäftigt. Aus den Deckenlautsprechern schallte Weihnachtsmusik. Ich war geruhsam tausend Meter geschwommen, als ich einen Krampf im Spann bekam und beschloß, es damit genug sein zu lassen. An der Wand über dem Becken hing ein großes Weihnachtsornament.

Zu Hause fand ich zu meiner Überraschung im Briefkasten einen Brief vor – einen dicken. Ich wußte, von wem er kam, auch ohne auf den Absender zu sehen. Der einzige Mensch, der mir mit einer so schönen Handschrift und mit einem altmodischen Schreibpinsel schrieb, war Leutnant Mamiya.

Sein Brief begann mit überschwenglichen Bitten um Entschuldigung dafür, daß er seit seinem letzten Brief so viel Zeit habe verstreichen lassen. Seine Worte waren von so erlesener Höflichkeit, daß ich fast das Gefühl hatte, ich sei derjenige, der sich hätte entschuldigen müssen.

Ich hatte schon seit längerem vor, Ihnen einen weiteren Teil meiner Geschichte zu erzählen, und habe mich monatelang mit dem Gedanken getragen, Ihnen zu schreiben, aber immer wieder kamen Dinge dazwischen, die mich davon abgehalten haben, mich an den Schreibtisch zu setzen und den Stift zur Hand zu nehmen. Nun hat das Jahr, fast noch ehe ich es bemerkte, beinah seinen Kreislauf vollendet. Doch ich werde älter, und ich könnte jeden Tag sterben. Ich kann die Aufgabe nicht unbegrenzt hinausschieben. Dies könnte ein langer Brief werden – nicht zu lang für Sie, wie ich hoffe, Herr Okada. Als ich Ihnen letzten Sommer Herrn Hondas Andenken überbrachte, erzählte ich Ihnen eine lange Geschichte über meine Zeit in der Mongolei, aber tatsächlich gibt es noch mehr zu erzählen – eine »Fortsetzung« sozusagen. Es bestanden für mich mehrere Gründe, bei meinem letztjährigen Besuch diesen Teil auszusparen. Zunächst einmal wäre meine Geschichte, hätte ich diesen Teil vollständig erzählt, viel zu lang geworden.

Sie werden sich vielleicht entsinnen, daß gewisse dringende Geschäfte mich zur Eile zwangen, und die Zeit hätte einfach nicht gereicht, Ihnen alles zu erzählen. Dann aber, und das war vielleicht noch wichtiger, fühlte ich mich damals noch nicht bereit, Ihnen oder wem auch immer den Rest meiner Geschichte mitzuteilen – sie vollständig und ehrlich zu erzählen.
Nachdem ich mich jedoch von Ihnen verabschiedet hatte, begriff ich, daß ich mich nicht von praktischen Erwägungen hätte abhalten lassen dürfen. Ich hätte Ihnen alles rückhaltlos und bis zum Ende erzählen sollen.

Während der blutigen Schlacht, die am 13. August 1945 am Stadtrand von Hailar wütete, wurde ich von einer Maschinengewehrkugel getroffen und verlor, während ich auf dem Boden lag, meine linke Hand unter der Laufkette eines sowjetischen T 34. Bewußtlos, wie ich war, schaffte man mich in das sowjetische Militärkrankenhaus in Tschita, wo es den Ärzten gelang, mein Leben zu retten. Wie ich schon erwähnte, war ich als Landvermesser dem Generalstab der Kwantung-Armee zugeteilt gewesen, der sich, sobald die Sowjetunion Japan den Krieg erklären würde, planmäßig von Hsin-ching in die hinteren Linien zurückziehen sollte. Fest entschlossen zu sterben, hatte ich mich jedoch nach Hailar, in die Nähe der Grenze, versetzen lassen, wo ich mich als menschliches Geschoß opferte, indem ich mich mit einer Landmine in den Armen auf einen sowjetischen Panzer stürzte. Doch wie Herr Honda mir am Ufer des Chalcha geweissagt hatte, war es mir nicht vergönnt, so leicht den Tod zu finden. Ich verlor nur meine Hand, nicht mein Leben. Die Männer, die unter meinem Kommando standen, wurden allerdings, wie ich glaube, alle getötet. Wir mögen nur Befehle ausgeführt haben, aber es war eine dumme, selbstmörderische Aktion. Unsere kleinen tragbaren Minen hätten einem riesigen T 34 ohnehin nichts anhaben können.
Die Sowjetarmee nahm sich meiner so eifrig nur darum an, weil ich im Delirium etwas auf Russisch sagte. So berichtete man mir jedenfalls später. Wie ich Ihnen schon erzählte, hatte ich mir früher Grundkenntnisse in Russisch angeeignet, und mein Posten im Generalstab ließ mir genügend freie Zeit, um meine Kenntnisse zu verbessern. Ich arbeitete hart, so daß ich mich, als der Krieg sich seinem Ende zuneigte, flüssig auf Russisch unterhalten konnte. In Hsin-ching lebten viele Weißrussen, und ich war mit ein paar russischen Kellnerinnen bekannt, ich hatte also nie Schwierigkeiten, geeignete Konversationspartner zu finden. Die russischen Worte scheinen mir ganz natürlich entschlüpft zu sein, während ich bewußtlos dalag.

Die Sowjets hatten von Anfang an geplant, jeden Japaner, den sie bei der Besetzung der Mandschurei gefangennehmen würden, nach Sibirien zu deportieren und, so wie sie es nach Ende der Kämpfe in Europa mit den deutschen Soldaten gemacht hatten, als Zwangsarbeiter einzusetzen. Die Sowjets mochten zu den Siegermächten gehören, aber ihre Ökonomie befand sich nach dem langen Krieg in einem äußerst kritischen Zustand, und der Mangel an Arbeitern machte sich überall bemerkbar. Die Rekrutierung erwachsener männlicher Arbeitskräfte in Form von Kriegsgefangenen war für sie deshalb eine wirtschaftliche Notwendigkeit von höchster Priorität. Hierzu würden sie Dolmetscher benötigen, und die Zahl der dafür in Frage kommenden Personen war äußerst begrenzt. Als sie also merkten, daß ich offenbar Russisch konnte, schafften sie mich, statt mich sterben zu lassen, ins Krankenhaus nach Tschita. Hätte ich nicht ein paar Worte auf Russisch gestammelt, hätte man mich da am Ufer des Hailar zurückgelassen, und das wäre mein Ende gewesen. Man hätte mich in einem unbezeichneten Massengrab verscharrt. Wie unbegreiflich sind die Wege des Schicksals!
Nach meiner Genesung wurde ich zermürbenden Verhören ausgesetzt und, ehe man mich als Dolmetscher in ein sibirisches Kohlenbergwerk schickte, einer mehrmonatigen ideologischen Schulung unterzogen. Ohne hinsichtlich dieser Periode ins Detail gehen zu wollen, möchte ich über meine ideologische Schulung doch Folgendes anmerken. Vor dem Krieg hatte ich als Student heimlich eine Reihe verbotener marxistischer Bücher gelesen, und ich stand der kommunistischen Theorie nicht gänzlich ablehnend gegenüber, aber ich hatte seither zuviel gesehen, um sie vorbehaltlos akzeptieren zu können. Dank meiner Zusammenarbeit mit dem Geheimdienst waren mir die jahrelangen blutigen Säuberungsaktionen, die Stalin und seine einheimischen Handlanger in der Mongolei durchgeführt hatten, sehr wohl bekannt. Seit der Revolution hatte man Zehntausende von lamaistischen Priestern, Grundbesitzern und anderen oppositionellen Kräften in Konzentrationslager geschickt und dort grausam liquidieren lassen. Und das gleiche war auch in der Sowjetunion selbst geschehen. Selbst wenn ich an die kommunistische Ideologie hätte glauben können – dem System oder den Menschen, die dafür verantwortlich waren, diese Ideologie in die Praxis umzusetzen, vermochte ich schon lange keinen Glauben mehr zu schenken. Das gleiche empfand ich in bezug auf dasjenige, was wir Japaner in der Mandschurei getan hatten. Ich bin sicher, Sie haben keine Vorstellung davon, wie viele chinesische Arbeiter beim Bau der geheimen Basis in Hailar getötet wurden – ganz bewußt getötet wurden, damit sie die geheimen Konstruktionspläne des Stützpunktes nicht verraten könnten.

Außerdem hatte ich mit angesehen, wie dieser russische Offizier und seine mongolischen Untergebenen einen Menschen auf bestialische Weise gehäutet hatten. Ich war in einen mongolischen Brunnen geworfen worden und hatte in diesem seltsamen, gleißenden Licht jede Leidenschaft für das Leben verloren. Wie hätte jemand wie ich noch an Ideologien und politische Theorien glauben können?

In meiner Eigenschaft als Dolmetscher fungierte ich als Verbindungsmann zwischen den japanischen Kriegsgefangenen und deren sowjetischen Bewachern. Ich weiß nicht, wie es in den anderen sibirischen Konzentrationslagern zuging, aber in dem Bergwerk, in dem ich arbeitete, starben die Menschen wie die Fliegen. Es herrschte auch kein Mangel an Todesursachen: Unterernährung, Überarbeitung, Einstürze, Wassereinbrüche, katastrophale hygienische Verhältnisse und daraus erwachsende Seuchen, unvorstellbare Winterkälte, gewalttätige Wachen, die brutale Unterdrückung selbst des zaghaftesten Widerstands. Es kam auch immer wieder einmal vor, daß Japaner von ihren eigenen Landsleuten gelyncht wurden. Menschen, die unter solchen Bedingungen leben mußten, konnten einander nur Haß, Argwohn, Angst und Verzweiflung entgegenbringen.

Immer, wenn die Zahl der Todesfälle eine kritische Grenze erreichte und die Produktivität des Bergwerks zurückzugehen begann, schafften sie ganze Zugladungen neuer Kriegsgefangener herbei. Diese Männer waren in Lumpen gekleidet, zu Skeletten abgemagert, und gute fünfundzwanzig Prozent von ihnen starben – zu schwach, um die harten Arbeitsbedingungen im Bergwerk zu ertragen – bereits während der ersten wenigen Wochen. Die Toten wurden in aufgegebene Bergwerksschächte geworfen. Es wäre unmöglich gewesen, für sie alle Gräber auszuheben. Der Boden war das ganze Jahr über gefroren. Schaufeln drangen nur wenige Zentimeter tief ein. Und so waren die aufgegebenen Schächte die ideale Endlagerstätte für die Toten. Sie waren tief und dunkel, und die Kälte ließ keinen Verwesungsgeruch aufkommen. Ab und zu schütteten wir eine Lage Kohlen auf die Leichen. Wenn ein Schacht voll war, wurde er mit Erde und Steinen abgedeckt, und man zog zum nächsten Schacht weiter.

Die Toten waren nicht die einzigen, die in die Schächte geworfen wurden. Gelegentlich warf man zur Abschreckung von uns übrigen auch Lebende hinein. Jeder japanische Soldat, der auch nur die leisesten Anzeichen von Widersetzlichkeit erkennen ließ, wurde von den sowjetischen Wachen vorgeholt, brutal zusammengeschlagen und mit gebrochenen Armen und Beinen in die Grube gestoßen. Noch heute kann ich ihre erbarmungswürdigen Schreie hören. Es war buchstäblich die Hölle auf Erden.

Als strategisch wichtige Produktionsstätte unterstand das Bergwerk vom Zentralkomitee entsandten Mitgliedern des Politbüros und wurde von der Armee strengstens überwacht. Der Mann an der Spitze – er stammte, wie man sich erzählte, aus Stalins Heimatstadt – war ein kalter, harter Parteifunktionär, noch jung und voller Ehrgeiz. Sein ausschließliches Interesse galt der Steigerung der Produktionszahlen. Der Verbrauch an Arbeitskräften berührte ihn nicht weiter. Solange die Produktionszahlen in die Höhe gingen, würde das Zentralkomitee sein Bergwerk als Musterbetrieb ansehen und ihn mit verstärkten Zuteilungen von Arbeitskräften belohnen. Wie viele Arbeiter auch sterben mochten, es gab immer Ersatz für sie. Um die kontinuierliche Produktionssteigerung aufrechtzuerhalten, gestattete er auch die Ausbeutung von Flözen, die unter normalen Umständen als zu einsturzgefährdet betrachtet worden wären. Die zwangsläufige Folge war natürlich, daß auch die Unfallzahlen kontinuierlich in die Höhe gingen, aber das kümmerte den Direktor nicht.
Der Lagerkommandant war nicht das einzige kaltherzige Individuum auf sowjetischer Seite. Die meisten der im Bergwerk beschäftigten Wachen waren ehemalige Sträflinge, ungebildete Männer von unvorstellbarer Grausamkeit und Unnachsichtigkeit. Sie zeigten keinerlei Mitgefühl oder Anteilnahme, als ob das Leben dort am Rand der Welt, in der eisigen Luft Sibiriens, sie im Laufe der Jahre in untermenschliche Kreaturen verwandelt hätte. Sie hatten Verbrechen begangen und waren in sibirische Lager deportiert worden, aber jetzt, nach Verbüßung ihrer langen Strafen, hatten sie kein Zuhause, keine Angehörigen mehr, zu denen sie hätten zurückkehren können. Sie hatten sich einheimische Weiber genommen, hatten mit ihnen Kinder in die Welt gesetzt und sich endgültig auf sibirischem Boden niedergelassen.
Die japanischen Kriegsgefangenen waren nicht die einzigen Zwangsarbeiter im Bergwerk. Es gab auch viele russische Kriminelle, politische Gefangene und ehemalige Offiziere, die Stalins Säuberungen zum Opfer gefallen waren. Nicht wenige von ihnen waren gebildete, äußerst kultivierte Männer. Unter den Russen waren auch einige wenige Frauen und Kinder, wahrscheinlich die verstreuten Überreste der Familien politischer Gefangener. Man ließ sie Abfälle einsammeln, Wäsche waschen und ähnliche Arbeiten verrichten. Junge Frauen dienten oft als Prostituierte. Außer den Russen brachten die Züge auch Polen, Ungarn und andere Ausländer herbei, darunter einige von dunklerer Hautfarbe (Armenier und Kurden, könnte ich mir vorstellen). Das Lager war in drei Bereiche unterteilt: einen, den größten, in dem die japanischen Kriegsgefangenen gehalten wurden, den Bereich für Verbrecher und andere Kriegsgefangene und den Bereich für

Nichtkriminelle. In letzterem wohnten reguläre Bergwerksarbeiter und Bergbauingenieure, Offiziere und Angehörige des militärischen Wachpersonals, zum Teil mit Familie, sowie gewöhnliche russische Bürger. In der Nähe des Bahnhofs war außerdem eine größere Armee-Einheit stationiert. Kriegsgefangenen und anderen Sträflingen war es strengstens untersagt, den ihnen jeweils zugeteilten Bereich zu verlassen. Die Bereiche waren durch dichte Stacheldrahtzäune voneinander getrennt, entlang denen mit Maschinenpistolen bewaffnete Soldaten patrouillierten.

Als Dolmetscher und Verbindungsmann mußte ich mich täglich in der Zentrale melden und durfte mich im Prinzip im ganzen Lager frei bewegen, solange ich meinen Passierschein vorwies. In der Nähe der Lagerzentrale befand sich die Bahnstation sowie eine aus einer einzigen Straße bestehende Siedlung mit ein paar schäbigen Läden, einer Kneipe und einem Gasthof für Parteifunktionäre und höhere Offiziere auf Inspektionsreise. Der zentrale Platz war von Pferdetrögen gesäumt, und in der Mitte erhob sich ein Fahnenmast, an dem eine große rote Fahne der UdSSR flatterte. Unter der Fahne parkte ein Panzerfahrzeug mit einem Maschinengewehr, an das immer ein gelangweilt aussehender junger Soldat in voller Montur gelehnt stand. Am hinteren Ende des Platzes befand sich das neu erbaute Militärkrankenhaus, mit einer großen Stalin-Statue am Eingang.

Jetzt muß ich Ihnen von einem bestimmten Mann erzählen. Ich begegnete ihm im Frühjahr 1947, wahrscheinlich gegen Anfang Mai, als der Schnee endlich geschmolzen war. Ich lebte schon seit anderthalb Jahren im Lager. Als ich den Mann zum erstenmal sah, trug er die Uniform, in die alle russischen Sträflinge gekleidet wurden. Er führte zusammen mit vielleicht zehn seiner Landsleute nahe dem Bahnhof Ausbesserungsarbeiten durch. Sie zerschlugen Steine und breiteten den Schotter auf der Straße aus. Das Klirren der Vorschlaghämmer auf den harten Steinen war weit und breit zu hören. Ich hatte in der Lagerdirektion einen Bericht abgeliefert und befand mich gerade auf dem Rückweg, als ich am Bahnhof vorbeikam. Der Unteroffizier, der die Straßenarbeiten beaufsichtigte, hielt mich an und befahl mir, meinen Passierschein vorzuzeigen. Ich holte ihn aus der Tasche und reichte ihn ihm. Der Feldwebel, ein großer, stämmiger Mann, starrte eine Zeitlang zutiefst argwöhnisch auf das Dokument, aber er war offensichtlich Analphabet. Er rief einen der Sträflinge, die an der Straße arbeiteten, zu sich herüber und befahl ihm, das Schriftstück laut vorzulesen. Dieser Gefangene hob sich von den übrigen in seiner Gruppe deutlich ab: Er hatte das Aussehen eines kultivierten Mannes. Und er war es. Als ich ihn sah, spürte ich, wie mir alles Blut aus dem Gesicht wich. Ich rang – buchstäblich –

nach Atem. Ich fühlte mich so, als sei ich unter Wasser und ertränke. Ich bekam keine Luft.

Der kultivierte Gefangene war kein anderer als der russische Offizier, der am Ufer des Chalcha den mongolischen Soldaten befohlen hatte, Yamamoto bei lebendigem Leib die Haut abzuziehen. Er war jetzt abgezehrt und fast kahl, und vorn fehlte ihm ein Zahn. Anstelle seiner fleckenlosen Offiziersuniform trug er schmierige Sträflingskleidung, und anstelle blanker Stiefel durchlöcherte Stoffschuhe. Die Gläser seiner Brille waren schmutzig und zerkratzt, das Gestell verbogen. Aber es war derselbe Mann, ohne jeden Zweifel. Es wäre mir unmöglich gewesen, ihn nicht wiederzuerkennen. Und er starrte seinerseits mich an, anfangs zweifellos nur durch meinen fassungslosen Gesichtsausdruck neugierig gemacht. Auch ich war in den vergangenen neun Jahren gealtert und abgemagert. Ich hatte mittlerweile sogar ein paar weiße Haare. Aber er schien mich nichtsdestoweniger wiederzuerkennen. Über sein Gesicht huschten Anzeichen von Verblüffung. Er mußte geglaubt haben, ich sei auf dem Grund eines mongolischen Brunnens verrottet. Und ich hätte mir natürlich nie träumen lassen, daß er mir in einem sibirischen Arbeitslager, als Sträfling gekleidet, wieder über den Weg laufen würde.

Er brauchte nicht mehr als einen Augenblick, um seine Fassung wiederzugewinnen; dann begann er, dem analphabetischen Feldwebel, dem eine Maschinenpistole vom Nakken herabhing, mit ruhiger Stimme meinen Passierschein vorzulesen. Er las vor, wie ich hieß, daß ich Dolmetscher sei und befugt, mich in den verschiedenen Bereichen des Lagers zu bewegen, und so weiter. Der Feldwebel händigte mir den Passierschein wieder aus und entließ mich mit einem Rucken des Kinns. Ich ging ein kurzes Stück weiter und sah mich dann um. Der Mann starrte mir nach. Um seine Lippen schien der Anflug eines Lächelns zu spielen, doch es kann auch meine Einbildung gewesen sein. Mir zitterten die Knie. Eine Zeitlang schaffte ich es nicht, geradeaus zu gehen. All das Entsetzen, das ich neun Jahre zuvor durchlebt hatte, war mir schlagartig wieder gegenwärtig geworden.

Der Mann mußte in Ungnade gefallen und in dieses sibirische Straflager deportiert worden sein, nahm ich an. Solche Dinge waren in der damaligen Sowjetunion keine Seltenheit. Innerhalb der Regierung, der Partei und der Streitkräfte wüteten erbitterte Machtkämpfe, und Stalins krankhafter Argwohn verfolgte die Unterlegenen ohne Erbarmen. Ihrer Ämter enthoben, wurden solche Männer vor Femegerichte gestellt und entweder kurzerhand exekutiert oder in ein Konzentrationslager geschickt – wobei nur ein Gott beurteilen könnte, welche der beiden Gruppen die glücklichere war. Die dem Todesurteil entkamen, gewannen nur ein Sklavenleben von unvorstellbarer Grausamkeit. Wir japanische Kriegsgefangene konnten uns zumindest in der Hoffnung wiegen, irgendwann in unsere Heimat zurückzukehren, falls wir überlebten – verbannte Russen kannten eine solche Hoffnung nicht. Wie alle seine Landsleute würde auch dieser Mann zuletzt die sibirische Erde mit seinen Knochen düngen.

Nur eines beunruhigte mich im Zusammenhang mit ihm, nämlich daß er jetzt meinen Namen kannte und wußte, wo er mich finden konnte. Vor dem Krieg hatte ich (wenn auch völlig ahnungslos) an dieser geheimen Operation mit dem Agenten Yamamoto teilgenommen, hatte den Chalcha überquert und war zu Spionagezwecken in mongolisches Territorium eingedrungen. Wenn der Mann diese Information an die Lagerleitung weitergab, konnte ich leicht in eine sehr unangenehme Situation geraten. Doch wie sich herausstellte, denunzierte er mich nicht. Nein, wie ich später entdecken sollte, hatte er mit mir weit ehrgeizigere Pläne.

Eine Woche später sah ich ihn wieder außerhalb des Bahnhofs arbeiten. Er war noch immer in Ketten, trug dieselbe schmutzige Sträflingskleidung und zertrümmerte Steine mit dem Vorschlaghammer. Ich sah ihn an, und er sah mich an. Er stützte seinen Hammer auf den Boden und wandte sich mir zu, so stramm und aufrecht wie seinerzeit in seiner Militäruniform. Diesmal lag ganz eindeutig ein Lächeln auf seinem Gesicht – ein blasses, aber unübersehbares Lächeln, und dieses Lächeln ließ eine Grausamkeit erahnen, die mir die Gänsehaut über den Rücken jagte. Es war derselbe Ausdruck, mit dem er vor neun Jahren zugesehen hatte, wie Yamamoto bei lebendigem Leib gehäutet worden war. Ich sagte nichts und ging weiter.

Zu jener Zeit hatte ich einen Freund unter den Offizieren der im Lager stationierten sowjetischen Einheit. Wie ich, hatte er (in Leningrad) Geographie studiert. Wir waren gleichaltrig und beide gleichermaßen an kartographischer Arbeit interessiert, und so fanden wir von Zeit zu Zeit einen Vorwand, um ein wenig miteinander zu fachsimpeln. Er interessierte sich besonders für die strategischen Karten der Mandschurei, die die Kwantung-Armee erstellt hatte. Natürlich konnten wir solche Gespräche nicht in Anwesenheit seiner Vorgesetzten führen. Wir mußten dazu die Gelegenheiten abpassen, bei denen wir unter uns waren. Manchmal steckte er mir etwas zu essen zu oder zeigte mir Bilder von der Ehefrau und den Kindern, die er in Kiew zurückgelassen hatte. Er war der einzige Russe, zu dem ich während meiner ganzen Internierung in der Sowjetunion so etwas wie eine persönliche Beziehung gewann.

Einmal fragte ich ihn beiläufig nach den Sträflingen, die am Bahnhof arbeiteten. Besonders einer von ihnen, sagte ich, sei mir anders als die durchschnittlichen Lagerinsassen vorgekommen; er habe so ausgesehen, als könnte er früher einmal einen wichtigen Posten innegehabt haben. Ich beschrieb sein Äußeres. Der Offizier – er hieß Nikolai – verfinsterte sich und sagte: »Das dürfte Boris der Menschenschinder gewesen sein. Sie sollten besser einen großen Bogen um ihn machen.«

Warum er das sage, fragte ich. Nikolai schien unwillig zu sein, mehr zu verraten, aber er wußte, daß ich in der Lage war, ihm Gefälligkeiten zu erweisen, und so erzählte er mir zuletzt – mit deutlichem Widerstreben –, wie »Boris der Menschenschinder« ins Lager gekommen war. »Verraten Sie bloß niemandem, daß Sie es von mir haben«, warnte er mich. »Der Kerl ist gefährlich. Ich mache keine Witze – schlimmere gibt's gar nicht. Den würde ich nicht mit der Zange anfassen mögen.«

Was Nikolai mir erzählte, ist dies. – Der wirkliche Name des »Menschenschinders« lautete Boris Gromow. Genau wie ich vermutet hatte, war er Major im NKWD gewesen. 1938 hatte man ihn als Militärberater nach Ulan Bator entsandt. Dort reorganisierte er die mongolische Geheimpolizei nach dem Muster von Berijas NKWD und tat sich bei der Bekämpfung konterrevolutionärer Elemente hervor. Seine Männer trieben die Leute zusammen, warfen sie in Konzentrationslager, folterten sie und liquidierten jeden, auf den auch nur der leiseste Schatten eines Verdachts fiel.

Sobald die Schlacht von Nomonhan geendet hatte und die Krise in Fernost abgewendet worden war, wurde Boris nach Moskau zurückbeordert und von dort in das sowjetisch besetzte Ostpolen entsandt, wo er maßgeblich an der Säuberung der alten polnischen Armee mitwirkte. Eben dabei verdiente er sich den Spitznamen »Boris der Menschenschinder«. Menschen lebendig zu häuten – wozu er sich eines Mannes bediente, den er dem Vernehmen nach aus der Mongolei mitgebracht hatte – war seine spezielle Foltermethode. Natürlich fürchteten ihn die Polen wie den Teufel. Wer gezwungen wurde, einer Häutung beizuwohnen, gestand unfehlbar alles. Als die deutsche Wehrmacht dann plötzlich ins Land eindrang und der Krieg gegen Deutschland begann, zog er sich aus Polen nach Moskau zurück. Danach wurden viele unter dem Verdacht verhaftet, in heimlichem Einverständnis mit Hitler gestanden zu haben. Auch hier tat sich Boris wieder als Berijas rechte Hand hervor, wobei ihm abermals seine besondere Foltertechnik zugute kam. Um ihre Führungsposition zu festigen, mußten Stalin und Berija die Tatsache vertuschen, daß sie die Invasion Nazideutschlands nicht vorhergesehen hatten, und bastelten zu diesem Zweck die Theorie von der »inneren Verschwörung« zusammen. Unzählige Menschen starben unter grausamen Qualen für nichts und wieder nichts. Boris und sein Folterknecht sollen während dieser Zeit wenigstens fünf Menschen

gehäutet haben, und es ging das Gerücht, er habe die Häute wie Trophäen an der Wand seines Arbeitszimmers hängen gehabt.
Boris mag grausam gewesen sein, aber er war auch sehr vorsichtig, und nur dadurch gelang es ihm, alle Intrigen und Säuberungen zu überleben. Berija liebte ihn wie seinen eigenen Sohn. Dies könnte aber auch der Grund dafür gewesen sein, daß er auf die Dauer zu selbstsicher wurde und seine Grenzen überschritt. Er beging einen Fehler, der ihn zu Fall brachte. Er ließ den Kommandanten eines Panzerbataillons wegen des Verdachts verhaften, während einer Schlacht in der Ukraine heimlich in Kontakt mit einem von Hitlers SS-Panzerdivisionen gestanden zu haben. Er folterte den Mann zu Tode, indem er ihm glühende Eisen in jede Körperöffnung steckte – Ohren, Nasenlöcher, Mastdarm, Harnröhre, was auch immer. Doch wie sich herausstellte, war der Offizier der Neffe eines hohen Parteifunktionärs gewesen. Hinzu kam, daß eine vom Generalstab der Roten Armee durchgeführte gründliche Untersuchung des Falls die völlige Unschuld des Mannes ergab. Der Parteifunktionär war natürlich außer sich vor Wut, und auch die Rote Armee hatte nicht vor, eine solche Beschmutzung ihrer Ehre stillschweigend hinzunehmen. Nicht einmal Berija konnte Boris diesmal beschützen. Sie degradierten ihn, stellten ihn vor ein Gericht und verurteilten ihn samt seinem mongolischen Adjutanten zum Tode. Dann aber machte sich der NKWD an die Arbeit und schaffte es, Boris' Strafe in Deportation und Zwangsarbeit zu mildern (der Mongole wurde allerdings gehängt). Berija ließ Boris im Gefängnis eine geheime Botschaft zukommen, in der er ihm versprach, seine Beziehungen in Armee und Partei spielen zu lassen: Nach einem Jahr würde er ihn aus dem Lager herausholen und wieder in seine frühere Position einsetzen. So hatte Nikolai es jedenfalls gehört.
»Sie verstehen also, Mamiya«, sagte Nikolai leise zu mir, »jeder rechnet damit, daß Boris früher oder später nach Moskau zurückkehrt, daß Berija ihn in nicht allzu langer Zeit befreien wird. Es stimmt, daß Berija vorsichtig sein muß: Dieses Lager steht noch immer unter der Aufsicht von Partei und Armee. Aber keiner von uns kann sich in Sicherheit wiegen. Der Wind kann sich von einem Tag auf den anderen drehen. Und wenn das passiert, ist jeder, der Boris hier Schwierigkeiten gemacht hat, erledigt. Die Welt mag voll von Idioten sein, aber niemand ist so dumm, sein eigenes Todesurteil zu unterschreiben. Wir müssen ihn mit Samthandschuhen anfassen. Er ist hier Ehrengast. Natürlich können wir ihm keine Diener geben und ihn so behandeln, als wäre er im Hotel. Um den Schein zu wahren, müssen wir ihn in Ketten gehen lassen und ihm ein paar Steine zum Zertrümmern geben, aber er hat ein eigenes Zimmer und soviel Alko-

hol und Tabak, wie er will. Wenn Sie mich fragen, ist er die reinste Giftschlange. Ihn am Leben zu lassen wird niemandem etwas nützen. Jemand sollte sich eines Nachts zu ihm ins Zimmer schleichen und ihm die Kehle durchschneiden.«

Als ich ein paar Tage später am Bahnhof vorbeikam, hielt mich der stämmige Feldwebel wieder an. Ich machte Anstalten, ihm meinen Passierschein zu zeigen, aber er schüttelte den Kopf und befahl mir, ins Büro des Stationsvorstehers zu gehen. Verblüfft gehorchte ich und fand im Büro nicht den Stationsvorsteher vor, sondern Boris Gromow. Er saß am Schreibtisch, trank Tee und hatte offensichtlich auf mich gewartet. Ich erstarrte auf der Schwelle. Er trug keine Fußfesseln mehr. Mit einer Geste bedeutete er mir einzutreten.

»Schön, Sie zu sehen, Leutnant Mamiya. Es ist Jahre her«, sagte er vergnügt und schenkte mir ein strahlendes Lächeln. Er bot mir eine Zigarette an, aber ich lehnte mit einem Kopfschütteln ab.

»Neun Jahre, um genau zu sein«, fuhr er fort und zündete sich selbst eine Zigarette an. »Oder nur acht? Wie auch immer, es ist wunderbar, Sie gesund und munter zu sehen. Was für eine Freude es doch immer ist, alte Freunde wieder zu treffen! Besonders nach so einem erbarmungslosen Krieg. Finden Sie nicht auch? Und wie haben Sie es damals geschafft, aus diesem Brunnen herauszukommen?«

Ich stand einfach nur so da und sagte kein Wort.

»Auch gut, vergessen Sie's. Die Hauptsache ist, daß Sie herausgekommen sind. Und dann haben Sie irgendwo Ihre Hand verloren. Und dann haben Sie so flüssig russisch sprechen gelernt! Wunderbar, wunderbar. Eine Hand ist nicht die Welt. Was wirklich zählt, ist, daß Sie am Leben sind.«

»Wenn's nach mir ginge, wäre ich es nicht«, erwiderte ich.

Boris lachte laut auf. »Sie sind ein wirklich interessanter Bursche, Leutnant Mamiya. Sie wären lieber nicht am Leben, und trotzdem sind Sie hier, und quicklebendig. Ja, ein wirklich interessanter Bursche. Aber ich bin nicht so leicht hinters Licht zu führen. Ein gewöhnlicher Mann hätte es nie geschafft, aus eigener Kraft aus diesem Brunnen herauszukommen – herauszukommen und den Weg zurück zum Fluß und in die Mandschurei zu finden. Aber keine Sorge. Ich werd's für mich behalten.

Nun aber genug von Ihnen – reden wir von mir. Wie Sie sehen können, habe ich meine frühere Position eingebüßt und bin jetzt ein gewöhnlicher Häftling in einem Konzentrationslager. Aber ich habe nicht die Absicht, ewig hier am Ende der Welt zu bleiben und mit einem Vorschlaghammer Steine zu klopfen. Im Zentralkomitee bin ich noch so mächtig wie eh und je, und ich benutze diese Macht, um meine Macht im Lager von Tag zu Tag zu vergrößern. Und deswegen möchte ich Ihnen in aller Offenheit sagen, daß mir viel daran liegt, gute Beziehungen zu euch japanischen Kriegsgefangenen aufzubauen. Schließlich hängt die Produktivität dieses Bergwerks von euch Männern ab – von eurer Kopfzahl und eurer Arbeitsleistung. Wir können nichts erreichen, wenn wir eure Macht ignorieren, und dies schließt auch Ihre persönliche, individuelle Macht ein, Leutnant Mamiya. Ich möchte, daß Sie mir etwas davon zur Verfügung stellen. Sie sind ein ehemaliger Nachrichtenoffizier der Kwantung-Armee und ein sehr mutiger Mann. Sie sprechen fließend Russisch. Wenn Sie sich bereit erklären, als mein Verbindungsmann zu agieren, bin ich in der Lage, Ihnen und Ihren Kameraden Vergünstigungen zu verschaffen. Es ist kein schlechtes Geschäft, das ich Ihnen anbiete.«

»Ich bin noch nie ein Spitzel gewesen«, erklärte ich, »und ich habe nicht die Absicht, jetzt einer zu werden.«

»Ich verlange von Ihnen nicht, daß Sie zum Spitzel werden«, sagte Boris, wie um mich zu beruhigen. »Ich sage lediglich, daß ich Ihren Leuten das Leben erleichtern kann. Ich biete euch an, unsere Beziehungen zu verbessern, und ich möchte Sie als Mittelsmann haben. Gemeinsam können wir diesen beschissenen georgischen Politbüro-Hurensohn von seinem Sessel kippen. Ich kann es, glauben Sie mir. Ich bin sicher, Sie und Ihre Leute wünschen ihm die Pest an den Hals. Sobald wir ihn aus dem Weg geräumt haben, könnt ihr Japaner eine teilautonome Selbstverwaltung haben, ihr könnt Komitees bilden, ihr könnt in Eigenverantwortung arbeiten. Dann können euch die Wachen zumindest nicht weiter nach Belieben mißhandeln. Das ist es doch, was ihr alle wollt, oder etwa nicht?«

Boris hatte recht. Seit langem richteten wir entsprechende Gesuche an die Lagerkommandantur, hatten bislang jedoch keinerlei Erfolg damit gehabt.

»Und was verlangen Sie als Gegenleistung?« fragte ich.

»So gut wie nichts«, sagte er mit einem strahlenden Lächeln und breitete seine Arme aus. »Ich will nichts anderes als gute, enge Beziehungen zu euch japanischen Kriegsgefangenen. Ich will ein paar von meinen Parteigenossen, meinen towarischtschi, mit denen es mir offenbar nicht gelingt, zu einer Einigung zu kommen, eliminieren, und zu dem Zweck brauche ich die Kooperation Ihrer Landsleute. Wir haben viele gemeinsame Interessen, warum sollten wir also nicht zu beiderseitigem Nutzen zusammenarbeiten? Wie sagen doch die Amerikaner so schön? Give and take? Wenn Sie mit mir zusammenarbeiten, werde ich nichts zu Ihrem Nachteil unternehmen. Ich habe keinerlei

Trümpfe im Ärmel. Daß Sie mich in Ihr Herz schließen, kann ich natürlich nicht von Ihnen erwarten, das weiß ich wohl. Keine Frage, wir haben ein paar unangenehme gemeinsame Erinnerungen, Sie und ich. Aber allem gegenteiligen Anschein zum Trotz bin ich ein Ehrenmann. Warum lassen Sie also die Vergangenheit nicht einfach ruhen? Lassen Sie sich ein paar Tage Zeit, denken Sie über mein Angebot nach, und geben Sie mir dann eine klare Antwort. Ich glaube, die Sache ist einen Versuch wert. Ihre Männer haben doch gar nichts zu verlieren, meinen Sie nicht auch? Sehen Sie jetzt zu, daß Sie nur mit Leuten über die Angelegenheit reden, denen Sie unbedingt vertrauen können. Ein paar Ihrer Männer arbeiten als Informanten für das Politbüromitglied. Wenn sie davon erführen, könnte die ganze Sache platzen. Meine Macht hier ist noch immer etwas begrenzt.«

Ich kehrte in den japanischen Lagerbereich zurück und nahm einen Häftling beiseite, um ihm Boris' Angebot zu unterbreiten. Der Mann war ein ehemaliger Oberstleutnant, ein harter Bursche mit scharfem Verstand. Zuletzt Kommandant einer Einheit, die sich in einer Festung im Chingan verschanzt und sich selbst nach der japanischen Kapitulation noch geweigert hatte, die weiße Fahne zu hissen, war er jetzt der inoffizielle Anführer der japanischen Lagerinsassen – ein Machtfaktor, den die Russen nicht außer acht lassen durften. Ohne etwas von der Episode um Yamamoto, am Ufer des Chalcha, zu erwähnen, erzählte ich ihm, Boris sei ein hochrangiger Offizier der Geheimpolizei gewesen, und referierte ihm dessen Angebot. Der Oberst schien an der Idee, den gegenwärtigen Lagerkommandanten auszuschalten und den japanischen Kriegsgefangenen eine gewisse Autonomie zu verschaffen, durchaus interessiert zu sein. Ich betonte, daß Boris ein kaltblütiger und gefährlicher Mann sei, ein Meister der Täuschung und Hinterlist, den man nicht beim Wort nehmen dürfe. »Sie mögen recht haben«, sagte der Oberst, »aber das gleiche gilt für unseren Freund vom Politbüro: Wir haben also nichts zu verlieren.« Er hatte recht. Wenn das Geschäft tatsächlich zustande kam, dachte ich, konnte die Situation für uns unmöglich noch schlimmer werden, als sie schon war. Aber da täuschte ich mich so gründlich, wie man sich überhaupt nur täuschen kann. Die Hölle kennt keinen tiefsten Punkt.

Ein paar Tage später gelang es mir, an einem ruhigen Ort eine persönliche Begegnung zwischen dem Oberst und Boris zu arrangieren. Ich fungierte als Dolmetscher. Die dreißigminütige Unterredung endete mit einem geheimen Abkommen, das die beiden mit Handschlag besiegelten. Ich weiß nicht genau, was danach geschah. Um keinen Argwohn zu erregen, vermieden die beiden Männer jeden direkten Kontakt, doch sie scheinen über irgendwelche geheimen Kanäle ständig verschlüsselte Botschaften ausgetauscht zu haben. Damit endete meine Rolle als Mittelsmann. Was mir nur recht war. Wenn irgend möglich, wollte ich nie wieder etwas mit Boris zu tun haben. Erst später sollte ich erkennen, daß dies eben nicht möglich war.

Ungefähr einen Monat später berief das Zentralkomitee, wie Boris versprochen hatte, das Politbüromitglied von seinem Amt ab und schickte zwei Tage später ein weiteres Mitglied, das seinen Platz einnehmen sollte. Wieder zwei Tage vergingen, und drei japanische Gefangene wurden während der Nacht erdrosselt. Man fand sie an Deckenbalken aufgehängt, als hätten sie Selbstmord begangen, aber es war offensichtlich, daß sie von anderen Japanern gelyncht worden waren. Die drei mußten die Informanten gewesen sein, von denen Boris gesprochen hatte. Eine Untersuchung des Falls fand nie statt. Mittlerweile hatte Boris das Lager in der Hand.

31
DER SCHLÄGER VERSCHWINDET
DIE RÜCKKEHR DER DIEBISCHEN ELSTER

Warm eingepackt in einen Pullover und meine Seemannsjacke, die Wollmütze bis fast zu den Augen heruntergezogen, stieg ich über die Gartenmauer und ließ mich auf die Gasse hinuntergleiten. Bis zum Sonnenaufgang war es noch eine Weile hin, die Leute schliefen noch. Ich stapfte los in Richtung Zentrale.

Im Haus sah noch alles genauso aus, wie ich es sechs Tage zuvor verlassen hatte, einschließlich des schmutzigen Geschirrs in der Spüle. Ich fand weder irgendwelche Zettel noch Botschaften auf dem Anrufbeantworter. Der Bildschirm von Zimts Computer war immer noch kalt und tot. Dank der Heizung herrschte im Haus eine normale Zimmertemperatur. Ich zog Jacke und Handschuhe aus, setzte Wasser auf und machte mir Tee. Als Frühstück aß ich ein paar Kräcker mit Käse, dann spülte ich das ganze schmutzige Geschirr und räumte es weg. Wieder wurde es neun, ohne daß Zimt aufgetaucht wäre.

Ich ging hinaus in den Garten, klappte die Abdeckung des Brunnens hoch und spähte hinunter: dieselbe undurchdringliche Dunkelheit wie immer. Ich kannte den Brunnen jetzt so gut, als sei er eine Fortsetzung meines eigenen Körpers:

Seine Dunkelheit, sein Geruch und seine Stille waren Teile meiner selbst. In gewissem Sinne kannte ich den Brunnen besser, als ich Kumiko kannte. Die Erinnerung an sie war natürlich noch immer frisch. Wenn ich die Augen schloß, konnte ich mir ihre Stimme, ihr Gesicht, ihren Körper, ihre Bewegungen in allen Einzelheiten vergegenwärtigen. Schließlich hatte ich sechs Jahre lang mit ihr im selben Haus gelebt. Dennoch kam es mir so vor, als gäbe es bestimmte Aspekte von ihr, die ich mir nicht so deutlich ins Gedächtnis zurückrufen konnte. Oder vielleicht war ich mir auch nur nicht sicher, ob meine Erinnerungen an sie der Wirklichkeit entsprachen – so wie ich mich, als der Kater zurückkam, nicht mehr genau entsinnen konnte, wie die Kurve seines Schwanzes ursprünglich ausgesehen hatte.

Ich setzte mich auf die Brunnenumrandung, steckte die Hände in die Jackentaschen und sah mich noch einmal aufmerksam um. Ich hatte das Gefühl, jeden Augenblick könnte ein kalter Regen oder Schnee herunterkommen. Es wehte kein Wind, aber die Luft war durch und durch eisig. Ein Schwarm kleiner Vögel schoß am Himmel in komplizierten Linien hin und her, als malte er da oben eine Hieroglyphe in das Grau: dann ein Geschwirr, und sie waren verschwunden. Bald darauf hörte ich das leise Dröhnen eines Düsenflugzeugs, aber die Maschine blieb hinter der dicken Wolkenschicht verborgen. An einem so dunklen, bedeckten Tag konnte ich in den Brunnen steigen, ohne befürchten zu müssen, daß mir die Augen weh tun würden, wenn ich wieder ans Licht kam.

Dennoch blieb ich noch eine Weile untätig da sitzen. Ich hatte keine Eile. Der Tag hatte gerade eben angefangen, bis Mittag war es noch ziemlich lang hin. Ich überließ mich den Gedanken, die mir, während ich so auf dem Brunnenrand saß, ungeordnet in den Sinn kamen. Wo sie wohl die Vogelplastik hingeschafft hatten, die früher in diesem Garten gestanden hatte? Schmückte sie jetzt einen anderen Garten, noch immer unaufhörlich von dem sinnlosen Drang beseelt, sich in den Himmel aufzuschwingen? Oder war sie auf einer Bauschuttdeponie gelandet, als man das Haus der Miyawakis im letzten Sommer abgerissen hatte? Ich dachte mit einer gewissen Wehmut an die Vogelplastik zurück. Ohne sie, fand ich, hatte der Garten etwas von seinem subtilen Gleichgewicht eingebüßt.

Als mir gegen elf die Gedanken ausgingen, stieg ich über die stählerne Leiter in den Brunnen hinab. Auf dem Grund angelangt, atmete ich wie gewohnt ein paarmal tief durch, um die Luft zu prüfen. Sie war wie immer: mit einem leichten Modergeruch, aber sie ließ sich atmen. Ich tastete die Wand nach dem Schläger ab, den ich dort angelehnt zurückgelassen hatte. *Er war nicht da. Weder da noch sonstwo.* Er war verschwunden. Restlos. Spurlos.

Ich ließ mich auf dem Boden des Brunnens nieder und lehnte mich seufzend an die Wand.

Wer konnte den Schläger weggenommen haben? Zimt war der einzige, der in Frage kam. Er war der einzige Mensch, der überhaupt von dessen Existenz wußte, und er war wahrscheinlich auch der einzige, der auf die Idee gekommen wäre, in den Brunnen zu klettern. Aber was für einen Grund sollte er nur gehabt haben, den Schläger mitzunehmen? Ich begriff das nicht – eines von vielen Dingen, die ich nicht begriff.

Ich hatte keine andere Wahl, als ohne Schläger weiterzumachen. Das würde auch gehen. Der Schläger war schließlich nur so etwas wie ein Talisman. Ich würde auch ohne ihn auskommen. Schließlich hatte ich ihn, als ich in dieses Zimmer reingekommen war, ja auch nicht dabeigehabt, oder? Nachdem ich mir diese Argumente angeboten hatte, betätigte ich den Seilzug, der den Brunnendeckel verschloß. Ich faltete die Hände auf den Knien und schloß in der Dunkelheit die Augen.

So wie beim letzten Mal gelang es mir auch heute nicht, die erforderliche Konzentration zu erreichen. Alle möglichen Gedanken drängten sich mir ins Bewußtsein und versperrten mir den Weg. Um sie loszuwerden, versuchte ich, an das Schwimmbecken zu denken – an das Fünfundzwanzig-Meter-Becken des Hallenbads, in das ich regelmäßig zum Schwimmen ging. Ich stellte mir vor, wie ich da kraulend meine Bahnen zog. Ich lege es nicht auf Geschwindigkeit an, bemühe mich nur um ruhige, gleichmäßige, ausdauernde Züge. Ich ziehe die Ellbogen glatt, mit einem Mindestmaß an Geräusch und Gespritz, aus dem Wasser und tauche dann weich, die Finger zuerst, zum nächsten Zug ein. Ich nehme Wasser in den Mund auf und lasse es langsam wieder ausfließen, als atmete ich unter Wasser. Nach einer Weile spüre ich, daß mein Körper von selbst durch das Wasser gleitet, als reite er auf einer sanften Brise. Das einzige Geräusch, das meine Ohren erreicht, ist das Geräusch meiner gleichmäßigen Atmung. Ich schwebe mit dem Wind wie ein Vogel am Himmel, der auf die Erde hinabsieht. Ich sehe ferne Ortschaften, winzige Menschen und fließende Flüsse. Tiefe Ruhe umhüllt mich, ein fast ekstatisches Gefühl. Schwimmen ist eines der schönsten Dinge in meinem

Leben. Es hat noch nie Probleme gelöst, aber es hat auch nie geschadet, und nichts hat mir je die Freude daran verderben können. Am Schwimmen.

In diesem Moment hörte ich etwas.

Mir wurde bewußt, daß ich ein leises, eintöniges Summen in der Dunkelheit hörte, etwa wie das Surren von Insektenflügeln. Aber das Geräusch war zu künstlich, zu mechanisch, um von Insektenflügeln stammen zu können. Es variierte leicht in seiner Frequenz, wie das Rauschen des Äthers, wenn man das Kurzwellenband absucht. Ich hielt lauschend den Atem an und versuchte zu erkennen, aus welcher Richtung es kam. Es schien aus einem bestimmten Punkt in der Dunkelheit zu kommen und gleichzeitig aus dem Inneren meines Kopfes. In der tiefen Dunkelheit war es fast unmöglich, die Trennlinie zwischen den beiden auszumachen.

Während ich meine ganze Aufmerksamkeit auf das Geräusch konzentrierte, schlief ich ein. Bevor das geschah, hatte ich mich nicht im mindesten müde gefühlt. Ganz unvermittelt schlief ich, als sei ich, nichts Böses ahnend, einen Korridor entlanggegangen und sei dann plötzlich, ohne jede Vorwarnung, in ein mir unbekanntes Zimmer gezerrt worden. Wie lange diese zähe, schlammartige Ohnmacht mich umhüllte, hätte ich nicht sagen können. Sehr lange konnte es nicht gewesen sein. Aber als mich irgend etwas Spürbares wieder ins Bewußtsein holte, wußte ich, daß ich mich in einer anderen Dunkelheit befand. Die Luft war anders, die Temperatur war anders, die Qualität und Tiefe der Dunkelheit waren anders. Diese Dunkelheit war mit schwachem, opakem Licht durchsetzt. Und ein vertrauter scharfer Geruch nach Pollen drang mir in die Nase. Ich war in diesem seltsamen Hotelzimmer.

Ich hob das Gesicht, prüfte meine Umgebung, hielt den Atem an.

Ich war durch die Wand gelangt.

Ich saß auf einem teppichbedeckten Fußboden, den Rücken an eine stoffbespannte Wand gelehnt. Meine Hände lagen noch immer gefaltet auf meinen Knien. So beängstigend tief mein Schlaf noch vor einem Augenblick gewesen war, so vollkommen wach und klar war ich jetzt. Der Kontrast war so extrem, daß es einen Moment dauerte, bis mir mein Wachsein so recht bewußt wurde. Die raschen Kontraktionen meines Herzens waren deutlich zu hören. Es bestand kein Zweifel. Ich war hier. Ich hatte es endlich geschafft, in das Zimmer zu gelangen.

In der feinkörnigen, vielschichtigen Dunkelheit sah das Zimmer genau so aus, wie ich es in Erinnerung hatte. Als meine Augen sich jedoch nach und nach an die Dunkelheit gewöhnten, begann ich geringfügige Veränderungen zu bemerken. Zunächst einmal stand das Telefon an einem anderen Platz. Statt auf dem Nachttisch befand es sich jetzt auf einem Kissen, fast völlig darin eingesunken. Dann sah ich, daß der Whisky in der Flasche erheblich abgenommen hatte. Jetzt war nur noch ein kleiner Rest übrig. Das Eis war völlig geschmolzen, und der Kübel enthielt jetzt nur mehr abgestandenes, trübes Wasser. Das Glas war innen trocken, und als ich es berührte, stellte ich fest, daß es von weißem Staub bedeckt war. Ich ging ans Bett, hob das Telefon auf und hielt mir den Hörer ans Ohr. Die Leitung war tot. Das Zimmer sah so aus, als sei es seit langer Zeit verlassen und vergessen. Nichts deutete auf die Anwesenheit von Menschen hin. Nur die Schnittblumen bewahrten ihre seltsame, lebendige Leuchtkraft.

Man sah, daß jemand im Bett gelegen hatte: die Laken und Decken und Kissen waren leicht in Unordnung. Ich streifte die Decken zurück und fühlte die Laken ab, aber sie waren kalt. Es war auch kein Geruch nach Parfüm zurückgeblieben. Anscheinend war viel Zeit vergangen, seit die betreffende Person das Bett verlassen hatte. Ich setzte mich auf die Bettkante, musterte noch einmal den Raum und horchte. Aber ich hörte nichts. Der Raum wirkte wie eine alte Gruft, nachdem Grabräuber die Leiche hinausgeschafft hatten.

Ganz unvermittelt begann das Telefon zu klingeln. Mein Herz erstarrte wie eine erschrockene Katze. Die harten Schwingungen der Luft weckten die schwebenden Pollenkörnchen, und die Blütenblätter hoben im Dunkeln ihre Gesichter. Wie konnte das Telefon nur klingeln? Noch vor wenigen Augenblicken war es so tot gewesen wie ein Stein in der Erde. Ich zügelte meine Atmung, beruhigte meinen Herzschlag und vergewisserte mich, daß ich noch immer da war, im Zimmer. Ich streckte die Hand aus, legte meine Finger an den Hörer und zögerte einen Moment, bevor ich ihn von der Gabel hob. Inzwischen hatte das Telefon drei- oder auch viermal geklingelt.

»Hallo.« Sobald ich den Hörer abnahm, war das Telefon wieder tot. Die unwiderrufliche Schwere des Todes lastete wie ein Sandsack in meiner Hand. »Hallo«, sagte ich noch einmal, aber meine trockene Stimme schallte unverändert zurück, als prallte sie von einer dicken Wand ab. Ich legte den Hörer auf, nahm ihn dann

wieder ab und lauschte. Es war nichts zu hören. Ich blieb auf der Bettkante sitzen und versuchte, meine Atmung zu regulieren, während ich darauf wartete, daß das Telefon noch einmal klingelte. Es klingelte nicht. Ich sah zu, wie die schwebenden Körnchen erneut das Bewußtsein verloren und in der Dunkelheit versanken. Ich spielte mir das Geräusch des Telefons noch einmal im Geist vor. Ich war nicht mehr völlig sicher, daß es wirklich geklingelt hatte. Aber wenn ich zuließ, daß sich derlei Zweifel einschlichen, dann würde es mit ihnen kein Ende mehr nehmen. Irgendwo mußte ich eine Grenze ziehen, sonst würde selbst fraglich werden, ob ich mich überhaupt hier befand. *Das Telefon hatte geklingelt; ich konnte mich nicht irren.* Und im nächsten Moment war die Leitung wieder tot gewesen. Ich räusperte mich, aber auch dieses Geräusch erstarb augenblicklich in der Luft.
Ich stand auf und machte einen Rundgang durch das Zimmer. Ich musterte den Fußboden, starrte an die Decke empor, setzte mich auf den Tisch, lehnte mich an die Wand, drehte einmal kurz am Türknauf, schaltete die Stehlampe ein und aus. Der Türknauf rührte sich natürlich nicht, und die Lampe hatte keinen Strom. Das Fenster war von außen blockiert. Ich horchte nach irgendwelchen Geräuschen, aber die Stille war wie eine glatte hohe Wand. Dennoch spürte ich die Anwesenheit von etwas, das mich zu täuschen versuchte – so als ob die anderen den Atem anhielten, sich platt gegen die Wand drückten, die Farbe ihrer Haut auslöschten, damit ich nicht merkte, daß sie da waren. Also tat ich so, als merkte ich nichts. Wir waren beide Meister darin, uns gegenseitig etwas vorzumachen. Ich räusperte mich wieder und führte die Finger an meine Lippen.
Ich beschloß, das Zimmer einer erneuten Inspektion zu unterziehen. Ich probierte es noch einmal mit der Stehlampe, aber sie gab kein Licht. Ich schraubte die Whiskyflasche auf und schnüffelte an der Öffnung. Der Geruch war unverändert. Cutty Sark. Ich verschloß die Flasche wieder und stellte sie auf den Tisch zurück. Ich führte den Telefonhörer ein weiteres Mal an mein Ohr, aber die Leitung hätte nicht toter sein können. Ich machte ein paar langsame Schritte, um ein Gefühl vom Teppich unter meinen Sohlen zu bekommen. Ich preßte das Ohr an die Wand und konzentrierte meine ganze Aufmerksamkeit auf etwaige Geräusche, die durch sie dringen mochten, aber natürlich war nichts zu hören. Ich ging an die Tür und drehte, obwohl ich wußte, daß es sinnlos war, an dem Knauf. Er ließ sich mühelos nach rechts drehen. Einen Augenblick lang war ich außerstande, diese Tatsache als Tatsache zu registrieren. Vorher hatte der Türknauf so wenig nachge-

geben, als sei er einbetoniert gewesen. Also das Ganze noch einmal von vorn: Ich nahm die Hand weg, streckte sie wieder nach dem Knauf aus und drehte ihn hin und her. Er ließ sich widerstandslos drehen. Es verursachte mir ein äußerst merkwürdiges Gefühl, als ob meine Zunge sich aufblähte und mir die Mundhöhle ausfüllte.

Die Tür war offen.

Ich zog am Knauf, bis die Tür sich gerade so weit einwärts öffnete, daß ein blendender Lichtstrahl in das Zimmer drang. Der Schläger. Wenn ich jetzt nur den Schläger gehabt hätte, dann wäre mir viel wohler gewesen. Ach, vergiß den Schläger! Ich zog die Tür sperrangelweit auf. Nachdem ich mich mit einem Blick nach links, dann nach rechts vergewissert hatte, daß niemand da war, trat ich hinaus auf den Gang. Es war ein langer, teppichbelegter Korridor. Ein Stückchen weiter konnte ich eine große Vase mit Blumen sehen. Es war die Vase, hinter der ich mich versteckt hatte, während der pfeifende Zimmerkellner an diese Tür geklopft hatte. Nach meiner Erinnerung war der Korridor lang gewesen, mit vielen Kurven und Knicken und Verzweigungen. Hierher hatte ich es nur geschafft, weil ich unterwegs auf den pfeifenden Kellner gestoßen und ihm gefolgt war. Das Schildchen an der Tür hatte dieses Zimmer als Nr. 208 ausgewiesen.

Mit vorsichtigen Schritten ging ich auf die Vase zu. Ich hoffte, ich würde mich zum Foyer durchfinden, wo Noboru Wataya im Fernsehen gesprochen hatte. Im Foyer waren viele Menschen gewesen, ein dauerndes Kommen und Gehen. Möglicherweise würde ich dort irgendeinen Hinweis finden. Aber durch das Hotel zu wandern war so, als wagte man sich ohne einen Kompaß in eine endlose Wüste. Wenn ich das Foyer nicht fand und es dann nicht schaffte, zu Zimmer 208 zurückzufinden, konnte ich für immer an diesem labyrinthischen Ort eingesperrt bleiben, außerstande, in die wirkliche Welt zurückzukehren.

Aber jetzt war keine Zeit zu zaudern. Das war wahrscheinlich meine letzte Chance. Ich hatte sechs Monate lang tagein, tagaus auf dem Grund des Brunnens gewartet, und jetzt endlich hatte sich die Tür vor mir aufgetan. Außerdem würde mir der Brunnen bald nicht mehr gehören. Wenn ich jetzt versagte, wären all die Zeit und all die Mühe umsonst gewesen.

Ich bog um mehrere Ecken. Meine schmutzigen Tennisschuhe erzeugten auf dem Teppichboden keinerlei Geräusch. Ich konnte nicht das geringste hören – keine Stimmen, keine Musik, keinen Fernseher, nicht einmal einen Entlüftungsventilator oder einen Aufzug. Das Hotel war so stumm wie eine Ruine, die die Zeit vergessen hatte. Ich bog um mehrere Ecken und kam an vielen Türen vorbei. Der Korridor gabelte sich wieder und wieder, und ich hatte mich immer rechts gehalten, weil ich dachte, wenn ich irgendwann beschließen sollte, wieder zum Zimmer zurückzukehren, würde ich nur bei jeder Verzweigung nach links abzubiegen brauchen. Mittlerweile hatte ich allerdings jede Orientierung verloren. Ich hatte nicht das Gefühl, in der Zwischenzeit irgend etwas Bestimmtem näher gekommen zu sein. Die Zahlen an den Türen hatten keinerlei erkennbare Ordnung und nahmen kein Ende, so daß sie mir überhaupt nicht weiterhalfen. Sie rieselten mir aus dem Gedächtnis, fast noch ehe ich sie bewußt wahrgenommen hatte. Ab und an kam es mir so vor, als sei ich an der einen oder anderen Tür schon vorbeigekommen. Ich blieb mitten auf dem Korridor stehen und hielt den Atem an. Bewegte ich mich vielleicht im Kreis, wie jemand, der sich im Wald verlaufen hat?

Wie ich da stand und mich fragte, was ich tun sollte, hörte ich in der Ferne ein vertrautes Geräusch. Es war der pfeifende Kellner. Er traf die Töne mit vollendeter Präzision. Das machte ihm keiner nach. Wie beim vorigen Mal war es die Ouvertüre zu Rossinis *Die diebische Elster* – was als Stück nicht gerade einfach zu pfeifen ist, aber er schien keine Schwierigkeiten damit zu haben. Ich folgte dem Korridor in Richtung des Pfeifens, das immer lauter und deutlicher wurde. Er schien mir entgegenzukommen. Ich fand einen stämmigen Pfeiler und versteckte mich dahinter.
Der Kellner trug wieder ein silbernes Tablett mit der gewohnten Flasche Cutty Sark, dem Eiskübel und den zwei Gläsern. Die Augen starr geradeaus, eilte er mit einer Miene an mir vorbei, als sei er völlig im Bann seines eigenen Pfeifens. Er sah nicht in meine Richtung; er hatte es so eilig, daß er keinen einzigen Augenblick für eine überflüssige Bewegung erübrigen konnte. *Alles ist genau so wie beim ersten Mal*, dachte ich. Ich hatte den Eindruck, mein Fleisch würde in die Vergangenheit zurückversetzt.
Sobald der Kellner an mir vorübergegangen war, heftete ich mich an seine Fersen. Sein Silbertablett wippte anmutig im Takt der Melodie, die er pfiff, und fing von Zeit zu Zeit den grellen Schein einer Deckenlampe auf. Er wiederholte die Melodie der *Diebischen Elster* immer wieder von vorn, wie einen Zauberspruch. Was ist das eigentlich für eine Oper, *Die diebische Elster*? fragte ich mich. Alles, was ich von

ihr wußte, war die monotone Melodie ihrer Ouvertüre und ihr rätselhafter Titel. Als ich ein Junge war, hatten wir die Ouvertüre auf Schallplatte gehabt. Der Dirigent war Arturo Toscanini gewesen. Verglichen mit Claudio Abbados jugendlicher, flüssiger, zeitgemäßer Einspielung besaß Toscaninis Interpretation eine aufwühlende Intensität, wie die langsame Erdrosselung eines starken Feindes, der nach einem erbitterten Zweikampf zu Boden gerungen worden ist. Aber war *Die diebische Elster* wirklich die Geschichte einer Elster, die dem Diebstahl frönte? Wenn sich die Dinge je wieder normalisierten, würde ich in die Bücherei gehen und mir eine Enzyklopädie der Musik ausleihen müssen. Ich würde mir vielleicht sogar eine vollständige Aufnahme der Oper besorgen, wenn es sie zu kaufen gab. Oder vielleicht auch nicht. Vielleicht würden mir die Antworten auf diese Fragen bis dahin gleichgültig geworden sein.

Der pfeifende Kellner ging, mit der ganzen mechanischen Gleichmäßigkeit eines Roboters, immer weiter geradeaus, und ich folgte ihm in gleichbleibendem Abstand. Ich wußte, wohin er ging, ohne auch einen Augenblick nachdenken zu müssen. Er brachte die unangebrochene Flasche Cutty Sark und das Eis und die Gläser in Zimmer 208. Und tatsächlich blieb er zuletzt vor Zimmer 208 stehen. Er wechselte das Tablett in die linke Hand, überprüfte die Zimmernummer, straffte sich und klopfte leicht an die Tür. Drei Schläge, dann wieder drei.

Ich konnte nicht feststellen, ob von innen irgendeine Antwort kam. Ich stand hinter der Vase versteckt und beobachtete den Kellner. Die Zeit verging, aber der Kellner verharrte in seiner strammen Haltung, als sei er entschlossen, den Rekord in Ausdauer zu brechen. Er klopfte nicht noch einmal, sondern wartete geduldig darauf, daß die Tür aufging. Und schließlich, wie in Erhörung eines Gebets, begann die Tür, sich einwärts zu öffnen.

WIE MAN ANDERE DAZU BRINGT,
IHRE PHANTASIE ZU GEBRAUCHEN
(DIE FORTSETZUNG DER GESCHICHTE
BORIS' DES MENSCHENSCHINDERS)

Boris hielt sein Versprechen. Den japanischen Kriegsgefangenen wurde die Teilautonomie gewährt, und wir durften ein Komitee von Vertretern wählen. Der Oberst war der Vorsitzende des Komitees. Von da an war es den russischen Wachen, Zivilisten wie Armeeangehörigen, verboten, uns zu mißhandeln, und die Verantwortung für die Aufrechterhaltung der Ordnung im Lager ging auf das Komitee über. Solange wir keinen Ärger machten und die vorgegebenen Fördermengen erzielten, würden sie uns in Ruhe lassen. Das also war die offizielle Politik des neuen Politbüromitglieds (was heißen soll, Boris' Politik). Diese auf den ersten Blick so demokratischen Reformen hätten uns Kriegsgefangenen mehr als willkommen sein müssen.

Aber die Dinge lagen nicht so einfach, wie es den Anschein hatte. Zu sehr damit beschäftigt, uns über die neuen Reformen zu freuen, tappten wir Dummköpfe blindlings in die hinterhältige Falle, die Boris uns gestellt hatte.

Dank der Unterstützung der Geheimpolizei befand sich Boris in einer weit mächtigeren Position als das neue Politbüromitglied, und er machte sich sofort daran, das Lager und die Siedlung nach seinen Vorstellungen umzumodeln. Intrigen und Terrormaßnahmen waren bald an der Tagesordnung. Boris wählte unter den Gefangenen und den zivilen Wachen die kräftigsten und brutalsten Männer aus (woran es nicht mangelte), bildete sie aus und machte sie zu seiner persönlichen Leibwache. Mit Pistolen, Messern und Keulen bewaffnet, nahm sich diese handverlesene Schar jeden vor, der sich Boris zu widersetzen wagte: bedrohte und mißhandelte ihn – oder prügelte ihn, auf Boris' Befehl, sogar zu Tode. Niemand konnte gegen diese Schläger etwas ausrichten. Die von regulären Einheiten zur Bewachung des Bergwerks abgestellten Soldaten taten so, als sähen sie nicht, was direkt vor ihrer Nase geschah. Mittlerweile konnte nicht einmal mehr die Armee Boris etwas anhaben. Die Soldaten blieben im Hintergrund: Sie bewachten die Eisenbahnstation und ihre eigenen Unterkünfte und hielten sich aus allem, was im Bergwerk und im Lager vor sich ging, demonstrativ heraus.

Boris' Favorit in seiner handverlesenen Garde war »der Tatar«: ein Gefangener, der früher angeblich mongolischer Meister im Ringen gewesen war. Der Mann folgte Boris wie ein Schatten. Er hatte auf der rechten Wange eine große Narbe von einer Verbrennung, die ihm, wie man hörte, während der Folter zugefügt worden war. Boris trug keine Sträflingskleidung mehr, und er zog in ein hübsches Häuschen um, das eine Gefangene für ihn sauberhielt.

Laut Nikolai (der sich zunehmend scheute, über irgend etwas zu reden) waren mehrere Russen, die er kannte, über Nacht einfach verschwunden. Offiziell wurden sie als vermißt oder als Opfer von Unfällen registriert, aber niemand zweifelte daran, daß Boris' Schergen sich »um sie gekümmert« hatten. Jeder, der Boris' Befehle nicht befolgte – oder ihm auch nur mißfiel –, schwebte jetzt in Lebensgefahr. Ein paar Männer versuchten, sich direkt beim Zentralkomitee der Partei über die Mißstände im Lager zu beschweren, aber sie verschwanden spurlos. »Ich habe gehört, daß sie sogar einen kleinen Jungen – einen Siebenjährigen – umgebracht haben, um die Eltern zum Spuren zu bringen. Haben ihn vor deren Augen zu Tode geprügelt«, flüsterte mir Nikolai leichenblaß zu.

Anfangs hütete sich Boris, in der japanischen Zone so brutal vorzugehen. Er konzentrierte vielmehr seine ganze Energie darauf, die russischen Wachen völlig unter seine Kontrolle zu bringen und seine Machtposition im Lager zu festigen. Vorläufig schien er willens zu sein, die japanischen Kriegsgefangenen tatsächlich ihre Angelegenheiten selbst regeln zu lassen. Und so war uns in den ersten paar Monaten nach den Reformen eine kurze Atempause vergönnt. Dies waren für uns ruhige Tage, eine Periode echten Friedens. Dem Komitee gelang es, gewisse – und wenn auch bescheidene – Arbeitserleichterungen zu erwirken, und wir brauchten keine Mißhandlungen von seiten der Wächter mehr zu befürchten. Zum erstenmal seit unserer Ankunft im Lager vermochten wir, so etwas wie Hoffnung zu verspüren. Die Menschen glaubten, daß sich ihre Situation noch weiter verbessern würde.

Nicht, daß Boris uns während dieser kurzen Schonzeit gänzlich vergessen hätte. Er nutzte die Zeit, um seine Figuren in aller Stille zu seinem größtmöglichen strategischen Vorteil zu postieren. Er nahm sich die Mitglieder des Komitees einzeln in aller Heimlichkeit vor und schaffte es, sie durch Bestechung oder durch Einschüchterung unter seine Kontrolle zu bringen. Er vermied jede offene Anwendung von Gewalt und ging mit äußerster Umsicht vor, und so merkte niemand, was er da tat. Als wir es dann endlich merkten, war es zu spät. Durch die Scheinautonomie, die er uns gewährt hatte, lullte er uns ein, während er Stück für Stück ein noch effektiveres Kontrollsystem aufbaute. Seine Pläne waren von einer eisigen, diabolischen Präzision. Es gelang ihm, das Damokles-

schwert planlos zuschlagender Gewalt aus unserem Leben zu verbannen und an dessen Stelle eine neue Art von kalt kalkulierter Gewalt zu setzen.

Als sechs Monate später sein Kontrollapparat »stand«, riß er das Steuer herum und begann, Druck auf uns auszuüben. Sein erstes Opfer war der Mann, der bis dahin die zentrale Figur im Komitee gewesen war: der Oberst. Er hatte Boris im Interesse der japanischen Kriegsgefangenen in mehreren Fällen die Stirn geboten, und das kostete ihn nun das Leben. Mittlerweile waren er und einige wenige letzte Getreue die einzigen Komiteemitglieder gewesen, die noch nicht nach Boris' Pfeife tanzten. Der Oberst wurde eines Nachts erstickt: Jemand preßte ihm ein nasses Handtuch auf das Gesicht, während die anderen ihn festhielten. Der Befehl dazu kam natürlich von Boris, aber wenn es darum ging, Japaner zu töten, machte er sich nie selbst die Hände schmutzig. Er ließ dem Komitee seine Befehle zukommen, und für die Vollstreckung sorgten dann andere Japaner. Der Tod des Oberst wurde einfach als Folge einer Krankheit erklärt. Wir wußten natürlich alle, wer ihn getötet hatte, aber niemand durfte das laut aussprechen. Wir wußten, daß Boris Spitzel in unseren Reihen hatte, und wir mußten uns vorsehen, vor niemandem ein unbedachtes Wort zu äußern. Nachdem der Oberst beseitigt worden war, besetzte das Komitee das vakante Amt des Vorsitzenden mit Boris' Wunschkandidaten. Eine Folge der geänderten Zusammensetzung des Komitees war die zunehmende Verschlechterung unserer Arbeitsbedingungen, und bald war alles so schlimm wie zuvor. Als Gegenleistung für unsere Autonomie hatten wir uns Boris gegenüber zur Erzielung bestimmter Fördermengen verpflichtet, und das immer höhere Plansoll ging allmählich über unsere Kräfte. Die Fördermengen wurden unter stets neuen Vorwänden stufenweise angehoben, bis die uns abgeforderten Leistungen höher waren als je zuvor. Die Zahl der Unfälle stieg, und viele japanische Soldaten düngten, Opfer verantwortungsloser Abbaumethoden, mit ihren Knochen den Boden eines fremden Landes. »Autonomie« bedeutete nur noch, daß wir jetzt selbst unsere Arbeit beaufsichtigen mußten – statt wie bisher die Russen.

Die Folge war natürlich, daß sich unter den Kriegsgefangenen Unzufriedenheit verbreitete. Während wir früher eine gleichberechtigte Leidensgemeinschaft gewesen waren, kam nun immer stärker ein Gefühl von Benachteiligung auf – und mit ihm Haß, Mißgunst und Argwohn. Diejenigen, die Boris dienten, wurden mit leichteren Aufgaben und besonderen Privilegien belohnt; alle übrigen waren zu einem Leben in bitterstem Elend verurteilt – wenn man sie überhaupt am Leben ließ. Niemand durfte sich offen beklagen, denn jeder Widerstand bedeutete den Tod. Man konnte in einen eisigen Schuppen

gesperrt werden und dort elend erfrieren, im Schlaf mit einem nassen Handtuch erstickt werden oder während der Arbeit unter Tage hinterrücks mit einer Spitzhacke den Schädel eingeschlagen bekommen. Man konnte sang- und klanglos in einen Schacht stürzen. Niemand wußte, was in der Dunkelheit der Grube geschah. Die Menschen verschwanden einfach.
Ich konnte nicht umhin, mir dafür Vorwürfe zu machen, daß ich Boris und den Oberst zusammengebracht hatte. Natürlich hätte sich Boris auch ohne meine Mithilfe auf die eine oder andere Weise – und mit den gleichen Folgen – in unsere Mitte eingeschlichen, aber solche Überlegungen vermochten meine Schuldgefühle kaum zu lindern. Ich hatte einen schrecklichen Fehler begangen.

Eines Tages wurde ich unerwartet in das Gebäude kommandiert, das Boris als seine Zentrale benutzte. Ich hatte ihn seit langem nicht mehr gesehen. Er saß an einem Schreibtisch und trank Tee, genauso wie damals, als ich ihn im Büro des Stationsvorstehers gesehen hatte. Hinter ihm stand, eine großkalibrige Pistole im Gürtel, in straffer militärischer Haltung der Tatar. Als ich eintrat, wandte sich Boris dem Mongolen zu und bedeutete ihm mit einer Geste, das Zimmer zu verlassen. Jetzt waren wir beide allein.
»Nun, Leutnant Mamiya, wie Sie sehen, habe ich mein Versprechen gehalten.«
Das habe er zweifellos, erwiderte ich. Was er sagte, war leider wahr. Alles, was er mir versprochen hatte, war eingetroffen. Es war wie ein Pakt mit dem Teufel.
»Ihr habt eure Autonomie, und ich habe meine Macht«, sagte er mit einem Lächeln und breitete die Arme aus. »Wir haben beide bekommen, was wir wollten. Die Kohlenförderung ist gestiegen, und Moskau ist glücklich. Wer könnte da mehr verlangen? Ich bin Ihnen sehr dankbar dafür, daß Sie als mein Mittelsmann aufgetreten sind, und ich möchte als Gegenleistung jetzt etwas für Sie tun.«
Das sei nicht nötig, erwiderte ich.
»Ebensowenig ist diese vornehme Kühle vonnöten, Leutnant. Wir beide sind alte Bekannte«, sagte Boris lächelnd. »Ich möchte, daß Sie mit mir zusammenarbeiten. Ich will Sie zu meinem Assistenten machen. Unglücklicherweise sind Männer, die ihr Gehirn gebrauchen können, hier äußerst dünn gesät. Ihnen fehlt zwar eine Hand, aber ich kann sehen, daß Ihr scharfer Verstand diese Behinderung mehr als wettmacht. Wenn Sie sich bereit erklärten, als mein Sekretär zu arbeiten, wäre ich Ihnen sehr dankbar und würde alles in meiner Macht Stehende tun, um Ihnen das Leben im Lager so leicht wie möglich zu machen. Auf diese Weise könnten Sie fest damit rechnen, die Gefangenschaft zu

überleben und früher oder später wieder in Ihre Heimat zurückzukehren. Eine enge Zusammenarbeit mit mir kann für Sie nur von Vorteil sein.«
Unter normalen Umständen hätte ich ein solches Ansinnen ohne weiteres abgelehnt. Ich hatte nicht die Absicht, meine Kameraden zu verraten und mir ein bequemes Leben zu sichern, indem ich als Boris' Assistent arbeitete. Und wenn eine solche Ablehnung meinen Tod bedeutet hätte, dann wäre es mir nur recht gewesen. Aber in dem Moment, in dem er mir sein Angebot unterbreitete, merkte ich, wie ein Plan in mir Gestalt anzunehmen begann.
»Worin würde meine Arbeit bestehen?« fragte ich.

Was Boris von mir erwartete, war keine Kleinigkeit. Die Zahl der verschiedenen Pflichten, die erledigt sein wollten, war gewaltig, wobei die für sich genommen größte Aufgabe die Verwaltung von Boris' Privatvermögen darstellte. Boris hatte gut vierzig Prozent der Lebensmittel, Kleidungsstücke und Medikamente, die von Moskau und dem Internationalen Roten Kreuz ins Lager geschickt wurden, für sich abgezweigt, in geheimen Lagerhäusern gehortet und an verschiedene Abnehmer verkauft. Er hatte auch ganze Zugladungen Kohle durch den schwarzen Markt geschleust. Überall herrschte chronischer Brennstoffmangel, und die Nachfrage war dementsprechend groß. Er bestach Stationsvorsteher und Bahnarbeiter und konnte die Züge praktisch fahren lassen, wie und wohin er wollte. Lebensmittel und Geld brachten die für die Sicherung des Zugverkehrs verantwortlichen Soldaten dazu, beide Augen zuzudrücken. Dank solcher »Geschäfts«-Praktiken hatte Boris ein riesiges Vermögen angehäuft. Er erklärte mir, das Geld sei letztlich als Betriebskapital für die Geheimpolizei gedacht. »Unsere Tätigkeit«, wie er die Sache nannte, erfordere riesige Summen, die nicht offen verbucht werden dürften, und er sei jetzt eben dabei, diese Geheimfonds zu »beschaffen«. Aber das war eine Lüge. Ein Teil des Geldes mochte tatsächlich nach Moskau gelangen, aber ich war sicher, daß weit über die Hälfte der Einnahmen in Boris' Privatschatulle flossen. Soweit ich feststellen konnte, transferierte er das Geld auf ausländische Bankkonten und kaufte Gold.
Aus unerfindlichen Gründen schien er mir absolutes Vertrauen zu schenken. Es scheint ihm überhaupt nicht in den Sinn gekommen zu sein, daß ich seine Geheimnisse verraten könnte, und im nachhinein finde ich das äußerst merkwürdig. Seinen russischen Landsleuten und anderen Weißen begegnete er stets mit dem äußersten Argwohn, aber Mongolen oder Japanern schien er uneingeschränktes Vertrauen entgegenzubringen.

Vielleicht glaubte er, daß ich ihm ohnehin nicht hätte schaden können, selbst wenn ich beschlossen hätte, seine Geheimnisse zu verraten. Wem denn auch? Jeder in meiner Umgebung war Boris' Komplize oder Handlanger und war als solcher zu einem – und wenn auch winzigen – Teil an dessen ungeheuren illegalen Profiten beteiligt. Und die einzigen, die darunter zu leiden hatten, daß Boris ihre Lebensmittel, ihre Kleidung und ihre Arzneimittel verschob und sich an ihrem Tod bereicherte, waren die machtlosen Lagerinsassen. Und außerdem wurde alle Post zensiert, und jeder Kontakt mit Außenstehenden war strengstens untersagt.
Und so wurde ich Boris' tatkräftiger und treuer Privatsekretär. Ich überarbeitete seine chaotische Buchführung und Lagerkartei von Grund auf, wobei ich den Geld- und Güterstrom systematisierte und übersichtlich gestaltete. Ich legte ein kategorisiertes Hauptbuch an, das auf einen Blick zeigte, wieviel sich von einer gegebenen Ware wo befand und wieviel ihr gegenwärtiger Marktwert betrug. Ich erstellte eine lange Liste von Bestechungsempfängern und errechnete die für jeden von ihnen anfallenden »notwendigen Ausgaben«. Ich arbeitete für Boris hart, von früh bis spät, mit dem Resultat, daß ich die wenigen Freunde verlor, die ich gehabt hatte. Die Leute betrachteten mich (zwangsläufig, wie ich zugeben muß) als einen verächtlichen Menschen, einen Mann, der seine Landsleute verkauft hatte und Boris' getreuer Stiefellecker geworden war. Und das Traurigste ist, daß sie mich wahrscheinlich noch immer so betrachten. Nikolai wechselte kein Wort mehr mit mir. Die zwei oder drei anderen japanischen Kriegsgefangenen, zu denen ich eine engere Beziehung gehabt hatte, wandten sich jetzt ab, sobald sie mich kommen sahen. Umgekehrt gab es eine Reihe von Leuten, die sich, als sie merkten, daß ich ein Günstling von Boris geworden war, mit mir gut zu stellen versuchten – aber mit ihnen wollte ich nichts zu tun haben. Und so geriet ich im Lager immer mehr in Isolation. Nur Boris' Schutz bewahrte mich davor, getötet zu werden. Niemand hätte es gewagt, einen seiner wertvollsten Sklaven zu ermorden. Jeder wußte, wie grausam Boris sein konnte; sein Ruf als der »Menschenschinder« hatte selbst dort schon legendäre Ausmaße erreicht. Je mehr ich isoliert wurde, desto vertrauenswürdiger erschien ich Boris. Er war mit meinen effizienten, systematischen Arbeitsmethoden äußerst zufrieden, und er kargte nicht mit Lob.
»Sie sind ein sehr bemerkenswerter Mann, Leutnant Mamiya. Wenn es genügend Japaner wie Sie gibt, wird sich Japan mit Sicherheit von seinen chaotischen Nachkriegsverhältnissen erholen. Für mein Land besteht dagegen keine Hoffnung. Es ging ihm zur Zarenzeit fast besser. Zumindest brauchte sich der Zar seinen hohlen Kopf nicht mit

einem Haufen Theorien zu befrachten. Lenin hat alles, was er von den Marxschen Theorien verstand, genommen und zu seinem eigenen Vorteil verwendet, und Stalin hat alles, was er von Lenins Theorien kapieren konnte (was nicht viel war), genommen und zu seinem Vorteil verwendet. Je beschränkter der geistige Horizont eines Mannes ist, desto mehr Macht kann er in diesem Land gewinnen. Glauben Sie mir, Leutnant, hier gibt es nur einen Weg zu überleben: sich nichts ausdenken. Ein Russe, der seine Phantasie gebraucht, ist erledigt. Ich selbst benutze meine nie. Mein Beruf ist, andere Leute dazu zu bringen, ihre Phantasie zu gebrauchen. Damit verdiene ich mir meine Brötchen. Prägen Sie sich das gut ein. Sollten Sie je merken, daß Sie anfangen, sich irgendwelche Sachen auszudenken, stellen Sie sich – wenigstens solange Sie hier sind – mein Gesicht vor und sagen Sie sich: ›Nein, laß das sein. Phantasie kann tödlich sein.‹ Diesen goldenen Ratschlag möchte ich Ihnen mit auf den Weg geben. Überlassen Sie es anderen, ihre Phantasie zu gebrauchen.«

So verging ein halbes Jahr. Der Herbst 1947 neigte sich seinem Ende zu, und ich war Boris unentbehrlich geworden. Ich war für die geschäftliche Seite seiner Aktivitäten verantwortlich, während der Tatar für die gewalttätige Seite zuständig war. Die Geheimpolizei hatte Boris noch immer nicht nach Moskau zurückgerufen, aber andererseits schien er selbst gar nicht mehr zurückzuwollen. Er hatte das Lager und das Bergwerk in sein nahezu unantastbares Territorium verwandelt, und dort führte er ein behagliches Leben und häufte, von seiner Privatarmee beschützt, ein exorbitantes Vermögen an. Vielleicht hielt es die Moskauer Elite auch für vorteilhafter, ihn nicht wieder in die Hauptstadt zurückzuholen, sondern ihn auf diesem vorgeschobenen Posten zu lassen und dadurch ihre Macht in Sibirien zu festigen. Boris stand fortwährend in Korrespondenz mit Moskau – wobei die Briefe natürlich nicht der Post anvertraut wurden: sie kamen mit dem Zug, im Portefeuille von Geheimkurieren. Diese waren immer großgewachsene Männer mit eiskalten Augen. Wenn einer von ihnen das Zimmer betrat, schien die Temperatur schlagartig um einige Grad zu sinken.
Derweil starben die Gefangenen, die im Bergwerk arbeiteten, weiter zu Hunderten, und wie zuvor füllten ihre Leichname nach und nach die Schächte. Boris nahm eine sorgfältige Einschätzung des Leistungspotentials jedes einzelnen Häftlings vor, dann trieb er die Schwachen besonders hart an und verringerte ihre Essensrationen, um sie möglichst rasch sterben zu lassen und die Zahl der zu stopfenden Mäuler zu reduzieren. Die den Schwachen vorenthaltenen Lebensmittel gingen an die Starken, um deren Produktivität

noch weiter zu erhöhen. Effizienz war im Lager alles: Es war das Gesetz des Dschungels, das Überleben des Tüchtigsten. Und jedesmal, wenn der Arbeiterbestand eine kritische Untergrenze zu erreichen drohte, trafen, wie Viehtransporte, Güterzüge voll neuer Gefangener ein. Manchmal starben unterwegs bis zu zwanzig Prozent der »Sendung«, aber das interessierte niemanden. Die neuen Sträflinge waren größtenteils Russen und Osteuropäer, die aus dem Westen des Reiches herbeigeschafft wurden. Zum Glück für Boris funktionierte Stalins Politik der Gewalt dort wie eh und je.

Mein Plan war, Boris zu töten. Ich wußte natürlich, daß die Beseitigung dieses einen Mannes keine Garantie dafür war, daß sich unsere Situation auch nur im mindesten verbessern würde. So oder so würde sie eine Hölle auf Erden bleiben. Aber ich konnte einfach nicht zulassen, daß dieser Mann die Welt weiter durch seine Existenz verpestete. Wie Nikolai gesagt hatte, war er eine Giftschlange in Menschengestalt. Jemand würde ihm den Kopf abhacken müssen.

Ich hatte keine Angst zu sterben. Am liebsten wäre es mir sogar gewesen, wenn Boris mich getötet hätte, während ich ihn tötete. Aber ich durfte mir keinen Fehler leisten. Ich mußte geduldig auf den einen Augenblick warten, da ich absolut sicher sein konnte, daß ich ihn unfehlbar töten würde: daß ich sein Leben mit einer einzigen Kugel auslöschen konnte. Ich spielte weiter die Rolle seines getreuen Sekretärs, während ich auf die Gelegenheit wartete, mich auf meine Beute zu stürzen. Aber wie ich schon sagte, Boris war ein äußerst vorsichtiger Mann. Er ließ den Tataren Tag und Nacht nicht von seiner Seite weichen. Und selbst wenn ich auch einmal mit ihm allein geblieben wäre, wie hätte ich ihn töten können, mit nur einer Hand und ohne eine Waffe? Dennoch ließ ich in meiner Wachsamkeit nicht nach und wartete auf den richtigen Augenblick. Wenn es irgendwo in dieser Welt einen Gott gab, dann – davon war ich überzeugt – würde die Gelegenheit auch einmal kommen.

Anfang 1948 breitete sich im Lager das Gerücht aus, daß man den japanischen Kriegsgefangenen endlich die Heimkehr gestatten würde, daß im Frühjahr ein Schiff für unsere Repatriierung bereitgestellt werden würde. Ich fragte Boris danach.

»Es stimmt, Leutnant Mamiya«, sagte er. »Was man sich erzählt, ist wahr. Ihr werdet schon recht bald alle repatriiert. Wir werden euch nicht mehr allzu lange hier arbeiten lassen können, zum Teil dank der Meinung der Weltöffentlichkeit. Aber ich möchte Ihnen einen Vorschlag machen, Leutnant. Was hielten Sie davon, in diesem Land zu bleiben – nicht als Kriegsgefangener, sondern als freier Sowjetbürger? Sie haben mir sehr

gut gedient, und es wird äußerst schwierig sein, einen Ersatz für Sie zu finden. Für Sie wiederum dürfte es erheblich angenehmer sein, hier bei mir zu bleiben, als nach Japan zurückzukehren und dort in Armut und Elend zu leben. Wie ich höre, haben die Leute dort nichts zu essen. Sie verhungern. Hier hätten Sie Geld, Frauen, Macht – alles.«
Boris hatte mir dieses Angebot in völligem Ernst unterbreitet. Er wußte, daß es gefährlich sein konnte, mich, der ich in seine intimsten finanziellen Geheimnisse eingeweiht war, ziehen zu lassen. Wenn ich jetzt ablehnte, konnte er auf die Idee kommen, daß es sicherer wäre, mich ein für allemal zum Schweigen zu bringen. Aber ich hatte keine Angst. Ich dankte ihm für sein freundliches Angebot, erklärte aber, daß ich es aus Sorge um meine Eltern und meine Schwester vorzöge, nach Japan zurückzukehren. Boris zuckte kurz die Achseln und sagte nichts mehr.
Die perfekte Gelegenheit, ihn zu töten, bot sich mir eines Abends im März, als der Tag unserer Repatriierung bereits in greifbare Nähe gerückt war. Kurz vor neun war der Tatar aus dem Zimmer gegangen und hatte mich mit Boris allein gelassen. Ich arbeitete wie immer an den Büchern, und Boris saß an seinem Schreibtisch und schrieb einen Brief. Es war ungewöhnlich, daß wir zu so später Stunde noch im Büro saßen. Er trank ab und zu einen Schluck Weinbrand, während sein Füller über das Papier glitt. Am Kleiderständer hingen Boris' Ledermantel, sein Hut und, in einem Lederhalfter, seine Pistole. Die Pistole war keines der üblichen Ungetüme, mit denen das sowjetische Militär ausgerüstet wurde, sondern ein deutsches Fabrikat: eine Walther PPK. Boris hatte sie angeblich einem Oberstleutnant der SS abgenommen, der während der Schlacht bei der Donau-Überquerung gefangengenommen worden war. Am Griff trug sie die SS-Rune, und sie war immer sauber und gut geölt. Ich hatte Boris schon häufig dabei beobachtet, wie er sich an der Pistole zu schaffen machte, und ich wußte, daß er sie immer geladen hielt, mit acht Schuß im Magazin.
Daß er die Waffe am Hutständer gelassen hatte, war äußerst ungewöhnlich. Er achtete sonst immer darauf, sie, während er arbeitete, griffbereit zu haben, in der rechten Schublade seines Schreibtischs. An jenem Abend aber war er aus irgendeinem Grund sehr gut gelaunt und sehr gesprächig gewesen, und das hatte ihn möglicherweise seine gewohnte Vorsicht vergessen lassen. Es war eine Gelegenheit, wie sich mir kaum eine zweite bieten würde. Immer wieder hatte ich mir in der Vorstellung zurechtgelegt, wie ich die Pistole mit einer Hand entsichern und durchladen würde. Zur Tat entschlossen, stand ich nun auf und ging am Kleiderständer vorbei, als wollte ich mir ein Formblatt holen. In seinen Brief vertieft, sah Boris nicht zu mir herüber. Im Vorbeigehen zog ich die Pistole aus dem

Halfter. Die kleinformatige Walther lag mir perfekt in der Hand, kompakt und vollkommen ausbalanciert: ein Meisterstück der Waffentechnik. Ich stellte mich vor Boris und löste die Sicherung. Dann klemmte ich mir die Pistole zwischen die Knie und zog mit der rechten Hand den Verschluß zurück, um die erste Patrone in die Kammer zu befördern. Schließlich spannte ich mit dem Daumen den Hahn. Als er das kurze, trockene Geräusch hörte, hob Boris den Kopf und sah in die Mündung der Waffe, die ich gegen sein Gesicht gerichtet hielt.
Er schüttelte den Kopf und seufzte.
»Pech für Sie, Leutnant, aber die Pistole ist nicht geladen«, sagte er, nachdem er seinen Füller geschlossen hatte. »Sie können es am Gewicht erkennen. Schütteln Sie sie ein bißchen. Acht 7,65-Millimeter-Patronen wiegen achtzig Gramm.«
Ich glaubte ihm nicht. Ohne zu zögern, richtete ich die Mündung auf seine Stirn und drückte ab. Das einzige Geräusch war ein Klicken. Er hatte recht: Sie war nicht geladen. Ich legte die Pistole hin und biß mir auf die Lippe, unfähig, einen Gedanken zu fassen. Boris öffnete die Schreibtischschublade, zog eine Faustvoll Patronen hervor und hielt sie mir dann in der offenen Hand entgegen. Er hatte mich hereingelegt. Das Ganze war eine Falle gewesen.
»Ich wußte schon lange, daß Sie mich töten wollten«, sagte er leise. »Sie haben sich vorgestellt, wie Sie es tun würden, es sich immer und immer wieder im Kopf ausgemalt, stimmt's? Ich könnte schwören, daß ich Ihnen schon vor langem davon abgeraten habe, je Ihre Phantasie zu gebrauchen. Das könnte Sie das Leben kosten. Aber was soll's. Sie könnten mich ohnehin niemals töten.«
Boris nahm zwei Patronen von seiner offenen Hand und warf sie mir vor die Füße. Sie schlugen klirrend auf und rollten bis dahin, wo ich stand.
»Das sind scharfe Patronen«, sagte er. »Es ist keine Falle. Stecken Sie sie in die Pistole und erschießen Sie mich. Eine andere Chance werden Sie nicht bekommen. Wenn Sie mich wirklich töten wollen, zielen Sie sorgfältig. Aber wenn Sie mich verfehlen, müssen Sie mir Ihr Wort geben, daß Sie meine Geheimnisse niemals verraten werden. Sie dürfen keinem Menschen auf der Welt erzählen, was ich hier gemacht habe. Das ist unsere kleine Abmachung.«
Ich nickte ihm zu. Ich gab ihm mein Wort.
Ich klemmte mir die Pistole wieder zwischen die Knie, löste den Magazinhalter, zog das Magazin heraus und schob die zwei Patronen hinein. Es war keine leichte Aufgabe mit nur einer Hand – und dazu einer Hand, die ununterbrochen zitterte. Boris verfolgte

meine Bewegungen mit gelassener Miene. In seinem Gesicht spielte sogar der Anflug eines Lächelns. Sobald ich es geschafft hatte, das Magazin wieder in den Griff zu schieben, zielte ich zwischen seine Augen, zwang meine Hand, nicht mehr zu zittern, und drückte ab. Das Zimmer erbebte vom Lärm der Explosion, aber die Kugel sauste an Boris' Ohr vorbei und schlug in die Wand ein. Weißer Putzstaub spritzte in alle Richtungen. Ich hatte ihn aus einer Entfernung von weniger als zwei Metern verfehlt. Ich war kein schlechter Schütze. Als ich in Hsin-ching stationiert gewesen war, hatte ich mich immer mit großer Begeisterung an den regelmäßigen Zielschießübungen beteiligt. Und auch wenn ich jetzt nur noch meine rechte Hand hatte, war diese Rechte kräftiger als die der meisten Leute, und die Walther war eine hervorragend ausbalancierte Waffe, die einem ein exaktes, ruhiges Zielen ermöglichte. Ich konnte nicht glauben, daß ich ihn verfehlt hatte. Wieder spannte ich den Hahn und zielte. Ich atmete scharf ein und sagte mir: »Du mußt diesen Mann töten.« Indem ich ihn tötete, konnte ich der Tatsache, daß ich gelebt hatte, einen gewissen Sinn verleihen.

»Zielen Sie jetzt gut, Leutnant Mamiya. Es ist ihre letzte Kugel.« Boris lächelte noch immer.

In diesem Moment kam der Tatar mit gezogener Pistole ins Zimmer gestürzt.

»Halt dich raus«, bellte ihn Boris an. »Laß Mamiya auf mich schießen. Wenn er es schafft, mich zu töten, kannst du tun, was du willst.«

Der Tatar nickte und richtete die Mündung seiner Waffe auf mich.

Die Hand fest um den Griff der Walther gekrampft, streckte ich den rechten Arm aus, zielte auf die Mitte von Boris' verächtlichem, selbstsicherem Lächeln und drückte eiskalt ab. Der Rückstoß war heftig, aber ich hielt die Pistole ruhig. Es war ein tadellos ausgeführter Schuß. Aber wieder sauste die Kugel an Boris' Kopf vorbei – diesmal um die Wanduhr, die hinter ihm hing, in eine Million Stücke zerspringen zu lassen. Boris zuckte nicht einmal mit der Wimper. Er lehnte sich in seinem Stuhl zurück und hielt seine Schlangenaugen weiter starr auf mich gerichtet. Die Pistole schlug krachend auf den Boden.

Im ersten Moment rührte sich oder sprach niemand. Bald aber stand Boris von seinem Stuhl auf und bückte sich nach der Pistole, die ich fallen gelassen hatte. Nach einem langen nachdenklichen Blick auf die Waffe ging er zum Kleiderständer und steckte sie wieder in ihr Halfter. Dann klopfte er mir zweimal auf den Arm, wie um mich zu trösten.

»Ich hatte es Ihnen doch gesagt, daß Sie mich nicht töten können«, sagte Boris. Er holte ein Päckchen Camel aus der Tasche, steckte sich eine Zigarette zwischen die Lippen und

zündete sie mit seinem Feuerzeug an.«*Sie haben schon richtig gezielt. Es war nur so, daß Sie mich nicht töten konnten. Sie sind nicht befähigt, mich zu töten. Das ist der einzige Grund, warum Sie Ihre Chance verpaßt haben. Und jetzt werden Sie leider meinen Fluch mit in die Heimat nehmen müssen. Hören Sie zu: Wo immer Sie sein mögen, Sie werden niemals glücklich sein. Sie werden nie einen Menschen lieben und nie von einem Menschen geliebt werden. Das ist mein Fluch. Ich werde Sie nicht töten. Aber ich verschone Sie nicht aus Freundlichkeit. Ich habe im Laufe der Jahre viele Menschen getötet, und ich werde viele weitere töten. Aber ich töte nie jemanden, bei dem keine Notwendigkeit dazu besteht. Leben Sie wohl, Leutnant Mamiya. In einer Woche werden Sie zum Hafen von Nachodka aufbrechen. Gute Reise. Unsere Wege werden sich nie wieder kreuzen.«*

Das war das letztemal, daß ich Boris den Menschenschinder sah. In der darauffolgenden Woche verließ ich das Konzentrationslager und wurde per Zug nach Nachodka befördert. Nach vielen verwickelten Ereignissen in dieser Stadt gelangte ich schließlich, Anfang des darauffolgenden Jahres, nach Japan.

Ehrlich gesagt, weiß ich wirklich nicht, welche Bedeutung diese meine lange seltsame Geschichte für Sie, Herr Okada, haben kann. Vielleicht ist sie nicht mehr als das Gestammel eines alten Mannes. Aber ich wollte – ich mußte – sie Ihnen erzählen. Wie Sie nach Lektüre dieses Briefes nun selbst erkennen können, ist mein ganzes Leben eine einzige Niederlage gewesen. Ich habe verloren. Ich bin verloren. Ich bin zu nichts fähig. Kraft dieses Fluches liebe ich niemanden und werde von niemandem geliebt. Eine wandelnde leblose Hülse, werde ich dereinst einfach im Dunkel verschwinden. Doch da es mir zuletzt nun doch gelungen ist, meine Geschichte an Sie weiterzugeben, Herr Okada, wird es mir möglich sein, mit einem gewissen, bescheidenen Gefühl der Zufriedenheit zu verschwinden.

Möge Ihr Leben ein gutes sein, ein Leben ohne Reue.

33

EIN GEFÄHRLICHER ORT
DIE FERSEHZUSCHAUER
DER HOHLE MANN

Die Tür begann sich einwärts zu öffnen. Das Tablett nun auf beiden Händen, deutete der Kellner eine Verbeugung an und trat ein. Im Schatten der Vase verborgen, wartete ich darauf, daß er wieder herauskam, und fragte mich gleichzeitig, was ich dann tun würde. Ich konnte in dem Augenblick, wo er herauskam, ins Zimmer schlüpfen. *In Zimmer 208 war eindeutig jemand.* Wenn die Dinge sich weiter so entwickelten wie beim erstenmal (was bis jetzt genau der Fall gewesen war), dann mußte die Tür eigentlich unverschlossen sein. Andererseits konnte ich das Zimmer auch fürs erste aus dem Spiel lassen und dem Kellner nachgehen. Auf diese Weise würde sich wahrscheinlich herausfinden lassen, woher er kam.

Ich schwankte zwischen diesen zwei Möglichkeiten, aber am Ende entschied ich mich dafür, dem Kellner zu folgen. In Zimmer 208 lauerte etwas Gefährliches, etwas, was tödliche Auswirkungen haben konnte. Ich erinnerte mich nur zu gut an das scharfe Klopfgeräusch in der Dunkelheit und den mörderischen weißen Glanz eines dolchähnlichen Gegenstands. Ich mußte vorsichtiger sein. Erst einmal sehen, wo der Kellner mich hinführen würde. Dann konnte ich hierher zurückkommen. Aber wie sollte ich das anstellen? Ich steckte die Hände in die Taschen und fand darin, neben einem Taschentuch, meinem Portemonnaie und Kleingeld, einen kurzen Kugelschreiber. Ich zog ihn heraus und malte mir einen Strich auf die Hand, um mich zu vergewissern, daß er auch schrieb. Ich konnte mit dem Stift die Wände merkieren, während ich dem Kellner folgte. Mit Hilfe der Markierungen würde ich dann zum Zimmer zurückfinden. Das müßte eigentlich klappen.

Die Tür öffnete sich, und der Kellner kam mit leeren Händen wieder heraus. Er hatte alles im Zimmer gelassen, einschließlich des Tabletts. Nachdem er die Tür geschlossen hatte, straffte er sich und fing an, *Die diebische Elster* zu pfeifen, während er eiligen Schritts denselben Weg einschlug, den er gekommen war. Ich verließ mein Versteck im Schatten der großen Vase und folgte ihm. Jedesmal, wenn sich der Korridor gabelte, malte ich ein kleines blaues X auf die cremefarbene Wand. Der Kellner sah sich kein einzigesmal um. Er hatte eine ganz besondere Art zu gehen; er hätte als stilistisches Vorbild bei der Hotelkellner-Gangart-Weltmeisterschaft auftreten können. Sein Gang verkündete gleichsam: »*So* muß ein Hotelkellner gehen: Kopf hoch, Kinn vorgereckt, Rücken gerade, Arme im Takt der Ouvertüre zur *Diebischen Elster* rhythmisch vor- und zurückschwingend, mit raumgreifenden Schritten den Korridor entlang.« Er bog um mehrere Ecken, stieg viele kurze Treppen hinauf und hinunter, ging durch heller oder dunkler beleuchtete Abschnitte, an Nischen und Wandvertiefungen vorbei, die unterschiedlich geartete Schatten erzeugten. Trotz des Abstands, den ich von ihm hielt, um nicht entdeckt zu werden, war es nicht sonderlich schwierig, ihm zu folgen. Selbst wenn er vorübergehend hinter einer Ecke verschwand, bestand dank seinem volltönenden Pfeifen nie die Gefahr, daß ich ihn verlor.

Ebenso wie ein stromauf wandernder Lachs früher oder später ein ruhiges Wasserloch erreicht, trat der Kellner aus dem letzten Korridorabschnitt ins Foyer: die überfüllte Hotelhalle, in der ich Noburu Wataya im Fernsehen gesehen hatte. Diesmal war das Foyer allerdings fast ausgestorben: Es waren lediglich eine Handvoll Leute da, die vor einem großen Fernsehgerät saßen und sich eine Nachrichtensendung von NHK ansahen. Aus Rücksicht den Leuten gegenüber hatte der Kellner, als er sich dem Foyer näherte, sein Pfeifen eingestellt. Jetzt durchquerte er die Halle und verschwand hinter einer Tür, auf der »Zutritt nur für Personal« zu lesen stand.

Ich tat so, als wollte ich nur die Zeit totschlagen, und schlenderte ein wenig im Foyer umher, setzte mich kurz auf ein Sofa, dann auf ein anderes, dann auf noch ein anderes, sah zur Decke auf, stellte fest, wie dick der Teppich unter meinen Füßen war. Dann ging ich zu einem öffentlichen Telefon und warf eine Münze ein. Dieses Telefon war genauso tot, wie das im Zimmer gewesen war. Ich nahm den Hörer eines Haustelefons ab und tippte »208« ein, aber auch dieses Telefon war tot. Anschließend setzte ich mich in einen etwas abseits stehenden Sessel, um die Fernsehenden unauffällig beobachten zu können. Die Gruppe bestand aus zwölf Leuten, neun Männern und drei Frauen, größtenteils im Alter zwischen Anfang, Mitte Dreißig und Ende Vierzig; zwei mochten Anfang der Fünfzig sein. Die Männer trugen alle Anzüge oder Sportsakkos und konservative Krawatten und Lederschuhe. Abgesehen von gewissen Unterschieden in Körpergröße und Gewicht hatte keiner von ihnen irgendwelche besonderen Erkennungsmerkmale. Die drei Frauen waren alle Anfang Dreißig, gut angezogen und sorgfältig geschminkt. Sie hätten auf dem Heimweg von einem Klassentreffen sein können, wenn man davon absah, daß sie jede für sich saßen und nicht den Eindruck machten, als würden sie sich kennen. Überhaupt schienen alle diese Leute Fremde zu sein, die nur rein zufällig auf ein und denselben Bildschirm schauten. Es fand keinerlei Austausch von Meinungen oder Blicken oder sonstigen Verständigungszeichen statt.

Ich saß etwas abseits von den Leuten und verfolgte eine Zeitlang die Sendung. Die Nachrichten interessierten mich nicht sonderlich – ein Gouverneur durchschnitt bei der Einweihung einer neuen Straße ein Band, irgendwelche Kindermalkreiden, die, wie man festgestellt hatte, eine gesundheitsschädliche Substanz enthielten, wurden ins Werk zurückgerufen, in Asahikawa war ein Bus voll Touristen auf dem Weg in ein Thermalbad während eines schweren Schneesturms infolge vereister Fahrbahn und schlechter Sichtverhältnisse gegen einen Lastwagen geprallt: der Lkw-Fahrer war ums Leben gekommen, und etliche Touristen hatten Verletzungen davongetragen. Der Sprecher las die Nachrichten mit gedämpfter Stimme nacheinander ab, als teilte er lauter Luschen aus. Ich dachte an das TV-Gerät im Haus von Herrn Honda, dem Wahrsager. Das war auch immer auf NHK eingestellt gewesen.

Die Nachrichtenbilder, die da über den Äther kamen, erschienen mir zugleich sehr real und völlig unwirklich. Ich empfand Mitleid mit dem siebenunddreißigjährigen Lkw-Fahrer, der bei dem Unfall ums Leben gekommen war. Niemand verendet gern mit zerrissenen inneren Organen in einem Schneesturm in Asahikawa. Aber ich war mit dem Lkw-Fahrer nicht persönlich bekannt, und er wußte nichts von mir. Und so hatte mein Mitleid mit ihm nichts Persönliches. Ich empfand nur eine ganz generelle Trauer wegen des plötzlichen, unnatürlichen Todes eines Mitmenschen. Diese allgemeine Empfindung konnte bei mir überaus echt und zugleich nicht im mindesten echt sein. Ich wandte die Augen vom Bildschirm ab und ließ sie noch einmal durch die große leere Halle schweifen. Es waren keine Hotelangestellten zu sehen, und die kleine Bar war noch geschlossen. An der Wand hing lediglich ein großes Ölgemälde, das einen Berg darstellte.

Als ich mich wieder dem Bildschirm zuwandte, war darauf in Nahaufnahme ein vertrautes Gesicht zu sehen – Noboru Watayas Gesicht. Ich richtete mich im Sessel auf und konzentrierte mich auf die Worte des Nachrichtensprechers. Noboru Wataya war etwas zugestoßen, aber ich hatte den Anfang der Meldung verpaßt. Bald verschwand das Foto, und es erschien der Reporter vor Ort. Er trug einen

Schlips und einen Mantel und stand mit einem Mikrophon in der Hand vor dem Eingang eines großen Gebäudes.

»... in die Klinik der Tokioter Medizinischen Hochschule für Frauen eingeliefert worden, wo er sich gegenwärtig auf der Intensivstation befindet, aber wir wissen nicht mehr, als daß er seit dem Überfall durch einen Unbekannten, bei dem er eine Schädelfraktur erlitt, das Bewußtsein nicht wiedererlangt hat. Die Krankenhausleitung hat es abgelehnt, eine Stellungnahme zur Schwere der Verletzungen sowie eine Prognose abzugeben. Ein detaillierter Bericht über seinen Zustand soll zu einem späteren Zeitpunkt veröffentlicht werden. Vom Haupteingang der Klinik der Tokioter Medizinischen Hochschule für Frauen berichtete ...«

Und damit wurde ins Studio zurückgegeben, wo der Sprecher einen Text abzulesen begann, der ihm gerade auf den Tisch gelegt worden war. »Nach neusten Meldungen hat der Abgeordnete Noboru Wataya bei einem versuchten Anschlag auf sein Leben schwere Kopfverletzungen davongetragen. Heute morgen um elf Uhr dreißig drang der junge Täter in Watayas Büro im Tokioter Stadtbezirk Minato ein und verabreichte dem Abgeordneten vor den Augen einiger Personen, die sich zu dieser Zeit im selben Zimmer befanden, mit einem Baseballschläger mehrere kräftige Hiebe, wobei er ihm schwere Kopfverletzungen zufügte.«

Auf dem Bildschirm erschien das Gebäude, in dem sich Noboru Watayas Büro befand.

»Der Mann hatte sich am Empfang als Besucher des Abgeordneten ausgegeben und konnte den Schläger in einer langen Papp-Versandröhre ins Büro schmuggeln. Zeugen berichten, der Mann habe den Schläger sofort aus dem Papprohr gezogen und sei ohne Vorwarnung auf sein Opfer losgegangen.«

Auf dem Bildschirm erschien das Büro, in dem das Verbrechen stattgefunden hatte. Mehrere Stühle lagen umgestürzt auf dem Boden, und halb im Hintergrund war eine schwarze Blutlache zu sehen.

»Der Angriff erfolgte so plötzlich, daß weder der Abgeordnete Wataya noch die anderen Anwesenden eine Möglichkeit zur Gegenwehr hatten. Nachdem der Attentäter sich vergewissert hatte, daß der Abgeordnete bewußtlos war, floh er, ohne den Schläger aus der Hand zu lassen, vom Schauplatz des Verbrechens. Nach Aussage der Augenzeugen habe der ungefähr dreißigjährige Mann eine marineblaue Seemannsjacke, eine ebenfalls blaue wollene Skimütze und eine dunkle Brille getragen. Er sei ungefähr einen Meter fünfundsiebzig groß gewesen und habe ein blutergußähnliches Mal an der rechten Wange gehabt. Die Polizei fahndet nach dem Mann, dem es allerdings gelungen zu sein scheint, unmittelbar nach Verlassen des Gebäudes im Passantenstrom unterzutauchen.«

Auf dem Bildschirm erschien noch einmal der Tatort, diesmal mit mehreren Polizisten, und dann eine belebte Straße in Akasaka.

Baseballschläger? Mal im Gesicht? Ich biß mir auf die Lippe.

»Noboru Wataya war bereits ein prominenter Wirtschaftsfachmann und politischer Kommentator, als er diesen Frühling das Erbe seines Onkels, des langjährigen Unterhausmitglieds Yoshitaka Wataya, antrat und in das Repräsentantenhaus gewählt wurde. Seither in immer breiteren Kreisen als einflußreicher junger Politiker und Polemiker gefeiert, war Noboru Wataya ein Neuling auf dem politischen Parkett, in den gleichwohl hohe Erwartungen gesetzt wurden. Die polizeilichen Nachforschungen laufen in zwei unterschiedliche Richtungen, da die Tat nach dem gegenwärtigen Stand der Ermittlungen sowohl politisch motiviert sein als auch einen persönlichen Racheakt darstellen könnte. Wir wiederholen unsere aktuelle Meldung: Noboru Wataya, das prominente neue Mitglied des Repräsentantenhauses, ist nach einem heute vormittag auf ihn verübten Anschlag durch einen Unbekannten mit schweren Kopfverletzungen ins Krankenhaus eingeliefert worden. Über seinen Zustand ist zur Zeit nichts Näheres bekannt. Und nun weitere Nachrichten – «

Jemand hatte an diesem Punkt anscheinend den Fernseher ausgeschaltet. Dem Nachrichtensprecher wurde das Wort abgeschnitten, und Schweigen senkte sich auf die Hotelhalle. Die Leute lösten sich allmählich aus ihrer angespannten Haltung. Es war offensichtlich, daß sie sich eigens vor dem Fernseher versammelt hatten, um das Neuste über Noboru Wataya zu erfahren. Nachdem das Gerät verstummt war, rührte sich niemand. Niemand gab einen Laut von sich.

Wer konnte Noboru Wataya mit einem Schläger verletzt haben? Die Beschreibung des Täters paßte genau auf mich: die marineblaue Seemannsjacke und Mütze, die Sonnenbrille, das Mal an der Wange, Größe, Alter – und der Baseballschläger. Ich hatte meinen Schläger monatelang auf dem Grund des Brunnens gelassen, aber dann war er verschwunden. Falls dieser Schläger derjenige war, mit dem man Noboru Wataya den Schädel eingeschlagen hatte, dann mußte ihn jemand zu diesem Zweck gestohlen haben.

In diesem Moment richtete eine der Frauen in der Gruppe den Blick auf mich –

eine magere Frau mit vorstehenden Backenknochen und einem Fischgesicht. Sie trug weiße Ohrstecker, die ihr genau in der Mitte der sehr langen Ohrläppchen saßen. Sie hatte sich in ihrem Sessel herumgedreht und blieb sehr lange in dieser Haltung sitzen, ohne ihre starren Augen von mir abzuwenden oder ihren Ausdruck zu verändern. Nach einer Weile folgte der kahlköpfige Mann, der neben ihr saß, der Richtung ihres Blicks, drehte sich um und sah mich an. Mit seiner Statur und Körpergröße erinnerte er mich an den Besitzer der Reinigung am Bahnhof. Einer nach dem anderen wandten sich auch alle übrigen in meine Richtung, als würden sie erst in diesem Moment auf meine Anwesenheit aufmerksam. Ihren unbewegten Blicken ausgesetzt, wurde ich mir mit peinlicher Klarheit meiner marineblauen Seemannsjacke, meiner Körpergröße von knapp einsfünfundsiebzig, meines Alters und des Mals an meiner rechten Wange bewußt. Diese Leute schienen außerdem alle zu wissen, daß ich Noboru Watayas Schwager war und ihn nicht nur nicht mochte, sondern regelrecht aktiv haßte. Ich konnte es an ihren Augen ablesen. Meine Hand krampfte sich um die Lehne meines Sessels, und ich fragte mich, was ich tun sollte. Ich hatte Noboru Wataya nicht mit einem Baseballschläger angegriffen. Ich war nicht der Typ dazu, und abgesehen davon besaß ich den Schläger überhaupt nicht mehr. Aber ich war mir sicher, daß sie mir das niemals glauben würden. Sie glaubten nur an das, was sie im Fernsehen sahen.

Ich stand möglichst unauffällig von meinem Sessel auf und hielt auf den Korridor zu, aus dem ich ins Foyer gekommen war. Ich mußte so schnell wie möglich von hier verschwinden. Ich war hier unerwünscht. Ich hatte erst ein paar Schritte gemacht, als ich mich umdrehte und sah, daß mehrere Leute ihre Plätze verlassen hatten und hinter mir herkamen. Ich legte Tempo zu und steuerte geradewegs das andere Ende der Hotelhalle und den Korridor an. Ich mußte zu Zimmer 208 zurückfinden. Ich hatte einen ganz trockenen Mund.

Ich hatte endlich das Foyer durchquert und gerade eben den Korridor betreten, als schlagartig und ohne ein Geräusch alle Lichter im Hotel verloschen. Ein schwerer Vorhang aus Schwärze fiel mit der Geschwindigkeit eines Axthiebs herab. Hinter mir stieß jemand einen Schrei aus – weit näher, als ich erwartet hätte, und mit einer Stimme voll steinernen Hasses.

Ich ging im Dunkeln weiter, mich vorsichtig an der Wand entlangtastend. Ich mußte die Leute abschütteln. Dann aber knallte ich gegen ein Tischchen und warf in der Dunkelheit etwas um, wahrscheinlich irgendeine Vase. Sie rollte scheppernd über den Fußboden. Durch den Zusammenstoß verlor ich das Gleichgewicht und landete auf allen vieren auf dem Teppich. Ich rappelte mich wieder auf und tastete mich weiter den Korridor entlang. Auf einmal spürte ich einen scharfen Ruck am Saum meiner Jacke, als sei ich an einem Nagel hängengeblieben. Es dauerte einen Moment, ehe ich begriff, was geschah. Jemand zerrte an meiner Jacke. Ohne zu zögern, riß ich mich los und stürzte mich in die Dunkelheit. Ich tastete mich um eine Ecke, stolperte eine Treppe hinauf, bog um eine weitere Ecke und stieß dabei alle paar Schritte mit Kopf und Schultern irgendwo an. Einmal rutschte ich auf einer Stufe aus und knallte mit dem Gesicht gegen die Wand. Aber ich verspürte keinen Schmerz: nur gelegentlich ein dumpfes Stechen hinter den Augen. Ich durfte ihnen hier nicht in die Hände fallen.

Es gab überhaupt kein Licht, nicht einmal die Notbeleuchtung, die sich in Hotels im Falle eines Stromausfalls automatisch einschalten sollte. Nachdem ich eine ganze Weile durch diese merkmallose Finsternis gehetzt war, blieb ich stehen und versuchte, wieder zu Atem zu kommen, während ich die Ohren nach irgendwelchen Geräuschen hinter mir spitzte. Aber alles, was ich hören konnte, war das heftige Klopfen meines Herzens. Ich kniete mich hin, um mich einen Moment auszuruhen. Sie hatten die Verfolgung wahrscheinlich aufgegeben. Wenn ich jetzt in der Dunkelheit weiterging, würde ich mich wahrscheinlich hoffnungslos in den Tiefen des Labyrinths verirren. Ich beschloß, hier, gegen die Wand gelehnt, stehenzubleiben und mich zu beruhigen, so gut es ging.

Wer mochte das Licht ausgeschaltet haben? Daß es zufällig geschehen war, konnte ich nicht glauben. Es war genau in dem Augenblick passiert, als ich auf den Korridor getreten war und die Leute mich schon fast eingeholt hatten. Wahrscheinlich hatte das jemand getan, um mich vor meinen Verfolgern zu retten. Ich zog mir die Wollmütze vom Kopf, wischte mir mit meinem Taschentuch den Schweiß vom Gesicht und setzte die Mütze wieder auf. Allmählich begann ich an verschiedenen Stellen meines Körpers Schmerzen zu verspüren, aber richtige Verletzungen schien ich keine davongetragen zu haben. Ich sah auf die Leuchtzeiger meiner Armbanduhr, aber da erinnerte ich mich, daß die Uhr um halb zwölf stehengeblieben war. Das war der Zeitpunkt gewesen, als ich in den Brunnen gestiegen war, und es war auch der Zeitpunkt, als irgend jemand Noboru Wataya in seinem Büro angegriffen und mit einem Baseballschläger verletzt hatte.

Konnte ich das gewesen sein?

Hier unten, in dieser Dunkelheit, kam mir das jetzt wie eine weitere theoretische Möglichkeit vor. Vielleicht hatte ich ihn da oben, in der wirklichen Welt, tatsächlich mit dem Schläger angegriffen und schwer verletzt, und ich war der einzige, der nichts davon wußte. Vielleicht hatte sich der glühende Haß in mir selbständig gemacht und war ohne mein Wissen hinüberspaziert, um ihm eine Tracht Prügel zu verpassen. Hatte ich *spaziert* gesagt? Um nach Akasaka zu kommen, hätte ich die Odakyu-Linie bis nach Shinjuku nehmen und dort in die U-Bahn umsteigen müssen. Konnte ich das alles getan haben, ohne mir dessen bewußt zu sein? Nein, bestimmt nicht – außer es gab noch ein zweites »ich«.

»Herr Okada«, sagte jemand nahe bei mir in der Dunkelheit.

Mein Herz machte einen Satz. Ich hatte keine Ahnung, wo die Stimme hergekommen war. Mit angespannten Muskeln bohrte ich die Augen ringsum in die Dunkelheit, aber natürlich konnte ich nichts sehen.

»Herr Okada«, sagte die Stimme noch einmal. Eine leise Männerstimme. »Keine Angst, Herr Okada, ich stehe auf Ihrer Seite. Wir sind uns hier schon einmal begegnet. Erinnern Sie sich?«

Ich erinnerte mich. Ich kannte diese Stimme. Sie gehörte dem Mann ohne Gesicht. Aber ich mußte mich in acht nehmen. Ich war nicht bereit zu antworten.

»Sie müssen diesen Ort so schnell wie möglich verlassen, Herr Okada. Sobald das Licht wieder angeht, werden sie sich auf die Suche nach Ihnen machen. Folgen Sie mir: Ich weiß eine Abkürzung.«

Der Mann schaltete eine winzige Taschenlampe ein. Sie warf nur einen dünnen Strahl, aber er genügte, um mir zu zeigen, wo ich hintreten sollte. »Hier entlang«, drängte der Mann. Ich rappelte mich hoch und hastete ihm nach.

»Sie waren's doch bestimmt, der das Licht für mich ausgeschaltet hat, nicht?« fragte ich den Mann von hinten.

Er gab keine Antwort, aber er bestritt es auch nicht.

»Danke«, sagte ich. »War ganz schön knapp.«

»Das sind sehr gefährliche Leute«, sagte er. »Weit gefährlicher, als Sie denken.«

Ich fragte ihn: »Stimmt es wirklich, daß Noboru Wataya verprügelt worden ist und jetzt deswegen im Krankenhaus liegt?«

»So hieß es im Fernsehen«, sagte der Mann. Er wählte seine Worte mit Bedacht.

»Ich hab's aber nicht getan«, sagte ich. »Zu dem Zeitpunkt war ich in einem Brunnen, allein.«

»Wenn Sie das sagen, wird es bestimmt so gewesen sein«, sagte der Mann nüchtern. Er öffnete eine Tür und begann, mit der Taschenlampe auf seine Füße leuchtend, vorsichtig eine Treppe hinaufzusteigen. Es war eine so lange Treppe, daß ich irgendwann die Übersicht verlor und nicht mehr wußte, ob wir auf- oder abwärts stiegen. Ich war mir nicht einmal sicher, daß das hier wirklich eine Treppe war.

»Haben Sie jemanden, der beschwören könnte, daß Sie zur fraglichen Zeit im Brunnen waren?« fragte der Mann, ohne sich umzudrehen.

Ich sagte nichts. Einen solchen Jemand gab es nicht.

»In dem Fall wäre es das Klügste, wenn Sie fliehen würden. Für *sie* steht fest, daß Sie der Täter sind.«

»Wer sind ›sie‹?«

Am oberen Treppenabsatz angelangt, bog der Mann nach rechts ab, öffnete nach wenigen Schritten eine Tür und trat auf einen Korridor. Dort blieb er stehen, um sich zu vergewissern, daß alles still war. »Wir müssen uns beeilen. Halten Sie sich an meiner Jacke fest.«

Ich klammerte mich wie befohlen an den unteren Saum seiner Jacke.

Der Mann ohne Gesicht sagte: »Diese Leute kleben immer am Bildschirm. Deswegen hat man hier eine solche Abneigung gegen Sie. Die Leute mögen den älteren Bruder Ihrer Frau sehr.«

»Wissen Sie denn, wer ich bin?« fragte ich.

»Ja, natürlich.«

»Dann wissen Sie also auch, wo Kumiko jetzt ist?«

Der Mann sagte nichts. Ich hielt mich gut an den Schößen seiner Jacke fest, als spielten wir irgendein Spiel im Dunkeln: um eine weitere Ecke rennen, eine kurze Treppe hinab, durch eine kleine Geheimtür, einen niedrigen versteckten Gang entlang, auf einen weiteren Korridor. Die seltsame, verschlungene Route, auf der der gesichtslose Mann mich geführt hatte, kam mir wie eine endlose Wanderung durch die Eingeweide einer gigantischen Bronzefigur vor.

»Es verhält sich so, Herr Okada: Ich bin nicht über alles unterrichtet, was hier geschieht. Das hier ist ein großes Haus, und meine Zuständigkeit beschränkt sich auf das Foyer und dessen nähere Umgebung. Es gibt vieles, wovon ich überhaupt nichts weiß.«

»Wissen Sie etwas über den pfeifenden Kellner?«

»Nein. Es *gibt* gar keine Kellner hier, weder pfeifende noch sonstige. Wenn Sie hier irgendwo einen Kellner gesehen haben, dann war er in Wirklichkeit keiner: Es war *irgend etwas*, das vorgab, ein Kellner zu sein. Ich habe Sie zwar nicht gefragt, aber Sie wollten doch zum Zimmer 208, richtig?«
»Richtig. Ich soll mich da mit einer gewissen Frau treffen.«
Dazu hatte der Mann nichts zu sagen. Er erkundigte sich weder nach der Frau noch danach, was ich mit ihr zu tun hatte. Er ging weiter den Korridor entlang, mit dem selbstsicheren Schritt eines Mannes, der sich auf vertrautem Terrain befindet, und zog mich wie einen Schleppkahn auf einem verschlungenen Kurs. Schließlich blieb er ohne jede Vorwarnung vor einer Tür stehen. Ich knallte von hinten so gegen ihn, daß er fast umgefallen wäre. Beim Zusammenprall hatte sich sein Fleisch seltsam leicht und luftig angefühlt, als sei ich gegen die hohle Chitinhülse einer Zikade gestoßen. Er richtete sich rasch wieder auf und leuchtete mit seiner Taschenlampe auf die Zahl an der Tür: 208.
»Die Tür ist nicht verschlossen«, sagte der Mann. »Nehmen Sie die Taschenlampe hier mit. Ich finde auch im Dunkeln zurück. Schließen Sie die Tür ab, sobald Sie drinnen sind, und machen Sie niemandem auf. Was immer Sie da drin zu tun haben, bringen Sie es schnell hinter sich und gehen Sie wieder dahin zurück, wo Sie hergekommen sind. Dieser Ort ist gefährlich. Sie sind hier ein Eindringling, und ich bin der einzige, der auf Ihrer Seite steht. Vergessen Sie das nicht.«
»Wer sind Sie?« fragte ich.
Der gesichtslose Mann reichte mir die Taschenlampe, als gebe er einen Staffelstab weiter. »Ich bin der hohle Mann«, sagte er. Das gesichtslose Gesicht mir zugewandt, wartete er in der Dunkelheit darauf, daß ich etwas sagte, aber ich konnte nicht die richtigen Worte finden. Schließlich verschwand er ohne einen weiteren Ton. In der einen Sekunde stand er direkt vor mir, und in der nächsten war er in der Dunkelheit verschwunden. Ich richtete den Lichtstrahl in seine Richtung, aber lediglich die stumpfweiße Wand tauchte aus der Dunkelheit auf.

Wie der Mann gesagt hatte, war die Tür von Zimmer 208 nicht abgeschlossen. Der Knauf drehte sich geräuschlos herum. Ich schaltete zur Sicherheit die Taschenlampe aus und trat dann so leise wie möglich ein. Wie zuvor herrschte im Zimmer völlige Stille, und ich konnte auch keinerlei Bewegung wahrnehmen. Nur das leise Knistern von schmelzenden Eiswürfeln, die sich im Kübel bewegten. Ich knipste die Taschenlampe an und drehte mich um, um die Tür abzuschließen. Das trockene metallische Einschnappen des Schlosses kam mir unnatürlich laut vor. Auf dem Tisch, in der Mitte des Zimmers, standen die ungeöffnete Flasche Cutty Sark, saubere Gläser und der Kübel voll frischem Eis. Das silberfarbene Tablett warf den Strahl der Taschenlampe mit einem sinnlichen Schimmer zurück, als habe es schon sehr lang da, neben der Vase, auf mich gewartet. Wie als Reaktion darauf wurde der Geruch des Blumenpollens einen Augenblick lang intensiver. Die Luft, die mich umgab, verdichtete sich, und der Sog der Schwerkraft schien stärker zu werden. Den Rücken gegen die Tür, beobachtete ich die Bewegung, die sich rings um mich herum im Strahl der Taschenlampe ereignete.

Dieser Ort ist gefährlich. Sie sind hier ein Eindringling, und ich bin der einzige, der auf Ihrer Seite steht. Vergessen Sie das nicht.

»Leuchten Sie mich nicht an«, sagte eine Frauenstimme aus dem hinteren Zimmer. »Versprechen Sie, mich nicht anzuleuchten?«

»Ich verspreche es«, sagte ich.

34
DAS LICHT EINES GLÜHWÜRMCHENS
DEN BANN BRECHEN
EINE WELT, IN DER MORGENS
DIE WECKER KLINGELN

»Ich verspreche es«, sagte ich, aber meine Stimme klang irgendwie künstlich, wie wenn man sich selbst auf Band sprechen hört.

»Ich will hören, wie Sie es sagen: daß Sie mich nicht anleuchten werden.«

»Ich werde Sie nicht anleuchten. Das verspreche ich.«

»Versprechen Sie es mir wirklich? Sagen Sie auch die Wahrheit?«

»Ich sage Ihnen die Wahrheit. Ich werde mein Versprechen nicht brechen.«

»Na schön, also, worum ich Sie jetzt *wirklich* bitten möchte: Wären Sie so nett, zwei Whisky on the rocks einzuschenken und damit herzukommen? Viel Eis, bitte.«

Sie sprach mit dem Anflug eines neckischen, backfischhaften Lispelns, aber die

Stimme selbst gehörte einer reifen sinnlichen Frau. Ich legte die Miniaturtaschenlampe auf den Tisch, und nachdem ich einen Augenblick innegehalten hatte, um meine Atmung zu beruhigen, machte ich mich daran, bei dieser dürftigen Beleuchtung die zwei Whiskys einzuschenken. Ich brach den Verschluß der Cutty-Sark-Flasche auf, füllte mit Hilfe einer Zange die zwei Gläser mit Eiswürfeln und goß dann Whisky darüber. Ich mußte mir jede einzelne Handlung, die meine Hände verrichteten, bewußt vornehmen. Bei jeder Bewegung tanzten große Schatten über die Wand.

Die zwei Whiskys in der rechten Hand, hielt ich mit der linken die Taschenlampe auf den Boden gerichtet und folgte dem Lichtfleck ins hintere Zimmer. Die Luft kam mir jetzt etwas kühler vor. Ich war bei dieser Rennerei durch die Dunkelheit offenbar in Schweiß geraten und fing jetzt an, mich wieder abzukühlen. Ich erinnerte mich, daß ich unterwegs meine Jacke ausgezogen und irgendwo liegengelassen hatte.

Wie ich versprochen hatte, schaltete ich jetzt die Taschenlampe aus und ließ sie in meine Tasche gleiten. Dann stellte ich nach Gefühl einen Whisky auf den Nachttisch und setzte mich mit dem anderen in den Sessel, der am Fußende des Bettes stand. Trotz der völligen Dunkelheit fand ich mich in dem Zimmer noch immer zurecht.

Ich meinte, Laken rascheln zu hören. Sie richtete sich gerade im Bett auf und lehnte sich, das Whiskyglas in der Hand, an das Kopfteil. Sie schüttelte leicht das Glas, so daß die kreisenden Eiswürfel klimperten, und nahm einen Schluck. In der Dunkelheit klang das alles wie die Geräuscheffekte in einem Hörspiel. Ich sog den Duft meines Whiskys durch die Nase ein, aber ich trank nicht.

»Es ist lange her«, sagte ich. Meine Stimme klang jetzt ein wenig mehr wie meine eigene.

»Wirklich?« sagte sie. »Ich weiß nicht genau, was das heißt: ›lange‹ oder ›lange her‹.«

»Soweit ich mich erinnere, ist es genau ein Jahr und fünf Monate her«, sagte ich.

»So, so«, sagte sie, nicht weiter beeindruckt. »Ich erinnere mich eher ... undeutlich.«

Ich stellte mein Glas auf den Boden und schlug die Beine übereinander. »Letztesmal waren Sie nicht hier, oder?«

»Doch, natürlich. Genau hier. Im Bett. Ich bin immer hier.«

»Aber ich bin mir sicher, daß ich in Zimmer 208 war. Das hier *ist* doch Zimmer 208, oder?«

Sie schwenkte das Eis in ihrem Glas und stieß ein kleines Lachen aus. »Und *ich* bin sicher, daß Sie sich nicht so sicher waren. Sie waren in einem *anderen* Zimmer 208, so viel ist sicher.«

Ich hörte ein gewisses Schwanken in ihrer Stimme, was mir ein leicht unbehagliches Gefühl bereitete. Vielleicht begann sich die Wirkung des Alkohols bei ihr bemerkbar zu machen. Ich streifte meine Wollmütze ab und legte sie mir aufs Knie. Ich sagte zu ihr: »Die Telefonleitung war übrigens tot.«

»Ja, ich weiß«, sagte sie in leicht resigniertem Ton. »*Sie* haben sie unterbrochen. Sie wußten, wie gern ich immer Leute angerufen habe.«

»Sind *sie* die Leute, die Sie hier festhalten?«

»Hmm, sind sie's? Ich weiß auch nicht genau«, sagte sie und lachte auf. Die Erschütterung der Luft ließ ihre Stimme leicht erzittern.

Ich sah in ihre Richtung und sagte: »Ich denke schon sehr lange über Sie nach. Seit ich das letztemal hiergewesen bin. Ich denke darüber nach, wer Sie sind und was Sie hier tun.«

»Klingt ja richtig unterhaltsam«, sagte sie.

»Ich habe mir die verschiedensten Möglichkeiten überlegt, aber ich bin bislang noch zu keinem Ergebnis gekommen. Ich lasse meiner Phantasie im Moment noch freien Lauf.«

»So, so«, sagte sie, als wäre sie beeindruckt. »Sie sind also bislang noch zu keinem Ergebnis gekommen und lassen Ihrer Phantasie noch freien Lauf.«

»So ist es«, sagte ich. »Und ich kann Ihnen gleich *noch* etwas sagen: Ich glaube, daß Sie Kumiko sind. Zuerst war mir das nicht klar, aber mittlerweile bin ich immer mehr davon überzeugt.«

»Ach, *wirklich?*« sagte sie nach einer kaum merklichen Pause amüsiert. »Ich bin also Kumiko, richtig?«

Für einen Augenblick verlor ich jede Orientierung, als sei alles, was ich tat, irgendwie daneben: Ich war zum falschen Ort gekommen, um der falschen Person die falschen Dinge zu sagen. Es war alles reine Zeitvergeudung, ein sinnloser Umweg. Aber ich schaffte es, mich im Dunkeln wieder ins Gleis zu bringen. Um die Wirklichkeit in den Griff zu bekommen, preßte ich die Hände auf die Mütze in meinem Schoß.

»Ja, ich glaube, Sie sind Kumiko. Denn dann passen alle möglichen Steinchen auf einmal zusammen und ergeben einen Sinn. Sie haben mich immer wieder von hier aus angerufen. Sie haben versucht, mir irgendein Geheimnis mitzuteilen. Ein Geheimnis Kumikos. Ein Geheimnis, das die wirkliche Kumiko in der wirklichen Welt nicht über sich bringen konnte, mir zu verraten. Also müssen Sie es für sie getan haben – auf verschlüsselte Weise, wie durch einen Geheimkode.«
Eine Zeitlang sagte sie nichts. Sie führte das Glas an die Lippen, nahm einen weiteren Schluck und sagte dann: »Ich weiß nicht. Aber wenn Sie so davon überzeugt sind, dann stimmt's ja vielleicht. Vielleicht bin ich wirklich Kumiko. Aber sicher bin ich mir da nicht. Na also schön, wenn es stimmt … wenn ich wirklich Kumiko bin … dann müßte ich doch imstande sein, mich mit Ihnen mit Kumikos Stimme zu unterhalten. Richtig? Das kompliziert die Sache zwar ein wenig, aber hätten Sie was dagegen?«
»Nein, ich habe nichts dagegen«, sagte ich. Wieder klang es, als hätte ich ein gewisses Maß an Gelassenheit und Realitätssinn eingebüßt.
Im Dunkeln räusperte sie sich. »Also dann los. Ich bin ja neugierig, ob's noch klappt.« Wieder vernahm ich ein kleines Lachen. »Leicht ist das aber nicht. Haben Sie's eilig? Können Sie noch ein Weilchen bleiben?«
»Das weiß ich eigentlich selbst nicht«, sagte ich.
»Warten Sie, nur einen Moment. Tut mir leid. Ähem … gleich hab ich's.«
Ich wartete.
»*So. Du bist also meinetwegen hergekommen. Du wolltest mich sehen, habe ich das richtig verstanden?*« ertönte Kumikos ernste Stimme aus der Dunkelheit.
Ich hatte Kumikos Stimme seit jenem Sommermorgen, an dem ich ihr den Reißverschluß ihres Kleides hochgezogen hatte, nicht mehr gehört. Sie hatte hinter den Ohren ein neues Eau de Toilette getragen, Eau de Toilette von einem anderen. Sie hatte an dem Tag das Haus verlassen und war nicht wieder zurückgekommen. Ob echt oder nachgeahmt, in der Dunkelheit versetzte mich die Stimme für einen Moment wieder an jenen Morgen zurück. Ich roch das Eau de Toilette, sah die weiße Haut von Kumikos Rücken sehen. In der Dunkelheit war die Erinnerung dicht und schwer – vielleicht dichter und schwerer als in der Wirklichkeit. Ich klammerte mich fester an meine Mütze.
»Genaugenommen bin ich nicht hergekommen, um dich zu *sehen*. Ich bin hergekommen, um dich *zurückzuholen*«, sagte ich.

Sie stieß in der Dunkelheit einen kleinen Seufzer aus. »Warum bist du so versessen darauf, mich zurückzuholen?«

»Weil ich dich liebe«, sagte ich. »Und ich weiß, daß du mich liebst und mich brauchst.«

»Du scheinst dir deiner Sache ja ziemlich sicher zu sein«, sagte Kumiko – oder Kumikos Stimme. Ihr Tonfall hatte überhaupt nichts Spöttisches – aber auch keinerlei Wärme.

Ich hörte, wie sich im Nebenzimmer der schmelzende Inhalt des Eiskübels setzte.

»Ich muß allerdings noch ein paar Rätsel lösen, wenn ich dich zurückhaben will«, sagte ich.

»Ist es nicht ein bißchen spät, um jetzt mit so was anzufangen? Ich dachte, du hast nicht so viel Zeit.«

Sie hatte recht. Mir blieb nicht mehr viel Zeit und zuviel, worüber ich nachdenken mußte. Ich wischte mir mit dem Handrücken den Schweiß von der Stirn. Das ist wahrscheinlich meine letzte Chance, sagte ich zu mir. Ich mußte *nachdenken*.

»Ich möchte, daß du mir hilfst«, sagte ich.

»Ich weiß nicht«, sagte Kumikos Stimme. »Vielleicht kann ich dir gar nicht helfen. Aber ich will es gern versuchen.«

»Die erste Frage ist, warum du mich unbedingt verlassen mußtest. Ich will den *wirklichen* Grund wissen. Ich weiß, was in deinem Brief stand – daß du ein Verhältnis mit einem anderen Mann hattest. Ich hab das natürlich gelesen. Und gelesen und gelesen und noch einmal gelesen. Und vermutlich kann es tatsächlich als eine Art Erklärung dienen. Aber ich kann nicht glauben, daß es der wirkliche Grund ist. Es klingt einfach nicht wahr. Ich will damit nicht sagen, daß es eine Lüge ist, aber ich kann mir nicht helfen – ich habe irgendwie das Gefühl, daß es nur so etwas wie eine Metapher ist.«

»Eine Metapher!?« Sie klang aufrichtig schockiert. »Vielleicht bin ich etwas schwer von Begriff, aber wenn mit anderen Männern zu schlafen eine Metapher ist, dann wüßte ich gern, für was.«

»Ich will damit nur sagen, daß es mir bloß eine Erklärung um der Erklärung willen zu sein scheint. Es führt zu nichts. Es beschreibt nur die Oberfläche. Je häufiger ich deinen Brief gelesen habe, desto stärker ist dieser Eindruck geworden. Es muß noch einen weiteren Grund geben: einen fundamentaleren – *wirklicheren* Grund. Und ich bin mir so gut wie sicher, daß er mit Noboru Wataya zusammenhängt.«

Ich spürte, wie ihre Augen mich in der Dunkelheit fixierten, und mir kam der Gedanke, sie könne mich vielleicht sehen.
»Mit Noboru Wataya? Wie das?« fragte Kumikos Stimme.
»Na ja, ich habe eine Menge höchst verwirrender Dinge erlebt. Es sind allerlei seltsame Personen aufgetreten, und eine merkwürdige Sache nach der anderen ist passiert – das geht so weit, daß ich nicht einmal mehr imstande bin, sie im Kopf irgendwie zu ordnen. Aber aus etwas größerem Abstand betrachtet, ist der Faden, der das alles verbindet, ganz klar zu erkennen. Auf den einfachsten Nenner gebracht, kann man sagen, daß du von meiner Welt in die Welt von Noboru Wataya übergewechselt bist. Das Entscheidende ist dieser Wechsel. Ob du dann tatsächlich mit einem anderen Mann oder anderen Männern geschlafen hast, ist nur von zweitrangiger Bedeutung. Nur Fassade. Das meine ich.«
Sie neigte im Dunkeln leicht ihr Glas. Als ich angestrengt in die Richtung des Geräusches starrte, kam es mir so vor, als könnte ich andeutungsweise ihre Bewegungen wahrnehmen, aber das war natürlich eine Sinnestäuschung.
»Briefe haben nicht immer den Sinn, die Wahrheit mitzuteilen, Herr Okada«, sagte sie. Das war nicht mehr Kumikos Stimme. Aber es war auch nicht die anfängliche, jungmädchenhafte Stimme; es war eine neue, die jemand anderem gehörte. Sie hatte einen besonnenen, klugen Unterton.»... ebensowenig wie persönliche Begegnungen immer dazu da sind, daß man sich aufrichtig offenbart. Verstehen Sie, worauf ich hinauswill, Herr Okada?«
»Dennoch, Kumiko hat versucht, mir *irgend etwas* mitzuteilen. Ob's nun die Wahrheit war oder nicht: sie erwartete *irgend etwas* von mir, und *das* war für mich die Wahrheit.«
Ich spürte, wie die mich umgebende Dunkelheit an Dichte zunahm – lautlos, wie die Abendflut steigt. Ich mußte mich beeilen. Mir blieb nicht mehr viel Zeit. Möglich, daß sie mich hier suchen würden, sobald das Licht wieder anging. Ich beschloß, es zu riskieren und die Gedanken, die langsam in mir Gestalt angenommen hatten, in Worte zu fassen.
»Das ist jetzt reine Spekulation – ein Produkt meiner Phantasie –, aber ich könnte mir vorstellen, daß in der Familie Wataya irgendeine Veranlagung oder Tendenz von Generation zu Generation vererbt wird. Was für eine Anlage, kann ich nicht sagen, aber eine gewisse Anlage gibt es – eine, vor der du dich gefürchtet hast. Deswegen hattest du auch Angst, Kinder zu bekommen. Als du schwanger

wurdest, bist du in Panik geraten, weil du befürchtet hast, dein Kind könnte die Veranlagung erben. Aber du konntest mir das Geheimnis nicht verraten. Damit hat die ganze Geschichte angefangen.«

Ohne etwas zu sagen, stellte sie ihr Glas geräuschlos auf den Nachttisch. Ich fuhr fort: »Und deine Schwester ist auch bestimmt nicht an Lebensmittelvergiftung gestorben. Nein, es war schon ungewöhnlicher. Verantwortlich für ihren Tod war Noboru Wataya, und das weißt du. Wahrscheinlich hat deine Schwester dir vor ihrem Tod etwas darüber gesagt, hat dich gewarnt. Noboru Wataya besaß wahrscheinlich irgendeine besondere Kraft, und er verstand es, Menschen, die auf diese Kraft besonders ansprachen, zu finden und etwas aus ihnen herauszuziehen. Bei Kreta Kano muß er diese Kraft besonders brutal eingesetzt haben. *Sie* hat es irgendwie geschafft, sich davon zu erholen, aber deine Schwester nicht. Schließlich wohnte sie im selben Haus: Sie konnte sich nirgendwo vor ihm verstecken. Sie hielt es nicht mehr aus und beschloß, sich das Leben zu nehmen. Deine Eltern haben ihren Selbstmord immer geheimgehalten. Habe ich nicht recht?«

Es kam keine Antwort. Die Frau versuchte, sich im Dunkeln so still zu verhalten, als sei sie nicht mehr vorhanden.

Ich fuhr fort: »Wie er es fertiggebracht hat und was der Anlaß dazu war, ist mir schleierhaft, aber irgendwann hat Noboru Wataya seine zerstörerische Kraft potenziert. Durch das Fernsehen und die anderen Medien erhielt er die Möglichkeit, seine gesteigerte Kraft auf die Gesellschaft als Ganzes zu richten. Jetzt versucht er, etwas zum Vorschein zu holen, was die Masse der Bevölkerung im Dunkel des Unbewußten verborgen hält. Er will dieses Etwas zu seinem politischen Vorteil ausnutzen. Es ist unvorstellbar gefährlich, dieses Etwas, das er hervorzulocken versucht: es ist über und über mit Gewalt und Blut besudelt und steht unmittelbar in Beziehung zu den dunkelsten Abgründen der Geschichte, denn seine Wirkung ist letztendlich, Menschen – *Massen* von Menschen – zu vernichten.«

Sie seufzte in der Dunkelheit. »Ob Sie wohl so freundlich wären, mir noch einen Whisky zu bringen?« fragte sie leise.

Ich ging zum Nachttisch hinüber und holte ihr leeres Glas; das gelang mir im Dunkeln mühelos. Dann ging ich ins Nebenzimmer und schenkte im Licht der Taschenlampe einen neuen Whisky on the rocks ein.

»Was Sie gerade gesagt haben, war reine Spekulation, nicht wahr?« fragte sie von nebenan. »Ihre Phantasie hat sie darauf gebracht?«

»Das stimmt – ich habe ein paar Ideen aneinandergefügt«, sagte ich. »Beweisen kann ich davon nichts. Nichts berechtigt mich, zu behaupten, was ich gesagt habe, sei die Wahrheit.«

»Trotzdem würde ich gern noch den Rest hören – *falls* es noch etwas zu erzählen gibt.«

Ich ging ins Schlafzimmer zurück, stellte das Glas auf den Nachttisch und schaltete die Taschenlampe aus. Dann setzte mich wieder in meinen Sessel und konzentrierte mich ganz darauf, den Rest meiner Geschichte zu erzählen.

»Du wußtest nicht genau, was mit deiner Schwester passiert war, nur, daß sie dich vor irgend etwas gewarnt hatte, bevor sie starb. Du warst damals noch zu klein, um zu begreifen, worum es ging. Aber auf verschwommene Weise hast du es doch verstanden. Du wußtest, daß Noboru Wataya deine Schwester irgendwie beschmutzt und versehrt hatte. Und du hast gespürt, daß es in deinem Blut irgendein dunkles Geheimnis gab, das du nicht einfach ignorieren konntest. Und so warst du zuhause immer allein, immer aufs äußerste angespannt, immer verzweifelt bemüht, dich auf eigene Faust mit deinen unterschwelligen Ängsten zu arrangieren, die nicht zu fassen waren – wie die Quallen, die wir im Aquarium gesehen haben.

Nach dem College – und nach all den Problemen mit deiner Familie – hast du mich geheiratet und bist aus dem Haus der Watayas ausgezogen. Wir führten ein ruhiges Leben, und mit jedem Tag, der verging, gelang es dir, deine dunkle Angst ein bißchen mehr zu vergessen. Du fingst an, als ein neuer Mensch unter Menschen zu gehen, und deine Genesung machte langsam Fortschritte. Eine Zeitlang sah es so aus, als würde sich für dich doch noch alles zum Guten wenden. Aber so einfach war es leider nicht. Irgendwann wurde dir bewußt, daß du gegen deinen Willen von dieser dunklen Kraft angezogen wurdest, von der du geglaubt hattest, du hättest sie hinter dir gelassen. Und als du erkanntest, was dir geschah, hast du den Kopf verloren. Du wußtest nicht, was du tun solltest. Und darum hast du dich mit Noboru Wataya getroffen, in der Hoffnung, von ihm die Wahrheit zu erfahren. Und hast dich mit Malta Kano getroffen, in der Hoffnung, sie könne dir helfen. Nur mir konntest du dich nicht anvertrauen.

Ich vermute, das alles begann mit deiner Schwangerschaft. Bestimmt war das der Wendepunkt. Und darum habe ich wohl auch in der Nacht nach deiner Abtreibung die erste Warnung erhalten, von diesem Gitarrenspieler in Sapporo. Viel-

leicht wurde durch die Schwangerschaft ja das schlafende Etwas in dir gereizt und geweckt. Und genau darauf hatte Noboru Wataya die ganze Zeit gewartet. Vielleicht ist er nur auf diese Weise fähig, sich einer Frau sexuell zuzuwenden. *Deswegen* war er, als diese *Tendenz* sich in dir bemerkbar zu machen begann, so darauf versessen, dich mir abspenstig zu machen und wieder auf seine Seite zu ziehen. Er mußte dich haben. Noboru Wataya brauchte dich in der Rolle, die früher deine Schwester für ihn gespielt hatte.«
Als ich fertig geredet hatte, strömte ein tiefes Schweigen in das entstandene Vakuum ein. Ich hatte alles ausgesprochen, was meine Phantasie mich über Kumiko gelehrt hatte. Einiges davon beruhte auf vagen Überlegungen, die mir schon vorher durch den Kopf gegangen waren, und das übrige hatte in mir Gestalt angenommen, während ich in der Dunkelheit gesprochen hatte. Vielleicht hatte die Macht der Dunkelheit die Lücken in meiner Vorstellung ausgefüllt. Oder vielleicht hatte mir die Anwesenheit dieser Frau geholfen. In jedem Fall aber hing alles, was ich mir da zusammengedacht hatte, ziemlich in der Luft.
»Eine sehr, sehr interessante Geschichte«, sagte die Frau. Sie sprach jetzt wieder mit dem jungmädchenhaften Lispeln. Das Tempo, in dem ihre Stimme sich veränderte, nahm nun anscheinend zu. »Schön, schön, schön. Ich habe Sie also verlassen, um mich mit meinem beschmutzten Körper irgendwo zu verkriechen – das erinnert an die Waterloo Bridge im Nebel, ›Auld Lang Syne‹, Robert Taylor und Vivien Leigh – «
»Ich hole dich hier raus«, fiel ich ihr ins Wort. »Ich nehme dich mit nach Hause, in die Welt, in die du gehörst, wo es knickschwänzige Kater gibt, kleine Gärten und Wecker, die morgens klingeln.«
»Und wie wollen Sie das anfangen?« fragte die Frau. »Wie wollen Sie es anfangen, mich hier herauszuholen, Herr Okada?«
»Wie sie das in Märchen tun«, sagte ich, »indem ich den Bann breche.«
»Ah so, ich verstehe«, sagte die Stimme. »Aber warten Sie mal, Herr Okada. Sie scheinen zu glauben, daß ich Kumiko bin. Sie wollen mich als Kumiko zu sich nach Hause mitnehmen. Was aber, wenn ich *nicht* Kumiko bin? Was machen Sie dann? Es wäre doch möglich, daß Sie im Begriff stehen, jemand ganz anderen mit nach Hause zu nehmen. Wissen Sie auch sicher, was Sie da tun? Sollten Sie es sich nicht doch noch einmal durch den Kopf gehen lassen?«
Ich ballte in der Tasche eine Faust um die Taschenlampe. Das kann unmöglich

jemand anders als Kumiko sein, dachte ich. Aber ich konnte es nicht beweisen. Es war letztlich nur eine Hypothese. Die Hand in meiner Tasche war schweißnaß.

»Ich nehme dich mit nach Hause«, wiederholte ich trocken. »Dazu bin ich hergekommen.«

Die Laken raschelten. Sie veränderte im Bett ihre Position.

»Können Sie das mit Gewißheit sagen? Ohne Bedenken?« fragte sie mich drängend.

»Ja, ich kann es mit Gewißheit sagen. *Ich nehme dich mit nach Hause.*«

»Und Sie wollen es sich nicht noch einmal überlegen?«

»Nein. Mein Entschluß steht fest«, sagte ich.

Dem ließ sie ein langes Schweigen folgen, als überprüfte sie etwas auf seinen Wahrheitsgehalt hin. Dann atmete sie tief aus, wie um zu unterstreichen, daß dieser Phase unseres Gesprächs beendet war.

»Ich möchte Ihnen etwas schenken«, sagte sie. »Es ist kein besonders großartiges Geschenk, aber es könnte sich als nützlich erweisen. Schalten Sie jetzt nicht das Licht an, aber strecken Sie die Hand hier herüber – ganz, ganz langsam –, zum Nachttisch.«

Ich stand auf und streckte die rechte Hand in die Dunkelheit, lotete die Tiefe der Leere aus. An meinen Fingerspitzen spürte ich die Dornen der Luft. Und dann berührte ich das Ding. Als ich begriff, was es war, stockte mir die Luft in der Kehle. Das »Geschenk« war ein Baseballschläger.

Ich schloß die Hand um den Griff und hob den Schläger schräg nach vorn. Dies war fast sicher jener Schläger, den ich dem jungen Mann mit dem Gitarrenkasten abgenommen hatte. Der Griff und das Gewicht stimmten. Er mußte es sein. Aber als ich ihn sorgfältiger betastete, merkte ich, daß etwas daran klebte, direkt über dem Markenzeichen, etwas wie Schmutz. Es fühlte sich an wie ein menschliches Haar. Ich nahm es zwischen die Fingerspitzen. Der Stärke und Konsistenz nach mußte es ein *echtes* menschliches Haar sein. Mehrere solche Haare klebten mittels einer Substanz, die sich wie geronnenes Blut anfühlte, an dem Schläger fest. Jemand hatte diesen Schläger dazu benutzt, jemand anderem – wahrscheinlich Noboru Wataya – den Schädel einzuschlagen. Es kostete mich Mühe, die Luft, die mir in der Kehle steckengeblieben war, wieder auszustoßen.

»Das *ist* doch Ihr Schläger, nicht?« fragte sie.

»Wahrscheinlich«, sagte ich, krampfhaft bemüht, die Fassung zu wahren. Meine

Stimme hatte in der tiefen Dunkelheit allmählich einen etwas anderen Ton angenommen, als ob irgendwo hier unten jemand lauerte, der an meiner Stelle sprach. Ich räusperte mich, und nachdem ich mich vergewissert hatte, daß es wirklich ich war, der da redete, fuhr ich fort: »Aber jemand scheint damit auf jemanden eingeschlagen zu haben.«
Die Frau gab keinen Ton von sich. Ich setzte mich und stellte den Schläger zwischen meine Beine. »Bestimmt weißt du, was los ist«, sagte ich. »Jemand hat Noboru Wataya mit diesem Schläger den Schädel zertrümmert. Die Nachricht, die ich im Fernsehen gesehen habe, stimmte. Noboru Wataya liegt im Krankenhaus, und sein Zustand ist kritisch. Er stirbt vielleicht.«
»Er wird nicht sterben«, sagte Kumikos Stimme ohne jede Emotion. Sie hätte auch ein historisches Faktum aus irgendeinem Buch referieren können. »Es ist allerdings möglich, daß er nicht wieder zu Bewußtsein kommt. Dann irrt er nur immer weiter durch die Dunkelheit, aber was für eine Dunkelheit das dann wäre, weiß kein Mensch.«
Ich tastete nach dem Glas, das zu meinen Füßen stand, und nahm es in die Hand. Ich goß mir den Inhalt in den Mund und schluckte, ohne nachzudenken. Eine Flüssigkeit ohne Geschmack lief mir durch die Kehle und die Speiseröhre hinab. Ohne ersichtlichen Grund überkam mich ein Frösteln, dann die unangenehme Empfindung, etwas bewege sich aus der Ferne durch einen langen dunklen Tunnel auf mich zu. Wie ich es erwartet hatte, schlug mein Herz nun schneller.
»Wir haben nicht viel Zeit«, sagte ich. »Sag mir nur eins, wenn du kannst: Wo sind wir hier?«
»Du warst schon einmal hier, und du hast hier hergefunden – heil und lebendig. *Du* solltest wissen, wo das hier ist. Und außerdem spielt's jetzt keine Rolle mehr. Die Hauptsache ist –«
Da wurde an die Tür geklopft – ein hartes, trockenes Geräusch, als triebe jemand einen Nagel in die Wand: zwei laute Schläge, dann zwei weitere. Es war das Klopfen, das ich schon einmal gehört hatte. Die Frau hielt hörbar den Atem an.
»Du mußt hier raus«, sagte sie, jetzt eindeutig mit Kumikos Stimme. »Wenn du jetzt gehst, schaffst du es noch, durch die Wand zu kommen.«
Ich hatte keine Ahnung, ob es richtig oder falsch war, was ich dachte, aber eins wußte ich: solange ich hier war, mußte ich dieses Etwas schlagen. Das war der Krieg, den ich würde ausfechten müssen.

»Diesmal laufe ich nicht davon«, sagte ich zu Kumiko. »Ich nehme dich mit nach Hause.«
Ich stellte mein Glas auf den Boden, setzte mir die Wollmütze auf und ergriff den Schläger, den ich zwischen den Knien hatte. Dann ging ich langsam auf die Tür zu.

35
BLOSS EIN WIRKLICHES MESSER
WAS GEWEISSAGT WORDEN WAR

Dem Lichtstreifen der Taschelampe folgend, bewegte ich mich lautlos auf die Tür zu, den Schläger in der rechten Hand. Ich ging noch, als es abermals klopfte: zwei Schläge, dann noch zwei. Härter diesmal, und brutaler. Ich preßte mich dort gegen die Wand, wo mich die Tür, wenn sie aufging, verdecken würde. Dort zwang ich meinen Atem zur Ruhe und wartete.

Als das Geräusch der Schläge verklungen war, senkte sich auf alles wieder tiefe Stille, als wäre nichts geschehen. Ich spürte jedoch, daß auf der anderen Seite der Tür jemand war. Dieser Jemand stand, wie ich, mit angehaltenem Atem da und lauschte auf ein Atemgeräusch, den Pulsschlag eines Herzens oder auf Gedankenschwingungen, die sich entziffern ließen. Ich suchte zu verhindern, daß meine Atemzüge die umgebende Luft aufwühlten. *Ich bin nicht hier*, sagte ich mir. Ich bin nicht hier. Ich bin nirgendwo.

Der Schlüssel drehte sich im Schloß. Dieser Jemand vollzog jede Bewegung mit größter Umsicht, dehnte jeden Akt so, daß die dabei entstehenden Geräusche voneinander separiert wurden und dadurch ihre Deutbarkeit verloren. Der Türknauf drehte sich, dann folgte das fast unhörbare Geräusch beanspruchter Angeln. Die Kontraktionen meines Herzens beschleunigten sich. Ich versuchte, die Unruhe, die hierdurch aufkam, zu dämpfen, doch ohne Erfolg.

Jemand betrat das Zimmer und löste feine Luftwellen aus. Ich versuchte bewußt, jeden meiner fünf Sinne zu schärfen, und witterte den leichten Geruch eines fremden Körpers – eine seltsame Melange aus schwerer Kleidung, gedämpftem Atmen und in Schweigen erstickter Nervosität. Hatte er das Messer in der Hand? Ich nahm an, ja. Ich erinnerte mich noch an dessen grellweißes Aufblitzen. Mit

angehaltenem Atem, jedes Zeichen meiner Anwesenheit tilgend, packte ich den Schlägergriff fester.
Sobald der Unbekannte im Zimmer stand, schloß er die Tür und verriegelte sie. Mit dem Rücken zur Tür blieb er dann wartend und lauernd stehen. Meine Hände umklammerten schweißnaß den Schläger. Ich hätte sie mir gern an der Hose abgewischt, aber die geringste Bewegung konnte verhängnisvolle Folgen haben. Ich rief mir die Plastik in Erinnerung, die im Garten des verlassenen Hauses der Miyawakis gestanden hatte. Um meine Anwesenheit auszulöschen, verschmolz ich mit diesem steinernen Vogel. Dort, in jenem sonnendurchfluteten Sommergarten, war ich eine Vogelplastik, im Raum erstarrt, zornig in den Himmel starrend.
Der Unbekannte hatte seine eigene Taschenlampe mitgebracht. Er knipste sie an, und ihr dünner gerader Strahl schnitt in die Dunkelheit. Das Licht war nicht stark. Es kam von einer Miniaturtaschenlampe, wie auch ich sie bei mir hatte. Ich wartete darauf, daß der Strahl an mir vorüberzöge, wenn der Mann weiter ins Zimmer hineinginge, aber er rührte sich nicht von der Stelle. Das Licht begann, nacheinander einzelne Gegenstände aus der Dunkelheit zu holen – die Blumen in der Vase, das Silbertablett auf dem Tisch (das wieder seinen sinnlichen Schimmer verströmte), das Sofa, die Stehlampe ... Es schwenkte an meiner Nase vorbei und senkte sich wenige Zentimeter vor den Spitzen meiner Schuhe auf den Fußboden, um wie eine Schlangenzunge in jede Ecke des Zimmers zu lecken. Ich wartete eine Ewigkeit. Angst und Anspannung bohrten sich mir peinigend ins Bewußtsein.
Nicht denken. Du darfst nicht denken, sagte ich zu mir. *Du darfst deine Phantasie nicht gebrauchen.* Das hatte Leutnant Mamiya in seinem Brief geschrieben. *Phantasie kann tödlich sein.*
Endlich setzte sich der Strahl der Taschenlampe langsam, ganz langsam in Bewegung. Der Mann schien auf das hintere Zimmer zuzugehen. Ich packte den Schläger fester; da merkte ich, daß der Schweiß an meinen Händen getrocknet war. Eher waren sie jetzt zu trocken.
Der Mann tat einen langsamen Schritt nach vorn, dann blieb er stehen. Dann noch einen Schritt. Er schien seine Standsicherheit zu prüfen. Jetzt war er mir näher denn je. Ich atmete ein und hielt die Luft an. Noch zwei Schritte, und er wäre da, wo ich ihn haben wollte. Noch zwei Schritte, und ich würde diesem schleichenden Alptraum ein Ende machen können. Dann aber verschwand das

Licht abrupt. Völlige Dunkelheit hatte wieder alles verschluckt. Er hatte seine Taschenlampe ausgeschaltet. Im Dunkeln versuchte ich, meinen Verstand schneller arbeiten zu lassen, aber er arbeitete überhaupt nicht mehr. Ein befremdlicher Schauder überkam mich. Er hatte gemerkt, daß ich da war. Beweg dich, sagte ich zu mir. Steh nicht einfach so da. Ich versuchte, nach links auszuweichen, aber meine Beine waren wie gelähmt. Meine Füße waren mit dem Boden verwachsen, wie die Füße der Vogelplastik. Ich beugte mich vor und schaffte es gerade eben, meinen erstarrten Oberkörper eine Spur nach links zu neigen. Im selben Augenblick rammte etwas gegen meine rechte Schulter, und etwas so Scharfes und Kaltes wie gefrorener Regen drang mir bis zum Knochen. Der Stoß schien mich wiederzubeleben, und die Lähmung schwand aus meinen Beinen. Ich machte einen Satz nach links und kauerte mich im Dunkeln hin, alle Sinne auf meinen Gegner gerichtet. Das Blut pulsierte in meinem ganzen Körper, jeder Muskel und jede Zelle rang nach Sauerstoff. Meine rechte Schulter wurde taub, aber ich verspürte keinen Schmerz. Der würde später kommen. Ich blieb völlig reglos, und ebenso mein Gegner. In der Dunkelheit maßen wir einander bei angehaltenem Atem. Nichts war zu sehen, nichts zu hören.
Wieder stach das Messer ohne Vorwarnung zu. Wie eine wütende Hornisse schoß es an meinem Gesicht vorbei, so daß die scharfe Spitze nur meine rechte Wange ritzte, dort, wo mein Mal war. Ich spürte, wie die Haut aufriß. Nein, er konnte mich auch nicht sehen. Sonst hätte er mich schon längst erledigt. Durch die Dunkelheit schwang ich den Schläger in die Richtung, aus der das Messer gekommen war, aber er pfiff nur durch die Luft, ohne auf etwas zu treffen. Trotzdem war es ein guter Rundschlag gewesen, und das saubere Zischen half mir, etwas lockerer zu werden. Wir waren noch immer ebenbürtige Gegner. Das Messer hatte mich zweimal getroffen, aber nicht schwer. Keiner von uns konnte den anderen sehen. Und er hatte zwar ein Messer, aber ich hatte meinen Schläger.
Wieder maßen wir einander blind, gezügelten Atems, lauerten auf den Hauch einer Bewegung. Ich spürte, wie mir Blut das Gesicht hinunterrann, aber ich war ohne Angst. *Es ist nur ein Messer*, sagte ich mir. *Es ist nur ein Schnitt*. Ich wartete. Ich wartete darauf, daß das Messer wieder auf mich zukäme. Ich konnte ewig warten. Lautlos atmete ich ein und aus. *Komm schon!* sagte ich im Geist zu meinem Gegner. *Rühr dich!* Ich warte darauf, daß du dich rührst. Stich zu, wenn du willst. Ich habe keine Angst.

Wieder kam das Messer. Es zerschlitzte den Kragen meines Pullovers. Ich fühlte die Spitze an meiner Kehle vorbeisausen, aber meine Haut berührte sie nicht. Ich warf mich herum und sprang zur Seite, und fast zu ungeduldig, um mich erst aufzurichten, schwang ich den Schläger durch die Dunkelheit. Ich traf den Mann irgendwo in der Gegend des Schlüsselbeins. Nicht fest genug, um ihn zu Fall zu bringen oder um ihm die Knochen zu brechen, aber weh getan hatte ich ihm. Ich spürte, daß er unter dem Schlag taumelte, und hörte ihn laut aufkeuchen. Ich holte kurz aus und schlug wieder zu – in dieselbe Richtung, aber etwas höher: dahin, von wo der scharfe Atemzug gekommen war.

Es war ein perfekter Rundschlag. Ich erwischte ihn irgendwo am Hals. Ich hörte das widerwärtige Geräusch von splitternden Knochen. Ein dritter Rundschlag traf ins Schwarze – auf den Schädel – und legte den Mann flach. Er stieß einen seltsamen Laut aus und sackte in sich zusammen. Er lag auf dem Boden und schnappte schwächlich, abgehackt nach Luft, aber auch das hörte bald auf. Ich schloß die Augen und holte, ohne nachzudenken, zu einem letzten Streich in Richtung des Geräusches aus. Ich wollte es nicht, aber ich hatte keine andere Wahl. Ich mußte ihm den Rest geben: nicht aus Haß oder auch nur aus Angst, sondern weil ich es einfach tun mußte. Ich hörte etwas wie eine Frucht in der Dunkelheit platzen. Wie eine Wassermelone. Ich blieb reglos stehen, den Schläger fest umklammert, schräg aufwärts vor mir ausgestreckt. Dann wurde mir bewußt, daß ich zitterte. Am ganzen Körper. Und ich konnte nichts dagegen tun. Ich trat einen Schritt zurück und zog die Taschenlampe heraus.

»Nicht!« schrie eine Stimme in der Dunkelheit. »Sieh es nicht an!« Kumikos gellende Stimme drang aus dem Hinterzimmer herüber und versuchte, mich davon abzuhalten, daß ich hinsah. Aber ich mußte hinsehen. Ich mußte es sehen. Ich mußte wissen, was es war, dieses Ding im Zentrum der Finsternis, das ich gerade zerschmettert hatte. Ein Teil von mir verstand, was Kumiko mir da verbot. Sie hatte recht: Ich sollte es nicht ansehen. Aber jetzt hatte ich die Lampe in der Hand, und diese Hand bewegte sich von selbst.

»Bitte, ich flehe dich an, tu's nicht!« schrie sie. »Schau es nicht an, wenn du mich hier rausholen willst!«

Ich biß die Zähne zusammen und entließ lautlos die Luft, die ich in meinen Lungen eingeschlossen hatte. Noch immer wollte das Zittern nicht nachlassen. In der Luft hing ein ekelerregender Geruch – nach Hirnmasse, Gewalt und Tod. Ich hatte das bewirkt: Ich war es, der die Luft dazu gebracht hatte, so zu riechen. Ich fand das Sofa und sackte darauf zusammen. Eine Zeitlang kämpfte ich gegen die Übelkeit an, die in meinem Magen aufwallte, aber die Übelkeit siegte. Ich erbrach alles, was ich im Magen hatte, auf den Teppich, und als das draußen war, würgte ich Magensaft hervor, dann Luft und Speichel. Während ich mich übergab, ließ ich den Schläger auf den Boden fallen. Ich hörte ihn in der Dunkelheit davonrollen.

Als die Magenkrämpfe nachzulassen begannen, wollte ich mein Taschentuch herausholen, um mir den Mund abzuwischen, aber ich konnte die Hand nicht bewegen. Ich konnte nicht vom Sofa aufstehen. »Gehen wir heim«, sagte ich in die Dunkelheit des Schlafzimmers hinein. »Es ist alles vorbei. Laß uns gehen.« Sie antwortete nicht.

Da drinnen war niemand mehr. Ich ließ mich auf das Sofa zurückfallen und schloß die Augen.

Ich spürte, wie mir die Kraft schwand – aus Fingern, Schultern, Nacken, Beinen ... Auch der Wundschmerz begann nachzulassen. Mein Körper verlor jedes Gefühl für seine Masse und Substanz. Aber das machte mir keine Sorgen, keine Angst. Ohne Widerspruch ergab ich mich – überließ ich meinen Körper – einem gewaltigen warmen Etwas, das sich vollkommen natürlich näherte, um mich zu umfangen. Ich begriff, daß ich die Gelee-Wand passierte. Ich brauchte nichts zu tun, als mich dem sanften Fluß zu überlassen. *Ich komme nie wieder hierher zurück*, sagte ich zu mir, während ich durch die Wand trieb. Alles war zu Ende. *Aber wo war Kumiko? Wohin war sie verschwunden?* Ich sollte sie doch aus dem Zimmer herausholen. Deswegen hatte ich den Mann getötet. Deswegen hatte ich ihm den Schädel wie eine Wassermelone spalten müssen. Deswegen hatte ich ... Aber ich konnte nicht mehr denken. Mein Bewußtsein versank in einem tiefen See von Nichts.

Als ich zu mir kam, saß ich wieder in der Dunkelheit. Mein Rücken lehnte, wie immer, an der Wand. Ich war auf den Grund des Brunnens zurückgekehrt.

Aber es war nicht der gewohnte Brunnenboden. Es war etwas Neues da, etwas Ungewohntes. Ich versuchte, meine Geisteskräfte zu sammeln, zu erkennen, was da vor sich ging. Was war so anders? Aber meine Sinne befanden sich noch immer in einem Zustand fast vollständiger Lähmung. Ich nahm meine Umgebung nur ausschnittweise, bruchstückhaft wahr. Ich fühlte mich, als sei ich versehentlich in den falschen Behälter gefüllt worden. Nach einer Weile begann ich jedoch zu begreifen, was los war.

Wasser. Ich war von Wasser umgeben.

Der Brunnen war nicht mehr trocken. Ich saß bis zur Hüfte im Wasser. Ich atmete mehrmals tief durch, um mich zu beruhigen. Wie war das möglich? Der Brunnen gab Wasser – kein kaltes allerdings. Eigentlich fühlte es sich sogar eher warm an. Ich kam mir vor wie in einem Badezuber. Da fiel mir ein, ich sollte in meine Tasche greifen. Ich wollte wissen, ob die Taschenlampe noch da war. Hatte ich sie aus der anderen Welt mitgenommen? Bestand irgendeine Verbindung zwischen dem, was dort geschehen war, und *dieser* Wirklichkeit? Aber meine Hand gehorchte mir nicht. Ich konnte nicht einmal die Finger bewegen. Aus meinen Armen und Beinen war jede Kraft gewichen. Es war mir nicht möglich aufzustehen.

Ich versuchte, eine nüchterne Einschätzung meiner Lage vorzunehmen. Erstens reichte mir das Wasser nur bis zum Gürtel, ich brauchte also nicht zu befürchten, ich könnte ertrinken. Sicher, ich konnte mich zwar nicht bewegen, aber das lag wahrscheinlich daran, daß ich mich restlos verausgabt hatte. Mit der Zeit würden meine Kräfte wahrscheinlich zurückkehren. Die Schnittwunden schienen nicht sehr tief zu sein, und die Lähmung hatte zumindest den Vorteil, daß ich keine Schmerzen spürte. Die Blutung an meiner Wange schien aufgehört zu haben.

Ich lehnte den Kopf wieder gegen die Wand und sagte mir: *Alles in Ordnung, mach dir keine Sorgen.* Wahrscheinlich war alles vorüber. Ich brauchte jetzt meinem Körper nur noch etwas Ruhe zu gönnen, und dann konnte ich zurück, in meine ursprüngliche Welt, die oberirdische Welt, wo das Sonnenlicht alles überflutete ... Aber warum hatte dieser Brunnen so plötzlich wieder angefangen, Wasser zu geben? Er war so lange ausgetrocknet gewesen, tot, und jetzt war er wieder zum Leben erwacht. Konnte das in Zusammenhang mit dem stehen, was ich *dort* getan hatte? Ja, wahrscheinlich schon. Was immer die Wasserader blockiert hatte, es war wohl durch irgend etwas gelockert worden.

Kurz darauf wurde ich mit einer verhängnisvollen Tatsache konfrontiert. Anfangs sträubte ich mich dagegen, sie als solche anzuerkennen. Mein Verstand lieferte mir zu diesem Zweck eine ganze Reihe von Ausweichmöglichkeiten. Ich versuchte mir einzureden, es handle sich um eine Halluzination, ausgelöst durch die Verbindung von Dunkelheit und Erschöpfung. Aber zuletzt mußte ich die Wahrheit

akzeptieren; sosehr ich auch versuchte, mir etwas vorzumachen, sie blieb bestehen.
Der Wasserspiegel stieg.
Das Wasser war mir von der Gürtellinie bis zu den Kniekehlen meiner angezogenen Beine gestiegen. Es stieg langsam, aber es stieg. Wieder versuchte ich, meinen Körper zu bewegen. Unter Aufbietung all meines Willens versuchte ich, mir ein allerletztes Bißchen Kraft abzuringen, aber es war nutzlos. Ich brachte es gerade noch zuwege, den Kopf ein wenig in den Nacken zu legen. Ich blickte nach oben. Der Brunnen war noch dicht verschlossen. Ich versuchte, auf die Uhr an meinem linken Handgelenk zu sehen, aber ohne Erfolg.
Das Wasser drang durch eine Öffnung herein – und anscheinend mit zunehmender Geschwindigkeit. Während es anfangs nur hereingesickert war, kam es jetzt fast im Schwall. Das hörte ich. Bald reichte es mir bis zur Brust. Wie hoch würde es noch steigen?
Seien Sie vorsichtig mit Wasser, hatte Herr Honda zu mir gesagt. Ich hatte seiner Prophezeiung nie Beachtung geschenkt. Sicher, ich hatte sie auch nie vergessen (so etwas Verrücktes vergißt man nicht), aber ich hatte sie nicht ernst genommen. Herr Honda war für Kumiko und mich nur eine harmlose Episode gewesen. Wenn sich gelegentlich ein Anlaß ergab, wiederholte ich zum Scherz seine Worte: »Seien Sie vorsichtig mit Wasser!« Und dann lachten wir beide. Wir waren jung, und wir hatten keinen Bedarf an Prophezeiungen. Allein schon zu leben war für uns ein prophetischer Akt. Aber Herr Honda hatte recht gehabt. Ich hätte fast laut losgelacht. Das Wasser stieg, und ich saß in der Patsche.
Ich dachte an May Kasahara. Ich gebrauchte meine Phantasie und stellte mir vor, wie sie den Brunnendeckel öffnete – stellte es mir völlig klar und realistisch vor. Das Bild war so deutlich und überzeugend, daß ich hätte hineinsteigen können. Ich konnte den Körper nicht rühren, aber meine Phantasie funktionierte noch. Was sollte ich auch sonst tun?
»He, Mister Aufziehvogel«, sagte May Kasahara. Ihre Stimme hallte den Brunnenschacht hinauf und hinunter. Mir war bisher nicht klar gewesen, daß ein Brunnen mit Wasser darin stärker hallt als einer ohne Wasser. »Was treiben Sie da unten? Wieder mal nachdenken?«
»Ich tue eigentlich nichts Bestimmtes«, sagte ich, das Gesicht nach oben gewandt. »Ich habe jetzt keine Zeit für lange Erklärungen, aber ich kann meinen

Körper nicht bewegen, und hier drinnen steigt das Wasser. Das ist kein trockener Brunnen mehr. Ich könnte ertrinken.«

»Armer Mister Aufziehvogel!« sagte May Kasahara. »Sie sind völlig erschöpft von Ihren Versuchen, Kumiko zu retten. Und wahrscheinlich *haben* Sie sie sogar gerettet. Stimmt's? Und nebenbei haben Sie auch eine ganze Menge anderer Leute gerettet. Aber sich selbst haben Sie nicht retten können. Und es konnte Sie auch sonst niemand retten. Sie haben Ihre ganze Kraft und Ihr ganzes Schicksal aufgebraucht, um andere zu retten. Alle Ihre Samen sind anderswo verstreut worden, und jetzt ist Ihr Beutel leer. Haben Sie je so was Unfaires gehört? Sie tun mir leid, Mister Aufziehvogel, aus tiefstem Herzen leid. Ehrlich. Aber schließlich haben Sie es selbst so gewollt. Wissen Sie, was ich meine?«

»Ja«, sagte ich.

Ich spürte ein dumpfes Pochen in meiner rechten Schulter. Es ist also wirklich passiert, sagte ich mir. Das Messer hat mich wirklich geschnitten. Es hat mich als ein wirkliches Messer geschnitten.

»Haben Sie Angst zu sterben, Mister Aufziehvogel?« fragte May Kasahara.

»Na klar«, sagte ich. Ich hörte meine Stimme im Brunnen widerhallen. Es war meine Stimme, und gleichzeitig auch nicht. »Klar habe ich Angst, wenn ich mir vorstelle, hier unten in einem dunklen Brunnen zu sterben.«

»Dann ade, armer Mister Aufziehvogel«, sagte May Kasahara. »Es tut mir leid, aber ich kann nichts für Sie tun. Ich bin weit, weit weg.«

»Leb wohl, May Kasahara«, sagte ich. »Du hast im Bikini toll ausgesehen.«

May Kasaharas Stimme war sehr leise, als sie sagte: »Ade, armer Mister Aufziehvogel.«

Der Brunnendeckel schloß sich wieder dicht. Das Bild verblaßte. Aber nichts geschah. Das Bild war mit nichts verknüpft. Ich brüllte zum Brunnenmund hinauf: »*May Kasahara, wo bist du, wenn ich dich brauche?*«

Das Wasser reichte mir bis zur Kehle. Jetzt schmiegte es sich mir wie eine Schlinge um den Hals. Es fiel mir schon im voraus immer schwerer zu atmen. Im Wasser versunken, arbeitete mein Herz sich ab, die ihm verbleibende Zeit abzuticken. Bei diesem Tempo würde es wohl noch knapp fünf Minuten dauern, bis das Wasser mir Mund und Nase bedecken und anfangen würde, meine Lungen zu füllen. Ich konnte den Kampf unmöglich gewinnen. Ich hatte diesen Brunnen wieder zum

Leben erweckt, und seine Wiedergeburt würde mein Tod sein. Keine üble Art zu sterben, sagte ich zu mir. Die Welt ist voll von weit übleren Arten zu sterben. Ich schloß die Augen und versuchte, meinen bevorstehenden Tod so gelassen wie möglich zu akzeptieren. Ich bemühte mich, meine Angst zu bezwingen. Wenigstens hinterließ ich ein paar Dinge. Das war nicht viel, aber doch ein Pluspunkt. Ich versuchte zu lächeln, ohne großen Erfolg. »Aber ich *habe* Angst zu sterben«, flüsterte ich vor mich hin. Wie sich herausstellte, sollten das meine letzten Worte sein. Es waren keine sehr bemerkenswerten Worte, aber es war zu spät, um sie zu revidieren. Das Wasser reichte mir jetzt bis über den Mund. Dann stieg es mir bis zur Nase. Ich hörte auf zu atmen. Meine Lungen rangen verzweifelt nach Luft. Aber es gab keine Luft mehr. Es gab nur noch lauwarmes Wasser.
Ich starb. Wie alle Menschen, die in dieser Welt leben.

36
DIE GESCHICHTE VON DEN ENTENLEUTEN
SCHATTEN UND TRÄNEN
(MAY KASAHARAS STANDPUNKT: 6)

Hallo mal wieder, Mister Aufziehvogel.
He, kommen diese Briefe eigentlich bei Ihnen an?
Ich meine, ich hab Ihnen tonnenweise Briefe geschrieben, und so langsam frag ich mich wirklich, ob die überhaupt bei Ihnen ankommen. Die Adresse, die ich die ganze Zeit benutze, ist ziemlich über den Daumen gepeilt, und ich schreib keinen Absender auf den Umschlag, also könnt's ohne weiteres sein, daß sie sich einfach im »Leider-Gottes-unzustellbar«-Regal von irgendeinem Postamt stapeln und ungelesen einstauben. Bislang hab ich mir gesagt: OK, wenn sie nicht ankommen, dann kommen sie eben nicht an, na und? Ich hab an den Dingern zwar wie ne Blöde gekritzelt, aber die Hauptsache war für mich, meine Gedanken zu Papier zu bringen. Das Schreiben fällt mir leicht, wenn ich weiß, daß ich Ihnen schreibe, Mister Aufziehvogel, ich weiß auch nicht warum. He, genau – warum wohl?
Aber dieser Brief ist einer, den Sie wirklich lesen müssen. Ich hoffe und bete darum, daß er Sie erreicht.

Jetzt möchte ich über die Entenleute schreiben. Ja, ich weiß, daß ich über die noch nie ein Wort verloren hab, aber jetzt kommt's.

Ich hab Ihnen ja schon erzählt, daß diese Fabrik, in der ich arbeite, auf so einem riesigen Gelände steht, mit Wäldern und einem Teich und lauter so Sachen. Ist echt gut zum Spazierengehen. Der Teich ist ziemlich groß, und da leben die Entenleute, vielleicht zwölf Vögel insgesamt. Ich weiß nicht, wie ihre Familienverhältnisse sind. Ich nehm schon an, daß sie so ihre internen Arrangements haben, mit manchen Familienmitgliedern, die mit manchen anderen besser auskommen und mit anderen weniger gut, aber daß sie sich gestritten hätten, hab ich noch nie gesehen.

Wir haben Dezember, deswegen ist der Teich schon etwas zugefroren, aber das Eis ist nicht so dick. Es ist zwar kalt, aber es gibt noch genügend freies Wasser, so daß die Enten ein bißchen herumpaddeln können. Ich hab gehört, wenn's kalt genug ist, daß das Eis trägt, kommen ein paar von den Mädchen zum Schlittschuhlaufen hier raus. Dann werden sich die Entenleute (ja, ich weiß, das ist ein komischer Ausdruck, aber ich hab ihn mir nun mal angewöhnt, und da rutscht er mir einfach so raus) eine andere Bleibe suchen müssen. Ich mach mir nichts aus Schlittschuhlaufen, deswegen hoff ich irgendwie, daß es kein Eis geben wird, aber ich glaube nicht, daß die ganze Hofferei zu irgendwas führt. Ich meine, in diesem Teil des Landes wird's im Winter richtig kalt, also werden sich die Entenleute, solang sie hier wohnen, eben damit abfinden müssen.

In letzter Zeit komm ich jedes Wochenende hier raus und sehe den Entenleuten zu, um die Zeit totzuschlagen. Auf die Art können zwei, drei Stunden vergehen, bevor ich's auch nur merke. Wenn ich in die Kälte rausgehe, bin ich von Kopf bis Fuß eingepackt, wie ein Eisbärjäger: Strumpfhose, Mütze, Schal, Stiefel, pelzgefütterter Mantel. Und ich sitz stundenlang allein auf einem Stein, träum vor mich hin und seh den Entenleuten zu. Manchmal fütter ich sie mit trockenem Brot. Natürlich ist sonst niemand da, der hier die Zeit hätte, solche verrückten Sachen zu machen.

Vielleicht wissen Sie es nicht, Mister Aufziehvogel, aber Enten sind sehr angenehme Gesellschafter. Ich werd nie müde, ihnen zuzusehen. Ich werd nie kapieren, warum alle anderen sich die Mühe machen, sonstwohin zu fahren und gutes Geld auszugeben, um sich irgendeinen blöden Film anzusehen, statt sich einfach mit diesen Leuten zu amüsieren. Wie zum Beispiel, wenn sie durch die Luft geflattert kommen und auf dem Eis landen, aber ihre Füße rutschen aus und sie fallen längelang hin. Das ist wie Comedy im Fernsehen! Die bringen mich dazu, daß ich, ganz allein, wie ich bin, laut loslache. Natürlich hampeln sie nicht extra herum, um mich zum Lachen zu bringen. Sie geben sich alle Mühe, ein sehr ernstes Leben zu führen, und manchmal fallen sie dabei eben auf die Nase. Ich find das niedlich.

Die Entenleute haben diese orangenen Plattfüße, was echt süß aussieht, als würden sie kleine Gummistiefelchen tragen, nur daß die anscheinend nicht dafür gedacht sind, auf Eis zu laufen, denn ich seh sie andauernd ausrutschen und durch die Gegend schlittern, und manche fallen sogar auf den Hintern. Sie haben offenbar keine Antirutschbeschichtung. Alles in allem ist der Winter für die Entenleute also wahrscheinlich keine sehr vergnügliche Zeit. Ich wüßte gern, was sie, tief in ihrem Herzen, vom Eis und dem ganzen Kram halten. Aber ich wette, allzu schlimm finden sie's gar nicht. Das ist einfach so mein Eindruck, wenn ich ihnen zuschau. Die sehen eigentlich so aus, als wären sie soweit völlig zufrieden, auch wenn's Winter ist, und würden nur mal ab und zu vor sich hingrummeln: »Schon wieder Eis? Ach, was soll's ...« Das ist auch was, was ich an den Entenleuten richtig mag.

Der Teich liegt mitten im Wald, weitab von allem. Niemand (außer mir natürlich!) macht sich die Mühe, zu dieser Zeit des Jahres den ganzen Weg hier rauszulaufen, außer an besonders milden Tagen. Ich gehe den Waldweg entlang, und meine Stiefel knirschen auf der Eiskruste, die sich oben auf dem Schnee gebildet hat. Ich sehe überall haufenweise Vögel. Wenn ich den Kragen hochgeklappt hab und den Schal ein-, zwei-, dreimal unterm Kinn rumgewickelt, und mein Atem macht weiße Wölkchen in der Luft, und ich hab ein Stück Brot in der Tasche, und ich gehe so vor mich hin den Waldweg lang und denke an die Entenleute, dann wird mir innen richtig warm und wohlig, und dann fällt mir auf, daß es sehr, sehr lange her ist, daß ich so glücklich gewesen bin.

OK, das reicht zum Thema Entenleute.

Um die Wahrheit zu sagen, bin ich vor einer Stunde aus einem Traum aufgewacht, einem Traum von Ihnen, Mister Aufziehvogel, und seither sitze ich hier und schreibe Ihnen diesen Brief. In diesem Augenblick ist es (ich guck auf die Uhr) 18 nach zwei. Ich war wie immer kurz vor zehn ins Bett gegangen, hatte den Entenleuten »Gute Nacht, allerseits« gesagt und war tief und fest eingeschlafen, aber dann, vor einer Weile: peng! bin ich aufgewacht. Genaugenommen bin ich mir gar nicht sicher, daß es ein Traum war. Ich meine, ich erinner mich nicht, von irgend etwas geträumt zu haben. Vielleicht habe ich nicht geträumt. Aber jedenfalls hab ich Ihre Stimme gehört, direkt neben meinem rechten Ohr. Sie haben immer wieder nach mir gerufen, und richtig laut. Und davon bin ich aus dem Schlaf geschreckt.

Als ich die Augen aufgemacht habe, war es im Zimmer nicht dunkel. Durch das Fenster kam Mondlicht herein. Da hing so ein großer, dicker Mond über dem Hügel, wie ein Tablett aus rostfreiem Stahl. Er war so riesig, daß es aussah, als könnte ich die Hand ausstrecken und etwas drauf schreiben. Und das Licht, das durch das Fenster reinkam, sah aus wie eine große, weiße Wasserpfütze. Ich hab mich im Bett aufgesetzt und mir den Kopf darüber zerbrochen, was gerade passiert sein könnte. Warum hatten Sie mit einer so scharfen, klaren Stimme meinen Namen gerufen? Mein Herz hämmerte eine Ewigkeit lang wie wild. Wenn ich bei mir zu Haus gewesen wäre, hätte ich mich angezogen – obwohl's mitten in der Nacht war – und wäre die Gasse hinunter zu Ihrem Haus gerannt, Mister Aufziehvogel. Aber hier draußen in den Bergen, eine Million Meilen weg, konnte ich ja nirgendwo hinrennen, oder?
Und wissen Sie, was ich dann getan habe?
Ich hab mich nackt ausgezogen. Ähem. Fragen Sie mich nicht, warum. Ich weiß es selbst nicht genau. Also seien Sie einfach still und hören Sie sich an, wie's weiterging. Wie auch immer, ich hab mich splitterfasernackt ausgezogen und bin aus dem Bett gestiegen. Und ich hab mich auf den Boden gekniet, im weißen Mondlicht. Die Heizung war längst aus, und im Zimmer muß es kalt gewesen sein, aber mir war nicht kalt. Im Mondlicht, das durchs Fenster reinkam, war irgendwie was Besonderes drin, und dieses Etwas hüllte meinen Körper hauteng mit einem dünnen, schützenden Film ein. Zumindest kam es mir so vor. Eine Zeitlang bin ich einfach so da geblieben, nackt und weggetreten, aber dann habe ich angefangen, verschiedene Körperteile nacheinander ins Mondlicht zu halten. Ich weiß auch nicht, es kam mir wie die natürlichste Sache von der Welt vor. Das Mondlicht war so absolut unglaublich schön, daß ich gar nicht anders konnte. Kopf und Schultern und Arme und Brüste und Bauch und Beine und Po und, Sie wissen schon, da unten rum: eins nach dem anderen habe ich ins Mondlicht getaucht, als würde ich mich waschen.
Wenn jemand mich von draußen gesehen hätte, dann hätte er das bestimmt äußerst, äußerst merkwürdig gefunden. Ich muß wie so eine Vollmondverrückte ausgesehen haben, die im Mondlicht total am Ausrasten war. Aber natürlich hat mich keiner gesehen. Obwohl, wenn ich's mir recht überlege, war dieser Junge auf dem Motorrad vielleicht irgendwo da und hat mir zugeschaut. Aber das ist schon OK. Er ist ja tot. Wenn er gucken will, und wenn ihn das glücklich macht, dann darf er mich gern sehen.
Aber egal, niemand sah mir zu. Wie ich's getan hab, war ich ganz für mich allein im Licht des Mondes. Und zwischendurch habe ich immer wieder die Augen zugemacht und

an die Entenleute gedacht, die wahrscheinlich irgendwo in der Nähe des Teiches schliefen. Ich habe an das warme, wohlige Gefühl gedacht, das die Entenleute und ich am Tag erschaffen hatten. Weil die Entenleute schließlich so etwas wie eine wichtige, magisch schützende Amulettgeschichte für mich sind.

Danach bin ich sehr lange auf den Knien geblieben, hab einfach nur ganz allein, ganz nackt, im Mondlicht gekniet. Das Licht gab meiner Haut eine magische Farbe, und mein Körper warf einen scharfen schwarzen Schatten auf den Boden. Es sah gar nicht aus wie der Schatten meines Körpers, sondern wie der einer viel erwachseneren Frau. Er war keine Jungfrau wie ich, er hatte nicht meine Ecken und Kanten, sondern war voller und runder, mit viel größeren Brüsten und Knospen. Aber es war der Schatten, den ich warf – nur mehr in die Länge gezogen und mit einer anderen Form. Wenn ich mich bewegte, bewegte er sich. Eine Zeitlang habe ich probiert, verschiedene Bewegungen zu machen, und habe ganz genau hingesehen und versucht festzustellen, welcher Zusammenhang zwischen mir und meinem Schatten bestand, und versucht, mir zu überlegen, warum er nur so verschieden von mir aussah. Aber ich habe es dann doch nicht geschafft. Je länger ich hingesehen habe, desto seltsamer kam es mir vor.

So, und jetzt kommt der Teil, der wirklich schwer zu erklären ist, Mister Aufziehvogel. Ich hab meine Zweifel, daß ich es kann, aber hier kommt's.

Also, um die Sache kurz zu machen, ich bin plötzlich in Tränen ausgebrochen. Ich meine, wenn das hier ein Drehbuch wäre oder so, dann würd da stehen: »May Kasahara: Schlägt sich unvermittelt Hände vor das Gesicht, schluchzt laut auf, bricht weinend zusammen.« Aber erschrecken Sie jetzt nicht zu sehr. Ich hab's Ihnen die ganze Zeit verheimlicht, aber Tatsache ist, daß ich die größte Heulsuse der Welt bin. Ich heul wegen jeder Kleinigkeit. Das ist meine ganz persönliche Schwäche. Und so war die nackte Tatsache als solche, daß ich völlig ohne Grund in Tränen ausgebrochen war, für mich nicht weiter überraschend. Aber normalerweise heule ich mich kurz aus, und dann sag ich mir, daß es Zeit aufzuhören ist. Ich weine leicht, aber genausoleicht höre ich auch wieder auf. Heute nacht aber konnte ich einfach nicht aufhören. Der Korken war raus, und es lief. Ich wußte nicht, wie es angefangen hatte, und deswegen wußte ich auch nicht, wie ich damit Schluß machen sollte. Die Tränen kamen einfach so rausgesprudelt, wie Blut aus einer tiefen Wunde. Ich hab's nicht für möglich gehalten, was für Unmengen Tränen ich da produzierte. Ich hab ernsthaft angefangen, mir Sorgen zu machen, ich könnte völlig austrocknen und zur Mumie verschrumpeln, wenn das noch lange so weiterging. Ich konnte regelrecht sehen und hören, wie meine Tränen in die weiße Pfütze von Mond-

licht tropften, wo sie aufgesogen wurden, als wären sie schon immer Teil des Lichts gewesen. Im Fallen fingen die Tränen das Licht des Mondes auf und glitzerten wie wunderschöne Kristalle. Dann fiel mir auf, daß auch mein Schatten weinte, klare, scharf umrissene Schattentränen vergoß. Haben Sie je die Schatten von Tränen gesehen, Mister Aufziehvogel? Sie haben nicht die geringste Ähnlichkeit mit gewöhnlichen Schatten. Nicht die allergeringste. Sie kommen aus irgendeiner anderen, fernen Welt her, eigens für unser Herz. Oder vielleicht auch nicht. Da kam mir der Gedanke, daß die Tränen, die mein Schatten vergoß, die wirklichen sein könnten, und die Tränen, die ich vergoß, bloße Schatten. Ich bin sicher, das ist Ihnen zu hoch, Mister Aufziehvogel. Aber wenn ein nacktes siebzehnjähriges Mädchen im Mondlicht Tränen vergießt, kann alles passieren. Wirklich.

So: das ist also vor ungefähr einer Stunde in diesem Zimmer passiert. Und jetzt sitze ich an meinem Schreibtisch und schreibe Ihnen (angezogen natürlich!) mit Bleistift einen Brief, Mister Aufziehvogel.
Tschüs, Mister Aufziehvogel. Ich weiß nicht genau, wie ich's sagen soll, aber die Entenleute im Wald und ich beten darum, daß Sie geborgen und glücklich sein mögen. Wenn Ihnen irgend etwas zustößt, zögern Sie nicht, wieder laut nach mir zu rufen.
Gute Nacht.

37
ZWEIERLEI NEUIGKEITEN
WAS VERSCHWAND

»Zimt hat Sie hierhergetragen«, sagte Muskat.
Das erste, was mir beim Aufwachen zu Bewußtsein kam, war Schmerz, in unterschiedlichen verzerrten Formen. Die Stichwunde bereitete mir Schmerzen, und alle Gelenke und Knochen und Muskeln in meinem Körper bereiteten mir Schmerzen. Während ich durch die Dunkelheit geflohen war, mußte ich mit verschiedenen Teilen meines Körpers hier und da angestoßen sein. Und doch war die jeweilige Form dieser unterschiedlichen Schmerzen noch nicht ganz richtig. Sie kamen echtem Schmerz schon ziemlich nah, aber sie ließen sich noch nicht eigentlich als Schmerz bezeichnen.

Als nächstes wurde mir bewußt, daß ich auf dem Sofa des Anproberaums lag und einen marineblauen Pyjama trug, den ich noch nie gesehen hatte, und daß eine Decke über mich gebreitet war. Die Vorhänge waren aufgezogen, und helle Morgensonne strömte durch das Fenster ins Zimmer. Es mußte ungefähr zehn Uhr sein, schätzte ich. Hier gab es frische Luft und Zeit, die sich vorwärts bewegte, aber warum derlei Dinge existierten, war mir nicht ganz klar.

»Zimt hat Sie hergebracht«, sagte Muskat. »Ihre Wunden sind nicht so schlimm. Die an der Schulter ist ziemlich tief, aber zum Glück ist kein größeres Blutgefäß verletzt worden. Die in Ihrem Gesicht sind bloße Kratzer. Zimt hat sie mit Nadel und Faden genäht, so daß keine Narben zurückbleiben werden. Er kann das gut. In ein paar Tagen können Sie sich die Fäden selbst ziehen oder es einen Arzt machen lassen.«

Ich versuchte zu sprechen, aber meine Stimme verweigerte ihren Dienst. Ich brachte nicht mehr zustande, als einzuatmen und die Luft mit einem heiseren Geräusch wieder herauszulassen.

»Sie sollten vorläufig besser nicht versuchen, sich zu bewegen oder zu reden«, sagte Muskat. Sie saß mit übereinandergeschlagenen Beinen neben mir auf einem Stuhl. »Zimt sagt, daß Sie zu lange im Brunnen geblieben sind – es war eine Rettung in allerletzter Minute. Aber fragen Sie mich nicht, was passiert ist. Ich weiß überhaupt nichts. Ich bin mitten in der Nacht angerufen worden, habe mir sofort ein Taxi kommen lassen und bin so schnell ich konnte hierhergefahren. Was vorher im einzelnen passiert ist, kann ich Ihnen beim besten Willen nicht sagen. Ihre Sachen waren durchnäßt und voller Blut. Wir haben sie weggeworfen.«

Muskat war schlichter als sonst angezogen, als habe sie wirklich in aller Eile das Haus verlassen. Sie trug einen cremefarbenen Kaschmirpullover über einem gestreiften Männerhemd und einen olivfarbenen Wollrock, keinerlei Schmuck, und ihr Haar war nach hinten gebunden. Sie sah ein wenig müde aus, aber ansonsten hätte sie einem Modekatalog entstiegen sein können. Sie steckte sich eine Zigarette zwischen die Lippen, zündete sie mit ihrem goldenen Feuerzeug an, das sie mit dem gewohnten sauberen, trockenen Klick wieder zuschnappen ließ, und tat dann mit leicht zusammengekniffenen Augen einen ersten Zug. Ich bin *wirklich* nicht gestorben, beruhigte ich mich, als ich das Geräusch des Feuerzeugs hörte. Zimt mußte mich gerade noch rechtzeitig aus dem Brunnen gezogen haben.

»Zimt versteht alles auf eine besondere Weise«, sagte Muskat. »Und anders als Sie und ich macht er sich unentwegt sehr ernst Gedanken darüber, was passieren *könnte*. Aber nicht einmal *er* hat damit gerechnet, daß das Wasser so rasch zurückkehren würde. So viele Möglichkeiten er auch berücksichtigt hatte – *die* war nicht darunter gewesen. Und deswegen hätten Sie beinahe das Leben verloren. Das war das erste Mal überhaupt, daß ich den Jungen in Panik gesehen habe.«
Als sie das sagte, brachte sie ein kleines Lächeln zustande.
»Er muß Sie wirklich mögen«, sagte sie.
Was sie danach sagte, bekam ich nicht mehr mit. Tief hinter meinen Augen spürte ich einen dumpfen Schmerz, und meine Lider wurden immer schwerer. Ich ließ sie zufallen, und ein Fahrstuhl zog mich hinab in die Dunkelheit.

Mein Körper brauchte zwei volle Tage, um sich einigermaßen zu erholen. Muskat blieb die ganze Zeit über bei mir. Ich konnte nicht allein aufstehen, ich konnte nicht sprechen, ich konnte kaum essen. Mehr als ein paar Schlückchen Orangensaft und ein paar Schnitzen Dosenpfirsiche bekam ich nicht herunter. Muskat fuhr abends nach Haus und kam am Morgen wieder zurück. Was völlig genügte, da ich die ganze Nacht wie ein Stein durchschlief – und den größten Teil des Tages auch. Schlaf war offenbar das, was ich für meine Genesung am dringendsten benötigte.
Zimt bekam ich nie zu Gesicht. Er schien mich bewußt zu meiden. Ich hörte immer sein Auto hereinfahren, wenn er Muskat absetzte oder wieder abholte, oder wenn er Lebensmittel oder etwas zum Anziehen vorbeibrachte – hörte dieses ganz besondere tiefe Grollen, das Porschemotoren erzeugen, denn den Mercedes benutzte er nicht mehr –, aber er selbst kam nie ins Haus. Er drückte Muskat an der Tür die Sachen in die Hand und fuhr dann wieder weg.
»Das Haus sind wir bald los«, sagte Muskat zu mir. »Um die Frauen werde ich mich dann wieder selbst kümmern müssen. Was soll's. Das ist wohl mein Schicksal. Ich werde einfach weitermachen müssen, bis ich restlos verbraucht bin – leer. Und Sie: Sie werden wahrscheinlich nie wieder etwas mit uns zu tun haben. Wenn alles vorbei ist und Sie wieder beieinander sind, täten Sie am besten daran, uns so schnell wie möglich zu vergessen. Weil ... Ach ja, das hätte ich beinah vergessen, Ihnen zu erzählen. Über Ihren Schwager. Noboru Wataya.«
Muskat holte eine Zeitung aus dem Nebenzimmer und schlug sie auf dem Tisch

auf. »Zimt hat die vorhin gebracht. Ihr Schwager ist letzten Abend in Nagasaki zusammengebrochen. Sie haben ihn dort ins Krankenhaus geschafft, aber er hat seither das Bewußtsein nicht wiedererlangt. Man weiß nicht, ob er je wieder zu sich kommt.«
Nagasaki? Ich verstand kaum, was sie sagte. Ich wollte widersprechen, aber ich bekam kein Wort heraus. Noboru Wataya hätte in Akasaka zusammengebrochen sein müssen, nicht in Nagasaki. Warum Nagasaki?
»Er hat in Nagasaki eine Rede gehalten«, fuhr Muskat fort, »und bei dem anschließenden Festessen ist er plötzlich ohnmächtig geworden. Sie haben ihn in ein nahe gelegenes Krankenhaus gebracht. Man vermutet, daß es eine Art Schlaganfall war – wahrscheinlich verursacht durch eine angeborene Schwäche eines Hirngefäßes. In der Zeitung steht, daß er noch eine ganze Weile bettlägerig sein wird und daß er, selbst wenn er das Bewußtsein wiedererlangen sollte, wahrscheinlich nie wieder sprechen wird. Das wäre also das Ende seiner politischen Laufbahn. Wirklich schade: er war noch so jung. Ich laß Ihnen die Zeitung hier. Wenn Sie sich besser fühlen, können Sie das selbst nachlesen.«
Ich brauchte eine Weile, um diese Tatsachen als solche in mich aufzunehmen. Die Bilder der Nachrichtensendung, die ich in der Hotelhalle gesehen hatte, waren mir noch zu deutlich, wie eingebrannt, im Gedächtnis – Noboru Watayas Büro in Akasaka, die Polizisten, die sich dort überall zu schaffen machten, der Haupteingang des Krankenhauses, der Reporter mit diesem verbissenen Ausdruck, dieser angespannten Stimme. Nach und nach aber gelang es mir, mich davon zu überzeugen, daß die Nachrichten, die ich gesehen hatte, nur in der *anderen Welt* Gültigkeit besaßen. In Wirklichkeit, in *dieser* Welt, hatte ich Noboru Wataya nicht mit einem Baseballschläger erschlagen. In dieser Wirklichkeit würde die Polizei nicht gegen mich ermitteln oder mich wegen des Verbrechens verhaften. Er hatte vor Zeugen, in aller Öffentlichkeit, einen Schlaganfall bekommen. Ein Verbrechen, auch nur die Möglichkeit eines Verbrechens, war völlig ausgeschlossen. Diese Einsicht bedeutete eine große Erleichterung für mich. Schließlich hatte der Täter, wie er im Fernsehen beschrieben worden war, eine auffallende Ähnlichkeit mit mir besessen, und ich hatte nicht das geringste Alibi.
Zwischen der Tatsache, daß ich in der anderen Welt jemanden erschlagen hatte, und Noboru Watayas Zusammenbruch mußte allerdings irgendein Zusammenhang bestehen. Ich hatte eindeutig etwas in ihm – oder etwas wesenhaft mit ihm

Verbundenes – getötet. Möglicherweise hatte er schon die ganze Zeit gespürt, daß es so kommen würde. Aber was ich getan hatte, war nicht genug gewesen, um Noboru Wataya das Leben zu nehmen. Er hatte es geschafft, sich am Rande des Abgrunds festzuklammern. Ich hätte ihn über die Kante stoßen sollen. Was würde jetzt aus Kumiko werden? Würde sie, solange er noch am Leben war, außerstande sein, sich endgültig loszureißen? Würde er sie noch aus seiner Bewußtlosigkeit heraus weiter in seinem Bann halten?

Weiter als bis hierhin brachten mich meine Gedanken nicht. Auch mein Bewußtsein schwand allmählich dahin, bis ich zuletzt die Augen schloß und in Schlaf versank. Ich hatte einen nervösen, bruchstückhaften Traum. Kreta Kano hielt sich ein Baby an die Brust. Das Gesicht des Babys konnte ich nicht sehen. Kreta Kano hatte kurzes Haar, und sie war nicht geschminkt. Sie sagte mir, das Baby heiße Korsika, und zur Hälfte sei der Vater des Kindes ich, zur anderen Hälfte Leutnant Mamiya. Sie sei dann doch nicht nach Kreta gefahren, erzählte sie mir, sondern sei in Japan geblieben, um das Kind hier zur Welt zu bringen und aufzuziehen. Es sei ihr erst kürzlich gelungen, einen neuen Namen für das Kind zu finden, und jetzt führe sie ein friedliches Leben in den Hügeln von Hiroshima, wo sie zusammen mit Leutnant Mamiya Gemüse anbaue. Nichts davon überraschte mich besonders. Wenigstens im Traum hatte ich das alles vorhergesehen.

»Wie ist es Malta Kano ergangen, seit ich sie zuletzt gesehen habe?« fragte ich.

Darauf gab Kreta Kano keine Antwort. Sie sah mich nur traurig an, und dann verschwand sie.

Am Morgen des dritten Tages war ich endlich imstande, das Bett aus eigener Kraft zu verlassen. Zum Gehen war ich zwar immer noch zu matt, aber allmählich gewann ich die Fähigkeit zu sprechen zurück. Muskat kochte mir Reisschleim. Ich aß das und ein wenig Obst.

»Wie geht es eigentlich dem Kater?« fragte ich Muskat. Das hatte mich schon seit einiger Zeit beschäftigt.

»Keine Sorge, Zimt kümmert sich um ihn. Er fährt jeden Tag zu Ihrem Haus, um ihm Futter und frisches Wasser zu geben. Der einzige, um den Sie sich momentan sorgen müssen, sind Sie selbst.«

»Wann haben Sie vor, dieses Haus zu verkaufen?«

»So bald wie möglich. Wahrscheinlich irgendwann nächsten Monat. Ich glaube,

es wird dabei auch für Sie ein bißchen Geld herausspringen. Wir werden es wahrscheinlich für etwas weniger abgeben müssen, als wir dafür bezahlt haben, Sie werden also nicht viel bekommen, aber Ihr Anteil müßte einen ordentlichen Prozentsatz dessen ausmachen, was Sie an Tilgungsraten bezahlt haben. Damit müßten Sie eine Weile auskommen können. Um Geld brauchen Sie sich also keine allzu großen Sorgen zu machen. Sie haben es sich schließlich verdient: Sie haben hier hart gearbeitet.«
»Wird dieses Haus abgerissen werden?«
»Wahrscheinlich. Und den Brunnen werden sie wahrscheinlich auch wieder zuschütten. Was einem wie Vergeudung vorkommt, jetzt, wo er wieder Wasser gibt, aber kein Mensch will heutzutage so einen großen altmodischen Brunnen. Normalerweise wird einfach ein Rohr einbetoniert und eine elektrische Pumpe angeschlossen. Das ist viel bequemer, und es nimmt weniger Platz weg.«
»Ich glaube nicht, daß das Anwesen noch verhext ist«, sagte ich. »Es ist wahrscheinlich einfach wieder ein ganz normales Grundstück, nicht mehr das ›Selbstmörderhaus‹.«
»Da könnten Sie recht haben«, sagte Muskat. Sie zögerte, dann biß sie sich auf die Lippe. »Aber das betrifft uns nicht mehr – weder mich noch Sie. Nicht wahr? Wie auch immer, das einzig Wichtige ist jetzt, daß Sie sich ausruhen und sich nicht den Kopf über Dinge zerbrechen, die eigentlich ganz und gar nebensächlich sind. Es wird noch eine Weile dauern, bis Sie völlig wiederhergestellt sind.«
Muskat zeigte mir, was in der Morgenzeitung, die sie mitgebracht hatte, über Noboru Wataya stand. Es war nur eine kurze Notiz. Noch immer bewußtlos, war Noboru Wataya von Nagasaki nach Tokio in eine große Universitätsklinik gebracht worden, wo er sich jetzt auf der Intensivstation befand; sein Zustand sei unverändert. Mehr stand da nicht. Natürlich mußte ich in diesem Augenblick an Kumiko denken. Wo konnte sie sein? Ich mußte wieder nach Hause. Aber ich war immer noch zu schwach, um eine so lange Strecke zu gehen.
Am späten Vormittag des nächsten Tages schaffte ich es bis ins Badezimmer und sah mich zum erstenmal seit drei Tagen wieder im Spiegel. Ich sah entsetzlich aus – weniger wie ein erschöpfter Mensch als wie eine gut erhaltene Leiche. Wie Muskat gesagt hatte, war die Schnittwunde an meiner Wange mit professionellen Stichen genäht worden: weißer Faden hielt die Wundränder säuberlich zusammen. Der Schnitt war gut zweieinhalb Zentimeter lang, aber nicht sehr tief. Wenn

ich versuchte, eine Grimasse zu schneiden, zog es ein bißchen, aber weh tat es eigentlich kaum. Ich putzte mir die Zähne und nahm mir dann meinen Bart vor. Mit einem Elektrorasierer: Ich traute mir noch nicht wieder zu, ein Rasiermesser sicher zu handhaben. Als ich mit der Wangenpartie fertig war, konnte ich kaum glauben, was ich im Spiegel sah. Ich legte den Rasierer hin und warf einen genaueren Blick auf mein Spiegelbild. Das Mal war verschwunden. Der Mann hatte mich in die Wange geschnitten. Genau da, wo das Mal gewesen war. Der Schnitt war klar und deutlich zu sehen, aber das Mal war nicht mehr da. Es war spurlos von meiner Wange verschwunden.

In der Nacht des fünften Tages hörte ich wieder das leise Geläut von Schlittenglöckchen. Es war kurz nach zwei. Ich stand vom Sofa auf, zog eine Wolljacke über den Pyjama und verließ den Anproberaum. Durch die Küche ging ich zu Zimts kleinem Arbeitszimmer und spähte hinein. Zimt rief mich wieder aus dem Inneren des Computers. Ich setzte mich an den Schreibtisch und las die Meldung auf dem Bildschirm.

Sie haben Zugang zum Programm »Die Aufziehvogel-Chronik« erhalten. Wählen Sie ein Dokument aus (1—17).
Ich klickte Nr. 17 an, und ein Dokument öffnete sich vor mir.

38

DIE AUFZIEHVOGEL-CHRONIK NR. 17
(KUMIKOS BRIEF)

Es gibt viel, was ich dir erzählen müßte. Alles zu erzählen würde wahrscheinlich sehr lange dauern – Jahre vielleicht. Ich hätte mich dir schon vor langer Zeit anvertrauen, dir alles ehrlich beichten sollen, aber leider hatte ich nicht den Mut dazu. Außerdem hegte ich noch die unbegründete Hoffnung, die Dinge würden sich vielleicht doch nicht ganz so schlimm entwickeln. Das Ergebnis war dieser Alptraum für uns beide. Es ist alles meine Schuld. Aber es ist auch zu spät für irgendwelche Erklärungen. Dazu fehlt uns die Zeit. Deswegen möchte ich dir hier zunächst nur das Wichtigste sagen.
Und das ist: *Ich muß meinen Bruder, Noboru Wataya, töten.*

Ich fahre jetzt zu ihm ins Krankenhaus, um den Stecker seines Beatmungsgerätes herauszuziehen. Als seiner Angehörigen wird man mir erlauben, anstelle der Krankenschwester die Nacht über bei ihm zu bleiben. Es wird eine Weile dauern, bevor irgend jemand merkt, daß man ihn abgeschaltet hat. Ich habe mir gestern vom Arzt zeigen lassen, wie die Apparatur funktioniert. Ich habe vor dazubleiben, bis ich sicher bin, daß er tot ist, und dann werde ich mich der Polizei stellen. Ich werde sagen, daß ich getan habe, was ich für richtig hielt, aber keine weiteren Erklärungen abgeben. Wahrscheinlich wird man mich auf der Stelle verhaften und des Mordes anklagen. Die Medien werden sich auf die Sache stürzen, und einmal mehr wird eine Diskussion über Euthanasie, humanes Sterben und so weiter entbrennen. Aber ich werde schweigen. Ich werde weder Erklärungen abgeben noch mich verteidigen. Die Sache hat nur eine einzige Erklärung, und die lautet, daß ich dem Leben eines bestimmten Menschen ein Ende bereiten wollte: Noboru Wataya. Man wird mich wahrscheinlich einsperren, aber die Aussicht macht mir keine Angst. Das Schlimmste habe ich schon hinter mir.

Wenn du nicht gewesen wärst, hätte ich schon vor langer Zeit den Verstand verloren. Ich hätte mich, willenlos, einem anderen ausgeliefert und wäre immer tiefer und tiefer gesunken, bis es für mich keinerlei Hoffnung auf Genesung mehr gegeben hätte. Genau das hat mein Bruder, Noboru Wataya, vor vielen Jahren meiner Schwester angetan, und am Ende hat sie sich das Leben genommen. Er hat uns beide beschmutzt. Er hat uns strenggenommen nicht körperlich beschmutzt. Was er getan hat, war sogar noch schlimmer.
Jegliche Handlungsfreiheit wurde mir genommen, und ich schloß mich allein in einem dunklen Zimmer ein. Niemand kettete mich an oder stellte mir einen Wächter vor die Tür, aber ich hätte dennoch nicht fliehen können. Mein Bruder hielt mich mit noch stärkeren Ketten und Wächtern gefangen – Ketten und Wächtern, die ich selbst war. Ich war die Kette, die in meinen Knöchel schnitt, und ich war der unerbittliche Wächter, der niemals schlief. In mir war natürlich ein Ich, das fliehen wollte, aber zugleich war da auch ein anderes, feiges, verdorbenes Ich, das alle Hoffnung aufgegeben hatte, je von dort fliehen zu können, und das erste Ich konnte nie die Oberhand gewinnen, weil ich, geistig wie körperlich, so sehr beschmutzt worden war. Ich hatte das Recht verloren, zu dir zurückzukehren – nicht nur, weil ich von meinem Bruder, Noboru Wataya, beschmutzt worden war,

sondern weil ich mich selbst, bereits vorher, auf nicht wiedergutzumachende Weise beschmutzt hatte.

In meinem Brief habe ich dir geschrieben, ich hätte mit einem anderen Mann geschlafen, aber das war nicht die Wahrheit. Jetzt muß ich dir die ganze Wahrheit gestehen. Ich habe nicht lediglich mit einem Mann geschlafen. Ich habe mit vielen anderen Männern geschlafen. Mit zu vielen, als daß ich sie zählen könnte. Ich weiß selbst nicht, was mich dazu gebracht hat, so etwas zu tun. Rückblickend glaube ich, daß es der Einfluß meines Bruders gewesen sein könnte. Er könnte irgendeine Schublade in mir geöffnet, irgendein unbegreifliches Etwas hervorgeholt und mich dazu gebracht haben, mich wahllos einem Mann nach dem anderen hinzugeben. Mein Bruder besaß die Macht dazu, und so sehr es mir auch widerstrebt, es mir einzugestehen, waren wir beide, er und ich, mit Sicherheit irgendwo, an irgendeinem dunklen Ort, aneinander gebunden.

Wie dem auch sei – als mein Bruder schließlich zu mir kam, hatte ich mich bereits selbst unrettbar beschmutzt. Am Ende zog ich mir sogar eine Geschlechtskrankheit zu. Und trotz alldem gelang es mir, wie ich schon in meinem Brief sagte, damals nicht, mir klar zu machen, daß ich dir ein Unrecht antat. Was ich tat, kam mir vollkommen natürlich vor – obwohl ich es mir nur so erklären kann, daß es nicht mein wirkliches Ich war, das so empfand. Aber kann das wahr sein? Ist die Antwort wirklich so simpel? Und falls ja, was *ist* dann mein wirkliches Ich? Berechtigt mich irgend etwas zu dem Schluß, das Ich, das jetzt diesen Brief schreibt, sei mein »wirkliches Ich«? Ich bin noch nie imstande gewesen, so unerschütterlich an mein »Ich« zu glauben, und ich bin es auch heute nicht.

Ich habe oft von dir geträumt – lebhafte Träume mit klar gegliederter Handlung. In diesen Träumen warst du immer verzweifelt auf der Suche nach mir. Wir waren in einer Art Labyrinth, und du kamst immer bis fast zu der Stelle, wo ich stand. »Noch einen Schritt weiter!« wollte ich dir zurufen, »Hier bin ich!«, und wenn du mich nur gefunden und in die Arme genommen hättest, dann wäre der Alptraum zu Ende gewesen und alles wäre wieder so geworden, wie es früher einmal war. Aber es gelang mir nie, diesen Schrei auszustoßen. Und so verfehltest du mich in der Dunkelheit und gingst immer geradeaus weiter, an mir vorbei, und verschwandst. Jedesmal lief es so ab. Aber dennoch waren diese Träume mir eine Hilfe und ein Trost. Zumindest wußte ich, daß ich noch imstande war zu träumen.

Daran konnte mich mein Bruder nicht hindern. Ich spürte, daß du alles in deiner Macht Stehende tatst, um mich näher an dich heranzuziehen. Vielleicht würdest du mich eines Tages finden und mich an dich drücken, allen Schmutz, der an mir klebte, von mir wischen und mich für immer von diesem Ort fortholen. Vielleicht würdest du den Fluch zerschlagen und ein für allemal besiegeln, daß mein wahres Ich nie wieder fortgehen müßte. Nur dadurch schaffte ich es, an diesem kalten, dunklen Ort eine winzige Flamme der Hoffnung am Leben zu erhalten – mir einen leisen letzten Hauch meiner eigenen Stimme zu bewahren.

Heute nachmittag habe ich das Paßwort für diesen Computer erhalten. Jemand hat es mir per Kurier geschickt. Ich sende dir diese Botschaft vom Rechner im Büro meines Bruders aus. Ich hoffe, daß sie dich erreicht.

Die Zeit drängt. Das Taxi wartet draußen auf mich. Ich muß jetzt ins Krankenhaus fahren, um meinen Bruder zu töten und meine Strafe auf mich zu nehmen. Seltsam, ich hasse meinen Bruder gar nicht mehr. In dem Wissen, daß ich sein Leben aus dieser Welt austilgen muß, bin ich völlig ruhig. Auch um seinetwillen muß ich es tun. Und um meinem Leben einen Sinn zu geben.

Sorge gut für den Kater. Ich kann dir gar nicht sagen, wie glücklich ich darüber bin, daß er wieder da ist. Du sagst, er heißt Oktopus? Das finde ich gut. Er war immer ein Symbol von etwas Gutem, das zwischen uns heranwuchs. Wir hätten ihn damals nicht verlieren dürfen.

Ich kann jetzt nicht mehr weiterschreiben. Leb wohl.

LEBWOHL

»Es tut mir *so* leid, daß ich Ihnen die Entenleute nicht zeigen konnte, Mister Aufziehvogel!«

May Kasahara sah aus, als tue es ihr wirklich leid.

Sie und ich saßen am Teich und sahen auf seine dicke Eiskappe. Es war ein großer Teich, mit Tausenden von feinen Schlittschuhschrammen überzogen. May Kasahara hatte sich an diesem Montagmorgen eigens meinetwegen freigenommen. Ich hatte sie eigentlich am Sonntag besuchen wollen, aber wegen eines Zugunglücks hatte ich mich um einen Tag verspätet. May Kasahara trug einen pelzgefütterten Mantel. Ihre leuchtend blaue Wollmütze mit dem kleinen Bommel hatte ein geometrisches Muster aus weißem Garn. Sie hatte die Mütze selbst gestrickt, und sie hatte gesagt, sie würde noch vor dem nächsten Winter genau so eine für mich stricken. Ihre Wangen waren rot, ihre Augen so leuchtend und klar wie die Luft, die uns umgab, und das machte mich sehr glücklich: Schließlich war sie erst siebzehn – noch waren ihre Möglichkeiten, sich zu verändern, so gut wie unbegrenzt.

»Als der Teich zugefroren ist, sind die Entenleute alle woandershin gezogen. Sie hätten sie bestimmt gemocht. Kommen Sie doch einfach im Frühjahr wieder, okay? Dann mache ich Sie mit ihnen bekannt.«

Ich lächelte. Ich trug einen Dufflecoat, der eine Spur zu dünn war, hatte mir einen Schal bis über die Nase gewickelt und beide Hände tief in die Taschen gesteckt. Durch den Wald zog eine eisige Luft. Der Boden war mit hartem Schnee bedeckt. Mit meinen Turnschuhen kam ich ständig ins Schlittern. Ich hätte mir für diese Reise besser rutschfeste Stiefel kaufen sollen.

»Dann bleibst du also noch eine Weile hier?« fragte ich.

»Ich denk schon. Wenn genug Zeit vergangen ist, möchte ich vielleicht die Schule zu Ende machen. Oder vielleicht auch nicht. Ich weiß nicht. Vielleicht könnte ich auch einfach heiraten – nein, das wohl nicht.« Sie lächelte hinter einem weißen Atemwölkchen. »Aber wie auch immer, einstweilen bleibe ich hier. Ich brauch mehr Zeit zum Nachdenken. Darüber, was ich machen will, wo ich hinwill. Ich will mir Zeit lassen und über diese ganzen Dinge nachdenken.«

Ich nickte. »Vielleicht solltest du das wirklich tun«, sagte ich.

»Sagen Sie, Mister Aufziehvogel, als Sie in meinem Alter waren, haben Sie da auch über solche Dinge nachgedacht?«

»Hmm. Vielleicht nicht. Ein bißchen muß ich wohl darüber nachgedacht haben, aber ich kann mich eigentlich nicht erinnern, daß ich über alles so ernsthaft nachgedacht hätte, wie du das tust. Ich habe wohl angenommen, wenn ich auf die übliche Weise weiterleben würde, würde sich schon alles irgendwie von selbst ergeben. Hat's aber dann wohl doch nicht, wie? Leider.«

May Kasahara sah mir in die Augen. Ihr Gesicht wirkte gelassen. Dann legte sie ihre behandschuhten Hände in den Schoß, eine über die andere.

»Dann wurde Kumiko also doch nicht aus dem Gefängnis gelassen?« fragte sie.

»Sie hat sich geweigert, freigelassen zu werden«, sagte ich. »Sie war sich sicher, daß draußen gleich alle über sie herfallen würden. Da wollte sie lieber im Gefängnis bleiben, wo sie wenigstens ihre Ruhe hat. Sie will nicht einmal mich sehen. Bis alles vorbei ist, will sie niemanden sehen.«

»Wann fängt die Verhandlung denn an?«

»Irgendwann im Frühjahr. Kumiko bekennt sich schuldig. Sie will das Urteil annehmen, wie es auch lauten mag. Es dürfte kein langer Prozeß werden, und es besteht eine reelle Chance, daß sie eine Bewährungsstrafe bekommt – oder schlimmstenfalls eine leichte Freiheitsstrafe.«

May Kasahara hob einen Stein auf, der zu ihren Füßen lag, und warf ihn zur Mitte des Teiches. Er schlitterte klappernd über das Eis bis ans andere Ufer.

»Und Sie, Mister Aufziehvogel – Sie werden wieder zu Hause bleiben und auf Kumiko warten?«

Ich nickte.

»Das ist gut ... nicht?«

Ich stieß meinerseits eine große weiße Wolke in die kalte Luft. »Ich weiß nicht. So hat es sich bei uns nun mal ergeben.«

Es hätte auch ein ganzes Stück schlimmer kommen können, sagte ich mir. Irgendwo tief in dem Wald, der den Teich umgab, schrie ein Vogel auf. Ich hob den Kopf und sah in die Runde, aber es war nichts mehr zu hören. Nichts zu sehen. Nur das trockene, hohle Geräusch eines Spechts, der ein Loch in einen Baumstamm hämmerte.

»Wenn Kumiko und ich ein Kind bekommen, denke ich daran, es Korsika zu nennen.«

»Was für ein hübscher Name!« sagte May Kasahara.

Als wir nebeneinander durch den Wald zurückgingen, zog May Kasahara ihren rechten Handschuh aus und schob die Hand in meine Tasche. Das erinnerte mich an Kumiko. Sie hatte das früher auch oft getan, wenn wir im Winter zusammen spazierengegangen waren; so konnten wir uns an einem kalten Tag eine Tasche teilen. Ich hielt May Kasaharas Hand in der Tasche fest. Es war eine kleine Hand, und warm wie eine einsame Seele.

»Wissen Sie was, Mister Aufziehvogel, jeder wird meinen, wir wären ein Liebespaar.«

»Mag schon sein.«
»Wie ist es nun, haben Sie alle meine Briefe gelesen?«
»Deine Briefe?« Ich wußte nicht, wovon sie sprach. »Tut mir leid, aber ich hab noch nie auch nur einen einzigen Brief von dir bekommen. Deine Adresse und Telefonnummer habe ich von deiner Mutter. Was nicht einfach war: Ich mußte schon ein ganzes Stück von der Wahrheit abweichen.«
»Oh, nein! Wo sind die bloß alle gelandet? Ich hab Ihnen bestimmt fünfhundert Briefe geschrieben!« May Kasahara hob die Augen gen Himmel.

Am späten Nachmittag begleitete mich May Kasahara bis zum Bahnhof. Wir fuhren mit dem Bus in den Ort, aßen in einem Restaurant in der Nähe des Bahnhofs eine Pizza und warteten auf den drei Wagen kurzen Dieselzug, der schließlich einfuhr. Zwei oder drei Leute standen um den großen Holzofen herum, der im Warteraum rot glühte, aber wir beiden blieben draußen auf dem Bahnsteig in der Kälte. Ein klarer, harter Wintermond hing festgefroren am Himmel. Es war ein junger Mond, mit einer gebogenen Schneide wie ein chinesisches Schwert. Unter diesem Mond stellte sich May Kasahara auf die Zehenspitzen und küßte mich auf die Wange. Ich fühlte, wie ihre kalten dünnen Lippen mich an der Stelle berührten, wo mein Mal gewesen war.
»Ade, Mister Aufziehvogel«, murmelte sie. »Danke, daß Sie meinetwegen den ganzen Weg hier rausgekommen sind.«
Die Hände tief in den Taschen vergraben, sah ich ihr in die Augen. Ich wußte nicht, was ich sagen sollte.
Als der Zug einfuhr, streifte sie sich die Mütze ab, trat einen Schritt zurück und sagte zu mir: »Wenn Ihnen je etwas zustoßen sollte, Mister Aufziehvogel, rufen Sie einfach, richtig laut, nach mir, okay? Nach mir und den Entenleuten.«
»Leb wohl, May Kasahara«, sagte ich.

Die Sichel des Mondes hing noch lange, nachdem der Zug den Bahnhof verlassen hatte, über meinem Kopf; jedesmal, wenn der Zug eine Kurve fuhr, erschien er und verschwand wieder. Ich hielt den Blick auf den Mond gerichtet, und wenn er außer Sicht kam, sah ich auf die Lichter der kleinen Ortschaften, die am Fenster vorüberzogen. Ich dachte an May Kasahara mit ihrer blauen Wollmütze, allein im Bus, der sie zu ihrer Fabrik in den Bergen zurückbrachte. Dann dachte ich an die

Entenleute, die irgendwo im schattigen Gras schliefen. Und schließlich dachte ich an die Welt, in die ich zurückkehrte.

»Leb wohl, May Kasahara«, sagte ich. Leb wohl, May Kasahara: möge es immer etwas geben, was über dich wacht.

Ich schloß die Augen und versuchte zu schlafen. Aber es sollte noch sehr lange dauern, ehe ich wirklich Schlaf fand. Irgendwo, fern von jedem Menschen und Ort, nickte ich für einen Augenblick ein.

VERWENDETE LITERATUR

Alvin D. Coox, *Nomonhan: Japan Against Russia*, 1939, 2 Bde. (Stanford: Stanford University Press, 1985); übers. v. Iwasaki Toshio, Yoshimoto Shin'ichirō, *Nomonhan: sōgen no Nisso-sen*, 1939, 2 Bde. (Tokio: Asahi shinbun sha, 1989).

Ezawa Akira, *Manshūkoku no shuto-keikaku: Tokyo no genzai to mirai o tou* (Tokio: Nihon Keizai Hyōron sha, 1988).

Itō Keiichi, *Shizuka na Nomonhan* (Tokio: Kōdansha bunko, 1986).

Amy Knight, *Beria, Stalin's First Lieutenant* (Princeton: Princeton University Press, 1993).

Kojima Jō, *Manshū teikoku*, 3 Bde. (Tokio: Bunshun bunko, 1983).

Onda Jūhō, *Nomanhan sen: ningen no kiroku* (Tokio: Gendaishi shuppan kai, Tokuma shoten, 1977).